Val

McDermid

Die Erfinder des Todes

Roman

Aus dem Englischen
von Doris Styron

Weltbild

Für B. B. – denn nur zu zweit
lassen sich die Felsbrocken auf dem Weg
überwinden.

1

Der dichte Nebel zieht vom stahlgrauen Wasser des Firth of Forth herauf wie eine Wand aus Kumuluswolken. Er verschlingt die hellen Lichter der Trendhotels und schicken Restaurants, der neuesten Spielwiese dieser Großstadt. Er wird eins mit den Schattengestalten der Seeleute aus dem Hafen, die früher ihre Heuer für billiges Bier und für Huren verschleuderten, deren Gesichter so hart wie die Hände ihrer Kunden waren. Der Dunst steigt den Hügel zur New Town hinauf, wo er von dem geometrischen Raster des vornehmen georgianischen Viertels in Blöcke zerschnitten wird, bevor er in die Senke der Princess Street Gardens hinuntergleitet. Die wenigen noch spät heimwärts schwankenden Nachtschwärmer beschleunigen ihre Schritte, um der feuchten Umklammerung zu entgehen.

Als der Nebel die schmalen, auf verschiedenen Ebenen verlaufenden Straßen und die gewundenen Gassen der Old Town erreicht, ist er nicht mehr so bedrohlich dicht. Er hat sich in ätherische, blasse Schwaden aufgelöst, aus denen manche als Touristenfallen bekannte Gebäude wie unheimliche Schemen aufragen. Plakate, die Veranstaltungen des kürzlich abgehaltenen Fringe-Festivals ankündigen, lösen sich bereits von der Wand, tauchen wie grelle Gespenster im Blickfeld auf und verschwinden wieder. In einer solchen Nacht versteht man, was Robert Louis Stevenson dazu anregte, sich den Seltsamen Fall des Dr. Jekyll und Mr. Hyde *auszudenken. Obwohl sein Buch in London spielt, sieht man doch auf jeder Seite unverwechselbar die schaurige Atmosphäre Edinburghs vor sich.*

Hinter den rußgeschwärzten Fassaden der Royal Mile liegen die alten Mietshäuser mit ihren öden Hinterhöfen. Im achtzehnten Jahrhundert entsprachen sie unseren heutigen Sozialwohnungen – überfüllt mit den Besitzlosen der Stadt, Heimstatt der Säufer und Laudanumsüchtigen, Bleibe der armseligsten Huren und Gassenkinder. Als spiele sich die grausame Szene des schrecklichen Albtraums von damals an diesem Abend noch einmal ab, liegt am oberen Ende der steilen Steintreppe, die als Abkürzung von der High Street über den Abhang von The Mound hinunterführt, die Leiche einer Frau. Ihr kurzes Kleid ist hochgezogen, die schlecht gearbeiteten Nähte sind bei dem Angriff aufgeplatzt.
Hätte sie geschrien, als sie überfallen wurde, wäre ihr Schrei im Nebelschleier erstickt worden. Eines steht fest. Sie wird nie wieder schreien. Ihre Kehle gleicht einem klaffend roten, grinsend aufgerissenen Mund. Und wie zum Hohn sind die glänzenden Schlingen der Eingeweide über ihre linke Schulter gelegt.
Der Drucker, der auf dem Heimweg von der Spätschicht über die Leiche stolperte, kauert am Hofeingang, so dicht neben der Lache seines Erbrochenen, dass der eklige, von der schweren, feuchten Luft niedergedrückte Gestank ihn würgen lässt. Er hat auf seinem Handy die Polizei angerufen, aber die paar Minuten Wartezeit erscheinen ihm wie eine Ewigkeit. Der Blick in die Hölle hat sich seinem inneren Auge unauslöschbar eingeprägt.
Plötzlich blitzt Blaulicht vor ihm auf, zwei Polizeiautos fahren zügig am Rinnstein vor. Er hört schnelle Schritte, dann ist er nicht mehr allein. Zwei uniformierte Polizeibeamte helfen ihm vorsichtig auf die Beine. Sie führen ihn zu ihrem Wagen, wo sie ihm auf den Rücksitz helfen. Zwei andere sind in den Hof hinuntergegangen, aber das undeutliche Geräusch ihrer Schritte wird fast sofort von dem klammen Dunst verschluckt. Nur noch das Knacken des Polizeifunkgeräts und das Zähneklappern des Druckers sind zu hören.

Dr. Harry Gemmell kauert neben der Leiche, seine behandschuhten Finger betasten Dinge, an die Detective Inspector Campbell Grant nicht einmal denken mag. Statt den Gerichtsmediziner zu beobachten, schaut Grant zu den Kollegen von der Spurensicherung in ihren weißen Overalls hinüber. Sie suchen beim Schein tragbarer Lampen den Bereich um die Leiche ab. Der Nebel scheint Grant bis in die Knochen zu dringen, er fühlt sich wie ein alter Mann.

Schließlich brummt Gemmell etwas, steht auf und streift die blutbefleckten Latexhandschuhe ab. Er schaut auf seine klobige Sportuhr und nickt zufrieden. »Ja«, sagt er, »der achte September, tatsächlich.«

»Und was heißt das, Harry?«, fragt Grant missmutig. Er ärgert sich, wenn er daran denkt, was jetzt gleich wieder kommt – Gemmells Lieblingsspiel nämlich, die Polizisten zu zwingen, dass sie ihm alles einzeln aus der Nase ziehen.

»Euer Mann hier, der scheint Spaß am Imitieren zu haben. Sieh mal, ob du es selbst rauskriegst, Cam. Am Hals sind Abdrücke, die darauf hinweisen, dass sie mit den Händen erwürgt wurde, obwohl ich glaube, dass der Schnitt durch die Kehle die Todesursache war. Aber die Verletzungen verraten, worum es geht.«

»Willst du mir damit irgendeinen Hinweis geben, Harry? Außer dass du mir einen guten Grund lieferst, mein Essen wieder loszuwerden?«, erkundigt sich Grant.

»1888 in Whitechapel, 1999 in Edinburgh.« Gemmell zieht eine Augenbraue hoch. »Ist wohl an der Zeit, die Spezialisten für Täterprofile heranzuziehen, Cam.«

»Was schwafelst du da, Harry?« Grant fragt sich, ob Gemmell etwas getrunken haben könnte.

»Ich glaube, Cam, du hast da einen Nachahmungstäter vor dir. Du solltest wohl nach einem schottischen Ripper suchen.«

Kapitel 1

Dr. Fiona Cameron stand dicht am Rand von Stanage Edge und beugte sich vor – dem Wind entgegen. Der einzige unnatürliche Tod, über den sie sich hier Gedanken machen müsste, wäre zur Abwechslung mal ihr eigener, und auch das nur dann, wenn sie leichtsinniger wäre, als sie es je sein könnte. Aber angenommen, sie passte einen Moment nicht genau auf und rutschte auf dem nassen Sandstein aus, so würde sie kopfüber zehn bis fünfzehn Meter in die Tiefe stürzen. Ihr Körper würde wie eine Plastikpuppe auf den vorstehenden Felskanten aufschlagen, Knochen und Haut wären zerschmettert und zerfetzt.

Sie würde wie ein Mordopfer aussehen.

Nein danke, dachte Fiona und ließ sich vom Wind von der Klippe zurückdrängen, sodass sie außer Gefahr war. Nicht ausgerechnet hier. Dies war der Pilgerort, zu dem sie kam, um sich alle Gründe ins Gedächtnis zu rufen, warum sie sich zu dem Menschen entwickelt hatte, der sie war. Immer allein kam sie jedes Jahr drei- oder viermal hierher, wenn sie das Bedürfnis hatte, sich in ihre Erinnerungen zu versenken. Auf dieser öden Moorfläche wäre es unmöglich, die Gesellschaft eines anderen lebenden, atmenden Menschen neben sich zu ertragen. Hier war nur Platz für zwei, für Fiona und ihren Geist, ihre andere Hälfte, die in diesem Moor an ihrer Seite ging.

Merkwürdig, dachte sie. Es gab so viele Gegenden, wo sie viel öfter mit Lesley gewesen war. Aber überall hatten sich dort ihrem Bewusstsein fremde, störende Stimmen und die

Gegenwart anderer Menschen eingeprägt. Hier jedoch konnte sie Lesley spüren, ohne abgelenkt zu werden. Sie konnte ihr Gesicht vor sich sehen, lachend und offen oder verschlossen vor konzentrierter Anstrengung, wenn sie eine schwierige Kletterstrecke bewältigte. Sie hörte ihre Stimme, die ihr ernst etwas anvertraute oder laut und aufgeregt über eine gelungene Leistung berichtete. Sie glaubte fast, den schwachen Duft ihrer Haut riechen zu können, wie damals, wenn sie zusammen beim Picknick saßen.

Hier mehr als irgendwo sonst wurde Fiona klar, welches Licht in ihrem Leben gelöscht worden war. Sie schloss die Augen und ließ Lesleys Bild vor sich aufsteigen. Es war ihr Ebenbild, die gleichen kastanienbraunen Haare, dunkelbraunen Augen und gewölbten Augenbrauen, die gleiche Nase. Alle hatten über ihre Ähnlichkeit gestaunt. Nur ihre Münder waren verschieden, Fionas breit mit vollen Lippen, Lesleys ein kleiner Herzmund, die Unterlippe voller als die obere.

Hier hatten auch die Gespräche stattgefunden, die letztendlich dazu geführt hatten, dass Lesley aus ihrem Leben gerissen wurde. Dies war der Ort, wo Fiona sich schließlich noch immer Vorwürfe machte und nicht vergessen konnte, was ihrem Leben fehlte.

Als ihre Augen feucht wurden, riss sie sie auf, um den Wind als Vorwand für die Tränen zu haben. Die Zeit der Verletzlichkeit war vorbei. Sie war hier, sagte sie sich mahnend, um Abstand zu den Opfern zu gewinnen. Sie blickte über die braunen Wedel des Adlerfarns im Hathersage Moor hinüber zum klobigen Daumen des Higger Tor und weiter, drehte sich wieder um und schaute auf einen Wolkenstreifen, aus dem sich weiter hinten Regen auf das Bamford Moor ergoss. Bei diesem Wind, schätzte sie, hatte sie gerade noch zwanzig Minuten Zeit, bevor der Regen Stanage Edge erreichte. Sie lockerte die Schultern, damit der Rucksack bequemer saß. Es war Zeit loszugehen.

Sie hatte Hathersage mit einem Frühzug von King's Cross

Station und dann mit einem Nahverkehrszug etwas nach zehn erreicht. Den steilen Anstieg auf High Neb hatte sie zügig geschafft, hatte genossen, wie ihre Muskeln sich dehnten und wie sie die Spannung ihrer Waden und die Festigkeit ihrer Oberschenkelmuskulatur spürte. Nach der letzten Kletterstrecke war sie ans Nordende von Stanage Edge gekommen, hatte sich, bevor sie an den flachen Sandsteinplatten entlang weiterging, außer Atem gegen den Felsen gelehnt und einen großen Schluck aus ihrer Wasserflasche genommen. Die Verbindung zu ihrer Vergangenheit hatte ihr mehr Halt gegeben als alles, was sie sonst kannte. Und der Wind im Rücken versetzte sie in Hochstimmung und befreite ihre Gedanken von der ärgerlichen Gereiztheit, mit der sie am Morgen aufgewacht war. Ihr war gleich klar gewesen, dass sie, wenn sie sich nicht damit abfinden wollte, dass ihre Schultern bis zum Abend völlig verkrampften und der Schmerz sich in Wellen über den Hals bis zum Kopf ausbreitete, an diesem Tag aus London herausmusste.

Der einzige Termin in ihrem Kalender war ein Gespräch mit einem ihrer Doktoranden, und das hatte sich leicht mit einem Anruf vom Zug aus regeln lassen. Hier oben auf den Mooren konnte sie kein Schmierfink der Boulevardpresse finden, kein Kameramann würde sein Objektiv auf sie richten und sie fragen, was die allwissende »Candid« Cameron über die Ereignisse vor Gericht zu sagen hatte.

Sie konnte natürlich nicht mit Sicherheit davon ausgehen, dass sich ihre Erwartungen erfüllen würden. Aber gestern Abend hatte sie in den Nachrichten gehört, dass der sensationelle Prozess gegen den Mörder von Hampstead Heath wegen juristischer Formalitäten nach dem zweiten Verhandlungstag immer noch nicht in Gang gekommen war, und ihr Gefühl sagte ihr, dass die Pressemeute am Ende des heutigen Tages nach Blut schreien würde. Und sie war die perfekte Waffe, um der Polizei eine Wunde beizubringen. Aus verschiedenen Gründen war es besser, die Finger davon zu lassen.

Während ihrer Zusammenarbeit mit der Polizei hatte sie sich nie um die Aufmerksamkeit der Presse bemüht, aber diese war ihr trotzdem hartnäckig auf den Fersen geblieben. Fiona hasste es fast so sehr, wie ihre Kollegen sich darüber ärgerten, wenn ihr Gesicht in den Zeitungen groß herausgebracht wurde. Noch schlimmer als der Verlust an Intimsphäre war es, dass ihr Bekanntheitsgrad ihrem Ruf als Wissenschaftlerin eher geschadet hatte. Wenn sie heute in Fachzeitschriften veröffentlichte und Beiträge zu Büchern schrieb, wusste sie, dass ihre Arbeit skeptischer als früher betrachtet wurde, einfach weil sie ihre Fähigkeiten und ihr Fachwissen auf eine Weise praktisch angewandt hatte, über die die Puristen die Nase rümpften.

Die stillschweigende Ablehnung hatte sich noch verstärkt, als ein Boulevardblatt aufgedeckt hatte, dass sie mit Kit Martin zusammenlebte. Man konnte sich aus der Sicht des Universitäts-Establishments für eine ernst zu nehmende Psychologin, die die Polizei bei der Ergreifung von Wiederholungstätern wissenschaftlich unterstützte, kaum einen ungeeigneteren Partner vorstellen als gerade den bekanntesten Verfasser von Thrillern über Serienkiller im Land. Wäre das, was ihre Kollegen von ihr dachten, Fiona wichtig genug gewesen, hätte sie ihnen vielleicht erklärt, dass sie nicht Kits Romane liebte, sondern den Mann, der sie schrieb, und dass sie zu Beginn ihrer Beziehung gerade wegen seines Berufs viel vorsichtiger gewesen war als sonst. Aber da niemand es gewagt hatte, sie direkt darauf anzusprechen, beschloss sie, nicht in diese Falle der Selbstrechtfertigung zu tappen.

Beim Gedanken an Kit verlor sich ihre schlechte Laune. Dass sie den einzigen Mann gefunden hatte, der es schaffte, sie vor ihrer Neigung zur Selbstbeobachtung und Verschlossenheit zu retten, war ein Segen, den sie immer wieder wie ein Wunder bestaunte. Die Allgemeinheit würde wohl seine charmante Tarnung als knallharter Typ, die er in der Öffentlichkeit hervorkehrte, nie durchschauen, aber sie hatte hinter seiner rasiermesserscharfen Intelligenz so viel Großzügigkeit, Achtung und Einfühlungsvermögen entdeckt, wie sie es schon nicht mehr erhofft hatte. Durch die Beziehung zu Kit hatte sie endlich eine Art Frieden gefunden, der die Dämonen von Stanage Edge meistens von ihr fernhielt.

Im Weitergehen sah sie auf die Uhr. Sie war gut vorwärts gekommen. Wenn sie dasselbe Tempo beibehielt, würde sie noch Zeit haben, um im Fox-Houses-Pub etwas zu trinken, bevor sie mit dem Bus nach Sheffield zurückkehren und dann den Zug nach London nehmen würde. Sie hatte fünf Stunden an der frischen Luft genossen, fünf Stunden, in denen sie kaum einem anderen menschlichen Wesen begegnet war, und das reichte, um ihr wieder Kraft zu geben. Bis zum nächsten Mal, dachte sie grimmig.

Im Zug war es ruhiger, als sie erwartet hatte. Fiona hatte einen Doppelsitz für sich, und der Mann, der ihr gegenübersaß, schlief bereits zehn Minuten hinter Sheffield ein, sodass sie Platz hatte, ihre ganzen Sachen auf dem Tisch auszubreiten. Das war ihr sehr recht, denn sie hatte mehr als genug Arbeit dabei, um sich die Fahrt über zu beschäftigen. Sie hatte eine Vereinbarung mit dem Wirt eines Pubs in der Nähe des Bahnhofs. Er kümmerte sich um ihr Handy und ihren Laptop, wenn sie wandern ging, und dafür bekam er signierte Exemplare der Erstausgaben von Kits Büchern. Es war sicherer als ein Schließfach am Bahnhof und auf jeden Fall billiger.

Fiona klappte ihren Laptop auf und schloss ihn ans Handy an, damit sie ihre E-Mails empfangen konnte. Auf dem Bildschirm wurden fünf neue Nachrichten angekündigt. Sie lud sie herunter und zog den Laptopstecker wieder heraus. Zwei Nachrichten von Studenten und eine von einem Kollegen in Princeton, der sie bat, ihm Daten zur Verfügung zu stellen, die sie zu gelösten Vergewaltigungsfällen gesammelt hatte.

Nichts, das nicht bis morgen früh warten konnte. Sie öffnete die vierte Nachricht, sie war von Kit.

Von: Kit Martin <KMWriter@trashnet.com>
An: Fiona Cameron <fcameron@psych.ulon.ac.uk>
Betrifft: Abendessen heute

Hoffe, du hast einen schönen Tag in den Bergen gehabt. Hab einiges geschafft, 2500 Wörter bis zum Tee heute Nachmittag.
Im Bailey ist alles genau so gelaufen, wie du es vermutet hast. Auf die weibliche Intuition kann man sich eben verlassen! (Nicht ernst gemeint, ich weiß, dass deine fundierte Auffassung sich auf das gesamte wissenschaftliche Beweismaterial stützt ...) Jedenfalls dachte ich, Steve werde ein bisschen Aufheiterung vertragen können, hab mich mit ihm zum Abendessen verabredet. Wir gehen ins St. John's in Clerkenwell und haben vor, jede Menge totes Tier zu essen, wahrscheinlich wirst du nicht dazukommen wollen. Wenn du trotzdem Lust hast, wär's prima. Sonst hab ich zum Mittagessen Risotto mit Lachs und Spargel gemacht, im Kühlschrank ist noch genug davon.
Hab dich lieb.

Fiona lächelte. Das war so typisch für Kit. Solange alle etwas Gutes zu essen hatten, war die Welt in Ordnung. Dass Steve Aufmunterung brauchte, überraschte sie nicht. Niemand bei der Kriminalpolizei findet es lustig, wenn in seinem Fall alles schiefläuft, besonders nicht bei einem, der so viel öffentliche Aufmerksamkeit erregt hatte wie der Mord von Hampstead Heath. Aber für Detective Superintendent Steve Preston war das Scheitern gerade bei diesem Fall wohl noch bitterer als bei den meisten anderen. Fiona wusste nur allzu gut, wie viel bei dieser Anklage auf dem Spiel gestanden hatte, und obwohl sie für Steve persönlich Mitgefühl empfand, fand sie, der Metropolitan Police geschehe es verdammt noch mal ganz recht.

Sie klickte die nächste Nachricht an, die sie als die interessanteste bis zum Schluss aufgehoben hatte.

Von: Salvador Berrocal <Sberroc@cnp.mad.es>
An: Dr. Fiona Cameron <fcameron@psych.ulon.ac.uk>
Betrifft: Bitte um Beratung

Sehr geehrte Frau Dr. Cameron,
ich bin Chef der Abteilung Kriminalpolizei des Cuerpo Nacional de Policia in Madrid. Ich leite häufig Untersuchungen von Mordfällen. Ihren Namen habe ich von einem Kollegen beim New Scotland Yard, einem Experten für Deliktverknüpfung und das Erstellen geografischer Täterprofile. Bitte verzeihen Sie, dass ich so formlos und direkt an Sie herantrete. Ich wende mich mit der Bitte an Sie, uns in einer sehr dringenden Angelegenheit zu beraten. In Spanien haben wir sehr wenig Erfahrung mit Serienmördern, und deshalb fehlen uns fachspezifisch gebildete Psychologen, die mit der Polizei zusammenarbeiten können.

In Toledo hat es innerhalb von drei Wochen zwei Morde gegeben, und wir glauben, dass sie beide von demselben Täter begangen wurden. Aber es ist unklar, ob es eine Verbindung zwischen den Fällen gibt, und wir brauchen zur Untersuchung dieser Verbrechen jemanden mit entsprechender Fachkenntnis. Ich habe gehört, dass Sie auf dem Gebiet der Verbrechensanalyse und der Untersuchung von Querverbindungen Erfahrung haben, was meiner Ansicht nach von großem Nutzen für uns sein könnte.

Bitte lassen Sie mich wissen, ob Sie grundsätzlich bereit wären, uns bei der Lösung dieser Mordfälle zu

unterstützen. Sie dürfen sicher sein, dass wir Ihnen eine angemessene Entschädigung für Ihre Mitarbeit bieten werden.
Ich würde mich freuen, bald von Ihnen zu hören.
Hochachtungsvoll
Major Salvador Berrocal
Cuerpo Nacional de Policia

Fiona verschränkte die Arme und starrte auf den Bildschirm. Sie wusste, dass zu dieser vorsichtigen Anfrage zwei Leichen gehörten, die wahrscheinlich verstümmelt und vor dem Tod gequält worden waren. Vermutlich hatte auch ein Element sexueller Gewalt bei den Überfällen eine Rolle gespielt. Davon konnte sie mit einiger Sicherheit ausgehen, denn mit gewöhnlichen Mordfällen kam die Kriminalpolizei sonst überall durchaus zurande, ohne die fachmännische Hilfe in Anspruch zu nehmen, die nur sie und eine Handvoll anderer Experten zuverlässig liefern konnten. Wenn neue Bekannte Fionas von diesem Aspekt ihrer Arbeit erfuhren, erschauerten sie meist und fragten, wie sie es aushalte, mit so entsetzlichen Fällen zu tun zu haben.
Ihre Standardantwort war ein Achselzucken, wobei sie sagte: »Irgendjemand muss es doch machen. Dann ist es schon besser, jemand wie ich, der sich auskennt, tut es. Niemand kann die Toten wieder lebendig machen, aber manchmal kann vermieden werden, dass ihnen noch mehr Lebende folgen.«
Sie wusste, das war eine etwas zu glatte Antwort, die sorgfältig darauf abzielte, weitere Fragen abzuwehren. In Wirklichkeit hasste sie die unvermeidliche Konfrontation mit dem gewaltsamen Tod, die durch ihre Zusammenarbeit mit der Polizei zu einem Teil ihres Lebens geworden war, vor allem auch wegen der Erinnerungen, die sie in ihr weckte. Sie wusste mehr darüber, was man dem menschlichen Körper alles antun und welche Qualen die Psyche aushalten kann,

als sie sich je gewünscht hätte. Aber solche Begegnungen waren unausweichlich, und weil sie ihr immer viel abverlangten, nahm sie einen neuen Auftrag stets erst dann an, wenn sie das Gefühl hatte, sich von dem letzten direkten Kontakt mit den Opfern eines Serienmörders genug erholt zu haben.

Es war fast vier Monate her, seit Fiona an einer Mordserie gearbeitet hatte. Ein Mann in Merseyside hatte im Verlauf von achtzehn Monaten vier Prostituierte umgebracht. Die Polizei hatte, zum Teil aufgrund von Fionas Datenanalyse, die sie mit einer ihrer Doktorandinnen erstellt hatte, die Verdächtigenliste so reduzieren können, dass mithilfe der gerichtsmedizinischen Ergebnisse weiterermittelt werden konnte. Jetzt hatte man einen Mann angeklagt, der schon wegen dreier der vier Tötungsdelikte in Gewahrsam war, und dank der Übereinstimmung der DNS-Struktur war man ziemlich sicher, dass er verurteilt werden würde.

Seit damals war ihr einziges Beratungsprojekt in Zusammenarbeit mit der Polizei eine langfristig angelegte Studie über rückfällige Einbrecher für die schwedischen Behörden. Sie fand also, es sei an der Zeit, sich mal wieder die Hände schmutzig zu machen, und klickte auf <beantworten>.

Von: Fiona Cameron <fcameron@psych.ulon.ac.uk>
An: Salvador Berrocal <sberroc@cnp.mad.es>
Betrifft: Anfrage wegen Beratung

Sehr geehrter Major Berrocal,
danke für die Einladung als Beraterin des Cuerpo Nacional de Policia zu arbeiten. Prinzipiell bin ich bereit, Ihre Anfrage wohlwollend zu prüfen. Bevor ich jedoch sicher weiß, ob ich Ihnen helfen kann, müsste ich mehr über die Einzelheiten wissen als das, was Sie mir in Ihrer E-Mail mitteilen. Am besten wäre es, wenn Sie mir eine Kurzbeschreibung der Umstän-

de beider Mordfälle sowie eine Zusammenfassung der pathologischen Befunde und eventueller Zeugenaussagen geben könnten. Ich kann Spanisch verhältnismäßig gut lesen, sodass Sie die Dokumente im Interesse einer zügigen Bearbeitung nicht für mich übersetzen lassen müssen. Natürlich werde ich alles, was Sie mir mitteilen, vollständig vertraulich behandeln.
Aus Sicherheitsgründen schlage ich vor, dass Sie die Dokumente über mein Faxgerät zu mir nach Hause schicken.

Fiona gab ihre private Fax- und Telefonnummer an und schickte die E-Mail ab. Im besten Fall würde sie dazu beitragen können, weitere Morde zu verhindern, und nützliche Daten für ihre laufenden Forschungsprojekte bekommen. Im schlimmsten Fall würde sie eine gute Ausrede dafür haben, sich aus den Nachwirkungen des schiefgelaufenen Hampstead-Heath-Prozesses herauszuhalten. Irgendein spanisches Individuum – oder genauer zwei – hatten einen hohen Preis dafür gezahlt, dass »Candid« Cameron nicht in die Schlagzeilen geraten würde.

Kapitel 2

Fiona trat zum Klang von REM mit einem Song vom »sad professor«, den niemand mag, über die Schwelle. Wie meistens hatte Kit ein halbes Dutzend CDs in den Player seines Arbeitszimmers gelegt, die Zufallswiedergabetaste gedrückt und war ausgegangen, obwohl noch ein paar Stunden Spielzeit übrig waren. Er konnte Stille nicht ausstehen. Sie hatte dies sehr früh in ihrer Beziehung erfahren, als sie mit ihm zum Wandern in ihr geliebtes Derbyshire gefahren war und entsetzt feststellte, dass er seinen Rucksack mit Kassetten für seinen Walkman füllte. Mehr als einmal war sie nach Hause gekommen und hatte in der leeren Wohnung aus Kits Arbeitszimmer Musik gehört, während im Wohnzimmer der Fernseher laut plärrte und das Radio in der Küche einen verrückten Kontrapunkt gegen den Krach setzte. Je lauter das Getöse, desto leichter schien es für ihn, in sein Reich der Fantasie zu entfliehen. Für Fiona, die Stille brauchte, um sich auf alles auch nur im geringsten Kreative konzentrieren zu können, war dies ein völlig unbegreifliches Paradoxon.

Als sie besprachen, ob sie zusammenleben wollten, hatte Fiona auf einem ruhigen Ort zum Arbeiten bestanden, egal, was für eine Immobilie sie kaufen würden. Schließlich hatten sie ein schmales, hohes Haus in Tufnell Park erworben, dessen früherer Besitzer ein Rockmusiker war. Er hatte das Dachgeschoss zu einem schalldichten Studio umgebaut, ein perfektes Nest für Fiona, in das sie sich vor Kits lauter Geräuschkulisse verkriechen konnte. Es gab dort sogar einen Futon für die Nächte vor einem Abgabetermin, in denen Kit bis zum frühen Morgen durchschreiben musste. Manchmal hatte sie großes Mitgefühl mit ihren schon lange leidenden Nachbarn. Sie mussten dem Februar, wenn unvermeidlich das Ende eines Buches mit den nächtlichen Radiohead-Sitzungen nahte, mit Angst und Schrecken entgegensehen.

Fiona ließ ihre Taschen fallen und ging in Kits Arbeitszimmer im Erdgeschoss, um die Musik abzustellen. Gesegnete Stille senkte sich wie Balsam auf sie herab. Sie ging nach oben in ihr Schlafzimmer, zog ihre Wanderklamotten aus und schlüpfte in ihre Hauskleidung. Dann stieg sie die zwei restlichen Treppen zu ihrem Büro hinauf und spürte in den Beinmuskeln die Nachwirkung des Kletterns in den Bergen. Das Erste, was sie wahrnahm, war das blinkende Licht des Anrufbeantworters. Fünfzehn Nachrichten. Sie hätte wetten können, dass sie alle von Journalisten kamen, und hatte keine Lust, sich das anzuhören, und schon gar nicht zu antworten. In dieser Angelegenheit war sie fest entschlossen, keinen einzigen Kommentar abzugeben, der gedreht und gewendet und für andere Zwecke ausgeschlachtet werden konnte.

Als sie ihren Laptop auf dem Schreibtisch abstellte, sah sie, dass Major Berrocal sich beeilt hatte. Ein Papierstoß füllte unübersehbar und anklagend die Faxablage. Sie unterdrückte einen Seufzer, nahm die Blätter an sich, glättete automatisch die Ecken und ging wieder hinunter.

Wie Kit versprochen hatte, stand ihr Essen im Kühlschrank. Sie fragte sich flüchtig, wie viele seiner Fans wohl für möglich hielten, dass ein und derselbe Mann Szenen von solch eindringlicher Brutalität verfasste, dass sie seinen Kritikern Albträume verursachten, und danach zur Entspannung Feinschmeckergerichte für seine Liebste kochte. Wahrscheinlich wäre ihnen die Vorstellung lieber, dass er seine Abende damit verbrachte, in Hampstead Heath kleinen, haarigen Tieren die Köpfe abzubeißen. Fiona lächelte bei dem Gedanken und goss sich, während sie wartete, bis der

Risotto warm war, ein Glas kalten Sauvignon ein. Dann nahm sie am Küchentisch Platz und legte die spanischen Faxe mit einem Bleistift zurecht. Sie sah auf die Uhr und beschloss sich die Nachrichten anzusehen, bevor sie sich daranmachte, die Polizeiberichte in der fremden Sprache zu entziffern.

Die donnernde Erkennungsmelodie zur Einleitung der Spätnachrichten ertönte wie üblich zur Begrüßung. Die Kamera zoomte das ernste Gesicht des Nachrichtensprechers heran. »Guten Abend. Die Schlagzeilen. Der Mann, der des Mordes von Hampstead Heath angeklagt wurde, ist auf freiem Fuß, nachdem die Richterin der Polizei unkorrekte Ermittlungsmethoden vorgeworfen hatte.« So weit die erste Meldung, die Fiona ohne Überraschung zur Kenntnis nahm. »Die Friedensverhandlungen im Nahen Osten sind kurz vor dem Abbruch, obwohl der US-Präsident sich persönlich eingeschaltet hat. Und der Rubel verliert nach einem weiteren Bankenskandal in Russland drastisch an Wert.«

Auf dem Bildschirm erschien jetzt hinter dem Kopf des Sprechers statt des Senderlogos der Platz vor dem Central Criminal Court. »Im Old Bailey kam heute auf Anordnung der Richterin der Mann frei, der der brutalen Vergewaltigung und des Mordes an Susan Blanchard angeklagt war. Richterin Mary Delaney sagte, es könne keinen Zweifel geben, dass die Metropolitan Police Francis Blake durch eine Aktion, die ›schon fast einer Hexenjagd‹ gleichkäme, in eine Falle gelockt habe. Obwohl es keine stichhaltigen Beweise gegen Mr. Blake gab, habe man sich auf ihn als den Mörder festgelegt. Ich gebe nun ab an unsere Korrespondentin Danielle Rutherford, die heute im Gericht war.«

Eine Frau Mitte dreißig mit dünnem, braunem, vom Wind zerzaustem Haar blickte ernst in die Kamera. »Es gab heute im Gericht ärgerliche Reaktionen, als Richterin Delaney die Freilassung von Francis Blake anordnete. Die Angehörigen von Susan Blanchard, die in Hampstead Heath vergewaltigt und ermordet wurde, als sie mit ihren kleinen Zwillingen spazieren ging, waren empört über die Entscheidung der Richterin und über Blake, der auf der Anklagebank offensichtlich seine Genugtuung genoss.

Aber die Richterin ließ sich durch ihre Vorwürfe nicht beeindrucken und brachte ihre Geringschätzung für die Methoden der Metropolitan Police zum Ausdruck, die sie als eine Beleidigung für eine zivilisierte Demokratie empfinde. Auf den Rat eines Psychologen und Profilers hatte die Polizei mithilfe einer attraktiven Mitarbeiterin eine Täuschungsaktion durchgeführt. Sie sollte Mr. Blakes Zuneigung gewinnen und ihn zum Geständnis des Mordes bringen. Allerdings führte die Aktion, die Hunderttausende von Pfund kostete, nicht zu einem klaren Geständnis. Trotzdem war man bei der Polizei der Ansicht, es läge genug Beweismaterial vor, um Mr. Blake vor Gericht zu bringen.

Die Verteidigung legte jedoch dar, Mr. Blake habe, was immer er gesagt hatte, nur aufgrund der Beeinflussung durch die Polizeibeamtin und auch nur deshalb geäußert, weil er die Person, die sie ihm vorgespielt hatte, beeindrucken wollte. Und diese Sichtweise wurde von der Richterin bestätigt. Mr. Blake, der acht Monate in Haft gesessen hat, kündigte nach seiner Freilassung an, er werde Entschädigung verlangen.«

Nun erschien ein untersetzter Mann im Bild, der auf die dreißig zuging und kurz geschnittenes schwarzes Haar und tief liegende dunkle Augen hatte. Ein ganzer Dschungel von Mikrofonen und kleinen Tonbandgeräten drängte sich vor seinem weißen Hemd und seinem anthrazitgrauen Anzug. Seine Aussprache war überraschend gepflegt, und er schaute öfter auf ein Blatt Papier in seiner Hand hinunter. »Ich habe immer gesagt, dass ich an dem Mord von Susan Blanchard unschuldig bin, und heute hat ein Gericht meine Haltung bestätigt. Aber ich habe einen schrecklichen Preis gezahlt. Ich habe meine Arbeit, mein Zuhause, meine Freundin und meinen guten Ruf verloren. Ich bin unschuldig und habe trotzdem acht Monate hinter Gittern verbracht. Ich werde die Metropolitan Police wegen Freiheitsberaubung auf Entschädigung verklagen. Und ich hoffe aufrichtig, dass man es sich dort beim nächsten Mal besser überlegt, wenn es darum geht, einem unschuldigen Mann etwas anzuhängen.« Dann schaute er auf, und seine Augen blitzten vor Zorn und Hass. Fiona fröstelte unwillkürlich.

Wieder änderte sich das Bild. Ein hochgewachsener Mann in einem zerknitterten grauen Anzug ging mit gesenktem Kopf und fest zusammengepresstem Mund auf die Kamera zu. Rechts und links von ihm waren zwei Männer in Regenmänteln mit starren Gesichtern. Die Stimme des Reporters sagte: »Der Polizeibeamte, der die Untersuchung geleitet hat, Detective Superintendent Steve Preston, wollte keinen Kommentar zu Blakes Freilassung abgeben. In einer späteren Verlautbarung teilte New Scotland Yard mit, man suche nicht gezielt nach einem anderen Täter in der Mordsache Susan Blanchard. Dies war Danielle Rutherford aus dem Old Bailey.«

Der Nachrichtensprecher im Studio wies nun auf einen Hintergrundbeitrag zu dem Fall hin, der nach der Pause gesendet würde. Fiona schaltete den Fernseher ab. Die verkürzte Fassung der Ereignisse interessierte sie nicht. Es gab triftige Gründe, weshalb sie die Vergewaltigung und den Mord an Susan Blanchard bestimmt nie vergessen würde. Sie hatten weder mit den drastischen Polizeifotos von der Leiche noch mit dem gerichtsmedizinischen Bericht oder auch mit der Tatsache zu tun, dass sie in der Nähe des Tatorts wohnte, der nur zwanzig Minuten zu Fuß von ihrem Haus entfernt war. Allerdings war all das schon schrecklich genug. Auch mit der Brutalität des Killers, der eine junge Mutter vor den Augen ihrer eineinhalbjährigen Zwillingssöhne schändete und erstach, hatte es nichts zu tun.

Bedeutsam war der Hampstead-Heath-Mord für Fiona deswegen, weil er das Ende ihrer Zusammenarbeit mit der Metropolitan Police, der Met, bedeutete. Sie und Steve Preston kannten sich gut vom Studium her, als sie beide in Manchester Psychologie belegten. Anders als die meisten Studentenbekanntschaften hatte ihre Freundschaft gehalten, obwohl sie beruflich ganz verschiedene Wege gegangen waren. Und als die britische Polizei die potenziellen Vorteile einer Zusammenarbeit mit Psychologen erwog, um bei der Erfassung von Wiederholungstätern bessere Chancen zu haben, war es für Steve die natürlichste Sache der Welt, sich an Fiona zu wenden. Es war der Anfang einer produktiven Beziehung, in der Fiona mit ihrem Konzept gründlichster Datenanalyse die Erfahrung und Intuition der Kriminalbeamten durch ihre Zusammenarbeit ergänzen konnte.

Schon Stunden nach der Entdeckung von Susan Blanchards Leiche war es Steve Preston klar, dass gerade in einem Fall wie diesem Fionas Fähigkeiten zum bestmöglichen Vorteil genutzt werden konnten. Ein Mann, der so töten konnte, war kein Anfänger. Steve hatte genug von Fiona gelernt und dies durch eigene Studien ergänzt, um zu wissen, dass ein solcher Mörder gewiss schon zuvor in der Strafgerichtsbarkeit seine Spuren hinterlassen hatte. Mit ihrem Fachwissen würde Fiona zumindest darauf hinweisen können, welche Art von Vorstrafen der Verdächtige vermutlich hatte. Je nach Sachlage konnte sie vielleicht sogar Angaben zu seinem wahrscheinlichen Wohnort machen. Sie würde von denselben Fakten ausgehen wie die Kriminalbeamten, aber andere Schlüsse im Hinblick auf ihre Bedeutung ziehen.

Im Verlauf der Untersuchung war Francis Blake schon früh als eventueller Täter aufgetaucht. Jemand, der mit seinem Hund spazieren ging, hatte zur Zeit des Mordes in Hampstead Heath die Kinder schreien hören und Blake in Richtung auf das dichte Unterholz davonrennen sehen, das die kleine Lichtung verdeckte, wo Susan Blanchards Leiche entdeckt wurde. Blake leitete die Filiale einer Kette von Bestattungsunternehmen, woraus die Kriminalbeamten auf eine ungesunde Vertrautheit mit Leichen schlossen. Er hatte als Junge auch bei einem Metzger gearbeitet, weswegen die Polizei davon ausging, dass es ihm nichts ausmachte, Blut zu sehen. Als Erwachsener hatte er keine Vorstrafen, aber zweimal war ihm eine Jugendstrafe angedroht worden, weil er einen Mülleimer in Brand gesetzt und beim zweiten Mal einen kleineren Jungen tätlich angegriffen hatte. Außerdem konnte er keine klare Aussage machen, wieso er an jenem Morgen im Park von Hampstead Heath gewesen war.

Es gab nur ein Problem. Fiona glaubte nicht, dass Francis Blake der Mörder war. Sie hatte dies Steve und auch jedem anderen mitgeteilt, der es hören wollte. Aber ihre Vorschläge für eine andere Richtung der Ermittlungen hatten offenbar zu keinem Ergebnis geführt. Unter dem Druck der wütenden Medien musste Steve eine Verhaftung vorzeigen können.

Eines Morgens war er in Fionas Büro in der Universität gekommen. Nach einem Blick auf seinen verbissenen Gesichtsausdruck hatte sie geäußert: »Was du mir zu sagen hast, wird mir nicht gefallen, was?«

Er schüttelte den Kopf und ließ sich schwer auf den Stuhl vor ihr fallen. »Nicht nur dir. Ich habe alle Argumente gebracht bis zum Gehtnichtmehr, aber man kann sich manchmal einfach nicht gegen opportunistische Schachzüge durchsetzen. Der Commander hat über meinen Kopf hinweg seine Entscheidung getroffen. Er hat Andrew Horsforth beauftragt.«

Keiner von beiden musste dazu noch etwas sagen. Andrew Horsforth war praktizierender Psychologe in einer Klinik. Er hatte jahrelang eine sichere Stelle in einer psychiatrischen Anstalt gehabt, deren Ruf nach jedem unabhängigen Bericht schlechter wurde, der über sie erschien. Sein Verständnis von Profiling beruhte auf dem, was Fiona verächtlich als »instinktive Annahmen« bezeichnete, und er bildete sich aufgrund jahrelanger praktischer Erfahrung mit Patienten viel auf die Qualität seiner Erkenntnisse ein. »Und das wäre ja in Ordnung, wenn für ihn je etwas anderes als sein Ego im Vordergrund gestanden hätte«, sagte sie einmal sarkastisch, nachdem sie einen Vortrag von ihm gehört hatte. Er hatte bei seinem ersten wichtigen Fall ein Mordsglück gehabt, wie sie es vertraulich umschrieb, als er ein Profil erstellte, das er später immer wieder ausschlachtete. Und er versäumte nie, den Medien bei allen möglichen Gelegenheiten Kommentare und Interviews zu geben, so viele sie wollten. Wenn die Polizei in einem Fall eine Verhaftung vornehmen konnte, für den er ein Täterprofil erstellt hatte, war er immer schnell dabei, dies als sein Verdienst zu reklamieren; wenn es nicht so weit kam, war es nie seine Schuld. Würde Francis Blake als verdächtigter Täter nun Horsforth zugewiesen, so würde dieser, dessen war sich Fiona sicher, schon ein irgendwie auf den Mann zugeschnittenes Profil zusammenbasteln.

»Dann will ich nichts mehr mit der Sache zu tun haben«, sagte Fiona bestimmt.

»Allerdings hast du nichts mehr damit zu tun, das kannst du mir glauben«, sagte Steve bitter. »Sie haben beschlossen, deine fachliche Beratung und meine persönliche Meinung zu übergehen. Sie tüfteln an einem Täuschungsmanöver, in Szene gesetzt von Horsforth.«

Fiona schüttelte deprimiert den Kopf. »Ach, verdammt noch mal«, explodierte sie. »Das ist doch eine Schnapsidee. Selbst wenn ich dächte, Blake sei euer Mann, wäre ein Täuschungsmanöver doch eine furchtbar blöde Idee. Vielleicht könnte man ja etwas zusammenbekommen, das sich vor Gericht verwenden ließe, wenn ein geschulter Psychologe mit jahrelanger therapeutischer Erfahrung die Aktion leitete, aber beim besten Willen – eine junge Polizistin loszuschicken, die von einem Bescheuerten wie Horsforth Instruktionen bekommt, das ist doch das ideale Rezept für eine komplette Katastrophe.«

Steve fuhr sich mit den Händen durch sein allmählich schütter werdendes schwarzes Haar und strich es sich aus der Stirn. »Meinst du, ich hab ihm das nicht gesagt?« Seine zusammengepressten Lippen bildeten eine scharfe Linie, die seinen ganzen Ärger ausdrückte.

»Ich bin sicher, dass du es ihm gesagt hast. Und ich weiß auch, dass du genauso wütend bist wie ich.« Fiona stand auf und wandte sich zum Fenster, um hinauszusehen. Sie wollte nicht zeigen, wie gedemütigt sie war, nicht einmal gegenüber jemandem, den sie so gut kannte wie Steve. »Also, das war's dann wohl«, sagte sie. »Ich bin fertig mit der Met. Ich werde nie mehr mit dir oder deinen Kollegen zusammenarbeiten.«

Steve kannte sie gut genug. Er wusste, dass ein Gespräch mit ihr nichts bringen würde, wenn sie in dieser Stimmung war. Er selbst war über die Missachtung seines professionellen Urteils so verärgert gewesen, dass ihm sogar kurz der Gedanke an Kündigung durch den Kopf geschossen war. Aber anders als Fiona hatte er keine Alternative für eine berufliche Karriere, in der sein Fachwissen von Vorteil gewesen wäre. Also tat er den Gedanken daran ungeduldig als eine wehleidige Regung seines verletzten Stolzes ab. Er hoffte, dass Fiona das nach einiger Zeit auch tun würde. Jetzt war aber nicht der richtige Zeitpunkt, darüber zu sprechen. »Ich kann dir keinen Vorwurf machen, Fi«, sagte er niedergeschlagen. »Es tut mir weh, dich zu verlieren.«

Sie war wieder gefasst und drehte sich zu ihm um. »Das wird nicht das Einzige bleiben, was dir wehtun wird, bevor diese Sache zu Ende ist«, sagte sie mitfühlend. Sogar damals schon hatte sie begriffen, wie schlimm die Sache ausgehen konnte. Wenn Polizisten durch die angebliche Glaubwürdigkeit und das Ansehen eines Psychologen bestärkt wurden, der ihnen

sagte, was sie hören wollten, und wenn sie verzweifelt einen Täter verhaften wollten, ruhten sie nicht eher, als bis ihr Mann hinter Gittern saß.
Fiona freute sich jedoch nicht darüber, wie Recht sie gehabt hatte.

Kapitel 3

Die mittelalterliche Festung von Toledo war auf einem Felsvorsprung erbaut, den eine Schleife des Flusses Tajo wie ein Ochsenjoch fast vollständig umschloss. Der tiefe Fluss und die steilen Felsen boten fast der ganzen Stadt einen natürlichen Schutz, da man nur einen schmalen Streifen Land gegen den Feind befestigen musste. Jetzt wand sich eine schöne Straße auf der anderen Seite des Tajo entlang und gab verschiedene Ausblicke auf die Gruppierungen honigfarbener Gebäude frei, die sich von der prächtigen Kathedrale und den strengen Mauern des Alcazar den steil abfallenden Hang hinabzogen. Daran konnte sich Fiona noch von den heißen, durstigen Tagen eines Aufenthalts vor dreizehn Jahren erinnern, als sie die Stadt mit drei Freundinnen erkundet hatte.
Sie hatten damals ihr bestandenes Doktorexamen gefeiert und waren mit einem klapprigen VW-Bus durch Spanien gefahren, von einer Stadt zur anderen, wo sie die wichtigsten Attraktionen besuchten. Toledo – das waren El Greco, Ferdinand und Isabella, Schaufenster voller Waffen und Schwerter und ein besonders köstliches Wachtelgericht, wie sie sich erinnerte. Hätte damals jemand der jungen Psychologin, die gerade frisch von der Uni kam, vorausgesagt, dass sie eines Tages als Beraterin der spanischen Polizei hierher zurückkehren würde, hätte sie dies bestimmt für eine Schnapsidee gehalten.
Die erste Leiche war in einer tiefen, waldreichen Schlucht gefunden worden, die etwa eine Meile vor den Toren der Stadt zum Tajo hinunter verlief. Nach örtlicher Sitte hatte

die Schlucht den schrecklichen Namen La Degollada – laut Fionas spanischem Wörterbuch »die Frau mit durchschnittener Kehle«. Die Leiche der historischen Degollada sollte ein Zigeunermädchen gewesen sein, das einen der Wachsoldaten verführte und damit einen zunächst unbemerkten Angriff auf die Stadt ermöglichte. Zur Strafe dafür, dass sie einem Soldaten den Kopf verdreht hatte, verlor sie den ihren dann tatsächlich. Ihre Kehle war so tief aufgeschlitzt, dass es praktisch einer Enthauptung gleichkam. Fiona bemerkte müde, aber ohne Überraschung, dass Major Berrocals Bericht nichts über das Schicksal des Soldaten enthielt.

Das jetzige Opfer war eine fünfundzwanzigjährige Deutsche, Martina Albrecht. Sie hatte gelegentlich als Reiseführerin gearbeitet und deutschsprachige Führungen durch Toledo organisiert. Ihre Freunde und Nachbarn berichteten, dass sie einen Lover gehabt habe, einen verheirateten, nicht hochrangigen Offizier der spanischen Armee, der dem Verteidigungsministerium in Madrid zugeteilt war. Er war in der Mordnacht bei einem offiziellen Festessen in der etwa sechzig Kilometer entfernten Hauptstadt gewesen. Man trank dort noch Kaffee und Cognac, als Martinas Leiche entdeckt wurde, sodass auf ihn kein Verdacht fallen konnte. Außerdem meinten Martinas Freunde, sie sei mit dieser Teilzeitbeziehung ganz zufrieden gewesen und habe nichts geäußert, was auf Probleme zwischen den beiden hingewiesen hätte.

Die Leiche wurde kurz vor Mitternacht von einem verliebten Teenager-Paar gefunden, das seine Motorräder an der Straße geparkt und sich neugierigen Blicken durch den Abstieg in die Schlucht entzogen hatte. Auch sie kamen als Verdächtige nicht infrage, obwohl der Vater des Mädchens ihrem Freund unterstellt haben sollte, er sei durchaus zu einem Mord in der Lage, weil der Junge nach Ansicht des Vaters ein unschuldiges junges Mädchen verdarb.

Nach dem gerichtsmedizinischen Bericht hatte Martina im Mondlicht ausgestreckt auf dem Rücken gelegen, die Arme ausgebreitet und die Beine gespreizt. Der Pathologe fand heraus, dass ihre Kehle mit einer langen, sehr scharfen Klinge, vielleicht einem Bajonett, von links nach rechts aufgeschlitzt worden war und dass der Täter wahrscheinlich hinter ihr gestanden hatte. Es war schwierig, dazu etwas Genaues zu sagen, und da Toledo für seine Stahlklingen berühmt ist, war der Erwerb von rasiermesserscharfen Messern in den vielen Touristenläden an den großen Straßen eine ganz alltägliche Sache. Der Tod war schnell eingetreten, denn das Blut trat stoßweise aus den beiden durchgetrennten Halsschlagadern aus. Martinas Kleider waren vom Blut getränkt, woraus man schließen konnte, dass sie stand und nicht lag, als ihr die Wunde beigebracht wurde.

Die weitere Untersuchung ergab, dass eine abgebrochene Weinflasche wiederholt in ihre Scheide gerammt worden war und das Gewebe zerfetzt hatte. Dass an dieser Stelle des Körpers nicht viel Blut zu sehen war, deutete darauf hin, dass Martina zu diesem Zeitpunkt Gott sei Dank schon tot war. Die Flasche hatte vorher billigen Rotwein aus der Mancha enthalten, den man in fast jedem Laden der Stadt kaufen konnte. Der einzige weitere Gegenstand von Interesse am Tatort war ein blutbefleckter Reiseführer von Toledo in deutscher Sprache. Martinas Name, Adresse und Telefonnummer waren in ihrer Handschrift auf die Innenseite des Umschlags gekritzelt.

Kriminaltechnische Spuren vom Mörder gab es nicht, auch keine Hinweise darauf, wie Martina in die Schlucht La Degollada gebracht worden war. Es war ein leicht zugänglicher Ort. Die am Tajo entlangführende Panoramastraße verlief hier oberhalb der Schlucht, und es gab in der Nähe viele Stellen, wo ein Auto neben der Straße versteckt abgestellt werden konnte. Martina sei gegen sieben von der

Arbeit nach Hause gekommen, sagte die Frau, mit der sie sich eine Wohnung teilte. Sie hatten zusammen kurz Brot, Käse und einen Salat gegessen, dann war die Mitbewohnerin weggegangen, um Freunde zu treffen. Martina hatte für den Abend nichts Besonderes geplant und lediglich geäußert, sie würde vielleicht später etwas trinken gehen. Die Polizei hatte die Cafés und Bars, die sie öfter besuchte, durchkämmt, aber niemand gab an, sie an jenem Abend gesehen zu haben. Als die Touristengruppe, die Martina am Tag zuvor geführt hatte, am nächsten Tag in Aranjuez ankam, hatte man sie befragt. Niemand hatte bemerkt, dass einer der Touristen sich besonders für ihre junge Führerin interessiert hätte. Außerdem waren sie an jenem Abend alle gemeinsam bei einer Flamenco-Fiesta gewesen. Für jeden konnte von mindestens drei anderen Mitgliedern der Gruppe die Anwesenheit dort und damit das Alibi bezeugt werden.

Es gab keine bestimmten Verdachtsmomente, und so war die Ermittlung zum Stillstand gekommen. Fiona kannte diese Art von frustrierender Untersuchung, die sich an die erste Tat einer Serie anschließt, wenn der Täter intelligent genug ist, seine Spuren gekonnt zu verwischen, und keine Zweifel daran hat, dass man ihn nicht erwischen wird. Fehlte eine klare Verbindung zwischen Opfer und Mörder, war es immer schwer, ergiebige Ansätze für die Ermittlungen zu finden.

Dann hatte es zwei Wochen später eine zweite Leiche gegeben. Ein relativ kurzer Zeitabstand, stellte Fiona fest. Diesmal war der Tatort die große Klosterkirche San Juan de los Reyes. Fiona erinnerte sich an die Kreuzgänge, ein mächtiges Viereck, das mit bizarren Wasserspeierfiguren verziert war. Dort war es auch gewesen, fiel ihr ein, dass eine aus ihrer Gruppe damals die absurde Figur eines umgekehrten Wasserspeiers entdeckt hatte. Statt einer grotesken Fratze, die Wasser spuckte, bestand diese Figur nur aus einem Unterkörper, als ob der dazugehörige Rest mit dem Kopf voran in die Wand gerammt worden sei.

Das Einzigartige an der Kirche selbst waren die vielen Ketten und Fesseln, die von der Fassade herabhingen. Mit diesen Fesseln pflegten die maurischen Eroberer ihre in Granada festgenommenen christlichen Gefangenen anzuketten. Als Ferdinands und Isabellas große Armee Granada den Mauren entriss, verfügten die Monarchen, dass die Ketten zum Andenken an der Kirche aufgehängt werden sollten. Fiona hatte noch lebhaft vor Augen, wie bizarr und tiefschwarz sie sich im Sonnenlicht vor dem Goldton der reich verzierten Steinfassade abgehoben hatten.

Das zweite Opfer war der Amerikaner James Paul Palango, der sakrale Kunst studierte. Seine Leiche war im Morgengrauen von einem Straßenfeger entdeckt worden, der den Kreuzgang des Klosters von San Juan de los Reyes gefegt hatte. Als er auf dem geteerten Platz vor der Kirche um die Ecke gekommen war, hatte er etwas über seinem Kopf Baumelndes wahrgenommen. Palango hing an zwei Fesseln angekettet. Im frühen Morgenlicht glänzte etwas an seinem geschwollenen Hals. Als man die Leiche herunternahm, stellte sich heraus, dass er mit einem Würgehalsband für Hunde erdrosselt und dann mit Handschellen an die beiden Ketten gehängt worden war. Der Gerichtsmediziner berichtete auch, dass Palangos Leiche wiederholt mit dem abgebrochenen Hals einer Weinflasche verletzt wurde, die noch im wunden Anus steckte. Wieder schien es keine wesentlichen Spuren zu geben. Interessanterweise war auch in Palangos Tasche ein Führer von Toledo.

Die polizeilichen Ermittlungen ergaben, dass Palango evangelisch war und einer reichen Familie aus Georgia entstammte. Er hatte in einem Parador-Hotel gewohnt, das von einem hohen Felsvorsprung aus einen weiten Blick über den Fluss auf die Innenstadt bot. Man sagte im Hotel, Palango habe früh zu Abend gegessen und sei dann so gegen neun mit seinem Mietwagen weggefahren. Das Auto wurde später in einem Parkhaus gegenüber dem Alcazar entdeckt. Nach Befragungen in der Nachbarschaft stellte sich heraus, dass der Amerikaner auf der Plaza Zocodover im Herzen der Altstadt einen Kaffee getrunken hatte, aber im allgemeinen Durcheinander der beim abendlichen *Paseo* Flanierenden hatte niemand bemerkt, ob er das Café allein verließ und wann. Niemand hatte sich gemeldet, der ihn seit dem Zeitpunkt gesehen hatte.

Fiona lehnte sich auf ihrem Stuhl zurück und rieb sich die Augen. Kein Wunder, dass Major Berrocal so erpicht war, sie als Helferin zu verpflichten. Die einzigen maßgeblichen Informationen, die die Polizei aus dem zweiten Mord hatte ableiten können, waren: Der Mörder war stark genug, einen 63 Kilo schweren Mann auf einer Leiter hinaufzutragen, und furchtlos genug, sein Opfer an einem öffentlichen Ort zur Schau zu stellen. Auf einem handgeschriebenen Zettel hatte Berrocal vermerkt, nach Schließung des Cafés sei die Gegend um die Kirche in den frühen Morgenstunden zwar ruhig, aber doch von mehreren Häusern aus zu überblicken. Deshalb habe der Mörder wohl die abgelegenste Stelle der Fassade für sein Spektakel gewählt, von wo aus er wahrscheinlich nicht so leicht gesehen werden konnte.

Fiona ließ sich auf dem Stuhl zurückfallen und reckte die Arme über den Kopf, während sie die Berichte noch einmal überdachte, die sie sorgfältig durchgearbeitet hatte. Der Fall war interessant, das stand außer Frage. Sie musste sich überlegen, ob sie mit einer konstruktiven Idee zu den Ermittlungen beitragen könnte. Sie hatte schon verschiedentlich mit ausländischen Polizeiabteilungen in Europa zusammengearbeitet und manchmal das Gefühl gehabt, ihre Arbeit werde dadurch beeinträchtigt, dass ihr ein tieferes, intuitives Verständnis für das Funktionieren der ihr fremden Gesellschaften fehlte. Andererseits machten sich

schon erste Ansätze einer Idee bemerkbar, wie dieser Mörder vorgegangen sein und wo die Polizei mit ihrer Suche anfangen könnte.
Eines stand jedoch fest. Während sie noch unschlüssig war, plante er schon seinen nächsten Mord. Fiona schenkte sich wieder ein und traf ihre Entscheidung.

Kapitel 4

Fiona war mit ihrem Spanienführer schon halb die Treppe hinuntergegangen, als sie hörte, wie die Haustür aufging. »Hallo«, rief sie.

»Ich habe Steve mitgebracht«, antwortete Kit und klang, vom Alkohol entspannt, wie ein waschechter Einwohner von Manchester.

Fiona war zu müde, um die Aussicht auf Trinken und Unterhaltung bis spät in die Nacht zu begrüßen. Aber wenigstens war es nur Steve. Er gehörte praktisch zur Familie und störte sich nicht daran, wenn sie zu Bett ging und die beiden allein ließ. Diese zwei wichtigsten Männer in ihrem Leben waren ein merkwürdig gegensätzliches Paar: Steve, groß, drahtig, dünn und dunkelhaarig, und Kit, dessen rasierter Kopf im Licht glänzte und der mit seinem breiten, muskulösen Oberkörper kleiner wirkte, als er war. Dabei sah Steve mit seinem unruhigen Blick und den langen, schmalen Fingern eher wie der Intellektuelle aus, während Kit mehr wie ein Streifenpolizist wirkte, der vielleicht nebenbei als Rausschmeißer in Nachtclubs arbeitete. Jetzt sahen sie mit dem gleichen verlegenen Klein-Jungen-Grinsen und geröteten Gesichtern zu ihr herauf.

»Das Essen war gut, wie ich sehe«, sagte Fiona trocken und lief die restlichen Stufen hinunter. Auf Zehenspitzen küsste sie Steves Wange, dann ließ sie sich von Kit in den Arm nehmen.

Er gab ihr einen schmatzenden Kuss auf den Mund. »Hast mir gefehlt«, sagte er, ließ sie los und trat in die Küche.

»Stimmt gar nicht«, widersprach ihm Fiona. »Ihr habt doch einen tollen Männerabend gehabt, habt einen Haufen abscheulicher Stücke von toten Tieren gegessen und …« – sie hielt inne und legte den Kopf schief, während sie die beiden taxierte – »… drei Flaschen Rotwein getrunken …«

»Sie irrt sich nie«, warf Kit ein.

»… und ihr habt die Welt wieder in Ordnung gebracht«, schloss Fiona. »Da wart ihr doch ohne mich viel besser dran.«

Steve zwängte seinen langen Körper auf einen Küchenstuhl und nahm das Glas Brandy, das Kit ihm hinhielt. Er wirkte wie jemand, der unter Beschuss stand und nun vorsichtig das Gefühl zulässt, an einem sicheren Ort angekommen zu sein. Er hob sein Glas zu einem spöttischen Toast. »Wünschen wir unseren Feinden Verwirrung. Du hast Recht, Fi, aber aus den falschen Gründen«, sagte er.

Fiona setzte sich ihm gegenüber und zog ihr Weinglas zu sich heran. Er hatte sie neugierig gemacht. »Es fällt mir schwer, das zu glauben«, sagte sie mit leichtem Spott.

»Fi, ich war froh, dass du heute nicht dabei warst. Du bildest dir schließlich so schon genug auf deine Arbeit ein, du musst dir nicht auch noch anhören, wie ich herumschimpfe, dass ich die Demütigungen von heute nie über mich hätte ergehen lassen müssen, wenn ich mit dir statt mit diesem Arschloch Horsforth zusammengearbeitet hätte.« Steve hob abwehrend die Hand, um Kit anzudeuten, dass drei Zentimeter Brandy mehr als genug seien.

Kit lehnte sich gegen die Küchenzeile. Er legte seine breiten Hände um das Glas, um den Inhalt anzuwärmen. »Du hast Recht mit dem Eingebildetsein«, sagte er mit leisem Lachen, und sein liebevolles Grinsen zeigte, wie stolz er auf sie war.

»Nur wer selber einer ist, erkennt den üblen Charakter«, sagte Fiona. »Tut mir leid, Steve, dass du so einen beschissenen Tag hattest.«

Bevor Steve antworten konnte, schaltete sich Kit ein. »Es

musste ja so kommen. Die ganze Aktion war doch vom ersten Tag an zum Scheitern verurteilt. Von allem anderen abgesehen, wärt ihr doch in einem Prozess nie mit so einer Falle durchgekommen, sogar wenn Blake voll darauf reingefallen wäre und alles haarklein erzählt hätte. Britische Geschworene schätzen solche Täuschungsmanöver nicht. An jedem Stammtisch hält man es für Betrug, wenn einem etwas angehängt wird, ohne dass die Beweise vorher auf normalem Weg gefunden wurden.«

»Nimm kein Blatt vor den Mund, Kit, sag uns, was du wirklich denkst«, sagte Steve sarkastisch.

»Ich hatte gehofft, dass ihr eure Erörterung schon hinter euch habt«, legte Fiona vorsichtig Protest ein.

»O ja, das haben wir«, sagte Steve. »Ich fühle mich, als wäre ich den ganzen Tag im Büßerhemd herumgelaufen.«

»He, ich hab aber nicht behauptet, es sei deine Schuld«, erinnerte ihn Kit. »Wir wissen doch alle, dass man dir von oben Druck gemacht hat. Wenn einer sich geißeln sollte, dann ist es dein Commander. Aber da kannst du deine Rente drauf verwetten, dass Teflon Telford sich heute Abend wie Pontius Pilatus die Hände in Unschuld waschen wird – mit Waschpaste extra stark. Das klingt dann ungefähr so: ›Tja, man muss seinen Leuten manchmal ihren Kopf lassen, aber ich hätte doch gedacht, dass Steve Preston die Sache besser in den Griff bekommen würde‹«, sagte er mit der tiefen Bassstimme von Steves Chef.

Steve starrte in sein Glas. Kit sagte ihm nichts, was er nicht schon wusste, aber es aus dem Mund eines anderen zu hören machte die Niederlage nicht gerade bekömmlicher. Und morgen würde er sich seinen Kollegen stellen müssen. Er wusste genau, dass er allein die ganze Sache ausbaden musste. Manche hatten genug Durchblick und verstanden, dass er zum Sündenbock abgestempelt worden war, aber es gab viele andere, die die Gelegenheit genießen würden, hinter vorgehaltener Hand über ihn zu feixen. Das war der Preis, den er für seinen bisherigen Erfolg zahlte. Und angesichts des Konkurrenzdrucks auf den höheren Ebenen der Met war man immer nur so gut wie sein letzter Erfolg.

»Seid ihr wirklich nicht hinter einem anderen Täter her?«, fragte Fiona, die Steves deprimierte Stimmung bemerkte und das Gespräch in eine positivere Richtung lenken wollte.

Steve antwortete bockig: »Das ist die offizielle Lesart. Wenn wir etwas anderes sagen, hält man uns für noch größere Holzköpfe als sowieso schon. Aber ich gebe mich damit nicht zufrieden. Irgendeiner hat Susan Blanchard ermordet, und du weißt besser als ich, dass so ein Killer wahrscheinlich nicht nach einem Opfer Halt machen wird.«

»Was willst du denn unternehmen?«, fragte Fiona.

Kit warf ihr einen nachdenklichen Blick zu. »Ich glaube, die Frage lautet wahrscheinlich, was wirst *du* tun?«

Fiona schüttelte den Kopf, bemüht, ihren Ärger nicht zu zeigen. »O nein, hör auf, mir ein schlechtes Gewissen zu machen. Ich hab gesagt, ich werde nach diesem Desaster nie mehr für die Met arbeiten, und das hab ich ernst gemeint.«

Steve breitete beschwichtigend die Arme aus. »Selbst wenn ich das Geld zur Verfügung hätte, würde ich dich nicht so beleidigen wollen.«

Kit packte einen der Stühle und setzte sich rittlings darauf. »Ja, aber mich liebt sie. Ich darf sie beleidigen. Na los, Fiona, es würde doch nicht schaden, wenn du dir die Unterlagen zu der Aktion mal anschauen würdest, oder? Nur so, als theoretische Fingerübung.«

Fiona stöhnte. »Du willst ja nur, dass sie hier im Haus rumliegen, damit du deine Nase reinstecken kannst«, versuchte sie ein weiteres Ablenkungsmanöver. »Ist doch alles Wasser auf deine Gruselmühle, oder?«

»Das ist aber nicht fair! Du weißt genau, dass ich nie vertrauliche Unterlagen lese«, sagte Kit empört.

Fiona grinste. »Jetzt hab ich dich doch getroffen, was?«

Kit lachte. »Aber die Kripo ist immer fair, Chefin.«

Steve lehnte sich mit nachdenklichem Gesicht zurück. »Andererseits …«

»Ach, jetzt benehmt euch doch mal wie Erwachsene, ihr beiden«, brummte Fiona. »Ich hab Besseres mit meiner Zeit zu tun, als Andrew Horsforths dreckige kleine Fangoperation abzuklopfen.«

Steve sah Fiona aufmerksam an. Er kannte sie gut und wusste, mit welcher Art von Herausforderung man ihrer hartnäckigen Ablehnung eventuell beikommen könnte. Und er war verzweifelt genug, es damit zu versuchen. »Das Problem ist, Fi, die Spur ist schon lange nicht mehr heiß. Es ist mehr als ein Jahr her, dass Susan Blanchard bestialisch ermordet wurde, und bald zehn Monate, dass wir uns ausschließlich auf Francis Blake konzentriert haben. Ich will nicht, dass die Sache unaufgeklärt bleibt. Ich will nicht, dass ihre Kinder mit all den offenen Fragen aufwachsen. Ihr wisst ja, welchen Schmerz das Nichtwissen bedeutet. Ich will jetzt wirklich den Dreckskerl kriegen, der das getan hat. Aber wir brauchen neue Hinweise«, sagte er. »Und wie Kit sagt, es könnte ja zumindest interessantes Forschungsmaterial für dich dabei herauskommen.«

Fiona machte die Kühlschranktür fester zu als nötig. »Du bist mir wirklich ein berechnender Kerl«, beklagte sie sich. Dass sie durchschaute, wie er absichtlich die richtigen Knöpfe bei ihr drückte, machte es nicht weniger unangenehm. Verärgert versuchte sie sich mit einem letzten Verteidigungsmanöver herauszureden. »Steve, ich bin keine Praktikerin der Psychologie. Ich hör mir nicht den ganzen Tag die traurigen Lebensgeschichten der Leute an. Meine Sache ist das Jonglieren mit Zahlen. Ich arbeite mit harten Fakten, nicht mit vagen Eindrücken. Auch wenn ich meine Wut unterdrücken und die Unterlagen durchsehen würde, bin ich nicht sicher, dass ich am Ende überhaupt etwas Hilfreiches dazu sagen könnte.«

»Es würde aber nichts schaden, oder?«, warf Kit ein. »Du

würdest ja deine Entscheidung, nicht mehr für die Met zu arbeiten, nicht zurückziehen. Du würdest nur Steve einen persönlichen Gefallen tun. Ich meine, sieh ihn dir doch mal an. Er ist total fertig. Und das soll dein bester Kumpel sein! Willst du ihm nicht beistehen?«

Fiona setzte sich und beugte sich vor, sodass ihre kastanienbraunen schulterlangen Haare wie ein Vorhang vor ihr Gesicht fielen. Steve wollte etwas sagen, aber Kit gab ihm schnell ein Zeichen, er solle still sein, und flüsterte: »Nein!«

Steve zuckte leicht mit einer Schulter.

Schließlich seufzte Fiona tief und strich sich mit beiden Händen die Haare zurück. »Okay, ich mach es«, sagte sie. Als sie Steves begeistertes Lächeln sah, fügte sie jedoch hinzu: »Ich verspreche nichts, vergiss das nicht. Bring mir das Zeug gleich morgen früh, damit ich es mir anschauen kann.«

»Danke, Fi«, sagte Steve. »Auch wenn es gewagt ist, ich brauche alle Hilfe, die ich bekommen kann. Ich danke dir.«

»Gut. Das solltest du auch«, sagte sie ernst. »Können wir jetzt von was anderem reden?«

Es war nach Mitternacht, als Fiona mit ihrem Spanienführer endlich zu Bett ging. Als Kit aus dem Bad kam, warf er stirnrunzelnd einen erstaunten Blick auf ihren Lesestoff. »Willst du mir damit schonend beibringen, dass es an der Zeit sei, einen Urlaub zu planen?«, fragte er, schlüpfte unter die Decke und kuschelte sich an sie.

»Schön wär's. Gehört zur Arbeit. Ich habe heute eine Anfrage von der spanischen Polizei wegen einer Beratung bekommen. Zwei Morde in Toledo, die nach dem Anfang einer Serie aussehen.«

»Du hast also schon entschieden zu gehen?«

Fiona schwenkte das Buch vor ihrer Nase herum. »Sieht so aus. Ich muss wegen der praktischen Details morgen früh mit ihnen reden, aber ich könnte ohne große Probleme zum Wochenende ein paar Tage wegfahren.«

Kit rollte sich auf den Rücken und verschränkte die Arme hinter dem Kopf. »Und da hatte ich schon gedacht, du hättest eine romantische Kurzreise nach Torremolinos geplant.«
Fiona legte ihr Buch ab und wandte sich Kit zu. Ihre Finger fuhren durch die weichen dunklen Haare auf seiner Brust. »Du könntest ja mitkommen, wenn du möchtest. Toledo ist eine schöne Stadt. Es ist ja nicht so, als gebe es dort nichts für dich zu tun, während ich arbeite. Eine Abwechslung würde dir nicht schaden.«
Er legte einen Arm um ihre Schulter und zog sie näher zu sich heran. »Ich bin ziemlich im Rückstand mit dem Buch, und wenn du am Wochenende nicht da bist, ist das eine gute Gelegenheit, mich einzuschließen und durchzuarbeiten.«
»In Toledo könntest du auch arbeiten.« Ihre Hand wanderte langsam zu seinem Bauch hinunter.
»Wenn du da bist, um mich abzulenken?«
»Ich würde tagsüber arbeiten. Und wahrscheinlich die halbe Nacht, wenn man nach den früheren Erfahrungen gehen kann.« Sie rutschte näher und schmiegte sich an ihn.
»Da kann ich genauso gut zu Haus bleiben, so wie sich das anhört.«
»Es würde dir gefallen«, sagte Fiona gähnend. »Es ist eine interessante Stadt. Man weiß nie, vielleicht wäre es eine gute Inspiration.«
»Ja, genau, ich sehe schon vor mir, wie ich den spanischen Superkillerthriller schreibe.«
»Warum nicht? Es ist ein schmutziger Job, aber irgendjemand muss ihn machen. Ich dachte nur, du würdest vielleicht mal gern irgendwo eine Pause einlegen, wo man sensationelle Feinschmeckerkost speist ...« Fionas schläfrige Stimme wurde immer leiser.
»Manchmal denke ich auch an was anderes als ans Essen«, protestierte er. »War Toledo nicht die Stadt mit den El Grecos?«
»Stimmt«, sagte Fiona. »Und sein Haus ist auch da.« Ihre

Augen waren geschlossen und ihre Stimme war nur noch ein Murmeln, als sie den Traumpfad in den Schlaf hinunterglitt. »Na, das hört sich so an, als wär's eine Reise wert. Vielleicht komme ich doch mit«, sagte Kit. Keine Antwort. Das frühe Aufstehen und die zehn Meilen Wandern im Moor von Derbyshire forderten jetzt doch ihren Tribut. Kit lächelte und streckte seinen freien Arm nach dem Taschenbuch von James Sallis auf dem Nachttisch aus. Im Gegensatz zu Fiona konnte er nie ohne seine Portion Horror einschlafen. Allerdings wusste er immer, dass sein Lesestoff nur Erfindung war. Es machte nichts aus, dass er das Verbrechen nicht aufgeklärt hatte, wenn es Zeit war, das Licht abzuschalten. Die Killer, für die er sich interessierte, würden nicht wieder zuschlagen, bis er bereit war.

Kapitel 5

Das Flugzeug war auf dem Weg nach Madrid halb leer. Ohne dass sie ihn darum bitten musste, überließ Kit Fiona einen Doppelsitz und setzte sich auf die andere Seite des Mittelgangs. Sobald sie abgehoben hatten, klappte er seinen Laptop auf und begann zu arbeiten, wobei sein Walkman jegliche Ablenkungen von ihm fernhielt. Auf dem Weg zum Flughafen hatte er Fiona schon gedrängt, sie solle anfangen das, dicke Bündel zu lesen, das Steve hatte abgeben lassen und das sie in den letzten zwei Tagen geflissentlich übersehen hatte. Sie hatte behauptet, sie müsse die Unterlagen aus Toledo durchgehen, aber wenn sie ehrlich war, hatte sie dies schon sehr gründlich erledigt. Jetzt hatte sie keine Ausrede mehr, und der Flug war lang genug. Sie würde die ganze Zeit brauchen, um die Unterlagen durchzuarbeiten.

Der erste Teil begann mit einer Anzeigenseite aus *Time Out*. Während der langen Verhöre bei der Polizei hatte Blake zugegeben, er habe trotz einer schon längere Zeit bestehenden Beziehung zu einer Stewardess an Frauen geschrieben, die in der Rubrik *Einsame Herzen* annoncierten. Er hatte gesagt, er habe die ausgewählt, die unsicher schienen, weil sie immer dankbar waren, einen gut aussehenden Typen wie ihn kennenzulernen. Er hatte eingestanden, dass er vor allem an Sex interessiert war, bestand aber darauf, dass er seine Zeit nicht mit hirnlosen Puppen verschwenden wolle. Nach dem, was Fiona noch von dem ursprünglichen Protokoll der Interviews im Gedächtnis hatte, schien Blake in Bezug auf seine Anziehungskraft auf Frauen selbstbewusst, fast arrogant. Ein Mann, der wusste, was er wollte, und keinen Zweifel hatte, dass er es bekommen würde. Er hatte jedenfalls nicht schwach oder wie ein Versager gewirkt.

Horsforth hatte mehrere Anzeigen verfasst, von denen er nach seiner Interpretation der Verhöre glaubte, dass sie den Verdächtigen interessieren würden. Die ersten Versuche hatten viele Antworten gebracht, aber keine von Blake. »Zeigt, wie gut es ihm gelungen ist, sich in die Psyche des Killers zu versetzen«, murmelte Fiona. Aber beim zweiten Versuch gelang es, die Schlinge um das anvisierte Subjekt zu legen. Er hatte auf folgende Anzeige geantwortet: »Junge Frau, 26, schlank, neu in North London, sucht männlichen Begleiter für Gespräche, Restaurant- und Kinobesuche und zum Kennenlernen der hiesigen Szene und Vergnügungsorte. Sinn für Humor. Bitte Bilder beilegen.«

Blake hatte sich als Mann mit gutem Beruf dargestellt, 29-jährig, mit Interesse an Filmen, Lesen, Spaziergängen in Londoner Parks, dem Damenbegleitung Freude bereitete. Darauf hatte Detective Constable Erin Richards unter Anleitung von Andrew Horsforth geantwortet.

»Lieber Francis«, schrieb sie, *»danke für deinen Brief, es war bei Weitem der charmanteste von allen, die ich bekommen habe. Ich muss zugeben, ich bin ein bisschen nervös in der Angelegenheit, weil ich normalerweise so etwas nicht tue. Wäre es in Ordnung, wenn wir noch weitere Briefe austauschten, bevor wir uns tatsächlich treffen?*

Genau wie du gehe ich gern ins Kino. Was für Filme magst du am liebsten? Obwohl ich weiß, dass Frauen eigentlich so etwas nicht gefallen sollte, bin ich versessen auf all die wunderbaren finsteren Thriller wie Sieben, Acht Millimeter *und* Fargo *und Hitchcock-Filme wie* Psycho. *Aber sie müssen einen guten Plot haben, um mich bei der Stange zu halten. Zum Lesen komme ich nicht so viel, wie ich sollte. Ich finde Patricia Cornwell, Kit Martin und Thomas Harris am besten, und manchmal lese ich auch über echte Kriminalfälle.*

Ich kenne London eigentlich nicht gut genug, um zu wissen, wo man sicher spazieren gehen kann. Man liest manchmal so viel Schreckliches in den Zeitungen, Leute, die in Parks überfallen oder vergewaltigt werden, dass es mich ein bisschen nervös macht, weil ich hier fremd bin. Vielleicht könntest du mir irgendwann ein paar von deinen Lieblingsspazierwegen zeigen?
Ich bin im Staatsdienst, leider nichts besonders Aufregendes. Ich bin Sachbearbeiterin beim Landwirtschaftsministerium. Nach dem Tod meiner Mutter bin ich von Beccles in Suffolk hierher gezogen. Es gab nichts mehr, das mich dort hielt, weil mein Vater auch schon zwei Jahre vor ihr gestorben war, und ich habe keine Geschwister, also dachte ich, ich könnte nach London kommen und hier nach Abenteuern suchen!
Ich würde sehr gern wieder von dir hören, wenn du meinst, dass wir genug gemeinsame Interessen haben und dass wir gern zusammen sein würden. Du kannst mir unter meiner Chiffrenummer schreiben, weil ich sie noch zwei Wochen länger behalte.

Liebe Grüße
Eileen Rogers«

Blake hatte postwendend geantwortet. *»Liebe Eileen, danke für deinen schönen Brief. Ja, es hört sich so an, als hätten wir vieles gemeinsam. Zunächst mal mögen wir die gleiche Art von Büchern und Filmen.*
Ich kann verstehen, dass es dich ein bisschen nervös macht, in London allein herumzulaufen. Ich habe mein ganzes Leben hier gewohnt, aber es gibt viele Gegenden in der Stadt, die ich überhaupt nicht kenne, und wenn ich geschäftlich hinfahre, habe ich manchmal etwas Angst, weil man so schnell irgendwo landet, wo man sich bedroht fühlt, nur weil einem die Gegend unbekannt ist. Für eine Frau, die allein ist, muss es noch viel schlimmer sein. Ich würde dir gern alles zeigen. Ich kenne Hampstead Heath und Regent's Park und Hyde Park gut, ich gehe oft hin.

Mir ist klar, dass es für dich ein bisschen beunruhigend ist, einen Fremden wie mich zu treffen, aber ich würde dich gerne selbst sehen. Ich glaube einfach, wir hätten uns bestimmt eine Menge zu sagen. Wir könnten uns irgendwo an einem öffentlichen Ort verabreden, so wie es für das erste Mal empfohlen wird – vielleicht am Samstag Nachmittag, wir könnten zusammen Kaffee trinken. Ich dachte, wir könnten uns vor dem Hard Rock Café am Hyde Park um drei treffen. Du kannst mich anrufen, um die Verabredung zu bestätigen, wenn du willst.
Bitte sag Ja. Du scheinst genau die Art Frau zu sein, die ich kennenlernen will.

Alle Gute
Francis Blake«

Der Fisch hatte angebissen, es war recht leicht gewesen, dachte Fiona. Nicht etwa, weil Horsforth die Sache besonders clever oder raffiniert eingefädelt hätte, sondern weil Blake so überraschend auf diesen Kontakt erpicht war, obwohl er unter so strenger polizeilicher Beobachtung stand. Vielleicht war er gerade deshalb so eifrig gewesen: Er brauchte unbedingt eine Erholungspause bei jemandem, der nicht wusste, wie er von der Justiz behandelt worden war. Einen Mann, der anscheinend gern die Kontrolle in der Hand behielt, musste es wütend machen, von Menschen umgeben zu sein, die meinten, sie wüssten mehr über ihn, als es wirklich der Fall war. Bei einem Menschen, der ihn nicht kannte und nichts über seine Rolle als Verdächtiger wusste, würde er sich entspannen können.
Was immer seine Gründe waren, so war jedenfalls eine Gelegenheit geschaffen, mit der man die Untersuchung vorantreiben konnte. DC Richards hatte Blake angerufen und das Treffen bestätigt. Das Gespräch war etwa zehn Minuten lang, bemerkte Fiona. Sie hatten ohne große Scheu geplaudert, hauptsächlich über Filme, die sie in letzter Zeit gesehen hatten,

und sich dann verabredet. Beim ersten Rendezvous wie auch bei jedem weiteren trug Richards ein Mikrofon, das die Unterhaltung über Funk zu einem Überwachungswagen übertrug, von dem aus man das Paar diskret, aber genau im Auge behielt. Richards hatte ihre Rolle gut gespielt und einen Ton angeschlagen, der die Balance zwischen fahriger Nervosität und bemühter Freundlichkeit hielt. Sie waren Kaffeetrinken gegangen, dann hatte Blake einen kurzen Spaziergang durch den Park vorgeschlagen, bevor sie sich trennten. Unterwegs zeigte er ihr Plätze, die sie ohne Gefahr allein aufsuchen konnte, und solche, die sie meiden sollte. Er schien die Stellen genau zu kennen, die gut einzusehen und beleuchtet waren, und andere, die finster und teilweise hinter Gebüsch verborgen waren und sich jemandem mit zweifelhaften Absichten als Verstecke anboten. Fiona hielt diese Analyse nicht für die eines durchschnittlichen Spaziergängers. Nur wer den Park für andere Zwecke nutzte, als dort frische Luft zu schnappen und sich Bewegung zu verschaffen, betrachtete seine Umgebung wie Francis Blake – ähnlich demjenigen, der einmal fast in einem brennenden Haus umgekommen wäre und für sein restliches Leben ein übertriebenes Interesse an Notausgängen hat. Blake sah seine Welt wie einer, der auf Beutejagd geht, nicht wie ein Opfer.
Allerdings machte ihn das noch nicht zum Mörder. Möglich, dass er andere überfiel oder ein Voyeur, ein Exhibitionist oder ein Vergewaltiger war und dadurch ähnlich reagierte. Aber Horsforth war überzeugt, Blake sei ein Mörder, und hatte dessen Benehmen entsprechend interpretiert. Das ergab sich klar aus den Notizen des Psychologen zu dem Treffen. Die Unterhaltung war harmlos gewesen, aber Horsforth hatte in ihr gesehen, was er sehen wollte.
Diese Erkenntnis deprimierte Fiona tief. Jede objektive Analyse des Materials war schon jetzt gefährdet, weil Horsforths verfrühte Interpretation der Bedeutung von Blakes Handlungen den darauf folgenden Ablauf bestimmt hatte.

Die Verabredungen wurden fortgesetzt, etwa zwei- oder dreimal die Woche. Beim vierten Treffen sprach Richards im Zusammenhang mit den schrecklichen Dingen, die Frauen in der Stadt passieren konnten, auch über den Mord an Susan Blanchard. Blake hatte sofort gesagt: »Ich war an dem Tag dort. Im Park von Hampstead Heath. Ich muss fast genau zur gleichen Zeit da vorbeigekommen sein, als sie vergewaltigt und ermordet wurde.«
Richards hatte so getan, als sei sie schockiert. »Mein Gott! Das muss ja schrecklich gewesen sein.«
»Ich habe damals gar nichts davon gemerkt. Na ja, natürlich nicht, sonst hätte ich ja Alarm geschlagen. Aber ich denke trotzdem oft, wenn ich an dem Tag eine andere Richtung eingeschlagen hätte, wenn ich über den Hang hinter dem Gebüsch gegangen wäre statt auf dem Weg, wäre ich über den Killer gestolpert«, sagte er angeberisch.
Es war ein bedeutungsvolles Gespräch, das wusste Fiona. Aber wiederum konnte man auch einen anderen Schluss als Horsforth ziehen. Es bedeutete in seinen Augen, dass Blake ein Mörder war, der unbedingt über seine Tat sprechen wollte, ganz egal, wie indirekt. Fiona sah darin etwas ganz anderes. Sie machte eine Notiz auf ihrem Block und las weiter.
Gegen Ende der dritten Woche lenkte Blake das Gespräch auf Sex. Es sei an der Zeit, so deutete er an, dass ihre Beziehung in die nächste Phase eintrete und über Spaziergänge, Kino- und Restaurantbesuche hinausgehe. Richards machte einen leichten Rückzieher, wie ihr befohlen worden war, und sagte, sie wolle erst sicher sein, dass sie zueinander passten, bevor sie den endgültigen Schritt täte, mit ihm zu schlafen. Dies war die geplante Richtung, die zu Gesprächen über sexuelle Fantasien führen sollte. Fiona musste zugeben, dass dies ein taktisch kluger Schritt Horsforths war, obwohl sie die Sache vielleicht weniger direkt angegangen wäre. Aber sie war schließlich keine Praktikerin. In solchen Dingen musste

sie eingestehen, dass ihr Instinkt sie wahrscheinlich nicht allzu präzise leiten würde.
Jetzt war Richards an der Reihe, das Gespräch forciert in die gewünschte Richtung zu lenken. Und sie verlor keine Zeit. Sie sagte, sie sei zwar nicht unerfahren, was Sex betreffe, aber sie habe sich mit den Männern, mit denen sie bis jetzt geschlafen hatte, ziemlich bald gelangweilt. »Sie sind einfach so berechenbar, so konventionell«, beklagte sie sich. »Ich will sicher sein, dass der nächste Mann, mit dem ich etwas anfange, Fantasie hat, dass ich mit ihm Erfahrungen machen werde, die mir bis jetzt neu sind.«
Blake fragte sie gleich, was sie denn meine, und Richards machte, wahrscheinlich auf Horsforths Geheiß, wieder einen Rückzieher und sagte, sie wisse nicht, ob sie das mitten im Regent's Park besprechen könne. Sie erklärte, dass sie nächste Woche nicht da sei, weil sie eine Schulung in Manchester machen müsse, und sie werde ihm schreiben. »Die Situation ist mir hier zu öffentlich«, sagte sie. »Geschrieben kann ich es besser ausdrücken. Wenn du schockiert bist oder für immer die Lust verloren hast, mit mir etwas anzufangen, dann brauche ich wenigstens nicht dein Gesicht zu sehen, oder?«
Blake schien fast belustigt über ihr Schwanken zwischen Anzüglichkeit und koketter Verschämtheit. »Ich wette, du könntest nichts sagen, was ein Schock für mich wäre«, hatte er gesagt. »Ich verspreche dir, Eileen, was immer du haben willst, ich kann's dir geben. Absolut alles, was immer du willst. Schreib mir den Brief heute Abend, damit ich ihn gleich Montag früh bekomme, und ich garantiere dir, du wirst darauf brennen, postwendend nach London zurückzukommen.«
Irgendwie zweifelte Fiona daran. Aber sie hatte jetzt keine Zeit für weitere skeptische Gedanken. Kit hatte seinen Computer in die Tasche gepackt, das Schild mit der Aufschrift »Fasten Seatbelts« leuchtete auf, und die Crew begab sich auf ihre für die Landung vorgesehenen Plätze. Berrocal würde sie in der Ankunftshalle erwarten, und ein Auftrag, bei dem

sie mit Sicherheit nützlichen Rat geben konnte, würde immer Priorität haben vor einem Fall, der schon von jemand anderem vermasselt worden war.
Welche perversen Fantasien Francis Blake und Erin Richards auch ausgetauscht haben mochten, sie mussten fürs Erste in der Mappe verschlossen bleiben.

Kapitel 6

Major Salvador Berrocal erwartete sie nicht im Terminal, sondern er stand tatsächlich vor der Tür des Flugzeugs, als diese geöffnet wurde, wobei er ungeduldig mit dem Fuß auf den Boden klopfte. Offensichtlich hatte er das Flugzeug benachrichtigen lassen, und ein Steward bat Fiona, gleich mit in den vorderen Teil der Maschine zu kommen, sodass sie vor den anderen Passagieren aussteigen könne. Kit folgte ihr, blitzte den Steward mit seinem nettesten Lächeln an und sagte: »Wir gehören zusammen.«

Fionas erster Eindruck von dem spanischen Polizeibeamten war, dass er seine ungeheure Energie kaum im Zaum halten konnte. Er war mittelgroß, schlank, und er hatte eine blasse Haut und dunkelblaue Augen, die in ständiger Bewegung waren. Sein anthrazitgrauer Anzug sah aus, als sei er am Morgen frisch gebügelt worden, und seine schwarzen Schuhe hatten einen militärisch perfekten Glanz. Diese beiden Details passten irgendwie nicht zu dem widerspenstigen Schopf welliger schwarzer Haare, die so lang waren, dass sie hinten auf seinen Hemdkragen fielen. Er begrüßte sie mit einem höflichen, aber kurzen Kopfnicken und sagte: »Danke, dass Sie gekommen sind, Frau Dr. Cameron.«

»Ich danke Ihnen, dass Sie uns abholen, Major. Dies ist mein Lebensgefährte, Kit Martin. Ich habe, glaube ich, erwähnt, dass er mitkommen würde?«

Kit streckte die Hand aus. »Ich freue mich, Sie kennenzulernen. Sie brauchen keine Sorge zu haben, ich werde nicht stören.«

Berrocal nickte unverbindlich. »Ich habe draußen einen Wagen für Sie«, sagte er zu Fiona. Er streckte die Hand nach ihrer Mappe und ihrem Laptop aus. »Señor Martin, wenn es Ihnen nichts ausmacht, könnten Sie bitte zur Gepäckausgabe gehen, dort wartet einer meiner Leute auf Sie. Er wird Sie und das Gepäck zu Ihrem Hotel in Toledo bringen.« Er zog eine Karte aus der Innentasche seines Jacketts. »Das ist meine Handynummer. Sie können Frau Dr. Cameron darunter erreichen, sie wird bei mir sein.« Er lächelte ihn kühl an und ging den Gang entlang zum Haupttterminal.

»Die Freundlichkeit in Person«, sagte Kit.

»Steht unter Hochdruck, glaube ich«, antwortete Fiona. Sie legte einen Arm um Kit und drückte ihn kurz an sich. »Ruf mich auf dem Handy an, wenn du mich brauchst.«

Sie gingen los, hinter Berrocal her, wobei Fiona fast laufen musste, um ihn nicht aus den Augen zu verlieren. »Mach dir keine Gedanken um mich«, sagte Kit. »Ich habe ja den Führer. Ich werde meine eigenen Untersuchungen in Toledo anstellen. Oder ich werde im Hotel am Nachttisch hocken und zu schreiben versuchen.«

Sie holten Berrocal ein, der bei der Tür zum Sicherheits-Check wartete. »Sie müssen durch die Zollstelle und die Passkontrolle gehen«, sagte er zu Kit und zeigte auf einen Korridor nach links.

»Nett, Sie kennengelernt zu haben«, sagte Kit. Höflich zu sein kostete ja nichts, besonders da Berrocal so freundlich gewesen war, einen Wagen für ihn bereitzuhalten. Er gab Fiona einen schnellen Kuss auf die Wange, sagte »Bis später« und machte sich davon, ohne sich umzusehen.

»Er wird wirklich nicht stören«, sagte Fiona, als sie auf die Zoll- und Passkontrolle zugingen. »Kit hat kein Problem damit, allein zu sein.«

Berrocal zeigte sein Abzeichen vor und ließ sie vor sich her durch die Kontrolle gehen. »Andernfalls würde ich meinen, hätten Sie ihn auch nicht mitgebracht«, sagte er knapp. »Ich habe im Parador von Toledo für Sie gebucht, aber ich würde lieber gleich zu den Tatorten fahren. Außerdem wollte ich den Fall auf dem Weg dorthin besprechen, was in Begleitung von Señor Martin nicht möglich gewesen wäre.«

Ein uniformierter Polizist stand neben einer nicht als Polizeiwagen gekennzeichneten Limousine stramm, als Berrocal herankam. Er hielt die hintere Tür auf, und Fiona stieg ein. Berrocal ging um den Wagen herum und setzte sich neben sie. »Es ist vom Flughafen ungefähr eine Stunde bis Toledo«, sagte er. »Wenn Sie Fragen haben, kann ich sie unterwegs beantworten.«

Offensichtlich macht er nicht gern Small Talk, dachte Fiona. Er stellte keine der höflichen, aber recht nutzlosen Fragen nach dem Flug, wie sie es meistens bei ihrer Ankunft in fremden Städten erlebte. Und er sah offenbar auch keine Notwendigkeit, höfliche Konversation über Kits Bücher zu machen, wie das normalerweise der Fall war, wenn dieser sie auf Auslandsreisen begleitete. »Was haben Sie bisher an Ermittlungen unternommen?«, fragte sie. »Außer der Suche nach Zeugen, meine ich natürlich.«

Berrocal drehte sich auf seinem Sitz, sodass er sie direkt ansehen konnte. »Wir haben unsere Akten über Sexualverbrechen durchgesehen. Mehrere Personen sind befragt worden. Aber entweder sie haben ein Alibi für einen oder beide Morde, oder wir haben keinen Grund, sie in Untersuchungshaft zu halten.«

»Sie sprechen sehr gut Englisch«, konnte Fiona sich nicht verkneifen zu bemerken.

»Ich spreche besser, als ich schreiben kann«, sagte er und lächelte sie zum ersten Mal an, seit sie sich getroffen hatten. »Meine Frau ist aus Kanada. Wir fliegen jedes Jahr nach Vancouver in Urlaub. Als wir erwogen, einen englischen Experten für Deliktverknüpfung und Serientäter zur Beratung hinzuzuziehen, fiel deshalb die Wahl als Verbindungsmann auf mich. Wie ich in meiner E-Mail sagte, habe ich kein Spezialwissen auf diesem Gebiet.«

»Ich weiß nicht, ob irgendjemand von uns Spezialwissen in Deliktverknüpfung hat – oder in dem, was ich so nennen würde«, sagte Fiona trocken. »Trotz meiner Erfahrung auf diesem Gebiet kommt es mir jedes Mal, wenn ich damit zu tun habe, so vor, als tastete ich mich genauso zögernd voran wie die Polizei bei den Ermittlungen. Jeder Fall ist anders, und manchmal helfen die Lehren aus der Vergangenheit überhaupt nicht weiter.«

Er nickte. »Ich verstehe. Niemand erwartet Wunder von Ihnen, Frau Dr. Cameron. Aber in einem solchen Fall brauchen wir jede nur mögliche Unterstützung. Es ist Ihnen bestimmt nicht unbekannt, dass die meisten Polizeimethoden nichts bringen, wenn der Mörder einen Fremden ins Visier nimmt. Wir brauchen also bei diesem Fall einen neuen Ansatz, und den können nur Sie uns verschaffen.«

Fiona hob die Augenbrauen. Sie entzog sich seinem durchdringenden Blick, indem sie aus dem Fenster auf den brausenden Verkehr der Autobahn schaute. Auf der einen Seite der Straße sah sie die Stadt, die sich zum Zentrum hin ausbreitete; auf der anderen, freigelegt durch eine Baustelle, die zernarbte rote Erde der mittelspanischen Ebene. Die terrakottafarbene Erde, der fast metallisch blaue Himmel und die dunklen Schatten der Bagger und Kräne verwandelten das Bild in eine bewegte De-Chirico-Szene, erfüllt von sengender Hitze und Bedrohlichkeit. Irgendwie erinnerte es Fiona an Cervantes' surrealistische Fantasie. Wie Don Quijote, dachte sie, würde sie irgendwo da draußen gegen Windmühlen kämpfen und versuchen, die Schatten von der Realität zu unterscheiden, mit diesem ungeduldigen Mann als Sancho Pansa an ihrer Seite, der dies Verwirrspiel auflösen sollte.

»Ich habe die Unterlagen gelesen, die Sie mir geschickt haben«, sagte sie, verdrängte ihre befremdlichen Gedanken, wandte sich um und sah ihn wieder an. »Ich bin gar nicht überzeugt, dass Ihr Täter eine Vorgeschichte als Sexualverbrecher hat.«

Berrocal runzelte die Stirn. »Wieso sagen Sie das? Nach dem, was ich gelesen habe, dachte ich, Serienkiller hätten generell eine Vorgeschichte sexueller Gewalttätigkeit. Und er hat an den Leichen seiner beiden Opfer brutale sexuelle Handlungen vorgenommen.«

»Das ist richtig. Aber in beiden Fällen wurden die Handlungen nach dem Tod vollzogen. Und das Eindringen erfolgte mit einem Fremdobjekt, nicht mit dem Penis. Dadurch wird allerdings noch nicht unbedingt ein sexuelles Motiv ausgeschlossen«, fügte Fiona fast zerstreut hinzu. »Aber ich glaube nicht, dass hier das Ziel in erster Linie sexuelle Befriedigung ist«, fuhr sie jetzt bestimmter fort. »Diese Verbrechen mögen oberflächlich so aussehen, als hätten sie mit sexuellen Machtfantasien zu tun, aber mir scheint es eher um eine Entweihung zu gehen. Fast so etwas wie Vandalismus«, sagte Fiona.

Berrocal richtete sich auf. Er sah aus, als frage er sich, ob es tatsächlich eine so gute Idee gewesen war, sie herzubringen. »Wenn das der Fall ist, warum sind dann nicht auch die Gesichter entstellt?« Er streckte mit offener Herausforderung das Kinn vor.

Fiona hob die Hände. »Ich weiß es nicht. Aber ich kann mir vorstellen, der Killer wollte, dass seine Opfer gleich erkannt werden. Sie waren beide nicht von hier, also hätte es etwas länger dauern können, sie zu identifizieren, wenn ihre Gesichter bis zur Unkenntlichkeit verunstaltet gewesen wären.«

Er nickte, nur zum Teil von dieser Antwort überzeugt. Er beschloss, sich mit einem Urteil über diese Frau, die anscheinend so leicht alte Wahrheiten umstieß, zunächst zurückzuhalten. »Ich glaube, es ist besser, wenn ich Sie jetzt nicht nach Ihren Theorien frage«, sagte er mit einem weiteren kurzen, freundlichen Lächeln. »Es ist sinnvoller zu warten, bis Sie gesehen haben, wo die Delikte begangen wurden, und dann könnten wir vielleicht zum Polizeiprä-

sidium gehen. Ich habe ein Einsatzzentrum für die Ermittlungen eingerichtet.«
»Ihr Arbeitsplatz ist sonst nicht in Toledo, sagten Sie?«
Berrocal schüttelte den Kopf. »Ich bin normalerweise in Madrid stationiert. Aber in Städten wie Toledo kommen nicht viele Morde im Lauf eines Jahres vor, und die meisten entstehen aus Familienstreitigkeiten. Deshalb haben sie hier niemanden, der Erfahrung mit komplizierteren Mordfällen hat, und müssen einen Experten aus Madrid rufen. Leider kommen bei uns in der Großstadt häufiger Morde vor, sodass dann jemand wie ich geschickt wird, um die Ermittlungen zu organisieren.«
»Das ist wahrscheinlich nicht leicht«, bemerkte Fiona. »Sie müssen hier wohl auf Empfindlichkeiten vor Ort Rücksicht nehmen.«
Berrocal trommelte mit den Fingern auf den Fenstersims. »In mancher Hinsicht schon. Auf der anderen Seite macht es die Untersuchung für die Kollegen aus Toledo leichter. Wenn ich den Leuten hier auf die Füße trete, zucken die hiesigen Kollegen die Schultern und sagen: ›Na, hört mal, es ist schließlich nicht unsere Schuld, dass der blöde Kerl aus der Hauptstadt hierher kommt, alles aufrührt und überall aneckt.‹ Manche der hiesigen Beamten sind natürlich ein bisschen empfindlich und verstehen meine Anwesenheit als Kritik an ihnen, da muss ich eben meinen Charme spielen lassen.« In seinen Augenwinkeln erschienen kleine Fältchen, als er ironisch lächelte. »Aber Sie kennen solche Reaktionen ja auch. Genau wie ich mit meinem Team spielen auch Sie Feuerwehr, so nennt das meine Frau.«
Fiona reagierte darauf mit einem zurückhaltenden Lächeln. »Manchmal hat das auch andere Nachteile. Es ist möglich, dass meine Unkenntnis des Orts und der regionalen Gegebenheiten mich dazu veranlassen, einem Detail mehr oder weniger Bedeutung beizumessen, als ihm zukommen sollte.«

Er zuckte wieder die Achseln. »Die Kehrseite der Medaille ist, dass die Ortskundigen etwas als selbstverständlich hinnehmen können, das wir als Abweichung von einem Muster erkennen, denke ich.«

»Toledo ist eine echte Touristenstadt, nicht wahr?«, fragte Fiona.

»Das ist richtig. Es ist aber auch Bischofssitz, und die Kirchenbürokratie besitzt einen beträchtlichen Anteil der Gebäude um die Kathedrale herum. Kirche und Tourismus lassen in der Altstadt wenig Raum für anderes. Mit jedem Jahr wohnen weniger Leute im alten Teil von Toledo, immer weniger alteingesessene Geschäfte können sich halten.«

Fiona merkte sich dies und bemühte sich im weiteren Verlauf der Unterhaltung, nur beiläufig interessiert zu klingen. »Erzeugt das Feindseligkeit bei denen, die durch die Tourismusindustrie verdrängt werden?«

Berrocal grinste. »Ich glaube, die meisten Leute sind froh, eine dunkle kleine Wohnung im fünften Stock und schmale Treppen aus dem Mittelalter gegen ein Gebäude vertauschen zu können, das Luft, Licht und einen Aufzug bietet. Und eine Veranda oder einen Balkon, wo sie draußen sitzen und die frische Luft genießen können. Ganz zu schweigen von fließend warmem Wasser.«

»Aber trotzdem …«, wandte Fiona ein und wählte ihre Worte sehr sorgfältig. »Ich bin in einer Kleinstadt in Nordengland aufgewachsen. Nicht viel mehr als ein Dorf eigentlich. Ein hübscher Ort mitten im Herzen des Peak District in Derbyshire. Genau die richtige Gegend, um zu wandern oder die Höhlen zu besuchen, die der Allgemeinheit zugänglich sind. Mit den Jahren kamen immer mehr Touristen. Wann immer kleine Häuschen zum Verkauf standen, wurden sie von den Zugereisten gekauft und zu Ferienhäusern umgebaut. Jedes Geschäft auf der Hauptstraße wurde ein Tearoom oder ein Laden mit Kunstgewerbe. Die Pub-Wirte fanden es wichtiger, die Tagestouristen zu versorgen, als sich um die Einheimischen zu kümmern. Man konnte in den Sommermonaten kaum mehr in Ruhe die Hauptstraße entlanggehen und in der Nähe des eigenen Hauses einen Parkplatz finden. Als ich von zu Hause wegging, wechselte wöchentlich die Hälfte der Bevölkerung, und die Urlauber kamen mit ihren voll beladenen Autos. Im Ort kauften sie nur Brot und Milch. Das Dorf verlor seine Mitte und seine Seele. Es wurde zur Schlafstätte für Touristen. Und die Einheimischen, die durch diese Veränderungen verdrängt wurden, waren gar nicht zufrieden. Ich vermute stark, dass es auch in Toledo Einheimische gibt, denen die Veränderungen in ihrer Stadt nicht gefallen.«

Berrocal warf ihr einen durchdringenden Blick zu. Er war klug genug zu begreifen, dass es hier nicht um eine beliebige Unterhaltung ging. Nachdem sie seine Analyse der Mördermotivation verworfen hatte, legte sie nun ihre Überlegungen dar, und es war ihm bewusst, dass sie ihm damit etwas sagen wollte. »Sie meinen, jemand mordet, weil er Touristen nicht mag?« Er versuchte keine Skepsis in seiner Stimme anklingen zu lassen. Diese Frau war schließlich auf Scotland Yards ausdrückliche Empfehlung hierher gekommen.

Fiona wandte sich ab und sah auf die wogenden grünen Felder hinaus, an denen sie jetzt vorbeifuhren. »Ich glaube, ganz so einfach ist es nicht, Major Berrocal. Und eigentlich will ich mich nicht in Theorien stürzen, bevor ich die Fakten gesehen habe. Aber ich glaube schon, dass die Motivation des Mörders etwas Ungewöhnlicheres war als übliche sexuelle Frustration.«

»Wie wollen Sie also vorgehen?«

»Ich möchte genau das tun, was Sie vorgeschlagen haben. Ich würde mir gern die Tatorte ansehen, wo die Leichen lagen, und dann in Ihrem Einsatzzentrum die Fotos vom Tatort betrachten und die gerichtsmedizinischen Berichte vollständig lesen. Auch möchte ich mir die Reiseführer ansehen, die vor Ort gefunden wurden. Und dann würde ich gern in mein

Hotel gehen und über alles nachdenken, was ich gesehen habe.«

Er nickte. »Was immer Sie wünschen.«

»Ich wäre Ihnen auch dankbar, wenn Sie mir von Ihren Kollegen in Toledo Berichte über Vandalismus gegen Sehenswürdigkeiten, Hotels oder Geschäfte, die viel mit Touristen zu tun haben, beschaffen könnten. Auch Berichte zu Überfällen auf Touristen selbst. Sagen wir, alles, was in den letzten zwei Jahren vorgekommen ist. Gelöst oder ungelöst, wenn das möglich ist.« Sie lächelte. »Ich werde auch einen einigermaßen detaillierten Stadtplan brauchen, der sich in einen Computer einscannen lässt.«

»Ich werde es veranlassen.« Er neigte leicht den Kopf. »Sie haben mir schon jetzt eine andere Möglichkeit gezeigt, wie man diese Fälle betrachten kann.«

Fiona richtete sich etwas auf, sodass sie über die Schulter des Fahrers nach vorn sah. »Das hoffe ich. Wenn ich ein Verbrechen untersuche, sehe ich es nicht mit den Augen eines Detektivs. Ich suche nach den psychologischen und auch den greifbaren, praktischen Aspekten, die eine Tat mit anderen Verbrechen verknüpfen. Ich suche außerdem nach gemeinsamen geografischen Merkmalen. Aber genauso achte ich auf andere Signale, die mir etwas über den Täter sagen könnten.«

»Dann versuchen Sie also herauszufinden, wie seine Psyche funktioniert?«

Fiona runzelte die Stirn. »Es ist eigentlich nicht so sehr die Motivation, an die ich herankommen will. Es geht mehr darum, einen Sinn dafür zu entwickeln, wie die Welt für den Täter aussieht. Motivation ist immer sehr stark vom Individuum geprägt. Wir alle aber bilden unsere Identität entsprechend dem, was wir über die Welt gelernt haben. Das Vorgehen eines Verbrechers bei seiner Tat spiegelt wider, wie er sein Leben sonst lebt. Wo er sich wohlfühlt, körperlich und psychisch. Ich suche bei dem Verbrechen nach Verhaltens-

mustern, die mir Hinweise auf sein Verhalten bei ganz normalen, alltäglichen Dingen geben.«
Sie lächelte ironisch und fuhr fort: »Manche meiner Kollegen verfolgen einen anderen Ansatz, den Sie vermutlich kennen. Sie gehen von den Delikten aus und suchen nach bestimmten Symptomen aus der Vergangenheit des Täters, die zu einer bestimmten Lebensweise in der Gegenwart geführt haben. Ich habe das nie für besonders aufschlussreich gehalten. Aus meiner Sicht haben zu viele Menschen eine ähnliche Vergangenheit und werden deshalb doch nicht gleich zu psychopathischen Serientätern, als dass man daraus ein präzises diagnostisches Werkzeug machen könnte. Ich behaupte nicht, dass meine Methoden unbedingt immer zu einem genaueren Ergebnis führen, aber das liegt eher daran, dass ich selten genügend Angaben zur Verfügung habe, als daran, dass die Methoden selbst fehlerhaft wären. Es gibt keine magische Formel, Major. Aber meine Ausbildung unterscheidet sich so sehr von der Schulung eines Polizeibeamten, dass ich die Dinge unweigerlich aus einer anderen Perspektive betrachte. Zusammen sehen wir die Dinge dann eher in Stereo als in Mono. Ich glaube, dass wir dadurch dem Täter gegenüber im Vorteil sind.«
»Deshalb sind Sie ja hier, Frau Doktor Cameron.« Berrocal beugte sich vor und sagte in schnellem Spanisch etwas zu dem Fahrer. Sie näherten sich einer ausgedehnten, modernen, vorstädtischen Wohngegend. Am Straßenrand reihten sich Betonklötze aneinander, die Möbelgeschäfte, Ausstellungsräume für Autos und kleine Läden beherbergten. Berrocal lehnte sich zurück und zog eine Packung Zigaretten aus der Hosentasche, mit der er nervös herumspielte. »Noch zehn Minuten. Dann kann ich eine rauchen, und Sie können an die Arbeit gehen.«
Diesmal war Fionas Lächeln grimmig. »Ich kann's kaum erwarten.«

Auszug aus der Dechiffrierung des Beweisstücks P13/4599

Uottm qffqz uqsqp motfp mggya dpeax quotf equzw mzz.Uc ttmff qqeyu darfh adsqef qxxfm nqduz yquzq dbtmz fmguq imdqe qubqg zeotaq zq …

Das vorliegende Dokument verwendet eine einfache Transliteration (a=m, b=n etc.) und die Anordnung der Buchstaben in Fünfergruppen statt der normalen Wortgruppen. Es folgt hier eine Transkription des chiffrierten Textes, in den zur besseren Verständlichkeit Satzzeichen eingefügt wurden.

J. M. Arthur, Dokumenten-Sachverständiger

Ich haette nie gedacht, dass Mord so leicht sein kann. Ich hatte es mir oft vorgestellt, aber in meiner Fantasie war es eine unschoene und erschreckende Angelegenheit. Die Wirklichkeit ist ganz anders. Der Machtrausch traegt einen ueber alles weg. Die Vorstellung davon bereitet einen ueberhaupt nicht auf das vor, was dann wirklich kommt.

Der andere Fehler, den ich gemacht habe, war zu glauben, dass Mord immer im Zusammenhang mit etwas anderem stehen muesse. Aber in Wirklichkeit kann der Mord Selbstzweck sein. Manchmal muessen Menschen fuer etwas bezahlen, was sie getan haben, und ihnen ihr Leben zu nehmen ist dabei die einzige Moeglichkeit.

Ich haette nie gedacht, dass ich zum Moerder werden koennte. Ich hatte doch mein Leben im Griff. Aber dann hat sich etwas veraendert, ich sah, wie sie mich auslachten, mir ihren sogenannten Erfolg unter die Nase rieben. Ich waere ja ein Jammerlappen, wenn ich mich mit so einer Provokation einfach abgefunden haette.

Niemand weiss, wie er reagieren wuerde, wenn ihm sein Leben von Leuten gestohlen wuerde, denen es voellig egal ist, wer dabei zu Schaden kommt. Na ja, ich bin nie jemand gewesen, der sich hinsetzt und alles einfach geschehen laesst, und ich werd's ihnen heimzahlen. Ich werde die Regeln aendern. Aber ich werde mir keine Bloesse geben. Ich werde raffiniert vorgehen und meine Leute sorgfaeltig auswaehlen.
Diesmal werden sie mich nicht einfach links liegen lassen koennen. Sie werden mich nicht abschreiben koennen. Ich werde sie abschreiben, werde ihre Namen mit Blut schreiben und laut und klar meine Botschaft hoeren lassen. Sie sind selbst verantwortlich fuer ihr Unglueck, das werde ich sagen. Lebe nach dem Wort, stirb nach dem Wort.
Autoren von Thrillerromanen aufzufinden ist nicht schwer. Ich bin schliesslich daran gewoehnt, Leute zu beobachten, ich tue es seit Jahren. Und es ist kein Schaden, dass alle so eitel sind. Das Internet ist voll von ihren Seiten, und sie geben bei jeder Gelegenheit Interviews. Und oeffentliche Auftritte haben sie auch dauernd.
Es war also logisch, mit jemandem anzufangen, der ganz im Vordergrund steht, um meine Aufgabe so leicht wie moeglich zu machen. Ich kam zu dem Entschluss, ihnen mal die gleiche Behandlung zu verpassen, die sie selbst in ihren Buechern beschreiben, um meine Botschaft rueberzubringen. Es waere nicht genug, sie einfach umzubringen. Ich wollte von Anfang an, dass nichts Zufaelliges passiert. Und wenn sie wissen, was kommt, leiden sie umso mehr. Was Ich will, ist Genugtuung.
Um die Strafe der Tat anzupassen, muss Ich die richtige Tat aussuchen, und jetzt habe ich meine Liste dazu gemacht. Ich habe sie nach dem Schwierigkeitsgrad aufgefuehrt, wie leicht es sein würde, sie umzubringen. Und so bin ich auf meine Kandidatenliste fuer die Hinrichtung gekommen.
Drew Shand
Jane Elias
Georgia Lester

Kit Martin
Enya Flannery
Jonathan Lewis

Jetzt muss ich nur noch genau ausarbeiten, wie ich sie abschiesse.
Sie haben mich in dieses Gefaengnis gesteckt. Aber eigentlich sollten sie wissen, dass gefangene Tiere boesartig werden.
Sie haben sich das alles selbst zuzuschreiben.

Kapitel 7

Fiona kletterte auf dem schmalen Weg abwärts und war froh, dass sie für die Reise flache Halbschuhe gewählt hatte. Es war nicht so besonders steil, aber die festgetretene ockerfarbene Erde war mit kleinen Steinchen übersät, die bei jedem Schuh mit Absatz den Knöchelgelenken gefährlich werden konnten. Sie nahm sich vor zu überprüfen, was für Schuhwerk Martina Albrecht bei ihrem Tod getragen hatte. Es würde ihr vielleicht Hinweise darauf geben, ob sie ihrem Mörder freiwillig zum Tatort gefolgt war.

Berrocal, der vor ihr herging, verlangsamte seine Schritte und drehte sich um, wobei der Rauch seiner Zigarette Fiona an den getrockneten Kameldung der nördlichen Sahara erinnerte. »Geht's?«, fragte er.

»Alles klar«, antwortete sie, holte ihn ein und nutzte die Pause, um den Blick über die Umgebung schweifen zu lassen. Sie waren in einem schmalen Tal, das von der Straße wegführte. Die hohen Felsvorsprünge zu beiden Seiten hatten bereits den Blick auf den Viadukt verdeckt, der die Umgehungsstraße am Südufer des Tajo entlang führte. Von dieser Stelle aus lief man im Tal keine Gefahr mehr, von den Scheinwerfern vorbeikommender Autos erfasst zu werden. Die Seitenhänge des Tals waren mit struppigen Pflanzen bewachsen, zwischen denen vereinzelt ein paar Bäume auf den weniger steilen Hängen standen.

»Wir sind fast da«, sagte Berrocal. »Sehen Sie diese Büsche hier vorn? Gleich dahinter ist es.« Er ging weiter, und Fiona folgte ihm.

»Er muss eine Taschenlampe gehabt haben«, sagte sie, als sie zwischen den Büschen hindurchgingen, die sich fast über ihren Köpfen schlossen. Berrocals Rauch wehte ihr ins Gesicht, und sie versuchte, nicht tief einzuatmen, bis sie wieder in freierem Gelände waren.
»Ich glaube nicht, dass sie sonst mit ihm gegangen wäre«, sagte Berrocal. »Es gibt weder an der Straße noch irgendwo auf dem Weg Anzeichen für eine Auseinandersetzung.«
»Was für Schuhwerk trug sie?«
Berrocal drehte sich um und warf ihr ein kurzes Lächeln zu, als wolle er einen begabten Schüler loben.
»Flache Sandalen. Ja, wahrscheinlich ging sie ihm in die Falle, ohne weiter darüber nachzudenken.«
Sie kamen hinter den Büschen auf eine kleine Lichtung. Auf der entgegengesetzten Seite standen zwei knorrige Olivenbäume an beiden Seiten des Weges. Ein einzelner uniformierter Polizist stand im Schatten am Eingang der Lichtung. Er machte einen plötzlichen Schritt nach vorn, und seine Hand fuhr an den Griff seiner Pistole. Als er Berrocal erkannte, stand er stramm, grüßte und trat zurück. Der gesamte Bereich war noch mit den üblichen Plastikbändern abgesperrt, die spröde geworden waren und jetzt lose herumhingen. Fiona sah die unregelmäßigen rotbraunen Flecken auf dem Weg und den Blättern daneben, das einzige deutliche Anzeichen, dass an diesem Ort ein gewaltsamer Tod stattgefunden hatte. Unpassenderweise hörte sie Vogelgezwitscher, das das entfernte Summen des Verkehrs übertönte. Es wunderte sie immer wieder, wie gleichmütig das Leben weiterging und sich anscheinend überhaupt nicht um die Tragödie kümmerte, die sich nur wenige Meter entfernt abgespielt hatte.
Nach Lesleys Tod war sie manchmal durch die Straßen der Stadt gelaufen, wo alles stattgefunden hatte, zornig und frustriert, dass die Menschen weitermachen konnten, als hätte sich nichts geändert, als hätte es nichts mit ihnen zu tun.

Natürlich ging dieser Tod sie im Grunde nicht direkt etwas an. Aber Fiona glaubte damals wie auch jetzt noch, dass jede Gesellschaft die Verbrecher bekam, die sie verdiente. Brutale Delikte kamen nicht von ungefähr; der Keim dazu lag in den noch größeren Vergehen der Gesellschaft selbst, auf die sie sich auswirkten. Diese Meinung war in Polizeikreisen nicht gerade populär, und wenn Fiona mit der Kripo zusammenarbeitete, behielt sie ihre Ansichten für sich.
So sah sie sich kommentarlos um. Es gab kaum etwas zu sagen, was nicht offensichtlich war. Und Fiona hatte es nie gefallen, über Dinge zu reden, die ohnehin klar waren.
Berrocal deutete auf die blutbefleckten Stellen und trat seine Zigarette mit dem Schuh aus. »Sie wurde am Rand der Blutlache gefunden, und nicht darin. Es bestätigt die Theorie, dass sie aufrecht stand, als er von hinten ihre Kehle durchschnitt. Gott sei Dank ging das schnell, wie der Pathologe sagt. Dann ist er wahrscheinlich zurückgetreten und hat sie fallen lassen.«
»Die Vagina wurde nach Eintreten des Todes verletzt?«, fragte Fiona.
»Ja. Wir glauben, dass er rittlings auf ihr saß. Das Gras war auf beiden Seiten neben ihren Hüften niedergedrückt, als hätte sich dort jemand hingekniet. Er hat ihren Schlüpfer weggeschnitten, wahrscheinlich mit derselben Klinge. Der Stoff war mit Blut beschmiert. Dann hat er die Weinflasche auf dem Boden zerbrochen und ihr ...« – Berrocal räusperte sich – »... die abgebrochene Flasche in die Vagina gestoßen. Unter beträchtlichem Kraftaufwand. Mehrmals. Die Glassplitter lagen rechts von der Leiche, was die Vermutung nahe legt, dass er Rechtshänder ist.«
Fiona ging an den Rand der Lichtung und schaute von der Stelle auf den Tatort, die der Perspektive des Mörders entsprochen hätte. »Was mir an der Sache am meisten auffällt, habe ich schon erwähnt. Die sexuellen Misshandlungen sind nach Eintritt des Todes erfolgt, was außergewöhnlich ist. Es

gibt keine Anzeichen für irgendeine Art von sexueller Handlung vor der Ermordung. Mord war sofort sein Ziel. Kein Vorspiel.«

Berrocal nickte. »Halten Sie das für wesentlich?«

»Es ist charakteristisch für jemanden, der sich seiner Macht nicht ganz sicher ist. Es zeigt auch kein Zögern, nur einen sehr großen Zorn. Wenn ich die Verbindung zwischen Verbrechen aufspüren will, muss ich davon ausgehen, dass sie wahrscheinlich ähnliche typische Merkmale aufweisen.«

Fiona zupfte ihre Hose an den Knien hoch, ging in die Hocke und besah sich den Boden genau. Es gab keinen besonderen Grund dafür. Sie hatte nie etwas entdeckt, das nicht schon in den Unterlagen vorkam, die sie später zu lesen bekam. Aber Polizeibeamte erwarteten von ihr, dass sie etwas von der Stelle aufnahm, wo die Leiche gefunden worden war. Es war fast wie ein Aberglaube, und sie war vor langer Zeit schon zu der Ansicht gekommen, dass es einfacher war ihnen den Gefallen zu tun, als die Zusammenarbeit mit einem schlechten Start zu beginnen.

Sie stand auf. »Danke, dass Sie mir den Tatort gezeigt haben.«

»Vermittelt er Ihnen neue Erkenntnisse?«, fragte Berrocal und trat zur Seite, um ihr auf dem Weg den Vortritt zu lassen.

Da war sie, die gefürchtete Frage. »Er bestätigt eine Hypothese«, sagte sie. »Der Täter kennt sein Territorium gut. Dies hier ist kein Ort, den ein zufälliger Besucher kennen würde.«

»Ein Einheimischer also?«

»Ich denke, davon kann man mit Sicherheit ausgehen«, sagte sie bestimmt. »Er weiß nicht nur, dass es diesen Ort gibt, er weiß auch, was hier geschehen ist und was es bedeutet.«

Sie hörte das Klicken seines Feuerzeugs. Offensichtlich war Berrocal entschlossen, nach der Stunde der Enthaltsamkeit im Wagen seinen Nikotinspiegel wieder auf das normale Niveau zu bringen.

Als die Straße nach einer Biegung wieder in Sicht kam, blieb Fiona plötzlich stehen. Ein kleiner Zug mit einer Reihe schmutzig weißer Wagen rumpelte über den Viadukt. Sie hörte eine blecherne Stimme Erklärungen geben, allerdings zu weit weg, um die Worte verstehen zu können. »Was in aller Welt ist denn das?«, fragte sie, deutete auf den Zug und wandte sich zu Berrocal um.
Er hob mit einer müden, resignierten Geste die Augenbrauen. »Der Tren Real«, seufzte er, »so heißt er, der königliche Zug. Er fährt Touristen durch die Altstadt und über die *Circunvalacion.*«
Fiona lächelte. »Fällt schon ein bisschen schwer, sich die königliche Familie darin vorzustellen.«
Berrocal machte ein gequältes Gesicht. »Es ist würdelos«, gab er zu. »Nicht gerade mein Lieblingsbeispiel für den Tourismus in Spanien.«
Sie stapften schweigend zum Wagen zurück. Fiona sah kaum etwas von der Umgebung, sie war zu sehr mit ihren Gedanken beschäftigt, um die Landschaft oder den Blick auf die Stadt bewundern zu können, die an der Straße wieder vor ihnen in Sicht kam.
»Jetzt gehen wir zur Kirche«, kündigte Berrocal an.
Fiona ließ sich ihre Ungeduld nicht anmerken. Sie wollte endlich mit ihrer eigentlichen Arbeit anfangen und nicht noch mehr Zeit mit der Inspektion von Tatorten vertrödeln. Wenn sie so weitermachten, hätte sie ebenso gut mit Kit ins Hotel gehen können. Es hätte genauso viel gebracht.

Siebzig Meter oberhalb der Panoramastraße, auf der Fiona zur Stadt zurückfuhr, öffnete Kit zwei schwere Holzfensterläden, die mit Eisenbeschlägen verziert waren. Das Licht strömte ins Zimmer, und er pfiff leise, als er die Aussicht sah. Das Parador Conde de Orgaz, das nach dem berühmtesten Gemälde El Grecos im Besitz der Stadt benannt war, stand auf dem Gipfel des Cerro del Emperador und bot einen atemberaubenden Blick auf Toledo, das sich davor ausbreitete. Die fast unwirkliche Ansicht hatte trotz der viereinhalb Jahrhunderte, die dazwischen lagen, immer noch eine bemerkenswerte Ähnlichkeit mit dem Hintergrund vieler anderer Greco-Gemälde. Das Parador war sehr schön auf einem Felsvorsprung gegenüber der Stadt gelegen, und von ihrem Zimmer aus überblickte man den gesamten mittelalterlichen Stadtkern. Kit beschloss, der Versuchung nachzugeben.

Zwanzig Minuten später setzte ihn ein Taxi an der Plaza de Zocodover ab, einem belebten Platz, den sein Reiseführer als das Herz des gesellschaftlichen Lebens der Stadt bezeichnete. Die hohen Gebäude mit den Fensterläden, von denen viele Cafés und Konditoreien beherbergten, waren von leicht schäbiger Eleganz. Eine typisch südeuropäische Provinzstadt, dachte Kit. Gemächlich überquerten Frauen mit ihren schweren Einkaufstüten den Platz, alte Männer saßen rauchend und schwatzend herum, Teenager in Markenkleidung standen lässig an Tore und Ecken gelehnt und warfen verstohlene Blicke auf das andere Geschlecht, wenn sie gerade mal nicht posierten, um Eindruck zu schinden. Aber so war es nicht immer gewesen.

Kit wusste durch seine Lektüre, dass Toledo zuerst von den Römern, dann von den Westgoten, von den Mauren und schließlich von den Christen eingenommen worden war. Obwohl es die Hauptstadt Kastiliens und im Mittelalter der Ausgangspunkt für die Feldzüge gegen die Mauren wurde, hatte es sich auch einen Ruf als Ort kultureller Toleranz erworben.

Aber all dies hatte sich mit der politisch opportunen Heirat Ferdinands von Aragon mit Isabella von Kastilien im Jahr 1479 geändert. Isabellas Beichtvater war Tomas de Torquemada, der Mann, der vom Papst zum ersten Großinquisitor der spanischen Inquisition ernannt wurde.

Kit hatte Fiona lediglich gesagt, er interessiere sich für die El

Grecos in Toledo. Aber das war nur ein kleiner Teil der Wahrheit. Was ihn an der Stadt angezogen hatte, war die Aussicht, durch die gleichen Straßen streifen zu können, auf denen Torquemada gegangen war, von denen viele seit dem fünfzehnten Jahrhundert und länger praktisch unverändert geblieben waren. Er wollte sich von seiner Fantasie in eine Zeit zurücktragen lassen, in der die Straßen Toledos von Furcht und Hass erfüllt waren, der Bruder den Bruder verriet und geweihte Priester so gründliche Foltermethoden ersannen, dass sie immer noch Anwendung fanden, wenn der Staat einen religiösen Feldzug dazu missbrauchte, sich zu bereichern.
Toledo war eine Stadt, deren Boden durch Eroberungen und Unterdrückung förmlich vom Blut ihrer Bewohner getränkt war. Die Aussicht, entdecken zu können, wie viel sich von dieser Atmosphäre erhalten hatte, war verlockend und regte Kits Fantasie an.
Es war nicht schwer, die modernen Bilder auszulöschen und sich die Straßen so vorzustellen, wie sie einst gewesen sein mussten. Die Gebäude waren noch da, hohe Mietshäuser zwischen schmalen, sich windenden Passagen und Fassaden mit ausgebesserten, schadhaften Backsteinwänden oder hellen Gipsflächen, von denen die meisten schon bessere Tage gesehen hatten. Ihre Fensterläden waren gegen die Septemberhitze geschlossen, sodass nur die wäschebehangenen, über die Gassen gespannten Leinen die Vorderansicht unterbrachen.
Als es Zeit für die Siesta wurde, leerten sich die Straßen. Kit war fast allein, während er das Labyrinth der Straßen zwischen der Kathedrale und der Klosterkirche San Juan de los Reyes durchquerte und mithilfe seines Stadtplans das alte Judenviertel, die Juderia, besuchte.
Er ging eine Treppe hinauf, die ihn zwischen hohen, schmucklosen Wänden zu einem kleinen Garten mit Bänken führte, von wo aus man eine eindrucksvolle Aussicht hatte.

Aber Rundblicke in der jetzigen Welt waren nicht das, was Kit suchte. Er verließ in Gedanken die Gegenwart, blickte über die hellen Ziegeldächer hinweg, blendete Fernsehantennen und Satellitenschüsseln aus und ließ sich in die Vergangenheit zurücktragen.

Bei der Inquisition war es angeblich darum gegangen, die reine christliche Lehre in Spanien zu festigen. Aber Kit glaubte, dass sie in Wirklichkeit mehr mit Antisemitismus und Habgier zu tun hatte. Schließlich hatten die meisten repressiven, konservativen Bewegungen ähnliche Wurzeln. Damals wurden die spanischen Juden als zu mächtig und wohlhabend angesehen. Aus einem angenehmen, sicheren und gut situierten Leben wurden sie über Nacht in eine wahre Hölle auf Erden gestürzt.

Eine Art Hysterie musste in den Städten Kastiliens und Aragons ausgebrochen sein, wobei alle, die einen Groll hegten, die Gelegenheit gekommen sahen, mit ihren Feinden abzurechnen: ein Freibrief für die Unfähigen, die Gehässigen und die Selbstgerechten, grübelte Kit.

Und war man einmal beschuldigt worden, war es fast unmöglich, unbeschadet zu entkommen. Wenn es so etwas wie die Reinkarnation gäbe, dachte Kit, wäre Torquemada wahrscheinlich als Senator Joe McCarthy wieder zur Welt gekommen. »Bist du jetzt oder warst du jemals ein Ketzer?«

Die ganze Gesellschaft war wohl davon vergiftet. Niemand konnte sich sicher fühlen, außer vielleicht der Großinquisitor selbst und die Gruppe seiner Helfer. Schließlich hatten sie einen besonderen Dispens vom Papst. Wenn jemand bei der Folter zu Tode kam oder sonst ein Fehler passierte, hatten sie die Macht, sich gegenseitig freizusprechen, sodass ihre Hände und Seelen unbefleckt blieben.

Und jetzt ging wieder ein Mörder durch die Straßen Toledos, ließ die alten Albträume wieder aufleben und warf einen dunklen Schatten über diesen Tummelplatz der Touristen. Seine Beute mochte im Vergleich zu den offiziell abgesegneten Morden der Inquisition unbedeutend sein, aber für alle, die vom Tod betroffen wurden, waren der Schmerz und die Verwirrung gleich groß. Damit musste sich Fiona befassen, und er beneidete sie kein bisschen darum. Sie wurde von ihren eigenen Gespenstern heimgesucht, und im Gegensatz zu dem, was sie sich einredete, glaubte er, dass ihre Arbeit nicht gerade dazu beitrug, sie zur Ruhe kommen zu lassen. Aber er würde sie nicht drängen. Sie würde aus eigenem freiem Willen zu diesem Schluss kommen müssen, auch wenn sie noch lange nicht so weit war. Er beneidete sie nicht um diese Reise. Sein Land der Fantasie war ein Ort, an dem es sich viel leichter lebte.

Obwohl die Sonne warm war, überkam Kit plötzlich ein Frösteln. Es stimmte, dass an einem Ort der Geist früherer Ereignisse erhalten blieb. Trotz der Schönheit, die ihn umgab, war es nur allzu leicht, die gequälten Geister früherer Schreckenstaten wachzurufen.

Hier war, so dachte er, ein natürliches Pflaster für einen Serienkiller.

Kapitel 8

Drew Shand lehnte sich zurück, ließ die Schultern kreisen und zog eine Grimasse, als sie krachten und knackten. Er hatte alle möglichen Einstellungen des teuren ergonomischen Spezialstuhls probiert, aber gegen Ende eines Arbeitstages wurde er immer genauso steif wie auf dem billigen Küchenstuhl, auf dem er sich früher über seinen gebraucht gekauften Laptop gebeugt hatte. Den elektrisch verstellbaren Stuhl hatte er sich als Erstes von seinem bekanntermaßen beträchtlichen Vorschuss auf seinen ersten Roman gekauft. Aber er bekam trotzdem Rückenschmerzen.

Als der erste Entwurf fertig war, hatte er zwar durchaus gefunden, sein Erstling lese sich recht gut, aber er hatte vergeblich sein Erstaunen zu verbergen versucht, als sein Agent ihn anrief und berichtete, er sei für eine ordentliche sechsstellige Summe verkauft worden. Mit allen Stellen links vom Komma. Gleich nach diesem Abschluss wurde *Copycat* ans Fernsehen verkauft, und die Fernsehfassung brachte dem charismatischen Hauptdarsteller eine ganze Serie von Preisen ein, worauf Drews gleichzeitig auf den Markt gebrachtes Taschenbuch unverzüglich oben auf den Bestsellerlisten erschien.

Noch dankbarer aber als für den Ruhm, die begeisterten Kritiken und den Crime-Writer's-Dagger-Preis für den besten Erstlingsroman des Jahres war Drew dafür, dass er nun von dem nervtötenden Beruf des Englischlehrers und den verwöhnten Gören der Edinburgher Middle Class erlöst war. Die Notwendigkeit, für seinen Lebensunterhalt zu sorgen, hatte ihn gezwungen, *Copycat* im Lauf von achtzehn Monaten spätabends und an den Wochenenden zu schreiben. Es war eine elende Plackerei gewesen, die ihm den Spott seiner Freunde einbrachte. Sie rieten ihm immer wieder, sich sein Leben doch ein bisschen schöner zu machen. Aber jetzt führte er ein unschlagbar tolles Leben, während sie weiterhin in ihren Routinejobs von neun bis fünf feststeckten. Drew musste sich nicht mehr nach einem fremden Zeitplan richten. Er schrieb, wann es ihm passte. Zugegeben, das hieß fast jeden Tag, aber er konnte selbst bestimmen. Drew traf die Entscheidungen selbst, und nicht irgendein Sklaventreiber von Chef, der sich aus Angst um seinen eigenen Job wie ein scharfer Hund aufführte.

Und er liebte dieses Leben. Er wachte meistens zwischen zehn und elf auf, machte sich einen Cappuccino mit seiner neuen italienischen Maschine aus glänzendem Chrom, schaute die Morgenzeitungen durch und brachte sein Gehirn mit dem nadelscharfen Strahl seiner Superdusche in Schwung. Um zwölf saß er vor seinem hochmodernen Computer mit zwei Brötchen, Speck und Ei. Während seines Brunches arbeitete er weiter und las das durch, was er am Tag zuvor geschrieben hatte, dann schaute er seine E-Mails an. Gegen halb zwei war er bereit, an die eigentliche Arbeit zu gehen.

Es war erst sein dritter Roman. Für Drew war es noch ein toller Kick, wenn er die Worte hinaushämmerte und dann kurz innehielt, um die Richtung der nächsten paar Absätze zu überdenken, bevor seine Finger mit dem schweren Anschlag eines Mannes, der als Kind widerwillig Klavierspielen gelernt hatte, weiter über die Tasten donnerten. Das langsame Konstruieren eines Satzes oder die Überprüfung der Wortzahl am Ende eines Absatzes, das war nichts für ihn. Drew nahm sich nie vor, mechanisch eine bestimmte Anzahl von Wörtern pro Tag zu schreiben. Er schrieb und schrieb einfach immer drauflos, bis ihm der Schwung ausging. Das passierte meistens gegen fünf Uhr. Seltsamerweise stellte er fest, dass er meistens ungefähr viertausend Wörter geschrieben hatte, vielleicht zweihundert mehr oder weniger. Zuerst hatte er gemeint, es sei nur Zufall, kam aber dann darauf, dass viertausend Wörter ungefähr die Grenze seiner Gehirnleistung pro Tag markierten, ohne dass er in sinnloses Geschwätz abrutschte.

Na ja, die Ausrede war genauso gut wie jede andere, um für diesen Tag Schluss zu machen. Er schaltete den Computer aus, streifte seinen Hausmantel ab und zog den Trainingsanzug an. Das Fitnessstudio war zwei Straßen entfernt von seiner Vierzimmerwohnung, die sich in einem Haus in georgianischem Stil am Rand der New Town befand. Er genoss es, wenn er durch die langsam dunkel werdenden Straßen ging und die kalte Luft wie Rauch aus seinen Nasenlöchern stieß. Puff the Magic Dragon, der Drache vom anderen Ufer, dachte er spöttisch, als er von der Broughton Street abbog und die Stufen zum Studio hinaufging.

Drew ging sehr gern ins Studio. Sein Übungsprogramm dauerte genau eine Stunde. Fünfzehn Minuten auf dem Laufband, eine halbe Stunde an den Nautilus-Geräten, die alle Muskelgruppen trainierten, zehn Minuten Freihanteln, dann fünf Minuten auf dem Fahrrad-Ergometer. Die perfekte Mischung aus Aerobic und Krafttraining, gerade genug Gewichte für harte Muskeln, ohne ihn in einen Stallone zu verwandeln.

Aber es war nicht nur das Vergnügen, zu fühlen, wie sein einunddreißigjähriger Körper auf diese Routineübungen reagierte, das Drew ins Studio zog. Es war auch die Gelegenheit, sich die anderen Männer dort anzusehen. Es war ihm egal, ob sie hetero oder schwul waren. Er ging nicht wegen der Partnersuche ins Studio, obwohl er schon ein paar Mal Glück gehabt hatte. Hauptsächlich machte es ihm einfach Spaß, andere Körper zu sehen, die bis an ihre Grenzen belastet wurden, einen knackigen Arsch, ein Paar stramme Schen-

kel oder gut geformte Schultern zu bewundern. Das erhöhte seine innere erwartungsvolle Anspannung für das, was ihm der Rest des Abends noch bringen mochte.
Nach seinem Training entspannte er sich in der Sauna des Zentrums. Auch hier ging es nicht darum, dass dort Sex zu haben war, aber es schadete ja nichts, das Angebot zu begutachten und mal hier und da einen Seitenblick auf einen gut ausgestatteten Saunagenossen zu werfen. Manchmal wurde der Blick erwidert, und dann warteten sie, bis sie in der feuchtheißen Holzkabine allein waren, bevor sie sich zu einem Drink in einer der nahe gelegenen Schwulenbars verabredeten.
Auch darüber brauchte er sich jetzt keine Sorgen mehr zu machen. Als er noch unterrichtete, hatte er unglaublich vorsichtig auf jede Art von Anmache reagiert, außer in einem garantiert vertrauenswürdigen Schwulenlokal. Und sogar dort hatte er sich in der Bar immer extrem vorsichtig umgesehen, bevor er es sich für den Abend gemütlich machte. Es mochte für einen Kabinettsminister in Ordnung sein, sich stolz und cool zu outen. Aber wenn ein als schwul bekannter Lehrer in Edinburgh in der Szene verkehrte, war das immer noch der kürzeste Weg in die Arbeitslosigkeit. Jetzt konnte er überall mit jedem Blickkontakt aufnehmen, wenn er Lust hatte. Die größere Gefahr war eher, eins in die Fresse zu bekommen, aber bis jetzt war das noch nie geschehen. Drew bildete sich etwas darauf ein, einen Instinkt dafür zu haben, wem er sich ohne Gefahr nähern konnte. Seiner Meinung nach war dieser Instinkt Teil des Einfühlungsvermögens, das ihn zu einem so verdammt guten Schriftsteller machte.
Er lächelte vor sich hin, als er sich anzog. Der Typ, den er am Rudergerät gesehen hatte, war neu im Studio oder jedenfalls zu dieser Tageszeit noch nie da gewesen. Aber er hatte ihn schon in der Barbary Coast Bar um die Ecke gesehen. Das Barbary war eine der neuesten Schwulenbars der Stadt und

durfte sich Drews absolute Lieblingskneipe in ganz Edinburgh nennen. Ging man bis ganz hinten durch, kam man zu einer kleinen Wandtür, die von zwei bulligen Typen in Lederkluft bewacht wurde. Wenn sie das Gesicht eines Kunden kannten, traten sie einfach zur Seite. Wenn nicht, fragten sie, was man da zu suchen habe. Wenn man wusste, dass man den Dark Room suchte, ließen sie einen durch. Wenn nicht, schlugen sie höflich vor, man solle sich doch lieber im vorderen Teil der Bar aufhalten. Drew nannte beide beim Vornamen.

Er hatte gesehen, dass der Typ am Rudergerät ihn in einem der hohen Spiegel musterte, die an der Studiowand aufgereiht standen. Er schätzte, wenn er in einer Stunde oder so ins Barbary ginge, würde er ihn vielleicht an den Tresen gelehnt finden. Und wenn auch er den Raum oben kannte, wäre für Drew die Sache für diesen Abend geritzt.

Mein Gott, er ging gern in den Dark Room. Man hatte dort das Gefühl, dass absolut alles passieren konnte, und das entsprach auch seiner wiederholten Erfahrung. Die Leute, die sich über die liebevoll mit allen Details ausgemalte Brutalität in seinem Roman *Copycat* beklagten, würden sofort einen Herzstillstand erleiden, wenn sie auch nur ein Viertel dessen wüssten, was Männer miteinander im Schutz der Dunkelheit in einem Raum nur ein paar Schritte vom edlen Herzen der schottischen Hauptstadt entfernt machten. Er würde sogar wetten, dass es auch manch echten Serienkiller schockieren könnte.

Als er wieder in seiner Wohnung war, zog er sich sorgfältig um. Enge schwarze Jeans, die gut zur Geltung brachten, was er zu bieten hatte, und ein weißes T-Shirt mit dem aufgedruckten Umschlagmotiv seines Buches. Er steckte einen einzelnen goldenen Ohrring ins Ohr und zog einen nietenbesetzten Ledergürtel durch die Schlaufen seiner Hose. Dann zog er ein Paar Bikerstiefel mit dicken Sohlen an und schloss die Klettverschlüsse. Er griff nach seiner abgetragenen Lederjacke, schlüpfte hinein und bewunderte sich dann in dem langen Kippspiegel. Sauguter Haarschnitt, dachte er, fuhr sich mit den Fingern durch die kurzen dunklen Haarstoppeln, mit denen er sich so gefährlich und sexy vorkam. Dieser neue Typ vom Studio war das alles wert.

Drew zog eine Schublade seines Nachttischs auf und nahm eine kleine silberne Büchse, einen winzigen silbernen Löffel, einen Silberhalm und eine abgelaufene Kreditkarte heraus. Er klappte den Deckel der Büchse auf und schüttete eine großzügige Portion des weißen Pulvers heraus. Mit der Kreditkarte schob er das Kokain zu zwei dicken, lang gezogenen Lines zusammen. Er steckte sich den Halm ins linke Nasenloch, drückte den Finger auf das rechte und zog gekonnt eine der Lines ein. Er warf den Kopf nach hinten und zog ein paar Mal hoch, das taube Gefühl genießend, das sich auf seinem weichen Gaumen ausbreitete. Er wiederholte die Prozedur mit dem rechten Nasenloch, stand dann einen Augenblick still und spürte genüsslich den ersten Kick des Kokains in seiner Blutbahn. Es war guter Stoff, den er noch eine ganze Weile spüren würde. Und wenn er Nachschub brauchte, wusste er immer, wo in der Bar noch welcher zu bekommen war. Es war vielleicht nicht ganz die Qualität wie seine persönliche Reserve, würde aber auf jeden Fall seine Wirkung tun.

Schließlich ließ er das Stahlband seiner massigen Tag-Heuer am Handgelenk zuschnappen und passte auf, dass er keines der feinen Härchen einklemmte. Er war bereit für den tollsten Abend seines Lebens.

Er konnte nicht wissen, dass es auch sein letzter sein würde.

Kapitel 9

Fiona schlug die Fensterläden zurück und blickte über die Schlucht auf Toledo hinunter, das im silbrigen Licht des aufgehenden Mondes lag. Zu ihrer Linken sah sie im Scheinwerferlicht die majestätischen Mauern von San Juan de los Reyes, wo der tote James Palango an seinen Fesseln gebaumelt hatte. Aus dieser Entfernung schien das Gemäuer viel zu harmlos für ein solches Schauspiel. Und als sie heute Nachmittag dort gewesen waren, war es ihr unvorstellbar vorgekommen, dass es der Schauplatz für ein so entwürdigendes Verbrechen sein sollte. Ein paar Touristen waren in ihre Reiseführer vertieft vorbeigeschlendert, machten Fotos und beachteten sie und Berrocal nicht weiter. Fiona musste sich ins Gedächtnis zurückrufen, dass diese Kirche von dem Königspaar erbaut worden war, das für die Einsetzung der Inquisition verantwortlich war. Höchstwahrscheinlich hatte San Juan de los Reyes viel Schlimmeres gesehen als diesen letzten Toten.

Der Besuch der Kirche hatte ihr keine neuen Erkenntnisse gebracht, aber Berrocal hatte währenddessen die Gelegenheit genutzt, Einzelheiten zum Tatort zu erläutern, und dabei noch drei seiner widerlichen Zigaretten zu rauchen. Danach waren sie zu Fuß durch die Stadt zum Polizeipräsidium gegangen, wo Berrocal seine Zentrale eingerichtet hatte. »Es ist einfacher als mit dem Auto«, hatte er erklärt. »Also, was brauchen Sie jetzt?«, fragte er, als sie den Rückweg antraten.

»Ich muss alle Einzelheiten des Falls studieren. So kann ich eine komplette Liste übereinstimmender Schlüsselmerkmale dieser Fälle zusammenstellen. Bei nur zwei Fällen hat es wenig Sinn ein geografisches Profil auszuarbeiten. Es gibt nicht genug Anhaltspunkte, besonders weil diese zwei Orte aufgrund ihrer historischen Bedeutung gewählt wurden. Aber ich hoffe trotzdem, dass ich Ihnen Hinweise geben kann, wo Sie in Ihren Akten und im Strafregister nach den Verbrechen suchen können, die er vermutlich in der Vergangenheit begangen hat«, erklärte Fiona.
»Das lässt sich leicht machen. Alle relevanten Unterlagen sind in unserem Einsatzzentrum. Ich habe dort einen Schreibtisch für Sie bereitstellen lassen.« Er nahm sein Handy heraus, wählte und sprach kurz; das knappe Gespräch beendete er mit einem angestrengten Lächeln. »Die Unterlagen werden für Sie bereitliegen.«
»Danke. Ich werde wahrscheinlich alles durchsehen, mir Notizen machen und dann in mein Hotel zurückkehren. Ich lasse mir alles gern noch einmal durch den Kopf gehen, bevor ich meinen vorläufigen Bericht schreibe, aber ich habe ihn morgen früh für Sie fertig.«
Im Einsatzzentrum, das Salvador Berrocal zur Verfügung stand, gab es keine Hightech-Ausstattung. Ein schmuddeliger Raum ohne Fenster am Ende eines schlecht belüfteten Korridors. Die Wände waren schmutzig und mit Flecken beschmiert, über deren Ursprung Fiona lieber nicht so genau nachdenken wollte. Es roch nach Zigarettenrauch, abgestandenem Kaffee und Männerschweiß. Vier Schreibtische waren in den Raum gequetscht, nur auf einem stand ein Computer. Zwei Pläne von der Stadt und den Vororten der Umgebung in großem Maßstab hingen an den Wänden, und auf einem Ständer lehnte ein altbekanntes Hilfsmittel: ein schwarzes Brett mit Fotos der Opfer und verschiedenen darauf gekritzelten Notizen. An zwei Tischen saßen gestresst aussehende Kriminalbeamte,

die in Telefone quasselten und kaum aufschauten, als Berrocal sie hereinführte.
Er zeigte auf den hintersten Schreibtisch, wo Aktenstöße schief aneinander lehnten und einzustürzen drohten. »Ich dachte, Sie könnten hier drüben arbeiten«, sagte er. »Es tut mir leid, dass wir so bescheiden eingerichtet sind, aber das war der einzige freie Platz. Wenigstens ist der Kaffee trinkbar«, fügte er mit einem spöttischen Lächeln hinzu.
Und wenigstens gibt es eine Steckdose in der Nähe, dachte Fiona, als sie sich durch den schmalen Spalt zwischen Schreibtisch und Stuhl zwängte. »Sind das die Akten zu den Morden?«, fragte sie.
Berrocal nickte. »Alles ist für Sie bereit.«
Sie brauchte ein paar Stunden, um Dutzende verschiedener Berichte durchzugehen, und strapazierte ihr Spanisch bis an die Grenzen ihres Wörterbuchs und darüber hinaus. Einige Male musste sie sich geschlagen geben und Berrocal um die Übersetzung von Passagen bitten, die ihr rätselhaft waren. Sie hatte sich Notizen gemacht und arbeitete mit der Datenbank, die sie und eine ihrer Doktorandinnen in peinlich genauer Präzisionsarbeit erstellt hatten und mit deren Hilfe die jeweiligen Einzelheiten der Morde einem bestimmten Wahrscheinlichkeitswert zugeordnet wurden. Das Programm analysierte dann, welche gemeinsamen Details bedeutsam waren und es ermöglichten, die Verbrechen einem bestimmten Täter zuzuschreiben. Zum Beispiel fanden die meisten Morde an Fremden nach Einbruch der Dunkelheit statt. Dass zwei Verbrechen einer Serie bei Dunkelheit verübt wurden, war also für die Feststellung von Parallelen zwischen ihnen von geringer Bedeutung. Aber es war relativ selten, dass ein sexueller Übergriff auf eine Leiche mit einer zerbrochenen Flasche erfolgte, sodass das Programm dem Vorhandensein gerade dieses Merkmals bei beiden Verbrechen eine viel höhere Wertigkeit gab.

Die meisten Grunddaten stammten ursprünglich vom FBI, wo man mit den Angaben zu alten Fällen bemerkenswert großzügig gewesen war, nachdem klar war, dass Fiona die alten Fälle ohne Angaben zu persönlichen Daten wie Namen von Opfern und Tätern usw. verwenden wollte. Fiona war bewusst, dass ihre Datenbank wie die meisten von Psychologen erstellten statistischen Analysen im besten Fall nur ein Teilausschnitt aus einem Ganzen war. Aber trotzdem ermöglichte sie ihr wertvolle Einsichten, mit welcher Art von Verbrechen sie es zu tun hatte. Noch wichtiger war vielleicht, dass sie danach mit einer gewissen Sicherheit bestimmen konnte, ob einzelne Verbrechen zur Serie eines Täters gehörten oder ob die Wahrscheinlichkeit größer war, dass sie von verschiedenen Tätern begangen worden waren.

Das Ergebnis ihrer Arbeit an diesem Nachmittag war der empirische Nachweis dessen, wovon die Polizei schon aufgrund des gesunden Menschenverstands und ihrer Erfahrung ausgegangen war. Die beiden Morde waren unzweifelhaft die Taten ein und desselben Mannes. Wäre dies der einzige Dienst gewesen, den sie hätte leisten können, dann hätte sich ihre Reise kaum gelohnt. Aber sie war überzeugt durch die Analyse der Daten, die sie schon hatte, der Polizei Hinweise auf andere Verbrechen geben zu können, die der Mörder vielleicht verübt hatte. Mit dem Zugriff auf diese Information würde sie schließlich ein brauchbares geografisches Profil erstellen können.

Als sie in ihr Hotelzimmer zurückkehrte, fand sie auf dem Tisch eine Nachricht von Kit vor. »Bin in die Bar gegangen. Komm runter, wenn du zurück bist, dann essen wir zusammen.« Sie lächelte und trat ans Fenster, um erneut die Aussicht zu genießen. Es war merkwürdig, sich vorzustellen, dass die vor ihr ausgebreitete Schönheit gleichzeitig das gesamte Ausmaß menschlicher Hässlichkeit in sich barg. Irgendwo in dem Häuserlabyrinth ging wahrscheinlich gerade ein Mörder seinen üblichen Beschäftigungen nach, und niemand hatte eine Ahnung davon.

Fiona wandte sich vom Fenster ab, zog sich aus und rümpfte die Nase über den Rauch, der in ihren Kleidern hing. Sie duschte schnell und zog Jeans und ein gerippptes Seidenhemd an.

Sie fand Kit an einem Tisch in der Ecke der Bar, wo er mit einem Glas dunklem Rotwein und einem zur Seite geschobenen Schälchen Oliven über seinen Laptop gebeugt saß. Sie legte ihm einen Arm um die Schultern und küsste ihn auf den Kopf. »Einen guten Tag gehabt?«, fragte sie und setzte sich auf den Lederstuhl ihm gegenüber.

Er sah überrascht auf. »Hi. Lass mich nur schnell das hier speichern.« Er beendete seine Arbeit, schaltete den Computer ab, schloss den Deckel und lächelte ihr zu. »Haben sie dir einen Abend freigegeben?«

»So ungefähr. Ich muss später einen Bericht schreiben, aber nur einen kurzen. Es wird nicht lange dauern. Es soll sich jetzt erst mal setzen, bevor ich mich festlege.« Ein Kellner erschien, und Fiona bestellte einen gekühlten Manzanilla. »Was hast du getrieben?«

Kit schaute verlegen drein. »Heute Nachmittag hab ich einen Spaziergang gemacht. Nur um die Umgebung auf mich wirken zu lassen. Der Ort hier ist ja enorm geschichtsträchtig. Man kann die Vergangenheit geradezu riechen. An jeder Ecke gibt es etwas zu sehen oder sich auszumalen. Jedenfalls hab ich mir über die Inquisition Gedanken gemacht ... wie es damals hier gewesen sein muss.«

Fiona stöhnte. »Sag bloß, dein Spaziergang hat dich auf die Idee für ein Buch gebracht?«

Kit lächelte. »Die Rädchen fangen jedenfalls schon an, sich zu drehen.«

»Hast du das gerade in deinen Laptop eingegeben?«

Er schüttelte den Kopf. »Nein, es ist viel zu früh, um etwas festzulegen. Ich hab nur das, was ich letzte Woche geschrieben habe, ein bisschen nachpoliert. Hier ein bisschen glätten und da ein bisschen verbessern – richtig langweiliger Kram. Und du? Wie war dein Tag?«

Der Kellner brachte Fionas Glas, und sie trank einen Schluck. »Routine. Ich habe massenhaft Akten durchgesehen. Berrocal hat alles gut organisiert. Wacher Bursche. Man muss ihm nichts zweimal erklären.«

»Das macht's ja etwas leichter für dich.«

»Kein Zweifel. Das Problem ist nur, dass wir so wenig haben, von dem wir ausgehen können. Normalerweise wählt ein Mörder den Ort, wo er die Leiche hinterlässt, nach ganz persönlichen Maßstäben aus. Aber dass diese Tatorte eine besondere historische Bedeutung haben, kompliziert die Sache. Ich bin nicht sicher, inwieweit ein geografisches Profil dabei von Nutzen sein kann.«

Kit zuckte mit den Schultern. »Du kannst nur dein Bestes tun. Sie haben in der Gegend hier wirklich was für Gruseliges übrig. Und es gibt einen albernen kleinen Zug, der einen durch die Stadt fährt und dann über die Umgehungsstraße auf das andere Flussufer bringt – mit einem absolut bizarren Kommentar dazu. Auf Spanisch, Deutsch und in radebrechendem Englisch erzählen sie Einzelheiten über die blutige Geschichte der Stadt. Es gibt sogar eine Schlucht, die sich die Schlucht der Frau mit der durchschnittenen Kehle nennt. Kannst du das glauben?«

Fiona war überrascht. »Sie erzählen einem das auf einer Touristenrundfahrt?«

Er nickte. »Nicht wahr, damit würde man sich normalerweise nicht gerade brüsten, oder?«

»Dort hat eines unserer Mordopfer gelegen«, sagte Fiona langsam. »Ich war davon ausgegangen, dass das nur den Einheimischen bekannt ist.«

»Ach, ich kann dir alles darüber erzählen«, sagte Kit. »Eine Frau hatte etwas mit einem Wachsoldaten und ließ den Feind die Stadt angreifen. Also haben sie ihr die Kehle durchgeschnitten, damit sie das nicht so bald wieder tun würde.«

»Bist du zu San Juan de los Reyes hinuntergegangen? Zur großen Klosterkirche?«

»Ich kam daran vorbei. Aber ich habe sie mir für morgen aufgehoben.«

»Hast du die Ketten an der Fassade gesehen?«

»Man kann sie kaum übersehen. Im Führer steht, Ferdinand und Isabella hätten sie dort nach der Rückeroberung von Granada anbringen lassen. Sie wurden von den Mauren als Fesseln für die gefangenen Christen benutzt. Ich muss sagen, wenn das typisch ist für Isabellas Geschmack in Sachen Dekor, kann ich es kaum abwarten, das Innere zu sehen. Da kann *Schöner Wohnen* vor Neid erblassen«, fügte er mit einem ironischen Grinsen hinzu. »Warum fragst du?«

»Dort wurde die zweite Leiche gefunden. Du bist erst einen halben Tag hier und kennst bereits die Geschichte der beiden Fundorte. Ich frage mich, ob ich mich mit meinen Vermutungen nicht irre.«

Kit tätschelte ihr mit einem Ausdruck ironischer Überlegenheit die Hand. »Mach dir nichts draus, Liebes, du kannst ja nicht immer Recht haben. Überlass das nur mir.«

Fiona brach in Lachen aus. »Ich bin ja froh, dass ich dich habe, auf den ich mich verlassen kann. Also, gehen wir jetzt essen oder was?«

Fiona nippte an einem Glas Brandy und überprüfte die Ideen, die sie notiert hatte. Im Hintergrund war beruhigend das leise Tippen von Kits Fingern auf der Tastatur seines Laptops zu hören. Sogar das Moskitosummen seines Walkmans war in seiner Vertrautheit tröstlich. Er störte sie nie bei der Arbeit, wofür sie restlos dankbar war. Sie hatte zu viele Klagen ihrer Freundinnen gehört, die nicht arbeiten durften, wenn ihr Partner es nicht auch tat. Kit war immer zufrieden, wenn er sich während ihrer Arbeit mit

seiner eigenen Arbeit oder einem Buch beschäftigen, in eine Bar gehen und neue Bekanntschaften schließen konnte.
»Ich bin überzeugt, dass der wichtigste Antrieb des Täters nicht sexuelle Befriedigung ist«, las sie noch einmal ihren eigenen Bericht. »Aber die Art der Verletzungen, die er den Opfern nach Eintreten des Todes beigebracht hat, deutet in eine bestimmte Richtung. Ich glaube, es ist seine Art, die Verachtung für das zu demonstrieren, was er als ›Schwäche‹ seiner Opfer ansieht. Und das führt mich zu der Annahme, dass seine Methode der Kontaktaufnahme mit seinen Opfern körperlicher oder sexueller Natur ist. Die grobe Variante der Kontaktaufnahme war vermutlich, dass er sie ansprach und abschleppte, möglicherweise bei einer früheren Gelegenheit, um sich mit ihnen für den Abend der Mordnacht zu verabreden. Vielleicht hat er sie mit dem Versprechen gelockt, seine speziellen Kenntnisse könnten für sie beruflich von Nutzen sein. Es ist klar, dass er seinen Opfern nicht bedrohlich erscheint. Er weiß genau, wo seine potenziellen Opfer zu finden sind. Dies lässt auf gute Kenntnis der Örtlichkeiten schließen und legt die Vermutung nahe, dass er ein Einheimischer von Toledo sein könnte.
Diese Morde wurden nicht aus Wut oder im sexuellen Affekt begangen, weil er versagte oder in übersteigerte Erregung geriet, sondern es liegt ihnen ein ganz anderes Motiv zugrunde.«
So weit, so gut, dachte sie. Dagegen würde sich nicht viel sagen lassen. »Diese Verbrechen zeigen ein relativ hohes Maß an Intelligenz und Planung. Es ist deshalb unwahrscheinlich, dass der Täter ein Neuling in der Welt krimineller Aktivitäten ist. Er ist dafür viel zu locker vorgegangen. Aber wenn wir einräumen, dass die Motivation hinter diesen Morden nicht in erster Linie sexueller Natur ist, folgt daraus, dass auch seine früheren Taten sehr wahrscheinlich nicht auf sexuelle Motive zurückgingen.
Da beide Tatorte bekannte Touristenattraktionen sind und

beide Opfer Ausländer waren, glaube ich, der Schlüssel zur Motivation des Mörders ist seine Einstellung zu den Besuchern seiner Stadt. Er sieht ihr Kommen nicht als Vorteil an, sondern empfindet sie als unwillkommene Eindringlinge. Ich halte es für sehr wahrscheinlich, dass seine früheren Verbrechen sich entweder gegen Touristen oder gegen Geschäfte richteten, die mit Tourismus zu tun hatten. Er begann wahrscheinlich mit Vandalismus gegen Hotels oder Geschäfte, die an Touristen verkaufen, wie zum Beispiel Souvenirläden. Dies mag zu direkten Angriffen gegen Touristen wie zum Beispiel Raubüberfällen eskaliert sein.«

Fiona lehnte sich zurück und überlegte. Was sie hier beschrieb, war auf keinen Fall das konventionelle Bild eines Serienkillers, aber ihr waren von Anfang an die ungewöhnlichen Orte der Verbrechen aufgefallen. Die meisten Mörder ließen die Leichen dort zurück, wo sie getötet hatten. Oder ihre sorgfältige Wahl der Fundorte wurde hauptsächlich davon bestimmt, dass man sie dort wahrscheinlich mit der Leiche nicht erwischen würde. Dieser Mörder war bei seinem zweiten Opfer ein hohes Risiko eingegangen, die Fundorte hatten also offensichtlich eine tiefe symbolische Bedeutung für ihn. Erstens schien der jeweilige Fundort der Leichen mindestens genauso wichtig zu sein wie die Auswahl der Opfer. Es waren nicht nur Orte, die für Gewalttätigkeit standen, sondern sie hatten auch für einen Besucher Bedeutung, der sich nur kurz in der Stadt aufhielt, wie Kits Erfahrung zeigte.

Sie war zufrieden mit dem Fortschritt, den sie gemacht hatte. Jetzt musste Salvador Berrocal nur noch die hiesige Polizei dazu bringen, ihr die erforderlichen Daten zu Delikten zu geben, die etwas mit Tourismus zu tun hatten. Mithilfe dieser Informationen könnte Fiona ihre Verknüpfungstheorien anwenden und herausfinden, welche Taten von demselben Täter begangen wurden.

Hatte sie erst einmal festgelegt, welche Taten Teile einer Serie und keine Einzelfälle waren, würde sie die entsprechenden Tatorte auf einem in ihren Computer eingescannten Stadtplan eintragen. Das in ihren Computer geladene, sehr effiziente Programm für geografische Profile würde die Punkte auf dem Stadtplan mit einer komplexen Reihe von Algorithmen bearbeiten. Es ließen sich damit Gegenden herausfiltern, wo der Täter wahrscheinlich seinen Wohnsitz oder Arbeitsplatz haben könnte. Dann konnte sie zusätzlich zu diesen Ergebnissen die Tatorte eingeben, und wenn sie nicht wesentlich von den Bereichen abwichen, die der Computer errechnet hatte, würde sie möglicherweise Berrocal den Stadtteil benennen können, wo der Mörder zu Hause war.

Fiona dachte daran, dass man sie vor zehn Jahren noch ausgelacht und vom Podium gejagt hätte, wenn sie zu erklären gewagt hätte, dass eine Kombination aus psychologischem Täterprofil, Deliktverknüpfung und geografischem Profil zur Ergreifung eines Mörders führen könne. Damals gab es keine leistungsfähigen Computerprogramme, mit denen man die Zahlen schnell genug verarbeiten konnte. Das wäre auch nicht anders gewesen, wenn man dies als einen Bereich angesehen hätte, mit dem zu experimentieren sich lohnte. Die Welt polizeilicher Ermittlungen hatte sich schneller geändert, als man sich hatte vorstellen können. Endlich war die Technik so weit, dass sie die Kriminellen mit ihrer Fähigkeit, immer einen Schritt voraus zu sein, überholte. Und sie hatte das Glück, Teil dieser Revolution zu sein.

Morgen früh würde sie ihre Fertigkeiten wieder einmal unter Beweis stellen können. Die Zusammenarbeit mit der Polizei bei der Suche nach einem Mörder war das Aufregendste, was sie je getan hatte. Sie verlor dabei nie aus den Augen, dass sie es mit wirklichen Menschenleben zu tun hatte, nicht nur mit einer Reihe mathematischer Größen und Computerberechnungen. Wenn ihr Einsatz kein Leben retten konnte, war er letzten Endes sinnlos. Und so wurde jeder Fall, mit dem sie zu tun hatte, nicht nur zu einer beruflichen Herausforderung. Er war nichts weniger als eine Messlatte, die sie an sich selbst anlegte.

Kapitel 10

Fiona kam kurz nach elf Uhr vormittags in das verrauchte Büro. Berrocal und seine beiden Mitarbeiter waren alle in Telefongespräche vertieft und schauten kaum auf, als sie eintrat. Sie hatte ihren Bericht morgens um acht an Berrocal gefaxt, weil sie wusste, er würde Zeit brauchen, um die Unterlagen zusammenzustellen, die sie benötigte. Sie hatte die drei Stunden zu einem gemütlichen Frühstück mit Kit im Bett genutzt und ihn dann begleitet, um den El Greco zu sehen, den man unbedingt gesehen haben musste, das Begräbnis des Grafen von Orgaz, das in grandioser Abgeschiedenheit in einem Anbau der Kirche San Tomas ausgestellt war. Damit hatte der Tag besser angefangen als mit dem Lesen von Polizeiakten.

Die Stöße von Aktenordnern auf ihrem Schreibtisch sahen genauso aus wie am Tag zuvor. Sie wartete, bis Berrocal den Hörer auflegte, und sagte dann: »Hallo. Sind die Berichte über Vandalismus und Überfälle noch nicht hier?«

Berrocal nickte. »Sie liegen da auf Ihrem Tisch. Die ungelösten links, die gelösten rechts. Sie sind von den letzten zwölf Monaten.«

»Schnelle Arbeit.«

Er zuckte mit den Schultern. »Die Kollegen wussten, dass ich ihnen auf den Fersen bleiben würde, bis sie mir das lieferten, was Sie verlangt hatten. Hier schiebt man gern eine ruhige Kugel. Kann Ihnen jemand helfen, oder müssen Sie alles selbst lesen?«

»Leider muss ich die Daten selbst analysieren«, sagte Fiona.

»Wie steht's mit einem Stadtplan?«
Berrocal hob einen Finger, wie um sich selbst zu erinnern. »Hier habe ich ihn.«
Er wandte sich dem noch unbesetzten Schreibtisch zu; wühlte in der oberen Schublade und zog eine kleine Touristenkarte und einen größeren, ausführlicheren Straßenplan heraus. »Ich war nicht sicher, welcher sich für den Zweck am besten eignet«, fügte er hinzu und reichte ihr die Karten.
»Ich vermute, Sie haben keinen Scanner hier?«, fragte Fiona ohne viel Hoffnung.
Berrocal hob die Schultern. »Irgendwo muss einer sein.«
»Ich brauche den detaillierten, eingescannten Plan als GIF-Datei«, sagte sie, öffnete ihren Laptop-Koffer und holte eine leere Diskette heraus. »Wenn Sie es auf eine Diskette speichern lassen können, kann ich es auf mein System kopieren.«
Er nickte, wandte sich an den näher stehenden der zwei Kriminalbeamten und knurrte ein paar Worte auf Spanisch. Der Angesprochene beendete eilig sein Gespräch und warf seinem Chef einen ratlosen Blick zu. Berrocal hielt ihm den Stadtplan und die Diskette hin und ratterte ein paar rasche, barsche Sätze herunter. Der Beamte warf Fiona ein strahlendes Lächeln zu und ging zur Tür. Offensichtlich war es immer noch besser, ein Laufbursche der Beraterin aus England als in diesem Käfig eingesperrt zu sein. »*Y café con leche para dos*«, rief Berrocal mit einem boshaften Lächeln dem sich entfernenden Rücken nach.
»Danke«, sagte Fiona und angelte sich den ersten Aktenordner. Sie musste eine Liste der wesentlichen Faktoren anlegen: Datum des Vorfalls, in welcher Form der Vandalismus vorgekommen war und ein Dutzend weiterer Details. Dann musste sie präzise alle Einzelheiten eingeben. Wo ein Täter bekannt war, musste sie auch alle Informationen einbeziehen, die zu seiner Vorgeschichte und seinen früheren Verbrechen gehörten. Siebenundvierzig Aktenordner lagen bereit, die sie durcharbeiten musste, und die Tatsache, dass sie in

Spanisch waren, verlangsamte alles noch mehr. Es wurde ein langer Tag, der in regelmäßigen Abständen von Kaffee und Snacks unterbrochen wurde. Aber sie arbeitete so konzentriert, dass sie fünf Minuten später nicht mehr hätte sagen können, was sie gerade gegessen hatte.
Endlich lehnte sie sich zurück und wartete, während der Computer die Daten ordnete, um dann die Ergebnisse seiner Berechnungen anzuzeigen. Es überraschte sie nicht, dass die meisten Vorfälle als unverbundene Ereignisse vorkamen. Aber es waren doch drei Gruppen von Berichten darunter, die alle von demselben Täter zu sein schienen. Zuerst eine Serie von Angriffen auf Souvenirläden. In jedem Fall war die Tat zwischen zwei und drei Uhr morgens an Wochentagen verübt worden. Bei den ersten drei war Farbe gegen Fensterscheiben geschüttet worden. Dann war es zu einer Eskalation gekommen: Bei vier weiteren Überfällen wurden die Fenster eingeworfen und die Waren in den Geschäften mit Farbe bespritzt. Diese Delikte waren alle vom Stoß der ungelösten Fälle.
Eine zweite Serie bestand aus Graffiti, die an die Außenwände von Restaurants und Hotels geschmiert worden waren. Die Sprüche waren politischen Inhalts: rechtsextreme Parolen über »Spanien den Spaniern« und zur Ausweisung von Immigranten. Fiona schloss sofort aus, dass diese Fälle von ihrem Killer stammen könnten.
Eine dritte Gruppe fand sich im Stoß der ungelösten Fälle. Innerhalb der letzten vier Monate waren in den frühen Morgenstunden drei Touristen auf dem Rückweg zu ihren Hotels angegriffen worden. Berrocal hatte ihr schon gesagt, dass in Toledo für spanische Verhältnisse die Gehsteige abends relativ früh hochgeklappt wurden, denn die meisten Cafés und Restaurants schlossen um elf. Aber es gab ein paar Bars, die bis spät in die Nacht geöffnet waren, und alle Opfer hatten eine solche Bar besucht. Sie waren allein auf dem Rückweg zu ihren Hotels, als ein maskierter Mann aus einer

Gasse herausgestürzt kam und sie angriff. Kein Geld wurde verlangt, es war lediglich ein brutaler Überfall, der wenige Minuten dauerte und bei dem der Angreifer schwieg und dann ins Labyrinth der schmalen Gassen davonrannte.
Fiona seufzte voll tiefer Befriedigung. Wenn computergestützte Verknüpfung von Verbrechen funktionierte, war es wie ein kleines Wunder, das sich vor ihr entfaltete. Jetzt konnte sie die Orte, wo die zwei relevanten Gruppen von Ereignissen stattgefunden hatten, in ihr Programm für kriminalgeografisches Profiling eingeben und sehen, was sich daraus entwickelte.

Kit sah Fiona, wie sie von San Tomas den Hügel heraufkam. Er bewunderte ihren ruhigen Gang und den sanften Schwung ihrer Hüften, der vom Schnitt ihrer Hose betont wurde. *Ich habe wirklich ein Mordsglück,* gratulierte er sich selbst und genoss noch einmal kurz die Erinnerung an ihren gemeinsamen wohligen Morgen im Bett. Obwohl sie ihn manchmal mit ihrem endlosen Bedürfnis verrückt machte, alles und jeden, der ihr in die Quere kam, zu analysieren und zu zergliedern, hatte er noch nie eine Frau getroffen, gegen die er sie eingetauscht hätte. Eine der Eigenschaften, die er an ihr liebte, war ihr Engagement für ihre Arbeit. Aber auch wenn sie von einem Fall ganz in Anspruch genommen war, blieb ihr immer im Bewusstsein, wie wichtig ihre Beziehung war.
Heute Morgen zum Beispiel. Sie hätte leicht behaupten können, sie sei »unabkömmlich« und müsse sofort zum Polizeirevier gehen. Aber sie hatte ihm versichert, es liege noch nichts vor, dem sie sich widmen konnte, und sie hatte sich die Zeit genommen, mit ihm gemeinsam etwas zu unternehmen. Er versuchte das Gleiche für sie zu tun, wusste aber, dass er es nicht so gut konnte wie sie. Wenn er ganz darauf konzentriert war, ein Buch fertig zu schreiben, dann konnte er an nichts anderes als an das nächste Textstück denken, das er

irgendwie in den Computer kriegen musste. Er konnte ihr seine Liebe dann nur zeigen, indem er für sie kochte und sich die Zeit nahm, mit ihr gemeinsam zu essen. Es war nicht viel, aber es war besser als nichts.

Er verbrachte den restlichen Tag als Tourist, kam kurz nach sechs ins Hotel zurück und nahm eine Flasche Rotwein von der Bar mit ins Zimmer hinauf. Er hatte keine Ahnung, wie lange Fiona weg sein würde, aber das war kein Problem. Er schaltete den Fernseher ein, MTV Europe, goss sich ein Glas Wein ein, fuhr den Computer hoch und lud seine E-Mails herunter. Die einzige wichtige Nachricht war von seinem Agenten, der einen Abschluss mit den unabhängigen Filmemachern bestätigte, die seinen ersten Roman fürs Fernsehen bearbeiten wollten. Er selbst war eigentlich der Meinung, es sei unmöglich, *The Dissection Man* zu verfilmen, aber wenn sie ihm viel Geld zahlten, um das selbst herauszufinden, dann wollte er sich nicht beklagen.

Nicht dass ihm das Geld wichtig gewesen wäre. Seine Eltern waren beide Lehrer gewesen, und er und sein Bruder waren in einer Atmosphäre aufgewachsen, wo Geld nie ein wichtiges Thema gewesen war. Es war immer genug davon da, und es war ihm nie bewusst gewesen, dass ihm etwas fehlte, weil seine Eltern es sich nicht leisten konnten. Für seinen ersten und den zweiten Roman hatte er keinen großen Vorschuss bekommen, und als *The Blood Painter* über Nacht einen sensationellen Erfolg als Kultbuch landete und dann auch den Durchbruch auf dem allgemeinen Markt schaffte, war niemand überraschter gewesen als er selbst. So hatte er wahrscheinlich in diesen zwei Jahren mehr Geld verdient als seine Eltern in den letzten zehn.

Und er wusste nicht, was damit anfangen. Eine große Summe hatte er in den Kauf eines Hauses gesteckt, aber davon abgesehen hatten Fiona und er wenige materielle Wünsche. Er machte sich nichts aus Designerklamotten, hatte kein Interesse an schnellen Autos und mochte immer noch am liebsten einen Urlaub, bei dem sie irgendwo hinflogen, ein Auto mieteten und in billigen Motels oder Pensionen übernachteten. Am meisten gab er wahrscheinlich für Musik aus, aber auch auf diesem Gebiet war er sparsam, indem er wartete, bis er anlässlich einer Lesereise durch die Staaten oder Kanada fuhr und sich zu den dortigen niedrigeren Preisen in einen Großeinkauf von CDs stürzen konnte.

Der einzige Wunsch, den er sich gern erfüllt hätte, war ein Zufluchtsort, an den er sich zurückziehen konnte, wenn das Buch, das er gerade schrieb, in der schwierigen mittleren Phase steckte. Der Anfang war immer leicht, aber nach den ersten hundert Seiten schlug die Depression zu, wenn er merkte, dass er weit hinter dem Ziel zurückblieb, das er sich gesetzt hatte. In diesem Stadium war jede Unterbrechung eine Qual. Fiona war der einzige Mensch, der ihn nicht ärgerte, aber das war nur so, weil sie wusste, wann sie ihn in Ruhe lassen musste.

Fiona hatte vorgeschlagen, dass er sich ein einsam gelegenes Ferienhäuschen kaufen solle, wo er hingehen und so lange ungestört arbeiten konnte, bis er seine Frustration überwunden hatte. Die schreckliche Phase dauerte meistens etwa sechs Wochen oder hundertfünfzig Seiten, und Fiona hatte ihn wissen lassen, sie wolle lieber auf seine Anwesenheit verzichten, wenn ihm das half, schneller wieder zu seinem normalen, besser gelaunten Ich zurückzufinden.

So hatte er die Hütte gekauft. Er war immer wieder erstaunt, dass es auf der britischen Insel noch Orte gab, an denen man sich so einsam fühlen konnte. Von der Hütte mit ihren zwei Räumen aus war nirgendwo eine andere menschliche Behausung zu sehen. Um dorthin zu gelangen, musste er nach Inverness fliegen, einen alten Landrover abholen, den er dort abgestellt hatte, sich mit einem Vorrat an Lebensmitteln versorgen und dann noch einmal zwei Stunden bis zum östlichen Rand der riesigen Wildnis von Sutherland fahren. Er nutzte einen Dieselgenerator als Energiequelle, holte Wasser von einer nahe gelegenen Quelle, heizte mit einem Holzofen, der auch genug Wasser für eine Badewanne erhitzte. Auf Fionas Drängen hatte er sich ein Satellitentelefon angeschafft, das er aber nur nutzte, um seinen Computer wegen der E-Mails anzuschließen.

Die meisten Menschen hätten diese absolute Einsamkeit nicht ertragen können. Aber für Kit war sie das A und O. Da er als einzige Zerstreuung nur gelegentlich einen Streifzug machte, um Kaninchen für seinen Speisezettel zu schießen, brauchte er bei der Erarbeitung der schwierigsten Teile seiner Bücher immer viel weniger Zeit als in London. Die Qualität seiner Arbeit hatte sich gesteigert. Er selbst und seine Leser wussten das.

Und es ließ sich nicht abstreiten, dass die Abwesenheit seine Beziehung zu Fiona bereicherte. Obwohl sie täglich Kontakt über E-Mail hatten – oft schickten sie sich Schreiben, die in anderem Zusammenhang als Pornografie gegolten hätten –, war ihr Wiedersehen immer erfüllt vom Feuer der ersten Tage ihrer Beziehung, als sie voneinander gar nicht genug bekommen konnten und keinen Wunsch als zu ausgefallen empfunden hatten. Allein daran zu denken erregte ihn schon. Wer hätte wohl geglaubt, dass hinter Fionas kühler Fassade eine sinnliche Frau steckte, die den schonungslosesten Autor der britischen Krimiszene in einen romantischen Narren verwandelte?

Sie war immer am leidenschaftlichsten, wenn sie sich mit einem brutalen Mord hatte befassen müssen. Es war, als müsse sie dann ihre Verbindung zum Leben neu bestätigen und ihre eigene Vitalität im Trotz gegen einen Killer ausleben. Kit mochte wohl diese Triebfeder mit Missbilligung betrachten, aber er hatte nichts dagegen, die Vorteile zu genießen.

Er versuchte diese Gedanken abzuschütteln. Die Vorfreude auf Fionas Rückkehr war der sicherste Weg, ihn von seiner Aufgabe abzulenken. Er wollte noch einen Lesedurchgang

machen, was er in regelmäßigen Abständen wiederholte, um sicherzugehen, dass im Buch alles gut lief. Er tippte den Befehl ein für den Ausdruck der letzten sechzig Seiten und schaltete im Fernseher BBC World an, um die Kurznachrichten zu hören.
Die Abendnachrichten hatten schon angefangen, der Sprecher beendete gerade einen zutiefst langweiligen Beitrag von einem Staatssekretär des Finanzministeriums über den Zustand des Euros. Plötzlich klang der Nachrichtensprecher dringlicher. »Und jetzt eine Nachricht, die gerade hereingekommen ist: Die Polizei in Edinburgh hat als Opfer eines brutalen Mordes den internationalen Bestsellerautor Drew Shand identifiziert. Die Tat wurde in den frühen Morgenstunden in der schottischen Hauptstadt verübt.«
Kit runzelte ungläubig die Stirn.
»Wir geben weiter an unseren Korrespondenten James Donnelly in Edinburgh«, fuhr der Sprecher fort.
Ein junger Mann stand mit ernstem Gesicht vor einem grauen Steingebäude. »Drew Shands verstümmelte Leiche wurde von einem Polizeibeamten bei einem routinemäßigen Rundgang auf der Royal Mile kurz nach drei Uhr morgens gefunden. Die Polizei hat den Bereich hinter St. Giles' Cathedral abgesperrt, wo die Kriminalpolizei ihre Untersuchungen noch fortsetzt. Bei einer Pressekonferenz am frühen Nachmittag gab Detective Superintendent Sandy Galloway bekannt, dass die Kehle des Opfers durchschnitten und sein Gesicht sowie der Körper mit einem Messer verunstaltet wurden. Er forderte jeden, der sich zwischen Mitternacht und drei Uhr morgens in der Gegend aufgehalten hat, auf, sich zu melden.
Vor einigen Minuten wurde bekannt, dass es sich bei dem Opfer um den preisgekrönten Thrillerautor Drew Shand handelt. Der einunddreißigjährige Shand wurde als einer der Stars unter den britischen Krimiautoren gefeiert, als sein Erstling *Copycat* auf beiden Seiten des Atlantiks an die Spit-

ze der Bestsellerlisten aufstieg und ihm der John Creasey Memorial Dagger und der Mcvitie-Preis verliehen wurden. Die Fernsehfassung von *Copycat* gewann mehrere wichtige Auszeichnungen und ist häufig auch im Ausland gezeigt worden.
Shand, ein ehemaliger Englischlehrer, lebte allein im Stadtteil New Town in Edinburgh. Sein zweiter Roman, *The Darkest Hour*, soll nächsten Monat veröffentlicht werden. Shand, der sich offen zu seiner Homosexualität bekannte, besuchte regelmäßig mehrere Schwulenbars in Edinburgh, darunter einige, von denen zumindest angenommen wird, dass sie Kunden mit Interesse an sadomasochistischen Praktiken ansprechen. Bis jetzt gibt die Polizei kein mögliches Motiv für den Mord an.«
»Ist ja wieder mal verdammt typisch, dem Opfer die Schuld zu geben«, knurrte Kit und knallte sein Glas so fest auf, dass der Stiel abbrach und eine Lache Rotwein sich über den Marmorboden ergoss. Er beachtete es nicht, nahm einen Schluck Wein direkt aus der Flasche und bemerkte kaum, wie er schmeckte. »Drew Shand«, murmelte er und setzte die Flasche wieder an. Er schüttelte ungläubig den Kopf. »Der arme Kerl.« Ihm fiel die Podiumsdiskussion ein, an der sie gemeinsam beim letzten Edinburgh Book Festival teilgenommen hatten, die einzige Gelegenheit, bei der er mit dem aufsteigenden Star zusammengekommen war. Er erinnerte sich, wie Drew sich vorgebeugt hatte, die Ellbogen auf den Knien, die Hände ausgebreitet, und sich mit ernstem Gesicht bemüht hatte klarzumachen, dass die Brutalität in *Copycat* immer eine bestimmte Funktion hatte und nie ohne triftigen Grund vorkam. Kit wusste noch, dass das Publikum sich überzeugen ließ, obwohl er selbst seine Zweifel hatte. Als sie dann später draußen zusammensaßen, Beck's-Bier aus der Flasche tranken und weiterdiskutierten, mischte sich der Galgenhumor in ihren Ernst, den Kriminalbeamte und Krimiautoren lieben. Plötzlich sah er ein lebendiges Bild von

Drew vor sich, der lachend seinen schönen Kopf zurückwarf – wie ein schreckliches Feuerwerk.
Schlagartig wurde Kit bewusst, wie sehr er sich nach Fionas Gegenwart sehnte. Ein Kritiker hatte einmal geschrieben, dass Kit seine Leser so viel Mitgefühl für seine erfundenen Opfer empfinden lasse, dass der Mord an ihnen ein genauso großer Schock für sie sei, als hätten sie einen wirklichen Freund verloren. Damals war er stolz auf diese Bemerkung gewesen. Aber damals hatte er niemanden persönlich gekannt, der ermordet worden war. Wie er da saß – in einem fremden Hotelzimmer einer unbekannten Stadt, vom Schock über Drew Shands Tod ganz betäubt –, erkannte er schließlich, wie absurd diese Anmerkung des Kritikers gewesen war.
Jetzt wusste er, wie es wirklich war.

Kapitel 11

Fiona streckte sich genüsslich und sah auf ihre Uhr. Zu ihrem Erstaunen war es zehn nach sieben.

Berrocal, der fast den ganzen Tag weg gewesen, aber vor kurzem zurückgekehrt war, wurde auf sie aufmerksam. »Kommen Sie voran?«, fragte er.

Fiona fasste die Ergebnisse ihrer Arbeit zusammen. »Ich brauche jetzt eine Pause«, schloss sie. »Es passiert leicht, dass man anfängt, Fehler zu machen, wenn man den ganzen Tag den Bildschirm angestarrt hat, und wenn ich beim Festlegen der Tatorte Fehler mache, sind die Ergebnisse unbrauchbar.«

Berrocal ging zu ihrem Schreibtisch hinüber und schaute ihr über die Schulter auf den Laptop. »Das ist wirklich erstaunlich«, sagte er. »So ein System würde unsere Arbeit sehr erleichtern.«

»Es wird schon in ziemlich vielen Städten von der Polizei eingesetzt«, sagte Fiona. »Das Programm mit den Verbrechens-Querverbindungen funktioniert am besten bei Eigentumsdelikten wie Einbruch und Raub. Die Variante, die ich benutze, lässt Änderungen zu. Ich kann meine eigenen Variablen für die Checkliste eingeben. Man braucht ein höheres Niveau an Fachkenntnis, um sie zu benutzen. Aber die Grundvariante mit den festgelegten Parametern hat überall, wo man sie benutzt, die Einbruchsrate reduziert. Sie hilft sowohl ungelöste, alte Fälle als auch laufende zu erledigen. Sie sollten Ihre Vorgesetzten überzeugen, in diese Software zu investieren.«

Berrocal lachte schnaubend. »Leichter gesagt als getan. Meine Chefs geben nicht gern Geld für Dinge aus, die sie umgehen können.«

»Es war also ein Erfolg für Sie, dass Sie sie dazu gebracht haben, für mich zu bezahlen«, sagte Fiona spöttisch, stand auf und schaltete den Computer ab.

»Wenn Gefahr droht, dass wir die Touristen-Dollars verlieren, bekommen sie Panik. Plötzlich werden uns Mittel genehmigt, die wir unter anderen Umständen nie bekommen würden. Also, was haben Sie für heute Abend vor? Könnte ich Sie und Kit zu einem typischen Abendessen in Toledo begleiten?« Er trat zurück, damit sie hinter ihrem Schreibtisch hervorkommen konnte.

»Das ist nett von Ihnen, aber ich glaube, ich wäre keine sehr angenehme Gesellschaft. In meinem Kopf schwirrt und brummt es. Ich würde lieber ins Hotel zurückgehen und mit Kit dort kurz etwas essen. Danach werde ich wahrscheinlich Lust haben, noch zu arbeiten.«

Er zuckte mit den Schultern. »Wie Sie möchten. Aber Sie brauchen wirklich nicht jede Minute zu arbeiten, die Sie hier sind.«

Fiona klappte den Laptop zu und packte ihn ein. »Ich glaube doch, Major«, sagte sie leise. Sie schaute auf und sah ihm in die Augen. »Er ist da draußen und plant schon seine nächste Tat. Er lässt sowieso nur sehr wenig Zeit verstreichen. Ich will nicht theatralisch klingen, aber wenn man es mit einem Mörder zu tun hat, der so planmäßig vorgeht und so abgebrüht ist wie dieser, dann zählt jeder Tag. Ich will nicht das Blut seines nächsten Opfers an meinen Händen haben, wenn ich es irgendwie vermeiden kann.«

Berrocal fädelte sich langsam in den fließenden Verkehr ein und warf Fiona einen kurzen Blick zu. »Sie glauben wirklich, dass derselbe Mann hinter dem Vandalismus und den Überfällen steckt?«

Fiona zuckte mit den Schultern. »Es gibt keine Gewissheit

bei meiner Arbeit. Und ich arbeite im Idealfall am liebsten mit mindestens fünf verschiedenen Orten für jede einzelne Serie. Aber von der Wahrscheinlichkeit ausgehend, würde ich sagen, ja. Der Vandalismus überschneidet sich nur mit dem ersten Überfall. Nach dem zweiten Überfall gab es kein weiteres Farbespritzen oder zerbrochene Fenster. Also ist der Zerstörer entweder weggezogen, oder er fand ein Ventil für seinen Ärger, das ihm mehr Befriedigung verschaffte. Aufgrund meiner Kenntnisse darüber, wie gewalttätige Kriminelle sich steigern, kommt es mir wahrscheinlich vor, dass er selbstbewusster wurde, als man ihn nicht erwischte. Er legte den nächsten Gang ein und fing an, statt entfernterer Ziele den Gegenstand seiner Wut direkt anzugreifen. Wenn ich Recht habe, wird sich dies beim Einsatz des Programms für geografische Täterprofile zeigen.«

»Sie werden den Beweis haben, dass es derselbe Täter ist?« Berrocal konnte nicht verhindern, dass es etwas skeptisch klang.

»Keinen absoluten Beweis, das nicht. Nicht einmal die Art von Beweis, die sich vor Gericht verwenden lässt. Aber wenn das Programm mir für beide Serien von Verbrechen dieselbe Wohngegend als wahrscheinlich angibt, dann haben wir eine hohe Wahrscheinlichkeit vor uns, finden Sie nicht? Und dann werden Ihre Kollegen in Toledo wissen, wo sie nach Beweisen suchen können.« Fiona rutschte auf dem Sitz herum und versuchte ihre verkrampfte Schultermuskulatur zu lockern. Sie waren in eine Straße eingebogen, die gegenüber dem Felsvorsprung, auf dem Toledo im Dämmerlicht glühte, am Fluss entlanglief. »Eine bemerkenswerte Aussicht«, fügte sie hinzu.

»Es ist eine schöne Stadt«, bestätigte Berrocal. »Deshalb erscheinen Verbrechen wie diese hier so viel schockierender als gewöhnliche brutale Vorfälle in den kleinen Straßen von Madrid. Und deshalb werden natürlich diese Ermittlungen mit so viel Aufmerksamkeit verfolgt. Nicht nur setzen uns meine Vorgesetzten wegen einer schnellen Lösung unter Druck. Auch die Zeitungen und das Fernsehen sind uns auf den Fersen. Zum Glück habe ich es geschafft, Ihren Namen bis jetzt aus den Berichten herauszuhalten. Ich glaube, es würde nicht gut ankommen, dass wir eine Expertin aus England rufen müssen, um solche typisch spanischen Verbrechen zu lösen.«

»Ich werde Ihre Verbrechen nicht lösen, Major. Ich stehe Ihnen als beratende Psychologin, nicht als Polizistin zur Seite. Ich kann nur Vorschläge machen. Sie müssen die Entscheidungen treffen, ob es sich lohnt, sie weiterzuverfolgen, und Sie müssen die Beweise finden, um Ihren Mörder zu überführen.«

Berrocal grinste. »Sie wissen doch, Frau Doktor Cameron, und ich weiß es auch, dass die Medien nicht an der Wahrheit interessiert sind. Wenn sie etwas über Sie erfahren, werden sie Sie als eine Art Wunderdetektivin, einen modernen Sherlock Holmes herausstellen, den man gerufen hat, weil die Polizei zu blöd ist, ihre Arbeit zu tun.«

»Und genau deshalb sagen wir ihnen nicht, dass ich hier bin«, versprach sie. Sie schwiegen etwa eine Minute, bis Berrocal von der großen Straße abbog, den steilen Hügel zum Parador hinauffuhr und die beeindruckende Aussicht hinter sich ließ.

»Wird Ihr geografisches Programm uns verraten, ob der Mörder am selben Ort lebt wie der, der die Überfälle verübt hat?«, fragte er.

»Ich weiß nicht, ob wir genug Daten haben«, antwortete sie freimütig. »Die zwei Morde allein werden nichts bringen, das uns auch nur annähernde Genauigkeit gibt. Nicht genug verschiedene Orte, wissen Sie. Aber ich werde mit diversen Kombinationen experimentieren und sehen, was dabei herauskommt. Ich kann Ihre Frage wahrscheinlich morgen früh beantworten.«

»Sind Sie sicher, dass Sie nicht zum Abendessen ausgehen

wollen?«, fragte Berrocal, während er auf den Parkplatz fuhr.
»Das ist sehr freundlich von Ihnen. Aber ich würde lieber die Arbeit hinter mich bringen. Je früher ich fertig werde, desto früher kann ich nach Hause zurückkehren. Außerdem bin ich sicher, dass Ihre Familie Sie auch mal gern sehen würde.«
Er lachte kurz auf. »Davon bin ich überzeugt. Aber wie Sie werde ich heute Abend leider arbeiten.«
»Wenigstens habe ich Kit bei mir zum Abendessen. Er schafft es irgendwie, mich zum Lachen zu bringen, sogar mitten in einer so gruseligen Sache wie dieser. Und machen wir uns doch nichts vor, Major, in diesem Beruf gibt es nicht viel zu lachen.«
Er nickte ernst. »Ich weiß, was Sie meinen. Manchmal habe ich das Gefühl, der Dreck der Gosse klebt an mir, wenn ich nach Haus gehe. Kaum wage ich noch, meine Kinder hochzuheben und in den Arm zu nehmen, damit ich sie nicht mit dem anstecke, was ich gesehen habe und was ich weiß.« Er beugte sich zur Seite, um die Tür für Fiona zu öffnen. »Machen Sie's gut, Frau Doktor Cameron.«
Sie nickte. »Sie auch, Major.«

Als Fiona die Tür öffnete, war ihre erste Reaktion Verwirrung. Das einzige Licht im Raum kam von der entfernten Stadtansicht Toledos, wie eine Theaterkulisse von einem Dutzend Scheinwerfern angestrahlt. Gegen das Licht hob sich Kits Gestalt auf dem Fußende des Betts ab, die Ellbogen auf den Knien, den Kopf gesenkt. »Kit?«, sagte sie leise und schloss die Tür hinter sich. Etwas stimmte nicht, das war ihr klar, auch wenn sie nicht wusste, was. Sie ging mit schnellen Schritten zu ihm und legte Aktentasche, Laptop und Mantel unterwegs ab. Als sie sich neben ihn setzte, hob Kit den Kopf und blickte sie an. »Was ist denn los, Liebling?«, fragte sie, Sorge und Angst in ihrer Stimme. Sie legte ihm einen Arm um die Schultern, und er lehnte sich an sie.

»Drew Shand ist ermordet worden«, sagte er mit bebender Stimme.

»Der Typ, der *Copycat* geschrieben hat?«

»Laut BBC World hat man seine Leiche heute früh in der Nähe der Royal Mile gefunden.« Kit klang benommen.

»So hast du es also erfahren, aus dem Fernsehen?«, sagte sie und war bei dem Gedanken bestürzt.

»Ja, ich wollte die Nachrichten sehen.« Sein trockenes Lachen klang bekümmert. »Man rechnet doch nicht mit der Nachricht, dass ein Kumpel ermordet und verstümmelt worden ist.«

»Das ist ja schrecklich«, sagte Fiona in dem Bewusstsein, wie ungenügend diese Worte waren. Sie begriff nur allzu gut, welchen Schock und Schmerz eine solche Entdeckung auslöste. Wenngleich in ihrem Fall damals das Telefon der schreckliche Bote gewesen war.

»Ja, und ich sag dir auch, was noch schlimmer ist. Weil er ausging und selbstbewusst war und sich in Bars aufhielt, deren Gäste die Art von sexuellen Gepflogenheiten haben, die dem Durchschnittsbürger von Edinburgh abstoßend erscheinen, wird er schon als der Urheber seines eigenen Unglücks gesehen. Man macht sich bereit, dem Opfer selbst alles anzulasten. Es gibt ja nichts, was den braven Bürgern so wirksam zum ruhigen Schlaf verhilft, als die Gewissheit, dass ihnen eine solche Katastrophe nicht passieren kann.« Er klang zornig, aber Fiona erkannte seine Wut als Abwehr gegen den Schmerz.

»Es tut mir leid, Kit«, sagte sie, hielt ihn fest und ließ ihn sich an sie drücken.

»Ich habe noch nie jemanden gekannt, der ermordet wurde. Ich weiß, wir haben über Lesley gesprochen, und ich dachte, ich könnte verstehen, welche Gefühle du wegen ihres Schicksals hast, aber jetzt wird mir klar, dass ich keine Ahnung hatte. Und ich kannte ja Drew nicht einmal besonders gut. Aber ich begreife nicht, dass ihn jemand umbringen wollte. Ich kann mir einfach nicht vorstellen, wieso.«

Fiona hatte Drew Shand nie kennengelernt, aber sie wusste zu viel über Mord und seine Folgen, um nicht den Horror zu spüren, der hinter der nackten Tatsache lag, dass er tot war. Sie wusste nur allzu gut, was Mord für die bedeutet, die zurückbleiben. Dieses Wissen hatte sie geprägt.

Kit hatte sie mit dem Schlüsselwort konfrontiert. Wenn sie die Augen schloss, brach alles wieder wie eine Flut über sie herein. Es war ein Freitagabend wie jeder andere auch gewesen in ihrem ersten Jahr als Dozentin an der Universität. Sie hatte sich angewöhnt, sich am Wochenende mit den Klinikangestellten des Instituts, an dem sie einen Forschungsauftrag hatte, zu entspannen. Sie fingen bei einem Pub in Bloomsbury an, kehrten auf ihrem Weg zur Euston Station in verschiedenen Pubs ein und landeten schließlich in einem Currylokal in einer Seitenstraße am unteren Ende der Euston Road. Als sie in ihre Zweizimmerwohnung in Camden zurückkam, war es fast Mitternacht, und die Nervosität der Woche hatte einer angenehmen Benommenheit Platz gemacht.

Das Licht an ihrem Anrufbeantworter blinkte wie verrückt, er hatte ein halbes Dutzend Nachrichten anzuzeigen oder mehr. Neugierig drückte sie auf die Wiedergabetaste und ging dabei weiter zur Kochnische. Die ersten Worte auf dem Band ließen sie innehalten. »Fiona? Hier ist Dad. Ruf mich an, sobald du nach Hause kommst.« Dass sie aufhorchte, lag nicht an den Worten, sondern am Tonfall. Die Stimme ihres Vaters, die sonst stark und selbstbewusst klang, war fast nur noch ein Flüstern, ein schwaches, zitterndes Echo ihres normalen Klangs.

Ein Piepston, dann die nächste Nachricht. »Fiona, noch mal Dad. Es ist egal, wie spät es ist, wenn du die Nachricht bekommst, musst du anrufen.« Diesmal versagte die Stimme gegen Ende.

Sie war schon dabei, sich umzudrehen und zum Telefon zu gehen. Ein Piepston, dann wieder die Stimme ihres Vaters. »Fiona, ich muss mit dir sprechen. Es kann nicht warten bis morgen früh.« Ihr Instinkt sagte ihr, es müsse eine schlechte Nachricht sein. Eine der schlimmsten Sorte. Es musste um ihre Mutter gehen. Ein Herzschlag? Ein Schlaganfall? Ein Autounfall?

Fiona griff nach dem Hörer und wählte die vertraute Nummer. Fast bevor es geklingelt hatte, wurde abgenommen. Eine fremde Stimme sagte: »Hallo? Wer spricht?«

»Hier ist Fiona Cameron. Wer sind Sie?«

»Einen Augenblick, bitte. Ich hole Ihren Vater.« Gedämpfte Gesprächsfetzen, ein Klappern, dann die Stimme ihres Vaters, fast so fremd wie die des Unbekannten.

»Fiona«, brach es aus ihm heraus, dann fing er an zu schluchzen.

»Dad, was ist los? Ist es wegen Mum? Was ist denn passiert?« Fionas professionelle Fähigkeit zu beruhigen versagte angesichts der Tränen ihres Vaters.

»Nein, nein. Es ist wegen Lesley. Sie ist … Lesley ist …« Er zwang sich, Luft zu holen. Sie hörte einen tiefen, hastigen Atemzug, dann sagte er: »Lesley ist tot.«

Fiona wusste nicht, was er als Nächstes gesagt hatte. Sie fühlte, wie sich zwischen ihr und ihrer Umgebung ein Abgrund auftat, seine Stimme war nur ein weit entferntes Echo, das von dem Rauschen in ihren Ohren übertönt wurde. Ihre kleine Schwester war tot. Das war nicht möglich. Es musste ein Irrtum sein.

Aber es war keiner. Lesley, die im sechsten Semester an der St. Andrews University studierte, war auf dem Heimweg zu ihrer WG vergewaltigt und erdrosselt worden. Man hatte die Tat niemandem zur Last legen können. Die Polizei glaubte, dass der Mörder in den achtzehn Monaten davor zwei andere Studentinnen vergewaltigt hatte, aber sie hatten keine klaren Hinweise. Zwei Abdrücke von einem Paar Turnschuhe einer bekannten Marke. Eine Beschreibung, die so ungenau war, dass sie auf die Hälfte der männlichen Bevölkerung der Stadt gepasst hätte. Auch wenn man damals schon mit der DNS-Analyse hätte arbeiten können, hätte es nicht viel gebracht. Er hatte ein Kondom benutzt. Alle Überfälle hatten im Winter stattgefunden, und die Frauen hatten Handschuhe getragen, sodass sie ihren Angreifer nicht gekratzt hatten.

Sechs Monate nach Lesleys Tod lief Fiona herum, als bewege sie sich in einem Alptraum. Als könne sie sich jeden Augenblick zum Aufwachen zwingen, und alles wäre ungeschehen. Lesley würde am Leben sein. Ihre Mutter würde nicht von Depressionen und Selbstmordgedanken gequält. Ihr Vater würde nicht zu viel trinken und endlose Briefe an seinen Abgeordneten, die Presse und die Polizei schreiben und sich darüber beklagen, dass niemand verhaftet werden konnte. Und sie würde sich keine Vorwürfe machen, dass sie Lesley zur Selbstständigkeit ermutigt hatte, an St. Andrews zu studieren, wo sie doch zu Fiona nach London hätte kommen können.

Dann war sie eines Tages zu dem Vortrag eines Gastdozenten aus Kanada gegangen. Er hatte über die neue Wissenschaft der Verbrechensanalyse gesprochen und wie man sie für polizeiliche Ermittlungen einsetzen könnte. Es war, als ginge in ihrem Kopf plötzlich eine Glühbirne an. Es fiel Fiona wie Schuppen von den Augen, und sie wusste plötzlich, was sie mit ihrem Leben machen wollte.

Eine Stunde Vortrag in einem Hörsaal, und nichts war mehr wie vorher. Sie konnte Lesley nicht retten. Sie konnte nicht einmal Lesleys Morder finden. Aber jetzt begriff Fiona, dass sie eines Tages vielleicht dadurch Erlösung finden würde, dass sie einen anderen Menschen rettete.

Diese Aussicht reichte ihr. Jedenfalls an den meisten Tagen. Aber jetzt hatte wieder ein Mord ihr Leben berührt, wenn auch indirekt. All dies ging ihr durch den Kopf, als sie Kit in

ihren Armen hielt und nur wenig tun konnte, um ihn zu trösten.
Nach einem langen Schweigen löste sich Kit endlich von ihr. »Tut mir leid, dass ich so ein Jammerlappen bin«, sagte er. »Er war ja nicht mein bester Kumpel oder so.«
»Du bist kein Jammerlappen. Schließlich hast du ihn gekannt, ihn gemocht, hast seine Arbeit geschätzt. Und es ist ein Schock, sich klar zu werden, dass er nicht mehr da ist.«
Kit stand auf und schaltete eine Lampe an. »Das ist der Fluch einer lebhaften Fantasie in einem solchen Augenblick. Ich denke die ganze Zeit daran, wie es für ihn gewesen sein muss, welche Angst er ausgestanden haben muss.« Er holte tief Luft. »Ich muss etwas tun, um meinen Kopf zu beschäftigen.« Er nahm einen Stapel Papier, den der Drucker ausgespuckt hatte. »Macht es dir etwas aus, wenn wir uns etwas zu essen hochbringen lassen?«
»Was immer für dich richtig ist.« Fiona hängte ihren Mantel auf und nahm ihren Laptop. »Ich habe genug zu tun, wenn du arbeiten möchtest.«
Kit gelang ein schwaches Lächeln. »Danke.« Im Schneidersitz ließ er sich mit einem Stapel seines Manuskripts und einem Bleistift auf dem Bett nieder. Fiona beobachtete ihn ein paar Minuten im Spiegel, bis sie sicher war, dass er las und nicht vor sich hin brütete. Jetzt war sie vor allem froh, dass er sie nach Toledo begleitet hatte. Drews Tod hätte er sich nicht allein stellen sollen.
Dies war etwas, das sie gut aus eigener persönlicher Erfahrung kannte. Und sie würde es ihrem ärgsten Feind nicht wünschen.

Auszug aus der Dechiffrierung des Beweisstücks P13/4599

Qeimd gqnqd tmgbf zuotf eotiq dyufP dqiEt mzp. Gzeot aqzmn qdzuo tfeot iqd. Euqym otqze uotzu otfwx mdiuq eotgf lxaee uqeuz p. Quzbm mdEfg zpqz

Es war ueberhaupt nicht schwer mit Drew Shand. Unschoen, aber nicht schwer. Sie machen sich nicht klar, wie schutzlos sie sind. Ein paar Stunden lang im Internet gesurft, und schon kannte ich seinen gewohnten Tagesablauf.

Ich hatte mir schon gedacht, dass es nicht zu schwierig sein wuerde, ihn anzusprechen. Typen wie er fallen ja immer auf schmeichelhaftes Gequatsche rein. Es ging nur darum, einen Ort zu finden, wo ich ihn umlegen konnte. Dann hab ich genau den richtigen Platz gefunden: ein vernagelter Metzgerladen. Der hintere Raum war vom Fussboden bis zur Decke gefliest. In der Mitte des Raums stand eine Hackbank, und an der Wand gab es zwei grosse Spuelsteine. Nach dem Staub und den Spinnweben zu urteilen, war schon ewig keiner mehr da gewesen, und ich dachte, so bald kommt auch keiner her. Also befand ich, es waere nicht zu gefaehrlich, den Dreck einfach dazulassen, den ich machen wuerde.

Am naechsten Tag parkte ich in der Naehe seiner Wohnung, sodass ich sehen konnte, wann er kam oder ging. Er war puenktlich aus dem Fitnessstudio zurueck, und eine Stunde spaeter ging er wieder los in Richtung Broughton Street. Ich folgte ihm bis in die Barbary Coast Bar. Es war schon ziemlich viel los, und ich merkte, wie ein paar Typen mich betrachteten. Mir wurde ganz heiss und ungemuetlich. Schliesslich wollte ich nicht, dass sich hinterher jemand an mich erinnerte.

Drew stand an der Bar, und ich stellte mich neben ihn. Er hatte bestellt, und als sein Drink kam, hielt ich einen Zeh-

ner hin und sagte: »Geht auf mich.« Er hatte nichts dagegen. Wir gingen in eine Ecke, wo es dunkler war, und ich tat, als sei ich ueberrascht, als er mir verriet, wer er war. Ich sagte, ich haette die Folterszenen in seinem Buch spitze gefunden. Er liess sich darueber aus, wie die Kritiker bedauert haetten, dass die Brutalitaet zu uebertrieben sei, da hab ich ihm gesagt, ich faende sie klasse. Schon fast sexy.

Da hat er mich komisch angeguckt. Aber er sagte nichts, ging nur zur Bar und holte noch was zu trinken. Als er zurueckkam, fragte er mich, was mir denn liege, ein bisschen was Raueres vielleicht. Es haette nicht besser laufen koennen, wenn ich mir den ganzen Text vorher ausgedacht und aufgeschrieben haette. Kurz und gut, er hat mich nach oben eingeladen, in den Dark Room, so nannte er es. Da hab ich ihm gesagt, ich wuesste noch was Besseres. Ich erzaehlte, ich wuerde fuer eine Immobilienfirma arbeiten, und deshalb haette ich die Schluessel zu einem alten Laden an mich bringen koennen, aus dem ich ein Fantasie-Verlies gemacht haette.

Ich konnte kaum glauben, wie einfach es war. Ich hatte geglaubt, dass ich mit ihm Sex haben muesste, bevor er mitkaeme, und davor hatte ich groessere Angst als vor dem, was ich mit ihm vorhatte. Aber es war praktisch geschenkt. Das Schlimmste war, als wir auf dem Weg dahin anhielten, er sich herueberlehnte und mich kuessen wollte.

Ich hab ihn weggeschubst, ein bisschen grob, aber das hat ihn nur noch mehr angemacht. Als ich das Vorhaengeschloss aufsperrte, drueckte er sich von hinten an mich, dass ich seinen harten Schwanz am Hintern spuerte. Haette ich Zweifel gehabt, dann haette das sie sofort vertrieben.

Ich zog die Tuer auf, und als er die Hand nach dem Lichtschalter ausstreckte, schlug ich ihm meine schwere Taschenlampe aus Stahl oberhalb vom Ohr an den Kopf. Er fiel um wie ein gefaellter Baum.

An das, was als Naechstes kam, will ich nicht denken. Es war nicht angenehm. Es ist viel schwieriger, jemand zu

erwuergen, als es aussieht. Besonders wenn man Gummihandschuhe traegt und anfaengt, an den Haenden zu schwitzen, und sie in den Handschuhen herumrutschen.
Dann musste ich das Zerlegen besorgen. Das war wirklich ekelhaft. Schrecklich. Nicht nur das Blut, auch der Geruch. Mir ist fast schlecht geworden. Ich habe schon oftmals beschissene Abende verbracht, aber das war eindeutig der schlimmste.
Als ich meine Arbeit erledigt hatte, machte ich seine Jacke mit dem Reissverschluss wieder zu, damit alles irgendwie an Ort und Stelle blieb. Dann hab ich ihn hochgehoben und zum Gelaendewagen getragen. Ich konnte ihn mir nicht einfach ueber die Schulter werfen, sonst waeren seine Gedaerme herausgerutscht.
Ich hatte schon festgelegt, wo ich die Leiche hinlegen wuerde. Der richtige Platz, der in Shands Buch beschrieben wird, kam nicht infrage. Er war viel zu gut einzusehen. Ich haette riskiert, erwischt zu werden. Aber was kann man erwarten? Wohl kaum hundertprozentige Genauigkeit.
Ich hatte mich entschieden, ihn neben die Kirche zu legen. Als ich hinkam, war niemand da, so hab ich ihn auf die Stufen vor einem Buerogebaeude gelegt.
Ich machte seine Jacke auf und habe alles genau so hingelegt wie im Buch. Guter Gott, da ist mir fast wieder schlecht geworden. Dann habe ich mich davongemacht, als waeren die vier apokalyptischen Reiter hinter mir her. Es war Zeit, dorthin zurueckzukehren, wo ich sein sollte.
Ich hatte erwartet, dass ich Alptraeume bekommen wuerde. Aber es war nicht so. Allerdings hab ichs auch nicht genossen. Es war eine Aufgabe, die ich zu erledigen hatte, und ich habs gut gemacht. Es hat mich mit Stolz erfuellt, nicht mit Vergnuegen.

Kapitel 12

Als der Zimmerservice ihr Essen brachte, mussten Fiona und Kit sich von ihrer tröstlichen Arbeit losreißen. Sie hatte Daten in ihren Laptop eingegeben und angefangen, mit dem Softwareprogramm für geografische Profile diverse Kombinationen durchzuspielen. Eine so mechanische Tätigkeit ließ ihren Gedanken jedoch zu viel Freiheit, zu ihren eigenen Erinnerungen zurückzukehren. Die Stimmen in ihrem Kopf mit Alkohol zu ertränken erschien verlockend. Aber Fiona hatte gesehen, wie ihr Vater sich dem Trinken zuwandte, was alles nur verschlimmert hatte. Er sah sich von paranoiden Albträumen bedrängt, die sein Leben genauso sicher verwüsteten, wie der Mörder das von Lesley zerstört hatte. Sie vermutete, dass er früher oder später Selbstmord begangen hätte, wenn ihn nicht akutes Nierenversagen vor vier Jahren dahingerafft hätte. So war die Whiskyflasche für sie keine Lösung.

Sich in die Arbeit zu vergraben war auch nicht das Richtige. Als sie mit Kit zusammen beim Essen saß, musste sie sich eingestehen, dass der Gedanke an Lesley sie quälte, seit Kit ihren Namen erwähnt hatte. Kit schien ebenfalls in Gedanken versunken. Sie aßen ihren gebackenen Fisch fast schweigend und wussten beide nicht, wie sie das Thema ansprechen konnten, das sie bedrängte.

Fiona war zuerst fertig und schob die Essensreste auf dem Teller zur Seite. Sie holte tief Luft. »Ich würde leichter Ruhe finden, wenn ich mehr darüber wüsste, was mit Drew passiert ist. Nicht weil ich denke, dass ich konkrete Hilfe leisten könnte, aber …« Sie seufzte. »Ich weiß, dass es mir immer hilft, mehr zu wissen.«

Kit schaute kurz von seinem Teller auf und sah den Schmerz der Erinnerung in Fionas Gesicht. Er wusste, dass sie wegen ihres fehlenden Wissens nach der Ermordung ihrer Schwester jede Nacht schreiend aus dem Schlaf aufgefahren war. Sie hatte über jedes Detail Bescheid wissen, alles erfahren müssen, was Lesley zugestoßen war. Ihre Mutter war dagegen, denn sie wollte hartnäckig so wenig wie möglich über das Schicksal ihrer jüngeren Tochter erfahren.

Fiona aber hatte alle erdenklichen Möglichkeiten ausgeschöpft, um sämtliche Einzelheiten des qualvollen Todes ihrer Schwester in Erfahrung zu bringen. Sie hatte sich mit den Reportern der Lokalzeitungen bekannt gemacht, sie hatte die Kripobeamten mit ihrem ganzen Charme bearbeitet, damit sie sie an ihrem Wissen teilhaben ließen. Erst als sie Lesleys letzte Stunden rekonstruieren konnte, hatten die Albträume allmählich nachgelassen. Als sie im Lauf der Jahre mehr über die Verhaltensmuster von Vergewaltigern und Serienkillern erfuhr, wurde dieses Bild noch klarer und verlieh ihren Vorstellungen Struktur und konkrete Form. Es füllte auch den leeren Raum aus, als der sich das Geschehen zwischen Lesley und dem Mörder dargestellt hatte.

Kit fand einerseits diese Neigung irgendwie ungesund, andererseits musste er zugeben, dass dieses Wissen auf Fiona wie eine Art Balsam gewirkt hatte. Und das war das Wichtigste, fand er. Auch wenn sie nicht recht erklären konnte, warum es ihr half, eine detaillierte Rekonstruktion im Kopf zu haben, konnten sie beide deren Wirkung nicht leugnen. Und Kit hatte erkannt, dass es sich mit ihrer beruflichen Beziehung zu Mord genauso verhielt wie auf der persönlichen Ebene. Je mehr sie wusste, desto sicherer fühlte sie sich. Vielleicht hatte sie Recht. Vielleicht war das beste Mittel, in dieser Nacht nicht aus Albträumen über Lesley aufzuschrecken, wenn sie alles zusammentrug, was sie über Drew

Shands Schicksal erfahren konnte. Und vielleicht würde das auch Kit helfen.

»Was hast du vor?«, fragte er.

»Ich will mal sehen, was ich im Internet dazu finde«, sagte sie. »Was hältst du davon?«

Achselzuckend füllte er sein Glas. »Es kann auch nicht schlimmer sein als die Szenen, die mir meine Fantasie vorspielt.«

Kit räumte das Geschirr zusammen und stellte das Tablett vor die Tür, während Fiona ins Internet ging und ihre Lieblings-Metasuchmaschine zu Hilfe nahm, die die virtuellen Weiten des World Wide Web durchkämmte. »Wo kann ich Drew Shand finden?«, gab sie ein. Innerhalb von Sekunden hatte sie die Antwort vor sich. Es gab Shands eigene Website und einige Fan-Seiten, die sich mit seinen Büchern beschäftigten.

»Schauen wir uns doch zuerst mal die Fan-Seiten an«, sagte Kit. »Ich glaube kaum, dass Drew seine Homepage noch aktualisieren wird.«

Auf der ersten Seite, die Fiona anklickte, war das schwarz umrandete Schutzumschlag-Foto des toten Autors zu sehen. Darunter standen Geburts- und Todesdatum und der stimmungsvolle erste Absatz von *Copycat*.

> Der dichte Nebel zieht vom stahlgrauen Wasser des Firth of Forth herauf wie eine Wand aus Kumuluswolken. Er verschlingt die hellen Lichter der Trendhotels und der schicken Restaurants, der neuesten Spielwiese dieser Großstadt. Er wird eins mit den Schattengestalten der Seeleute aus dem Hafen, die früher ihre Heuer für billiges Bier und für Huren verschleuderten, deren Gesichter so hart wie die Hände ihrer Kunden waren. Der Dunst steigt den Hügel zur New Town hinauf, wo er von dem geometrischen Raster des vornehmen georgianischen Viertels in Blöcke zerschnitten wird, bevor er in die Senke der

Princess Street Gardens hinuntergleitet. Die wenigen noch spät heimwärts schwankenden Nachtschwärmer beschleunigen ihre Schritte, um der feuchten Umklammerung zu entgehen.

Fiona fröstelte. »Da sträuben sich einem die Nackenhaare, nicht wahr?«, äußerte Kit. »Verdammt guter Anfang. Der Junge hatte wirklich was los. Hast du *Copycat* gelesen?«
»Es war bei dem Bücherstoß dabei, den du mir zu Weihnachten geschenkt hast.«
»Ach ja, das hatte ich vergessen.«
Fiona lächelte. »Es waren so viele.« Seit sie zusammen waren, hatte Kit Fiona seine persönliche Auswahl der Krimis, die das Jahr über erschienen, immer zu Weihnachten geschenkt. Es war ein Genre, das sie vor ihrer Beziehung kaum gelesen hatte. Jetzt machte es ihr Spaß, auf dem Laufenden zu sein und die Konkurrenten ihres Partners zu kennen, solange sie gezielt ausgewählt waren und die Auswahl kein zufälliger Rundumschlag in der Krimiecke der Buchhandlungen war.
Fiona ließ die Seite durchlaufen, übersprang den Nachruf und konzentrierte sich auf Einzelheiten des Verbrechens. Nichts, was sie nicht schon wussten. Die zweite Fan-Seite hatte wenig mehr zu bieten außer dem Gerücht, dass Shand öfter ein Pub in Edinburgh besucht habe, wo es im oberen Stockwerk schwulen sadomasochistischen Gruppensex gab.
»Siehst du, was ich meine?«, sagte Kit ärgerlich. »Es fängt schon an. Das Selbst-Schuld-Syndrom. Man sieht es schon jetzt. Er ist ermordet worden, weil er es selbst herausgefordert hat. Er mochte die Art von Sex, die auch mal brutal werden kann, und dadurch ist er umgekommen.«
»Es wird sicher noch schlimmer werden«, sagte Fiona. »Außer wenn sie schnell jemanden festnehmen können und sich herausstellt, dass der Mord nichts mit der Schwulenszene zu tun hat.«

»Ja, ganz recht. Wenn Aids dich nicht erwischt, dann tut's der schwarze Mann.«

Fiona öffnete ihre Favoriten und ließ den Cursor über die Liste laufen. Kit beugte sich über sie und schaute ihr über die Schulter.

»Ich frage mich, wie viele Leute es gibt, zu deren Lieblingsseiten die der Royal Canadian Mounted Police, des FBI, verschiedene Seiten zu Serienkillern und ein gerichtsmedizinisches Diskussionsforum gehören«, murmelte Kit.

»Vermutlich mehr, als gesund ist«, murmelte Fiona. Am Ende der Liste war eine Adresse, von der sie wusste, dass sie die meisten ihrer Bekannten bei der Polizei zur Raserei brachte. Offiziell wurde *Murder Behind the Headlines* gemeinsam von einem Journalisten in Detroit, einem Privatdetektiv in Vancouver, dem eine zweifelhafte Vergangenheit als Mitarbeiter der CIA nachgesagt wurde, und einem studierten Kriminologen in Liverpool moderiert. Da es ihnen immer gelang, mit sehr fundierten Einzelheiten zu sensationellen Mordfällen aufzuwarten, hatte Fiona den Verdacht, dass ein paar geschickte Hacker beim Zusammenstellen halfen. Ganz zu schweigen von einer Menge Teilnehmer an der Basis, die anonyme Beiträge beisteuerten, weil sie gern weitergaben, was immer ihnen an Insider-Wissen oder Gerüchten zugetragen wurde. Mehrmals hatte man versucht, das Forum mit der Begründung zu schließen, dass es Informationen an die Öffentlichkeit bringe, die sowohl zu Nachahmermorden als auch zu falschen Geständnissen führen würden. Aber irgendwie tauchten sie immer wieder mit noch raffinierteren grafischen Darstellungen und Klatschspalten auf. Fiona hoffte nur, dass etwas zarter besaitete Verwandte der Opfer sich nie in *Murder Behind the Headlines* einklickten. Als Kit sah, wo sie den Cursor stoppte, stöhnte er. »Internationale Klatschzentrale«, schimpfte er.

»Du würdest dich wundern, wie oft sie Recht haben«, sagte sie nachsichtig.

»Vielleicht, aber ich habe danach immer das Gefühl, ich sollte mich waschen. Und vom Schreiben haben sie null Ahnung.«
Fiona musste wider Willen lächeln, als sie die Seite aufrief. »Lass mal die Moral aus dem Spiel und achte nur auf die Wirkung der Strichpunkte«, sagte sie spöttisch. Als sie ihren Interessenbereich angeben sollte, tippte sie: »Drew Shand«. Oben links erschien auf der Seite, die sich dann aufbaute, das gleiche Foto von Drews attraktivem, nachdenklich in die Kamera schauendem Gesicht. Diesmal gab es jedoch einen anderen Text.

> Der schottische Thrillerautor Drew Shand ist im historischen Kern der Stadt ermordet aufgefunden worden, in der er lebte und die ihm als Hintergrund für sein preisgekröntes Erstlingswerk, seinen grausigen Roman *Copycat*, diente. Seine verstümmelte Leiche wurde hinter der St. Giles Cathedral entdeckt, nur ein paar Schritte von den Straßen entfernt, wo jeden Tag Millionen von Touristen vorbeikommen. Bis jetzt ist niemand verdächtigt und verhaftet worden.
> MBTH hat von einem Kontaktmann, der zum Kreis der Ermittler gehört, erfahren, dass es gruselige Übereinstimmungen zwischen Shands eigenem Tod und den detailliert beschriebenen Taten gibt, die er in *Copycat* so erfolgreich verkaufte. Der Roman handelt von der Wiederholung der Whitechapel-Morde in unserer Gegenwart, einer Art schottischer Jack-the-Ripper-Blut-und-Grusel-Orgie.
> Das vierte Opfer des echten Jack the Ripper wurde von einem Polizisten auf der Streife gefunden. Genauso war es mit Shands viertem Opfer. Und ebenso verhielt es sich mit Shand selbst.
> Der zur Zeit der Whitechapel-Morde zuständige Polizeiarzt Dr. Frederick Brown berichtete: *»Die Leiche*

lag auf dem Rücken, der Kopf war zur linken Schulter gedreht. Die Arme lagen seitlich, als seien sie heruntergefallen. Beide Handflächen zeigten nach oben, die Finger waren leicht gebogen ... Das linke Bein war wie eine Verlängerungslinie des Körpers ausgestreckt. Der Bauch war entblößt. Das rechte Bein war an der Hüfte und am Knie angewinkelt. Die Kehle war durchgeschnitten. Die Eingeweide waren zum größten Teil herausgezogen und über die rechte Schulter gelegt ... Ein etwa 60 cm langes Stück war ganz abgeschnitten und zwischen die Leiche und den linken Arm gelegt.

Das Ohrläppchen und die Muschel des rechten Ohrs waren völlig abgetrennt ... ein Schnitt ... durch das linke untere Augenlid hatte die Haut durchtrennt ... Das rechte Augenlid war bis auf einen Zentimeter durchgeschnitten.

Über der Nasenwurzel war ein tiefer Einschnitt ... Er ging bis auf den Knochen und trennte alle Gewebeschichten der Wange durch, außer der Mundschleimhaut. Die Nasenspitze war abgetrennt ... Auf beiden Wangen war ein Schnitt, über dem die Haut hochgezogen war, sodass ein dreieckiger Hautlappen von etwa vier Zentimeter Größe entstand.« Die Todesursache war Blutverlust aus der linken Halsschlagader. Alle diese schauerlichen Einzelheiten wurden von Shand in seinem Roman übernommen. Und gemäß unserer Quelle fand man all die Verwundungen dann auch an seiner Leiche. Offenbar hatte ein zum Tatort gerufener Kriminalbeamter der Mordkommission *Copycat* gelesen und die Ähnlichkeiten sofort bemerkt. Als der Gerichtsmediziner die Verletzungen aufgelistet und beschrieben hatte und der Kriminalbeamte sie mit Shands Buch und Berichten über den historischen Ripper-Fall verglich, kam die Polizei

zu der Überzeugung, dass man es mit einem Nachahmer von *Copycat* zu tun hatte.
Anscheinend macht in der Polizeizentrale die Theorie die Runde, Shand habe sich mit hartem S&M-Sex befasst. Man vermutet, dass ihn dies einem Täter auslieferte, der auf sein Buch fixiert war und es in der Wirklichkeit ausprobieren wollte. Shand war offensichtlich ein Gewohnheitstier – sein Tagesablauf kann von jedermann auf seiner Homepage eingesehen werden. Es wäre also für einen Verfolger nicht allzu schwer gewesen, ihn zu finden. Vorausgesetzt, dass der Killer Shands Typ war, würde alles gut zusammenpassen. Jemanden umzubringen, der sich mit S&M befasst, ist natürlich einfach, weil er ja denkt, dass es nicht ernst gemeint ist, wenn man ihn fesselt. Es spielt dann keine Rolle mehr, dass das Opfer, wie Shand, jeden Tag im Fitnesszentrum trainiert, wenn er wie ein Brathähnchen mit zusammengebundenen Schlegeln bereitliegt.
Noch ein Detail – die Cops denken, dass er an einem anderen Ort getötet und dann zum Fundort gebracht wurde, anders als bei den Whitechapel-Morden und den Tötungsdelikten in *Copycat*. Aber Shands Wohnung war sauber, sie haben also bis jetzt keine Ahnung, wo der Mord tatsächlich durchgeführt wurde. Von einem können sie aber mit Sicherheit ausgehen: Irgendjemand hat eine Mordsputzerei vor sich.

Vergesst nicht, ihr habt's zuerst gelesen bei
MURDER BEHIND THE HEADLINES

Kit stieß einen leisen Pfiff aus. »Das ist tatsächlich eine gruselige Angelegenheit.«
Fiona verließ das Internet. »Das kannst du laut sagen.«
»Was hältst du davon?«
»Wahrscheinlich das Gleiche wie du«, sagte Fiona. »Er hat

offensichtlich seine Tat so geplant, dass sie ein Spiegelbild der Morde in Shands Buch ergab. Welches seinerseits einen der ursprünglichen Ripper-Morde wieder aufnimmt, wenn man vom Geschlecht des Opfers einmal absieht. Dass es ihm so genau gelungen ist, lässt darauf schließen, dass er sehr beherrscht ist und alles gut im Griff hat. Seine Intelligenz ist wahrscheinlich überdurchschnittlich. Er hat eine lebhafte, ausgeprägte Fantasie, die er wahrscheinlich durch Gewaltpornografie noch anregt. Es ist unwahrscheinlich, dass er positiv auf Autorität reagiert. Wenn er einen Arbeitsplatz hat, wird dieser nicht seiner Intelligenz entsprechen, was wiederum eine Quelle der Frustration für den Täter wäre.« Sie verzog das Gesicht. »Aber diese Aussagen sind nur ein Spiel mit der Wahrscheinlichkeit.«

»Aber welche Beziehung hat er zu Drew? Ist er ein Spanner, ein verschmähter Liebhaber oder irgendein übergeschnappter Möchtegernanhänger? Was meinst du?«

Sie ließ sich auf einen Stuhl beim Fenster fallen und starrte auf die Stadt hinaus. Als ihre Antwort kam, sprach sie langsam, wobei sie sich von Satz zu Satz vorantastete. »Das ist zweifellos die interessanteste Frage, Kit.« Sie warf ihm ein kurzes Lächeln zu. »Ist auch kaum überraschend, dass du sie gestellt hast. Dass der Mörder auf das Buch fixiert war und die Verbrechen darin imitiert hat, ist nicht besonders bemerkenswert. Täter stellen oft die Leichen ihrer Opfer rituell in einer Situation zur Schau, die sie als Pornografie gesehen haben oder die für sie sonst besonders bedeutungsvoll ist. Aber die meisten sexuell motivierten Mörder würden damit zufrieden sein, dass sie irgendein Opfer übel zugerichtet haben, das im weitesten Sinn ihrem Fantasiebild entspricht. Dass er den Verfasser des Buchs verfolgt und ermordet, das seinen Wunsch zu töten angeregt hat, ist eine merkwürdig persönliche Angelegenheit. Und es ist ausgesprochen ungewöhnlich bei einem Verbrechen, bei dem in der Regel die Entpersonalisierung des Opfers ein wichtiger Faktor ist.«

Kit fuhr sich mit der Hand über den Schädel, sein Gesichtsausdruck war eine Mischung aus Belustigung und Verzweiflung. »Es muss bei dir immer gleich eine ganze Vorlesung sein, nicht wahr? Aber meine Frage hast du immer noch nicht beantwortet.«
Fiona grinste. »Ich hatte gehofft, dass du es nicht bemerkst. Wenn du unbedingt auf einer Antwort bestehst, würde ich mich für einen Stalker entscheiden, du weißt schon, einer, der auf Menschenpirsch geht und der in diesem Fall von *Copycat* besessen ist. Aber das ist reine Spekulation.«
»Das ist *Murder Behind the Headlines* auch, aber das hält dich nicht davon ab, es zu lesen«, gab Kit zu bedenken. Er stand auf und ging im Zimmer umher. »Es ist schon ein bisschen erschreckend, oder? Der Gedanke, dass jemand Drew wie ein Schatten gefolgt ist, unsichtbar bis zum letzten Moment, in dem er sich zeigte. Man denkt nie an so etwas, wenn man schreibt. Der gleiche Spinner glaubt in deinen Worten seine Lebensgeschichte wiederzufinden.«
»Du würdest wahrscheinlich nie wieder ein Buch schreiben, wenn du diese Möglichkeit ernst nimmst«, sagte Fiona. »Für die Verrücktheit anderer Leute bist du nicht verantwortlich. Komm, nimm mich in den Arm.«
Er ging zu ihr und zog sie vorsichtig hoch, bis sie stand, und legte die Arme um sie. Sie wandte ihm das Gesicht zu und sah zu ihm auf. »Es gibt auch andere Möglichkeiten, dich abzulenken, Kit«, sagte sie leise, als seine Lippen sich auf ihre senkten.

Innerhalb der Mauern von Toledo war der abendliche *Paseo* der Spazierganger in vollem Gange. Paare, Familien und Gruppen erfreuten sich auf der Plaza Zodocover an der Abendluft und flanierten bei Gesprächen über die Tagesangelegenheiten zwischen den gelben Lichtflecken. Der Höhepunkt der Touristensaison war bereits vorbei, und in den vielen, nun halb leeren Restaurants servierte man Touristen und

Einheimischen das Abendessen und begrüßte die Stammgäste mit einem Lächeln und den üblichen freundlichen Floskeln. Die Bars machten gute Geschäfte, die Tische drinnen und draußen waren voll, denn ältere Kunden genossen ihren Digestif mit dem Kaffee. Die jungen Männer schauten sich nach den Frauen um, die in Gruppen zusammenstanden, schwatzten und kicherten. Es war ein scharfer Kontrast zu den nur schummerig beleuchteten Gassen und engen Straßen, die von der Plaza aus nach allen Seiten auseinander liefen.

In einem Café an der Ecke des Platzes lächelte Miguel Delgado der Engländerin zu, die hinter dem Empfangstisch im Hotel Alfonso VI arbeitete. Zwei Abende zuvor hatte er ein Zusammentreffen mit ihr eingefädelt. Er war über ihre Handtasche gestolpert und hatte ihr Glas umgestoßen. Sie war mit Bekannten zusammen, hatte daher gar keinen Hintergedanken vermutet und den angebotenen Drink angenommen, mit dem er ihr den verschütteten ersetzte. Heute Abend waren ihre Freunde jedoch nicht da. Für den Preis eines weiteren Drinks konnte er die erste Etappe seines nächsten Racheakts antreten.

Er trank den Rest seines Café solo und faltete seine Zeitung zusammen. Er passte auf, dass er keine Aufmerksamkeit erregte, ging dann an ihren Tisch, neigte leicht den Kopf und lächelte. *»Buenas tardes«*, sagte er.

Die Frau erwiderte sein Lächeln ohne jedes Anzeichen von Unsicherheit. Ein paar Minuten später waren sie tief ins Gespräch vertieft. Delgado war wieder am Ball.

Kapitel 13

... Einem offiziellen Vermerk habe ich gestern Abend entnommen, dass Blake eine Vereinbarung mit jemandem von einem Sonntags-Boulevardblatt getroffen hat. Du weißt ja, wie so was sich dann anhört: »Die Hölle – mein Leben als fälschlich angeklagter Hampstead-Heath-Killer«. Und danach ist er nach Spanien verschwunden, angeblich um von all dem Stress wegzukommen. Natürlich behalten wir ihn genau im Auge, wenn auch aus einiger Entfernung. Nach Aussage des Reisebüros hat Blake für den nächsten Monat ein Haus außerhalb von Fuengirola gemietet. Wenigstens bist du in Toledo weit genug weg, dass du ihm nicht plötzlich am Tresen einer kleinen Bar begegnen wirst. Lass mich wissen, wann ihr zurückkommt, dann treffen wir uns zum Abendessen.

Gruß

Steve

Fiona klickte Steves E-Mail vom Bildschirm. Sie würde später antworten. Es war nett von ihm, die Neuigkeiten über Drews Fall weiterzugeben, aber sie wollte im Moment nicht durch Gedanken an Blake von der Aufgabe abgelenkt werden, die sie vor sich hatte.

Während sie auf Berrocal wartete, überprüfte sie noch einmal, ob sie alle Tatorte korrekt auf ihrem Plan eingetragen hatte. Gerade als sie fertig war, schritt Berrocal durch die Tür und entschuldigte sich wortreich, dass er

sie hatte warten lassen. »Also, was können Sie mir zeigen?«
Der Stadtplan von Toledo erschien nur schwarzweiß auf dem Bildschirm, die Straßen und Gassen waren schwarze Striche auf dem hellgrauen Hintergrund. »Es funktioniert so«, erklärte Fiona. »Ich habe mit dem Straßennetz angefangen. Gestern Abend habe ich die Stellen eingegeben, an denen etwas passiert ist und die mich interessieren.« Sie erwähnte die Nachricht aus England nicht, die ihre Erinnerungen aufgewühlt und ihren Schlaf gestört hatte, sodass sie ziemlich erschöpft war. Sie wollte weder Mitgefühl von Berrocal noch – und das war wichtiger – Gründe dafür liefern, dass irgendjemand vielleicht sagen könnte, ihre Arbeit entspreche nicht dem erforderlichen Standard. So schüttete sie den extrastarken Kaffee in sich hinein, den ein junger Beamter auf ihren Tisch gestellt hatte, und versuchte zu vermeiden, dass ihre Stimme Müdigkeit verriet. »Zuerst einmal die Gruppe von Orten, an denen Vandalismus vorkam.«
Sie tippte auf zwei Tasten, und der Bildschirm füllte sich mit einem unregelmäßigen Bild leuchtender Neonfarben von Seegrün über abgestufte Blau- und Lilatöne bis zu Rot. Es gab nur zwei kleine rote Vierecke, beide westlich von der Kathedrale und der Plaza Mayor. »Das Programm stellt verschiedene Grade der Wahrscheinlichkeit in entsprechenden Farbschattierungen dar. Der Verursacher der mutwilligen Beschädigungen, die ich als ein Faktorenbündel identifiziert habe, wohnt sehr wahrscheinlich innerhalb der Grenzen dieser roten Vierecke«, sagte sie und zeigte mit dem Bleistift darauf.
»Sehr interessant«, sagte Berrocal leise.
»Fragen Sie mich nicht, wie es funktioniert. Diese Art von Mathematik ist mir viel zu hoch. Ich überlasse das den Programmierern. Ich weiß nur, das Ergebnis hat tatsächlich einen erschreckend hohen Genauigkeitsgrad.« Sie ließ die Farben vom Bildschirm verschwinden. »Also, das ist jetzt

das Bild, das wir für die Überfälle bekommen.« Wieder überzogen leuchtende Farben den Bildschirm. Diesmal gab es drei rote Blöcke. Einer davon schien fast identisch mit dem größeren der beiden auf dem früheren Bild zu sein, während die zwei anderen nördlicher lagen.

»Ich glaube, diese zwei erklären sich dadurch, dass unser Täter die Tatorte nach dem Gesichtspunkt auswählen musste, wo er wahrscheinlich spätnachts seine Opfer finden könnte«, fuhr sie fort und zeigte auf die abweichenden purpurroten Blöcke. »Aber sehen Sie, was passiert, wenn ich die Ergebnisse der beiden Gruppen kombiniere und wir den Vandalismus und die Raubüberfälle einmal zusammen betrachten.«

Fiona klickte zweimal mit der Maus. Jetzt war der größere der ersten beiden ursprünglich roten Blöcke der einzige rote Fleck in hellem Scharlachrot auf dem Bildschirm, die anderen wurden lila. »Wenn ich von der Polizei in Toledo wäre und diese Fälle von Vandalismus und die Überfälle aufklären wollte, würde ich mich auf die Leute konzentrieren, die genau dort wohnen, am unteren Ende der Calle Alfonso X.«

»Faszinierend«, gab Berrocal zu. »Aber was passiert, wenn Sie die Morde auch einbeziehen?«

»Es ist alles andere als einfach«, räumte sie ein. »Wir haben nur zwei Vorfälle, also eine sehr dürftige Grundlage. Und wie ich schon sagte, sind diese Orte von eher historischer als von persönlicher Bedeutung und können unsere Ergebnisse verzerren.« Wieder ließ sie die Grafik verschwinden, sodass der Bildschirm leer war. »Für sich allein ergeben sie für uns keineswegs die gewünschte punktgenaue Präzision.« Diesmal gab es keinen kleinen roten Block, sondern nur eine zackige lila Masse, die fast den ganzen westlichen Teil der Altstadt erfasste und sich wie ein portweinfarbenes Muttermal in Richtung der Vororte erstreckte.

»Aber ich gehe von dem Prinzip aus, dass meine Theorien über Deliktverknüpfung und die Eskalation der Gewalt korrekt sind. Wenn ich es richtig sehe und diese drei Gruppen von Verbrechen alle von derselben Person begangen worden sind und wenn ich dann die Fundorte der Ermordeten mit den zwei anderen Serien verknüpfe, müsste mein roter Block immer noch mehr oder weniger an der gleichen Stelle sein. Aber wenn ich Unrecht habe, wird das evozierte Bild beträchtlich davon abweichen.« Sie schaute zu Berrocal auf und grinste boshaft. »Fertig?«

»Ich komme fast um vor Spannung«, sagte er.

Fiona drückte auf zwei Tasten, und auf dem Bildschirm erschien ein neues Bild. Der rote Block war noch da, jedoch in einem weniger intensiven Farbton. Aber die lila Bereiche hatten sich ausgeweitet und bekamen eine deutlich stärkere blaue Schattierung. Fiona zog mit dem Bleistift einen Kreis um den roten Block herum. »Es verändert den Schlüsselbereich nicht wesentlich, was darauf hindeutet, dass derjenige, der die Morde verübt hat, durchaus dieselbe Person sein könnte wie der Täter, der Vandalismus und Überfälle begangen hat. Aber sehen Sie diesen lilafarbenen Bereich?«

Berrocal nickte. »Das ist der Alternativbereich, oder? Wenn er nicht in der roten Zone ist, dann könnte er in der lilafarbenen sein?«

»Stimmt. Also, was sich da nach dem Eingeben der Morde geändert hat, mag allein nicht viel bedeuten, wo er doch die Stellen für die Leichen so sorgfältig aussucht und die Orte, wo er seine Opfer zur Schau stellt, ein integraler Bestandteil seiner Verbrechen sind. Aber ich bin doch in Versuchung, etwas zu riskieren und anzunehmen, dass er vielleicht zwischen den Überfällen und dem ersten Mord umgezogen ist.«

Berrocal runzelte die Stirn. »Warum sagen Sie das?«

»Egal, wie technisch perfekt ein System ist: Wenn es um die Interpretation geht, bleibt doch noch Spielraum für das Gefühl aus dem Bauch. Ich würde zu meiner Verteidigung sagen, dass ich die geografische Profiler-Software oft benutzt und ein Gefühl für die Bedeutung der Bilder entwickelt habe, das über das hinausgeht, was im Handbuch steht. Und meinem ganz persönlichen Eindruck nach haben wir es mit einer Änderung der Adresse zu tun. Es tut mir leid, ich kann nichts Genaueres sagen.«

»Was wir herausgefunden haben, bringt also nichts.«

»Doch, ganz im Gegenteil. Wenn er tatsächlich umgezogen ist, dann vor relativ kurzer Zeit. Zwischen den letzten Überfällen und dem ersten Mord. Es muss Unterlagen der städtischen Verwaltung geben, aus denen zu ersehen ist, wer dort wohnt und ob jemand in den letzten zwei Monaten weggezogen ist. Ich könnte Unrecht haben. Er könnte auch noch dort wohnen. Aber wenn ich mit den Ermittlungen beauftragt wäre, würde ich mir als erste Priorität die Leute ansehen, die innerhalb des roten Blocks gewohnt haben und weggezogen sind.«

»Glauben Sie, dass er umgezogen ist, um es uns schwerer zu machen, ihn zu finden?«, fragte Berrocal.

»Nein, ich glaube, er hat nicht so lange vorausgeplant. Und er hat seine Wohnung vielleicht gar nicht aus eigenem Willen verlassen. Vielleicht ist er gezwungenermaßen ausgezogen, weil ein neues Geschäft eingerichtet wurde, das mit dem Tourismus zu tun hat. Er hätte das als eine schlimme Provokation empfunden. Wenn das tatsächlich geschehen ist, hätte das der Faktor sein können, der ihm den letzten Anstoß gab und ihn zum Mord trieb. Er trug seinen Hass schon eine Zeit lang mit sich herum, immerhin erstrecken sich die früheren Delikte über eine lange Zeit. Vielleicht war die Sanierung zugunsten des Tourismus schon lange geplant, und er hat dagegen angekämpft. Dann hat er schließlich den Kampf verloren und beschlossen, sich an den Leuten zu rächen, die er für die Schuldigen hielt.« Fiona lehnte sich zurück. »Ich weiß, es klingt weit hergeholt, aber es ist als Mordmotiv eines Psychopathen völlig schlüssig. Und es bringt die Vorfälle in einen sinnvollen Zusammenhang, was konventionelle Theorien über sexuell motivierten Mord nicht tun.«

»So, wie Sie das erklären, ist es jedenfalls logisch«, gab Berrocal zu. »Können Sie diese Karten für uns ausdrucken? Ich möchte die Ermittlungen in diesem Sinn so bald wie möglich aufnehmen.«

Fiona nickte. »Kein Problem. Ich schreibe gerade einen zusammenfassenden Bericht für Sie, der alle meine Überlegungen einbezieht. Ich werde außerdem ein grundlegendes Verhaltensprofil des Täters hinzufügen.«

Berrocal runzelte die Stirn. »Ich dachte, Sie hielten nichts von Verhaltensanalyse?«

»Wenn man sie als einzigen Ansatz nutzt, hat sie nur begrenzten Wert. Aber wenn man sie zusammen mit Deliktverknüpfung und geografischem Täterprofil einsetzt, kann sie schon nützlich sein.«

Berrocal schien dies nicht ganz zu überzeugen. »Also, wann wird Ihr Bericht fertig sein?«

»Ich dürfte ihn heute noch abschließen.«

»Gut. Dann kann ich ihn unter den Kollegen von der Sonderkommission verteilen. Gleich morgen früh würde ich Sie gern bei einem Briefing mit ihnen dabeihaben, damit Sie eventuelle Fragen beantworten und Einwände ausräumen können.«

Fiona nickte. »Aber gern.«

Berrocal stand auf. »Und dann, vermute ich, möchten Sie gern nach England zurückkehren?«

Fiona lächelte. »Sie vermuten richtig. Im Augenblick kann ich nichts Nützliches mehr für Sie tun, da kann ich jetzt ruhig nach Hause fliegen.«

Er nickte. »Ich lasse Sie also jetzt allein für Ihren Bericht«, sagte er. »Danke.«

»Keine Ursache«, sagte sie geistesabwesend, in Gedanken schon mit der nächsten Aufgabe beschäftigt. Je eher sie hier fertig wurde, desto früher konnte sie sich mit der Rückreise befassen.

11

Er wusste nie, wie lange es anhalten würde. Deshalb musste er jeden Augenblick auskosten, wie ein Kind, das seine Weihnachtsgeschenke auspackte und nicht genau wusste, welches der grellbunt verpackten Päckchen das Geschenk enthielt, auf das es wirklich ankam. Der Trick bestand darin, alles genau so einzurichten, dass es sich zum absoluten Höhepunkt steigerte. Aber manchmal lief es nicht so, und er hasste es, wenn er die Kontrolle verlor, wenn die Wut in ihm kochte, weil diese Schlampen ihn im Stich ließen und nicht lange genug aushielten, bis er jeden einzelnen Tropfen Vergnügen aus ihrem Schmerz herausgesaugt hatte. Der Tod sollte der letzte Moment eines sich steigernden Crescendos sein, nicht ein trauriges Diminuendo, das eine Stimmung der Unzufriedenheit zurückließ.

Deshalb mühte er sich mit so viel Einsatz um die absolute Perfektion. Die Erfahrung hatte ihn gelehrt, dass jede Phase ihren eigenen besonderen Charakter hatte, vom ersten Moment an, wenn er sie aussuchte, bis zum letzten Augenblick, wenn er sie liegen ließ und wegging. Das Geheimnis war ein genauer Plan. Der Vorgeschmack war schon fast so gut wie das ganze Spektrum der sinnlichen Genüsse, die ihm durch die Ausführung seines perfekten Plans zuteil wurden. Dazu gehörte auch die Befriedigung, die kleinen Geister zu beobachten, die gegen ihn ankämpften, wenn sie sich mit ihren Schachzügen herumquälten und gegen sein meisterliches Können nur kläglich scheitern konnten.

Am Anfang waren seine Gegner so unbedeutend wie die

Grillen, die die ganze Nacht über draußen außerhalb dieses sichersten aller Häuser zirpten. Unbedarfte Polizisten, die dem Sheriff unterstellt waren und nie etwas Komplizierteres als einen schiefgelaufenen Überfall auf den Laden an der Ecke untersucht und also keinerlei Möglichkeit hatten, an ihn heranzukommen. Er wusste, die Chance, dass sie es auch nur schafften, einen Bericht für das FBI zu verfassen, war gering. Zu viel Schreibarbeit, die sie vom Genuss ihrer Dairy-Queen-Hamburger und ihren Bierchen abhielt – das war nicht drin.

So dürftig konnte seine Herausforderung doch nicht immer bleiben. Das hatte er gewusst. Er hatte damit gerechnet. Gleich von Anfang an hatte er sich darauf eingerichtet, die Besten schlagen zu können. Deshalb brachte es keine richtige Befriedigung, im Kreis um die Kretins herumzurennen, die in die kleinstädtische Polizei eingetreten waren, weil sie nicht den Grips hatten, etwas aus ihrem Leben zu machen. Sie glaubten, ihr Gebiet so gut zu kennen, aber das hatte ihn nicht daran gehindert, in ihr Territorium einzubrechen und ihnen eine Frau unter der Nase wegzuschnappen. Sein größter Triumph war bis jetzt die Nummer fünf gewesen. La Quinta war die Tochter eines Sheriffs in einer kleinen Stadt in Nebraska.

Wie immer hatte er sie aus ihrem eigenen Zuhause mitgenommen. Es war Samstagabend, und ihre Eltern waren vor den Senatswahlen zu einem Benefizessen zugunsten des republikanischen Kandidaten am Ort gegangen. Sobald das Mädchen die Uniform der Highway Patrol sah, hatte es ohne weitere Bedenken die Haustür geöffnet. Es war lächerlich einfach, sie mit einem einzigen Schlag ins Gesicht zu Boden zu werfen. An Händen und Füßen zusammengebunden, verbrachte sie die Nacht im Kofferraum, während er die Interstate entlangfuhr, wach gehalten von Adrenalin und Nikotin.

Gegen zehn am Morgen war er zu Hause gewesen. Er hatte

sie in das von dichtem Wald umgebene Haus getragen, weitab von der Gefahr neugieriger Blicke, und hatte angefangen, sie zu seiner Sklavin zu machen. Festgebunden auf einer Bank in seiner Werkstatt hatte La Quinta erfahren, dass es Schmerz in vielerlei Art und Form gibt. Der verzögert wahrgenommene Schmerz vom Schnitt einer Rasierklinge. Das leichte Brennen einer Brandverletzung, das sich mit tobender Qual nach innen bohrte, während der Gestank von versengtem Fleisch aufstieg. Das qualvolle Absterben von Gewebe, das bis zum Gehtnichtmehr gequetscht wurde. Der unerträgliche Dauerschmerz eines gebrochenen Knochens, dem nie genug Zeit gegeben wurde, wieder zu heilen. Die dumpfe Pein eines Schlags, mit dem genau auf innere Organe unter der Haut gezielt wurde. Es dauerte Tage, bis sie starb.

Er hatte jeden Augenblick genossen.

Dann hatte er sie nach Hause zurückgebracht. Nicht ganz nach Hause, natürlich. Das wäre leichtfertig gewesen. Er fuhr sie auf einer stillen, abgelegenen Straße bis zur ersten Kurve nach der Bezirksgrenze, dann legte er die Leiche ausgestreckt auf den Asphalt, sodass der nächste Fahrer, der ahnungslos vorbeikam, sie unter den Rädern zermalmen würde.

La Quinta rüttelte sie wach und ließ sie endlich aufmerksam werden. Er hatte genug gelesen, um zu wissen, was als Nächstes geschehen würde. Eine dringende Anfrage beim FBI und dann eine computergestützte Suche im ganzen Land, um ähnliche Fälle zu finden. Sobald sie sicher waren, dass es ihm ernst war, würde die ganze Sache anlaufen. Genau nach seiner Vorhersage erschienen die Macher im grauen Zwirn. Und dann war zu guter Letzt sie eingeflogen und sah sich am Flughafen von einer Schar von Kameras umgeben.

Jetzt konnte das Spiel endlich losgehen.

Jay Schumann war da. Dr. Jay Schumann, die Kriminalpsychologin, die eine lukrative Privatpraxis aufgegeben hatte und die berühmte intellektuelle Geheimwaffe des FBI wurde. Jay Schumann, die im Alleingang das angekratzte Image des psychologischen Profilings mit einer Reihe von spektakulären Erfolgen wiederhergestellt hatte. Jay Schumann mit diesen eindringlichen dunklen Augen, die so stark mit ihrem hellblonden Haar kontrastierten, eine Gelegenheit für Pressefotos, die der Riege der farblosen Experten ein menschliches Gesicht gaben. Jay Schumann, deren Ausstrahlung ihre Chefs auf die Idee gebracht hatte, sie könnten ihre Fähigkeiten nicht nur gegen Kriminelle, sondern auch im Umgang mit der Presse nützen.

In den zwanzig Jahren, seit sie ihn so rücksichtslos und unnötig am Abend ihres Abschlussballs der Senior High School gedemütigt hatte, waren sie beide von der kleinen Stadt in Neuengland aus weit herumgekommen. Aber er hatte niemals ihre Verachtung vergessen, die ihn wie ein Peitschenhieb getroffen und für sein ganzes Leben gezeichnet hatte.

Die ersten fünf waren seine Lehrobjekte gewesen. Mit den nächsten fünfzehn würde er sein Können perfektionieren. Für jedes verschwendete Jahr eine Leiche. Und dann, erst dann, würde er Jay Schumann erlauben, in privater wie beruflicher Hinsicht persönlich auf ihren Rächer zu treffen.

Es war noch ein weiter Weg bis dorthin. Aber jetzt bearbeitete Jay Schumann seinen Fall. Endlich konnte die eigentliche Vergeltung beginnen.

Kapitel 14

Fiona warf einen letzten Blick auf ihre Notizen und schaute dann auf den halb leeren Vortragssaal. »Zusammenfassend möchte ich sagen: Der schreckliche alte Frauenfeind Paulus schreibt: ›Da ich ein Kind war, da redete ich wie ein Kind und war klug wie ein Kind und hatte kindische Anschläge; da ich aber ein Mann ward, tat ich ab, was kindisch war.‹ So machen es die meisten.

Aber der Soziopath ist anders geartet. Die meisten von uns begreifen, dass wir nicht Mittelpunkt des Universums sind und dass andere Menschen mit uns zusammen auf der Bühne unseres Lebens stehen. Die soziopathische Persönlichkeit vollbringt diese Anpassungsleistung niemals. In ihrer begrenzten Weltsicht existieren andere nur in einer Form unterhalb des menschlichen Niveaus. Für den Soziopathen haben sie nur eine einzige nützliche Funktion: seine Bedürfnisse zu befriedigen und seinen Wünschen zu entsprechen.« Sie lächelte hinterlistig. »Deshalb werden aus ihnen gute Industriekapitäne.« Es gab deprimierend wenige lächelnde Gesichter als Resonanz, dachte sie bedauernd. Wahrscheinlich weil die Hälfte von ihnen sich schon für eine solche Karriere entschieden hatte. So ernst waren die heutigen Studenten.

»Wenn wir also einfühlsames Verständnis für den kriminellen Psychopathen entwickeln wollen«, fuhr Fiona fort, »müssen wir lernen, in der Zeit zurückzugehen. Ich verabschiede mich heute von Ihnen mit einem Gedanken, der ebenfalls aus diesem psychologisch so faszinierenden Text, der Bibel, stammt: ›Wenn ihr nicht umkehrt und werdet wie die Kinder, werdet ihr nicht ins Himmelreich kommen.‹ Oder, wie wir bei unserer Arbeit so oft sehen, ins Reich der Hölle.« Sie schloss mit einem kurzen freundlichen Nicken. »Danke, meine Damen und Herren. Bis nächste Woche zur selben Zeit.«

Mit gesenktem Kopf sammelte Fiona ihre Unterlagen zusammen, während die Studenten hinausgingen und ihr gedämpftes Murmeln noch zu ihr herüberklang. Sie fragte sich, wie groß die Enttäuschung über ihre Vorlesung wohl war. Sie war sicher, dass ein beträchtlicher Anteil der Studenten sich für ihre Kurse über »Die kriminelle Persönlichkeit« eintrug, weil ihre Fantasie vom *Schweigen der Lämmer* angeregt war. Sie erwarteten eine Jodie Foster, die sich von Instinkt und Intuition leiten ließ, und wurden stattdessen mit Seminaren über Statistik konfrontiert, und es wurde von ihnen verlangt, beim Schreiben ihrer Arbeiten intellektuelle Strenge walten zu lassen. Die Rate derer, die aufgaben, störte ihren Institutsleiter, nicht aber Fiona. Für verworrene Köpfe hatte sie nie etwas übrig gehabt.

Ein sechster Sinn ließ sie den Blick heben, und ein unbefangenes Lächeln trat auf ihr Gesicht, als sie Kits kräftige Gestalt sah. Er kam durch den Gang zwischen den ansteigenden Plätzen langsam auf sie zugeschlendert, erwiderte ihr Lächeln und stützte schließlich die Unterarme auf den Rand ihres Podiums, während sie ihre Notizen ordnete und in ihren Aktenkoffer steckte. »Guter Abschluss«, sagte er. »Das Bild eines soziopathischen Mörders als Peter Pan gefällt mir. Der Junge, der nie erwachsen wurde.«

»Na, das ist ein interessanter Vergleich. Wenn ich da ein bisschen Arbeit hineinstecke, könnte ich was draus machen. Captain Hook und die verlorenen Jungen, Wendy als Mutterfigur ... Danke Kit, ich glaube, das werde ich glatt klauen. Also, welchem Umstand verdanke ich das Vergnügen?«, fragte Fiona, trat auf seine Ebene hinunter und streifte seine Wange mit einem Kuss.

»Ich bin heute wie eine Lokomotive losgerauscht, und vor einer Stunde ist mir der Dampf ausgegangen. Da habe ich mich erinnert, dass es um sechs eine Lesung mit Party für Adam Chesters neues Buch im ›Crime in Store‹ gibt. Ich dachte, ich schau mal kurz hier vorbei, vielleicht hättest du Lust mitzukommen.« Kit ging neben ihr her.

»Du hast doch nicht vergessen, dass wir heute Abend mit Steve essen wollen?«, fragte Fiona.

»Wir müssen erst um acht dort sein. Ich dachte, wir könnten uns auf dem Weg dorthin ein paar Gläser Verlagsfusel hinter die Binde gießen. Und ich könnte mich mal wieder zeigen und die anderen daran erinnern, dass ich noch im Rennen bin. Aber das musst du entscheiden, Schatz. Wenn du zu viel zu tun hast, sehe ich dich später bei Steve.« Kit legte ihr den Arm um die Taille und drückte sie leicht, bevor sie in die Halle des Psychologischen Instituts hinaustraten.

Fiona überlegte kurz. Außer den Korrekturen der Seminararbeiten lag nichts Wichtiges vor, und die konnten bis morgen früh warten. »Lass mich in meinem Büro nachsehen, und wenn in der letzten Stunde nichts Dringendes angefallen ist, sag ich Ja.«

In der auf Krimis spezialisierten Buchhandlung drängten sich Autoren, Sammler und Fans von Adam Chester und seinen Büchern, die sich mit der raffinierten Verfahrenstechnik der Polizeiarbeit in den Fünfzigerjahren befassten und wunderbar geschrieben waren. Zum Erscheinen des neuen Buchs, Nummer zehn der Serie, hatte sein Verleger alle früheren Taschenbuchausgaben mit neuer Umschlaggestaltung wieder aufgelegt. Die verschwommenen Fotos auf den Umschlägen beschworen die dunklen, düsteren Schauplätze der Bücher herauf. Sein Lektor und Verleger stand stolz neben einer Ausstellung der Umschläge und versuchte, potenzielle Käufer mit einem Lächeln empfänglich zu stimmen.

Sobald er in die Tür trat, war Kit von einem Trio begeisterter Frauen umringt, die bei jeder Veranstaltung zur Kriminalliteratur in der Hauptstadt auftauchten und ihn anscheinend mehr als alle anderen Autoren verehrten. Fiona räumte das Feld, drängte sich durch die Menge und nahm sich ein Glas Weißwein. Kit war ein Profi; er würde den Frauen genug von seiner Zeit widmen, dass sie ihre Meinung von ihm als umgänglichem und amüsantem Kerl bestätigt fanden, bevor er sich losmachte und sich zu einem gemütlichen Schwatz mit Freunden und Kollegen niederließ. Sie selbst war damit zufrieden, im Hintergrund zu bleiben und ihn zu beobachten, wie er sich mit vielen unterhielt und andere im Raum grüßte.

»Er ist ein solcher Profi«, murmelte ihr bewundernd eine Stimme ins Ohr. Fiona erkannte sofort den vornehmen Edinburgher Akzent von Mary Helen Margolyes, wandte sich um und begrüßte sie mit einem Kuss.

»Mary Helen, was für eine angenehme Überraschung«, sagte sie und meinte es ehrlich. Trotz ihrer melodramatischen historischen Kriminalromane, die sich um Flora Macdonalds jüngere Schwester drehten und die Fiona hasste, hatte sie eine gewisse Schwäche für Mary Helen, nicht zuletzt wegen ihrer beißend spöttischen Kommentare. »Wie kommt's, dass du dich von den Highlands losgerissen hast?«

»Ach, ich musste runterkommen, weil ich mit so einem grässlichen Kerl bei der BBC reden musste, der eine Fernsehserie über die Morag-Macdonald-Bücher macht.«

»Aber das sind doch gute Neuigkeiten, oder?«

Mary Helens Gesicht verzog sich, als hätte sie in einen sauren Apfel gebissen. »Das würdest du nicht sagen, wenn du wüsstest, wem sie Morags Rolle gegeben haben.«

»Klär mich über die Katastrophe auf.« Fiona war oft genug mit Schriftstellern zusammen gewesen, um genau zu wissen, welche Reaktion erwartet wurde.

»Rachel Trilling.« Mary Helens Stimme war voll höhnischer Ablehnung.

»Ist das nicht …?« Fiona bemühte sich den Namen einzuordnen. »Sie ist doch die Leadsängerin der Dead Souls, oder?«
Mary Helens Augenbrauen hoben sich. »Mein Gott!«, rief sie. »Endlich habe ich jemanden gefunden, der von ihr gehört hat. Aber andererseits, was kann man von einem Producer erwarten, der meint, eine weiße Kokarde sei ein tropischer Vogel?«
»O Mary Helen, das tut mir leid«, sagte Fiona.
»Ich werde eben einfach Kits Rat befolgen müssen, den er immer wieder gibt, das Geld nehmen und zu Kreuze kriechen«, sagte Helen mit einem schwachen, verdrießlichen Lächeln.
»Und davon abgesehen, wie geht es dir?«
»Es würde mir viel besser gehen, wenn du mir noch ein Glas Wein reichen könntest«, sagte Helen. Fiona tat ihr den Gefallen, aber bevor sie noch etwas sagen konnten, begann der Besitzer der Buchhandlung eine kleine Einführungsrede über Adam Chester. Adam sprach kurz und witzig über sein neues Buch und las dann fünfzehn Minuten lang einen Auszug. Einige Fragen aus dem Publikum folgten, dann war es Zeit zum Signieren.
Als die Käufer in einer Schlange vor Adams Stuhl warteten, schweifte Kits Blick durch den Raum. »Aha«, sagte er zu Nigel Southern, einem etwas über zwanzigjährigen Autor von Kurzgeschichten mit schwarzem Humor, mit dem er sich gerade unterhalten hatte. »Ich sollte wohl gehen und Fiona aus den Klauen von Mad Mary Helen retten.«
Nigel hob die perfekt gepflegten Augenbrauen. »Ich dachte, deine Lady wäre der Furie aus den Highlands allemal gewachsen. Wie ist das denn überhaupt, mit einer Frau zu leben, die den ganzen Tag in der perversen Fantasie von Psychopathen herumstochert?«
»Seltsamerweise sprechen wir gar nicht so viel darüber. Wir haben Besseres zu tun«, sagte Kit. »Außerdem ist das sowie-

so nicht ihre Aufgabe. Sie arbeitet mit Computeranalysen, nicht mit Psychoanalyse.«

Nigel schüttelte mitleidig den Kopf. »Damit würde ich nicht klarkommen. Ich meine, es muss doch sein, als lebte man mit dem Oberaufpasser der Aufpasser. Sagt sie dir nicht dauernd, dass du alles falsch machst?«

Kit schlug ihm gut gelaunt auf die Schulter. »Du hast ja keine verdammte Ahnung, wie Erwachsene so leben, hm? Hör zu, Nigel, wenn du jemals das Glück hast, eine Frau mit nur halb so viel Verstand, Witz und gutem Aussehen wie Fiona zu treffen, dann tu dir selbst einen Gefallen. Mach erst einen Fortbildungskurs, bevor du sie einlädst, mit dir auszugehen.« Ohne auf eine Antwort zu warten, drängte sich Kit durch die Menge und umschlang Mary Helen in einer überschwänglichen Umarmung. »Wie geht's der Queen der Bergtäler?«, fragte er und pflanzte einen schallenden Kuss auf ihre Wange.

»Noch viel besser, da ich dich und Fiona getroffen habe. Ehrlich gesagt war der Hauptgrund, weshalb ich zu der Party heute Abend gekommen bin, meine Hoffnung, ich würde ein paar gut gelaunte Gesichter sehen. Durch die Sache mit Drew Shand hat sich eine furchtbare Missstimmung unter den schottischen Krimiautoren breitgemacht. Wir haben uns in den letzten zwei Wochen alle gegenseitig angerufen und uns vergewissert, dass wir noch am Leben sind.«

»Du hast so eine Ader fürs Melodrama, Helen«, neckte sie Kit.

»Ich meine es ernst«, widersprach Mary Helen. »Es war ein entsetzlicher Schock für uns alle.«

»Aber es gibt doch bestimmt keine Bedrohung für euch andere?«, fragte Fiona. »Ich dachte, die Polizei sei ziemlich sicher gewesen, dass er von jemandem umgebracht wurde, den er am gleichen Abend in der Schwulenbar kennengelernt hatte, wie hieß sie noch gleich?«

»*Barbary Coast*«, half Kit aus. »Also, außer wenn du insgeheim Mitglied bei den Sadomasochisten bist und wir über dein geheimes zweites Leben nichts wissen, bist du wahrscheinlich nicht in Gefahr«, fuhr er fort und legte beruhigend einen Arm um Mary Helens Schultern.

»Ich wollte, ich könnte etwas so Aufregendes von mir behaupten«, sagte Mary Helen trocken. »Aber so einfach ist es doch nicht, oder? Ich meine, Drew wurde auf genau die gleiche Weise ermordet, auf die er eines seiner fiktiven Opfer umgebracht hat. Es fällt schwer, nicht den Schluss zu ziehen, dass der Mörder, wer immer er sein mag, eine morbide Faszination für das Genre hat. Du weißt doch mit solchen Dingen Bescheid, Fiona. Würdest du mir nicht Recht geben?«

Unter dem scharfen Blick von Mary Helens blauen Augen geriet Fiona in Verlegenheit und hob die Schultern. »Schwer zu sagen. Ich weiß nicht mehr über den Fall als alle anderen, die die Zeitungen lesen und im Internet surfen.«

»Du musst doch irgendeine Theorie haben«, drang Mary Helen in sie. »Schließlich ist es dein Fach. Komm, zier dich nicht, du bist doch hier unter Freunden.«

Fiona verzog das Gesicht. »Meiner Meinung nach finden sich da alle Merkmale eines Stalkers, der auch mordet. Jemand hat seine Besessenheit für Drew und seine Bücher bis zu einem solchen Grad entwickelt, dass er sein zwanghaftes Verhalten nur auflösen konnte, indem er den Gegenstand seines inneren Zwangs zerstört hat. Und die Tatsache, dass Drew ihm die perfekte Vorlage dazu lieferte, war einfach nur großes Pech bei der ganzen Sache. Wenn ich Recht habe, dann seid ihr anderen genauso sicher, wie ihr es wart, bevor Drew starb. Spanner übertragen ihre Besessenheit im Allgemeinen nicht auf ein anderes Objekt.«

»Also, Mary Helen. Jetzt kannst du heute Abend ruhig schlafen«, sagte Kit.

»Du bist ein herablassender kleiner Mistkerl, Kit Martin«, sagte Mary Helen und gab ihm einen scherzhaften Stoß gegen die Schulter. »Danke, Fiona. Ich fühle mich schon ein bisschen besser, nachdem ich das gehört habe, und werde es bei meinen Kollegen im Norden weitersagen.«

»Moment mal, Mary Helen«, widersprach Fiona. »Ich weiß nichts Genaues. Was ich gesagt habe, ist reine Vermutung.«

Mary Helen strahlte sie an. »Das kann ja sein, aber es hört sich logischer an als die Plattheiten, die wir von der Polizei gesagt bekommen. Also, jetzt muss ich euch verlassen, weil ich mich mit meiner Verlegerin zusammensetzen muss, wenn sie sich einen Moment von Adam losreißen kann.«

Sie sahen ihr nach, und Fiona schüttelte hilflos den Kopf. »Ich fall doch jedes Mal darauf herein. Sie braucht mich nur mal kurz mit ihrem funkelnden Blick und den Grübchen anzustrahlen, und schon kann sie mich um den Finger wickeln.«

»Ach, ärgere dich nicht. Sie macht es doch mit allen so«, sagte Kit und griff an ihr vorbei nach einem weiteren Glas Wein. »Wir lassen uns alle von Mary Helens Rolle als der lieben alten Dame hereinlegen. Und ich glaube auch, es war wichtig für sie, sich beruhigen zu lassen. Sie meinte das nicht als Scherz, dass viele sich über Drews Tod aufregen. Adams Lektor hat mir gerade erzählt, dass Georgia sich weigert, nächsten Monat ihre Lesereise anzutreten, es sei denn, ihr Verleger stellt ihr einen Bodyguard.«

Fiona lachte. »Höchstens, wenn man ihr den Mund zunähte, würde Georgia Lester einmal eine Gelegenheit verpassen, ganz unverfroren für sich selbst Reklame zu machen. Das weißt du doch. Erinnerst du dich nicht mehr, wie sie bei Waterstone's in Hampstead mit einem Spürhund aufgekreuzt ist, nachdem die IRA eine Bombe in den Docklands gelegt hatte?«

Kit grinste. »Du bist immer noch gegen Georgia eingestellt, stimmt's?«

»Das kommt nur, weil ich ihren Charme nicht auskosten kann wie du. Dazu müsste ich vom anderen Geschlecht sein.«

Er breitete die Hände aus. »Sie kann nichts dazu, Schatz. Du kennst doch Georgia. Wenn sie sich etwas in den Kopf setzt, kann sie sich nicht mehr bremsen. Jedenfalls, so sagt Adams Lektor, macht sie ihnen die Hölle heiß. Sie droht ihr nächstes Buch einem anderen Verlag zu geben, droht der Presse zu sagen, sie habe Angst um ihr Leben, weil ihr Verleger ihr keinen Schutz bieten wolle.«

»Ich weiß, dass du mit ihr befreundet bist, aber wenn sie auch nur halb so viel Energie auf das Schreiben verwenden würde wie für ihre Eigenwerbung, dann wären ihre Bücher im Lauf der Jahre besser geworden statt schlechter«, sagte Fiona höhnisch.

Kit legte einen Finger auf die Lippen. »Pscht! Sag das nicht so laut. Sonst bringst du ihre Verlegerin noch auf falsche Gedanken. Schließlich gibt es nichts Besseres als den Tod, um die Verkaufszahlen in die Höhe zu treiben. Ich habe gehört, die Vorbestellungen für Drews neues Buch haben sich seit seiner Ermordung mehr als verdoppelt.«

»Warum überrascht mich das nicht?«, seufzte Fiona. »Vielleicht solltest du das bei der Polizei erwähnen. Was wissen wir denn, vielleicht hatte Drew vor, den Verlag zu wechseln. Ein Lektor, der wusste, er würde ihn sowieso verlieren, hätte sich wohl überlegen können, ob er seiner Bilanz nicht einen letzten Aufschwung verschaffen wollte.«

Kit schüttelte kummervoll den Kopf. »So eine schlechte Meinung vom Verlagswesen. Ich kann mir gar nicht vorstellen, wo du die herhast.«

»Hab mich zu lange mit Schriftstellern rumgetrieben. Das lässt die Milch der frommen Denkungsart zu Sauermilch werden.«

Kit reagierte auf ihren Seitenhieb mit einem schwachen Lächeln. »Du meinst also wirklich, Drews Mörder wird nicht noch einmal zuschlagen? Oder wolltest du nur Mary Helen schonen?«

Fiona zuckte mit den Schultern. »Wenn ich die Zukunft so

gut voraussehen könnte, dann hätten wir schon im Lotto gewonnen. Ich weiß es wirklich nicht. Aber wenn er es tut, wird er sich nicht jemanden wie Mary Helen mit ihren vergnügten, gemütlichen Geschichten aussuchen. Er wird nach jemandem auf der dunklen Straßenseite Ausschau halten.«
Kits Gesicht erstarrte. »Nach jemandem wie mir, meinst du?«
»Willst du ernsthaft behaupten, du hättest noch nicht daran gedacht?«

Der Mann im Tweedjackett beobachtete Kit Martin von der anderen Seite des Raums aus, ohne dass die um ihn Herumstehenden es bemerkten. Worüber Martin auch mit seiner Freundin sprach, es hatte ihn mitgenommen, das konnte man sehen. Seine Augen weiteten sich, und sein normalerweise bewegliches Gesicht war zu einer starren Maske geworden. Gut, dachte der Mann tief befriedigt. Der Gedanke, dass Martin sich unbehaglich fühlte, gefiel ihm.
Wenn alles nach Plan lief, würde Martin allen Grund haben, sich zu sorgen. Die Lippen des Mannes verzogen sich zu einem kleinen spöttischen Lächeln, das aber hinter Bart und Schnurrbart nicht zu sehen war. Der Mann beobachtete, wie Martin seine Freundin am Ellbogen durch das Gedränge der Buchhandlung zur Tür führte und dass er kaum innegehalten hatte, um sich von seinen besten Freunden zu verabschieden. Die Worte der Frau hatten offensichtlich großen Missmut bei ihm ausgelöst.
Als das wichtigste Objekt seines Hasses gegangen war, wand sich der Mann zwischen den gedrängt stehenden Leute zum Tisch durch, auf dem der Wein stand. Er hielt sein Glas zum Auffüllen hin, nickte dankend und verschwand im Hintergrund. Es waren noch einige berühmte Autoren übrig, aber sie verdienten seine Verachtung nicht und waren seiner Beachtung nicht würdig. Sein Selbstwertgefühl erlaubte ihm nur, sich für die Besten zu interessieren. Natürlich war das

schon immer das Problem gewesen. Jetzt sah er das ein. Sie waren immer unter Druck und mussten liefern, und das erklärte, warum sie ihm das angetan hatten.
Aber das war bereits Geschichte. Jetzt war ihm die Vergeltung wichtig.

Kapitel 15

Im Taxi, mit dem sie zu Steves Wohnung fuhren, war Kit ungewöhnlich still. Fiona wusste, es wäre ungut, ihn zu zwingen, über seine Gedanken zu sprechen. Das würde nur zu einem mürrischen und übel gelaunten Leugnen und zu der Behauptung führen, er mache sich überhaupt keine Sorgen. Wie den meisten Männern war ihm das Bewusstsein seiner eigenen Verletzlichkeit unangenehm. Statt ihm durch Drängen noch größeres Unbehagen zu verursachen, legte sie ihre Hand auf seine und schwieg. Als sie die Pentonville Road halb hinuntergefahren waren, sprach er endlich.

»Ich weiß, es ist schwer zu glauben, aber ich hatte wirklich nicht daran gedacht, dass Drews Mörder hinter mir her sein könnte«, sagte er, ließ den Kopf gegen den Sitz zurückfallen und seufzte. »Armleuchter, was?«

»Es ist eine gesunde Reaktion«, sagte Fiona. »Warum solltest du dir vorstellen, dass du das nächste Opfer eines Mörders sein könntest, der in vierhundert Meilen Entfernung zugeschlagen hat? Wenn – und das ist immer noch ein großes Wenn – Drew Shands Tod der erste einer Serie ist, wissen wir nicht, was ihn als Opfer für den Mörder interessant gemacht hat. War es die Tatsache, dass er schwul ist? War es sein Beruf? War es etwas in seiner Vergangenheit, über das wir nichts wissen? War es seine Neigung zur dunklen Seite seiner Sexualität? All dies sind unbekannte Größen, und nur eine davon würde auf dich zutreffen. Statistisch ist dein Risiko, das Opfer eines Serienkillers zu werden, nahezu null.«

»Trotzdem sollte man doch meinen, ich hätte einmal kurz

daran gedacht, dass ich auf der Liste irgendeines Verrückten stehen könnte«, sagte Kit scharf. »Immerhin bin ja angeblich ich derjenige mit der Fantasie. Jedenfalls hast du schließlich dran gedacht.«

Fiona drückte seinen Arm. »Ja, aber mein Weltbild ist ja noch viel verbogener als deines. Außerdem bin ich deine Freundin. Ich habe ein gesetzlich verbrieftes Recht darauf, mir unvernünftige Sorgen um dich zu machen.«

Kit brummte, legte einen Arm um sie und zog sie an sich. »Geht es dir nicht manchmal auf den Wecker, dass du immer Recht hast?«

Sie grinste. »Überleg dir, was du gut kannst, und dann bleib dabei, das sag ich immer. Und da du zugegeben hast, dass ich ein Recht habe, mir Sorgen zu machen, musst du mir versprechen, nicht mit Fremden zu reden.«

Kit lachte. »Dieses Versprechen zu halten, wird mir kaum schwer fallen. Zumindest, bis das neue Buch rauskommt.«

Das Taxi kam ruckelnd vor dem vierstöckigen Stadthaus in Islington zum Halten, wo Steve die untere Wohnung mit Garten hatte. Er hätte sich etwas Größeres leisten können, aber er hielt sich so wenig zu Hause auf, dass er nicht einsah, warum er aus einer Wohnung, die seinen Bedürfnissen vollkommen entsprach, ausziehen sollte. Zwei Schlafzimmer – das eine auch als Arbeitszimmer genutzt –, ein Esszimmer mit Kochnische, dessen Glastüren in den Garten führten, und ein Wohnzimmer, das groß genug war für zwei Sofas und einen Sessel, das war alles, was er brauchte. Steve hatte alles schlicht eingerichtet. Fiona mochte diesen einfachen, sparsamen Stil, aber Kit hasste die klinische Reinheit. Beide hatten sie den Verdacht, dass Steve seine Umgebung kaum zur Kenntnis nahm. Wenn sie nur funktional und praktisch war, war er zufrieden.

Fionas niedrige Absätze klapperten auf der Steintreppe zum Eingang im Souterrain. Kit, der ihr folgte, bewunderte ihr Haar, das im Straßenlicht glänzend und tief kastanienbraun

aufleuchtete. Sie war viel schöner, als er je geglaubt hätte, es verdient zu haben. Er holte sie ein, als sie klingelte, legte die Arme um sie und küsste sie auf den Hals. »Ich liebe dich, Fiona«, sagte er mit rauer Stimme.
Fiona lachte leise. »Als ob ich das nicht wüsste.«
Steve machte die Tür auf und lächelte aus seiner überlegenen Höhe herunter. »Benehmt euch«, riet er. »Manche Leute sind darauf angewiesen, hier zu wohnen.«
Sie gingen hinter ihm den schmalen Flur entlang ins Esszimmer, wo der Tisch mit einer Auswahl verschiedener Brot- und Käsesorten, Pasteten und Salaten gedeckt war. In der Luft lag der intensive Geruch von Lauch und Kartoffeln. Steve ernährte sich von Suppe. Auf dem Herd stand immer ein Topf mit irgendeiner Kreation neben der Kasserolle mit Brühe und den Zutaten für das nächste Spezialrezept. Er kochte immer nur Suppe. Kit zog Steve gern wegen seiner begrenzten Kochkünste auf, aber wenn man ihn darauf ansprach, musste er zugeben, dass Steve die besten Suppen machte, die er je gegessen hatte. Und er war weit davon entfernt, eine eingeschränkte Rezeptauswahl zu haben, sondern experimentierte wahrscheinlich mehr mit Kombinationen verschiedener Geschmacksnuancen als Kit selbst.
»Alles wird eben immer nur in einem Suppenteller mit Löffel serviert«, hatte er sich einmal beklagt, »es ist so vorhersehbar.«
»Wenigstens brauchen meine Gäste keinen akademischen Abschluss als Ingenieur, um mein Abendessen genießen zu können«, hatte Steve geknurrt. »Ich erinnere mich noch an die ersten Artischocken bei dir zu Haus. Außerdem – bei dem Leben, das ich führe, brauche ich gleich etwas, wenn ich nach Hause komme, und meine Suppe ist tausendmal gesünder als eine Stulle mit Speck.«
Aber heute Abend hatte niemand Interesse an Streitgesprächen über den Speisezettel. In den zwei Wochen, seit sie aus Toledo zurückgekommen war, hatte Fiona endlich Zeit

gefunden, sich die Unterlagen zu der Aktion, die die Met gegen Francis Blake in Szene gesetzt hatte, gründlich anzusehen. Da sie darauf bestanden hatte, dass ihr Beitrag inoffiziell sein solle, hatte sie vorgeschlagen, sie könne ihre Schlussfolgerungen beim Abendessen darlegen. So herrschte diesmal eine Stimmung erwartungsvoller Spannung, als sie sich setzten und Steve einen kräftigen Roten in ihre Gläser goss.

»Zuerst die Suppe, dann machen wir einen harten Schnitt und gehen zur Verfolgungsjagd über«, verfügte Fiona.

Steve bemerkte mit einem ironischen Lächeln: »Was immer Sie anordnen, Frau Doktor Cameron.« Er füllte ihre Teller mit dampfender cremiger Vichyssoise. »Also, welches Thema nehmen wir für den Small Talk?«

»Wie wär's mit deinem Liebesleben?«, schlug Kit vor.

»Das dürfte nicht länger als zehn Sekunden in Anspruch nehmen«, sagte Steve. Er nahm seinen Löffel und betrachtete ihn kritisch und genau. »Mein Liebesleben ist wie das Monster von Loch Ness – die Gerüchte über seine Existenz sind außerordentlich übertrieben.«

»Was ist mit der Rechtsanwältin, mit der du vorletzte Woche zum Essen ausgegangen bist?«, fragte Fiona.

»Sie zeigte größeres Interesse an den Regeln über die Preisgabe von Beweismitteln als an mir«, sagte Steve. »Ein Abend mit dem Commander und seiner Frau wäre spannender gewesen.«

Kit pfiff. »So schlimm, hm?«

»Na ja, ich vermute, ich war für sie auch nicht interessanter«, sagte Steve und führte einen Löffel Suppe zum Mund.

»Das Problem mit uns dreien ist, dass der gewaltsame Tod für uns alle, bei jedem auf seine Weise, eine morbide Faszination hat«, sagte Fiona. »Vielleicht sollte Kit dich mit einer Krimiautorin zusammenbringen, die attraktiv und sexy ist.«

Kit prustete. »Leichter gesagt als getan. Wenn man die weglässt, die schon liiert sind, und die, die ein definitives Interesse an Drogen haben, und die Lesben, da bleibt kaum was übrig.«

»Außerdem könntest du die Konkurrenz nicht ertragen«, fügte Steve hinzu.

Als der erste Gang vorbei war, räumte Steve die Teller ab, und Fiona nahm ein paar Seiten Notizen aus ihrem Aktenkoffer. »Ich muss sagen, die Unterlagen, die du mir gegeben hast, waren sehr interessanter Lesestoff«, sagte sie. »Nicht zuletzt die Art und Weise, wie Andrew Horsforth das Geschehen interpretiert. Es war ein Paradebeispiel dafür, was passiert, wenn man die Theorie über die Fakten stellt. In einer Hinsicht waren die Schlüsse, die er daraus zog, berechtigt. Das heißt, wenn man sich auf die Randbereiche konzentriert und den Kern des Materials unbeachtet lässt. Wenn man eine Serie von Schlussfolgerungen anhand einer Skala von ›höchstwahrscheinlich‹ bis zu ›am wenigsten wahrscheinlich‹ betrachtet, hat er sich öfter für das am wenigsten Wahrscheinliche entschieden, weil es die Sicht der Dinge bestätigte, die er von Anfang an hatte, nämlich, dass Francis Blake der Mörder war.«

»Aber schlau, wie du bist, hast du mit der entgegengesetzten Voraussetzung angefangen«, sagte Kit mit liebevollem Sarkasmus. »Niemand kann Besserwisser leiden, weißt du.«

Fiona streckte ihm die Zunge heraus. »Falsch. Ich habe von einer neutralen Position aus angefangen. Ich habe versucht, meine eigene, schon halb gefasste Meinung zu ignorieren, dass Francis Blake nicht der Mörder war. Mir ging es darum, so viel Objektivität zu erreichen, wie ich konnte.«

»Das jedenfalls könnte man Horsforth niemals vorwerfen«, sagte Steve. »Du wirst erfreut sein zu hören, dass er nach unserem Debakel am Bailey von der Liste der vom Innenministerium zugelassenen Gutachter gestrichen wurde.«

»Das ist aber etwas radikal vom Innenministerium, oder?«, fragte Kit, wobei er noch den Mund halb voll mit Salat hatte.

»Horsforth kann man leichter als Sündenbock hinstellen als hohe Polizeibeamte«, sagte Steve. »Wir sind genau so schuld an dem, was geschehen ist, wie er, aber da sei Gott vor, dass die Met momentan mit noch mehr Dreck beworfen würde.«

»Man wird die Köpfe von Stellvertretern rollen lassen«, bemerkte Fiona zynisch. »Bevor ich dir sage, was ich denke, Steve, musst du mir noch eine Frage beantworten. Obwohl ich mehr oder weniger weiß, wo der Mord geschehen ist, habe ich den Tatort nicht besucht, deshalb war ich in diesem Detail nicht sicher. Gibt es irgendwo in Hampstead Heath eine Stelle, wo jemand den Mord beobachtet haben könnte, ohne von Susan Blanchards Killer bemerkt worden zu sein?«

Steve runzelte die Stirn und schaute zur Decke, wobei er sich die Umgebung des Tatorts vorstellte. Als er sprach, kamen die Worte langsam und nachdenklich. »Wir fanden die Leiche in einer Art Mulde. Zwischen Susan und dem Weg befand sich eine Reihe von Rhododendronbüschen. Dann ist da die Lichtung, wo sie gefunden wurde. Dahinter steigt das Gelände leicht bis zu einer weiteren Reihe von Büschen an. Ich nehme an, dass jemand, der sich in diesen Büschen versteckt hätte, der Aufmerksamkeit des Mörders hätte entgehen können, denn der war ganz auf sein Verbrechen gerichtet. Der gesamte Bereich wurde aber unter anderem auch nach Fingerabdrücken abgesucht, und ich erinnere mich, dass nichts in den Berichten der Spurensicherung auf die Anwesenheit einer dritten Person hingedeutet hätte.«

»Du meinst, Blake hat zugesehen?«, mischte sich Kit ein, der nicht mehr an sich halten konnte.

»Du machst es ja genau wie Horsforth«, sagte Steve. »Theoretisieren ohne Fakten. Es hätte genauso gut jemand ganz anderer sein können, der Blake davon erzählt hat. Lass uns hören, was Fiona zu sagen hat.«

Kit verdrehte die Augen. »Ich hatte das vergessen. Wir müssen ja die ganze Vorlesung hören. Kein Vorblättern zur letzten Seite, um zu sehen, wer's war.« Er schüttelte den Kopf, amüsiert, aber duldsam.

»Warum sollen wir von der Gewohnheit eines ganzen Lebens abweichen?«, fragte Fiona freundlich. »Also, ich meine Folgendes: Wir wissen von Anfang an, dass wir nach einem selbstbewussten Täter suchen. Wir wissen das, weil Hampstead Heath ein öffentlicher Ort und die Gefahr sehr groß ist, dass die Spaziergänger auf ein Gewaltverbrechen am helllichten Tag aufmerksam werden. Auch die Art und Weise, wie die Leiche hingelegt wurde, weist auf einen Mann, der zumindest in krimineller Hinsicht ein reifer Täter ist. Blakes Vorstrafen sind andererseits trivial und weisen kaum auf eine Eskalation zu einem solchen Verbrechen hin. Das war der erste Grund, warum es mir nicht recht einleuchtete, ihn als den Hauptverdächtigen zu betrachten.«

»Moment mal«, warf Kit ein. »Nur weil er kaum Vorstrafen hat, kannst du doch nicht behaupten, er hätte keinen Mord aus sexuellen Motiven begehen können. Es kann ja sein, dass er entweder genug Glück hatte oder schlau genug war, sich nicht erwischen zu lassen.«

»Das stimmt«, gab Fiona zu. »Und deshalb würde ich Blake schon aufgrund dieser Dinge nicht ausschließen. Noch würde ich ihn herausnehmen aufgrund der pornografischen Bilder, die die Polizei in seiner Wohnung gefunden hat. Obwohl sie sadomasochistischer Natur waren, enthielten sie keine Fotos oder Beschreibungen, die zu der Art und Weise passten, wie die Leiche zur Schau gestellt war. Aber noch einmal, dieses Detail gibt mir Anlass zum Nachdenken, weil das Bild irgendwie im Kopf des Killers entstanden sein musste. Wenn nicht durch Pornografie, dann durch einen Vorfall in seiner Vergangenheit aus der Zeit, als er seine sexuelle Identität ausbildete. Und keine von Steves Nachforschungen ergab irgendetwas dieser Art in Blakes Vergangenheit. Also, aus meiner Sicht ist das ein weiteres Fragezeichen zu Blake.«

Steve beugte sich vor, die Ellbogen auf den Tisch gestützt,

und runzelte vor Konzentration die Stirn. Bis jetzt hatte Fiona nichts gesagt, was er nicht schon selbst glaubte. Aber er fand immer, dass ihre überzeugende, übersichtliche Darstellung die Dinge klarer machte. Manchmal ordnete sie die Details anders an, sodass sie ein neues Bild ergaben. Er ahnte, wohin sie steuerte, und fragte sich, ob Kit mit seiner Vermutung zu dem, was kommen würde, Recht gehabt hatte.

»Außerdem würde ich von diesem Mörder erwarten, dass er als heterosexueller Partner wenig Geschick hat«, fuhr Fiona fort. »Aber auch das trifft auf Blake nicht zu. Er hatte eine Freundin und nahm daneben über Anzeigen auch gern mit anderen Frauen Kontakt auf. Wir wissen von einigen Frauen, die sich gemeldet haben, dass er Sex mit ihnen hatte, auch wenn die meisten von ihnen ihn als Partner zu dominant fanden und die Beziehung nicht fortsetzen wollten. Wir haben hier also einen Mann, der geschickt ist im Herstellen von sozialen und sexuellen Kontakten zu Frauen.«

»Besser als ich«, betonte Steve. »Aber du hast Recht. Das war einer der Hauptgründe, warum ich Blake nicht in der Rolle sehen wollte. Er war nicht sexuell frustriert oder auf das Zusammenschlagen von Frauen programmiert, um dadurch Befriedigung zu erreichen.«

»All das wusste ich, bevor ich die Protokolle der Aktion las«, fuhr Fiona fort. »Ich bin sicher, du auch, Steve. Aber als ich las, was zwischen Blake und Erin Richards ablief, wurde mir klar, dass er mehr über Susan Blanchards Ermordung wusste, als er aus den Presseberichten hätte erfahren können. Er wusste zum Beispiel, dass ihre Hände wie zum Gebet gefaltet waren, nicht nur mit aneinandergelegten Fingerspitzen, sondern die Finger waren ineinander verflochten. Nach seiner Verhaftung hatte Blake immer behauptet, er habe das im Pub erfahren, konnte aber die Person nicht nennen, von der er es angeblich gehört hatte. Darauf komme ich aber später noch einmal zurück.«

Kit nickte. Er konnte nicht anders, er war von Fionas Analyse genauso fasziniert wie Steve. Er war sicher, er hatte erraten, in welche Richtung sie steuerte, aber das hieß nicht, dass er es nicht interessant fand zu sehen, wie sie ihre Schlussfolgerung darlegte. Auch nach der langen Zeit, die er sie kannte, war er immer noch fasziniert davon, wie analytisch ihr Verstand im Gegensatz zu seinem eigenen intuitiven Ansatz arbeitete. »Du kannst davon ausgehen, dass wir hier wirklich mit angehaltenem Atem sitzen«, sagte er.

Fiona ignorierte ihn, wollte sich nicht aus dem Konzept bringen lassen und fuhr fort. »Als Nächstes will ich mich mit den Fantasieszenen befassen, die sich Blake in seinen Briefen und in den Unterhaltungen mit DC Richards ausdachte. Aufgrund meiner Erfahrungen würde ich erwarten, dass der Mörder sehr genaue Fantasiegebilde vor Augen hat. Als Objekt seiner Vorstellungen würde ich ein junges Mädchen, einen Teenager oder eine Frau etwas über zwanzig, etwa wie Susan Blanchard, erwarten. Sie sind in der Fantasie und in Wirklichkeit leichter zu manipulieren. In den Szenarien, die der Killer sich vorstellt, würde er diese Frauen zu Objekten machen. Er würde sich Kontrolle, Unterwerfung und Gewalt ausdenken, vor denen das Objekt seines Verlangens große Angst zeigen würde. Er würde sich vorstellen, die Frau mit einem Messer zu bedrohen, sie zu fesseln, ihr Schmerz zuzufügen, Schnitte beizubringen und sie um Gnade bitten zu lassen.« Fiona hielt inne und nahm einen großen Schluck Wein. »Und weil er im Freien mordete, würde ich als Ort dieser imaginären Treffen einen Park oder Wald erwarten.

Aber all das finden wir in Blakes Fantasien überhaupt nicht. Fast alles, was er DC Richards beschrieb, hat mit Voyeurismus zu tun. Er spricht und schreibt über eine dritte Person, die ihre Sexspiele beobachtet, von ihnen erregt und oft daran beteiligt wird. Zugegeben, es gibt dabei auch starke Elemente von Unterwerfung und Dominanz, aber sie bleiben eher im Bereich des Spielerischen, und es geht nicht um

das Zufügen von echten Schmerzen. Aber das ausschlaggebende Kriterium für mich ist: In allen Szenarien, die er dieser Frau ausmalt, mit der er schlafen will, mit der er Spaziergänge durch Londons Parks macht, in allen Szenen also, die beschreiben, wie sie Sex haben, findet dies immer in einem Gebäude statt. In dem Bestattungsunternehmen, wo er arbeitet, in ihrem Büro, in einem leer stehenden Lager, in seiner Wohnung. Keine einzige dieser ausführlich mit allen pornografischen Details beschriebenen Situationen findet im Freien statt.
Und schließlich ist da noch die Frage des pornografischen Materials, das deine Leute in Blakes Wohnung gefunden haben. Es stimmt, dass es eine Menge war, Zeitschriften und Videos. Und es trifft zu, dass man das meiste als harte Pornografie bezeichnen muss, hauptsächlich mit jungen Frauen oder Mädchen. Aber wenn die Liste in der Akte zutreffend ist, gibt es überraschend wenig, das sich auf Vergewaltigung und S&M konzentriert. Häufig vertreten waren Dreierkonstellationen und Voyeurismus. Und ein paar Sachen mit Fesseln.«
»Du willst damit sagen, Blake passt nicht zur Tat«, stellte Steve kurz und bündig fest.
»Ich glaube, jeder unvoreingenommene, qualifizierte Psychologe würde auf der Grundlage der Ergebnisse eurer Aktion zu dieser Schlussfolgerung kommen«, stimmte Fiona zu.
»Es gibt doch aber noch mehr zu sagen, oder?«, schaltete sich Kit ein. »Du glaubst doch, dass du weißt, was wirklich geschehen ist, Fiona?«
Steve hörte auf, Pastete auf seine Scheibe Brot zu streichen. »Wirklich?«
Fiona spielte nervös mit ihrer Serviette. »Das behaupte ich nicht, Kit. Ich weiß nicht, wer Susan Blanchard getötet hat. Aber ich würde meinen guten Ruf dafür verwetten, dass es nicht Francis Blake war.« Sie holte tief Luft. »Aber – ich glaube, er hat den Mann gesehen, der es getan hat. Blake ist ein

Voyeur. Deshalb betrachtet er Parks auf seine Weise. Er schaut gern zu. Ich glaube, Folgendes ist an jenem Morgen in Hampstead Heath geschehen. Er lauerte im Gebüsch in der Hoffnung, ein Liebespaar in Aktion beobachten zu können. Was er dann in Wirklichkeit sah, war etwas anderes. Blake stand da und schaute zu, wie ein anderer Susan Blanchard vergewaltigte und ermordete. Und es war das Aufregendste, was er in seinem ganzen Leben gesehen hatte.«

Kapitel 16

Das Schweigen, das auf Fionas abschließende Worte folgte, war wie die Stille nach der Schockwelle einer Bombenexplosion. Obwohl Kit gleich von Anfang an seine Ahnungen gehabt hatte, ließ ihn die Sicherheit ihres Urteils erstarren und in Schweigen verharren. Steve schloss die Augen, stützte den Kopf in eine Hand und rieb sich die Nasenwurzel mit Daumen und Zeigefinger. »Das ist aber ein ganz schöner Sprung, Fi«, sagte er leise.

»Dabei passen alle Informationen logischer zusammen als bei den anderen Ansätzen«, sagte sie, griff nach der Flasche und schenkte sich nach, wie um sich vor der Kritik an ihren Überlegungen zu stärken.

Steve hob den Kopf und sah sie an. Er wollte ihr glauben, nicht zuletzt, weil es ihm neue Wege zur Ermittlung eröffnen könnte. Aber er wusste, dass er wegen seiner Gefühle ihr gegenüber immer bereitwillig und wohlwollend zuhörte. Er hatte seinen Kopf riskiert, als er ihre Berichte gegenüber seinen Vorgesetzten verteidigt hatte, und in der Vergangenheit hatte sich das auch ausgezahlt. Diesmal hing jedoch seine ganze Zukunft an Susan Blanchards Fall. Wenn er ihn jetzt noch mehr vermasselte, als er es ohnehin schon war, konnte er seine Karriere praktisch als beendet betrachten. Keiner würde ihn kritisieren, wenn er den Fall in die Abgründe des Vergessens versinken ließ, in denen ungelöste Fälle verschwanden; die Öffentlichkeit würde weiterhin annehmen, dass sie den Richtigen erwischt, aber die Ermittlungen gegen ihn vermurkst hätten. Aber wenn er das Risiko einging und

die Möglichkeiten weiterverfolgte, die sich aus Fionas Theorien ergaben, dann müsste er verdammt sicher sein, dass er alles richtig machte. Er räusperte sich. »Oder vielleicht ist Blake vollkommen unschuldig«, sagte er.
Fiona schüttelte den Kopf. »Zu viele Zufälle.« Sie listete die einzelnen Punkte an den Fingern auf. »Wir wissen, dass er an dem Tag in Hampstead Heath war. Wir wissen, dass er sich in seiner Einbildung als Voyeur sah. Und wir wissen, dass er Dinge über die Ermordete wusste, die nie allgemein bekannt wurden. Es strapaziert die Glaubwürdigkeit zu sehr, dass der eine Mann, der zufällig an jenem Morgen in Hampstead Heath war, zufällig auch der Mann gewesen sein soll, dem ein unbekannter Fremder in einem Pub genau erzählt hat, in welcher Stellung Susan Blanchards Leiche hingelegt wurde. Alle Gründe, weshalb Blake überhaupt je verdächtigt wurde, haben eine andere Erklärung, und zwar eine einzige – nämlich dass er gesehen hat, wie es passiert ist.«
»Wenn du Recht hast – und es klingt vernünftig, finde ich –, ist das Ironische daran, dass Francis Blake der Einzige ist, der der Polizei bei ihren Untersuchungen wirklich hätte helfen können«, sagte Kit. »Er weiß mehr über den Killer als irgendjemand sonst.«
»Wenn ihr ihn gleich beim ersten Mal, als ihr am Tag nach dem Mord mit ihm gesprochen habt, als Zeugen behandelt hättet statt als Hauptverdächtigen, dann hätte sich möglicherweise alles ganz anders entwickelt. Aber …« – Fiona zuckte mit den Schultern – »… vielleicht auch nicht.«
Steve seufzte. »So oder so, wir haben's verbockt. Ich muss sagen, Fi, ich glaube, du könntest Recht haben. Ich bin nicht völlig überzeugt, aber ich werde deine Theorie in Betracht ziehen müssen.«
Fiona sah ihn lange und nachdenklich an. Sie war daran gewöhnt, dass Steve ihre Ideen entschlossener aufgriff. Seine Vorsicht zeigte ihr, unter welchem Druck er in diesem Fall stand. Sie hatte sich nicht einmischen wollen, aber jetzt war

sie froh, dass sie das Wenige getan hatte, was sie tun konnte, um zu helfen. »Ich hoffe, es nützt etwas«, sagte sie bescheidener, als sie sich sonst fühlte, wenn sie ihre professionelle Einschätzung einer Sache abgegeben hatte.

»Was ich nicht verstehe«, sagte Kit, »ist, warum Blake beim Verhör nicht die Wahrheit gesagt hat, als ihr ihn endlich verhaftet hattet. Ich meine, es ist doch offensichtlich ein Ausweg für ihn, nicht wahr? ›Ich bin's nicht gewesen, Kommissar, aber ich hab den Kerl gesehen, der's getan hat.‹«

»Nicht, wenn man zutiefst darauf vertraut, dass das Gericht den Fall gegen einen einstellen wird. Nicht, wenn man weiß, dass es keine Spuren geben kann, die einen mit einem Verbrechen in Verbindung bringen, das man nicht begangen hat«, sagte Fiona. »Er hatte doch einen Anwalt, Steve?«

»Von Anfang an. Bei der ersten Befragung nach der Verhaftung hieß es nur ›kein Kommentar‹. Als wir dann die Beweise vorlegten, hat sein Anwalt eine Vertagung beantragt. Als sie zurückkamen, sagte Blake, dass er an dem Morgen in Hampstead Heath gewesen sei, nicht genau gewusst habe, wie spät es war, und gemerkt habe, dass er zu spät zur Arbeit kommen würde. Deshalb sei er gerannt, als die Zeugen ihn sahen. In Bezug auf das, was er bei der Undercover-Aktion geschrieben und gesagt hatte, behauptete er hartnäckig, es sei alles reine Erfindung und sonst nichts gewesen.«

»Der Anwalt wird ihm also bei der Unterredung gesagt haben, dass ihr es nie schaffen würdet, damit vor Gericht durchzukommen«, sagte Kit, der langsam zu verstehen begann. »Und dieser kleine Scheißkerl hockte seelenruhig und vollkommen mit sich zufrieden da und war sich klar, dass er mehr darüber wusste als ihr, was mit Susan Blanchard geschehen war, und dass ihr nie die Wahrheit herausfinden würdet. Was für ein Drecksack.«

Fiona nickte. »Er hat wahrscheinlich gedacht, die ganze Sache würde in erster Instanz niedergeschlagen. Stattdessen hat er schließlich acht Monate in Untersuchungshaft gesessen. Und inzwischen hatte er auch keinen Ausweg mehr. Er konnte zu diesem Zeitpunkt nicht mehr widerrufen und zugeben, was er gesehen hatte. Denn ihr wärt darüber, wie er euch an der Nase herumgeführt hatte, so wütend gewesen, dass ihr ihm Komplizenschaft zur Last gelegt hättet. Er muss jetzt auf die Polizei eine beträchtliche Wut im Bauch haben.«

Kit lehnte sich auf seinem Stuhl zurück. »Kein bisschen. Hast du ihn nicht im Fernsehen gesehen? Er genießt es richtig. Es macht ihm einen Riesenspaß. Nicht nur hat er diese überwältigenden Erinnerungen, die er jederzeit wieder durchleben kann, wenn er will. Er hat auch die überaus große Befriedigung, dass er die Polizei und die Staatsanwaltschaft vorgeführt und als Idioten hingestellt hat.«

»Und noch dazu wird er dafür bezahlt«, knurrte Steve. »Beträchtliche Entschädigung vom Innenministerium für Freiheitsberaubung, ganz zu schweigen davon, was er den Zeitungen abgequetscht hat.« Er seufzte. »Manchmal ist dieser Scheißjob einfach zum Heulen.« Im gedämpften Licht des Wohnzimmers sahen die kantigen Konturen seines Gesichts nach Fionas bitterer Bestätigung noch härter aus als sonst.

Eine lange Pause trat ein. Plötzlich hatte niemand mehr Lust zu essen. Kit ergriff die Flasche und füllte die Gläser. »Also – was kannst du jetzt unternehmen?«, fragte er Steve.

»Noch mal von vorn anfangen? Da es nicht Francis Blake war, war jemand anderer an jenem Morgen in Hampstead Heath und brachte Susan Blanchard um. Wir werden alle Zeugenaussagen durchsehen müssen und alle noch einmal befragen.«

Kit entfuhr ein kurzes Lachen. »Ja, stimmt. Francis Blake wird ja nicht damit rausrücken, was er gesehen hat.«

»Eins könntest du vielleicht überlegen«, sagte Fiona langsam.

Steve schaute mit aufmerksamem Blick auf. »Und das wäre?«

»Es ist möglich, dass es Blake gelungen ist zu sehen, wer der Mörder war. Vielleicht hat er ihn erkannt, hat ihn eventuell später wieder gesehen. Er mag sogar gesehen haben, wie der Killer in einem Auto geflohen ist, und hat die Nummer aufgeschrieben. Ich würde sagen, da er jetzt seinen Augenblick des Triumphs hat, ist es denkbar, dass Blake so selbstbewusst geworden ist, dass er versucht, den wirklichen Mörder zu erpressen. Ich weiß nicht, ob ihr die Mittel dafür habt, da die Ermittlungen ja offiziell abgeschlossen sind, aber wenn er aus dem schönen Spanien zurückkommt, würde ich ihn sehr sorgfältig beobachten. Seine Telefonleitung anzapfen, seine Post überprüfen, diskrete Überwachung, sein Bankkonto kontrollieren. Die Wahrscheinlichkeit ist nicht besonders hoch, aber Blake könnte euch direkt zu eurem Mann führen.«

Steve schüttelte zweifelnd den Kopf. »Das ist doch ein bisschen weit hergeholt, Fi. Außerdem werde ich auf dieser Basis nie die Genehmigung bekommen, sein Telefon abzuhören. Das einzig Mögliche ist wahrscheinlich eine lockere Überwachung.«

»Besser als nichts. Was hast du sonst?«, fragte Kit. »Sicher, du kannst den Fall wieder aufrollen und mit allen Zeugen reden, wie du vorgeschlagen hast. Aber wie viel mehr kannst du – jetzt mal realistisch gesehen – nach so langer Zeit noch aus ihnen herauskriegen? Und außerdem wird alles, was sie zu sagen haben, vom Medienrummel um die Verhaftung und den Prozess beeinflusst sein. Sie werden noch mehr in die Richtung tendieren, dass Blake der Mann ist, den ihr sucht. Das ist nur menschlich. Aber mir scheint, eine kleine Chance ist besser als gar keine. Wenn ihr die Sache mit Susan Blanchards Ermordung wieder gutmachen wollt, würde ich sagen, ihr könnt gar nicht anders.«

»Ich habe überhaupt keine Mittel dafür«, sagte Steve bitter. »Ich soll eine geschickte, nicht wahrnehmbare Überwachung durchführen und habe fast keine Leute und noch weniger Ressourcen dafür. Ich kann unmöglich eine solche Operation organisieren, wie du sie vorschlägst, selbst wenn ich dächte, es sei gerechtfertigt.«

»Vielleicht ist es an der Zeit, deine speziellen Fans aufzurufen«, sagte Kit. »In deinem Team müssen doch welche sein, die dir einiges schulden. Oder die meinen, sie schuldeten Susan Blanchard und ihrer Familie etwas. Gar nicht zu reden von all den Cops, die das noch wurmt, was der Richter zu sagen hatte. Ich wette, einigen würde es nichts ausmachen, hier und da ein paar inoffizielle, unbezahlte Überstunden zu machen. Was soll's, wenn du nur jemanden brauchst, der vor seiner Wohnung im Auto sitzt, bin ich dabei.« Er grinste. »Nur nicht aufgeben, Stevie.«

Steve schüttelte den Kopf. »Ihr beschämt mich, ihr beiden. Fiona nimmt sich stundenlang Zeit, um Horsforths beschissene Aktion zu analysieren, und du bietest dich an, vor der Tür von Dreckskerl Nummer eins der Hauptstadt Stellung zu beziehen. Und ich kann nur dasitzen und herumjammern, wie schwer das alles sein wird.« Unbewusst straffte er die Schultern. »Ich danke euch beiden. Jetzt habe ich wenigstens einen Plan für die Ermittlungen, der bei den Leuten neue Energie in Gang setzen kann.«

Kit hob sein Glas. »Auf ein Ergebnis«, sagte er.

Steve lächelte skeptisch. »Auf das richtige Ergebnis.«

Als sie nach Hause kamen, war es nach Mitternacht. Kit sagte, er sei zu aufgekratzt, um zu schlafen, und zu angeheitert von Steves Wein, um zu schreiben. Er wolle sehen, ob jemand von seinen internationalen Spielpartnern da sei, mit denen er zur Entspannung öfter bei verschiedenen Online-Computerspielen mitmachte. »Sieben Uhr an der Ostküste«, murmelte er, als er zu seinem Arbeitszimmer ging. »Da sollte da draußen schon jemand sein, der nur darauf wartet, abgeschossen zu werden.«

Fiona ging die Treppe zu ihrem Dachgeschoss hinauf. Sie

wollte ihre Unterlagen im Büro ablegen und sich dann für sieben wohltuende Stunden ins Bett legen. Das blinkende rote Auge des Anrufbeantworters ließ sie kurz zögern, als sie sich umdrehte, um zu gehen. Sollte sie ihn nicht beachten oder ihn abhören? Das Pflichtgefühl siegte über die Bequemlichkeit, nicht zuletzt, weil es offensichtlich nur um *eine* Nachricht ging.
Es war Salvador Berrocal, dessen selbstbewusste laute Stimme von der schalldichten Isolierung gedämpft wurde. »Ich dachte, Sie würden gern erfahren, dass wir einen Verdächtigen für die zwei Morde in Toledo gefunden haben«, sagte er. »Ich schicke Ihnen die Details per E-Mail, aber ich wollte Sie so bald wie möglich wissen lassen, dass wir Fortschritte gemacht haben.«
»Ja!« Fiona schlug mit der rechten Faust auf ihre linke Handfläche. Jetzt war sie so aufgeregt und wach wie Kit. Zwei schnelle Schritte, und sie war am Computer, wo sie ihre E-Mail abrief. Es gab ein halbes Dutzend Mails, aber nur eine interessierte sie. Sie lud sie herunter und öffnete sie gleich.

Von: Salvador Berrocal <Sberroc@cnp.mad.es>
An: Dr. Fiona Cameron <fcameron@psych.ulon.ac.uk>
Betrifft: Beratung in Toledo

Liebe Frau Dr. Cameron,
endlich ist es mir gelungen, an die Einzelheiten heranzukommen, die wir brauchten, um Fortschritte zu machen.
Und so haben wir nun, wie wir glauben, einen brauchbaren Verdächtigen. Sein Name ist Miguel José Delgado. Er ist Junggeselle und 29 Jahre alt. Bis vor zwei Monaten war er Besitzer eines kleinen Gemischtwarenladens. Er verkaufte hauptsächlich Lebensmittel

an Einheimische. Das Geschäft stand kurz vor der Pleite. Delgado sah die Ursache dafür in der Tatsache, dass die Bewohner des Stadtkerns in die Vororte abgedrängt werden.

Er wohnte in einer kleinen Wohnung hinter dem Laden. Die Besitzer des Hauses wollten an eine amerikanische Hotelkette verkaufen. Der Widerstand dagegen wurde von Delgado angeführt. Nach der Aussage der Einheimischen sprach er mit großer Vehemenz gegen das geplante Bauvorhaben. Er behauptete, der Tourismus sei ein Krebsgeschwür, das das echte Leben in Toledo auffresse. Interessanterweise sagte einer der Zeugen, er habe oft geäußert, er würde sich nicht »bücken, um sich von den Amerikanern in den Arsch ficken zu lassen«.

Dann fand der Vermieter vor zwei Monaten heraus, dass Delgado vorhatte, wegzufahren und über Nacht wegzubleiben. Als Delgado zurückkam, war sein Geschäft mit Brettern vernagelt, und er konnte nicht in seine Wohnung. Der Vermieter hatte alles, was ihm gehörte, inklusive des Warenbestands des Geschäfts, in eine neue Wohnung etwa drei Meilen südlich von der Stadt bringen lassen. Man gab Delgado die Schlüssel zu seiner neuen Wohnung und »eine große Summe in bar« und sagte ihm, er könne sein Geschäft nicht mehr in seinem Haus betreiben. Delgado war bei seinen Nachbarn oder den Kunden nicht sehr beliebt, und das war wahrscheinlich der Hauptgrund, warum sein Geschäft nicht gut ging. Er wird als »manchmal mürrisch und nicht hilfsbereit« beschrieben, obwohl manche sagen, er habe recht charmant sein können, wenn er wollte, besonders wenn es um sein Lieblingsthema, Toledos Geschichte, ging. Er lebte allein und hatte, soweit wir feststellen konnten, keine Freundin. Sie sehen also, er passt gut zu dem Täterprofil, kann aber auch dem geografischen und ebenso dem psychologischen Profil zugeordnet werden.

Wir haben nur ein Problem. Wir sehen uns nicht in der Lage herauszufinden, wo Delgado wohnt. Er ist nie in der Nähe seiner neuen Wohnung gesehen worden. Und zwei Wochen, nachdem er einziehen sollte, riefen die Nachbarn den Vermieter wegen des schlechten Geruchs an. Als die Leute, die der Vermieter geschickt hatte, aufschlossen, entdeckten sie, dass alle verderblichen Waren aus dem Laden schlecht geworden waren.

Das einzig Gute ist, dass der Killer, obwohl wir ihn noch nicht aufspüren konnten, kein neues Opfer angegriffen hat.

Noch einmal möchte ich mich bei Ihnen für Ihre Hilfe bedanken. Ohne Sie hätten wir immer noch keine Ahnung, nach wem wir suchen sollen. Ich werde Sie über den weiteren Verlauf der Ermittlungen auf dem Laufenden halten.

Mit den besten Wünschen

Salvador Berrocal.

Fiona war am Ende der Nachricht angekommen und lächelte. Es sah so aus, als sei wenigstens *einer* der Ermittler auf dem richtigen Weg. Sie war nervös gewesen und hatte befürchtet, dass Berrocal ihr mit seiner nächsten Nachricht über die Ermordung eines weiteren Ausländers berichten würde. Aber aus irgendeinem Grund hatte Delgado – wenn er denn tatsächlich der Mörder war – eine Weile ausgesetzt.

Entweder war es so, oder man hatte einfach die Leiche noch nicht gefunden.

Aber wie auch immer – sie konnte nichts daran ändern. Fiona schaltete den Computer ab und ging hinunter. Als sie an der letzten Windung der Treppe ankam, sah sie Kit, der in

der Tür zu seinem Büro stand und mit besorgter Miene ein Blatt Papier in der Hand hielt.
»Was ist denn los?«, fragte sie.
Mit großen, angstvollen Augen blickte er auf. Als er sprach, war seine Stimme ungewöhnlich leise. »Ich habe eine Morddrohung bekommen.«

Kapitel 17

Kit hielt Fiona das Blatt Papier entgegen. Vorsichtig fasste sie es an der linken oberen Ecke. Es war ein einzelnes DIN-A4-Blatt, zweimal gefaltet, damit es in einen normalen Umschlag passte. Es unterschied sich in nichts von anderen mit dem Computer erstellten Dokumenten. Standardschrift, kein kompliziertes Layout. All dies nahm Fiona schon wahr, bevor sie sich auf das Lesen des Textes einstellte.

»Kit Martin, du begehst Diebstahl am kreativen Schaffen anderer Menschen und zerstörst ihren guten Ruf. Was du nicht selbst zustande bringst, das stiehlst du. Und deine Lügen berauben andere der Dinge, die ihnen rechtmäßig zustehen.

Dein Werk ist ein schwacher Abglanz des leuchtenden Lichts anderer Menschen. Du hast alles getan, um deine Konkurrenten aus dem Feld zu schlagen. Du nimmst und zerstörst, bist ein Schmarotzer, der das Blut derer aussaugt, die du um ihre Begabung beneidest. Du weißt, dies ist die Wahrheit. Prüfe deine erbärmliche, schmutzige Seele, und du wirst nicht leugnen können, dass du mich beraubt hast.

Die Zeit ist reif, du musst bezahlen. Du verdienst nichts als meine Verachtung und meinen Hass. Wenn ich dich töten muss, damit du mir gibst, was mir rechtmäßig zusteht, so sei es.

Die Wahl von Stunde und Tag wird meine Sache sein. Ich hoffe, du wirst keinen ruhigen Schlaf mehr finden, den du auch nicht verdienst. Ich werde mich über dein Begräbnis freuen. Aus deiner Asche werde ich wie ein Phönix auferstehen.«

Fiona las den gehässigen Brief zweimal. Dann legte sie ihn vorsichtig auf den Tisch in der Diele und ging zu Kit, um ihn zu umarmen. »Du Armer. Das ist entsetzlich.« Sie spürte seine Anspannung, als er sein Gesicht an ihrer Schulter vergrub.

»Ich kann's einfach nicht begreifen«, sagte er. »Es ist so unsinnig.«

Fiona schwieg. Sie hielt ihn nur fest, bis sie spürte, dass sein Körper sich entspannter an sie lehnte. »Wo ist er her?«, fragte sie schließlich.

»Er war bei der anderen Post. Bei der zweiten Auslieferung hatte ich zu tun; ich hab alles erst von der Matte hereingeholt, als ich ausging, und hab's ins Büro gelegt. Ich erwartete ja nichts Dringendes.«

»Hast du noch den Umschlag?«

Er nickte. »Er ist im Papierkorb. Ich hab ihn automatisch weggeworfen.« Er ging in sein Büro. Fiona folgte ihm in das Chaos aus Büchern und Papieren, das alle Flächen und den halben Fußboden bedeckte. Nicht zum ersten Mal fragte sie sich, wie man in so einem Durcheinander arbeiten konnte. Aber Kit tat hier nicht nur seine Arbeit, er schien auch ganz genau Bescheid zu wissen, wenn es um die Stelle ging, wo ein bestimmtes Buch, eine Akte oder ein Brief lag. Er ging zum Papierkorb beim Schreibtisch und fischte einen einfachen weißen, selbstklebenden Umschlag heraus. Er schaute ihn stirnrunzelnd an. Fiona legte einen Arm um ihn und sah mit ihm zusammen auf das Kuvert. Die Adresse war in derselben Standardschrift.

»In West London abgestempelt. Vor zwei Tagen abgeschickt, mit einer Second-class-Briefmarke frankiert«, sagte er und lachte nervös. »Na ja, offensichtlich ist es keine dringende Morddrohung. Ich vermute, das sollte mich etwas trösten.«

»Du solltest es der Polizei melden«, sagte Fiona bestimmt.

Kit warf den Umschlag auf die Tastatur seines Computers. »Meinst du?« Er klang skeptisch.

»Ja, das meine ich. Es ist wirklich ein scheußlicher Brief. Es *ist* eine Morddrohung, um Himmels willen!«
Kit ließ sich auf seinen Stuhl fallen, drehte sich und sah sie an. Offensichtlich schüttelte er gerade etwas ab. »Ich bekomme oft böse Briefe, Liebes. Keine Morddrohungen, das gebe ich zu, aber bei der Fanpost sind regelmäßig Briefe dabei, die mich und meine Bücher schlecht machen. Herr Bitterböse aus Turnbridge Wells ist entsetzt über die Folterszenen in *The Dissection Man*. Fräulein Saubermann aus Lambeth ist fassungslos, dass Teenager die verdorbenen sexuellen Fantasievorstellungen in *The Blade King* lesen dürfen. Und dann gibt es welche, die mir vorwerfen, ich sei feige, weil ich die Einzelheiten grotesker Verstümmelung und sexueller Perversionen nicht ausführlicher beschreibe. Es ist nicht nur Fanpost, weißt du.«
»Woher haben sie deine Adresse?«, fragte Fiona, die plötzlich das Schreckensbild psychisch labiler Leser vor sich sah, die ihnen die Bude einrannten.
Kit zuckte die Schultern. »Ich weiß nicht. Das meiste kommt über meinen Verleger. Manche per E-Mail. Ein oder zwei von den eher neurotischen Typen haben wahrscheinlich das Wählerverzeichnis für Dartmouth Park durchforstet. Ich bin nicht schwer zu finden, Schatz.«
Fiona fröstelte. »Dieser Brief war schon schlimm genug. Aber jetzt jagst du mir wirklich Angst ein. Ehrlich, Kit, ich finde, du solltest damit zur Polizei gehen.«
Er nahm einen Bleistift und spielte nervös damit herum. »Sie würden mich auslachen, Fiona. Es ist doch nur der Brief eines Spinners. Es steht nichts Genaues drin. Er behauptet nur, dass ich die Ideen anderer Leute klaue. Was Blödsinn ist. Es ist nur ein Verrückter, bei dem ein paar Schrauben locker sind.«
Fiona schien nicht überzeugt. »Ich glaube, du solltest das nicht so leicht nehmen, Kit. Wirklich nicht.« Sie wandte sich ab und ging zum Fenster, wo der Rollladen wie immer hoch-

gezogen war. Ungeduldig zerrte sie am Gurt, um sie beide von der Außenwelt abzuschirmen.
»Nicht ich nehme die Sache leicht. Die Polizei würde denken, dass ich ihre Zeit verschwende. Überhaupt, warum sollte ich darauf mehr reagieren als auf den Rest der beleidigenden Korrespondenz, die ich bisher bekommen habe? Seit meine Bücher veröffentlicht werden, bekomme ich Briefe von Spinnern. Das ist nichts Besonderes. Ehrlich. Es war eben ein Schock, das ist alles. So giftig sind sie meistens nicht. Aber noch nie hat ein Brief bisher Folgen gehabt, da sehe ich nicht ein, wieso es mit diesem anders sein sollte.« Er wusste, dass er sich zu sehr sträubte. Aber er wollte keine Angst haben. Er wollte diesen Brief derselben Kategorie zuordnen wie jedes hasserfüllte Schreiben, das jemals auf seine Fußmatte geflattert war. Jede andere Reaktion öffnete eine Tür, die er fest geschlossen halten wollte.
Aber Fiona war entschlossen auszusprechen, woran sie beide dachten, wie unangenehm es auch sein mochte. »Nach dem, was mit Drew geschehen ist, glaube ich nicht, dass du es dir leisten kannst, das hier einfach zu ignorieren«, sagte sie ruhig.
»Ich wusste, dass du das sagen würdest«, antwortete Kit gereizt. »Ich weiß, ich hätte dir den Brief überhaupt nicht zeigen sollen. Mein Gott, Fiona, du musst immer alles analysieren und Zusammenhänge suchen. Aber manches lässt sich eben nicht mit anderem in Verbindung bringen. Es gibt eben Dinge, die nichts miteinander zu tun haben. So ist es einfach. Okay?«
»Nein, es ist nicht okay.« Fiona erhob die Stimme, ihre Wangen glühten. »Warum lehnst du das so vehement ab? Vor zwei Wochen kam einer deiner Kollegen durch einen schrecklichen Ritualmord um. Jetzt bekommst du eine Morddrohung, und du glaubst nicht, dass die beiden Dinge zusammenhängen? Komm mal auf den Boden der Tatsachen zurück, Kit!«

Er knallte den Bleistift auf den Schreibtisch. »Der einzige Zusammenhang zwischen diesem Brief und dem, was mit Drew passierte, ist, dass irgendein verdammter Wirrkopf glaubt, es wäre ganz geschickt, seine Ermordung auszunutzen, um mir einen Schreck einzujagen. Du hast den Brief gelesen, Fiona. Der wurde nicht von dem Kerl geschrieben, der Drew umgebracht hat. Es sind überhaupt keine klaren Angaben drin, keine Aufschneidereien, nichts wie zum Beispiel: ›Du wirst bekommen, was du verdienst – wie Drew Shand.‹«

»Das beweist gar nichts«, brauste Fiona auf. »Dieser Brief wurde von jemandem geschrieben, der nicht in einem normalen Geisteszustand ist. Und bei Drews Mörder war das auch so.«

Kit stand auf und schlug mit der Faust an die Wand. »Pass auf, Fiona. Du weißt doch, was sie sagen, wenn ich wegen so einer Lappalie zur Polizei gehe.«

Sie verschränkte die Arme vor der Brust. »Klär mich auf.«

»Sie werden sagen, dass ich es genauso wie Georgia mache. Sie werden uns alle als Trittbrettfahrer abbuchen. Wild auf Publicity. Sie werden es nicht ernst nehmen. Was können sie denn überhaupt tun? Den Brief auf den Verdacht hin ins Labor schicken, dass der Absender praktischerweise überall seine Fingerabdrücke und DNS hinterlassen hat. Ich glaube das nicht.«

Fiona konnte sich der Wahrheit seiner Argumentation nicht verschließen. Sie wusste, dass er wahrscheinlich Recht hatte. Aber dieses Wissen half nicht, das Gefühl der Angst zu mildern, das ihr kalt im Magen lag. Dass jemand Kit – oder sein Werk – genug hasste, um solche Bosheit zu Papier zu bringen, war beklemmend. Zu fürchten, dass dieses Gift sich zu wirklicher Gewalt auswachsen könnte, war aus ihrer Sicht eine ganz normale Reaktion.

Sie stürmte an ihm vorbei in die Diele. An der Tür drehte sie

sich um. »Es ist deine Entscheidung. Es ist dein Brief. Aber ich meine, du machst einen Fehler.«
»Was ist daran neu?« Er drehte ihr den Rücken zu. »Ich werde eben damit leben.«

Auszug aus der Dechiffrierung des Beweisstücks P13/4599

Gqnqd PdqiE tmzpu efvqp qYqzs qsqeo tduqn qziad pqz. Mnqdw mbuqd ftmnq zeuqe zuotf. Vqpqd tmffq equzq qusqz qFtqa duqgz pzuot fquzq duefm gotzg d

Ueber Drew Shand ist jede Menge geschrieben worden. Aber kapiert haben sies nicht. Jeder hatte seine eigene Theorie, und keiner ist auch nur annaehernd dahinter gekommen. Aber bald werden sies begreifen. Ich hab mich geduckt, war ein braver Junge, bin nicht weiter aufgefallen. Nicht dass irgendjemand aufpassen wuerde.
Und das heisst, es gab keine Stoerung bei der naechsten Phase meines Plans. Jane Elias. Sie ist Amerikanerin, lebt aber in Irland, wahrscheinlich weil Schriftsteller dort keine Steuern zahlen. Das Miststueck war nicht damit zufrieden, mehr als der liebe Gott selbst zu verdienen, sie wollte auch noch alles fuer sich behalten.
Es war nicht schwierig herauszufinden, wo sie wohnt. In einem großen Land wie Amerika kann man als Aussenseiter leben, aber nicht in Irland. Ich wusste, dass sie ein grosses Anwesen in County Wicklow an einem See hat. Ich wusste auch, dass es eine Autostunde von Dublin weg ist. Auf einer der Fan-Seiten im Internet war ein Bild von ihrem Haus. Also bin ich einfach einen Tag mit einer genauen Karte und einem Fernglas herumgefahren, bis ich es fand.
Am naechsten Morgen ging ich wieder zum Anwesen der Elias hinunter. Ich fuhr zum Ufer des Sees hinunter, und da sah ich, was ich suchte, einen Segelclub mit vielen kleinen Booten, die auf eine Betonrampe hochgezogen waren. Es war niemand da. Es haette gar nicht besser laufen koennen. Ich hockte mich zwischen die Boote und betrachtete das Haus der Elias auf der anderen Seite des Sees. Ich konnte einen Landesteg ausmachen, an dem

laengsseits ein paar Boote vertaeut waren. Wenn meine Informationen richtig waren, wuerde sie irgendwann am Nachmittag an den See kommen und segeln gehen.
Und tatsaechlich erschien sie kurz nach zwei. Sie bestieg ein Boot und segelte ueber den See. Ich wartete, bis es dunkel wurde und sie zurueckgekehrt war, dann zog ich eins der Boote zum Wasser hinunter und ging an Bord. Ich hatte mir schon vorher ein Versteck ausgeguckt, weiter oben am See, wo die Baeume bis ganz unten am Wasser stehen.
Ich war wieder ziemlich nervoes in Erwartung dessen, was ich am naechsten Tag wuerde tun muessen. Es gab so viele Fehler, die ich machen konnte, die alles kaputtmachen wuerden. Und dann musste ich auch wieder toeten. Ich beschloss, mich diesmal nicht so genau ans Buch zu halten. Es kam nicht infrage, dass ich jemanden stundenlang foltern wuerde. Ich wusste, ich hatte nicht den Mumm dazu. Und außerdem hatte ich weder die Zeit noch den richtigen Ort fuer solche Umstaende.
Ich nahm mir also vor, sie schnell mit einem Messer zu toeten. Dann konnte ich ihre Leiche so herrichten wie die Leiche im Buch. Das Aussehen ist wichtig. Ich bin kein Fetischist, der alle Details voellig besessen befolgen muss. Ich befriedige nicht einen abstrusen Drang, den ich verspuere, sondern ich schicke eine Botschaft. Wenn es eine andere Moeglichkeit gaebe, diesen Scheisskerlen zu zeigen, dass es ihnen nicht gelingen wird, mich und mein Leben zu uebergehen, dann haette ich sie gewaehlt.
Ich versuche, nicht daran zu denken, was ich mit ihr machen muss. Mir ist sowieso schon uebel, auch ohne dass ich es noch schlimmer mache. Ich muss mir einfach immer wieder sagen, es wird nicht lange dauern, und dann werde ich schon auf dem Rueckweg nach Hause sein.
Diesmal muessen sie doch aufmerksam werden.

Kapitel 18

Das frühe Morgenlicht war perlgrau, ein dünner Wolkenschleier hing über den Bergen von Wicklow jenseits der stahlgrauen Wasserfläche des Lough Killargan. Die leuchtenden Herbstfarben der Bäume zeichneten sich allmählich gegen das sanfte Grün auf den Hügeln ab und gaben der kühlen Landschaft einen warmen Schimmer.

Jane Elias stand auf der mit Steinplatten belegten Veranda und stieß einen langen, leisen Pfiff aus. Von einer Gruppe grüner, ockerfarbener und brauner Ahornbäume in ein paar hundert Meter Entfernung lösten sich zwei schwarz-hellbraune Striche, die dann die Form von zwei dünnen Dobermannpinschern annahmen und über die Wiese auf sie zugesprungen kamen. Als die Hunde schlitternd zu ihren Füßen anhielten, streckte Jane ihnen die Hände entgegen und genoss die angenehme Wärme ihrer nassen Zungen auf der Haut.

»Das reicht«, sagte sie nach ein paar Augenblicken. Die Hunde, an ihr Morgenritual gewöhnt, lagen eine Weile zu ihren Füßen, während sie Stretchübungen machte, um die vom Schlaf noch halb steifen Muskeln zu lockern. Als Jane langsam davonjoggte, standen die Hunde auf und rannten vor ihr her. Dies war der beste Teil des Tages, dachte sie. Noch keine Versprechen gebrochen, keine Sätze geschrieben, keine Anrufe angenommen. Alles war noch möglich.

Nach und nach steigerte sie ihr Tempo und steuerte auf die Mauer zu, die ihr Anwesen begrenzte. Fünfeinhalb Meilen, die perfekte Strecke für einen Morgenlauf. Sie konnte sich

innerhalb der Umgrenzung ihres Besitzes absolut ungestört bewegen, sicher vor neugierigen Blicken und ohne Angst.
Der Wachmann, der die Überwachungskameras bediente, zählte für sie nicht zu den neugierigen Blicken. Schließlich bezahlte sie ihn dafür, dass er sich um ihre Sicherheit kümmerte. Es störte sie nicht, wenn er ihr beim Laufen zusah. Sie lebten in verschiedenen Welten, er in seinem fensterlosen Büro, sein kräftiger Körper in einem Khakihemd und einer dunkelblauen Hose und mit seinem Walkie-Talkie an der Hüfte. Sein bescheidenes Privatleben spielte sich irgendwo anders ab. Sie dagegen an der frischen Luft auf ihrem eigenen Grund und Boden. Ihr blondes Haar mit Strähnchen wurde von einem Stirnband zusammengehalten, ihre schlanken, muskulösen Glieder steckten in einem leichten Trainingsanzug, und ihre Füße bewegten sich in regelmäßigem Rhythmus, während sie über die vor ihr liegende Arbeit dieses Morgens nachdachte.
Nach dem Laufen ließ sie die Hunde in den Zwinger, wo sie sie mit klein geschnittenen Steaks und vitaminhaltigen Hundekuchen fütterte. Während sie noch an ihrem Futter herumschnupperten, war sie schon durch die Küche des großen alten Herrenhauses zu ihrem Bad unterwegs, das niemand sonst benutzen durfte, nicht einmal ihr Lover Pierce Finnegan. Genau fünf Minuten unter der heißen Dusche, dann ein eiskalter Wasserschwall, um die Poren zu schließen, und Jane war bei der nächsten Phase ihres täglichen Programms. Flink trocknete sie sich ab und rieb sich vom Kinn bis zu den Zehen mit teurer Aromatherapie-Lotion ein. Dann kamen Feuchtigkeitscreme fürs Gesicht, Gel für die Augen und dunkelroter Lippenstift.
In Jeans und einem karierten Hemd aus Seide und Wolle ging sie in die Küche zurück, aß frischen Obstsalat, eine Scheibe Vollkorntoast mit Erdnussbutter aus biologischem Anbau und trank ein großes Glas Tomatensaft. Früher hatte sie fünfundzwanzig Pfund zu viel gewogen. Übergewicht ge-

hörte zu den vielen Dingen in ihrem Leben, die nie mehr vorkommen würden.
Um halb acht war sie in ihrem Büro, die Arbeit des Tages war auf einem der zwei großen Schreibtische aufgereiht, die an der Wand standen. Ihre heutige Aufgabe bestand darin, die Fahnen ihres demnächst erscheinenden Romans zu korrigieren. Die nächsten fünf Stunden konzentrierte sie sich auf die bedruckten Seiten, las jede Zeile auf Fehler durch, änderte hier und da einen Satz, den sie nun ungeschickt fand. Manchmal griff sie sich das Wörterbuch, um die Rechtschreibung noch einmal zu überprüfen, die ihr merkwürdig erschien.
Genau um halb eins schob Jane den Stuhl vom Schreibtisch zurück und streckte die Arme über den Kopf. Durch das stille Haus ging sie in die Küche zurück, schaltete das Radio an, stellte einen Sender mit klassischer Musik ein und nahm eine Portion gefrorene Gemüsesuppe aus dem Gefrierschrank. Während diese in der Mikrowelle aufgewärmt wurde, öffnete sie die Post, die der Wachmann gebracht hatte, als sie noch bei der Arbeit war. Nach der Suppe und zwei Scheiben Brot kehrte sie zu ihrem Büro zurück, wo sie die Antworten zu den neu eingetroffenen Briefen diktierte.
Sie legte das Band auf die Arbeitsfläche in der Küche, von wo der Wachmann es mitnehmen und bei der Frau in der nahe gelegenen Stadt abliefern würde, die als ihre Sekretärin fungierte. Die Briefe würden am selben Abend auf einer Diskette wieder bei Jane eintreffen, damit sie sie ausdrucken und unterschreiben konnte. Die zwei Frauen trafen sich nur selten bei gesellschaftlichen Anlässen in der Stadt, aber ihre Zusammenarbeit funktionierte trotzdem gut.
Jane ging in den Zwinger, nahm eine Fleecejacke und ließ die Hunde wieder aufs freie Gelände hinaus. Mit erhobenem Kopf die frische Nachmittagsluft einatmend, lief sie den Weg zum Landesteg hinunter und prüfte den Wind. Die Wolkendecke hatte sich aufgelöst, und an dem blauen Himmel waren nur noch hier und da hingekleckste Kumuluswölk-

chen zu sehen. Sie schätzte den Wind auf etwa Stärke fünf, genau richtig für einen flotten Törn im sieben Meter langen Beneteau First Classic, das zur Zeit ihr Lieblingsboot von den dreien in ihrem kleinen privaten Hafen war. Es war perfekt, wenn man allein segelte, anders als die größere Moody, die sie vorzog, wenn sie und Pierce zusammen auf den See hinausgingen.

Sie kontrollierte, ob alles am Boot in Ordnung war, dann machte sie die Leinen los und ließ es vom Landesteg wegtreiben, bevor sie das Großsegel setzte. Sie ließ ein Reff drin. Während sie auf die Mitte des Sees zusteuerte, plante sie ihre Route für diesen Nachmittag, ohne auf ihren Karten nachzusehen. Sie kannte diesen Teil des Sees besser als ihr Gesicht im Spiegel. An drei von vier Tagen segelte sie mehr oder weniger dieselbe Strecke, je nach dem, wie der Wind stand. Sie hatte so den besten Blick über das Wasser auf die Berge, und außerdem gab es hier keine tückischen Stellen, die ihr Schwierigkeiten machten, wenn ihre Gedanken sich mal zerstreut auf die Arbeit statt auf das Steuer richteten.

Bald hatte sie das Ufer hinter sich gelassen und ging auf Kurs hart am Wind. Die einzigen Geräusche waren das Glucksen der Bugwelle am Schiffskörper und das Knarren des Windes in den Segeln. Jane genoss das Gefühl der kühlen Luft auf ihrer Haut. Sie liebte das befreiende Gefühl, das sie immer beim Segeln auf dem See empfand. Sie machte sich nichts daraus, dass die Leute sie für eine Eigenbrötlerin hielten und meinten, sie befolge sklavisch ihre festgefügten Gewohnheiten und eingefahrenen Verhaltensmuster, als wäre sie eine Einzelgängerin mit Verfolgungswahn. Sie wusste, dass es anders war. Wenn möglich, verbrachte sie jeden Nachmittag auf dem Wasser, und es war nichts Routinemäßiges daran, wie sie sich und ihre Geschicklichkeit am Wetter und an der Wildheit des Sees maß. Hier draußen war sie die Herrscherin des freien, offenen Raums. Sollten sie ihr doch den Buckel runterrutschen. Sie konnten sie pedantisch und kleinkrämerisch nennen, so viel sie Lust hatten. Das bewies doch nur, wie wenig sie von ihr wussten. Sie hatten keine Ahnung von ihrem Leben an der Ruderpinne. Genauso wenig wussten sie über die wilde Leidenschaft ihrer Beziehung zu Pierce, die sie beide schon so lange geheim hielten, dass sie fast vergessen hatte, dass man auch anders leben konnte.

Er besuchte sie, wenn er konnte, was bei seinem Dienstplan als Drogenfahnder bei der irischen Polizei nicht oft der Fall war. Sie hatten sich kennengelernt, als er einen FBI-Kurs in Quantico besuchte. Einer der Ausbilder, ein alter College-Bekannter von Jane, hatte sie beide zum Essen eingeladen, und der Funke war sofort übergesprungen. Schon ein paar Wochen später verkaufte sie ihr Anwesen in Neuengland und erwarb den Besitz in Irland. Erst als sie schon umgezogen war, entdeckte sie den unerwarteten Bonus der Steuerfreiheit, den der irische Staat Schriftstellern gewährte. Jetzt war sie hier tiefer verwurzelt, als sie es jemals sonst irgendwo gewesen war.

Und wenn Pierce beruflich verreiste, nahm sie manchmal ein Zimmer im selben Hotel. So zurückgezogen zu leben hatte seine Vorteile. Niemand erkannte sie, wie es bei anderen Bestseller-Autoren der Fall war, die in Talkshows und auf Farbfotos über dem Klappentext zu sehen waren. Wenn Margaret J. Elias – das war ihr bürgerlicher Name – ihren Ausweis vorzeigte, rief das bei Hotelangestellten nicht einmal ein aufmerksames Heben der Augenbrauen hervor. In zwei Tagen, wenn die Fahnen fertig und nach New York abgeschickt waren, würde sie nach Marokko fliegen, um ihn dort zu treffen. Sie konnte es kaum erwarten.

Nach einem langen Schlag wendete sie und fuhr im rechten Winkel zu ihrer bisherigen Richtung weiter. So würde sie ganz bequem zur Landspitze und in die Bucht kommen, wo weniger Wind war und sie genug Spielraum hatte, um zu halsen und das Boot wieder in die Mitte des Sees zu lenken.

Als sie in die Bucht kam, sah sie ein kleines Boot, das ziellos vor ihr hin und her kreuzte. Jane korrigierte ihren Kurs und hoffte, dass der Mann in dem kleinen Boot entsprechend reagieren würde. Aber plötzlich legte es sich auf die Seite, kenterte und katapultierte den Mann an der Pinne ins Wasser. Innerhalb von Sekunden hatte der Wind das Boot in eine Richtung und die Strömung den Mann in die andere abgetrieben.

Den Zorn Gottes auf solche Blödmänner herabschwörend, die keine Ahnung davon hatten, wie man sich auf dem Wasser verhielt, warf Jane ihren Motor an und eilte dann nach vorn, um das Segel einzuholen. Nach knapp einer Minute schipperte sie mittels Motorantrieb langsam auf die orangefarbene, auf und nieder schaukelnde Schwimmweste zu. Denn das war alles, was von dem Idioten zu sehen war, der offensichtlich nicht mit seinem Boot umgehen konnte.

Als sie längsseits kam, legte sie den Leerlauf ein und ließ am Heck eine Leiter hinunter. Der Mann schwamm ungeschickt zum hinteren Ende des Boots und zog sich aus dem eisigen Wasser hoch. »Danke«, keuchte er, öffnete seine Schwimmweste und steckte eine Hand hinein.

»Sie kennen wohl den See hier nicht«, sagte Jane kurz und tadelnd und wandte sich von ihm ab, um den Gang wieder einzulegen.

Den Totschläger sah sie nicht, der durch die Luft auf ihren Schädel zusauste.

Kapitel 19

Von unten sahen die beiden Frauen an der steilen Bergflanke wie zwei Cursors aus, die sich diagonal über einen lautlosen grünen Bildschirm bewegten. Sie waren schnell vom Wyetal bei Litton Mill zwischen den Bäumen an der alten Eisenbahnlinie hinaufgestiegen und auf die kahle Seite des Bergs gekommen, wo sogar die Schafe das Klettern unterhalb der Kalksteinklippen vermieden. Sie erreichten den höchsten Punkt ihrer Klettertour, und Fiona, die auf dem vertrauten Gelände schneller war und auf Caroline wartete, die die letzten zwanzig Meter nach oben keuchte, hielt bei einem Felsbrocken an, auf dessen Rand man sitzen konnte. Mit einem liebevollen Lächeln sah sie auf ihre Gefährtin hinunter.

Als Fionas kleine Schwester Lesley am St. Andrews College studierte, hatte sie über sich selbst genauso viel gelernt wie über ihre Studienfächer. Eine Entdeckung war unter anderem die Beschaffenheit ihrer Neigungen. Zum Zeitpunkt ihrer Ermordung hatte sie gerade die erste Liebe heftig ergriffen. Als ihre Eltern herausfanden, welcher Natur diese Liebe gewesen war, wurde es noch schwieriger für sie, mit dem Tod ihrer Tochter fertig zu werden. Fiona war jedoch nicht überrascht gewesen, dass der Mensch, der das Bett mit ihrer Schwester teilte, eine Frau war. Lesley hatte es ihr nicht ausdrücklich gesagt, aber Fiona hatte die Art und Weise, wie sie über ihre Freundin Caroline Matthews sprach, durchaus richtig gedeutet.

Weil sie ihre Beziehung geheim gehalten hatten, war Fiona

der einzige Mensch, mit dem Caroline richtig trauern konnte. Und es war kaum erstaunlich, dass aus dem gemeinsamen Kummer eine Freundschaft entstanden war. Jetzt, zwölf Jahre später, trafen sich Fiona und Caroline, wann immer Caroline in London war, und sie standen über Telefon und E-Mail in Verbindung. Mindestens dreimal im Jahr aber trafen sie sich und gingen im Peak District wandern.

Caroline war am St. Andrews College geblieben und lehrte jetzt dort als Dozentin für Mathematik. Das Leben war für sie weitergegangen wie für Fiona auch. Aber für beide war Lesleys Verlust eine Erfahrung, die ihre Beziehungen zu anderen Menschen für immer geprägt hatte. Und das Schuldgefühl, das sie beide gegenüber Lesley empfanden, bedeutete für sie, dass sie einander nie im Stich lassen würden.

Caroline erreichte schnaufend und mit rotem Gesicht den Gipfel. Sie ließ sich japsend und außer Atem auf einen Stein in Fionas Nähe fallen. »O Gott«, stöhnte sie, »ich hab überhaupt keine Kondition mehr. Das war so ein schlapper Sommer, wir sind fast gar nicht dazu gekommen, in die Berge zu gehen.«

»Hört sich so an, als hättest du's auch nicht zum Trainieren ins Studio geschafft«, äußerte Fiona.

Caroline verzog das Gesicht. »Julia hat in ihrer Mittagspause Steptanz angefangen und das Training aufgegeben. Und wir haben beide beruflich so viel zu tun, dass sie sich über mich ärgert, wenn ich unsere zwei freien Abende im Studio verbringe. Immer nehme ich mir vor, früh aufzustehen und noch vor der Arbeit zu gehen. Aber dann packe ich es nie.«

»Du würdest dich besser fühlen, wenn du es schaffen könntest hinzugehen.« Fiona machte ihren Rucksack auf und nahm ihre Wasserflasche heraus.

»Fiona ...« Carolines Stimme hatte einen warnenden Unterton.

Fiona lachte. »Tut mir leid, du hast ja Recht. Ich bin nicht deine Mutter. Halt die Klappe, Fiona.« Sie streckte die Hand aus, und Caroline gab ihr einen leichten Schlag aufs Handgelenk. Es war eine eingespielte Szene, entstanden aus den frühen Tagen ihrer gemeinsamen Trauer. Als Ersatz für die Fürsorge, die sie ihrer Schwester nicht mehr zukommen lassen konnte, hatte sich Fiona übertrieben um Caroline gesorgt.

Fiona nahm einen Schluck Wasser und bot es Caroline an, die den Kopf schüttelte. »Wenn ich jetzt etwas trinke bei dieser Temperatur, dann muss ich in fünf Minuten pinkeln. Und ich kann hier auf die nächste halbe Meile kein bisschen Sichtschutz ausmachen.«

»Wenn du nur nicht zu viel Flüssigkeit verlierst.«

»Fiona!« stieß Caroline diesmal laut hervor. »Du bist *nicht* meine Mutter. Nimm dich zusammen.«

»Sorry. Es kommt davon, dass ich mit einem Mann lebe. Besonders mit einem, der die halbe Zeit in einer anderen Welt lebt.«

»Wahrscheinlich in einer, wo irgendjemand seine Sachen zur Reinigung bringt und ihm in regelmäßigen Abständen etwas zu essen vor die Nase stellt?«

Fiona grinste. »Solche Sachen vergisst Kit nicht. Eher vertieft er sich so in seine Arbeit, dass er plötzlich auf die Uhr sieht und merkt, er hätte mich schon vor zehn Minuten abholen sollen. Oder er verpasst seine Haltestelle in der U-Bahn, weil er eine Unterhaltung mit sich selbst führt. Dann wacht er plötzlich auf und sieht, dass er in Kensington ist statt am Leicester Square.«

»Wie geht es ihm denn?«

Fiona stand auf, steckte ihre Wasserflasche in den Rucksack zurück und hängte ihn wieder um. »Er ist so dickköpfig wie eh und je.«

Caroline atmete jetzt wieder langsamer, stand auf und schaute Fiona fragend an. Normalerweise redete Fiona nicht abfällig über Kit. Und außerdem: Hätte man die Dickköpfigkeit, die es in dieser Beziehung gab, aufteilen sollen, dann hätte sie

Fiona den Löwenanteil zusprechen müssen. Soweit Caroline es beobachtet hatte, nahm Kit das Leben ziemlich locker. Bei Diskussionen war er schnell und entschlossen, aber nie so angriffslustig, wie Fiona es sein konnte, wenn sie die Schwäche eines Kontrahenten spürte, der sich überfahren lassen würde. »Hört sich an, als hätte er dich ziemlich geärgert«, sagte sie vorsichtig und lief hinter Fiona auf dem schmalen Pfad, der oberhalb der spektakulären Biegung des Water-cum-Jolly-Tals über die Seite des Bergs führte.

»Das könnte man sagen.« Fiona presste die Lippen aufeinander und hielt den Blick vor sich auf den Boden gerichtet.

»Möchtest du darüber reden?«

»Ich bin so wütend auf ihn«, sagte Fiona aufgebracht. »Wir hatten einen fürchterlichen Krach neulich abends. Er hat mit der Post eine Morddrohung bekommen und weigert sich einfach, zur Polizei zu gehen. Er behauptet, es sei nur ein normaler Brief von einem Spinner, aber da bin ich nicht so sicher. Ich hatte ein ganz ungutes Gefühl. Und nach dem, was mit Drew Shand passiert ist …«

»Aber das war doch bestimmt eine einmalige Sache?«, fragte Caroline. »Nach allen Berichten, die ich in den schottischen Medien gesehen habe, geht man von einem Treffen mit der Aussicht auf S&M-Sex aus, bei dem etwas schiefgegangen sei. Es hat keine Hinweise gegeben, dass jemand außerhalb der Schwulenszene in Gefahr sein könnte.«

Fiona sah mit finsterem Gesicht zum Horizont. »Das ist nur eine Möglichkeit. Und wir wissen nicht, ob Drew Shand Morddrohungen bekommen hat, weil wir nur wissen, was die Polizei uns sagt. Ich weiß, es ist gewagt zu behaupten, der Mord könne mehr mit Drews Büchern als mit seinem Lebensstil zu tun haben, aber es ist eine Möglichkeit, und solange es eine Möglichkeit ist, meine ich, sollte Kit die Sache ernster nehmen.«

»Und deswegen habt ihr Krach gehabt?«

»Seitdem haben wir kaum ein Wort gewechselt.«

»Ich nehme an, Kit versteht, warum du dich so darüber aufregst?«, fragte Caroline und konnte jetzt neben Fiona gehen, weil der Weg sich in zwei parallele Pfade trennte.
»Ich denke, er hat schon verstanden, dass ich mir Sorgen um ihn mache«, antwortete Fiona kühl.
»Aber darum geht es eigentlich nicht, oder?«
Fiona schwieg. Sie stapfte einfach entschlossen weiter und gab vor, den Blick auf den Fluss zu genießen, den der Damm der alten Mühle bei Cressbrook zu einer großen stillen Wasserfläche aufstaute.
»Es geht dabei nicht nur um Kit, Fiona. Es geht um Lesley.«
Fiona blieb stehen. »Es hat nichts mit Lesley zu tun.« Die Züge um Mund und Kinn wurden streng und störrisch.
Caroline blieb ein paar Schritte vor ihr stehen und legte ihre behandschuhte Hand auf ihren Arm. »Du brauchst mir doch nichts vorzumachen, Fiona. Du kannst den Gedanken nicht ertragen, ihn zu verlieren, weil du schon Lesley verloren hast und weißt, wie es ist, wenn jemand ermordet wird, den man liebt. Diese Furcht lässt die kleinste Gefahr als lebensbedrohlich erscheinen und macht dich zu einer ständig aufmerksam wachenden Beschützerin.« Caroline verstummte. Fiona antwortete nicht, so fuhr sie fort. »Ich verstehe das, weil ich es selbst auch so mache. Es treibt Julia zum Wahnsinn. Wenn sie ohne Auto in der Stadt ist, hole ich sie immer ab. Sie sagt, sie komme sich vor wie ein Teenager, dessen Mutter misstrauisch ist und glaubt, die Tochter lasse sich von einem stadtbekannten Rüpel hinter dem Fahrradstand abküssen.«
Caroline lachte leise. »Einmal – wir kannten uns noch nicht so lange – bestand sie darauf, dass ich sie nach einem Elternabend nicht abholen sollte. So wartete ich draußen vor der Schule, bis sie herauskam. Ich folgte ihr nach Hause. Und sie bekam fast einen Herzschlag, weil sie hinter sich Schritte hörte, als sie durch eine der kleinen Gassen in der Altstadt ging und dachte, sie würde gleich überfallen. Da ist ihr klar

geworden, dass mein ständiger Wunsch, sie abzuholen, mehr mit meinen Ängsten zu tun hatte als mit ihrer Schwäche. Jetzt gibt sie sich damit zufrieden, obwohl es sie eigentlich sehr stört. Fiona, du musst Kit sagen, warum dieser Drohbrief für dich eine so große Bedeutung bekommen hat. Wenn er ihn für unwichtig hält, hat er wahrscheinlich Recht. Er weiß, was für Korrespondenz er normalerweise bekommt. Aber er muss wissen, dass du ihn nicht einfach nur bemutterst. Dass es einen tieferen Grund für dein Benehmen gibt.«

Fiona starrte auf die Kalkfelsen auf der anderen Seite des Tals. »Ich dachte, ich sei hier die Psychologin.« Ihre Stimme zitterte leicht.

»Ja, na ja, Frau Psychologin, dann analysieren Sie sich mal selbst.«

Fiona betrachtete die abgestoßenen Kappen ihrer Wanderschuhe. »Wahrscheinlich hast du Recht. Ich sollte ihm besser erklären, was ich meine.« Sie schaute hoch und traf Carolines festen Blick. »Aber ich könnte es mir nicht verzeihen, wenn ihm etwas zustoßen würde.« Ihre Augen glänzten feucht.

Caroline zog Fiona zu sich heran und umarmte sie fest. »Ich weiß.«

Fiona löste sich mit einem schwachen Lächeln aus ihrer Umarmung. »Ich werde mit ihm reden, wenn ich nach Hause komme. Ich versprech's. Also, wollen wir hier herumstehen, bis wir uns verkühlen, oder gehen wir ins Monsal Head Pub?«

Caroline tat so, als denke sie nach. »Ich glaube, wenn ich's mir so recht überlege, nehme ich doch lieber das Pub.«

»Wer zuerst am Damm ist, gewinnt«, sagte Fiona und fegte mit mörderischem Tempo den Hang hinunter.

»Du hast gewonnen«, murmelte Caroline und folgte mit einer vernünftigeren Geschwindigkeit. Auch nach zwölf Jahren war Lesleys Tod immer noch das entscheidende Ereignis in ihrer beider Leben. Wie sehr sie sich auch mühten, es hinter sich zu lassen, es war da und bereit, sie zu überfallen, dachte sie. Manchmal fragte sie sich, ob es ihnen jemals gelingen würde, sich von diesem Schatten zu befreien, der sie umfing. Oder ob sie das überhaupt wollten.

Fiona schritt von der U-Bahn-Station den Dartmouth Park Hill hinauf, entschlossen, die Sache mit Kit zu klären. Caroline hatte Recht. Sie hatte sich einfach nicht zu akzeptieren erlaubt, was wirklich hinter ihrem Drängen stand, dass er den Brief ernst nehmen müsse. Mit gesenktem Kopf watete sie durch die herabgefallenen Blätter und überholte mit Leichtigkeit die späten Pendler, die von ihren Büros nach Hause kamen. Sie erreichte die Kreuzung, an der sie nach links in ihre Straße einbiegen musste, in Rekordzeit und beschleunigte ihre Schritte, als es bergab ging. Sie war jetzt erwartungsvoll und nur allzu bereit, sich zu entschuldigen und alles zu erklären.

So enttäuschte es sie tief, als sie die Tür öffnete und Kit rufen hörte: »Wir sind hier oben.« Wer immer der zweite Teil des »Wir« sein mochte, sie war nicht in der Stimmung für Gäste.

»Ich zieh nur meine Stiefel aus«, rief sie. Den Rucksack warf sie auf den Boden, die Jacke hängte sie über den Treppenpfosten, schnürte die Stiefel auf und zog sie aus. Genüsslich wackelte sie mit den befreiten Zehen. Ihre häufig getragenen Stiefel waren zwar bequem, aber trotzdem engten sie die Füße ein. Sie nahm aus der Küche ein Glas mit, denn wenn Kit einen Gast hatte, hatte er bestimmt schon eine Flasche Wein aufgemacht. Dann ging sie zum Wohnzimmer im ersten Stock hinauf.

Die Lampen waren erleuchtet und warfen in dem geräumigen Zimmer warme Lichtkreise. Kit saß mit einem Glas in der Hand in seinem Lieblingssessel. Alles wäre genau richtig gewesen, wäre er nur allein gewesen. Aber seine Gefährtin war der letzte Mensch, den Fiona jetzt sehen wollte.

Auf dem Sofa zusammengekauert saß Georgia Lester. Ihre Sandalen mit Riemchen hatte sie auf den Teppich fallen lassen. Georgia, eine lebende Legende, hatte in den fünfundzwanzig Jahren ihrer Karriere über dreißig Romane veröffentlicht. Sie wurde so bekannt, dass sie P. D. James und Ruth Rendell den Titel Queen of Crime streitig machte. Sie war eine der ersten Krimiautoren, deren Werk mit Erfolg fürs Fernsehen eingerichtet wurde, und das hatte ihr in der Folgezeit einen Platz auf den Bestsellerlisten garantiert. Sie war ein Liebling der Medien und schlachtete schamlos jede Gelegenheit aus, in Zeitungen, Radio oder Fernsehen zu erscheinen. Männern hatte sie es mit ihren Flirts, Schmeicheleien und ihrer unbestreitbaren Großzügigkeit angetan. Die meisten Frauen brachten ihr, wie Fiona auch, gelassene Verachtung entgegen. »Sie ist die Barbara Cartland der Kriminalliteratur«, hatte Fiona einmal zu Mary Margolyes gesagt, die sich an ihrem Drink verschluckte und diese Bemerkung prompt über die Buschtrommel verbreitete, ohne Namensnennung natürlich.

Die gedämpfte Beleuchtung schmeichelte Georgia und ließ die Straffheit ihrer gelifteten Haut weicher erscheinen. Sie erlaubte ihr, Make-up nur sparsam aufzutragen und das Alter weiterhin von sich fernzuhalten. In diesem Licht konnte sie als kaum über vierzig durchgehen, was Fiona praktisch als ein Wunder betrachtete bei einer Frau, die keinen Tag unter siebenundfünfzig sein konnte. »Fiona, Schätzchen«, säuselte Georgia und hob den Kopf mit einer Geste, die nach einem in die Luft gehauchten Küsschen verlangte.

Fiona tat ihr den Gefallen und wurde sich ihrer vom Wind aufgerauten Haut, ihrer ungekämmten Haare und ihres Fleecehemdes bewusst, das wahrscheinlich nach Schweiß roch. Georgia duftete natürlich nach Chanel N°5 und trug ein nachtblaues, fließendes Gewand, das nur an den strategischen Punkten, dem Busen und den Hüften, anlag. Ihr Haar, mit einem unwahrscheinlichen, aber überzeugenden asch-

blonden Farbton, schien direkt vom Coiffeur zu kommen.
»Ich hatte nicht damit gerechnet, dich zu sehen, Georgia«, sagte Fiona, als sie sich abwandte und ein Glas Wein eingoss. Sie ging zu Kit hinüber und küsste ihn auf die Wange. »Hallo, Schatz«, sagte sie und hoffte, die Geste und ihr Tonfall signalisierten ihm, dass sie einen Waffenstillstand anbot.
Er fasste sie mit dem freien Arm um die Taille und drückte sie an sich, erleichtert, dass der Tag in den Bergen mit Caroline ihre Feindseligkeit aufgelöst zu haben schien. Es beunruhigte Kit, wenn die Atmosphäre zwischen ihnen unbehaglich war, aber er hatte schon früh begriffen, dass er sich entweder daran gewöhnen oder lernen musste, sich zu entschuldigen, auch wenn er nicht glaubte, dass er Unrecht hatte. Inzwischen gab er dem friedlichen Zusammenleben zuliebe meistens nach. Aber manchmal sträubte er sich und ertrug die üble Stimmung so lange, wie Fiona brauchte, um zuzugeben, sie habe möglicherweise nicht ganz Recht gehabt. »Hattet ihr einen schönen Tag?«, erkundigte er sich.
»Wir hatten Glück mit dem Wetter«, sagte Fiona, die auf der Armlehne seines Sessels saß. »Wir sind ungefähr zehn Meilen gewandert, tolle Sicht.«
Georgia schauderte. »Zehn Meilen? Ich weiß nicht, wie du das schaffst, Fiona, ich weiß es wirklich nicht. Wärst du nicht lieber in einem schönen, warmen gemütlichen Bett mit diesem appetitlichen Mann?«
»Das eine schließt das andere nicht aus«, sagte Fiona. »Ich genieße die Bewegung.«
Georgia lächelte wie eine Lehrerin, die einem kleinen Kind den Kopf tätschelt. »Bewegung habe ich mir immer lieber drinnen verschafft«, sagte sie.
Fiona biss nicht an. »Wie geht es dir denn, Georgia? Ich habe gehört, du sorgst dich um deine Sicherheit.«
Georgia setzte sofort einen tragischen Gesichtsausdruck auf. »Der arme, arme Drew. Was für ein entsetzliches Schicksal, und für uns alle ein schrecklicher Verlust.«

»Ich wusste nicht, dass du Drew kennst«, sagte Fiona und bemühte sich, nicht so boshaft zu klingen, wie sie empfand.

»Ich meinte sein Werk, Fiona, meine Liebe. Ein solches Talent so früh ausgelöscht zu sehen ist unbeschreiblich tragisch.«

Fiona konnte sich kaum zurückhalten, Georgia mit einer spöttischen Bemerkung zu reizen. »Drews Tod ist für dich doch aber sicher kein Grund, dich bedroht zu fühlen?«, fragte sie.

»Deshalb ist Georgia hier«, unterbrach Kit. Er wollte vermeiden, dass Fiona wegen des Geplänkels aus dem Zimmer ging. Das hatte es durchaus schon gegeben. Statt es in eine offene Feindseligkeit ausarten zu lassen, die der unwahrscheinlichen Freundschaft zwischen Kit und Georgia geschadet hätte, zog sich Fiona dann immer lieber aus dem Streit zurück. Heute wollte er jedoch, dass sie blieb.

»Aber unbedingt, meine Liebe. Als Kit mir von dem abscheulichen Brief erzählte, den er bekommen hatte, wusste ich sofort, dass ich kommen müsste. Er nahm es so leicht, verstehst du. Und als er mir von deiner Reaktion erzählte, war mir klar, dass ich in dir eine Verbündete hatte.« Sie ließ Fiona ihr strahlendes, kosmetisch verschönertes Lächeln sehen.

»Georgia hat auch so einen Brief bekommen wie ich«, sagte Kit. »Zeig ihn Fiona – er muss von derselben Person sein.«

Georgia nahm ein gefaltetes Blatt Papier vom kleinen Tisch beim Sofa. Sie streckte es ihr hin, sodass Fiona gezwungen war, aufzustehen und es ihr abzunehmen. Fiona ging zum anderen Sessel hinüber, bevor sie den Bogen auseinanderfaltete und anschaute. Papier und Schrift sahen aus wie bei Kits Brief. Und der Stil war ähnlich. Soweit sie sich erinnern konnte, waren ganze Sätze gleich.

»Georgia Lester«, las sie, »du nennst dich Queen of Crime, aber du herrschst nur durch Plagiate und das

Vitamin-B-System. Dein Ruhm gründet sich auf dem, was du anderen gestohlen hast. Du gibst denen, die ihn verdienen, keinen Dank, und deine Lügen rauben anderen, was ihnen rechtmäßig gehört.
Dein Werk ist ein schwacher Abglanz des leuchtenden Lichts anderer Menschen. Du wärst niemand ohne die Ideen anderer, von denen du zehrst. Du hast alles getan, um deine Konkurrenten aus dem Feld zu schlagen. Wenn du hättest helfen können, hast du denen, die größer sind, als du je sein wirst, ins Gesicht geschlagen. Du bist eine Schmarotzerin und saugst das Blut derer aus, die du um ihre Begabung beneidest. Du weißt, dies ist die Wahrheit. Prüfe deine verkommene Seele, und du wirst nicht leugnen können, dass du mich beraubt hast.
Die Zeit ist reif, du musst bezahlen. Du verdienst nichts als meine Verachtung und meinen Hass. Wenn ich dich töten muss, damit du mir gibst, was mir rechtmäßig zusteht, dann soll es geschehen.
Die Wahl von Stunde und Tag wird meine Sache sein. Ich glaube, du wirst keinen ruhigen Schlaf mehr haben, den du auch nicht verdienst. Ich werde mich über dein Begräbnis freuen. Wie ein Phönix werde ich aus deiner Asche auferstehen.«

Fiona faltete den Brief sorgfältig wieder zusammen. Sie hatte keinen Zweifel daran, dass er von demselben Verfasser stammte wie der, der sie zwei Nächte zuvor so aufgewühlt hatte. »Wann hast du das bekommen, Georgia?«
Georgia winkte nachlässig mit der Hand. »Vor zwei Wochen? Ich kann's nicht genau sagen. Ich kam letzten Dienstag aus Dorset zurück, und es war bei der Post, die inzwischen gekommen war.«
»Hast du irgendetwas unternommen?«
Georgia strich das Haar über der rechten Schläfe glatt. »Ehrlich gesagt dachte ich, es sei einer dieser Spinnerbriefe, die

Kit andauernd bekommt, wie er mir erzählt hat. Ich habe damit nicht viel Erfahrung. Die Briefe, die ich bekomme, sind immer von Bewunderern. Meine Bücher sind ja nicht so provozierend wie die von Kit. Aber als Kit mir sagte, er habe einen ähnlichen Brief bekommen, war ich sicher, dass wir sie nicht einfach unbeachtet lassen sollten. Nach Drews Ermordung, meine ich.«

»Georgia meint, wir sollten sie zur Polizei bringen«, sagte Kit. »Genau wie du.«

Fiona schaute ihn bestürzt an. Sie war zwischen den beiden Klippen eines Dilemmas gefangen, das sie selbst verursacht hatte. Einerseits fand sie die Briefe höchst beunruhigend, aber andererseits wollte sie auf keinen Fall etwas tun, das Kit in den Augen der Polizei und der Öffentlichkeit mit Georgia in Verbindung brachte. Wenn sie mit diesen Briefen zur Polizei gingen, dann würde innerhalb von 24 Stunden der Medienrummel losbrechen. Was immer Georgia hier und jetzt versprechen mochte, Fiona wusste, dass die Verlockungen der Publicity für sie viel zu stark sein würden, um widerstehen zu können. Es würde ein Alptraum werden.

Nicht nur der Einbruch in ihr und Kits Privatleben würde schrecklich sein; außerdem, wenn er bisher keinen neurotischen Verfolger hatte, dann würde es bald so weit sein. Fotos von ihrem Haus würden in der Regenbogenpresse erscheinen, eine leicht identifizierbare Zielscheibe für einen der wirklich abartigen Typen, die vielleicht etwas in seinen Büchern fanden, was ihre eigenen psychischen Schwächen aufbrechen ließ. Sie wusste, dass das keine übertriebene Angst war. Sie kannten zumindest einen Autor von Krimis, dessen Leben von einem Spanner so unerträglich gemacht wurde, dass die Familie sich gezwungen sah, umzuziehen und die Kinder die Schule wechseln zu lassen.

Aber Fiona hatte so vehement dafür gestimmt zu handeln, als Kit seine Morddrohung erhalten hatte. Wenn sie jetzt ihre

Haltung ändern wollte, dann musste sie einen guten Grund angeben. »Ich finde auch, dass ihr sie ernst nehmen solltet«, sagte sie behutsam. »Aber ich bin nicht überzeugt, dass irgendetwas gewonnen werden kann, wenn man mit den Briefen zur Polizei geht. Wie du selbst gesagt hast, Kit, sie könnten kaum etwas mit ihnen anfangen. Es ist nicht wahrscheinlich, dass es Spuren an den Briefen gibt. Sie bieten keine Hinweise auf den Absender, und der Polizei fehlen die Mittel, euch zu schützen. Es würde nur die unwillkommene Aufmerksamkeit gerade der Leute auf euch beide ziehen, die euch nervös machen.«

Kit schien einigermaßen verblüfft. »Das hast du aber neulich nicht gesagt.«

Fiona lächelte verlegen und zuckte schwach mit den Schultern. »Ich habe heute darüber nachgedacht. Mir ist klar geworden, dass ich überreagiert habe und dass du Recht hattest.«

Kit zog die Augenbrauen hoch. »Kann ich das schriftlich haben?«, sagte er.

»Alles gut und schön«, sagte Georgia mit trotzig vorgeschobener Unterlippe. »Aber wir könnten ernsthaft gefährdet sein. Meinst du wirklich, dass wir es einfach vergessen sollen, Fiona?«

Fiona schüttelte den Kopf. »Natürlich nicht, Georgia. Du und Kit, ihr müsst auf jeden Fall vorsichtig sein.« Sie zwang sich zu einem gekünstelten Lächeln. »Wolltest du nicht, dass dein Verleger dir einen Bodyguard für deine Lesereise stellt? Das wäre eine gute Idee für den Anfang.«

Kit starrte sie beide mit offenem Mund an. Er konnte kaum glauben, dass Fiona dies im Ernst sagte. »Du willst, dass ich einen Wächter engagiere?«, fragte er ungläubig.

»Nicht, wenn du vernünftige Vorkehrungen triffst. Halte dich nachts nicht allein auf der Straße auf. Unterhalte dich nicht mit Fremden, wenn du allein bist.« Sie grinste. »Und geh nicht in schwule S&M-Bars.«

»Ich finde, die Sache eignet sich nicht zum Witzemachen«, sagte Georgia beleidigt.

»Nein, tut mir leid, Georgia, du hast Recht. Aber du darfst nicht vergessen, es ist unwahrscheinlich, dass die Person, die diese Briefe geschickt hat, dieselbe Person ist, die Drew ermordet hat.«

»Wie kannst du so sicher sein?«

Jetzt war Fiona an der Reihe, eine gewisse Herablassung zu demonstrieren. »Es gibt einen Spruch bei der Polizei: ›Mörder melden sich nicht an, und wer sich anmeldet, ist kein Mörder.‹ Aus psychologischer Sicht heißt das, Leute, die Drohbriefe schreiben, machen ihre Drohungen selten wahr. Sie wollen Furcht und Schrecken verbreiten, ohne sich die Hände schmutzig zu machen. Und Leute, die Morde begehen, geben im Allgemeinen ihre Absichten nicht im Voraus bekannt. Zunächst mal würde es dadurch für sie viel schwerer, ihre Pläne durchzuführen. Wenn ihr möchtet, werde ich die beiden Briefe nehmen und einer professionellen psycholinguistischen Analyse unterziehen. Wenn ich danach denke, dass es einen stichhaltigen Grund gibt, sich wirklich zu sorgen, werde ich mit euch zur Polizei gehen. Ist das ein guter Vorschlag?«

Georgia schürzte die Lippen. Wenn sie hätte sehen können, wie das die feinen Falten um ihren Mund betonte, hätte sie es bestimmt nie wieder getan. »Gut, ich werde mich von deinem professionellen Urteil leiten lassen, Fiona. Aber ganz zufrieden bin ich nicht, muss ich sagen. Und ich werde mit meinem Verleger darüber sprechen, ob er mir einen Bodyguard besorgen will.«

»Das ist klug gehandelt«, sagte Fiona und musste sich anstrengen, das Kichern zu unterdrücken, das sie zu überwältigen drohte.

»Und jetzt muss ich gehen«, sagte Georgia, raffte ihr Kleid zusammen und schlüpfte elegant in ihre Schuhe. »Der liebe Anthony und ich essen mit dem Kultusminister und seiner

Partnerin, und ich bin schon so spät dran, wie es gerade noch schick ist.«

Während Kit Georgia zu ihrem Auto brachte, streckte sich Fiona auf dem Sofa aus und entspannte ihre Muskeln. Die Briefe waren beunruhigend. Aber jetzt, wo sie entdeckt hatte, was sie wirklich bedrückte, konnte sie sie aus der richtigen Perspektive sehen. Sie enthielten ihrer Meinung nach keine glaubhafte Drohung.

Sie hörte, wie Kit die Treppe heraufkam, dann ließ er sich auf das Sofa neben sie fallen und zog sie an sich. »Du bist eine boshafte Person«, sagte er und konnte das Lachen kaum zurückhalten.

»Ich weiß gar nicht, was du meinst.«

»Bodyguards wären eine gute Idee für den Anfang«, äffte er sie nach.

»Na, sie verdient es. Ehrlich, Kit, ich begreife nicht, dass du das affige Getue ertragen kannst.«

»Ich habe schon immer eine Schwäche für theatralische Allüren gehabt«, bekannte er. »Es macht mir einfach Spaß, Fiona. Und sie ist gut zu ihren Freunden.«

»Aber nur, wenn man ein Mann ist, mein Guter«, sagte Fiona, Georgias Affektiertheit parodierend.

»Und da wird immer behauptet, dass nur Männer andere schlecht machen.« Er legte die Arme um sie und schmiegte sich an sie. »Haben wir mit unserem Krach Schluss gemacht?«

Fiona seufzte. »Ich habe zu heftig reagiert, weil ich immer Lesley im Hintergrund habe. Auch wenn ich es selbst nicht weiß.«

»Danke, Caroline.« Er vergrub sein Gesicht in ihrem Haar und küsste sie auf den Hals. Dann löste er sich von ihr. »Ach übrigens, in der ganzen Zeit mit dir hab ich keinen größeren Quatsch gehört. ›Ich werde die Briefe einer professionellen psycholinguistischen Analyse unterziehen.‹ Also ehrlich, Fiona.«

»Georgia schien es für eine gute Idee zu halten.«

»Ja, aber Georgias Bezug zur Realität ist defekt. Vergessen wir doch nicht, dass sie glaubt, unsere Polizisten seien wundervoll. Und dass Vorwürfe wegen Rassismus und Korruption bei der Metropolitan Police bösartige Lügen sind, die von linksradikalen Verschwörern verbreitet werden.«
»Stimmt das etwa nicht?« Fionas Augen wurden groß vor falschem Entsetzen.
»Ich weiß nicht recht, wie ich dir das sagen soll, Fiona, aber es gibt auch keinen Weihnachtsmann.«
Sie zog seinen Kopf zu sich heran. »Da werde ich einfach mal sehen müssen, was du für mich in deinem Sack hast.«

Kapitel 20

Am nächsten Abend kaufte Fiona auf dem Heimweg von der Arbeit wie gewöhnlich an der U-Bahn-Station einen *Evening Standard*. Der Leitartikel auf Seite drei war für sie eine solche Überraschung, dass sie ihren einfahrenden Zug nicht bestieg. Stattdessen las sie starr vor Entsetzen weiter.

Queen of Crime ermordet

Die amerikanische Bestsellerautorin Jane Elias ist brutal ermordet worden. Die Polizei in County Wicklow gab heute bekannt, dass mit dem abscheulichen Verbrechen brutale Szenen aus dem eigenen Werk der Thrillerautorin nachgestellt wurden.

Die verstümmelte Leiche wurde gestern frühmorgens von einem Forstarbeiter auf einer Landstraße in der Nähe des Landsitzes entdeckt, der seit vier Jahren das irische Domizil der Autorin ist. Der Mörder hatte sie so übel zugerichtet, dass die Identifizierung nur wegen einer auffälligen Narbe möglich war, die von einer Operation vor drei Jahren stammte.

Ein Polizeisprecher sagte: »Selbst erfahrene Mitarbeiter waren schockiert, als sie sahen, wie entstellt das Opfer war.

Miss Elias hat vier Jahre in dieser Region gelebt und war bei den Einheimischen sehr beliebt. Wir verfolgen bei den Ermittlungen mehrere Hinweise, aber zu diesem Zeitpunkt fällt es schwer, sich vorzustellen, warum ihr jemand dies antun wollte.«

Ihr britischer Literaturagent Jeremy Devonshire zeigte sich von der Nachricht zutiefst bestürzt. »Es ist entsetzlich«, sagte er. »Mir ist es unbegreiflich. Jane war eine so nette, charmante Frau. Wir haben seit fünf Jahren zusammengearbeitet, und ich kann ehrlich sagen, dass wir nie ein unfreundliches Wort gewechselt haben.«

Ein Sprecher ihres Verlags Turnhouse Bachelor sagte: »Diese Nachricht hat bei uns einen tiefen Schock ausgelöst. Jane war nicht nur ein glänzendes Talent, sondern die Zusammenarbeit mit ihr war absolut angenehm. Das ganze Unternehmen trauert heute um sie.«

Psychopathen

Jane Elias' erster Roman *Death on Arrival* schnellte vor sieben Jahren auf beiden Seiten des Atlantiks an die Spitze der Bestsellerlisten. Darin führte sie die Kriminalpsychologin Dr. Jay Schumann, eine Profilerin des FBI, ein, die sich hauptsächlich mit Serienkillern befasst.

Darauf folgte eine Reihe von Romanen, die viele Preise gewannen, drei davon wurden in Hollywood verfilmt, darunter ihr Erstling. In *Death on Arrival* gewann Michelle Pfeiffer einen Oscar.

Jane Elias war für ihre Zurückgezogenheit bekannt. Anders als die meisten anderen Autoren von Bestsellern mied sie Publicity und verließ nur selten ihre Abgeschiedenheit, um Interviews zu geben.

Sie erklärte, sie sei nach Irland gekommen, weil sie Ruhe brauchte, die sie in ihrer Heimat Neuengland nicht mehr finden konnte.

Die Sicherheitsüberwachung in ihrem georgianischen Herrenhaus an den Ufern des Lough Killargan war als sehr streng bekannt und umfasste Bewachung rund um die Uhr. Die fünf Meilen lange

Umzäunung wurde mit Überwachungskameras beobachtet.

Trotzdem nahm sie eine aktive Rolle in ihrer Gemeinde ein und schrieb z. B. kürzlich ein Stück für die Theatergruppe der Kirche, um beim Sammeln von Mitteln für eine Kinderspielgruppe zu helfen.

Jane Elias war eine begeisterte Seglerin und hatte mehrere Boote in ihrem privaten Jachthafen. Heute früh gab es Überlegungen, ob sie überfallen wurde, als sie mit einer ihrer Jachten auf dem See beim Segeln war.

Völlig schockiert las Fiona den Artikel noch einmal und erwartete irgendwie fast, dass sich diesmal die Wörter zu einem anderen Text verbinden würden. Aber die Meldung blieb die gleiche. Eine Frau, der sie vor weniger als drei Monaten beim Dinner gegenübergesessen hatte, war nun einem Mord zum Opfer gefallen. Auch wenn ihr die Beschäftigung mit Mord und Totschlag nur zu vertraut war, milderte dies nicht das eisige Entsetzen, das sie plötzlich überkam.

Fiona konnte sich später nicht mehr an die Rückfahrt nach Hause erinnern, ihre Gedanken kreisten um die Erinnerungen an Jane Elias zu deren Lebzeiten und um die Bilder, die sie sich aufgrund ihrer Erfahrungen von der Leiche der Schriftstellerin machte. Sie hatten sich bei Janes letzter Reise nach London beim Erscheinen ihres siebten Jay-Schumann-Romans *Double Take* kennengelernt. Jane und Kit hatten den gleichen Verleger, und weil Jane bei Auftritten in der Öffentlichkeit so zurückhaltend war, hatte Turnhouse Bachelor eine Reihe privater Essen mit erfahrenen wichtigen Großbuchhändlern und prominenten Kritikern arrangiert. Um einen größeren Nutzen daraus zu ziehen, hatte man zu jedem Essen zusätzlich zwei andere Autoren von Kriminalromanen eingeladen, und so lernten Kit und Fiona die Amerikanerin kennen. Als Jane von Fionas beruflichem Interesse an Kriminalfällen erfuhr, war sie natürlich viel interessierter daran, sich mit ihr zu unterhalten statt mit den anderen Gästen. Die beiden Frauen hatten einen großen Teil des Abends mit schaurigen Gesprächen über Mord und Motive verbracht.

Fiona hatte sich zu Jane hingezogen gefühlt wegen ihres intellektuellen Scharfsinns, aber auch wegen ihres sarkastischen Witzes. Sie wusste, warum Jane sich gegen die verständlichen Wünsche ihres Verlags durchgesetzt hatte, sie solle eine aktivere Rolle bei der Werbung für ihre Bücher einnehmen. Jeder, der die Äußerungen dieser bissigen Zunge einmal abbekommen hatte, würde die Erfahrung wohl so bald kaum zu wiederholen wünschen.

Aber diese Stimme war jetzt für immer verstummt. Es war ein Verlust, der sie tiefer betroffen machte, als sie erwartet hatte, dachte Fiona, als sie den Dartmouth Park Hill hinaufstapfte. Und jetzt würde sie wahrscheinlich Kit diese Nachricht überbringen müssen.

Zu Hause ging sie in Kits Arbeitszimmer und fand ihn über seine Tastatur gebeugt, auf der seine Finger hin und her huschten. Sie legte eine Hand auf seine Schulter und küsste seinen glänzenden Schädel.

»Bin gleich so weit, fünf Minuten«, sagte er geistesabwesend.

Fiona ließ ihn weitermachen. Schlechte Nachrichten kamen sowieso immer zu früh. Es war besser, wenn er das zu Ende bringen konnte, worauf er sich konzentrierte, als wenn sie seinen Schwung durch eine Nachricht von solcher Tragweite unterbrach und er danach immer bei diesem Kapitel und diesem Absatz daran denken würde. In der Küche goss sie für jeden ein Glas kalten Weißwein ein und setzte sich wartend an den Tisch. Die fünf Minuten wurden zu zwölf, aber Fiona wurde nicht ungeduldig. Sie konnten jetzt beide nichts mehr für Jane tun.

Endlich erschien Kit und begrüßte sie mit einem Lächeln, das aber einem Ausdruck der Unsicherheit wich, als er ihr düsteres Gesicht sah. »Was ist los?«, fragte er und runzelte besorgt die Stirn.

Fiona schob ihm ein Glas hin. »Schlechte Nachrichten.« Es gab keine Möglichkeit, sie nett zu verpacken, so versuchte sie es erst gar nicht. »Jane Elias ist ermordet worden.«

Kits Hand hielt auf dem Weg zu seinem Glas inne. »Jane?«, sagte er ungläubig. »Ermordet? Wo denn? Wann? Was ist passiert?«

Fiona schob die Zeitung über den Tisch. »Mehr weiß ich nicht.«

Kit ließ sich schwer auf einen Stuhl fallen, nahm den Wein und überflog den Artikel. »Das ist ja grauenhaft«, sagte er und schüttelte den Kopf. »Die arme Jane. Verdammt, ich kann's nicht glauben.«

»Ich konnte es auch kaum fassen. Sie war eine so starke Persönlichkeit. Es ist schwierig, sie sich als Opfer vorzustellen.«

»Es ist ein verdammter Alptraum.« Kit fuhr sich über den Kopf, eine Geste der Bestürzung. »Und es ist erst zwei oder drei Wochen her, seit Drew ermordet worden ist.« Er hielt plötzlich inne. »Du glaubst doch nicht, dass es da eine Verbindung gibt? Jemand, der hinter Thrillerautoren her ist?«

»Nein, das glaube ich nicht«, sagte Fiona bestimmt, beugte sich über den Tisch und legte eine Hand auf seinen Arm. »Es gibt keinen Grund, das zu glauben, Kit. Verschiedene Länder, ein anderes Geschlecht, der Fundort der Leichen völlig verschieden voneinander. Die Tatsache, dass sie beide Psychothriller schrieben, ist nur ein schrecklicher Zufall.«

»Du sagst doch immer, so etwas wie Zufall gebe es nicht.«

»Also gut, vielleicht nicht ganz Zufall. Es ist möglich, dass jemand, der genauso auf Jane fixiert war wie Drews Mörder auf ihn, die Artikel über seinen Mord gelesen hat und dachte, dies sei der beste Weg, mit dem Objekt seiner Wünsche zu verfahren. Aber auf der Grundlage dieser beiden Fälle zu glauben, dass es da draußen irgendwo einen Killer gibt, der es auf Verfasser von Kriminalromanen abgesehen hat, das ist Unsinn.«

Kit schüttelte den Kopf und seufzte. »Ja, ich weiß. Aber ich lebe nun mal in einer Welt, in der Verschwörungstheorien immer mehr zu versprechen scheinen, als dass etwas einfach nur danebengegangen ist. Es scheint weniger unwahrscheinlich, dass ein Serienmörder Amok gelaufen ist, als dass zwei ziemlich gestörte Individuen sich damit aufgeilen, Autoren um die Ecke zu bringen. Und wenn man die Briefe noch hinzuzieht ... Na ja, es sieht einfach so aus, als gebe es verdammt viele Verrückte da draußen, die sich für Leute wie mich interessieren.«

»Klar, es sieht danach aus. Aber ich glaube nicht, dass mehr dahinter steckt als ungünstiges Timing, wirklich nicht.« Fiona spürte die Hohlheit ihrer Worte, schon während sie sie aussprach. Sie konnte nichts Hilfreiches sagen, und sie hasste dieses Gefühl.

Kit rutschte vom Tisch weg und schlug mit beiden Handflächen auf die Tischplatte. »Ich meine, wie konnte das Jane passieren? Von allen ausgerechnet ihr? Sie hat ihre Privatsphäre so streng bewachen lassen. Alle wussten, dass ihr Haus wie eine Festung war.«

»Vielleicht war gerade das die verlockende Herausforderung«, grübelte Fiona. Die Rädchen ihres professionell geschulten Verstandes fingen wie gewohnt an, sich zu drehen, und sie konnte sie nicht ganz ignorieren. Es war immer die beste Zuflucht für sie, wenn sie nicht wusste, wie sie sonst reagieren sollte. Sie war nicht stolz darauf, aber sie konnte es nicht ändern und wollte es auch nicht. Manche ihrer besten Ideen waren aus solchen Verdrängungsleistungen entstanden.

»Warum sollte irgendjemand sie auf dem Kieker haben?«, fragte Kit. »Ich meine, sicher, sie hat bei anderen Autoren viel Neid ausgelöst. Aber wenn Leute sagen, sie würden für Jane Elias' Verkaufszahlen einen Mord begehen, das sind doch nur Floskeln. Schriftsteller liquidieren ihre Rivalen nicht wie die Mafia. Aber außerhalb des Literaturbetriebs – warum sollte sie da zur Zielscheibe werden?«

Fiona zuckte die Achseln. »Die üblichen Gründe. Liebe, Hass, Gier, Angst. Hatte sie eine Beziehung?«

Kit schüttelte den Kopf. »Keine Ahnung. Ich habe nie Klatsch über ihr Privatleben gehört. Was an sich schon ungewöhnlich ist. Du weißt ja, was für eine Gerüchteküche die Bücherwelt ist. Jeder kennt die Angelegenheiten jedes anderen. Ich könnte dir sagen, was ihr letzter Vorschuss war ...«

»Und das war?«

»Achtzehn Millionen Dollar für einen Abschluss über drei Bücher. Aber ich hab nie etwas darüber gehört, mit wem sie schläft. Wenn es jemanden gegeben hat. Vielleicht gehörte sie einfach zu den Leuten, die sich nichts aus Sex machen. Ich hab jedenfalls nichts in der Art gespürt. Du?«

»Nein«, sagte Fiona. »Kein Flirt, weder mit Frauen noch mit Männern bei dem Essen damals.«

»Stimmt. Total cool und zurückhaltend. Die einzige Gelegenheit, bei der sie angeregt wirkte, war, als ihr zwei euch in das Zeug über fügsame Opfer von sexuellem Sadismus vertieft habt.« Er stand auf und ging zum Kühlschrank, wo er automatisch Gemüse aus dem Fach nahm. »Couscous und gebratenes Gemüse«, sagte er halb zu sich selbst.

»Im Zweifelsfall ist Kochen immer gut«, sagte Fiona wohlwollend. »Willst du darüber sprechen?«

»Nee. Ich werde jetzt mal dieses Gemüse ganz heftig bearbeiten, und dann geh ich zurück an die Arbeit, während es gart. Die beste Therapie, die ich kenne.«

Sie trank ihr Glas aus und stand auf. »Ich bin oben, wenn du mich brauchst.«

Kit nickte. »Siehst du im Internet nach?«

»Du kennst mich zu gut. Du hältst mich doch nicht für pervers?«

Kit drehte sich halb um und grinste. »Geh und wühle im

Dreck. Du kannst ihn dann als Beilage zum Abendessen servieren und meine irrationalen Ängste besänftigen.«
Fiona erwiderte das Lächeln. Ohne dass sie es wollte, stellte sich ein Gedanke ein: Wenn Jane Elias einen Lover gehabt hatte, würde heute Abend jemand unerträglich leiden. »Ruf mich, wenn es fertig ist«, sagte sie nur. Ihm zu sagen, wie sehr sie ihn liebte, schien zu sehr einer Herausforderung des Schicksals gleichzukommen.

Auszug aus der Dechiffrierung des Beweisstücks P13/4599

ZmotV mzqQx umeim duotf afmxr qdfus. Uotia xxfqz gdzao teotx mrqz. Qeimd mxeia xxfqu otpuq Qduzz qdgzs pmdmz mgeyq uzqyS qtudz mgedm puqdq zgzp

Nach Jane Elias war ich total fertig. Ich wollte nur noch schlafen. Es war, als wollte ich die Erinnerung daran aus meinem Gehirn ausradieren, und schlafen war das beste Mittel dazu. Bis heute konnte ich nicht mal einen Stift nehmen und die Aufzeichnungen zu Ende schreiben.
Natuerlich konnte ich sie nicht auf dem Boot toeten, weil ich nicht alles mit Blut beschmieren wollte. Das waere im Sinne des Buches ganz falsch gewesen. Als ich sie also bewusstlos gemacht hatte, musste ich zum Anlegesteg des Segelclubs segeln, sie aus dem Boot ziehen und im flachen Wasser dort vollends erledigen.
Aber mein Glueck blieb mir treu. Ich liess sie im Wasser ein bisschen ausbluten, dann legte ich sie hinten in den Gelaendewagen und liess ihr Boot auf den See hinaustreiben. Sollen sie sich doch den Kopf darueber zerbrechen, dachte ich.
Dann tat ich, was ich tun musste. Ich weiss nicht, warum, aber es war schlimmer als bei Drew Shand. Vielleicht weil sie eine Frau war. Oder vielleicht, weil ich sie ausziehen musste, und sie sah so viel verletzlicher aus als mit Kleidern.
Alles lief nach Plan. Und was ich in den Zeitungen lese, klingt, als wuerde die Botschaft langsam ankommen. Nicht gerade frueh.
Jetzt ist es an der Zeit, an Nummer drei zu denken. Georgia Lester. Ich habe ihren Roman noch einmal gelesen, und warum irgendjemand ihn veroeffentlichen, geschweige denn einen Film daraus machen sollte, ist mir ein Raetsel. Leider wird mein Plan dazu beitragen, dass

sich ihr jaemmerliches Buch noch besser verkauft. Aber daran laesst sich nichts aendern. Ich muss an den groesseren Zusammenhang denken.
Ich hab ihr Haeuschen in Dorset einer gruendlichen Aufklaerungsaktion unterzogen, es eignet sich perfekt fuer meinen Plan. Die Schwierigkeit ist herauszufinden, wann sie da sein wird.
Ich weiss, dass sie diese Woche in London ist. Nachdem ich im Internet ihre Termine ueberprueft habe, glaube ich, sie wird am Wochenende nach Dorset fahren und am Dienstag oder Mittwoch zurueckkommen.
Ich freue mich kein bisschen auf diese Sache. Es ist bis jetzt die schlimmste Aufgabe. Was ich mit ihr machen muss, ist so schrecklich. Ich lese immer wieder die Stelle im Buch, wo es beschrieben wird, und der Magen dreht sich mir um, wenn ich dran denke, dass ich das nachmachen muss. Aber jetzt kann ich nicht abbrechen. Das wuerde alles, was ich bis jetzt getan habe, voellig sinnlos machen.
Wenn ich mich so fuehle, trete ich einen Schritt zurueck und sehe, was wegen der Dinge, die sie mir angetan haben, aus mir geworden ist. Ich habe keinen Spass daran, diese Taten zu begehen, aber sie geben mir meine Selbstachtung zurueck. Ich habe nicht alles, was mir angetan wurde, einfach so ueber mich ergehen lassen, und das ist schon etwas wert.
Ich muss also einfach die Zaehne zusammenbeissen und tun, was getan werden muss. Zwei geschafft, noch vier zu erledigen. Dann duerften sie es endlich kapiert haben.

Kapitel 21

Wie Polizisten, Feuerwehrmänner und Journalisten hatte Fiona entdeckt, dass schwarzer Humor das schnellste und wirksamste Mittel war, um emotionale Distanz zu den schrecklichen Dingen zu gewinnen, mit der ihre Arbeit sie in Berührung brachte. Als sie daher Jane Elias' Namen in ihre Metasuchmaschine eingab und ihr eine Internetseite angezeigt wurde, die sich *Lachen mit den toten VIPs* nannte, konnte sie nicht widerstehen.

Jane Elias' Tod war seit weniger als einem Tag allgemein bekannt, aber schon hatte sie sich ihren eigenen humoristischen Gedenkstein verdient. Fiona klickte Janes Namen an. Der Bildschirm zeigte einen Rahmen in der Form eines Sargs. »Jane Elias hat in ihren sieben Romanen ungefähr siebenundvierzig Personen umgebracht. Manche würden sagen, es ist an der Zeit, dass sie erfährt, wie sich so etwas anfühlt. Wir natürlich nicht. Wenn Sie Witze über den Tod beleidigend finden, dann schauen Sie sich den Rest dieser Seite nicht an.«

Natürlich ließ Fiona den Rest der Seite durchrollen. Bis jetzt gab es erst vier Beiträge.

Warum musste Jane Elias sterben?
Damit sie endlich mal eine richtig gute Story hatte.

Kennen Schriftsteller schon das Ende, wenn sie anfangen zu schreiben?
Jane Elias offensichtlich nicht!

Was sagte Petrus zu Jane Elias am Himmelstor?
»Also, Jane, wer war's?«

Was war das Motiv für den Mord an Jane Elias?
Verkaufszahlen, für die man glatt sterben würde.

Nur beim ersten lohnte sich ein Lächeln und auch nur ein ziemlich schwaches, fand Fiona, schloss den Beitrag und ging weiter zu einer konventionelleren Sammlung mit Ehrungen. Die erste Seite, die sie öffnete, war von einem Fan zusammengestellt worden. Unter dem Datum des betreffenden Tages war lediglich zu lesen: *»Jane Elias wurde heute ermordet aufgefunden. Diese Seite ist zum Zeichen des Respekts geschlossen.«*
Bei der zweiten – ebenfalls ein Produkt eines anhänglichen Lesers – hatte sie mehr Glück. Die nüchternen Tatsachen zu ihrem Mord wurden berichtet, und darunter war eine Liste von Links, die zu anderen Bereichen der Seite weiterführten. Als ihr eine Auswahl angeboten wurde – *Ihr Leben*, *Fotoalbum, Die Ermittlungen*, *Kondolenzliste* und *Weitere Links zum Thema* –, wählte sie zuerst die Fotos, weil sie gespannt war zu sehen, was der Ersteller der Seite in Anbetracht von Janes notorischer Kamerascheu zusammenbekommen hatte.
Zuerst kam das Umschlagsfoto, das nur einmal in Zusammenhang mit ihrem ersten Roman veröffentlicht worden war. Ihr Gesicht war unauffällig und ließ sich schwer so beschreiben, dass es von einer Million anderer zu unterscheiden gewesen wäre. Mittelbraunes Haar, auf Kinnlänge geschnitten, Scheitel auf der rechten Seite; gerade Augenbrauen, dunkle Augen, eine ganz durchschnittliche Nase und volle Lippen, die sich zu einem schwachen Lächeln verzogen, aber nichts preisgaben. Sie trug eine offene Bluse, die eine dünne, goldene Halskette sehen ließ. Außer ein paar blonden Strähnen und einigen zusätzlichen Fältchen in den

Augenwinkeln sah sie genauso aus wie an dem Abend, als Fiona sie kennengelernt hatte.
Als Nächstes kam ihr Bild aus dem High-School-Jahrbuch. Die Haare waren hier länger und hingen gerade herunter bis auf die kleinen Brüste, aber sie trug wieder denselben Scheitel. Mit achtzehn hatte Jane eine unmodische, dickrandige Brille getragen, die ihren Blick verschwommen erscheinen ließ. Ihr Gesicht war voller, fast mollig. Hätte Fiona nur dies gehabt, nach dem sie sich richten konnte, dann hätte sie bezweifelt, ob sie Janes Gesicht in einer Menge hätte erkennen können.
Ein drittes Foto zeigte Jane, wie sie den ersten ihrer beiden Edgar Awards bei einem Dinner der Mystery Writers of America annahm. Sie lächelte breit und unbefangen und sah in dem engen schwarzen Kleid, an dem Pailletten schimmerten, erstaunlich elegant aus.
Der letzte Schnappschuss der Galerie zeigte eine ganz andere Seite von Jane Elias. Es war an der Ziellinie eines Benefiz-Halbmarathons in Dublin aufgenommen und zeigte Jane beim Laufen. Ihre Shorts und das ärmellose Shirt ließen die glatte Haut über ihren gut entwickelten Muskeln an Armen und Beinen zur Geltung kommen. Die Kamera hatte sie in einem bezeichnenden Moment eingefangen. Ihr Gesichtsausdruck verriet den euphorischen Zustand des Sportlers, der nach Überwindung der Schmerzgrenze eine Bewusstseinsveränderung erfahren hat. Sie sah hier attraktiver aus als auf den anderen Bildern, stellte Fiona sachlich fest.
Nach dem Betrachten der Fotos nahm sich Fiona die Kondolenzliste vor. Wenn sie mit der Untersuchung des Falls zu tun hätte, würde sie der Polizei vorschlagen, sich die Botschaften anzusehen, die von Fans geschickt wurden. Da Psychopathen die Tendenz haben, sich in die Ermittlungen ihrer eigenen Verbrechen einzuschalten, musste das ein Punkt sein, der für Janes Killer interessant war. Das Dutzend Botschaften, die Fiona durchlaufen ließ, schien ziemlich harm-

los, aber das Absonderliche und Bizarre konnte sich auch später noch zeigen. Sie nahm die Seite als Favorit auf und beschloss, in ein oder zwei Tagen nachzusehen, ob etwas auftauchen würde, das Kits und Georgias Briefen ähnelte.
Es gab nichts weiter auf der Fan-Seite, das sie interessierte, so rief sie – wie ein Kind, das sich den besten Bissen des Essens bis zuletzt aufhebt – mit ihrem Browser *Murder Behind the Headlines* auf. Sie gab »Jane Elias« in die Suchmaschine ein und tippte auf die Eingabetaste.

> Jane Elias, die Queen der Thriller über Serienkiller, hat endlich erfahren, wie es ist, das zu erleben, was sie an Dutzende ihrer Opfer in ihren Büchern ausgeteilt hat. Leider wird sie nicht in der Lage sein, aus ihren Erfahrungen lohnenden finanziellen Nutzen zu ziehen, weil der Mann – oder die Frau –, durch die sie entführt wurde, dafür gesorgt hat, dass sie nichts mehr davon erzählen kann.
> Elias' Leiche wurde in den frühen Morgenstunden auf einer einsamen Straße von einem Waldarbeiter gefunden. Er überfuhr die Leiche, die wohlberechnet mitten auf die Straße gelegt worden war, mit seinem Lastwagen. Es war unmittelbar nach einer unübersichtlichen Kurve in der Nähe des Anwesens der Schriftstellerin in County Wicklow, Irland. Dabei gab es auffallende Ähnlichkeiten mit einem der Fundorte in *Death on Arrival*, Elias' erstem Roman. Er wurde mit Michelle Pfeiffer verfilmt, die dafür einen Oscar gewann.
> Nach MBTHs Informationen vom gerichtsmedizinischen Institut in County Wicklow hatte Elias Verletzungen, die viel gemeinsam haben mit den Wunden der Opfer in dem Roman. Allerdings wurden sie ihr erst nach dem Tod beigebracht, nicht, als sie noch am Leben war. Vielleicht war der Killer etwas empfindli-

cher als sein Opfer. Hier ist die Vorlage aus dem Buch: *»Der verzögert wahrgenommene Schmerz vom Schnitt einer Rasierklinge. Das leichte Brennen einer Brandverletzung, das sich mit tobender Qual nach innen bohrte, während der Gestank von versengtem Fleisch aufstieg. Das qualvolle Absterben von Gewebe, das bis zum Gehtnichtmehr gequetscht wurde. Der unerträgliche Dauerschmerz eines gebrochenen Knochens, dem nie genug Zeit gegeben wird, wieder zu heilen. Die dumpfe Pein eines Schlags, mit dem genau auf innere Organe unter der Haut gezielt wurde.«*
Ganz schön gruselig, hm? Besonders nachdem kürzlich bei der Ermordung des Autors von *Copycat*, Drew Shand, in Edinburgh, Schottland, ebenfalls das Buch als Vorbild diente. Es mag zwar unwahrscheinlich klingen, aber es wird schon über Verbindungen nachgedacht – ob jemand Autoren beseitigt, die Thriller über Serienkiller schreiben. Aber diese Art von Kritik geht wohl doch ein bisschen zu weit.
Die Wahrheit mag jedoch in einer anderen Richtung zu finden sein.
MBTH kann exklusiv berichten, dass während der letzten fünf Jahre Jane Elias' größtes Geheimnis ihre Affäre mit dem Drogenfahnder Pierce Finnegan war. Er ist eine der Schlüsselfiguren bei der Polizei der irischen Republik in ihrem Kampf gegen Drogendealer. Finnegan hat letztes Jahr einen entscheidenden Beitrag zur Zerschlagung eines wichtigen Heroin-Dealerrings geleistet. Es wird erzählt, dass einflussreiche Gangster, die in Untersuchungshaft sitzen, einen Preis auf seinen Kopf ausgesetzt haben. Wie verlautet, ist er zur Zeit als Verbindungsmann zu Europol tätig und hat intensive Beziehungen zur amerikanischen Behörde zwecks Bekämpfung der Rauschgiftkriminalität. Ehrlich gesagt, seine Affäre

mit Elias war ein besser gehütetes Geheimnis als alles andere in den irischen Polizeiakten, aus denen so manches durchsickert.

Elias lernte Finnegan bei einer internationalen Konferenz der Kriminalpolizei und der Nachrichtendienste in Quantico kennen. Freunde berichten, sie habe die Konferenz inkognito als Gast einer Softwarefirma aus Florida besucht, die ein Computerprogramm für Phantombilder vorstellte. Während der Konferenz gelang es ihr, an mehreren geschlossenen Veranstaltungen teilzunehmen, wo sie Finnegan sprechen hörte. Später stellten Freunde sie einander vor, und zwischen den beiden entstand sofort eine herzliche Bindung. Nicht einmal seine Vorgesetzten von der irischen Polizei wussten über die Beziehung Bescheid.

Also zog Elias nach Irland, wo Finnegan sie regelmäßig in ihrem Hochsicherheitsbau in County Wicklow besuchte. Unter den Einheimischen wird vermutet, dass nicht einmal ihr Wachpersonal wusste, wer er wirklich war. Elias hatte oft geheime Treffen mit ihrem Lover, wenn er auf Reisen war. Sie übernachtete im selben Hotel, und die beiden verbrachten zusammen heimliche Liebesnächte. Es ist also kein Geheimnis, woher sie ihre Plots nahm.

Nun sind Spekulationen ausgebrochen, dass, wer immer Elias umgebracht hat, sich entweder an Finnegan gerächt oder ihm eine Warnung geschickt haben könnte, damit er sich zurückzieht und seine Beweise für den Prozess entschärft. Drew Shands Tod hätte dem Täter den perfekten Plan für einen Mord liefern können, der die gewünschte Botschaft an Finnegan übermittelt hätte, aber nicht unbedingt mit einem der Fälle des irischen Geheimagenten in Verbindung gebracht zu werden brauchte. Natürlich

würde das nur funktionieren, wenn die Affäre geheim blieb.
Sorry, Pierce. Sorry, verehrter Mörder. Wir haben gerade euer Geheimnis gelüftet.

Denkt daran, ihr habt's zuerst gelesen bei
MURDER BEHIND THE HEADLINES

Fiona holte tief Luft. Wenn das stimmte, war es der reinste Zündstoff. Ein Liebhaber, der Drogenfahnder war, lieferte ein viel glaubhafteres Motiv als die Vorstellung, dass ein Serienmörder sich Schriftsteller vornahm. Da sie wusste, wie die Polizei überall ihre eigenen Leute behandelte, zweifelte Fiona daran, dass Finnegans Beziehung seinen Chefs tatsächlich unbekannt war. Aber das Paar hatte es jedenfalls geschafft, sie vor der Öffentlichkeit zu verheimlichen.
Sie war unwillkürlich erleichtert. Zwar hatte der rationale Teil ihres Ichs gezögert, die Möglichkeit eines Mörders zu akzeptieren, der die Welt von Thrillerautoren befreien wollte. Seit sie die Schlagzeile in der Zeitung gelesen hatte, war ihr emotionales Ich aber nur noch von nagender Angst erfüllt. Fiona wusste viel zu viel darüber, wozu unerbittliche Serientäter fähig waren. Der Gedanke, dass Kits Name auf einer schwarzen Liste stehen könnte, war eine Stunde lang in ihrem Kopf herumgespukt, und sie war dankbar, auch wenn das egoistisch war, dass es eine logische Erklärung für Janes Tod gab, die ihren eigenen Lover nicht in Mitleidenschaft ziehen konnte.
Sie schaltete den Computer aus und ging nach unten. Kit war wieder in der Küche und schüttete Couscous in einen Topf mit kochendem Wasser. Er sah sich um und zwang sich zu einem schiefen Lächeln. »Zehn Minuten«, sagte er.
»Hast du arbeiten können?«, fragte Fiona, schenkte ihm nach und füllte auch ihr Glas.
»Das Unglück anderer Menschen ist das beste Mittel, da kommen die Worte wie von alleine«, sagte er mit nervöser Heftig-

keit in der Stimme. »Es ist wie ein Abwehrmechanismus. Mein Kopf nutzt das Schreiben, um Störungen abzublocken. Solange ich den Bildschirm anstarre und etwas eingebe, kann ich nicht über die höllischen Qualen nachdenken, die Jane erleben musste, bevor der Scheißkerl sie sterben ließ.«

»Das ist das Problem, wenn man Fantasie hat«, sagte Fiona. »Besonders so eine wie deine. Du brauchst dich ja nicht einmal anzustrengen, um mit hundert qualvollen Szenarien aufwarten zu können.« Sie ging zu ihm, und er wandte sich ihr zu, um sich von ihr in den Arm nehmen zu lassen. »Ihre Verletzungen wurden ihr nach Eintritt des Todes beigebracht, sie ist nicht gequält worden.«

»Ich nehme an, dafür sollten wir dankbar sein«, murmelte Kit in ihr Haar. Er löste sich behutsam von ihr. »Was hast du also gefunden?«

»Unterm Strich? Du solltest dir keine Sorgen machen.« Sie setzte sich an den Tisch und erklärte ihre Recherchen im Einzelnen.

»Du weißt ja, was ich von diesen Sensationshaien halte«, widersprach Kit. »Wie kannst du sicher sein, dass sie mit ihrer Beziehung zu dem Geheimpolizisten Recht haben? Vielleicht waren sie nur Freunde. Vielleicht war er eine Kontaktperson, von der sie Ideen und authentische Hintergrundinformationen bezog.«

Fiona zuckte mit den Schultern. »Ich bin nicht sicher. Aber sie haben offensichtlich Zugang zu Kreisen auf sehr hoher Ebene und schöpfen das voll aus. Ich würde es also glauben, außer wir hören etwas anderes.«

»Leichter gesagt als getan«, murmelte er.

»Vielleicht könnte eins dich beruhigen. Wenn du die anderen anrufst, um herauszubekommen, ob sie Drohbriefe erhalten haben, dann bring doch mal in Erfahrung, ob Jane auch einen bekommen hat. Wenn nicht, dann stützt das meine Theorie noch zusätzlich, dass Leute, die Morddrohungen schreiben, keine Morde begehen.«

»Vielleicht sollte ich einfach die Polizei anrufen und sie fragen.«
»Ja, genau. Und sie sagen es dir bestimmt.«
»Steve würden sie es vielleicht sagen.«
Fiona bestätigte die Vernünftigkeit dieser Aussage mit einem Nicken.
»Und morgen Abend treffe ich ihn sowieso«, fuhr Kit fort. Er nahm die Auflaufform mit dem Gemüse aus dem Ofen und schüttete sie auf den Couscous. Er stellte das Essen mit elegantem Schwung auf den Tisch und setzte sich Fiona gegenüber. »Ich werde Steve bitten herauszufinden, ob Jane Morddrohungen bekommen hat«, sagte er. »Wenn nicht, dann hast du wahrscheinlich Recht, und Georgia und ich sind aus dem Schneider. Und ich verspreche, inzwischen vorsichtig zu sein, ohne Verfolgungswahn zu bekommen. Genügt dir das?«
Fiona lächelte. »Das ist voll in Ordnung für mich. Aber wenn dich jemand mit dem Messer verfolgt, dann bitte keine Heldentaten. Lauf einfach davon.«
»Was, du willst nicht, dass ich mich behaupte und meinen Mann stehe?«, witzelte Kit.
»Ach Gott, nein. Ich habe viel zu viel zu tun, als dass ich mir die Zeit nehmen könnte eine Beerdigung zu organisieren.« Fiona probierte das Essen. »Mmm. Köstlich. Pass auf dich auf, Schatz, ich könnte es mir einfach nicht leisten, für dich in der Küche Ersatz zu finden.«
Kit tat so, als sei er beleidigt. »Nur in der Küche?«
»Wenn ich nicht jeden Tag esse, dann sterbe ich«, sagte sie. »Ich würde es vermissen, nicht mehr mit dir ins Bett zu gehen, aber es würde mich nicht umbringen.«
»Meinst du nicht?«, sagte er drohend.
»Wir probieren es lieber nicht aus.«
Er grinste. »Gute Antwort, Frau Doktor. Sollen wir also einfach einen ruhigen Abend zu Hause verbringen?«
»Kit, wir hatten noch nie einen ruhigen Abend zu Haus.

Warum sollten wir jetzt damit anfangen?« Sie hob herausfordernd die Augenbrauen. »Aber ich würde es nicht ablehnen, wenn wir uns mal so richtig dumm und dusselig vögeln.«
»Hast mich wieder rumgekriegt, du raffiniertes Luder.« Kits Grinsen versprach keine Schonung.
Jane Elias würde bald kalt in der Erde liegen. Sie vergaßen das keinen Augenblick. Die bösen Geister fernzuhalten, war das Wichtigste, was sie füreinander tun konnten, sie wussten das. Es war, wie schon so oft in der Vergangenheit, das ungeschriebene Gesetz für ihr Bündnis.

Kapitel 22

Georgia Lester saß am Küchentisch, in den Händen eine Tasse schwachen Earl-Grey-Tee, und starrte abwesend an den schon vom Herbst zerzausten Staudenrabatten vorbei auf die kahlen Apfelbäume am Ende ihres Gartens hinter dem kleinen Haus. Sie sah weder die Staudengewächse, die man abräumen musste, noch die Rosen, die der Gärtner nächstes Mal zurückschneiden würde. Das interessierte sie nicht, und es war auch nicht ihre Aufgabe. Sie sah den Garten nur, wenn er schön war. Hässlichkeit filterte sie lieber aus ihrer Wahrnehmung heraus. Davon war ihr Kopf voll genug, ohne dass sie von außen noch etwas hinzufügte.

Es war die Ruhe, die sie beim Aufenthalt in ihrem Häuschen hauptsächlich genoss. Georgia Lester zu sein war eine aufreibende Angelegenheit. Es erforderte eine ständige Anstrengung, das Image gepflegter Schönheit und Eleganz aufrechtzuerhalten, das die Welt von ihr erwartete. Natürlich hatte sie diese Erwartung selbst geschaffen. Ihre absichtliche Erfindung einer Person und eines Stils hatte sie aus der Herde hervorheben sollen. Aber das machte es nicht leichter. Und wenn sie in diesen Tagen morgens in den Spiegel schaute, schien es, als rage der Berg der Anstrengungen jeden Tag höher vor ihr auf. Vielleicht war es Zeit für einen weiteren Besuch bei diesem charmanten Mann in der Harley Street, der mit ihrer schlaffen Haut um das Kinn herum so gute Arbeit geleistet hatte.

Aber hier in ihrem Häuschen konnte sie das Bedürfnis ablegen, die Fassade aufrechtzuerhalten. Na ja, zumindest solange sie allein hier war, verbesserte sie sich in Gedanken mit einem schlauen Lächeln, das ihre Mundwinkel hob. Als Frau brauchte man ja hier und da Zerstreuung, und so ergeben ihr Anthony auch war, konnte er doch nicht ganz den Reiz eines knackigen jungen Körpers und dessen sexuelle Energie ersetzen. Keiner ihrer Flirts dauerte lange, darauf achtete sie. Und sie bedeuteten ihr auch nicht mehr als eine Art Bluttransfusion – etwas, das nötig, aber irgendwie unpersönlich war.

An diesem Wochenende hatte Georgia jedoch andere Pläne. Sie brauchte sich nicht schick anzuziehen für einen Lover, sondern sie war nur mit Korrekturen beschäftigt. Georgia mochte den Überarbeitungsprozess, anders als die meisten Schriftsteller. Er erlaubte ihr, die technischen Tricks und Verknüpfungen außer Acht zu lassen, auf die sie sich beim ersten Abfassen des Rohtexts konzentrieren musste, und so konnte sie auf die Qualität des Ausdrucks achten. Sie hatte sich einen Ruf für sorgfältig ausgearbeitete, ausgezeichnete Texte geschaffen und betonte immer, dass dies auf ihre genaue Überarbeitung der Form zurückzuführen sei, bei der sie Satz für Satz durchging. Sie hatte drei Tage für ihre Lieblingsarbeit zur Verfügung und freute sich darauf.

Ihre Gedanken eilten schon zu dem Teil des Buchs voraus, den sie heute bearbeiten würde. Das Manuskript lag auf ihrem Tisch neben dem Füller, einem Meisterstück von Mont Blanc, den sie immer für die Korrekturen benutzte. Ihre Sekretärin würde sie dann später in den Computer eingeben. Sie machte sich nicht einmal die Mühe, sich anzuziehen. Sie wollte bis zum Mittagessen einfach in ihrem weichen Morgenmantel herumschlampern, das Haar unter einem Seidenturban verborgen. Dann würde sie ein heißes Bad genießen und die Mittagsmagazin-Sendung im Radio hören. Ein Imbiss zur Mittagszeit, danach würde sie sich nach Dorchester aufmachen müssen. In der Kühltruhe war genug Essen vorrätig, aber unerklärlicherweise war ihr der Weißwein ausgegangen, und ein Abendessen ohne ein Glas gekühlten Chablis war undenkbar. Sie war fest davon überzeugt, dass Schriftsteller die Disziplin eines festgelegten Tagesablaufs brauchten. Und das betraf die kleinen Freuden des Lebens ebenso wie ihre geistigen Gepflogenheiten, die es ihr ermöglichten, ein Buch pro Jahr zu schreiben.

Georgia trank ihren Tee aus und goss sich nach. Sie wollte diese drei Tage gut nutzen. Wenn sie vorbei waren, würde sie sich auf eine Lesereise für ihr neuestes Buch begeben. Das erinnerte sie daran, dass sie ihren Verleger immer noch nicht überredet hatte, die Kosten für den gut aussehenden Bodyguard zu übernehmen, den sie verpflichtet hatte, bevor sie London verließ. Sie glaubte eigentlich nicht, dass jemand sie verfolgte, obwohl sie dem lieben, netten Kit gegenüber beteuert hatte, dass sie mit diesen leidigen Briefen zur Polizei gehen sollten. Aber sie hatte nichts dagegen, von der Situation zu profitieren. Es konnte nie schaden, seinen Namen fest im öffentlichen Bewusstsein zu verankern. Der Gedanke, dass sie eine Schriftstellerin war, der genug Bedeutung zukam, dass sie die Aufmerksamkeit eines Verfolgers auf sich zog, würde ihr unweigerlich neue Leser bringen, die neugierig geworden waren und wissen wollten, was an ihr Besonderes war. Und Georgia war vollkommen überzeugt, dass sie ihr treu bleiben und ihre sämtlichen schon vorliegenden Bücher verschlingen würden, wenn sie erst einmal auf sie aufmerksam geworden waren.

Dank solch kluger Planung war sie an die Spitze vorgedrungen. Sie wusste wohl, dass ihre Aktionen bei vielen ihrer Kollegen nicht gern gesehen waren. Aber es störte sie nicht im Geringsten. Sollten sie doch nur reden, wie hochgeistig sie seien und dass sie sich deswegen nie zu Georgias Taktiken herablassen würden. In Wirklichkeit waren sie neidisch auf die Fülle von Presseartikeln, die sie ansammelte.

Ohne zu ahnen, dass ihre größte Publicitynummer kurz bevorstand, nippte Georgia sehr zufrieden an ihrem Tee.

Kapitel 23

Fiona war spät dran. Sie wich einigen Studenten aus und schoss um die Ecke und ins Büro ihrer Sekretärin. »Verdammte U-Bahn«, keuchte sie und versuchte gleichzeitig ihren Mantel abzustreifen und ihre Bürotür zu öffnen. Sie trat über die Schwelle, legte Jacke und Aktenkoffer ab und nahm den Ordner mit den Notizen zur Institutsversammlung, bei der sie seit fünf Minuten erwartet wurde. Ihre Sekretärin ging hinter ihr her.

»Ein spanischer Polizeibeamter hat versucht, Sie zu erreichen«, sagte sie und warf einen Blick auf den Zettel in ihrer Hand. »Ein Major Salvador Berrocal. Er hat die letzte halbe Stunde alle zehn Minuten angerufen.«

»Ach, so ein Mist!«, murmelte Fiona wütend.

»Er bat darum, dass Sie ihn so bald wie möglich zurückrufen«, fügte die Sekretärin hilfsbereit hinzu, als Fiona zögerte, sich zwischen Schreibtisch und Tür zu entscheiden. »Es klang dringend.«

»Ich muss zu dieser Versammlung gehen«, sagte sie. »Barnard hat versucht, die Hälfte seiner Seminare abzugeben, und ich will nicht, dass sie bei mir landen.« Sie fuhr sich mit der Hand durchs Haar. »Okay. Rufen Sie Berrocal an, und sagen Sie ihm, ich bin im Moment unabkömmlich, aber ich rufe ihn an, sobald ich kann. Sorry, Lizzie, ich muss mich beeilen.«

Sie lief den Korridor entlang und kam schlitternd vor der Tür des Versammlungszimmers zum Stehen, was ihr erstaunte Blicke von denen eintrug, die Fiona immer nur in cooler und eleganter Haltung gesehen hatten. Sie hielt einen Moment inne, fuhr sich übers Haar und holte tief Luft, um sich wieder zu fassen. Dann rauschte sie mit einem bedauernden Lächeln zur Tür herein. »Tut mir leid, die U-Bahn hatte Verspätung«, murmelte sie und nahm ihren Platz in der Mitte der einen Seite des Konferenztisches ein. Professor Barnard stockte weder in seinem verschachtelten Satz, noch würdigte er sie eines Blickes.

Es schien Fiona das längste Meeting der Geschichte zu sein, und sie musste sich beherrschen, um nicht nervös herumzuzappeln, als sie sich durch scheinbar endlose Details der Institutsabläufe hindurchackerten. Sie schaffte es, ihre Ungeduld zu unterdrücken, und ließ nicht zu, dass Barnard sie durch seine Dominanz so bedrängte, dass sie mehr als ein zusätzliches Seminar annehmen musste. Aber während sie ihre Gründe darlegte, war sie mit den Gedanken schon halb bei Berrocals dringender Nachricht. Er musste wohl einen Verdächtigen verhaftet haben. Oder jedenfalls hoffte sie das.

Am Ende der Versammlung raffte Fiona ihre Unterlagen zusammen und fegte hinaus, was zu erstaunt gehobenen Augenbrauen und einem bedeutungsvollen Blickwechsel bei den Kollegen führte, die sie ohnehin gern als arrogant abtaten. Wieder im Büro, bat sie Lizzie, ihre Anrufe anzunehmen, und wählte noch im Stehen Berrocals Nummer.

»Major Berrocal?«, fragte sie, als nach zweimaligem Läuten abgenommen wurde.

»*Sí.* Doktor Cameron?« Sein Tonfall verriet nichts über seine Neuigkeit.

»Es tut mir leid, dass ich nicht früher zurückgerufen habe, aber ich war in einem Meeting und konnte nicht weg«, redete sie drauflos. »Hat sich etwas ergeben?«

Er seufzte. »Nichts in der Art, wie ich gehofft hatte. Leider haben wir noch einen Mord.«

Fiona erschrak. Eine solche Nachricht hatte sie zwar befürchtet, aber nicht als tatsächliche Möglichkeit in Betracht ziehen wollen. »Es tut mir leid, das zu hören«, war ihr schwacher Kommentar.

»Der Grund meines Anrufs ist: Ich wollte Sie bitten, nach Toledo zurückzukehren und uns weiter zu beraten. Vielleicht könnten wir mithilfe der Information, die wir durch diesen letzten Mord bekommen, festlegen, wo wir jetzt nach unserem Verdächtigen suchen sollten.«

Fiona schloss die Augen. »Es tut mir leid«, sagte sie und hoffte, dass er das ehrliche Bedauern in ihrer Stimme hören konnte. »Das ist im Moment unmöglich. Ich habe hier zu viele Verpflichtungen, die ich nicht umgehen kann.«

Es folgte ein bedrücktes Schweigen. Dann sagte Berrocal: »Ich hatte befürchtet, dass Sie das sagen würden.«

»Nichts hindert mich daran, die schon vorliegenden Hinweise zu überprüfen, wenn Sie mir die Einzelheiten zufaxen können«, sagte sie. Ihr Pflichtbewusstsein war ihrer Vernunft zuvorgekommen.

»Wäre das möglich?«

»Ich bin ziemlich beschäftigt, aber ich bin sicher, ich könnte die Zeit finden, das Material zu analysieren«, versicherte sie ihm und fragte sich schon, wie sie das schaffen sollte.

»Danke«, sagte er, und seine Erleichterung war sogar am Telefon spürbar.

»Vielleicht könnten Sie es mir gleich in den Grundzügen skizzieren?«, fragte Fiona, zog einen leeren Notizblock zu sich heran und klemmte den Hörer zwischen Ohr und Schulter.

»Die Leiche wurde im Hof des Alcazar gefunden.« Berrocal sprach jetzt knapp und nüchtern. »Eine Engländerin, Jenny Sheriff. Zweiundzwanzig, aus Guild-ford.« Er sprach den ungewohnten Namen als zwei Wörter aus. »Sie war Empfangsdame im Hotel Alfonso VI und war ein Jahr lang zum Austausch da, um ihr Spanisch zu verbessern. Ihre Schicht war um zehn Uhr gestern Abend zu Ende, und sie erzählte einer Kollegin, dass sie auf dem Platz einen Mann zum Kaffeetrinken treffen wolle. Sie sagte, er sei faszinierend, er wisse alles über Toledo.«

»Hat sie seinen Namen erwähnt?«, fragte Fiona.

»Nein. Es gibt einen Barkeeper, der sagt, er habe ihr und einem Mann kurz nach zehn Kaffee und Brandy serviert. Er erinnert sich, weil er sie dort schon mehrmals mit Freunden hatte trinken sehen. Aber den Mann, der sie begleitete, merkte er sich nicht, weil er mit dem Rücken zur Bar saß. Der Barkeeper erinnert sich nicht, sie gesehen zu haben, als sie gingen, weil kurz danach eine Touristengruppe hereinkam.«

»Wann wurde sie gefunden?«

»Heute früh. Der Wächter, der für die anderen Angestellten aufschließt, fand das Eingangstor unverschlossen vor. Als er in den Hof kam, sah er sie daliegen. Sie war mehrmals in den Bauch gestochen worden. Unser vorläufiger Bericht weist darauf hin, dass die Mordwaffe wahrscheinlich ein Bajonett war. Die Todesart ist dieselbe, nach der viele Republikaner von Francos Truppen getötet wurden, als sie im Spanischen Bürgerkrieg die Belagerung des Alcazar aufgaben. Das passt zu dem von Ihnen identifizierten Thema der historischen, von Touristen besuchten Orte, die mit gewaltsamem Tod zu tun haben. Und es gibt noch eine weitere Parallele. Wie bei Martina Albrecht wurde auch ihre Vagina nach Eintritt des Todes mehrmals mit einer zerbrochenen Flasche verletzt. Und schließlich hatte auch sie einen Touristenstadtplan vom Hotel in der Tasche. Ich glaube also, es kann wenig Zweifel geben, dass wir es mit demselben Mann zu tun haben. Delgado oder wer immer.« Er klang nervös und frustriert.

»Kein Anzeichen dafür, dass er sich gewaltsam Zutritt verschafft hat?«, fragte sie.

»Nein. Er muss Schlüssel gehabt haben. Daran arbeiten wir gerade. Er hat vielleicht einen Freund, der Zugriff auf die Schlüssel hat, oder er mag sich selbst welche beschafft haben. Wir werden alle Adressen der Schlüsselinhaber überprüfen. Es ist möglich, dass er bei einem von ihnen ist, wo immer er sich auch versteckt hält. Er hätte sich unrechtmäßig Zutritt verschaffen und so die Schlüssel in die Hände bekommen können.«

Fiona seufzte. »Das tut mir wirklich sehr Leid, Major. Als Sie mir sagten, Sie hätten einen Verdächtigen, hoffte ich, das würde der Sache ein Ende setzen.«

»Ich auch. Aber Delgado scheint irgendwo in der Landschaft verschwunden zu sein. Jeder Polizist in der Stadt hat seinen Namen und sein Bild, aber es gab keine einzige Gelegenheit, bei der er gesehen wurde und die wir weiter verfolgen könnten.«

»Es muss sehr frustrierend für Sie sein.« Sie runzelte die Stirn, während sie sprach, und versuchte sich etwas bewusst zu machen, was ihr unbestimmt im Kopf herumging.

»Das stimmt allerdings. Aber wir werden es weiter versuchen. Ich faxe Ihnen die Sachen durch, sobald ich sie bekomme.«

Nachdem sie den Hörer aufgelegt hatte, starrte sie die Wand an und wartete, bis ihr das, was sich in ihrem Unterbewusstsein versteckt hielt, nach oben kam. Aber es fiel ihr nicht ein. Dann klingelte von neuem das Telefon und lenkte ihre Aufmerksamkeit auf die unmittelbaren Probleme der Arbeit, die vor ihr lag.

Obwohl sie sich sehr anstrengte, sich zu konzentrieren, war an diesem Morgen nur ein Teil ihrer Gedanken bei ihrer Seminargruppe. Berrocals Problem steckte in einem Winkel ihres Bewusstseins und ließ sie nicht los. Die Unfähigkeit, diese unerreichbare Wahrnehmung an die Oberfläche ihres Bewusstseins zu zerren, ärgerte sie, und sie beschloss, ihre Mittagspause im nahe gelegenen Hallenbad zu verbringen. Ohne viel zu denken, schwamm sie auf und ab und versuchte den Zustand der Halbtrance zu erreichen, den körperliche Anstrengung hervorrufen kann. Aber das Detail entzog sich weiterhin ihrem Zugriff.

Auf dem Rückweg zum Institut rief sie sich das Bild des

Alcazar vor Augen. Vielleicht konnte das helfen, das Rätsel zu lösen. Das mächtige Gebäude stand am höchsten Punkt der Altstadt, der perfekte Standort für eine Festung, den sich seit der Zeit der Römer jede Besatzungsmacht zunutze gemacht hatte. Es beherrschte die Stadt und war größer als alles andere in Sichtweite. Seine viereckige, streng geometrische Form war wie eine Mahnung gegenüber dem wirren Durcheinander der anderen Gebäude auf den Hängen, die sich zum Tajo hinunterzogen.
Aber dieses Gebäude war schon immer glücklos gewesen. Der Alcazar war mehrmals abgebrannt und im Bürgerkrieg schwer beschädigt worden, als Francos Leute ihn monatelang bombardierten. Aus der Ferne bot er einen düsteren Anblick. Seinen Mauern fehlten die kunstvollen Ornamente, die seine in den Himmel ragenden Rivalen, die Kathedrale und San Juan de los Reyes, schmückten. Die einzige Auflockerung seiner strengen Form waren die runden Türme an den vier Ecken, jeder mit einem schwungvollen Dach à la Disneyland.
Innerhalb der hohen Mauern sah es anders aus. Jede der Außenfassaden war in einem anderen Stil dekorativ gestaltet. Fiona hatte nie eine Führung durch den Alcazar mitgemacht, aber sie hatte Fotos gesehen und es fast absurd gefunden, dass ein so kunstvoll stilisiertes Gebäude schließlich als Bürohaus für die Armee genutzt wurde, an das ein Museum angeschlossen war.
Aber trotzdem war es gelungen, seine blutige Geschichte noch durch eine weitere Schicht zu überlagern. Jetzt war er zum Tatort eines Verbrechens geworden. Das Obdach für das letzte Opfer eines brutalen Mörders, den zu ergreifen sie helfen sollte. Ein Ziel, dem sie offenbar noch recht fern war. Trotz des unruhigen Gefühls, das tief in ihr weiter an ihr nagte, verweigerte ihr Kopf die erlösende Inspiration, und als der Nachmittag halb vorbei war, hatte Fiona aufgegeben. Sie entschied sich, länger zu bleiben und die Korrespondenz

aufzuarbeiten, die sich auf ihrer Ablage zu bedrohlich hohen Stößen angehäuft hatte. Kit war an diesem Abend bei einer Veranstaltung in einer Buchhandlung und wollte anschließend mit Steve etwas trinken gehen, es gab also keinen dringenden Grund, nach Hause zu gehen. Als sie endlich ihr Büro verließ, traf sie einige Lehrbeauftragte vom Anthropologischen Institut, die sie überredeten, mit ihnen auf einen Drink in den Dozenten-Club zu gehen.

Sie war bei ihrem zweiten Glas Wein, als die Unterhaltung vom Thema abschweifte. Zwei ihrer Kollegen sprachen geringschätzig über einen dritten Dozenten und dessen Gedanken zu den Bestattungsriten in Westafrika. Wie elektrisiert sprang plötzlich der Funke über – Fiona wusste plötzlich, was sie Berrocal sagen wollte. Eine Entschuldigung murmelnd sprang sie auf und eilte in ihr Büro zurück. Als sie die spanische Polizei erreichte, war Berrocal nicht mehr in seinem Büro. Sie wollte ihre Ahnung nicht einem Untergebenen mitteilen, der sie dann weitergeben musste, weil ihr klar war, wie absurd sie sich anhören würde. Aber sie wollte auch nicht bis zum nächsten Morgen warten. So schaltete sie den Computer an und rief ihr E-Mail-Programm auf.

Von: Fiona Cameron <fcameron@psych.ulon.ac.uk>
An: Salvador Berrocal <Sberroc@cnp.mad.es>
Betrifft: Morde in Toledo

Lieber Major Berrocal,
ein Gedanke ist mir gekommen, wo der Tatverdächtige sich verstecken könnte, obwohl ich mich damit wahrscheinlich an einen Strohhalm klammere.
Wir wissen, dass er eine Leidenschaft für die Geschichte Toledos hat, die nun in seinem Kopf eng mit dem Thema Tod verbunden ist. Wo treffen sich Tod und Geschichte? Auf Friedhöfen. Ich frage mich, ob

es in Toledo selbst oder in der Nähe einen Friedhof mit großen Grabmalen oder Gewölben gibt. Wenn ja, könnte er sich vielleicht dort aufhalten.
Er muss offensichtlich eine Art Unterschlupf haben, da er es schafft, so gepflegt auszusehen, dass er durch sein Äußeres keinen Anstoß erregt. Er ist vielleicht in ein Mausoleum oder eine Familiengruft eingebrochen, die er nun als Ausgangspunkt für seine Aktivitäten nutzt.
Wenn Sie keine anderen Hinweise haben, könnte es vielleicht lohnen, diese Möglichkeit zu überprüfen.
Ich werde später am Abend zu Haus sein, wo ich vorhabe, das Material durchzusehen, das Sie mir versprochen haben.
Viel Glück!
Beste Wünsche
Fiona Cameron

Kapitel 24

Kit klappte die letzten Bücher mit Schwung zu und legte seinen Stift hin. »Danke, Sie sind ein Schatz«, sagte er zu der Buchhändlerin, die den Stoß von Hardcovers zur Seite schob.

»Macht es Ihnen etwas aus, auch ein paar von den Taschenbüchern zu signieren?«, fragte die Frau.

»Natürlich nicht, gerne.« Er blickte zu Steve hinüber, der sich in der Abteilung über nicht fiktive Verbrechen umschaute. »Es wird nicht lang dauern«, rief er.

»Kein Problem«, antwortete Steve und zog ein Buch über forensische Anthropologie vom Regal.

»Ich fand, dass es gut gelaufen ist«, sagte er geistesabwesend, während er signierte.

»Es war spitze«, sagte die Buchhändlerin begeistert. »Wir haben zum ersten Mal eine ganze Woche lang Lesungen gemacht, und es ist unwahrscheinlich gut gelaufen. Wir haben deutlich besser verkauft, nicht nur bei den Veranstaltungen, sondern auch tagsüber.«

»Das kommt daher, dass Sie im Laden alles so gut vorbereitet haben«, sagte Kit. »Man sieht schon an den Fenstern, was los ist, und das bringt die Kunden rein. Es war ein gutes Publikum heute Abend.«

Die Frau verzog das Gesicht. »Bis auf den Spinner in der ersten Reihe.«

»Es ist immer einer dabei.«

»Ja, ich weiß, aber wie der sich über den armen Drew Shand und Jane Elias ausgelassen hat … das war ja krank. Machen

Sie sich keine Sorgen, dass solche verrückten Typen Ihre Bücher lesen?«

Kit stand auf und zuckte mit den Schultern. »Eigentlich nicht. Eher muss man sich wegen derjenigen Sorgen machen, die den Mund nicht aufmachen. Stimmt doch, Steve?«

Steve sah überrascht auf. »Tut mir leid, hast du mit mir geredet, Kit?«

»Ja, ich sagte gerade, man muss sich nicht um die Spinner kümmern, die die Klappe aufreißen. Eher gibt es Probleme mit denen, die sich nicht anmerken lassen, dass sie Kandidaten für die geschlossene Abteilung sind.«

Steve schlug das Buch zu. »Stimmt. Die perfekten Morde werden von Leuten verübt, die klug genug sind, um sie wie Unfälle aussehen zu lassen, und stark genug, hinterher den Mund halten zu können.«

Kit lachte. »Nicht wie der Kerl in Sheffield, der seiner Frau den Kopf abschnitt und ihn seiner Freundin brachte, um ihr zu zeigen, wie sehr er sie liebte.«

Die Buchhändlerin schauderte. »Das haben Sie sich aber jetzt ausgedacht.«

»Ich wollte, er hätte es erfunden. Die Wahrheit ist meistens viel schrecklicher als Geschichten in Büchern – sogar *seine*«, sagte Steve. »Bist du so weit, Kit?«

Sie gingen von der Buchhandlung aus in einträchtigem Schweigen den Hang hinunter. Ohne sich absprechen zu müssen, kehrten sie im ersten Bier-Pub ein, das Kit als annehmbar einstufte. Es war ein Lokal, dessen Besitzer keinen Aufwand gescheut hatten, alles wie eine Bar aus den Dreißigerjahren aussehen zu lassen, mit unbehandeltem Holzboden und Holzstühlen. Es fehlte nur noch das Sägemehl auf dem Boden. Als sie sich zur Bar drängten, sagte Kit endlich etwas. »Du glaubst doch nicht, dass zwischen dem Mord an Drew Shand und dem an Jane Elias ein Zusammenhang besteht, oder?«

»Ich weiß über keinen der Fälle genug, um auch nur darüber

spekulieren zu können«, antwortete Steve. Er schob sich zwischen den Gästen hindurch, sah zur Bedienung und sagte: »Zwei Bier, bitte.«

Kit grinste. »Mangel an Wissen hat Fiona nie zurückgehalten. Sie meint, es ist ungefähr so wahrscheinlich, wie dass Manchester United den ersten Platz verliert. Aber sie sagt das vielleicht nur, damit ich mich nicht beunruhige.«

Steve trank einen Schluck von seinem Bier und lächelte. »Und du meinst, ich werde ihr widersprechen? Und riskieren, den Zorn Gottes auf mich herabzuziehen?«

»Weißt du, was dein Problem ist, Stevie? Du lässt Fiona viel zu viel durchgehen. Du fügst dich ihren Wünschen, wie du es meines Wissens bei keinem anderen Menschen machst. Aber bei einer Frau wie Fiona kann man es sich nicht leisten nachzugeben. Gibt man ihr einen Zentimeter, hisst sie ihre Flagge gleich über der ganzen Welt, bevor man überhaupt merkt, was los ist.«

»Alte Gewohnheiten wird man schwer los«, sagte Steve, der sich im Klaren war, dass Kit sein Territorium so deutlich wie ein unkastrierter Kater absteckte. Er wusste, dass sein Freund Recht hatte. Zu Beginn seiner Beziehung zu Fiona hatte er nicht begriffen, dass sie jemanden brauchte, der sich ihr gegenüber behaupten und sie herausfordern würde. Jetzt war es zu spät, dies zu ändern. Noch schlimmer, es war zu einem eingespielten Muster in seinen persönlichen Beziehungen zu Frauen geworden. Er konnte mit weiblichen Kollegen und Untergeordneten schon streng sein und machte nie Zugeständnisse wegen ihres Geschlechts. Aber sobald sich die Möglichkeit einer romantischen Beziehung anbahnte, wurde Steve wieder zu dem Schwächling, dem es nicht gelungen war, Fiona zu gewinnen. Er war nicht zufrieden damit, aber er hatte weder genug Zeit noch Motivation, das zu ändern. Selbst wenn er gekonnt hätte. Steve schreckte aus seinen Gedanken auf und kehrte zu dem zurück, was Kit sagte.

»Ich brauche niemanden, der mich schont, um mich bei Laune zu halten. Ich muss nur wissen, ob du denkst, ich sollte mich mehr in Acht nehmen, wo jetzt diese Drohbriefe kursieren.«

Sie gingen zu einem Tisch in der Ecke, den sie aus Erfahrung als einen der leiseren Plätze kannten, wo die Lautsprecher nicht so dröhnten. Dort konnten sie sich unterhalten, ohne Kehlkopfentzündung oder unliebsame Lauscher zu riskieren. Steve nahm eine Zigarre aus seiner Brusttasche und zündete sie an. »Erzähl mir das alles noch mal, Kit. Ich konnte dich nicht hören wegen des Krachs an der Bar.«

Kit schüttelte den Kopf. »Du hast nicht zugehört. Du hast an Frauen gedacht. Ich habe dir von den Briefen mit Morddrohungen erzählt, die offenbar unter uns Krimiautoren umgehen. Ich habe einen bekommen, Georgia Lester bekam einen. Fiona schlug vor, ich solle herumfragen, ob sonst noch jemand einen erhalten hat, und ich habe heute einige E-Mails dazu rausgeschickt. Bis jetzt haben drei es zugegeben: Jonathan Lewis, Adam Chester und Enya Flannery. Auch mein Agent hat einen bekommen. Und sie klingen alle, als habe dieselbe Person sie geschrieben. Außerdem sagten Enya und Jonathan, sie hätten ähnliche Botschaften auf ihren Anrufbeantwortern gehabt. Aber die Stimme war zu undeutlich und unmöglich zu identifizieren, selbst wenn es jemand aus dem persönlichen Bekanntenkreis gewesen wäre.«

»Und du fragst dich also, ob es einen Zusammenhang zwischen diesen beiden Morden gibt? Ob jemand außen einen Groll gegen Autoren von Kriminalromanen hegt?« Steve bemühte sich, nicht so ungläubig auszusehen, wie er war. Er kannte Kits gesundes Selbstbewusstsein in Bezug auf seine Arbeit. Aber es war ihm nicht klar gewesen, dass er und seine Kollegen sich tatsächlich für wichtig genug hielten, um jemanden zu einer Mordserie zu veranlassen.

»Na, ich habe schon dran gedacht«, sagte Kit. »Ich meine, unter den Umständen ist es nicht unvernünftig. Ein verrückter Brief lässt sich leicht abtun, aber bei sechs fühlt man sich schon ein bisschen unwohl. Und ich habe mich gefragt, ob du vielleicht bei deinen Kollegen auf der anderen Seite der Irischen See anrufen und anfragen könntest, ob Jane Elias auch eine Morddrohung in Briefform bekam.«

»Kit, die Zeitungen sind voll von Jane Elias' Affäre mit diesem irischen Polizisten. Ehrlich gesagt glaube ich, dass das viel mehr mit ihrem Tod zu tun hat als alles andere. Nach meinen Informationen hat sich Pierce Finnegan im Lauf der Jahre viele Feinde gemacht, im Land und auch außerhalb. Es gibt keine bessere Möglichkeit, jemandem bei der Polizei beizukommen, als die Menschen anzugreifen, die er liebt. Also nein, ich glaube nicht, dass du schlaflose Nächte verbringen solltest wegen des Gedankens, dass jemand hinter dir her ist.«

»Aber rufst du dort an? Um mich und Fiona zu beruhigen?«

Kit sah Steve über den Rand seines Glases hinweg an. Wenn er es nicht aus Freundschaft täte, dann aufgrund seiner altmodischen Auffassung von ritterlicher Liebe. Darauf hätte Kit wetten können.

»Ich werde zusehen, was ich herausfinden kann«, sagte Steve. Er wusste, dass er manipuliert wurde, aber es erforderte mehr Anstrengung, sich dagegen zu wehren, als er aufbringen wollte.

Kit nickte zufrieden. »Das wollte ich nur hören. Fiona hält einen Zusammenhang für nicht wahrscheinlich, aber ich bin nicht sicher, ob sie das wirklich denkt oder ob sie es nur sagt, damit ich mir keine Sorgen mache. Ich habe manchmal das Gefühl, Fiona hält mich für ein zerbrechliches Blümchen, das man vor Wind und Regen beschützen muss.«

Steve prustete einen Mund voll Bier über den Tisch. »Verdammt noch mal, Kit«, bekam er mit Mühe heraus. »Du bist ungefähr so zerbrechlich wie die Brücke über den Forth.«

Bevor Kit antworten konnte, wurde ihrem friedlichen Beisammensitzen ein Ende gemacht durch die Ankündigung,

dass eine irische Band live spielen werde. Kit trank sein Glas aus und stand auf. »Gehen wir. Komm mit zu uns, es ist nur zehn Minuten zu Fuß.«
Keiner von beiden bemerkte den bärtigen Mann, der hinten in der Buchhandlung gesessen hatte, nun sein halb leeres Glas Guinness stehen ließ und ihnen in vorsichtiger Entfernung aus dem Pub folgte. Er hatte die Buchhandlung vor dem Signieren verlassen und geduldig in einem Hauseingang in der Nähe gewartet, bis Steve und Kit gegangen waren. Er war hinter ihnen den Hang hinuntergegangen, und als sie die Bar betraten, war er so lange draußen stehen geblieben, bis sie sich etwas zu trinken geholt und Platz genommen hatten. Dann hatte er sich drei anderen Männern angeschlossen, die auf die Bar zugingen, sich einen Drink bestellt und einen Platz gefunden, von dem aus er Kits Kopf von hinten und Steves Profil sehen konnte.
Jetzt folgte er ihnen durch die nächtlichen Straßen und hielt sich vorsichtig ein Stück hinter ihnen. Er lächelte in sich hinein. Seine Vorsicht war eigentlich Zeitverschwendung. Die blöden Kerle hatten keine Ahnung. Als sie in ein Tor einbogen, hielt er an und tat so, als binde er seine Schnürsenkel. Dann ging er weiter die Straße entlang, und als er an dem Haus vorbeikam, in das sie gegangen waren, blickte er auf die andere Seite. Er konnte den Zorn und Neid angesichts des eleganten Hauses nicht unterdrücken. Wenn es nach ihm ginge, würde Kit Martin sein selbstzufriedenes und angenehmes Leben nicht mehr lange genießen können. Er hatte gewisse Pläne, um dem verdammten Mr. Martin das Leben weit weniger behaglich zu machen.

Sie fanden Fiona in der Küche vor, wo sie die Penne puttanesca aufaß, die Kit für sie hingestellt hatte. »Ihr seid früh wieder da«, sagte sie.
»Wir dachten, wir könnten dich mal mit deinem Lover erwischen«, neckte Steve.

Fiona streckte ihm die Zunge heraus. »Zu spät. Sie ist gerade gegangen.«
»Die Iren haben das Pub überfallen«, sagte Kit. »Du weißt ja, wie ich dieses üble, nachgeäffte Moorbauern-Gedudel hasse.« Er nahm zwei Flaschen Sam Smith's Organic Bitter aus dem Getränkeschrank. »Also haben wir gedacht, wir könnten heimkommen und deinen Abend ruinieren.«
»Auch dafür kommt ihr zu spät. Salvador Berrocal hat angerufen und mir mitgeteilt, dass es in Toledo einen weiteren Mord gegeben hat, und ich habe daraufhin die spanischen Tatortberichte durchgeackert und die Daten in den Computer eingegeben, statt mich mit einem langen heißen Bad zu verwöhnen.«
Kit zog ein Gesicht. »Mist, das zieht einen runter«, sagte er.
»Wie war die Lesung?«, fragte Fiona.
»Relativ gut besucht, wenn man bedenkt, dass ich kein neues Buch zu bieten hatte. Hab schon einige verkauft und alle Exemplare signiert, die ich zu fassen kriegte.«
»Er ist wieder mal zu bescheiden, Fi. Sie haben ihm aus der Hand gefressen. Sie waren begeistert. Alle Frauen wollten ihn mit nach Hause nehmen und die Männer mit ihm ein Bier trinken gehen«, sagte Steve und setzte sich ihr gegenüber.
»Und stattdessen seid ihr beide jetzt die Glückspilze«, sagte Kit. »Irgendwann in eurer Jugend oder Kindheit ...«
»Wir müssen etwas schrecklich Lasterhaftes getan haben«, antwortete Fiona. »Wie sieht's bei dir aus, Steve?«
Er machte eine Geste mit der ausgestreckten Hand, die so lala bedeuten sollte. »Wir hatten Glück bei einem rassistischen Überfall unten in Brick Lane, drei Typen verhaftet, und einer davon singt wie eine Operndiva. Das ist wohl das Beste. Blake ist nicht aus Spanien zurückgekommen, aber wir haben uns seine Finanzen angesehen, und es gibt keine Erträge, die auf Gewinn durch Erpressung hindeuten. Die einzige große Einzahlung auf sein Konto ist das Geld, das er von den Zeitungen für den Verkauf seiner Geschichte be-

kommen hat. Er hat einen Batzen in bar abgehoben, und wahrscheinlich gibt er das jetzt in Spanien aus.«

»Miese Schmierblätter. Da könnte es einem schlecht werden«, war Kits Kommentar.

Fiona seufzte. »Dem Buchstaben nach ist er unschuldig. Nichts verbietet ihnen, ihn zu bezahlen.«

»Er ist nicht unschuldig, wenn er zugesehen hat, wie Susan Blanchard umgebracht wurde ohne etwas zu sagen«, protestierte Kit.

»Wir *wissen* das aber nicht. Es ist nur meine Theorie«, erinnerte sie ihn.

Als er sah, dass sie ihren Teller zurückschob, nahm sich Steve eine Zigarre und zündete sie an. »Aber ich habe meinen eigenen Rat befolgt und bin noch mal die Protokolle der Augenzeugen durchgegangen.«

»Was Erfreuliches?«, fragte Fiona.

»Na ja, wir sind ja erst am Anfang, aber vielleicht ist da doch etwas. Ich habe die ursprünglichen Aussagen noch einmal gelesen und bemerkt, dass eine Person erwähnte, sie habe einen Radfahrer gesehen, der aus der Richtung des Tatorts kam. Sie ging mit ihrem Hund spazieren und erinnerte sich an den Radfahrer, weil er viel schneller vorbeiflitzte, als die Leute im Heath-Park im Allgemeinen fahren. Wir haben es damals nicht weiterverfolgt, weil Blake schon bald unter Verdacht stand.«

Fiona runzelte die Stirn. »Weißt du, ich erinnere mich, dass ich dazu eine Notiz gemacht habe, als ich noch offiziell mit dem Fall befasst war. Ich glaube, ich habe es sogar in meinem vorläufigen Bericht erwähnt«, sagte sie nachdenklich.

»Hast du sie also noch einmal befragt?«, wollte Kit wissen.

»Ich habe sie persönlich aufgesucht«, gab Steve zu. Er hielt die Hände hoch, als wolle er Fionas Widerspruch abwehren. »Ich weiß, es ist lächerlich, ein Polizeibeamter von meinem Rang, der selbst herumläuft und Zeugenaussagen aufnimmt, und ich weiß, ich sollte delegieren können, aber wenn wir wieder einen Fehler machen und ich es ausbaden muss, dann ist es diesmal wenigstens mein eigener Fehler, für den ich büße.«

»Was hatte sie zu sagen?«, fragte Fiona.

»Sie hat nicht viel mehr dazu ausgesagt. Sie war bei ihrem Spaziergang an dem Gebüsch vorbeigekommen, wo der Mord verübt wurde, und sie macht sich immer noch große Vorwürfe, weil sie einen Walkman aufhatte. Sie ist überzeugt, sie hätte etwas bemerken und Alarm schlagen können, wenn sie nicht Mozarts Requiem gehört hätte. Jedenfalls kam etwa zehn Minuten später ein Radfahrer von hinten auf sie zu und raste vorbei. Sie wurde zum Teil darauf aufmerksam, weil Radfahren in diesem Teil des Heath-Parks zu dieser Tageszeit eigentlich nicht erlaubt ist, auch wenn einige Leute sich ohnehin nicht um die Vorschriften kümmern. Aber hauptsächlich erinnerte sie sich daran, weil er so schnell fuhr. Er hatte einen Affenzahn drauf, sagte sie.«

Fiona seufzte. »Also keine Chance, eine gute Beschreibung zu bekommen.«

Steve schüttelte den Kopf. »Leider nicht. Sie hat ihn nur von hinten gesehen und weiß nichts über Räder. Wir wissen nicht, ob es ein Rennrad oder ein Mountainbike war. Sie erinnert sich, dass er einen Helm und richtige Radlerkluft aus Lycra trug. Schwarze Hose, meint sie, und ein dunkles Oberteil. Vielleicht lila oder dunkelblau oder sogar braun.«

»Das reduziert die Auswahl ja ungemein«, sagte Kit.

»Aber ...«, Steve hielt einen Finger hoch und lächelte, »sie hat sich bereit erklärt, sich hypnotisieren zu lassen, damit wir sehen, ob sich irgendwo in ihrem Unterbewusstsein etwas über den Radfahrer versteckt. Und als wir mit den anderen Zeugen, die sich gemeldet hatten, noch einmal sprachen und gezielt fragten, ob sie an diesem Morgen einen Radfahrer gesehen hätten, hatten wir einen weiteren Treffer. Ein Kindermädchen saß auf einer Bank am Fuß des Hügels, als er an ihr vorbeifuhr. Sie sagte, er sei so schnell gefahren, dass sie dachte, er würde es nicht um die Kurve schaffen, aber er packte es und fuhr auf den Ausgang zur Heath Road zu.«

»Wieso hast du das nicht beim ersten Mal bemerkt?«, fragte Kit, der trotz ihrer Freundschaft nie zögerte, Steve unbequeme Fragen zu stellen.

Steve schien verlegen. »Sie ist Philippinin. Sie spricht ziemlich gut Englisch, aber es ist nicht ihre Muttersprache. Als wir damals mit ihr sprachen, hatten wir keinen Dolmetscher. Der Kriminalbeamte, der die vorbereitende Befragung machte, fand, sie habe uns nichts zu sagen, was uns weiterbringen würde, so vereinbarte er gar kein zweites Gespräch mit einem Dolmetscher. Dieses Mal haben wir es richtig gemacht.«

»Und seid ihr zu einem guten Ergebnis gekommen?«, fragte Fiona.

Steve nahm einen langsamen Schluck aus der Bierflasche und nickte. »Grundsätzlich ja. Sie glaubt, er habe eine Schutzbrille und einen Helm getragen und dunkle Kleider. Sie meinte, es sei ein Mountainbike gewesen wie das ihres Arbeitgebers. Wir haben Marke und Modell identifiziert, natürlich könnte sie sich da auch irren.«

»Sie erinnert sich ziemlich gut nach so langer Zeit«, sagte Fiona nachdenklich. »Wie sehr habt ihr mit Fragen nachgeholfen?«

»Fast überhaupt nicht«, sagte Steve mit einem bitteren Unterton. »Sobald wir sie zu dem Radfahrer befragten, fing sie an zu nicken und wurde ganz aufgeregt. Sie sagte, sie habe es dem Polizisten erzählen wollen, der sie vorher besucht hatte. Aber als er merkte, dass sie Blake nicht gesehen hatte, war er nicht mehr interessiert. Zu unserer Verteidigung muss ich sagen, dass wir sie nicht im ersten Anlauf als Zeugin bekamen. Es war zehn Tage später oder so, als sie sich meldete. Ihre Arbeitgeber waren in der Woche vor dem Mord weg gewesen, und sie war zu ängstlich, um ohne ihre Erlaubnis zur Polizei zu gehen. Bis sie sich also bei uns meldete, war Blake schon unser Hauptverdächtiger.«

»Nicht gerade eine tolle Verteidigung«, sagte Kit dazu. »Und du hast die Stirn, dich zu ärgern, wenn ich mal hier und da einen verschlafenen Polizisten in meine Bücher hineinschreibe. Und wie geht's weiter?«

Steve spielte mit seiner Zigarre herum. »Ich bin in Versuchung, Blake noch einmal zu bestellen und ihn eine Zeugenaussage machen zu lassen.«

Kit lachte. »Ich kann mir die Aussage vorstellen, die du von ihm bekommen würdest. Ich könnte wetten, dass sie die Worte ›leck‹ und ›Arsch‹ enthalten wird.«

Steve landete einen scherzhaften Faustschlag auf Kits Schulter. »Zier dich nur nicht, Kit, sag uns ruhig, was du wirklich denkst.«

Fiona beachtete sie nicht und sagte langsam: »Man müsste es sehr vorsichtig angehen. Du hast offiziell die Position vertreten, in dieser Sache effektiv niemand anderen zu suchen. Wenn du Blake zur Befragung heranziehst, wäre es leicht für ihn, von Schikane zu reden, da die Ermittlungen nach deiner eigenen Aussage abgeschlossen sind. Wenn du dich verteidigst, indem du sagst, die Befragung sei noch in Gang, lenkst du die Aufmerksamkeit des wirklichen Täters auf die Tatsache, dass du ihn aktiver suchst als zuvor.«

»Aber wir müssten es gegen das abwägen, was Blake uns vielleicht sagt«, konterte Steve.

»Ich meine, Kit hat Recht. Ich glaube nicht, dass er dir etwas sagen wird, was weiterführt«, sagte Fiona und schüttelte den Kopf. »Er hat zu viel zu verlieren, wenn er den Mord wirklich beobachtet hat.« Sie zählte es an den Fingern auf: »Erstens riskiert er, wegen Strafvereitelung angeklagt zu werden, weil er verheimlichte, was er die ganze Zeit schon wusste. Zweitens verliert er den Vorteil, den er vielleicht hat, wenn er die Identität des Mörders kennt und ihn erpressen will. Drittens gibt er die Macht auf, die er mit seinen geheimen

Fantasiegebilden ausübt. Und viertens verzichtet er auf die Möglichkeit, öffentlich seine Unschuld zu beteuern, die ihm schon viel Geld von den Zeitungen eingebracht hat und ihm noch viel mehr Entschädigung vom Innenministerium bringen wird.«

»Deiner Meinung nach sollten wir ihn also lieber in Ruhe lassen«, sagte Steve unumwunden.

Fiona hob die Augenbrauen. »Das habe ich nicht gesagt. Ich habe nur festgestellt, dass ich ihn nicht zu dem Mord befragen würde.«

Steve lächelte. »Andererseits, wenn man bei der Verkehrspolizei hinterlegt, dass sie kontrollieren sollen, ob er getrunken hat, wenn er mit einunddreißig Meilen durch King's Cross fährt …«

Kit schüttelte den Kopf und tat, als bekümmere ihn dies. »Aber das wäre ja Schikane«, merkte er an.

»Nur wenn wir dabei ungeschickt sind. Und ich habe die Absicht, ihn im Blick zu behalten, wenn er nach Haus zurückkehrt.«

Fiona nickte zustimmend. »Es ist eine kleine Chance, aber sie könnte trotzdem direkt zu einem Mörder führen.«

Steve schaute grimmig drein. »Ich hab schon erlebt, dass geringere Chancen sich ausgezahlt haben. Glaubt mir, wenn Francis Blake etwas zu verbergen hat, werde ich herausfinden, was es ist.«

Kapitel 25

Steve legte den Hörer auf und machte sich eine Notiz auf seinem Block. Er hatte am selben Tag schon mit dem Leiter der Ermittlungen zum Mord an Jane Elias bei der Garda Siochana gesprochen. Und er hatte gewartet, ob er ihn zurückrufen würde. Der irische Kollege hatte versprochen, sich so bald wie möglich zu melden, hatte aber zu bedenken gegeben, dass allein in Elias' Büro Hunderte von Briefen und Tausende von Papieren lagen. Er hatte jedoch schon ein Team, das daran arbeitete, und hatte sich schließlich mit der Auskunft gemeldet, bisher hätten sie unter Jane Elias' Papieren keinen Brief gefunden, der den bei Kit, Georgia und ihren Kollegen eingegangenen ähnelte.
Das war natürlich kein schlüssiger Beweis. Sie hätte ihn gleich in den Papierkorb werfen oder am offenen Feuer in ihrem Salon verbrennen können. Aber weder war bei der Leiche ein Brief gefunden worden, noch hatte die irische Polizei irgendetwas Schriftliches von einem mutmaßlichen Mörder. Es gab nichts, das auf eine Verbindung zwischen dem Verfasser des Briefes und Jane Elias' Mörder hindeutete. Steve war froh, dass er für einen anderen eine gute Nachricht hatte; er wünschte, jemand hätte auch eine für ihn.
Er gähnte und streckte die Arme so weit aus, dass seine Schultern krachten. Er war bei weitem nicht der einzige der Beamten, der in New Scotland Yard um neun Uhr abends noch am Schreibtisch saß, auch wenn sie keine Nachtschicht hatten. Aber die anderen waren weit unter dem Rang eines

Detective Superintendent. Andererseits jedoch, so sagte er sich mit einem Bedauern, in das sich kein Selbstmitleid mischte, hatten die meisten Familien, zu denen sie nach Hause gingen. Er hatte vor langer Zeit akzeptiert, dass er wahrscheinlich diesen glücklichen Zustand nie erreichen würde. Die Heftigkeit seiner geheim gehaltenen Liebe zu Fiona Cameron – er wusste, dass sie nicht erwidert wurde – hatte ihn in den entscheidenden Jahren zwischen zwanzig und dreißig, als alle seine Freunde sich zum ersten Mal gebunden hatten, ungewollt aus dem Rennen geworfen.

Er hatte seine unerwiderte Leidenschaft durch seine Arbeit sublimiert. Eines Tages entdeckte er, dass ihm das starke Band der Freundschaft zu Fiona schließlich doch genügte. Er begriff, dass er sein Leben so eingerichtet hatte, dass er nie wieder Zeit, Kraft oder Gelegenheit haben würde, eine Beziehung einzugehen, die ihn zufriedenstellen würde. Aber in letzter Zeit hatte er doch manchmal darüber nachgedacht.

So viele seiner Freunde, die vor zwölf Jahren oder mehr mit einer Partnerin eine feste Beziehung begannen, waren inzwischen wieder alleinstehend. Wenige schienen einen langen Atem zu haben. Vielleicht war es mit achtunddreißig nicht zu spät. Vielleicht war die Zeit gekommen, sich wieder mal öfter mit anderen Singles zu treffen. Wenn Francis Blake an seiner erklärten Absicht festhielt, gegen das Innenministerium zu klagen, war es denkbar, dass ein Sündenbock in herausragender Stellung gefunden werden musste. Das Desaster mit der misslungenen Aktion konnte durchaus bedeuten, dass er bald jede Menge Zeit haben würde. Wenn seine Vorgesetzten entschieden, er sei derjenige, der vor der Öffentlichkeit die Schuld auf sich nehmen solle, dann lief er zumindest Gefahr, auf einen bedeutungslosen Posten abgeschoben zu werden, wo er praktisch keine Stellung in der Öffentlichkeit mehr einnahm und die beruflichen Anforderungen minimal waren. Ohne eine ihn fordernde Arbeit

würde er viel Zeit haben. Keine Zeit zum Totschlagen, sondern Zeit, um sich zu entwickeln.
Andererseits würde er den Schlüssel zum Geheimnis von Susan Blanchards Mörder vielleicht doch noch finden. Und während der Gedanke an ein Leben mit einer Partnerin oder sogar mit Kindern ihn wie ein ewiger Traum verfolgte, war sein Wunsch nach Befriedigung durch eine erfolgreich erledigte berufliche Aufgabe viel stärker, weil er deren berauschende Wirkung schon so oft erfahren hatte. Er wusste, dies konnte wieder Wirklichkeit werden, und er wurde dessen nie müde.
Mit einem Seufzer schloss Steve die Akte Francis Blake. Er hatte sie in der vorhergehenden Woche Dutzende Male durchgelesen. Er hatte zwar nicht das ungute Gefühl, etwas übersehen zu haben, aber auch keine intuitive Idee, die ihm sagte, wohin seine nächste Spur führen könnte. Er wünschte, Fionas Rat hätte nicht mit seinem eigenen instinktiven Gefühl zu Blakes vermutlicher Reaktion übereingestimmt. Es hätte ihm wenigstens eine Angriffsfläche geboten, einen sonnengebräunten und arroganten Francis Blake wegen einer Zeugenaussage zu schikanieren. Aber er wusste, dass sie Recht hatte. Der einzige Grund, weshalb er mit Blake reden wollte, war der Wunsch, einen Mann, den er verachtete, in eine unangenehme Situation zu bringen.
Wenn er im Zusammenhang mit diesem Fall an Fiona dachte, wurde sein Zorn wieder entfacht. Hätten sie doch nur weiter zusammenarbeiten können, dann würde er jetzt nicht in diesem Schlamassel stecken. Der Gedanke weckte eine verschüttete Erinnerung. Steve sprang auf und ging zum Aktenschrank. Ganz zu Anfang des Falls hatte Fiona ein Profil skizziert und einige Vorschläge für die Befragungen gemacht. In dem allgemeinen Chaos, das dann dazwischengekommen war, hatte Steve vollkommen vergessen, dass es dieses Profil gab, bis Fiona es am Abend zuvor beiläufig erwähnte, als sie über den Radfahrer sprachen.

Seine Finger blätterten nervös die Hefter durch, als er sich zu erinnern versuchte, wo er es abgelegt hatte. Beim zweiten Durchgang fand er, was er suchte. »FC, vorläufiger Bericht«, war mit schwarzem Filzstift auf den rechten oberen Rand eines hellbraunen Hefters gekritzelt. Steve lächelte und zog ihn heraus. Er war leider sehr dünn, deshalb hatte er ihn auch beim ersten Mal übersehen. Er schlug ihn auf und vertiefte sich in Fionas exakte, ihm vertraute Formulierungen. Wie immer hatte sie den Fall nicht mit Namen versehen, da sie ihrem Universitätscomputer in Sachen Sicherheit nicht ganz traute.

Fall SP/35/FC
Das Opfer und der Tatort lassen sich beide in die Kategorie »wenig gefährdet« einordnen. Sie war eine »anständige« verheiratete Frau, die ihre Zwillinge dabeihatte, es gibt keine Anzeichen dafür, dass irgendjemand aus ihrem unmittelbaren Umfeld an kriminellen Aktivitäten beteiligt war. Der Tatort ist auf öffentlichem Gelände, war recht belebt und bot wenig, was die Aufmerksamkeit vom Geschehen ablenken konnte. Die Tat wurde bei helllichtem Tag begangen, nur wenige Meter von einer befahrenen Verkehrsstraße entfernt. Hampstead Heath gilt allgemein als eine bei Tageslicht eher sichere Parkfläche in der Hauptstadt, es gibt relativ wenig Polizeistreifen, und der Park ist nicht für Überfälle oder Drogenkriminalität bekannt.
Dies bedeutet im Umkehrschluss, dass der Täter bei der Ausführung seiner Tat ein hohes Risiko einging. Darin zeigt sich ein relativ hohes Maß an Reife und Scharfsinn oder aber eine unbekümmerte Gleichgültigkeit gegenüber den Folgen seiner Tat.
Wenn wir jedoch den Charakter der Tat selbst untersuchen, wird klar, dass dies keine voreilige, aus dem Moment geborene, spontane Handlung war. Die Tatwaffe, ein Messer mit einer langen Klinge, muss vom Täter mitgebracht worden

sein. Der Überfall fand an einer der wenigen Stellen des Heath-Parks statt, die leicht zugänglich und doch weitgehend versteckt liegen, was auf einen hohen Grad an vorsätzlicher Planung hinweist. Entsprechend der Zeugenaussage 1276/98/STP ist es auch möglich, dass der Mörder mit einem Fluchtfahrzeug, nämlich einem Fahrrad, kam. Ich würde deshalb zu der Ansicht neigen, dass wir es mit einem Mann zu tun haben, der einen hohen Grad an Vertrauen in seine Fähigkeiten besitzt.

Solche Reife beim Ausführen krimineller Handlungen entsteht nur durch Erfahrung. Er mag zuvor nicht gemordet haben, aber die Wahrscheinlichkeit, dass er schon ernst zu nehmende sexuelle Übergriffe begangen hat, ist sehr hoch. Wenn er vorbestraft ist, ist es sehr wahrscheinlich, dass er mit Voyeurismus und unter Umständen Exhibitionismus angefangen und sich dann über weniger schwere sexuelle Belästigung zu Vergewaltigung gesteigert hat. Es ist jedoch durchaus möglich, dass er einer Verhaftung und der Vorbestrafung entgangen ist.

Ich würde deshalb empfehlen, die gelösten und ungelösten Vergewaltigungen und schweren sexuellen Übergriffe der letzten fünf Jahre gründlich zu überprüfen und zu versuchen, Parallelen zwischen einzelnen Fällen zu finden und so zur Identifizierung eines Tatverdächtigen zu kommen. Die Schlüsselfaktoren, auf die man dabei achten müsste, sind:

1. *Taten, die im Freien verübt wurden. Aus der Forschung geht hervor, dass Vergewaltiger entweder im Freien oder in Gebäuden aktiv sind und dass sich beide Charakteristika nur selten vermischen.*

2. *Die meisten Vergewaltiger neigen dazu, Mitglieder nur einer ethnischen Gruppe anzugreifen, dies ist allerdings nicht immer der Fall. Da das Opfer hier weiß und blond*

war, ist es eher wahrscheinlich, dass die früheren Opfer ähnliche Merkmale aufwiesen.

3. *Der Mörder fühlte sich durch die Gegenwart kleiner Kinder nicht gestört. Es könnte sogar sein, dass dies ein Element seiner Befriedigung darstellt. Deshalb gehen Vorfälle, die das Element Kinder als Zeugen einschließen und zu den oben genannten Mustern passen, mit noch größerer Wahrscheinlichkeit auf sein Konto.*

4. *Taten, bei denen der Täter auf einem Fahrrad floh. Wenn dies in der Vergangenheit gut gegangen ist, ist die Wahrscheinlichkeit einer Wiederholung größer.*

5. *Taten, bei denen der Täter ein Messer benutzte oder jemanden damit bedrohte. Es ist klar, dass er ein Messer zum Heath-Park mitgebracht haben muss, und deshalb ist es wahrscheinlich, dass es auch Teil seines früheren Vorgehens war.*

Mit dem Ergebnis einer solchen Suche wird es vielleicht möglich sein, durch die Verbindungslinien der Delikte untereinander und die Berücksichtigung der Eskalation ein kriminalgeografisches Profil zu erstellen, mithilfe dessen sich ein schlüssiger Tatverdächtiger herausschälen lässt.

Wie immer hatte Fiona alles knapp und pointiert abgefasst, dachte Steve. Und obwohl sie es am Abend zuvor großzügig vermieden hatte, ihn daran zu erinnern, hatte sie gleich die mögliche Bedeutung des Fahrrads erfasst. Am Ende des eigentlichen Berichts hatte sie eine Notiz mit ihrer kleinen, ordentlichen Handschrift aufgeklebt. *Ich weiß, dass du zwei Zeugen hast, die in der Nähe des Tatorts einen Mann haben laufen sehen. Ich glaube nicht, dass dies der Mörder ist. Wer immer diesen Mord begangen hat, war schlau genug, auf weniger aufsehenerregende Weise zu fliehen. Wenn ich etwas riskieren sollte, würde ich sagen, der mysteriöse Radfahrer, der sich bisher nicht gemeldet und zugegeben hat, dass er zur kritischen Zeit im Heath-Park war, ist ein viel wahrscheinlicherer Tatverdächtiger. Lass uns bald drüber reden. F.*

Obwohl der Fall Susan Blanchard offiziell abgeschlossen war, war es Steve gelungen, seinem Chef eine kleine Gruppe von Mitarbeitern abzuringen, die die Ermittlungen fortführen sollten, das aber zunächst nicht öffentlich zugeben würden: Sie würden dies erst dann tun, wenn ein Täter gefunden wurde, der in den Augen der Öffentlichkeit und der Staatsanwaltschaft ein glaubhafter Ersatz für Francis Blake war. Steve hatte einen Detective Sergeant und zwei Detective Constables zur Verfügung, die er während ihrer ganzen Arbeitszeit einsetzen konnte, und dazu noch eine Reserve aus Leuten guten Willens, die bei den ursprünglichen Ermittlungen mit ihm zusammengearbeitet hatten.

Er überlegte, welche Mitglieder seines Teams im Moment womit beschäftigt waren, und beschloss DC Joanne Gibb die Durchsicht der Akten erledigen zu lassen. Joanne arbeitete bei Recherchen sehr gewissenhaft und war sehr geschickt darin, Kontakte zu Kollegen sowohl in anderen Abteilungen als auch außerhalb der Met zu knüpfen. Er hatte schon erlebt, wie sie unfreundlich gesinnte Kollegen von anderen Polizeibehörden beruhigt und beschwatzt hatte, bis sie ihren Ärger darüber vergaßen, dass der große Stiefel der Met über ihr Revier trampelte. Niemand würde hartnäckiger nach Fällen fahnden, die ähnlich motiviert waren wie die von Fiona genannten. Niemand würde besser den ermittelnden Beamten die Einzelheiten entlocken.

Steve kopierte die Merkmale, die Fiona aufgeschrieben hatte, und hinterließ eine Notiz für Joanne, sie solle gleich morgen früh mit der Arbeit beginnen. Er streckte sich genüsslich, erleichtert und voll neuer Energie, weil er etwas

Positives in Gang gesetzt hatte. Heute Nacht würde er tatsächlich richtig schlafen können, statt sich stundenlang unruhig herumzuwerfen, was in letzter Zeit oft der Fall gewesen war.

Er reckte seinen langen, schlaksigen Körper und nahm seine Jacke von einem Haken, den er an der Seite des Aktenschranks direkt hinter seinem Schreibtisch angebracht hatte. Funktional, nicht ästhetisch, wie so vieles in seinem Leben, wie Fiona mehr als einmal seit den frühesten Tagen ihrer Freundschaft betont hatte. Wenn er Kits Stil gehabt hätte, wäre vielleicht alles anders gelaufen, sinnierte er, als er leicht auf seine Tasche schlug, um sicherzugehen, dass er seine Schlüssel hatte. Dann befand er, es sei sinnlos, darüber zu spekulieren. Um Kits Stil zu haben, hätte er ein anderer Mensch und Mann sein müssen. Und ein anderer Mann hätte sich vielleicht nicht einer lang anhaltenden Freundschaft mit Fiona erfreuen können, so wie er es tat.

Als er zwei Schritte von der Tür weg war, klingelte das Telefon auf seinem Schreibtisch. Steve zögerte kurz, dann kehrte er um. »Steve Preston«, sagte er.

»Superintendent Preston? Hier ist Sergeant Wilson vom Dienst. Wir haben gerade ein Fax von der spanischen Polizei bekommen. Francis Blake hat morgen einen Flug von Alicante nach Stansted gebucht. Er soll um 11.45 Uhr vormittags ankommen. Ich dachte, Sie würden das so bald wie möglich wissen wollen.«

»Danke, Sergeant. Haben wir die Details zum Flug?«

»Das steht alles im Fax. Ich schicke jemand damit hoch.«

»Lassen Sie nur, ich hol es auf dem Weg nach draußen ab.«

Steve legte den Hörer auf und lächelte. Sie würden also morgen Ermittlungen in zwei verschiedene Richtungen aufnehmen können. Während Joanne nach Hinweisen auf einen Mörder suchte, würden Detective Sergeant John Robson und Detective Constable Neil McCartney demjenigen auf

der Spur bleiben, der sie vielleicht zu demselben Mann führen würde.
Auf jeden Fall eine Änderung zum Besseren, dachte Steve, und seine Schultern waren deutlich gerader, als er zum zweiten Mal auf die Tür zusteuerte.

iii

Dies war der einzige Ort, der wichtig war. Dies war der geweihte Ort, der Hain für die Opfergabe, wo Moral zu Materie wurde. Alles darin war sorgfältig ausgewählt. Nichts war zufällig, außer dem Schnitt des Zimmers, und daran konnte er nichts ändern. Es hatte ein Fenster gegeben, aber er hatte es mit einem Stück Sperrholz abgedeckt und dann vorsichtig verputzt, sodass es wie eine glatte Wand aussah. Nur die Tür störte die perfekte Symmetrie des Raums. Das war jedoch akzeptabel. Sie teilte den Raum so symmetrisch, wie der menschliche Körper mit der Achse des Rückgrats in zwei Hälften geteilt ist.

Er hatte die Wände mit Auslegpapier tapeziert. Die Tapete, die er haben wollte, gab es schon seit Jahren nicht mehr, aber das war nicht wichtig. Er hatte sich eine Schablone des stilisierten Blattmusters für die Längsstreifen der Tapete gemacht. Und er hatte sich extra Farbe mischen lassen, um genau die Grüntöne zu treffen, an die er sich erinnerte. So erreichte er mit großer Sorgfalt eine genaue Nachbildung. Dann hatte er die Tapete mit einer dünnen Schicht farblosem Bootslack überstrichen, sodass man eventuelle Spritzer oder Schmierspuren schnell und spurlos abwischen konnte. Dies war praktisch und schnell getan.

Der Boden war einfach gewesen. Von einem Lager mit Abrissmaterial hatte er die alten Parkettstreifen gekauft. Ahorn, hatte der Mann ihm gesagt. Von den Büros einer alten Wollspinnerei in der Gegend von Exeter. Er hatte ein paar Abende gebraucht, um sie zu verlegen und eine möglichst große Übereinstimmung mit dem Boden zuwege zu bringen, an den er sich erinnerte. Aber es war eine eher langweilige Arbeit gewesen, keine, die ihn forderte.

Die Lampe hatte er in einem Trödelladen draußen an der Taunton Road erstanden. Es war das erste Stück, das er gekauft hatte. Ja, die Lampe hatte ihn tatsächlich erst auf den Gedanken an dieses magische Zimmer gebracht. Sie hätte das Original sein können, so genau stimmten die drei Milchglasschalen mit seiner Erinnerung überein. Als er sie in dem schmuddeligen Laden voller Verwunderung betrachtete, kam ihm der Gedanke, das Zimmer wieder zum Leben zu erwecken und es genauso herzurichten, wie es gewesen war, und daraus einen Tempel für die dunklen Wünsche zu machen, die es in ihm geweckt hatte.

Die Einrichtung war einfach. Ein schlichter Tisch aus Kiefer, obwohl die Macken auf der Tischplatte anders waren als die in seiner Erinnerung. Vier Kiefernstühle mit runden Lehnen, die oben von den vielen Händen abgegriffen waren, die sie herausgezogen und wieder an ihren Platz geschoben hatten. Auf einem kleinen, mit grünem Billardtuch bezogenen Kartentisch lagen seine Arbeitswerkzeuge aufgereiht, deren blanker Stahl im Lampenlicht glänzte. Chirurgische Seziermesser, ein Metzgerbeil, eine kleine Handsäge und ein geölter Wetzstein, denn alle mussten immer rasiermesserscharf sein. Unter dem Tisch standen ein Stoß flacher Behälter aus Styropor für Fleisch in verschiedenen Größen und eine extragroße Rolle Frischhaltefolie.

Das Töten wurde natürlich an einem anderen Ort besorgt. Es war egal, wo. Das spielte für die Bedeutung des Rituals keine Rolle. Die Methode war immer dieselbe. Erdrosseln durch Ligatur war der Fachausdruck, das wusste er. Es war zuverlässiger als die Hände, die rutschen und auf der vom Angstschweiß glatten Haut abgleiten konnten. Ausschlaggebend für die Wahl dieses Vorgehens war, dass es dem Körper einen weniger tief greifenden Schaden zufügte. Stich- oder Schuss-

wunden verursachten solch verheerenden Schaden und zerstörten die Perfektion, die er sich wünschte.
Dann kam die Waschung. Selbst nackt wie sein Opfer, ließ er die von den Kleidern befreite Leiche ins warme Wasser gleiten und öffnete die Venen, um so viel Blut wie möglich heraussickern zu lassen, weil er die hässlichen blauen Flecken vermeiden wollte, die das Aussehen der Opfergabe verdorben hätten. Dann leerte er die Wanne und füllte sie erneut. Der Körper wurde sorgfältig mit unparfümierter Seife gereinigt, die Nägel gebürstet, die Ausscheidungen nach dem plötzlichen Tod weggewaschen, der Körper von jeder Verunreinigung befreit.
Endlich konnte er sich an seine Aufgabe machen. Wenn er den Prozess begonnen hatte, konnte er sich keine Zeitverschwendung mehr leisten. Die Leichenstarre setzte innerhalb von fünf bis sechs Stunden ein, machte seine Arbeit schwieriger, und zugleich konnte er dann nicht mehr so präzise vorgehen. Die Leiche lag blass wie eine Statue auf dem Tisch und war seine Votivgabe an die merkwürdigen Götter der Obsession, die, so hatte er vor vielen Jahren gelernt, besänftigt werden mussten.
Zuerst der Kopf. Er durchschnitt die Sehnen und komplexen Strukturen an Kehle und Hals mit einer Klinge, die so fein war, dass sie nur eine bleistiftdünne Spur hinterließ, als er das Messer herausnahm und es mit dem Beil vertauschte, um den Schädel vom ersten Wirbel zu trennen. Er legte den Kopf zur Seite, bis er sich später damit beschäftigen konnte. Dann machte er einen Y-förmigen Einschnitt wie ein Pathologe. Er zog die Oberhaut zurück und drehte den Körper vorsichtig um, sodass er die Haut vom Hals bis zu den Zehen abziehen konnte. Er entfernte die Haut wie einen Taucheranzug, bis er einen Körper vor sich hatte, der einer anatomischen Abbildung glich. Die leere Haut kam in einen Eimer zu seinen Füßen.
Dann versenkte er die Hände in der noch warmen Bauch-

höhle, hob behutsam die Eingeweide und inneren Organe heraus, die er abschnitt und auf einen Haufen zur Seite legte. Als Nächstes öffnete er das Zwerchfell und entfernte sorgfältig Herz und Lunge, die er symmetrisch auf beiden Seiten des Brustkorbs hinlegte.

Weiter ging er zu den Handgelenken, die er beide glatt abtrennte, wobei das Ausrenken keine Probleme bereitete. Seine Erfahrung im Metzgerberuf hatte ihn mit allen Grundfertigkeiten ausgestattet, die er zu einer Kunst verfeinert hatte, wie er selbstbewusst glaubte. Niemals war ein menschlicher Körper so perfekt und so voller Ehrfurcht seziert worden.

Als Nächstes kamen die Füße dran. Dann die Ellbogen und Knie, gefolgt von der Abtrennung der verbliebenen oberen Gliedmaßen an den Hüften und Achseln. Er arbeitete jetzt flink und sicher und zerteilte den Körper mit den effizienten Bewegungen eines Experten, der in seinem Fach geübt war. Die Zeit verging im Flug, während seine Hände planmäßig weiterarbeiteten, bis nur noch ein Haufen von Fleischstücken übrig blieb und der Kopf nach außen gedreht am oberen Ende des Tischs lag.

Jetzt war seine Erregung auf dem Höhepunkt, sein Herz schlug rasend schnell, und sein Mund war trocken. Mit einem leisen Seufzer nahm er seinen Penis in die blutverschmierten Hände und schob ihn vorsichtig in den offenen Mund, der wie an einem Totempfahl vor ihm stand. Er hielt den Kopf an den Haaren, stieß sich hinein in die offen stehende Kieferhöhle, und sein Körper zitterte in Ekstase.

Als alle Leidenschaft verströmt war, stand er vornübergebeugt mit den Fäusten auf den Tisch gestützt und atmete so schwer wie ein Marathonläufer an der Ziellinie. Das Sakrament war vollzogen. Es blieb nichts als das, was er jetzt entsorgen musste.

Für die meisten Mörder wären hier kaum zu bewältigende Probleme aufgetreten. Aber für einen Mann, der einen

Großhandel für Metzgereien besaß, war die Sache einfach. Dutzende von gefüllten Kühltruhen mit abgepacktem Fleisch gehörten ihm. Selbst wenn irgendjemand es schaffte, die Hängeschlösser an der Truhe zu öffnen, die bei seinem Personal als sein persönlicher Lagerraum bekannt war, würden sie nichts Verdächtigeres sehen als Dutzende von Päckchen mit gefrorenem Fleisch. Menschenfleisch sah glücklicherweise allen anderen Fleischsorten sehr ähnlich, wenn es geschlachtet war.

Kapitel 26

Die Abenddämmerung über Hampstead Heath hatte für Fiona nie ihren Zauber verloren, besonders zu dieser Jahreszeit. Nach einem heißen Sommer zeigte Anfang Oktober das helle Tageslicht den Staub auf den sich verfärbenden Blättern, der sie stumpf erschienen ließ. Und das Licht machte die welken Farbtöne der Grashalme und das ausgetrocknete Grau der Erde sichtbar. Aber wenn der Himmel sich bei einem dunstigen Sonnenuntergang rot färbte, bekamen die Farben ihre Tiefe und Leuchtkraft wieder und kontrastierten mit der Stadt, die sich darunter ausbreitete.

Anders als der Heath-Park verloren die Londoner Straßen im Zwielicht alle scharfen Umrisse. Die sterbende Sonne spiegelte sich hie und da in dem Fenster eines der hohen Bürogebäude. Feurige Glanzpunkte blitzten auf einer formlosen grauen Masse wie Synapsen im Gehirn, die den Funken weitergaben. Es war nicht die wilde und abwechslungsreiche Landschaft der Berge von Derbyshire, bei weitem nicht, aber sie fühlte sich daran erinnert, dass es solche Orte nicht nur tatsächlich gab, sondern dass sie zu ihrer eigenen inneren Landkarte gehörten, die sie in ihrem Kopf abrufen konnte, wann immer sie sie brauchte. Es war eine Art Erfrischung. In der Woche, seit sie die Nachricht von Jane Elias' Tod gelesen hatte, war Fiona mindestens einmal täglich zum Park von Hampstead Heath gegangen. Jetzt setzte sie sich auf eine Bank auf Parliament Hill, zufrieden damit, nichts Anstrengenderes zu tun, als eine Weile Menschen zu beobachten.

Manche Spaziergänger waren ihr von ihren Ausflügen zum Heath-Park vertraut. Hundebesitzer, Jogger, eine Horde Jungs, die auf ihren Skateboards ihre Teenagerjahre genossen, zwei ältere Frauen aus ihrer eigenen Straße, die schnell vorbeigingen und grüßend nickten, die Buchhändlerin, die ihr Lauftraining machte, und andere, die sie noch nie hier gesehen hatte. Manche waren offensichtlich aus der Gegend, oft ins Gespräch mit Partnern oder Kindern vertieft, und ihre Füße fanden automatisch an jeder Wegkreuzung die Richtung. Manche waren gleich als Touristen zu erkennen, sie hielten Stadtpläne in der Hand und versuchten stirnrunzelnd, trotz der diesigen Sicht die Wahrzeichen der Stadt zu erkennen. Manche ließen sich nicht in eine Kategorie einordnen, ihr Tempo lag irgendwo zwischen ziellosem Schlendern und konzentriertem Gehen.
Zu welcher Kategorie hatte wohl Susan Blanchards Mörder gehört?, dachte Fiona. Plötzlich aufmerksam geworden, fragte sie sich, was diesen Gedanken ausgelöst hatte. Es war nicht so, dass sie den Heath-Park seit dem Mord nicht regelmäßig besucht hätte, obwohl sie dazu neigte, den Weg zu meiden, der am Tatort vorbeiführte. Aber warum war ihr das gerade jetzt in den Sinn gekommen?
Fiona blickte in beide Richtungen den Weg entlang, sie war überzeugt, dass sie irgendjemanden oder etwas wahrgenommen hatte, das in ihrem Unterbewusstsein den Gedanken an den Mord hervorgerufen hatte. Das Paar, etwas über dreißig, der Mann mit dem vor die Brust geschnallten Baby konnten es nicht gewesen sein. Und auch nicht der Mann mittleren Alters mit seinem schwarzen Labrador oder die Teenager, die über irgendeine Geschichte kichernd auf ihren Rollerblades vorbeifuhren. Sie schaute sich ratlos um.
Er saß etwa fünfzig Meter entfernt in eine Mulde gekauert, vielleicht zwanzig Meter vom Weg entfernt. Auf den ersten Blick sah er wie ein Jogger aus. Leichte Sweat-Hose und ein T-Shirt, Turnschuhe. Aber er schien nicht heftig zu atmen,

wie es jemand, der den Hügel heraufgerannt war, unweigerlich tun würde. Er betrachtete auch nicht die Aussicht. Nein, er beobachtete die beiden Mädchen auf den Rollerblades, die auf einer großen Wegkreuzung weite Kreise zogen, schrien und lachten und sich neckend Schimpfnamen an den Kopf warfen.

Als die Mädchen, nun von einer Gruppe Büsche verdeckt, aus seinem Blickfeld verschwanden, stand er auf und sah suchend den Weg entlang, ob sich sonst noch jemand näherte. Ein paar Minuten schien niemand seine Aufmerksamkeit zu erregen. Dann kam ein junges Pärchen in Sicht, sie hatten die Arme umeinander geschlungen, der Kopf des Mädchens ruhte an der Brust des Jungen. Gleich wurde der Mann aufmerksamer. Er steckte die Hände in die Taschen und kauerte sich wieder hin.

Fiona sah dem Mädchen und dem Jungen nach, bis sie außer Sichtweite waren, stand auf und ging einige Schritte auf den Mann zu. Sie starrte demonstrativ zu ihm hinüber und nahm ihr Handy heraus. Sobald ihm klar wurde, was sie tat, richtete er sich auf und lief den Hang hinunter, der sich durch das dichte Gebüsch wand.

Fiona steckte ihr Handy weg. Sie hatte nicht die Absicht gehabt, die Polizei zu rufen; es genügte, dass er dachte, sie hätte es vorgehabt. Was hätte sie schließlich zu berichten gehabt? Ein Mann, der ein Interesse daran zu haben schien, Teenager zu beobachten. Er hatte nichts Bedrohliches getan, nichts besonders Außergewöhnliches, nichts, das sich nicht im Ton empörter Entrüstung wegerklären ließ. Auch sein plötzliches Weggehen ließ sich leicht rechtfertigen, er hatte wohl beim Laufen eine Pause gemacht und sich jetzt genug ausgeruht, um weiterzugehen.

Wie unauffällig sich sein Verhalten auch darstellen ließ, es hatte genügt, um Fionas Alarmantennen in Schwingung zu versetzen. Sie glaubte nicht, dass der fremde Mann etwas Schlimmeres als ein ziemlich ängstlicher Voyeur war. Aber sein Verhalten erinnerte sie daran, dass Susan Blanchards Mörder den Bereich, wo er töten wollte, gründlich erkundet haben musste, bevor er zuschlug. Er wäre sicher zu Fuß gegangen, wäre nicht mit dem Rad gefahren, um jede Einzelheit des Geländes wahrzunehmen, er hätte die Fluchtwege geplant und sein Opfer ausgewählt. Er war vielleicht geschickt genug, um seine Interessen vollständig zu verbergen, aber Fiona bezweifelte das.

Sie fragte sich, wo er an diesem Abend war. Er würde das starke Bedürfnis fühlen, wieder zu töten, vermutete sie. Wo würde er jetzt herumlaufen? Welche Erkundigungen würde er jetzt einziehen? Wie würde er seinen nächsten Tatort wählen? Würde er zum Heath-Park zurückkehren? Oder würde er einen anderen Ort in der Nähe ausprobieren? Den Highgate-Friedhof? Alexandra Palace? Oder kannte er die Stadt gut genug, um sich weiter zu entfernen? Wo waren die Grenzen seiner inneren Landkarte? Sie kannte die Grenzen, die ihm seine Psyche setzte, sie ergaben sich aus seinen Taten. Aber wo lagen seine räumlichen Grenzen?

Fragen, die sie nicht beantworten konnte, drängten sich in ihrem Kopf und zerstörten den Frieden, den zu suchen sie nach einem anstrengenden Arbeitstag zum Heath-Park gekommen war. Es war Zeit, nach Hause zu gehen, durch die Straßen mit den soliden Häusern, ihrem schmutzigen Stuck und den schmierigen gelben Londoner Backsteinfassaden, die unter dem dumpfen Orange der Straßenlampen düster wirkten. Es war Zeit, ihr eigenes voyeuristisches Vergnügen zu genießen, wenn sie im Vorbeigehen in die beleuchteten Fenster sah, sich am Blick auf das Leben anderer Leute erfreute, von dem sie nur kurze Ausschnitte aus dem Augenwinkel erhaschte. Und natürlich das Gefühl der Überlegenheit, das sie nicht unterdrücken konnte, wenn sie ein besonders geschmackloses Interieur bemerkte.

»Du solltest dich um dein eigenes Leben kümmern, du trauriges Mädchen«, murmelte sie, während ihr ein frisch renoviertes Wohnzimmer ins Auge fiel, in dem drei überhaupt nicht zusammenpassende Tapetenmuster kombiniert waren, und merkte sich, dass sie dies später Kit erzählen wollte.

Als sie die Haustür aufstieß, fing das Telefon gerade an zu klingeln. Fiona eilte durch die Küche und nahm beim vierten Klingeln ab. »Hallo?«, sagte sie.

»Doktor Cameron?« Die Stimme hatte einen blechernen Klang, den Handys manchmal verursachen.

»Ist dort Major Berrocal?«, fragte Fiona unsicher.

»*Sí.* Es tut mir leid, Sie zu Hause zu belästigen, aber es hat sich hier bei uns einiges ergeben, das Sie wahrscheinlich gern wüssten, dachte ich.«

»Das geht in Ordnung, kein Problem. Haben Sie Delgado gefunden?« Während sie sprach, streifte Fiona ihre Jacke ab und griff nach einem Block und Stift, die beim Telefon lagen.

»Nicht ganz. Aber wir haben den Ort gefunden, wo er sich versteckt gehalten hat, so glauben wir.«

»Das hört sich an, als hätten Sie Fortschritte gemacht.«

»*Sí.* Und zwar aufgrund Ihrer Idee.«

»Er hat sich in einem Mausoleum aufgehalten? … Einem Grabmal?« Stolz und Genugtuung stiegen in Fiona auf.

»Nein, es war nicht ganz so. Es gibt einen großen Friedhof nördlich der Stadt, der zu der von Ihnen geäußerten Idee passte. Wir haben also die örtliche Polizei überredet, dort eine Suchaktion durchzuführen. Es gab keine Anzeichen, dass Gräber geöffnet worden waren, so hat man uns für vollkommen verrückt erklärt und befunden, Delgado sei dort nicht zu finden. Aber einer meiner Männer beißt sich immer fest wie ein Kampfhund, so beschreibt das meine Frau. Er ist heute noch mal hingegangen.«

»Und er hat etwas gefunden?«, drängte ihn Fiona.

»*Sí.* Es gibt da eine kleine Hütte, die von den Arbeitern für ihre Geräte benutzt werden kann. Sie steht seit einigen Jahren leer, aber mein Mann hat entdeckt, dass die über das

Fenster genagelten Bretter gelockert waren. Er ist hineingegangen und hat Delgados Lager gefunden, wie wir glauben. Es gab Essen, Wasser, einen Schlafsack und Kleider. Wir haben Fingerabdrücke verglichen, die wir auf einem Gegenstand aus Delgados Wohnung gefunden hatten, und sie passten perfekt.«

»Sie wissen also, dass er dort gewesen ist.«

»*Sí*. Ich lasse jetzt den Friedhof von meinen Leuten beobachten, aber ich fürchte, er wird nicht zurückkehren. Das Obst in der Hütte war angefault. Ich glaube, er hat die örtliche Polizei bei der Suchaktion gesehen.«

»Was für eine Enttäuschung für Sie«, sagte Fiona. »So nah dran und doch so weit weg.«

»Ja, ganz heiß, aber kein Fang. Ich glaube, er wird gefährlich sein auf der Flucht, nicht wahr?«

Fiona dachte einen Moment nach. »Ich glaube nicht, dass er in Panik verfällt. Bis jetzt waren alle seine Reaktionen ganz beherrscht. Er kennt die Stadt und die Umgebung gut. Er hat wahrscheinlich noch ein anderes Versteck in Reserve.«

Berrocal brummte unverbindlich. »Ich befürchte, dass er sich in die Enge getrieben fühlt und mit einem grandiosen Feuerwerk verabschiedet. Etwas Spektakuläres. Er hat jetzt nichts mehr zu verlieren. Er weiß jetzt, dass wir ihn für den Killer halten. Vielleicht ist das Beste, was er sich erhoffen kann, mit seinem Abgang noch einmal seine dramatische Botschaft zu verkünden.«

»Sie denken an einen Amoklauf? An ein Blutbad?«, fragte Fiona.

»Das befürchte ich«, bestätigte Berrocal.

Fiona seufzte. »Ich kann mich jetzt spontan an keinen anderen Fall erinnern, wo ein Serienmörder sich zu einem Amokläufer entwickelt hätte. Aber die meisten Serienkiller sind vor allem Sexualverbrecher, und ich habe von Anfang an geglaubt, dass diese Morde aus einer anderen Motivation heraus begangen wurden. Ich weiß ehrlich nicht, was ich

sagen soll, Major. Ich muss zugeben, Ihre Interpretation der Situation scheint mir plausibel.«
Eine lange Pause folgte. Dann sagte Berrocal: »Ich werde dafür sorgen, dass die Stadt alarmiert wird. Es ist keine Großstadt. Wir sollten in der Lage sein, ihn zu finden.«
Pfeifen im Wald, dachte Fiona. Alle, die Serientäter verfolgen, tun es letzten Endes. »Setzen Sie sich mit jemandem zusammen, der die Geschichte von Toledo extrem gut kennt«, riet sie ihm. »Fragen Sie nach Orten in der Stadt, wo Leute gewaltsam zu Tode gekommen sind. Wenn er wieder zuschlägt, entweder mit einem einzelnen Mord oder mit einem Amoklauf, dann wird er sich darauf konzentrieren. Und dort werden Sie ihn wahrscheinlich erwischen.«
»Danke für den Rat.«
»Bitte, aber ich bin sicher, Sie sind auch schon darauf gekommen. Lassen Sie mich wissen, wie Sie weitermachen.«
»Natürlich, gute Nacht, Frau Doktor Cameron.«
»Gute Nacht, Major. Und viel Glück.« Als Fiona bedrückt das Telefon auflegte, hörte sie das Klicken der sich öffnenden Haustür. »Kit?«, rief sie überrascht.
Die Tür wurde geschlossen, und die vertraute Stimme ihres Freundes antwortete: »Hi, Schatz, ich bin zu Hause.«
Er kam in die Küche und umfing sie mit einer heftigen Umarmung, die sie fast erstickte und die sie inzwischen als tröstlich empfand. Fiona legte den Kopf in den Nacken, um ihn zu küssen, ihre dunkelbraunen Augen leuchteten vor Freude. »Ich hatte dich erst spät erwartet. Ich dachte, ihr wolltet alle mit Georgia nach ihrer Veranstaltung zum Essen ausgehen.«
Kit ließ sie los und ging zum Kühlschrank. »So war's geplant. Aber keine Vorstellung ohne den Star.«
»Was? Georgia hat beschlossen, dass sie ihren Schönheitsschlaf dringender braucht als einen Abend lang mit verkommenen Krimiautoren zu trinken und zu feiern?«, machte sich

Fiona lustig und nahm zwei Gläser für den Wein herunter, den Kit öffnete.

»Wer weiß? Sie ist nicht erschienen.«

»Du meinst, sie hat abgesagt?« Fiona konnte es offensichtlich kaum glauben. Der Gedanke, dass die publicityhungrige Georgia Lester eine Gelegenheit verpasste, bei der sie eine Lesung im British Film Institute absolvieren konnte, war unglaublich.

»Nein. Ich meine, sie ist einfach nicht erschienen. Keine Nachricht, weder an das BFI noch an ihren Verleger. Und laut ihm war auch niemand an ihrem Telefon zu Hause oder ihrem Handy.« Kit zog den Korken heraus und goss den Wein ein.

»Was ist also passiert?«

»Nicht viel. Das Publikum hing eine halbe Stunde lang lustlos herum, dann stand der Typ, der die Einführung machen sollte, auf und sagte, Mrs. Lester sei unpässlich und sie könnten an der Kasse das Geld für den Eintritt zurückbekommen. Wir waren noch etwas trinken, dann bin ich nach Hause gegangen.«

»Sehr geheimnisvoll also, das Ganze«, sagte Fiona leichthin. »Was ist Ihre Theorie, Sherlock?«

»Die Trinkrunde spaltete sich schließlich in die Anhänger von zwei Hypothesen.« Kit setzte sich und bereitete sich aufs Erzählen vor. »Die nette Version ist folgende: Georgia hat in Dorset unten ein Ferienhaus, wohin sie angeblich zum Schreiben geht. Aber in Wirklichkeit weiß ich zufällig, dass sie sich dort bis zur Besinnungslosigkeit mit dem neuesten italienischen Kellner vergnügt, den sie sich gekrallt hat. Ganz weit weg von Anthony, dem langweiligen, aber ergebenen Gatten, hm? Da ist sie also und treibt ihre Spielchen mit Supermario, sie weiß nicht genau, wie spät es ist, fährt in letzter Minute los und bleibt dann irgendwo auf dem flachen Land ohne Benzin stehen. Und der Akku an ihrem Handy ist leer.«

»Das ist die nette Version?«

»Na komm, Fiona, du kennst doch Georgia. Den meisten Leuten, die sie nur als offizielle Persönlichkeit kennen, fällt es schwer, etwas über sie zu sagen, ohne gehässige Bemerkungen einzuflechten.«

»Ich kann's kaum abwarten, die nicht nette Alternative zu hören«, murmelte Fiona.

»Die geht so: Nach Drews Ermordung hat Georgia gemeckert und verlangt, dass Carnegie House sie mit Bodyguards ausstatten soll. Sie vertrat die Ansicht, sie sei eine prominente Queen of Crime und brauche Schutz vor den Spinnern da draußen und das sei die Pflicht ihres Verlags. Natürlich dachten mehrere meiner Kollegen, dies sei nur eine Taktik, um Carnegie dazu zu kriegen, für sie das Frischfleisch zu stellen ...«

»Oh, das ist gemein.«

»Aber möglicherweise stimmt es. Jedenfalls, wie du weißt, hat sie gedroht, die Lesereise für das neue Buch zu streichen, wenn sie ihr nicht einen etwas wirksameren Schutz als jemanden von der Presseabteilung und einen Vertreter bieten. Und natürlich war diese Lesung genau genommen die erste auf der Lesereise. Mehrere meiner Kollegen glauben jetzt also, dass Georgia wegzubleiben beschloss, um dem Verlag einen Schreck einzujagen. Schließlich ist das Filminstitut keine Buchhandlung. Dort nicht aufzutauchen würde Schlagzeilen machen, ohne sie allzu viele Verluste an verkauften Büchern zu kosten«, fügte er zynisch hinzu.

»Ihre Absicht wäre dann, dass ihr Verlag sie morgen anruft mit dem Versprechen, zwei Schlägertypen stünden bereit, sie auf ihrer Tour durch die britischen Buchhandlungen zu begleiten?«, fragte Fiona und versuchte, nicht so verwirrt zu klingen, wie sie war.

»Jawohl. Sie wird anrufen und jammern: ›Ach, ich Arme, ich hatte solche Angst; als es so weit war, wollte ich nur noch wegrennen und mich verstecken.‹ Gar nicht zu reden davon, dass es ihr praktisch das Herz gebrochen hat, die Legionen ihrer treuen Fans zu versetzen. Wenn man also bei Carnegie House eine Bestsellerautorin wirklich zu schätzen weiß, wird man natürlich eine kugelsichere Limousine und ein Team von Beschützern für sie auffahren ...«

»Was dann wieder für umso mehr Publicity sorgen wird.«

»Ein Punkt, der Georgia bestimmt niemals in den Sinn gekommen ist, dessen sind sich alle sicher«, sagte Kit mit liebevollem Sarkasmus.

»Das ist wirklich die widerlichste, zynischste Analyse, die ich seit langem gehört habe. Ihr solltet euch was schämen.«

Kit lächelte bitter. »Wir wollen hoffen, dass sie Recht haben. Sie wissen nämlich nicht, dass Georgia eine Morddrohung bekommen hat. Und dass sie wirklich glaubte, sie könnte auf der Liste eines Killers stehen.«

»Du hast es ihnen nicht gesagt?«

»Welchen Sinn sollte das haben? Jemand hätte es weitergesagt. Als ich mich erkundigt habe, wer sonst noch Briefe bekommen hat, habe ich Georgias Namen extra nicht erwähnt. Wäre ihr Name gefallen, dann hätte jemand die Geschichte für eine der Klatschspalten der Zeitungen verkauft. So haben also heute alle auf Georgias Kosten sehr unterhaltsame Hypothesen von sich gegeben.«

»Und du? Wo du weißt, was du weißt, was denkst *du*?«

Kit fuhr sich mit den Händen über Gesicht und Kopf. »Es gibt Schlimmeres, das Georgia hätte zustoßen können. Ich hoffe einfach, dass sie Recht haben. Dass sie nur viel Wind macht, um sie zu ärgern. Wenn nämlich nicht, dann ist es, glaub ich, an der Zeit, sich ernsthaft Sorgen zu machen.«

Kapitel 27

»Was hab ich gesagt?«, fragte Kit und wedelte beim Frühstück zwei Tage später mit dem *Guardian* unter Fionas Nase herum. »Wenn's da drin steht, muss es ja stimmen.« Er deutete auf eine Meldung in der literarischen Klatschspalte und las laut: »›Das Gerücht geht um im Dschungel der Großstadt, dass die Krimiautorin Georgia Lester aus Angst um ihr Leben abgetaucht ist. Die Bestsellerautorin blieb überraschend einer wichtigen Lesung zu zeitgenössischen Verfilmungen von Thrillern im British Film Institute fern, und seitdem hat niemand von ihr gehört.

Offenbar hatte Lester eine Auseinandersetzung mit dem Verlag Carnegie House wegen dessen Weigerung, ihr aus Anlass ihrer bevorstehenden Lesereise zu ihrem neuesten Psychothriller *Terminal Identity* Personenschutz zu gewähren. Ihre Bitte kam unmittelbar nach der schockierenden Ermordung des in Edinburgh ansässigen jungen Starautors Drew Shand vom letzten Monat. Die Polizei glaubt, der Mord könne von einem Stalker begangen worden sein. Genauso bizarr war die Ermordung der zurückgezogen lebenden Amerikanerin Jane Elias in der Nähe ihres irischen Anwesens. Dabei soll es sich um ein Verbrechen der Drogenmafia gehandelt haben, das in Verbindung mit ihrem Liebhaber, einem Drogenfahnder, gesehen wird.

Anscheinend ist die Jagdsaison für Krimiautoren eröffnet. Ein Freund erklärte, Lester sei wütend gewesen über die ihrer Ansicht nach mangelnde Sorge um ihre Sicherheit. Sie soll gesagt haben, sie werde dafür sorgen, dass Carnegie

dafür bezahlen wird. Ob durch schmerzhafte Konsequenzen für den Verlag oder in Cash, blieb unklar.
Dass Lester, die für ihr großes Entgegenkommen gegenüber den Medien bekannt ist, die Gelegenheit zu einem so wichtigen Auftritt verstreichen ließ, muss sicher ein unübersehbares Zeichen für ihren Verlag gewesen sein, dass sie sich nicht einfach abweisen lässt, wie übertrieben ängstlich ihre Forderungen auch sein mögen.‹ So, das sagt man da draußen in der Welt. Vielleicht sollte ich aufhören, mir Sorgen zu machen?«
Fiona schüttelte den Kopf. »Ich glaube nicht. Nicht bevor du es von Georgia selbst gehört hast. Was in dieser Zeitung steht, ist wahrscheinlich von einem deiner Trinkkumpane neulich durchgesickert.« Sie war jedoch besorgter, als sie zugeben wollte, und suchte nach etwas, das sie beide beruhigen könnte. Aber sie fand nichts anderes als das, was sie schon die ganze Zeit sagte, seit sie Georgias Morddrohung gesehen hatte. »Was immer sich da abspielt, ich glaube nicht, dass die Person, die den Brief schrieb, dafür verantwortlich ist. Es ist natürlich schon sinnvoll, vorsichtig zu sein. Aber ich glaube, du brauchst nicht in Angst zu leben.«
Kit murmelte undeutlich mit vollem Mund. Das Schweigen, das folgte, wurde nur durch die Geräusche am Frühstückstisch und das Umblättern der Seiten unterbrochen, während sie beide ihren Teil der Zeitung lasen.
Plötzlich wurde Fiona munter. Hier war etwas Besseres zur Beruhigung als alle Phrasen, die sie zu bieten hatte. »Also, das finde ich jetzt aber viel interessanter als diese unbegründeten Gerüchte«, sagte sie, faltete die Nachrichtenseite zurecht und gab sie an Kit weiter.

Mord an Elias
Tatverdächtiger verhaftet

Im brutalen Mordfall an der amerikanischen Thrillerautorin Jane Elias ist ein Mann verhaftet worden, so

wird von der Garda Siochana in County Wicklow bestätigt.
Der Tatverdächtige ist John Patrick Regan, ein 35-jähriger Bauarbeiter aus Kildenny, einer kleinen Stadt fünfzehn Meilen von Ms Elias' am Ufer des Lough Killargan gelegenen Anwesen entfernt.
Ms Elias wurde vor zehn Tagen tot auf einer Landstraße aufgefunden. Sie wurde zuletzt von den Wächtern auf ihrem Grundstück gesehen, als sie zwölf Stunden zuvor ihren Privathafen mit einer Sieben-Meter-Yacht verließ.
Regan soll ein Cousin und Geschäftspartner von Thomas Donaghy sein, der zur Zeit wegen Heroinschmuggels in Untersuchungshaft sitzt. Er wurde letztes Jahr bei einem Großeinsatz der Garda festgenommen. Der Einsatz wurde durch eine Undercover-Aktion möglich und führte zur Beschlagnahmung von Heroin, das einen Marktwert von 1,2 Millionen Pfund hat.
Es wird vermutet, dass Pierce Finnegan, das für den Einsatz verantwortliche Mitglied der Garda, Jane Elias' Liebhaber war, und es gab gestern Abend Spekulationen, dass ihre Ermordung Finnegan davon abbringen sollte, im Prozess gegen Donaghy und seine Mitangeklagten auszusagen, wenn er nächsten Monat vor Gericht kommt.
Ein Sprecher der Garda Siochana sagte: »Wir haben einen Tatverdächtigen in Haft, den wir wegen des Todes von Jane Elias befragen. Zu diesem Zeitpunkt ist noch nicht offiziell Anklage erhoben.«
Der Tod von Jane Elias erschütterte die geruhsame irische Gemeinde, in der die Autorin zurückgezogen lebte und sehr angesehen war.
Forts. S. 3

Kit überflog den Artikel schnell und sah Fiona halb lächelnd an. »Ich nehme an, das zählt als gute Nachricht«, sagte er.
»So gut wie die Nachrichten bei der Untersuchung eines Mordfalls sein können, denke ich.«
Er schüttelte den Kopf und presste den Mund bitter zusammen. »Aber was für ein verdammt blöder Grund zu sterben. Ich meine, getötet zu werden wegen nichts, das man selbst ist oder getan hat. Ermordet zu werden wegen des Menschen, den man liebt.«
»Es passiert sehr oft, wenn man es sich genauer überlegt«, sagte Fiona. »Frauen werden von ihren Ex-Männern ermordet, die nicht akzeptieren können, dass sie einen anderen gewählt haben, mit dem sie leben wollen. Leute werden ermordet, weil die Person, mit der sie schlafen, die falsche Religion oder die falsche Hautfarbe hat. Oder das falsche Geschlecht.«
»Nein, das ist etwas anderes. Da hat man ein Element der Wahl. An einem bestimmten Punkt ist es eine bewusste Entscheidung. Da weiß man, in was man hineingerät. Aber man kann nicht wissen, wenn man sich mit jemandem verbindet, der bei der Polizei ist, dass es in dieser Form auf einen zurückschlägt.«
Fiona schüttelte den Kopf. »Aber genau so ist es doch. Es ist ja gut und schön, wenn du sagst, es gibt ein Element der Wahl bei den Beispielen, die ich genannt habe. Aber du weißt doch, dass das nicht ganz stimmt. Wenn wir in Nordirland leben würden und ich wäre eine protestantische Pfarrerin und du ein Republikaner in einer hohen Position, hättest du dir versagen können, mich zu lieben, weil es einen von uns das Leben hätte kosten können?«
Kit starrte sie über den Tisch an. »Sei doch nicht albern, verdammt noch mal. Natürlich hätte ich das nicht gekonnt.«
»Also. Ich nehme an, Jane Elias war nicht blind in Bezug auf die möglichen Risiken ihrer Liebe zu Pierce Finnegan. Sie war viel zu klug dafür. Und ich nehme an, dass sie das Risi-

ko akzeptierte, weil es viel besser war, die Gefahr einzugehen und bei ihm zu sein, als die Sicherheit zu wählen und ohne ihn auszukommen. Genauso wie es dir schon einmal eingefallen sein muss, dass das Leben mit einer Frau, die der Polizei geholfen hat, Serientäter hinter Gitter zu bringen, gewisse Gefahren mit sich bringt«, fügte Fiona hinzu und sprach mit gedämpfter Stimme, um ihren Worten die Herausforderung zu nehmen.

»Ich will nicht so tun, als hätte ich solche Momente nicht erlebt. Aber die Sache ist die, Fiona, ich habe nicht ein einziges Mal gedacht, dass deine Arbeit mich in Gefahr bringen könnte. Ich habe mich immer um dich gesorgt. Ich nehme an, ich habe meine Gefühle auf Jane projiziert. Vermutlich hat sie wegen Pierce schlaflose Nächte gehabt, aber vielleicht dachte sie genau wie ich, dass es nicht auf sie zurückschlagen würde.« Er breitete die Hände aus und lächelte ihr zu.

Fiona streckte die Hand über den Tisch, und ihre Hände trafen sich in der Mitte. »Ich liebe dich, weißt du«, sagte sie.

»Ach, das ist aber 'n bisschen zahm für 'ne Szene am Frühstückstisch«, neckte er.

»Ach bitte, spiel mir nicht den starken Mann des britischen Thrillergenres vor«, widersprach Fiona. »Du vergisst, dass ich die Wahrheit kenne.«

»Du könntest meinen Ruf mit einem Wort ruinieren«, sagte er reuig.

»Also, dann mach eine frische Kanne Tee, und nichts davon wird je über meine Lippen kommen.« Sie nahm die Zeitung wieder an sich und schüttelte sie zurecht. »Eins ist sehr gut an dieser Verhaftung.«

»Was denn?«

»Sie bedeutet, dass es keine Verbindung zwischen dem Mord an Jane Elias und dem an Drew Shand gibt. Wir können also aufhören, uns über einen Serienkiller aufzuregen, der die besten Thrillerautoren der Welt verfolgt«, erklärte Fiona.

Das Wasser ergoss sich mit lautem Rauschen in die Kanne und übertönte Kits gemurmelte Antwort.
»Was?«, fragte Fiona.
Kit drehte sich zu ihr um. »Ich sagte, vorausgesetzt, dass die irische Polizei keinen Fehler gemacht hat.«
Fiona schüttelte lachend den Kopf. »Was ist denn los mit dir? *Willst* du das Gefühl haben, dein Leben werde bedroht? Fängst du an, dein Schreiben mit einer authentischen Gefühlswelt zu untermauern?«
Diesmal lächelte er nicht missbilligend. »Nein. Ich will nicht so leben, dass ich mich dauernd umsehen muss. Aber du musst zugeben, es wäre nicht das erste Mal, dass die Cops den Falschen verhaftet haben.«
»Aber es gibt keinen Grund anzunehmen, dass sie das in diesem Fall getan haben.«
Kit zuckte mit den Schultern. »Es gibt keinen Grund anzunehmen, dass sie es nicht getan haben.«
Fiona runzelte die Stirn. »Es passt gar nicht zu dir, dass du der Pessimistischere von uns beiden bist.«
»Ich würde es realistisch nennen, nicht pessimistisch.« Kits Tonfall machte klar, dass er sich kaum vom Gegenteil würde überzeugen lassen.
Fiona schob ihren Stuhl zurück. »Also gut«, sagte sie ruhig. »Überlass es mir.«

Verhaftung im Mordfall Elias
Neueste Nachrichten

Man kann sich immer darauf verlassen, dass die Cops die Ermittlungen in der Richtung aufnehmen, die sich als die offensichtlichste anbietet. Und so sitzt John Patrick Regan heute Abend hinter Gittern und wird eines Verbrechens bezichtigt, das amerikanische Bestseller-Leser geschockt hat.
Wer auf dieser Seite mitliest, wird sich erinnern, dass wir exklusiv aufgedeckt haben, wer seit langer Zeit

Elias' Liebhaber war, nämlich der verdeckt arbeitende Drogenfahnder Pierce Finnegan bei der irischen Polizei. Und da Polizisten diese Seite genauso eifrig lesen wie unsere treuesten Fans, fanden sie, sie sollten sich Finnegans Fälle aus der letzten Zeit genauer ansehen. Und bingo! Sie fanden Tommy Donaghy und sein Expertenteam aus Drogendealern. Donaghy und drei seiner Spezialisten sitzen zurzeit in Untersuchungshaft, ihnen wird Heroinschmuggel vorgeworfen, was zu keinem kleinen Teil auf Finnegans Talenten beim Einfädeln einer verdeckten Aktion beruht. Obwohl Donaghys Arbeitsgebiet nördlich von Dublin liegt, hat die Garda eine Suche nach seinen bekannten Komplizen gestartet und fand seinen Cousin, John Regan, der nur fünfzehn Meilen entfernt von Elias' Grundstück in den Bergen von Wicklow wohnt. Und, merkwürdiger Zufall, Regans Baufirma hatte einige der Renovierungsarbeiten an der georgianischen Villa ausgeführt, in der Elias lebte.

Regan erledigt Gelegenheitsarbeiten auf dem Bau, er ist geschieden, hat zwei Kinder und wohnt in dem stillen irischen Städtchen Kildenny. Er hat auch ein Motorboot, und an dem Nachmittag, als Elias verschwand, war er beim Fischen. Ganz allein. So ist er also ein Mann mit den Mitteln, dem Motiv und der Gelegenheit – und weit und breit kein Alibi. Sieht gut aus, meint die Garda, besonders, da sie keine anderen Hinweise haben, die der Rede wert wären.

Pech für sie, dass Regan nicht vorbestraft ist. Bis jetzt, so hört man, gab es bei der Spurensuche kein Ergebnis, aber man sucht noch. Man darf die Anklageerhebung also noch vor heute Abend erwarten. Oder früher, wenn Regan sich zu einem Geständnis entschließt. Was bei der Neigung der Iren, sich selbst in den Fuß zu schießen, als ziemlich wahrscheinlich vorausgesetzt werden kann. Lasst uns für John Regan nur hoffen, dass das Verhör nicht von Pierce Finnegan geleitet wird.

Vergesst nicht, ihr habt's zuerst gelesen bei MURDER BEHIND THE HEADLINES

Fiona stand auf und wartete ungeduldig, bis der Drucker fertig war. Sie riss das Blatt aus der Ablage und rannte die drei Treppen zu Kits Arbeitszimmer hinunter. Sie wusste, er hatte bestimmt die Küche verlassen und war an seinem Schreibtisch, wo er sich sicher fühlte. Ein UKW-Sender mit klassischer Musik hatte Platz gemacht für Gomez mit der fröhlichen Behauptung: »There are not enough hours in a day.« Sie kannte dieses Gefühl gut.

Kit starrte düster auf den Bildschirm und las die letzten paar Seiten, die er geschrieben hatte. Fiona ließ das Blatt auf die Tastatur vor ihm fallen. Er fuhr sich beim Lesen mit der Hand über den glatten Schädel und massierte die weiche Haut, sodass Furchen und Rillen entstanden. »Klingt 'n bisschen flapsig, find ich«, sagte er skeptisch.

»Das ist nur ihr Stil. Glaub mir, wenn es gute Gründe für die Annahme gäbe, dass an der Verhaftung etwas faul ist, dann würden sie es herausposaunen und sich nicht mit vagen Andeutungen begnügen. Ich hab dir ja schon gesagt, sie sind stolz darauf, all die Informationen zu kriegen, die sonst niemand kennt oder herausbringen will. Und wie die meisten von uns sichern sie sich für den Fall ab, dass sie Unrecht haben. Vertraue mir, schließlich bin ich Wissenschaftlerin ...« Fiona beugte sich über ihn und küsste die weiche Haut zwischen Ohrläppchen und Kiefer.

Kit drehte sich in seinem Drehstuhl und zog sie in die Arme. Jetzt war sein Lächeln nicht mehr halbherzig. »Danke«, sagte er. »Du hast mich beruhigt.«

»Gut. Heißt das, wir können ausgehen und uns so benehmen, als wären wir normale Leute an einem Samstagabend?«

»Du willst normal sein? Wie kommt's?«
»Ich dachte, wir könnten's mal probieren und sehen, was wir in all den Jahren verpasst haben?«
»Gut. Nur dieses eine Mal. Und auch nur, wenn wir heimkommen und dann total abnormal sein dürfen.«
»Ich nehme dich beim Wort.«
Er grinste. »Ich kann's kaum erwarten.«

Auszug aus der Dechiffrierung des Beweisstücks P13/4599

Gzsxm gnxuo t. Euqtm nqzvq ymzpi qsqzV mzqQx ume Qd yadpg zshqd tmrfq f. Zmotp qyime uotsq xqeqz tmnqt mffqQ xumeq fimey ufquz qyudu eotqz Oab

Unglaublich. Sie haben jemand wegen Jane Elias' Ermordung verhaftet. Nach dem, was ich gelesen habe, hatte Elias etwas mit einem irischen Cop, der letztes Jahr verdeckt daran arbeitete, ein paar Drogendealer wegzusperren, die gut im Geschaeft waren. Und sie gehen hier von einem Mord aus Rache aus. Na, wenigstens damit haben sie Recht!

Sie sind doch verrueckt, diese Iren. Schlaegertypen aus dem Milieu geben sich nicht solche Muehe, jemand umzulegen, aber ich nehme an, das Gute daran ist, dass meine Zielgruppe sich nicht besonders in Acht nehmen wird. Ich hatte angefangen, mir Sorgen zu machen, dass ich Kit Martin nicht in die Tasche stecken koennte, wenn er glaubt, dass jemand hinter ihm her ist.

Allerdings haette ich erwartet, dass Georgia Lester ein bisschen vorsichtiger sein wuerde. Ich hatte ihre Benzinleitung praepariert, damit sie liegen bleiben wuerde, und ich war gleich hinter ihr, ganz bereit, den ritterlichen Helfer zu spielen. Sie stand neben ihrem Jaguar und sah hilflos aus, als ich hinter ihr anhielt. Ich bot an, ihn mir mal anzuschauen, aber sie sagte, sie wuerde den Pannendienst anrufen. Ich hab ihr eins uebergezogen, als sie sich nach ihrem Handy bueckte. Dann hab ich sie auf den Ruecksitz gezogen. Es dauerte etwa fuenf Minuten, bis ich sie wieder bei ihrem Ferienhaus hatte. Es gibt eine Huette am Ende des Gartens, die ich mir ausgeguckt hatte. Ich liess sie gebunden und geknebelt liegen, bis ich den Jaguar los war. Als ich zurueckkam, war es schon richtig dunkel. Umso besser, eigentlich.

Das war die Einzige, von der ich Alptraeume bekommen habe. Ich traeume, dass ich unter einem Berg von Fleisch ersticke, und ich kann mich nicht befreien. Und dann sehe ich ihre Augen. Sie war bei Bewusstsein, als ich zurueckkam. Ihre Augen standen aus dem Kopf wie bei einem Pferd, wenn es Angst hat. Ich konnte ueberall um die Iris herum das Weiße sehen. Es hat mich fast zum Durchdrehen gebracht. Ich musste ihr noch einmal einen Schlag versetzen, was ich nicht tun wollte. Aber ich haette es nicht fertiggebracht, sie bei vollem Bewusstsein zu erdrosseln.

Das Toeten mache ich wirklich nicht gern. Das Gefuehl hinterher gefaellt mir, das Machtgefuehl, das mich erfuellt, wenn ich daran denke, wie gut ich es ihnen heimzahle. Ich wollte nur, es gaebe einen leichteren Weg. Aber ich muss mich an den Plan halten.

Wie lange sie wohl brauchen, um es diesmal rauszukriegen?

Kapitel 28

Joanne Gibb erinnerte sich an eine befreundete Ärztin, die einmal über die Kürzel gesprochen hatte, die man im Arztberuf für Notizen benutzte. Nicht die für Blutdruck und Pulsschlag, sondern solche wie MGE: »merkwürdiger Gesamteindruck«. Was ihr am Montagmorgen einfiel, war NFUV: »normal für unsere Verhältnisse«. An schwierigen Fällen bei der Kripo zu arbeiten hatte auf jeden engagierten Mitarbeiter ähnliche Auswirkungen. Blasse Haut, Haare, die eine Stunde nach dem Duschen schon strähnig waren, dunkle Ringe unter den Augen, Falten auf der Stirn und um den Mund, unnatürlich steife Schultern. Ja, eindeutig NFUV. Sie schaute sich missmutig im Spiegel der Damentoilette an. Sie brauchte eine Schönheitsoperation, keine Schönheitsmittelchen.

Wenn sie bedachte, wie sie in den drei Jahren ihrer Arbeit für Steve Preston äußerlich gealtert war, schauderte sie bei dem Gedanken an den Zustand ihrer inneren Organe. Sie streckte ihrem Spiegelbild die Zunge heraus und bemerkte, dass sie eine Stunde, nachdem ihr Wecker die vier Stunden Bewusstlosigkeit beendete, die ihre Nachtruhe darstellten, schon einen gelblichen Belag hatte. Von zu viel Kaffee und zu wenig Schlaf würde sie Magengeschwüre bekommen, davon war sie überzeugt. Die Zigaretten zerstörten den Rest dessen, was von ihrer Aerobic-Fitness noch da war, und sie wollte gar nicht daran denken, was der Alkohol für ihre Leber bedeutete. Jetzt sprach ihr Freund davon, dass sie sich einrichten und eine Familie gründen sollten. Nach ihren anderen Körperteilen zu urteilen konnte man von ihren Fortpflanzungsorganen höchstens einen dreiköpfigen Affen erwarten.

Männer hatten es leicht, fand sie. Sie schafften es meistens auf attraktive Weise, erledigt oder bewundernswert gehetzt auszusehen wie Steve Preston, wodurch sie bei Frauen den Wunsch aufkommen ließen, sie mit nach Hause zu nehmen und zu bemuttern. Frauen andererseits bekamen das Etikett abgetakelte alte Schachtel angeheftet und wurden von ihren Männern wegen eines neueren Modells verlassen. Na ja, es war ihre eigene Entscheidung gewesen, bei der Met zu arbeiten. Sie hätte einen Job in einer Bank oder als Managerin im Einzelhandel haben und das, was sie an gutem Aussehen hatte, ein bisschen länger behalten können. Und sie hätte sich dabei zu Tode gelangweilt, ging ihr durch den Kopf, als sie eine Bürste durch ihre kinnlangen braunen Haare zog. Ob sie vielleicht zum Friseur gehen sollte? Etwas irgendwie Gefälligeres, besser Frisierbares als der schwere Vorhang, der wie leblos um ihr rundes Gesicht hing, das sie einmal für herzförmig gehalten hatte.

Joanne schloss die Augen und seufzte. Jetzt reichte es mit Selbstmitleid und Eitelkeit. Sie sollte sich in Erinnerung rufen, was wichtig war, und darauf stolz sein, nicht auf ihr Spiegelbild. Sie stopfte ihr Make-up in das Beutelchen zurück und dann alles in die Tasche. Sie nahm den Packen Hefter, der das Arbeitsergebnis des Wochenendes war, zog mit dem noch freien Finger die Tür zu und ging den Korridor entlang, um dem Chef einen kurzen Bericht zu geben. Sie fand Steve Preston mit seiner üblichen Tasse Earl Grey hinter seinem Schreibtisch, der Rauch der ersten dünnen Zigarre kräuselte sich unter der niedrigen Decke. »Morgen, Joanne«, sagte er. Es kam ihrem gewohnt kritischen Blick vor, als habe er letzte Nacht ungefähr genauso lang geschlafen wie sie.

»Morgen, Chef«, entgegnete sie, legte die Akten auf die Ecke

seines Schreibtischs und ließ sich auf den Stuhl ihm gegenüber sinken.
»Du hast dich erst um halb drei heute Morgen abgemeldet«, bemerkte er.
Joanne grub nach den Zigaretten in ihrer Tasche und zündete sich eine an. »Ich war auf der Jagd.«
»Und – was gefangen?«
Joanne machte eine Handbewegung zu den Akten, wobei sie eine dünne Rauchfahne durch die Luft zog. »Ich habe mich auf die Met, die Boys von der City und die an London angrenzenden Grafschaften konzentriert. Ich kann den Kreis auch weiter ziehen, wenn du meinst, es lohnt sich. Ach, weißt du, es würde eine solche Arbeit so erleichtern, wenn wir irgendeine zentrale Meldestelle für Schwerverbrechen hätten«, sagte sie mit der erschöpften Bitterkeit derer, die bei der Arbeit gegen unzureichende Bedingungen ankämpfen.
»Das wird kommen«, sagte Steve. »Wenn auch wahrscheinlich zu spät, um uns vor dem Verrücktwerden zu bewahren, aber es wird kommen. In Bramshill machen sie Experimente mit dem kanadischen System VICLAS. Es soll raffinierter sein als alles, was das FBI hat. Aber man darf gespannt sein, wann sie es tatsächlich so einsetzen, dass es in der Praxis etwas bringt, besonders denen, die so weit unten in der Hackordnung stehen wie wir hier. Wie ist es gelaufen?«
»Deprimierend gut. Ich kann nicht behaupten, dass es Spaß gemacht hat zu sehen, wie viele Vergewaltigungen und schwere Sittlichkeitsdelikte in jedem beliebigen Jahr verzeichnet werden. Aber ich glaube, ich habe ein paar interessante Dinge ausgegraben. Ich habe eine Zusammenfassung für dich gemacht. Damit war ich bis halb drei beschäftigt.«
Joanne öffnete die oberste Akte und nahm zwei Blätter heraus. »Hier.«
Steve betrachtete die sorgfältig zusammengestellten Informationen. »Gute Arbeit, Joanne. Willst du's mit mir durchsprechen?«

Joanne nahm ihre eigene Kopie der Zusammenfassung und holte den obersten Aktenordner auf ihren Schoß. Sie zog eine Brille aus der Brusttasche ihrer Bluse und setzte sie auf. »Ich bin so vorgegangen: Zuerst habe ich den Computer Fälle suchen lassen, die zu allen fünf angegebenen Kriterien passten«, begann sie und genoss wie immer das Berichten und die Diskussion, die oft zu neuen Ideen führte. »Dann sollten andere Fälle mit dazugenommen werden, die drei oder vier der Kriterien aufwiesen. Was ich suchte, waren Fälle, wo der Überfall im Freien stattfand, wo ein Messer benutzt wurde, wo das Opfer eine junge blonde Frau war, wo es Kinder als Zeugen gab, die den Überfall ganz oder teilweise sahen und bei dem der Täter vielleicht auf einem Fahrrad geflohen war.

Um ehrlich zu sein, ich habe nicht mit vielen Treffern gerechnet. Aber wir haben vier Vergewaltigungen und zwei schwere Überfälle, bei denen alle fünf Punkte vorkommen. Alle sechs passierten auf der Nordseite des Flusses. Der erste wurde vor zweieinhalb Jahren in Stoke Newington gemeldet. Eine Frau sonnte sich in ihrem Garten, während ihr Baby im Sportwagen schlief. Sie wurde von einem Mann überfallen, der Fahrradbekleidung trug und über den Gartenzaun kletterte. Ihre Schreie machten einen Nachbarn aufmerksam, aber der Angreifer entkam.

Der zweite Vorfall war in Camden etwa zehn Wochen später. Eine Frau ging allein mit ihrem dreijährigen Sohn auf dem Treidelpfad am Kanal entlang, als ein Mann hinter einer Mauer hervorsprang und ihr ein Messer an die Kehle hielt. Er wollte sie vergewaltigen, wurde aber von einer Gruppe Studenten gestört, die auf dem Treidelpfad auf die beiden zu kamen. Er sprang zurück über die Mauer und fuhr auf einem Fahrrad davon, bevor irgendjemand ihn aufhalten konnte.

Der dritte Fall war im obersten Stockwerk eines Parkhauses in Brent, fünfzehn Wochen später. Diesmal vergewaltigte er eine Frau, die eingekauft hatte. Sie hatte ihr Kind in den

Autositz gesetzt, er kam von hinten auf sie zu, drückte sie auf den Sitz und vergewaltigte sie mit vorgehaltenem Messer. Nach Auskunft des Beamten, der sie befragte, glaubte sie sich zu erinnern, dass er einen Fahrradschutzhelm trug.

Fast sechs Monate vergehen, bevor die nächste Vergewaltigung aufgenommen wurde. Diesmal ging er weiter nach Westen, Kensal Rise. Das Opfer hatte ihr noch ganz kleines Baby zu einem Spaziergang auf den Friedhof mitgenommen.« Hier konnte Joanne ihren professionell ernsten Gesichtsausdruck nicht mehr recht aufrechterhalten und schaute zu Steve hoch. »Es ist nicht so merkwürdig, wie es sich anhört«, sagte sie abwehrend. »Diese alten viktorianischen Friedhöfe können recht attraktiv sein, weißt du. Besonders, wo es sonst nicht so viel Grün gibt.«

Steve schüttelte den Kopf. »Ich hab ja gar nichts gesagt, Joanne. Mein Freund Kit findet, Highgate Cemetery ist die beste Quelle der Inspiration, die er kennt. Natürlich ist er kein Cop …«

»Jedenfalls ging sie mit dem Baby auf dem Friedhof spazieren, als plötzlich ein Kerl in Lycra-Shorts und -Oberteil mit Fahrradhelm und Schutzbrille auf sie zusprang. Er hatte ein Messer, das sie für eines dieser teuren Küchenmesser hielt, die aus einem einzigen Stück Metall gemacht sind. Sie wehrte sich ziemlich heftig und bekam siebzehn Stiche ab für ihre Mühe. Sie sah ihn hinterher auf einem Mountainbike wegfahren. Es ist die beste Beschreibung, die wir haben.«

»Weiße Hautfarbe, männlich, zwischen einem Meter achtundsiebzig und einem Meter dreiundachtzig, schlank, dunkle Haare, blass«, las Steve lustlos. »Na ja, das macht die Hälfte der Metropolitan Police zu Verdächtigen.«

»Nicht die Hälfte, Chef. Ich nehme an, es sind nicht mehr als zehn Prozent, die einigermaßen eine Flucht auf einem Rad zstande bringen würden.«

Steve verzog das Gesicht zu einer Grimasse und schaute seine Zigarre an. »Du hast wahrscheinlich Recht. Es ist interessant, dass die Beschreibung nicht auf Francis Blake passt. Er ist zu klein, und ich glaube nicht, dass irgendjemand ihn als schlank beschreiben würde. Er ist viel zu breit in den Schultern. Okay, hören wir also den Rest.«

»Nummer fünf war eine Putzfrau in einer Schule in Crouch End. Sie ging an einem Freitagabend vor achtzehn Monaten als Letzte aus dem Gebäude. Er wartete auf sie. Als sie abschloss, kam er von hinten und hielt ihr ein Messer an die Kehle. Er zog sie in die Büsche am Weg und vergewaltigte sie. Sie hatte keine Kinder dabei, aber ich habe diesen Fall dazugenommen, weil er sich auf dem Schulhof einer Grundschule abspielte und er ebenfalls auf einem Fahrrad gekommen war. Was meinst du?«

»Es lohnt sich, ihn erst einmal in der Gruppe beizubehalten. Und der letzte Fall?«

»Also der ist wirklich interessant. Nur fünf Wochen vor Susan Blanchards Ermordung. Und es war ein bisschen weiter weg, in Hatfield – aber in einem Park. Ein Kindermädchen war mit dem kleinen Jungen, um den sie sich kümmert, unterwegs in dem bewaldeten Teil des Parks. Sie wurde zu Boden geworfen und glaubt, sie sei einige Minuten bewusstlos gewesen. Als sie wieder zu sich kam, war sie in die Büsche gezerrt worden, und er vergewaltigte sie. Er hielt ihr ein Messer an die Kehle und sagte ihr, er werde sie abstechen wie ein Schwein, wenn sie einen Laut von sich gebe.«

»Mist«, schimpfte Steve leise. »Warum haben wir das nicht aufgegriffen, als Susan Blanchard umgebracht wurde?«

Joannes Mund wurde zu einem geraden, ärgerlichen Strich. »Hauptsächlich weil die Kollegen in Hertfordshire uns nichts darüber gesagt haben.«

»Warum zum Teufel nicht? Es ist ja nicht so, als hätten wir den Mord an Blanchard geheim gehalten! Er war überall in den Medien. Ist dort niemandem aufgefallen, dass es vielleicht derselbe Kerl gewesen sein könnte?«

»Offenbar nicht. Der Grund ist, dass sie damals einen der

Ihren im Verdacht hatten. Sie hatten einen schon angeklagten Vergewaltiger auf Kaution freigelassen und gingen davon aus, dass er es war, der zum letzten Mal vor seinem Abgang noch mal an ›einer Pflaume naschen‹ wollte, wie der ermittelnde Kollege es mir so nett erklärt hat«, fügte Joanne bissig hinzu. »Als Susan ermordet wurde, war unser Freund schon im Knast und hatte sieben Jahre für drei Vergewaltigungen auf dem Buckel. So haben sie sich erst gar nicht die Mühe gemacht, es uns mitzuteilen, weil er es ja nicht gewesen sein konnte, nicht wahr?« Ihre Stimme war voller Sarkasmus.

»Na, toll.« Steve drückte seinen Zigarrenstummel aus und seufzte. »Hat ihr Vergewaltiger dann auch die Sache mit dem Kindermädchen zugegeben?«

»Offenbar ja. Aber alle seine anderen Vergewaltigungen waren spätabends in kleinen, versteckten Straßen, und keines seiner Opfer war blond. Die Kollegen in Hertfordshire haben ihm geglaubt, aber ich nehme es ihm nicht ab.«

»Nein, ich auch nicht. Aber vermutlich gab es damals keinen guten Grund, ihm nicht zu glauben, und damit war ein ungelöster Fall für sie aus den Akten geschafft. Sie sind nicht die Einzigen, die den leichteren Ausweg vorziehen.«

Joanne schaute finster. »Bei allem Respekt, Blake war nicht der leichte Ausweg. Er war ein glaubhafter Tatverdächtiger.«

»Das ist Vergangenheit, Jo. Ich bin mehr interessiert an der Zukunft als an der Vergangenheit.« Steve stand auf und ging rastlos hinter seinem Schreibtisch auf und ab. »Und diese sechs Fälle sind alle noch ungelöst?«

»Außer dem einen in Hertfordshire, ja. Er hinterlässt kaum Spuren. Er benutzte ein Kondom. Und bei Fahrradklamotten fallen nicht viele Fasern an. Was wir haben, sind ein paar Schamhaare von dem Kensal-Rise-Fall, durch die wir zu einer DNS-Analyse gekommen sind. Aber bis jetzt passt die DNS zu keiner von den anderen uns vorliegenden DNS-Proben.« Joanne schlug ihren Hefter zu und legte ihn zu den

anderen. »Es gibt keine brauchbaren Tatverdächtigen für die ungelösten Fälle. Ich weiß nicht, wo ich anfangen soll zu suchen, Chef.«
»Ich auch nicht. Aber ich kenne eine Frau, die es vielleicht wüsste.« Steve blieb beim Fenster stehen und starrte abwesend auf die deprimierende Aussicht.
»Doktor Cameron?«, fragte Joanne.
Steve nickte.
»Ich dachte, sie hätte sich geweigert, noch einmal mit der Met zusammenzuarbeiten?«
»Das hat sie. Und es war ihr auch Ernst.« Er drehte sich um und sah sie mit einem ironischen Lächeln an. »Du kannst mir schon mal mein Büßerhemd zurechtlegen.«
»Da brauchst du aber auch eine kugelsichere Weste«, sagte Joanne, als sie sich an Fiona Camerons eisigen Blick erinnerte.
»Das bezweifle ich nicht. Nicht eine Sekunde lang.«

Kapitel 29

Ein paar Meilen entfernt saß Kit Martin in einer Imbissstube und wartete auf einen Lkw-Fahrer, der über Nacht von Belgien herüberkommen sollte. Nach der Aussage eines gemeinsamen Bekannten konnte der Brummifahrer Kit Informationen zu den Gaunereien geben, die beim Schmuggeln auf der Route über den Kanal abliefen. Der Mann behauptete, er selbst sei kein Schmuggler, aber er kenne alle Tricks, und war für eine überraschend kleine Summe bereit, an Kit so viel Hintergrundwissen wie möglich weiterzugeben.

Kit hatte Fiona über dieses Treffen nichts gesagt. Er wusste, sein Gewährsmann war zuverlässig, aber Fiona würde den Fahrer vielleicht in die Kategorie der Unbekannten einreihen, die er nicht allein treffen sollte. Doch er brauchte die Informationen, die dieser Kontakt ihm geben konnte, und außerdem fühlte er sich hier nicht gefährdet. Wahrscheinlich war das Gefährlichste im ganzen Lokal das King Size All Day Breakfast, das sich als Anschlag auf Herz und Kreislauf auf einem Riesenteller präsentierte. Und jetzt, da er von Steve gehört hatte, dass die Garda keine Hinweise auf Morddrohungen in Jane Elias' Haus gefunden hatte, war er noch weniger geneigt, wie ein Einsiedler zu leben, der Angst vor seinem eigenen Schatten hatte.

Kit sah auf die Uhr. Der Mann kam zehn Minuten zu spät, aber das war nicht weiter aufregend. Er hatte Kit gesagt, er sei nicht sicher, wann er zu ihrem Treffen da sein könne. Es würde von dem ewig unberechenbaren Verkehr auf der M 25 abhängen. Kit rührte seinen Tee um, und die dünne Schicht auf der orangebraunen Oberfläche änderte ihre Form. Die zwei Männer am Nachbartisch warfen ein paar Münzen auf die Tischplatte, um ihr Frühstück zu bezahlen, und gingen hinaus, ihre *Daily Mail* ließen sie liegen. Kit griff hinüber nach der Zeitung. Er beachtete die politische Sensationsmeldung auf der ersten Seite nicht und blätterte weiter. Sein Blick fiel auf einen Bericht, den Leitartikel auf Seite fünf.

Wagen der vermissten Thrillerautorin im Wald gefunden

Ein Auto, das der vermissten Autorin Georgia Lester gehört, ist im Wald in der Nähe eines beliebten Wanderziels mehrere Meilen vom Ferienhaus der Autorin entfernt gefunden worden.

Die Polizei von Dorset hat bekannt gegeben, dass der Wagen gestern von Spaziergängern bei Burman's Pond, einem stadtbekannten schönen Ausflugsziel bei Dorchester, entdeckt wurde.

In dem Wagen, der nicht abgeschlossen war, lagen eine Reisetasche und eine unverwechselbare Moschino-Jacke, die beide Miss Lester gehören.

Ein Polizeisprecher sagte: »Es gibt keine Anzeichen von Handgreiflichkeiten oder irgendeinen Hinweis, dass Miss Lester einen Unfall hatte.

Wenn sie in Sicherheit und wohlauf ist, fordern wir sie auf, sich so bald wie möglich mit der nächsten Polizeidienststelle in Verbindung zu setzen.

Wenn irgendjemand Miss Lester oder ihren Wagen vor Sonntagabend gesehen hat, bitten wir ebenfalls, die Polizei in Dorchester zu verständigen.«

Der Sprecher wollte sich nicht dazu äußern, ob die Polizei in Bezug auf Miss Lesters Verschwinden einen Verdacht hat.

Die Befürchtungen, ihre Sicherheit könne gefährdet sein, haben sich verstärkt, seit sie einer Lesung, die

beim British Film Institute am Mittwochabend geplant war, fernblieb.
Ihr Gatte Anthony Fitzgerald sagte gestern Abend: »Ich mache mir große Sorgen um Georgia. Ich habe am Dienstagabend mit ihr gesprochen, und sie sagte mir, sie freue sich auf die Lesung beim BFI.
Ich habe erst erfahren, dass sie nicht bei ihrer Lesung war, als ich am Mittwochabend nach Hause kam und mehrere dringende Nachrichten von den Veranstaltern auf unserem Anrufbeantworter fand.
Ich habe seitdem immer wieder ohne Erfolg versucht, sie zu erreichen. Am Freitagvormittag habe ich sie bei der Polizei als vermisst gemeldet, wurde jedoch nicht sehr ernst genommen.
Aber ich kenne meine Frau und weiß, sie würde niemals ihre Fans freiwillig enttäuschen. Etwas ist ihr passiert, aber ich habe keine Ahnung, was.«
Es hat Überlegungen gegeben, ob Miss Lester absichtlich verschwunden sein könnte. Kollegen haben geäußert, sie habe sich über ihren Verlag Carnegie House geärgert, weil man dort einen Personenschutz für eine bald beginnende Lesereise ablehnte.
Miss Lester hat erklärt, sie habe nach dem Mord ihres Kollegen, des Thrillerautors Drew Shand, Angst um ihr Leben. Ein Freund von ihr sagte gestern Abend. »Wir dachten alle, Georgia habe überreagiert, aber sie ließ sich nicht davon abbringen, dass ihr Verlag leichtsinnig sei und sie gefährde.
Als sie beim BFI nicht auftauchte, dachten einige, sie wolle den Verlag bestrafen. Aber jetzt fragen wir uns allmählich, ob sie letzten Endes nicht Recht hatte.«
Autorin verschwunden S. 11

»O Mist«, murmelte Kit leise und blätterte hastig weiter. Was ihn am stärksten beeindruckte, war Anthonys Reaktion. Dass er Georgias Verschwinden der Polizei gemeldet hatte, zeigte, dass Georgia sich keinen Gag erlaubt hatte. Und Kit konnte auch nicht ganz glauben, dass Georgia Anthony nicht informieren und ihm unnötig Sorgen und Aufregung verursachen würde. Absichtlich denen Schmerzen zuzufügen, die sie mochte, das war einfach nicht Georgias Art.

Fast die ganze Seite elf wurde von einem Feature über Agatha Christie ausgefüllt, deren großes Foto sofort zu erkennen war. Eingefügt war ein kleineres Bild von Georgia, die mit ihrem zu einem kunstvollen Gebilde gewundenen und hochgesteckten Haar herablassend und glamourös wie eh und je aussah.

Autorin verschwunden

Das Rätsel der vermissten Queen of Crime Georgia Lester weist seltsame Parallelen zu einem anderen berühmten Ereignis auf, bei dem es um ein spurloses Verschwinden ging.

Die hervorragendste aller Krimiautorinnen, Dame Agatha Christie, wurde 1926 elf Tage lang vermisst, bevor sie in einem Hotel in Harrogate entdeckt wurde, wo sie sich unter dem Namen der Geliebten ihres Mannes angemeldet hatte.

Agathas Verschwinden hing mit einem Streit mit ihrem untreuen Gatten Colonel Archibald Christie zusammen. Er hatte seine Koffer gepackt und war übers Wochenende mit seiner Geliebten Nancy Steele weggefahren.

An jenem Abend verließ Agatha ihre Villa in Sunningdale, ließ Rosalind, die schlafende Tochter des Paares, im Bett zurück und fuhr in ihrem grauen Morris Cowley davon. Sie hinterließ einen Brief für ihre Sekretärin, die sie informierte, sie solle alle Termine streichen, weil sie, Agatha, nach Yorkshire fahren wolle.

Aber sie schickte auch einen Brief per Post an den stellvertretenden Chef der Bezirkspolizei in Surrey, in dem sie behauptete, sie fürchte um ihr Leben, und sie bat ihn zugleich um Hilfe.
Ihr Auto wurde am nächsten Morgen verlassen aufgefunden. Wie Georgia Lesters Jaguar wurde Agatha Christies Morris in der Nähe eines idyllischen Ausflugsziels, Silent Pool, gefunden. Im Auto waren Agathas Pelzmantel und ein kleiner Koffer mit drei Kleidern, zwei Paar Schuhen und ihrem abgelaufenen Führerschein.
Die Zeitungen stürzten sich auf die Story, und das große Rätselraten begann, ob die vermisste Krimiautorin ermordet wurde oder Selbstmord begangen hatte.
Unsere Zeitung bot sogar 100 Pfund Belohnung für Informationen, die zu ihrer Entdeckung führen konnten. Natürlich wurde ihr untreuer Ehemann verdächtigt, während die groß angelegte Suche nach ihr weiterging. Silent Pool wurde mit Schleppnetzen durchsucht, kleinere Flugzeuge flogen in geringer Höhe über den Bezirk, um nach Spuren zu suchen, und ein Rudel von Airedaleterriern und Bluthunden wurde zum Fährtensuchen eingesetzt, alles ohne Ergebnis.
Die Polizei von vier Grafschaften organisierte eine groß angelegte Suchaktion in den Downs, an der 15 000 Freiwillige teilnahmen.
Der Kriminologe Edgar Lustgarten verfasste einen Kommentar für die *Daily Mail*, in dem er schrieb, Agatha habe sich einen »typischen Fall von psychischer Vergeltungsmaßnahme« erlaubt. Der Verkauf ihrer Bücher boomte natürlich. Inzwischen nutzte eine Frau, die im Hydropathic Hotel (jetzt das Old Swan) als Mrs. Neele angemeldet war, alle Angebote des Hotels für sieben Guineas in der Woche. Sie

plauderte mit Gästen, behauptete, sie sei aus Südafrika, nahm die Mahlzeiten im Restaurant ein und tanzte gern im Ballsaal.

Aber der Banjo-Spieler der Hotelband hatte Augen wie ein Luchs und erkannte sie von einem Pressefoto her. Die Polizei wurde gerufen und beobachtete sie zwei Tage lang, bevor ihr Mann ankam und bestätigte, dass die mysteriöse Mrs. Neele tatsächlich seine Frau sei.

Die Presse warf ihr vor, ihr sei es nur um die Publicity gegangen, obwohl zwei Ärzte bestätigten, dass sie an einer echten Amnesie litt, die durch Stress ausgelöst wurde.

Agatha Christie nahm die Wahrheit über ihr Verschwinden mit ins Grab. Wir werden nie erfahren, ob sie wirklich ihr Gedächtnis verlor oder ob sie öffentlich an ihrem Ehemann Rache genommen hat.

Und heute müssen wir uns ähnliche Fragen zu Georgia Lesters Verschwinden stellen. Ist sie zu diesem Zeitpunkt, da ihr neues Buch gerade herausgekommen ist, nur auf Publicity aus? Rächt sie sich an ihrem Verleger, weil er ihre Angst vor einem Verfolger nicht ernst nahm? Oder ist der britischen Queen of Crime etwas Ernsteres zugestoßen?

Ihre Legionen von Lesern warten angstvoll auf die Antwort.

Sie sind nicht die Einzigen, dachte Kit. Er hätte auch gern eine Antwort gehabt. Und außerdem, wenn Georgia tatsächlich ihr eigenes Verschwinden inszeniert hatte, glaubte er eine Antwort zu verdienen. Sie galten schließlich als befreundet, er und Georgia. Sie war eine der ersten Krimiautorinnen, die er kennenlernte, als er sein erstes Buch publiziert hatte.

Er erinnerte sich lebhaft an die erste Lesung, die sie gemeinsam bei einem Literaturfestival in den Midlands abhielten. Sein erster Roman war gerade als Taschenbuch herausgekommen, und es war sein dritter Auftritt als Autor. Er war von ehrfurchtsvoller Scheu überwältigt mit Georgia, die schon Bestseller schrieb, und mit einem anderen Autor, dessen Bücher nach einer besonders brillanten Fernsehfassung plötzlich berühmt geworden waren, auf der Bühne stehen zu dürfen. Vor der Veranstaltung hatte der aufgrund der Fernsehsendung populär gewordene Schriftsteller im Aufenthaltsraum schadenfroh Kits Lampenfieber bemerkt und die Situation ausgekostet. Er machte bösartige, herablassende Bemerkungen und gab Anekdoten über gerade noch vermiedene Katastrophen zum Besten, bei denen nur die größten Optimisten es geschafft hätten, nicht in Panik zu verfallen.

Am Ende einer dieser Geschichten war Georgia hereingerauscht, ganz in weiße Seide und Chanel N°5 gehüllt. Sofort bemerkte sie Kits gequältes Gesicht und warf dem anderen Autor einen durchdringenden Blick zu. »Du bist wirklich ein gemeiner Kerl, Godfrey, den lieben armen Jungen so aus der Fassung zu bringen«, sagte sie und setzte sich wie ein eleganter Schwan auf Kits Sessellehne. Sie legte eine manikürte Hand auf seinen Arm. »Ich hab mich so darauf gefreut, Sie kennenzulernen, Kit. Ich fand, der *Dissection Man* ist der absolut beste Thriller, den ich letztes Jahr gelesen habe. Ich weiß einfach, dass Sie ein Megastar werden.«

Er hatte mit einem verlegen gemurmelten Kompliment geantwortet.

»Und Sie brauchen absolut nicht nervös zu sein, mein Lieber. Denken Sie nur daran, die Leute da draußen sind da, weil ihnen unsere Bücher gefallen. Sie wünschen sich so sehr, Sie genauso zu lieben wie Ihre Bücher. Sie müssten geradezu ein Scheusal sein, wenn sie Sie nicht ins Herz schlössen. Und das sind Sie offensichtlich nicht, mein Guter.«

Genau diesen Zuspruch hatte er in der Situation damals gebraucht. Dank Georgia entspannte er sich bei der Lesung und amüsierte sich zu seinem Erstaunen tatsächlich. Er beobachtete und hörte zu, wie sie und Godfrey das Publikum bearbeiteten, und am Ende des Abends wurde ihm klar, dass auch er öffentliche Auftritte bewältigen konnte. Es hatte ihm nur die Technik gefehlt, die ihm das nötige Selbstvertrauen gab. Davon konnte er sich tragen lassen.

Danach war er mit Georgia und ihrem Publicity-Manager essen gegangen. Und es war der Anfang einer Verbindung, die sich zu einer überraschend engen Beziehung entwickelte. Überraschend deshalb, weil sie von Temperament, Lebensauffassung und -stil her nicht unterschiedlicher hätten sein können, obwohl es den schaurigen Grundzug in Georgias Werk auch bei seinen eigenen Serienkillern gab. Aber gegenseitiger Respekt und herzliche Zuneigung hatten sie in vielen Dingen, von der Politik bis zur sozialen Herkunft, immer über ihre Differenzen hinwegsehen lassen. Wegen seiner belustigten Toleranz, mit der er manchmal ihre recht skandalösen Aussprüche aufnahm, hatte ihre Freundschaft nie Schaden genommen. Er bedauerte nur, dass Fiona hinter Georgias öffentlich zur Schau getragener Fassade nie ihre Wärme wahrnehmen konnte. Irgendwie schien Georgia Fiona immer zu reizen, obwohl er nie ganz hinter die Ursache dieses Ärgers kommen konnte. Eine seiner Meinung nach harmlose Bemerkung konnte Fionas Augen plötzlich zornig aufblitzen lassen, was ihm ein Rätsel war. Schließlich erklärte er es sich damit, dass die Chemie zwischen den beiden nicht stimmte, und versuchte sie voneinander möglichst fernzuhalten.

Kit wünschte, er könnte herausfinden, was mit Georgia los war. Obwohl sie durchaus in der Lage war, ihre Verleger durch ein inszeniertes Verschwinden in Verlegenheit zu bringen, glaubte er doch nicht, dass sie Anthony darunter leiden lassen würde. Trotz ihrer zahlreichen Abenteuer und Seitensprünge brauchte sie Anthonys beharrliche Hingabe für ihren Seelenfrieden. Im Lauf der Jahre hatte ihr Mann sich in Bezug auf ihre Vorliebe für junge südländische Liebhaber eine Haltung wohlüberlegter Nonchalance angeeignet. Aber wie bizarr ihre Ehe auch für Außenstehende erscheinen musste, so bestand für Kit kein Zweifel, dass ihre Verbindung ein Zweckbündnis zum Überleben war.

Er überprüfte den Gedanken noch einmal, den er zuvor ohne Zögern verworfen hatte. Natürlich wäre es möglich, dass Anthony mit ihr unter einer Decke steckte. Es war zwar schwer vorstellbar, dass Anthony, dieser grundanständige Mann, Presse und Polizei an der Nase herumführte. Aber wenn ihn jemand dazu verleiten könnte, dann wäre es Georgia. Und die Chance, dass es wirklich so sein könnte, war vermutlich noch größer, wenn die Polizei ihr Verschwinden nicht ernst nahm. Kit klammerte sich an diese Hoffnung, denn über die unangenehmere Möglichkeit, die ständig am Rande seines Bewusstseins lauerte, wollte er nicht nachdenken. Wenn wirklich etwas Schreckliches geschehen wäre, wollte er die Gewissheit so lange wie möglich hinausschieben. Er konnte sich nicht einmal theoretisch vorstellen, dass Georgia niemals zurückkehren würde.

Kit zwang sich, solche Gedanken zu verdrängen, und vertraute der abergläubischen Vorstellung, er könne ihre Rückkehr beeinflussen, indem er sie sich genau ausmalte. Er erlaubte sich dabei ein ironisches Lächeln. Schon jetzt konnte er sich die Pressekonferenz vorstellen, auf der Georgia wieder auftauchte. Würde sie den Trick mit der Amnesie versuchen? Irgendwie hatte er seine Zweifel daran. Nein, sie würde einen melodramatischen Auftritt bei Weitem vorziehen. Nach dem, was dem lieben armen Drew geschehen war, hatte sie sich versteckt. Aber dann hatte sie beschlossen, sich der Welt wieder zu zeigen, weil sie den Gedanken nicht ertragen konnte, dass die Ungewissheit über ihr Schicksal ihren Freunden, Lesern und ihrem von ganzem Herzen geliebten Mann Anthony Schmerzen bereitete.

Ja, dachte er. So würde sie es machen. Aus manchen Ecken würde ein Aufschrei der Empörung wegen einer so krassen Manipulation der Medien und der Zeitverschwendung bei der Polizei kommen – und zwar in dieser Reihenfolge, das war Kits feste und zynische Meinung. Aber ihre Fans, deren Fantasie angeregt war von dem Stoff, den er und Georgia und die anderen ihnen lieferten, würden es gut finden. Und das war die Hauptsache.

Sein entschlossener Versuch, sich selbst Mut zuzusprechen, hatte jedoch keinen rechten Erfolg. Die anderen, weniger unterhaltsamen Möglichkeiten waren leider immer noch unübersehbar. Selbstmord konnte er von vornherein ausschließen. Niemand, der sich selbst so sehr mochte wie Georgia, konnte jemals so schnell in eine so tiefe Verzweiflung stürzen. Jemand hätte es bemerkt und ihre Getreuen um sie versammelt.

Was die andere, erschreckendere Variante anging: Diesen Weg wollte er nicht ohne Führer gehen. Und da die beste Führerin abends zu ihm nach Hause kommen würde, beschloss er, bis dahin an dieses Szenario noch nicht einmal zu denken. Gerade hatte er diese Entscheidung gefällt, da war sie auch schon nicht mehr nötig. Ein kleiner, untersetzter Mann mit tätowierten Händen ließ sich auf den Stuhl ihm gegenüber fallen.

»Sie sind also Kit Martin?«, fragte er mit einem starken Akzent aus der Gegend um Newcastle.

Kit streckte ihm die Hand über den Tisch hin. Die Erlösung konnte viele verschiedene Formen annehmen, aber er war immer bereit, sie zu erkennen, wenn sie da war.

Kapitel 30

Fiona starrte wütend über den Tisch, ihre dunkelbraunen Augen wurden noch dunkler. »Das ist ja wohl das Allerletzte«, sagte sie zischend. »Willst du mich auf den Arm nehmen?«

Steve schüttelte den Kopf. »Du kennst mich doch gut genug, Fi, und weißt, dass ich das nie tun würde.«

»Ich dachte, ich kenne dich.« Sie wandte sich ab und starrte wie blind an die Wand. Als sie sprach, war ihre Stimme ruhig und gemessen, ihre Wut unter Kontrolle. »Ich dachte, du hättest verstanden, wie groß mein Engagement für meine Arbeit ist. Nicht mein Stolz war verletzt, als ihr mich rausgeworfen und Andrew Horsforth geholt habt. Sondern man hat mir die Überzeugung genommen, dass Leute wie du endlich den Wert meiner Arbeit und der meiner Kollegen ernst nehmen.«

»Du weißt doch, dass ich das tue.« Aber kein Bedauern klang in seiner Stimme mit.

Fiona blickte ihm in die Augen. »Deine Chefs betrachten Psychologen immer noch lediglich als ein Werkzeug, das sie benutzen können, wie es ihnen gerade passt. Und das reicht nicht.«

»Meinst du, ich weiß das nicht? Glaubst du nicht, dass ich das ändern will?«, fragte er, und nun wurden auch seine Augen dunkel vor Ärger und Frustration. »Fi, hilf mir in dieser Sache. Hilf mir dabei, ihre Auffassung zu ändern. Ich bitte dich ja nur, diese Fälle durch dein Programm für Deliktverknüpfung laufen zu lassen und zu überprüfen, was du zur geografischen Streuung feststellen kannst. Ich dachte, du wolltest, dass Susan Blanchards Mörder erwischt wird? Wenn du es nicht für unsere Freundschaft tust, dann tu es für sie und ihre Kinder.«

»Oh, das geht aber jetzt wirklich unter die Gürtellinie, Steve. Jetzt hör mir mal zu: Ich habe in der Sache meine Meinung sowieso schon zurückgestellt und mich von moralischen Vorhaltungen erpressen lassen. Ich habe Horsforths Unterlagen durchgesehen, obwohl mir, weiß Gott, bei manchem fast schlecht geworden ist. Ich habe Vorschläge gemacht, wie du die Ermittlungen weiterführen könntest. Ich habe all das aus Freundschaft angeboten. Aber jetzt finde ich, nutzt du unsere Freundschaft aus. Du hast nichts mehr gut bei mir.« Sie streckte herausfordernd das Kinn vor.

Steve hielt ihrem Blick stand. Er wusste, ihre Worte waren berechtigt, aber seine Entschlossenheit, in diesem Fall zu einem Ergebnis zu kommen, war stärker als seine Scham. »Es muss gemacht werden, Fi«, sagte er und erklärte es so einfach wie möglich. »Ich habe bei diesem Fall keine Mittel, auf die ich zurückgreifen kann. Meine Vorgesetzten wollen nichts davon wissen, außer wenn ich mit irgendeiner überwältigenden Entdeckung ankommen könnte. Sie wollen einfach, dass die ganze Sache in der Versenkung verschwindet. Ich auch, aber ich will, dass sie nur deswegen verschwindet, weil wir die richtige Person geschnappt haben. Und im Moment stecke ich in einer Sackgasse. Ich habe Leute, die an diesem Fall wahnsinnig gern arbeiten würden, bis er gelöst ist, aber ich brauche eine Richtung, in der ich sie ermitteln lassen kann. Meine beste Chance ist das, was du mir geben kannst.« Er presste den Mund zusammen und schaute ihr fest in die Augen, sein mageres Gesicht war so glatt wie gemeißelt.

Sie sahen sich finster an, die Freundschaft eines halben Lebens stand auf dem Spiel. »Ich tu's nicht«, sagte Fiona.

Steve presste die Lippen fest aufeinander, und sie wurden zu

einem dünnen Strich. Er spürte, wie die hochgespannten Hoffnungen, mit denen er gekommen war, zu bröckeln anfingen, aber er gab nicht auf. Noch nicht. Er weigerte sich, ihren Blick loszulassen.
»Ich mach's wirklich nicht, Steve«, wiederholte Fiona.
Er glaubte eine winzige Kerbe in der Mauer ihrer Standhaftigkeit zu erkennen, eine Schwäche, und beugte sich vor. »Ich brauche es aber.«
Sie nickte müde. »Ich weiß. Also, hier ist die Abmachung, die ich dir bieten kann. Terry Fowler promoviert bei mir über Deliktverknüpfung und geografisches Profiling. Was wir machen können, ist Folgendes: Die Met bezahlt Terry für die Analyse des Materials. Auf der Basis einer Beratung.«
»Ich weiß nicht, ob ich den Spielraum im Budget dafür habe.«
»Das solltest du aber, Steve. Wenigstens wird auf diese Art und Weise jemand einen Nutzen davon haben.«
»Aber du wirst ein Auge darauf haben?«
Fiona schüttelte den Kopf. »Terry Fowler ist durchaus in der Lage, eine einfache Analyse dieser Art durchzuführen. Ich beleidige meine Studenten nicht dadurch, dass ich ihnen über die Schulter sehe. Ich habe mit der Sache nichts mehr zu tun, Steve. Ich sag dir das immer wieder, aber du hörst nicht auf mich.«
Er fuhr sich frustriert mit der Hand durch die Haare. »Ich nehme an, ich werde mich also mit der zweitbesten Lösung zufriedengeben müssen.«
»Ich wimmle dich nicht ab. Terry wird gute Arbeit für dich leisten. Steve, du musst aufhören, dich für diesen Fall zu bestrafen. Ich weiß, deine Arbeit ist dir wichtig, aber du kannst nicht unsere Freundschaft dafür aufs Spiel setzen.«
Fiona streckte ihm die Hand über den Tisch entgegen und nahm die seine. »Ich vermute, es ist zu spät, dir zu sagen, du solltest dir dein eigenes Leben mit einer Partnerin schaffen?«
Steve lächelte schwach. »Viel zu spät.«

»Es hat mich gerettet«, sagte sie schlicht.
Steves Blick verlor seinen Glanz. »Das hat er geschafft, was?« Er wollte sagen, er hätte gewünscht, sie hätten einander retten können, aber das würde er jetzt niemals tun können. Entweder wusste sie es schon und hatte sich damit arrangiert, dass er diese Gefühle für sie empfand. Oder die neue Erkenntnis würde zerstörerisch in ihr Leben einbrechen und die Harmonie bedrohen, die zwischen ihnen entstanden war. Wie auch immer, es hätte keinen Sinn.
Wie auf ein geheimes Zeichen hin öffnete sich die Haustür. »Hi, Fiona, ich bin daheim«, hallte es durch den Flur. Sie hörten, wie Kits Rucksack auf den Boden plumpste, als er ihn im Vorbeigehen in seinem Büro ablud. Dann stand er in der Tür und lächelte, als er sie sah; die Spannung im Raum nahm er nicht wahr. »Hey, Stevie, ich hab gar nicht erwartet, dich heute Abend zu sehen.«
»Ich bin gekommen, weil ich sehen wollte, wie weit ich mein Konto überzogen habe«, sagte Steve ironisch.
Kit ging zu Fiona und umarmte sie. »Steve will, dass ich noch mehr Arbeit in den Fall Susan Blanchard stecke«, sagte sie.
Kit schaute Steve über ihren Kopf hinweg mit hochgezogenen Augenbrauen an und stellte dabei die mitfühlende Frage: »Sie hat dich also abblitzen lassen?«
»Sozusagen, ja«, sagte Steve.
»Die Met wird Terry Fowler für die Arbeit bezahlen«, sagte Fiona bestimmt.
»Das hoffe ich«, sagte Steve. Er stand auf. »Ich rufe dich morgen früh wegen der Details an.«
»Geh nicht, Steve« drängte Fiona. »Bleib doch zum Essen. Wir könnten später Scrabble spielen.«
Ihm war bewusst, dass sie ihm damit einen Olivenzweig reichte. Der Teil seines Charakters, der nicht gerne um etwas bat, wollte gehen, aber wie würde sich das in Zukunft auf ihre Beziehung auswirken? Sein Stolz war für ihn kein großes Opfer, um die Kluft zu überbrücken, die sich zwischen

ihnen aufgetan hatte. Steve sah Kit an. »Kommt drauf an, was es zum Abendessen gibt«, sagte er.
Kit runzelte die Stirn. »Lass mich mal überlegen.« Er machte den Kühlschrank auf und sah hinein. »Ich hab Hühnerbrust, Frühlingszwiebeln, frischen Estragon, Fenchel ... wie wär's mit Pilaw mit Estragon?« Er sah sich um.
Steve tat so, als überlege er einen Moment. »Und Nachtisch?«
»Du hast ja gar keine Ansprüche, was?«, beklagte sich Kit. »Wir haben Hausmacher-Schokoladeneis in der Kühltruhe, ein paar Erdbeeren und ein halbes Glas Mangopüree im Kühlschrank. Bist du damit zufrieden?«
»Okay, du hast mich überredet.«
Kit streifte seine Jacke ab, warf sie über einen Stuhl und machte sich an die Arbeit. »Wie war dein Tag heute?«, fragte Fiona, während sie ihm beim Schneiden und Hacken zusah.
»Sehr lohnend«, sagte Kit. »Ich habe mich mit einer Kontaktperson getroffen. Aber ich sollte wohl vor der Polizei keine Details preisgeben«, fügte er hinzu und grinste über die Schulter Steve zu. »Aber ich sag euch was. Georgia macht ja einen ganz schönen Wirbel in den Zeitungen. Habt ihr heute die Boulevardblätter gesehen? Die *Mail* hat einen großen Artikel, der ihr Abtauchen mit Agatha Christies Verschwinden in den Zwanzigerjahren vergleicht.«
»Sie ist also immer noch nicht aufgetaucht?«, fragte Fiona. Sie wandte sich an Steve. »Georgia Lester, die Krimiautorin. Hast du das verfolgt?«
»Ich hab's in den Zeitungen gesehen, ja. Hast du nicht gesagt, dass sie einen Brief wie deinen bekommen hat, Kit? Was meinst du? Ist sie verschwunden, weil sie beleidigt war, oder aus Angst?«
»Der Brief hatte ihr keine Angst gemacht, bis sie herausfand, dass ich auch einen bekommen hatte. Er machte sie dann aber auf jeden Fall nervös. Ich weiß, dass sie ihren Verleger

bat, ihr zwei Wächter für ihre Lesereise bereitzustellen, aber ich dachte, das wäre nur ein typischer Schachzug von Georgia. Sie kann sich schon ganz schön aufplustern«, sagte er liebevoll und ergriff eine schwere, gusseiserne Pfanne, die neben dem Herd hing.
»Eins steht fest«, sagte Fiona trocken. »Die Selbstmordvariante ist bei Georgia von Anfang an völlig ausgeschlossen.«
»Wieso sagst du das?«, fragte Steve.
»Selbstmörder haben wenig Selbstachtung. Georgia dagegen ist eine Frau, der der kleinste Funke Selbstzweifel abgeht. Auf einer Skala von eins bis zehn würde ihr gesundes Ego irgendwo in der Gegend von elf liegen.«
»Sie hat Recht«, bestätigte Kit. »Wenn wir eine schlechte Kritik kriegen, würden die meisten von uns der Katze einen Tritt versetzen oder den Bildschirm anfluchen, es würde uns jedenfalls nachgehen. Auch wenn wir so täten, als stünden wir weit darüber. Aber wenn Georgia eine schlechte Kritik bekommt, schickt sie dem Kritiker Blumen mit dem herzlichen Wunsch, es möge ihm doch hoffentlich bald wieder besser gehen.«
Steve lachte schallend. »Das hast du aber jetzt erfunden.«
»Ich schwör's, es ist eine wahre Geschichte. Georgia könnte sich genauso wenig umbringen, wie sie einen Freizeitanzug tragen würde.«
»Es gibt also nur eine Alternative, meinst du? Wenn sie ihr Verschwinden nicht als Publicity-Knaller selbst in Szene gesetzt hat, dann ist sie entführt worden?« Steve fasste in Worte, was Kit und Fiona die ganze Zeit zu sagen vermieden hatten.
Ein langes Schweigen. Dann gab Kit das gewürfelte Hühnerfleisch mit den Schalotten in die Pfanne. Dampf stieg auf und verbreitete Essensgerüche im Raum. »Vermutlich ist es so, aber wir hüten uns, es auszusprechen«, sagte Fiona.
»Was nicht bedeutet, dass ihr es nicht denkt. Mich würde es umtreiben, wenn ich in eurer Haut steckte. Nach Drew

Shand und Jane Elias muss es euch doch durch den Kopf gehen«, sagte Steve.
»Aber es gibt keinen Zusammenhang zwischen diesen beiden Morden«, widersprach Kit. »Die Garda hat einen Mann aus der Gegend dort wegen des Mordes an Jane verhaftet. Und du hast mir erzählt, sie hätten keine Drohbriefe bei ihren Papieren gefunden, was mich ein bisschen beruhigt hat.«
»Es spielt keine Rolle, dass es keinen Zusammenhang gibt«, sagte Fiona. »Das heißt auf der psychischen Ebene. Wir wissen nur, dass zwei Thrillerautoren ermordet worden sind. Wenn also noch eine dritte Person dieser Gruppe vermisst wird, müssen wir uns unvermeidlich fragen, ob ihr nicht dasselbe passiert ist. Die Psyche spielt uns diesen Streich, Kit. Unbewusst suchen wir immer nach Fortsetzungen. Auch wenn keine da sind. Obwohl also dein waches Bewusstsein leugnet, dass Drews und Janes Tod etwas mit Georgia zu tun haben könnten, kannst du auf einer tieferen Ebene gar nicht anders, als dir eine Serie vorzustellen und dir darüber Sorgen zu machen.«
»Trotzdem«, unterbrach sie Steve, »und das sage ich jetzt nur als Polizist, könnte ich die Möglichkeit nicht ausschließen, dass Georgia entführt worden ist.«
»Und natürlich hätte die Polizei, wenn sie entführt wurde und es eine Lösegeldforderung gegeben hat, dafür gesorgt, dass es nicht bekannt wird«, sagte Fiona nachdenklich. »Man würde die Angelegenheit genauso behandeln, wie es derzeit der Fall ist. Man würde sich nicht besonders besorgt zeigen und so tun, als bestehe nur ein geringer Verdacht.«
»Ich würde sagen, ja«, stimmte ihr Steve zu.
»Ihr findet es also beide sinnlos zu spekulieren«, sagte Kit.
»Allerdings.« Steve atmete tief ein. »Das riecht köstlich, Kit.«
»So wird's auch schmecken«, sagte er zuversichtlich. »Ich

hoffe, wo immer Georgia ist, dass sie auch etwas nur halb so Gutes bekommt.«
Fiona lächelte ironisch. »Das hoffe ich auch. Wenn sich nämlich herausstellt, dass es eine Finte war, wird sie lange Zeit bei Brot und Wasser sitzen.«

Kapitel 31

Die Uhr zeigte 3.24 Uhr. Fiona hatte keine Ahnung, was sie aufgeweckt hatte, aber ihre Augen waren weit offen, ihr Gehirn lief auf vollen Touren. Sie wusste, es hatte keinen Sinn zu versuchen, wieder einzuschlafen. Schlaflosigkeit kam bei ihr selten vor, aber dann war die einzige Lösung, aufzustehen und den Kopf zu beschäftigen, bis der Schlaf wiederkam.

Sie verließ leise das Bett. Kit brummte, drehte sich um und atmete wieder ruhig weiter. Fiona tappte über den Teppich, nahm ihren Morgenmantel vom Haken und ging auf den Treppenabsatz hinaus. Der in der Ferne summende Verkehr war das einzige Geräusch. Sie hatte nicht das Gefühl, dass außer ihr und Kit noch jemand da war. Als sie die Stufen hinaufging, schaute sie aus dem Fenster auf den unter ihr liegenden Garten. Im schwachen Licht des zunehmenden Mondes erschien er wie eine unheimliche Ansammlung schwarzweißer Konturen. Aber sie waren ihr alle vertraut. Was immer sie im Schlaf gestört hatte, es war kein Fremder in Haus oder Garten.

In ihrem Büro knipste Fiona die Tischlampe an und nahm eine Dose Perrier aus dem winzigen Kühlschrank neben ihrem Schreibtisch, eines von Kits merkwürdigen Geburtstagsgeschenken. Sie war damals nicht gerade begeistert gewesen, obwohl sie hoffte, ihre Enttäuschung gut genug verborgen zu haben. Aber inzwischen hatte sie erkannt, wie praktisch er war. So etwas konnte Kit gut: mit Dingen ankommen, von denen sie nie geglaubt hätte, dass sie sie brauchen könnte. Sie machte die Dose auf. Es war so still, dass sie die Bläschen leise gegen das Metall blubbern hörte, wenn sie zerbarsten.

Sie schaltete ihren Computer an und wartete, bis er heraufgefahren war. Dann ging sie online. Amerika war wach. Genug Leute würden munter und in den Chat-Räumen unterwegs sein, um sie zu unterhalten. Als sie sich anmeldete, erinnerte sie sich, dass heute die monatliche Online-Diskussion bei *Murder Behind the Headlines* war, die von zehn bis Mitternacht lief. Sie klickte diese Seite an und wartete, bis sie verbunden wurde.

Fiona ließ die zur Auswahl stehenden Diskussionsthemen durchlaufen und klickte Jane Elias an. Sie kam gerade dazu, als eine hitzige Debatte über die irische Polizei in Gang war. Als ihr die Möglichkeit geboten wurde, die Unterhaltung zurückzuverfolgen, entschied sie sich dafür.

Was sie las, ließ sie erschauern. Nach den Kommentaren von drei Teilnehmern hörte man vor Ort über den Fall Jane Elias, dass die Polizei den Falschen verhaftet habe und sich dessen auch bewusst sei. Angeblich hatten Vorgesetzte in der Abteilung für Schwerverbrechen die Polizeibeamten vor Ort so stark unter Druck gesetzt, dass sie die Verhaftung trotz ihrer Bedenken vorgenommen hatten. Da jegliche Hinweise auf Tatort oder Leiche fehlten, die Regan mit der Tat in Verbindung gebracht hätten, schien es jetzt, dass die Beamten vor Ort wegen der Verhaftung nervös wurden und Regans Anwalt für seine Freilassung kämpfte. In einem Beitrag wurde gesagt, alle in Kildenny, die John Regan kannten, behaupteten hartnäckig, der Mann habe nicht die Intelligenz, eine Entführung durchzuziehen, und schon gar nicht den Mumm, eine Frau zu töten und ihre Leiche zu verstümmeln.

An diesem Punkt wurde die Diskussion zu einem Wettschimpfen über die Polizei. Fiona war es vollkommen egal, wie gut oder schlecht die Garda Siochana in einem unbe-

kannten Winkel des Countys Wicklow war. Es gab für sie Wichtigeres, über das sie nachdenken musste.
Sie meldete sich ab, schaltete den Computer aus und starrte auf den leeren Bildschirm. Regans Verhaftung war eine größere Beruhigung für sie gewesen, als sie Kit gegenüber hatte zugeben wollen. Wenn er ausschied, dann ergab sich ein völlig anderes Bild. Dann ging es nämlich nicht mehr um eine unbewusste Verknüpfung verschiedener Morde, sondern es ergab sich eine logische Schlussfolgerung.
Normalerweise war die Ermordung von zwei Personen derselben Berufsgruppe auf gegenüberliegenden Seiten der Irischen See so unbedeutend, dass sie unbemerkt geblieben wäre. Aber wenn beide prominente und preisgekrönte Thrillerautoren waren, deren Werk erfolgreich vom Fernsehen oder Film aufgegriffen wurde, und beide auf eine Art und Weise ermordet worden waren, die sich mehr oder weniger genau an die Einzelheiten in einem ihrer Romane hielt, dann wurde das Zufallsprinzip bei diesem Zusammentreffen so stark strapaziert, dass man darauf aufmerksam werden musste.
Fiona wog die ihr bekannten Tatsachen gegen ihre Erfahrungen ab. Ja, es gab so etwas wie Mörder, die Morde kopierten. Und Jane Elias' Mörder hätte am Anfang seiner Serie ebenso gut ein solcher Nachmacher sein können wie ein Serientäter, wenn man die Entfernung der Opfer voneinander und die offensichtlich sehr unterschiedlichen Todesarten berücksichtigte.
Aber Fiona hatte sich noch nie für die Zufallstheorie erwärmen können.
Sie stand auf, verließ ihren Schreibtisch und rannte zum Gästezimmer hinunter, wo Kits große Sammlung von Kriminalromanen die Wände vom Boden bis zur Decke bedeckte.
»Alphabetische Anordnung wäre ja auch viel zu einfach«, sagte Fiona seufzend zu sich selbst.
Sie überflog die Titel auf den Regalen, wo sie eines von Georgias Büchern suchte. Das Erste, das sie fand, war *Last Rights*,

der letzte Teil einer Trilogie, die sie zwei Jahre zuvor beendet hatte. Fiona schlug das Buch hinten auf und las die Umschlagklappe mit der Biografie der Autorin.
Mehrere von Georgias Büchern waren fürs Fernsehen bearbeitet worden, einschließlich der Gerichtsromane. Nur ein einziger Band, ein Psychothriller, dessen drastische Gewaltszenen viele Leser zutiefst erschüttert hatten, war verfilmt worden. *And Ever More Shall Be So* war ein britischer Film, der von Channel 4 gesponsert und mit minimalem Budget produziert worden war. Fiona erinnerte sich dunkel, gelesen zu haben, was für ein Erfolg er war. Etwas an dem Film hatte die Aufmerksamkeit des Massenpublikums auf sich gezogen, und er war auf beiden Seiten des Atlantiks überraschend zum Hit geworden. Die unheimliche, ätherische Titelmusik mochte wohl dazu beigetragen haben. »Green Grow the Rushes-O«, von der Solo-Sopranstimme eines Jungen wie ein Klagelied gesungen, bildete einen melancholischen Gegensatz zu den albtraumhaften Szenen des Films. Irgendwie war sie nie dazu gekommen, ihn zu sehen, aber Kit kannte ihn sicher.
Jetzt brauchte sie nur das Buch zu finden. Unter den zwei- oder dreitausend hier konnte das doch nicht so schwer sein, oder? Systematisch ging Fiona langsam an den Regalen entlang und hielt inne, wann immer sie auf Georgias Namen stieß. Wie zum Teufel fand er denn überhaupt jemals etwas, fragte sie sich. Und warum konnte er nie ein Buch wegwerfen, auch wenn er es noch so ausdrücklich als Schund bezeichnete?
Ungefähr in der Mitte der zweiten Wand fand Fiona, was sie suchte. Die erste Ausgabe von *And Ever More Shall Be So* mit einer persönlichen Widmung auf der Titelseite in Georgias überraschend ordentlicher Handschrift. »Dem lieben Kit, schon jetzt ein überragender Künstler. Mit einer herzlichen Umarmung, Georgia Lester.« Wie typisch für Georgia, dachte Fiona mit einem spöttischen Lächeln.

Fiona knipste das Licht aus und ging wieder nach oben ins Dachgeschoss. Sie machte es sich auf dem Futon bequem und zog die Decke über die Beine, damit ihr nicht kalt wurde. Dann begann sie die Seiten umzublättern. Aber was sie da las, vertrieb jeden Gedanken an schlichte Aufmunterung.

Kapitel 32

Steve streckte den Arm vor, um die Aufzugtüren am Schließen zu hindern. Sie gingen wieder auf, und er stand DC Joanne Gibb genau gegenüber. »Morgen, Joanne«, sagte er.

»Morgen, Chef. Darf ich fragen, wie das Katzbuckeln gelaufen ist?«

Steve verzog das Gesicht. »Sagen wir mal, wir bewegen uns in die richtige Richtung. Dr. Cameron wird mir den Kontakt mit einem ihrer Doktoranden vermitteln, der die Analyse machen wird. Wenn ich das Geld dafür auftreiben kann.«

»Aber wir könnten doch mit dieser Methode wirklich Fortschritte machen«, sagte Joanne empört. »Sicher wird Commander Telford einsehen, dass man diese Spur verfolgen muss?«

Steve lächelte. »Ich kann ihn hoffentlich davon überzeugen.« Auf ihrem Stockwerk kam der Aufzug schaukelnd zum Stillstand. »Wünsch mir Glück. Ich werde dich und Neil in fünfzehn Minuten in meinem Büro sehen.«

Steve ging an abweisenden Türen vorbei den Korridor hinunter, bis er zum Büro seines Vorgesetzten kam. Er klopfte und wartete auf die Aufforderung einzutreten. David Telford saß hinter einem so aufgeräumten Schreibtisch, dass Steve hätte wetten können, es war der ordentlichste im ganzen Haus. Kein einziges loses Blatt Papier verunzierte die polierte Oberfläche. Schreibzeug stand dicht gedrängt in einem Metallständer, ein Notizblock lag beim Telefon, und das war alles. Nur Telfords gerahmte Auszeichnungen und sein Diplom in Volkswirtschaft von der Aston

University zierten die sonst kahlen Wände. »Setzen Sie sich, Steve«, sagte er mit ernstem Gesicht. Er war entschlossen, den Gedanken, irgendjemand anders als Steve Preston könnte an dem Fiasko im Fall Francis Blake schuld sein, aus dem kollektiven Gedächtnis der Metropolitan Police auszulöschen. Steve begriff das und wusste, dass dies der Grund war, weshalb Telford – oder Teflon, wie er in den unteren Diensträngen genannt wurde – ihn behandelte, als brächte er schlechten Geruch in sein Büro.

»Danke, Sir.« Manchmal war es wirklich ein Kreuz, das Spielchen mitzumachen, aber Steve war seine Arbeit zu wichtig, um ernsthaft an eine Alternative zu denken.

»Also immer noch kein Fortschritt?« Telfords Frage beinhaltete bereits die Antwort, die er gern gehört hätte. Steve wusste, dass ihm das Image wichtiger war als Gerechtigkeit. Susan Blanchards Mörder zu finden stand nicht oben auf Teflons Prioritätenliste. Es war besser, wenn seine Leute den tatsächlichen Mörder nie fanden, damit die Öffentlichkeit weiterhin denken konnte, Francis Blake sei der Met durch den für den Prozess zuständigen Richter und nicht durch ihre eigene unorthodoxe Sonderaktion durch die Lappen gegangen.

»Im Gegenteil, Sir. Ich glaube, wir haben eine neue Richtung für die Ermittlungen erarbeitet.« In allen Einzelheiten legte Steve die neuen Indizien über den Radfahrer dar und schilderte, was Joanne bei ihrer Durchforstung der Akten gefunden hatte. »Ich brauche jetzt die Genehmigung, ein geografisches Profil in Auftrag zu geben, das auf diesem Bündel von Fällen basiert, damit wir zu brauchbaren Tatverdächtigen kommen können«, schloss er.

Telford runzelte die Stirn. »Das ist alles ein bisschen dünn, oder? Es gibt keine klaren Indizien, scheint mir?«

»Das Problem ist in diesem Fall von Anfang an der Mangel an klaren Beweisen gewesen. Keine Spuren am Tatort, relativ wenige Zeugenaussagen, keine offensichtliche Beziehung zwischen Mörder und Opfer. Es ist klar, dass der Täter Erfahrung im Verwischen von Spuren hat, und das lässt darauf schließen, dass er schon früher sexuell motivierte Überfälle begangen hat. Seit Aufnahme der Ermittlungen ist dies der erfolgversprechendste Ansatz, Sir.«

»Ihr klammert euch an einen Strohhalm«, kritisierte Telford.

»Ich glaube, es ist schon etwas mehr, Sir.« Die Worte »bei allem Respekt« lagen ihm auf der Zunge, aber er hielt sich zurück, diese Lüge wollte er nun doch nicht aussprechen. »Es ist eine taugliche Strategie für die Untersuchung. Früher oder später werden wir, wenn wir ihn nicht lösen, wegen dieses Falls wieder unter die Lupe genommen. Und wenn das geschieht, würde ich gerne sagen können, dass wir nichts unversucht gelassen haben.«

»Ich dachte, Dr. Cameron habe sich öffentlich geweigert, jemals wieder mit uns zusammenzuarbeiten?« Telford schlug eine andere Richtung ein, von Steves unterschwelliger Drohung verunsichert, den Fall in der Öffentlichkeit breitzutreten.

»Frau Dr. Cameron würde die Analyse nicht machen, Sir. Wir würden ein anderes Mitglied ihrer Abteilung beauftragen.«

Telford grinste. »Da kriegt sie also eins aufs Dach.«

Steve sagte nichts. Vielleicht würde Gehässigkeit gewinnen, wo Vernunft nicht weiterkam.

Telford drehte sich auf seinem Stuhl und schien sein Diplom zu studieren. »Na ja, also gut, dann machen Sie eben Ihre Analyse.« Er drehte den Stuhl abrupt wieder zurück und sah Steve an. »Nur bauen Sie dieses Mal keinen Mist, Superintendent.«

Steve ging mit geballten Fäusten in sein Büro zurück. Wie wundervoll es wäre, Susan Blanchards Mörder zu finden, dachte er. Na klar, Telford würde offiziell die Lorbeeren einsammeln, aber alle bei der Polizei würden Bescheid wissen. Damit wäre in vieler Hinsicht der Gerechtigkeit Genüge getan.

Er stieß die Tür zu seinem Büro auf, wo DC Neil McCartney und Joanne auf ihn warteten. Neil war ein großer, etwas unordentlicher Typ Mitte zwanzig. Steve hatte ihn nie anders als leicht zerzaust gesehen. Neil konnte sich nie auf einen Stuhl setzen, ohne sich hinzuflegeln. Steve fragte sich oft, wie der Junge wohl in Uniform ausgesehen hatte. Sein Äußeres allein hatte wahrscheinlich bewirkt, dass er bei erstbester Gelegenheit zur Kripo hochgekickt wurde. Es hatte dabei auch nicht geschadet, dass er ein guter Polizist war, gescheit, nachdenklich und zäh bis zur Dickköpfigkeit.
»Also gut. Wir haben die Zustimmung für das geografische Profil«, verkündete Steve, während er über Neils störend ausgestreckte Beine stieg. »Ich bringe die Unterlagen persönlich zur Uni rüber, sobald wir hier fertig sind. Also, Neil, was treibt Blake jetzt?«
»Soweit ich das beurteilen kann, nichts besonders Interessantes. Er schläft lange, holt sich meistens am Morgen eine Zeitung oder einen halben Liter Milch und zwei Videos, dann geht er wieder nach Hause. Manchmal ist er zur Mittagszeit im Wettbüro unten, zwei Bier in der Kneipe an der Ecke, dann ein Spaziergang im Park. Wieder zur Wohnung zurück, und offensichtlich bleibt er zu Haus und sieht fern, nach dem Flimmern am Fenster zu schließen. Nichts Bösartiges, nichts Verdächtiges. Was ja ganz gut ist, da wir immer allein sind und nur eine Minimalüberwachung mit je einer Person machen. Er könnte alles Mögliche treiben, wenn wir nicht da sind, wir wüssten es nicht. An manchen Tagen, wenn wir dort sind, steckt er nicht mal die Nase aus der Tür. Er könnte einen Harem da drin haben, und wir hätten keine Ahnung davon.«
Steve nickte verständnisvoll. »Ich weiß, das ist wirklich nicht befriedigend. Aber wir müssen unseren Freund Blake einfach so gut im Auge behalten, wie wir können. Bis wir einen besseren Anhaltspunkt finden, ist er das Einzige, was wir haben. Es wäre vielleicht eine gute Idee, mal diskret mit den

Mietern der Wohnung unten zu reden und zu sehen, ob sie bei ihm etwas von Besuch gehört oder gesehen haben. Aber nur, wenn wir wissen, dass sie keine Kumpel sind. Ich will Blake nicht auf unser noch andauerndes Interesse an ihm aufmerksam machen. Was meinst du, Neil?«

Neil rümpfte die Nase. Er hatte für Vorgesetzte gearbeitet, die es nicht gern hörten, wenn man ihnen sagte, ihre Vorschläge würden nicht funktionieren. Aber er kannte Steve Preston gut genug, um zu wissen, dass dieser es ihm selten verübelte, wenn er seine Meinung frei heraus sagte. Besonders in einem so kleinen Kreis wie jetzt. »Lieber nicht, Chef«, sagte er. »Es ist ein ziemlich junges Paar, Mitte zwanzig, würd ich sagen. Sie wirken wie Leute, die uns für die Bösen halten, wenn du weißt, was ich meine? Sie würden es wahrscheinlich für ihre Pflicht und Schuldigkeit halten, Blake Bescheid zu sagen, dass die Bullen herumschnüffeln.«

Steve hätte lieber etwas anderes gehört, aber er vertraute Neils Meinung. »Ist also John dran heute?«, fragte er.

»Ja«, gähnte Neil.

»Okay. Also dann nimm dir den Rest des Tages frei, Neil. Schlaf dich mal aus.«

»Sicher, Boss?«

»Ja, klar. Joanne kann hier alles in Gang halten. Wenn wir dich brauchen, melden wir uns.«

Neil löste seinen langen Körper vom Stuhl, stand auf und streckte sich genüsslich. »Dagegen hab ich nichts einzuwenden. O Gott, mehr als acht Stunden zum Schlafen. Von diesem Schock werd ich vielleicht zusammenklappen.« Er latschte aus dem Zimmer.

»Soll ich also die Stellung halten, Chef?«, fragte Joanne.

»Ja. Ich gehe zur Universität hinüber, wo ich einen gewissen Terry Fowler treffe. Dr. Cameron hat eine Nachricht hinterlassen, dass sie alles in die Wege geleitet hat. Ich weiß nicht, wie lang ich weg sein werde – kommt drauf an, wie viel ich diesem Fowler erklären muss. Und ich soll bei Dr. Cameron selbst vorbeigehen, wenn ich fertig bin. Ich seh dich also, wenn ich dich seh.«

Es war ein seltsames Gefühl, durch das Psychologische Institut zu gehen und nicht direkt auf Fionas Büro zuzusteuern. Der Pförtner sagte Steve, wie er zu dem Kabuff im dritten Stock komme, das sich Terry Fowler mit einem anderen Doktoranden teilte. Steve klopfte an die Tür und war überrascht, eine Frauenstimme zu hören, die herein sagte.
Er steckte den Kopf zur Tür herein. Zwei Computertische standen im Zimmer, einer nicht besetzt, am anderen saß eine junge Frau mit stacheligem, platinblondem Haar, scharlachrotem Lippenstift und einer Brille mit dicken schwarzen Rändern. Ihre Ohren glänzten silbrig von drei Steckern und einer größeren Kreole. Steve lächelte. »Tut mir leid, entschuldigen Sie die Störung. Ich suche Terry Fowler.«
Die Frau schaute mit gespielter Verzweiflung gen Himmel. Dann grinste sie, deutete auf sich und sagte: »Sie haben sie gefunden. Theresa Fowler, zu Ihren Diensten. Hat Fiona wieder mal den alten Trick angewendet und auf den Irrtum gebaut, dass man mich für einen Mann hält?«
Irritiert, dass Fiona ihn als das typische Beispiel des Polizisten mit Vorurteilen hingestellt hatte, trat Steve ins Zimmer und zuckte bedauernd mit den Schultern. *Toller Einstieg, gleich ins Fettnäpfchen zu treten*, dachte er. »Was kann ich sagen? Ich bin drauf reingefallen. Tut mir leid. Ich neige normalerweise nicht zu sexistischen Unterstellungen.« Er streckte die Hand aus. »Steve Preston.«
»Freut mich, Sie kennenzulernen, Superintendent.« Ihr Händedruck glich dem seinen, fest, sachlich, selbstbewusst. »Machen Sie sich nichts draus. Psychologen können albernen Spielchen nur schwer widerstehen. Es gehört zum Beruf. Nehmen Sie sich einen Stuhl und machen Sie es sich bequem. Oder jedenfalls so bequem es auf diesen Folterinstrumenten geht.«

Ihr Lächeln war ansteckend, und er erwiderte es. »Nennen Sie mich Steve, bitte.« Er zog einen Plastikstuhl mit Schalensitz heraus und setzte sich. »Ich nehme an, Fiona hat Sie besser vorbereitet als mich?«
Sie schüttelte den Kopf. »Nur ganz allgemein. Sie sagte, Sie hätten eine Gruppe von Fällen, die ich durch das Deliktverknüpfungsprogramm laufen lassen soll. Wenn sich ein Bündel ergibt, soll ich ein geografisches Profil erstellen. Und Sie werden mich bezahlen, was ein sehr wichtiger Pluspunkt bei der ganzen Sache ist, muss ich sagen.« Terry lehnte sich zurück und präsentierte damit unbewusst ihre schlanke Figur in schwarzen Jeans und T-Shirt.
»Es geht um ein bisschen mehr«, sagte Steve. Er machte seine Aktentasche auf und nahm den Hefter heraus, den Joanne zusammengestellt hatte. Vier weitere Fälle hatte er hinzugefügt, um die Genauigkeit des Deliktverknüpfungs-Programms zu testen, aber das würde er Terry nicht sagen. »Also, zuerst muss ich betonen, dass die Unterlagen absolut vertraulich zu behandeln sind.«
»Kein Wort kommt über meine Lippen«, sagte Terry und schob sie zu einem Schmollmund vor.
»Das bezweifle ich nicht«, sagte er steif und entschlossen, den formellen Ton beizubehalten. »Aber ich habe natürlich bemerkt, dass Sie sich dieses Büro mit jemandem teilen. Wenn Sie also den Raum verlassen, müssten Sie diesen Hefter mitnehmen, außer wenn Sie sicher sein können, dass er hier in Sicherheit ist.«
»Okay.«
»Auch wenn Sie nur mal schnell zum Klo oder zum Kaffeeholen rausgehen.«
»Verstanden.« Sie lächelte und hob beschwichtigend die offenen Handflächen hoch. »Es geht klar, Steve. Ich hab's kapiert.«
»Ich will Ihnen nicht auf die Nerven fallen mit Selbstverständlichkeiten.«

Terry schüttelte den Kopf. »Na ja, Sie haben ja noch nie mit mir zusammengearbeitet, woher sollen Sie wissen, dass ich kein albernes Blondchen bin?« Sie machte große runde Augen und schaute ihn fragend an.
Jetzt war Steve mit dem Grinsen an der Reihe. »So sehr hasst mich Fiona dann doch nicht. Okay, das hier hab ich also für Sie. Sechs Vergewaltigungen und vier schwere sexuelle Übergriffe. Wie Fiona sagte, sollen Sie herausfinden, ob es Grund zur Annahme gibt, dass Zusammenhänge zwischen dem einen und dem anderen oder zwischen allen vorliegen. Wenn Sie ein Bündel von übereinstimmenden Faktoren finden, bin ich gespannt, was das geografische Profil ergibt. Wenn wir so weit kommen, möchte ich, dass Sie einen anderen Ort ins geografische Profil eingeben und dann sehen, was passiert.«
Terry hob eine Augenbraue. Es hätte wichtigtuerisch aussehen können, aber irgendwie vermied sie das. »Ist der andere Ort hier im Hefter?«
Steve schüttelte den Kopf. »Ich möchte nicht Ihre Gedankengänge beeinflussen. Wenn ich die Resultate vor mir habe, werden wir weitersehen.«
»Geht in Ordnung. Wie schnell brauchen Sie es?«
Steve breitete die Hände aus. »Gestern?«
»Gestern kostet extra. Aber für das normale Honorar können Sie es morgen haben. Unter einer Bedingung.«
Steve neigte leicht den Kopf, sein Gesicht nahm einen misstrauischen Ausdruck an. »Eine Bedingung?«
»Sie gehen morgen mit mir essen.« Ihr Lächeln war wohl berechnet und kokett wie das einer Frau, die davon ausgeht, ihren Willen zu bekommen.
Steve fühlte, wie ihm heiße Röte in die Wangen stieg. »Ich soll mit Ihnen essen gehen?«
»Ist das eine so komische Idee?«
Er zwang sich, seine professionelle Zurückhaltung nicht aufzugeben. »Ich meine nur, es ist keine sehr gute.«

»Warum? Sie sind doch nicht verheiratet, oder?«
»Nein, aber ...«
»Also, wo ist das Problem?«
»Ich versuche normalerweise, Arbeit und Vergnügen getrennt zu halten«, sagte er und war sich bewusst, dass er steif wie ein Spießbürger klang, obwohl er immer gebetet hatte, nie so zu werden.
»Wo treffen denn Menschen wie wir sonst interessante Leute, mit denen sie essen gehen könnten? Wir brauchen ja nicht über die Arbeit zu reden«, sagte Terry. »Ich werde Sie nicht über die zehn größten Fälle ausfragen, wenn Sie nicht verlangen, dass ich Ihnen die Theorie von Piaget erkläre. Na, kommen Sie schon, was haben Sie zu verlieren? Selbst wenn Sie sich total langweilen, ist es ja nur für ein paar Stunden. Und ich verrat's ja nicht, wenn's besser läuft.«
Erfreut und verwirrt, aber immer noch vorsichtig fuhr sich Steve durch sein dunkles Haar. »Das kommt jetzt so plötzlich.«
Sie zuckte mit den Schultern. »Das Leben ist zu kurz. Man muss den Augenblick ergreifen.«
»Aber warum denn ich?«
»Ach Gott, ihr habt aber auch alle Fragen.« Jetzt lachte sie, gerade weiße Zähne glänzten wie beim großen bösen Wolf. »Weil Sie einen guten Kopf haben und Humor, weil Sie ein gut aussehender Typ und kein bornierter Psychologe sind. Vier sehr gute Gründe. So, gehen Sie also mit mir essen, oder was? Es geht in Ordnung, wenn Sie Nein sagen, ich kann das wegstecken. Ich bin ein großes Mädchen. Und ich mach auch trotzdem noch Ihre Analyse und bin nicht beleidigt.«
Steve schüttelte den Kopf, völlig verwirrt, dass sich das Treffen so ganz anders entwickelte, als er erwartet hatte. »Also gut, machen wir's«, sagte er plötzlich und merkte erst beim Sprechen, wie aufregend die Idee war.
»Gute Entscheidung, Steve. Ich rufe Sie morgen an, wenn ich ein Ergebnis für Sie habe, okay?« Sie nahm schon eifrig den Hefter in die Hand.

Steve begriff, dass er verabschiedet wurde, und stand auf. »Äh … Mit dem Essen? Wo sollen wir Plätze bestellen? Was essen Sie gern?«
Sie zuckte mit den Schultern. »Suchen Sie was aus. Ich esse kein Fleisch, aber ich mag Fisch. Und ich habe bisher noch keine Küche versucht, die mir nicht geschmeckt hätte.«
»Warum bin ich jetzt nicht überrascht? Danke, Terry.« Er ging den Korridor entlang zur Treppe, die ihn zu Fionas Büro führte, und grinste breit von einem Ohr zum anderen. Er konnte kaum glauben, was gerade passiert war. Er hatte sich von der Ausstrahlung einer völlig fremden Person mitreißen lassen. Er hatte eins seiner strengsten Prinzipien über Bord geworfen und fühlte sich leichter als seit Monaten. Vielleicht würde sein Schicksal sich endlich wenden.

Kapitel 33

Steves Lächeln überstand das Zusammentreffen mit Fiona nicht. Als er in ihr Büro trat, starrte sie geistesabwesend auf den Bildschirm und hielt die Hände hinter dem Kopf verschränkt. »Ist das nicht ein schöner Tag heute?«, sagte er munter und setzte sich auf ihre Couch.
Fiona sah ihn an, als sei er verrückt geworden. »Tatsächlich?«
»Ich glaube, ja«, sagte er gut gelaunt. »Ich hatte gerade eine sehr interessante Begegnung mit Terry Fowler.«
»Aha, gut«, sagte Fiona. »Sie ist sehr effizient, ich bin sicher, sie wird sehr gute Arbeit für dich leisten.« Ihre Stimme wurde schwächer und verstummte, und sie sah stirnrunzelnd auf einen Punkt über seinem Kopf.
»Erde an Fiona, kommen, bitte kommen … Ist jemand da?«
»Tut mir leid, Steve, ich habe letzte Nacht nicht viel geschlafen. Ich bin ein bisschen … abgelenkt.«
»Du wolltest wegen irgendeiner Sache mit mir sprechen?«, erinnerte er sie.
Fiona schaute düster vor sich hin und strich sich mit Daumen und Zeigefinger über die Nasenwurzel. »Ich weiß. Es schien alles ganz vernünftig zu sein, als ich dir die Nachricht hinterließ. Aber jetzt … Ich weiß nicht, vielleicht ist das eine Überreaktion.«
Steve war die Erfahrung, Fiona so zerstreut zu sehen, zu fremd, als dass er sie hätte leicht nehmen können. »Also, lass mal hören«, sagte er. »Dann können wir zusammen entscheiden.«

Sie nickte. »Das scheint mir sinnvoll. Ich bin mitten in der Nacht aufgewacht. Wie das eben manchmal so ist bei mir, weißt du. Kein ersichtlicher Grund, aber ich konnte nicht wieder einschlafen. Also ging ich nach oben, um eine Weile im Internet zu surfen, und landete schließlich bei einer Chatgruppe, die Jane Elias' Ermordung diskutierte. Und die übereinstimmende Ansicht schien zu sein, dass die Garda den falschen Mann verhaftet hat.«
Fiona holte tief Luft. »Gut, ich weiß, du hältst nicht viel von Leuten, die sich mitten in der Nacht im Cyberspace in den Newsgroups herumtreiben, aber einige der beteiligten Leute kennen den Mann tatsächlich und sagen, er sei nicht der Typ, der einen komplizierten Plan ausführen könnte. Wenn also die Polizei den falschen Mann hätte und Janes Ermordung nichts mit der Beziehung zu ihrem Lover von der Garda Siochana zu tun hätte, dann zwingt einen die Logik zu dem Schluss, dass dieselbe Person Jane Elias und Drew Shand ermordet haben könnte.«
»Das ist überzogen, Fiona, und das weißt du auch. In verschiedenen Ländern? Ganz unterschiedliche Motive und keine gemeinsamen Markierungskriterien, soweit wir wissen?«
»Es gibt eine Art Markierungskriterium, Steve. Drew und Jane waren beide Autoren, die Preise gewonnen, die über Serienkiller geschrieben haben und deren Bücher mit Erfolg als Vorlage für Fernseh- oder Kinofilme dienten. Und sie wurden auf eine Art und Weise umgebracht, die Morde aus genau den verfilmten Büchern widerspiegelt.« Jetzt war Fiona konzentriert, ihre vorherige Zerstreuung verflogen.
»Ein übliches Markierungszeichen ist das nicht«, war der einzige Einwand, der Steve einfiel.
»Ich weiß. Aber ich habe an einem anderen Fall mit einem unkonventionellen Markierungszeichen gearbeitet – der in Spanien, und ich nehme an, deshalb bin ich wahrscheinlich jetzt auch zugänglicher für die Idee als sonst. Also, lass mir

meinen Willen. Sagen wir doch mal, rein theoretisch, es gäbe die Möglichkeit, dass die zwei Taten vom selben Täter begangen wurden.«

Steve nickte. »Okay. Aus rein theoretischem Interesse, sehen wir mal, wohin uns das führt.«

»Es führt uns dahin, dass Georgia Lester vermisst wird. Und sie hatte mindestens eine Morddrohung bekommen, was sie nach der Entdeckung, dass Kit auch eine erhalten hatte, ziemlich beunruhigte. Kit, der sie sehr gut kennt, scheint zu denken, dass die Zeitungen Recht haben und dass sie untergetaucht ist, um damit eine Art bizarren Publicity-Trick hinzulegen. Du sagtest gestern Abend, es sei möglich, dass sie entführt worden ist. Beide Möglichkeiten könnten eingetreten sein. Die Polizei könnte sogar mit einem Entführer verhandeln in dem Moment, in dem wir hier sprechen, ich weiß es schließlich nicht. Das könntest du relativ leicht herausfinden, wenn du wolltest, stelle ich mir vor. Aber es gibt eine andere Möglichkeit.«

»Ich habe das ungute Gefühl, dass ich weiß, in welche Richtung dich dies führt«, sagte Steve.

»Ich glaube, Georgia könnte das dritte Opfer eines Serientäters sein. Wenn das zutrifft und die Markierung passt, dann würde fatalerweise daraus folgen, dass sie wie ein Opfer eines Serienkillers aus einem ihrer Romane ermordet worden ist. Gibst du mir da Recht?«

Steve beschloss, Fiona vorerst zuzustimmen. »Theoretisch, ja.«

»Nachdem ich gestern Nacht im Internet war, habe ich mir Georgias Bücher angeschaut. Sie hat nur einen Roman mit einem Serientäter im eigentlichen Sinn veröffentlicht – *And Ever More Shall Be So*. Und er wurde verfilmt. Sie ist Preisträgerin – der Crime Writer's Association Gold Dagger für den besten Krimi des Jahres wurde ihr zweimal verliehen. Sie erfüllt alle Kriterien, Steve. Also habe ich gestern Nacht ihr Buch überflogen.« Fiona hielt inne und strich sich die Haare aus dem Gesicht. Man sah die dunklen Ringe unter ihren Augen.

Dann fuhr sie in dem ruhigen, objektiven Tonfall fort, in dem bei einem Vortrag Informationen mitgeteilt werden. »Der Mörder in *And Ever More Shall Be So* entführt seine Opfer. Er wendet den Trick an, dass er auf einer kleinen Landstraße eine Panne vortäuscht, aber am helllichten Tag, damit er nicht verdächtig erscheint. Dann bringt er seine Opfer in sein Versteck, wo er sie erdrosselt. Schließlich zieht er ihnen die Haut ab, zerstückelt sie und verpackt sie wie Bratenfleisch.«

Steve schaute Fiona einen langen Moment an. Es war eine gruselige Vorstellung, aber wenn er ihre grundsätzliche Voraussetzung akzeptierte, war die Schlussfolgerung unumgänglich. »Und du meinst, dass das mit Georgia Lester geschehen ist?«

Fiona sah ihm unverwandt in die Augen. »Ich habe schreckliche Angst, dass Georgia das zugestoßen ist. Sag mir, dass ich übertriebene Verfolgungsangst habe in dieser Sache, Steve.«

»Du bist die Psychologin, Fi. Du weißt, dass Paranoia nur vorliegt, wenn es keinen Grund für die Angst gibt. Was du mir sagst, ist vielleicht ziemlich weit hergeholt, aber es ist nicht ganz grundlos.« Steve beugte sich vor, die Ellbogen auf den Knien, die Hände gefaltet. Wie skeptisch er auch zu klingen versuchte, er war teilweise von Fionas These überzeugt. »Was macht er im Buch mit den sterblichen Überresten?«

»Der Täter ist Fleischgroßhändler und Metzger in der Stadt, wo die Opfer leben. Er hat eine große Kühltruhe, die angeblich veraltet ist. Sie ist immer mit einem Vorhängeschloss gesichert. Dorthin bringt er die Päckchen mit dem Menschenfleisch. Wenn ich also Recht habe, wäre der logische Platz, an dem man jetzt nach Georgia Lester suchen sollte, Smithfield Market. Sie leben in der City, weißt du, sie und Anthony.«

Steve schloss die Augen. Er fragte sich, wie er die Kripobeamten, die Georgia Lester suchten, davon überzeugen sollte, dass sie einen Durchsuchungsbefehl für Smithfield Market brauchten. »Noch eine Frage«, sagte er schließlich. »Meinst du, dass es einen Zusammenhang zwischen den Morddrohungen gibt?«

Fiona zuckte mit den Schultern. »Ich weiß nicht. Meine erste Reaktion war, dass der Verfasser der Briefe wahrscheinlich kein Mörder ist. In keinem der Briefe, die ich gesehen habe, wird mit den Morden angegeben, und das würde ich erwarten, wenn der Verfasser der Killer wäre. Und ganz allgemein haben Menschen, die anonyme Drohbriefe schreiben, eine andere psychische Konstitution als diejenigen, die tatsächlich töten. Aber je weiter diese Sache sich entwickelt, desto weniger traue ich meinem eigenen Urteil. Wenn irgendwo da draußen jemand ist, der Schriftsteller umbringt, und zur gleichen Zeit einer, der denselben Leuten Morddrohungen schickt, dann ist es schwer zu glauben, dass das reiner Zufall ist.«

»Wir wissen aber nicht, ob Jane Elias oder Drew Shand ähnliche Briefe bekamen wie Kit und die anderen, nicht wahr? Und die Garda hat mir mitgeteilt, dass sie nichts bei ihren Papieren gefunden haben.« Obwohl Steve bereit war zu akzeptieren, dass Fiona überzeugende Argumente für ihre Serientäter-These zusammengestellt hatte, zögerte er doch auf einer persönlichen Ebene daran zu glauben, dass die Briefe eine direkte Drohung enthielten. Wenn es so war, hieß es, dass sein bester Freund als Nächster zur Zielscheibe werden könnte. Und das war eine Möglichkeit, bei der es ihm eiskalt bis in die Knochen wurde.

Fiona starrte ihn stumm an. Seine Worte zogen an ihr vorüber und änderten gar nichts an der Angst, die angefangen hatte, wie ein Wurm an ihr zu nagen. »Ich weiß nur, wenn es da draußen einen Serientäter gibt, dass Kit dann fast mit Sicherheit auf seiner Liste steht, ganz gleich, ob Briefeschreiber und Mörder nun identisch sind oder nicht. Auch er erfüllt alle Kriterien, genau wie Georgia. Du musst in der Sache etwas unternehmen, Steve.«

Kapitel 34

Fiona war außergewöhnlich still, als sie von ihrem Büro durch die geschäftigen Straßen in Holborn zu der ruhigen Café-Bar gingen, wo Steve das Treffen vereinbart hatte. Ihre Stimmung schien zu dem grauen Himmel und den hohen viktorianischen Gebäuden zu passen, zwischen denen sie auf die Farringdon Road zugingen. Er versuchte, sie abzulenken, und sagte: »Kommt das öfter vor, dass deine Doktorandin fremde Männer anmacht?«

»Du meinst Terry?«

»Sie hat mich eingeladen, mit ihr essen zu gehen.«

»Ich sehe, ihre Impulskontrolle hat sich nicht gebessert.« Fiona klang belustigt.

»Sie macht so etwas also häufig?«, fragte Steve, ganz unerklärlich enttäuscht bei dem Gedanken.

»Sich Männern anbieten? Ich glaube nicht, nein. Aber sie hat eine unbezwingbare Neigung, ihren Bedürfnissen, Gefühlen und Einfällen nachzugeben, ohne einen Moment zu überlegen.«

»Aha«, sagte er.

»Sie ist genau das, was du brauchst, Steve. Jemand, der dich aus deinen eingefahrenen Gleisen herausholt«, sagte sie, hängte sich bei ihm ein und drückte seinen Arm.

»Siehst du mich als einen Mann, der in eingefahrenen Gleisen feststeckt?«

»Du musst zugeben, du bist ein Mensch der Gewohnheit und der Vorsicht. Eine kurze Begegnung mit einem mitreißenden Wirbelwind wie Terry könnte genau das sein, was du brauchst.«

»Du meinst also, das ist alles, was sie zu bieten hat? Eine kurze Begegnung?«, fragte Steve und versuchte, seinen Tonfall genau so leicht und unernst zu halten wie Fionas.
»Ich habe keine Ahnung. Sorry, ich wollte damit nicht sagen, dass sie dich nur als Spielzeug sieht. Sie hat nicht den Ruf herumzuschlafen. Ich arbeite jetzt seit fast zwei Jahren mit Terry zusammen und habe sie immer nur dabei beobachten können, wie sie den Männern Bescheid gegeben hat. Und zwar sehr bestimmt und auf Distanz bestehend. Nicht«, sagte sie hastig, »dass daran irgendetwas auszusetzen wäre. Ich habe zu viele Studentinnen erlebt, die sich ablenken und zerstreuen lassen, weil sie die attraktivste Frau in der Seminargruppe sind und der Verlockung, begehrt zu werden, nicht widerstehen können.«
»Aber Terry ist keine von denen, willst du damit sagen?«
Sie traten zur Seite, um eine Frau mit einem Kinderwagen vorbeizulassen. »Auf keinen Fall. Sie ist sich ihres Charmes wohl bewusst, aber sie nützt ihn nicht aus, das muss man ihr lassen. Als sie mit ihrer Doktorarbeit anfing, lebte sie mit jemandem zusammen, aber sie haben sich getrennt ... Das muss etwa anderthalb Jahre her sein. Seit damals weiß ich von niemandem, der für sie wichtig wäre. Sie muss dich also wirklich sehr sympathisch finden.« Sie drückte seinen Arm und lächelte zu ihm auf.
»Du weißt ziemlich viel über sie«, bemerkte Steve.
»Jetzt willst du mich aushorchen. Und das heißt, nehme ich an, dass du Ja gesagt hast.«
»Ja, hab ich.«
Fiona zog die Brauen hoch. »Das ist gut. Es ist Zeit, ein bisschen zu leben, Steve. Lass dich ruhig mal etwas gehen. Und ich glaube, Terry ist die goldrichtige Frau dafür. Sie ist klug und hat Talent. Und man hat Spaß mit ihr.«
Steve lächelte. »Das hab ich selbst schon rausgekriegt. Ich habe den Verdacht, ich werde einen klaren Kopf behalten müssen mit Ms Fowler.«

»Und das ist nicht schlecht in einer Beziehung«, äußerte Fiona mit einem boshaften Lächeln.
»He, mach mal halblang. Wir gehen ja nur zum Essen aus, wir ziehen nicht zusammen.«
Fiona sagte nichts, fixierte ihn nur mit einem fragenden Blick, als sie seinen Arm losließ, um in die Café-Bar zu treten. Das Lokal war auf dem Höhepunkt jener Eröffnungswelle der Neunziger eingerichtet worden, mit dem Dekor der einschlägigen Lifestyle-Magazine, jede Wand in einer anderen Mischfarbe; hohe, mit exotischem Grün voll gestopfte Aluminiumvasen waren strategisch im Raum verteilt. Die Sitzgelegenheiten waren niedrige, runde Sessel, die sich eng an die Hüften schmiegten, und die kniehohen Tische waren in den Farbtönen von Kräutertees gebeizt. Die Hintergrundmusik war britischer Pop, gerade so laut gespielt, dass er das Zischen und Spucken der Kaffeemaschinen übertönte. Die Bar lag etwas zu weit von der Universität entfernt, um die Studenten anzuziehen. Jetzt, am Vormittag, war nur ein halbes Dutzend Tische besetzt. Steve ging zu einem Ecktisch im hinteren Teil voraus, wo niemand sie hören konnte. Fiona bestellte sich einen Cappuccino, Steve einen Kaffee. Er nahm seine Zigarren heraus, zündete eine an und blies den Rauch als perfekte Ringe an die Decke.
Fiona lächelte. »Du machst das nur, wenn du nervös bist«, sagte sie.
»Wirklich?«
»Ich habe es schon öfter bemerkt. Wenn du dich kribbelig fühlst, machst du Rauchringe.«
»Ich bin also nur eine wandelnde Laborratte für dich«, sagte er freundschaftlich.
Bevor sie antworten konnte, trat eine große schwarze Frau im karamellbraunen Businesskostüm mit einem Aktenkoffer ins Café und schaute sich um. Als sie Steve sah, kam sie zielbewusst auf die beiden zu. Während sie sich näherte, nahm Fiona die Details wahr: niedrige Pumps, kräftige Fesseln, das

Haar kurz geschnitten, hohe Wangenknochen, eine Hakennase und dunkle Augen hinter modischen, oval geformten Brillengläsern. Ihr Alter war schwer einzuschätzen, aber da Fiona wusste, dass sie Detective Chief Inspector war, musste sie mindestens Mitte dreißig sein. Als sie an den Tisch herankam, nickte die Frau Steve zu und streckte Fiona die Hand hin. »Frau Doktor Cameron? Es freut mich, Sie kennenzulernen. Ich bin Sarah Duvall von der City of London Police.«

Sie gaben sich die Hand, und Duvall setzte sich Fiona gegenüber. »Gut, Sie wieder mal zu sehen, Steve«, fügte sie mit einem kurzen Nicken hinzu.

»Ich danke Ihnen, dass Sie gekommen sind, Sarah. Ich weiß, Sie stecken im Augenblick bis zu den Ohren in Arbeit«, sagte er.

»Das ist doch bei uns allen so«, antwortete Duvall. Die Bedienung kam mit dem Kaffee, und Duvall bestellte einen großen Espresso. Fiona war nicht überrascht. Etwas musste dieser flinken, vernünftigen Frau die Energie gegeben haben, die Rangstufen der City Police hinaufzusteigen, und bestimmt waren es nicht Unterstützung und Belobigungen gewesen. »Also, Steve hat mir erzählt, Sie wollten mit mir über die Ermittlungen zu Georgia Lester sprechen«, sagte Duvall und musterte Fiona mit einem scharfen Blick.

»Um ehrlich zu sein, je mehr ich es mir überlege, desto mehr glaube ich, ich verschwende wahrscheinlich die Zeit aller Beteiligten«, kniff Fiona. Sie war sich klar darüber, dass ihr gewohntes Selbstbewusstsein etwas gestört war, und fragte sich, ob sie sich tatsächlich von der anderen Frau leicht eingeschüchtert fühlte.

»Ich werde das dann schon beurteilen«, sagte Duvall. »Wenn Sie mir also alles erklären würden?«

Fiona begann ganz am Anfang mit Drew Shands Ermordung und legte dann die Hypothese dar, die sie schon Steve erklärt hatte. Duvall hörte schweigend und mit unbewegtem Gesicht zu, auch ihr Körper war so reglos wie stehendes Wasser. Als Fiona am Ende ihrer Theorie ankam, nickte Duvall nur. »Ich verstehe«, sagte sie, nahm ihre Tasse und nippte am Kaffee. »Ich glaube keineswegs, dass das eine Zeitverschwendung war«, sagte sie endlich. Sie schaute Steve kurz an. »Kann ich hier offen sprechen?«

»Fiona weiß, wie wichtig Vertraulichkeit ist«, bestätigte er.

Duvall nahm ihren Kaffeelöffel und rührte nachdenklich in ihrem Espresso. »Die Hauptuntersuchung zum Verschwinden von Georgia Lester wird von der Polizei in Dorset durchgeführt, da sie sich dort zuletzt aufhielt und man schließlich ihren Wagen dort gefunden hat. Ich bin mit dem Fall befasst, weil ihre Londoner Wohnung in unserem Bezirk liegt. Gewisse Nachforschungen mussten in London angestellt werden, und es wurde beschlossen, diese auf einer höheren Ebene durchzuführen, als bei einer Vermisstenmeldung sonst üblich wäre. Aus Gründen, die Sie sicherlich verstehen werden.« Fiona nickte und war von Duvalls prägnanter und logischer Ausdrucksweise beeindruckt.

»Wie Sie ganz richtig geäußert haben, hat es Überlegungen gegeben, Mrs. Lester könnte ihr eigenes Verschwinden als wirksame Publicity-Maßnahme selbst in Szene gesetzt haben. Und bis zu einem gewissen Grad haben wir diese Annahme in Betracht gezogen. Ich glaube aber nicht, dass dies der Fall ist. Abgesehen von allem anderen hatte sie schon einen Bodyguard verpflichtet, der sie auf ihrer Lesereise begleiten sollte. Das hätte sie nicht getan, wenn sie vorgehabt hätte, aus Gründen der Publicity zu verschwinden. Auch ist der Kummer ihres Gatten offensichtlich echt, und mir ist von allen, die ich befragt habe, versichert worden, dass sie ihm diese Angst bestimmt nicht absichtlich zumuten würde. Wir haben Mr. Fitzgeralds Telefongespräche abgehört und seine Post überprüft – mit seiner Zustimmung –, und es hat keine Lösegeldforderungen gegeben. Wenn sie entführt worden wäre, gäbe es aber

so etwas inzwischen. Ich glaube, wir können da ziemlich sicher sein.
Wie Sie sagen, bleibt uns so nur die unangenehme Möglichkeit, dass Mrs. Lester tot ist, und zwar nicht durch Selbstmord. Nichts weist auf einen tödlichen Unfall hin. Deshalb verfuhr ich also wie bei den ersten Schritten einer Morduntersuchung. Ich finde das, was Sie zu sagen haben, zugleich beunruhigend und merkwürdig befriedigend, weil es sich ganz mit meinen instinktiven Befürchtungen zu diesem Fall deckt. Ich wünschte jedoch, dass man mir von den Briefen mit den Morddrohungen früher berichtet hätte.«
Fiona schien zerknirscht. »Das ist zum Teil leider meine Schuld. Georgia wollte mit ihnen zur Polizei gehen, aber mein Lebensgefährte Kit war dagegen. Er dachte, es seien Briefe von Spinnern, und er wollte nach dem Tod von Drew Shand nicht, dass es so aussähe, als sei er auf Publicity aus. Ich hätte darauf bestehen sollen. Es tut mir leid.«
Duvall nickte. Nichts in ihrem Gesicht deutete Verständnis oder den Versuch an, Fiona zu beruhigen. Man sah ihr an, dass sie der Meinung war, Fiona hätte es besser wissen müssen, und Fiona war das nicht gerade angenehm. Aber Duvall sagte lediglich: »Ich möchte sie so bald wie möglich sehen.«
»Ich lasse sie Ihnen heute noch zukommen«, versprach Fiona. »Sie sind in meinem Büro. Es tut mir leid, ich hatte keinen klaren Kopf. Ich hätte sie mitbringen sollen.«
Duvall presste in schweigender Zustimmung die Lippen aufeinander.
»Wie verfahren wir also weiter?«, fragte Steve, der von der gereizten Stimmung zwischen den Frauen zu einem produktiveren Ansatz überleiten wollte. »Ich glaube kaum, dass Sie aufgrund von Fionas Aussage einen Durchsuchungsbefehl für Smithfield Market bekommen.«
Duvall nahm wieder einen Schluck Kaffee, eine Taktik, die ihr dazu diente, Zeit zum Überlegen zu gewinnen, dachte Fiona. »Ich kann es versuchen«, sagte sie schließlich. Wie-

der ein Schluck Kaffee. »Wir haben ein oder zwei sehr verständnisvolle Richter hier in der City. Und wir haben auch gute Beziehungen zu der Marktverwaltung. Außerdem sind ein paar von unseren Beamten in einer Abteilung im Gebiet von Smithfield selbst stationiert. Es könnte mir vielleicht weiterhelfen, Frau Dr. Cameron, wenn Sie mir kurz erklären, welche Art von Täter Sie für diese Verbrechen im Verdacht haben und ob Sie glauben, dass er wieder zuschlägt.« Sie lächelte kurz und angespannt. »Verhütung ist immer ein guter Grund, den man bei Behörden vorbringen kann.«

»Ich bin Akademikerin, nicht auf praktische Erfahrung in der Verhaltensforschung spezialisiert«, sagte Fiona. »Ich arbeite an der Universität und erstelle keine Täterprofile nach Kriterien, ob beispielsweise beim Killer Faktoren wie kindliches Bettnässen oder Misshandlungen durch einen alkoholkranken Vater vorlagen. Ich überlasse das den Klinikern, denen hierbei eine breit gefächerte Erfahrung zur Verfügung steht.«

Duvall nickte. »Ich weiß. Ich persönlich finde intellektuelle Strenge bei Ermittlungen von Kriminalfällen eher gut«, sagte sie trocken. »Aber können Sie mir nicht irgendetwas sagen zu dem, was Sie von dieser Art von Mörder wissen?«

»Diese Morde werden aus Wut begangen. Die meisten Serienmorde sind sexuell motiviert, aber gelegentlich gibt es andere Beweggründe. Zum Beispiel der missionarische Täter, der sein Ziel darin sieht, die Welt von einer bestimmten Menschengruppe zu befreien, die aus seiner Sicht nicht zu leben verdient. Ich habe in letzter Zeit mit der spanischen Polizei an einem solchen Fall gearbeitet. Bei diesem Beispiel würde ich die Motivation als Verlusterfahrung bezeichnen.«

»Verlust?«, unterbrach Duvall.

»Die meisten Erwachsenen entwickeln das Bewusstsein ihrer selbst als ein komplexes System miteinander verflochtener Faktoren«, erklärte Fiona. »Wenn wir einen Elternteil verlieren, wenn unser Partner uns verlässt, wenn die Karriere, an der wir so schwer gearbeitet haben, in sich zusammenfällt, fühlen wir den schmerzlichen Verlust, regen uns auf und sind wütend, aber das Bewusstsein dessen, wer wir sind, geht uns dadurch nicht verloren. Es gibt jedoch Menschen, die diese Art von Integration nie erreichen. Die Sicht ihrer selbst ist ganz von *einem* Aspekt ihres Lebens durchdrungen. Wenn sie dieses Element verlieren, stehen sie ganz ohne jegliche normale Kontroll- und Ausgleichsmechanismen da. Manche begehen Selbstmord. Ein kleinerer Teil lässt seine Wut und seinen Schmerz heraus und versucht, sich an denen zu rächen, die sie als irgendwie verantwortlich ansehen.«

»Ich verstehe«, sagte Duvall. »Und Sie glauben, dass dies hier zutreffen könnte?«

Fiona zuckte mit den Schultern. »Meine Erfahrung lässt mich zu dieser Meinung kommen.«

Steve beugte sich vor. »Und welcher Menschentyp würde Verfasser von Thrillern über Serienkiller als seinen Untergang ansehen?«

»Oder ihren Untergang«, warf Duvall ein. »Wir sind gleichberechtigte Cops in der City, Steve. Anders als die Met.« Bei der spitzen Bemerkung wurde wieder das dünne, angespannte Lächeln sichtbar.

Steve schüttelte den Kopf. »Wenn es eine Serie ist, dann ist es ein Mann. Drew Shand war ein schwuler Mann. Er wurde zuletzt gesehen, wie er eine Schwulenkneipe mit einem anderen Mann verließ, der sich nicht als Zeuge gemeldet hat. So nehmen wir an, dass er der Mörder war.«

Duvall nickte zustimmend. »Das gebe ich zu. Für jetzt, jedenfalls.« Sie wandte sich wieder an Fiona. »Tun Sie uns den Gefallen: Was für eine Art Mensch würde diese Schriftsteller umbringen wollen?«

Fiona ließ sich weder einschüchtern noch das Gefühl zu, sie werde mit Herablassung behandelt. Sie hatte ein Argument vorzubringen, und Sarah Duvall würde sie nicht daran hindern. »Die Schriftstellerei ist ein Bereich, in dem die Wellen starker Gefühle und Leidenschaften hochschlagen. Ich weiß es, ich lebe mit einem Schriftsteller zusammen. Ich nehme an, es könnte ein gestörter Fan sein, der Schriftsteller verfolgt und sich damit einen Namen machen will – eine Art Mörder wie Mark Chapman. Aber sie hören meistens nach einem Mord auf. Das reicht ihnen, um zu demonstrieren, was sie zu sagen haben. Und sie sind gewöhnlich nicht raffiniert genug für eine komplexe Vorgehensweise.

Es könnte auch jemand sein, der selbst gern Schriftsteller wäre und vom Neid über den Erfolg anderer erfüllt ist. In seiner selbst geschaffenen Welt mag er glauben, sie hätten seine Plots geklaut, seine Ideen gestohlen, entweder mit konventionellen Mitteln oder indem sie in seinen Kopf eingedrungen sind, während er schlief. Der Verfasser der Briefe mit den Morddrohungen passt meiner Meinung nach auf der Grundlage ihres Inhalts in diese Kategorie.

Oder es könnte ein Schriftsteller sein, dessen Karriere endgültig ein Ende gefunden hat. Vielleicht sieht er die betroffenen Autoren so, als hätten sie den Erfolg eingeheimst, der eigentlich ihm zustünde.« Fiona breitete die Hände aus. »Tut mir leid, Genaueres kann ich nicht sagen.« Sie bemerkte, dass Duvall skeptisch dreinblickte.

»Ich hätte nie gedacht, dass jemand sich von Schriftstellern so bedroht fühlen könnte, dass er sie töten will«, sagte Steve.

»Wer immer diese Dinge tut, wird von dem Gedanken besessen, dass diese besondere Gruppe von Autoren ihm ein tiefes und vernichtendes Unrecht angetan hat«, sagte Fiona.

Duvall runzelte die Stirn. »Es ist ja wohl nicht so, als könnte das Schreiben von Büchern das Leben eines Menschen ändern.«

»Sie glauben also nicht, dass die Feder mächtiger ist als das Schwert?«, fragte Fiona.

»Nein, das glaube ich nicht«, hielt Duvall an ihrer Meinung fest. »Bücher sind eben … nur Bücher.«

»›Stock und Stein bricht Knochen und Bein, aber Worte tun mir nichts an.‹ Glauben Sie das?«

Duvall überlegte. »Ich glaube, ich habe niemals etwas gelesen, das mein Leben verändert hätte. Zum Guten oder zum Bösen.«

»Dichtung kann nichts bewirken«, sagte Fiona.

»Bitte?«

»W. H. Auden schrieb das einmal. Glauben Sie, das gilt genauso für Filme und Fernsehen?«, fragte Fiona Duvall. Jetzt ging es um etwas zwischen den beiden Frauen, die sich durchdringend ansahen, und Steve saß nur als unbeteiligter Zuhörer dabei.

Duvall lehnte sich auf dem Stuhl zurück und dachte nach. »Von Ihren Kollegen hört man immer wieder, dass Kinder die Gewalt kopieren, die sie im Fernsehen miterleben.«

»Es gibt ganz sicher aus vielen Berichten Hinweise darauf. Aber ob es nun unser Verhalten direkt beeinflusst oder nicht, ich glaube jedenfalls, dass das, was wir lesen und sehen, unsere Sicht der Welt verändert. Und ich kann nicht umhin, mich zu fragen, ob dieser Mörder jemand ist, der die Art und Weise nicht mag, wie diese Autoren und die Filme und Fernsehstücke nach ihren Büchern die Welt darstellen«, konterte Fiona.

»Hört sich ein bisschen weit hergeholt an, finde ich.«

Fiona zuckte mit den Schultern. »Aber so merkwürdig es auch sein mag, falls Georgia tot ist und die Morde in Zusammenhang stehen, haben die Motive logischerweise mit dem zu tun, was die Opfer geschrieben haben.«

Duvall nickte. »Das Opfer als pädagogisches Hilfsmittel.«

»Lies das Opfer, lerne etwas daraus über den Mörder«, sagte Steve. »Regel eins der merkwürdigen Mordtaten.«

»Und er wird wieder töten«, stellte Duvall knapp fest.

Dieses Thema hätte Fiona gern vermieden: die Frage, die sie verfolgte, seit sie die Schlüsselpassagen in *And Ever More Shall Be So* gefunden hatte. »Ja. Wenn er nicht daran gehindert wird, mordet er wieder. Und Sie müssen Folgendes tun: Sie müssen eine Liste der potenziellen Opfer zusammenstellen und dafür sorgen, dass sie geschützt werden.«

Duvalls Gelassenheit war für einen Moment dahin, und sie sah Beistand fordernd zu Steve hinüber. Sein Gesicht blieb reglos. »Ich kann mir nicht vorstellen, wie das zu bewerkstelligen wäre«, wich Duvall aus. Es ging ihr offensichtlich gegen den Strich, dass eine Person, die sie als Außenseiterin betrachtete, ihr sagte, wie sie ihre Arbeit zu tun hätte.

»Na, das ist doch ziemlich einfach«, sagte Fiona klipp und klar. Jetzt wo es um Kits Schicksal ging, hatte ihr normales Selbstbewusstsein wieder die Führung übernommen. »Sie suchen Krimiautoren, die Preise gewonnen haben, in deren Romanen Serienkiller vorkommen und deren Bücher von Film und Fernsehen bearbeitet worden sind. Nehmen Sie Kontakt mit der Crime Writer's Association auf. Man wird Sie dort mit dem ein oder anderen Krimifreak in Verbindung bringen können, der alles genau belegen kann.«

»Aber es muss ja Dutzende geben«, widersprach Duvall. »Wir könnten doch unmöglich allen Schutz bieten.«

»Zumindest sollten Sie sie warnen.« Fionas Stimme war so unversöhnlich wie ihr Gesichtsausdruck, der eindringliche Blick ihrer dunkelbraunen Augen leuchtete in der düsteren Atmosphäre des Cafés.

Duvalls Gesichtszüge waren jetzt verschlossen. »Das ist unmöglich. Ich glaube, Sie haben das nicht richtig durchdacht, Frau Dr. Cameron. Das Letzte, was wir wollen, ist, eine Panik in Gang zu setzen. Der Medienzirkus läuft sowieso schon intensiv genug, und wir wissen noch nicht einmal, ob Georgia tot ist oder noch lebt. Es wäre vollkommen unverantwortlich, die Sache in diesem Stadium publik zu machen.«

Fiona starrte Duvall an. »Manche dieser Leute sind meine Freunde. Ich *lebe* mit einem von ihnen. Wenn Sie sie nicht warnen, werde ich es ganz sicher tun.«

Duvalls dünne Nasenflügel blähten sich. Sie wandte sich an Steve: »Ich dachte, Sie hätten gesagt, sie versteht, dass die Angelegenheit vertraulich ist?«
Steve legte eine Hand auf Fionas Arm. Sie schüttelte ihn ungeduldig ab. »DCI Duvall hat Recht«, sagte Steve ruhig. »Mit Sicherheit wissen wir noch nichts und könnten unsere Möglichkeiten, dem Mörder das Handwerk zu legen, ernsthaft einschränken, wenn wir voreilig in Panik verfallen. Das weißt du doch, Fi. Wenn dies nichts mit Kit zu tun hätte, wärst du die Erste, die sagen würde, wir sollten es vermeiden, dem Mörder durch Publicity Auftrieb zu geben.«
»Ja, Steve, das würde ich wahrscheinlich«, sagte Fiona wütend. »Aber es *hat* nun mal mit Kit zu tun, und ich schulde ihm mehr als der Polizei der City of London.«
Eine gefährliche Stille trat ein. Dann sagte Duvall: »Aber natürlich, warnen Sie Ihren Freund auf alle Fälle, dass er auf der Hut sein soll. Ich muss aber trotzdem darauf bestehen, dass Sie beide das Ergebnis unseres Gesprächs für sich behalten.«
Fiona schnaubte verächtlich. »Wir sprechen hier doch nicht über Idioten. Es sind intelligente Männer und Frauen, die mit der Macht ihrer Fantasie leben. Seit Drew Shand gestorben ist, haben die schottischen Krimiautoren einen Rundruf eingerichtet, damit sie einander jeden Tag kontrollieren und nachfragen können. Einer von ihnen hat mich schon darauf angesprochen, um sich beruhigen zu lassen. Viele von ihnen wissen über meine berufliche Tätigkeit Bescheid. Wenn Sie Georgia in Stücke geschnitten in Smithfield Market finden, wird mein Telefon von morgens bis abends heiß laufen. Ich werde diesen Leuten nicht sagen, es gebe keinen Grund zur Beunruhigung.«
»Fi, du weißt doch, dass es ein großer Unterschied ist, ob man ihnen mitteilt, sie sollten vorsichtig sein, oder ob man ihnen sagt, ein Serienkiller läuft frei herum und könnte sie ins Visier nehmen. Und du weißt auch, dass das eine Grat-

wanderung ist, die du durchaus bewältigen kannst«, sagte Steve.
Fiona stand schnell auf. »Du hast vielleicht Lesley vergessen, Steve. Aber ich werde sie nie vergessen. Und ich werde die Sache so handhaben, wie ich es für richtig halte, nicht so, wie du es für am besten hältst.«
Steve sah ihr nach, wie sie mit fliegendem Haar aus dem Café fegte. »O Mist«, stöhnte er.
»Ich wüsste ganz gern, was das jetzt sollte«, sagte Duvall. »Sir«, fügte sie hinzu, mehr als eine gezielte Beleidigung, als weil es ihr noch nachträglich einfiel.
Steve drückte ungeduldig seine Zigarre aus. »Sie hat Recht, ich hatte nicht an Lesley gedacht«, sagte er halb zu sich selbst. Er richtete sich auf. »Lesley war Fionas Schwester. Sie wurde als Studentin von einem Serientäter vergewaltigt und ermordet. Es wurde nie ein Tatverdächtiger verhaftet. Deshalb wurde Fiona Kriminalpsychologin. Sie hat immer geglaubt, wenn die Universität ihre Studentinnen richtig gewarnt hätte, wäre Lesley sicher gewesen. Sie hat wahrscheinlich nicht Recht, aber die Betroffenen müssen jemanden finden, dem sie die Schuld geben können. Andernfalls geben sie sie dem Opfer, und das ist noch ungesünder.«
Duvall nickte, sie begann zu verstehen. »Kein Wunder, dass sie sich um ihren Freund sorgt.«
»Ich mache mir auch Sorgen um ihn, Sarah. Er ist mein bester Kumpel.« Steves Gesicht war ernst.
»Sie sollten ihr nachgehen und sie beruhigen. Ich will nicht, dass sie völlig unberechenbar in meine Ermittlung hineinfunkt, egal, wie nützlich sie gewesen ist.«
Steve, dem es etwa genauso gut gefiel wie Duvall, wenn ihm jemand sagte, was er zu tun hätte, warf ihr einen durchdringenden Blick zu.
Duvall hob beschwichtigend eine Hand. »Und wenn ich zurückkomme, gehe ich sofort zu meinem Chef und lasse mir eine komplette Mordkommission für den Fall geben. Ich

werde mich heute Nachmittag um den Antrag für den Durchsuchungsbefehl kümmern. Sie können ihr das sagen, um sie zu beruhigen.«

»Das werde ich tun, Sarah. Ich bin froh, dass Sie die Sache ernst nehmen. Wenn Kit Martin etwas zustoßen würde, wäre nämlich Fiona nicht die Einzige, die Blut sehen will.«

Kapitel 35

Fiona wäre gern ins erstbeste Taxi gestiegen und direkt zu Kit nach Hause gefahren. Aber sie hatte immer dagegen gekämpft, persönliche Wünsche wichtiger zu nehmen als die Pflicht. So ging sie schnell durch die Straßen zu ihrem Büro zurück. Sie nahm niemanden und nichts um sich herum wahr, während ihr Kopf schwirrte und ihr Magen sich vor Angst zusammenkrampfte. Es gab keinen besonderen Grund, warum Kits Name der nächste auf der Liste sein sollte, aber genauso gut gab es auch keinen Grund, warum es nicht so sein sollte. Sie musste ihn dazu bewegen, dass er sie ernst nahm, aber ohne dass er die gleiche fürchterliche Angst bekam wie sie.

Sie trat in ihr Büro und hörte jemanden ihren Namen rufen, drehte sich um und sah Steve, der den Korridor entlang auf sie zulief. Feiner Schweiß bedeckte sein Gesicht. »Warte, Fi!«, rief er, als sie sich auf dem Absatz umdrehte und die Tür hinter sich zuwarf.

Sie hatte noch nicht einmal die Jacke ausgezogen, da stand er schon im Zimmer neben ihr. Sie hatte erst einen Ärmel abgestreift und den anderen noch an und konnte sich nicht wehren, als er sie in seine Arme zog und an sich drückte. »Ich weiß, du hast Angst«, sagte Steve.

»Verdammt noch mal, was heißt hier Angst«, knurrte Fiona. »Ich bin wütend. Menschen sind in Gefahr, und ihr schützt sie nicht.«

Sie machte sich los, zog ihre Jacke aus und warf sie auf die Couch. »Ihr würdet das nicht so geheim halten, wenn

jemand Polizeibeamte ermorden würde, Steve. Warum verdienen Kit und seine Freunde nicht die gleiche Rücksicht?«
»Äpfel und Birnen, Fi. Polizisten wissen, wie man Dinge unter Verschluss hält. Aber wenn wir eine allgemeine Warnung an Krimiautoren herausgeben, bricht die Hölle los. Wir können ihnen keinen Schutz bieten, wir haben nicht die Leute dazu. Manche würden zu den Medien rennen und sich beschweren, was für ein jämmerlicher Haufen die Polizei ist, und die Zeitungen würden dann die Massenhysterie hochpeitschen. Und als Nächstes kommen dann die Spinner dazu. Und die Stalker. Und die Trittbrettfahrer mit ihren falschen Anrufen. Und dann kommt schließlich die Selbstjustiz, nimmt das Recht in die Hand und beschützt ihre Helden. Und bevor man es sich versieht, kommt jemand zu Schaden, der überhaupt nichts mit dem ganzen Schlamassel zu tun hat.« Steve ging beim Reden auf und ab, seine Anspannung war offensichtlich.
»Die Sache stinkt, Steve, und du weißt das. Wenn Georgia ermordet worden ist – und glaub mir, ich bete, dass Sarah Duvalls Team nichts in Smithfield Market findet außer Tierleichen –, dann steht meiner Meinung nach fest, dass es einen Serienmörder gibt. Und ich werde meinen Partner und seine Freunde nicht als Blitzableiter herhalten lassen, während ihr noch lange herumtrödelt und der Mörder in Freiheit ist.« Fiona zog mit einem Ruck die Schublade ihres Schreibtischs auf und holte einen Plastikhefter heraus, den sie ihm zuwarf. »Hier sind die Briefe. Kits, Georgias und die anderen vier. Sieh zu, dass Sarah Duvall sie bekommt.«
Steves Gesicht wurde verkniffen. »Gut. Versprich mir nur eines. Versprich mir, dass du das, was du tun musst, auf verantwortliche Weise tust.«
Fiona sah aus, als werde sie gleich in Tränen der Wut ausbrechen. »Also Steve, du solltest mich doch wirklich gut genug kennen.« In ihrem Tonfall lag ein schneidender Vorwurf, schmerzhaft wie ein Peitschenhieb.

Steve zuckte zusammen, was sie auch beabsichtigt hatte. »Es tut mir leid, Fi. Aber du musst auch meine Seite sehen. Wir können es uns nicht leisten, eine Hexenjagd der Medien auf uns zu ziehen. Sieh mal, ich hab ja auch Angst. Wenn Kit etwas passiert, könnte ich mir nie, nie verzeihen.«
»Also dann tu etwas, damit es nicht passiert.«
Steve warf den Hefter mit den Briefen frustriert auf einen Stuhl. »Begreifst du das nicht? Ich kann nicht. Es liegt nicht in meiner Verantwortung. Die City Police hat nichts mit uns zu tun, und ich kann mich nicht in ihren Fall einmischen.«
»Na also, dann gibt es wohl nichts mehr zu sagen, nicht wahr?« Fionas Stimme schien von weit her zu kommen.
Bevor Steve antworten konnte, klingelte das Telefon. Sie nahm automatisch ab und sagte: »Du wirst mich entschuldigen müssen. Ich habe zu tun.« Fiona drehte ihm absichtlich den Rücken zu. »Hallo, Fiona Cameron.«
Steve sah, wie ihre Schultern zusammensackten, als sie hörte, wer der Anrufer war. »Einen Augenblick, Major«, sagte sie, bedeckte die Sprechmuschel mit der Hand und sah über die Schulter. »Tschüs, Steve.« Sie wartete, bis er die Briefe genommen hatte und das Zimmer verließ, dann ging sie zu ihrem Stuhl hinter dem Schreibtisch. Einen Seufzer unterdrückend sprach sie ins Telefon. »Tut mir leid, jemand ist gerade weggegangen.«
»Entschuldigung, ich rufe zu einer schlechten Zeit an«, sagte er bedauernd.
»Im Moment gibt es keine gute Zeit, glauben Sie mir. Was kann ich für Sie tun, Major?«
»Ich habe eine sehr gute Neuigkeit«, sagte er. »Wir haben Miguel Delgado verhaftet.«
Fiona zwang sich trotz der Kopfschmerzen, die sich hinter ihren Augen meldeten, erfreut zu klingen. »Ich gratuliere. Sie müssen sehr erleichtert sein.«
»*Sí*, und sehr froh, dass wir Erfolg hatten. Sie hatten Recht, er hatte eine zusätzliche Taktik vorbereitet. Er hatte einen

Freund mit einem Winnebago, meine Frau nennt Wohnmobile so. Delgado glaubte, diesem Freund vertrauen zu können, weil der selbst ein Krimineller war. Aber sein Freund ist nur ein kleiner Dieb, ein Einbrecher. Der Freund hatte Delgados Bild in der Zeitung gesehen und vermutet, dass Delgados Verbrechen keine Kleinigkeit sein konnte. Die einzigen Verbrechen, von denen er gehört hatte, waren die Morde. Mit solchen Taten wollte er nicht in Verbindung gebracht werden, so gab er der Polizei hier einen Wink, obwohl er Delgado den Wagen geliehen hatte. Wir haben ihn heute früh auf einem Zeltplatz ein paar Meilen außerhalb der Stadt gefunden.«

»Gut gemacht. Hat er gestanden?«

Sie hörte Berrocal seufzen. »Nein. Seit seiner Verhaftung hat er überhaupt nichts gesagt.«

»Gibt es irgendwelche Beweise, dass er mit den Verbrechen zu tun hat?«

»Das zweite Opfer, der Amerikaner. Ein Kellner hat sich gemeldet. Er erinnerte sich, dass er ein paar Tage vor dem Mord Delgado zusammen mit ihm gesehen hatte. Wir hoffen, die Spurensicherung kann zeigen, dass die Stofffasern zusammenpassen, aber wir werden das Resultat erst später bekommen. Wir untersuchen auch die Messer, die Delgado bei seiner Festnahme im Wohnmobil hatte. Auch diese Ergebnisse liegen noch nicht vor. Also haben wir kaum etwas, mit dem wir ihn unter Druck setzen können.«

Sie hoffte, er erwartete keine Hilfe von ihr. Sie hätte ihm am liebsten gesagt, er solle sie in Ruhe lassen, sie hätte Wichtigeres, über das sie sich Sorgen machte. Aber der Profi in ihr wusste, dass der Mord in Toledo und die Notwendigkeit, ihn zu einem Abschluss zu bringen, genauso wichtig waren wie das, was sich in ihrem eigenen Leben abspielte. Sie musste einfach daran glauben, alle Menschenleben seien gleich viel wert. Andernfalls hätte ihre Arbeit wenig Sinn. Sie zwang sich, ihre Frustration und schlechte Stimmung nicht an Salvador Berrocal auszulassen. »Ich bin sicher, Sie haben ein sehr erfahrenes Team, das den Fall bearbeitet«, sagte sie, während sie die Hand ausstreckte, um den Computer einzuschalten.

»Ich habe noch nie einen Serienmörder verhört. Aber ich habe einen Plan«, sagte er und klang begeistert. »Ich habe mir gedacht, ich werde ihn wütend machen. Ich werde jemand von meinem Team einsetzen, um ihn mit spöttischen Bemerkungen zu reizen. Sie kennen das ja. Diese blöden Cops aus einem kleinen Provinzrevier, wie konnten sie nur so dumm sein, so ein jämmerliches Wesen zu verhaften? Es liegt doch auf der Hand, dass nur einer diese Taten begangen haben kann, der clever genug war, alles sehr sorgfältig zu planen, und charmant genug, um seine Opfer dazu zu bringen, dass sie freiwillig mit ihm gingen. Und ein hässlicher, übel riechender Krämer wie Delgado hat doch wohl kaum die Eigenschaften, die man als der Killer von Toledo braucht. Mein Mann wird so tun, als sei er angewidert davon, dass er seine Zeit mit einem so aussichtslosen Verhör verschwenden muss.«

»Ich glaube, das wird ihn sehr wütend machen«, sagte Fiona. »Und das wird sich fast mit Sicherheit zu Ihrem Vorteil auswirken. Sie haben sich offensichtlich die Sache sehr gut überlegt.« *Jetzt hau ab und lass mich in Frieden,* dachte sie. »Lassen Sie mich wissen, wie Sie weiterkommen.«

Er war immer noch dabei, ihm für das Täterprofil zu danken, als sie den Hörer auflegte. Sollte er sie doch für eine unhöfliche Zicke halten. Inzwischen war ihr das egal. Sie rief sofort ihr E-Mail-Programm auf und schrieb eine neue Nachricht. Kit ging nicht ans Telefon, wenn er am Schreiben war, aber sie wusste, dass er seine E-Mails etwa jede Stunde überprüfte.

Von: Fiona Cameron <fcameron@psych.ulon.ac.uk>
An: Kit Martin <KMWriter@trashnet.com>
Betrifft: Rat

Erinnerst du dich an die Worte auf dem Umschlag von *Per Anhalter durch die Galaxis*? Also: KEINE PANIK. Ich wollte dich heute früh nicht erschrecken. Ich hatte eine Idee, aber ich musste sie erst mit Steve besprechen. Über Nacht habe ich entdeckt, dass die Leute vor Ort glauben, die Garda habe wegen des Mordes an Jane Elias den falschen Mann verhaftet. Angesichts von Drews Tod und Georgias Verschwinden musste ich einen Serientäter als Möglichkeit in Betracht ziehen. Also habe ich mir *And Ever More Shall Be So* angesehen und war beunruhigt von bestimmten Parallelen, die ich dort fand. Ich hatte ein Treffen mit der Leiterin der Ermittlungen bei der City of London Police, und die gute Nachricht ist, dass sie mich ernst nehmen.
Die schlechte Nachricht ist natürlich, dass, wenn ich Recht habe, Georgia wahrscheinlich tot ist, wie wir befürchtet haben.
Die schlechteste Nachricht ist, dass es weitere Morde geben könnte. Und natürlich sagte die Polizei schon, sie wolle keine allgemeine Warnung ausgeben und keine ungerechtfertigte Panik auslösen, nicht zuletzt, weil sie nicht genug Leute haben, um den Menschen Schutz zu bieten …
Es gibt KEINEN GRUND anzunehmen, dass du besonders in Gefahr bist (und ja, ich glaube immer noch, die Morddrohungen haben wahrscheinlich nichts mit den Morden zu tun), aber du musst Vorsichtsmaßnahmen ergreifen. Mach keinem Fremden die Tür auf. Geh nirgendwo allein hin. Wirklich absolut nirgendwo hin. Pfeif auf Courage. Ich will, dass du in Sicherheit bist.
Ich bin bei der Arbeit, wenn du reden willst. Abteilungskonferenz 14–15 Uhr, Seminar 15.30–17, bis um 18 Uhr bin ich hoffentlich zu Hause.

Hab dich lieb.
Pass auf dich auf.
F.

Sie klickte auf »versenden«, und ihre Nachricht verschwand im Äther. Ihr logischer Verstand sagte ihr, dass sie Kit nicht retten konnte, wenn jemand sich fest vorgenommen hatte, ihn zu töten. Aber sie konnte das Prinzip eines Alarmsystems anwenden. Ein Einbrecher hatte ihr einmal gesagt, dass die Sicherungssysteme an Privathäusern keine Abschreckung für einen entschlossenen Gangster seien. Wenn er in ein bestimmtes Haus gehen wolle, konnte und würde er es tun. Die Systeme seien nur dazu von Nutzen, dass sie den zufällig vorbeikommenden Einbrecher abschreckten. »Man muss dafür sorgen, dass das Nebenhaus so aussieht, als wäre es leichter, dort reinzukommen«, erklärte er. Wenn der Preis für Kits Leben der war, einen anderen als eine leichtere Möglichkeit anzubieten, war Fiona willens, es so einzurichten. Mit den Folgen würde sie später leben müssen. Jetzt war nur wichtig, dass Kit am Leben blieb.

Sarah Duvall war sich trotz der Dinge, die sie zu Fiona gesagt hatte, darüber klar, dass sie den potenziellen Opfern etwas schuldete. Sie war immer eine Verfechterin präventiver Maßnahmen durch die Polizei gewesen, und diese bekamen eine besondere Dringlichkeit, wenn es um Mord ging statt um Einbruch oder Raubüberfälle auf der Straße. Höchste Priorität hatte für sie der Antrag auf einen Durchsuchungsbefehl in Smithfield Market. Als dies in die Wege geleitet war, überlegte sie, was sie sonst noch Sinnvolles unternehmen könnte.
Duvall hatte noch nie mit Fiona zusammengearbeitet und beurteilte deren Erkenntnisse daher viel skeptischer als Steve Preston, der die Psychologin für praktisch unfehlbar zu halten schien. Sie war deshalb gegenüber Fionas Behauptung

vorsichtig, dass die Morddrohungen wahrscheinlich nicht vom Mörder stammten. Duvall glaubte nicht an Zufälle. In ihrem Denken war sogar gleichzeitiges Geschehen verdächtig. Sie konnte einfach nicht glauben, dass ein Serienmörder Thrillerautoren aufs Korn nahm und zur gleichen Zeit ein ganz anderes Individuum ihnen zufällig Morddrohungen schickte. Entweder war es ein und dieselbe Person, oder der Verfasser der Briefe hatte Insiderwissen. Wenn sie also irgendwie die Quelle der Briefe identifizieren könnte, würde sie damit auch die Identität des Mörders aufdecken oder zumindest jemanden finden, der sie vielleicht zu dem Täter führen konnte.

Obwohl Duvall nicht bereit war, alles für bare Münze zu nehmen, was Fiona sagte, war sie doch bereit, dem gesunden Menschenverstand zu folgen, wenn sie ihm begegnete. Und ihr schien es mehr als wahrscheinlich, dass der Briefeschreiber sehr wohl ein frustrierter, verhinderter Schriftsteller oder jemand sein konnte, dessen Karriere gescheitert oder in Flammen aufgegangen war. Wenn dies der Fall war, gab es möglicherweise Literaturagenten und Lektoren, die vielleicht mit dem Verfasser der Briefe Kontakt gehabt hatten und die sogar erraten konnten, wer der Verfasser war. Das Handwerkszeug dieser Menschen waren Worte, also war es nicht unmöglich, dass sie seinen Stil wiedererkannten.

Sie hatte daher einem Mitglied ihres Teams die Aufgabe gestellt, entsprechende Personen einschließlich eines Experten für Kriminalliteratur ausfindig zu machen. Das Ergebnis war eine Verabredung für den nächsten Morgen: ein Frühstück mit zwei führenden Literaturagenten und drei Lektoren, die auf diesem Gebiet arbeiteten. Sie hatten keine Ahnung, worüber Duvall mit ihnen sprechen wollte, waren jedoch von der Dringlichkeit ihrer Bitte und der Notwendigkeit absoluter Vertraulichkeit beeindruckt.

Aber das sollte alles erst morgen früh stattfinden, und sie würde sich später überlegen, wie dieses Gespräch am besten zu führen war. Jetzt musste sie sich darauf konzentrieren herauszufinden, wer die zukünftigen Zielscheiben ihres mutmaßlichen Serienmörders sein könnten.

Dieser Vorsatz hatte sie nach Clapham zu einer Zeile stiller Reihenhäuschen gebracht, die zwei Straßen vom Park entfernt standen. Nach der Aussage ihres Detective Constable war alles, was Dominic Reid über neuere Krimis nicht wusste, auch des Wissens nicht wert. Als der Wagen am Gehweg zwei Häuser vor Reids Heim zum Halten kam, schaltete Duvall die Innenbeleuchtung an. »Nur einen Moment«, sagte sie zu dem Mitarbeiter, der sie gefahren hatte. Sie nutzte die Zeit, um den kurzen Bericht, den er für sie gemacht hatte, noch einmal zu überfliegen.

Dominic Reid, siebenundvierzig, hatte zuerst bei Radio BBC gearbeitet, dann betätigte er sich auch als unabhängiger Produzent. Seine Firma stellte zurzeit zwei Quizsendungen für Radio Four her, und er hatte eine große Anzahl von Dokumentarsendungen fürs Radio produziert. Die meisten davon beschäftigten sich mit verschiedenen Aspekten der Kriminalliteratur. Für eine große Buchhandelskette schrieb er einen Krimiführer, hatte für einige Zeitschriften als Kritiker von Kriminalromanen gearbeitet und kürzlich *Paging Death* veröffentlicht, eine kritische Studie der modernen britischen Kriminalliteratur. Wenn jemand Duvall sagen konnte, wer eventuell von einem Serienkiller ins Visier genommen werden könnte, dann war es Reid.

»Lesen Sie solche Sachen?«, fragte sie den Constable im Auto. »Krimis?«

Er schüttelte den Kopf. »Ich hab mal versucht, einen zu lesen. Aber auf den ersten zwanzig Seiten habe ich schon fünf Fehler gezählt, da hab ich ihn weggeworfen. Es ist wie eine Urlaubsreise im Bus für einen Busfahrer. Wie steht's mit Ihnen, Ma'am?«

»Ich habe überhaupt noch nie einen Roman gelesen.« Duvall klang wie eine Abstinenzlerin, die über starke Getränke redete. Sie schaltete das Licht aus. »Also, dann wolln wir mal«, sagte sie.

Reid öffnete schon die Tür, als die zwei Glockentöne gerade erst verklungen waren. Er war ein hagerer, hoch aufgeschossener Mann mit einem sympathischen, knochigen Gesicht unter einem Schopf strubbeliger, graublonder Haare. »Detective Chief Inspector Duvall?«, fragte er und konnte seine Aufregung nicht ganz unterdrücken.

»Mr. Reid«, grüßte Duvall mit einem Nicken. »Ich danke Ihnen, dass Sie so kurzfristig zugesagt haben, mit mir zu sprechen.«

Reid trat zurück und machte eine einladende Geste, mit der er seine Gäste ins Haus bat. Duvall und der Kripobeamte gingen hintereinander in den Flur. Es war kaum Platz für alle drei; Stöße von Büchern lehnten fast brusthoch an einer Wand. Sie folgten Reid ins vordere Zimmer, wo an drei Wänden Regale voll gebundener Bücher standen. Außer Büchern gab es nur vier abgenutzte Sessel und zwei kleine Couchtische. Auf einem Sessel lag zusammengerollt eine große schwarzweiße Katze, die bei ihrer Ankunft nicht einmal mit einem Schnurrhaar zuckte.

»Bitte, nehmen Sie Platz«, sagte Reid.

Duvall überprüfte mit einem schnellen Blick die Sessel auf Katzenhaare und entschied sich dann für den in der Nähe der Tür, der ihrem Kostüm wohl am wenigsten Schaden zufügen würde. Sie blickte kurz zum Constable hinüber und wies ihn auf den am weitesten entfernt stehenden Sessel hin.

»Kann ich Ihnen etwas zu trinken anbieten?«, sagte Reid eifrig. »Tee, Kaffee, Limo? Oder etwas Stärkeres?«

»Danke, Mr. Reid, aber ich will Ihnen nicht mehr Zeit wegnehmen als nötig. Bitte.« Duvall wies mit einer Hand auf den verbleibenden freien Sessel.

Reid brachte seinen langen Körper auf dem Sessel unter. »Ich habe wirklich noch nie einen höheren Polizeibeamten kennengelernt«, sagte er. »Ich weiß, das ist merkwürdig, da ich

über so viele gelesen habe. Aber so ist es eben.« Er schluckte, und sein Adamsapfel hüpfte über dem offenen Hemdkragen auf und ab.
»Ich weiß es zu schätzen, dass Sie sich für uns Zeit nehmen. Und es tut mir leid, dass mein Kollege nicht erklären konnte, warum ich Sie so dringend sehen musste.«
»Sehr mysteriös. Aber natürlich erwarten Sie, dass ich das interessant finde, nicht wahr?«
Duvall stimmte seiner Bemerkung mit einem dünnen Lächeln zu. Wenn nötig, konnte sie sehr warmherzig und offen zu einem Zeugen sein. Aber Individualisten wie Reid brauchte man nicht zu schmeicheln, um von ihnen Einzelheiten zu erfahren. »Es ist eine absolut vertrauliche Angelegenheit. Bevor ich sie Ihnen erklären kann, muss ich mich Ihrer Diskretion versichern.«
Reid richtete sich mit einem Ausdruck der Überraschung auf. »Das hört sich ja ernst an.«
»Es ist *sehr* ernst. Kann ich mich darauf verlassen, dass Sie über dieses Gespräch mit keinem Dritten reden werden?«
Er nickte mehrmals. »Wenn Sie das wünschen, werde ich natürlich alles für mich behalten. Hat es mit Georgia Lesters Verschwinden zu tun?«, fragte er.
»Wieso fragen Sie das?«
Er zuckte verlegen mit den Schultern. »Ich dachte nur … Sie sind von der City Police, und ich weiß, dass Georgia dort wohnt. Und da über ihr Verschwinden in den Nachrichten berichtet wurde …«
Duvall schlug die Beine übereinander und beugte den Oberkörper vor. »Es stimmt, dass ich mit der Ermittlung von Mrs. Lesters Verschwinden beauftragt bin. Aber ich habe eine weitere Sorge. Angesichts der kürzlich vorgefallenen Morde an Drew Shand und Jane Elias ziehen wir die Möglichkeit in Betracht – ich will es jetzt nicht drastischer ausdrücken –, dass es einen Zusammenhang geben könnte.«
Reid verschränkte mit einer abweisenden Geste die Arme

vor der Brust. »Sie fragen sich, ob ein Serienmörder die Krimiautoren verfolgt.« Es war eine Feststellung, keine Frage. »Ja, ich kann verstehen, warum Sie so etwas denken. Und ich will nicht so tun, als hätte ich nicht auch schon daran gedacht. Aber ...« – er zeigte mit dem Kopf in Richtung der Bücherregale – »... ich dachte mir, es kommt vom vielen Lesen.« Er lächelte schwach mit schief gezogenem Mund.
»Und es könnte gut sein, dass auch wir uns zu sehr von unserer Fantasie leiten lassen«, gab Duvall zu. »Aber wir müssen jede Möglichkeit überprüfen. Und deshalb würde ich mich gern von Ihnen inspirieren lassen. Ich möchte gern feststellen, wer noch gefährdet sein könnte, sollte unsere Theorie sich als richtig erweisen.«
Reid nickte. »Und Sie denken, dass ich helfen kann. Na ja, niemand weiß mehr über dieses Genre als ich. Sagen Sie mir, was Sie wissen möchten.«
Duvall entspannte sich ein wenig. Sie würde bekommen, was sie brauchte, ohne dafür viel Energie aufwenden zu müssen. Was sehr gut war, denn sie hatte allmählich das Gefühl, der Tag habe schon viel zu lange angedauert. »Wenn es wirklich einen Zusammenhang *gibt*, dann scheinen bestimmte verbindende Faktoren im Spiel zu sein. Alle drei genannten Schriftsteller haben Romane über Serienmörder geschrieben. Alle drei haben Preise für ihre Bücher bekommen. Und von allen dreien gibt es erfolgreiche, fürs Fernsehen oder als Kinofilme bearbeitete Stoffe. Ich denke mir, es gibt wohl nicht viele andere Autoren, die in diese Kategorie passen würden?«
Reid löste seine verschränkten Arme. »Mehr als Sie denken, Chief Inspector. Natürlich denkt man an Thrillerautoren wie Kit Martin, Enya Flannery, Jonathan Lewis.«
Duvall blinzelte kurz, als Kit Martins Name fiel, ließ sich aber nicht anmerken, dass er eine besondere Bedeutung hatte. Wenn er vom Experten als Erster genannt wurde, waren Fiona Camerons Ängste vielleicht nicht grundlos, dachte Duvall, während sie zuhörte, was Reid sagte.

»Aber neben reinen Serienmörderromanen gibt es manche Bücher über Kommissare, in denen auch Serienmörder vorkommen. Bei Ian Rankin und Reginald Hill zum Beispiel.« Er stand auf. »Ich habe eine Datenbank in meinem Computer hier nebenan. Alle Faktoren, die Sie nennen, gehören zu meinen Kriterien, daher können wir eine Mehrfachsuche machen und die passenden Personen ermitteln. Sollen wir gehen und nachsehen, was wir da als Ergebnis bekommen?«
Duvall richtete sich auf. »Das scheint mir eine sehr gute Idee. Gehen Sie vor, Mr. Reid.«

iv

Susannahs Zähne klapperten. Kastagnetten, die ohne ihr Zutun in ihrem Kopf lärmten. Sie erinnerte sich nicht, dass es im Ferienhaus kalt gewesen war, als sie sich dort aufgehalten hatten. Aber das Wetter im September war ja auch mild gewesen. Eine Stunde bei angeschaltetem Gasofen am späten Abend war genug, um die frische Kälte der Luft zu mildern. Das und Thomas' warmer Körper neben ihr. Jetzt gab es keinen warmen Körper. Und nur die kalte, feuchte Novemberluft, die an ihrem Körper klebte. Ihr Entführer würde offensichtlich kein Geld ausgeben und Münzen in den Gaszähler werfen, nur damit sie es bequemer hatte.

Sie war nackt und hatte eine Gänsehaut. Das hatte mit der Temperatur genauso viel zu tun wie mit der Angst. Allerdings war ihre Angst groß genug, dass sie auch in tropischem Klima Gänsehaut bekommen hätte. Sie war gerade dabei gewesen, ihre monatliche Abrechung zu machen, als es klopfte. Sie hatte aus dem Fenster geschaut. Ein weißer Transporter, den sie nicht kannte, stand in der Einfahrt. Aber der Mann, der mit Paket und Klemmbrett an der Tür stand, trug die vertraute Uniform des Kurierdienstes, den ihre Firma immer beauftragte, wenn sie ihr Arbeit schickten.

Sie hatte an diesem Nachmittag nichts von der Zentrale erwartet. Und es war spät für den Kurier, der gewöhnlich am Vormittag kam. Es musste etwas Dringendes sein. Vielleicht der Vertrag mit Brantingham. Phil hatte in seiner E-Mail erwähnt, er stehe kurz vor dem endgültigen Abschluss. Su-

sannah hatte die Tür aufgemacht und den Kurier angelächelt. Sie fand nie heraus, womit ihr ein Schlag versetzt wurde. Sie merkte nur, dass sie etwas traf.

Das Nächste, was sie spürte, war ein scheußlicher Schmerz, der sich ausbreitete, dazu die Wahrnehmung von Dunkelheit und Bewegung. Das dumpfe Brummen eines Motors. Sie lag auf der Seite, Speichel lief ihr aus dem Mund. Und sie konnte sich nicht bewegen. Langsam, als sei sie betrunken, nahm sie den Schmerz genauer wahr. Er ging hauptsächlich von ihrem Kopf aus. Wie eine sehr schlimme Migräne, nur dass er vom Hinterkopf her kam, nicht von der Stirn.

Als Nächstes bemerkte sie ihre schmerzenden Schultern. Nach der Botschaft zu schließen, die ihre gepeinigten Muskeln ihr schickten, schienen ihre Arme auf dem Rücken fixiert. Sie versuchte sich aufzurichten, und eine neue Welle der Qual fuhr durch ihre Beine nach oben. Soweit ihre blitzschnellen, chaotischen Wahrnehmungen es ihr erlaubten, begriff sie, dass ihre Füße zusammengebunden und an ihren Handgelenken befestigt waren.

Wenn sie sich ganz still verhielt, tat es nicht so weh. Es war immer noch unerträglich, aber wenigstens konnte sie jetzt auch noch an etwas anderes denken. Dunkelheit und Bewegung. Und ein rauer Teppich unter ihrer Wange. Was konnte es anderes sein als der Kofferraum eines Autos?

Da setzte die Angst ein.

Sie hatte keine Ahnung, wie lange sie gefahren waren. Es gab keine Methode, mit der man die Schmerzdauer messen konnte.

Endlich hörte die Bewegung ruckartig auf. Das Motorengeräusch brach ab. Sie horchte angestrengt, aber nichts passierte. Dann wurde der Kofferraum geöffnet. Das grelle Licht traf mit einem plötzlichen Schock ihre Augen und löste Schwindel und Kopfschmerzen aus. Dann hatten sich ihre Pupillen angepasst, und sie sah einen dunklen Umriss gegen den Nachthimmel.

Susannah machte den Mund auf und schrie. Der Mann lachte. »Niemand hier, der dich hören kann, Schätzchen«, sagte er. Der Akzent war aus der Gegend um Newcastle, das konnte sie erkennen.
Er beugte sich herunter und ächzte vor Anstrengung, als er sie aus dem Auto hob. Er schwankte beim Gehen leicht unter ihrem Gewicht. Ihr Gesicht war gegen seine Schulter gedrückt, sodass sie nichts sehen konnte. Die Luft fühlte sich hier anders an, und sie begriff, dass er sie in ein Gebäude gebracht hatte. Ein paar Schritte noch, eine Drehung nach rechts, und plötzlich waren sie unter grellem Neonlicht. Er ließ sie fallen, und sie schrie, als sie auf die kalten Fliesen aufschlug. Ihr Kopf stieß gegen etwas Kaltes und Hartes.
Als sie das nächste Mal wieder zu sich kam, war sie nackt. Sie saß auf einer Toilette, ihr rechter Arm war mit einer Handschelle an den Handtuchhalter angekettet, der fest an die Wand geschraubt war. Benommen, verwirrt und vom Schmerz gequält, wurde ihr klar, dass ihre Beine festgekettet waren, die Kette lief hinten an der Toilettenschüssel vorbei, sodass sie auf dem Toilettensitz festgehalten wurde.
Aber wenigstens wusste sie, wo sie war. Thomas hatte das Ferienhaus auf einer entlegenen Landspitze in Cornwall zur Feier ihres ersten Hochzeitstages gemietet. Sie hatten eine Woche hier verbracht, waren auf den Klippen gewandert, hatten Vögel beobachtet, einfache Gerichte gekocht und sich jeden Abend geliebt. Es war idyllisch gewesen.
Dies hier war ein Alptraum.
Und es war nur noch schlimmer geworden.
Als sie gerufen hatte, war er wieder erschienen. Groß und kräftig, mit den Muskeln eines Gewichthebers. Und einem Gesicht, das ihr merkwürdig vertraut vorkam, dunkle Haare, ein Bürstenschnitt. Sie kam nicht darauf, wo sie ihn schon gesehen hatte. Aber sein Gesicht war nichts Besonderes. Unauffällig. Hätte sie eine Bestandsaufnahme seiner Gesichtszüge gemacht, sie hätte auf Tausende von Männern

gepasst. Dunkle Augenbrauen, blaue Augen, blasse Haut, gerade Nase, Mund durchschnittlich, leicht zurückweichendes Kinn. Das einzig Seltsame an ihm war, dass er einen weißen Kittel trug und ein Stethoskop um den Hals hängen hatte wie ein Arzt. Er stand unter der Tür und sah sie prüfend an.

»Warum machen Sie das?«, krächzte Susannah.

»Das geht dich nichts an«, sagte er. Er hatte ein zweites Set Handschellen. »Wenn du dich wehrst, tut es nur noch mehr weh.«

Sie schlug mit dem freien Arm um sich, aber er war zu schnell für sie. Er packte ihr Handgelenk und ließ die Handschelle zuschnappen, bog ihren Arm gerade und befestigte die andere Schelle an der Wasserleitung. Dann nahm er eine Rolle Leukoplast und fixierte damit ihr Handgelenk und die Hand an der Wand, damit sie ihren Arm nicht bewegen konnte.

Susannah war ebenso verwirrt wie von schrecklicher Angst ergriffen und starrte ungläubig, als er die Manschette eines Blutdruckmessgeräts um ihren Oberarm legte und aufpumpte. Dann ging er hinaus. Sie erkannte das Gerät, mit dem er zurückkam. Sie war jahrelang Blutspenderin gewesen. »Was machen Sie da?«, protestierte sie, als er eine Vene suchte und mit der Nadel hineinstach.

»Ich nehme dein Blut«, sagte er ruhig, genau so ruhig wie eine der Schwestern im Blutspendezentrum.

Fassungslos und starr vor Schreck beobachtete sie, wie ihr Blut anfing durch den Schlauch in einen Behälter zu fließen.

»Sie sind verrückt!« schrie sie ihn an.

»Nein. Ich bin nur anders«, sagte er, setzte sich auf den Rand der Badewanne und wartete.

Susannah starrte ihn an. »Was wollen Sie mit mir machen?«

»Ich werde dir zu essen geben und dafür sorgen, dass du genug zu trinken hast. Und ich werde dir dein Blut abnehmen.« Er stand auf und ging langsam aus dem kleinen Badezimmer hinaus.

»Sind Sie ein Vampir?«, fragte sie schwach.
Er drehte sich um und lächelte. Und wie normal sein Lächeln war – das machte es zu dem Erschreckendsten, was sie je gesehen hatte. »Nein, ich bin Maler.«
Als er zurückkam, trug er verschiedene Pinsel, vom feinsten, dünnsten für Schönschrift bis zu einem von mehr als zwei Zentimeter Breite. Er war zufrieden, als er fast einen halben Liter Blut abgezapft hatte, nahm das Gerät ab, löste die Manschette und hielt seinen Daumen auf den Einstich. Er nahm Watte und Leukoplast, um das Blut zu stillen, dann riss er das Klebeband am Arm ab. Er schloss die Handschellen auf und trat schnell zurück, damit sie ihn nicht schlagen konnte.
»Na also, hat doch überhaupt nicht wehgetan, Kleine, oder?« Er stellte das Glas mit dem Blut ins Waschbecken und verließ den Raum. Dann brachte er eine Dose mit einem isotonischen Energy Drink und einen Pappteller, auf dem ein Stapel Leberwurstbrote und ein Dutzend Schokoladenkekse lagen. Er stellte sie in Reichweite von Susannahs freier linker Hand auf den Boden. »Hier. Danach wirst du dich nicht mehr so schwach fühlen. Und es wird deinem Körper helfen, etwas von dem Blut zu ersetzen, das du verloren hast.«
Daraufhin drehte er ihr den Rücken zu, als hätte sie aufgehört für ihn zu existieren. Er nahm das Glas mit dem Blut und steckte die Pinsel in seine Tasche. Anschließend stieg er in die Wanne und betrachtete nachdenklich die Wand. Über der Badewanne verliefen zwei Reihen Fliesen, aber darüber war eine freie verputzte Fläche von ungefähr vier Quadratmetern. Er wählte einen mitteldicken Pinsel aus und tauchte ihn in das Blut.
Dann begann er zu malen.
Susannah fing an zu schluchzen.

Kapitel 36

Als er bei der zweiten Tasse Kaffee war, fragte Steve sich, ob er über Nacht manisch-depressiv geworden sei. Seit dem Aufstehen war er in weniger als einer Stunde schon öfter zwischen den Extremen nervöser Erwartung und tiefer Verzweiflung hin- und hergependelt, als er zählen konnte.
Andererseits hatte er einen Tag zuvor Fiona gegenüber geäußert, dass dies nur für ein Anzeichen von Geistesgestörtheit zu halten sei, wenn kein Grund für diese Gefühle vorlag. Er aber hatte guten Grund für beide. Er richtete nun seinen ganzen Optimismus auf Terry Fowler, wenn auch durch die ihm eigene Vorsicht gedämpft. Falls ihre Arbeit so gut war, wie Fiona versprochen hatte, und Joanne die richtigen Fälle herausgefiltert hatte, könnte der Fall Susan Blanchard seit langer Zeit zum ersten Mal wieder vorankommen. Das wäre schon Erfolg genug. Zusätzlich war da die Aussicht, mit ihr zu Abend zu essen. Er konnte sich nicht erinnern, wann er zum letzten Mal bei der Verabredung mit einer Frau so überzeugt war, dass sie Spaß machen würde. Er musste einen Tisch bestellen. Nicht zu elegant, weil er nicht wollte, dass sie sich unbehaglich fühlten. Aber auch nicht zu leger. Sie sollte schließlich merken, dass er sie ernst nahm. Normalerweise hätte er Kit gebeten, ein Restaurant zu empfehlen. Aber heute kam das nicht infrage.
Denn sein Optimismus und sein Pessimismus waren beruflicher wie auch privater Natur. Er konnte der Erkenntnis nicht ausweichen, dass er seiner ältesten Freundschaft ernsthaft Schaden zugefügt hatte. Fiona hatte mehr verlangt, als

zu geben in seiner Macht stand. Sie musste das Gefühl haben, er habe sie im Stich gelassen. Sie und Kit. Er hatte am gestrigen Abend mehrmals versucht anzurufen, aber nur den Anrufbeantworter erreicht. Zweifellos hatte Fiona beschlossen, ihre Anrufe zu sortieren, und er war offensichtlich nicht auf der positiven Seite der Liste.

Das Problem war, dass sie in emotionaler und moralischer Hinsicht Recht hatte. Aber er war im Recht, was die konkrete, praktische Sachlage betraf. Beide Auffassungen waren unvereinbar. In seinem Erwachsenenleben war er bisher immer froh gewesen, dass der Beruf, den er liebte, nie in Konflikt mit seinem Privatleben getreten war und zu zerstören gedroht hatte, was ihm wichtig war. Er hatte es bei Kollegen gesehen: zerrüttete Ehen, Kinder, die zu Feinden, und Freundschaften, die verraten wurden, und ihm war immer klar gewesen, er hatte einfach nur Glück gehabt, genauso gut hätte es ihn treffen können.

Jetzt war seine Glückssträhne zu Ende. Seine älteste Freundin war ihm entfremdet, sein bester Freund in Gefahr, und er konnte nichts tun. Es war nicht einmal sein Fall. Alles, was er darüber wusste, war ihm nur bekannt, weil Sarah Duvall die Güte besessen hatte, es ihm zu sagen. Er war schon lange genug leitender Kriminalbeamter und wusste, dass es hier um die schwierigste Art von Fall ging. Kein Verbrecher war so schwer zu stellen wie ein Mörder, der ohne eine ersichtliche Verbindung zu seinem Opfer tötete, aus einer nur ihm verständlichen Logik heraus handelte, wenig Spuren hinterließ und intelligent genug war, seinen Verfolgern immer ein paar Schritte voraus zu sein. Wenn solche Täter gestellt wurden, geschah es oft eher zufällig. Nachbarn beschwerten sich über den Geruch aus dem Abfluss, bei Stichproben ergab die Überprüfung eines Nummernschildes, dass es zu einem anderen Wagen gehörte, oder die Polizei hielt irgendeinen x-beliebigen Fahrer an, der zu schnell gefahren war.

Dass Kits Leben an einem so dünnen Faden des Zufalls hängen sollte, war so schlimm, dass Steve kaum darüber nachdenken konnte. Wie viel schlimmer musste es erst für Fiona sein, die schon einmal einen solchen anscheinend vom Zufall bestimmten Verlust erlitten hatte. Und während er jetzt an ihrer Seite sein und sie beide unterstützen sollte, war er nur ein Außenseiter.

Steve nahm den Rest seines Kaffees mit ins Schlafzimmer und überlegte, was er anziehen sollte. Er konnte sich nicht darauf verlassen, dass er Zeit haben würde nach Hause zu gehen und sich umziehen zu können. Er wählte einen leichten Anzug aus dunkelblauer Wolle, der nicht so schnell knitterte. Ein weißes Hemd und eine blaue Krawatte für jetzt und ein dunkelgraues Hemd, sorgfältig in eine Tüte verpackt, mit einer roten Seidenkrawatte für den Abend. Fiona hatte ihm die Krawatte geschenkt, erinnerte er sich. Seltsam, dass sie genau den gleichen Farbton wie Terrys Lippenstift hatte. Sogar bei solch einfachen Dingen gab es eine enge Verbindung zwischen den beiden Seiten seines Lebens.

Während er sich anzog, versuchte Steve, keine Gefühle aufkommen zu lassen. Er hatte heute Wichtiges zu tun und musste einen klaren Kopf haben. Aber es funktionierte nicht, und als er zum Auto ging, wusste er, was immer beim Fall Blanchard herauskam, er würde nicht ruhen, bis er wusste, womit Sarah Duvall beschäftigt war.

Sarah Duvall tat vor allem eines: Sie fragte sich, warum sie jemals gedacht hatte, dass literarische Agenten und Lektoren in der Lage wären, ihr etwas über die Briefe mit den Morddrohungen zu sagen, die Kit Martin, Georgia Lester und mindestens drei andere Krimiautoren erhalten hatten. Die fünf Personen, mit denen sie gerade gefrühstückt hatte, waren ihren Ausführungen mit gespannter Aufmerksamkeit gefolgt. Dann hatten sie ihre lautlose Bombe platzen lassen.

»Wir bekommen über dreitausend unangeforderte Manuskripte im Jahr«, hatte einer der Agenten gesagt. »Davon nehmen wir am Schluss vielleicht maximal drei Autoren an. Das heißt, es gibt viele unzufriedene Menschen da draußen, und ehrlich gesagt, DCI Duvall, wenn Sie einige dieser Manuskripte gelesen hätten, dann wüssten Sie, dass wir es nicht immer mit den ausgeglichensten Individuen zu tun haben.«

»Ich bekomme regelmäßig beleidigende Briefe«, sagte eine Lektorin und bestätigte, was der Agent gesagt hatte. »Meistens von Leuten, die ich abgelehnt habe, aber ein- oder zweimal auch von Autoren, die ich aus meinem Programm gestrichen habe, weil sie sich nicht verkauften. Die Menschen nehmen es sehr persönlich, weil Schreiben nun einmal etwas sehr Persönliches ist. Aber darüber geht es nie hinaus. Sie lassen Dampf ab, setzen einen auf ihre private Liste der Meistgehassten, sie machen einen bei allen in der Branche schlecht, aber das ist alles.«

Sie hatten die Briefe von Hand zu Hand gehen lassen und geäußert, diese hier schienen feindseliger als üblich zu sein. Aber alle waren sich einig: Keiner hätte damit die Polizei belästigt oder auch nur den Sicherheitsdienst ihrer Firma.

»Wir arbeiten in einer sehr gefühlsgeladenen Branche«, hatte ein anderer Agent gesagt. »Die Emotionen sind sehr intensiv. Aber wir haben es mit Menschen zu tun, denen Worte als Waffen genügen.«

Duvall hatte trotzdem jedem von ihnen das Versprechen abgenommen, Kopien der Briefe mitzunehmen und sie mit Hassbriefen in ihren Akten auf die eventuelle Chance hin zu vergleichen, dass sie irgendeine Übereinstimmung finden könnten. Es war nicht sehr wahrscheinlich, dass ein Treffer dabei sein würde, und sie war nicht besonders überrascht, dass sich ihre Mühe nicht ausgezahlt hatte.

Trotzdem war sie enttäuscht und hoffte, dass dieser Misserfolg kein Omen für den Rest des Tages war. Sie wollte nach einer so aufwendigen Operation wie der Durchsuchung von

Smithfield Market nicht wie ein begossener Pudel dastehen. Es wurde ihr nicht einmal bewusst, dass sie indirekt auf die Ermordung Georgia Lesters baute.

Terry Fowler sah genauso entspannt aus wie am Tag zuvor. Sie trug eine dünne schwarze Strickjacke über einem weißen T-Shirt und anscheinend dieselben schwarzen Jeans. Sie hatte einen Stuhl neben sich herangezogen, sodass Steve über ihre Schulter auf den Bildschirm sehen konnte. »Interessante Ergebnisse«, sagte sie, während sie auf die Tasten tippte. Er bemerkte, dass ihre Hände überraschend breit waren, mit starken Fingern und kurzen, geraden, sorgfältig geschnittenen Nägeln, als wolle sie damit die Versuchung ausschließen, an ihnen zu kauen. Sie trug einen schweren Silberring am Mittelfinger der rechten Hand. »Ich konnte eine Kombination von Parametern benutzen, die Fiona schon für Vergewaltigungsserien entwickelt hat. Ich musste ein oder zwei Änderungen machen, aber weil ich schon ein mehr oder weniger fertiges Paket nutzen konnte, ging es schneller, als wenn ich von vorn hätte anfangen müssen. Und da Sie es ein bisschen eilig zu haben schienen ...«
»Eine Angewohnheit, fürchte ich. Ein oder zwei Tage hätten wahrscheinlich nicht viel Unterschied gemacht.«
»Dringendes gleich zu erledigen ist in Ihrem Beruf wohl keine schlechte Angewohnheit, denke ich«, sagte Terry und drehte sich grinsend halb zu ihm um. »Sie müssen zusehen, dass Sie die Gangster erwischen, bevor sie Schlimmeres anstellen.«
»So ungefähr«, seufzte Steve. »Manchmal geht es eher darum, einen Fall abzuschließen, bevor die Bürokraten merken, wie viel man aus dem Budget entnimmt.«
»Ja, richtig. Also – bei diesem spezifischen Angriff auf das Budget wurde das Deliktverknüpfungsprogramm auf alle Unterlagen angewendet, die Sie mir gegeben haben.« Sie schaute ihn mit gehobenen Augenbrauen an. »Einschließlich

der vier, die Sie eingeschmuggelt haben, um zu sehen, ob ich's auch richtig mache.«

»Deshalb habe ich sie nicht mitgebracht«, widersprach Steve. »Es geht nicht darum, Sie in Verlegenheit zu bringen, sondern meinen Kollegen zu zeigen, dass diese Arbeit kein Hokuspokus ist. Es steigert den Wert der Ergebnisse, wenn ich demonstrieren kann, dass das Programm die Fälle ausscheidet, die wir als irrelevant erkannt haben.«

»Nur ein Test«, murmelte sie. »Geht in Ordnung, ich bin nicht wirklich beleidigt, ich verstehe das Prinzip von Kontrollgruppen ... Jedenfalls, nachdem ich alle Fälle durch den Computer laufen ließ, scheint sich hier ein Bündel von Fällen zu ergeben.« Ihr Tonfall wurde unbeschwerter, als sie zum Hauptteil ihrer Ergebnisse kam. »Vier Vergewaltigungen und zwei andere Sexualdelikte. Der Fall in Hertfordshire hat eine geringfügig niedrigere Wahrscheinlichkeit als die anderen fünf, aber immer noch 87 Prozent, was ich als definitiv positiv betrachten würde.«

Steve spürte eine kleine Welle der Erregung in sich aufsteigen, die er aber nach Jahren der Übung so gut verbergen konnte, dass sie nicht wahrnehmbar war. »Und wie lässt sich das als geografisches Profil umsetzen?«

»Lassen Sie uns der Reihe nach vorgehen«, sagte Terry, und ihre rechte Hand klickte mit der Maus die Dialogfelder an. Es erschien eine Karte von North London in Schwarzweiß. Sie tippte auf zwei Tasten, und der Bildschirm wurde farbig, schillernde Grün-, Blau-, Gelb-, Lilatöne und ein burgunderroter Fleck. »Das bekommen wir bei den ersten beiden. Wenn wir den dritten und vierten dazunehmen ...« Weitere Fingerübungen auf der Tastatur. Jetzt erschien der rote Fleck schärfer umrissen, auch die Farbtönung klarer. Aber auch eine zweite lila-rote Zone war nördlich des ursprünglichen Scharlachrots erschienen. Steve hatte Fiona oft genug zugesehen, um die Bedeutung dessen, was vor ihm ablief, erkennen zu können: Der hervorgehobene Bereich umfasste ein

Dutzend Straßen im nördlichen Teil von Kentish Town. Der zweite Fleck war weiter oben in Richtung Archway.
»Wenn wir den fünften dazugeben, wird der zweite Fleck weniger signifikant«, fuhr Terry fort. »Aber wenn wir den sechsten Vorfall dazunehmen, sehen Sie, was dann passiert.«
Der ursprüngliche rote Teil veränderte sich fast überhaupt nicht, aber im rot-lila Bereich verstärkte sich deutlich der Rotanteil.
»Und was schließen Sie daraus?«, fragte Steve und wusste bereits, was als Nächstes kommen würde.
Terry wandte sich ihm zu und grinste. »Dasselbe wie Sie, nehme ich an.« Sie nahm einen Bleistift und zeigte auf die überwiegend rote Zone. »Wenn wir fehlerlos ein echtes Bündel bekommen haben, wohnt der Mann vielleicht in dieser Gegend hier. Es ist möglich, dass er in dem anderen hervorgehobenen Bereich wohnt, aber ich würde eher meinen, dass er da arbeitet. Am Anfang ihrer Karriere tendieren Täter dazu, sich in der Gegend um ihre Wohnung herum zu bewegen. Und wenn wir uns die ersten beiden Fälle ansehen, fällt nur dieser Teil hier auf, dessen Wahrscheinlichkeit noch intensiviert wird, je mehr Fälle wir eingeben.«
Sie lehnte sich auf ihrem Drehstuhl zurück, machte eine halbe Drehung und sah Steve an. Ohne auf den Bildschirm zu blicken, tippte sie auf zwei Tasten. »Und wenn wir den Mord an Susan Blanchard mit einbeziehen, wollen wir mal sehen, was sich dann tut.«
Trotz größter Selbstbeherrschung konnte Steve nicht verbergen, wie geschockt er war. »Was haben Sie gerade gesagt?«
Terry grinste. »Da bleibt Ihnen wohl die Spucke weg«, sagte sie. »Ich hab mir gedacht, dass Sie das umhauen würde.«
»Haben Sie die Sache mit Fiona besprochen?«, fragte Steve und verbarg seine Gefühle hinter seinem scharfen Tonfall.
»Nee, ich hab das alles allein rausgekriegt. Als Sie mir sagten, da sei noch ein anderer Fall, den wir in die Serie einbeziehen

müssten, dachte ich mir schon, dass es wohl etwas ziemlich Ernstes sein musste. Und das Einzige, was schwerwiegender als brutale Vergewaltigung wäre, ist Mord. Außerdem musste der Fall für Sie so wichtig sein, dass Sie bereit waren, sich mit Deliktverknüpfung und geografischem Profil in Unkosten zu stürzen. Wahrscheinlich ein Fall, der ins Stocken geraten war, denn dieses Vorgehen ist ja sonst nicht Ihre erste Wahl. Da Sie so an North Londoner Fällen interessiert waren, gab es die Möglichkeit, dass Sie einen ungelösten Vergewaltigungsfall nördlich des Flusses im Auge hatten, bei dem zugleich Mord vorlag. Wenn man alles kombiniert, kommt Susan Blanchard heraus.« Sie breitete theatralisch die Hände aus wie ein Zauberer, der das Kaninchen aus dem Hut zieht.

»Ich bin beeindruckt«, gab Steve zu. Fiona hatte gesagt, Terry sei impulsiv; sie hatte nicht erwähnt, dass sie auch Intuition besaß.

Terry zuckte mit den Schultern. »Es war keine große Sache. Ich sollte ja die Ausbildung und Übung zum Herstellen von Zusammenhängen besitzen.« Sie lächelte. »Sie sollten wirklich nicht erstaunt sein, wenn ich sie dann auch habe.«

Steve lachte. »Ich bin von Leuten umgeben, die angeblich ausgebildet sind, Zusammenhänge zu erkennen, aber die meiste Zeit merkt man es ihnen überhaupt nicht an. Sie haben natürlich Recht, es geht mir um den Mord an Susan Blanchard.«

»Ich dachte, ihr hättet die Ermittlungen nach dem Fiasko im Bailey eingestellt? Lautete nicht die offizielle Aussage, dass Sie nicht nach einem weiteren Tatverdächtigen suchten?«

»Na ja, eigentlich konnten wir nichts anderes sagen, ohne dass wir noch dümmer dagestanden hätten, als wir das sowieso schon taten«, sagte Steve, und obwohl er sich sehr anstrengte, schlich sich doch Bitterkeit in seine Stimme.

»Soso. Aber insgeheim schnüffeln Sie immer noch herum?«

Er nickte. »Ich habe ein kleines Team, das daran arbeitet.«

»Aber Fiona nicht?«

Schweigen. »Ich würde das jetzt lieber außen vor lassen, wenn es Ihnen nichts ausmacht«, sagte er. »Vielleicht sollten Sie Fiona zur Vorgeschichte fragen.«
»Alles klar.« Terry wischte mit einer abweisenden Bewegung des Handgelenks das Thema zur Seite. »Es geht mich nichts an. Ich bin nur dankbar, wenn der Scheck kommt. Also wollen Sie sehen, was passiert, wenn wir den Mord an Susan Blanchard dazugeben?«
»Was für eine Frage. Da können Sie mich auch gleich fragen, ob die Sinn Fein zur IRA gehört.«
»Aha, da spricht der Detektiv. Also, obwohl Sie ein Spießer mit Vorurteilen sind, verrate ich Ihnen meine Ergebnisse.« Terrys Lächeln nahm ihren Worten fast alle Schärfe, und sie tippte auf die Eingabetaste. Der wichtigste rote Fleck änderte sich überhaupt nicht, aber der Bereich weiter oben im Norden wurde weniger rot. »Ich brauche Ihnen nicht die Einzelheiten zu erklären, oder?«
Steve schüttelte den Kopf, ein Gefühl tiefer Genugtuung kam in ihm auf. »Nein. Ihr Programm verweist darauf, dass, wer immer Susan Blanchard ermordet hat, derselbe Mann ist, der die vier Vergewaltigungen und die zwei sexuellen Übergriffe begangen hat. Und ich kann Ihnen sagen, in meiner Situation ist das die beste Neuigkeit, die ich seit langem gehört habe.«
Terry grinste ihn an, und er deutete dies als ein Zeichen dafür, dass sie ihn herausfordern würde. »Ja, stimmt. Sie haben schon eine seltsame Sicht der Welt, Steve. Nicht viele Leute denken, dass ein vielfacher Vergewaltiger, der zum Mörder geworden ist, zu den guten Nachrichten zählt. Sie sollten zusehen, dass Sie mehr ausgehen.«
»Na, Sie haben doch schon Schritte unternommen, um das in Ordnung zu bringen«, entgegnete er lächelnd.
»Es ist zwar eine Drecksarbeit, die schweren Fälle zu retten, aber irgendjemand muss es ja machen«, sagte sie schnodderig. »Also, wo wollen wir hingehen?«

»In Clerkenwell hat ein neues Lokal aufgemacht. Der Koch hat bei Marco Pierre White gelernt, und seine Spezialität ist Fisch. Ich habe wegen einer Absage noch einen Tisch für halb acht bekommen. Wie hört sich das an?«

»Cool.«

Steve dachte kurz darüber nach, ob er anbieten sollte, sie abzuholen, aber er wusste, es war eher unwahrscheinlich, dass er genug Zeit haben würde. Er wollte sie nicht schon gleich am Anfang enttäuschen. Sollte sich etwas zwischen ihnen anbahnen, dann würde seine Arbeit in Zukunft für jede Menge Gelegenheiten sorgen, bei denen Verabredungen verschoben werden mussten. Außerdem wollte er sich nicht gleich als das leichte Opfer zu erkennen geben, für das er sich insgeheim durchaus schon hielt. Stattdessen kritzelte er Namen und Adresse des Restaurants auf ein Stückchen Papier. »Ich werde Sie dort treffen.« Er stand auf. »Ich muss ins Büro zurück, damit mein Team mit der Arbeit anfangen kann. Können Sie mir einen Ausdruck des Plans geben?«

Terry wandte sich dem Computer zu. »Wollen Sie eine Vergrößerung der roten Bereiche?«, fragte sie.

»Bitte.«

»Brauchen Sie einen schriftlichen Bericht?«, fragte sie.

»Wenn ich schon dafür bezahle, sollte ich ihn wohl nehmen«, sagte Steve.

»Fax oder E-Mail?«

»Beides, wenn es Ihnen nichts ausmacht.«

»Bis zum Mittag werden Sie es haben«, sagte Terry und zwinkerte ihm zu. »Dann also bis heute Abend.«

Steve nickte und ging hinaus. Als er sich umdrehte, warf sie ihm einen Kuss zu. Am unteren Ende der Treppe war er immer noch rot, und auch sein Lächeln hielt an. Terry Fowler hatte mehr geschafft, als seinen stagnierenden Fall wieder in Gang zu bringen. Sie hatte, solange er bei ihr war, alle Ängste um Kit aus seinen Gedanken verscheucht. Und das war viel, viel mehr wert, als die Metropolitan Police ihr jemals bezahlen würde.

Zu New Scotland Yard zurückgekehrt, rief Steve Joanne zu sich ins Büro. Neil war unterwegs und beobachtete Francis Blake, und John hatte frei, so waren seine Mittel, trotz der neuen Möglichkeiten, die Terrys Untersuchung zutage gefördert hatte, sehr begrenzt.
Steve schob ihr die Ausdrücke über den Tisch zu und konnte dabei seine Freude nicht ganz verbergen. »Sieht aus, als kämen wir endlich an was ran. Das geografische Profil zu deinen Vergewaltigungen. Als der Mörder von Susan Blanchard in die Analyse aufgenommen wurde, hat sich der wichtigste rote Bereich überhaupt nicht verändert.«
Joanne schaute auf, und ihre Augen blitzten vor Erregung. »Das ist ja super. Wow! Also, was soll ich tun?«
»Leider kommt jetzt erst mal die Plackerei. Wir müssen die Namen der Straßen im roten Bereich herausfinden und zusätzlich je eine Straße auf jeder Seite, damit ich sicher sein kann – und dann das Wählerverzeichnis holen.«
Joanne seufzte. »Das Verzeichnis durchgehen und mit den Akten zu vorbestraften Tätern vergleichen?«
»Außer wenn dir eine bessere Methode einfällt.«
»Wenn ich jemals was zu sagen haben werde in dieser Welt, wird man eine Datenbank mit den Vorstrafen einrichten, damit man sie nach jedem einzelnen von einem Dutzend Faktoren durchsuchen kann«, sagte sie und stand auf. »Ich mach mich also dran.«
»Danke, Joanne. Oh, und danke für den Tipp mit dem Restaurant.«
Sie zog die Augenbrauen hoch. »Ich hoffe, du wirst Spaß haben.«
Steve grinste. »Das hab ich vor.«
Joanne drehte sich um, als sie aus der Tür ging. »Wenn du es überhaupt ins Restaurant schaffst, natürlich. Falls wir Glück

haben, könnte es sein, dass wir uns alle noch heute Abend um unseren neuen 1a-Tatverdächtigen kümmern müssen. Stimmt's, Chef?«

»Ich hoffe, du hast Glück, Joanne. Aber versuch doch, nicht vor morgen früh auf die Goldader zu stoßen, wenn du weiterhin meine Lieblingsassistentin bleiben willst.«

Nachdem sie gegangen war, blickte Steve sinnierend auf die geschlossene Tür. Er spürte eine starke Erregung, denn sie konnten jetzt höchstens noch Stunden von einem Erfolg versprechenden Durchbruch entfernt sein. Und da er gerade an Durchbruch dachte, erinnerte er sich an die Nachricht auf seinem Schreibtisch, dass er Sarah Duvall anrufen solle.

Einesteils fürchtete er diesen Anruf. Wenn Georgia Lester tot aufgefunden worden war, wollte er diese Information und ihre Folgen so lange wie möglich von sich schieben. Andererseits war es denkbar, dass sie lebend wieder aufgetaucht war. Steve wählte Sarahs Nummer.

Auszug aus der Dechiffrierung des Beweisstücks P13/4599

lqzze uqqde fquzy mxSqa dsumX qefqd eGqnq ddqef qsqrg zpqzt mnqzi udpyq uzXqn qzhuq xeoti uqdus qdi qd pqz. Euqyg qeeqz qdefq uzymx mzrmzs qzpme Ygefqd

Wenn sie Georgia Lesters Ueberreste gefunden haben, wird mein Leben viel schwieriger werden. Sie muessen erst einmal das Muster erkennen. Aber sie werden einen Tag oder zwei brauchen, bis sie es publik machen. Sie werden nicht zugeben wollen, was da ablaeuft, weil es eine Panik ausloesen wird.

Ich muss also mein naechstes Opfer schnell fassen, solange es noch keinen Verdacht geschoepft hat. Aber ich muss sehr vorsichtig sein und nichts ueberstuerzen. Geduld, das ist das Geheimnis. Nie auf eine halbe Chance setzen. Nie die Ruhe verlieren. Einfach aussitzen. Selbst wenn das Warten schwerfaellt und unangenehm ist.

Zum Beispiel die Uniform des Kuriers. Ich wusste gleich von Anfang an, was ich brauchte, um Kit Martin zu kriegen. Aber ich hatte keine Ahnung, wie ich es beschaffen sollte. Dann laechelte mir das Glueck. Ich war eines Abends im Waschsalon und sah zu, wie meine Waesche in der Trommel herumwirbelte. Nur noch ein anderer Mann war da, und als er seine feuchte Waesche herauszog und in den Trockner steckte, konnte ich das Logo des City Kurier, das auf der dunkelblauen Drillichjacke glaenzte, gar nicht uebersehen. Und da war auch die dazu passende Hose. Reines Manna – vom Himmel gefallen.

Nachdem er ein paar Muenzen in den Schlitz gesteckt hatte, sah er auf die Uhr und ging ueber die Strasse zur Kneipe. Ich wartete einige Minuten und steckte dann die ganze Ladung des Kuriers in meine Tasche. Hat geklappt wie am Schnuerchen.

Ich bin sitzen geblieben und hab gewartet, bis meine

Waesche fertig war, liess mich nicht aus der Ruhe bringen. Zehn Minuten spaeter ging ich mit meiner nassen Waesche auf seiner obendrauf zu meiner Wohnung zurueck. Die Hose musste etwas gekuerzt werden, die Jacke ist an den Schultern ein bisschen eng, aber das macht nichts. Ich werde sie ja nicht lange tragen.
Gerade lange genug, um Kit Martin dazu zu bringen, dass er Postmann Pat seine Tuer oeffnet.

Kapitel 37

Fiona sah auf die Wanduhr in ihrem Büro. Die Stimmung beim Frühstück heute Morgen war angespannt gewesen, obwohl sie sich beide bemüht hatten angesichts der Angst, die unter der Oberfläche lauerte, Normalität aufrechtzuerhalten. Sie hatte Kit zu dem Versprechen gedrängt, dass er weder einem Unbekannten die Tür aufmachen noch allein ausgehen und nicht einmal seinen üblichen Mittagsspaziergang im Park von Hampstead Heath machen würde. Sie merkte, dass er sich über die Beschränkungen ärgerte. Wenigstens konnte er seinen Stolz retten, indem er sich sagte, er tue es ja, um Fiona zu beruhigen, und nicht aus Feigheit.

Das Schlimmste war, dass man nicht wusste, was los war. Fast wünschte sie jetzt, sie hätte auf Steves Ablehnung, Kit offiziell zu schützen, gleichmütig reagiert. Dann hätten sie wenigstens Verbindung zu ihm und wüssten, was sich bei der Ermittlung weiter ergeben hatte. Aber sie konnte ihm nicht vergeben, dass er für ihre Freundschaft nichts riskiert hatte. Sie müsste also mit der ungewohnten Ungewissheit zurechtkommen.

Wieder sah sie auf die Uhr. Es war sinnlos. Sie brachte nichts zustande, wenn sie hier saß. Der Artikel, den sie durchsehen sollte, bevor er zur Veröffentlichung vorgelegt werden konnte, starrte sie anklagend vom Bildschirm her an. Dieser schien so vernachlässigt wie eine Müllhalde. Im Grunde wusste Fiona, sie würde sich in ihrem Büro nicht konzentrieren können. Wenn sie den Artikel mit nach Hause nahm, könnte sie hoffentlich wenigstens daran arbeiten. Und während sie zusammen zu Haus waren, würde Kit nichts passieren.

Als sie diese Entscheidung getroffen hatte, zog Fiona ihre Jacke vom Haken, aber da klingelte ihr Telefon. Sie widerstand der Versuchung, es zu überhören, und ging beim vierten Klingeln dran. »Hallo, Fiona Cameron«, sagte sie.

»Doktor Cameron? Hier Victoria Green von der *Mail.* Ich wollte Sie fragen, ob Sie wohl ein paar Minuten Zeit hätten?«

»Leider nicht.«

»Wenn ich kurz erklären könnte, worum es geht?« Die Stimme der Journalistin war herzlich und einschmeichelnd.

»Es wird nichts bringen, weil ich kein Interesse habe. Wenn Sie einmal in Ihrem Archiv nachsehen, werden Sie sehen, dass ich keine Interviews gebe.«

»Wir wollen kein Interview«, sagte Green schnell. »Wir möchten, dass Sie einen Artikel für uns schreiben. Ich weiß, dass Sie Beiträge schreiben, ich habe einen in *Applied Psychology Journal* gelesen.«

»Sie lesen APJ?«, fragte Fiona und legte vor lauter Überraschung den Hörer nicht auf.

»Ich habe Psychologie studiert und Ihre Arbeiten über Deliktverknüpfung gelesen. Deshalb wusste ich, dass Sie genau die richtige Person für einen Beitrag bei uns sind.«

»Nein, ich glaube nicht«, wiederholte Fiona.

»Also«, fuhr Green unbekümmert fort, »ich habe eine Theorie, dass Drew Shand und Jane Elias von derselben Person ermordet wurden. Und ich glaube, Georgia Lester könnte das nächste Opfer sein. Ich möchte Ihre Crime-Linkage-Theorie auf diese Fälle anwenden, um zu sehen, ob ich Recht habc.«

Fiona legte auf, ohne zu antworten. Die Sache war also schon im Umlauf. Es würde nicht lange dauern, bevor andere auf Victoria Greens fahrenden Zug aufsprangen. Hätte sie Zweifel daran gehabt, dass sie zu Kit nach Haus gehen musste, dann wären sie durch diesen Anruf endgültig verschwunden.

Der Mann mit dem Gesicht eines Huhnes hob die Schultern. »Fleisch ist Fleisch, oder? Wenn die Haut abgezogen und der Knochen entfernt ist, dann sieht menschliches Fleisch nicht viel anders aus als ein Stück Rind oder Wild.«
Sarah Duvall seufzte. »Das verstehe ich schon.«
»Und der Markt ist riesig. Ich kann die Kühlschränke, Gefriertruhen und Kühlräume hier nicht mal zählen. Das ist nicht so, als machten Sie mal kurz einen Besuch bei Ihrem Metzger an der Ecke, wissen Sie. Es gibt dreiundzwanzig Abteilungen im Ostflügel und noch mal einundzwanzig im Westflügel.« Seine dunklen Augen leuchteten, und seine Hakennase zuckte, als er schniefte.
Sergeant Ron Daniels lächelte wohlwollend über den kleinen Mann. Da er als Leiter des Reviers für den Smithfield Market arbeitete, hatte er über viele Jahre hinweg Darren Green als Vertreter der Händler kennengelernt. Er wusste, dass hinter seiner Angriffslust ein vernünftiger Mann steckte, allerdings vorausgesetzt, man behandelte ihn mit dem nötigen Respekt. »Niemand versteht das besser als ich, Darren. Wir haben ein großes Problem zu lösen, und deshalb sind wir damit zu Ihnen gekommen.«
Duvall wandte sich an den Pathologen des Innenministeriums. »Professor Blackett, was halten Sie von der Sache?«
Der Mann mittleren Alters mit schütterem Haar, der hinter ihr saß, schaute stirnrunzelnd von seinem Notizbuch auf. »Es ist schon ein Problem, wie Mr. Green erklärt. Aber auf Ihren Rat hin habe ich die entsprechende Passage des Buchs von Georgia Lester gelesen. Und wenn wir es mit einem Täter zu tun haben, der dies nachahmt, würden die Fleischstücke sich letztendlich in verschiedenen Schlüsselmerkmalen von den Stücken unterscheiden, die nach dem Standard der Fleischerinnung geschnitten sind.«
»Trotzdem sieht es doch einfach wie Fleisch aus, oder?«, beharrte Darren Green.
Tom Blackett schüttelte den Kopf. »Glauben Sie mir, wir kön-

nen den Unterschied erkennen.« Er schlug auf seinem Notizblock eine neue Seite auf und fing an zu zeichnen. »Menschen sind Zweifüßer, nicht Vierfüßer. Unsere Schulter- und obere Beinmuskulatur unterscheidet sich erheblich von der einer Kuh oder eines Rehs. Besonders am Bein. Wenn Sie einen Querschnitt durch die Mitte des Oberschenkels machen und trennen das Ende des Oberschenkelknochens ab, das viel zu verräterisch wäre, um es dranzulassen ...« Er zeigte auf eine flüchtige Skizze, die er gezeichnet hatte. Darren Green beugte sich vor und sah sie misstrauisch an. »Sie haben hier oben den gerundeten Umriss des Oberschenkelknochens. Davor ist die vordere Muskelgruppe, der Rectus femoris und der vierköpfige Oberschenkelstrecker. Hier ist die hintere Gruppe, der Adductor magnus und die Kniesehnen. Und in der Mitte die mittlere Muskelgruppe, wo auch die meisten Blutgefäße und Nerven liegen. Wahrscheinlich ist auch, dass man viel mehr Fett vorfindet als bei einem durchschnittlichen Tierkörper.«

Auf Greens Gesicht trat ein Lächeln, denn er begann zu verstehen. »Stimmt«, sagte er. »Wie das Fleisch hier sitzt, das sieht ganz anders aus, als was man an einem Rinderbein oder bei Wild hätte.«

»Und natürlich wäre ein Stück menschliches ›Rindfleisch‹ viel kleiner als das entsprechende Stück von einer Kuh oder einem Reh«, fuhr Blackett fort. »Und das würde jeder Metzger vermutlich gleich erkennen, oder?«

»Ich denke, schon«, war Greens vorsichtige Antwort. »Aber selbst wenn eine Gruppe von uns Ihnen bei Ihrer Suche hilft, dauert es doch ewig, bis wir überall nachgesehen haben. Wir werden es nie schaffen, fertig zu werden, bevor der Handel am frühen Morgen losgeht. Vergessen Sie nicht, es ist nicht wie ein Laden, der um neun aufmacht. Wir haben unser Hauptgeschäft zwischen vier und sieben in der Frühe.«

»Wenn es darum ginge, den ganzen Markt zu durchsuchen, würde ich Ihnen Recht geben, Mr. Green«, sagte Duvall.

»Aber wir haben ja Informationen, die die Zahl unserer Zielobjekte beträchtlich reduzieren. Wir suchen Kühltruhen, die nicht jeden Tag in Gebrauch sind. Solche, die für eine Bevorratung über längere Zeit genutzt werden. Wahrscheinlich solche, die abgeschlossen sind. Deshalb wird es nicht ohne die intensive Mitwirkung der Händler gehen. Wir wollen hier nicht herumgehen und ihr Eigentum aufbrechen. Ich müsste mich also auf Sie verlassen können, dass Sie alle, die hier Lagerraum haben, ansprechen und sie bitten, dass sie heute Abend Personal vor Ort haben, damit diese Leute uns den Zugriff auf alles, was hier lagert, ermöglichen können. Und dass sie, wenn nötig, die ganze Nacht hier sein müssen.«
»Ach, du lieber Himmel«, beklagte sich Green. »Das ist schon 'n bisschen viel verlangt.«
»Wenn das mit den Mitteln, die Sie haben, nicht machbar ist, kann ich ein paar Marktpolizisten für Sie abstellen. Aber es muss gemacht werden«, sagte Duvall mit fester Stimme und unerbittlicher Miene.
»Es wird den Händlern überhaupt nicht gefallen«, jammerte er.
Daniels nahm die Sache in die Hand. »Wir machen das ja auch nicht zum Spaß, Darren. Es ist eine sehr ernste Angelegenheit.«
»Das stimmt«, sagte Duvall grimmig. »Also, Sie und Ihre freiwilligen Helfer müssten um neun Uhr in der Snow-Hill-Polizeiwache sein, damit Professor Blackett Ihnen komplette Instruktionen geben kann, wonach Sie suchen sollen. Und die Helfer können dann den Beamten zugeteilt werden, die sie bei der Arbeit unterstützen sollen. Ich habe vor, mit der Aktion genau um zweiundzwanzig Uhr zu beginnen. Ich habe nicht die Absicht, Ihren Handel zu unterbrechen. Aber es hängt von Ihnen und Ihren Händlern ab. Ich schlage vor, wir kommen zur Sache.« Ihr Lächeln milderte ihren schroffen Befehl keineswegs ab. Green machte sich unter Murmeln und Gejammer davon.

»Was meinen Sie, Ron? Wird es funktionieren?«, fragte Duvall.
Der große Mann nickte. »Ich glaube, Sie werden alle Unterstützung bekommen, die Sie brauchen. Ich werde mit Darren reden und dafür sorgen, dass er den Leuten mitteilt, die Händler stünden zu diesem Zeitpunkt unter keinerlei Verdacht.«
Duvall nickte. »Sie scheinen sehr zuversichtlich, dass Sie finden können, was uns interessiert, Professor Blackett«, sagte sie.
»Wenn ich so unsicher geklungen hätte, wie mein Gefühl in der Sache ist, hätte Ihr Mr. Green mit allen Mitteln die Aktion behindert. Es ist nicht leicht, menschliches Gewebe einfach durch Ansicht zu erkennen, Chief Inspector Duvall. Es ist einfach zu testen, wenn wir erst einmal etwas Verdächtiges haben, aber ob wir etwas finden, hängt vollkommen davon ab, wie gut der Killer es versteckt hat.« Blackett hielt inne und hob die Augenbrauen. »Und dabei gehen wir immer davon aus, dass es ihn überhaupt gibt.«

Kapitel 38

Detective Constable Neil McCartney war müde. Francis Blake zwölf Stunden am Tag zu beobachten war eine Schinderei, vor allem deshalb, weil der Mann ein so scheißlangweiliges Leben führte. Manchmal sah er ihn die ganze Schicht überhaupt nicht. Wenigstens hatte Neil jetzt die Tagschicht von zehn bis zehn bekommen, was ein bisschen weniger öde war als die langen Nächte, in denen das Einzige, was Blake zu tun schien, Videos gucken und schlafen war. Aber Neil wusste, es war nur ein kurzer Aufschub. Da Joanne im Büro festsaß und auf dem Computer herumhackte, würde es nicht lange dauern, bis John drängte, wieder die Tagschicht zu bekommen. Es war nicht unverständlich, er hatte eine Frau und kleine Kinder, die nicht den ganzen Tag still sein wollten, wenn Daddy schlief.

Auch er hätte so ein Leben haben können, dachte Neil mit einer gewissen Bitterkeit. Wenn er nicht so blöd gewesen wäre, sich die falsche Frau zu nehmen. Er hatte Kim bei der Arbeit kennengelernt. Sie war immer vergnügt und quicklebendig, brachte Leben in jede Party. Sie war nicht der Typ, mit dem er sich normalerweise zusammentat, da er eigentlich ein eher ruhiger Mensch war. Er hatte die Blicke, die man ihm zuwarf, auf Neid zurückgeführt. Erst viel später wurde ihm klar, dass es Mitleid war. Er diente ihr als Alibi für ihre Affäre mit einem der Sergeants vom Strafvollzug, eine perfekte Tarnung, um die Frau des Mannes bei jedem Polizeifest zu täuschen. Die Ehe war das beste Alibi.

Zuerst richtete sich seine Verbitterung gegen sich selbst. Es brachte nichts, auf Kim wütend zu sein, sie war eben die Frau, die sie war. So hatte ihn die Suche danach, wem oder was er die Schuld daran geben konnte, zu seinem Beruf geführt.

Aus ihm hätte leicht ein weiterer verbitterter Cop werden können, der seinen Zorn an den Menschen ausließ, denen er bei seiner Arbeit begegnete. Aber als er sich versetzen ließ, kam er zur Kripo, stieß zu Steve Prestons Team, und das hatte ihn gerettet. Er wurde wieder daran erinnert, warum er überhaupt zur Polizei gegangen war. Es ging darum, Schurken aus dem Verkehr zu ziehen, die Spielchen im Büro konnten ihm gestohlen bleiben. Nach diesem Motto leitete Steve seine Truppe, und Beamte, die damit nicht leben konnten, hielten es nicht allzu lange bei ihm aus.

Neils erste und letzte Loyalität galt dabei seinem Chef. Deshalb war er bereit durchzuhalten, wie öde die Überwachungsarbeit auch sein mochte. Das Fiasko mit der Falle für Francis Blake und der folgende Prozess hatten seine Entschlossenheit nur noch verstärkt. So etwas passierte eben, wenn sich politische Entscheidungen der Polizeiarbeit in den Weg stellten, und er war genauso entschlossen wie sein Chef, die Angelegenheit in Ordnung zu bringen und Susan Blanchards Mörder dingfest zu machen. Er unterdrückte also seine Zweifel, ob das, was er tat, sinnvoll sei, und klebte an Blake wie ein Kaugummi. Er gähnte. Es nieselte monoton auf die Windschutzscheibe, offensichtlich eine passende Parallele zu dem Bewegungsmangel in seinem und Francis Blakes Leben. Hätte er aber so viel Geld, wie Blake durch sein Geschäft mit den Zeitungen gescheffelt hatte, würde er sich bestimmt nach einer Wohnung umsehen, die ein bisschen mehr Klasse zu bieten hatte als diese hier. Das hier war doch eindeutig eine Bruchbude.

Die Wohnung, die Blake nach seiner Entlassung gemietet hatte, war weniger als eine Meile von seiner alten in King's Cross entfernt. Die neue Wohnung war in einer geschäftigen, aber eher schäbigen Nebenstraße der Pentonville Road und typisch für die Gegend, wo Prostituierte wohnten, wenn sie frei hatten, und wo Langzeitarbeitslose, ältere Verarmte und psychisch Gestörte ihr Zuhause hatten. Das Beste, was sich über sie sagen ließ, war die günstige Lage zu öffentlichen Verkehrsmitteln. Ein Stück weiter oben an der Straße hatte ein fantasieloser Architekt einen funktionellen Klotz aus grauem Backstein hingestellt, der aussah, als sei er in den Sechzigerjahren lieblos hochgezogen worden. Er war von den benachbarten Reihenhäusern durch einen Weg getrennt, der an beiden Seiten und hinten vorbeiführte. Im Erdgeschoss waren ein halbes Dutzend kleine Läden – ein Zeitungshändler, ein Spirituosenladen, ein Wettbüro, ein kleiner Supermarkt, ein Dönerimbiss und eine Zentrale für Kleintaxis. Die beiden Stockwerke darüber waren in Wohnungen aufgeteilt, und in einem dieser trostlosen Löcher hatte Blake sich eingerichtet. Es deprimierte Neil, wenn er nur daran dachte.

An Blakes Stelle hätte er nicht nur in einer etwas schickeren Gegend gewohnt, sondern auch Aufregenderes unternommen, als nur ab und zu mal ins Wettbüro oder zum Videoverleih an der Ecke zu gehen. Soweit Neil das beurteilen konnte, hätte Blake genauso gut weiter im Knast eingesperrt bleiben können.

Zwei Meilen entfernt verbrachten Steve Preston und Terry Fowler einen völlig anders gearteten Abend. Ausnahmsweise hatte Steve es geschafft, sich früher von der Arbeit loszueisen, sodass er noch etwas Zeit übrig hatte, nachdem er Joanne ihrer anscheinend endlosen Durchsicht von Straftäterakten überlassen hatte. Neil hatte nichts Wesentliches zu berichten gehabt, sodass keine besondere berufliche Sorge Steve beschäftigt und von seiner Begleiterin abgelenkt hätte. Terry war fünf Minuten früher da gewesen und behauptete, ihre krankhafte Pünktlichkeit hindere sie daran, jemals mit

der als schick empfundenen Verspätung irgendwo anzukommen. »Ich erscheine immer zu Partys, wenn die Gastgeber noch unter der Dusche stehen«, hatte sie gesagt. »So fängt der Abend schon gleich interessant an.«
Steve machte das überhaupt nichts aus. Ihm war es recht, sie in der Bar fünf Minuten länger zu bewundern. Terry trug ein einfaches, knielanges schwarzes Kleid aus einem Stoff, den er nicht kannte und der fließend und schimmernd ihre Figur umspielte, wann immer sie sich bewegte. Da er seinem Gefühl nach viel zu lange in der Flaute gesteckt hatte, war Steve sehr vorsichtig und fragte sich, ob er wirklich so viel Glück haben konnte, wie es den Anschein hatte. *Sachte, sachte*, lautete seine Warnung an sich selbst. *Du weißt ja, sobald deine Gefühle beteiligt sind, hängst du dich viel zu schnell und zu stark rein. Bleib cool, lass sie nicht merken, wie sehr du diese Begegnung brauchst. Widme dich nur dieses eine Mal deinem Privatleben mit derselben Umsicht, mit der du einen Fall bearbeiten würdest.*
Aber nichts passierte während des Essens, das sein Gefühl trübte, unheimliches Glück zu haben. Er war sich seiner Gabe bewusst ein einnehmender Gesprächspartner zu sein, was sie offenbar durchaus schätzte. Das Gespräch rutschte nie in verlegenes Schweigen ab, und nicht einmal mussten sie erst überlegen, worüber man als Nächstes reden könnte. Sie hatten sich gegenseitig Geschichten erzählt, zum Lachen gebracht und allmählich Details aus ihrem Alltag ausgetauscht. Als ein an Einsamkeit gewöhnter Mann wurde Steve angenehm von Terrys freimütiger Art überrascht, die ihn allmählich dazu brachte, sich zu öffnen.
Zum ersten Mal, seit er vor so vielen Jahren Fiona an der Universität kennengelernt hatte, saß er nun einer Frau gegenüber, bei der er sich entspannen und er selbst sein konnte. Ironisch, intelligent und offensichtlich ohne jede Aufgeblasenheit, schien ihn Terry genauso anzuziehen, wie er sie äußerlich attraktiv fand. Er konnte beim besten Willen

nicht verstehen, was sie an ihm fand. Als sie ihn einmal verließ, um zur Toilette zu gehen, sah er gespannt auf die Tür und freute sich so sehr auf ihre Rückkehr, wie es seit Jahren bei niemandem der Fall gewesen war. *Ich fühle mich wie ein Teenager*, dachte er verwirrt. *Das ist verrückt, Preston. Tritt auf die Bremse.*

Während des Essens wartete Steve ständig darauf, dass eine kleine Bombe platzte. Aber nichts geschah. Sie erhob keine Einwände, als er darauf bestand, ihr Essen zu bezahlen. »Du verdienst wesentlich besser als ich, Süßer«, sagte sie mit einem lässigen Schulterzucken.

Es war nach zehn, als sie aus Clerkenwell Green herauskamen. Es hatte angefangen zu nieseln, während sie drinnen waren, und sie drückten sich unter der Markise eng aneinander, während sie auf ein freies Taxi warteten. Die weiße Neon-Leuchtschrift mit dem Namen des Restaurants warf Schatten auf Steves Gesicht, sodass darin helle und dunkle Flächen und Winkel miteinander kontrastierten. Terrys Haar leuchtete platinglänzend im Licht. Sie schmiegte sich an Steve und grinste ihn von unten an. »Du siehst gut aus«, sagte sie, »Hast du heute früh das Bett frisch bezogen?«

Steve musste laut lachen. »Warum? Hast du?«

»Ja, hab ich, obwohl deine Wohnung wahrscheinlich viel gepflegter ist als meine.«

Er schüttelte den Kopf, sein Lächeln zeichnete einen Kranz kleiner Fältchen um seine Augen. »Okay, ich gebe zu, dass ich so anmaßend war. Ja, ich habe heute Morgen frisches Bettzeug aufgezogen.« Er drückte sie fest an sich.

Als Antwort drehte Terry sich ihm zu, stellte sich auf die Zehenspitzen und lehnte sich an ihn. Sie ergriff sein Revers und zog sein Gesicht zu sich herunter. Dann küsste sie ihn. Lange, ungeniert und genüsslich.

Das war Antwort genug für ihn. Jeder Vorwand für eine vorsichtige Taktik schmolz in dem erwachenden Verlangen nach ihr dahin. Als sie in seine Wohnung kamen, zog Steve zum ersten Mal seit Jahren das Telefon heraus und schaltete seinen Piepser ab. Heute Abend gab es nichts so Dringendes, dass es nicht bis morgen früh warten konnte. Nichts außer Terry, und das war mehr als genug.

Nacht in der Stadt. Nur wenige Jahre zuvor wären die Straßen um Smithfield Market zu dieser Zeit am Abend leer und verlassen gewesen. Hohe graue Gebäude mit ausdruckslosen Fassaden machten aus den schmalen Straßen gewundene Schluchten. Die Straßenbeleuchtung erhellte die Düsternis kaum. Der Markt selbst war geschlossen, der ausgedehnte, viktorianische Bau aus Glas, Backstein und Eisen wurde restauriert.

Aber mittlerweile hatte sich das alles geändert. Bistros und kleine Gaststätten, Bars und Restaurants hatten sich in der Gegend angesiedelt. Der Schein ihrer hellen Lichter fiel auf die Gehwege, und die Straßen waren bevölkert. Alte Gebäude waren umgebaut und Luxusappartements für die Neureichen eingerichtet worden. Smithfield Market hatte sich in dem Versuch neu definiert, den Inbegriff coolen Schicks zu verkörpern.

Die Markthallen waren in ihrem alten Glanz wiedererstanden. Selbst wenn sie während des Tages geschlossen waren – und die meisten Leute sahen sie so –, boten sie einen eindrucksvollen Anblick. Hohe, kunstvoll verzierte, schmiedeeiserne Gitter verliefen an der breiten Straße entlang, die das Ost- vom Westgebäude trennte. Sie waren prachtvoll in Dunkellila, dunklem Alpenveilchenrosa und intensivem Aquamarin gestrichen, und Details wurden durch einen Goldanstrich hervorgehoben. Daraus wuchsen gusseiserne Säulen empor, an denen sich Akanthusblätter emporrankten und zu freitragenden Streben wurden, die flache Vordächer zum Schutz vor Regen trugen.

Das Innere war eine Kombination aus wunderschönen viktorianischen Eisenverzierungen inmitten einer unerbittlich

modernen Technologie. Lastwagen brachten die toten Tiere in spezielle, abgeschirmte Ladebuchten, wo das Fleisch vor den Elementen geschützt war. Hier wurde es auf ein automatisches Transportsystem geladen und direkt an die auf den jeweiligen Händlerbedarf zugeschnittenen Stände geliefert. Kleinere Bestellungen wurden in Schachteln und Kisten in gekühlte Servicebereiche gebracht, die an den Seiten der beiden Gebäude entlang verliefen. Der neue Markt war etwas ganz anderes als das alte Marktsystem, bei dem Träger hin und her eilten und das Fleisch an der Luft jeder zufälligen Verunreinigung ausgesetzt hatten. Er hätte es einem Killer eigentlich viel schwerer machen müssen.
Kurz vor zehn Uhr erschien Sarah Duvalls Team. Einige kamen in unauffälligen Wagen, aber die meisten gingen die kurze Strecke von ihrem Treffen in der Snow-Hill-Polizeiwache zu Fuß. Duvall hatte darauf bestanden, dass die Aktion so unauffällig wie möglich sein sollte. Was sie auf keinen Fall wollte, war eine Gruppe erkennbarer Polizeibusse und -autos, die zu später Stunde vor dem Smithfield Market aufgereiht standen. Dieser Anblick hätte unweigerlich die Medien auf den Plan gerufen, und hätten diese erst einmal Wind von der Geschichte bekommen, dann wären sie bald dahintergekommen, was los war.
Darren Green hatte seine Aufgabe gut erledigt. Die Händler wussten, was auf sie zukam, und überraschend wenige hatten sich über die eventuelle Unterbrechung des Geschäfts während der Nacht beklagt. Als jetzt die Durchsuchung unmittelbar bevorstand, kam der große Augenblick für Green. Seine frühere Verärgerung war geschäftiger Erregung gewichen, und er sauste um die uniformierten Polizisten herum wie eine Fliege um offen liegendes Fleisch. Geschäftig kontrollierte er, ob alle mit Overalls und der Kopfbedeckung ausgestattet waren, die sie zur Einhaltung der strengen Hygienevorschriften brauchten.
Duvall überwachte das Team. Es war ihr gelungen, ein Dut-

zend Uniformierter, ein halbes Dutzend Kripobeamte und vier Metzger zusammenzubekommen, die den permanent im Markt stationierten Polizisten bei der Suche assistieren sollten. Tom Blackett war da, begleitet von zwei Assistenten. Während sie auf die letzten Nachzügler warteten, stellte sich Blackett neben Duvall. »Ich bin erstaunt, dass Sie hierfür einen Durchsuchungsbefehl bekommen haben«, sagte er. Es klang fast murrend.

»Es gab viele, die mir mal einen Gefallen schuldeten – aber wenn das hier schiefgeht, werde ich jahrelang zurückzahlen müssen.«

»Das kann ich mir vorstellen. Nicht viele Richter würden riskieren, sich für eine so zweifelhafte Sache aus dem Fenster zu lehnen.« Blacketts Lächeln war so vergnügt wie der gerade einsetzende Nieselregen. »Hoffen wir, dass wir etwas finden.« Er entfernte sich, um mit seinen Assistenten zu sprechen.

Duvall räusperte sich. »Also, Sie wissen ja alle, was Sie zu tun haben, wenn Sie drin sind. Professor Blackett und seine Assistenten werden mit mir unter der Uhr an der Middle Street auf Sie warten. Wenn jemand irgendetwas Verdächtiges findet, kommen Sie gleich zu uns, und die Pathologen werden überprüfen, was Sie aufgespürt haben. Mr. Green?«

Darren trat mit einer völlig absurden theatralischen Geste nach vorn. »Hier lang«, verkündete er.

»Viel Glück«, rief Duvall, als das Team hineinging. Sie folgte den Polizisten, während diese sich auf die ihnen jeweils zugeteilten Teilbereiche verteilten. »Wir werden's brauchen«, fügte sie leise hinzu.

Kapitel 39

Diesmal war Kit ausnahmsweise als Erster wach. Er rutschte übers Bett, legte die Arme um Fiona und küsste sie auf den Nacken.

»Oooh«, stöhnte sie.

»Ich stehe jetzt auf«, sagte er. »Ich mache Kedgeree zum Frühstück.«

»Ach Gott«, seufzte Fiona. »Muss das sein? Könnten wir nicht einfach hier liegen und eine Weile in schönen Erinnerungen schwelgen?«

Kit lachte leise vor sich hin. »Die Erinnerung ist Vergangenheit. Jetzt ist jetzt. Ich weiß nicht, warum, aber ich bin mit einem guten Appetit aufgewacht. Erheben Sie sich, Frau Doktor. Frühstück wird serviert in … na, sagen wir vierzig Minuten.« Er riss sich nach einem weiteren Kuss von ihr los und sprang voller Energie aus dem Bett. Verdrängung hatte Kit, wie die meisten Schriftsteller, zu einer hohen Kunst entwickelt.

Fiona horchte auf die sich entfernenden Schritte und setzte sich dann mühsam auf. Sie gähnte, streckte den Rücken und stand auf, dabei lockerte sie die Schultern, die in der Nacht steif geworden waren. Zu viel Anspannung, sagte sie sich. Viel zu viel Anspannung. Dass sie nicht wusste, wie Sarah Duvalls Ermittlungen liefen, war für sie eine Art Folter. Und so, wie sie jetzt zu Steve stand, konnte sie ihn nicht einmal als Vermittler nutzen.

Wenn Georgia tot war, musste sie es wissen. Ihre Angst um Kit ließ sie jetzt ständig bangen und zittern, denn sie konnte ja nicht vierundzwanzig Stunden am Tag bei ihm sein. Wenn sie wenigstens Georgias sterbliche Überreste im Markt fänden, könnten sie Schritte einleiten, um ihn besser abzusichern als bisher. Und wenn sie Unrecht hatte ... Dieses eine Mal im Leben wünschte Fiona, sich hoffnungslos geirrt zu haben, selbst wenn es peinlich wäre. Sie wünschte sich nichts mehr, als dass ihr Georgia aus den Morgenzeitungen entgegenlächelte, nachdem sie heil in Anthonys Arme zurückgekehrt wäre. Sie würde ihr sogar die Angst vergeben, die sie ihr verursacht hatte, wenn sie nur wieder glauben könnte, Kit sei in Sicherheit. Sie konnte sich überhaupt nicht vorstellen, wie sie einen normalen Arbeitstag überstehen sollte, wenn sie mit ihren sorgenvollen Gedanken ganz woanders war.

Zwanzig Minuten später war sie geduscht, angezogen und ordentlich geschminkt. Mehr noch, sie war sogar richtig wach. Beim Frühstück sprachen sie wenig und überließen es dem Radio, die Stille auszufüllen. Zu viele Gedanken und Ängste trieben sie um, als dass sie unbeschwert hätten plaudern können. Nach zwei Portionen schob Fiona ihren Teller zurück. »Das hat herrlich geschmeckt«, sagte sie. »Nicht nur ein Abend, an den man zurückdenken kann, sondern auch noch ein Morgen dazu.« Sie stand auf und nahm ihren Aktenkoffer.

»Du hast Glück, dass du mich hast«, sagte er mit einem wolfsgleichen Grinsen, das er dann mit einem Zwinkern abschwächte.

»Ich weiß. Und es soll auch weiter so bleiben. Du passt doch auf dich auf heute?« Fiona lächelte nervös und ging zu ihm, damit er sie in den Arm nehmen konnte. »Sei vorsichtig«, sagte sie leise.

»Natürlich werde ich aufpassen. Ich habe ja ein Buch fertig zu schreiben, Liebes. Ich spreche später mit dir.« Dieses Versprechen wollte er durchaus halten.

Wie ein Kind vor Weihnachten hatte Steve kaum schlafen können. Was zwischen ihm und Terry geschehen war, hatte ihn in atemlose und aufgeregte Hochstimmung versetzt. Aber die Aussicht auf das, was folgen könnte, hatte ihm bis auf einige flüchtige Augenblicke allen Schlaf geraubt. Und trotzdem war er nicht müde.
Er drückte den Kopf aufs Kissen, streckte die Arme über dem Kopf aus und dehnte das Rückgrat. Dann entspannte er sich wieder, rollte sich auf die Seite und sah sie an. Terry war ausgestreckt wie ein riesiger Seestern, Beine und Arme ausgebreitet. Sie lag auf dem Bauch und hatte ihm das Gesicht zugewandt. Selbst mit verschmiertem Make-up und dem vom Schlaf zerzausten Haar fand er sie umwerfend. Er fühlte sich benommen und zugleich von ihrer Schönheit geblendet. Sein eigener Körper schien ihm fremd und neu. Er hatte schon gelegentlich mit einer Frau geschlafen und sich dabei technisch geschickter angestellt. Aber gestern Abend schien Geschicklichkeit unwichtig. Das Gefühl hatte seinen ganzen Körper erfüllt, kein einziger, noch so winziger Teil seines Ichs konnte seine Handlungen kritisch überprüfen. Er hatte nicht das Bedürfnis gehabt, jemand anderem oder sich selbst eine Leistung unter Beweis zu stellen. Was immer sich zwischen Terry und ihm abgespielt hatte, hatte ihm Erfüllung gebracht wie noch nie.
Und es hatte Spaß gemacht. Sie hatten sich nicht nur leidenschaftlich begehrt, sondern auch im Lachen zueinander gefunden. Steve war am selben vertrauten Ort aufgewacht, aber er schaute den Morgen verwundert mit den Augen eines Forschenden an. Es war entnervend und fast erschreckend zu sehen, wie vollkommen ihn die Verliebtheit ergriffen hatte. Trotz aller Klugheit des Erwachsenen und seines beruflichen Scharfsinns war er unvorbereitet und verletzlich und wusste nicht, wie er damit fertig werden sollte.
Terry bewegte sich, und aus ihrer Kehle kam ein leiser, unverständlicher Laut. Dann öffnete sie die Augen. Einen

Moment schien sie verstört, dann grinste sie zufrieden. »Verdammt noch mal, Gott sei Dank war's kein Traum«, sagte sie, richtete sich auf und schmiegte sich an ihn.

Er rieb sein Kinn mit den über Nacht gewachsenen Bartstoppeln an ihren wirren Haaren und legte die Arme um sie. »Ihr Akademiker geht so gepflegt mit Worten um.«

»Ja, aber Taten sind besser als Worte, und ich bin auf jeden Fall eine Frau der Tat«, entgegnete Terry und strich mit den Fingern über die wohlgeformten Muskeln seines Brustkorbs und die Rippen. Sie fühlte ihn hart neben sich und schlug ein Bein über seines, während sich ihre Hüften ihm langsam näherten.

Steve stöhnte leise. »Du bist also kein Morgenmuffel«, sagte er, und seine Stimme klang rau vor Erregung.

Ihr Gesicht wich etwas zurück, und sie machte einen Schmollmund. »Hast du ein Problem damit?« Ihre Stimme war genauso aufreizend wie das, was ihr Körper ihm bot.

Er zog sie in seine Arme und spürte ihre warmen Brüste an seiner Brust. »Überhaupt nicht, wenn du in der nächsten Stunde nicht irgendwo erwartet wirst.«

Sarah Duvall war übel. Sie wusste, es hatte mehr damit zu tun, dass sie nicht geschlafen und zu viel Kaffee getrunken hatte, als mit dem, was sie in Smithfield Market gesehen hatte. Aber das Verstehen nützte nichts gegen diese unterschwellige leichte Übelkeit. Und dass sie Anthony Fitzgerald genau erklären musste, was er in der Leichenhalle würde identifizieren müssen, hatte auch nicht gerade geholfen. Sie wünschte fast, der Mörder hätte sich genauer an den Text gehalten. Dann wäre ihnen *ein* Horror erspart geblieben.

Sie saß mit grimmigem Gesicht auf dem Rücksitz des Wagens. Aber in ihrem Kopf war hinter ihren unbeweglichen Gesichtszügen alles in wilder Bewegung. Dieser Fall war in mehr als der augenscheinlichen Hinsicht ein schreckliches und unappetitliches Durcheinander. Er würde ihnen vielleicht ein Medieninteresse einbringen, das sich verheerend auswirken konnte. Denn es bedeutete, dass nicht nur jede ihrer Bewegungen und die ihres Teams aufmerksam von einer Horde Zeitungsschreibern verfolgt, sondern dass sie auch von ihren nervösen Vorgesetzten mit Sorge beobachtet werden würde, ob sie auch ja nichts Falsches tat oder sagte. Und dann war da noch Fiona Cameron. Angesichts der neuen Ereignisse würde Fiona nicht als Einzige an fünf Fingern abzählen, dass es sich um einen Serienmörder handelte. Duvall wollte dies nicht öffentlich zugeben, aber sie bezweifelte, dass sie weiterhin einen Zusammenhang zwischen dem Tod von Drew Shand, Jane Elias und Georgia Lester abstreiten konnten. So oder so würde es nicht lange dauern, bis ein cleverer und ehrgeiziger Journalist sich daran erinnerte, dass Fiona mit einem Autor von Kriminalromanen zusammenlebte. Man würde ihr das Büro einrennen. Auch wenn Fiona von sich aus wahrscheinlich nicht zur Presse gehen würde, so hatte Duvall doch keine Ahnung, was ihre Antwort auf die direkte Frage eines Journalisten wäre. Und wenn die Katze erst einmal aus dem Sack war, würde es einen Ansturm von Thrillerautoren in Panik geben, die Polizeischutz verlangten. Es war ein Minenfeld, besonders wenn die Medien herausfanden, dass jemand Morddrohungen an die Schriftsteller verschickt hatte.

Und dann war da noch die Ermittlung selbst. Der Morgen war ein Alptraum gewesen, aber das war nur der Anfang. Nach dem schaurigen Fund kurz nach Mitternacht hatte sie zu verhindern versucht, dass der Markt weniger als vier Stunden später wieder für den Handel geöffnet wurde. Aber Darren Green hatte heftig argumentiert, was sie verlange, sei inakzeptabel. Sie könne selbst beim besten Willen kaum behaupten, dass der ganze Markt ein Tatort sei. Bei seiner Argumentation bewies er eine Intelligenz und zähe Entschlossenheit, die sie ihm nicht zugetraut hätte. Laut ihm sei es offensichtlich, dass, was immer geschehen sei, schon vor

einiger Zeit passiert war. Hunderte von Menschen waren seit damals im Markt aus und ein gegangen, und die Polizei könne unmöglich noch irgendwo Spuren ihres Opfers finden, außer in der unmittelbaren Umgebung der entsprechenden Kühltruhe.
Seine Trumpfkarte hatte er mit dem Hinweis ausgespielt, dass der normale Betrieb im Markt der Polizei doch die beste Gelegenheit gebe, jeden potenziellen Zeugen zu fragen. Sie könnten Namen und Adressen von allen aufnehmen, die kamen, und vielleicht sogar schon mit den Befragungen beginnen.
Es war ein kluger Vorschlag gewesen, nicht zuletzt, weil er Duvall vor einem Gesichtsverlust bewahrte. Man hatte also den Lagerbereich abgesperrt und einen kleinen Polizistentrupp beauftragt, dafür zu sorgen, dass niemand Smithfield Market betrat, ohne Auskunft zu geben, wo er erreichbar sein würde. Inzwischen begann die Spurensicherung mit ihrer Aufgabe, jeden Zentimeter des mit Geräten gefüllten Lagerraums, wo die gruselige Entdeckung gemacht wurde, minutiös zu untersuchen.
So weit, so schlecht. Schlimmer noch war die Tatsache, dass sie ihre Zusammenarbeit mit der örtlichen Polizei in Dorset weiter fortsetzen musste. Was immer Georgia Lester zugestoßen war, hatte zwar in Duvalls Revier sein Ende gefunden, aber in Dorset seinen Anfang genommen. Wenn es Augenzeugen gäbe, war die Wahrscheinlichkeit sehr viel größer, dass sie dort unten auftauchen würden. Es war eher denkbar, dass jemand in einer entlegenen ländlichen Gegend etwas Außergewöhnliches bemerkt hatte, als dass eine Person mit einer Ladung Fleisch im Smithfield Market aufgefallen war. Immer vorausgesetzt, dass die Kollegen da unten ihre verdammte Arbeit richtig machten, fügte sie automatisch hinzu. Es war nie Duvalls Stärke gewesen zu delegieren, nicht einmal an ihr eigenes Team. Aber sich auf eine andere Dienststelle verlassen zu müssen, wo es um das Kern-

stück einer Ermittlung ging, war für sie die reine Hölle. Bis jetzt hatte sie an der Arbeit ihrer Kollegen in Dorset nichts bemerkt, das Anlass zur Kritik gab, aber trotzdem hatte sie allgemein das ungute Gefühl, dass sie nicht präzise und intelligent genug an diesen Fall herangingen. Sie würde ein Meeting einberufen müssen. Am besten dort unten, damit sie ein Gefühl für die Gegend bekam, wo die Entführung stattgefunden hatte.

Aber das würde warten müssen. Zuerst schuldete sie Steve Preston den Gefallen, ihn darüber zu informieren, was sein Hinweis gebracht hatte. Sie bat also ihren Fahrer, den Umweg über New Scotland Yard zu machen, bevor sie zu ihren Büros in der Wood Street zurückkehrten. Sie fuhr im Aufzug zu Steves Stockwerk hinauf und schritt den Korridor entlang, was ängstliche Blicke bei denen auslöste, an denen sie vorbeikam. Ein kurzes Klopfen an der Tür, und schon war sie eingetreten. Ihr erster Eindruck war, dass Steve es irgendwie geschafft hatte, in die letzten vierundzwanzig Stunden eine Woche Urlaub einzubauen. Die Falten von Stress und Anstrengung um die Augen hatten sich geglättet. Statt der für einen höheren Polizeibeamten wegen besessener Arbeitswut typischen Blässe hatte seine Haut eine gesunde Farbe. Seine Augen glänzten, und das Grinsen, mit dem er sie begrüßte, war Lichtjahre von dem besorgten Lächeln des Vortages entfernt.

»Sie sehen aus, als kämen Sie mit Ihren Fällen besser voran als ich mit meinen«, sagte Duvall und setzte sich behutsam auf den Stuhl ihm gegenüber, wobei sie sich bewusst war, dass ihr Kostüm zerknittert aussah und sie wahrscheinlich wie ein voller Aschenbecher aus einer Kneipe roch.

Steve zog überrascht die Augenbrauen hoch. »Muss wohl eine optische Täuschung sein. Ich höre, Sie hatten eine lange Nacht.«

Duvall nickte und schob die Brille auf ihrer Nase höher.

»Und es wird auch ein langer Tag werden. Ich dachte, Sie würden gern erfahren, was dabei herauskam.«
»Wär schön«, sagte Steve und nickte zustimmend.
»Wir gingen gegen zehn rein und fingen an, alles auseinanderzunehmen. Metzger und Bobbys durchsuchten Gefriertruhen und Kühlräume nach verdächtig aussehendem Fleisch, Händler regten sich auf, was wir an ihren Waren zu schaffen hätten, die Pathologen stocherten in allem herum, das auch nur entfernt außergewöhnlich aussah. Wovon es nicht viel gab, muss ich sagen. Der abgesprochene Plan war, wenn jemand etwas wirklich Verdächtiges finden würde, sollten die Pathologen es ins Labor bringen und überprüfen, ob es menschliches Gewebe war oder nicht. Ich hatte das ganze Team aufklären lassen, wonach sie suchen sollten. Aber als es so weit war, war das alles graue Theorie.«
»Wie meinen Sie das?«
»Etwa um Mitternacht fanden die Jungs eine Kühltruhe im hinteren Lagerbereich. Sie war mit einem Vorhängeschloss abgesichert, und niemand wollte zugeben, dafür Schlüssel zu haben. Nach Auskunft im Büro des Managers war sie einen Monat zuvor von einem Händler dort hingestellt worden, der sie dann wegbringen lassen sollte. Aber er behauptete hartnäckig, sie sei nicht abgeschlossen gewesen, und zwei seiner Angestellten bestätigten das. Wir gingen also mit einem Bolzenschneider ran. Als wir die Tür aufmachten, war die Truhe voller verpackter Fleischstücke. Außer einem Fach. Es enthielt nur ein Päckchen, das in schwarze Mülleimerbeutel eingewickelt war.« Duvall hielt inne, um es spannender zu machen, und schaute Steve fragend an.
Steve schloss einen Moment die Augen, sein Gesicht verzog sich schmerzlich. »Der Kopf?«
»Der Kopf. Der Metzger, der ihnen aushalf, fiel zu Boden wie ein betäubter Ochse. Sie mussten ihn ins Krankenhaus bringen und die Platzwunde am Kopf nähen lassen. Er war beim Fallen auf eine Arbeitsfläche aufgeschlagen.«

»Daran wird er den Rest seines Lebens zu knacken haben«, sagte Steve. »Ich nehme an, es war Georgia Lesters Kopf?«

»Steht außer Frage. Ihr Ehemann muss später zur Identifizierung kommen, aber es besteht kein Zweifel.«

»Wann werden Sie das bekannt geben?«

Duvall seufzte. »Mein Chef will heute Nachmittag eine Pressekonferenz abhalten. Wir warten, bis wir aus Dorset die Bestätigung bekommen, dass von dort jemand hier sein kann.«

»Würden Sie es problematisch finden, wenn ich Kit Martin vor der Pressekonferenz informieren würde? Er und Georgia waren befreundet, und er wird wissen, dass Fiona mit uns gesprochen hat. Mir scheint, es ist das Mindeste, was ich tun kann.«

Duvall runzelte die Stirn. »Es wäre mir lieber, wenn wir es so lange wie möglich für uns behalten könnten. Ich weiß, er ist ein Freund von Ihnen, aber wir können es uns nicht leisten, den Eindruck zu erwecken, ein Schriftsteller werde von der Polizei bevorzugt.«

Steve zuckte mit den Schultern. »Es ist Ihr Fall, Sarah. Ehrlich gesagt, ich hatte genauso sehr an die langfristigen Interessen von New Scotland Yard gedacht wie an die Rücksichtnahme auf Kit. Fiona Cameron ist sehr findig und leistet gute Arbeit, und wir haben wegen unserer eigenen verflixten Blödheit ihre Dienste schon eine Weile entbehren müssen. Trotzdem ist sie mit ihrem Verdacht zu uns gekommen. Ich hätte gern die Möglichkeit gehabt, hier eine Brücke zu bauen, vielleicht den Bruch wieder zu kitten. Sicher könnte das auch Vorteile für die City Police haben.«

Duvalls herbes Lächeln verbarg ihren echten, heftigen Ärger. Innerhalb weniger Stunden hatten zuerst Darren Green und jetzt Steve Preston sie mit ihren Manövern ausgetrickst. Das war nicht gut für die Psyche, besonders eine normalerweise so selbstbewusste Psyche wie die ihre. »Das ist ein gutes Argument, Sir.«

Steve erkannte den Gebrauch der förmlichen Anrede als ein Signal, dass es Zeit sei, sich zurückzunehmen. »Es ist Ihre Entscheidung, Sarah.«
»Ich denke, es kann nicht schaden. Vorausgesetzt, Sie machen deutlich, dass er nicht vor uns darüber zur Presse spricht.« Ein letzter Versuch, den Anschein zu wahren, sie habe die Situation unter Kontrolle.
»Ich glaube nicht, dass er überhaupt daran denken würde.« Steve stand auf und nahm sein Jackett. »Sie war mit ihm befreundet, Sarah. Er ist nicht *so* verzweifelt auf Publicity aus.«
Sie akzeptierte schweigend den angedeuteten Tadel und stand auf. »Ich werde Sie auf dem Laufenden halten«, sagte sie. »Wie geht es mit dem Fall Blanchard voran?«
Steve zog sich das Jackett über und breitete die Hände aus. »Wir sind hinter etwas her, was hoffentlich eine Spur ist. Aber einfach ist es nicht. Ich habe keine Mittel für einen richtigen Einsatz.«
Duvalls Lächeln war dünn. »Sie lassen es so laufen, dass man jederzeit einen Rückzieher machen kann, hm?«
»So ungefähr. Zumindest, bis unser Material und die Fakten bombensicher sind.«
Duvall verzog mitfühlend das Gesicht. »Und ich dachte, ich hätte heute einen besonders schlechten Tag.«
Steve machte die Tür auf und ließ ihr den Vortritt. »Machen Sie sich nichts draus. Es gibt mehr im Leben als die Arbeit.«
Mit dem gelösten Gang eines Spaziergängers im Park ging er den Korridor entlang. Duvall schaute ihm erstaunt nach, die gewohnte Gelassenheit auf ihrem Gesicht war der Überraschung gewichen. Steve Preston behauptete, es gäbe mehr im Leben als Arbeit? Das war ungefähr so wahrscheinlich, wie wenn Bart Simpson dem diplomatischen Dienst beiträte.
Etwas mitgenommen ging Duvall auf ihr Auto zu, um zu ihrem eigenen Büro in der Wood Street zurückzukehren. Es war offensichtlich ein Tag der Überraschungen. Vielleicht würde sich Dorset als der Hort einer neuen Spezies von

Supercops erweisen. Und vielleicht – nur vielleicht – würden sie zusammen Georgia Lesters Mörder finden, bevor die Medien sie bei lebendigem Leib verschlangen. Offenbar kam sogar noch Merkwürdigeres vor.

Kapitel 40

Fiona verließ den Hörsaal und ging zu ihrem Büro. Sie hatte keinerlei Erinnerung daran, was sie während der letzten fünfzig Minuten gesagt hatte. Sie war wie vorprogrammiert, hatte alles einfach automatisch ablaufen lassen und sah mit einem gewissen inneren Abstand zu ihren Studenten hinunter. Nervöse Angst bewirkte, dass sie innerlich wie ein unter Hochspannung stehendes Kabel vibrierte und sich von allem Äußeren ablöste. Sie wollte zu Hause bei Kit sein. Sie wollte, dass er da war, wo sie ihn sehen oder wenigstens seine Anwesenheit spüren konnte. Dass ihm dies auf die Dauer unerträglich wäre, machte es nicht leichter.

Es musste bald zu einer Entscheidung kommen, sagte sie sich. Entweder könnten sie die Idee eines Serienmörders verwerfen, sich alle entspannen und zu einem normalen Zustand zurückkehren. Oder alle würden akzeptieren, dass Kit und eine Handvoll anderer Personen in ernster Gefahr waren, und man würde entsprechende Maßnahmen ergreifen. Wenn die Polizei ihn nicht beschützte, dann würde sie es selbst in die Hand nehmen. Sie wusste, es gab Agenturen, die Bodyguards stellten, und Fiona hatte keine Bedenken dagegen, Kit professionellen Personenschutz zu besorgen. Er würde natürlich durchdrehen. Aber er musste es ja vielleicht gar nicht wissen.

Was immer geschah, ihr Leben würde nie wieder wie zuvor sein. Kit war mit seiner körperlichen Verletzlichkeit konfrontiert worden, wie geringschätzig er auch darüber redete. Das würde unweigerlich sein Selbstbild verändern. Und Fiona hatte zugeben müssen, dass sie nach so vielen Jahren kein bisschen besser die Menschen wirksam schützen konnte, die sie liebte. Unwissenheit war damals, als es um Lesleys Rettung ging, vielleicht noch eine überzeugende Entschuldigung gewesen. Aber auch jetzt, nachdem sie so viel Wissen und Erfahrung gesammelt hatte, konnte Fiona nicht sicher sein, dass sie Kit zu retten vermochte.

Es war nicht gerade ein tröstlicher Gedanke.

Sie ließ ihre Papiere auf den Schreibtisch fallen und überprüfte ihre E-Mails. Außer den gewohnten Kurznachrichten von ihrem Institut gab es nur eine kurze Notiz von Kit mit dem Inhalt: »Zehn Uhr, alles in Ordnung.« Als Fiona darauf bestanden hatte, dass er den Kontakt mit ihr halten solle, hatte er ihr versprochen, sich in regelmäßigen Abständen zu melden. Er behauptete, es gebe ihm das Gefühl, ein Schwächling zu sein, aber sie wussten beide, dass es nur ein zum Schein vorgebrachter Einwand war.

Sie fing an, eine kurze Antwort zu schreiben, wurde aber von einem Anruf aus Spanien unterbrochen. »Hallo, Major Berrocal«, sagte sie und versuchte weniger zerstreut zu klingen, als sie es tatsächlich war. Am Rande registrierte sie müde und überrascht, wie ungewohnt es für sie eigentlich war, dass sie sich so wenig aus einem Fall machte, an dem sie mitgearbeitet hatte.

»Ich dachte, ich sollte Sie über unsere Arbeit informieren«, sagte er und klang ziemlich entmutigt.

»Das ist nett von Ihnen.«

»Es gibt leider nicht sehr viel zu berichten. Delgado lehnt es ab, sich zu seiner Schuld zu bekennen. Er sitzt nur mit steinernem Gesicht da und sagt absolut nichts. Aber die gute Nachricht ist, dass es so aussieht, als würden wir bald Beweise von der Spurensicherung bekommen, die unsere Indizienbeweise stützen könnten. Wir haben einen früheren Nachbarn Delgados gefunden, der im Alcazar arbeitet und annimmt, Delgado habe sich vielleicht bei einem seiner Besuche bei ihm zu Hause der Schlüssel bemächtigt. Und endlich haben wir zwei Zeugen ausgemacht, die ihn an dem Abend mit der Engländerin gesehen haben, als sie ermordet wurde. Ein Paar aus Bilbao. Sie haben den Bericht in der Zeitung gesehen und sich bei uns gemeldet. Es hat sich erwiesen, dass sie in dem Hotel übernachteten, wo das Opfer arbeitete, und deshalb erkannten sie die junge Frau. Sie hatten sich bei ihr angemeldet, verstehen Sie, deshalb erinnerten sie sich an sie. Wir haben jetzt in diesem Mordfall Anklage gegen ihn erhoben, aber ich glaube, wir werden letzten Endes genug gegen ihn haben, um ihn für alle drei Morde vor Gericht zu bringen.«

»Das sind ja gute Nachrichten«, sagte sie, obwohl es ihr eigentlich egal war. »Sie sind bestimmt froh, dass er nicht mehr auf der Straße herumläuft.«

»Sehr froh. Wir hätten ihn ohne Ihre Hilfe nie so schnell einkreisen können. Ich habe das an meine Vorgesetzten weitergegeben. Ich glaube, es wird sie vielleicht überzeugen, dass wir Ihre Hilfe brauchen werden, damit Sie uns in die Verwendung von Deliktverknüpfung und geografischen Täterprofilen einführen.«

Fiona stieß ein verhaltenes Lachen aus. »Ich glaube, da sind Sie sehr optimistisch, Major. Aber viel Glück mit Ihren Maßnahmen gegen Delgado.«

»Danke. Und viel Erfolg für Ihre eigene Arbeit, Frau Dr. Cameron. Ich bin sicher, wir werden uns noch sprechen.«

Fiona verabschiedete sich und legte auf. Sie wusste, sie sollte sich eigentlich freuen, aber stattdessen war sie frustriert. Ihre Arbeit hatte dazu beigetragen, dass jemand in Toledo davon abgehalten wurde, Ausländer zu ermorden. Aber niemand ließ sie dasselbe für den Mann tun, den sie liebte. Vielleicht sollte sie Sarah Duvall anrufen und ihre Dienste anbieten.

Die Frau konnte nicht mehr als Nein sagen.

Kit war in der Küche und machte Kaffee, als es klingelte. Er erstarrte und unterbrach seine Tätigkeit. Er erwartete niemanden. Trotz seiner gespielten Unbekümmertheit in Fionas Gegenwart war ihm vollkommen klar, dass er unweigerlich ganz oben auf der Liste stand, wenn es da draußen tatsächlich einen Killer mit einer solchen gab. Vorsichtig steckte er den Löffel in die Tüte zurück und lehnte sie an die Kaffeemaschine. Nachdem er tief Luft geholt hatte, ging er den Flur entlang.

Er war nur Zentimeter von der Tür entfernt, als die Glocke wieder schrillte und ihn zusammenzucken ließ. *Wenn der Postmann zweimal klingelt*. James M. Cain, ein klassischer amerikanischer Thriller. Und der endete auch nicht gut. Die letzten paar Meter schlich er nur und legte das Ohr an die Tür. »Wer ist da?«, rief er.

Die Klappe des Briefkastens ging klappernd auf und zu. Eine geisterhafte Stimme sagte von unten: »Kit, ich bin's, Steve.«

Erleichtert schloss Kit hastig auf und öffnete die Tür weit. »Ich habe keinen Verfolgungswahn, ehrlich«, sagte er. Als er dann Steves Gesicht sah, trat er zurück. Blöder Kerl, fluchte er innerlich über sich selbst. Steve wäre nicht mitten am Tag hierhergekommen, wenn er nicht eine ganz schlechte Nachricht hätte. »Es geht doch nicht um Fiona?«, sagte er heiser. Sein Mund war trocken, und er hatte die Augen aufgerissen.

Steve legte ihm eine Hand auf den Arm und führte ihn behutsam über die Schwelle. Er schloss die Tür fest hinter sich. »Soviel ich weiß, ist mit Fi alles in Ordnung. Komm, wir gehen in die Küche. Ich muss mit dir reden.«

Benommen ging Kit voraus und stolperte fast, wo der Teppich an die Fliesen stieß. »Ich wollte gerade Kaffee machen«, sagte er und wusste, das war völlig unwichtig, aber er wollte so lange wie möglich die schreckliche Gewissheit hinausschieben.

»Kaffee wäre nicht schlecht«, sagte Steve. Er setzte sich an den Tisch und wartete geduldig, bis Kit das Ritual beendet hatte, die Milch aufzuschäumen und das Wasser durch den zusammengepressten Kaffee hochsteigen zu lassen. Kit stellte Steve vorsichtig eine Tasse hin und setzte sich dann mit seiner eigenen dazu.

»Es geht um Georgia.« Es war eine Feststellung, keine Frage.

Steve nickte. »Einer meiner Kollegen hat ihre sterblichen Überreste heute früh gefunden.«

»Dort, wo Fiona vermutete? In Smithfield Market?«

»Sie hatte mit allem außer einem Detail Recht.« Steve nahm eine Zigarre heraus und zupfte an der Zellophanverpackung. »Es war kein schöner Anblick, Kit. Wer immer sie verstümmelt hat, ließ ihren Kopf für uns zurück. Damit es keinen Zweifel geben konnte, was wir gefunden hatten.«

Kit zog lange und zitternd die Luft ein. »Mein Gott«, er atmete langsam aus, bedeckte das Gesicht mit den Händen, und seine Schultern fingen an zu beben. Steve fühlte sich völlig hilflos. Er kannte Kit seit Jahren, aber in ihrer Beziehung waren sie bisher nie mit Kummer konfrontiert worden. Er kannte keine Verhaltensregeln für eine solche Situation. Wenn Polizisten weinten – und selbst bei Frauen war das so –, hatten sie meistens etwas dagegen, dass ihre Kollegen davon Notiz nahmen. Sie wollten es nur hinter sich bringen. Steve stand auf und ging zum Schrank, in dem Getränke standen. Er fand den Brandy, goss reichlich zwei Finger hoch in ein Glas, stellte es vor Kit hin und legte ihm eine Hand auf die bebenden Schultern. »Trink das, es wird dir helfen.«

Als Kit den Kopf hob, waren seine Augen rot und verquollen, die Wangen nass. Er schob den Brandy zur Seite, griff nach dem Kaffee und legte seine große Hand um die Tasse, um so viel Wärme wie möglich aufzunehmen. »Ich hoffte immer noch, dass Fiona sich geirrt haben könnte«, sagte er. »Ich sagte mir immer wieder, dass etwas so Krankes, wie ich es mir ausdenke, nicht wirklich passieren könnte, weißt du? Nur so konnte ich es ertragen. Ich konnte einfach nicht

glauben, dass jemand da draußen herumläuft und uns umbringt.«
Steve seufzte. »Wenn man so viel gesehen hat wie ich, Kit, dann weiß man, dass das, was sich jemand ausgedacht hat, oft vom wirklichen Leben noch übertroffen wird. Es tut mir schrecklich Leid wegen Georgia. Ich weiß, sie war mit dir befreundet.«
Kit schüttelte müde den Kopf. »Sie war einfach erstaunlich. Ich hätte Georgia für unverwüstlich gehalten. Hinter all ihren Frivolitäten war sie so klug, so stark. Ich weiß, die Leute hielten uns für ein merkwürdiges Freundespaar, aber sie war mir näher als irgendjemand sonst in der Branche. Sie war herrlich. Sie brachte mich zum Lachen. Und sie war immer da. Wenn es beim Schreiben mal mies lief, brachte sie etwas zu trinken mit, und wir schimpften zusammen über unser schwieriges Leben, obwohl wir natürlich beide wussten, dass wir Sonntagskinder waren und großes Glück hatten.« Er trank seine Tasse aus und rieb sich heftig mit dem Handrücken die Augen. »Mist, wie beschissen das Leben doch ist.«
»Sie geben es erst am Nachmittag offiziell bekannt«, sagte Steve und kam auf die Tatsachen zurück. »Aber ich wollte nicht, dass du das Radio anmachst und es so erfährst.«
»Danke. Wie geht's Anthony, weißt du etwas darüber?«
Steve schüttelte den Kopf. »Es ist kein Fall für die Met. Er gehört zur City of London, deshalb habe ich nicht direkt damit zu tun. Aber ich weiß zufällig, dass er jetzt gerade bei der Identifizierung ist.«
»Der arme Kerl.« Jetzt ergriff er den Brandy und trank einen großen Schluck. »Wenn ich ihm kurz schreibe, wirfst du es für mich ein? Ich habe Fiona versprochen, ich würde nicht allein ausgehen. Ich dachte, sie wäre überängstlich, aber jetzt ...« Er stand auf. »Gib mir ein paar Minuten.«
»Nimm dir Zeit«, sagte Steve, wickelte seine Zigarre aus und zündete sie an. Während er auf Kit wartete, schweiften seine

Gedanken von dem Schmerz und der Aufregung wegen Georgias Tod ab und wandten sich Terry zu. Selbst Sarahs schreckliche Nachricht hatte es nicht vermocht, der gestrigen Nacht und dem Morgen danach ihren Glanz zu nehmen. Sie hatten sich wieder für den Abend verabredet. Steves übliche Vorsicht und die Schwäche, die sein Gefühlsleben so lange beherrscht hatte, schienen ihn verlassen zu haben. In dieser Beziehung wollte er sich nicht bedeckt halten, wollte nicht so tun, als lasse er sich nur schwer gewinnen. Er wollte bei Terry sein, und da sie ihm versicherte, dass dieses Gefühl auf Gegenseitigkeit beruhte, wäre es verrückt, nicht jeden Moment zu ergreifen, der sich ihm bot. Einerseits wäre er gern bei Kit geblieben, um dessen Schmerz mit ihm zu teilen. Aber es war nicht die rechte Zeit dafür.

Als Kit in die Küche zurückkam, hielt er einen Umschlag in der Hand. »Ich hatte keine richtige Kondolenzkarte, so musste ich eben eine Postkarte nehmen. Ich glaube, Anthony wird das nichts ausmachen. Ich wollte ihm nur sagen, dass ich in Gedanken bei ihm bin. Richte ihm aus, dass ich für ihn da bin, wenn er etwas braucht. Ja?« Er gab Steve die Karte. »Ich habe sie frankiert. Wenn du sie unten an der Straße in den Briefkasten stecken könntest, müsste er sie morgen früh bekommen.«

»Kommst du klar?«, fragte Steve und stand auf.

Kit atmete tief ein. »Ich komme schon zurecht. Du musst gehen, es wird eine Menge Arbeit für dich geben.«

Spontan trat Steve auf ihn zu und legte die Arme um ihn. Kit umarmte ihn auch und drückte Steve fest an sich. Sie waren nicht verlegen, als sie sich voneinander lösten. »Ich danke dir, dass du es mir gesagt hast, Steve. Du hast Recht, es hätte mich wirklich völlig aus der Fassung gebracht, die Nachricht im Radio zu hören. Jetzt, wo ich es weiß, kann ich das Telefon herausziehen. Mit Presseleuten will ich jetzt wirklich nicht reden.«

»Sagst du es Fi?«, fragte Steve. »Oder soll ich es ihr sagen?«

»Ich schicke ihr jetzt eine E-Mail. Anrufen will ich nicht, wenn sie bei der Arbeit ist, du weißt ja, wie das ist.« Kit ging mit Steve zur Tür. Anders als sonst wartete er nicht, bis Steve verschwunden war, bevor er die Tür schloss. Heute machte er sie sofort zu und drehte die Schlüssel im Sicherheitsschloss und im Einsteckschloss um. Dann ging er langsam zu seinem Schreibtisch zurück und rief sein E-Mail-Programm auf.

Von: Kit Martin <KMWriter@trashnet.com>
An: Fiona Cameron <fcameron@psych.ulon.ac.uk>
Betrifft: Schlimmer kommt's nicht mehr.

Du hattest Recht. Georgia ist tot. Kalte, harte Worte für eine kalte, schreckliche Tatsache. Steve ist gerade gegangen. Er kam, um es mir selbst zu sagen, weil er nicht wollte, dass ich es unvorbereitet von einem Pressetyp oder durch eine Nachrichtenmeldung erfahre.
Sie haben sie in Smithfield Market gefunden, wie du gesagt hast. Ich habe *And Ever More Shall Be So* gelesen, ich kann mir nur allzu gut vorstellen, wie es war. Die einzige Abweichung ist, sagt Steve, dass der Mörder den Kopf bei der Leiche ließ.
Ich wollte, du wärst hier. Oder ich wäre dort. Ich fühle mich so abgeschnitten von meinem Leben. Sehr verwirrt.
Bitte versuche, dich nicht um mich zu sorgen. Ich habe alles beherzigt, was du gesagt hast. Ich habe alles dicht gemacht und bleibe hier, bis du zurückkommst, und dann werde ich überlegen, wie wir es am besten machen, bis jemand diesen verrückten Scheißkerl hinter Gitter bringt.
Irgendwo in dieser ganzen Sache muss es doch einen Hinweis geben, der die Auflösung bringt. Ich vermute, sie werden die Ermittlungen jetzt vernetzen, wenn

auch nur inoffiziell. Tu, was du kannst, um bei dem Team mitzuarbeiten. Nicht dass es mir recht wäre, dass du bei der Arbeit bist, anstatt bei mir sein zu können. Aber ich will, dass dieser Kerl erwischt wird, nicht nur Georgias wegen, sondern auch zu meiner eigenen Beruhigung. Und wenn irgendjemand Argumente liefern kann, die den Zusammenhang dieser Verbrechen zeigen, dann bist du es.
Ich hab dich lieb.
K.

Kit schickte die Nachricht ab, schloss das Programm und nahm die CDs aus dem Player. Dann ging er nach oben ins Wohnzimmer, wo Fiona ihre klassischen CDs aufbewahrte, und suchte das Regal ab. Er nahm sich das Verdi-Requiem, stieg wieder hinunter und legte es ein. Nachdem er die Play-Taste gedrückt hatte, setzte er sich auf seinen Sessel. Als die Musik zum Crescendo anschwoll, lehnte er sich zurück, schloss die Augen und ließ vor seinem inneren Auge Szenen mit der Freundin ablaufen, die er verloren hatte.

Kapitel 41

Der Konferenzsaal war voll, grell erleuchtet von den Scheinwerfern eines Fernsehteams und stickig von der Ausdünstung zu vieler aufgeregter Menschen. Die Journalisten tauschten Vermutungen darüber aus, um welche Verlautbarung es gehen könnte. Die Zyniker unter ihnen, die immer alles aus früheren Erfahrungen zu kennen glaubten, versuchten ihren Vermutungen den Anstrich von Überzeugungen zu geben. Es musste um Georgia Lester gehen, und sie war bestimmt tot. Das war ihre kategorische Sicht der Dinge. Es musste um Georgia gehen, weil im Moment nichts anderes lief, was so wichtig war. Wenn es etwas anderes wäre, hätten sie doch wenigstens einen Wink von einem Kontaktmann bekommen. Und sie musste tot sein, andernfalls würde ihr Verleger die Pressekonferenz abhalten. Offensichtlich.

Außerdem behaupteten alle, sie hätten Insiderwissen. Einer ihrer Quellen zufolge habe es am Vorabend eine große Aktion in der Gegend von Smithfield Market gegeben, die mit der vermissten Schriftstellerin zu tun hatte. Das hatten sich jedenfalls die Schlaueren zusammengereimt und erhofften sich an diesem Nachmittag Bestätigung. Wenn sie Recht hatten, wäre es ein garantierter Platz auf der Titelseite. Und darauf kam es an.

Die Zuversichtlichen behaupteten, es ginge jetzt nur noch um Kleinigkeiten. Nur die i-Tüpfelchen und die Querstriche an den Ts. Man musste nur noch einen seiner Leute schicken, einen aus jener niederen Reporter-Spezies, die keinen Titel wie Gerichtskorrespondent oder Sonderberichterstatter für

Juristisches hatten, damit er sich auf die Suche nach dem Ehemann machte sowie auf die Jagd nach einem herzzerreißenden Foto und einem drastischen Zitat, das auf die Tränendrüsen drückte.
Trotzdem trat Stille ein, als die Vertreter der Polizei hereinkamen. Dass es um etwas Ernstes ging, war offensichtlich. Der Deputy Commissioner, stellvertretender Polizeipräsident, war selbst da, von DCI Duvall und einem fremden Gesicht begleitet, das kein Reporter kannte. Die Polizeibeamten nahmen befangen und in gedrückter Stimmung hinter der Reihe von Mikrofonen Platz. Der Leiter der Presseabteilung huschte besorgt hierhin und dahin wie ein nervöser Vater vor dem Krippenspiel. Als alle mit der Tonqualität zufrieden waren, räusperte sich der stellvertretende Polizeipräsident. »Danke, dass Sie heute Nachmittag gekommen sind, meine Damen und Herren. Ich habe eine kurze Mitteilung zu machen und werde dann Ihre Fragen beantworten.« Er stellte seine Kollegen vor. Der Fremde war, so stellte sich heraus, ein Detective Chief Superintendent aus Dorset. Der Deputy Commissioner sah auf ein Blatt Papier in seiner Hand hinunter.
Er räusperte sich noch einmal. »Bei einer Suchaktion, die gestern Nacht im Bereich von Smithfield Market von Beamten der City of London Police durchgeführt wurde, sind menschliche Überreste entdeckt worden. Sie sind als die vermisste Autorin Mrs. Georgia Lester identifiziert worden. Aus diesem Anlass wurde eine Mordkommission eingesetzt. Detective Chief Inspector Duvall wird die Ermittlungen leiten. Wir werden mit unseren Kollegen in Dorset in Verbindung stehen, wo Mrs. Lester offenbar letzte Woche verschwand. Es geht hier um ein besonders entsetzliches Verbrechen, und wir appellieren an jeden, sich zu melden, der Mrs. Lester gesehen hat, nachdem sie letzten Mittwoch ihr Ferienhaus in Dorset verließ. Ihr Wagen wurde am Sonntag gefunden, aber wir wissen nicht, wie lange er schon dort

stand. Wir müssen diese Zeitspanne möglichst genau eingrenzen. Wir suchen auch Zeugen, die vielleicht im Lauf der letzten Woche in der Gegend von Smithfield Market etwas Ungewöhnliches gesehen haben.« Er blickte auf und schürzte die Lippen. »Ihre Fragen bitte.«

Ein Stimmengewirr, Hände reckten sich in die Luft. Der Pressechef zeigte auf eine. »Corinne Thomas, *Radio BBC*. Wenn Sie sagen, menschliche Überreste, was meinen Sie damit genau?«

Der stellvertretende Polizeipräsident zeigte auf Duvall, um anzudeuten, dass sie die vorbereitete Antwort geben solle. »Mrs. Lesters Leiche ist zerstückelt worden. Die Vorgehensweise lässt auf einfache Kenntnisse in Anatomie oder eine Grundausbildung als Metzger schließen.«

Der zweite Fragensteller. »Jack O'Connor, *The Times*. In einem von Mrs. Lesters Romanen, der verfilmt wurde, spielt ein Mörder die Hauptrolle, der seine Opfer entführt und dann zerteilt. Soweit ich mich erinnere, waren die Leichen im Buch bei einem Fleischgroßhändler versteckt. Glauben Sie, dass ihr Mörder das Buch kopiert hat?«

»Kein Kommentar«, sagte der stellvertretende Polizeipräsident bestimmt.

O'Connor gab nicht so schnell auf. »Glauben Sie, dass dieses Verbrechen etwas mit dem Mord an Drew Shand in Edinburgh zu tun hat? Er wurde ja kürzlich auf eine Art und Weise umgebracht, die sich mit dem Tod eines seiner Opfer in seinem Buch deckte.« Seine aufgeregten Kollegen im Hintergrund übertönten fast O'Connors Stimme, aber nach den grimmigen Gesichtern zu urteilen, die auf ihn hinuntersahen, konnte kein Zweifel bestehen, dass die Polizeivertreter ihn gehört hatten.

»Kein Kommentar«, sagte der stellvertretende Polizeipräsident wieder.

Eine dritte Fragestellerin sprang auf und stellte ihre Frage. »Sharon Collier vom *Mirror*. Sie können also nicht leugnen,

dass ein Serienmörder es auf Thrillerautoren abgesehen hat?«
»Ich kann so etwas weder leugnen noch bestätigen, Ms Collier. Bis zu diesem Zeitpunkt habe ich keine Beweise, die mir erlauben würden, einen Kommentar zu diesen Fragen abzugeben.« Der stellvertretende Polizeipräsident wurde allmählich unruhig. Der Pressechef wählte schnell einen seiner zahmen Reporter aus und ließ ihn zu Wort kommen.
»Patrick Stacey vom *Express.* Wo wurde die Leiche gefunden?«
Duvall ergriff die Initiative. »Wir entdeckten Mrs. Lesters Überreste in einer Kühltruhe, die offiziell nicht mehr in Gebrauch war, in einem Lagerbereich von Smithfield Market. Nach Aussage des Besitzers wurde sie dort abgestellt, von wo sie in ein anderes Lagerhaus für Fleisch gebracht werden sollte. Sie war ungefähr fünf Wochen dort. Wenn also jemand eine Person gesehen hat, die die Truhe in diesen fünf Wochen benutzt hat, haben wir großes Interesse, dies zu erfahren.«
Die Fragen kamen jetzt schneller. »Gibt es Tatverdächtige?«
»Welche Hinweise haben Sie?«
»Steht ihr Mann unter Verdacht?«
»Ist ein Serienkiller am Werk?«
»Steht eine Verhaftung bevor?«
»Haben Sie schon einen Profiler herangezogen?«
Abrupt erhob sich der stellvertretende Polizeipräsident. »Das ist jetzt erst einmal alles, meine Damen und Herren. Wenn wir Weiteres zu berichten haben, werden wir Sie informieren.«
»Einen Moment!« Ein Ruf drang durch den ganzen Raum. Ein bärtiger Mann in einem sportlichen Tweedjackett mit kariertem Hemd und roter Krawatte drängte sich durch die Reihen der Journalisten.
Der stellvertretende Polizeipräsident schaute den Pressechef an, der eine Handbewegung machte, als wolle er die Repor-

ter verscheuchen und damit sagen, sie sollten endlich den Raum verlassen. Der Beamte aus Dorset machte sich schon bereit, den Saal zu verlassen, aber Duvall saß still und starrte den Mann an, der sich entschlossen weiter nach vorn drängte ohne Rücksicht auf die Leute, die er zur Seite stieß.
»Warum sagt ihr ihnen nicht die Wahrheit?«, rief er mit hochrotem Gesicht. »Warum es ableugnen, alle wissen doch, dass es stimmt. Ein Serienmörder geht um und bringt Thrillerautoren um, die sein Material gestohlen haben.«
Inzwischen versuchten mehrere uniformierte Polizisten, zu dem Urheber dieser Störung vorzudringen. Aber der Saal war ein einziges Chaos aus Presseleuten, die sehen und hören wollten, was da vorging. Alle riefen durcheinander, aber immer noch war der Mann im Tweedjackett zu hören.
»Wieso ich das weiß?«, schrie er so laut er konnte. »Ich weiß es, weil ich es bin. Ich habe sie umgebracht. Drew Shand, Jane Elias und Georgia Lester. Sie haben meine Storys gestohlen, und ich habe sie dafür büßen lassen.«
Duvall sprang jetzt auf, drängte sich an ihrem Chef vorbei und stürzte sich ins Gewühl. Alle Hindernisse außer Acht lassend, kämpfte sie sich energisch durch die aufgewühlte Menge und bahnte sich einen Weg zu ihrer Beute. Sie hielt weder inne, um sich bei dem Fotografen, dem sie einen Rippenstoß versetzte, noch, um sich bei dem Radioreporter zu entschuldigen, den sie mit ausgestrecktem Arm am Kinn erwischte. Inzwischen hatte sich der Mann im Tweedjackett genug von der Menschenmenge um ihn herum befreit und fing an, Flugblätter in die Luft zu werfen. Er ließ die Blätter hoch über seinen Kopf wirbeln, und sie flatterten durch den Raum wie Albino-Fledermäuse, die vom plötzlichen Licht gereizt schienen. Reporter stießen und drängelten durcheinander und versuchten ein Flugblatt zu ergattern, während andere dem Mann im Tweedjackett Fragen zuriefen. Er grinste starr wie die Fratze eines mittelalterlichen Wasserspeiers.

Zwei Polizisten in Uniform packten ihn gerade, als Duvall sich durch den letzten Pulk der Pressemeute kämpfte. Keuchend, die Jacke an der einen Schulter zerrissen, stand sie dem Fremden gegenüber. »Schafft ihn weg«, befahl sie. »Untersuchungshaft. Sofort!«

Ein empörter Aufschrei von den Presseleuten, als die Polizeibeamten den Mann abführten. Duvall beobachtete, dass er sich nicht wehrte. Sie stand isoliert inmitten der Reporter und sah dem Mann und seinen Begleitern nach, die zur selben Tür hinausgingen, durch die sie hereingekommen war. Langsam wurde sie darauf aufmerksam, dass der stellvertretende Polizeipräsident etwas ins Mikrofon rief. »Meine Damen und Herren, die Pressekonferenz ist abgeschlossen. Bitte verlassen Sie das Gebäude. Ich wiederhole, bitte verlassen Sie das Gebäude.« Er hätte geradeso gut »Yellow Submarine« singen können, dachte Duvall. Wenigstens hätte man ihm dann mehr Beachtung geschenkt.

Duvall beachtete nicht die aufgeregten Fragen um sie herum, erhaschte eines der Flugblätter und drängte sich wortlos wieder zwischen den empörten und frustrierten Journalisten zurück zum Podium. Dort machte sie eine weit ausholende Geste, sie sollten sich davonmachen. Der DCS aus Dorset sah aus, als wäre er lieber an einem anderen Ort, während der Deputy Commissioner wütend war. Als sie gingen, nutzte Duvall den kurzen Moment für einen Blick auf das Blatt.

Der Verfasser, ein gewisser Charles Redford, behauptete, der Mörder von Drew Shand, Jane Elias und Georgia Lester zu sein. In einem Stil, der beunruhigend an die Drohbriefe erinnerte, die Duvall schon untersucht hatte, verkündete Redford, sie würden dafür bestraft, dass sie seine Ideen gestohlen und die Veröffentlichung seiner Bücher verhindert hätten. Er habe ihnen allen zuvor Manuskripte geschickt und sie bei der Suche nach einem Verlag um Hilfe gebeten. Aber sie hätten ihm nicht nur keine Starthilfe gegeben, sondern sogar noch Salz auf die Wunde gestreut, indem sie seine Ideen gestohlen und sie in ihren eigenen Büchern verwendet hätten. Das Komplott, das in dem Flugblatt beschrieben wurde, war verworren genug, um einen vom Verfolgungswahn Geschädigten zu überführen, aber als ein Motiv für Serienmorde schien es doch nicht auszureichen, dachte Duvall. Es versetzte sie immer wieder in Erstaunen, dass manche Menschen durch einen winzigen Auslöser von einfachen Feld-Wald-und-Wiesen-Spinnern zu geistesgestörten Mördern wurden. Bestimmt hatte Fiona Cameron einen Fachterminus für so etwas.

Im Vorzimmer, fern von dem ganzen Trubel, schüttelte der DC den Kopf. »Was war denn das jetzt?«, fragte er. »Wie ist denn der Verrückte da reingekommen?«

Duvall streifte ihre Jacke ab und besah sich mit geschürzten Lippen den Schaden. Sollten sich doch der DC und der Pressemensch darüber streiten, sie würde sich in diese Auseinandersetzung nicht einmischen.

»Er muss einen Presseausweis gehabt haben«, verteidigte sich der Pressechef stotternd. »Andernfalls hätte er es nicht geschafft.«

Der DC winkte ab, als wolle er eine lästige Wespe abwehren. »Lassen wir das. Wer ist er denn, verdammt noch mal?«

Duvall schaute von ihrer zerrissenen Jacke auf und holte tief Luft. »Nach der Information auf dem Flugblatt, das jetzt in den Händen der Presse ist, heißt er Charles Redford und wäre gern als Verfasser von Thrillern bekannt. Seiner Überzeugung nach haben die Mordopfer ihm seine Plots gestohlen.«

»Ist der echt?« Der DC schien verwirrt.

»Ich werde das jetzt gleich herausfinden. Ich habe angeordnet, dass er direkt ins Untersuchungsgefängnis gebracht wird. Ich werde ihn wegen Mordverdachts verhaften und dann weitersehen.«

»Müssen wir ihn jetzt gleich verhaften? Er könnte ja auch nur die Aufmerksamkeit auf sich ziehen wollen und unsere Zeit verschwenden.«

Duvall fuhr es durch den Kopf, dass es schon sehr lange her sein musste, dass der DC Polizeiarbeit gemacht hatte, ohne dabei die Politik ins Spiel zu bringen. »Ich möchte dies genau nach den Vorschriften handhaben, Sir. Wenn er der Mörder ist, will ich nicht das mindeste Risiko eingehen, beim Prozess wegen irgendeines Formfehlers nicht durchzukommen. Ich will ihn verhaftet wissen, ich will, dass er einen Rechtsbeistand hat, und ich will, dass alles einwandfrei in die Akten aufgenommen wird.«

Zu ihrer Überraschung meldete sich der DCS aus Dorset und unterstützte sie. »DCI Duvall hat Recht«, sagte er, und die leicht ländliche Dialektfärbung gab seiner tiefen Bassstimme unerwartete Autorität. »Ich würde es an ihrer Stelle genauso wollen. Und es wäre mir sehr lieb, wenn ich beim Verhör dabei sein könnte.«

»Ich glaube nicht, dass wir das einrichten können«, sagte der DC zweifelnd. »Eine Frage der Zuständigkeit, verstehen Sie?«

»Wir haben ein Vernehmungsbüro mit einem Beobachtungsraum«, merkte Duvall an. »Sicher könnte unser Kollege diese Möglichkeit ohne Probleme nutzen. Ich glaube, ein zusätzliches Paar Augen und Ohren könnte uns helfen, Sir.«

Sie glaubte nicht im Geringsten, dass der DCS aus der Provinz etwas bemerken würde, das sie selbst nicht sofort wahrnahm, aber sie würde beim Sammeln des Belastungsmaterials noch mit den Kollegen aus Dorset zusammenarbeiten müssen. Es würde sie nichts kosten, deren führenden Mann bei guter Laune zu halten.

»Gut.« Der DC nickte und zog sie zur Seite. »Aber weiter darf es nicht gehen, Duvall«, fügte er halblaut hinzu. »Der gehört uns.«

Vielleicht nicht, wenn er sie in Dorset ermordet hat, dachte Duvall. Aber wenn es hier die Möglichkeit gab, sich einen Namen zu machen, dann war sie entschlossen, sie für sich zu nutzen. Redford hatte in ihrem Revier die Tat zugegeben. Er würde in ihrem Gewahrsam bleiben, wenn es irgend möglich war. »Ich gehe also dann zum Untersuchungsgefängnis«, sagte sie.

Die beiden Männer sahen ihr nach, als sie ihre zerrissene Jacke über die Schulter warf und mit selbstsicheren Schritten den Korridor entlangging.

»Gott helfe ihm, wenn er ihre Zeit verschwendet«, sagte der Beamte aus Dorset.

»Sie hat eine verteufelt schwere Aufgabe vor sich«, sagte der DC.

»Wie meinen Sie das?«

»Wie eliminieren wir normalerweise falsche Geständnisse? Wir überführen sie mithilfe der Details, die nicht veröffentlicht wurden. Dieser Mörder aber hat vorher veröffentlichtes Material als Aktionsplan benutzt. Redford wird alle Antworten kennen, ob er sie umgebracht hat oder nicht.«

Der DCS aus Dorset zog hörbar die Luft ein. »O Mist«, sagte er.

»Und ich bin nicht sicher, ob DCI Duvall das schon herausgefunden hat«, fügte er hinzu und verzog die Lippen zu einem überlegenen Lächeln.

Fiona schloss die Augen und klickte die E-Mail auf dem Bildschirm vor sich weg. Die Bestätigung ihrer Befürchtungen war das Letzte, was sie jetzt vor sich sehen wollte. Schließlich zwang sie sich jedoch, Kits E-Mail noch einmal durchzulesen. Es war nicht der Zeitpunkt, sich hängen zu lassen. Er brauchte ihre Unterstützung, während sie wie ein erschrecktes Häschen in der Ecke saß und jammerte. Sie riss sich zusammen und tippte das Feld »antworten« an.

Von: Fiona Cameron <fcameron@psych.ulon.ac.uk>
An: Kit Martin <KMWriter@trashnet.com>
Betrifft: Betr: Schlimmer kommt's nicht mehr

Mein lieber Kit,
es tut mir so furchtbar Leid wegen Georgia. Es muss dir wehtun, mein Liebster, und ich wünschte, ich könnte etwas tun, um dir den Schmerz zu nehmen. Aber ich fürchte, in diesem besonderen Fall werde ich kaum von Nutzen sein, selbst wenn DCI Duvall meine Hilfe in Anspruch nehmen wollte. Es ist bereits jedem klar, der etwas Grips hat, dass diese Fälle zusammenhängen, und du weißt ja, dass ich mit den vagen Ansätzen wie z. B. »Bettnässer als Neunjähriger und quälte die Katze der Nachbarn« nichts zu tun haben will. Was hätte ich ihnen also zu bieten? Nicht viel außer gesundem Menschenverstand.
Also, Lieber, es ist wichtig, dass du sehr gut auf dich aufpasst. Ich werde zur normalen Zeit zu Hause sein oder, wenn es geht, früher.
Ich hab dich lieb.
F.

Kapitel 42

Charles Cavendish Redford beharrte hartnäckig darauf, dass er auf einen Rechtsbeistand verzichten wolle. Er bestand darauf, dass er mehr über das Strafrecht wisse als der durchschnittliche Pflichtverteidiger und sehr wohl in der Lage sei, eine polizeiliche Vernehmung durchzustehen, ohne dass ihm jemand die Hand hielt.

Duvall gefiel diese Entscheidung. Sie wusste, dass selbst der unerfahrenste Pflichtverteidiger Redford raten würde, nichts weiter zu sagen. Aber wenn er sich durch seine eigenen Aussagen ans Messer liefern wollte, sollte ihr das nur recht sein. Ohne Anwalt würde Redford schneller und ohne lästige Unterbrechungen seine Enthüllungen machen. Klar war jedenfalls, dass Redford unbedingt zu Wort kommen wollte.

Sie hatte ihn im Untersuchungstrakt auffordern müssen, nur auf die Fragen des Sergeants zu seiner Person zu antworten. Etwas wäre ihr nämlich nicht recht gewesen: wenn er alles gleich losgeworden wäre und sie dann, sobald sie im Verhörzimmer seine Version offiziell aufnehmen wollten, plötzlich kein Wort mehr aus ihm herausgekriegt hätten.

Sobald er offiziell verhaftet war, schickte Duvall ein Team von Beamten zur Durchsuchung seiner Wohnung. Ein zweites Team bekam die Aufgabe, so viel wie möglich über Leben und Treiben von Charles Redford, den selbst ernannten, noch unveröffentlichten Schriftsteller, herauszufinden. Dann entschwand Duvall für zehn Minuten in ihr Büro. Sie warf ihre zerrissene Jacke ins untere Schließfach und ersetzte sie durch eine leichte schwarze Wolljacke, die dort als permanentes Aushilfsexemplar ihr Leben fristete. Sie sprühte einen Schuss ihres Lieblingsparfüms in die Luft und genoss den Duft, den sie kühl auf der Haut spürte. Dann setzte sie sich mit Notizblock und Bleistift hin und notierte die Hauptpunkte, die sie brauchte.

Schließlich stand Duvall – etwa eine Stunde nach dem Aufruhr bei der Pressekonferenz – vor ihrem geständigen Serienmörder hinter einem Tisch mit Resopalplatte. Der Raum war so klein, dass man fast Platzangst bekam, der große Spiegel an der einen Wand ließ ihn eher kleiner statt größer erscheinen. Über den gewohnten Gerüchen von altem Schweiß, Rauch und Angst lag ein Duft ihres Parfüms *Versace Red Jeans*. Redford, nicht gerade ein Hannibal Lecter, zuckte nicht einmal mit der Nasenspitze.

»Na endlich«, sagte er ungeduldig. »Also, los, lassen Sie schon das Band laufen.«

Duvalls Sergeant schaltete beide Tapedecks an und machte für die Akten die Angaben über Datum, Uhrzeit und die Anwesenden. Der Beamte aus Dorset, der sich hinter den Spiegel gesetzt hatte und für den der Ton übertragen wurde, war nicht auf der Liste.

Duvall musterte Redford. Mittelgroß, durchschnittlich gebaut. Sein Haar und Bart waren sorgfältig geschnitten, die Haut von der teigigen Blässe eines Menschen, der nicht viel Zeit im Freien zubringt. Seine Augen waren dunkel graublau, aufmerksam und tief liegend. Die Tweedjacke sah aus, als wäre sie einmal teuer gewesen, als sie neu war, aber das musste schon lange her sein. Sie passte ihm so gut, dass sie sogar wie maßgeschneidert aussah, aber heutzutage, wo Secondhandläden für einen wohltätigen Zweck gute Sachen verkauften und in jeder Verkaufsstraße wie Pilze aus dem Boden schossen, hatte das nichts zu bedeuten. Der Kragen seines karierten Hemds war an der Innenseite etwas ausgefranst. Er legte die langen Finger in endloser und sinnloser

Folge immer wieder neu ineinander. Sein Gesamteindruck war der großer Intensität hinter einer Fassade von Bedürftigkeit, die aber zugleich etwas Vornehmes hatte.
»Sie haben bestimmt schon ein Team ausgeschickt, das meine Wohnung durchsuchen soll«, stellte er mit einem Grinsen fest, das einen Mundwinkel zucken ließ. »Das ist Zeitverschwendung. Sie werden nichts finden außer alten Zeitungen. Was jeder haben könnte, der ein bisschen nachlässig mit dem Entsorgen von Papier ist.«
»Wir werden ja sehen«, sagte Duvall.
»Sie werden nichts sehen, Detective Chief Inspector Duvall«, sagte er und ließ sich ihren Titel auf der Zunge zergehen. »Wie ist Ihr Vorname? Irgendein hübscher für ein liebes Mädchen, wette ich, und Sie hassen ihn. Also, Detective Chief Inspector, ich bin Ihr schlimmster Alptraum.«
Duvall erlaubte sich ein nachsichtiges Lächeln. »Ich glaube nicht, Mr. Redford.«
»O doch. Ich habe diese Morde begangen, verstehen Sie. Ich gebe es freiwillig zu. Und ich werde Ihnen sagen, was und wie ich es genau gemacht habe. Aber nur bis zu einem bestimmten Punkt. Ich werde Sie nicht zu Beweisstücken führen, ich werde Ihnen nicht von Orten erzählen, wo Sie nach Zeugen suchen können. Haben Sie eine Ahnung, wie viele Touristenbetten es in Edinburgh gibt? Damit könnten Ihre Kollegen dort oben sich eine Weile amüsieren. Nein, Detective Chief Inspector, Sie werden nur das bekommen, was ich zugebe.« Er grinste und zeigte kleine Schneidezähne wie die Milchzähne eines Kindes. »Sie werden großen Spaß mit der Staatsanwaltschaft haben. Keine Beweise, nur ein Geständnis. Ach du guter Gott.«
Duvall schien sich zu langweilen. »Gut. Können wir also zum Geständnis kommen?«
Redford sah einen Moment gekränkt aus. Dann erhellte sich sein Gesichtsausdruck. »Ich sehe, was Sie vorhaben«, sagte er triumphierend. »Sie versuchen mich aufzubringen, indem

sie mir das Gefühl vermitteln, dass Sie mich links liegen lassen. Na ja, ich will Ihnen mal was sagen, ich habe genug gelesen und genug gesehen, um all Ihre Tricks zu durchschauen, DCI Duvall. Sie werden mich nicht drankriegen. Also, ich verstehe mich als Geschichtenerzähler. Lassen Sie uns daher mit dem Anfang beginnen.«

»Nein«, unterbrach ihn Duvall abrupt. »Versuchen wir doch mal eine radikalere Erzählweise. Lassen Sie uns mit dem Ende beginnen, mit Georgia Lester.«

»Ooooh.« Redford ließ einen gedehnten Laut der Bewunderung hören. »Da werde ich aber Erzähltechnik anwenden müssen! Aber wollen Sie nicht hören, warum ich so radikal gegen Thrillerautoren eingestellt bin?«

Duvall zog sein Flugblatt aus ihrer einfachen, praktischen schwarzen Handtasche. »Ich zeige Mr. Redford eines der Blätter, die er heute Nachmittag auf einer Pressekonferenz der Polizei verteilt hat«, sprach sie auf das Band. »Ich nehme an, die Gründe sind hier erklärt? Sie schickten ihnen Ihre Romane in der Hoffnung, dass sie Ihnen helfen würden. Aber sie haben Ihnen nicht nur keine Beachtung geschenkt, sondern Sie glauben sogar, dass sie Ihnen Ihre Geschichten gestohlen und Ihre Werke abgeschrieben haben. Ist das eine zutreffende Zusammenfassung?« Sie sprach schnell und energisch. Er war so voller Selbstbewusstsein, dass sie bestenfalls hoffen konnte, ihn etwas zu verunsichern. Darauf steuerte sie nun genau zu. Sie spürte den Adrenalinstoß, den Zustand produktiver Anstrengung, der sie gespannt sein ließ wie einen Flitzbogen. Es kam so selten vor, dass sich ein Verhör auch nur ansatzweise zu einer Herausforderung entwickelte, und Duvall genoss die Konfrontation.

»Ja, schon«, sagte er, aber mit einem Tonfall leichter Unzufriedenheit. »Aber wollen Sie nicht mehr darüber wissen, warum ich angefangen habe? Das sollte Sie doch interessieren.«

Sie zuckte die Achseln. »Die Motivation wird in der Kriminalliteratur überschätzt, Mr. Redford. Erinnern Sie sich an jenen praktischen Arzt in Manchester? Harold Shipman? Er wurde verurteilt, weil er fünfzehn ältere Patienten mit einer Überdosis Morphium umbrachte. Niemand weiß eigentlich, warum er es getan hat, aber das hat die Geschworenen nicht daran gehindert, ihn schuldig zu sprechen. Die Motive überlasse ich den Anwälten. Ich interessiere mich für die technische Seite dessen, was Sie getan und wie Sie es getan haben. Und lassen Sie uns bei Georgia Lester bleiben, ja? Sie werden noch genug Gelegenheit haben, aus gegebenem Anlass mit Kollegen anderer Zuständigkeitsbereiche über Ihre anderen angeblichen Verbrechen zu sprechen. Das heißt, wenn Sie mich überzeugen können, dass Sie etwas mit der Ermordung Georgia Lesters zu tun haben.«

Redford lehnte sich zurück und legte mit der Herablassung eines Akademikers die Fingerspitzen aneinander. »Ich wusste, dass sie ein Ferienhaus in Dorset hatte«, begann er weit ausholend.

»Woher wussten Sie das?«, konterte Duvall. Sie war entschlossen, nicht zuzulassen, dass er sich bei seiner Geschichte entspannte.

»Das Magazin *Hello!* brachte letztes Jahr einen Artikel über sie. Fotos von der Außenansicht des Hauses und von innen. Im Artikel stand, es sei sieben Meilen von Lyme Regis entfernt. Es war nicht schwer zu finden. Ich habe also das Ferienhaus ausfindig gemacht und dann meinen Plan geschmiedet. Ich erkundigte mich nach ihrem Zeitplan ...«

»Wie haben Sie den herausgefunden?«, fragte Duvall.

»Auf ihrer Internetseite. All ihre öffentlichen Auftritte. Ich wusste, dass sie an den meisten Wochenenden nach Dorset hinunterfuhr, und mithilfe der Veranstaltungsliste im Internet konnte ich mir leicht ausrechnen, wann sie wieder in London zu erwarten war. Müssen Sie dauernd unterbrechen?«, fragte er genervt.

»Ich dachte, meine Fragen wären Ihnen willkommen«, sag-

te Duvall umgänglich. »Sie sagen, Sie möchten, dass ich Ihnen glaube. Sie sollten dankbar sein, dass ich versuche, für alle Details Ihrer Geschichte Bestätigungen zu finden.«
Seine Augen flammten kurz und ärgerlich auf. »Sie halten sich wohl für sehr schlau, nicht wahr, Duvall? Aber mir sind Sie nicht gewachsen. Ich habe sie umgebracht, und Sie werden mir den Mord an Georgia Lester zur Last legen müssen.«
»Entweder das, oder ich werde Ihnen vorwerfen müssen, den Lauf der Ermittlungen zu stören. Sie haben Georgia also hinterherspioniert. Was für ein erbärmliches, billiges Verbrechen das ist. Wie haben Sie sie gefangen genommen?«

Eine Stunde später verließ Duvall das Vernehmungsbüro. Sie war erschöpft und frustriert. Obwohl sie ihn ständig mit Fragen bombardiert hatte, hatte sie keine einzige Tatsache aus Redford herausgebracht, die nicht entweder schon in der Presse veröffentlicht worden war oder auf die man nicht durch aufmerksames Lesen von Georgia Lesters Text selbst hätte kommen können. Sie ging in das Beobachtungszimmer, wo der DCS aus Dorset mit einem Notizblock auf den Knien saß. »Was meinen Sie?«, fragte sie.
Er blickte auf und verzog das Gesicht. »Sie müssen ihn dazu bringen, über etwas Konkretes zu sprechen, das sich bei Ihrer Suchaktion ergeben hat und das noch nicht veröffentlicht worden ist. Er hat noch nichts geäußert, was ein guter Anwalt bei seinem Plädoyer vor den Geschworenen nicht auseinandernehmen könnte. Er will zwar seinen Auftritt vor Gericht, aber er will nicht verurteilt werden, so wie ich es sehe. Und er hält sich für klüger als Sie.«
Duvall lehnte sich an die Wand und verschränkte die Arme vor der Brust. »Und das ist vielleicht der Punkt, mit dem ich ihm eine Falle stellen kann. Als ich das Flugblatt las, fiel mir gleich auf, wie sehr der Stil dem der Drohbriefe ähnelt, die an manche Krimiautoren geschickt wurden. Mit dem richti-

gen Sachverständigen können wir ihm die Briefe vielleicht nachweisen, ob wir nun die Originale in seinem Computer finden oder nicht. Und wenn wir die Briefe mit den Morden in Verbindung bringen können, dann haben wir einen Anfang. Aber es wird höllisch schwer sein, das wasserdicht festzuzurren.«

»Glauben Sie, dass er es wirklich war?«

Duvall stieß sich von der Wand ab und trat an den venezianischen Spiegel heran. Dahinter schaute Redford mit einem selbstbewussten Grinsen zu ihr auf, als könne er sie sehen. »Das frage ich mich eben immer wieder.«

Der DCS tippte mit dem Stift auf seinen Block. »Wenn ich dieses Flugblatt lese, kommt es mir so vor, als würde er praktisch alles tun, um sein Buch veröffentlicht zu sehen.«

Duvall seufzte. Er hatte damit einen Gedanken ausgesprochen, der ihr auch schon gekommen war. »Glauben Sie, er würde so weit gehen, dafür einen Mord zu begehen?«

»Ich glaube, er würde jedenfalls so weit gehen, einen Mord zu gestehen.« Er schüttelte den Kopf. »Ich sage Ihnen etwas, DCI Duvall, ich werde mich nicht mit Ihnen darüber streiten, wer den Orden für die Auflösung des Rätsels bekommt.«

Fiona fand Kit im Wohnzimmer in voller Länge auf der Couch ausgestreckt. Auf dem Boden neben ihm stand eine Flasche, die noch ein paar Zentimeter Rotwein enthielt. In dem Glas, das auf seiner Brust stand, war ein kleiner Rest. Im Fernsehen lief eine australische Seifenoper. Seine Augen waren auf den Bildschirm gerichtet, aber sie wusste, er sah eigentlich nicht zu.

»Ich hole dir noch eine Flasche«, sagte sie.

»Das wäre eine gute Idee«, stimmte er zu. Es war ihm nicht anzuhören, dass er getrunken hatte.

Als Fiona zurückkam, setzte sie sich im Schneidersitz auf den Boden neben ihm und goss sich den Rest aus der Flasche in ihr Glas. »Es tut mir so Leid wegen Georgia, ich kann gar nicht sagen, wie sehr.«

»Mir auch«, sagte Kit und richtete sich etwas auf, sodass er halb gegen die Lehne des Sofas gestützt saß. »Und ich habe auch Angst. Jemand ist da draußen und tötet Leute wie mich, da ist es schwer, sich von dem Gedanken frei zu machen, dass ich der Nächste auf seiner Liste sein könnte.«

»Ich weiß.« Fiona trank ihr Glas aus und fing die zweite Flasche an. »Und ich kann nichts sagen oder tun, um es zu ändern. Ach Gott, wie ich dieses Gefühl hasse.« Sie ergriff seine Hand.

Das Schweigen zwischen ihnen wurde von dem albernen Geplapper der verliebten Teenager in der Seifenoper überdeckt. Fiona wünschte sich mehr, als sie sich je irgendetwas gewünscht hatte, sie könnte einen Zauberstab schwingen und das Gefühl der Bedrohung auflösen, das sie beide wie ein klebriges Spinnennetz umfing und sie für alles andere blind machte. »Es war nett von Steve, dass er gekommen ist und den Fall persönlich mit dir besprochen hat«, sagte sie endlich. »Zumal es zur Zeit schlecht zwischen uns steht.«

»Er liebt dich zu sehr, als dass er kleinlich sein könnte.«

Fiona warf ihm einen kurzen, überraschten Blick zu. Sie hatte immer gedacht, die Bürde von Steves geheimer Liebe sei ihr kleines Geheimnis. Sie hatten nie über das Thema gesprochen, und sie hatte angenommen, Kit habe ihre Version ihrer langjährigen Beziehung zu Steve akzeptiert: ein Gegenbeweis zu der Theorie, dass Freundschaft zwischen heterosexuellen Männern und Frauen unmöglich sei.

Kit schüttelte den Kopf, ein müdes Lächeln erschien auf seinem Gesicht. »Meinst du, ich hätte nie was bemerkt?«

»Na ja, schon. Ich dachte aber, dass du dir nichts dabei dachtest, weil du nie etwas gegen ihn gesagt hast«, gab sie zu.

Kit nahm die Flasche und füllte sein Glas. »Warum sollte mich seine Liebe zu dir stören? Sie war ja nie eine Bedrohung für mich. Ich habe immer gewusst, dass du ihn nicht liebst.

Na ja, du liebst ihn schon, natürlich, aber als Freund. Und er hat nie versucht, mir vorzuschreiben, wie ich dich behandeln sollte. Warum sollte es dann ein Problem sein?«

Fiona lehnte den Kopf an seinen Oberschenkel. »Du überraschst mich immer wieder.«

»Gut. Es wäre mir nicht lieb, wenn ich denken müsste, du hättest mich ganz durchschaut.« Er ließ ihre Hand los und strich ihr übers Haar. »Du bist ein sehr guter Grund, am Leben zu bleiben, weißt du. Ich werde nichts riskieren.«

Fiona ergriff die Gelegenheit. »Wir lassen also gleich morgen früh jemanden von einem Sicherheitsdienst kommen, um einen Bewacher für dich zu beauftragen.«

»Ist das dein Ernst?« Sein Tonfall war eine Mischung aus Ungläubigkeit und Empörung.

»Noch nie so sehr wie jetzt. Du kannst doch nicht wie ein Einsiedler leben, Kit. Du weißt doch, es würde dich innerhalb von ein paar Tagen zum Wahnsinn treiben. Du wärst frustriert und hättest schlechte Laune, könntest nicht arbeiten und würdest etwas tun, das dir sicher erscheint, wie zum Beispiel im Park von Hampstead Heath spazieren gehen. Du wärst schutzlos und gefährdet.« Als er ihr widersprechen wollte, hob Fiona energisch die Hand. »Ich will darüber nicht streiten, Kit. Deine Sicherheit ist das Wichtigste, aber du musst schließlich auch noch halbwegs normal leben können.«

»Zugegeben. Aber ein Wächter? Ich käme mir wie ein totaler Trottel vor.«

»Es ist besser als die Alternative.«

Bevor Kit noch etwas sagen konnte, war der Abspann der Seifenoper zu Ende, und die eindringliche und vertraute Erkennungsmelodie vor den Sechs-Uhr-Nachrichten erklang. Fiona drehte sich hastig zum Bildschirm um. »Mal sehen, was sie über Georgia bringen«, sagte sie.

Der Nachrichtensprecher setzte sein Markenzeichen, ein ernstes Lächeln, auf und fing mit den Meldungen an. »Guten

Abend. Die sterblichen Überreste der vermissten Kriminalautorin Georgia Lester sind in einem Gefrierschrank im Londoner Smithfield Market entdeckt worden. Und nach einer dramatischen Szene bei einer Pressekonferenz der Polizei hat ein Mann den Mord an ihr gestanden.«

Den Rest der Schlagzeilen bekamen Fiona und Kit nicht mit.

»Was zum Teufel?«, rief Kit aus.

Sie mussten nicht lange warten. Georgia war die erste Meldung im Hauptteil der Nachrichten. »Die Polizei der City of London hat heute Nachmittag eine Pressekonferenz abgehalten, um mitzuteilen, dass eine Durchsuchung von Smithfield Market mit der Entdeckung von Georgia Lesters sterblichen Überresten endete. Der grausige Fund wurde in den frühen Morgenstunden gemacht, nachdem die Polizei die ganze Nacht eine neue Spur verfolgte. Mrs. Lester ist vor zehn Tagen irgendwo zwischen ihrem Ferienhaus in Dorset und ihrem Londoner Haus verschwunden. Seitdem wurde verschiedentlich Besorgnis um ihre Sicherheit geäußert.

Aber die Entdeckung wurde von den Ereignissen bei der Pressekonferenz selbst überschattet. Ich gebe weiter an unsere Reporterin Gabrielle Gershon.«

Eine Mittdreißigerin mit ernstem Gesicht und modischer Brille blickte in die Kamera. »Die Polizei hat bei der Pressekonferenz nur wenig preisgegeben. Man hat nur zugegeben, dass Georgia Lesters zerstückelte Leiche in einem Gefrierschrank in Smithfield Market gefunden wurde, wollte aber nichts über einen möglichen Zusammenhang zwischen dem Tod der Bestsellerautorin und den kürzlich ermordeten Thrillerautoren Drew Shand und Jane Elias sagen.

Aber als die Pressekonferenz zu Ende ging, drängte sich ein Mann zwischen die Reporter und erklärte, er sei für alle drei Morde verantwortlich. Dann verteilte er Flugblätter, auf denen er behauptete, die drei ermordeten Autoren hätten seine Arbeiten gestohlen und er habe sie aus Rache für ihren Betrug umgebracht.

Aus rechtlichen Gründen dürfen wir die Aufnahmen der turbulenten Szene nicht zeigen. Aber der Mann ist abgeführt worden, und vor zehn Minuten hat die Polizei bestätigt, dass er als mutmaßlicher Mörder verhaftet wurde.«

Die Stimme des Nachrichtensprechers unterbrach sie. »Schien dieser außergewöhnliche Zwischenfall bei der Polizei Überraschung hervorzurufen, Gabrielle?«, fragte er.

»Ja, Don, er hat wohl sehr große Verwirrung verursacht. Bis zu diesem Zeitpunkt hatte es keine Hinweise gegeben, dass die Polizei irgendwelche Tatverdächtigen im Fall Georgia Lester hatte.«

»Das ist eine bemerkenswerte Wende der Sachlage. Ich kann mich nicht erinnern, dass so etwas schon einmal passiert ist«, sagte Don, der Nachrichtensprecher im Studio, der auf dem Bildschirm wieder zu sehen war. »Danke, Gabrielle. Wir werden mehr von Ihnen hören, wenn es weitere Neuigkeiten gibt.« Er blickte nachdenklich in die Kamera. »Später werden wir in dieser Sendung eine Würdigung von Georgia Lesters Leben und Werk bringen. Aber jetzt zu den wichtigsten Ereignissen von heute.«

Fiona nahm die Fernbedienung und stellte den Ton ab. »Unglaublich«, sagte sie verwundert. »Er hat vor einem Raum voller Journalisten ein Geständnis abgelegt?«

»Also, der braucht keinen Publicity-Manager.«

»Gib mir mal das Telefon«, sagte Fiona.

Kit streckte sich und nahm den schnurlosen Hörer. »Wen willst du anrufen?«

»Wood Street. Ich will wissen, ob das echt ist oder nur ein Spinner aus der Gegend dort.«

»Meinst du, sie werden es dir sagen?«

Fiona warf ihm einen ihrer scharfen Blicke zu, mit denen sie vorwitzige Studenten zum Schweigen brachte. »Glaubst du etwa nicht?«

Zehn Minuten später legte sie auf. Sarah war natürlich nicht zu sprechen gewesen. Aber als Fiona einem leicht argwöhnischen Sergeant im Einsatzzentrum erklärt hatte, in welcher Verbindung sie zu dem Fall stand, versicherte er ihr, ja, die Mordkommission nehme den Geständigen ernst. Und wahrscheinlich werde ihm – das sei aber ganz inoffiziell – bis zum nächsten Morgen eine Tat zur Last gelegt werden können. Vielleicht nicht Mord, noch nicht. Aber jedenfalls etwas Schwerwiegendes.

Fiona kam sich vor wie in dem Moment, wo die Wirkung der Betäubungsspritze beim Zahnarzt nachlässt. Wie eine Flüssigkeit lief die Spannung von ihr ab. Ihre anfänglich skeptische Reaktion war zerstreut worden, da der Sergeant beharrlich versichert hatte, jemand mit der Intelligenz Sarah Duvalls nehme die Sache ernst. Und wäre der Geständige einer der üblichen Verdächtigen gewesen, die jedes Mal, wenn ein schweres Verbrechen in den Schlagzeilen stand, aus ihrem Versteck gekrochen kamen, dann hätte die Polizei es gemerkt. Sie blickte lächelnd in Kits ängstliche Augen über ihr. »Sie scheinen ihn für echt zu halten«, sagte sie und atmete tief aus. Sie stand hastig auf, setzte sich auf die Couch und schlang die Arme um ihn. »Ich hoffe, sie haben Recht«, sagte sie leise. »O Gott, ich hoffe, es ist zu Ende.«

Kapitel 43

Im Zimmer hing der schwere Duft von Ylang-Ylang, Sandelholz und Rosenöl. Der Schein von zwei Kerzen nahm dem klinisch weißen Anstrich der Wände die Kälte und verwandelte Steves Schlafzimmer aus einer Mönchszelle in einen Ort, wo Romantik möglich war. Das Massageöl und die Kerzen waren Terrys Beitrag zu dieser Atmosphäre. Nach der ersten Nacht dringlichen Begehrens wollte sie ihrer Liebe nun einen sinnlicheren Rahmen geben.

Sie lagen mit träge ineinander verschlungenen Gliedern nebeneinander. Zwei Sektgläser standen in Reichweite, fanden aber jetzt, da die beiden Liebenden sich die Geschichte ihres Lebens erzählten, keine Beachtung. Steve hörte Terry von ihrer Kindheit sprechen und genoss das Gefühl, aus der Banalität seines Lebens herausgehoben zu sein.

Als das Telefon in Terrys leicht ironischen Bericht hineinschrillte, wurde er mit einem Ruck in sein früheres Leben zurückgestoßen. »Mist«, schimpfte er wütend und machte sich von ihr los.

Sie lachte leise in sich hinein. »Lass es doch einfach. Du bist nicht im Dienst.«

»Ich kann nicht«, sagte er ärgerlich, ging mit ein paar großen Schritten durchs Zimmer und griff schnell nach dem Telefon auf der Frisierkommode. »Zu viel los. Blödes Ding.« Er drückte auf den Knopf und schnauzte: »Hier Preston.«

»Steve? Hier ist Sarah Duvall.«

Steve unterdrückte seinen Ärger und ging zur Bettkante, wo er sich fallen ließ. »Was kann ich für Sie tun, Sarah?«

»Habe ich einen schlechten Moment erwischt?«
»Nein, geht in Ordnung.«
Duvall merkte an seinem brüsken Ton, dass es nicht in Ordnung war, aber sie sprach trotzdem weiter. Sie würde kaum zulassen, dass Steve Prestons Bequemlichkeit ihrem Ziel im Weg stand. »Ich wollte Ihre Meinung hören, ob Dr. Cameron wohl eine formelle Anfrage von uns wegen Mitarbeit am Lester-Mord annehmen würde.«
Steve schaute unschlüssig zu Terry hinüber. Er fühlte sich nicht ganz wohl dabei, vor ihr über Fiona zu reden. Es hatte fast etwas von Inzest an sich. »Ich denke schon. Das Problem lag bei der Met, es war nicht prinzipieller Art. Was wollen Sie denn genau?«
»Wie Sie wissen, haben wir einen Geständigen in Haft. Es bereitet uns ganz besondere Probleme, seine Echtheit zu überprüfen, weil so viele Einzelheiten des Verbrechens aus Lesters Buch stammen. Aber ich denke, man könnte Hinweise finden, dass er die Briefe geschrieben hat. Ich will ihm die Briefe nachweisen und dann Zusammenhänge zwischen den drei Morden finden, vor allem wenn wir feststellen können, dass Shand und Elias auch Briefe bekommen haben. Ich dachte, Dr. Cameron könnte sich vor allem die Briefe und das Flugblatt vornehmen, das er bei der Pressekonferenz verteilt hat, dann könnte sie das Material der beiden anderen Fälle noch einmal durchgehen und prüfen, ob es einen Zusammenhang gibt. Mit drei Fällen, die wir einbeziehen können, haben wir eine bessere Chance, Zeugen zu finden oder sonst etwas ausfindig zu machen, das entweder das Geständnis bestätigt oder ihn als Täter ausschließt.«
»Ich würde schon denken, es ist einen Versuch wert«, sagte Steve vorsichtig. »Und es gibt niemanden, der so etwas besser erledigen würde.«
»Ich will nicht bis morgen früh warten«, sagte Duvall. »Haben Sie ihre private Nummer?«
»Ich glaube, ein persönliches Gespräch würde zu einem bes-

seren Ergebnis führen als ein Anruf.« Es war jetzt nicht der rechte Moment, Duvall zu sagen, dass sie sich durch ihre Telefontaktik kaum bei Fiona beliebt machen würde. Denn diese nahm Duvall ohnehin ihr Zögern übel, Kit und seinen Kollegen Schutz zu gewähren.

»Also eine Adresse?«

Steve warf einen kurzen Blick auf Terry, die zusammengerollt auf der Seite lag und ihn mit einem Lächeln beobachtete. Einen kurzen Moment überlegte er, ob er ins andere Zimmer gehen sollte, damit Terry nicht merkte, dass es um ihre Chefin ging. Der Instinkt, alles vertraulich zu behandeln, saß tief in ihm, aber es war ihm klar, wenn diese Beziehung gelingen sollte, musste er Terry an seinem Leben teilnehmen lassen. Er holte tief Luft und sagte die vertraute Adresse. Terrys Augenbrauen hoben sich, und ihr Gesichtsausdruck spiegelte Neugier wider. Steve beendete das Gespräch und legte das Telefon auf die Kommode zurück.

»Ich werde nicht nachbohren, wenn du nicht willst, aber ich habe nun mal Fionas Adresse mitbekommen«, sagte sie.

Steve ging wieder ins Bett und streckte den Arm aus, um sie an sich zu ziehen. »Du hast von dem Typ gehört, der bei einer Pressekonferenz den Mord an Georgia Lester gestanden hat?«

»Ich hab's in den Nachrichten gesehen, ja.«

»Tja, die Kollegen von der City of London wollen sich deswegen mit Fiona beraten. Sie halten ihn für tatverdächtig.«

»Und sie wollen die Tat mit den anderen beiden Morden an Krimiautoren in Verbindung bringen, ja?« Terrys Interesse war geweckt. Sie richtete sich etwas auf und stützte sich auf einen Ellbogen.

»Stimmt. Fiona wird sich darauf stürzen. Von allem anderen abgesehen, wird sich vielleicht bestätigen, dass sie den Richtigen haben, und sie kann dann aufhören, sich Sorgen darüber zu machen, dass Kit der Nächste auf der Liste sein könnte.«

»*Natürlich*. Deshalb ist sie die letzten Tage so zerstreut wie eine Schlafwandlerin.«
»Hast du nicht daran gedacht, dass Kit in Gefahr sein könnte?«
»Was soll ich dazu sagen? Ich hatte Kit irgendwie vergessen. Ich habe ihn nur einmal kurz kennengelernt. Außerdem spricht Fiona nie über ihr Privatleben. Und niemand hat über einen möglichen Serienmörder gesprochen. Die Zeitungen taten alle so, als gäbe es keinen Zusammenhang zwischen Drew Shand und Jane, wie hieß sie noch mal?« Sie schüttelte irritiert den Kopf. »Ach Gott, wie konnte ich nur so ein dummes Huhn sein? Sie muss sich so gesorgt haben, dass sie ganz daneben war.«
Steve seufzte. »Sie war der völligen Panik so nahe, wie es bei Fiona überhaupt möglich ist. Wir haben uns gestern deswegen zerstritten. Sie war wütend, weil sie zwar die Idee hatte, Smithfield Market zu durchsuchen, aber weder die Polizei der City noch die der Met konnte sich dazu durchringen, Kit zu schützen.«
Terry runzelte die Stirn. »Ach, Steve, das ist schlimm. Private und berufliche Pflichten kommen sich in die Quere, und du bist mittendrin. Dir und Fiona muss es ja beschissen gehen. Ganz fertig vor Angst um ihn, und dann liegt ihr auch noch miteinander im Clinch.«
»Es ist nicht leicht gewesen in letzter Zeit«, gab er zu. »Wenigstens sieht es aus, als sei Kit jetzt in Sicherheit, und dafür bin ich sehr dankbar. Er ist mein bester Kumpel, und wenn ihm etwas zugestoßen wäre, weiß ich nicht, wie ich das verkraftet hätte. Aber ich fürchte, das alles hat meine Beziehung zu Fiona beschädigt. Sie ist eine Frau, die nicht so leicht vergibt.«
»Sie wird sich wieder einkriegen«, sagte Terry forsch und zuversichtlich. »Besonders wenn du gehörig kriechst. Nach meiner Erfahrung reagiert sie ganz gut, wenn man vor ihr buckelt.«

Steve schüttelte den Kopf. »Ich glaube, diesmal wird das nicht ausreichen.«
Terry kuschelte sich an ihn. »Ich hatte mich so angestrengt, dass du schön locker wirst, und jetzt bist du schon wieder ganz verspannt.« Sie nahm die Flasche mit dem Massageöl. »Es hilft nichts. Du wirst einfach Kit und Fiona vergessen, dich schön hinlegen und tapfer deine Behandlung über dich ergehen lassen müssen.«
Steve lächelte leicht, als er sich auf den Bauch legte und fühlte, wie seine Muskeln zitterten, als sie sich rittlings auf ihn setzte. »Was immer Sie mir raten, Frau Doktor.«
»Ich habe noch keinen Doktor«, sagte sie. »Stell dir nur vor, wie viel besser ich sein werde, wenn ich mein Examen habe …«
Er stöhnte behaglich, als sie mit ihren öligen, glatten Händen seine Schultern zu massieren begann. »Ich weiß nicht, ob ich das aushalten werde.«
»Wir werden das Krafttraining zusammen machen, mein tapferer Soldat.« Ihre starken Finger kneteten seine kräftigen Rückenmuskeln und ließen alle Gedanken an Sarah Duvall und Fiona Cameron versinken.

Fiona war in der Küche und machte Kaffee, als es klingelte. Die unerwartete Unterbrechung ließ sie die Stirn runzeln. Sie ging zum Flur und sah durch den Spion an der Tür. Möglicherweise war es jemand von der Presse, der geglaubt hatte, er könnte einen kernigen Spruch von Kit für die Morgenausgabe zitieren. Wenn dem so wäre, würde sie ihm mit großem Vergnügen eine Abfuhr erteilen. Eins war sicher. Ein Freund würde an diesem Abend nicht vorbeikommen, ohne vorher anzurufen.
Zu ihrer Überraschung erkannte Fiona die Person vor der Tür, konnte sich aber nicht vorstellen, was Detective Chief Inspector Sarah Duvall wollte. Sie murmelte halblaut: »Ach zum Kuckuck«, und öffnete die Tür. »DCI Duvall«, sagte sie.

»Es tut mir leid, Sie am Abend zu stören«, sagte Duvall steif, als komme sonst nie so etwas wie eine Entschuldigung über ihre Lippen. »Aber ich hoffe, Sie haben etwas Zeit für mich.«
Fiona trat zurück und ließ sie eintreten. »Zweite Tür links, in die Küche. Da können wir reden.«
Duvall ging den Flur entlang und nahm die guten Holzböden, die teuren Perserteppiche und zwei beeindruckende Öllandschaften an den Wänden zur Kenntnis. An der Treppenbiegung erschien ein Mann, den sie als Kit Martin erkannte, und schaute sie neugierig an.
»Etwas Dienstliches, Kit«, rief Fiona. »Ich muss mit DCI Duvall sprechen.«
»Kann wohl nicht bis morgen früh warten, hm? Kein Problem«, sagte er, drehte sich um und verschwand wieder nach oben.
»Ich habe in den Nachrichten gesehen, dass Sie jemanden festgenommen haben«, sagte Fiona, während sie Duvall in die Küche folgte. »Bitte, nehmen Sie Platz.«
Duvall zog einen Stuhl heran, setzte sich und schlug sorgfältig die Beine übereinander.
»Ich war gerade dabei, Kaffee zu machen. Möchten Sie eine Tasse?«
»Ja, danke.«
»Schwarz, oder?« Fiona wartete die Antwort nicht ab, sondern nahm einen zweiten Becher und füllte ihn. Sie goss Milch in ihren eigenen Becher und stellte beide auf den Tisch, wo sie sich Duvall gegenübersetzte. Ihr Gesicht war so ausdruckslos und ohne Regung wie das der Beamtin, und sie sagte: »Was bringt Sie also hierher?«
»Wie Sie schon sagten, wir haben jemanden festgenommen. Wir hatten eigentlich keine andere Wahl, als er in aller Öffentlichkeit sein Geständnis ablegte«, sagte Duvall mit einem Anflug von Ironie. »Aber die Lage ist alles andere als einfach. Sein Name ist Charles Redford, und er hat die Morde gestanden. Aber er gibt nur Details an, die jedem zugäng-

lich sind, der die Zeitungsberichte und die Vorlage für den Mord, den Roman von Georgia Lester, gelesen hat. Eine Durchsuchung seiner Wohnung hat nichts Schlüssiges ergeben. Die drei einschlägigen Bücher von Shand, Elias und Lester lagen auf seinem Schreibtisch. Er hatte einen Stoß Zeitungen mit Artikeln über die drei Fälle, aber bis jetzt hat die Spurensicherung nichts gefunden, was ihr wirklich eine Grundlage bietet.
Mit einer Sache hatten wir Glück, seine Telefonrechungen zeigen, dass er innerhalb der letzten drei Monate Anrufe sowohl bei Shand als auch bei Lester gemacht hat. Und eine Literaturagentin hat ausgesagt, Redford habe sie bedroht. Sie hatte erwogen, ihn als Autor anzunehmen, entschied sich aber dagegen. Nach der Ablehnung tauchte er bei ihr in der Agentur auf, rannte an der Empfangsdame vorbei direkt zu ihr ins Büro und beschimpfte sie laut, nahm dann einen Brieföffner von ihrem Schreibtisch und fuchtelte damit vor ihrem Gesicht herum, wobei er schrie, sie solle vorsichtig sein, wen sie beleidige. Dann warf er den Brieföffner gegen die Wand und stürzte hinaus.«
Fiona nippte an ihrem Kaffee und sagte nichts, sondern hob nur leicht die Augenbrauen. Ihre frühere Begegnung mit Duvall motivierte sie nicht gerade dazu, es ihr jetzt besonders leicht zu machen.
Duvall räusperte sich und fuhr fort. »Sie hatte beschlossen, nicht die Polizei anzurufen, weil sie am folgenden Morgen nach New York fliegen musste und keine Zeit für diese, wie sie wörtlich sagte, ›Umstände‹ hatte.« Grimmige Missbilligung war ihr dabei ins Gesicht geschrieben. »Wir haben uns auch seinen Computer angesehen, aber bis jetzt haben wir keine Spur der Drohbriefe gefunden. Ich hoffe, dass die Computerspezialisten etwas ausfindig machen, wenn sie die Festplatte genauer überprüfen, aber darauf will ich mich nicht verlassen.« Sie hob ihre dünne Aktentasche auf die Knie und öffnete sie. »Ich habe die Kopien der Briefe und

auch eine Kopie des Flugblatts mitgebracht, das er heute Nachmittag bei der Pressekonferenz ausgeteilt hat.« Sie zog ein paar Plastikschutzhüllen heraus, von denen jede eine Fotokopie enthielt. Sie machte ihre Tasche zu, stellte sie wieder neben ihren Füßen ab und legte die Hüllen auf den Tisch. »Ich glaube, der Stil ist charakteristisch genug, um zu zeigen, dass sie alle von derselben Person geschrieben wurden. Ich habe vor, sie von einem Linguisten begutachten zu lassen, und hoffe, damit einen Zusammenhang beweisen zu können.« Duvall richtete ihren Blick auf Fiona. Von dort kam ihr keine Hilfe, aber sie fuhr trotzdem fort. »Ich hatte gehofft, dass Sie die Schreiben vom psychologischen Standpunkt betrachten und mir sagen könnten, was Sie davon halten.«

»Was ich wovon halte?«

Duvall schürzte die Lippen. Sie hatte nicht erwartet, dass es leicht sein würde. Mit offener Feindseligkeit hätte sie eher umgehen können. Aber Fionas hartnäckige Weigerung, ihr entgegenzukommen, war ihrem eigenen Stil zu ähnlich, als dass sie damit klarkam. »Ob dieselbe Person alle Schreiben verfasst hat. Ob es möglich ist, dass diese Person sich vom Briefeschreiber zum Täter wandeln konnte. Ob das vorliegende Material Hinweise auf Zusammenhänge zwischen den Verbrechen enthält. Was immer Sie finden, es wird mich interessieren.«

Fiona hielt ihren Becher mit beiden Händen und sah Duvall unverwandt an. »Glauben Sie, dass er der Mörder ist?«

Duvall drückte die Brille auf ihre Nase herunter. »Spielt das eine Rolle?«

»Ich bin neugierig. Ich habe schließlich etwas zu verlieren, Sie erinnern sich vielleicht«, sagte Fiona kühl.

Duvall stellte das übergeschlagene Bein auf den Boden. »Ich bin kein Mensch, der sich vom Instinkt leiten lässt. Ich stütze mich auf das Beweismaterial und meine Erfahrung. Auf dieser Basis ist es eher wahrscheinlich, dass er der Mörder ist. Er ist arrogant und übermäßig selbstbewusst. Und eitel, sehr

eitel. Er ist überzeugt, dass man ihn betrogen hat. Ich glaube, er hat dies alles sehr sorgfältig geplant, damit ihm die Tat angelastet wird, es zur Verhandlung kommt, er aber nicht für schuldig befunden wird. Dann endlich wird er die Chance bekommen, sich nach Herzenslust wichtig zu machen. Ich glaube, Ihr Partner ist nicht in Gefahr, Frau Dr. Cameron.«
Fiona hatte gehört, was ihr wichtig war. »Ich werde es tun«, sagte sie.
Duvall legte eine Hand auf die Plastikhüllen. »Noch etwas«, sagte sie.
Fiona missfiel Duvalls Vorgehen. Alles, was sie sagte, beruhte auf kalter Berechnung und gab ihr das Gefühl, sie werde benutzt. Hätte sie nicht ein persönliches Interesse an diesem Fall gehabt, sie hätte sich niemals so engagiert. Und es irritierte sie, dass Duvall annahm, sie werde noch mehr aus ihr herausbekommen, weil sie nun einmal schon so weit gegangen war. »Es ist schon spät, Chief Inspector«, sagte sie kalt. »Lassen wir doch das taktische Larifari.«
Duvall blinzelte. »Ich bin nicht hier, um Zeit zu verschwenden, Frau Doktor. Weder Ihre noch meine. Ich kenne Ihre Arbeit über Deliktverknüpfung gut. Wenn wir diesen Fall vor Gericht bringen wollen, muss ich überzeugend darlegen, dass die drei Morde zusammenhängen. Ich habe schon mit meinen Kollegen in Edinburgh und Irland gesprochen, und sie sind bereit, Ihnen das Belastungsmaterial zugänglich zu machen. Das ermöglicht Ihnen die Erstellung einer gesicherten theoretischen Grundlage, mit der wir vor Gericht belegen können, dass die drei Morde das Werk ein und derselben Person sind.«
Fiona schüttelte ungläubig den Kopf, fast am Ende ihrer Geduld. »Sie sind einfach davon ausgegangen, dass ich zustimmen würde?«, fragte sie.
Duvall wehrte gereizt ab. »Ich hoffte, Sie würden es tun. Wenn Sie Nein sagen, werde ich jemand anderen bitten. Aber man hat mir gesagt, Sie seien führend auf diesem Gebiet.

Und wie Sie ja schon betonten, haben Sie ein persönliches Interesse an diesem Fall.«

Fiona starrte Duvall mit widerstreitenden Gefühlen an. Sie war über die Dreistigkeit dieser Frau empört und verärgert, dass sie sich hatte austricksen lassen, fühlte sich aber trotzdem geschmeichelt und war wie immer durch die Aussicht auf eine berufliche Herausforderung fasziniert. Dies war kein Fall, den sie jemand anderem überlassen wollte, sagte sie sich. Aber dass Duvall ihre Zustimmung irgendwie als Triumph für sich verbuchen würde, erbitterte sie. »Die Umstände dieser Morde sind sehr unterschiedlich«, sagte sie und beschloss, Duvall nicht sofort alles zu geben, was sie verlangte. »Es ist unwahrscheinlich, dass ich die Zusammenhänge so konkret herausarbeiten kann, wie Geschworene das gern sehen.«

Duvall setzte ihr knappes, gespanntes Lächeln auf. »Wir glauben beide, dass dieselbe Person Drew Shand, Jane Elias und Georgia Lester getötet hat. Und wenn es so ist, wissen wir beide, dass der Täter irgendwelche persönlichen, charakteristische Zeichen bei jedem dieser Verbrechen hinterlassen hat. Sie können diese unsichtbaren Zeichen lesen. Und ich weiß, wie man die Spuren in unwiderlegbare Beweise umsetzt. Machen Sie mit oder nicht?«

Die zwei Frauen starrten sich über den Küchentisch an. Fiona wusste, es war Zeit, sich ihr entweder anzuschließen oder gar nichts mehr dazu zu sagen. Und dieser Fall ging ihr zu nahe, als dass sie den Gedanken hätte ertragen können, ihn an jemand anderen abzugeben. Sie griff nach den Plastikhüllen. »Ich mache mit«, sagte sie.

Charles Cavendish Redford lehnte sich gegen die kalte Zellenwand. Er wusste, es war sinnlos, schlafen zu wollen. Sie würden ihn durchs Guckloch beobachten, einfach warten, bis er einnickte, und ihn dann in der Hoffnung, er sei verwirrt genug, ins Vernehmungsbüro bringen. Dort würde er dann unkonzentriert sein und ihnen etwas erzählen, das nur der Mörder wissen konnte. Darauf würde er aber nicht hereinfallen. Das Schöne daran, dass er so viele Krimis und Sachbücher über Kriminologie gelesen hatte, war, dass er alle Tricks ihres Gewerbes kannte. Das Adrenalin würde ihn davon abhalten zu schlafen, und er würde wachsam bleiben. Es gab eine genaue Vorschrift, wie lange sie ihn hierbehalten konnten, ohne ihm etwas anzulasten. Was immer sie taten, es würde ihm in den Kram passen. Ob sie ihm etwas vorwarfen oder ob er freigelassen wurde, beides würde in seine Pläne passen, die er sich so sorgfältig zurechtgelegt hatte.

Es lief alles prima. Diese Kripobeamtin war ja ein Geschenk des Himmels. Er konnte sie reizen, und je mehr die Abneigung zwischen ihnen zunahm, desto wahrscheinlicher wurde es, dass sie ihm Georgia Lesters Mord zur Last legte. Er würde seine Stunde im Licht genießen.

Er hatte keine Angst, dass er für schuldig befunden werden könnte. Dafür war er viel zu klug. So oder so würde er als freier Mann davonkommen. Und dann würden die Verleger sich um sein Werk reißen.

Er rutschte auf der dünnen Matratze hin und her, passte aber auf, dass es ihm nicht zu bequem wurde. Er lächelte in sich hinein. Allzu lange hatte Charles Cavendish Redford sich damit abfinden müssen, dass man ihn überging, bestahl und betrog. Bald jedoch würde das Vergangenheit und seine Geschichte in aller Munde sein. Genau wie der Tod von Drew Shand, Jane Elias und Georgia Lester.

Kapitel 44

Fiona lehnte sich an den Rahmen der Wohnzimmertür. »Duvall will morgen jemanden vorbeischicken, der dich befragen soll«, sagte sie. »Um zu sehen, ob du dich daran erinnerst, dass ein Typ namens Charles Redford dir Manuskripte oder Briefe geschickt hat.«

»Aber das war nicht der Grund, weshalb sie hier war, oder?«, fragte Kit vom Sofa her, wo er lag.

»Nein, das ergab sich nur nebenbei.« Sie kam ins Zimmer und setzte sich auf den Sessel, von dem aus sie Kits Gesicht sehen konnte.

»Charles Redford. Das ist der Mann, den sie verhaftet haben?«, erkundigte er sich. Er wusste, sie würde ihm den Grund dieses Besuchs nennen, wenn sie so weit war. Bis dann war es ihm recht, das Gespräch so laufen zu lassen, wie es eben lief.

»Richtig. Kennst du ihn?«

Kits Stirn legte sich in Falten, als er in seiner Erinnerung nach dem Namen kramte. »Ich habe ein Gefühl, dass er mir vor vielleicht zwei Jahren ein Manuskript geschickt hat.«

»Was hast du damit gemacht?«

»Was ich immer mit Manuskripten mache, die mir unaufgefordert zugeschickt werden. Ich habe es mit einem höflichen Brief zurückgeschickt, in dem ich erklärte, leider hätte ich weder die Zeit noch das Fachwissen, um anderer Leute Arbeiten zu beurteilen, und ich schlug ihm vor, er solle zu einem Literaturagenten gehen.« Kit gähnte. »Ich erinnere mich nicht, je wieder von ihm gehört zu haben.«

»Du hast es nicht gelesen?«
»Das Leben ist zu kurz.« Er nahm sein Glas, trank den letzten Rest aus und wartete darauf, dass Fiona zum wirklichen Zweck des Besuchs von DCI Duvall käme.
»Ich fliege morgen früh nach Edinburgh«, sagte Fiona.
»Drew Shand?«, fragte Kit.
»Duvall ist der Meinung, es würde sich lohnen, die Zusammenhänge zwischen den drei Morden aufzuspüren und zu dokumentieren. Ich weiß nicht, ob es sinnvoll ist. Sie sind in drei verschiedenen Zuständigkeitsbereichen begangen worden, und wie ich die Vorschriften der Rechtsprechung verstehe, kann ein Fall nur an dem der jeweiligen Gerichtsbarkeit unterliegenden Ort verhandelt werden. Und ich bin nicht sicher, wie entgegenkommend jedes Gericht hinsichtlich einer Erlaubnis wäre, Belastungsmaterial zuzulassen, das wiederum mit anderen Fällen zu tun hat. Aber die betroffenen Polizeidienststellen haben einer Zusammenarbeit zugestimmt. Also gehen sie davon aus, dass sie sich lohnen würde, und sei es auch nur, damit sie die Fälle aus ihren Akten streichen können. Duvall scheint zu denken, dass sie eine bessere Chance hätte, Redford wegen des Mordes an Georgia zu belangen, wenn sie ein sich wiederholendes Tatmuster nachweisen kann.«
Kit drückte sich mit dem Ellbogen hoch. »Wenn die Information, die wir gehört haben, stimmt, haben sie also den richtigen Mann erwischt?«
»Duvall hält den Verdacht, dass er der Täter ist, für sehr begründet. Und sie ist für den hiesigen Bereich zuständig. Es kann jedenfalls kein Zweifel bestehen, dass er der Verfasser der Briefe ist. Duvall sagt, Stil und zum Teil auch Wortlaut seien praktisch identisch. Und für mich war ihre Erwähnung eines Falls aus den USA sehr peinlich, über den ich gelesen habe. Da hat jemand Drohbriefe geschrieben und danach ein halbes Dutzend Leute umgebracht. Ich gebe zu, ich hatte Unrecht, als ich sagte, ich glaubte nicht,

dass dieser Briefschreiber sich bis zum Mord steigern würde.«
Kit grinste. »Kannst du mir das schriftlich geben?« Fiona reagierte darauf genauso kindisch und streckte ihm die Zunge heraus. »Wann fliegst du also?«
»Kurz nach neun gibt es einen Flug.«
»Ich bin froh, dass du dich darum kümmerst. Ich mochte Drew. Und Jane. Ich möchte nicht glauben, dass derjenige ungeschoren davonkommt, der sie ermordet hat, wer immer es war. Wenn jemand die Zusammenhänge klar genug belegen kann, um Geschworene zu überzeugen, dann bist du es.«
Fiona seufzte. »Ich wollte, ich wäre so zuversichtlich wie du. Es wird schwer werden, Beweise hieb- und stichfest zu machen.« Sie wandte den Blick ab. »Ich wäre froh, wenn du mitkommen könntest.«
»Warum? Es besteht doch jetzt keine Notwendigkeit, wo sie Mr. Soundso hinter Gittern haben.«
Da sie nicht richtig ausdrücken konnte, was sie bedrückte, zuckte Fiona die Schultern. »Ich weiß. Ich hätte es einfach lieber, wenn du bei mir wärst, das ist alles.«
»Ich muss doch das Buch zu Ende bringen«, protestierte er.
»Du kannst genauso gut in Edinburgh daran arbeiten. Du kannst im Hotelzimmer sitzen und den ganzen Tag schreiben.«
»So einfach ist es nicht, Fiona. Ich bin ganz durcheinander. Die Sache mit Georgia macht mich total fertig. Ich muss mich im Moment sehr anstrengen, um einfach nur die Worte zu Papier zu bringen. Selbst in meinem eigenen Arbeitszimmer mit meiner eigenen Musik und meinen eigenen Dingen um mich herum. An einem fremden Ort wäre es mir unmöglich, mich zu konzentrieren. Andauernd kommen Zimmermädchen hereingerannt, und als einzige Ablenkung gibt es das Fernsehen. Ich komme nicht mit und damit basta.« Trotzig reckte er das Kinn vor. Sollte sie doch anderer Meinung sein.

Fiona fuhr sich enttäuscht mit der Hand durchs Haar. »Ich will dich nicht allein hier lassen. Nicht, wenn du so aufgewühlt bist. Ich kann dir nicht die Unterstützung geben, die du brauchst, wenn ich vierhundert Meilen weg bin.«
Sie standen auf verschiedenen Seiten des Zimmers und starrten einander an, jeder unnachgiebig auf seiner Entscheidung beharrend. Schließlich schüttelte Kit den Kopf. »Ich kann's nicht. Ich will in meinem Kokon bleiben. Wo ich hingehöre. Außerdem sind meine Freunde hier unten. Wir werden zusammenkommen müssen und auf Georgia trinken. Es ist ein Ritual, mit dem wir sie hinübergeleiten, Fiona. Ich muss hierbleiben, um dabei zu sein.« Er streckte die Hand aus und appellierte an sie mit einem flehenden Blick. »Du musst doch meinen Standpunkt verstehen.«
»Gut, ich seh's ein«, gab Fiona nach. »Ich dachte genauso sehr an mich selbst wie an dich, glaube ich. Ich habe solche Angst um dich gehabt, ich will dich nur bei mir haben, mir vor Augen halten, dass alles wieder in Ordnung ist.« Sie lächelten beide reuig im Bewusstsein, dass ihre Arbeit immer wieder mit der Lebensweise, die sie sich wünschten, in Konflikt kommen würde.
»Für wie lange wirst du weg sein?«, fragte Kit schließlich.
»Ich weiß es nicht genau. Sobald ich in Edinburgh fertig bin, fliege ich wahrscheinlich direkt nach Dublin weiter und erledige den irischen Fall. Morgen ist Freitag. Ich sollte am Sonntag in Irland sein, vielleicht am Montagabend wieder zu Hause? Wenn es länger wird, bekomme ich ziemliche Probleme mit meinen Unterrichtsverpflichtungen.«
»Ich koche für Montagabend etwas Besonderes«, sagte er. »Ein romantisches Dinner. Wir stellen die Telefone ab, nehmen die Batterie aus der Türglocke und erinnern uns gegenseitig daran, was wir so schrecklich anziehend aneinander finden.«
Fiona grinste. »Müssen wir bis Montag warten?«

Fiona stieg bei grauem Sprühregen aus dem Flugzeug. Niedrige Wolken verdunkelten die Pentlands und die Ochils, während der Regen einen grauen Schleier über Landschaft und Häuser breitete. Der Tag hatte schlecht angefangen und schien auch jetzt nicht viel besser zu werden. Ihre Gedanken waren bei Georgia gewesen, als sie ihren Laptop nahm, um ihn in den Koffer zu legen. Sie war zerstreut, er rutschte ihr aus der Hand und knallte zu Boden, wobei das Gehäuse zerbrach und der Bildschirm sich ablöste. »O nein!«, explodierte sie. Es war keine Zeit mehr, ihn wieder zu richten. Wütend über ihre Unachtsamkeit riss Fiona die Schublade an ihrem Schreibtisch auf und zog einen Hefter mit den CD-ROMs und Disketten heraus, die sie brauchte, um ihre Programme zu nutzen. Sie schob sie in ihre Aktentasche und rannte hinunter.

Kit sah von der Morgenzeitung auf. »Was ist los?«, fragte er.

»Ich habe gerade mein Laptop-Gehäuse zertrümmert«, sagte sie. »Ich kann nicht fassen, dass ich das geschafft hab. Kann ich mir deinen leihen und nach Edinburgh mitnehmen?«

Er war ein paar Augenblicke später zurück, machte den Reißverschluss am Futteral zu und war viel ruhiger, als sie es unter diesen Umständen gewesen wäre. Dass ein so kleiner Vorfall sie so total aus der Ruhe gebracht hatte, zeigte deutlich, wie viel ihr die Ängste der vergangenen Tage abverlangt hatten.

Aber wenigstens hatte sie jetzt einen Laptop, mit dem sie arbeiten konnte. Sie hatte ihn schon während des Flugs benutzt und die Morddrohungen mit dem Flugblatt verglichen, das Redford bei der Pressekonferenz verteilt hatte. Für sie stand außer Frage, dass dieselbe Person alle Dokumente verfasst hatte. Und sie konnte nicht ausschließen, dass der Verfasser der Briefe aus Erbitterung so fanatisch war, dass er seine Worte in Taten umsetzte. Notfalls würde sie dies vor Gericht bezeugen.

Von dem kleinen Flugzeug eilte sie über den feuchten, glatten Teerbelag zum Terminal. Im Gebäude schüttelte sie die glitzernden Regentropfen aus den Haaren und folgte den Schildern zum Ausgang. Der Weg vom Flugsteig zur Ankunftshalle kam ihr unendlich lang vor, endlose Korridore schienen immer wieder in die gleiche Richtung zurückzuführen wie in einem Labyrinth, das Laborratten sicher besser bewältigen konnten als erschöpfte Pendler.

Schließlich gelangte sie in die Halle und erblickte im Menschengewühl einen Mann mit einer weißen Pappscheibe, auf der säuberlich CAMERON geschrieben stand. Es war ein drahtiger und dunkelhaariger, kleiner Mann, agil wie ein Windhund, die schicke Anzugjacke auf seinen Schultern wie auf einem Kleiderbügel. Er klopfte ungeduldig mit dem Fuß auf den Boden und ließ die Augen ruhelos durch das Terminal schweifen, wobei er eher aussah wie ein Gangster, der einen Schläger erwartet, als ein Polizeibeamter. Fiona ging zu ihm hinüber, stellte ihre Tasche ab und berührte ihn am Ellbogen. »Ich bin Fiona Cameron«, sagte sie. »Warten Sie auf mich?«

Der Mann nickte. »Ja, stimmt.« Er faltete die Karte zusammen, steckte sie in seine Brusttasche und hielt ihr die Hand entgegen. »Ich bin Detective Sergeant Murray. Dougie Murray. Freut mich, Sie kennenzulernen.« Er schüttelte ihr heftig die Hand. »Ich habe meinen Wagen draußen.« Er ließ ihre Hand los und ging voraus.

Fiona verstellte den Schulterriemen des Laptops, nahm ihre Tasche und folgte ihm. Vor der Tür stand eine Limousine, die nicht als Polizeifahrzeug erkennbar war. Murray winkte dem Verkehrspolizisten, der auf dem Gehweg auf und ab ging, und steuerte auf die Tür an der Fahrerseite zu. Fiona öffnete den Kofferraum und legte ihr Gepäck hinein, dann stieg sie vorn neben ihm ein. Schon ließ er den Motor aufheulen. »Der Chef lässt sich entschuldigen. Ein Meeting ist ihm dazwischengekommen, er konnte sich nicht drücken.

Ich soll Sie nach St. Leonard's fahren. Das ist die Kreisbehörde, wo die Ermittlungen laufen. Der Chef trifft Sie dann dort. Ist das in Ordnung?«

»Ich möchte auf dem Weg dorthin erst in mein Hotel gehen«, sagte Fiona bestimmt. »Nur um mich anzumelden und mein Gepäck abzustellen. Ich will meine Reisetasche nicht den ganzen Tag mit mir herumschleppen«, fügte sie spitz hinzu.

»Nein, natürlich nicht. Wir haben Sie in Channings untergebracht, da müssen wir also einen kleinen Umweg machen.« Er sagte das sehr zufrieden, als freue es ihn, etwas Kreativeres zu planen, als direkt in die Stadt zurückzufahren.

Beim Jugendstilcasino fuhren sie von der Umgehungsstraße ab und quer durch die Grünanlagen zur Queensferry Road. Fiona sah hinaus auf den Verkehr, ohne etwas wahrzunehmen. In ihren Gedanken war sie bei Kit. Er saß bestimmt an seinem Schreibtisch und arbeitete, im CD-Player lag Verschiedenes, was immer seiner momentanen Stimmung entsprach. REM und Radiohead waren in dem Stoß bestimmt irgendwo dabei. Vielleicht The Fall, vielleicht die Manics. Er würde abwechselnd auf die Tastatur losdreschen und aus dem Fenster starren, um seine Dämonen in Schach zu halten. Aber sie musste ihn jetzt aus ihren Gedanken verbannen und sich auf das konzentrieren, weswegen sie hierhergekommen war.

Die Bungalows wichen plötzlich hohen Reihenhäusern aus Sandstein, die ein Stück von der Straße entfernt standen, elegante viktorianische Familienhäuser, von denen die meisten mittlerweile in schwer heizbare Wohnungen mit riesigen Fenstern und hohen Decken aufgeteilt waren. Sie fuhren eine scharfe Linkskurve und rumpelten über Granitplatten, bis Murray schwungvoll um die nächste Ecke bog. »Da sind wir«, verkündete er und parkte in zweiter Reihe vor einem Gebäude aus gelbem Sandstein mit einem Vordach und einem Paar verzierter Laternenpfähle. »Ich warte im Auto«, sagte er, was Fiona nicht überraschte.

Die Eleganz im Inneren des Gebäudes entsprach der frisch renovierten Fassade. Fiona meldete sich an und folgte einem jungen Mann eine elegante Treppe hinauf. Ihr Zimmer war im ersten Stock und ging auf die ausgedehnten Grünanlagen hinaus, die die Straße teilten. Durch den Regendunst sah sie das stahlgraue Band des Firth of Forth. Zur Linken überragte ein großes, ehrwürdiges gotisches Gebäude mit zwei gleichen Türmen die Straßen, die sich darunter ausbreiteten.
»Was ist das?«, fragte sie den Portier, der sich bereits zum Gehen gewandt hatte.
»Das ist Fettes College«, sagte er. »Wissen Sie nicht? Wo Tony Blair eingeschrieben war.«
Das erklärte einiges, dachte sie.
Sie packte ihre Tasche aus und ging dann hinunter. Zehn Minuten später hatten sie die Georgian New Town hinter sich gelassen, fuhren abwärts, überquerten das Cowgate und flitzten über The Pleasance zu einem modernen Gebäude hinauf, in dem die Abteilung A der Lothian and Borders Police untergebracht war. Sie folgte Murray in das Gebäude und dann einen Korridor entlang. Er öffnete schwungvoll eine Tür und sagte: »Ich sag dem Chef Bescheid, dass Sie da sind. Hier drin arbeiten Sie, richten Sie sich ruhig schon ein.«
Als er sich abwandte, fand Fiona es an der Zeit, mal an sich zu denken. »Eine Tasse Kaffee wäre ganz schön«, sagte sie, ohne zu lächeln.
»Ah ja, Milch? Zucker?«
»Milch, keinen Zucker, bitte.«
Er drehte sich auf dem Absatz um und marschierte so eilig davon, dass seine Jacke zur Seite flog. Fiona wandte sich dem Zimmer zu. Es war überraschend angenehm, wenn auch klein. Vor einem hellen Holztisch stand ein Schreibtischstuhl. An der einen Wand befanden sich zwei Polstersessel ohne Armlehnen und ein kleiner Tisch mit einem Telefon, einem Krug Wasser und zwei sauberen Gläsern. Das Beste war das Fenster, aus dem sie über den Parkplatz zur Mauer,

zu den Dächern dahinter und einem Ausschnitt des Salisbury Crag hinübersehen konnte, der auch im Regen seine grüne Farbe behalten hatte.
Fiona stellte den Laptop auf den Schreibtisch und kniete sich auf den Boden, um den Telefonanschluss zu finden. Gerade steckte sie den Adapter für ihr Modemkabel hinein, als die Tür aufging. Zwei stämmige Beine in einer an den Oberschenkeln recht engen Hose kamen auf sie zu. Fiona lehnte sich zurück, damit sie den Mann über den Schreibtisch hinweg sehen konnte. Irgendetwas regte sich in ihrer Erinnerung. Ein Bild entstand in ihrem Kopf, das wie auf Fotopapier, das im Entwickler schwimmt, langsam seine Form annahm. Ein stämmiger Mann mit auffallend rotem Haar und einem sommersprossigen, vom Wind an der Ostküste geröteten Gesicht. Helle, blaue Augen, die von ungewöhnlich dunklen Wimpern eingerahmt waren. Eine Knopfnase und ein kleiner, spitzer Mund. Detective Sergeant Alexander Galloway von der Fife Police. Sofort fühlte sie sich ein Dutzend Jahre in ein dunkles, düsteres Pub in St. Andrews zurückversetzt, wo er sich mit ihr getroffen hatte, damit sie ihn zur Ermordung Lesleys befragen konnte. Er hatte anfangs gar nichts mit dem Fall zu tun gehabt, aber zu der Überprüfung sechs Monate nach der Tat wurde er dem Team zugeteilt, das sich damit befasste. Er hatte ihr nichts Neues sagen können.
Jetzt starrte sie ihn überrascht an. Sie hatte sich nichts dabei gedacht, als Duvall erklärte, Detective Superintendent Sandy Galloway sei Leiter der Ermittlungen in der Mordsache Drew Shand. Aber es konnte kein Zweifel bestehen. Die roten Haare waren zwar zu einem stumpfen, ingwerfarbenen Grau verblasst, und sein rotes Gesicht hatte inzwischen einen bläulichen Anflug, der bestimmt seinem Arzt Sorge bereitet hätte, falls er je Zeit fand, zu ihm in die Sprechstunde zu gehen. Aber die Augen waren noch genauso hellblau und von den außergewöhnlich dunklen Wimpern umrahmt. Die Stupsnase war eine Ansammlung von roten Äderchen

wie Jackson Pollocks Spritzer, und der Mund war noch missbilligender verzogen, als sie ihn in Erinnerung hatte. Na klar, dachte sie, ein Dutzend Jahre rauc Polizeiarbeit konnten einem Mann ganz schön zusetzen. Er blickte auf sie hinunter und lächelte kurz. »Nein, nein, Frau Doktor, Sie verstehen das ganz falsch. Diesmal haben wir Sie kniefällig zu bitten«, sagte er heiter.

Fiona stand auf. »Ich wusste überhaupt nicht ... ich habe gerade den Telefonanschluss gesucht.«

Galloway sagte missbilligend: »Na, das hätte Murray aber erledigen sollen.«

»Ich glaube, das Erledigen ist nicht Murrays Stärke«, sagte Fiona ironisch. »Wenigstens nicht für ältere Damen. Ich warte immer noch auf meinen Kaffee.«

Galloway warf den Kopf zurück und lachte lautlos. »Aha, Sie sind mit den Jahren aber viel klüger geworden.«

»Beobachtungsgabe, das bringt der Beruf so mit sich, das ist alles. Aber ich bin wirklich überrascht, Sie wiederzusehen.« Fiona streckte ihm die Hand hin. Galloways Händedruck war trocken und fest.

»Ich erwähnte DCI Duvall gegenüber, dass wir uns kennen, ich dachte, sie hätte es Ihnen gesagt.«

»Ich glaube, DCI Duvall hält uns alle gern auf Zack«, sagte Fiona so neutral wie möglich.

»Ja, na ja. Es hat mir so Leid getan, wissen Sie. Dass wir nie jemanden festnehmen konnten wegen der Ermordung Ihrer Schwester.«

Fiona wandte den Blick ab. »Ich werde nicht so tun, als sei ich damals nicht zornig gewesen. Aber heute verstehe ich besser, wie schwer es ist, einen Serientäter zu finden.« Sie schaute ihm wieder in die Augen. »Ich nehme Ihnen das nicht mehr übel. Sie haben Ihr Bestes getan.«

Galloway rieb sich mit dem Zeigefinger seitlich die Nase. »Ja, na ja. Aber ich habe von Ihnen etwas Wichtiges gelernt.«

»Wirklich?«

»Ja. Man darf nie vergessen, dass die Ermordeten Familien haben, die wissen müssen, was passiert ist. Man sollte das immer vor Augen haben.« Er räusperte sich. »Jedenfalls, es ist sehr nett von Ihnen, dass Sie so kurzfristig zu uns gekommen sind. Ich habe veranlasst, dass einer meiner Leute die Akten des Mordfalls herunterbringt. Wollen Sie sonst irgendetwas sehen?«
Fiona machte den Reißverschluss der Laptophülle auf. »Ich möchte gern etwas Zeit in Drew Shands Wohnung verbringen.«
»Sie ist schon gründlich durchsucht worden, wissen Sie.« Stirnrunzelnd beugte er sich vor, die Fäuste auf dem Schreibtisch. Normalerweise wäre es eine aggressive Pose gewesen, aber bei Galloway wirkte sie jetzt wie ein Zeichen von Beflissenheit.
Sie sah ihm fest in die Augen. »Ich möchte nur gern sehen, was für ein Gefühl ich dort habe. Und ich will mich vergewissern, dass nichts dort ist, was Drew Shand und Charles Redford verbindet.«
Wie auf ein Signal klopfte es an der Tür, und ein uniformierter Constable rollte einen Handwagen herein, der mit Akten beladen war. Er brachte sie zum Schreibtisch. »Ist das alles, Sir?«, fragte er.
Galloway schaute Fiona fragend an. »Kaffee«, sagte sie. »Entweder zeigen Sie mir die Richtung, wo es zum besten Kaffee im Haus geht, oder Sie lassen mir jede Stunde eine Tasse bringen.«
»Sie haben es gehört, Constable«, sagte Galloway. »Also rauf in mein Büro, bringen Sie das Tablett mit meiner Filtermaschine und den Kaffee.« Er lächelte Fiona zu. »Ich kann ja runterkommen und mir eine Tasse holen, wenn ich unbedingt eine brauche. Also, ich lasse Sie jetzt allein. Wenn Sie etwas brauchen oder etwas mit mir besprechen wollen, rufen Sie einfach die Zentrale an und bitten, dass man mich sucht. Und wenn Sie so weit sind und in die Wohnung hinüberge-

hen wollen, geben Sie mir Bescheid. Ich organisiere dann einen Wagen für Sie.«

»Danke. Bis ich das hier alles durchgesehen habe, werde ich den Rest des Tages ganz schön zu tun haben«, sagte Fiona. »Ich werde wahrscheinlich am späten Nachmittag so weit sein, aber ich rufe Sie an, wenn ich Licht am Ende des Tunnels sehe.«

Sich selbst überlassen, installierte sie ihre Software auf Kits Computer. Bevor sie zu arbeiten anfing, schickte sie ihm eine kurze E-Mail und teilte ihm mit, sie sei gut angekommen. Dann vergewisserte sie sich, dass ihr Handy angeschaltet war, und machte sich an die Arbeit. Sie war inzwischen mit Polizeiakten vertraut, und obwohl sie nichts ausließ, hatte sie gelernt, durch eine schnelle, gezielte Durchsicht relevantes Material zu finden.

Sie suchte Faktoren, die bei allen drei Morden gemeinsam vorhanden waren, die einzeln gesehen zwar keine Bedeutung hatten, aber zusammen betrachtet zu einer unwiderlegbaren Schlussfolgerung führten. Fiona hatte den Verdacht, dass in diesem Fall nicht viel mehr erreicht werden konnte, als was jeder intelligente Polizeibeamte genauso gut hätte machen können. Aber wenn sie die Arbeit machte, lag für die Polizei der Vorteil darin, dass die Ergebnisse von ihr als unabhängiger Gutachterin und anerkannter Autorität auf dem Gebiet der Deliktverknüpfung aussagekräftiger waren.

Diesmal hatte sie etwas Konkretes, an dem sie ihre Analyse aufhängen konnte. Alle drei Morde waren nach einem bestimmten Abschnitt aus einem Buch begangen worden, das das jeweilige Opfer geschrieben hatte. Die Verhaftung eines Tatverdächtigen durch die irische Polizei hatte davon abgelenkt, aber Duvall hatte Fiona erklärt, dass die Garda ihre Haltung in Anbetracht von Redfords Geständnis revidieren werde. Ihr Tatverdächtiger würde zweifellos bald freigelassen.

Fest stand, dass jedes der Opfer verfolgt und belauert worden war. Fiona musste in den nächsten Tagen herausfinden, wie viel Information über jeden von ihnen leicht und allgemein zugänglich gewesen war. Wenn sie Glück hatte, war dazu schon einiges in den Akten zum Mordfall enthalten. Und natürlich würden die Abteilungen der Polizei, die damit befasst waren, jetzt nach neuen Zeugen suchen, da sie einen Tatverdächtigen hatten, dessen Foto sie freigeben konnten. Für Fiona ging es um eine schwierigere Aufgabe. Aber endlich einmal konnte sie dabei ihr eigenes Arbeitstempo bestimmen. Die Chancen waren gut, wie Kit schon betont hatte, dass Duvall Recht hatte. Diesmal drohte keine tickende Zeitbombe, weil es keinen Mörder gab, der sich darauf vorbereitete, wieder zuzuschlagen.

Kapitel 45

DC Joanne Gibb ging so schwungvoll und federnd den Korridor zu Steve Prestons Büro hinunter, dass ihr Gang die langen Arbeitsstunden Lügen zu strafen schien. Über ihren Computer gebeugt, hatte sie viele Akten von Vorbestraften mit jedem Eintrag im Wählerverzeichnis einer Reihe von Straßen am Rand von Kentish Town und Tufnell Park verglichen.

Fast schielend vor Müdigkeit war sie kurz davor, wegen der Vergeblichkeit ihrer Arbeit in Tränen der Enttäuschung auszubrechen, als das Telefon klingelte. Sie hatte am Tag zuvor vergeblich versucht, einen bestimmten Kollegen telefonisch zu erreichen. Dieser war für die Sammlung von Informationen zu Verdächtigen und Komplizen bei der Polizeidienststelle in der Gegend verantwortlich, auf die Terry mit ihren Computerprogrammen gestoßen war. Aber leider hatte Joanne nur herausfinden können, dass der für die Kartei Zuständige in Urlaub war und erst am Montag zurückerwartet wurde. Beinahe brachte dieser Misserfolg für sie das Fass zum Überlaufen, aber sie kämpfte sich weiter durch ihre Listen und hoffte entgegen besserem Wissen, dass doch noch etwas dabei herauskommen würde.

Dann kam am späten Vormittag ein Anruf von Darren Watson. Er war der von Joanne so dringend benötigte Beamte. Als er bei seiner Dienststelle etwas abholte, war er auf Joannes Nachricht mit dem Vermerk »Dringend« gestoßen. Praktisch am Ende ihrer Geduld und Hoffnung, hatte Joanne erklärt, was sie suchte.

»Aha«, hatte Darren gesagt. »Zwei Jungs kommen mir da in den Sinn. Kommen Sie doch einfach rüber, und wir sehen sie uns mal an.«

»Jetzt gleich?« Joanne konnte kaum glauben, dass sie so viel Glück hatte. Nach ihrer Erfahrung war ein Polizist an seinem freien Tag zu fast allem bereit, um zu vermeiden, dass man ihn zum Dienst holte.

»Sicher. Ich bin gerade mit meiner besseren Hälfte aus Cornwall zurückgekommen, wo wir eine Woche in einem Ferienhaus verbracht haben, und ehrlich gesagt wäre alles von Vorteil, was mich mal eine Stunde oder zwei außer Haus beschäftigt. Kommen Sie her, und wir werden sehen, was wir ausgraben können.«

Joanne ließ sich nicht zweimal bitten. Sie war förmlich die Treppe zu ihrem Wagen hinuntergerannt und hatte auf ihrer Fahrt zu der Dienststelle in North London bei anderen Verkehrsteilnehmern Wutausbrüche ausgelöst. Dort konnte Darren Watson tatsächlich bestätigen, dass ihre Gebete erhört worden waren. Die Spezialisten, die die Täterkartei zusammenstellten und verwalteten, hatten die Aufgabe, den informellen Nachrichtendienst des Reviers aufrechtzuerhalten. In einer gut geführten Zentrale gab es ein Register mit Karteikarten zu jedem im Revier bekannten Straffälligen mit allen Einzelheiten zu den Urteilen, das außerdem Komplizen, Verdachtsmomente und Klatsch verzeichnete. Es gab gute Gründe, warum vieles von dem, was sie da versteckten, nie in einen Computer eingegeben wurde. Eine Karte konnte immer verlegt worden sein, wenn es passte, wogegen selbst gelöschte Eintragungen im Computer Spuren hinterließen. Allwissenheit, kombiniert mit der Fähigkeit, alles abstreiten zu können, war das Kennzeichen eines guten Beamten dieser zentralen Anlaufstelle für Information bei der Kripo. Joanne hoffte, dass sie einen solchen vorfinden würde.

Darren hatte ein kleines Büro im Untergeschoss mit der

Atmosphäre eines Kommandobunkers in Kriegszeiten. Eine Wand war mit Karten in großem Maßstab bedeckt, bestimmte Orte darauf waren durch verschiedenfarbige Markierungsnadeln gekennzeichnet. An einer anderen Wand standen Aktenschränke. Die Regale an der dritten Seite bogen sich unter der Last von Akten in Hängekarteien, die in Boxen über die ganze Länge aneinandergereiht waren. Darren saß auf der Ecke des Schreibtischs, der die vierte Wand einnahm, und war in Zivil, in einem dunkelblauen Fleecehemd über einem weißen T-Shirt, Jeans und leuchtend weißen Turnschuhen. Joannes erster Gedanke war, dass, nach seinem Äußeren zu urteilen, Darrens Akten bestimmt makellos waren. Ihr war bewusst, dass sie durch die zermürbende Tagesarbeit und zu wenig Schlaf im Hinblick auf Gepflegtheit von Darren haushoch geschlagen wurde.

Sie stellten einander vor, und Joanne kam gleich zur Sache. »Wie ich Ihnen schon sagte, suche ich einen Tatverdächtigen für eine Serie von Vergewaltigungen. Wir haben Grund anzunehmen, dass er in Ihrem Revier sein könnte. Ich habe das Wählerverzeichnis durchsucht, aber nichts gefunden. Wir glauben, dass sich in seiner Akte leichte Sexualdelikte, vielleicht sogar versuchte Vergewaltigung finden würden. Wir suchen einen Täter, der im Freien agiert und weiße Frauen angreift, gewöhnlich Blondinen. Er flieht hin und wieder auf einem Fahrrad, und bei seinen Überfällen benutzt er ein Messer. Es ist möglich, dass er bei manchen Überfällen von kleinen Kindern gesehen wurde.«

Darren stand auf und ging zu seinen Aktenschränken. »Dann mal los. Hatte ja schon gesagt, dass mir zwei Namen eingefallen sind.« Er zog eine der zwei Schubladen mit Karteikarten auf und blätterte darin herum. »Hier haben wir's.« Er nahm ein kleines Bündel Karten heraus, das von einem Gummiband zusammengehalten wurde. »Gordon Harold Armstrong«. Er gab Joanne die Karte und ging zu einer anderen Schublade.

Gordon Harold Armstrong war fünfundzwanzig, arbeitslos und wegen Einbruchs und Notzucht verschiedentlich im Gefängnis gewesen. Seine Taktik war, dass er von der Arbeit heimkehrende Frauen überwältigte, ihre Brüste streichelte und sich entblößte. Er hatte drei seiner Opfer mit einem Messer bedroht. Ein Fahrrad wurde nicht erwähnt. Aber der ausschlaggebende Faktor, warum er für Joanne nicht infrage kam, war, dass Gordon Harold Armstrong schwarz war. Und nach Fionas Analyse des Mordes an Susan Blanchard und dem Material zu den Vergewaltigungsopfern war der Mann, nach dem sie suchte, ein Weißer.

Darren wandte sich ihr mit einer einzelnen Karte zu. »Ist dies ein Treffer, was meinen Sie?«

Joanne schüttelte den Kopf. »Es muss ein Weißer sein.«

Darren streckte ihr die Karte hin. »Probieren Sie mal den.«

Gerard Patrick Coyne, siebenundzwanzig Jahre alt. Geboren in Neuseeland, er war als achtzehnjähriger Student nach Großbritannien gekommen. Was erklärte, dachte Joanne, warum er im Wählerverzeichnis nicht aufgetaucht war. Seitdem er an der Kent University mit einem Examen in Sozialwissenschaften abgeschlossen hatte, arbeitete er für diverse Marktforschungsfirmen als Datenanalytiker. Seine erste Verhaftung lag vier Jahre zurück, als eine Frau angegeben hatte, er habe sie in einem Park angegriffen. Er hatte sie zu Boden gestoßen und versucht, sie zu sexuellen Handlungen zu zwingen. Aber sie hatte sich gewehrt und war ihm entkommen. Die Anklage wurde später aufgrund unzureichender Beweise niedergeschlagen. Einige Monate später war er zum zweiten Mal festgenommen worden. Ein Polizist auf Streife hatte ihn gefunden, als er sich im Gebüsch eines anderen Parks versteckte, und diesmal hatte er ein Messer bei sich. Ihm wurde der Besitz einer Angriffswaffe zur Last gelegt, und er bekam zwei Jahre auf Bewährung. Nach den Notizen auf der Rückseite der Karte war Coyne auch nach zwei anderen Überfällen verdächtigt worden. In einem Fall war das

Opfer zu traumatisiert, um an einer Gegenüberstellung teilzunehmen. Im anderen Fall war die Frau nicht in der Lage, Coyne aus einer Reihe von Männern als den Angreifer zu identifizieren.

Coyne hatte keine bekannten kriminellen Komplizen, was für einen Täter mit sexueller Motivation nicht überraschend war. Ein Fahrrad hatte er. Darren Watsons sorgfältige Notizen wiesen darauf hin, dass er Mitglied in einem Fahrradclub war und mehrere Straßenrennen gewonnen hatte.

Joanne erlaubte sich ein Lächeln, das langsam auf ihrem Gesicht erschien. »Darren, Sie sind ein Star«, sagte sie und schwang die Karteikarte wie ein Lotterielos mit der richtigen Nummer durch die Luft.

»Mögen Sie unseren Mr. Coyne?«

»Ob ich ihn mag? Ich find ihn toll.« Während Joanne sprach, zog sie ein Notizbuch aus ihrer Handtasche und schrieb die Informationen über Coyne ab. Adresse, Geburtsdatum, Daten der Festnahmen und seiner Verurteilung für das Tragen einer Angriffswaffe. Und den Namen des Fahrradclubs.

Als sie eine halbe Stunde später an Steve Prestons Tür klopfte, war Joanne überzeugt, dass auch ihr Chef von der Aussicht auf Gerard Patrick Coyne begeistert sein würde. Sie betrat sein Büro, und ein Lächeln erschien auf ihrem Gesicht. »Ich hab vielleicht tolle Nachrichten für dich!«, begann sie und setzte sich ihrem Chef gegenüber, ohne auf eine Aufforderung zu warten. Sie schlug ihre Notizen auf und las die Einzelheiten über Coyne vor. Sie blickte auf. »Ich habe seine Vorstrafen überprüft. Sieht so aus, als hätten wir endlich einen Tatverdächtigen, Boss.« Sie sortierte ein Bündel Computerausdrucke und stellte ein Set für ihren Chef zusammen.

»Aber keine Verbindung zu Susan Blanchard«, gab Steve zu bedenken. »Nichts außer Vermutungen aufgrund von Hinweisen und ein bisschen Computeranalyse.« Er nahm den Stoß Papiere und starrte auf das oberste Blatt, auf dem auch

Coynes Foto war. »Warte mal«, sagte er und klang plötzlich aufgeregt.
»Was ist, Chef?« Joanne beugte sich voll Eifer über das Blatt, als könne sie dort entdecken, worüber Steve sich gerade klar geworden war.
»Ich kenne dieses Gesicht. Ich habe es schon einmal gesehen.« Er runzelte die Stirn und schloss die Augen, während er sich zu konzentrieren versuchte. Als er sie wieder öffnete, leuchtete sein Gesicht vor Erregung. »Er war an dem Tag, als Blake freigelassen wurde, im Bailey! Ich weiß, dass er es ist, er fiel mir auf, weil er in Fahrradkluft war. Er hielt einen Helm in der Hand. Er war es, Joanne, ich weiß, dass er es war.«
»Bist du sicher?« Es klang, als wagte sie nicht zu hoffen.
»Ganz sicher. Ich habe die Menge auf der Zuschauergalerie beobachtet, weil ich immer noch irgendwie im Hinterkopf hatte, wir könnten den falschen Mann vor Gericht gebracht haben. Ich prüfte die Gesichter, nur für den Fall, dass ich jemand sehen würde, der mich an etwas erinnerte.« Steve sprang auf und ging auf und ab. »Was wir tun müssen … Joanne, ich möchte, dass du mir die Videoaufnahmen holst, die wir bei Susan Blanchards Begräbnis gedreht haben. Wir hatten volle Einsicht, von allen Seiten. Und sieh zu, was wir von der Presse kriegen können. Was immer sie an Bildern und Filmen draußen vor dem Bailey aufgenommen haben. Und versuche auch, vom Gericht etwas zu bekommen. Du wirst vorsichtig sein müssen, du weißt ja, wie sie sich aufs hohe Ross setzen, wenn wir ihnen zu massiv kommen. Sprich mit ihrem Pressebüro, finde heraus, was sie für dich tun können.«
»Was ist mit Coyne? Holen wir ihn uns?«
Steve breitete frustriert die Hände aus. »Ich habe nicht die Leute dafür, Jo. Lass mich mal überlegen …« Er sprach halb zu sich selbst und kritzelte auf dem Notizblock auf seinem Schreibtisch herum. »John löst Neil bei Blakes Wohnung um

sechs ab ... Vielleicht könnte Neil zu Coynes Adresse gehen und bis um Mitternacht dort bleiben ...« Er schaute zu Joanne auf. »Könntest du vielleicht morgen um sieben kommen und dich den Tag über um Coyne kümmern?«

Joanne nickte, die Begeisterung überwand ihre Müdigkeit. »Natürlich. Das könnte die Chance sein, auf die wir gewartet haben. Aber ... darf ich mal fragen ... Warum überwachen wir Blake noch, wenn wir Coyne packen können?«

Steve nickte resigniert. »Gutes Argument, Jo. Irgendwie kann ich Blake trotzdem nicht loslassen. Ja, ich weiß, er ist nicht der Mörder. Aber wenn Fiona Cameron Recht hat und er wirklich gesehen hat, was damals morgens im Heath-Park geschehen ist, hätte ich gar zu gern etwas gegen ihn in der Hand. Wir wissen es nicht, aber vielleicht steht er in Kontakt mit Coyne. Ich würde ihm gern, solange wir können, auf der Spur bleiben. Aber auf Blake solltest du dich jetzt nicht konzentrieren. Überlass ihn mir, ich werde alles organisieren. Geh einfach morgen früh zu Coynes Wohnung und bleib dran.«

Sie stand auf. »Wenn das alles ist, gehe ich jetzt und versuche mal auszuschlafen.«

»Du hast es verdient. Prima Arbeit, Jo. Gut gemacht.« Er lächelte. »Das Blatt wendet sich zu unseren Gunsten. Ich habe bei dieser Sache ein gutes Gefühl.«

Bevor sich die Tür richtig geschlossen hatte, war Steve schon am Telefon. Innerhalb einer Viertelstunde hatte er alles arrangiert. Neil hatte zugestimmt, er würde eine Extraschicht übernehmen. Ein anderer Kollege stand bereit, um Blake am folgenden Tag im Auge zu behalten, während Steves Kerntruppe andernorts tätig war. Es war bei weitem keine befriedigende Lösung, aber eine bessere war so kurzfristig nicht zu finden. Und da sich die Dinge jetzt so zu seinen Gunsten entwickelt hatten, konnte er nur optimistisch sein. Vielleicht würden sie endlich Susan Blanchards Mörder erwischen. Es gab nichts, was ihn glücklicher machen würde.

Dann dachte er an Terry Fowler und korrigierte diesen Gedanken.

Jetzt war alles bereit. Es spielte keine Rolle, dass der Transporter, den er mit einem falschen Führerschein gemietet hatte, kein Logo an der Seite hatte. Kurierdienste mieteten oft weiße, unbeschriftete Wagen dazu, wenn sie selbst nicht genug hatten. Und das Auto war ja nur ein weniger wichtiges Requisit. Das wichtige Fahrzeug, den Toyota mit Vierradantrieb, hatte er schon auf dem schmalen Weg hinter der Häuserreihe geparkt, wo die betreffende Person wohnte.

Nur Geduld war nötig gewesen. Er war heute schon ein paar Mal am Haus des Opfers vorbeigefahren. Keine Überraschungen. Selbst wenn es irgendeinen Schutz gegeben hätte, wäre er in dem durch das Geständnis hervorgerufenen Verwirrspiel des gestrigen Tages verschwunden. Als er gestern Abend den Fernseher einschaltete, konnte er kaum glauben, was für ein Glück er hatte. Gerade als er dachte, es würde schwieriger für ihn werden, war die Polizei auf den Schwindler reingefallen. Jetzt würde ihn niemand erwarten, am wenigsten sein Opfer.

Alles war vorbereitet. Sogar das Wetter wirkte zu seinen Gunsten mit. Ein grauer Nachmittag mit Nieselregen, das hieß leere Straßen und schlechte Sicht. Er drehte den Schlüssel im Zündloch und schaltete den Winker an. *Jetzt ging es los.*

Kit starrte auf den Bildschirm, ohne die Wörter wahrzunehmen. Die Zeit war vergangen, ohne dass er es bemerkte, so vertieft war er in die Trauer um seine Freundin und Kollegin. Er ließ die Szenen mit Georgia wie auf einer Reihe von Videobändern vor seinem inneren Auge ablaufen, erinnerte sich an ihre Gesten, ihren Gesichtsausdruck, an ihr Lachen. Ganze Sequenzen aus ihren Unterhaltungen stiegen aus der Erinnerung herauf und liefen in seinem Kopf ab. So oft hatten sie bis spät in Hotelbars gesessen und über ihre Arbeit, ihre Kollegen, das Verlagswesen gesprochen und waren dann allmählich zu privateren Themen übergegangen. Sie sprach liebevoll über Anthony, anzüglich über ihre Lover. Er hatte Georgia die Geschichte anvertraut, wie er sich in Fiona verliebt hatte, und bis zum Schluss hatte er Georgia von seiner Beziehung zu Fiona mehr erzählt als sonst irgendjemandem.

Es war nicht so, dass sie ständig zusammenhockten. Wochen konnten vergehen, ohne dass sie einander begegneten, aber ihre Freundschaft war so, dass sie immer wieder da anknüpfen konnten, wo sie beim letzten Mal unterbrochen worden waren. Schon jetzt fehlte sie ihm, es war ein dumpfer Schmerz, wie langsam aufkommender Hunger. Er wünschte, Fiona wäre bei ihm. Sie verstand, was solch ein Verlust bedeutete. Sie hätte ihm in den unerforschten Gebieten von Kummer und Trauer eine Führerin sein können.

Er schüttelte den Kopf wie ein Hund, der von einer Fliege gestört wird, und öffnete sein E-Mail-Programm. Er lud Fionas Nachricht herunter und las sie. Worte aus weiter Entfernung, aber trotzdem waren sie beruhigend.

Kit sah auf die Uhr und war überrascht, wie spät es war. Der Kripobeamte von der City of London Police sollte in einer halben Stunde seine Aussage aufnehmen. Nicht, dass er viel zu sagen hätte. Seine vage Erinnerung an das Manuskript, das Redford geschickt hatte, würde den Fall nicht viel weiterbringen, vermutete er. Er fragte sich, ob Georgia auch unangeforderte Post von Redford bekommen hatte. Wenn ja, dann wäre das wahrscheinlich irgendwo festgehalten. Georgia hatte, anders als Kit, zur Erledigung ihrer Post eine Teilzeitsekretärin beschäftigt. Irgendwo würde es zweifellos eine Kopie des Begleitbriefs geben, der zusammen mit dem Manuskript zurückgeschickt worden war.

Das Quietschen des Tors unterbrach seine schweifenden Gedanken, und er sah aus dem Fenster. Ein Kurier kam mit

einer großen Pappschachtel beladen den Weg herauf, wahrscheinlich ein Paket mit Belegexemplaren. Oben auf der Schachtel lag ein Klemmbrett.
Kit stand auf und ging in den Flur hinaus. Er machte die Haustür auf, bevor der Kurier klingeln konnte.
»Paket für Martin«, sagte der Mann und schaute über den Schachtelrand.
Kit streckte die Arme aus, um die Schachtel anzunehmen. Sie war so schwer, wie er erwartet hatte, und er trat einen Schritt zurück. Er wollte sich umdrehen und sie auf den Boden stellen, sodass sie nicht direkt vor der Tür stand. Aus dem Augenwinkel sah er, wie sich etwas bewegte. Er hatte sich halb umgedreht, als der Arm des Kuriers in brutalem Bogen herabgesaust kam. Er sah den Schlag kommen und hob den Arm ein Stück, um ihn abzuwehren. Aber sobald er den Aufprall auf seinem Schädel spürte, wusste er, dass es zu spät war. Der Schmerz ließ rote und weiße Flammen hinter seinen Augen zucken. Dann wurde alles schwarz.

Der Kurier ging den Weg wieder zurück und schwenkte dabei sein Klemmbrett. Er stieg in den Transporter und fuhr davon. Zwei Straßen weiter fand er einen Parkplatz. Er streifte die enge Jacke der Kurieruniform ab und schlüpfte stattdessen in eine schwarze Lederjacke. Dann stieg er hinten in den Transporter, zog die Hose aus grobem blauem Stoff aus und vertauschte sie mit schwarzen Jeans. Danach schloss er den Wagen ab und ging zu Fuß zu dem Weg zurück, der hinter Kit Martins Garten vorbeiführte.
Er stieß das Gartentor auf, an dem er ein paar Minuten vorher den Riegel offen gelassen hatte, und ging in der aufkommenden Dämmerung an den kahlen Zweigen der Pflaumenbäume vorbei über die Veranda zu den bodentiefen Fenstern, die er aufgeschlossen hatte. Praktisch, dass Kit den Schlüssel im Schloss hatte stecken lassen. Durch die Küche und in den Flur. Schönes Haus, wenn man so einen Stil mochte. Er

mochte eher traditionelle Farmküchen statt all dieser krassen Modernität.
Und da lag er. Opfer Nummer vier. Zusammengebunden wie ein Brathuhn, an Händen und Füßen mit den zweckmäßigen Plastikbändern gefesselt. Den Mund mit einem breiten Streifen Klebeband verschlossen, der ihm selbst dann noch erlauben würde zu atmen, wenn seine Nase verstopft wäre. Er wollte ja nicht, dass er starb. Noch lange nicht. Gar nicht mehr so mächtig jetzt, Mr. Kit Martin, der Erschaffer falscher Götter, der Zerstörer von Leben.
Es wurde Zeit für ihn, seinem eigenen Untergang beizuwohnen.
Aber vorher war noch etwas Geduld vonnöten. Dunkelheit war wichtig. Es wäre nicht gut, wenn die Nachbarn sähen, wie ihr netter Promi über den Gartenweg gerollt und wie ein alter, schlapper Teppich hinten in den Geländewagen geworfen würde.
Er sah auf seine Uhr. Eine halbe Stunde sollte genügen. Dann würden sie unterwegs sein auf der langen Fahrt nach Hause.

Kapitel 46

Der Videoraum war so modern und hochtechnisiert wie die Anlage eines Fernsehsenders. Steve wusste zwar nicht, wie es den für die Technik Verantwortlichen gelungen war, die Mittel für eine so raffinierte Abteilung zusammenzubekommen. Aber dieses eine Mal fand er, dass jeder Pfennig sich lohnte, der dafür von konkreteren Formen der Polizeiarbeit abgezogen worden war. Er saß neben einem Techniker, der ihm die Videos von Susan Blanchards Begräbnis erklärte.

Es war ein strahlender, sonniger Tag gewesen, was der trauernden Familie und den Freunden zweifellos grotesk und unpassend vorgekommen sein musste, andererseits aber die Arbeit des Kameramanns von der Polizei leichter machte. Drei Videokameras waren in diskreter Entfernung vom Grab aufgestellt worden. Man hatte die alten Eiben, die den Friedhof säumten, als Deckung genutzt. Gefilmt wurde, wie die Trauernden bei der Kirche ankamen und sich dann zur eigentlichen Beerdigung am Grab versammelten. Auch nachdem die Menge sich zerstreut hatte, blieb eine Kamera noch eingeschaltet, die das Grab für den Rest des Nachmittags filmte.

Steves Augen blickten gebannt auf die Leinwand, als das Video langsam abgespielt wurde. Hin und wieder bat er, das Bild anzuhalten und heranzuzoomen, damit er die einzelnen Trauernden besser erkennen konnte. Das erste Band hatte nichts Konkretes gebracht, obwohl es zweimal Rückansichten einer Person gab, die Coyne hätte sein können.

Als sie halb durch das zweite Band waren, brannten seine

Augen vor Ermüdung. »Ich muss eine Pause machen«, sagte er zu dem Techniker, schob den Stuhl zurück und reckte sich. »Geben Sie mir zehn Minuten.«
Er verließ den Videoraum und ging die zwei Treppen zu seinem Büro hinauf. Auf seinem Schreibtisch lag ein dickes braunes Kuvert, auf dem mit schwarzem Filzstift gekritzelt stand: »Dringend, z. Hd. Detective Superintendent Steve Preston«. Er riss es auf und zog ein halbes Dutzend Schwarzweißfotos heraus. Ein kleiner Zettel mit einem Gruß flatterte auf die Tischplatte. Es stammte vom Bildredakteur einer großen Tageszeitung, einem Mann, mit dem er letzte Weihnachten bei einer von Teflons schrecklichen Cocktailpartys zusammen getrunken und ein paar Witze ausgetauscht hatte. In der Grauzone der Zusammenarbeit zwischen Presse und Polizei gab es nichts, was bessere Ergebnisse brachte als der persönliche Kontakt.
Die Fotos waren alle am Tag von Francis Blakes Freispruch außen vor dem Old Bailey aufgenommen worden. Steve suchte in der oberen Schublade nach seiner Lupe und begann die Abzüge systematisch zu betrachten. Als er sich das dritte Bild ansah, stieß er einen Seufzer der Erleichterung aus. Seine Erinnerung hatte ihm keinen Streich gespielt. Am Rand der Menge, die sich um Blake geschart hatte, war unverkennbar das Gesicht von Gerard Coyne zu erkennen. Steve untersuchte die verbleibenden Fotos und fand Coyne noch auf zwei weiteren. Auf einem hatte er das Gesicht voll zur Kamera gedreht, auf den beiden anderen war er im Profil. Es konnte kein Irrtum sein.
Der mit Terrys kriminalgeografischem Profil identifizierte Mann war bei dem Prozess gegen Susan Blanchards mutmaßlichen Mörder gewesen.
Von neuem Schwung beflügelt, rannte Steve die Treppe zum Videoraum hinunter. »Lasst es durchlaufen«, sagte er. »Er ist hier irgendwo, ich weiß es.«
Seine Geduld wurde zehn Minuten später belohnt. Auf dem

zweiten Band war Coyne zu sehen, als er unter den Bäumen an der Seite des Friedhofs hervorkam. Er trug einen dunklen Anzug, Hemd und Krawatte, passend für die Gelegenheit. Er war am Grab hinter der Trauergemeinde zurückgeblieben und stand am Rand der Gruppe. Eine große Anzahl von Menschen hatte die Trauer der Familie respektiert und hielt Abstand, als Susans Zwillinge Rosen auf den Sarg ihrer Mutter warfen und zusahen, wie er in den Boden versenkt wurde. Die Trauergäste hatten sich ziemlich schnell zerstreut, nachdem die Feier vorbei war. Coyne dagegen stand noch hinter den Bäumen, und als die letzten Trauernden verschwunden waren, war er wieder herausgekommen und hatte den Weg überquert, der zu Susan Blanchards Grab führte. Steve fühlte, wie sein Puls schneller schlug, als Coyne in Zeitlupe den Weg entlangging. Er lief am offenen Grab vorbei, ohne auch nur einmal zur Seite zu blicken. Zwei Gräber hinter Susan Blanchards Begräbnisstätte hielt er plötzlich an und wandte das Gesicht dem Grabstein zu. »Verdammt«, fluchte Steve leise. »Wir können sein Gesicht nicht sehen. Ich wette, er sieht sich ihr Grab an. Das könnte ich wetten.« Coyne stand zwei Minuten mit leicht gebeugtem Kopf still, dann wandte er sich um und ging den gleichen Weg zurück, den er gekommen war. An seinem Benehmen war nichts, das auf etwas Ungehöriges hingewiesen hätte. Hätte man ihn bedrängt, so hätte er behaupten können, er habe seinen Besuch an der Grabstätte in der Nähe von Susans Grab aufgeschoben, weil eine Beerdigung in Gang war. Aber zusammen mit seiner Anwesenheit vor dem Old Bailey und dem kriminalgeografischen Profil kam dies als ein weiterer belastender Baustein zu den Indizienbeweisen hinzu, die sich allmählich für eine Verhaftung als ausreichend erweisen konnten.

»Ich möchte, dass Sie mir eine Serie von Bildern dieses Videos ausdrucken«, sagte Steve. »Die beste Ansicht von seinem Gesicht. Vergrößern Sie es so, dass wir die beste Bildschärfe bekommen. Ich will nicht, dass es irgendwelche Zweifel in der Sache gibt.«

»Kein Problem«, sagte der Techniker. »Dringend, nehme ich an?«

»Ja, es ist dringend.« Steve wollte schon gehen. Er sah auf die Uhr. Teflon hatte die Angewohnheit, mit irgendwelchen Ausreden Freitag nachmittags das Büro früher zu verlassen, aber vielleicht konnte er ihn gerade noch erwischen.

Commander Telford wartete tatsächlich gerade auf den Aufzug, aus dem Steve heraustrat. »Ich bin froh, dass ich Sie noch treffe, Sir. Ich muss dringend mit Ihnen über den Fall Susan Blanchard sprechen«, sagte er bestimmt.

»Muss es gleich sein, Superintendent? Ich habe eine Verabredung.«

Mit einem großen Gin Tonic, dachte Steve zynisch. »Ich fürchte, es kann nicht warten, Sir. Vielleicht könnten Sie anrufen und sagen, Sie seien verhindert?«

Telford schob die Lippen vor und schnaubte durch die Nase. »Na ja, gut. Aber machen Sie's so kurz wie möglich.« Er drehte sich auf dem Absatz um und ging zu seinem Büro zurück. Steve hatte kaum die Tür hinter sich zugemacht, als Telford sagte. »Was gibt es denn so Wichtiges?«

»Wir haben einen brauchbaren Tatverdächtigen im Fall Susan Blanchard, Sir. Ich beabsichtige, ihn zum Verhör herbringen und seine Wohnung durchsuchen zu lassen. Ich dachte, Sie wollten darüber informiert sein.« Er ging zum Besucherstuhl und setzte sich, ohne zu beachten, dass Telford immer noch stand.

»Wo ist das jetzt plötzlich hergekommen?«, fragte Telford, der seine Skepsis nicht verbergen konnte.

»Wenn Sie sich erinnern, Sir, haben Sie Deliktverknüpfung und ein kriminalgeografisches Profil für Fälle mit ähnlichen Faktoren genehmigt. Wir haben die Ergebnisse genutzt, meine Leute haben das Strafregister durchsucht und einen Namen gefunden, der wahrscheinlich infrage kommt.«

»Das ist alles?«, unterbrach ihn Telford. »Meinen Sie, das wird im Gericht als vernünftiger Grund anerkannt, um jemanden einzukassieren und seine Wohnung zu durchsuchen?«
»Es liegt noch mehr vor, Sir«, sagte Steve und unterdrückte seine Frustration. »Der Tatverdächtige ist Mitglied in einem Fahrradclub, und wir haben zwei Zeugen, die einen Radfahrer am Tatort gesehen haben. Noch aufschlussreicher ist Folgendes: Als ich das Foto des Verdächtigen sah, erkannte ich ihn. Ich hatte ihn schon einmal gesehen, Sir. Er war am Old Bailey, als Francis Blake vor Gericht stand. Ich habe es durch Fotos bestätigt gefunden, die an dem Tag dort gemacht wurden. Und ich habe seitdem die Videos angesehen, die wir bei Susan Blanchards Begräbnis aufgenommen haben. Dort war er auch. Nach dem Begräbnis ging er an ihrem Grab vorbei. Meiner Meinung nach, Sir, haben wir genug Indizienbeweise, um ihn wegen Mordverdachts zu verhaften. Und um eine Durchsuchung nach Absatz zwei des Gesetzes über die Untersuchungshaft durchzuführen.« Er hielt Telfords Blick stand und versuchte seine Zustimmung zu erlangen. Er wusste, seine Kraft müsste eigentlich ausreichen, Telfords Schwäche zu überwinden, aber er hatte es nie in einer direkten Konfrontation getestet. Vielleicht hätte er das vor Monaten schon tun sollen, als Telford die Entscheidung, Fiona fallen zu lassen und Horsforth zu beauftragen, durchgesetzt hatte. Aber er hatte damals nachgegeben, und der Preis dafür war zu hoch gewesen. Deshalb konnte er den Gedanken nicht akzeptieren, er solle sich dasselbe Zugeständnis noch einmal abnötigen lassen.
»Es ist ziemlich schwach«, klagte Telford. »Und Sie sind in dieser Sache schon einmal auf die Nase gefallen. Ich will nicht noch eine Katastrophe damit erleben.«
»Wir können die Angelegenheit unter Verschluss halten, Sir. Wir brauchen gar nichts bekannt zu geben, bis wir ihm die Tat nachweisen können. Niemand braucht von der Verhaf-

tung und der Durchsuchung zu erfahren. Ich kann garantieren, dass nur ich und mein unmittelbares Team davon wissen.«
Telford schüttelte den Kopf. »Sie stellen sicher einen überzeugenden Fall zusammen. Aber ich will die Sache dem Assistant Commissioner for Crime vorlegen, bevor wir die Sache weiter betreiben.«
»Aber der Assistant Commissioner for Crime ist in Urlaub«, warf Steve ein. Er sah, wie sein Fall ihm entglitt, und fühlte sich machtlos, es zu verhindern.
»Er kommt Montag früh zurück. Ich schlage vor, wir treffen uns dann gleich mit ihm. Bis dann sollte nichts unternommen werden, was den Tatverdächtigen aufschrecken könnte.« Telfords Lächeln war frohgemut. Er hatte eine Möglichkeit gefunden, diese schwierige Entscheidung aufzuschieben, und war zufrieden. »Wir haben schon so lange gewartet. Zwei Tage mehr werden nicht schaden.«
»Das geht nicht.« Steve spürte, wie ihm der Ärger die Röte ins Gesicht trieb, während Telfords lächelndes Gesicht sich verfinsterte. »Mein Team hat Tag und Nacht daran gearbeitet, und ich werde jetzt nicht einfach die ganze Sache abbremsen und meinen Leuten den Schwung nehmen. Ich schlage vor, wir sprechen eine Nachricht auf den Anrufbeantworter des Assistant Commissioner, damit er mich anrufen kann, sobald er zurückkommt, und ich ihn ins Bild setzen kann.«
»Wie können Sie es wagen, mir zu drohen, Sie würden mich einfach übergehen? Sie verstoßen gegen die Verfahrensregeln, Superintendent«, rief Telford mit einer Lautstärke, die verriet, dass er kein einziges Argument hatte, auf das er sich stützen konnte.
Steve stand auf. »Das kann sein, Sir. Aber es geht hier um meine Ermittlung, und ich werde sie nicht gefährden. Ich bin bereit, die volle Verantwortung zu übernehmen.«
Als sich Telford mit einer Unnachgiebigkeit konfrontiert

sah, die er nicht erschüttern konnte, machte er sofort einen Rückzieher. »Wenn Sie denken, dass es nötig ist, dann tun Sie es eben. Aber ich hoffe, Sie sind sich Ihrer Sache sehr sicher, wenn Sie den Urlaub des Assistant Commissioner for Crime unterbrechen.«

»Danke, Sir«, sagte Steve in einem schon fast unverschämten Ton. Er ging, bevor er die Selbstbeherrschung verlor, und es gelang ihm sogar, nicht einmal die Tür zuzuschlagen. Dieses Ergebnis hatte er zwar nicht erhofft, aber wenigstens war er um Teflon herumgekommen. Der Assistant Commissioner würde nicht gerade begeistert sein, wenn er aus seinem ausländischen Urlaubsort von wer weiß woher zurückkam und eine dringende Nachricht auf seinem Anrufbeantworter vorfand. Doch obwohl er taktische Spielchen genauso gut beherrschte wie jeder Vorgesetzte in höherer Position, war der AC immer ein viel mutigerer Ermittler gewesen als Telford. Er würde Steves Beweggründe verstehen. Und er war sicher, dass der AC ihm seine Zustimmung geben würde. Bis dahin würde er die Überwachung auf Sparflamme betreiben müssen.

Niemals war etwas so einfach, wie es aussah, dachte er, als er zu seinem Büro zurückging.

Diesem Gedanken hätte Fiona wahrscheinlich zugestimmt. Sie hatte sich durch die Akte zum Mord an Drew Shand durchgearbeitet, was sich zur Aufdeckung von Zusammenhängen mit den anderen Fällen als außergewöhnlich unproduktiv erwies. Eine der wenigen eindeutigen Aussagen, die sie bisher machen konnte, war diese: Obwohl alles so sorgfältig inszeniert worden war, gab es keinen Hinweis darauf, dass sich die sexuelle Motivation der Morde in den Büchern bei den wirklichen Morden wiederholt hatte, was an sich sehr bedeutsam war. Denn das hieß, dass ganz offensichtlich ein anderes Motiv hinter den Ermordungen von Georgia und Drew stand. Sie waren beide verfolgt und beobachtet,

beide entführt und nicht zu Hause, sondern an einem nicht weiter bezeichneten Ort getötet worden. Und beide waren Autoren preisgekrönter Bücher über Serienmörder, die erfolgreich von anderen Medien adaptiert wurden. All dies passte jedoch in den psychologischen Rahmen der Tat. Es gab wenig konkrete Ansatzpunkte, aus denen weitere Hinweise gewonnen werden konnten.
Es war Fiona aufgefallen, dass der Mörder bereit war, von seiner Vorlage abzuweichen. Bei jedem Fall gab es einen wesentlichen Unterschied zu der im Buch geschilderten Vorgehensweise und zu dem Weg, den der Mörder eingeschlagen hatte. Bei Drew Shand war der Fundort der Leiche ein anderer. Obwohl es in der Nähe Orte gab, die besser zu der genauen Beschreibung im Buch gepasst hätten, war die Leiche an einer anderen Stelle hingelegt worden, wahrscheinlich weil es eine besser versteckte Stelle war und der Killer direkt hinfahren konnte. Bei Jane Elias war die an einem lebenden Opfer vorgenommene Folter zu der Verstümmelung einer Leiche umgewandelt worden. Entweder hatte der Mörder sich bei seinem Angriff getäuscht, oder ihm fehlte der Mumm für ein derart sadistisches Experiment. Fiona neigte zur letzteren Ansicht, weil es zu dem Element pragmatischen Denkens in der früheren Variante passte.
In Georgias Fall bestand die Abweichung darin, dass der Kopf beim Opfer gelassen wurde. Außerdem gab es laut Duvall keine Anzeichen, dass der Killer sich sklavisch ans Buch gehalten hatte. Es gab keinen Hinweis darauf, dass er mit dem abgetrennten Kopf Sex gehabt hatte. Wieder schien eine Mischung aus Empfindlichkeit und Zweckdenken eine Rolle zu spielen. Denn wenn der Mörder sicher sein wollte, dass seine Handlungen als die seinen erkannt wurden, musste er garantieren, dass sich das Fleisch im Lagerhaus unverkennbar als die Überreste Georgia Lesters erkennen ließ. Er hatte also entsprechende Änderungen vorgenommen.
Zwar nicht gerade eine persönliche Markierung, aber ein

gewisses Muster lag vor. Mit dieser neuen Erkenntnis vor Augen näherte sich Fiona Drews Wohnung zuversichtlicher als zuvor. Vielleicht würde sich dort neues Material finden lassen.

Am späten Nachmittag war Murray geschickt worden, um sie durch den Verkehr der Rushhour zu Drew Shands Wohnung in der New Town zu fahren. Er schloss ihr auf und verabschiedete sich dann mit der Bitte, sie solle hinter sich abschließen und die Schlüssel am Morgen nach St. Leonard's mitbringen.

Es war eine schöne Wohnung, dachte sie. Die Räume waren elegant geschnitten, das Wohnzimmer und das größere Schlafzimmer hatten kunstvolle Gipsfriese. Das Schlafzimmer ging nach Westen auf den großen Stadtpark mit Rasen und alten Bäumen hinaus, die hinter einem Eisengitter zu sehen und durch die Straße von den umgebenden Häusern getrennt waren. Die Wohnung war aufwendig mit schweren Vorhängen und bequemen Möbeln ausgestattet. Gerahmte Kinoposter von alten Kriminalfilmen schmückten die Wände, und dieses Interesse war auch an der Videosammlung zu erkennen, die das ganze Bücherregal im Wohnzimmer füllte. Trotz dieser Dinge und auch trotz der Bücher, die in dem fast klinisch ordentlichen Arbeitszimmer standen, wirkte die Wohnung eher wie eine Dekoration für einen Zeitschriftenartikel als wie ein richtiges Zuhause. Sogar das Bad war unnatürlich gut aufgeräumt, alles, was normalerweise herumstand, war in schönen Schränken mit Spiegelflächen und Chrom verschwunden. Nicht einmal eine angefangene Tube Zahnpasta störte die makellose Ordnung.

So viel fand Fiona bei ihrem ersten Gang durch die Wohnung heraus. Aber sie war keine Verhaltenspsychologin. Es war nicht ihre Aufgabe das Verbrechen zu verstehen, indem sie das Opfer verstand. In diesem Fall war es ihr vordringliches Ziel, etwas in Drew Shands Leben zu finden, das ihn mit Charles Cavendish Redford verband. Sie wusste, die Polizei hatte die Wohnung gründlich durchsucht, aber damals hatte man nach einer Verbindung zur schwulen S&M-Szene gesucht, nicht nach dem Schreiben eines frustrierten Autors. Sie zog den Stuhl vom Schreibtisch an den Aktenschrank heran und fing an, die Akten durchzusehen. In der unteren Schublade waren persönliche Papiere – zur Hypothek aufs Haus, zu Bankkonten, Rechnungen, Autoversicherung, all dem, was üblicherweise im modernen Leben anfiel. Die nächste Schublade enthielt eine Reihe von Hängedateien, die sich auf Drews veröffentlichte Bücher und solche, die er in Arbeit hatte, bezogen. Sie schaute die Unterlagen schnell durch im Hinblick auf die unwahrscheinliche Möglichkeit, dass er wirklich eine Idee von Redford gestohlen haben könnte. Aber es gab nichts, das auf irgendetwas anderes als seine eigene Fantasie als Quelle seiner Stoffe hinwies.

Die obere Schublade war für Korrespondenz. Es gab Aktenordner für seinen Agenten, seinen Verleger, seine Verträge und schließlich einen, der mit »Fanpost« beschriftet war. Er war überraschend dick, dachte Fiona, als sie ihn aus der Schublade zog. Sie hatte lange genug mit Kit gelebt und wusste, wie viel Post ein erfolgreicher Schriftsteller normalerweise bekommt. Aber Drews Ordner überstieg ihre Erwartungen. Das erste Dutzend Briefe enthielt, was sie erwartet hatte: Anerkennung für seinen ersten Roman, Anfragen, um welches Thema es im zweiten Buch gehen würde, Bitten um unterschriebene Exlibris, schließlich hier und da ein leicht verlegener Hinweis auf einen kleinen Fehler in einem Text. Es gab ein paar Briefe, die Widerwillen über die Gewalt in *Copycat* zum Ausdruck brachten, aber nichts, was beim Empfänger Gefühle großer Sorge ausgelöst haben würde.

Der größte Teil des Ordners bestand jedoch aus Briefen und ausgedruckten E-Mails von Männern, die ihr Interesse zeigten, den Autor von *Copycat* persönlich kennenzulernen, weil sie ihn attraktiv fanden und fasziniert waren von der

Frage, ob sein eigener Geschmack in Sachen Sex sich in dem Roman widerspiegelte. Sie wurden von einer Büroklammer zusammengehalten. Auf dem obersten Blatt klebte eine Notiz, auf der »Sado-Briefe« stand.
Als sie sie durchblätterte, fiel ein einzelnes Schreiben fast am Ende des Stoßes heraus. Es war ein gefaltetes DIN-A4-Blatt. Fiona faltete es auseinander und stieß einen langen Seufzer der Befriedigung aus.

»Drew Shand«, las sie, »deine Karriere hat gerade begonnen, aber sie baut schon auf der gefährlichen Grundlage von Diebesgut auf. Du hast mich bestohlen. Du weißt, dass du meine Arbeit genommen und als etwas ausgegeben hast, das du selbst geschaffen hast. Und deine Lügen nehmen mir, was mir rechtmäßig gehört.
Dein Werk ist ein schwacher Abglanz des leuchtenden Lichts anderer Menschen. Du nimmst, du zerstörst, du bist ein Schmarotzer, der sich aus der Lebenskraft derer ernährt, auf deren Gaben du neidisch bist. Du weißt, dass dies die Wahrheit ist. Prüfe deine erbärmliche, schmutzige Seele, und du wirst nicht leugnen können, dass du mich beraubt hast.
Die Zeit ist reif, du musst bezahlen. Du verdienst nichts als meine Verachtung und meinen Hass. Wenn ich dich töten muss, damit du mir gibst, was mir rechtmäßig zusteht, so sei es. Es ist ein gerechter Preis dafür, dass du meine Seele gestohlen hast.
Die Wahl von Stunde und Tag wird meine Sache sein. Ich hoffe, du wirst keinen ruhigen Schlaf mehr finden, denn du verdienst ihn nicht. Ich werde mich an deinem Begräbnis erfreuen. Aus deiner Asche werde ich wie ein Phönix auferstehen.«

Es gab Unterschiede zwischen diesem Brief und den anderen, die sie schon gesehen hatte. Aber die Ähnlichkeiten

waren überwältigend. Es konnte kein Zweifel bestehen, dass Drew Shand einen Brief von demselben Verfasser erhalten hatte, der an Georgia und Kit geschrieben und auch das bei der Pressekonferenz verteilte Flugblatt ausgearbeitet hatte, in dem er seine Schuld zugab.
Es ließ sich kaum ein Argument finden, das dem widersprochen hätte, was Fiona nun als Tatsache zu akzeptieren begann. Es waren einfach zu viele Zufälle. Wer immer Georgia ermordet hatte, hatte auch Drew getötet. Und es sah aus, als sei diese Person tatsächlich Charles Cavendish Redford.

Kapitel 47

Ihre Wohnung war genauso wie sie selbst, dachte Steve. Hell, fröhlich und clever. Schick und selbstbewusst. Terry wohnte im obersten Stockwerk eines alten Backsteingebäudes in der Nähe der City Road. In den drei Stockwerken unter ihr waren ein Büro für Grafikdesign, eine Werkstatt für Lederwaren und eine Firma, die Möglichkeiten zur Postproduktion für unabhängige Filmemacher anbot. Auf dem Schild im Warenaufzug stand beim dritten Stock einfach *Fowler Storage*. Steve vermutete, dass es für das oberste Stockwerk keine Erlaubnis vom Bauamt zur Nutzung als Wohnraum gab. Außerdem vermutete er, dass Terry dies vollkommen egal war.

Ihre Wohnfläche bestand aus einem großen offenen Raum von etwa zwölf mal fünfzehn Metern. Eine Tür am hinteren Ende führte in ein schmales Badezimmer mit Dusche. Der große Raum war weiß, der Fußboden in einem dunklen, glänzenden Terrakotta-Farbton gestrichen. Es gab einen Schlafbereich mit einem Messingbett und Messinggestellen zum Aufhängen von Kleidern, eine Sitzecke mit einem Dutzend Sitzkissen und einer Mini-Stereoanlage, einen Arbeitsbereich mit Schreibtisch, Computer und Bücherregalen vom Boden bis zur Decke. Eine Kochnische mit einem runden Holztisch aus Kiefer und sechs Klappstühlen war in der Fensterecke untergebracht. Ein tragbarer Fernseher und Video auf einem fahrbaren Ständer waren in eine Ecke geschoben. Die Wände waren mit gerahmten Drucken von Keith Haring geschmückt, die mit ihrer Buntheit der Einrichtung hauptsächlich Farbe gaben.

Sie hatte die Tür schwungvoll geöffnet und ahmte mit wie zum Pfeifen vorgestreckten, runden Lippen eine Fanfare nach. Steve blieb auf der Schwelle stehen und überprüfte mit geschultem Blick den Raum. Er nickte. »Sieht toll aus«, sagte er. »Es gefällt mir.«
Dann war er auch schon eingetreten und in ihren Armen, ihre Münder fanden sich im Hunger nach Befriedigung. Keine Zeit zum Ausziehen, die Kleidungsstücke, die im Weg waren, wurden weggerissen, im Bewusstsein körperlicher Nähe schwemmte ihr Verlangen alles andere weg.
Danach lagen sie eng umschlungen übereinander, und ihr Atem vermischte sich in vollkommener Unbefangenheit. »Also, was ist nun das Hauptgericht?«, fragte Steve.
Terry kicherte und steckte ihre Hände unter sein Hemd. »Das war noch nicht einmal die Vorspeise. Fass es als Amusegueule auf.«
»Amüsiert hab ich mich schon.«
Terry befreite sich aus seinen Armen und stand mit geschmeidigen Bewegungen auf, denen sein Blick folgte. »Machen wir's uns doch bequem«, sagte sie, zog ihr Kleid über den Kopf und streifte die Schuhe ab.
»Hört sich gut an«, stimmte er zu und stand auf. Er nahm sein Handy und den Piepser aus den Taschen, ging zum Schreibtisch hinüber und legte sie neben die Tastatur. Dann zog er seine Kleider aus und warf sie über den Stuhl am Schreibtisch. »Bad?«, fragte er.
Terry deutete zur Tür: »Da vorne.«
»Geh nicht weg«, sagte er.
»Als ob ich das vorhätte.« Sobald er die Badezimmertür geschlossen hatte, sprang sie auf, ging zielstrebig zum Schreibtisch und sah auf das Handy und den Piepser. Am Abend zuvor hatte ein Anruf die Stimmung verdorben, der nicht einmal einen seiner Fälle betraf und all seine Sorgen und Ängste um seinen Freund an die Oberfläche gebracht hatte. Und was noch schlimmer war: Fiona Cameron hatte sich

zwischen sie gedrängt. Terry war nicht sicher, was in der Vergangenheit zwischen den beiden gewesen war, aber ihr Instinkt sagte ihr, es war wohl mehr als einfach nur Freundschaft. Seine Körpersprache veränderte sich, wann immer Fionas Name genannt wurde, und verriet, was da unter der Oberfläche lauerte. Heute Nacht wollte sie Fiona nicht im Bett dabeihaben. Impulsiv wie immer streckte Terry die Hand aus, und aufgrund eines Augenblicksimpulses waren Telefon und Piepser abgeschaltet. Außerdem, argumentierte sie vor sich selbst, als sie zum Bett hinüberging, war jetzt Freitagabend und das Ende einer arbeitsreichen Woche. Wenn sie eine Beziehung mit diesem Mann haben wollte, war ihr klar, dass sie sein Leben als Workaholic ändern müsste. Und nie war es schöner gewesen als jetzt.

Sarah Duvall stand unter dem schwachen Strahl der Dusche und fragte sich, warum alle Polizeidienststellen, in denen sie zu tun hatte, diese mickrigen Duschen hatten. Die letzte Stunde hatte sie im Computerraum zugebracht, wo die Mitglieder ihrer Kommission geduldig alle Resultate der Befragungen eingaben, die in Smithfield Market schon durchgeführt worden waren und im Umkreis von London noch weitergingen. Da Redfords Verhöre so unproduktiv blieben, hatte sie beschlossen, die Ermittlungen in anderen Bereichen zu intensivieren. Sie war gerade von den Computern zurückgetreten, als sie merkte, dass die Zeilen auf dem Bildschirm vor ihren Augen zu verschwimmen anfingen wie im Wasser eines Schwimmbeckens. Wenn sie noch mehr Koffein zu sich nahm, würde sie wahrscheinlich einen Herzanfall bekommen, daher war sie zu den Damenduschen gegangen in der Hoffnung, das kühle Wasser werde ihr Gehirn wieder einigermaßen funktionsfähig machen.

Die ersten vierundzwanzig Stunden waren bei der Untersuchung eines Mordfalls die wichtigsten. Zu Duvalls Pech waren diese wesentlichen Stunden bereits vor einer Woche abgelaufen. Und es war ihr nun überlassen, eine sehr kalte Spur zu verfolgen. Soweit sie wusste, hatte es keine einzige Zeugenaussage außer der des Literaturagenten gegeben, die auch nur einen annähernd ergiebigen Hinweis erbracht und Redfords Verbindung mit dem Verbrechen eindeutiger herausgestellt hätte. Und dabei ging es nur um die Motivation und nicht um eine direkte Verbindung mit dem Mord. Das einzig Konkrete, das sie hatten, war ein Autofahrer, der einen metallgrauen Geländewagen gesehen hatte, möglicherweise einen Toyota oder einen Mitsubishi, der am Tag von Georgia Lesters Verschwinden hinter ihrem Jaguar angehalten hatte. Der Autofahrer hatte weder Georgia noch den Fahrer des Geländewagens gesehen. Und es gab keinerlei Hinweis, dass Charles Redford ein solches Auto besaß. Sie hatte schon jemanden beauftragt, die Autovermieter zu überprüfen, ob er in letzter Zeit einen solchen Wagen gemietet hatte.

Duvall drehte das dünne Rinnsal ab und trat aus der Duschkabine. Sie trocknete sich ab und zog die einzigen sauberen Kleider aus ihrem Schließfach an, Jeans und ein Sweatshirt mit der Aufschrift »Chicago PD«. Nicht gerade ideal, aber besser als die zerknitterten Sachen, die sie die letzten 36 Stunden getragen hatte. Der saubere Stoff auf ihrer Haut war erfrischender als die Dusche selbst. Ein flüchtiger Blick in den Spiegel, und sie war wieder einsatzbereit.

Als sie in den Dienstraum zurückkam, spürte sie sofort ein neues Gefühl von Erregung, das über dem Summen der Computer zu vibrieren schien. Sie hatte kaum den Raum betreten, als ein Sergeant schnell auf sie zukam. »Wir haben etwas aus Dorset«, sagte er und konnte dabei eine gewisse Erregung nicht verbergen.

Duvall bemühte sich, trotz ihrer Müdigkeit zu lächeln. »Erzählen Sie es mir«, sagte sie, zog den nächsten Stuhl zu sich heran und setzte sich.

»Es gibt hinter dem Haus am Ende des Gartenstücks ein

Nebengebäude. Sie wussten nicht, dass es zum Ferienhaus gehört, deshalb wurde es nicht untersucht. Jedenfalls hat der Ehemann es einem Polizisten gegenüber erwähnt, und sie haben es vor zwei Stunden aufgebrochen. Dort hat er sie verstümmelt. An der Wand stehen Steinbänke, die voller Blutflecken sind. Und noch besser ist, dass er dort sein Werkzeug hat liegen lassen: Messer, Metallsäge, Meißel, Hammer, alles Mögliche.«

Duvall nickte. »Hat wahrscheinlich gedacht, das wäre sicherer, als sie bei sich zu behalten und woanders loszuwerden. Ich nehme an, jetzt haben sie ein komplettes Team für die Spurensicherung dort?«

»Sie untersuchen jeden Zentimeter.«

»Gut. Halten Sie mich auf dem Laufenden.«

Der Polizist entfernte sich, froh, eine bestimmte Aufgabe zu haben. Den besorgten Blick im Gesicht seiner Chefin hatte er vollkommen übersehen. Zum ersten Mal seit Redfords spektakulärem Auftritt war etwas eingetreten, das nicht zu dem passte, was er gesagt hatte. Sie würde seine Angaben noch einmal überprüfen müssen. Duvall war sich vollkommen sicher, dass er gesagt hatte, er hätte Georgia an »einen Ort gebracht, den er seit Jahren kannte, ein Ort, den sie nie finden würden«. Das deckte sich mit dem, was im Buch zu lesen war. Es stand jedoch im Gegensatz zu dem, was die Polizei in Dorset entdeckt hatte.

Duvall spürte ein Unbehagen in ihrem müden Körper, als werde ihr übel. Was wäre, wenn ihr Instinkt sie getäuscht hätte? Wenn Redford nur jemand war, der Aufmerksamkeit auf sich ziehen wollte? Wenn der Killer noch frei herumliefe? Sie schüttelte den Kopf, wollte diese Möglichkeit nicht zulassen. Es konnte nicht sein. Redford passte so gut, das fühlte sie in ihrem Inneren.

Aber was wäre, wenn sie sich irrte?

Zuerst kam der Schmerz. Eine schreckliche Qual, an einer

bestimmten Stelle seines Kopfes, rote, gelbe und weiße Wellenbewegungen hinter den Augen. Als Kit zu stöhnen versuchte, merkte er, dass er den Mund nicht bewegen konnte. Dann tauchten andere Schmerzen auf. Seine Schultern taten weh, die Handgelenke brannten. Er versuchte seine Position zu verändern und merkte, dass er hilflos von der Seite auf den Rücken rollte. Seine Hände drückten unangenehm gegen das Rückgrat, und er musste wütend mit den Schultern stoßen, um sich wieder in die weniger schmerzhafte erste Lage zu bringen. Nichts ergab Sinn. Die Augen aufzumachen half auch nichts. Die Dunkelheit war fast noch intensiver, als sie es gewesen war, bevor er sich gezwungen hatte, die Augenlider zu öffnen.

Sein Magen knurrte. Die vom Kopf ausgehenden Schmerzwellen schienen direkt mit dem Bauch in Verbindung zu stehen und verursachten eine unangenehme Übelkeit. Langsam wurde ihm klar, dass er sich in Bewegung befand, wo immer er auch sein mochte. Jetzt hörte er das leise Brummen eines Motors und das Zischen der Räder auf der Straße. Gedämpfte Stimmen hoben sich davon ab, und er begriff, dass ein Radio lief. Es dämmerte ihm, dass er sich in einem fahrenden Auto befand und der Fahrer Radio hörte.

Die Erkenntnis brachte bestürzend schnell die Erinnerung zurück. Der Kurier an der Tür mit dem Bücherpaket. Die schnelle Bewegung, die er aus dem Augenwinkel wahrgenommen hatte. Dann nichts mehr, bis jetzt.

Mit entsetzlicher Klarheit, die ihn für Augenblicke vom Schmerz ablenkte, erkannte Kit das Szenario. Er war in einem Alptraum gefangen, den er selbst erfunden hatte. Er erlebte die Geschichte von Susannah Tremayne, dem zweiten Opfer des Serienmörders, dem er den Namen Blood Painter gegeben hatte. Der Killer hatte sie erwischt, indem er sich als Kurier ausgab, der ein Paket abliefern sollte. Dann hatte er sie in seinen Lieferwagen geladen und zu dem Ferienhaus gefahren.

Vierundzwanzig Stunden zuvor wäre er sich dieser Parallele bewusst gewesen. Niemals hätte er einem Kurier die Tür geöffnet, nicht einmal einem, den er kannte. Aber das war gewesen, bevor man Charles Redford verhaftet und bevor Sarah Duvall Fiona erklärt hatte, der Mörder sei in Haft und das Leben könne in normale Bahnen zurückkehren, ohne dass jeder Augenblick von Angst beherrscht wurde.
Sie waren einem katastrophalen Irrtum erlegen. Schreck und Entsetzen umklammerten sein Herz. Er wusste genau, was ihm bevorstand. Er hatte ja schließlich das Drehbuch geschrieben.

Bevor sie Drew Shands Wohnung verließ, sah sich Fiona die Straßenkarte aus seinem Regal mit den Nachschlagewerken an und beschloss, zu Fuß ins Hotel zurückzugehen. Nach einem zügigen Marsch von zwei Meilen durch die Stadt hätte sie vielleicht einen klaren Kopf. Sie ging durch die Straßen der New Town mit den georgianischen Häusern in Richtung Queensferry Road und spürte die feuchte Luft an ihrer Haut und in ihren Haaren. Sie war fast die einzige Fußgängerin auf den Straßen. Auf der Dean Bridge genoss sie die Sicht auf die Baumkronen von oben. Hier und da blinkte ein Lichterviereck auf der Rückseite der Häuserblocks der New Town blassgelb durch den leichten Dunst. Die Szene hätte einem gruselig erscheinen können, dachte sie, und wenn jemand mit Kits oder Drews Begabung sie beschrieben hätte, wäre eine Atmosphäre aufgekommen, dass sich einem förmlich die Nackenhaare sträubten. Aber nach einem ganzen Tag auf Flughäfen und in einem Büro in St. Leonard's fühlte sie hier eine merkwürdig befreite Stimmung. Es war wie eine kurze Atempause von den Sorgen wegen ihrer Arbeit und um den geliebten Partner.
Bei ihrem Hotel angelangt, zögerte sie fast hineinzugehen. Die kurze Zeit im Freien hatte sie erfrischt und für Angenehmeres bereit gemacht als die Gedanken an Mord. Die einzige

angenehme Aussicht, die der Abend jetzt noch zu bieten hatte, war eine Unterhaltung mit Kit.
Fiona fragte an der Rezeption, ob eine Nachricht hinterlassen worden sei. Nichts. Sie hatte gehofft, dass er angerufen hätte, um ihre E-Mails zu beantworten. Macht nichts, dachte sie. Sie würde zu Haus anrufen in der Hoffnung, dass er auf den Anrufbeantworter achten und abheben würde, sobald er ihre Stimme hörte. Sie ging hinauf und rief den Zimmerservice an. Während sie wartete, fuhr sie den Laptop hoch und überprüfte noch einmal ihre E-Mails. Nichts von Kit. Das war gar nicht seine Art, dachte sie. Sie hatten keinen Kontakt gehabt, seit sie am Morgen weggefahren war, was eine ungewöhnliche Unterbrechung des gewohnten Rhythmus ihrer Kommunikation war. Sie sah auf die Uhr, es war kurz nach neun. Er konnte nicht immer noch bei der Arbeit sein. Eigentlich sollte er das Telefon abnehmen.
Schnell wählte sie die vertraute Nummer – und verwählte sich. Sie musste abbrechen und noch einmal anfangen. Das Telefon am anderen Ende klingelte. Drei, vier, fünf Mal läutete es. Dann der Anrufbeantworter. Seine Stimme auf dem Band konnte jetzt keinen Trost spenden. Sie wartete auf den Piepston. »Kit, ich bin's. Wenn du da bist, nimm ab, bitte … Komm schon, ich muss mit dir reden …« Sie wartete vergebens.
Während sie die Pasta aß, die sie bestellt hatte, und ein Glas Wein trank, blätterte sie noch einmal die Briefe durch, um zu prüfen, ob sie etwas übersehen hatte.
Als das Telefon läutete, fiel ihr klappernd die Gabel aus der Hand. Hastig ergriff sie den Hörer und sagte: »Hallo?«
»Hier ist DCI Duvall.«
Fiona war tief enttäuscht. »Oh. Hallo. Ich hatte jemand anderen erwartet.«
»Ich wollte wissen, was für Fortschritte Sie gemacht haben«, sagte Duvall unvermittelt.
Fiona erklärte ausführlich, was sie den Tag über getan hatte.

Sie übermittelte ihre Ergebnisse, wobei Duvall nur hin und wieder einen unverbindlichen Laut von sich gab, während sie Notizen machte.
Zum Schluss fragte Duvall: »Sie haben also nichts gefunden, was der Theorie widerspricht, dass Redford der Mörder ist?«
Fiona fand, dass sie sich merkwürdig ausdrückte. »Nichts. Warum? Hat sich bei Ihnen etwas Neues ergeben?« Sie fühlte ein nervöses, angstvolles Kribbeln in ihrer Brust.
Das Zögern am anderen Ende der Leitung wurde länger. »Eine unwesentliche Diskrepanz, sonst nichts«, sagte Duvall rasch.
»Wie unwesentlich?«, wollte Fiona wissen.
Duvall erklärte, was die Polizei in Dorset entdeckt hatte und dass es nicht zu dem wenigen passte, was Redford zu dem Thema gesagt hatte. »Wie bedeutend dies ist, werden wir besser beurteilen können, wenn wir die Ergebnisse der Spurensuche im Nebengebäude bekommen.«
»Aber das könnte ja Tage dauern«, protestierte Fiona. »Wenn Sie den falschen Mann festgenommen haben, dann könnten andere Leute in Gefahr sein.« Ganz besonders eine bestimmte Person, dachte sie, und ihr Magen verkrampfte sich vor Angst. »Der Killer wird sich sehr sicher fühlen. Es wird seine Zuversicht stärken, wenn er wieder zuschlagen will.« *Und ich kann Kit nicht erreichen.*
»Das ist mir klar. Wir tun alles, was wir können, um Redfords Aussage zu bestätigen.«
»Ich habe den ganzen Tag nichts von Kit gehört«, platzte Fiona heraus.
»Jemand von meinem Team sollte ihn heute Nachmittag befragen. Ich werde mich danach erkundigen. Vielleicht hat er über seine Pläne für heute Abend gesprochen«, antwortete Duvall mit zuversichtlicher, wenn auch nur gespielter Überlegenheit. »Ich melde mich wieder bei Ihnen.«
»Ich warte auf Ihren Anruf.« Fiona legte sachte den Hörer auf, als könne sie damit Kit schützen. Eine wahnsinnige

Angst hatte sie überfallen. Sie sprang plötzlich auf, rannte ins Badezimmer und schaffte es gerade noch rechtzeitig. Die unverdaute Pasta schwamm in einem gallig roten See aus Tomatensoße und Wein. Ihr Magen versuchte reflexartig, sich noch weiter zu entleeren, als schon nichts mehr darin war. Sie setzte sich in die Hocke, Schweiß stand ihr auf der Stirn, ihr Atem kam unregelmäßig und in kurzen Stößen.
Der Gedanke an Sarah Duvall zwang sie aufzustehen. Sie betätigte die Spülung und putzte sich die Zähne. Wieso dauerte es so lange? Sie fuhr sich mit den Händen durch die Haare und starrte sich im Spiegel an. Ihr Blick war gehetzt, die Angst, die sie zerfraß, ließ ihr Gesicht hager erscheinen. »Du siehst beschissen aus«, sagte sie zu ihrem Spiegelbild. »Nimm dich zusammen, Cameron.«
Das Klingeln des Telefons katapultierte sie förmlich aus dem Bad heraus und durch das Zimmer. »Ja, Fiona Cameron, hallo?«
»Es scheint hier ein leichtes Problem zu geben«, sagte Duvall zögernd.
Großer Gott, nein!, schrie es in ihrem Inneren. »Was für ein Problem?«, zwang sie sich zu fragen.
»Offenbar war er nicht zu Haus, als der Mann von meinem Team bei ihm vorbeischauen wollte.«
Fiona stöhnte. »Etwas ist ihm passiert!«
»Sie sollten nicht so voreilige Schlüsse ziehen, Frau Dr. Cameron. Mein Mitarbeiter gab zu, dass er über eine Stunde zu spät zu dem Termin kam. Mr. Martin könnte das Warten aufgegeben haben. Ich höre von Mrs. Lesters Mann, dass eine Gruppe ihrer Kollegen plante, heute zu einer Art Totenfeier zusammenzukommen. Wahrscheinlich ist Mr. Martin im Moment dort. Hören Sie, das Geständnis Redfords passt in allen Einzelheiten außer diesem einen Detail. Er hat die Verhöre als eine Art Spiel betrachtet, als Wettkampf der Schlagfertigkeit. Es ist durchaus möglich, dass er uns absichtlich in die Irre geführt hat, weil er sich vorgenommen hat, uns kei-

ne konkrete Information zu geben. Er will dadurch ungestraft davonkommen, dessen bin ich sicher.« In Duvalls Stimme war keine Spur von Zweifel zu hören. »Ich bin sicher, Mr. Martin wird sich melden. Versuchen Sie sich keine Sorgen zu machen.«

»Das ist leichter gesagt als getan, DCI Duvall.«

»Ich glaube immer noch, dass wir den richtigen Mann in Haft haben.«

»Das sagen Sie natürlich, weil Sie andernfalls viel zu viel in die Sache reingesteckt hätten.«

»Wenn Mr. Martin sich bis morgen früh nicht bei Ihnen gemeldet hat, rufen Sie mich an.«

»Darauf können Sie wetten.« Sie knallte den Hörer auf die Gabel. Ihre Hand zitterte, als sie sie vom Telefon nahm. »O Gott«, stöhnte sie, »lass nicht zu, dass er der Nächste ist.« Sie ging im Zimmer auf und ab. Sechs Schritte hin, Drehung, sechs zurück, und wieder von neuem, wie ein Tiger in einem Käfig. Duvalls scheinbare Zuversicht bot ihr keinen Trost. Sie wusste, Kit hätte sie nicht einfach ohne eine Nachricht auf dem Trockenen sitzen lassen. »Denken, Fiona, denken«, spornte sie sich selbst an.

Sie nahm ihr Adressbuch und schlug Jonathan Lewis' Nummer nach. Sie hatte nur von wenigen Freunden Kits die Telefonnummern, aber mit Jonathan und seiner Frau Trish hatten sie in den letzten zwei Jahren oft gegessen, sodass sie auf ihrer Liste standen. Trish antwortete beim dritten Klingeln und klang angenehm überrascht, von Fiona zu hören.

»Ist Jonathan da?«, fragte Fiona.

»Nein, er ist bei der Trauerfeier, die sie für Georgia halten. Ist Kit nicht dabei?«, antwortete Trish.

»Muss er wohl. Ich bin hier oben in Edinburgh und habe versucht, ihn zu erreichen, hab's aber nicht geschafft.«

»Es war geplant, dass sie sich um sechs treffen«, sagte Trish.

»Weißt du, wo?«

»Jonathan hat etwas über einen Club in Soho gesagt, bei dem

Adam Mitglied ist. Aber ich weiß nicht, wie er heißt. Ich weiß, dass er damit rechnete, Kit dort zu sehen.«

»Du hast wahrscheinlich Recht«, seufzte Fiona. »Er ist wahrscheinlich inzwischen schon bei der zweiten Flasche. Tut mir leid, dass ich dich gestört habe, Trish.«

»Du störst mich doch nicht. Wenn es dringend ist, könntest du Jonathan auf seinem Handy anrufen.«

Fiona schrieb sich Jonathans Nummer auf und rief an, sobald die Unterhaltung mit Trish zu Ende war. Das Handy klingelte sechsmal, bevor abgenommen wurde. Das Hintergrundgeräusch hörte sich wie bei einem mittleren Aufstand an. »Hallo? Jonathan?«, rief sie. »Hier Fiona Cameron. Ist Kit vielleicht bei euch?«

»Hallo? Fiona? Nein, wo ist er denn, der Bursche? Er sollte eigentlich hier sein.«

»Er ist nicht da?«

»Nein, das sag ich doch.«

»Er hat sich auch nicht gemeldet?«

»Nein, warte mal.« Etwas unklar hörte sie ihn rufen: »Hat irgendjemand etwas von Kit gehört? Zum Beispiel, warum er nicht hier ist?« Es gab eine kurze Pause, dann kam Jonathan an den Hörer zurück. »Niemand hat etwas von ihm gehört, Fiona. Ich weiß nicht, was er treibt, aber hier ist er nicht.«

Fiona spürte, wie sich ihr Magen wieder zusammenzog. »Wenn er auftaucht, sag ihm bitte, er möge mich anrufen. Bitte, Jonathan.«

»Kein Problem. Reg dich nicht auf, Fiona.« Die Verbindung brach ab, und Fiona war wieder allein mit ihrer Angst, die sie aufwühlte. Sie hätte schreien mögen. Aber sie zwang sich zu einer rationalen Betrachtung der Situation.

Wenn der Mörder Kit ins Visier genommen hatte, dann wäre das nächstliegende Buch, das er kopieren würde, *The Blood Painter*. Da es im Fernsehen erfolgreich gelaufen war, entsprach es dem bisherigen Muster des Killers. Wenn der Mörder der Handlung des Buchs folgte, musste Kit noch am Leben sein. Die charakteristische Eigenart des *Blood Painter* war, dass er seine Opfer gefangen hielt, ihnen jeden Tag Blut abzapfte und es als Farbe für Bilder benutzte, die er an dem Ort, wo er sie gefangen hielt, an die Wand malte. Wäre Kit also wirklich das nächste Opfer, dann würde derjenige, der ihn in seiner Gewalt hatte, ihn mindestens noch zwei Tage am Leben erhalten, damit er den Mord im Buch so echt wie möglich nachspielen konnte.

Sie musste nur herausbekommen, wo er festgehalten wurde. Es war schon eine Weile her, dass sie das Buch gelesen hatte, aber sie erinnerte sich, dass die Opfer des *Blood Painter* alle irgendwann in den sechs Monaten vor ihrem Tod einmal abgelegene Ferienhäuschen gemietet hatten. Wenn er kam, um sie zu töten, mietete der *Blood Painter* immer dasselbe Häuschen, in dem er sie eine Woche festhielt, während er sie langsam ausbluten und sterben ließ und dabei seine grotesken Gemälde schuf.

Aber sie und Kit hatten nie ein Ferienhaus gemietet. Sie hatten nicht einmal einen kurzen Wochenendurlaub in Großbritannien gemacht, weil sie ihre Ferien lieber im Ausland verbrachten. Wo konnte er Kit also festhalten? Wo konnten sie sein, wenn der Mörder tatsächlich entschlossen war, dem Buch zu folgen?

Kapitel 48

Die M 6 war so weit nördlich von Manchester praktisch leer. Der größte Teil des Freitagabendverkehrs war auf die M 55 nach Blackpool oder an der ersten Kreuzung abgebogen, die zum südlichen Ende des Lake District führte. Wo die Straße zum Shap hochführte, waren am Wochenende nur noch wenige Autos und ein paar vereinzelte Lkws zurück nach Schottland unterwegs.

Auf der Überholspur fuhr ein metallisch dunkelgrauer Toyota-Geländewagen im bequemen Tempo von 85 Meilen, langsam genug, um die Aufmerksamkeit der Verkehrspolizei nicht auf sich zu ziehen, aber doch flott genug, um die Meilen bis zum Endziel zusammenschmelzen zu lassen. Der Fahrer hatte das Radio abgeschaltet und die gepflegte BBC-Stimme durch eine Hörbuchkassette, *The Blood Painter* von Kit Martin, ersetzt. Gelesen vom Autor selbst. Von allem anderen abgesehen, würde der Text ihm helfen, der Vorlage genau zu folgen, falls er Einzelheiten vergessen haben sollte.

Er konnte sich kaum etwas Besseres vorstellen, um die Meilen vorbeifliegen zu lassen.

Detective Superintendent Sandy Galloway hatte sein Feierabendglas Caol Ila halb ausgetrunken. Seine Zwillinge im Teenageralter brachten im oberen Stockwerk mittels ihrer Sony-Playstations Vernichtung über einen fernen Planeten, während seine Frau gerade das Geschirr in die Spülmaschine räumte. Morgen würde er wegen der Sache in London tätig werden müssen. Aber für den heutigen Tag war genug getan, das war sein Motto. Also machte er es sich mit seinem Whisky gemütlich, sah sich einen Krimi im Fernsehen an und freute sich über alles, was da falsch gemacht wurde.

Als das Telefon klingelte, achtete er nicht darauf. Aber das Rufen der Teenager von oben war nicht zu überhören. »Hey Dad, jemand aus England ist dran für dich.«

»Herrje«, murmelte er, erhob sich aus seinem Sessel und ging durch den Flur. Er nahm den Hörer ab und wartete, bis es klickte, als oben aufgelegt wurde. »Hallo, Sandy Galloway hier.«

»Hier ist Fiona Cameron. Es tut mir leid, Sie zu Hause zu belästigen. Ich habe Ihre Nummer vom Sergeant im Einsatzzentrum. Er wollte sie mir nicht geben, aber ich habe ihn dazu gedrängt, seien Sie ihm also nicht böse.« All dies kam in einem atemlosen Wortschwall.

»Macht nichts, Frau Doktor. Wie kann ich Ihnen helfen? Oder wollten Sie uns helfen? Haben Sie bei Drew Shand zusätzliche Briefe gefunden?«

Eine Pause trat ein. Er hörte, wie sie tief einatmete. »Es mag sich vielleicht übertrieben ängstlich anhören. Sie wissen doch, dass mein Partner Kit Martin ist, der Krimiautor?«

»Ja, das wusste ich.«

»Von Anfang an, als ich meine Theorie entwickelte, war mir klar, dass hier ein Serienmörder am Werk sein könnte und dass Kit perfekt dem Profil des Opfers entspräche. Ich habe mir Sorgen gemacht, dass er eine Zielperson sein könnte. Als die City Police Redford festnahm, waren wir alle erleichtert. Aber ich habe gerade mit DCI Duvall gesprochen, und sie sagte mir, es gibt einen Schwachpunkt im Fall Redford. Und ich kann Kit nicht erreichen. Er geht nicht ans Telefon und hat sich auch nicht über E-Mail gemeldet.«

»Könnte es nicht sein, dass er arbeitet?« Galloway versuchte, ruhig und unbesorgt zu klingen. Wenn es eine ernsthafte Ungereimtheit in dem Fall gäbe, hätte Duvall es ihm mitgeteilt.

»Er war nicht da, als die Polizei kam, um eine Aussage aufzunehmen. Und sonst antwortet er immer per E-Mail. Die Sache ist nur, wenn Kit eine Zielperson wäre, müsste das Buch, dem der Killer folgen würde, *The Blood Painter* sein. Er würde ihn irgendwo festhalten, bis er so weit ist, ihn zu töten.«

Er hörte ihrer Stimme an, dass sie vor Sorge und Angst außer sich war. »Ich verstehe Ihre Besorgnis, Fiona.« Er nannte sie beim Vornamen, weil er hoffte, es könne sie beruhigen. »Das Problem ist nur, wir haben keine Hinweise, dass ihm irgendetwas passiert ist. Er könnte den Abend einfach bei Freunden verbringen. Irgendwo ein Glas auf Georgia Lester trinken.«

»Genau dort sollte er jetzt eigentlich sein. Aber ich habe mit einem seiner Freunde gesprochen, und er ist nicht gekommen. Außerdem hätte er mir Bescheid gesagt, wenn er das geplant hätte«, beharrte Fiona.

»Alles Mögliche könnte vorgefallen sein. Er hätte auf dem Weg dorthin jemanden treffen und zuerst mit ihm irgendwo einkehren können. Vielleicht ist er im Straßenverkehr stecken geblieben. Fiona, wenn es ein wirkliches Problem im Fall Redford gäbe, hätte die Polizei der City of London sich bei uns gemeldet. Da können Sie ganz sicher sein.« Galloway glaubte fest daran, dass es keinen Grund für ihre Angst gäbe. Als Polizist wusste er, dass ohne Hinweise auf ein Verbrechen auf keinen Fall eine offizielle Ermittlung gerechtfertigt war. Und als Mann wusste er, dass die Menschen ihre Partner nicht immer so gut kennen, wie sie denken. Nicht einmal, wenn sie Psychologen sind. »Manchmal kommt die E-Mail nicht durch«, argumentierte er. »Die Server sind kurzfristig nicht verfügbar. Vielleicht glaubt er, er hätte Ihnen Bescheid gegeben.«

Er hörte ihren frustrierten Seufzer. »Oder vielleicht ist er in der Gewalt eines Killers. Die Polizei sollte diese Möglichkeit überprüfen.«

Galloway holte tief Luft und wagte sich etwas weiter vor. »Wenn – und es ist ein sehr gewichtiges Wenn – das so wäre, wo sollte die Polizei ihn dann suchen?«

»Nach der Handlung von *The Blood Painter* sollte der Mörder ihn in ein Ferienhaus bringen. Nur haben wir nie ein Ferienquartier in Großbritannien gemietet. Kit hat eine Hütte oben in Sutherland, wo er hingeht, um zu schreiben. Wenn … dann müssten sie dort sein.«

»In welcher Gegend von Sutherland?«

Er spürte ihr Zögern. »Das ist das Problem. Ich weiß es nicht genau. Ich bin nie dort gewesen, verstehen Sie. Ich weiß nur, dass es in der Nähe von Loch Shin ist.«

»Sie kennen nicht einmal die Adresse?«

»Nein, wir stehen immer per E-Mail in Verbindung, wenn er dort oben ist. Er hat ein Satellitentelefon, nutzt es aber nicht für Telefongespräche. Wir sind beide der Meinung, dass die Zeit der Trennung schwerer zu ertragen ist, wenn wir miteinander sprechen. Irgendwie ist seine wochenlange Abwesenheit mit E-Mail erträglicher.« Plötzlich merkte sie, dass sie abschweifte, und zwang sich, zu dem konkreten Problem zurückzukehren. »Aber sicher muss doch die örtliche Polizei wissen, wo die Hütte ist? Ich dachte, da oben in den Highlands kennt jeder jeden?«

Galloway wischte sich mit der Hand über den Mund. Ihre Angst hatte sich auf ihn übertragen, und er hatte Schweißperlen auf der Oberlippe. »›Am Loch Shin‹, die Angabe ist sehr vage, Fiona, das ist ein Riesengebiet. Der See selbst muss etwa fünfzehn, sechzehn Meilen lang sein. Ich habe Zweifel, dass man heute Abend noch irgendetwas tun kann, selbst wenn wir annähmen, dass tatsächlich ein realer Grund für die Suche nach ihm vorliegt.«

»Es muss etwas geben, was wir tun können! Wir können doch nicht einfach herumsitzen, wenn Kits Leben möglicherweise in Gefahr ist!« Jetzt hatte der Zorn in Fionas Stimme die Oberhand gewonnen.

»Hören Sie zu, Fiona, es besteht die Möglichkeit, dass Sie sich ganz umsonst aufregen. Also, was macht dieser Mörder aus Mr. Martins Buch mit seinen Opfern?«

»Er hält sie eine Woche lang gefangen, nimmt ihnen alles Blut ab und macht damit Wandgemälde.«

»Also das heißt, der Zeitfaktor ist nicht ganz so wichtig, wie wenn der Mörder sein Opfer schnell töten würde, nicht wahr? Außerdem, wenn nicht einmal Sie wissen, wo die Hütte ist – woher könnte der Mörder es wissen? Warum warten wir nicht bis morgen früh? Es kann gut sein, dass Mr. Martin bis dahin aufgetaucht ist. Aber wenn nicht, werden wir gleich morgen früh die Highland Police verständigen. Das verspreche ich Ihnen. Treffen Sie mich bei St. Leonard's um halb acht, und wir werden dann weitersehen, okay?« Seine Stimme klang beruhigend, ohne herablassend zu wirken.

»Nein, es ist nicht okay«, sagte sie erbittert. »Aber dabei müssen wir es wohl belassen, nicht wahr?«

»Ja, ich fürchte, mehr kann ich nicht tun. Und in der Zwischenzeit werde ich mit DCI Duvall reden und herausfinden, ob es wirklich Grund zur Sorge gibt. Versuchen Sie zu schlafen, Fiona. Ich weiß, Sie stellen sich das Schlimmste vor, aber es könnte gut sein, dass Redford doch unser Mann ist und dass Ihr Freund lebendig und wohlauf mit seinen Kollegen unterwegs ist und heute Abend einen trinken geht. Um über Georgia Lesters Tod hinwegzukommen. Sie wissen ja selbst, dass dies die wahrscheinlichste Möglichkeit ist. Ich sehe Sie dann morgen früh.«

Er legte auf und stand eine Minute nachdenklich im Flur. Nein, er hatte Recht. Es hatte keinen Sinn, bei einer so vagen Angelegenheit wie dieser noch heute Abend etwas in Gang zu setzen. Wenn es keine klareren Anhaltspunkte als die von Fiona genannten gab, bestand keine Aussicht, dass die Highland Police die Sache ernst nehmen würde. Morgen früh konnte er sie vielleicht überzeugen, dass vernünftige Gründe zum Handeln vorlagen – falls Kit Martin dann immer noch nicht in Sicherheit war, anstatt wieder gesund aufgetaucht und verkatert in seinem Bett zu sein. Und eigentlich gab es keine guten Gründe, an so etwas zu denken. Überzeugt, dass Fiona wegen des Schicksals ihrer Schwester vor so vielen Jahren überreagiert hatte, kehrte Galloway zu seinem Fernsehkrimi und seinem Whisky zurück.

Fiona sank auf ihrem Stuhl zusammen. Sie hatte alles versucht. Aber manchmal war das nicht genug. Nach Lesleys Tod hatte sie auch alles versucht. Sie konnte nicht ändern, dass ihre Schwester tot war, aber sie hatte alles in ihrer Macht Stehende unternommen, damit der Verantwortliche den Preis für seine Tat zahlte. Damals hatte sie versagt und sie wusste, welchen Preis dieses Versagen von ihr gefordert hatte. Sie konnte Kit jetzt nicht aufgeben, nicht nur seinetwegen, sondern auch ihretwegen. Duvall und Galloway mochten sie für eine hysterische Idiotin halten, aber sie kannte Kit und wusste, dass ihre Sorge durchaus begründet war. Galloway hatte versucht, sie mit dem Gedanken zu beruhigen, dass der Killer nicht wissen konnte, wo die Hütte war. Aber Fiona kannte seinen Einfallsreichtum. Er hatte bis jetzt jedes Opfer gefunden. Sie konnte es sich nicht leisten, sich etwas vorzumachen.
Sie nahm das Telefon und gab eine Nummer ein, die sie auswendig wusste. Dreimal Klingeln, dann der Anrufbeantworter. »Dieser Anrufbeantworter nimmt Nachrichten für Steve Preston entgegen. Bitte sprechen Sie nach dem Piepston, und Ihr Anruf wird so bald wie möglich beantwortet.« Piep. »Steve, hier ist Fiona. Ruf mich auf dem Handy an, wenn du die Nachricht bekommst. Ich brauche deine Hilfe.« Sie beendete den Anruf, indem sie mit einem Finger auf die Gabel drückte, und wählte sofort sein Handy an. Schweigen. Dann die anonyme Stimme: »Unter der Nummer, die Sie anrufen, meldet sich niemand. Bitte versuchen Sie es später.

Unter der Nummer, die Sie …« Sie hängte auf. »Das ist ja unglaublich«, murmelte sie, nahm ihr Adressbuch und suchte die Nummer seines Piepsers. Als der Piepser-Service antwortete, hinterließ sie eine Nachricht für Steve, er solle sie gleich auf ihrem Handy anrufen.

Es gab eine kleine Chance, dass er noch in seinem Arbeitszimmer war, also wählte sie seine Durchwahl. Sie ließ es zehnmal klingeln, bevor sie aufgab. Wo zum Teufel war er, wenn sie ihn brauchte?

Sie kam überhaupt nicht auf die Idee, die Nummer von Terrys Wohnung zu versuchen.

Gerard Coynes Wohnung hätte direkt für eine Überwachung gebaut sein können. Sie war im ersten Stock eines Reihenhauses, zwei Straßen von der Holloway Road entfernt. Neil nahm wegen der zwei schmalen Türen an der Vorderseite an, dass es keinen Hintereingang gab. Coynes Haustür führte bestimmt direkt zu einer Treppe, die nach oben in den ersten Stock ging. Was die Wohnung für Neils Zwecke so perfekt machte, war das Pub gegenüber. The Pride of Whitby war ein typisches kleines North Londoner Pub. Gemütlich, eng und voller Leute. Aber das altmodische, geriffelte Glas war durch normale Glasscheiben ersetzt worden, die eine gute Sicht über die Straße ermöglichten. Neil war kurz nach halb sieben gekommen, hatte knapp und unauffällig mit dem Wirt gesprochen, der die Lizenz hatte, und ihm klargemacht, dass Diskretion vonnöten sei. Er hatte nicht erklärt, wen oder was er beobachten wollte und warum, nur dass es ihm nicht recht sei, wenn die Stammgäste wüssten, dass er von der Polizei war. Der Wirt hatte damit kein Problem. Er führte eine ordentliche Kneipe und verließ sich auf die Polizei vor Ort, dass sie bei den seltenen Gelegenheiten erschien, in denen es Schwierigkeiten gab. Was ihn anging, konnte Neil gern am Fenster sitzen, solange er wollte, wenn er nur keine freien Drinks erwartete.

Neil hatte schon festgestellt, dass Coyne zu Haus war. Ein schickes Mountainbike war im Vorgarten angekettet. Er hatte Licht in der Wohnung im ersten Stock gesehen und zur Sicherheit Coynes Telefonnummer angerufen. Als Coyne antwortete, hatte Neil so getan, als hätte er falsch gewählt. Zufrieden setzte er sich mit dem *Evening Standard* und einem Glas alkoholfreiem Bier zurecht.
Um halb acht hatte er sich Lasagne und Pommes von der Imbisskarte an der Bar bestellt. Das Essen kam um zehn vor acht. Er war um fünf nach fertig. Er kehrte zu seiner Zeitung zurück und überprüfte mit einem Blick aus dem Augenwinkel zu Coynes Wohnung hinüber, dass Licht hinter den Fenstern war. Wenn sich irgendetwas bewegte, würde er es bemerken, obwohl er müde war.
Um halb neun war das Pub gepfropft voll. An Neils Tisch waren alle Plätze besetzt, die anderen Gäste drängten sich mit ihren Biergläsern und Zigarettenschachteln um ihn herum. Gelegentlich versuchte der eine oder andere, ihn ins Gespräch zu ziehen, aber er war zurückhaltend, antwortete nur einsilbig und verbarrikadierte sich hinter seiner Zeitung. Ein paar Minuten vor zehn ging das Licht bei Coyne aus. Plötzlich ganz wachsam, faltete Neil seine Zeitung zusammen und trank sein drittes Glas leer. Er schob den Stuhl leicht zurück und passte auf, was als Nächstes geschehen würde. Das Oberlicht über Coynes Haustür wurde hell, dann ging die Tür auf. Neil konnte Coyne gegen das Licht, das ihn von hinten anstrahlte, nicht sehr gut sehen. Er erkannte nur die Silhouette eines schlanken Körpers von mittlerer Größe. Neil machte sich zum Abgang bereit.
Coyne zog die Tür hinter sich zu und trat auf die Straße hinaus. Gott sei Dank nahm er nicht das Fahrrad, dachte Neil. Coyne sah in beide Richtungen an den am Gehweg parkenden Autos entlang und überquerte die Straße.
O Mist, dachte Neil, er kommt hier rein. Er schlug die Zeitung weit auf und zog seinen Stuhl näher an den Tisch heran.

Als er wieder aufsah, ging Coyne auf die Bar zu und grüßte ein paar Männer, die dort mit ihrem Guinness standen.
Die tief liegenden Augen in dem schmalen Gesicht, dazu das Kinnbärtchen und die leicht vorstehenden Zähne waren unverwechselbar. Dies war der Mann, dessen Foto aus dem Vorstrafenregister in Neils Gedächtnis eingegraben war. Zwar mochte es nur Indizienbeweise geben, aber sie hatten ihn überzeugt. Wäre Neil ein Spieler gewesen, hätte er ein Jahresgehalt darauf gewettet, dass er Susan Blanchards Mörder vor sich hatte.
Er unterdrückte seine Erregung und sah zu, wie Coyne sich ein dunkles Bier holte. Neil schob seinen Stuhl zurück. Er lenkte einen eventuellen Verdacht von sich ab, indem er zu den anderen Gute Nacht sagte, als seien sie Freunde, mit denen er getrunken hatte. Dann drängte er sich durch die Menge zur Tür.
Nach dem Mief im Pub ließ die kalte Nachtluft seinen Atem stocken. Aber sie trug nicht dazu bei, die Erregung und Erwartung, die von ihm Besitz ergriffen hatten, zu besänftigen. Es hatte funktioniert. Gute, gediegene Polizeiarbeit, unterstützt von etwas Gespür und Intuition, und er sah den ersten ernst zu nehmenden Verdächtigen für Susan Blanchards Mord seit Francis Blake vor sich. Nur hatten sie es diesmal richtig gemacht. Er spürte es in seinen Knochen.
Eilig ging er die Straße entlang zu der Stelle, wo er das Auto geparkt hatte. Er konnte die Tür des Pubs und in einem Winkel dazu Coynes Haustür sehen. Er schlüpfte hinters Lenkrad und zog sein Handy heraus. Zeit sich zu melden. Er tippte Steves Handynummer ein, traute aber kaum seinen Ohren, als er hörte: »Unter der Nummer, die Sie anrufen, meldet sich niemand. Bitte versuchen Sie es später.«
»Scheiße«, sagte er und versuchte Steves Nummer zu Haus. Als er den Anrufbeantworter hörte, fluchte er leise. »Hier ist Neil McCartney, Chef. Ich bin vor dem Haus des Verdächtigen. Er ist gerade über die Straße in seine Stammkneipe

gegangen. Ich weiß, ich soll um Mitternacht Schluss machen, aber ich bleibe, bis Joanne mich ablöst oder bis ich von Ihnen höre. Ich will nicht, dass er uns entkommt.«

Schließlich hinterließ Neil eine Nachricht auf Steves Piepser. Die würde er doch bestimmt kriegen? Der Chef blieb doch sonst immer dran, besonders seit sie diese Operation mit ganz geringen Mitteln durchführten. Er wusste doch, dass Neil ihren neuen Verdächtigen beobachtete, und würde also seinen Anruf erwarten. Früher oder später würde er zurückrufen.

Bis dahin konnte er nicht mehr tun als zuschauen und warten.

Kapitel 49

Warten war etwas, was Fiona nicht ertragen konnte. Nicht wenn sie um Kits Leben fürchtete. Galloway hatte versucht, sie zu beruhigen, aber dadurch war ihre Bürde nicht leichter geworden. Sie wusste, es wäre zwecklos, wenn sie Galloways Rat befolgte und zu schlafen versuchte. Wenn sie zu Bett ginge, würde sie sich nur ruhelos und von Angst gequält herumwerfen. Sie konnte genauso gut aufbleiben und versuchen einen Weg zu finden, wie sie Kit helfen konnte.

Wenn sie nur wüsste, wo die Hütte war. Da derjenige, der Kit gefangen genommen hatte, die ganze Strecke von London herauffahren musste, waren sie möglicherweise noch nicht in der Nähe von Loch Shin angekommen. Wenn sie den genauen Ort finden könnte, wäre es vielleicht möglich, ihnen vor ihrer Ankunft den Weg abzuschneiden.

Auch wenn Galloway gesagt hatte, dass noch viel Zeit sei, so konnte Fiona sich doch nicht darauf verlassen. Bei jedem Mord war der Mörder von dem im jeweiligen Buch vorgegebenen Handlungsmuster abgewichen, wann immer es ihm passte. Kit eine Woche lang am Leben zu lassen wäre für ihn natürlich ein großes Risiko, und nach allem, was sie vom Vorgehen des Mörders wusste, hielt er das Risiko lieber gering. Je früher sie nach Sutherland kommen konnte, desto größer war die Chance, Kit noch lebend vorzufinden. Wenn sie wartete, bis Galloway am Morgen endlich in die Gänge kam und handelte, ging sie ein zu großes Risiko ein. Sie musste alles tun, was in ihrer Macht stand, und zwar so bald wie möglich. Natürlich würde sie zu diesem späten Zeitpunkt keinen geöffneten Laden mehr finden, wo sie eine amtliche topografische Karte der Gegend um Loch Shin kaufen konnte, um mit ihrer Hilfe alle Möglichkeiten zu überprüfen. Fiona goss sich noch ein Glas Wein nach und ging ins Internet. Sie gab das Schlüsselwort »Loch Shin« in ihre Suchmaschine ein und überflog ungeduldig die Ergebnisse. Auf manchen Webseiten stellten Amateurfotografen ihre Fotos dieser Gegend vor. Es gab Webseiten für Leute, die glaubten, das Monster von Loch Ness habe Verwandte im Loch Shin. Webseiten voller Ferienhäuschen mit Blick auf den See, andere mit Ratschlägen für Angler und sogar eine, die dem Wasserkraftwerk gewidmet war. Aber keine Karte mit großem Maßstab. Die Online-Version der offiziellen topografischen Karte, die das Internet bot, war zu klein, um brauchbare Details zu verzeichnen.

Fiona hatte sich sogar Zeit für die gruseligen Klatschgeschichten von *Murder Behind the Headlines* genommen. Sie wusste sofort, als sie die Seite öffnete, dass sie ihr keinen Frieden bringen würde. Aber sie musste sich ansehen, was Georgias Tod ausgelöst hatte. Das Bedürfnis erinnerte sie an juckenden Schorf, den man abkratzen wollte.

> Endlich kommt aus London die Bestätigung für das, was jeder mit etwas Verstand Begabte schon wusste. Es stimmt, dass ein Serienmörder umgeht und die schrägen und aufgedrehten Typen verfolgt, die ihre Tage damit zubringen, Geschichten über – na, was wohl – natürlich Serienmörder zu schreiben. Es klingt schon ein bisschen so, als würde man den Ast absägen, auf dem man sitzt, aber es ist tatsächlich so!
>
> Noch viel erstaunlicher war das Geständnis, das eine Pressekonferenz der Polizei durcheinanderbrachte. Die Polizei gab bekannt, dass die sterblichen Überreste der Autorin Georgia Lester zerstückelt in einem offiziell nicht mehr genutzten Gefrierschrank des

Londoner Smithfield-Fleischgroßmarkts gefunden wurden. Ein Mann, der beteuerte, er sei der Mörder, verteilte ein FLUGBLATT an die wartenden Presseleute, auf dem er seine Motive für die Serie grausamer Morde erläuterte.

Der Bekenner ist ein gewisser Charles Cavendish Redford, der sich gern als Schriftsteller sieht und behauptet, er habe den drei betroffenen Autoren Manuskripte in der Hoffnung zugeschickt, dass sie ihn bei der Veröffentlichung seiner Bücher unterstützen würden. Sie hätten sie aber gestohlen und für sich genutzt. Redford, 47, arbeitete zeitweilig als Krankenpflegehelfer, woher seine brutalen Fertigkeiten stammen könnten. Er ist in Haft, aber bis jetzt konnte ihm nichts zur Last gelegt werden.

Die Entdeckung von Lesters sterblichen Überresten hat eindeutige Beweise für das geliefert, was manche von uns schon vermutet hatten. Um etwas abgewandelt mit Oscar Wilde zu sprechen: Einer – Drew Shand – das ist Pech. Zwei – Jane Elias – sieht sehr nach Zufall aus. Aber drei – Georgia Lester – das ist eine Serie …

Lester wurde seit mehr als einer Woche vermisst. Skeptiker sagten, sie hätte ihr Verschwinden absichtlich als Publicity-Aktion inszeniert wie die Queen of Crime Agatha Christie in den Zwanzigerjahren. Und es stimmt, dass Lester sich beklagt hatte, ihr Verlag kümmere sich nicht genug um sie. Sie hatte für ihre geplante Lesereise Bodyguards verlangt, was aber von dem Verleger, der mehr gesunden Menschenverstand als Geld hatte – heutzutage eine Seltenheit –, abgelehnt wurde.

Als wir aber die Details über ihr Verschwinden lasen – das verlassene Auto auf dem Feldweg, das Fehlen von Anzeichen für Gewaltanwendung und jeglicher Zeugen –, kam bereits bei allen, die Sensibilität für solche

Dinge haben, Entsetzen auf. Denn sie erinnerten sich an das Schicksal der Opfer in *And Ever More Shall Be So*, Lesters einzigem Roman über einen Serienkiller, der verfilmt wurde.

Es heißt, dass die Londoner Polizei den Tipp, Smithfield Market zu durchsuchen, von einer Psychologin und Profilerin bekam – einer jener legendären Clarice Starlings (und wir wissen ja alle, was mit Clarice passierte, nicht wahr???), die austüfteln, was die Verbrecher als Nächstes tun werden. Allerdings braucht man kein Doktor der Psychologie zu sein, um in diesem Fall darauf zu kommen. Man muss nur lesen können. Trotzdem werden einige Thrillerautoren heute Abend ruhiger schlafen können. Denn wenn Redford nicht geschickterweise gerade jetzt ausgepackt hätte, könnte man seinen letzten Dollar darauf verwetten, dass es noch lange gedauert und noch einige Leichen gegeben hätte, bevor es der Polizei gelungen wäre, ihn einzukassieren.

Denkt daran, ihr habt's zuerst gelesen bei
MURDER BEHIND THE HEADLINES

Fiona ärgerte sich über sich selbst, weil sie der heimtückischen Bosheit der Webseite erlegen war, und meldete sich vom Internet ab. Sie hatte fast eine Stunde damit zugebracht und war nicht weitergekommen.

Frustriert wählte sie noch einmal Steves Nummer. Keine Änderung. Er war immer noch nicht zu erreichen. Fiona schloss die Augen und rieb sich langsam die Schläfen. Irgendwo weit unten in ihrem Gedächtnis musste es etwas geben, musste sie etwas wissen, was sie zur Hütte führen könnte. *Denk an etwas anderes*, sagte sie sich. *Lass dein Unterbewusstsein für dich arbeiten*. Aber das war leichter gesagt als getan in einer Situation, in der sie nur an Kit und die Tortur denken konnte, die ihm vielleicht widerfuhr.

Ein Spaziergang würde helfen. Ein schneller Gang durch die Straßen der Umgebung, bei dem sie sich zwingen konnte, die Einzelheiten der Häuser und Gärten wahrzunehmen. Das könnte ihre Gedanken so frei machen, dass sich die Tür zu der Information öffnete, von der sie wusste, dass sie da sein musste.
Sie war froh, etwas Positives vorzuhaben, sprang auf und nahm ihren Regenmantel, der noch als feuchtes Bündel auf dem Bett lag, wo sie ihn hingeworfen hatte. Sie zog ihn über, ergriff ihr Handy und rannte beinahe zur Tür hinaus, die Treppe hinunter und auf die Straße.
Sie ging nach rechts, kam an Reihenhäusern vorbei und schaute sich jedes genau an, sah in den Souterrainräumen, mit welchen Mitteln die Bewohner sie schön gestaltet hatten. Sie betrachtete die Gardinen, bewunderte einen besonders kräftigen wilden Wein, merkte sich das Aussehen eines verzierten Türklopfers – all dies, um ihre grauen Zellen zu beschäftigen.
Am Ende der Straße bog sie links ab, ging den Hügel in Richtung Stockbridge hinunter und beschrieb dabei für sich selbst die hohen Sandsteingebäude, an denen sie vorbeikam. Am unteren Ende des Hügels starrte sie in das Fenster eines Spirituosenladens und wählte in Gedanken einige Flaschen aus dem Schaufenster für sich aus. Sie überquerte die Straße, ging den Hügel wieder hinauf, und dabei hielt sie nicht einziges Mal bei der Bestandsaufnahme ihrer Umgebung inne.
Sie war die Straße halb hinaufgegangen, als ihr Gedächtnis den Schatz freigab, von dem sie wusste, dass er dort verborgen lag. »Lee Gustafson«, sagte sie erstaunt mit lauter Stimme. Dann lief sie zum Hotelzimmer zurück, um die Erleuchtung, die ihr gerade geschenkt worden war, in die Tat umzusetzen.
Dabei bemerkte sie den entgeisterten Blick des Nachtportiers gar nicht, als sie durch den Empfangsbereich rannte und die Treppe hinaufeilte. Noch bevor die Tür zuschlug, flog ihr

Regenmantel als zerknitterter Haufen aufs Bett, und sie saß an ihrem Laptop. Lee Gustafson war ein amerikanischer Schriftsteller, der Thriller über ökologische Themen schrieb. Er hatte in den USA denselben Verleger wie Kit. Sie waren zwei Jahre zuvor einmal auf eine gemeinsame Lesereise geschickt worden, hatten in den Krimibuchhandlungen des Mittelwestens zusammen getrunken und eine Freundschaft geschlossen, die sie über E-Mail weiter pflegten. Gerade ein Jahr zuvor hatte Kit Lee erlaubt, seine Hütte zu benutzen, damit er Recherchen zur Erhaltung seltener Arten in den Highlands machen konnte. Lee Gustafson musste wissen, wo die Hütte war.
Jetzt musste sie nur noch Lee finden.

Über Glasgow stand im Westen ein orangegelber Schein. Aber Kit sah nichts davon. Er hatte einen quälenden Krampf in dem Arm gehabt, auf dem er lag, hatte es aber geschafft, sich auf den Bauch zu drehen. Die Schmerzen in seinen Schultern und das Kribbeln im Bein waren besser geworden, aber das war keine Hilfe gegen den dumpfen Kopfschmerz, der immer noch seinen Schädel fast sprengte.
Er hatte keinen Zeitbegriff mehr. Er wusste nur, dass er in diesem Fahrzeug eingesperrt und mindestens seit zwei Stunden unterwegs war. Und das wusste er nur, weil eine sublime Form der Folter ihn zwang, seiner eigenen Stimme zuzuhören, die mit seinen eigenen Worten das beschrieb, was er als sein eigenes Schicksal erahnte. Nach seiner Schätzung stand ihm noch eine Stunde des Hörbuchs *The Blood Painter* bevor.
Er hatte versucht, wegzuhören, in Gedanken seine Lieblingslieder zu singen. Aber es funktionierte nicht. Die grausame Geschichte drang immer wieder in sein Bewusstsein. Es war die Ironie des Schicksals, dass die Macht seiner eigenen Begabung ihn nicht losließ.
Wenigstens gab es Hoffnung, solange sie noch fuhren. Ir-

gendwann würde sein Peiniger anhalten müssen, um zu tanken. Es würde seine Chance sein. Er könnte versuchen, gegen die Hecktür oder den Kofferraum zu treten, oder was immer sonst ihn daran hinderte, auf die Straße hinauszurollen. Er dachte zurück. Was für Schuhwerk hatte er an den Füßen?

Sein Herz krampfte sich zusammen. Er war den ganzen Tag im Haus gewesen und trug Mokassinslipper. Selbst mit der ganzen Kraft seiner Beine hätte er damit nur ein dumpfes Pochen zustande gebracht – kaum hörbar beim ratternden Geräusch der Benzinpumpen.

Und er glaubte nicht, dass ein so vorsichtiger Mann wie der, der ihn gefangen genommen hatte, mitten auf einer belebten Tankstelle parken und Kit allein lassen würde, um einen Hamburger und Kaffee zu sich zu nehmen.

Aber er musste doch etwas tun können! Schließlich hatte er diese Falle selbst erfunden. Wenn es eine Fluchtmöglichkeit gab, sollte er in der Lage sein, sie aufzuspüren.

Hilfreich wäre allerdings gewesen, nicht immer seiner eigenen Stimme zuhören zu müssen, die ihn zum Sterben verdammte.

Lee Gustafsons Telefonnummer zu finden, war für Fiona kein großes Problem. Internationale Auskunftsdienste verzeichneten zwar keinen Eintrag von ihm, was sie nicht überraschte. Sie hatte nur aus Höflichkeit zuerst diese Möglichkeit versucht. Aber prinzipiell hatte sie keine Gewissensbisse, jemanden aus der Gruppe von Autoren anzurufen, deren Nummern in ihrem Adressbuch standen. In diesem Fall machte es nichts aus, dass es schon auf ein Uhr morgens zuging. Trotzdem wählte sie Charlie Thompson bewusst zuerst aus. Charlie lebte allein, und sie wusste, dass er eine Nachteule war. Vielleicht lag er gemütlich ausgestreckt in seinem Sessel und sah sich ein Horrorvideo an, die Katze auf der Brust und ein Glas Armagnac neben sich. Lieber ihn stören als jemanden, der durch ihren Anruf aus dem Schlaf geschreckt wurde.

Das Telefon wurde beim vierten Klingeln abgenommen.

»Grüße an dich, Erdling« dröhnte eine tiefe Bassstimme an ihr Ohr.

»Hallo, Charlie. Hier ist Fiona Cameron.«

»Guter Gott. Solltest du nicht zu dieser nachtschlafenden Zeit schon längst in einen Kürbis verwandelt sein? Oder sprichst du tatsächlich aus der Obst- und Gemüseabteilung bei Tesco?«

Fiona biss die Zähne zusammen und zwang sich, ihn nicht anzuschreien. »Es tut mir leid, dich zu stören, Charlie, aber Kit ist verreist, und ich brauche Lee Gustafsons Nummer.«

»Fiona, Schätzchen, wenn du willst, dass ein Mann dir Zärtlichkeiten ins Ohr flüstert, brauchst du doch nicht das Geld für internationale Ferngespräche zu zahlen. Ich würde das gern übernehmen.« Er lachte leise vor sich hin.

»Ich werde das im Hinterkopf behalten, Charlie. Hast du Lees Nummer?«

»Wieder mal abgeblitzt, hm? Bleib dran, Fiona, sie ist im anderen Zimmer.« Sie hörte Möbel knarren, eine Katze meutern, dann schwere Schritte, die sich entfernten und leiser wurden. Charlie war der einzige Mann in ihrer Bekanntschaft, der im Haus Bikerstiefel trug. Eine lange Minute verging, dann kamen die polternden Schritte wieder. »Bist du noch da? Hast du was zum Schreiben?«

»Ja, sowohl als auch.«

Er las ihr Gustafsons Nummer vor und wiederholte sie zur Sicherheit.

»Viel Spaß mit Lee«, fügte er hinzu. »Aber nicht so viel, dass du vergisst, wie sehr mein Herz immer noch für dich brennt.«

»Das könnte ich nie vergessen, Charlie.« Fiona zwang sich zu dem üblichen koketten Geplänkel, das zu ihrer Freundschaft gehörte. »Noch mal danke.«

»Kein Problem. Und sag deinem Liebsten, er schuldet mir eine E-Mail.«
»Mach ich. Gute Nacht.«
»Werd's versuchen.« Die Verbindung brach ab, und Fiona rief sofort die Nummer an, die Charlie ihr gegeben hatte. Das Signal des amerikanischen Telefonsystems, nur ein Klingelton, erklang. Einmal, zweimal, dreimal. Dann ein Klicken und ein Anrufbeantworter. »Hi. Sie haben Lee und Dorothys Nummer erreicht. Aber Sie haben uns verpasst. Wir sind bis Montag früh verreist. Hinterlassen Sie eine Nachricht, und wir werden uns melden, wenn wir zurück sind.«
Fiona traute ihren Ohren kaum. Langsam bekam sie das Gefühl, die Welt habe sich zu einem mächtigen Komplott gegen sie und Kit verschworen. Sie war so überzeugt gewesen, dass Lee Gustafson die Antwort war.
Frustriert rief sie ihr E-Mail-Programm auf und klammerte sich an die letzte, schwache Hoffnung, dass Galloway Recht haben könnte und Kit eine E-Mail geschickt hatte, die irgendwie im Cyberspace aufgehalten wurde. Aber natürlich war nichts da.
Aus einem plötzlichen Impuls heraus und weil sie Kits Laptop benutzte, der für sein E-Mail-Konto eingerichtet war, sah sie in seine empfangene Post. Vielleicht hatte er ihre E-Mail aus Versehen an seine eigene Box geschickt. Sie konnte sich zwar nicht vorstellen, wie das passieren konnte, aber sie war bereit, sich an jeden Strohhalm zu klammern, wie dünn er auch sein mochte.
Es gab ein Dutzend Nachrichten für ihn. Die meisten schienen von seinen Kollegen, also von Krimiautoren, zu kommen und vorwiegend mit Georgia zu tun zu haben. Es war nichts da, das möglicherweise von Kit selbst hätte kommen können. Noch besorgniserregender war, dass er nach den Zeitangaben im Briefkasten seit dem frühen Nachmittag keine Post mehr abgerufen hatte. Und das war ebenso untypisch für ihn wie die Tatsache, dass er keinen Kontakt mit

Fiona aufgenommen hatte. Statt Trost hatte sie also nur noch mehr Gründe gefunden, sich aufzuregen.
Sie unterbrach die Verbindung und starrte weiter auf den Bildschirm. Plötzlich regte sich vage etwas am Rande ihres Bewusstseins. Unmittelbar bevor Lee die Hütte besucht hatte, waren sie und Kit im Urlaub in Spanien gewesen. Kit hatte wie immer seinen Laptop mitgenommen. Er konnte den Kontakt über E-Mail genauso wenig aufgeben wie das Atmen. Und während sie weg gewesen waren, hatten er und Lee Informationen über die Hütte ausgetauscht.
Eilig öffnete sie die Liste von Kits E-Mails, die er geschickt und empfangen hatte. Sie klickte auf »gesendete Objekte«: 2 539 Nachrichten, nach Datum angeordnet. Das Programm gab ihr die Möglichkeit, die Nachrichten in alphabetischer Reihenfolge der Empfänger zu ordnen, und sie wählte diese Option. Sie musste warten, bis der Computer diese Aufgabe erledigt hatte, und trommelte dabei mit den Fingern auf den Tisch. Dann ließ sie die Adressen bis zu Lee Gustafsons Namen durchlaufen und begann die E-Mails an ihn chronologisch durchzusehen. Sie wusste, welchen Monat sie suchte, und fand ihn bald. Kit hatte in dem Monat neun Nachrichten an Lee geschickt. Sie fing ganz vorne an und arbeitete sich nach und nach durch.
Und da war es.

»Nimm die A 839 aus Lairg hinaus. Ungefähr eine Meile außerhalb des Ortes siehst du einen Weg auf der rechten Seite, der als ›Sallachy‹ beschildert ist. Fahr auf dem Weg weiter (es ist ziemlich holprig, du wirst verstehen, warum ich dir meinen Landrover leihe), ungefähr fünfeinhalb Meilen. Du musst eine Schlucht, den Allt a'Claon, überqueren. Weiter vorn ist eine Gabelung, wo du links abbiegen musst. Etwa eine halbe Meile weiter ist noch einmal eine Linkskurve. Der Weg führt dich auf einer Hängebrücke über die

Schlucht zurück. Sie ist viel stärker, als sie aussieht, aber fahr lieber nicht schneller als fünf Meilen. Du fährst über den Fluss zwischen den Bäumen hindurch. Die Hütte ist ungefähr eine Meile entfernt. Ich würde sagen, man kann sie nicht verfehlen, aber dann würdest du mich wahrscheinlich erschießen.«

Erleichterung überkam Fiona. Sie wusste, wohin der Killer Kit brachte. Und jetzt wusste sie auch, wie man dahinkam. Zum Teufel mit Duvall und ihrer beschränkten Gewissheit. Und auch Sandy Galloway mit seinen beruhigenden Sprüchen. Und Steve, der nicht da war, wenn sie ihn wirklich brauchte. Sie würde Kit mit oder ohne ihre Hilfe finden.

Kapitel 50

Edinburgh kann von sich behaupten, während des Festivals eine Stadt zu sein, die rund um die Uhr wach ist. Aber Fiona fand bald heraus, dass man einen Wagen lediglich von acht bis acht mieten konnte. Sogar am Flughafen, der vierundzwanzig Stunden offen war, schlossen die Autovermietungen, wenn keine Flüge mehr kamen.
Da alle öffentlichen Beförderungsmöglichkeiten ausfielen, war Fiona auf persönliche Verbindungen angewiesen. Müde nahm sie das Telefon zur Hand und wählte wieder eine Nummer. Sie hörte, wie es weit weg ein halbes Dutzend Mal klingelte. Dann ein undeutliches Murmeln. »Ja?«
»Caroline?«
»Nein. Wer ist denn da?« Die Stimme klang ziemlich verärgert.
»Ah, Julia. Tut mir leid. Hier ist Fiona Cameron. Kann ich mit Caroline sprechen?«
»Weißt du, wie spät es ist?« Die Verstimmung wurde noch deutlicher. Fiona wusste, es hatte eigentlich nichts mit der späten Stunde zu tun.
»Ja. Und es tut mir leid. Aber ich muss unbedingt mit Caroline sprechen.«
Das Telefon wurde klappernd hingelegt. Fiona hörte Julias übellauniges Murmeln und wusste, auch dies war beabsichtigt: »Es ist Fiona Cameron. Um zwei Uhr morgens, verdammt, ich weiß nicht …«
Dann Carolines Stimme, schläfrig, aber teilnahmsvoll und besorgt. »Fiona? Was ist los?«

»Es tut mir leid, dich aufzuwecken, aber es ist wirklich wichtig.«
»Natürlich. Wie kann ich dir helfen? Was ist das Problem?«
Fiona holte tief Luft. Im Hintergrund hörte sie, wie Julia genervt seufzte. Anders als Caroline nahm sie Unerwartetes nicht so leicht hin. »Ich bin in Edinburgh und muss nach Inverness. Wenn ich warte, bis die Züge gehen, ist es zu spät.«
»Du willst, dass ich dich hinfahre?«
»Das wird nicht nötig sein, ich muss mir nur deinen Wagen leihen.«
Fiona hörte, wie Caroline sich bewegte. »Gut, lass mich sehen ... fünf Minuten zum Anziehen ... Wahrscheinlich eine Stunde, um zu dir zu kommen. Wo in Edinburgh bist du?«
»Ich übernachte im Hotel Channings. Aber, Caroline, hier geht es wirklich um jede Minute. Gibt es irgendeine Stelle auf dem Weg, wo wir uns treffen könnten? Wo ein Taxi mich hinfahren könnte?«
Es folgte eine Pause. Fiona hörte Geräusche, als sammle Caroline ihre Kleider zusammen. »Es gibt eine Raststätte an der M 90«, sagte Caroline. »Ein paar Meilen hinter der Brücke. Halbeath, glaube ich, oder so ähnlich. Es ist an der Ausfahrt Dunfermline und Kirkcaldy, direkt nach dem großen Hyundai-Werk. Lass dich von einem Taxi dorthin bringen. Ich bin dann in ungefähr ... fünfunddreißig oder fünfundvierzig Minuten dort. Okay?«
»Danke, Caroline. Glaub mir, ich bin dir sehr dankbar dafür.«
»Lass nur. Erzähl mir alles Weitere später.« Dann war die Verbindung zu Ende. Fiona lächelte zum ersten Mal seit Stunden. Endlich hatte sie mit jemandem zu tun, der ihr vertraute und ihre Reaktion nicht für übertrieben hielt. Steve hätte sich genauso verhalten. Aber Steve war nicht zu erreichen. Und sie hatte keine Zeit zu warten, bis bewiesen war, dass sie Recht hatte.

Während sie auf das Taxi wartete, kritzelte sie schnell ein Fax an Galloway, in dem sie ihm mitteilte, dass und wann sie weggegangen sei. Sie bat den Nachtportier, es an die Nummer zu schicken, die Galloway ihr als seine persönliche Faxnummer bei St. Leonard's gegeben hatte. Wenigstens würden sie wissen, wo sie zu finden war, wenn sie Unterstützung brauchte.

Fünfundzwanzig Minuten später setzte das Taxi sie an der Raststätte Halbeath ab, die an der M 90 in Richtung Norden lag. Der Nieselregen, unter dem Edinburgh den ganzen Tag düster ausgesehen hatte, war zu einem kräftigen Regen geworden, den die Böen über die Parkplätze trieben. Fiona stellte sich an der Tür des Restaurants unter und starrte durch den Regen auf die helle, neonbeleuchtete Tankstelle, während sie ihre nächsten Schritte plante.

Zehn Minuten später tauchten Scheinwerfer in der Dunkelheit der Zufahrtsstraße auf, und sie trat erwartungsvoll etwas vor. Unter den Lichtern der Tankstelle erschien eine Honda-Limousine, die ein paar Meter von ihr entfernt spritzend anhielt. Die Tür auf der Fahrerseite ging auf, und Caroline sprang heraus, kam zu ihr hingerannt und legte die Arme um sie. »Hier kommt die Feuerwehr«, rief Caroline.

»Nie hab ich mich mehr gefreut, dich zu sehen.«

»Was ist los? Warum ist es so dringend?« Caroline ließ sie los und stellte sich unter das Vordach an der Tür.

»Hast du die Nachrichten gesehen?«, fragte Fiona.

»Hat es etwas mit der ermordeten Krimiautorin zu tun?« Caroline war nie langsam gewesen, wenn es darum ging, Zusammenhänge zu verstehen. »Ich dachte, sie hätten da jemand geschnappt?«

»Ja. Aber ich glaube, die Person, die sie in Haft haben, ist ein falscher Geständiger, der sich nur wichtig machen will. Wenn ich Recht habe, ist der Serienkiller immer noch auf freiem Fuß. Und ich habe Angst, dass er Kit in seiner Gewalt hat.«

»O mein Gott! Und sie fahren nach Inverness?« Zum ersten Mal klang Caroline geschockt.

»Kit hat draußen in Sutherland eine Hütte. Ich glaube, der Mörder plant, ihn dorthin zu bringen. Kit hat einen Landrover in einer Garage in Inverness untergestellt. Ich muss dorthin, den Landrover nehmen und versuchen, sie abzufangen, bevor sie zur Hütte kommen.«

Caroline runzelte die Stirn. »Verzeih mir, wenn ich naiv bin, aber sollte das nicht die Polizei erledigen?«

»Ja. Aber sie halten den Mann, den sie in Haft haben, für den Mörder. Sie sind nicht einmal halbwegs überzeugt, dass Kit wirklich vermisst wird. Sie meinen, er sei mit seinen Kumpels losgezogen, um seinen Kummer über Georgia zu ertränken.«

»Aber du weißt, dass das nicht stimmt?«

Fiona breitete die Hände aus. »Ich kenne doch Kit.«

Caroline nickte, als sei sie überzeugt. »Gut. Steig ein. Ich werde dich hinfahren.«

»Aber ehrlich, das ist nicht nötig. Ich kann selbst fahren. Ich wollte nur dein Auto borgen.«

Caroline streckte die Hand aus und umschloss behutsam Fionas Handgelenk. Es war eine merkwürdig vertrauliche Geste. »Ich hab gesagt, ich fahr dich. Außerdem, wie soll ich nach St. Andrews zurückkommen, nachts zu dieser Zeit?«

»Nein, Caro, das ist doch nicht deine Sache. Ruf ein Taxi. Ich bezahle es. Gib mir einfach die Autoschlüssel, Caro, bitte?«

Caroline schüttelte den Kopf. »Kommt nicht infrage. Du bist immer für mich da gewesen. Ich lass dich jetzt nicht hängen.« Sie drehte sich auf dem Absatz um und marschierte zu ihrem Auto zurück, zog die Tür auf und setzte sich hinein. Dann ließ sie den Motor an und kurbelte das Fenster herunter. »Ich dachte, du hättest es eilig, Fiona?«

Als sie über die Autobahn in Richtung Perth dahinflitzten,

unterbrach Caroline das Schweigen. »Sag mir jetzt, was mit Kit los ist.«
Also fasste Fiona die ganze Geschichte von Drew Shands Ermordung an kurz zusammen. »Es könnte sein, dass ich mich unnötig ängstige«, gab sie zu. »Aber das ist mein Risiko. Und ich bin bereit, es zu tragen. Am Ufer des Loch Shin dumm dazustehen ist meines Erachtens das bestmögliche Ende dieses Abends.«
»Aber tief im Innern weißt du, dass es anders ist«, sagte Caroline bedrückt.
Fiona nickte. »Er würde nicht einfach den Kontakt abbrechen. Er machte sich große Sorgen nach der Sache mit Georgia. Ich bin der einzige Mensch, dem er sich öffnet. Es ist vollkommen unwahrscheinlich, dass er ausgerechnet jetzt sich nicht bei mir melden würde.« Dann schwiegen sie, und jede vertiefte sich in ihre eigenen Gedanken, während die Scheibenwischer quietschend den Regen wegwischten. Sie fuhren tiefer in die Highlands hinein, wo eine drohende Bergmasse sich rundherum erhob. Caroline brauste zum Gesang der Cowboy Junkies über die Straße in Richtung Inverness. Zu dieser nächtlichen Zeit war wenig Verkehr, der auf dem endlosen Band der A 9 vor ihnen etwas Abwechslung hätte bringen können.
Irgendwo in der Nähe von Kingussie machte Fiona die Augen zu und stützte sich mit dem Ellbogen auf die Fensterleiste. Da Caroline nicht anhalten musste, um zu tanken – wobei es übrigens ohnehin keine Tankstelle gab, selbst wenn sie eine gebraucht hätten –, versank Fiona in einen unruhigen Schlaf, bis sie um halb sieben den Randbezirk von Inverness erreichten.
Fiona war schon zweieinhalb Stunden zu spät, um das Waldgebiet vor Kit zu erreichen.

Joanne Gibb fuhr vorsichtig die Straße entlang, wo Gerard Coyne wohnte. Gott sei Dank schien sich niemand zu rühren. Aber das hatte sie ja in diesem Teil von North London so früh an einem Samstagmorgen nicht anders erwartet. Sie hoffte, es würde noch etwas länger so bleiben. Sie musste das Haus und dann einen Parkplatz finden, von wo aus sie es im Auge behalten konnte. Sie durfte ihn nicht verlieren, nur weil sie keine Stelle fand, an der sie unauffällig stehen konnte. Zum Glück hatte sie einen VW Golf mit schwarz getönten Scheiben. Er war für Passanten nicht einsehbar und hatte den zusätzlichen Vorteil, dass die Jungs aus der Gegend ihn im Allgemeinen schon deshalb nicht anrührten, weil jemand, der eine so scharfe Kiste fuhr, wahrscheinlich um Einiges tougher war als sie selbst.

Gleich als sie das erste Mal vorbeifuhr, fand sie das Haus. Sie sah nicht sofort einen Parkplatz, fuhr also bis zur Ecke, drehte um und kam langsam zurück. Etwa ein Dutzend Meter hinter Coynes Wohnung leuchteten die Scheinwerfer eines Autos auf. Ihre erste Reaktion war der Gedanke, jemand habe ihr Problem bemerkt und wolle ihr signalisieren, dass sein Parkplatz frei werde. Dann erkannte sie Neils Ford, ein Auto, das fast genauso vergammelt wie sein Besitzer aussah. Sie fuhr parallel neben ihn, und beide drehten gleichzeitig die Fenster herunter. Joannes Nase zuckte beim Mief des ungewaschenen Männerkörpers, der ihr entgegenschlug.

»Was machst du hier?«, fragte sie. »Du solltest doch um Mitternacht abbrechen und unseren Freund sich selbst überlassen.«

Neil gähnte. »Ich konnte nicht. Ich wollte es mit dem Boss abklären, aber ich konnte ihn nicht erreichen. Auf seinem Handy komme ich nicht durch, bei seinem Telefon zu Haus läuft der Anrufbeantworter, und er reagiert nicht auf den Piepser. Ich kann's kaum fassen. Sonst ist er doch immer zu erreichen. Und ausgerechnet gestern Abend, wo er doch wusste, dass wir die neue Überwachung anfangen. Es ist mir einfach ein Rätsel. Da hab ich gedacht, ich bleibe hier, bis du da bist, nur für alle Fälle.«

Joanne lächelte schlau. »Ich wette, ich weiß, wo er ist.«
»Wo?«
»Macht sich 'n paar süße Stunden«, sagte sie.
»Ach, Quatsch«, meinte Neil verächtlich. »Er lebt doch wie ein Mönch, der Chef. Er hat vergessen, wie's geht.«
»Das vergesst ihr doch nie, ihr Kerle«, sagte Joanne. »Er ist neulich vom Besuch bei der Assistentin ganz beschwingt zurückgekommen. *Und* er hat mich gefragt, ob ich ihm ein Restaurant empfehlen könnte.«
»Mein Gott, da muss er aber verzweifelt gewesen sein.«
»Danke, Neil. Jedenfalls vermute ich, er ist bei ihr und hat gedacht, dieses eine Mal lässt er den Scheißjob Job sein und will seinen Spaß haben.«
Neil schüttelte den Kopf. »Er würde nie seinen Piepser abschalten.«
»Das denkst *du* vielleicht. Also, was machst du jetzt?«
Neil griff nach unten und drehte den Schlüssel im Zündloch. »Ich hau jetzt ab, geh zum Yard zurück und leg mich zwei Stunden hin, bis er kommt. Wo immer er ist, am Morgen wird er da sein und wissen wollen, was los ist, da wett ich mit dir um jede Summe.«
»Das wär ja 'ne schwachsinnige Wette. Warte, bis ich gewendet habe, dann kann ich deinen Platz nehmen, okay?« Joanne fuhr los. Als sie gedreht hatte, verließ Neil langsam seinen Parkplatz und überließ ihn ihr, damit sie die Überwachung fortsetzen konnte. Sie winkte ihm zu und machte es sich dann bequem. Sie hoffte nur, dass Gerard Coyne an diesem Morgen nicht vorhatte, mit seinem Fahrrad loszufahren.

Kapitel 51

Caroline hielt vor einem Kreisverkehr am Rand von Inverness an und schaltete das Radio ab.

»Wohin jetzt?«, fragte sie.

Fiona gähnte und rieb sich mit den Fäusten die Augen. Sie hatte ein Gefühl leichten Unwohlseins, das von zu wenig Schlaf und zu viel Adrenalin herrührte. Der Regen hatte aufgehört, und ein dünner, grauer Dunstschleier hing in der Luft, der mehr noch als die frühe Stunde Inverness wie eine Geisterstadt erscheinen ließ. »Ich weiß nicht«, gab sie zu. »Das Einzige, was ich weiß, ist, dass der Typ, in dessen Garage Kit den Landrover untergestellt hat, Lachlan Fraser heißt.«

Caroline lachte leise. »Das macht's ja total einfach.«

»Ich vermute, Fraser ist ein ziemlich häufiger Name in der Gegend hier?«

»Das kann man wohl sagen. Der Stammsitz des Clan-Oberhaupts liegt ungefähr zwölf Meilen von hier. Fraser ist in Inverness etwa so häufig wie Smith in London.« Sie legte den Gang ein und fuhr auf die Stadtmitte zu.

»Wohin fährst du?«, fragte Fiona.

»Wenn du nicht weiterweißt, dann frag die Polizei.« Caroline fuhr eine der großen Straßen entlang. »Wir werden entweder eine Polizeiwache oder die Polizisten von der Nachtstreife finden, die sich irgendwo in einer Snackbar ein leckeres Schinkensandwich genehmigen.«

»Du meinst, Inverness leistet sich tatsächlich eine die ganze Nacht geöffnete Snackbar?«, fragte Fiona, die von Berufs wegen Skeptikerin war.

Caroline warf ihr ein sarkastisches Lächeln zu. »Lass dich nicht von der Werbung des Fremdenverkehrsvereins reinlegen. Inverness hat mehr von *Morvern Callar* als von *Local Hero*.«
»Soll das heißen, du weißt, wo du mir ein Päckchen Speed besorgen kannst?«
Carolines Augenbrauen hoben sich. »Ich glaube, da bist du entweder zu früh am Morgen oder zu spät nachts dran, da ist hier nichts mehr los. Ich nehme an, das war ein Witz?«
Fionas Lächeln war grimmig. »Nur theoretisch. Witze sollen ja zum Lachen sein, und jetzt ist mir alles andere als zum Lachen zumute. Ich sollte mich besser mit einer Snackbar und einem Schuss Koffein zufriedengeben. Sollte ich tatsächlich den Gesetzeshütern in die Hände fallen, könnte ich es wirklich nicht brauchen, wenn sie feststellen würden, dass ich Amphetamine genommen habe.«
»Warte mal, da ist was.« Caroline kam plötzlich vom Thema ab und zeigte zu ihrer Linken auf einen Baumarkt, der fast das ganze Sichtfeld ausfüllte. Auf dem großen Parkplatz waren ein mobiler Fish-and-Chips-Stand, ein Polizeiauto und das vordere Ende eines Sattelschleppers zu sehen. Sie bog auf eine Zufahrtstraße ab und fuhr zum Polizeiauto hinüber.
»Frag du nach dem Weg. Du hast den richtigen Akzent dazu. Ich hol das Frühstück«, wies Fiona sie an, kroch aus dem Auto und streckte sich. Wie dringend sie die Hütte auch erreichen wollte, so waren Essen und Trinken doch wichtiger als die fünf Minuten, die sie vielleicht sparen konnte, wenn sie jetzt keine Pause machten. Sie stützte sich auf den hohen Tresen und roch die unangenehme Mischung aus altem Fett, billigem Essig, gebratenen Zwiebeln und Dieselöl. Auf einer Tafel, die einmal weiß gewesen war, stand mit Filzstift geschrieben, was es gab. Zur Beschreibung der jetzigen Farbe dieser Fläche fand Fiona nicht die rechten Worte. Altmännerunterhosen – das kam

dem Farbton vielleicht noch am nächsten. Angeboten wurden Fisch, Pommes, Hamburger, Wurst, belegte Brötchen und Pasteten. Ein zweites Schild teilte mit, dass es »Tee, Kaffee und divärse Getrenke« zur Auswahl gab. Fiona lächelte dem großen, beleibten Mann hinter dem Tresen zu. Nach seiner Blässe zu urteilen, ernährte er sich von seiner eigenen Ware.

»Zwei Brötchen mit Pommes, bitte«, sagte Fiona. Dabei konnte wahrscheinlich noch am wenigsten schiefgehen. Außerdem würden sie all diese schwer verdaulichen Kohlenhydrate ein paar Stunden in Gang halten. »Und zwei Becher Tee, bitte«, fügte sie hinzu.

»Ja, geht in Ordnung«, sagte der Fettkoloss. Er wandte sich ab und bediente seine zischende Fritteuse. Fiona drehte sich um und sah nach, wie Caroline mit den Polizisten klarkam. Sie beugte sich durch das offene Wagenfenster zu ihnen, und ihr Gesicht war offen und fröhlich. Ob sie und Lesley wohl zusammengeblieben wären, fragte sich Fiona. Wahrscheinlich nicht. Die erste Liebe hielt selten lang. Und dann hätte sie selbst Caroline als Freundin sicher verloren. Mit einem Gefühl langsamen und staunenden Verstehens wurde Fiona der Widerspruch klar, dass Lesleys Tod ihr tatsächlich auch ein Geschenk gebracht hatte. Sie kratzte sich am Kopf und beschloss, dies bei einer anderen Gelegenheit wieder aufzugreifen, wenn sie richtig darüber nachdenken konnte. Im Augenblick hatte sie genug damit zu tun, sich an ihren Realitätssinn zu klammern, obwohl sie sich immer mehr in einem Alptraum zu bewegen schien.

Caroline richtete sich lächelnd auf, nickte und ging zum Auto zurück. Als sie bemerkte, dass Fiona zu ihr hersah, gab sie ihr mit hochgestrecktem Daumen das Zeichen für Okay.

»Hier, bitte schön, junge Frau«, sagte der Mann vom Fish-and-Chips-Stand und klatschte zwei voll beladene Brötchen auf zwei Papierservietten. Fiona gab ihm einen Fünfer, winkte wegen des Wechselgelds ab und konzentrierte sich

darauf, die beiden Brötchen und die Styroporbecher mit Tee sicher zum Auto zu jonglieren.
Dort stürzten sie sich darauf wie hungrige Wölfe. Zwischen großen Bissen des überraschend guten Brötchens erklärte Caroline, wohin sie fahren mussten. »Lachlan Frasers Garage ist draußen in Richtung Flugplatz. Die Cops kannten ihn ganz gut. Nicht aus irgendwelchem schlimmen Grund, verstehst du. Nur weil … sie so was eben wissen.« Sie fuhr konzentriert weiter, das Sandwich in einer Hand und den Tee zwischen den Knien, und passte in den Kurven auf, dass nichts verschüttet wurde.
Auf den Straßen begann sich das Leben zu regen, während sie fuhren, und lange gelbe Lichtvierecke unterbrachen plötzlich die grauen Häuserfronten. Jetzt kam hier und da schon brummend ein Wagen oder Milchauto an ihnen vorbei, und das erste verwaschene Licht begann im Osten den Nachthimmel zu färben. Fiona fragte sich, wo Kit jetzt wohl war. Ob sie es rechtzeitig schaffen würde, oder ob es schon zu spät war? Ob der Killer sich an den Handlungsablauf halten oder sich mit einer nur annähernden Version zufriedengeben würde?
Hätte sie ihrer Fantasie freien Lauf gelassen, anstatt alles, was sie aus *The Blood Painter* kannte, aus ihrem Bewusstsein völlig zu verdrängen, hätte sie wahrscheinlich eine recht genaue Beschreibung dessen geben können, was sich zurzeit zwei Stunden Fahrzeit entfernt von ihr tatsächlich abspielte.

Kit war sehr mitgenommen und bemühte sich trotz der stechenden, scheußlichen Schmerzen und der erneuten, dumpfen Benommenheit wieder klar zu denken. Er hatte einen zweiten Schlag auf den Kopf bekommen, denn nach der langen Zeit, die er eingesperrt im Dunkeln zugebracht hatte, war es ihm nicht gelungen, dem Hieb seines Peinigers auszuweichen, als dieser die Hecktür öffnete.
Neben dem Schmerz empfand er als Erstes, wie kalt es war.

Ihn fror schrecklich. Als er die Augen öffnen konnte, fand er sich an einem Schauplatz wieder, der in ihm ein schlimmes Gefühl von Déjà-vu auslöste. Er kannte diesen Ort, weil er ihm gehörte, er kannte diese Situation, weil er sie geschaffen hatte. Er saß nackt auf der Toilette, beide Arme waren mit Handschellen an stählernen Haken befestigt, die in die Wand geschraubt waren. Seine Beine waren zusammengekettet, und die Kette lief hinter der Toilettenschüssel herum, sodass er sich kaum bewegen konnte.

Er war allein. Aber er rechnete nicht damit, dass dies lange so bliebe.

Er wusste, was als Nächstes kommen würde.

Caroline hielt vor einem alten zweistöckigen Steingebäude mit einem rot-weißen Schild, dessen Farbe abzublättern begann und auf dem »Frasers Garage« stand. Es sah aus, als stamme es aus Zeiten lange vor der Erfindung des Verbrennungsmotors. Der größte Teil der Fassade bestand aus zwei breiten Holztoren, in die ein kleineres Tor eingeschnitten war. Auf der einen Seite war eine normale Holztür mit der Nummer 31. Im oberen Stockwerk schien hinter einem Milchglasfenster Licht. Fiona lehnte sich zu Caroline hinüber und nahm sie in den Arm. »Ich danke dir«, sagte sie. »Ich schulde dir ein großes Dankeschön.«

»Hey, es ist erst zu Ende, wenn es vorbei ist«, sagte Caroline. »Du glaubst doch nicht, dass ich jetzt abhaue?«

Fiona lehnte sich in den Sitz zurück. »Nein, Caroline. Du musst jetzt heimfahren.«

Caroline schüttelte den Kopf. »Kommt gar nicht infrage. Ich bin nicht so weit gefahren, damit ich mich jetzt einfach verkrümle und dich allein lasse. Du kannst mich nicht so weit mitnehmen und dann heimschicken, wenn es anfängt, brenzlig zu werden.«

»Es ist kein Spiel, Caro. Wenn ich Recht habe, hat der Mann, der Kit festhält, schon drei Leute umgebracht. Ohne Gewissensbisse. Er überlegt nicht lange, ob er jemanden umlegt, der ihm im Weg steht, wenn er sein Ziel erreichen will. In diese Situation will ich dich nicht bringen.« Fionas Entschlossenheit war deutlich an ihrem Tonfall und ihrem Gesichtsausdruck zu erkennen.

»Wenn er so brutal ist, musst du deine Position ein bisschen verbessern.«

»Nein. Ich weiß schon, was ich tue. Ich kann es nicht riskieren, am Ende daran schuld zu sein, wenn dir etwas passiert. Damit kann ich nicht leben.« Fiona löste ihren Sicherheitsgurt und öffnete die Tür. »Bitte, Caro. Fahr nach Hause. Ich ruf dich später an, ich versprech's. Ich steige jetzt aus und werde nicht weitergehen, bis ich sehe, dass du umdrehst und wegfährst.« Sie stieß die Tür auf, stieg aus und beugte sich dann noch einmal hinein. »Es ist mir Ernst.« Sie machte die Tür leise zu und trat zurück.

Caroline schlug frustriert mit der Handfläche auf das Steuerrad, legte den Gang ein und fuhr los. Fiona sah zu, wie sie eine volle Kehrtwendung machte und in die Richtung davonfuhr, aus der sie gekommen war. Als die Rücklichter des Honda um die Ecke verschwanden, wandte sie sich der kleinen Tür zu, holte tief Luft und drückte auf den Klingelknopf.

Lange war nichts zu hören, dann kamen schwere Schritte eine Treppe herunter. Die Tür ging auf und ein Mann erschien, der auf die dreißig zuging und Arbeitsstiefel, Jeans und ein gefüttertes, kariertes Hemd trug, das lose über einem grauen T-Shirt hing. In einer Hand hielt er einen Becher Tee. Auf seinem Gesicht lag ein Ausdruck mäßiger, freundlicher Wissbegier.

»Lachlan Fraser?«, fragte Fiona.

Er nickte. »Ja, das bin ich.«

»Tut mir leid, dass ich Sie so früh störe …«

Er lächelte. »Es ist doch nicht früh. Und Sie stören mich auch nicht. Kann ich Ihnen helfen?«

»Mein Name ist Fiona Cameron ...«
Er lächelte noch breiter und unterbrach sie. »Sie sind Kits Mädchen. Natürlich! Ich hätte Sie gleich erkennen können nach dem Bild, das Kit in der Hütte hat. Hey, ist ja prima, Sie endlich mal kennenzulernen.« Sein Blick ging an ihr vorbei. »Der Mann selber ist wohl nicht dabei?«
»Nein, eine Freundin hat mich raufgefahren. Ich treffe mich später mit Kit. Ich soll den Landrover abholen. Geht das in Ordnung?«
»Ja, klar, kein Problem.« Lachlan griff in seine Tasche und deutete an, sie solle weitergehen. »Ich hol nur die Schlüssel.« Er ging an ihr vorbei und schloss das Tor auf. »Sie sind hier drin. Bin gleich wieder da.« Er verschwand im Haus, und ein Licht ging an. Ein paar Augenblicke später kam er mit einem Schlüsselbund wieder heraus. »Kommen Sie mit. Der Wagen ist hinter dem Haus. Der Tank ist voll, und die Kanister für den Generator sind mit Diesel gefüllt«, fügte er über die Schulter hinzu, während er sie eine schmale Gasse zu einem unbebauten Stück Land hinter der Garage hinunterführte. Ein halbes Dutzend alte Autos standen kreuz und quer geparkt. Lachlan ging auf einen Landrover zu, der wie ein Überbleibsel aus einem längst vergessenen Krieg aussah.
»Hier«, sagte er, schloss die Wagentür auf der Fahrerseite auf und trat zurück, damit Fiona einsteigen konnte. »Sind Sie so einen schon mal gefahren?«
Sie schüttelte den Kopf. »Das Vergnügen hatte ich noch nie«, sagte sie ironisch.
Lachlan erklärte ihr die launischen Eigenheiten und den Vierradantrieb des Landrovers, dann wartete er, während sie ihn aus dem Parkplatz und in die Gasse manövrierte. Schließlich winkte er zufrieden, als sie in den grauen Morgen hinausfuhr.

Im Gebiet, das der City of London Police untersteht, gibt es 385 voneinander unabhängige Überwachungssysteme mit

Kameras. Insgesamt sind 1280 Kameras im Einsatz. Smithfield Market ist sehr gut damit bestückt, und fast jeder Winkel wird von der einen oder anderen Kamera beobachtet. Es ist unvermeidlich, dass manche Kameras bessere Bilder machen als andere, da Licht und Sichtwinkel verschieden sind.

Einer der ersten Schritte von DCI Sarah Duvall war, sich jedes Videoband der letzten zehn Tage, das zu haben war, zur Polizeistation der City Police in Snow Hill bringen zu lassen, wo sie ihr Einsatzzentrum eingerichtet hatte. Die ganze Nacht hindurch hatten Beamte stundenlang Videoaufnahmen durchgesehen und sich bei der Suche nach Charles Cavendish Redford um Konzentration bemüht.

Duvall selbst hatte immerhin vier Stunden schlafen können. Nachdem sie einen Richter überredet hatten, ihnen zu gestatten, Redfords Haft zu verlängern, hatte sie sich ein Nickerchen erlaubt. Sie war gar nicht erst nach Hause, zu ihrer Wohnung am Fluss auf der Isle of Dogs, gefahren, sondern in ihr Büro gegangen und hatte sich auf dem Zweisitzersofa hingelegt, das sie dort zu genau diesem Zweck hatte hinstellen lassen. Vier Stunden waren zwar weniger als das, was ihr Körper dringend verlangte, aber die Ruhepause reichte, um weiterzuarbeiten – wahrscheinlich jedenfalls.

Sie war kurz nach sieben wieder in ihrem Einsatzzentrum und schaute sich interessiert die nachts angefertigten Berichte an, um zu sehen, ob irgendetwas aufgetaucht war, das Redfords Beteiligung an dem Fall bestätigte. Als sie ihn mit dem Widerspruch zwischen seiner Aussage und der Entdeckung des Nebengebäudes konfrontierte, war nicht einmal eine Spur von Unbehagen bei ihm zu bemerken. Er hatte einfach mit den Schultern gezuckt und gesagt: »Wollten Sie nicht genau das? Mich bei einer Lüge ertappen? Verbrecher lügen doch, oder?« Das bestärkte sie in der Ansicht, dass er vorhatte, nichts auszusagen, was sein Bekenntnis bestätigen würde.

Früher oder später würde jemand von ihrem eigenen Team oder einer der Kollegen aus Dorset das entscheidende Detail finden, das Redford unbestreitbar mit Georgia Lesters brutaler Ermordung in Verbindung bringen würde. Was das sein würde, war egal, dachte sie deprimiert. Irgendetwas, denn bis jetzt hatten sie nur eine dicke fette Null.
Als sie einen dicken Stoß anscheinend nutzloser Unterlagen durchsah, rief einer der Männer ihren Namen. Sie blickte auf und bemerkte, dass er den Telefonhörer in der Hand hielt.
»Ja?«
»Können Sie schnell mal in den Videoraum runtergehen, Ma'am? Einer der Jungs dort sagt, er hat etwas, das er Ihnen zeigen will.«
Duvall war schon zur Tür hinaus, noch bevor der Hörer aufgelegt war. Sie lief im Eilschritt den Korridor zu dem Raum entlang, wo ihre Leute die Überwachungsvideos vom Markt betrachteten. Kaum war sie über die Schwelle getreten, als einer der Detective Constables sich an sie wandte. »Ich hätte gern, dass Sie sich das hier anschauen, Ma'am«, sagte er mit hoher, eifriger Stimme.
»Was ist es denn, Harvey?« Duvall stand hinter ihm und sah über seine Schulter auf die Bildfläche. »Haben Sie ihn gefunden?«
»Ich habe mir die Bänder vom Korridor angesehen, den man passieren muss, wenn man zum Wartungsbereich geht. Man sieht die Tür nicht direkt, aber es gibt keinen anderen Weg dorthin. Jedenfalls ist das hier vom Freitag, zwei Tage nachdem Georgia Lester vermisst wurde.« Er drückte die Play-Taste. Mit den ruckelnden Bewegungen einer Zeitrafferaufnahme erschien ein Mann in Rückansicht im Bild. Er hatte einen weißen Kittel und eine dunkle Hose an und den schmissigen Filzhut mit Krempe auf, den alle Metzger aus Hygienegründen trugen. Er schien ein großes Plastiktablett mit verpacktem Fleisch zu tragen. Harvey zeigte auf die Bildfläche. »Er ist mir aufgefallen, weil man etwas auf dem

Tablett sieht, das in schwarze Plastikfolie eingewickelt ist. Genau da, sehen Sie, was ich meine?«

»Ich sehe es«, sagte Duvall vorsichtig. »Aber das ist nicht Redford. Die Körperform passt gar nicht. Bekommen wir ihn noch mal auf dem Rückweg?«

»Das wollte ich Ihnen eben zeigen.« Er ließ das Band schnell weiterlaufen, und die Szene setzte sich zuckend in Bewegung. Plötzlich kam ein Mann in Sicht. Harvey hielt das Bild an, als der Mann etwa drei Meter von der Kamera entfernt war. »Das ist die beste Ansicht, die wir von seinem Gesicht bekommen.«

Duvall runzelte die Stirn. An dem Bild auf dem Monitor vor ihr erschien ihr irgendetwas vertraut, aber sie konnte es nicht einordnen.

Harvey sah erwartungsvoll zu ihr auf.

Sie starrte angestrengt auf die Bildfläche, als wolle sie das Bild zwingen, schärfer zu werden. Dann klickte es plötzlich tief unten in ihrem Gedächtnis. Es ergab keinen Sinn, aber sie war sich sicher, dass sie Recht hatte. Die Folgen waren fast zu entsetzlich, um darüber nachzudenken. Sie richtete sich auf. »Lassen Sie uns das so bald wie möglich vergrößern. Ich setze mich in dieser Sache gleich mit der Met in Verbindung. Ich bin dann in meinem Büro. Gut gemacht, Harvey.«

Kapitel 52

Als Fiona in nördlicher Richtung aus Inverness hinausfuhr, begann es langsam aufzuklaren. Sie fand die Straßenkarten und die amtlichen topografischen Karten im Handschuhfach des Autos und fuhr die A 9 entlang, die Karte auf dem Sitz neben sich ausgebreitet. Die Straße führte sie über die eindrucksvolle Brücke und die sich vermischenden Fluten von Beauly Firth und Moray Firth, durch das fruchtbare Farmland der Black Isle, wo der Himmel langsam von Grau in Blau überging und der Morgendunst sich unter der schwachen Wärme der Herbstsonne auflöste.

Sie verglich die Ortschaften mit der Karte, während sie die stille Straße entlangfuhr. Nicht dass es viele Möglichkeiten für Fehler gegeben hätte. Hier oben gab es kaum große Straßen, von denen man falsch abbiegen konnte. Alness. Invergordon. Dann die Brücke über den Dornoch Firth mit dem graubraunen nassen Sand unter ihr, bevor sie zur Bonar Bridge ins Land hineinfuhr, wo sie das niedrige Flachland der Küste hinter sich ließ und ins hohe Bergland kam.

Dann ging es an dem schmalen Flussarm des Kyle of Sutherland entlang, wo das dunkle Wasser von dichten Nadelwäldern gesäumt war und vor ihr die sonnenbeschienene, in die Wildnis führende Straße irgendwie unheilvoll erscheinen ließ. Als sie am Loch Shin in Richtung Lairg hinauffuhr, sah sie, dass sie in die nordwestlichen eigentlichen Highlands kam, die plötzliche Ausblicke auf runde, mit braunem Heidekraut bedeckte Berge boten, während hier und da felsige Vorsprünge grau heraustraten. In der Landschaft lagen die zerfallenen Mauern von Katen verstreut, von denen oft nur noch ein Paar vermoderter Giebel stand. Dies war die Landschaft der Highland Clearances, der brutalen Ausbeutung des Landes, bei der die kleinen Pächter von ihrem Land vertrieben worden waren. Die reichen Landbesitzer wollten auf einfachere Weise zu Geld kommen, indem sie dort Cheviot-Schafe hielten. Jetzt waren die Ruinen der kleinen Häuser das einzige Zeichen, das dieses Land als Anfangspunkt der Highland-Diaspora auswies, die das britische Empire kolonialisiert hatte.

Fiona war nie auf dieser Seite der Wasserscheide gewandert, obwohl die Assynt-Region im Westen von Sutherland auf zwei Wandertouren in der Vergangenheit ihr Ziel gewesen war. Sie wusste, wie sich die weiche Heide unter den Füßen anfühlte, und sie kannte den trügerischen Sog des Torfs und das harte Knirschen der uralten Steinschichten unter ihren Schuhen. Wenn sie sich in das Hinterland vorwagen wollte, wo Kits Hütte war, würde sie in Lairg anhalten müssen. Die leichten Schuhe und Stadtkleider, die sie dabeihatte, würden diesem Gelände nicht standhalten.

Lairg erwachte gerade, als sie die Hauptstraße hinunterfuhr. Die Läden öffneten, ein paar Leute waren schon unterwegs und genossen die schwache Wärme des Morgens. Sie fand einen Parkplatz gegenüber einem Geschäft für Bergtouren-Bedarf und sprang aus dem Landrover. Bevor sie in den Laden ging, überprüfte sie, wie viel Platz hinter den Sitzen war. Zusätzlich zu drei Zwanzig-Liter-Kanistern mit Diesel waren ein leichtes Fleecehemd und eine Wachsjacke da. Fiona hob das Fleecehemd hoch, hielt es sich ans Gesicht und atmete Kits vertrauten Geruch ein. *Bitte, lieber Gott, mach, dass es ihm gut geht*, betete sie still vor sich hin.

Zögernd legte sie Fleecehemd und Jacke wieder hin. Sie waren viel zu groß für sie, aber sie würden es tun, fand sie. Dann ging sie über die Straße zu dem Geschäft. Fünfzehn Minuten später kam sie heraus, trug eine mit Fleece gefütterte Goretex-Hose, einen leichten, aber warmen Pulli mit Rollkragen, eine dunkelbraune Fleecemütze, Wandersocken mit extra weichen Sohlen und ein Paar heruntergesetzte Sommerstiefel zum Wandern. Eigentlich waren sie nicht für diese Jahreszeit gedacht, aber so elastisch, dass man sie nicht einlaufen musste, wie es bei einem Paar schwerer Stiefel der Fall gewesen wäre. Eine vernünftige Anschaffung, da sie nicht vorhatte, weit mit ihnen zu laufen. Sie würden bequem sein, wenn sie laufen oder klettern musste, und das war die Hauptsache. Sie hatte auch ein paar Energieriegel, Wärmekompressen und eine Erste-Hilfe-Ausrüstung gekauft. Sie konnte sich ganz gut vorstellen, was sie erwartete, und wollte auf alles vorbereitet sein.

Wieder beim Landrover, packte Fiona Kits Fleecehemd und die Jacke zu ihrer Ausrüstung und warf ihre abgelegte Kleidung hinter den Sitz. Es gab noch ein Letztes zu tun. Die Zeit war gekommen, sich in allen Einzelheiten an *The Blood Painter* zu erinnern. Sie musste für das ausgerüstet sein, was sie vorfinden könnte. Sie kaufte einen Bolzenschneider, einen Meißel und einen kleinen, schweren Hammer in der Eisenwarenhandlung. Für alle Fälle nahm sie noch ein Allzweck-Taschenmesser dazu.

Als sie zum Landrover zurückkam, sah sie, dass sie nicht mehr allein war. Hinter ihr parkte der vertraute Honda. Caroline stand mit starrköpfigem Lächeln und verschränkten Armen an die Motorhaube gelehnt. Fiona schloss frustriert die Augen. Als sie auf Hörweite herankam, sagte sie: »Das ist überhaupt nicht lustig, Caro.«

»Ich weiß. Deswegen bin ich ja hier. Wenn du mich nicht mitkommen lässt, dann erlaube mir wenigstens, dich zu decken. Lass mich dableiben und aufpassen, dass du wieder lebendig da rauskommst. Bitte, ja?«

Fiona machte den Landrover hinten auf und verstaute ihre Einkäufe. Als sie sich umdrehte, sagte sie. »Hast du ein Handy?«

Caroline grinste. »Meinst du vielleicht, hier oben könnte man irgendetwas auch nur einigermaßen empfangen?« Und sie zeigte auf die Berge, die um die Stadt herum aufragten.
Fiona lächelte betreten. »Dumme Frage. Okay. Wir machen es so: Du folgst mir bis zu dem Punkt, wo ich abbiege. Es ist ungefähr eine Meile außerhalb der Stadt. Es hat keinen Sinn, dass du versuchst weiterzufahren. Nach dem, was Kit sagt, ist die Straße zu schlecht für Fahrzeuge ohne Vierradantrieb. Gib mir eine Stunde.« Sie öffnete ihre Handtasche, nahm einen Notizblock und Stift heraus und kritzelte die Nummer von Sandy Galloways Büro und seine Privatnummer darauf. »Wenn ich nicht innerhalb einer Stunde zurückkomme, heißt das, ich brauche wahrscheinlich Hilfe oder ich habe es geschafft, auf Kits Satellitentelefon zur Polizei durchzukommen. In beiden Fällen rufst du diese Nummer an und verlangst Superintendent Galloway. Sag ihm, wo ich bin und was ich mache. Ich habe ihm ein Fax geschickt, aber vielleicht hält er es nicht für dringend. Moment, ich geb dir gleich die Wegbeschreibung.« Sie machte die Fahrertür auf und griff unter die Karte, um die E-Mail herauszunehmen, die sie ausgedruckt hatte – seit jenem Zeitpunkt schien ein halbes Leben verflogen zu sein. Sie hielt Caroline das Blatt Papier hin, dann zog sie es schnell zurück. »Warte«, sagte sie. »Du musst mir versprechen, dass du, egal, was passiert, nicht versuchen wirst, mir zu folgen.«
Caroline nickte zögernd. »Ich verspreche es. Okay?«
»Aber du musst es auch ernst meinen.«
Caroline sah Fiona fest und lange in die Augen. »Ich schwöre es bei Lesleys Leben.«
Fiona senkte zustimmend den Kopf. »Das genügt mir. Wie ich schon sagte, ich sollte in der Lage sein, Hilfe zu rufen, wenn es nötig ist, aber vielleicht kann ich das Satellitentelefon nicht benutzen. Du bist meine Rückendeckung.« Sie gab ihr die Wegbeschreibung und holte tief Luft. »Los geht's.«

Sie stieg in den Landrover und ließ den Motor an. Ihre Hände am Steuerrad waren feucht, ihr Magen verkrampfte sich. Sie wusste, die Chancen standen nicht gut für sie. Der Mörder und Kit hatten einen Vorsprung und hätten es schon vor einer Stunde oder mehr zur Hütte schaffen können. Und wer weiß, wo der Mörder von seiner Vorlage abweichen würde. Vielleicht würde er Kit schnell alles Blut auf einmal abnehmen, statt ihn tagelang zu quälen und die damit verbundenen Risiken einzugehen.
Vielleicht war es bereits zu spät.

Kaffeegeruch weckte Steve. Er blinzelte, rieb sich den Schlaf aus den Augen und war einen Moment verwirrt, wie man es ist, wenn man an einem ungewohnten Ort aufwacht. Er setzte sich auf und sah Terry mit einem Becher in der Hand am Tisch sitzen. »Ich habe mich schon gefragt, ob das vielleicht zu viel für dich war letzte Nacht und du in ein Koma gefallen bist«, neckte sie ihn.
»Wie spät ist es?«, fragte er. Ihm war nicht bewusst, dass er so lange geschlafen hatte.
»Zwanzig nach neun.«
Steve schwang die Beine aus dem Bett und sprang auf. »Du machst Witze«, rief er aus und klang eher verstört als glücklich.
»Es ist Samstag, Steve. Da schläft man lang.« Sie grinste. »Sogar Cops ...«
»Ich kann nicht glauben, dass niemand angerufen hat. Die Überwachung ... Neil hätte mich verständigen, hätte sich abmelden sollen«, sagte er und sprach mehr zu sich selbst als zu ihr. »Und der Assistant Commissioner, er müsste doch vor zwei Stunden schon angekommen sein.« Er ging zu seinem Handy und Piepser hinüber und starrte fassungslos auf die leeren Displays. »Was ist passiert?«, sagte er, nahm sein Handy und sah es stirnrunzelnd an.
Terry kam von hinten näher und legte die Arme um seine

Mitte. »Ich hab sie abgeschaltet. Du musst auch mal loslassen, Steve.«
Er riss sich los und drehte sich um, sein Gesicht war eine Mischung aus Wut und Ungläubigkeit. »Du hast *was?*«, rief er. Sein Mund ging auf und zu, ihm fehlten tatsächlich die Worte.
»Die Welt wird nicht untergehen, wenn du einmal eine Nacht nicht zu erreichen bist«, sagte Terry, klang jedoch schon etwas unsicher.
»Ich bin mitten in einer wichtigen Ermittlung«, schrie er. »Ich habe ein Team, das hinter einem Mordverdächtigen her ist. Mein Gott, Terry, alles Mögliche hätte passieren können. Wie kannst du nur etwas so verdammt Unverantwortliches tun?« Während er sprach, griff er seine Kleider und zog sich Boxershorts und Hose über.
»Das hast du mir nicht gesagt«, feuerte sie zurück. »Wie soll ich das wissen? Letztes Mal, als wir unterbrochen wurden, ging es nicht mal um deinen Fall. Du hast mir keinerlei Hinweise gegeben, dass du etwas Wichtiges laufen hast.«
Steve hielt beim Zuknöpfen seines Hemds inne und warf ihr einen empörten Blick zu. »Es ist vertraulich, deshalb hab ich nichts gesagt, ich rede über meine Arbeit nicht mit Unbeteiligten.«
Seine Worte waren schneidend wie Peitschenhiebe. Aber Terry zuckte nicht zusammen; vielmehr fiel ihre Antwort noch bissiger aus. »Außer man heißt Fiona Cameron?«, fragte sie aufgebracht.
»Darum geht es also hier? Du bist eifersüchtig auf Fiona?« Steve konnte kaum glauben, was er da hörte.
Terrys Stimme wurde leiser, und sie schaute ihn reglos an. »Nein, es geht um Vertrauen, Steve. Es geht um Offenheit. Es geht darum, dass du mich nicht wie ein kleines Kind behandelst. Du hättest nur irgendwann einmal zu sagen brauchen, dass wir durch wichtige laufende Ermittlungen unterbrochen werden könnten, wenn wir zusammen sind.

Verdammte Scheiße«, explodierte sie wieder. »Wie wär's mit ganz normalem Entgegenkommen?«
Steve fuhr mit den Armen in sein Jackett und packte seinen Mantel. »Ich bin nicht irgendein normaler Polizist. Man muss mich nach Dienstschluss erreichen können.«
»Mister Unentbehrlich. Du willst keine Freundin, Steve. Du willst ein Publikum.«
Er steckte Handy und Piepser in die Tasche und ging kopfschüttelnd zur Tür. »Verdammt, ich kann's nicht fassen.«
»Du hättest mir Bescheid sagen sollen, Blödmann«, rief sie, aber ihr Zorn richtete sich genauso sehr gegen ihre eigene Unüberlegtheit wie gegen seine Verschwiegenheit.
Seine einzige Antwort war, dass er die Tür zuknallte und ging. Als er zum Auto kam, zitterten seine Hände immer noch von dem Adrenalinstoß, den die pure Wut in ihm ausgelöst hatte. »Wirklich unglaublich, verdammt noch mal«, murmelte er halblaut, als er sich auf den Fahrersitz warf. Er schaltete den Piepser an. Fünf Kontakte. Steve fluchte leise, während er die Nummern durchlaufen ließ. Zwei von Fiona vom späten Abend. Eine von Neil kurz vor elf. Eine von Neil ein paar Minuten nach sechs. »Scheiße, Scheiße, Scheiße«, rief er, als die letzte Nummer sich als die des Assistant Commissioner erwies. Er hatte ihn vor über einer Stunde auf dem Piepser zu erreichen versucht.
Er schaltete sein Handy an und rief seine Nummer zu Hause an, gab dann die Zahlenkombination ein, mit der er die Nachrichten auf seinem Anrufbeantworter abhören konnte. Noch einmal Fiona, die ihn dringend bat, sie zurückzurufen. Neil, der Bescheid gab, er habe sich entschlossen, die Nacht über Coyne zu beobachten, nur für alle Fälle. Noch einmal Neil, der berichtete, er habe an Joanne abgegeben und sei dann im Yard, wenn er für eine Verhaftung oder Durchsuchung gebraucht würde. Und eine Botschaft vom AC, der sagte, er erwarte Steves Anruf.
Er fuhr sich mit der Hand übers Gesicht und versuchte sich

so weit zu beruhigen, dass er seine Argumentation zur Verhaftung Gerard Coynes vorbringen konnte. Nach einer Minute tiefen Durchatmens fand er, er sei einigermaßen bereit. Er würde eben lügen müssen, seine Batterie im Piepser sei leergelaufen, ohne dass er es bemerkt hatte. Die Stunde, die er verloren hatte, würde wahrscheinlich keinen großen Unterschied machen. Aber sie hätte einen Unterschied machen können.

Als er die Nummer des AC wählte, fühlte er plötzlich Bedauern. Er hatte so viel Hoffnung für sich und Terry gehabt. Und wie immer war die Sache abgestürzt und im Feuer untergegangen.

Er konnte nur hoffen, dass er mit Coyne mehr Glück haben würde.

Vierhundert Meilen entfernt biss Sandy Galloway in der Kantine von St. Leonard's in ein Brötchen mit Speck. Er wartete schon seit fast zwei Stunden auf Fiona Cameron und war nicht gerade erfreut. Die Frau war in voller Panik gewesen, als sie ihn am Abend zuvor angerufen hatte, aber jetzt machte sie sich nicht einmal die Mühe, pünktlich zur verabredeten Zeit zu kommen. Sie hatte ihm auch keine Nachricht hinterlassen, weder in der Polizeizentrale noch an der Rezeption ihres Hotels. Das Hotel, für dessen Kosten sein Budget aufkam, erinnerte er sich verärgert.

Er hatte, wie versprochen, mit Sarah Duvall geredet, hatte sie nach dem Ende des Krimis in Wood Street angerufen. Ein kluges Mädchen war sie. Ausführlich hatte sie berichtet über den Widerspruch zwischen Redfords Aussage und dem, was die Polizei in Dorset gefunden hatte. Sie hatte erklärt, warum sie das ursprünglich nervös gemacht hatte, legte aber dann die Gedanken dar, die sie sich seitdem gemacht hatte. Offensichtlich beruhigte es sie, darüber zu sprechen, und er neigte dazu zu glauben, sie habe sich richtig entschieden.

Was natürlich hieß, dass Fiona Cameron total auf dem Holzweg war. Galloway war aufgebracht, dass sie sich nicht einmal die Mühe gemacht hatte, ihn über ihre Pläne zu informieren.

Auf die Idee, im Faxgerät nachzusehen, das neben dem Schreibtisch der Sekretärin im Vorzimmer stand, war er nicht gekommen.

Kapitel 53

Die Wegbeschreibung war in ihr Gedächtnis wie die Schrift auf einem Grabstein eingraviert. »Nimm die A 839, wenn du aus Lairg herauskommst.« Aus der Stadtmitte hinaus, über die engen Stellen des Shin, bevor er breiter und zu einem der zwei Flussmündungen am unteren Ende des Sees wurde. Eine kurze Strecke ging es am Flussufer entlang, dann eine Wendung nach Westen, ein runder Hügel lag zu ihrer Rechten. Fiona überprüfte im Rückspiegel, ob Caroline noch hinter ihr war.

»Ungefähr eine Meile außerhalb des Ortes siehst du einen Weg auf der rechten Seite, der als ›Sallachy‹ beschildert ist.« Ja, da war der asphaltierte Weg. Praktischerweise war auf der anderen Straßenseite eine Telefonzelle. Fiona hielt an und zeigte übertrieben deutlich auf das Häuschen. Caroline gab ein Okay-Zeichen mit dem Daumen, deutete auf ihre Uhr und parkte direkt neben der Telefonzelle. Fiona sah nach, wie spät es war. 9.37 Uhr. Sie hatte eine Stunde Zeit. Sie fuhr los und drehte scharf nach rechts auf den abbiegenden Weg. »Fahr auf dem Weg weiter (es ist ziemlich holprig, du wirst verstehen, warum ich dir meinen Landrover leihe), ungefähr fünfeinhalb Meilen.« Sie folgte der Anweisung. Die Straße, die bald zu einem buckligen Weg aus losen Steinen mit einer festen Mitte wurde, lief etwa zwölf Meter oberhalb des Loch entlang; an der steilen Uferböschung wuchsen hie und da Baumgruppen. Zu ihrer Linken säumte eine Pflanzung von Nadelbäumen den Weg, die sich über den Hügel hinauf erstreckte, bis der flacher werdende Kamm den Horizont verdeckte. Aber Fiona, die sich jetzt völlig auf das konzentrierte, was ihr bevorstand, hatte keine Augen für die Schönheit der Landschaft um sie herum. Sie kam an einigen kleinen Häusern vorbei, und die Pflanzung lief in einen frei gelegenen, mit Heidekraut bedeckten Abhang aus. Kein Lebenszeichen war zu sehen außer der dünnen Rauchfahne eines Torffeuers, die aus einem Kamin stieg.

Nach etwa einer Meile wurde der Weg steiler, und der Baumbewuchs fing wieder an. Aber hier war Mischwald statt der ordentlichen Reihen von Nadelbäumen. Ebereschen, Birken, Erlen und große Gruppen verkrüppelter Föhren wuchsen in dem wie zufällig wirkenden Chaos eines gut gepflegten Waldstücks durcheinander, das vom Weg durch einen hohen Wildzaun abgetrennt war und hier und da hohe hölzerne Tore hatte.

Nach einer Kurve hörten die Bäume plötzlich auf. Vor ihr lag eine Schlucht, über die eine stabil aussehende Holzbrücke mit beidseitigem Geländer aus Rohren führte. »Du musst eine Schlucht, den Allt a'Claon, überqueren.« Es konnte kein Zweifel bestehen, sie war auf dem richtigen Weg. Als sie halb auf der Brücke war, fuhr Fiona ganz langsam und blickte die fünfzehn Meter an dem zerklüfteten Felsen entlang auf das wild wirbelnde Wasser des Flusses hinunter. Es floss schnell durch die enge Passage, die es sich selbst geschaffen hatte, und wurde zu weißem Schaum, wo es auf Felsbrocken stieß, die ihm in den Weg gefallen waren. Vom strahlenden Sonnenlicht durch die hohen Wände der Schlucht abgeschirmt, hatte es die dunkle, trüb braune Farbe unpolierten Bernsteins.

Fiona ließ die Kupplung los und fuhr weiter, die Spannung ihres ganzen Körpers übertrug sich auf die Hände, die das Steuerrad wie Klauen umklammert hielten. »Weiter vorn ist eine Gabelung, wo du links abbiegen musst.« Sie bog ab und musste das Steuerrad des Landrovers energisch festhalten, als die Reifen auf dem losen Schiefer rutschten. Es wurde

Zeit in den Vierradantrieb zu wechseln, dachte sie, und führte die Prozedur durch, die Lachlan ihr gezeigt hatte. Der Landrover bebte leicht, dann griffen die Räder fester, und sie rollte leicht über die raue Oberfläche hin.

»Etwa eine halbe Meile weiter ist noch einmal eine Linkskurve. Der Weg führt dich auf einer Hängebrücke über die Schlucht zurück. Sie ist viel stärker, als sie aussieht, aber fahr lieber nicht schneller als fünf Meilen pro Stunde.« Fiona folgte der Anweisung und fuhr auf die Brücke zu, eine Konstruktion aus schmalen Holzplanken. Diese wurden von Tauen gehalten, die an dicken Pfosten auf beiden Seiten der Schlucht befestigt waren. Ihr Herz klopfte wild. Das Gebilde sah viel zu schwach für das Gewicht eines Landrovers aus. Aber sie musste Kits Worten vertrauen. Sie ließ den Landrover rollen, hielt am Anfang der Brücke an und legte vorsichtig den ersten Gang ein. Dann ging es mit kaum mehr als Schritttempo vorwärts. Die Brücke knarrte unheilvoll unter dem vollen Gewicht des Wagens, aber obwohl Fiona spürte, wie sie unter ihr schwankte, hielt die Konstruktion, während sie langsam über die mehr als dreißig Meter breite Schlucht fuhr.

Als sie wieder auf festem Boden war, stieß sie erleichtert die Luft aus, die sie, ohne es zu merken, angehalten hatte. Sie nahm ihre feuchten Hände vom Steuerrad und wischte sie an den Oberschenkeln ab. »Mist, ich hoffe, ich irre mich nicht«, sagte sie laut vor sich hin. »Und ich hoffe, ich komme rechtzeitig.«

»Du fährst über den Fluss zwischen den Bäumen hindurch. Die Hütte ist ungefähr eine Meile entfernt.« Das Ende war fast in Sicht. Sie fuhr weiter zwischen den Bäumen entlang, die sich am Weg drängten. Zweihundert Meter weiter kam sie um eine Kurve und überfuhr zu ihrem Erstaunen fast einen Mann, der ihr auf dem Weg mit einer langstieligen Axt über der Schulter und einem Bündel Reisig unter einem Arm entgegenkam. Sie hielt schlitternd an und kurbelte das Fenster herunter. Der Mann, der in einen Anorak, eine über den Kopf gezogene Wollmütze und einen um den Hals gewickelten Schal eingehüllt war, hob eine Hand zum Gruß. »Ich suche Kit Martins Hütte«, sagte sie. »Bin ich auf dem richtigen Weg?«

Seine dunklen Brauen zogen sich zusammen. »Der Schriftsteller? Ja, auf dem Weg hier ist es ungefähr eine Meile.« Nach seinem Akzent zu schließen war er nicht hier geboren und aufgewachsen, aber er kannte sich offensichtlich in der Gegend aus. Zweifellos war er einer der Zugezogenen wie Kit, die, von den niedrigen Preisen und dem friedlichen, ländlichen Lebensstil angelockt, viele Häuser aufgekauft hatten, die hier auf den Markt kamen.

»Danke«, sagte sie. »Sie haben ihn heute nicht zufällig gesehen, nehme ich an?«

Der Mann schüttelte den Kopf. »Ich bin jetzt nur zum Holzhacken rausgekommen.«

Fiona winkte und fuhr weiter. Bald kam sie zwischen den Bäumen auf die offene Flanke des Hügels hinaus. Die drahtigen, braunen Stämmchen des Heidekrauts in seinem Winterkleid überzogen den Berg, unterbrochen von Felsvorsprüngen, die in der Größe von einzelnen Brocken bis zu ungleichen, fast dreißig Meter langen Platten variierten. Vor ihr lag eine weitere Baumgruppe. Sie vermutete, dass das der Windschutz für Kits Hütte war, und hielt am Wegrand an, bevor sie das Wäldchen erreichte.

Das war's. Jetzt gab es kein Zurück mehr. Fiona war vor Angst ganz übel, aber sie musste ihren Weg fortsetzen. Sie nahm die Plastiktüte mit ihren Einkäufen vom Bergsteigerladen und Eisenwarengeschäft und steckte sie in die Wachsjacke. Dann atmete sie zitternd tief durch, öffnete die Wagentür und kletterte auf den Weg hinaus.

Fiona wusste, sie konnte sich der Hütte nicht von vorn nähern. Wenn der Killer mit Kit dort war, würde er bestimmt den Weg beobachten, der darauf zu führte. Sie betrachtete gründlich die Beschaffenheit des Geländes und traf dann ihre Entscheidung. Vom Weg aus ging sie schräg waldeinwärts zwischen den Bäumen hindurch, zog die jungen Schösslinge weg und trat die Brombeeren, die ihr im Weg waren, zu Boden. Das Laufen war hier nicht leicht, besonders da sie so wenig Geräusche wie möglich machen durfte.

Nach etwa zehn Minuten endeten die Bäume plötzlich am Rand einer großen Lichtung. In der Mitte stand ein einstöckiges Steingebäude mit einem Schieferdach. Fiona stand der hinteren Mauer gegenüber, die keine Fenster hatte. Perfekt für ihre Pläne. Beunruhigt blickte sie suchend nach beiden Seiten, denn es war kein Fahrzeug zu sehen. Wenn der Mörder mit Kit da war, mussten sie mit einem Fahrzeug gekommen sein. Was, wenn sie schon zu spät dran war? Was, wenn er seine Absicht bereits ausgeführt und Kit getötet hatte? Sie hatte noch nie solche Angst gehabt. Oder sich so allein gefühlt.

»Nicht überreagieren«, murmelte sie halblaut. Im schlimmsten Fall hatte der Killer nur zwei Stunden Vorsprung. Es war ihm wichtig, dass er das Mordritual so durchführte, wie es im Buch beschrieben war. Er hatte noch nicht genug Zeit gehabt, um Kit das Blut abzunehmen und die Wände zu bemalen. Entweder waren sie noch nicht da, oder der Killer war nach Lairg gefahren, um Vorräte zu holen.

Oder sie hatte sich bei ihren Vermutungen völlig getäuscht.

Fiona ließ diesen Gedanken erst gar nicht aufkommen und beschloss zu handeln. Vom Adrenalin angetrieben, rannte sie geduckt von den Bäumen zur Giebelseite der Hütte und ging dort, dankbar für die federnden, leichten Stiefel, in Deckung. Ganz langsam kroch sie an der hinteren Mauer entlang und wagte einen raschen Blick um die Ecke. Kein Lebenszeichen. An der Wand waren drei Fenster, wie sie bemerkte. Sie wischte sich den Schweiß von der Stirn und ging mutig um die Ecke herum.

Fiona spürte, wie ihr Herz in der Brust hämmerte, als sie

zum Rand des ersten Fensters schlich und vorsichtig hineinspähte. Der Raum, der vor ihr lag, war offensichtlich Kits Schlafzimmer. Nichts schien sich zu rühren. Es war eine merkwürdige Empfindung, einen Blick auf ein Leben zu werfen, das so vertraut und doch so fremd war. Ein heftiges, schmerzliches Gefühl ließ sie tief Luft holen.

Sie schluckte und ging schnell am Fenster vorbei, wurde aber wieder langsamer, als sie sich dem zweiten Fenster näherte. Es schien zu einem späteren Anbau zu gehören und hatte eine von den beiden anderen Fenstern deutlich abweichende Größe und Form. Als sie näher kam, sah sie, dass es ganz von einem Rollo verdeckt war. Sehr wahrscheinlich war dies das Bad. Wenn sie Recht hatte, war das der Raum, wo Kit gefangen gehalten wurde. Sie drehte den Kopf in verschiedene Richtungen und versuchte einen Blick am Rand des Rollos vorbei zu werfen, konnte aber nichts sehen.

Frustriert schlich sie zum dritten Fenster weiter. Wieder bestätigte ein kurzer Blick, dass sich drinnen nichts bewegte. Da sie niemanden sah, betrachtete sie die Einrichtung. Das Zimmer enthielt einen großen Tisch, zwei Sessel an jeder Seite eines Holzofens, eine kleine Kochnische und zwei Schränke, die bis zur Decke reichten. Ein schmales Metallschränkchen stand offen, aber die Tür verdeckte den Inhalt, und auf dem Boden in der Nähe der Tür lagen zwei Plastiktüten von einem Waitrose-Supermarkt. Sie sahen nicht aus, als lägen sie schon lange dort, da sie staubfrei zu sein schienen. Fiona wusste, dass es im Umkreis von dreihundert Meilen kein Waitrose-Geschäft gab. Dieser winzige Hinweis reichte, um sie zu überzeugen, dass sie die richtigen Schlüsse gezogen hatte.

Dann erblickte sie etwas, das ihre schlimmsten Befürchtungen bestätigte und ihren Magen sich schmerzhaft verkrampfen ließ. In der hinteren Ecke, halb vom Kaminvorsprung verdeckt, war ein kleiner Tisch, der schief stand. Auf dem Boden daneben ein unordentlicher Haufen aus zertrümmer-

tem Plastik und Metall. Es waren unverwechselbar die Überreste eines Satellitentelefons.
Sie waren also hier. Und da kein Auto da war, musste der Mörder vorübergehend weg sein. Er war offensichtlich ein vorsichtiger Typ, das Zerschmettern des Telefons war ein klares Zeichen, dass er die unwahrscheinliche Möglichkeit, sein Gefangener könnte ausbrechen, bedacht hatte. Die Frage schoss ihr durch den Kopf, ob es der Mann gewesen war, den sie im Wald gesehen hatte. Aber er hatte vollkommen harmlos gewirkt mit seinem Bündel Holz und der Axt. Und außerdem war er zu Fuß gegangen. Sie wünschte, sie hätte ihn gefragt, ob er ungewohnte Fahrzeuge in der Gegend gesehen hatte.
Aber Denken war Zeitverschwendung. Fiona entfernte sich vom Fenster und rannte um die vordere Ecke. Sie kam an einem kleinen Steinschuppen vorbei, in dem der Dieselgenerator stand, dann ging sie an der Vorderseite des Hauses entlang. Die hölzerne Doppeltür war abgeschlossen, wie sie bald entdeckte. Sie drückte mit der Schulter dagegen, aber die Tür rührte sich nicht.
Sie würde einbrechen müssen, und hinten war es am besten. Sie rannte zurück zum Schlafzimmerfenster und zog unten am Holzrahmen. Abgeschlossen. Fiona holte den Hammer aus der Tüte, die sie innen in ihrer Jacke verstaut hatte, und wog ihn in der Hand. Es würde nichts bringen, nur das Glas zu zerschmettern. Sie würde die Strebe aus Holz zerbrechen müssen, die mitten durch das untere Schiebeteil verlief. Sie holte tief Luft, hob den Arm und ließ den Hammer in einem glatten Bogen heruntersausen. Das Holz splitterte, das Glas auf beiden Seiten zerbarst und flog nach allen Seiten. Auf der stillen Bergflanke klang es recht laut. Zwei Eichelhäher, deren Schreie sie zusammenzucken ließen, flogen aufgeschreckt aus dem Wald hinter ihr auf.
So schnell sie konnte, brach Fiona die Strebe weg und entfernte dann das restliche Glas vom Rahmen, um sich beim

Durchsteigen nicht zu schneiden. Behutsam streckte sie ein Bein durch das Loch, zog sich über den Fenstersims und stieg so ins Schlafzimmer ein. Es war still im Haus, obwohl es nicht die undefinierbare Stille war, die man gewöhnlich spürt, wenn ein Gebäude vollkommen leer ist. Fiona blieb einen Augenblick bewegungslos stehen und horchte auf ein Anzeichen von Gefahr.

Misstrauisch durchquerte sie das Zimmer und machte die Tür weit auf. Links von ihr im dunklen Flur war die geschlossene Tür zum Bad. Sie legte zögernd die Hand auf den Türknopf, ihre Angst vor dem, was sie dahinter vorfinden könnte, war fast zu groß. Sie kniff die Augen zusammen, nahm alle Kraft zusammen, umklammerte mit den Fingern den Knopf, drehte ihn und riss die Tür mit einem Schwung auf.

Kapitel 54

In London, sechshundert Meilen entfernt, beglückwünschte sich Steve Preston. Es war ihm gelungen, den Assistant Commissioner zu überzeugen, er habe genug Anhaltspunkte und Gründe für die Durchführung seines Plans. Jetzt musste er nur noch sein Team anweisen, das Joanne und Neil bei der Festnahme unterstützen sollte, und die Gruppe der Spurensicherung informieren, die bei der Durchsuchung von Coynes Wohnung half.

»Ich habe mir die Sache gründlich überlegt. Ich will ihn nicht in seiner Wohnung verhaften, weil wir dann, wie ihr alle wisst, aufgrund der gesetzlichen Bestimmungen nur eine eingeschränkte Durchsuchung nach Absatz 32 machen können. Ich möchte warten, bis er die Wohnung verlässt, und ihn im Freien fassen. Wir werden ihn dann zum Yard bringen, ihn wegen Mordverdachts verhaften und können danach eine komplette Durchsuchung vornehmen. Um sicherzugehen, dass er uns nicht entkommt, soll einer von euch sich mit dem Fahrrad und ein anderer sich mit dem Motorrad bereithalten. Er ist ein ausgezeichneter Radfahrer, und es ist gut möglich, dass er auf dem Rad wegfährt.«

Er bemühte sich, ernst auszusehen und seine Begeisterung etwas zu dämpfen. »Ich will ihn unversehrt hier haben«, sagte er energisch. »Keine Unfälle, kein Sturz auf der Treppe, keine grundlosen Schnittverletzungen, Kratzer oder gebrochenen Knochen. Ich will, dass er mit Glacéhandschuhen angefasst wird.

Sobald wir Coyne hier haben, wird er wegen Mordverdachts

verhaftet. Wir sorgen dafür, dass er gleich Respekt kriegt. Aber keine Verzögerungen, wenn er seinen Rechtsanwalt anrufen will. Auch in dieser Hinsicht will ich, dass alles exakt nach Vorschrift abgewickelt wird. Es darf nichts passieren, von dem später jemand sagen könnte: ›Moment mal, Freunde, hier sind die Vorschriften nicht beachtet worden.‹ Hat noch jemand Fragen?«

Ein junger Constable hob die Hand. »Nach was genau sollen wir in Coynes Wohnung suchen?«

»Gute Frage«, sagte Steve. »Nach allem, was ihn mit Blanchards Ermordung oder den Vergewaltigungen in North London in Verbindung bringen könnte. Das bedeutet also Zeitungsausschnitte, Stadtpläne, auf denen Tatorte eingezeichnet sind, Terminkalender, Fotos. Und ich will alle Messer haben, die es in der Wohnung gibt. Dazu Kleidung, die zur Beschreibung der Fahrradmontur des Radfahrers im Heath-Park passt, oder zu dem, was der Vergewaltiger trug. Ich weiß, nach so langer Zeit ist das so, als klammerten wir uns an Strohhalme. Aber ich will Coyne, und gemeinsam werden wir ihn kriegen und Susan Blanchard endlich Frieden verschaffen.«

Er blickte in die Runde – keine weiteren Fragen. Dann drehte er sich zum schwarzen Brett um und zeigte auf ein Foto von Susans Zwillingssöhnen. »Ich will keine Gerechtigkeit für mich persönlich. Ich will nicht einmal Gerechtigkeit für die Met. Ich will Gerechtigkeit für die beiden da. Jetzt geht und holt sie ihnen.« Er hasste den billigen Appell an die Emotionen, aber seine Leute mussten motiviert sein, und er wusste genau, wie er sie dazu kriegte.

Steve sah zu, wie seine Mitarbeiter den Raum verließen, und fragte sich, wie viel Zeit er hätte, bevor sie ihren Gefangenen bringen würden. Er musste herausfinden, was Fiona vorhatte, verdammt noch mal. Seit er wieder im Yard war, hatte er mehrmals ihr Handy probiert, aber nur eine Stimme zu hören bekommen, die ihm mitteilte, es sei nicht möglich, die

Verbindung herzustellen. Dank Sarah Duvall wusste er, dass sie nach Schottland gefahren war, um die Indizien im Fall Drew Shand zu studieren. Ein Anruf bei dem Leiter der Ermittlungen wäre wahrscheinlich kein schlechter Anfang.
Er nahm das nächste Telefon und bat die Zentrale, ihn mit der Lothian and Borders Police zu verbinden. Es dauerte nicht lange herauszufinden, dass der Mann, mit dem er sprechen musste, Superintendent Sandy Galloway war. Aber Galloway war nicht im Haus. Frustriert ließ ihm Steve eine Nachricht übermitteln, er möge ihn so bald wie möglich zurückrufen.
Was zum Teufel dachte Fiona sich eigentlich dabei, ihm Nachrichten zu hinterlassen, auf die er nicht antworten konnte? Bei der Stimmung, in der sie gewesen waren, als sie sich das letzte Mal gesehen hatten, musste es schon etwas Ernstes sein. Vielleicht sollte er es einmal bei Kit versuchen. Aber als er die Nummer bei ihm zu Hause anwählte, wurde er wieder nur mit dem Anrufbeantworter verbunden.
Mehr konnte er nicht tun. Er musste jetzt einen klaren Kopf behalten und überlegen, wie er Gerard Coyne anpacken sollte. Die Sache war zu wichtig, als dass er sich von irgendetwas ablenken lassen durfte.

Es war schlimmer, viel schlimmer als die entsprechende Szene des Fernsehspiels. Schlimmer, unendlich viel schlimmer als das, worauf ihre Vorstellungskraft sie vorbereitet hatte. Ihr erster Gedanke war, er sei tot. Kit saß nackt und zusammengesunken auf der Toilette, seine Arme waren an der Wand, die Beine mit Fußfesseln an der Toilette angekettet und nach hinten gezogen. Seine Haut war weiß, der Kopf auf die Brust gesunken. Er wurde nur von den Fesseln aufrecht gehalten. Sie konnte kein Zeichen von Atmung oder Puls entdecken. In der Vene des linken Arms steckte eine Kanüle. Und an den Wänden um ihn herum waren amateurhafte Klecksereien, Bilder von Bäumen und Blumen in schauerlichen Schattierungen von Dunkelrot bis Rostbraun. Etwa die Hälfte der Wände des kleinen Badezimmers war bedeckt. Sie konnte nicht schätzen, wie viel Blut er dazu gebraucht hatte. Ihre Brust zog sich vor quälender Angst und Verzweiflung zusammen.

Mit einem wortlosen Stöhnen, das fast schon ein Schluchzer war, eilte Fiona zu ihm, ließ sich auf die Knie fallen und schlang die Arme um seinen kalten Körper. Ihre Augen waren tränennass. Zu ihrem Erstaunen fühlte sie eine kleine Bewegung an ihrem Gesicht. Dann spürte sie kitzelnd einen Atemzug wie ein leises Ächzen an ihrem Ohr.

»Kit?«, stammelte sie. »Kit? Kannst du mich hören?« Sie legte eine Hand an seinen Hals und konnte einen schwachen, unregelmäßigen Puls fühlen. Sie fasste mit den Händen seinen Kopf und hob ihn sanft zu sich hoch. Seine Augenlider zitterten, das Weiß der Augäpfel schimmerte durch die Wimpern. »Ich bin hier, Kit. Ich bin's, Fiona. Es wird alles wieder gut.«

Seine Augen öffneten sich einen Spalt, und er stöhnte. Sie hielt ihn fest und wollte verzweifelt ihre Wärme an ihn abgeben. Schock, das war's. Blutverlust und die Kälte hatten eine Schockwirkung ausgelöst. Als Erstes musste sie ihn wärmen. Fiona trat behutsam zurück und rannte ins Schlafzimmer. Sie ergriff einen Schlafsack, zwei Flanellhemden und ein Paar Jeans und lief ins Bad zurück. Sie legte den Schlafsack über seine Schultern und sprach dabei pausenlos beruhigend auf ihn ein. Dann zog sie die Plastiktüte aus ihrer Jacke und nahm den Bolzenschneider heraus. Sie brauchte ihre ganze Kraft, aber schließlich gelang es ihr die Kette durchzuschneiden, die seine Beine hielt, und sie von den Fußgelenken abzunehmen. Seine Beine fühlten sich in ihren Händen steif und kalt an, aber sie zerrte sie vor die Toilette, steckte die Füße in die Jeans und zog sie bis zu den Knien hoch.

Als Nächstes nahm sie den Meißel und den Hammer und machte sich über die Fesseln her, mit denen er an die Wand

gekettet war. Sie begann mit dem rechten Arm, schon nach zwei Schlägen war der Eisenhaken aus der Wand gerissen. Der Arm fiel schlaff zur Seite, und Kit stöhnte wieder.
Fiona ging auf die andere Seite und überlegte. Sie wollte nichts an der Kanüle in seinem Arm verändern, weil sie Angst hatte, beim Herausziehen würde es wieder zu bluten anfangen. Sie nahm eine Rolle Leukoplast aus dem Erste-Hilfe-Kasten, band den Klebestreifen sorgfältig über die Kanüle und klebte sie damit fest. Dann wiederholte sie die Prozedur mit Hammer und Meißel und befreite Kits linken Arm. Kit fiel nach vorn und sank wie eine leblose schwere Masse auf die Knie. Fiona hatte alle Mühe mit seinem massigen Oberkörper, aber sie schaffte es irgendwie, ihm die Hemden anzuziehen, indem sie die Ärmel abschnitt und diese über die Ketten und Handschellen streifte.
Dann zog sie ihn hoch, bis er stand. Vor Anstrengung ächzend, lehnte sie ihn gegen die Wand und zog ihm die Hose hoch. All das dauerte ihr zu lang, und plötzlich stieg Panik in ihr auf. Der Entführer konnte nicht weit weg sein. Sicher würde er nicht das Risiko eingehen, Kit allzu lange allein zu lassen.
Fiona ließ Kit auf die Toilette zurücksinken. Sie nahm die Kompressen heraus, bog sie hin und her, damit die chemische Reaktion ausgelöst wurde, die die lebensrettende Wärme produzieren würde, und steckte sie in die Hemden, wo sie an seiner Haut lagen. Dann ging sie wieder ins Schlafzimmer und suchte, bis sie ein paar dicke Socken und ein Paar ausgetretene Turnschuhe fand.
Als Nächstes machte sie im Wohnzimmer Halt, wo sie in einem der Schränke zwei Dosen Cola fand. Perfekt. Flüssigkeit und Zucker. Das Koffein würde wahrscheinlich kein Problem für einen Mann sein, der gewohnheitsmäßig so viel Kaffee zu sich nahm wie Kit. Als sie sich umdrehte, fiel ihr Blick auf das schmale Metallschränkchen. Der Platz, wo Kits Schrotflinte hätte sein sollen, mit der er Kaninchen schoss,

war leer. Eine Schachtel mit Patronen stand offen und halb leer da. Neue Panik überfiel sie. Wo immer Kits Entführer war, er hatte eine doppelläufige Schrotflinte. Ihre ohnehin schon hoffnungslose Lage erwies sich plötzlich als noch katastrophaler.

Fiona rannte wieder ins Bad und steckte Kits Füße in die Socken und Turnschuhe. Dann zog sie ihn aus seiner zusammengesunkenen Haltung hoch, bis er aufrecht stand. »Komm, Kit, los. Du musst zu Bewusstsein kommen, Lieber, du musst selbst funktionieren.«

Die Wärme hatte angefangen zu wirken. Mit einem fröstelnden Zittern öffnete Kit die Augen jetzt ganz. Er sah sie verständnislos an. »Fiona«, krächzte er.

»Ja, ich bin's, du hast keine Halluzination. Ich hab dich gefunden, Schatz. Jetzt musst du das hier trinken.« Sie hielt ihm die Coladose an die Lippen und zwang sich zur Geduld, während er mit trockenen, aufgeplatzten Lippen trank. »Wir kriegen dich hier raus, ich versprech's dir«, sagte sie.

»Wo ist Blake?«, fragte er undeutlich mit versagender, seltsamer Stimme.

»Blake?« Fiona fragte sich, aus welcher Ecke seines fantasierenden Gehirns er diesen Namen hervorgezerrt hatte.

»Francis Blake«, beharrte er. »Er hat mich hierher gebracht. Er hat das alles gemacht.«

Es hätte eigentlich keinen Sinn ergeben, aber plötzlich tat es das doch. Der Mann, an dem sie auf dem Weg zur Hütte vorbeigekommen war. In ihrem Gedächtnis rastete ruckartig etwas ein. Sie hatte Blake nie getroffen, aber im Fernsehen seine Stimme gehört. Die Erinnerung an den Klang brachte auch das optische Bild zurück. Sie hatte nicht viel von dem Gesicht des Fremden gesehen, aber da sie jetzt ein Muster hatte, mit dem sie es vergleichen konnte, wusste sie, dass er es gewesen war. Francis Blake war der Mann mit der Axt. Aber obwohl sie anfing, dieses Wiedererkennen zu akzeptieren, sträubte sich ihr logischer Verstand dagegen. Warum

zum Geier sollte Blake Kit entführt haben? Wie konnte er dieser ganz besondere Serienmörder sein? Es war einfach nicht zu verstehen, es war absurd.
Außerdem konnte sie es sich jetzt nicht leisten, darüber nachzudenken. »Er ist fort«, sagte sie mit einer Zuversicht, die nur gespielt war. Aber wo war Blake, und was machte er jetzt? Die Axt deutete darauf hin, dass er Feuerholz sammeln wollte. Oder aber er wollte die Schrotflinte verstecken, indem er sie mit Zweigen zudeckte. Offensichtlich hatte er seinen Wagen irgendwo anders versteckt und war auf dem Rückweg zur Hütte gewesen. Aber dann hatte er sie kommen hören. Selbst wenn er nicht wusste, wer sie war, war ihm doch klar, dass sie in die Richtung der einzigen Behausung an diesem Weg fuhr. Er hatte sich wohl umgedreht, damit es so aussah, als ginge er weg.
Eine einfache List, aber sie hatte funktioniert. Keinen Augenblick hatte Fiona einen Verdacht gehegt. Und jetzt wusste er, dass sie hier war. Er konnte sie nicht einfach gehen lassen, oder? Es war unvorstellbar.
Sie schüttelte den Kopf, versuchte, ihre Gedanken zu ordnen. »Ich hole den Landrover«, sagte sie und bemühte sich, schwungvoll zu klingen und die Angst, die ihr im Nacken saß, zu verbergen. »Ich will, dass du hierbleibst. Wenn du den Rest der Cola trinken kannst, wäre das gut. Aber mach dir keine Sorgen, wenn deine Finger noch nicht richtig funktionieren. Es wird eine Weile dauern, bis die Durchblutung wieder da ist. Weißt du, wie viel Blut du verloren hast?«
»Mehr als einen halben Liter«, seufzte er und klang immer noch wie ein Betrunkener. »Dann bin ich bewusstlos geworden. Ich nehme an, er hat dann aufgehört.« Er blinzelte, schaute sich zum ersten Mal richtig in seiner Umgebung um und sah das blutige Werk an den Wänden. »Scheiße«, sagte er mit einem Lachen, das zum Husten wurde. »Er malt verdammt schlecht.«
Fiona stand auf und drückte seinen Kopf an ihre Brust. »Ich

mache so schnell ich kann.« Sie ließ ihn los und nahm das Taschenmesser aus der Tüte, klappte die Klinge auf und steckte es dann vorsichtig in ihre Jackentasche. Ihn zurückzulassen war das Schwierigste, was sie je getan hatte. Aber die einzige Möglichkeit, von hier zusammen wegzukommen war der Landrover. Sie konnte es sich nicht erlauben zu warten, bis Caroline Alarm schlug, jedenfalls nicht jetzt, da sie wusste, dass Blake eine Schusswaffe hatte.

Sie ging zur Haustür, öffnete sie langsam und spähte über die Lichtung zu dem Weg zwischen den Bäumen hinunter. Keine Bewegung. Ihre Haut kribbelte vor Anspannung. Er konnte irgendwo zwischen diesen Bäumen sein und sie mit der Flinte aufs Korn nehmen. Er konnte mit erhobener Axt hinter dem Landrover sitzen, um sie auf Fionas Kopf niedersausen zu lassen. Bei dieser Aussicht verkrampfte sich ihr Magen. Argwöhnisch öffnete sie die Tür noch ein Stückchen, ihre freie Hand schlüpfte in die Tasche und packte den Griff des Messers. Immer noch rührte sich nichts. Falls er sie gerade mit der Flinte beobachtete, würde es schwieriger sein, sie zu treffen, wenn sie sich bewegte, als wenn sie still stehen blieb und hin und her überlegte. Daher sagte sie sich energisch: *Jetzt oder nie*.

Aus dem Stand lief sie über die Lichtung und dann den Weg hinunter. Sie erreichte den Landrover in so kurzer Zeit, dass sie selbst erstaunt war. Sie hatte vergessen, wie viel kürzer dieser direkte Weg war als ihre vorherige Route zur Hütte. Sie riss die Tür auf und sprang hinein, legte dann den Kopf einen Moment auf das Steuerrad, und ein Schluchzer der Erleichterung entrang sich ihrem keuchenden Mund. *Nimm dich zusammen*, ermahnte sie sich und richtete sich auf.

Als sie den Schlüssel ins Zündloch steckte, durchzuckte sie erneut ein panischer Schreck. Was war, wenn Blake den Motor außer Kraft gesetzt hatte? Schnell drehte sie den Schlüssel um und weinte fast vor Erleichterung, als der Motor startete und dann ansprang. Sie legte hastig den Gang

ein, raste den Rest des Weges entlang. Auf der Lichtung drehte sie heftig an dem schweren Steuerrad und fuhr mit dem Auto einen Kreis, damit es mit der Hecktür zum Eingang der Hütte zum Stehen kam.
Sie ließ den Motor laufen, machte die Hecktür des Landrovers auf und eilte wieder ins Haus. Kit saß jetzt etwas aufrechter gegen die Kloschüssel gelehnt. Er war immer noch totenbleich, aber seine Augen waren offen, und er schien etwas wacher. Fiona wühlte im Schlafzimmer herum und förderte zwei Decken und ein Kissen zutage. Sie nahm Kits restliche Hemden und brachte das Bündel zum Landrover hinaus, dazu kam beim zweiten Mal der Schlafsack. Sie machte eine Art Bett auf dem Boden und ging wieder zu Kit hinein.
»Ich werde deine Hilfe brauchen«, sagte sie. »Ich kann dich nicht tragen.«
Kit nickte. »Ich glaube, ich kann jetzt aufstehen. Im Wohnzimmer ist ein Spazierstock, vielleicht hilft der.« Seine Stimme war schwach, kaum hörbar.
Fiona fand den Stock in einer Ecke an die Wand gelehnt. Es war ein moderner Aluminiumstock, ausziehbar wie ein Teleskop und mit einer Feder ausgestattet, die Stöße auffing. Sie verlängerte ihn etwas, damit Kit ihn so halten konnte wie ein Schäfer einen Krummstab.
Wieder im Bad, schob sie Kits Hand durch die Stoffschlaufe und half ihm, den Griff zu fassen. »Es kribbelt überall«, murmelte er.
»Glaub mir, das ist ein gutes Zeichen«, sagte Fiona. Sie stützte seinen Arm, und zusammen schafften sie es, ihn auf die Füße zu bringen.
»Mein Gott, was für einen Krampf ich habe«, stöhnte er, und sein rechtes Bein gab nach, als er das Gewicht darauf verlagerte.
Es kam ihnen wie eine Ewigkeit vor, bis er einen Fuß vor den anderen setzen konnte. Fiona spürte, wie sich an ihrem

Kreuz der feuchte Angstschweiß sammelte. Langsam stolperten sie die wenigen Meter zur Tür. Dann waren sie am Landrover. Fiona drehte Kit um, sodass er auf der Ladefläche sitzen konnte. Dann hob sie seine Beine hinein und bettete ihn so bequem wie möglich. »Bist du in Ordnung?«, fragte sie.
Er lächelte matt. »Im Vergleich wozu? Mein Kopf tut wahnsinnig weh, alles dreht sich und mir ist hundeelend.«
»Das kommt nur davon, dass du dehydriert bist und einen niedrigen Blutdruck hast. Glaub mir, Kit.«
Eine gewaltige Woge der Euphorie ergriff Fiona, als sie endlich die Tür schloss und den Gang einlegte. Sie hatte es geschafft. Trotz aller ungünstigen Umstände hatte sie ihn noch rechtzeitig gefunden. Sie würden es schaffen! Sie fuhr los und war so froh, dass sie hätte singen mögen. In den Wald, dann hinaus ins freie Gelände, und sie sah den Gürtel der Nadelbäume vor sich, der die letzte Strecke vor der Brücke verdeckte.
Als sie auf die Bäume zu fuhren, kam von hinten Kits schwache Stimme. »Er wird uns nicht so einfach wegfahren lassen, Fiona«, sagte er kraftlos. »Halt an.«
Sosehr es auch ihrem Instinkt widersprach, schnellstmöglich von hier zu verschwinden, tat sie, was er verlangte. Sie fuhr auf ihrem Sitz herum und sah ihn an. »Was ist los, Kit?«
»Wenn die Brücke unten ist, stecken wir fest«, sagte er. »Im Handschuhfach – Fernglas. Geh und schau weiter vorn nach. Bitte.«
»Er hat deine Flinte, Kit. Er könnte uns im Moment beobachten.«
»Er hätte uns schon erschossen. Bitte!«
Fiona dachte einen Augenblick nach. Was Kit gesagt hatte, war richtig. Wäre Blake auf dieser Seite der Schlucht, dann hätte er sie leicht treffen können, als sie in den Landrover stiegen. Und wenigstens hatte sie den Nadelwald als Deckung. Angesichts von Kits Schockzustand konnte sie

keine unnötigen Risiken eingehen. Sie stieg aus, blieb so nah wie möglich am Waldsaum und ging bis zur Kurve der Straße, von der aus man die Brücke sehen konnte. Als sie um die Biegung kam und hinter ein paar eng nebeneinander gepflanzten Fichten Deckung suchte, lächelte sie, denn sie sah die unversehrte Brücke. Kits Befürchtungen waren grundlos gewesen, dachte sie froh.

Aber da er darauf bestanden hatte, dass sie das Fernglas mitnahm, beschloss sie trotzdem nachzusehen. Es würde nicht schaden, sich zu vergewissern, dass keine Planken lose waren. Sie hob das Glas an die Augen und richtete es auf die Brücke. Zuerst schien alles in Ordnung. Dann schlug ihr Herz in wilder Panik. Sie setzte das Fernglas ab, holte tief Luft und sah noch einmal hin. Sie hätte losheulen mögen.

Auf der anderen Seite der Brücke waren beide Stricke teilweise durchgeschnitten, der Schaden war durch das starke Fernglas deutlich zu erkennen.

Es gab keinen Ausweg. Die Brücke hatte sich von einem lebensrettenden Ausweg in eine Todesfalle verwandelt.

Kapitel 55

Caroline überprüfte noch einmal die Nummer, die Fiona ihr gegeben hatte, und blickte nervös auf die Uhr. Einundsechzig Minuten waren vergangen, seit sie Fiona zum Abschied gewinkt hatte. Was immer ihre Freundin am Ende ihrer Fahrt angetroffen hatte, war jedenfalls wohl nicht harmlos. Caroline war wütend auf sich selbst, weil sie zugelassen hatte, dass Fiona sich der Gefahr allein stellte. Aber sie sah ein, dass die Anweisungen, die sie ihr gegeben hatte, sinnvoll waren. Wenn Fiona nicht allein fertig wurde, war es wahrscheinlich, dass Caroline eher eine Belastung als eine Hilfe gewesen wäre. Diese Erkenntnis konnte jedoch weder ihr Schuldgefühl noch ihre Angst beschwichtigen.

Hastig steckte sie alle Münzen, die sie hatte, in den Telefonschlitz und gab die Nummer ein. Am anderen Ende klingelte es dreimal, dann hörte sie, wie das nächste Klingeln abgewürgt und der Anruf zu einem anderen Apparat weitergeleitet wurde. Diesmal wurde nach dem zweiten Klingeln abgenommen. »Kriminalpolizei, DC Mullen«, brummte eine heisere männliche Stimme.

»Ich muss mit Superintendent Sandy Galloway sprechen«, sagte Caroline.

»Er ist im Moment nicht da. Kann ich Ihnen helfen?«

Womit sollte sie anfangen? »Arbeiten Sie an dem Fall Drew Shand?«, fragte sie.

»Haben Sie Informationen, die sich auf die Ermittlungen beziehen, Madam? Kann ich Ihren Namen notieren?«

»Nein, ich habe eigentlich keine Informationen, ich rufe

wegen Dr. Fiona Cameron an. Sie hat sich mit Superintendent Galloway wegen des Falls beraten. Hören Sie, es ist sehr wichtig, dass ich mit ihm spreche.«
»Leider ist er nicht im Dienst. Kann ich ihm etwas ausrichten?«
Verzweifelt versuchte Caroline, dem Kripobeamten irgendwie möglichst schnell klarzumachen, was los war, denn sie sah ihr Guthaben im Apparat dahinschwinden. »Sie verfolgt eine Spur und dachte, sie würde sich vielleicht in eine gefährliche Situation begeben müssen. Sie glaubt, dass der Mörder noch frei herumläuft, verstehen Sie. Und sie hat mich gebeten, Superintendent Galloway anzurufen, wenn sie nach einer Stunde noch nicht zurück ist«, sagte sie hastig, war sich aber bewusst, dass dies keine gute Beschreibung der Lage war. »Ich glaube, sie braucht Unterstützung.«
»Unterstützung wobei?« Er klang verwirrt.
»Sie glaubt, der Killer hat sich mit seinem nächsten Opfer verschanzt. Niemand wollte auf sie hören, deshalb ist sie jetzt allein hinter ihm her.«
»Passen Sie auf, Miss, ich glaube, es gibt da ein Missverständnis. Wir glauben, dass Drew Shands Mörder in Haft ist. Von wo aus rufen Sie an?«
»Außerhalb von Lairg. Am Loch Shin.«
»Lairg? Leider sind Sie da ein bisschen weit ab von unserem Einzugsgebiet«, sagte er und klang belustigt. Er hatte offensichtlich beschlossen, sie in die Schublade für Spinner einzuordnen.
»Vielleicht sollten Sie mit der Highland Police sprechen?«
»Warten Sie, hängen Sie nicht auf!«, rief Caroline. »Ich weiß, es klingt verrückt, aber ich bin nicht übergeschnappt. Fiona Cameron ist in Gefahr. Ich brauche hier Hilfe.«
»Wenden Sie sich an die Polizei in Lairg. Das sind die Zuständigen vor Ort. Oder hinterlassen Sie bei mir eine Nachricht für Superintendent Galloway.«
»Sie werden Sie ihm sofort geben?«, verlangte Caroline.

»Ich werde dafür sorgen, dass er sie bekommt.«
»Okay. Sagen Sie ihm, Fiona ist in Kit Martins Hütte. Es ist in der Nähe des Allt a' Claon am Ufer des Loch Shin.« Sie buchstabierte den Namen der Schlucht. »Sie hat ihm ein Fax geschickt, aber ich weiß nicht, ob er es bekommen hat. Bitte sagen Sie ihm, wir brauchen Hilfe, es ist dringend.« Eine elektronische Stimme sagte an ihrem Ohr, sie habe noch zehn Sekunden Zeit. »Es ist wirklich wichtig«, schärfte sie ihm noch ein, bevor die Verbindung abbrach.
Caroline knallte den Hörer auf. »Verdammter Mist!«, rief sie laut, so frustriert war sie. »Das hast du wirklich versaut, du Döskopf.« Sie schlug mit der flachen Hand gegen die Glaswand der Telefonzelle. Sie hatte ihre einzige Chance bei der Polizei von Edinburgh verspielt, und jede Minute, die verging, konnte Fionas Leben in noch größere Gefahr bringen. Sie hatte das schreckliche Gefühl, die Polizei vor Ort würde noch weniger geneigt sein, sie ernst zu nehmen. Aber es half nichts. Sie würde sowieso nach Lairg zurückfahren müssen, um Wechselgeld für weitere Anrufe zu holen.
Noch immer über ihre eigene Unfähigkeit fluchend, ging Caroline zu ihrem Wagen und betete unablässig, Fiona möge noch unversehrt sein. »Aber das wäre nicht dir zu verdanken, du Stümperin«, sagte sie laut, als sie das Auto herumriss und eine Kehrtwendung in Richtung Stadt machte.

Als Gerard Coyne an diesem Morgen aus seiner Wohnung kam, seufzte Joanne vor Erleichterung hörbar auf. »Er nimmt nicht das Fahrrad«, sagte sie, während sie in den Rückspiegel sah.
»Gott sei Dank«, antwortete Neil. Er beobachtete Coyne durch den sorgfältig eingestellten Seitenspiegel, als der sich ihrem Wagen näherte und dann weiter die Straße entlangging. Bevor er die Ecke erreicht hatte, waren zwei Kripobeamte hinter ihm her, einer auf jeder Straßenseite. Joanne ließ den Motor an und fuhr aus dem Parkplatz heraus. Die An-

weisung war klar. Warten, bis Coyne stehen bleibt, dann näher heranfahren. Den beiden Verfolgern zu Fuß folgte jeweils ein weiterer Beamter, und Joanne und Neil im Auto waren bereit, in der Endphase dazuzustoßen.
Coyne ging durch das Labyrinth schmaler Straßen und kam auf der Caledonian Road dort heraus, wo diese sich mit der Holloway Road kreuzt. Als er zu einem Fahrradgeschäft kam, dessen Räder den größten Teil des Gehwegs davor versperrten, ging er langsamer, blieb stehen und schaute sich ein Rennrad an. »Zeit einzugreifen?«, fragte Neil Joanne, während sie ganz langsam auf das Geschäft zu fuhren.
»Ich glaube schon«, sagte sie, bremste, hielt an und schaltete die Warnleuchten an.
Neil sprach in die Funkanlage: »Achtung an alle. Umringt den Verdächtigen jetzt.« Er sprang aus dem Wagen und ging über den Gehweg. Die anderen Beamten umringten Coyne, der mit dem Rücken zu den ausgestellten Fahrrädern stand und die Augen vor Erstaunen aufriss.
»Gerard Patrick Coyne?«, fragte Neil.
»Ja, wen interessiert das?«, sagte Coyne, der vergebens cool wirken wollte.
»Ich bin Detective Constable Neil McCartney von der Metropolitan Police. Bitte kommen Sie mit zur Polizeiwache, um uns bei der Ermittlung in einer wichtigen Sache zu helfen.«
Coyne schüttelte den Kopf. »Sie müssen sich irren. Ich hab nichts getan.« Sein Blick irrte hin und her, als suche er ein Schlupfloch. Aber der Weg war ihm von den Polizisten und zusätzlich von Fußgängern versperrt, die stehen geblieben waren, um zu sehen, was hier los war.
»Dann wird es Ihnen ja nichts ausmachen, ein paar Fragen zu beantworten, nicht wahr, Sir?« Neil trat einen Schritt näher.
»Bin ich verhaftet?«, fragte Coyne.

»Das hängt jetzt von Ihnen ab, Sir. Wir würden es vorziehen, wenn Sie uns freiwillig begleiten würden.«
»Ich habe ja keine Wahl, oder?«, fragte Coyne im vorwurfsvollen Tonfall derjenigen, die sich als Opfer fühlen.
»Ich habe einen Wagen hier«, sagte Neil nur.
Die Polizisten bildeten einen geschlossenen Ring um ihn und geleiteten ihn zum Rücksitz des Autos, wo Neil und ein Kollege ihn zwischen sich nahmen. Coynes schmales Gesicht war bockig und starr wie eine Maske, die Arme hielt er fest vor der Brust verschränkt. »Sie machen einen großen Fehler«, beklagte er sich.
»Sie werden genug Gelegenheit haben, uns zu korrigieren«, sagte Neil freundlich. Er konnte sich die Höflichkeit leisten, alles war nach Plan gelaufen.

Fiona legte den Kopf aufs Steuerrad. »Was machen wir also jetzt?«, fragte sie. »Ich habe Unterstützung – Caroline hat jetzt wahrscheinlich schon die Polizei angerufen. Aber dort wird man die Sache nicht als dringende Angelegenheit behandeln, ich weiß es genau. Außerdem wird es ewig dauern, bis jemand hier ist. Du sagst, es gibt keinen anderen Weg hier raus?«
»Nicht auf einer Straße«, sagte Kit. Er hatte sich aufgestützt und saß jetzt. Die Krämpfe und das Kribbeln waren vergangen. Der Eindruck, dass er bald am Himmelstor stehen und anklopfen würde, hatte sich ein wenig verflüchtigt. Sein Kopf fühlte sich an, als sei er halb betrunken oder verkatert, aber nach und nach gewöhnte er sich daran. »Zu Fuß. Es gibt einen Fußweg. Es sind ungefähr sechs Meilen über den Berg. Ich glaube nicht, dass ich das schaffe. Aber du könntest losgehen und Hilfe holen.«
»Ich kann dich nicht hier zurücklassen«, widersprach Fiona, und ihre Stimme war gedämpft, als sie zu Boden sah und vor sich hin sprach. »Nichts würde Blake davon abhalten zurückzukommen. Wir wissen nicht, ob er weggegangen ist.

Ich an seiner Stelle wäre im Wald auf der anderen Seite der Schlucht und würde warten, bis wir in den Tod gestürzt sind. Und wenn die Zeit vergeht und wir das nicht tun, wird er sich wahrscheinlich die Karte ansehen und heraustüfteln, was wir machen. Dann wird er zurückkommen und dich holen. Selbst wenn er auf der Straße zur Brücke am See zurückgehen und dann wieder durch den Wald heraufkommen muss, kann er dich immer noch erreichen, bevor ich es zur Straße schaffe.«

»Welche andere Wahl haben wir dann? Außer auf deine Unterstützung zu warten?«

»Du musst in ein Krankenhaus, Kit. Und außerdem, was wird passieren, wenn diese Unterstützung eintrifft? Entweder sehen sie, was mit der Brücke los ist, und sitzen auf der anderen Seite der Schlucht fest. Oder sie sehen es nicht und stürzen in die Tiefe, wie es für uns geplant war.«

Eine lange Pause folgte. Dann sagte Kit. »Es gibt etwas, das könnte funktionieren. Aber es ist nur eine ganz vage Möglichkeit …«

»Eine vage Möglichkeit ist besser als gar keine.«

»Vielleicht denkst du das nicht mehr, wenn du erst mal gehört hast, worum es geht.«

Steve geizte nicht mit Lob für sein Team. »Ihr habt eure Sache prima gemacht. Wie am Schnürchen hat es geklappt und alles genau nach Vorschrift. Nichts, woran die Verteidigung etwas auszusetzen haben könnte. Gut gemacht. Heute Abend geb ich 'ne Runde aus. Er ist doch jetzt offiziell verhaftet, oder?«

Neil nickte. »Wegen Mordverdachts. Er hat völlig fassungslos ausgesehen. Aber er weiß, worum es geht. Das Einzige, was er geäußert hat, war der Wunsch, seinen Rechtsanwalt dazuhaben.«

Steve nahm ein Blatt Papier vom Schreibtisch. »Gut. Ich habe die Genehmigung für eine komplette Durchsuchung nach Absatz 18 aufgesetzt. Ich will, dass du das in die Hand nimmst, Neil. Du weißt, was wir suchen. Also, dann sollen John und Joanne mit dem Verhör anfangen. Ich sehe vom Beobachtungsraum aus zu. John, du lässt Joanne den Anfang machen. Der Typ hat Probleme mit Frauen. Ich will, dass er in Rage gerät, und Joanne als energische Polizistin wird genau das bewirken. Ist das für dich in Ordnung, Joanne?«

Sie lächelte grimmig. »Es wird mir ein Vergnügen sein, Chef.«

Bevor sie noch etwas sagen konnte, klingelte Steves Telefon. Er nahm ab und sagte: »DS Preston.«

»Steve? Hier ist Sarah Duvall. Ich wollte Sie fragen: Gibt es eine Möglichkeit, dass Sie zur Wache Snow Hill rüberkommen? Ich würde Ihnen gern etwas zeigen.«

»Sarah, ich stecke bis über die Ohren in der Arbeit mit unangenehmen Zeitgenossen. Kann das nicht warten?«

»Ich fürchte, nein. Lassen Sie es mich erklären. Ich habe ein Team die Videos vom Smithfield Market durchsehen lassen, und wir denken, wir haben den Mann ausfindig gemacht, der Georgia Lesters Überreste in den Gefrierschrank gelegt hat.«

»Das hört sich gut an. Aber wieso rufen Sie mich an?«, fragte Steve ungeduldig.

»Wir glauben, es ist Francis Blake.«

»Was?« Steve traute seinen Ohren kaum.

»Ich habe es mir selbst angesehen. Ich habe das Video mit Blakes Fotos aus seiner Akte verglichen. Meiner Ansicht nach kann kein Zweifel bestehen.«

Verwirrt sagte Steve: »Aber was ist dann mit Redford?«

Eine Pause trat ein, bevor Duvall weitersprach. »Vielleicht haben wir uns mit Redford geirrt.«

In seinen Ohren war ein merkwürdig klingelndes Geräusch. Wenn Redford nicht der Killer war, wie konnte es Francis Blake sein?

Und noch wichtiger, wenn Redford nicht der Mörder war, wo waren Kit und Fiona?

»Können Sie also rüberkommen und es sich ansehen?«, hörte er Duvall sagen, als sei sie sehr weit weg.
»Ich habe gerade … nein, ich bin gerade dabei … Sarah, schaffen Sie es nicht herüberzukommen?«
Eine lange Pause. »Wir sind hier mitten in einer Mordsache, Sir. Können Sie nicht eine halbe Stunde erübrigen?« Der Vorwurf lag mehr im Tonfall als in ihren Worten.
»Und wir haben gerade jemanden im Fall Susan Blanchard verhaftet«, sagte Steve kalt. »Ich kann hier nicht weg. Warten Sie einen Moment.« Er hielt das Mundstück zu und winkte mit der freien Hand in Richtung Tür. »Gebt mir fünf Minuten, dann seh ich euch im Vernehmungsbüro.« Als sie gingen, wandte er sich wieder an Sarah Duvall. »Passen Sie auf, Sie sollten wissen, dass Fiona Cameron verschwunden zu sein scheint. Sie sollte heute früh Superintendent Galloway treffen und ist nicht erschienen. Jetzt sagt er mir, sie wäre gestern Abend fast durchgedreht, weil sie glaubte, Redford sei nicht der richtige Mann. Sie war überzeugt, der Killer sei noch frei. Und sie war auch überzeugt, dass er Kit Martin entführt hat. Ich kann weder Fiona noch Kit erreichen. Ich glaube, wir haben hier ein echtes Problem.«
»Das glaube ich allerdings auch«, sagte Duvall.
»Aber ich verstehe nicht, wie es Blake sein kann. Nach meinen Überwachungsberichten hat er gestern den ganzen Tag seine Wohnung nicht verlassen.«
»Es ist Blake, Steve. Dafür würde ich mein Leben verwetten.«
Steve bereitete es Sorgen, dass es eben nicht um Duvalls Leben ging, das in Gefahr war. »Sie müssen mit Galloway reden«, sagte er.
Aber Duvall hatte ihre eigenen Vorstellungen davon, was Priorität hätte. »Mit Francis Blake muss ich reden.«

Von seinem Aussichtspunkt zwischen den Bäumen auf der anderen Seite der Schlucht aus starrte Francis Blake auf die

Stelle, wo der Weg auf die Lichtung kam. Warum brauchten sie so lange? Sie musste es doch inzwischen geschafft haben, ihn freizubekommen. Im Schuppen mit dem Generator war ein Werkzeugkasten, das wusste er. Dort hatte er die Axt gefunden, mit der er das Vorhängeschloss an dem Schränkchen mit der Flinte abgeschlagen hatte.
Er konnte sein Pech kaum fassen. Er war gerade losgegangen, um seinen Geländewagen auf die andere Seite der Schlucht zu bringen. Aber eine innere Vorahnung hatte ihn die Flinte mitnehmen lassen, die er in einem Bündel Feuerholz versteckte. Gott sei Dank hatte er gehört, dass sie im Landrover näher kam, und war so schlau umzudrehen, damit es so aussähe, als ginge er aus dem Wald hinaus. Wäre er etwas länger vorgewarnt gewesen, wäre er bereit gewesen und hätte auf das Aas gewartet. Damit wäre zwar das Muster durchbrochen worden, aber Fiona Cameron aus nächster Nähe zu töten, das wäre die Krönung gewesen.
Er lehnte die Flinte an einen Baum und steckte die Hände in die Taschen, um sie zu wärmen. Die Sonne mochte ja scheinen, aber es war Oktober und hier unter den dichten Bäumen war es wie mitten im Winter. Aber es würde sich lohnen zu warten, bis das Paar in die Schlucht stürzte. Das würde sie erledigen – ohne weitere Pfuscherei.
Dann wäre er frei, wieder zu töten oder aber es sein zu lassen. Er glaubte nicht, dass ihm von der Polizei Gefahr drohte. Fiona Cameron hatte allein gehandelt, da war er sich ganz sicher. Sie hatte ihre Getreuen bei der Polizei nicht davon überzeugen können, sie bei einer Aktion zu unterstützen, die nur auf einer Ahnung beruhte. Und schließlich hatten sie den Verrückten Redford in Gewahrsam. Sie mussten ziemlich sicher sein, dass der Killer unter Verschluss war. Andernfalls wäre bei dem Einfluss, den sie bei der Polizei hatte, bestimmt ein ganzer Haufen aufgetaucht – wenn sie wirklich an die Chance geglaubt hätten, einen Serienkiller seines Kalibers zu erwischen. Es lag eine schöne Ironie in

dem Ganzen. Profiler und Psychologen wie sie hatten sein Leben zerstört, und er hatte sich aufgemacht, die Leute zu vernichten, die dazu beigetragen hatten, solche Profiler zu Göttern zu erheben. Jetzt konnte die Profilerin selbst bei niemandem mehr Glauben finden. Bedeutete das vielleicht, dass er seinen Zweck erreicht hatte?

Blake nahm seine Hand aus der Tasche und kaute an seinem Daumen herum. Scheißprofiler. Sie hatten ihm die Falle gestellt, um zu beweisen, wie clever sie waren. Aber er hatte sie ausgetrickst. Er hatte den Spieß umgedreht, und jetzt kam keiner an ihn ran.

Er hatte jede Menge Zeit gehabt, um seine Pläne auszuarbeiten. Er hatte immer gewusst, dass er freigesprochen würde, wenn sein Fall vor Gericht käme, und er hatte in der Untersuchungshaft über die Ungerechtigkeit gegrübelt, die ihm zugefügt worden war. Es wäre zu offensichtlich gewesen, sich die Cops und den Psychologen vorzunehmen, die diese Sache gegen ihn ausgeheckt hatten. Außerdem hätten sie nicht genug leiden müssen, um für das, was sie ihm angetan hatten, zu büßen. Er hatte sein Zuhause, seine Arbeit, seine Freundin und seinen Ruf verloren. Sie selbst würden nur ihr Leben verlieren.

Nein, jemand anders musste dafür bezahlen. Wer war verantwortlich dafür, dass die Welt glaubte, psychologische Profiler wüssten auf alles eine Antwort? Ganz einfach. Krimischriftsteller. Besonders solche, deren Bücher zu Filmen und Fernsehstücken gemacht und von Millionen von Zuschauern gesehen wurden. Sie waren die wirklich Verantwortlichen für das, was Francis Blake passiert war. Und sie sollten dafür auch büßen.

Es war leicht gewesen, sich ihre Bücher zu beschaffen, als er noch im Gefängnis saß, und relativ einfach, die Fakten über ihr Leben herauszufinden. Diese Autoren sprachen ja ständig mit Journalisten. Und die britischen standen alle in einem Buch mit ausführlichen Interviews, das irgendein merkwür-

diger Kauz gerade veröffentlicht hatte. Als er dann herauskam, hatte er das Internet zur Verfügung. Es hatte nicht lange gedauert, bis er alles beisammen hatte. Am schwersten war es gewesen, den genauen Standort von Kit Martins Hütte ausfindig zu machen. Er wusste aus verschiedenen Interviews ungefähr, wo sie lag, aber durch eine Anfrage beim Liegenschaftsamt hatte er die genaue Adresse erfahren und dann mit der offiziellen Karte alles Übrige erledigt.
Niemand hatte ihn beobachtet, während er in Spanien war, dessen hatte er sich vergewissert. Und von Spanien aus war es einfach gewesen, über die europäischen Grenzen zu fahren und eine Fähre zu nehmen. Der erbärmlichen Überwachung durch die Met nach seiner Rückkehr zu entgehen hätte gar nicht leichter sein können. Solange er jeden zweiten Tag die Nase aus der Tür steckte und den Anschein erweckte, als führe er das Leben eines Einzelgängers, kümmerten sie sich nicht weiter um ihn und ließen ihm Zeitspannen von achtundvierzig Stunden, in denen er alles tun konnte, was zu tun war – in Dorset und dann später in Sutherland. Er hätte wetten können, sie waren nicht einmal darauf gekommen, dass es einen Hintereingang zu seiner Wohnung gab, der auf die Zufahrt zu den Geschäften hinausging.
Eines würden sie nie verstehen, nämlich wie sich sein Leben nach dem, was er im Hampstead-Heath-Park gesehen hatte, veränderte. Damals hatte er begriffen, wie leicht es war, einem anderen Menschen das Leben zu nehmen. Es dann selbst zu tun hatte sich als ein Kinderspiel erwiesen.
Bis Fiona Cameron auftauchte und seine sorgfältig ausgearbeiteten Pläne über den Haufen warf. Na ja, sie würde bald ihre Quittung kriegen.
Er dachte noch einmal daran, wie er von der Hütte weggegangen war. Sobald Kit ausgeladen und fest angekettet war, hatte er den Toyota in einer gewissen Entfernung von der Hütte geparkt. Es erregte seiner Meinung nach viel weniger Aufmerksamkeit, wenn jemand aus der Gegend ihn auf der

Straße unterhalb der Abzweigung zur Hütte sah, als wenn er direkt davor stünde. Er hatte fünf Minuten von seiner jetzigen Position entfernt weiter unten in Richtung See geparkt. So würde er ganz schnell auf der Straße nach Süden sein.
Wieder hörte er den Landrover. Der Motor lief hochtourig, zu sehen war noch nichts. Er kam um die Biegung und fuhr ganz langsam. Durch die Windschutzscheibe waren die Umrisse zweier Figuren zu sehen. Dann rollte er langsam auf die Brücke zu, und der Motor heulte bei der hohen Drehzahl im ersten Gang klagend auf.
Sobald die Vorderräder auf die Brücke fuhren, rissen die Stricke. Während Holz und Metall hinunterkrachten, fuhr der Landrover weiter und stürzte in einem Chaos aus Planken und Kabeln in die Tiefe. Ein kurzer Moment der Stille wurde von einem entsetzlichen Krach zerrissen, als Holz und Stahl auf die Steine unten im Tal aufschlugen.
Blake drängte sich durch das Unterholz und kam am Rand der Schlucht heraus. Er tastete sich langsam vorwärts, weil er Angst hatte abzurutschen und seinen Opfern in die Tiefe zu folgen. Er blickte hinunter und hoffte, ihre zerschmetterten Körper unter den Trümmern zu sehen.
Der Sturz in die Schlucht hatte das Dach des Landrovers abgerissen, der übel zugerichtete untere Teil lag im rauschenden Fluss. Aber wo er Kit Martin und Fiona Cameron zu sehen erwartet hätte, war nichts außer verstreuten Kleidungsstücken und etwas, das wie zwei Kochtöpfe aussah.
Blake fluchte vor sich hin. Die Scheißkerle dachten wohl, sie könnten ihn überlisten? Na ja, das konnten sie vergessen. Wütend rannte er zum Toyota zurück und zog die Karte aus dem Handschuhfach. Er würde ihr Blut so oder so an seinen Händen haben, bevor der Tag zu Ende ging.

Kapitel 56

Caroline sah den Constable hinter dem Schalter auf der Polizeiwache von Lairg verzweifelt an. Er wirkte, als sei er ungefähr zwölf. Und ein schlaksiger, ungeschickter Zwölfjähriger noch dazu. Er hatte dunkelblonde Haare, die offenbar von jemandem ohne jegliche Begabung geschnitten worden waren. Sein Gesicht war eine bleiche Mondlandschaft aus Kratern – eine unebene Stirn, vorstehende Wangenknochen, eine dünne Nase mit einem knochigen Rücken und einer merkwürdig runden Spitze, Kinnladen knubbelig wie Kastanien, ein scharf vorstehendes Kinn und ein Adamsapfel so groß wie eine reife Feige. Er war tatsächlich rot geworden, als sie hereinkam und sagte, sie bräuchte seine Hilfe.

»Das wird sich jetzt wahrscheinlich merkwürdig anhören«, sagte sie. »Aber es geht um Leben und Tod.« *Ach Scheiße, ich klinge ja schon ganz übergeschnappt.*

Er nahm einen Stift und sagte: »Name, bitte.«

»Dr. Caroline Matthews.« Manchmal half es, einen Titel zu haben. Manchmal halfen sogar fälschliche Annahmen, die damit verknüpft wurden. »Hören Sie, ich will Ihnen keine Schwierigkeiten machen, aber können wir die Formulare jetzt mal weglassen? Das Leben meiner Freundin ist in Gefahr und ich meine, Sie sollten die Sache als dringende Angelegenheit behandeln.«

Sein Mund verzog sich zu einer störrischen geraden Linie, aber fünf Sekunden später hatte ihn der kalte Blick aus Carolines blauen Augen bezwungen. »Ja. Also. Wo liegt das Problem, Frau Doktor?«

Ihr war klar, dass es keinen Sinn hatte, die ganze Geschichte zu erzählen. »Ein Freund von mir hat hier in der Gegend ein kleines Haus. Kit Martin. Der Krimiautor.«

Auf dem Gesicht des jungen Polizisten erschien ein Lächeln. »O ja, beim Allt a' Claon.«

»Es ist nur so – er hat Drohbriefe bekommen, und seine Freundin machte sich Sorgen, weil sie ihn nicht erreichen konnte. Sie hat Angst, dass jemand ihn verfolgt und ihm etwas passiert sein könnte. Jedenfalls ist sie vor ungefähr eineinviertel Stunden hingegangen. Sie sagte, wenn sie nicht in einer Stunde zurück wäre, sollte ich zur Polizei gehen.« Sie schenkte ihm ihr gewinnendstes Lächeln. »Hier bin ich also. Und ich glaube wirklich, Sie sollten da rausfahren und nachsehen, was los ist.«

Er schien skeptisch. »Ich werde erst mit jemandem darüber reden müssen«, sagte er in einem Ton, der andeutete, er spreche von einer wahnsinnig schwierigen Angelegenheit.

Na, dann los, hätte Caroline am liebsten geschrien. »Können Sie es gleich tun? Bitte?«

Er kratzte sich mit seinem Stift an der Stirn. »Ich gehe und rede mit jemand.« Er erhob seinen langen, dünnen Körper und ging zu einer Tür an der hinteren Wand. »Warten Sie einfach hier, ich komme wieder.«

Caroline schloss die Augen. Am liebsten hätte sie geweint. Mit jedem Augenblick, der verstrich, wuchs ihre Angst. *Bitte, lieber Gott, schütze sie*, betete sie zu einem Gott, an den sie eigentlich nie geglaubt hatte. Er hatte Lesley nicht beschützt, und tief im Inneren wusste sie, er würde auch Fiona nicht behüten.

Aber sie konnte nichts anderes tun.

Die Neuigkeiten von dem Team, das Gerard Coynes Wohnung durchsuchte, waren ausgesprochen ermutigend. Steves Nervosität legte sich etwas, als er sich den vorläufigen Bericht des Teamleiters anhörte.

Unter dem Läufer im Bad hatten sie einen Ausschnitt im Holzboden gefunden, der sich als zusammengeklebtes Stück herausnehmen ließ. In dem Zwischenraum darunter hatten sie eine verschlossene Plastiktüte voller Zeitungsausschnitte gefunden. Die Artikel hatten mit allen Vergewaltigungen zu tun, die Terry als Teil eines Faktorenbündels aufgespürt hatte. Auch zwei allgemeine Kommentare aus North Londoner Stadtteilzeitungen waren dabei, die sich mit dem häufigen Vorkommen sexueller Gewaltdelikte befassten. Noch bedeutsamer war ein dicker Stoß von Ausschnitten, in denen es um den Mord an Susan Blanchard ging. Sonst waren keine Berichte über Verbrechen in dem Beutel.

In der Vertiefung war auch ein Sabatier-Messer mit einer scharf geschliffenen Klinge. Es war schon unterwegs zu den Laboren des Innenministeriums, wo es ausgiebig auf die winzigste Spur von Susan Blanchards Blut untersucht würde. »Ich kann es kaum glauben, dass er das Messer behalten hat«, hatte Steve gesagt, der immer noch über die Dummheit – oder Arroganz – mancher Täter staunen konnte.

»Wir wissen noch nicht, ob es *das* Messer ist«, warnte er seinen Kollegen. »Es könnte auch das sein, das er bei den Vergewaltigungen benutzte. Es muss nicht unbedingt das gleiche sein, das er bei Susan Blanchard hatte.«

Bei Coynes Kleidern hatten sie mehrere Bekleidungsstücke von Fahrrad-Outfits aus Lycra gefunden, die alle in Beutel verpackt und zur Untersuchung geschickt worden waren.

Sie stießen auch auf mehrere Trophäen und Auszeichnungen, die Coyne bei Fahrradrennen gewonnen hatte. Es gab keinen Zweifel, dass er der Radfahrer hätte sein können, der an jenem Morgen die Wege von Hampstead Heath heruntergeflitzt war. Er besaß sowohl die Fähigkeit als auch die Ausdauer für eine solche Flucht, ohne dabei auch nur ins Schwitzen zu geraten.

Steve kam in den Beobachtungsraum und setzte sich, um den beiden Mitarbeitern zuzusehen, die er für das Verhör von

Gerard Patrick Coyne ausgewählt hatte. Sie hatten gerade mit der Arbeit begonnen, als der Anruf von Sarah Duvall kam.

Als Blake sich die Karte anschaute, sah er nur eine Möglichkeit. Sie würden auf keinen Fall auf die Straße am See zusteuern. Sie wussten, dass er motorisiert war, und sie hätten keine Chance, ihm aus dem Weg zu gehen. Ihre einzige Alternative war, über die Bergseite zu entkommen. Dort würden sie in der Nähe von ein paar kleinen Häusern auf die Straße nach Lairg treffen, wo vermutlich jemand ein Telefon haben würde.

Er konnte nicht glauben, dass Martin genug Durchhaltevermögen und Kraft hatte, so weit zu laufen. Sie würde ihn wahrscheinlich in der Hütte zurücklassen und sich allein aufmachen, um Hilfe zu holen. Das wäre ihm gerade recht, dachte er zufrieden. Wenn er ans Ende ihrer Fluchtroute fuhr, konnte er dann höher oben einen Aussichtspunkt finden, von wo er mit der Flinte auf sie zielen konnte. Es gab in einer so wilden Landschaft jede Menge Stellen, wo man sich verstecken konnte.

Dann könnte er wieder über den Berg zur Hütte zurückfahren und zu Ende bringen, was er angefangen hatte. Es wäre ein zusätzlicher Bonus, dass er sich wieder an den *Blood Painter* halten konnte. Viel befriedigender, als wenn sie in der Schlucht zu Tode gekommen wären.

Es sah aus, als hätten die Götter sich entschlossen, ihn für seine Geduld zu belohnen. Er verdiente es, aber es war im Leben nicht oft so, dass man bekam, was man verdiente. Er hatte in letzter Zeit dafür gesorgt, dass sich dies änderte, und es war schön zu sehen, dass die Welt sich auf seine Seite schlug.

Blake drehte den Zündschlüssel um und lächelte zufrieden, als er sich wieder in Bewegung setzte und den Berg hinunter auf die dunklen Wasser des Loch Shin zufuhr.

Nur wenige Mitarbeiter von Steve Preston hatten ihn je wütend gesehen. Aber sein Zorn war augenscheinlich gewaltig, als die Pechvögel vor ihm standen, die für die Überwachung von Francis Blake verantwortlich waren. Joanne und John, die aus Coynes Verhör abgezogen wurden, bevor es überhaupt angefangen hatte, und Neil, der vor dem Ende der Durchsuchung zurückgerufen wurde, waren sich im Klaren, dass sie bei dieser Aufgabe gründlich versagt hatten und vor einem Scherbenhaufen standen.

»Es ist unfassbar«, wütete Steve mit blassem Gesicht, in dem nur zwei Stellen auf den Wangenknochen leuchtend rot waren. »Ihr solltet diesen Mann strengstens observieren, aber nach Auskunft der City Police ist er in seiner Wohnung aus und ein gegangen, wie ihm beliebte, ohne dass irgendeiner von euch es wusste. Ihr habt keine Ahnung, was er wirklich getrieben hat, oder?«

»Niemand hat uns etwas von dem Fahrrad gesagt«, antwortete John störrisch.

»Die ganze Zeit hatte Blake ein Zehngangfahrrad im Hinterhof, einen Schlüssel zur Hintertür, Zugang zu dem Weg an der Hinterseite der Häuserreihe. Hat in der ganzen Zeit, in der ihr ihn angeblich beobachtet habt, keiner von euch einmal daran gedacht, sich die Hinterseite der Häuser anzusehen?«

Neil starrte zu Boden. Joanne zuckte hilflos mit den Schultern. »Wir wussten nicht, dass man die hintere Tür von Blakes Wohnung aus erreichen kann, Sir«, machte sie einen schwachen Versuch.

»Ihr seid doch angeblich Geheimpolizisten«, fuhr er sie wütend an, und seine Stimme war voller Verachtung. »Ein Anwärter bei den Uniformierten hätte ja mehr Grips gehabt als ihr drei zusammen. Jetzt hält man uns bei der City Police für einen total vertrottelten Haufen.« Er schlug mit der flachen Hand auf den Schreibtisch. »Hat irgendjemand eine Ahnung, wo Francis Blake im Moment ist?«

Niemand gab eine Antwort. Steve schloss die Augen und ballte die Fäuste. Das konnte er jetzt überhaupt nicht brauchen. Kit schien auf der Liste der Vermissten zu stehen, Fiona war weiß Gott wo in den schottischen Highlands und tat Gott weiß was, und er konnte nichts unternehmen, weil der Fall Susan Blanchard plötzlich zu neuem Leben erwacht war. Es war ein Alptraum. Er machte die Augen auf und knurrte: »Wann habt ihr ihn zum letzten Mal beim Verlassen oder bei der Rückkehr zu seiner Wohnung beobachtet?«

»Er ist am Freitagmorgen zum Zeitungshändler gegangen«, sagte Neil. »Es war miserables Wetter, als er nicht wieder herauskam, war ich nicht weiter überrascht. In seiner Wohnung war den ganzen Tag das Licht an.«

»Er hätte einen Timer benutzen können, oder?«, schnauzte Steve. »Alles zusammengenommen haben wir also keine Ahnung, wo sich Blake seit gestern früh aufhält? Und wir haben keine Ahnung, wann er zurückkommt?«

Wieder antwortete niemand.

»Hat irgendjemand *irgendeine* Idee, wo er hin ist?«

Sie sahen sich an. Keiner sagte etwas.

»Ist ja spitze.« Steve holte tief Luft und versuchte, seine Wut in den Griff zu bekommen. Er nahm eine Zigarre aus der Schreibtischschublade, wickelte sie aus und zündete sie an. Die vertraute Wirkung des Nikotins schien sich direkt auf seine Stimmung auszuwirken und beruhigte ihn. »Neil, ich will, dass du zu Blakes Wohnung hinübergehst. Sprich mit den Nachbarn, sieh zu, ob du etwas aus ihnen herauskriegst, was die von der City Police nicht mitbekommen haben. Und ihr zwei – geht und trinkt 'nen Kaffee, nehmt eure Gedanken zusammen und seid dann in zwanzig Minuten wieder hier. Wir haben einen Tatverdächtigen zu vernehmen, sei es, wie es wolle.«

Als sie hinausgingen, ließ er die Schultern sinken. Dieser Tag entwickelte sich allmählich zu dem schlimmsten seines Lebens. Und es konnte noch sehr viel schlimmer werden.

Fiona kam um den Felsvorsprung herum, wo sie Kit fünfzehn Minuten zuvor zurückgelassen hatte. Er saß an einen Felsen gelehnt auf einem flachen Stein und trank langsam eine Dose Cola. Sein Gesicht war immer noch gespenstisch blass, aber er schien wacher zu sein als vorher, als sie ihm geholfen hatte, die paar Meter vom Landrover zu seinem Ruheort zu gehen.

»Wie ist es gelaufen?«, fragte er.

Fiona rieb sich die Schulter, auf die sie ungeschickt gefallen war. »Sagen wir mal, im Kino sieht es viel leichter aus«, sagte sie.

»Aber es hat geklappt?«

Sie nickte. »Ich hab die Fahrertür offen stehen lassen, den ersten Gang eingelegt, den Steinbrocken aufs Gaspedal geklemmt und bin rausgesprungen. Und wie du vorausgesagt hast, fiel die Tür hinter mir zu und der Landrover fuhr geradeaus weiter. Auf die Brücke und in die Schlucht hinunter. Ich glaube, er kann nichts gesehen haben.«

Kit gelang es, matt zu lächeln. »Das hast du gut gemacht, Fiona.«

»Ich hatte verdammte Angst, kann ich dir sagen.«

»Bist du verletzt?«

Sie verzog das Gesicht. »Die Schulter. Ich bin damit gegen einen Felsen gestoßen, als ich weggerollt bin. Nichts Ernstes, glaube ich, aber ich werde einen ganz schönen Bluterguss kriegen. Jetzt müssen wir aber los.«

»Ich weiß nicht, ob ich kann«, sagte Kit. »Mir ist immer noch so schwindlig.«

»Ich weiß auch nicht, ob du es kannst«, sagte Fiona. »Aber ich lasse dich nicht hier. Wenn Blake unsere kleine List durchschaut hat, wird er hinter uns herkommen. Und ich lasse dich nicht allein und schwach zurück. Lass uns, so weit es geht, am Berg entlanggehen. Und wenn du nicht weiterkannst, suchen wir uns einen Platz, wo es sicher ist und du dich hinlegen und warten kannst, bis ich Hilfe geholt habe.

Aber hier sind wir viel zu nahe bei der Hütte. Wir müssen uns weiter von Blake weg bewegen.«

Sie faltete die Landkarte auseinander, und sie sahen sie zusammen an. Nachdem sie das Problem mit der Brücke entdeckt hatte, war Fiona mit dem Landrover zur Hütte zurück und dann, so weit sie konnte, über das unebene Gelände dahinter gefahren, wo sie Kit ausgeladen hatte. Seiner Ansicht nach war es möglich, von da aus zur großen Straße zu gelangen, nicht weit von der Stelle entfernt, wo Fiona sich von Caroline getrennt hatte. Es war zwischen fünf und sechs Meilen weit weg, schätzte sie. Wäre sie allein, würde sie dafür etwas mehr als zwei Stunden brauchen. Mit Kit in seinem jetzigen Zustand konnten es eher vier oder fünf werden. Aber sie mussten es versuchen. Wenigstens schien er keine starke Gehirnerschütterung zu haben, was die ganze Unternehmung indiskutabel gemacht hätte.

Sie ließ sich die Route von ihm erklären und überprüfte dann alles selbst noch einmal. Der größte Teil des Weges würde mehr oder weniger eben sein, sie würden sich an den Rand oberhalb der Waldpflanzung halten. Kit sagte, es gebe einen schmalen Pfad, kaum mehr als ein Schafweg – jedenfalls für den größten Teil der Strecke.

»Also, lass es uns versuchen«, sagte Fiona, zog die Wachsjacke aus und half Kit, sie anzuziehen. Sie würde ihm helfen, seine Körperwärme zu halten. Sie selbst würde schon ziemlich bald keine zusätzliche Wärme mehr brauchen. Sie stützte Kit unter der rechten Achsel und zog ihn hoch. Mit dem Stock in der linken Hand schleppte er sich langsam den Pfad entlang. Fiona lief auf dem Heidekraut neben dem schmalen Weg, die Augen auf ihre Füße gerichtet, damit sie sich auf lose Steine und trügerische Wurzeln einstellen konnte. Wenigstens war das Wetter auf ihrer Seite, dachte sie. In Kits Zustand hätte ein kalter Wind oder selbst ein Schauer tödlich sein können. Aber der Himmel war mehr oder weniger klar, die Sonne schien noch, und es war kaum ein Windhauch in der kühlen Luft zu spüren.

Sie konnte nur das angestrengte Keuchen von Kits Atem hören, das Gewicht seines Körpers neben ihrem spüren und das leise Pochen seiner nervösen Angst. Sie verschwendeten keine Energie mit Sprechen, konzentrierten sich einfach nur darauf, einen Fuß vor den anderen zu setzen.

Nach einer halben Stunde legten sie an der ersten passenden Stelle eine Pause ein. Es war ein langer niedriger Hang aus gefurchtem Schiefer mit einem Dutzend verschiedener Grauschattierungen vor dem Braun der Heide. Fiona ließ Kit in eine sitzende Position sinken und setzte sich neben ihn. »Fünf Minuten«, sagte sie. »In deiner Jacke sind Energieriegel. Schaffst du es, einen zu essen?«

Kit nickte, zu müde zum Sprechen. Er nestelte an einem Schokoriegel aus seiner Jackentasche herum, aber seine Finger konnten ihn immer noch nicht auswickeln, daher nahm ihn Fiona und machte ihn auf. »Du kommst schon wieder in Ordnung«, beruhigte sie ihn. »Jetzt funktioniert einfach alles noch nicht richtig. Es ist die Schockwirkung auf den Körper.«

Er aß langsam, kaute jeden Bissen vorsichtig, bevor er ihn hinunterschluckte. Er bot auch Fiona davon an, aber sie schüttelte den Kopf. Als er fertig war, stand sie auf. Zeit weiterzugehen. Nach ihrer Schätzung hatten sie eine halbe Meile hinter sich gebracht, und das war nicht genug.

Wieder stapften sie weiter. Fiona nahm so viel seines Gewichts auf sich, wie sie konnte. Die Fähigkeit des menschlichen Körpers, auf eine Krise zu reagieren, war erstaunlich, rief sie sich ins Gedächtnis zurück. Wie fabelhaft wirkte dabei das Adrenalin. Sie wusste, sie würde völlig zusammenbrechen, wenn diese Situation überstanden war, aber bis dahin würde ihr Durchhaltevermögen größer sein, als sie für möglich gehalten hätte.

Noch eine halbe Stunde, dann wieder eine Pause. Fiona sah, wie schnell Kit müde wurde, und hielt es für ausgeschlossen, dass er auf diesem schwierigen Gelände noch vier Meilen gehen konnte. Wenn sie ihn noch eine Meile weiterbringen konnte, würde sie dort ein Versteck suchen, wo sie ihn lassen konnte. Mit ihrer eigenen gesammelten Energie konnte sie die restlichen drei Meilen in einer halben Stunde bis vierzig Minuten schaffen, wenn sie sich anstrengte. Hilfe konnte nicht weit sein, so nah bei Lairg. Mit etwas Glück könnte Caroline Sandy Galloway überzeugen, irgendeinen Einsatz durch die örtliche Polizei zu mobilisieren. Die konnte dann den Rest für sie tun.

Sie brachte Kit wieder auf die Beine und drängte ihn weiterzugehen. Die Landschaft änderte sich jetzt, anstelle der mit Heidekraut bewachsenen Bergflanke kamen Felsen. Der Pfad war fast verschwunden, und sie mussten auf dem Weg vorsichtiger sein. Die Route war noch deutlich, aber schwerer zu begehen. Auf losem Geröll drohten sie auszurutschen und hinunterzustürzen. Nach etwa zwanzig Minuten sagte Kit: »Ich muss anhalten. Ich kann nicht mehr ...«

»Kein Problem.« Fiona sah sich nach einem passenden Sitzplatz um. Ein paar Meter vor ihnen waren zwei flache Steine, die sich als Sitz eigneten. Sie steuerte Kit darauf zu und half ihm sich zu setzen. Sein Atem ging schnell und flach, und Schweiß glänzte auf seinem Gesicht. Er sah nicht gut aus. Fiona atmete tief ein und aus und versuchte, ruhig zu bleiben. Sie mussten fast die Hälfte des Weges geschafft haben, dachte sie. Es war Zeit, dass sie für Kit ein Versteck fand. Sie lehnte sich gegen den Felsen und blickte an dem Hang vor ihnen hinauf.

Plötzlich fiel ihr etwas ins Auge. Ungefähr eine halbe Meile entfernt, etwa fünfundzwanzig Meter am Hang über ihnen kam über dem Grasland wippend etwas wie ein Rohr in Sicht. Es dämmerte ihr mit entsetzlicher Klarheit, dass es der Lauf eines Gewehrs war. Blake war nicht vom Land. Er wusste offenbar nicht, dass die Flinte, auch wenn er sie niedrig hielt, genauso sehr auffiel wie eine Dogge in einem Dackelrudel. »Kit«, sagte sie, »ich will nicht, dass du dich

beunruhigst. Aber ich glaube, da ist jemand vor uns. Am Hang. Könnte es vielleicht einer aus der Gegend hier sein? Oder ein Wanderer?«
»Wo?«, fragte er lethargisch.
»Ich will nicht auf ihn zeigen, falls es Blake ist. Aber er ist ungefähr da, wo ein Mann mit normaler Kondition angekommen wäre, wenn er zur Landstraße zurückgefahren und dann vom anderen Ende aus zu Fuß gegangen wäre. Da drüben links, ungefähr fünfundzwanzig Meter über uns. Da ist eine Kuppe des Höhenzugs hinter ihm. Er ist vielleicht vierzig oder fünfzig Meter rechts davon.«
»Ich sehe nichts«, sagte Kit. Fiona bemerkte mit Schrecken, dass er wieder ganz undeutlich sprach.
»Ich habe etwas gesehen, das wie ein Gewehrlauf aussah und auf und ab schwankte. Könnte es jemand aus der Gegend hier sein?«
»Ich glaube nicht. Es gibt für niemanden einen Grund, hier oben zu sein. Es gibt hier nichts zu schießen.«
»Mist«, schnaufte Fiona jetzt, als sie ihn besser sehen konnte. »Er verfolgt uns. Lass uns ein bisschen weitergehen und sehen, was er macht.«
Müde kamen sie wieder auf die Beine und gingen mühsam zum nächsten Platz, wo man sich hinsetzen konnte, das heißt, sie schleppten sich etwa fünf Minuten weiter.
»Ist er uns gefolgt?«, fragte Kit.
Fiona drehte den Kopf so, dass es aussah, als schaue sie geradeaus am Berg hoch. Aber aus dem Augenwinkel beobachtete sie die Stelle, wo sie den Gewehrlauf gesehen hatte.
»Ich hab ihn«, schnaufte sie. »Ich kann sogar sein Gesicht durchschimmern sehen. Ich glaube, er ist nicht weitergegangen.«
»Gut«, sagte Kit. »Ungefähr fünf Minuten weiter ist eine Art Spalte. Sie ist etwa eineinhalb Meter breit, aber von dort oben sieht sie nur wie ein dunkler Strich am Felsen aus. Nach etwa einer halben Meile wird die Spalte wieder breiter. Er

wird uns da drin nicht sehen können. Lass mich dort und geh weiter, du hast einen guten Vorsprung. Es ist nicht so weit bis zur Straße, du kannst entkommen.«

»Und was ist mit dir?«

Kit seufzte. »Es ist ausgeschlossen, dass ich es hier raus schaffe. Ich bin praktisch jetzt schon am Boden. Viel weiter kann ich nicht gehen. Er braucht uns nicht beide zu kriegen. Bitte, Fiona. Lass mich hier.«

Sie schüttelte den Kopf. »Ich geh nicht weg, Kit. Ich kann nicht. Nicht nach Lesley. Zu sterben wäre leichter für mich, glaub mir. Aber ich habe auch nicht vor zu sterben. Gib mir die Karte.«

Kit zog die Karte aus seiner Tasche, und sie breitete sie auf ihren Knien aus. »Also – wir müssen ungefähr hier sein?« Sie deutete auf eine Stelle.

»Nein, noch nicht ganz so weit.« Er korrigierte sie, indem er ungeschickt den Finger auf die Karte stieß.

»Da gibt es einen Bach, der über den Pfad herunterkommt«, sagte sie. »Wie weit ist das von der anderen Seite des Hohlwegs entfernt?«

»Ein paar Meter. Vielleicht zehn.«

»Wie tief ist er am Ufer?«

»Ich nehme an, sechzig Zentimeter ...« Seine Stimme wurde leiser, seine Kraft nahm ab.

Fiona nickte. »Ich kann also durch das Bachbett hinaufgehen, ohne dass er mich sehen kann, ich müsste dann über und hinter ihm herauskommen. Ich kann auf ihn springen. Ihn mit einem Stein erschlagen. Jedenfalls irgendwas mit ihm machen.«

»Das kannst du doch nicht. Er ist ein großer, starker Kerl«, widersprach Kit. »Und er hat eine Schusswaffe.«

»Ja. Aber ich würde um viel Geld wetten, dass mein Lebenswille ein ganzes Ende stärker ist als seiner. Und das, mein Liebster, ist die Meinung einer Expertin.«

»Du bist verrückt. Er wird dich umbringen.«

Fiona steckte die Hand in die Tasche ihres Fleecehemds und zog das Taschenmesser heraus. »Ich bin nicht ganz unbewaffnet. Und ich habe vor, es einzusetzen. Es ist unsere einzige Chance, Kit. Ich werde nicht hier herumsitzen und warten, bis ich umgebracht werde.«

Kit legte seine Hand auf ihre. »Sei vorsichtig.« Er runzelte die Stirn, die Worte erschienen ihm ganz unpassend. »Ich liebe dich, Fiona.«

Sie beugte sich zu ihm und küsste seine Wange. Seine feuchte, kalte Haut machte ihr noch klarer, dass sie keine Zeit zu verlieren hatte. Sie sah nach, ob Blake noch an derselben Stelle war. Sie stand auf. »Also, dann los.«

Kapitel 57

Caroline sah auf die Uhr. Eine Ewigkeit schien verstrichen zu sein, seit sie im Vorraum der Polizeiwache saß. Was immer geschah, es dauerte zu lange.

Endlich ging die Tür an der hinteren Wand wieder auf, und der Constable kam zurück, gefolgt von einem Mann, der so grau und riesig aussah wie manche der Felsvorsprünge an den Bergen der Gegend. Sein hellgrauer Anzug war an allen Stellen zerknittert, wo er glatt sein sollte, und es gab keinerlei Anzeichen, dass er über Carolines Anwesenheit erfreut war. »Ich bin Sergeant Lovat«, sagte er. »Sie haben Glück, dass ich da bin. Ich bin nur mal schnell mit einer Nachricht für Sammy hier vorbeigekommen.«

»Hat er Ihnen die Lage erklärt?«

»Na ja, er hat mir gesagt, was Sie ihm erzählt haben, aber ich finde, das klingt eigentlich nicht wie eine Erklärung.« Er lehnte sich gegen den Schalter und hielt den Kopf schief, als beurteile er sie und möge das, was er vor sich sah, nicht besonders.

Caroline war sich darüber im Klaren, dass sie im Moment keinen besonders reizvollen Anblick bot. Ihre Haare waren zerzaust, und wahrscheinlich sah sie genauso zerknittert aus wie Sergeant Lovat. Trotzdem musste sie auf ihn Eindruck machen. »Noch nie im Leben ist mir etwas ernster gewesen, Sergeant«, sagte sie. »Ich glaube wirklich, dass Fiona Cameron etwas Schlimmes zugestoßen ist.«

»Schlimm, hm?«, sagte Lovat und drehte das Wort im Mund herum wie Kaugummi.

»Hören Sie, ich weiß, es hört sich seltsam an, aber Dr. Cameron ist keine Frau, die zulassen würde, dass die Polizei ihre Zeit verschwendet. Sie arbeitet seit Jahren als Beraterin mit der Metropolitan Police zusammen, und ich glaube, dort wäre man nicht ...« Sie verstummte, als ihr plötzlich die mögliche Lösung des Dilemmas einfiel. Sie war so damit beschäftigt gewesen, ihre Erklärung verständlich zu machen, dass sie an die Möglichkeit einer Nebenroute nicht gedacht hatte. Sie holte tief Luft und lächelte Lovat zu.

»Detective Superintendent Steve Preston«, verkündete sie. »New Scotland Yard. Bitte rufen Sie ihn an. Berichten Sie ihm, was ich Ihnen gesagt habe. Er wird wissen, dass es hier nicht darum geht, die Polizei zu ärgern.«

Lovat sah sie leicht belustigt an. »Ich soll Scotland Yard anrufen, weil Sie mir das sagen?«

»Es dauert nicht länger als ein paar Minuten. Und es könnte zumindest ein Leben retten. Bitte, Sergeant Lovat.« Sie zwang sich zu einem coolen Lächeln. »Es würde sich viel besser machen, wenn es von Ihnen käme als von mir. Aber wenn Sie nicht anrufen wollen, werde ich es tun müssen.«

Lovat sah den Constable an und hob die Augenbrauen. »Worauf wartest du, Sammy? Das dürfte amüsant werden.«

Die Felswände schlossen sie ein, sie waren etwa vier Meter hoch und bildeten einen schmalen Tunnel, der eine Biegung nach links machte. Sobald sie in dem schützenden Hohlweg waren, drängte Kit Fiona zu gehen. »Geh jetzt. Lass mich einfach hier. Ich werde schon einen Platz finden, wo ich mich hinsetzen kann.«

Sie umschlang ihn in einer schnellen Umarmung. »Ich hab dich lieb«, sagte sie. Dann war sie fort, ging schnell durch den Hohlweg. Von der Notwendigkeit angetrieben, bewegte Fiona sich mit dem festen Schritt und der Leichtigkeit und Sicherheit eines Wanderers, der an raues Hügel- und Bergland gewöhnt ist. Schon nach ein paar Minuten wurde der

Hohlweg breiter und öffnete sich zu einem felsigen Hang, von dessen heidekrautbewachsenen Flächen Adlerfarn aufragte. Sie hielt inne und besah sich das Terrain.
Der Bach hatte sich einen Weg durch den Torf gebrochen, seine Ufer waren tief schokoladenbraun und von dem gelben, steifen Hochlandgras und dem Zimtbraun des Farns gesäumt. Er war, wie Kit gesagt hatte, etwa zehn Meter vom Ende der Schutz bietenden niedrigen Klippe entfernt. Es gab keine Möglichkeit zu überprüfen, ob Blake herausgefunden hatte, wo sie schließlich wieder auftauchen würden, oder ob er frustriert die Bergflanke absuchte und sich fragte, wo sie geblieben waren.
Sie überlegte einen Augenblick. Wenn sie zu dem Bach hinüberrannte, könnte sie durch die schnelle Bewegung seine Aufmerksamkeit auf sich ziehen. Das Fleecehemd war kräftig rot, aber der Rollkragenpulli mittelgrau und ihre Hose dunkelolivgrün. Wenn sie das Fleecehemd auszog, wäre sie auf dem Felsen ziemlich gut getarnt. Es war einen Versuch wert.
Fiona streifte das Fleecehemd ab und warf es auf den Boden. Dann fiel ihr das Messer ein, sie nahm es heraus und vergewisserte sich, dass die Klinge gesichert war, bevor sie es in die Hosentasche steckte. Sie ließ sich auf die Knie nieder und legte sich mit ausgestreckten Gliedern auf den Felsen. Mit quälend langsamen Bewegungen robbte sie voran wie beim Militär und fühlte sich schrecklich schutzlos und ausgeliefert. Aber so überquerte sie die zehn Meter zum Bach, drehte sich auf den Rücken, als sie das Ufer erreichte, und ließ sich mit den Füßen voran hinunterrutschen. Das Wasser war so kalt, dass ihr für einen Augenblick der Atem stockte. Sie kauerte bis zur Mitte der Waden im Bach, und ihr Kopf reichte knapp über den Uferrand. Sie ließ den Blick schweifen und suchte den Hang nach Blakes Aussichtspunkt ab.
»Hab ich dich«, sagte sie leise. Auf dieser Seite war er ohne Deckung. Sie konnte die Umrisse seines Körpers vor dem

Hang sehen, der Gewehrlauf ragte wie eine obszöne Prothese auf. Er hielt die Hand über die Augen, als schaue er durch ein Fernglas. Fiona schätzte ab, wo sie über und hinter ihm herauskommen müsste. Der Bach machte ein paar Meter jenseits der Stelle, an der sie landen sollte, eine scharfe Linksbiegung. Sie merkte sich diese Stelle, bückte sich bis unterhalb der Uferböschung und fing an, sich stromaufwärts den Bach entlangzuarbeiten.

Es war ein riskanter Anstieg, die Steine im Bachbett waren schlüpfrig, algenbedeckt und uneben, sodass sie darin nur äußerst langsam und unter Schwierigkeiten vorankommen konnte. Mehr als einmal verlor Fiona den Halt und fiel der Länge nach in das kalte Wasser. Nach dem dritten oder vierten Untertauchen fand sie, dass sie ohnehin nicht mehr nasser werden könnte, setzte die Hände und Arme ein und krabbelte auf allen vieren den Bach entlang.

Sie konzentrierte sich so eisern auf ihr Vorankommen, dass sie an der Biegung des Bachs erst merkte, wie weit sie schon war. Sie ging in die Hocke und versuchte, wieder zu Atem zu kommen. Sie würde keine Chance haben, sich leise anzuschleichen, wenn sie wie ein Hund an einem heißen Sommertag hechelte.

Langsam und vorsichtig spähte sie über den Rand der Böschung. Sie runzelte die Stirn. Sie war ziemlich sicher, dass sie in die richtige Richtung sah. Aber von Blake war nichts zu sehen. Sie blickte den Bach hinunter, um sich zu vergewissern, dass sie weit genug heraufgekommen war. Es konnte kein Zweifel bestehen. Sie war genau da, wo sie hinwollte, was bedeutete, dass Blake etwa fünfunddreißig Meter von ihr entfernt stehen müsste, vielleicht fünf Meter bergabwärts. Aber da war er nicht.

Panik legte sich wie eine eiserne Klammer um Fionas Brust. Sie stand auf und überblickte den ganzen Berghang. Kein Zeichen von Blake. »Verdammt«, murmelte sie und kletterte aus dem Wasserlauf an der felsigen Seite des Ufers hinauf.

Auch von diesem erhöhten Standpunkt aus nichts Neues: Blake war wie vom Erdboden verschwunden.
Das konnte nur eines bedeuten, dachte sie. Ihn hatte Panik ergriffen, als sie verschwanden, und er war zu dem Ort gegangen, wo er sie zuletzt gesehen hatte. Und dort lag Kit, ihm hilflos ausgeliefert und kraftlos wie das schwächste Junge eines Wurfs.
Fiona preschte wie ein Gebirgshase los. Ohne Rücksicht auf ihre Sicherheit rannte sie über den steilen Hang in einem Winkel, von dem sie hoffte, dass er sie zum Anfang des Felsentunnels zurückführen würde, wo sie Kit zurückgelassen hatte. Ihre nassen Stiefel quietschten, rutschten und schlitterten beim Laufen, und nur ihre schnellen Reflexe bewahrten sie davor, kopfüber den Hang hinabzustürzen.
Während sie den Berghang hinunterrannte, war das, was zuerst wie ein dunkler Strich im Felsen ausgesehen hatte, allmählich als Lücke zu erkennen. Wie ein riesiger Riss in einem massiven Steinkoloss. Je näher Fiona kam, desto klarer wurde ihr, dass sie die Richtung falsch eingeschätzt hatte. Sie würde in Wirklichkeit etwa über der Mitte des Tunnels ankommen. Sie korrigierte ihren Kurs ein wenig, aber es war hier zu steil für eine radikale Änderung.
Sie stieg jetzt seitlich ab und lief langsamer, bis sie am Rand des Hohlwegs war. Sie suchte ihn mit den Augen ab, aber die Biegung war zu scharf, als dass sie ganz bis zu der Stelle sehen konnte, wo sie Kit zurückgelassen hatte. Da sie sich nicht mehr so konzentrieren musste wie beim Bergablaufen und diese Anspannung bis jetzt alles andere verdrängt hatte, durchzuckte sie jetzt heiße Angst wie ein elektrischer Strom. Fiona zwang sich, tief durchzuatmen, und begann mit der gefährlichen Klettertour am Rand des Felsens bis zum Anfang der Spalte zurück. Als sie den halben Weg bis zu ihrem Ziel zurückgelegt hatte, hielt sie plötzlich inne. Sie hörte eine Männerstimme, die zornig und sehr erregt klang. Sie kroch vorwärts, um über den Rand sehen zu können.

Was sie sah, krampfte ihr den Magen zusammen. Da unten lag Kit, etwa fünf Meter von ihr entfernt, auf dem Boden ausgestreckt, halb sitzend gegen eine Felswand gestützt. Mit dem Rücken zu ihr stand Francis Blake über ihm, die Schrotflinte in beiden Händen. Sie konnte nicht verstehen, was er sagte, aber seine Absicht war klar. Er trat einen Schritt zurück und hob die Flinte.

Ohne innezuhalten und nachzudenken, schoss Fiona los. Sie nahm einen kurzen Anlauf am Rand des Hohlwegs und warf sich durch die Luft nach unten.

Als die Flinte im Anschlag war, stürzte Fiona auf Francis Blake hinunter, und der Aufprall ließ sie beide wie ein Knäuel auf Kit landen.

Der Schuss hallte durch die stille Bergluft.

Kapitel 58

Die Stadt glitzerte unter ihr wie eine kitschige Galaxis – gewöhnliches Zirkonium im Vergleich zu den Diamanten der Sterne, deren Glanz vom Lichtschein über der Stadt verwischt wurde. Fiona dachte, wahrscheinlich verdiene sie nichts Besseres. Sie war trotz der kalten Nachtluft an ihren Lieblingsaussichtspunkt im Heath-Park heraufgekommen, weil sie so allein sein wollte, wie dies im Herzen der Großstadt überhaupt möglich war.

Sie zog den Brief aus der Tasche und faltete ihn mit ihren behandschuhten Händen ungeschickt auseinander. Es war kaum hell genug, um den Briefkopf lesen zu können, aber sie musste sich vergewissern, dass er tatsächlich und wirklich da vor ihr war. Die Staatsanwaltschaft hatte entschieden, dass sie nicht wegen Totschlags angeklagt werden sollte. Es würde also kein offizielles Nachspiel zu dieser Minute des Chaos geben, als das Gewehr losgegangen war und den größten Teil von Blakes Kopf weggerissen hatte. Endlich hatte man akzeptiert, dass sie nicht vorsätzlich gehandelt hatte. Ein paar Sekunden früher oder später – und die Sache wäre ganz anders ausgegangen. Wäre Fiona früher gesprungen, dann hätte sie vielleicht den Kampf um die Flinte nicht gewonnen. Und später, hätte Blake das Gewehr abgefeuert und Kit getötet. Irgendwie war sie wunderbarerweise genau im richtigen Moment gelandet. Das Gewehr war hochgerissen worden, Blakes Finger am Abzug, und plötzlich war alles vorbei gewesen.

Fiona und Kit waren beide auch verletzt, was vermutlich

dazu beitrug, dass die Polizei ihr glaubte, sie habe nicht die Absicht gehabt, Blake zu töten, als sie vom Rand des Hohlwegs auf seinen Rücken sprang. Ihrer Meinung nach wäre ihre Darstellung viel weniger glaubwürdig gewesen, wenn sie beide nicht auch Schaden genommen hätten.

Sie konnte der Polizei wegen ihrer skeptischen Reaktion jedoch keinen Vorwurf machen. Sie musste einen absurden Anblick geboten haben, als sie blutbesudelt, schlammbedeckt und nass bis auf die Haut den Berg heruntergestolpert kam. Obwohl sich nach dem Schock des Geschehens alles in ihrem Kopf drehte, war sie kaltblütig genug gewesen, dem toten Francis Blake die wattierte Jacke auszuziehen, um es Kit damit so bequem wie möglich zu machen. Dann hatte sie sich losgerissen und die letzten paar Meilen in einem Taumel aus Angst und Schmerzen zurückgelegt. Jeder Schritt verursachte ihr ein quälendes Stechen in der Schulter, die im entscheidenden Augenblick eine Ladung Schrot abbekommen hatte. Adrenalin allein hatte sie den ganzen Weg bis zur Straße aufrecht gehalten. Als sie endlich aus dem letzten Baumgürtel herauskam, schimmerte die Telefonzelle, wo sie Caroline zurückgelassen hatte, wie eine Fata Morgana im Nebel ihrer Erschöpfung. Sie war hinübergetorkelt und hatte die Notrufnummer gewählt. Die Erleichterung, als sie mit der Polizei verbunden wurde, ließ sie fast in die Knie gehen.

Ein Polizeiauto war nach wenigen Minuten bei ihr. Irgendwie hatte sie es geschafft, ihre Geschichte zusammenzubekommen. Und weil Caroline die Polizei dazu gebracht hatte, mit Steve zu sprechen, nahm man sie ernst. Trotzdem waren die Polizisten misstrauisch.

Aber sie hatten einen Rettungshubschrauber gerufen und Kit ins Krankenhaus bringen lassen. Fiona blieb keine Zeit, Erleichterung zu empfinden. Während Sanitäter das Bleischrot aus ihrer Schulter entfernten, warteten die Polizeibeamten schon mit grimmigen Gesichtern und ohne Mitgefühl und Verständnis. Man bereitete sich darauf vor, ihre Aussagen zu zerpflücken.

Aber schließlich hatte man ihr geglaubt. Alle – angefangen von Steve bis Sandy Galloway – hatten beteuert, es käme nicht infrage, dass Anklage gegen sie erhoben würde. Und doch hatte es lange Wochen der Anspannung gedauert, bis die offizielle Mitteilung sie erreichte.

Sie war sich nicht sicher über ihre Gefühle. Teils glaubte sie, sie verdiene irgendeine Strafe dafür, dass sie ein Menschenleben zerstört hatte. Aber ihr Verstand sagte ihr immer wieder, wie töricht es sei zu erwarten, dass irgendeine offizielle Maßnahme ihr dieses Schuldgefühl nehmen könne. Und sie konnte die Erleichterung darüber nicht leugnen, dass es ihr erspart blieb, jene schrecklichen Sekunden noch einmal erleben zu müssen, in denen sie eine Entscheidung über Leben und Tod hatte treffen müssen, dabei im Grunde jedoch gar keine Wahl gehabt hatte.

Ironie des Schicksals war, dass die einzige Person, die in Verbindung mit Francis Blakes Mordtaten jemals vor Gericht stehen würde, der falsche Bekenner Charles Redford war. Sehnsüchtig wartete er im Gefängnis auf seinen Prozess wegen Behinderung der Justiz, Morddrohungen und Belästigung – im selben Trakt wie Gerard Patrick Coyne, der sich vor den Geschworenen wegen des Mordes an Susan Blanchard zu verantworten hatte. Die Nähe der beiden Männer, zwischen denen durch die Verbrechen des Francis Blake eine gewisse Verbindung bestand, ergab eine Symmetrie, die Fiona Befriedigung verschaffte.

Der Klang von Schritten unterbrach ihre Gedanken. Sie wandte den Kopf und sah eine vertraute Gestalt näher kommen. Dann blickte Fiona jedoch wieder auf die Lichter der Stadt hinunter, denn sie wollte nicht den Anschein erwecken, sie sei über Gesellschaft sehr erfreut.

Steve räusperte sich. »Ich dachte, ich würde dich hier finden. Kit sagte, du seist spazieren gegangen.« Er stand mit unsicherem Gesichtsausdruck neben der Bank.

»Hat er auch erwähnt, dass ich allein sein wollte?«

Steve schien verlegen. »Seine genauen Worte waren: ›Damit riskierst du dein Leben, Kumpel. Sie macht auf Greta Garbo.‹«

Sie seufzte. »Na ja, wenn du schon mal da bist, dann setz dich doch.« Sie hatten in den zurückliegenden Wochen die meisten abgebrochenen Brücken wieder aufgebaut, aber das Gefühl, dass Steve sie irgendwie verraten hatte, saß noch tief in ihrem Herzen. Sie wünschte, dass es verschwinden würde, genau wie die Erinnerung an Blakes Tod.

Steve setzte sich neben sie, hielt aber einen gewissen Abstand. »Ich bin gekommen, weil ich endlich erreicht habe, dass Sarah Duvall mir eine Kopie von Blakes Tagebuch gegeben hat. Er fing damit an, als er im Gefängnis war, und schrieb daran bis zwei Tage vor seinem Tod immer weiter. Es war verschlüsselt, aber mit einem ziemlich einfachen Code, und Sarah hat es dechiffrieren lassen. Ich dachte, es würde dich interessieren, es zu lesen.«

Fiona nickte. »Danke.«

»Alle praktischen Aspekte sind beschrieben, wie er seine Pläne gemacht und sie ausgeführt hat. Wie er der spanischen Polizei entwischt ist, als er angeblich da unten in Fuengirola war. Es ist rausgekommen, dass er einen Cousin hat, der in Spanien lebt. Dieser Cousin lieh Blake sein Auto und blieb weiter in dem Ferienhaus, als Blake bereits nach Schottland oder Irland fuhr, um Drew Shand und Jane Elias umzubringen. Sie sahen sich ähnlich, und weil die spanischen Cops jemanden sahen, der Blakes Beschreibung entsprach, wenn sie zweimal am Tag an dem Haus vorbeifuhren, kamen sie nicht darauf, dass er es gar nicht war.«

Fiona nickte teilnahmslos. »Aha.«
»Er konnte problemlos auf der Fähre nach England und Irland fahren, weil es natürlich keine allgemeine Fahndung nach ihm gab. Er hatte sich alle erforderlichen Hintergrundinformationen über seine Zielpersonen besorgt – aus dem Internet und aus veröffentlichtem Presse- oder Buchmaterial. Er hat es sogar geschafft, Kits Hütte über das Liegenschaftsregister zu finden. Er war ein cleverer Kerl. Er hat sich immer überall abgesichert. Den einzigen Fehler machte er, als er die Überwachungskameras in Smithfield Market nicht genügend in Betracht zog.«
»Das ist schon faszinierend, Steve. Aber beantwortet dieses Tagebuch auch die eigentliche Frage?«
»Du meinst das Motiv?«
»Was sonst?« Der Versuch, es zu verstehen, hatte sie mehr Nächte wach gehalten, als sie zählen konnte. Sie wusste, hinter Blakes Taten musste eine zusammenhängende Motivkette stehen, selbst wenn sie niemand außer ihm selbst schlüssig erschien. Aber warum er sich an Thrillerautoren für das rächen wollte, was ihm zugestoßen war, war ihr bisher unverständlich geblieben.
»Es ist wirr, aber macht schon irgendwie Sinn«, sagte Steve.
»Schließlich tut es das doch bei allen, oder?« fragte Fiona ironisch. »Also, worum geht es?«
»Blake war ganz zerfressen von dem Wunsch nach Rache für das, was ihm widerfahren war. Aber er wusste, wenn er direkt Rache nähme, würde er nie ungestraft davonkommen. Je mehr er darüber nachdachte, desto klarer wurde ihm, dass es außer der Polizei andere gab, denen er die Schuld geben konnte.«
»Doch nicht etwa Krimischriftstellern?«, wandte Fiona ein. »Ich versteh es immer noch nicht.«
»Er dachte, wenn die Polizei nie einen Profiler zu Hilfe gerufen hätte, wäre sein Leben nicht zerstört worden. Aber den Hauptgrund, warum Profiler ernst genommen

werden, sah er darin, dass man sie zu unfehlbaren Helden hochstilisiert hat. Und wer hat sie zu Helden gemacht?«

Fiona seufzte tief auf. »Alle seine Opfer schrieben Romane, in denen Profiler dafür verantwortlich waren, dass man den Mördern auf die Spur kam. Und ihre Werke waren die Grundlage für Filme, die den Gedanken einem noch viel breiteren Publikum bekannt machten. Also trugen letzten Endes sie die Schuld.«

»Das kommt ungefähr hin«, stimmte Steve zu.

»Und als er Susan Blanchards Mörder sah, wurde ihm klar, dass Mord für ihn kein schwer zu brechendes Tabu sei«, sagte Fiona halb zu sich selbst. Sie schaute zu Steve auf. »Spricht er über ihre Ermordung?«

»Ohne Ende. Wie sehr sie ihn erregte. Wie er verstehen lernte, dass man durch Töten die größte Macht über einen anderen gewinnt.«

»Es läuft letzten Endes immer wieder auf Macht hinaus«, sagte Fiona leise. Sie stand auf. »Danke, Steve. Es ist wichtig für mich, das zu wissen.«

»Das dachte ich mir.«

»Willst du mit zum Essen kommen? Ich bin sicher, Kit erwartet dich schon.«

Steve stand auf. »Würd ich gern, aber ich kann nicht.« Er starrte zu Boden, dann blickte er auf und begegnete ihrem fragenden Blick. »Ich werde Terry auf einen Drink treffen.«

Fionas Lächeln drückte aufrichtige Freude aus. »Das wurde auch Zeit«, sagte sie, trat näher und umarmte ihn. »Es wurde mir wirklich langsam lästig, euch beiden immer wieder zu sagen, wie sehr ihr euch missversteht.«

»Ja, na ja. Ich sage nicht, dass ich ihr verzeihe, was sie getan hat. Aber wir denken beide, wir sollten uns wenigstens anhören, was der andere zu sagen hat, jetzt, da die Wogen sich geglättet haben.«

Fiona schaute auf Hampstead Heath hinunter. »Haben sie das?«
»Ist es nicht immer so, wenn alles im Chaos versinkt?«, sagte Steve. »Auch wenn es eine Weile dauert, die Wogen glätten sich immer.«

Epilog

Liebe Lesley,
ich schreibe dir, um mich von dir zu verabschieden.
Wenn du noch da wärst, wüsstest du, dass ich die Art Psychologin bin, die eigentlich nicht an solche therapeutischen Mittel glaubt. Aber da ich zugestimmt hatte, eine posttraumatische Stresstherapie zu machen, fühle ich mich verpflichtet zu tun, was der Experte befiehlt, wie töricht und unsicher ich mich dabei auch fühlen mag.
Es ist erstaunlich, wie wenig wir verstehen, was unsere Reaktionen auslöst. Selbst ausgebildeten Fachleuten wie mir fehlt das Verständnis, wenn wir mit unseren eigenen Motivationen zu tun haben. Aber ich habe jetzt erkannt, dass dein Tod und die Art und Weise, wie er geschehen ist, mir immer gegenwärtig geblieben sind, wie sehr ich mir auch vorzumachen versuchte, es sei nicht so. Sein Vermächtnis sind Schmerz und Schuldgefühle gewesen. Ich fühlte mich schuldig, weil ich dich ermutigt hatte, nach St. Andrews zu gehen, anstatt zu mir nach London zu kommen. Ich fühlte mich schuldig, weil ich weiterlebte und du nicht. Ich war deine ältere Schwester und hatte die Aufgabe, dich zu beschützen, und habe versagt. Ich fühlte mich schuldig, weil ich es nicht schaffte, die Polizei so zu drängen, dass sie deinen Mörder fand. Und ich fühlte mich schuldig, weil ich das nicht aufhalten konnte, was mit Dad geschah, nachdem du gestorben bist.
Außerdem war da natürlich der Schmerz, dich verloren zu haben. An jedem Meilenstein des Lebens wird mir wieder bewusst, dass du nicht mehr da bist. Ich frage mich, was du

erreicht hättest und wie dein Leben verlaufen wäre. Ich sehe, wie Caroline sich verändert und entwickelt, Fehler begeht und bei anderen Dingen alles richtig macht. Dann denke ich daran, wie anders du diese Dinge angepackt hättest.

Manchmal sehe ich Kit an und wünsche mehr als alles auf der Welt, dass ihr zwei euch kennengelernt hättet. Ich weiß, ihr hättet einander gemocht. Die zwei Menschen auf der Welt, die ich am meisten liebe. Wie könnte es anders sein? Ich spüre die Zeit, die wir nicht zusammen verbringen konnten, das Glück, das uns verloren gegangen ist, und der Schmerz zerreißt mich. Du fehlst mir so sehr, Lesley. Bei so vielen meiner besten Erinnerungen stehst du im Mittelpunkt. Du hattest die Gabe des Lebensmuts, du konntest Güte geben. Ich war so stolz auf dich, und ich habe es dir nie gesagt. Ich habe dich so gern gehabt und es dir nie gesagt. Du bist gestorben, ohne zu wissen, wie sehr du geliebt wurdest, und auch das bedeutet für mich bitteres Bedauern. Weil die Schuld und der Schmerz so stark sind und schon so lange anhalten, hatte ich jedes Gefühl dafür verloren, welcher Segen du für mich warst, als du noch am Leben warst. Jetzt versuche ich, die guten Dinge aus der Erinnerung auszugraben und sie in den Vordergrund zu stellen, und hoffe, dass sie allmählich den Schmerz zudecken und ihn hindern, meine Weltsicht zu formen.

Wichtig für mich ist auch anzuerkennen, dass das andere Vermächtnis deiner Ermordung mein berufliches Leben ist. Deinetwegen habe ich mich entschieden, diese Richtung einzuschlagen. Da ich bei dir versagt hatte, glaubte ich, alles in meiner Macht Stehende tun zu müssen, um zu verhindern, dass anderen Ähnliches passiert. Ich nehme an, ich suchte nach einer Art Wiedergutmachung.

Ich muss daher zugeben, dass Kits Rettung, als er vermisst wurde, meinem Unterbewusstsein wahrscheinlich als eine Gelegenheit erschien, mich selbst zu retten. Rückblickend glaube ich, ich hätte mehr tun können und müssen, um die

Polizei zum Handeln zu zwingen. Aber auf einer anderen Ebene gebe ich jetzt zu, dass ich mir fast wünschte, sie würden mich abweisen, damit ich den Drahtseilakt allein ausführen musste.
Ich rechnete allerdings nicht damit, dass ich selbst Blut an den Händen haben und mich mit einer anderen Art von Schuld beladen würde.
Als ich sah, wie der Mann, den ich liebe, dem Tod ins Auge sah, waren alle diese Betrachtungen belanglos. Ich handelte einfach, ohne zu denken oder zu zögern, und tat das Einzige, was mir zu tun möglich war.
Aber nachts wache ich immer noch von dem Gewehrschuss und dem grauenvollen Anblick von Francis Blakes Kopf auf, der vor meinen Augen zu explodieren schien.
Die einzige wichtige noch unerledigte Sache ist nach Ansicht meines Therapeuten die Notwendigkeit, mich mit dir auszusöhnen. Darum geht es in diesem Brief. Ich musste begreifen, dass ich die Vergangenheit nicht ändern kann. Ich musste akzeptieren, dass das, was dir und uns als Familie geschehen ist, nicht in meiner Verantwortung, sondern in der Verantwortung des Mannes lag, der dir dein Leben genommen hat. Ich glaube, ich hatte Angst, dies vor mir selbst zuzugeben, weil ich dann keinen Grund mehr hätte, weiterhin das zu tun, was ich so gut mache.
Ich habe mich geirrt. Meine Arbeit lohnt sich um ihrer selbst willen. Ich hätte mich wahrscheinlich niemals für sie entschieden, wenn du nicht zu diesem Zeitpunkt und auf diese Art und Weise gestorben wärst. Aber das darf keine Belastung für mich sein. Meine Arbeit ist wie die Freundschaft mit Caroline ein Geschenk, das ich durch deinen Tod erhalten habe.
Das zu verstehen und auch zu akzeptieren sind natürlich zwei verschiedene Dinge. Aber das eine wird fast sicher zum anderen führen, und dieser Brief ist ein Schritt auf diesem Weg.

Und so nehme ich jetzt Abschied von dir. Ich werde dich nie vergessen oder aufhören, dich zu lieben. Aber ich hoffe, dass ich nicht mehr das Gefühl haben muss, ich schuldete dir etwas, das ich nie geben kann.
In Liebe,

deine Schwester
Fiona

Danksagung

Viele haben mir ihr Fachwissen in der Hoffnung zur Verfügung gestellt, dass es mich davor bewahren würde, allzu zahlreiche Schnitzer zu machen. So danke ich Dr. Sandra Truscott dafür, dass sie mich bei linguistischen Besonderheiten ihrer schottischen Muttersprache beraten und mir geholfen hat, das Eis bei Karin Slaughter zu brechen. Ich bedanke mich bei Ron Mockay für alles, was ich über moderne Methoden der Deliktverknüpfung und der Erstellung geografischer Täterprofile weiß, bei Dr. Sue Black für die gerichtsmedizinische Fachkenntnis, Peter N. Walker und Roger Forsdyke für die Erklärung von Details der Polizeiarbeit, Sue Cragg für die Beratung bei wichtigen juristischen Fragen, Mary Carter für ihre unermüdlichen, hervorragenden Recherchen zum Hintergrund und bei Daphne Wright für ihre grenzenlose Geduld. Vor allem bin ich Brigid Baillie für ihre gewohnt kompetente Beratung in juristischen Fragen verbunden und dafür, dass sie immer zur rechten Zeit zur Stelle war.

Und natürlich Dank an Lara Croft, ohne deren Hilfe ich ganz gewiss verrückt geworden wäre.

Val
McDermid

Tödliche Worte

Roman

Aus dem Englischen
von Doris Styron

Weltbild

Für Leslie, Sandra, Julia, Jane, Maria, Mel,
Margaret, Nicky, Jenni, Mary, Julie, Paula, Jai, Diana,
Stella, Shelley, Daphne und Bunty Al –
meine ganz persönliche gigantische Frauentruppe,
die die Verwundete vom Schlachtfeld holte
und mich gesund pflegte.
In Liebe und Dankbarkeit.

Aber die Qualen der anderen bleiben bestehn als Erfahrung,
Ungemildert, unabgeschliffen durch späteren Verschleiß.
Menschen wandeln sich, lächeln –
doch die Agonie bleibt bestehen.

T. S. Eliot
The Dry Salvages, Four Quartets

Lauter Schrecknisse, Verwirrung, Wunder und
Erstaunen wohnen hier; möge uns irgendeine himmlische
Macht wieder aus diesem fürchterlichen Lande führen!

William Shakespeare
Der Sturm (Aufzug V, Szene 3)
Übersetzung: Chr. M. Wieland

Erster Teil

Nur weil du Stimmen hörst, heißt das doch nicht, dass du verrückt bist. Man braucht nicht besonders schlau zu sein, um das zu wissen. Und obwohl du all die Dinge getan hast, bei denen es den Geschworenen den Magen umdrehte, bist du doch wenigstens schlau genug zu wissen, dass du kein Irrer bist. Es gibt jede Menge Leute, die Stimmen hören, das weiß man ja. Wie beim Fernsehen. Wenn man fernsieht, könnte man zwar meinen, dass das alles wirklich passiert, aber trotzdem weiß man doch, dass es nicht so ist. Und irgendjemand muss sich das alles ja auch ausgedacht haben, ohne hier zu landen, wo du bist. Da besteht ja kein Zweifel dran.
Du brauchst dir also keine Sorgen zu machen. Oder jedenfalls keine großen Sorgen. Na gut, sie haben behauptet, dass du verrückt bist. Der Richter hat deinen Namen genannt, Derek Tyler, und hat dir das Etikett »geistesgestört« umgehängt. Aber was für ein cleverer Typ der Richter angeblich auch sein mag, ihm war doch nicht klar, dass er sich genau nach Plan verhielt. Es ist der Dreh, auf den sie immer kommen, um »lebenslänglich« zu vermeiden, wenn einer das getan hat, was du verbrochen hast. Wenn du ihnen einreden kannst, dass du durchgeknallt warst, als du es getan hast, dann hast nicht du die Tat begangen, sondern der Wahnsinn in dir. Und wenn du verrückt, aber nicht bösartig bist, dann ist ja klar, dass du geheilt werden kannst. Und deshalb sperren sie dich in die Klapsmühle statt in den Knast. Da können die Mediziner dann in deinem Kopf herumstochern und probieren, die kaputten Teile wieder in Ordnung zu bringen.
Wenn da natürlich von Anfang an nichts kaputt war, hältst du besser die Klappe. Lässt sie nicht merken, dass du genau-

so gesund im Kopf bist wie sie selbst. Dann, wenn der richtige Zeitpunkt gekommen ist, kannst du anfangen zu reden. Stell es so hin, als hätten sie mit ihrer Zauberkraft jemanden aus dir gemacht, den sie wieder auf die Straße hinauslassen können.

Es klang völlig plausibel, wenn die Stimme es erklärte. Du bist ja auch ganz sicher, dass du alles richtig verstanden hast, weil die Stimme es so oft wiederholt hat, dass du die ganzen Sprüche mit geschlossenen Augen auswendig hersagen kannst. »Ich bin die Stimme. Ich bin deine Stimme. Was ich dir befehle, ist das Beste für dich. Ich bin deine Stimme. Das ist der Plan. Hör gut zu.« Das ist der Auslöser. Es braucht nicht mehr als diese ersten paar Worte, um das ganze Band in deinem Kopf ablaufen zu lassen. Die Botschaft ist noch da, tief in dein Gehirn eingegraben. Und sie macht immer noch Sinn. Oder zumindest glaubst du das.

Nur ist es jetzt schon so lange her. Und das Schweigen durchzuhalten ist nicht leicht – jeden einzelnen Tag, Woche um Woche, Monat um Monat. Aber du bist ganz schön stolz darauf, dass du es geschafft hast, denn all die anderen Dinge vermischen sich mit der Stimme. Therapiesitzungen, bei denen du alles ausblenden musst, was die wirklich Verrückten so labern. Gespräche mit den Ärzten, die dich mit List und Tücke zum Sprechen bringen wollen. Gar nicht zu reden von dem Geschrei und Gebrüll, wenn jemand durchdreht. Und dann die Hintergrundgeräusche im Aufenthaltsraum, der Fernseher und die Musik, die wie Störsender in deinem Kopf rumoren.

Nur mit der Stimme kannst du dich wehren und mit dem Versprechen, dass das Wort fällt, wenn der rechte Zeitpunkt da ist. Und dann wirst du wieder draußen sein und das tun, was du, wie du entdeckt hast, am besten kannst.

Frauen töten.

In den ersten sechs Stunden musst du sie finden, sonst suchst du nur noch nach einer Leiche. In den ersten sechs Stunden musst du sie finden, sonst suchst du nur noch nach einer Leiche. Diese höhnische Zauberformel der verschwundenen Kinder ging Inspector Don Merrick nicht aus dem Sinn. Inzwischen waren es schon sechzehn Stunden, und er war immer noch am Zählen. Und auch die Eltern von Tim Golding zählten jede Minute, die nach dem letzten Blick auf ihren Sohn vergangen war. Er brauchte nicht darüber nachzudenken, wie sie sich wohl fühlten. Er war selbst Vater und kannte die tief sitzende Angst, die alle Eltern befällt, wenn plötzlich und unerklärlich ihr Kind nicht da ist, wo es sein sollte. Meistens ist die Sache innerhalb von Minuten erledigt, wenn das Kind gesund und munter wieder auftaucht und die von Panik ergriffenen Eltern vergnügt anstrahlt. Aber trotzdem hinterlässt der Vorfall eine untilgbare Narbe.

Und manchmal gab es auch kein so versöhnliches Ende. Keinen plötzlichen Wutanfall, um die verheerende Wirkung des undefinierbaren Entsetzens zu verdecken, wenn das Kind gefunden wurde. Manchmal ging es einfach weiter und immer weiter. Und Merrick wusste, dass die Angst in Alastair und Shelley Golding weitertoben würde, bis seine Ermittlergruppe ihren Sohn fand. Tot oder lebendig. Er wusste es, weil er die gleiche Qual im Leben von Gerry und Pam Lefevre miterlebt hatte, deren Sohn Guy jetzt seit etwas mehr als fünfzehn Monaten vermisst wurde. Sie hatten den Kanal abgesucht, die Parks und unbebauten Grundstücke in einem Umkreis von zwei Meilen durchkämmt, aber keine einzige Spur von Guy gefunden.

Merrick war als Kontaktmann an den Ermittlungen im Lefevre-Fall beteiligt gewesen, und hauptsächlich deshalb wurde ihm der Fall Tim Golding zugeteilt. Denn er besaß das Wissen, mit dem sich offensichtliche Parallelen zwischen den beiden Fällen feststellen ließen. Aber davon abgesehen sagte ihm schon sein Instinkt, dass wer immer Guy Lefevre entführt haben mochte, sich jetzt noch ein zweites Opfer geholt hatte.

Er lehnte sich gegen das Dach seines Wagens und folgte mit dem Fernglas der langen gekrümmten Linie des Bahndamms. Jeder irgendwie abkömmliche Polizist durchsuchte da unten das Grasgestrüpp nach einer Spur des Achtjährigen, der seit dem Abend zuvor vermisst wurde. Tim hatte mit zwei Freunden ein kompliziertes Spiel um einen Superhelden gespielt. Merrick konnte sich undeutlich erinnern, dass sich auch seine eigenen Söhne eine Zeit lang für ihn begeistert hatten. Seine Freunde wurden von ihrer Mutter gerufen, und Tim hatte gesagt, er würde den Bahndamm entlanggehen, um den Güterzügen zuzusehen, die auf diesem Nebengleis Schotter vom Steinbruch am Rande der Stadt zur Verladestation brachten.

Zwei Frauen, die zur Bushaltestelle und von da zum Bingospiel unterwegs gewesen waren, meinten, sein grellgelbes Bradfield-Victoria-Hemd hinter der Baumreihe gesehen zu haben, die vom oberen Rand des steilen Abhangs bis zu den Gleisen hinunter verlief. Das war etwa zwanzig vor acht gewesen. Niemand sonst hatte sich gemeldet, der den Jungen gesehen hatte.

Sein Gesicht hatte sich Merrick schon eingeprägt. Das in der Schule aufgenommene Foto sah wie Millionen andere aus, aber Merrick hätte Tims helles Haar, sein offenes Lächeln und die blauen Augen hinter einer Harry-Potter-Brille mit den Fältchen in den Augenwinkeln in jeder Reihe ähnlicher Gesichter sofort erkannt. Und genauso hätte er Guy Lefevre identifizieren können. Welliges dunkelbraunes Haar, braune

Augen, Sommersprossen auf Nase und Wangen. Sieben Jahre alt und groß für sein Alter. Zuletzt war er gesehen worden, als er auf eine wuchernde Baumgruppe am Rand des Downton-Parks zuging, etwa drei Meilen von der Stelle entfernt, an der Merrick jetzt stand. Es war gegen sieben Uhr an einem feuchten Frühlingsabend gewesen. Guy hatte seine Mutter gefragt, ob er noch eine halbe Stunde zum Spielen rausgehen dürfe. Er hatte nach Vogelnestern gesucht, die er hingebungsvoll auf einem Plan des schäbigen kleinen Waldstücks eingetragen hatte. Den zerknüllten Plan hatten sie zwei Tage danach am äußersten Rand der Baumgruppe gefunden, zwanzig Meter von der Böschung des nicht mehr befahrenen Kanals entfernt, der früher einmal vom Schienenkopf zu den schon lange stillgelegten Wollfabriken führte. Das war das letzte Mal gewesen, dass irgendjemand etwas sah, das irgendwie mit Guy Lefevre zu tun hatte.

Und jetzt schien wieder ein Junge wie vom Erdboden verschluckt. Merrick seufzte und setzte das Fernrohr ab. Sie hatten warten müssen, bis es hell wurde, um ihre Suche fortzusetzen. Alle hatten sich an die schwache Hoffnung geklammert, Tim sei etwas zugestoßen und er liege irgendwo verletzt und könne sich nicht bemerkbar machen. Diese Hoffnung war nun zerstört. Die frustrierende Einsicht, dass sie keinerlei Anhaltspunkte hatten, quälte ihn. Es war an der Zeit, die üblichen Tatverdächtigen durchzugehen. Merrick wusste aus Erfahrung, wie unwahrscheinlich es war, damit etwas zu erreichen, aber er wollte alle Möglichkeiten ausschöpfen.

Er zog sein Mobiltelefon heraus und rief seinen Sergeant Kevin Matthews an. »Kev? Hier ist Don. Geh schon mal die Kinderschänder durch.«

»Also keine Spur?«

»Überhaupt nichts. Ich hab sogar eine halbe Meile des Tunnels durchsuchen lassen. Ohne Erfolg. Es ist Zeit, mal ein paar Leute zu ärgern.«

»In welchem Umkreis suchen wir?«

Merrick stieß erneut einen Seufzer aus. Das Einzugsgebiet der Polizei von Bradfield erstreckte sich über vierundvierzig Quadratmeilen, wo sie für den Schutz von etwa 900 000 Menschen verantwortlich war. Nach den neuesten offiziellen Schätzungen, die er gelesen hatte, war danach in ihrem Zuständigkeitsbereich mit etwa 3000 aktiven Pädophilen zu rechnen, von denen nicht einmal zehn Prozent als Sexualverbrecher geführt wurden. Das war eher noch weniger als die Spitze des Eisbergs. Aber es war alles, woran sie sich halten konnten. »Fangen wir mal mit einem Zwei-Meilen-Radius an«, sagte er. »Sie operieren ja gern in dem Bereich, in dem sie sich sicher fühlen, nicht wahr?« Aber schon als er dies sagte, war sich Merrick schmerzlich der Tatsache bewusst, dass heutzutage, wo es so viele Pendler gab, die lange Strecken zum Arbeitsplatz zurücklegten, und wo so viele Menschen durch ihre Arbeit weit herumkamen und das Einkaufen am Wohnort zunehmend der Vergangenheit angehörte, für die meisten Menschen der vertraute Wohnbereich viel ausgedehnter war als bei der Generation ihrer Eltern. »Irgendwo müssen wir ja anfangen«, fügte er hinzu, und es war ihm anzuhören, wie pessimistisch er war.
Er legte auf, hob gegen die Helligkeit die Hand vor die Augen und starrte auf das unschuldige Bild des im Sonnenlicht leuchtenden Grases und der Bäume dort unten. Das Licht erleichterte die Suche, das stimmte schon. Aber irgendwie schien ihm das Wetter unangebracht, fast wie eine Beleidigung gegenüber dem Schmerz der Goldings. Seit seiner Beförderung war dies für Merrick der erste große Fall, aber jetzt schon fürchtete er, dass er zu keinem Ergebnis kommen werde, über das sich irgendjemand freuen konnte. Er selbst am wenigsten.

Mit einem Aktenstapel auf einem Arm und der Aktentasche in der anderen Hand stieß Dr. Tony Hill die Tür zu seinem Büro in der Universität auf. Vor seinem Seminar hatte er noch Zeit, die Post zu holen und sich um die Dinge zu kümmern, die keinen Aufschub duldeten. Als die Sekretärin des Psychologischen Instituts die Bürotür zufallen hörte, kam sie aus ihrem Zimmer. »Dr. Hill«, sagte sie in einem Ton alberner Selbstzufriedenheit.

»Morgen, Mrs. Stirrat«, murmelte Tony und stellte Akten und Tasche unsanft auf den Boden, während er die Post aus seinem Fach nahm. Wie passend der Name dieser Frau doch war, dachte er und fragte sich, ob sie ihren Mann deshalb geheiratet hatte.

»Der Institutsdirektor ist unzufrieden mit Ihnen«, sagte sie und verschränkte die Arme vor ihrem üppigen Busen.

»Aha? Warum das?«, fragte Tony.

»Die Cocktailparty für SJP gestern Abend – Sie hätten da sein sollen.«

Mit dem Rücken zu ihr verdrehte Tony die Augen. »Ich war in meine Arbeit vertieft und habe kaum bemerkt, wie die Zeit verging.«

»Es geht ja um eine wichtige Quelle von Mitteln für unser Projekt zur Verhaltensforschung«, schalt ihn Mrs. Stirrat. »Die Gäste hätten Sie gerne kennengelernt.«

Tony griff nach dem ungeordneten Stapel Postsendungen und stopfte ihn ins vordere Fach seiner Aktentasche. »Sicher haben sie sich auch ohne mich prächtig amüsiert«, sagte er, hob seinen Aktenstoß hoch und ging rückwärts auf die Tür zu.

»Der Institutsdirektor erwartet, dass sich alle Mitglieder des Lehrkörpers für das Beschaffen von Geldmitteln einsetzen, Dr. Hill. Es ist doch nicht zu viel verlangt, dass Sie einmal zwei Stunden Ihrer Zeit dafür ...«

»Um die lüsterne Neugier der Manager eines Pharmakonzerns zu befriedigen?«, schnauzte Tony. »Ehrlich gesagt, Mrs. Stirrat, ich würde lieber meine Haare in Brand stecken und das Feuer mit einem Hammer löschen.« Mit dem Ellbogen gelang es ihm, den Türgriff herunterzudrücken und in

den Korridor zu entkommen, ohne auf die beleidigte Miene zu warten, die, wie er genau wusste, jetzt auf ihrem Gesicht erschienen war.
Vorübergehend konnte er sich im ruhigen Hafen seines neuen Büros sicher fühlen und warf sich auf den Stuhl vor seinem Computer. Was machte er hier überhaupt, verdammt noch mal? Er hatte seine Unzufriedenheit mit dem akademischen Betrieb lange genug verdrängt, um die Stelle als Dozent an der Uni von St. Andrews anzunehmen, aber seit seinem kurzen, traumatischen Ausflug in die praktische Arbeit in Deutschland hatte er nicht mehr zur Ruhe kommen können. Auch die immer klarer werdende Einsicht, dass er diese Position an der Universität hauptsächlich bekommen hatte, weil sich sein Name im Vorlesungsverzeichnis gut ausnahm, war nicht gerade hilfreich. Viele Studenten schrieben sich ein, weil sie den Mann kennenlernen wollten, der einige der bekanntesten Serienmörder des Landes überführt hatte. Und Sponsoren waren auf den voyeuristischen Kitzel seiner Jagdgeschichten aus, die sie ihm auf Umwegen zu entlocken versuchten. Wenn er auch in seiner Zeit an der Universität nicht viel gelernt hatte, so doch wenigstens eins, nämlich dass er kein Talent für Auftritte vor einem Publikum besaß. Über welche anderen Gaben er auch verfügen mochte, Diplomatie ohne tieferen Sinn hatte nie dazugehört.
Die Begegnung mit Janine Stirrat von heute früh gab ihm das Gefühl, jetzt sei das Fass am Überlaufen. Tony zog die Tastatur zu sich heran und fing an, einen Brief aufzusetzen.
Drei Stunden später rang er nach Luft. Jetzt zahlte er den Preis dafür, dass er den Aufstieg zu schnell gemacht hatte. Als er in die Hocke ging, spürte er das struppige Gras unter seinen Füßen und fand es trocken genug, um sich hinzusetzen. Er ließ sich auf den Boden sinken und lag so lange mit ausgestreckten Armen und Beinen da, bis das Klopfen in sei-

ner Brust nachließ. Dann setzte er sich auf und genoss die Aussicht. Vom Gipfel des Largo Law aus sah er unten den Meeresarm des Firth of Forth im späten Licht der Frühjahrssonne glitzern. Gegenüber konnte er bis zum Berwick Law sehen, dem Gegenstück zu seinem eigenen Standort aus prähistorischer Zeit, von dessen Vulkanspitze ihn jetzt eine meilenweite, petrolgrüne Wasserfläche trennte. Er blickte sich nach den anderen Orientierungspunkten um: Bass Rock, ein stumpfer, dicker Daumen, May Island, die wie ein in der Sonne liegender Buckelwal dalag, und als undeutlicher Schatten weit in der Ferne Edinburgh. In dieser Gegend von Fife gab es einen Spruch: »Wenn man May Island sieht, wird es bald regnen. Wenn man May Island nicht sieht, dann regnet es schon.« Heute sah es nicht nach Regen aus. Nur hier und da unterbrachen leichte Wolkenschleier die Bläue wie zarte luftige Teigstücke, die man aus einem Frühstücksbrötchen herausgerissen hat. Dies alles würde ihm fehlen, wenn er weiterzog.

Aber die schöne Aussicht war schließlich kein Grund, sein eigentliches Talent zu vernachlässigen. Für den akademischen Betrieb war er nicht geboren. In erster Linie war er klinischer Psychologe und dann Profiler. Ende des Semesters wurde seine Kündigung wirksam, es blieben ihm also noch zwei Monate, in denen er überlegen konnte, was er dann machen wollte.

An Angeboten fehlte es ihm nicht. Obwohl er sich mit seinen früheren Unternehmungen nicht immer lieb Kind beim Innenministerium gemacht hatte, war es ihm dank des Falls, den er kürzlich in Deutschland und Holland bearbeitet hatte, gelungen, die britische Bürokratie einfach zu übergehen. Jetzt wollten ihn die Deutschen, Niederländer und Österreicher als Berater haben. Nicht nur für Serienmorde, sondern auch für andere Delikte, für die internationale Grenzen so gut wie gar nicht zu existieren schienen. Es war ein verlockendes Angebot, das ihm zumindest ein

Einkommen garantieren würde, von dem er leben konnte. Und es würde ihm die Möglichkeit bieten, zur klinischen Praxis zurückzukehren, auch wenn es nur eine Teilzeitstelle wäre.
Außerdem musste er bei seinen Plänen Carol Jordan berücksichtigen. Wie immer, wenn er an sie dachte, scheute er vor einer direkten Konfrontation zurück. Irgendwie musste er eine Möglichkeit finden, das wieder gutzumachen, was mit ihr geschehen war, ohne dass sie die Absicht erkannte, die dahinterstand.
Und bis jetzt hatte er keine Ahnung, wie er das erreichen könnte.

Tag zwei, und immer noch keine Spur von Tim Golding. Schweren Herzens gestand sich Merrick ein, dass sie bereits kein lebendes Kind mehr suchten. Morgens hatte er Alastair und Shelley Golding besucht, und der Hoffnungsschimmer in ihren Augen, als er ihr schmuckes viktorianisches Reihenhaus betrat, traf ihn ins Herz. Sobald sie begriffen, dass er ihnen nichts zu sagen hatte, wurde ihr Blick stumpf. Die Angst hatte sie ausgehöhlt, bis in ihrem Inneren nichts mehr als eine karge Hoffnung blieb.
Als Merrick das Haus verließ, fühlte er sich trostlos und leer. Er warf einen Blick die Straße entlang und dachte, welche Ironie darin lag, dass Tim Golding sozusagen der Verschönerung des heruntergekommenen Wohnviertels zum Opfer gefallen war. Harriestown, wo die Goldings wohnten, war früher ein Arbeiterviertel gewesen. Dann fingen junge, unternehmungslustige Paare auf der Suche nach erschwinglichem Wohnraum an, die verfallenden Häuser aufzukaufen und zu renovieren, und schufen so einen schicken neuen Vorort. Allerdings ging dabei das Gemeinschaftsgefühl verloren. Die leidenschaftlichen Anhänger von *Tapetenwechsel* und *Wohnen nach Wunsch* interessierten sich nur für ihr eigenes Leben, nicht für das ihrer Nachbarn. Noch vor zehn

Jahre hätte Tim Golding die meisten Leute, die in seiner Straße wohnten, gekannt und sie ihn. An einem solchen Sommerabend wären alle Leute im Freien gewesen, unterwegs zu ihren Schrebergärten oder auf dem Rückweg vom Pub, hätten vor den Türen gestanden und sich unterhalten, während sie die letzten Sonnenstrahlen genossen. Schon allein ihre Gegenwart hätte den Jungen geschützt. Und sie hätten einen Fremden bemerkt und sich erinnert, wann er vorbeigekommen war, und darauf geachtet, wohin er ging. Aber heutzutage waren alle Einwohner von Harriestown, die nicht gerade in ihren eleganten Designerküchen exotische Gerichte eines Fernsehkochs nachkochten, damit beschäftigt, in ihren durch hohe Mauern von den Nachbarn getrennten Gärten hinter dem Haus südländische Innenhöfe anzulegen oder griechische Tonkrüge für ihre frischen Kräuter aufzustellen. Merrick hatte missmutig auf die geschlossenen Türen und Fenster in der Straße geblickt und sich nach einfacheren Zeiten zurückgesehnt. Dann war er unruhig und erschöpft zum Einsatzzentrum zurückgekehrt.

Seine Ermittlergruppe hatte die Nacht durchgearbeitet und die in ihrem Revier als pädophil bekannten Personen befragt. Kein einziger Hinweis hatte sich ergeben, der die Ermittlungen hätte voranbringen können. Zwei Personen hatten angerufen und berichtet, sie hätten ungefähr um die Zeit, als Tim verschwand, einen weißen Transporter gesehen, der langsam durch die schmalen Straßen fuhr. Durch Zufall hatte einer den größten Teil der Autonummer im Gedächtnis behalten, sodass es sich lohnte, sie mit der zentralen Datenbank der Polizei abzugleichen. Sie hatten in der näheren Umgebung ein halbes Dutzend infrage kommende Fahrzeuge ausgemacht, was im Einsatzzentrum neue Energie aufkommen ließ.

Aber diese Spur hatte sich innerhalb weniger Stunden in nichts aufgelöst. Der dritte Transporter auf der Liste gehörte einer Firma, die ihr Biogemüse direkt an Haushalte lieferte. Der Fahrer war so langsam gefahren, weil die Tour neu für ihn war und er die Straßen dieser Gegend nicht kannte. Das allein hätte nicht ausgereicht, ihn unverdächtig zu machen. Doch er hatte seine fünfzehnjährige Tochter dabei, die ihm half, um ihr Taschengeld aufzubessern.

Also wieder von vorne anfangen. Merrick steckte die Hände in die Hosentaschen und starrte das Schwarze Brett im Einsatzzentrum an. Was da hing, war dürftig. Normalerweise kamen in diesem Stadium der Suche nach einem verschwundenen Kind eine Menge Informationen herein. Im Fall Guy Lefevre war es jedenfalls so gewesen, obwohl sich langfristig alles als vergeblich erwiesen hatte. Aber aus irgendeinem Grund blieb es diesmal bei einem kümmerlichen Tröpfeln. Natürlich gab es Leute, die nur ihre Zeit verschwendeten und zum Beispiel anriefen und sagten, sie hätten Tim im Eurostar-Zug mit einer asiatisch aussehenden Frau, in einem McDonald's in Taunton mit einem grauhaarigen Mann oder in Inverness beim Einkaufen von Computerspielen gesehen. Merrick wusste, dass diese Behauptungen, Tim gesehen zu haben, nichts brachten. Wer immer Tim mitgenommen hatte, würde nicht auf offener Straße herumlaufen, wo jeder ihn sehen konnte.

Merrick seufzte. Die Bilder in seinem Kopf zeigten keinen kleinen Jungen, der mit seinen Freunden spielte. Was er sah, wenn er die Augen schloss, war ein flaches Grab in einem Waldstück. Das Aufleuchten eines gelben Fußballhemds im hohen Gras am Ackerrand. Wirr übereinander liegende Gliedmaßen in einem Entwässerungsgraben. O Gott, wie hilflos er dieser Aufgabe gegenüberstand.

Er zerbrach sich den Kopf über eine andere Ermittlungsstrategie und überlegte, ob und wie seine früheren Chefs die Lage angegangen wären. Popeye Cross wäre bestimmt überzeugt gewesen, dass der Entführer schon aktenkundig war. Er hätte die Kinderschänder entschlossen in die Mangel genommen, um von irgendjemandem ein Geständnis zu bekommen. Merrick war sicher, dass dies schon abgedeckt war, obwohl sein Team sich hüten würde, die Art von Druck auszuüben, für die Popeye bekannt gewesen war. Heutzutage ging man ein Risiko ein, wenn man jemanden zu sehr unter Druck setzte. Die Gerichte duldeten es nicht, dass Polizisten schutzlose Verdächtige drangsalierten.

Er dachte an Carol Jordan und griff nach seinen Zigaretten. Sie hätte bestimmt einen außergewöhnlichen Ansatzpunkt gefunden, das bezweifelte er nicht. Ihre Gedanken verliefen in Bahnen, die er nie hatte begreifen können. Sein Gehirn war einfach anders strukturiert als ihres, und er wäre in einer Million Jahren niemals auf eine ihrer einfallsreichen Betrachtungsweisen gekommen. Aber etwas gab es, das Carol getan hätte und das auch er in die Wege leiten konnte.

Merrick atmete tief durch und nahm den Hörer auf. »Ist der Chef da?«, fragte er die Frau, die abnahm. »Ich hätte gern mit ihm über Tony Hill gesprochen.«

John Brandon stieg die Treppe der Barbican Station hinauf. Die schmutzigen gelben Backsteine sahen aus, als schwitzten sie, und sogar der Beton, auf dem er ging, schien heiß und klebrig. Die Luft war stickig und von diversen Ausdünstungen der Menschen erfüllt. Es war nicht gerade die beste Vorbereitung auf ein Gespräch, von dem er befürchtete, dass es schwierig sein würde.

Wie sehr er auch versucht hatte, sich auf das Treffen mit Carol Jordan vorzubereiten, war er trotzdem sicher, dass er im Grunde keine Ahnung hatte, was er vorfinden würde. Sicher wusste er nur zwei Dinge: Er hatte keine Vorstellung davon, wie es ihr in Bezug auf das ging, was ihr geschehen war. Und er wusste, dass Arbeit ihre Rettung sein konnte.

Als er von der missglückten verdeckten Aktion gehört hatte, die mit einem tätlichen Angriff auf Carol geendet hatte, war er entsetzt gewesen. Sein Informant hatte die Bedeutung des mit dieser Operation Erreichten hervorzuheben versucht, als wäre alles, was ihr angetan wurde, damit aufgewogen. Aber Brandon hatte seine Erklärung ungeduldig unterbrochen. Er wusste schließlich Bescheid über die Anforderungen, die Führungskräften abverlangt werden konnten. Er hatte sein Erwachsenenleben dem Polizeidienst gewidmet, hatte sein Karriereziel erreichen und dabei die meisten seiner Prinzipien beibehalten können. Eine seiner Regeln war, dass man einen Polizeibeamten niemals einem unnötigen Risiko aussetzen durfte. Natürlich war Gefahr ein Teil der Arbeit, besonders heutzutage, wo Schusswaffen für manche sozialen Gruppen genau so ein modisches Accessoire waren wie iPods für andere. Aber es gab akzeptable Risiken und solche, die man nicht eingehen durfte. Und aus Brandons Sicht hatte man Carol Jordan in eine Lage gebracht, in der sie einem unannehmbaren, unzumutbaren Risiko ausgesetzt gewesen war. Er glaubte einfach nicht an einen Zweck, der solche Mittel hätte heiligen können.

Aber es brachte nichts, sich darüber aufzuregen, was geschehen war. Die Verantwortlichen waren selbst für einen Polizeipräsidenten zu gut geschützt, als dass er ihnen etwas hätte anhaben können. Das Einzige, was John Brandon jetzt für Carol tun konnte, war, ihr einen Rettungsanker zuzuwerfen, mit dem sie den Weg zurück in ihren geliebten Beruf finden konnte. Sie war wahrscheinlich die beste Kripobeamtin gewesen, die er jemals unter sich gehabt hatte, und sein Instinkt sagte ihm, dass sie unbedingt wieder eingesetzt werden sollte.

Er hatte es mit seiner Frau Maggie besprochen und ihr seine Pläne erklärt. »Was meinst du?«, hatte er gefragt. »Du kennst ja Carol. Meinst du, sie würde das übernehmen wollen?«

Maggie runzelte die Stirn und rührte nachdenklich in ihrem Kaffee. »Du solltest nicht mich fragen, sondern Tony Hill. Schließlich ist er der Psychologe.«

Brandon schüttelte den Kopf. »Tony würde ich zuallerletzt

fragen, wenn es um Carol geht. Außerdem ist er ein Mann, er versteht die Auswirkungen von Vergewaltigung nicht so wie eine Frau.«
Maggies Mundwinkel zuckten leicht, sie stimmte ihm zu. »Die Carol Jordan von früher hätte sich darauf gestürzt. Aber es ist schwer, sich vorzustellen, wie sich die Vergewaltigung auf sie ausgewirkt hat. Manche Frauen macht es völlig kaputt. Bei manchen wird es zum bestimmenden Augenblick ihres Lebens. Andere verdrängen es und tun so, als sei nichts geschehen. Die Erinnerung bleibt im Hintergrund wie eine tickende Zeitbombe, die jeden Moment ihr Leben zerstören kann. Und manche finden eine Möglichkeit, damit fertig zu werden und sich einen neuen Weg zu suchen. Wenn ich raten sollte, würde ich sagen, Carol wird die Sache entweder verdrängen oder sich durchkämpfen. Wenn sie es verdrängt, wird sie vermutlich mit fliegenden Fahnen zu intensiver Arbeit zurückkehren, um sich selbst und allen anderen zu beweisen, dass sie es geschafft hat. Sollte sie das allerdings versuchen, wird sie ein Risiko sein, und das kannst du für diese Aufgabe nicht brauchen. Aber ...«, zögerte sie, »wenn sie sich durchkämpfen will, dann kannst du sie vielleicht überreden.«
»Meinst du, sie kann diese Aufgabe bewältigen?« Brandon blickte besorgt.
»Es ist genauso wie das, was immer über Politiker gesagt wird, oder? Gerade die Leute, die sich nach einer Aufgabe drängen, sind die Letzten, die sie erledigen sollten. Ich weiß nicht, John. Du wirst das entscheiden müssen, wenn sie vor dir steht.«
Kein tröstlicher Gedanke. Aber danach hatte er aus einer überraschenden Richtung Unterstützung bekommen. Am Nachmittag des Vortages hatte DI Merrick ihn in seinem Büro aufgesucht, weil er Tony Hill als Profiler für den Fall des vermissten Tim Golding engagieren und Brandon um sein Einverständnis bitten wollte. Als sie über den Fall spra-

chen, hatte Merrick fast wehmütig gesagt: »Ich werde das Gefühl nicht los, dass wir besser dran wären, wenn DCI Jordan noch in unserem Team wäre.«

Brandon zog die Augenbrauen hoch. »Ich hoffe, dass Sie nicht gerade eine Phase der Selbstzweifel durchmachen, Inspector«, sagte er.

Merrick schüttelte den Kopf. »Nein, Sir. Ich weiß, dass wir alles tun, was wir können. Aber DCI Jordan sieht die Dinge aus einer anderen Perspektive als alle anderen Kollegen, mit denen ich je gearbeitet habe. Und in solchen Fällen ... na ja, manchmal hat man den Eindruck, es sei nicht genug, einfach nur gewissenhaft sämtliche Möglichkeiten abzudecken.«

Brandon wusste, dass Merrick recht hatte. Umso mehr müsste er alles in seiner Macht Stehende tun, um Carol Jordan wieder in den Ring zurückzuholen. Er straffte die Schultern und ging auf das Betonlabyrinth zu, in dessen Mittelpunkt Carol Jordan ihn erwartete.

John Brandon war erschüttert von der Veränderung, die er an Carol Jordan wahrnahm. Die Frau, die an der Tür wartete, als er aus dem Fahrstuhl herauskam, hatte keinerlei Ähnlichkeit mit dem Bild, das er von ihr im Gedächtnis trug. Er hätte auf der Straße leicht an ihr vorbeigehen können, ohne sie zu erkennen. Ihre Frisur war total anders, an den Seiten ganz kurz geschnitten mit einem dichten, zur Seite gekämmten Pony, der ihre Gesichtsform veränderte. Aber die Veränderung zeigte sich noch entschiedener im Ausdruck: Alles Weiche schien aus ihrem Gesicht gewichen und durch neue Flächen und Mulden ersetzt. An die Stelle der früheren intelligenten Wachheit ihrer Augen war eine mit Argwohn gepaarte Ausdruckslosigkeit getreten. Sie strahlte Anspannung statt des gewohnten Selbstbewusstseins aus. Obwohl es ein warmer Frühsommertag war, trug sie einen formlosen Pullover mit Rollkragen und eine weite Hose statt der

knapp geschnittenen Kostüme, in denen Brandon sie früher immer gesehen hatte.
Er blieb einen halben Meter vor ihr stehen. »Carol«, sagte er. »Schön, Sie zu sehen.«
Kein entgegenkommendes Lächeln, nur ein schwaches Zucken der Mundwinkel. »Kommen Sie herein, Sir«, sagte sie und trat zurück, um ihm den Vortritt zu lassen.
»Nur keine Formalitäten«, sagte Brandon und achtete darauf, dass er so viel Abstand wie möglich hielt, als er die Wohnung betrat. »Ich bin ja schon eine ganze Weile nicht mehr Ihr Chef.«
Carol entgegnete nichts und führte ihn zu zwei Sofas, die im rechten Winkel zueinander standen und den Blick durch die deckenhohen Fenster auf die alte Kirche mitten in dem Gebäudekomplex des Barbican freigaben.
Sie wartete, bis er Platz genommen hatte, und fragte dann: »Kaffee oder Tee?«
»Lieber etwas Kaltes. Es ist so warm draußen«, sagte Brandon und knöpfte die Jacke seines anthrazitgrauen Anzugs auf. Als ihm ihr plötzliches Schweigen bewusst wurde, hielt er beim dritten Knopf inne und räusperte sich.
»Sprudel oder Orangensaft?«
»Wasser geht in Ordnung.«
Carol brachte zwei Gläser Mineralwasser, stellte Brandon eins hin und zog sich dann mit ihrem so weit wie möglich von ihm zurück.
»Wie geht es Ihnen?«, fragte Brandon.
Carol zuckte die Schulter. »Schon etwas besser.«
»Ich war schockiert, als ich hörte, was passiert ist. Und auch erschüttert. Maggie und ich … na ja, ich weiß, wie ich mich fühlen würde, wenn sie oder meine Töchter … Carol, ich kann mir gar nicht vorstellen, wie man mit so etwas fertig wird.«
»Es gibt nichts, was dem gleichkommt«, sagte Carol schroff und sah ihm in die Augen. »Ich bin vergewaltigt worden, John. Keine Verletzung kommt dem gleich außer dem Tod,

von dem noch niemand zurückgekehrt ist, um davon zu berichten.«
Brandon ließ diesen Verweis standhaft über sich ergehen. »Es hätte niemals passieren dürfen.«
Carol tat einen tiefen Atemzug. »Ich habe auch Fehler gemacht, das stimmt schon. Aber der Hauptschaden ist durch diejenigen entstanden, die die Operation leiteten und mich niemals davon unterrichtet haben, was wirklich los war. Leider haben nicht alle so viele Skrupel wie Sie.« Sie wandte sich ab und schlug ungeduldig die Beine übereinander. »Sie sagten, Sie wollten etwas mit mir besprechen«, fuhr sie fort und wechselte damit endgültig das Thema.
»Das stimmt. Ich weiß nicht, ob Sie über die Veränderungen bei den Polizeikräften im Norden auf dem Laufenden sind.«
Carol schüttelte den Kopf. »Ich hab mich nicht darum gekümmert.«
»Warum sollten Sie auch«, sagte er freundlich. »Aber das Innenministerium hat in seiner Weisheit beschlossen, Ost-Yorkshire sei ein zu kleines Gebiet, und deshalb soll die Polizei dort mit einer anderen Dienststelle zusammengelegt werden. Und da ich die kleinere der beiden Stellen leite, die nun zusammengelegt werden, habe ich meine Position aufgeben müssen.«
Carol schien jetzt etwas angeregter zuzuhören. »Das tut mir leid, John. Sie waren ein guter Polizeipräsident.«
»Danke. Und ich hoffe, das auch in Zukunft zu sein. Ich bin jetzt wieder in meinem alten Revier.«
»In Bradfield?«
Brandon bemerkte, dass Carol sich leicht entspannte. Er glaubte, die äußere harte Schale durchstoßen zu haben. »Ganz recht. Man hat mir die Leitung der Polizei von Bradfield angeboten.« Auf seinem kummervollen Gesicht erschien ein Lächeln. »Und ich habe Ja gesagt.«
»Das freut mich sehr für Sie, John.« Carol trank von ihrem Wasser. »Sie werden dort gute Arbeit leisten.«

Brandon schüttelte den Kopf. »Ich bin nicht hergekommen, weil ich auf Komplimente aus bin, Carol. Ich bin gekommen, weil ich Sie brauche.«
Carol wandte den Blick von ihm ab auf die graue, geäderte Steinwand der Kirche. »Das glaube ich nicht, John.«
»Hören Sie mir doch zu, bis ich fertig bin. Ich verlange ja nicht, dass Sie bei der Kripo am Schreibtisch sitzen. Ich möchte, dass Sie in Bradfield etwas anderes tun. Ich will eine Organisation für Schwerverbrechen aufziehen wie die, die es bei der Londoner Polizei gibt. Zwei erstklassige Einsatzkommandos in ständiger Bereitschaft, um die übelsten Täter zu fassen. Sie kommen nur in schweren Fällen gegen die richtig bösen Typen zum Einsatz. Und wenn es da mal nicht so viel zu tun gibt, kann die Gruppe alte ungelöste Fälle wieder aufnehmen und bearbeiten.«
Sie wandte sich ihm mit einem aufmerksamen, nachdenklichen Blick zu. »Und Sie glauben, Sie brauchen mich dafür?«
»Ich möchte, dass Sie die Einheit leiten und ein Einsatzkommando direkt zur Verfügung haben. Solche Dinge können Sie doch am besten, Carol. Die Kombination von Klugheit, Instinkt und guter, gediegener Polizeiarbeit.«
Sie rieb sich mit der vom Wasserglas gekühlten Hand den Nacken. »Früher vielleicht«, sagte sie. »Ich glaube nicht, dass ich noch dieselbe bin.«
Brandon schüttelte den Kopf. »So etwas verlernt man nicht. Sie sind die beste Polizeibeamtin, die je für mich gearbeitet hat, selbst wenn es Gelegenheiten gab, bei denen Sie die erlaubten Grenzen fast überschritten haben. Aber immer wenn Sie so weit gingen, hatten Sie recht. Und diese Art von Können und Mut brauche ich bei meinen Leuten.«
Carol starrte auf den leuchtend bunten Gabbeh-Teppich hinunter, als sei dort die Antwort zu finden. »Das glaube ich nicht, John. Ich schleppe dieser Tage einfach zu vieles mit mir herum.«

»Sie wären mir direkt unterstellt, und wir hätten keine pingeligen Bürokraten zwischen uns. Sie würden mit einigen Ihrer alten Kollegen zusammenarbeiten, Carol, die wissen, wer Sie sind und was Sie erreicht haben. Nicht mit Leuten, die sich aufgrund von Gerüchten und Halbwahrheiten ein vorschnelles Bild von Ihnen machen. Sondern mit solchen wie Don Merrick und Kevin Matthews. Männern, die Ihnen Respekt entgegenbringen.« Unausgesprochen blieb dabei, was beiden bewusst war: dass man sie sonst an keiner anderen Stelle auf diese Art und Weise anerkennen würde.

»Das ist ein großzügiges Angebot, John.« Carol hielt seinem Blick stand, aber in ihren Augen lag eine große Müdigkeit. »Allerdings glaube ich, Sie hätten es verdient, weniger Schwierigkeiten zu bekommen, als meine Anstellung Ihnen bescheren würde.«

»Das lassen Sie mal meine Sorge sein«, sagte Brandon, der jetzt statt schonender Rücksichtnahme die ihm eigene Autorität hervorkehrte. »Carol, die Arbeit hatte für Sie schon immer einen hohen Stellenwert. Ich kann verstehen, weshalb Sie nicht in den Nachrichtendienst zurückwollen, an Ihrer Stelle würden mich auch keine zehn Pferde mehr in die Nähe dieser Kerle kriegen. Aber die Polizeiarbeit liegt Ihnen doch im Blut. Verzeihen Sie, wenn ich anmaßend klinge, aber ich glaube nicht, dass Sie über diese Sache hinwegkommen werden, ehe Sie wieder fest im Sattel sitzen.«

Carols Augen weiteten sich. Brandon fragte sich, ob er zu weit gegangen war, und erwartete eine scharfe, ironische Antwort, die er diesmal ohne Rücksicht auf seinen Dienstgrad verdient gehabt hätte.

»Haben Sie mit Tony Hill gesprochen?«, fragte sie.

Brandon gelang es nicht, seine Überraschung zu verbergen. »Tony? Nein, ich habe ihn nicht mehr gesprochen seit … ach, es muss über ein Jahr her sein. Warum fragen Sie?«

»Er ist der gleichen Meinung«, antwortete sie knapp. »Ich dachte, vielleicht hättet ihr euch verbündet.«

»Nein, ich bin selbst auf die Idee gekommen. Aber Sie wissen, Tony ist kein schlechter Ratgeber.«
»Ja, schon. Aber keiner von Ihnen kann sich vorstellen, was es dieser Tage für mich heißt, ich selbst zu sein. Ich bin nicht sicher, ob die alten Regeln noch gelten. John, ich kann in dieser Sache jetzt keine Entscheidung treffen. Ich muss darüber nachdenken.«
Brandon trank sein Glas aus. »Lassen Sie sich Zeit.« Er stand auf. »Rufen Sie mich an, wenn Sie über Einzelheiten sprechen möchten.« Er zog eine Karte aus seiner Tasche und legte sie auf den Tisch. Sie sah sie an, als könne sie plötzlich in Flammen aufgehen. »Lassen Sie mich Ihre Entscheidung wissen.«
Carol nickte matt. »Ja. Aber bauen Sie bei Ihrer Planung noch nicht allzu fest auf mich, John.«

Im Bradfield Moor Secure Hospital gibt es keine Stille. Oder jedenfalls nicht da, wo sie dich je hätten hingehen lassen. Nach all den Filmen und Fernsehshows, die man so sieht, sollte man meinen, dass es irgendwo Gummizellen gibt, in die kein Laut dringt, aber man müsste wahrscheinlich total durchknallen, um dort zu landen. Schreien, Schaum vor dem Mund kriegen, jemand vom Personal niederschlagen oder so was. Wenn der Gedanke, an einem stillen Ort zu sein, auch verlockend ist, würde es sich auf deine Entlassungschancen nicht gerade günstig auswirken, eine richtige Irrenattacke abzuziehen, nur um genug Ruhe zu finden, dass du die Stimme richtig hören kannst.
Als du damals in Bradfield Moor angekommen bist, hast du zu schlafen versucht, sobald das Klicken im Schloss dir sagte, dass man dich für die Nacht eingeschlossen hatte. Aber du konntest immer noch gedämpfte Unterhaltungen hören, gelegentlich Schreie und Schluchzen, Füße, die die Korridore entlangtappten. Du hast dir das dünne Kissen über den Kopf

gezogen und versucht, alles auszublenden. Aber oft hat es nicht funktioniert. Die anonymen Geräusche haben dir Angst gemacht und dich fürchten lassen, deine Tür könnte plötzlich aufgehen und du könntest welchem Teufel auch immer begegnen. Statt zu schlafen, wurdest du nervös und reizbar. Der Morgen kam, und jedes Mal warst du erschöpft, mit wunden, brennenden Augen und zittrigen Händen wie bei einem völlig fertigen Säufer. Das Schlimmste war in dieser Zeit, dass du dich nicht auf die Stimme einstellen konntest. Du warst zu erregt, eine Methode zu finden, die dir über die Hintergrundgeräusche hinweghalf.

Es dauerte einige Wochen, etliche höllische, grausige Wochen, aber allmählich kapierte dein langsames Hirn, dass es sich lohnen könnte, nicht gegen den Strom zu schwimmen. Wenn jetzt das Licht ausgeht, legst du dich auf den Rücken, atmest tief und sagst dir, die Geräusche da draußen sind belangloses Hintergrundgemurmel, auf das man nicht zu achten braucht. Und früher oder später wird es wie das Rauschen im Radio und lässt dich mit der Stimme allein. Lautlos bewegen sich deine Lippen und geben die Botschaft wieder, und schon bist du woanders. An einem guten Ort.

Es ist eine tolle Sache. Du kannst die langsame Steigerung bis zu deinen größten Taten durchspielen. Alles ist da, vor dir ausgebreitet. Wie du ein Opfer auswählst. Wie du mit der Frau sprichst. Wie du ihr an den Ort folgst, den du durch Blut verwandeln wirst. Ihr dämliches Vertrauen, dass Derek der Döskopf ihr schon nichts tun wird. Und der Blick in ihren Augen, wenn du dich umgedreht und sie – mit dem schlimmsten ihrer Albträume in der Hand – angesehen hast. Bei der Wiederholung kommst du nie ganz bis zum Ende. Jedes Mal passiert es bei diesem Blick. Du erlebst den Moment, wenn ihnen alles klar wird, wenn die schreckliche Angst sie milchweiß werden lässt und deine Hand sich fester an deinen Schwanz presst. Dein Rücken wölbt sich, deine Hüften schnellen nach vorn, deine Lippen entblößen die

Zähne, wenn du kommst. Und dann hörst du die Stimme, triumphierend und klangvoll, die dich für die Rolle lobt, die du bei dieser Läuterung gespielt hast.
Das ist der beste Augenblick in deiner engen kleinen Welt. Andere Leute mögen das anders sehen, aber du weißt, was für ein Glück du hast. Du musst jetzt einfach nur hier raus, zurück zu der Stimme. Nichts sonst kann dir das ersetzen.

Zweiter Teil

Zehn Wochen später

Er kann sich nicht an das erste Mal erinnern, als er die Stimme hörte. Inzwischen schämt er sich, dass er sie nicht gleich erkannt hat. Wenn er jetzt darüber nachdenkt, findet er es kaum zu glauben, dass er so lange gebraucht hat, um zu verstehen. Weil sie so anders war als die anderen Stimmen, die er jeden Tag hörte. Sie machte keine höhnischen Bemerkungen. Sie verlor nicht die Geduld mit ihm, weil er so langsam war. Sie behandelte ihn nicht wie ein dummes Kind. Die Stimme zollte ihm Respekt. Er hatte das noch nie erlebt, wahrscheinlich hatte er deshalb ihre Botschaft so lange nicht verstanden. Er brauchte eine Weile, bis er begriff, was ihm da geboten wurde.

Jetzt kann er sich gar nicht mehr vorstellen, ohne die Stimme zu leben. Es ist wie Schokolade oder Alkohol oder Hasch. Die Welt würde auch ohne sie weitergehen, aber warum sollte man sich das wünschen? Es gibt Zeiten und Orte, da weiß er, dass er sie hören wird: die Nachrichten auf seinem Handy, die Minidiscs, die einfach so in der Tasche seines Parkas auftauchen, und wenn er spätabends allein ist und im Bett liegt. Aber manchmal kommt sie auch völlig unerwartet. Ein leichter Hauch auf seinem Nacken – und da ist sie, die Stimme. Als das zum ersten Mal passierte, hätte er sich fast in die Hose gemacht. Das wäre fast schief gegangen! Aber seit damals hat er viel dazugelernt. Jetzt weiß er draußen in der Öffentlichkeit, wie er reagieren muss, damit niemand ins Grübeln kommt, was mit ihm los sein könnte.

Die Stimme macht ihm auch Geschenke. Na ja, andere Leute haben ihm in der Vergangenheit auch Sachen geschenkt, aber meistens war das wertloses oder schon gebrauchtes Zeug, das sie nicht mehr haben wollten. Die Stimme ist da ganz anders. Sie schenkt ihm Dinge, die nur für ihn sind. Dinge, die noch in Schachteln oder Tüten verpackt sind und gekauft und bezahlt wurden, nicht geklaut. Der Minidiscplayer zum Beispiel. Die Diesel-Jeans. Das Zippo-Feuerzeug mit dem Totenkopf und den gekreuzten Knochen, das sich so gut anfühlt, wenn er mit dem Daumen daran herunterfährt. Die Videos, die ihn auf Gedanken bringen, was er gern mit den Straßenmädchen machen würde, die er jeden Tag sieht.
Als er fragte, warum, sagte die Stimme, weil er würdig sei. Das verstand er nicht. Und eigentlich versteht er es immer noch nicht. Die Stimme sagte, er würde sich die Geschenke verdienen, verriet aber nicht, auf welche Art und Weise, sehr lange nicht. Das war wahrscheinlich seine eigene Schuld. Er schaltet nicht so schnell. Er braucht eine Weile, bis er den Durchblick hat.
Aber er freut sich, wenn er gefallen kann. Er erinnert sich, dass er das als eines der ersten Dinge gelernt hat. Die Leute zum Lächeln bringen, ihnen geben, was sie möchten, und schon hat man eine bessere Chance, nicht geschlagen zu werden. Also hat er gut aufgepasst, als die Stimme anfing, ihn zu unterrichten, weil er wusste, dass sie eher bei ihm bleiben würde, wenn sie zufrieden war. Und er will, dass sie bleibt, weil sie ihn froh macht. Es gibt nicht viele Dinge, die ihn jemals froh gemacht hätten.
Deshalb hört er zu und versucht zu verstehen. Er weiß jetzt Bescheid über das Gift, das die Mädchen auf die Straße tragen. Er weiß, dass selbst die, die nett zu ihm sind, nur darauf aus sind, möglichst viel zu kriegen. Das macht Sinn, denn er erinnert sich, wie oft sie schon versucht haben, sich bei ihm einzuschmeicheln, damit er ihnen mehr gibt, und wie böse sie

werden, wenn er sich daran hält, ihnen für ihre verkrumpelten Geldscheine nur das zu geben, was er ihnen dafür liefern soll. Er weiß, wie diese Schlampen geläutert werden müssen und dass er ein Teil dieser Läuterung sein wird.

Es wird nicht mehr lange dauern. Jeden Abend, wenn er das Licht ausschaltet, flüstert die Stimme ihm in der Stille etwas zu und schildert ihm, wie es sein wird. Zuerst machte es ihm große Angst. Er war nicht sicher, ertragen zu können, dass die Wände mit ihm zu reden schienen. Und er glaubte nicht, dass er das tun könnte, was sie von ihm verlangten. Aber wenn er jetzt in dieser Schattenwelt zwischen Wachen und Schlafen zuhört, glaubt er, es vielleicht doch zu können. Ein Schritt nach dem anderen, so kommt man ans Ziel. Das sagt die Stimme. Und wenn er sich einen Schritt nach dem anderen ansieht, ist es tatsächlich nicht schwer. Außer dem Ende.

Er hat so etwas noch nie getan. Aber er hat sich immer wieder die Videos angesehen. Er weiß, wie gut es ihm tut, dabei zuzugucken. Und die Stimme sagt ihm, es wird eine Million Mal so schön sein, es wirklich selbst zu tun. Und auch das macht Sinn, denn alles, was die Stimme ihm bisher sagte, hat gestimmt. Und jetzt ist die Zeit reif. Heute Nacht.

Er kann es kaum erwarten.

Carol Jordan warf ihre Aktentasche auf den Beifahrersitz und stieg in den silberfarbenen Mittelklassewagen, den sie gerade deshalb ausgewählt hatte, weil er so unauffällig war. Sie steckte den Schlüssel ins Schloss, konnte sich aber nicht überwinden, den Motor anzulassen. Mein Gott, was sollte das werden? Ihre Hände waren feucht, die Muskeln in der Brust vor Beklemmung angespannt. Wie sollte sie bloß in den Einsatzraum treten und ihre Leute motivieren, wenn ihr Mund so trocken war, dass ihr die Zunge an den Zähnen klebte?
Sie starrte hoch zu den kleinen Fenstern oben an den Wänden der Tiefgarage. Füße eilten dort auf dem Weg zur Arbeit vorbei. Glänzende Mokassins, abgetretene Schuhe, zierliche Slipper mit kleinen Absätzen und Pumps. Beine in Anzughosen, Jeans, blickdichten schwarzen Strumpfhosen und hauchdünnen Nylons. Spaziergänger im Herzen der Stadt, die den Morgen spielend bewältigten. Warum konnte sie das nicht auch?
»Nimm dich zusammen, Jordan«, murmelte sie leise, drehte den Schlüssel im Schloss und gab Gas. Schließlich würde sie keinen Raum voll von Fremden betreten. Ihre Gruppe war klein und handverlesen, von ihr und Brandon ausgesucht. Die meisten hatten schon früher mit ihr zusammengearbeitet, und sie wusste, dass sie sie schätzten. Zumindest hatten sie das damals getan. Sie hoffte, dass ihr Respekt noch stark genug war, dass sie der Versuchung, sie zu bemitleiden, widerstehen konnten.
Carol fuhr den Wagen vorsichtig aus der Garage auf die Straße hinaus. Alles war so vertraut und doch ganz anders. Als sie früher in Bradfield gewohnt und gearbeitet hatte, war ihr

Zuhause die Dachwohnung eines umgebauten Lagerhauses gewesen, das einen ganzen Block einnahm, ein hoch über den Dächern gelegener Horst, in dem sie sich als Teil der von ihr überwachten Stadt, aber zugleich auch davon abgetrennt fühlen konnte. Als sie nach London gezogen war, hatte sie die Wohnung an ihren Bruder und dessen Freundin verkauft. Jetzt wohnte sie wieder in diesen vier Wänden, aber wie ein Kuckuck wider Willen in einem Nest, das Michael und Lucy sich eingerichtet hatten. Sie hatten fast alles an der Wohnung verändert, was Carol noch mehr das Gefühl gab, fehl am Platz zu sein. Früher hätte sie das mit einem Achselzucken abgetan, stark und sicher in der Gewissheit, einen Arbeitsplatz zu haben, an dem sie zu Hause war. Jetzt aber fürchtete sie, sich auf der Polizeiwache genauso als Außenseiterin zu fühlen wie draußen.

Sogar Bradfield selbst wirkte auf sie einesteils vertraut, aber doch auch sehr fremd. Als sie hier lebte und arbeitete, hatte sie sich bewusst bemüht, die Stadt kennenzulernen. Sie war in das städtische Museum gegangen und hatte versucht, die Einflüsse zu verstehen, die Bradfield im Lauf der Jahrhunderte geformt und aus einem kleinen Dorf von Schäfern und Webern zu einem vitalen Handelszentrum gemacht hatten, das im viktorianischen Empire mit Manchester um die Stellung der nördlichen Hauptstadt wetteiferte. Sie hatte vom Niedergang in der Nachkriegszeit und von der Wiederbelebung durch verschiedene Einwandererschübe am Ende des letzten Jahrhunderts erfahren. Sie hatte sich mit der Architektur der Stadt befasst und die Einflüsse des italienischen Baustils auf die älteren Gebäude nachzuvollziehen versucht. Und sie verfolgte das natürliche Wachstum der Stadt und machte sich klar, was in den Sechzigerjahren von den scheußlichen Betonblocks der Bürogebäude verdrängt worden war. Sie hatte den Plan der ganzen Stadt im Kopf, an ihren freien Tagen machte sie Spaziergänge und fuhr in den verschiedenen Stadtteilen umher, bis sie sich bei jeder Tatort-

adresse sofort ein Bild von der Umgebung machen konnte, die sie dort vorfinden würde.
Aber an diesem Morgen schienen Carol ihre früheren Ortskenntnisse völlig nutzlos zu sein. In ihrer Abwesenheit waren jede Menge neuer Verkehrsführungen und Einbahnstraßen entstanden, die sie zwangen, sich viel intensiver auf den Weg zu konzentrieren, als sie erwartet hatte. Sie hätte die Polizeidirektion automatisch finden müssen. Aber sie brauchte doppelt so lange, wie sie gedacht hatte, und war sehr erleichtert, als sie endlich in den Parkplatz einbog. Carol fuhr langsam auf die mit Namen markierten Parkplätze zu und freute sich, dass dort zumindest eine von John Brandons Zusagen eingetroffen war. Einer der wenigen leeren Plätze war auf einem neuen Schild mit »DCI JORDAN« gekennzeichnet.
Als sie das Gebäude betrat, überkam sie kurz ein Gefühl alter Vertrautheit. Hier wenigstens schien sich nichts verändert zu haben. Im Korridor des Hintereingangs roch es immer noch leicht nach Zigarettenrauch und altem Fett von der Kantine im Stockwerk darunter. Welche kosmetischen Veränderungen man auch immer in den Räumen für den Publikumsverkehr vorgenommen haben mochte, man hatte jedenfalls keine Maler beauftragt, diesen Eingang einladender zu gestalten. Die Wände hatten immer noch die gleiche nüchterne graue Farbe, das Schwarze Brett war womöglich noch mit den gleichen gelben Rundschreiben bestückt, die sie vor Jahren schon hier gesehen hatte. Carol ging zum Schalter und grüßte den Kollegen hinter dem Tisch mit einem Kopfnicken. »DCI Jordan meldet sich zur Arbeit in der Sondereinsatzzentrale.«
Der Mann mittleren Alters strich sich mit der Hand über seinen grau melierten Bürstenschnitt und lächelte. »Willkommen an Bord«, sagte er. »Nehmen Sie den Aufzug in den dritten Stock am Ende des Korridors. Ihr Zimmer ist Nummer 316.«

»Danke.« Carol schaffte ein schwaches Lächeln, drehte sich zur Tür um und drückte sie beim Summen des Türöffners auf. Ohne sich dessen bewusst zu sein, straffte sie die Schultern, hob das Kinn, ging dann energisch den Korridor entlang und ignorierte die gelegentlichen neugierigen Blicke der uniformierten Beamten, an denen sie vorbeikam.
Im dritten Stock hatte man seit ihrer Zeit eine Renovierung vorgenommen. Die Wände waren bis auf Hüfthöhe hellblau und weiter oben in einem leicht getönten Weiß gestrichen. Die alten Holztüren hatte man durch Stahltüren mit dickem Glas, im mittleren Teil aus Milchglas, ersetzt, sodass wer immer zufällig den Gang entlangging, wenig von dem mitbekam, was in den Büros ablief. Ihr kam es eher wie eine Werbeagentur als wie eine Polizeiwache vor, als sie bei der Tür mit der Nummer 316 anlangte.
Carol holte tief Luft und stieß die Tür auf. Ein paar neugierige Gesichter blickten auf und sahen sie dann mit einem herzlichen Lächeln an. Don Merrick, der vor kurzem erst Inspector geworden war, stand zuerst auf. Er war bei ihrer ersten Ermittlung zu einem Serienmörder ihr Kontaktmann gewesen. Der Fall hatte den mit diesen Dingen Betrauten bewiesen, dass sie das Zeug hatte, es bis an die Spitze zu schaffen. Der gewissenhafte, zuverlässige Don, dachte sie dankbar, als er mit ausgestreckter Hand auf sie zukam.
»Prima, Sie wieder hier zu sehen, Ma'am«, sagte er und berührte mit der freien Hand ihren Ellbogen, als sie sich die Hand gaben. Obwohl er viel größer war als sie, war Carol angenehm überrascht, dass seine Körpergröße in keiner Weise beunruhigend auf sie wirkte. »Ich freue mich wirklich darauf, wieder mit Ihnen zu arbeiten.«
Sergeant Kevin Matthews stand direkt hinter Merrick. Kevin hatte sich nach einer bodenlosen Dummheit, die ihn fast seine Karriere gekostet hätte, wieder aufgerappelt. Obwohl Carol diejenige gewesen war, die seine Untreue aufgedeckt hatte, war sie froh zu sehen, dass er offenbar rehabilitiert

war. Er war ein zu guter Kripobeamter gewesen, als dass seine Talente mit der hirnlosen Routinearbeit der uniformierten Bürokraten verschlissen werden durften. Sie hoffte, dass es ihm nicht allzu viel ausmachen würde, dass sie einst den gleichen Dienstgrad gehabt hatten. »Kevin«, begrüßte sie ihn. »Gut, Sie zu sehen.«

Seine blasse, mit Sommersprossen übersäte Haut wurde rot. »Willkommen in Bradfield«, sagte er.

Die anderen drängelten sich jetzt um ihn herum. »Gut, Sie zu sehen, Chefin«, sagte eine weibliche Stimme hinter ihr. Carol drehte sich halb um und sah, wie die schmächtige DC Paula McIntyre zu ihr herauflächelte. Paula hatte am Rande der Ermittlergruppe mitgearbeitet, die den Psychopathen dingfest gemacht hatte, von dem vier junge Männer in der Stadt abgeschlachtet worden waren. Sie war damals nur als Helferin vorübergehend zur Kripo versetzt worden, aber Carol hatte ihren genauen Blick für Einzelheiten und ihre Einfühlsamkeit im Umgang mit Zeugen erkannt. Seit damals hatte sie sich, wie Brandon sagte, einen Namen als eine der besten Verhörspezialistinnen der Kripo in dieser Stadt gemacht. Carol wusste genau, wie wichtig das bei Ermittlungen zu einem Mordfall sein konnte, wo alles unter Zeitdruck ablief. Wenn jemand die Leute dazu bringen konnte, sich an alles zu erinnern, was sie wussten, half das Zeit in einer Phase zu sparen, in der dies Leben retten konnte.

Paula schob einen dunkelhäutigen Mann nach vorn, der neben ihr stand. »Das ist DC Evans«, sagte sie. »Sam, DCI Jordan.«

Carol streckte ihm die Hand entgegen. Evans schien zu zögern und schaute ihr nicht in die Augen, als er ihr die Hand schüttelte. Carol sah ihn kurz prüfend an. Er war kaum größer als sie, musste also gerade eben die vorgeschriebene Körpergröße haben. Sein kraus gelocktes Haar war kurz geschnitten, und seine Züge glichen eher denen eines Weißen als dem Gesicht eines Afrikaners. Seine Haut war

wie brauner Zucker, und ein struppiges Spitzbärtchen verlieh ihm ein reiferes Aussehen, das nicht zu seinem faltenlosen jungen Gesicht passte. Sie rief sich Brandons Beschreibung des jungen Kollegen ins Gedächtnis. »Ein ganz Stiller. Aber er hat keine Angst, sich zu Wort zu melden, wenn er etwas zu sagen hat. Er ist klug und hat die tolle Gabe, zahllose Informationen zu sammeln und daraus vernünftige Schlüsse ziehen zu können. Er will ganz hoch hinaus, obwohl er das gut verbirgt. Aber das heißt, er wird bei der Arbeit für Sie aufs Ganze gehen.« Es sah so aus, als würde sie sich auf Brandons Worte verlassen müssen.
Eine Person, DC Stacey Chen, stand mit einem schwachen Lächeln auf dem unbewegten Gesicht am Rand der Gruppe. Sie war die unbekannte Größe. Heutzutage brauchte man bei jeder wichtigeren Ermittlung einen Beamten, der sich mit den Datensystemen auskannte und die anfallende Informationsflut bewältigen konnte. Carol hatte Brandon gebeten, ihr jemanden dafür zu empfehlen, und innerhalb von vierundzwanzig Stunden hatte er Stacey genannt. »Sie hat einen Magister in Informatik, kennt die Systeme in- und auswendig und ist ein Arbeitstier. Sie ist eher eine Einzelgängerin, weiß aber trotzdem, wie wichtig die Arbeit im Team ist«, sagte er. »Und sie ist ehrgeizig.«
Carol wusste noch gut, wie man sich dabei fühlte. In Berlin war ihr Ehrgeiz zusammen mit ihrer Selbstachtung zwar auf der Strecke geblieben, aber sie erinnerte sich noch, wie brennend sie sich gewünscht hatte, einen Schritt weiter auf der Leiter nach oben zu tun. Carol ging an Evans vorbei und gab Stacey die Hand. »Hi. Sie müssen Stacey sein. Ich freue mich, Sie im Team zu haben.«
Staceys braune Augen hielten Carols Blick stand. »Ich bin dankbar für die Chance«, sagte sie mit starkem Londoner Akzent.
Carol ließ den Blick durch den Raum schweifen. »Einer fehlt noch«, sagte sie.

»Ach ja«, sagte Merrick. »DS Chris Devine. Wir haben gestern eine Nachricht bekommen. Bei ihrer Mutter ist gerade Krebs im Endstadium festgestellt worden. Sie hat gebeten, bis auf Weiteres bei der Metropolitan Police in London bleiben zu dürfen. Der Chef hat seine Zustimmung gegeben.«
Carol schüttelte leicht genervt den Kopf. »Prima. Wir sind schon unterbesetzt, bevor wir anfangen.« Sie sah sich um und betrachtete zum ersten Mal den Raum. Ein halbes Dutzend Schreibtische, jeder mit einem Computer ausgestattet. Tafeln und Schwarze Bretter an einer Wand, daneben ein Overheadprojektor. Eine Karte von Bradfield in großem Maßstab nahm fast den ganzen Platz neben der Tür ein. Die Stabjalousien vor der Fensterfront auf der gegenüberliegenden Seite gaben keinen Blick auf die Stadt frei, der nur abgelenkt hätte. Der Raum war von vernünftiger Größe, nicht zu beengt, aber auch nicht so groß, dass sie sich von der Außenwelt abgeschnitten fühlten. Sie fand ihn gut geeignet. »Don, wo ist mein Büro?«
Merrick wies auf das Ende des Raums, wo zwei Türen in die angrenzenden Büros führten. »Suchen Sie sich eins aus. Sie stehen beide leer.«
Und beide boten kaum eine Möglichkeit, sich zurückzuziehen, dachte sie. Sie wählte das mit den Fenstern nach draußen und wandte sich an Merrick, der ihr gefolgt war. »Rufen Sie jemanden an, der hier für das Gebäude zuständig ist. Ich möchte Rollos für das Innenfenster haben.«
Merrick grinste. »Sie wollen wohl nicht, dass wir mitkriegen, wenn Sie Patience spielen, was?«
»Eigentlich mag ich FreeCell lieber. Ich richte mich hier kurz ein. In einer halben Stunde haben wir eine Besprechung.«
»Alles klar.« Er verschwand und ließ sie allein. Für sie war es eine Erleichterung. Sie schaltete den Computer an. Schon Sekunden danach sah sie Evans mit Akten beladen näher kommen. Sie sprang auf, um die Tür zu öffnen.
»Was ist das denn?«, fragte sie.

»Ungelöste Fälle – die neuesten. Sie wurden gestern Nachmittag in der Pause angeliefert. Daran sollen wir arbeiten, während wir auf den nächsten großen Fall warten.«
Carol spürte, wie etwas in ihr in Gang kam. Endlich konnte sie sich auf etwas Konkretes konzentrieren. Etwas, das vielleicht die Dämonen vertreiben oder sie wenigstens eine Weile zur Ruhe bringen würde.

Aidan Hart betrachtete den ihm gegenübersitzenden Mann mit einem gewissen Argwohn. Er wusste, dass viele seiner Kollegen meinten, er, Hart, sei mit siebenunddreißig Jahren zu jung für die Position des medizinischen Leiters des Bradfield Moor Secure Hospital, aber er hatte so viel Vertrauen in sein eigenes Können, dass er ihre Bedenken damit abtun konnte, sie beruhten nur auf Enttäuschung und Neid. Er wusste, dass in beruflicher Hinsicht keiner von ihnen mit ihm konkurrieren konnte.
Aber mit dieser letzten Stellenbesetzung war es etwas anderes. Dr. Tony Hill war für seine ausgezeichneten Leistungen bekannt – aber auch für seine schwierige Art. Die einzigen Vorschriften, die er beachtete, waren solche, die ihm wichtig erschienen. Er war keiner, der gern im Team arbeitete, es sei denn, er hätte sich selbst das Team ausgesucht. Zu gleichen Teilen brachten ihm frühere Kollegen treue Ergebenheit oder Wut entgegen. Als Tony Hill sich für die halbe Stelle an seiner Klinik beworben hatte, war Aidan Harts erste Reaktion gewesen, dies abzulehnen. Am Bradfield Moor gab es nur Platz für einen Star – ihn selbst.
Dann hatte er es sich noch einmal überlegt. Wenn Hill nur eine halbe Stelle innehatte, konnte man seine Arbeit sorgfältig in gewisse Bahnen lenken. Seine Erfolge konnten so genutzt werden, dass dabei mehr Anerkennung für Hart selbst, den visionären medizinischen Leiter, herauskam, der den Außenseiter gezähmt hatte. Eine verlockende Aussicht. Er konnte sich als der Mann geben, der den Überflieger Tony

Hill in die klinische Praxis zurückgebracht hatte. Er hatte sich gesagt, dass die Patienten zwar aus Hills berühmter Gabe der Einfühlsamkeit Vorteil ziehen könnten, dass aber Aidan Hart selbst eigentlich am meisten profitieren würde. Und diese Überlegungen fand er bestätigt, als er Hill persönlich kennenlernte. Aidan Hart wusste alles darüber, wie man sich anzieht, um Eindruck zu machen, aber innerhalb von Sekunden war ihm klar, dass Hill diese Lektion wohl verpasst haben musste. Dieser kleine Typ mit dem schlechten Haarschnitt, der ihm da in braunen Schuhen zu schwarzer Hose und einem grünlichen Tweedjackett mit durchgescheuerten Ärmeln gegenübersaß, würde in dem Teich, in dem Hart sich bewähren wollte, keine großen Wellen machen. Hill schien eher verlegen über das Aufsehen, das seine Zusammenarbeit mit der Polizei erregt hatte, und betonte, er wolle sich nie wieder der Öffentlichkeit ausgesetzt sehen. Was immer er in der Zukunft als Profiler tun würde, werde sich hinter verschlossenen Türen und weit entfernt von hier abspielen. Hills Eifer, wieder in die Routinearbeit klinischer Praxis einzutreten, war fast mitleiderregend.

Damals war Hart voll selbstgefälliger Zufriedenheit gewesen und fand, mit Tony Hill ein Risiko einzugehen, sei die optimale Entscheidung. Irgendwie waren ihm die Klugheit seines scharfen Blicks und das unübersehbare Charisma, das dem Mann wie ein Anzug auf den Leib geschneidert schien, entgangen. Hart war sich im Unklaren, wie das passiert sein konnte. Es sei denn, dass Hill es verborgen hatte, um absichtlich einen ganz anderen Eindruck zu erwecken, was ein sehr beunruhigender Gedanke war. Schließlich hielt Hart große Stücke auf seine eigenen analytischen Fähigkeiten. Es passte ihm nicht, dass er diesmal vielleicht von einem Meister übertrumpft worden war, der die Kunst, das menschliche Verhalten auszulegen, besser beherrschte als er selbst. Er konnte nicht umhin, sich zu fragen, ob jetzt er das neueste

Forschungsobjekt dieser verblüffenden blauen Augen war, die jede Einzelheit seiner Körpersprache festzuhalten schienen. Er mochte den Gedanken nicht, in der Gegenwart seines neuen Mitarbeiters auf jedes Wort und jede Bewegung achten zu müssen. Aidan Hart hatte seine Geheimnisse und wollte nicht, dass Tony Hill sich ihnen zu eingehend widmete.

Er hielt sich nicht für paranoid. Aber Hill war erst seit einer Stunde im Gebäude und hatte sich bereits ein Meisterstück geleistet. Nachdem er von der Aufnahme eines neuen Patienten gehört hatte, saß er jetzt, einen Fuß lässig auf das Knie des anderen Beins gelegt, Hart gegenüber und begründete unwiderlegbar, wieso er die Gelegenheit haben sollte, als Erster mit dem Patienten zu reden. Es war ein Fall, der zu Veröffentlichungen in anerkannten, von angesehenen Kollegen gelesenen Zeitschriften führen konnte, und schon erhob Hill Anspruch auf einen Teil der Arbeit, den Hart für sich beanspruchte. »Schließlich«, sagte Hill, »macht es doch Sinn, dass ich den Fall übernehme, da es um einen Neuzugang geht. So brauche ich keine schon vorliegenden Ergebnisse durchzugehen. Und niemand braucht aus der Haut zu fah ren, weil ich seinen Patienten übernehme.«

»Für den Anfang ist der Fall ziemlich extrem«, sagte Hart und tat so, als sei er besorgt. »Und Sie hatten ja eine Weile nichts mit der praktischen Arbeit zu tun.«

Tonys Mund verzog sich zu einem kurzen Lächeln. »Extreme sind gerade das, was mir am meisten liegt, Aidan. Und ich habe ja sehr direkte Erfahrungen damit, wenn Menschen aus Gründen töten, die von den meisten Leuten als Wahnsinn abgetan würden.«

Hart rutschte verlegen auf seinem Stuhl hin und her und breitete die Hände aus, als weise er die Verantwortung von sich. »Also gut. Ich freue mich darauf, Ihren ersten Bericht zu sehen.«

Gegen die Wandtafel gelehnt wartete Carol, bis ihr neues Team Platz genommen hatte. Dann trat sie näher und setzte sich auf die Kante eines Schreibtischs. »Bevor wir zur Sache kommen, muss ich etwas klären«, sagte sie und strengte sich an, lockerer zu klingen, als sie sich fühlte. »Ich weiß, wie sich in unserem Beruf Gerüchte verbreiten, und nehme an, dass Sie alle irgendeine Version der Ereignisse gehört haben, in die ich kürzlich verwickelt war.« Sie sah an der Art und Weise, wie sämtliche Männer plötzlich etwas Interessanteres zum Anschauen fanden, dass sie den Nagel auf den Kopf getroffen hatte.

Don Merrick schaute zu Boden. »Niemand hier hat Interesse an Tratsch«, murmelte er. »Nur an den Ergebnissen. Und was Sie erreicht haben, spricht für sich selbst.«

Ein Lächeln huschte über Carols Gesicht. »Danke, Don. Aber wenn wir als Gruppe reibungslos zusammenarbeiten wollen, müssen wir das in einer offenen, ehrlichen Atmosphäre tun. Was mir passiert ist, ist so gelaufen, weil es Geheimnisse und Lügen gab. Ich bin nicht bereit, noch einmal unter solchen Bedingungen zu arbeiten.« Sie warf einen Blick in die Runde, sah, dass alle zuhörten, und fuhr fort.

»Ich wurde für einen verdeckten Einsatz ausgewählt, bei dem ich in eine sehr bedrohliche Lage geriet. Weil ich von meinen Vorgesetzten nicht entsprechend informiert worden war, konnte ich mir den Rückweg nicht offen halten. Und die Folge war, dass ich vergewaltigt wurde.«

Sie hörte, wie jemand scharf die Luft einzog, konnte aber nicht sehen, wer es war.

»Ich erwarte nicht, mit Samthandschuhen angefasst zu werden. Was mir geschehen ist, wird die Art und Weise, wie ich meine Arbeit tue, nicht beeinflussen. Allerdings hat es mich in Sachen Loyalität sehr empfindlich gemacht. Diese Gruppe kann nur richtig funktionieren, wenn wir alle die Teamarbeit als oberste Priorität ansehen. Wenn also jemand damit ein Problem hat, ist jetzt der Zeitpunkt, um Versetzung zu

bitten.« Sie schaute ihre Leute an. Stacey und Evans schienen überrascht, aber die anderen nickten zustimmend.
Carol richtete sich auf und nahm die oberste Akte. »Also gut. Bis wir unsere erste Aufgabe bekommen, sollen wir uns ungelöste Fälle vornehmen. Sie haben uns zwei Morde ausgesucht, eine Vergewaltigung, zweimal schweren Raub, eine Reihe von Brandstiftungen und zwei Kindesentführungen. Ich möchte, dass jeder von Ihnen in den nächsten paar Tagen drei verschiedene Aktenordner durchgeht. Don, arbeiten Sie einen Turnusplan aus, damit alle Fälle drankommen. Sie können mich mitzählen – da einer fehlt, übernehme ich auch einen Teil. Machen Sie für jeden Fall Vorschläge, wie wir ihn voranbringen könnten. Wenn Sie dann alle Ihre entsprechende Liste gemacht haben, setzen wir uns zusammen und schauen, was Sie zusammengekriegt haben, und werden sehen, welche Fälle die besten Aussichten für eine weitere Untersuchung bieten. Gibt es Fragen?«
Kevin hob die Hand. »Darf man in diesem Büro rauchen?«
Paula stöhnte. »Im ganzen Gebäude ist Rauchverbot, Kevin.«
»Ja, aber das heißt ja nicht, dass es keine Raucherecken geben könnte, oder? Ich meine, wozu Geld für die Klimaanlage ausgeben, wenn man sie nicht genug nutzt?«
»Es ist schlecht für die Computer«, betonte Stacey.
»Wir könnten eine Ecke einrichten«, sagte Evans. »Unter der Entlüftungsöffnung der Klimaanlage.«
Während dieser Diskussion kamen in Carol die ersten heimatlichen Gefühle auf. Nicht einmal so sehr der ansteigende Adrenalinpegel bei der Arbeit an einem Fall, sondern viel mehr ein solcher Streit zeigte ihr, dass sie wieder da war, wo sie hingehörte. Sinnlose Rangeleien wegen kleiner Dinge, die das Leben erträglich machten, das war das typische Kennzeichen der Polizeiarbeit. »Seht zu, dass ihr das selbst miteinander klärt«, sagte sie abschließend in bestimmtem Ton. »Mir ist es egal. Ich habe eine Tür, die ich zumachen kann. Oh, und ich habe eine Aufgabe für Sie, Sam …«

Er sah überrascht auf. »Chefin?« Er rutschte auf seinem Stuhl zur Seite und wandte sich leicht ab. Es war die Bewegung eines Menschen, der unbewusst versucht, eine weniger deutliche Zielscheibe zu bieten, bevor er sich zum Kampf oder zur Flucht entschließt.

»Gehen Sie doch mal kurz einkaufen und besorgen Sie uns einen Wasserkocher, eine Kaffeemaschine und ein Dutzend Becher.« Sein Blick wurde starr, als ihm klar wurde, was Carol von ihm verlangte. »Tee und anständigen Kaffee, Milch und Zucker. Ach ja, und Kekse auch. Wir werden in der Kantine nicht besonders beliebt sein, wenn wir Fälle bearbeiten, die als Misserfolge der Kollegen gelten. Am besten verschanzen wir uns hier oben.«

»Können wir Earl Grey haben?« Stacey Chens Beitrag klang eher wie ein Befehl als wie eine Bitte.

»Warum nicht«, sagte Carol, wandte sich ab und ging in ihr Büro. Sie hatte bereits etwas gelernt. Evans mochte nichts, was er als niedrige Arbeit ansah. Entweder fand er, sie sei etwas für Frauen, oder er hielt sie wegen seiner Fähigkeiten für unter seiner Würde. Carol merkte sich dies für die Zukunft. Sie war fast schon an der Tür, als sie Merricks ärgerliche Stimme hörte.

»Ma'am, wissen Sie, warum die Akten zu Tim Golding und Guy Lefevre hier dabei sind?«, fragte er empört.

Carol drehte sich schnell um. »Wer …?« Sie wurde sich der plötzlichen Stille im Raum bewusst. Paulas Blick war wachsam, während der Gesichtsausdruck bei den einen überrascht und bei anderen ungläubig war.

Merricks freundliches Gesicht war starr geworden. »Tim Golding ist der Achtjährige, der seit fast drei Monaten vermisst wird. Guy Lefevre ist fünfzehn Monate davor spurlos verschwunden. Wir haben in der Stadt das Unterste zuoberst gekehrt. Und wir haben sogar Tony Hill ein Profil machen lassen, was auch nichts gebracht hat.«

Jetzt war Carol überrascht. Tony hatte ihr gegenüber nichts

davon erwähnt, noch nicht einmal, als es um Bradfield ging. Aber er war ja seit der Zeit, in der sie darüber sprachen, ob sie John Brandons Angebot annehmen solle, ganz untypisch schweigsam gewesen. Er hatte sie ermutigt, die Stelle anzunehmen, aber seit sie ihm gesagt hatte, sie werde es tun, waren seine E-Mails sonderbar nichtssagend und unverbindlich, als wolle er sie dazu bringen, sich auf eigene Beine zu stellen. »Was meinen Sie damit, Don?«, fragte sie.

»Tim Golding war mein Fall«, sagte er zornig. »Und ich war der Kontaktmann für Guy Lefevre. Wir haben nichts unversucht gelassen.«

»Jetzt verstehen Sie wohl, warum wir hier im Gebäude als Aussätzige gelten werden«, sagte Carol sanft. »Da draußen sind noch ein halbes Dutzend Kripobeamte, die jetzt leiden, weil die Fälle, die sie nicht lösen konnten, an uns weitergegeben wurden. Ich wäre gar nicht überrascht, wenn wir den Fall Tim Golding gerade deshalb bekommen hätten, um uns damit auf Trab zu halten. Obwohl ich also voll und ganz glaube, dass Sie alles getan haben, was Sie konnten, werden wir an diesen Fall doch genauso wie an die anderen herangehen.«

Merrick blickte finster. »Aber trotzdem, Ma'am …«

»Es gibt Leute in dieser Organisation, die sich wahrscheinlich freuen würden, wenn sie feststellen könnten, dass wir versagen. Wenn Sie sich deswegen aufregen, Don, spielen Sie denen in die Hände.« Carol warf ihm ihr liebenswürdigstes Lächeln zu. »Ich verlasse mich auf Sie, sonst wären Sie nicht hier. Aber wir können alle mal was übersehen, egal, wie sicher wir sind, dass wir alles untersucht haben. Ich will deshalb nicht, dass diejenigen, die diesen Fall wieder aufrollen, alle Gedanken für sich behalten, weil sie fürchten, Sie zu verletzen. Wie ich schon sagte: keine Geheimnisse oder Lügen.«

Carol wartete die Reaktion nicht ab. Sie ging in ihr Büro und ließ die Tür offen stehen. War dies das erste Anzeichen, dass jemand ihre Gruppe und indirekt ihren Polizeipräsidenten zugrunde richten wollte? Sie wusste, dass sie dieser Tage zu leicht zum Misstrauen neigte, aber sie wollte lieber zu vorsichtig sein, als sich vergnügt und ahnungslos einem feindlichen Pfeil auszuliefern. Wenn man wirklich erledigt werden sollte, war das schließlich keine Paranoia.

Kaum hatte sie sich hinter ihren Schreibtisch gesetzt, da stand Don Merrick mit einer Akte in der Hand unter der Tür. »Kann ich Sie mal kurz sprechen, Ma'am?«

Carol wies mit dem Kopf auf den Besucherstuhl. Don setzte sich und hielt die Akte vor die Brust. »Tim Golding«, sagte er.

»Ich höre, Don. Geben Sie her.«

Er presste sie noch fester an sich. »Es ist nur so, dass ...«

»Ich weiß. Wenn irgendjemand seine Nase in Ihren Fall reinsteckt, wäre es Ihnen lieber, dass ich es wäre statt einer von den Neuen.« Carol streckte die Hand aus.

Zögernd rutschte Don auf dem Stuhl nach vorn und hielt ihr den Aktenordner hin. »Wir hätten nicht mehr tun können«, sagte er. »Wir sind einfach immer wieder gegen eine Wand gelaufen. Wir hatten nicht einmal so viel Information für Tony Hill, dass er ein ordentliches Profil machen konnte. Er sagte selbst, es sei Geldverschwendung. Aber ich konnte mir einfach nichts mehr vorstellen, was wir noch weiter versuchen sollten. Deshalb ist der Fall so bald als ungelöst aufgegeben worden.«

»Ich hab mich darüber schon gewundert. Scheint tatsächlich zu einem sehr frühen Zeitpunkt zurückgestellt worden zu sein.«

Don seufzte. »Wir kamen einfach nicht weiter. Zwei unserer Beamten behalten ihn noch im Auge und versorgen die Presse, wenn sie es wieder mal versucht. Aber seit mindestens einem Monat ist aktiv nichts getan worden.« Dons Qualen waren ihm anzusehen, von seinen traurigen Hundeaugen bis zu den hängenden Schultern.

Damit rief er Carols Mitgefühl hervor. »Überlassen Sie es

mir, Don. Ich rechne nicht damit, dass ich etwas finden werde, was Sie übersehen haben.«
Mit reuigem Gesicht stand er auf. »Die Sache ist, Ma'am, ich erinnere mich noch, dass ich mir während der Arbeit an dem Fall wünschte, Sie wären da gewesen. Nur damit ich Ihnen mal alles hätte schildern können. Sie hatten immer 'ne besondere Gabe, die Dinge aus einer anderen Perspektive zu sehen.«
»Wie sagt man doch, Don? Man soll sich nichts allzu sehr wünschen, sonst geht der Wunsch vielleicht in Erfüllung.«

Tony Hill beugte sich vor und schaute angestrengt durch das Beobachtungsfenster. Ein gepflegter Mann mit beginnender Glatze saß auf dem am Boden befestigten Stuhl. Er war wohl um die fünfzig, obwohl durch seinen gelassenen Gesichtsausdruck weniger Falten in seinem Gesicht hervortraten. Einen flüchtigen Moment erinnerte er Tony seltsamerweise an einen Kinderlutscher, der fest in Zellophan verpackt und dessen Stiel mit einem Klebstreifen umwickelt war.
Seine Ruhe war übernatürlich. Die meisten Patienten, die Tony kennenlernte, hatten Probleme mit ihrer Unrast, von Ruhe konnte kaum die Rede sein. Sie zuckten, zappelten, rauchten eine Zigarette nach der anderen und machten sich an ihrer Kleidung zu schaffen. Aber dieser Mann – er sah auf seine Notizen –, dieser Tom Storey war von fast zengleicher Gelassenheit. Tony warf noch einen Blick auf die Notizen, um sich an das am Vorabend Gelesene zu erinnern. Er schüttelte ärgerlich den Kopf über die Dummheit mancher seiner Arztkollegen. Dann schloss er die Mappe und ging zum Besprechungsraum.
Er fühlte, wie beschwingt seine Schritte waren, selbst auf diesem kurzen Weg. Bradfield Moor Secure Hospital war nach der Ansicht der meisten Leute nicht gerade mit Zufriedenheit verbunden, aber genau dies empfand Tony zum ersten Mal seit Monaten wieder. Er war wieder in seinem urei-

genen Bereich, in der Welt gestörter Gemüter, dort, wo er hingehörte. Trotz seiner ständigen Anstrengungen, sich hinter verschiedenen Masken zu verstecken, die ihm halfen nicht aufzufallen, wusste Tony, dass er draußen in der Welt außerhalb der grimmigen Mauern von Bradfield Moor ein Außenseiter war. Es war ein Gefühl, das er nicht gern unter die Lupe nahm, denn da kamen Dinge heraus, bei denen ihm unbehaglich wurde. Aber es ließ sich nicht leugnen, dass die Einfühlsamkeit seinem Leben einen Sinn verlieh. Nichts kam dem Moment gleich, in dem er sah, wie die Rädchen im Gehirn eines anderen Menschen ineinander griffen und ihm erlaubten, die verdrehte Logik einer anderen Psyche zu begreifen. Wirklich und wahrhaftig gab es nichts, was dem glich.

Er schob die Tür zum Besprechungszimmer auf und setzte sich seiner neuesten Herausforderung gegenüber. Tom Storey verharrte regungslos und folgte Tony nur mit dem Blick. Auf seiner rechten Hand ruhte ein dick verbundener Stumpf, der bis vor einigen Tagen seine linke Hand gewesen war. Tony beugte sich mit dem Ausdruck von Anteilnahme auf seinem Gesicht nach vorn. »Ich bin Tony Hill. Mein Beileid zu Ihrem Verlust.«

Storeys Augen weiteten sich vor Überraschung. Dann stieß er ein kurzes sarkastisches Lachen aus. »Meine Hand oder meine Kinder?«, sagte er bitter.

»Ihr Sohn und Ihre Tochter«, sagte Tony. »Ich kann mir vorstellen, dass Ihnen das mit der Hand dagegen wie ein Segen vorkommt.«

Storey schwieg.

»Das Syndrom der fremden Hand«, sagte Tony. »Es wurde zum ersten Mal 1908 beschrieben. Ein wahres Geschenk für die Drehbuchschreiber von Horrorfilmen. 1924 *Orlacs Hände* – Conrad Veidt spielte einen Pianisten, dem die Hand eines Mörders angenäht wurde, nachdem er seine eigene bei einem Zugunglück verloren hatte. 1946 *Die Bestie mit den fünf Fingern,* wieder ein Pianist. 1987 *Tanz der Teufel II* – der Held greift zur Kettensäge, damit seine besessene Hand ihn nicht mehr angreifen kann. Billige Horrorgeschichten ohne Ende. Aber es ist nicht so unterhaltend, wenn man selbst derjenige mit der Hand ist, oder? Wenn man nämlich zu erklären versucht, was für ein Gefühl das ist, nimmt einen keiner ernst. Niemand hat Sie ernst genommen, nicht wahr, Tom?«

Storey rutschte auf seinem Stuhl zur Seite, schwieg aber weiter und schien gefasst.

»Ihr Hausarzt hat Ihnen Beruhigungstabletten verschrieben. Stress, sagte er, nicht wahr?«

Storey neigte leicht den Kopf.

Tony lächelte aufmunternd. »Aber sie haben nicht gewirkt, was? Haben Sie nur müde und verwirrt gemacht. Und mit so einer Hand wie der Ihrigen mussten Sie ja immer wachsam sein. Denn man konnte ja nie wissen, was noch geschehen würde. Wie war es, Tom? Sind Sie in der Nacht aufgewacht und haben nach Luft geschnappt, weil sich die Hand um Ihren Hals gelegt hatte? Hat sie über Ihrem Kopf Teller zerschlagen? Sie davon abgehalten, Essen zum Mund zu führen?« Tony brachte die Fragen mit sanfter, einfühlsamer Stimme hervor.

Storey räusperte sich. »Ich habe mit Dingen um mich geworfen. Wir saßen zum Beispiel alle beim Frühstück, da packte ich plötzlich die Teekanne und warf sie nach meiner Frau. Oder wir waren im Garten, und plötzlich nahm ich Steinbrocken aus dem Steingarten und warf sie nach den Kindern.« Er lehnte sich auf seinem Stuhl zurück, offenbar vom Sprechen erschöpft.

»Ich kann mir vorstellen, wie Sie das erschreckt haben muss. Wie hat Ihre Frau reagiert?«

Storey schloss die Augen. »Sie wollte mich verlassen. Wollte die Kinder mitnehmen und nie mehr wiederkommen.«

»Und Sie lieben ja Ihre Kinder. Das ist eine schreckliche Lage für Sie. Sie haben nichts, mit dem Sie dagegen angehen können. Ein Leben ohne Ihre Kinder ist nicht lebenswert. Aber das Leben mit Ihren Kindern bringt sie ständig in Gefahr, weil Sie die Hand nicht davon abhalten können, das zu tun, was sie will. Es gibt keine leichte Antwort darauf.« Tony hielt inne, und Storey machte die Augen wieder auf. »Sie waren bestimmt völlig aufgewühlt.«

»Warum versuchen Sie mein Verhalten zu rechtfertigen? Ich bin ein Unmensch. Ich habe meine Kinder umgebracht, das ist das Schlimmste, was man überhaupt tun kann. Sie hätten mich verbluten lassen sollen, statt mich zu retten. Ich verdiene tot zu sein.« Storeys Worte brachen aus ihm heraus.

»Sie sind kein Unmensch«, sagte Tony. »Ich glaube nicht, dass Ihre Kinder die einzigen Opfer sind. Wir werden Sie gründlich untersuchen. Tom, ich glaube, dass Sie möglicherweise an einem Hirntumor leiden. Also, Ihr Gehirn besteht aus zwei Hälften, verstehen Sie. Botschaften von der einen Seite wandern über eine Art Brücke, die sich Corpus callosum nennt, zu der anderen. Wenn diese Brücke beschädigt ist, weiß Ihre rechte Hand im wahrsten Sinn des Wortes nicht, was Ihre linke Hand tut. Und es ist schrecklich, mit so etwas leben zu müssen. Ich kann Ihnen keinen Vorwurf daraus machen, dass Sie an einen Punkt kamen, an dem Sie dachten, Ihre Kinder umzubringen sei die einzige Möglichkeit, sie vor dem zu schützen, was Sie ihnen vielleicht antun würden.«

»Aber Sie *sollten* mir die Schuld geben«, beharrte Storey. »Ich war ihr Vater. Es ist meine Aufgabe, sie zu beschützen. Und nicht, sie zu töten.«

»Aber Sie konnten sich selbst nicht über den Weg trauen. Deshalb beschlossen Sie, ihr Leben so schonend wie möglich zu beenden. Sie im Schlaf zu ersticken.«

Storeys Augen füllten sich mit Tränen, und er senkte den Kopf. »Es war falsch«, sagte er mit gepresster Stimme. »Aber niemand hat auf mich gehört. Niemand hat mir geholfen.«

Tony streckte die Hand über den Tisch und legte sie auf den

verbundenen Stumpf. »Wir werden Ihnen jetzt helfen, Tom. Ich verspreche es Ihnen. Wir werden Ihnen helfen.«

Carol streckte sich, bewegte die Schultern, schwang sich auf ihrem Drehstuhl herum und starrte aus dem Fenster. Auf der anderen Straßenseite stand ein weißes Kalksteingebäude mit einem schönen klassizistischen Säulengang. Als sie früher in Bradfield gewohnt hatte, war es eine Bingohalle gewesen. Jetzt war es ein Nachtclub, dessen Name »Afrodite« im kalten Licht imitierter griechischer Neonlettern leuchtete. Busse mit Werbung für die neuesten Filme und Computerspiele holperten vorbei. Ein Verkehrspolizist überprüfte Parkscheine und hielt seinen Scanner wie einen Schlagstock. Eine Welt, in der alle ihren Geschäften ganz ohne die Belastung nachgehen durften, die in ihrem eigenen Beruf Programm war. Sie hatte die Unterlagen zum Fall Guy Lefevre gelesen und war jetzt fast am Ende der Tim-Golding-Akte. Die Wörter fingen an zu verschwimmen. Außer einer halben Stunde Mittagspause hatte sie den ganzen Tag gelesen. Sie wusste, sie war nicht die Einzige. Jedes Mal wenn sie den Kopf hob, war der Rest der Gruppe genauso vertieft. Es war interessant, dass ihre Körpersprache so viel mehr über ihre Persönlichkeiten verriet als die etwas steife und zurückhaltende Unterhaltung in der Mittagspause beim Verzehr der Brote, die Stacey aus der Kantine geholt hatte.

Don saß mit einem Arm auf der Akte über seinen Tisch gebeugt, wie ein Kind, das die anderen nicht abschreiben lassen will. Er war nicht gerade der Schnellste, mit dem Carol je zusammengearbeitet hatte, aber er machte das durch seine unerschütterliche Beharrlichkeit und seine Hingabe an die Zusammenarbeit im Team wieder wett. Und wenn es jemanden gab, auf dessen Loyalität sie sich unbedingt verlassen konnte, dann war es Don. Er hatte sich in der Vergangenheit bewährt, aber erst heute Vormittag hatte sie gemerkt, wie wichtig das für sie war.

Der drahtige Kevin saß aufrecht auf seinem Stuhl vor seinen ordentlich ausgebreiteten Unterlagen. Hin und wieder starrte er für kurze Zeit etwa so lange in die Luft, wie man für eine Zigarette gebraucht hätte. Dann kritzelte er etwas auf einen Notizblock, der neben ihm lag, und kehrte wieder zu seiner Lektüre zurück. Carol erinnerte sich, dass er immer so zugeknöpft gewirkt hatte. Deshalb war es umso erstaunlicher gewesen, als er aus dem Ruder lief. Wie die meisten sehr beherrschten Menschen war er fahrlässiger als der wildeste Draufgänger, wenn er erst einmal gegen die Regeln verstoßen hatte. Und das hatte ihn zu seinem Vertrauensbruch verleitet. Carol sagte sich zwar, diesen Fehler würde er nie wieder machen, zögerte aber doch, ihm zu vertrauen. Und sie hoffte, dass er ihr das nicht ansah.

Gegenüber von Kevin saß Sam Evans zusammengesunken auf seinem Platz. Seine Jacke hatte er sorgfältig auf einem Kleiderbügel an den Griff eines Aktenschranks gehängt. An seinem strahlend weißen Hemd waren an den Ärmeln noch die glatten Bügelfalten zu sehen. Er und Kevin hatten sich an der Seite des Raums, die am weitesten von Stacey und ihren Computern entfernt war, eine Raucherecke eingerichtet.

Evans' Haltung beim Lesen war fast lässig, als sehe er mal kurz die Sonntagszeitung durch. Aus seinem Gesichtsausdruck ließ sich nichts entnehmen. Aber ab und zu zog er einen Minidisc-Recorder aus der Hosentasche. Dann murmelte er ein paar Worte hinein und steckte ihn wieder weg. Carol glaubte nicht, dass ihm etwas entging.

Paula dagegen breitete sich gerne aus. Schon eine halbe Stunde nachdem sie mit der Arbeit begonnen hatte, war der ganze Schreibtisch mit Papierstößen bedeckt, während sie die Akte vor sich durchging. Aber obwohl sie anscheinend so chaotisch war, wusste sie stets, wo alles war. Ohne zu zögern oder hinsehen zu müssen, griff sie nach dem nächsten Blatt Papier, das sie brauchte. Es war, als hätte sie vor ihrem inneren Auge ein vollständiges, genau unterteiltes Bild, das sich

ihrem Gehirn fest eingeprägt hatte. Carol fragte sich, ob sie auch bei Verhören jedes Stückchen Information an seinem bestimmten Platz speicherte, bis sich die Verbindungen herstellten und wie in einem geschlossenen Schaltkreis das Ergebnis aufleuchtete.
Stacey stellte den vollkommenen Kontrast zu Paula dar. Selbst ihre Art sich zu kleiden stand im Gegensatz zu Paulas sportlichem T-Shirt und den Jeans. Staceys Kostüm saß wie angegossen, und der feine Rollkragenpulli sah nach Kaschmir aus. Eine überraschend aufwendige Garderobe für eine einfache Kripobeamtin, dachte Carol. Bei der Arbeit schien Stacey eine Abneigung gegen Papier zu haben. Sie hatte die Akte, die sie las, auf eine herausgezogene Schublade gelegt, damit sie auf ihrer Arbeitsfläche Platz für den Computer hatte. Den größten Teil ihrer Aufmerksamkeit wandte sie den beiden Bildschirmen ihres Computersystems zu. Schnell ging sie die Unterlagen der Akte durch, dann flogen ihre Finger über die Tastatur, bis sie schließlich den Kopf zur Seite legte, mit der linken Hand durch ihr glänzend schwarzes Haar fuhr und einen weiteren Mausklick machte. Offenbar fühlte sie sich zur virtuellen Welt, die sich manipulieren ließ, viel mehr hingezogen als zur wirklichen.
Carol fand, durch eine Mitarbeitergruppe mit so vielen unterschiedlichen Fähigkeiten und Eigenschaften sei man wohl für die meisten Aufgaben gut abgesichert. Die Schlüsselfrage war, ob sie alle dazu motivieren konnte, als eine Einheit zusammenzuarbeiten. Solange sich nicht alle als Teil des Teams betrachteten, würden sie weniger sein als die Summe seiner Teile. Sie seufzte. Recht bald sah sie sich schon einen Abend mit ihren Mitarbeitern in einem Pub verbringen. Alles in allem hätte sie eine Zahnarztbehandlung ohne Betäubung dieser Vorstellung vorgezogen. Seit ihrer Rückkehr aus Deutschland war sie noch keinen einzigen Abend aus gewesen. Es war selbst zu viel für sie gewesen, mit guten Freunden in Restaurants zu gehen. Beim Gedanken an laute

Pubs oder Clubs voller Menschen wurde ihr fast schon schlecht. »Du musst drüber wegkommen«, murmelte sie zornig vor sich hin, als sie sich wieder den Unterlagen zum Fall Tim Golding zuwandte.
Sie las die Aussage noch einmal, die der Biogemüse-Händler zu Protokoll gegeben hatte. Meine Güte, wie Harriestown sich in den paar Jahren, die sie weg gewesen war, verändert hatte. Die Leute in der Gegend hier hätten sich früher für Biogemüse höchstens als Wurfgeschosse interessiert.
Sie war so in Gedanken vertieft, dass sie bei dem kräftigen Klopfen an ihrem Türrahmen zusammenfuhr. Die Seiten, die Carol in der Hand hielt, flatterten unbeachtet auf den Schreibtisch, als sie mit klopfendem Herzen und aufgerissenen Augen ihren Stuhl zurückschob. Das ist neu, dachte sie. Die Carol Jordan von früher hätte sich nicht so leicht erschrecken lassen.
»Tut mir leid, ich wollte mich nicht an Sie ranschleichen.« Die Frau in der Tür schien sich eher zu amüsieren als zu entschuldigen.
Carol hatte die Angewohnheit, sich von neuen Bekanntschaften ein Bild zu machen, als müsse sie alle Einzelheiten für die zentrale Datenbank der Kripo festhalten. Mittelgroß, drahtig wie Carol selbst. Gerade Schultern, volle Brüste, schmale Hüften, welliges braunes Haar, eine Strubbelfrisur, die vor ein paar Jahren in Mode gewesen war und die sie wahrscheinlich beibehalten hatte, weil sie einen seltsamen Kontrast zu ihrem engelhaften Gesicht bildete, aber gut aussah. Ihre Gesichtszüge ließen sie immer wirken, als werde sie gleich strahlend lächeln. Nur die Augen verrieten sie. Denn sie hatte den alles erfassenden, geschärften Polizisten-Blick, der der Vielfalt menschlicher Bosheit überdrüssig war. Sie trug schwarze Jeans, ein schwarzes T-Shirt aus Seide und eine karamellfarbene Lederjacke. Wer immer sie sein mochte, Carol war sicher, sie nicht zu kennen. »Ich war in Gedanken gerade ganz woanders«, sagte sie und stand auf.

»Das wäre ja jeder, hätte man nur die Gelegenheit dazu.« Um die Augen der Frau erschienen bei ihrem unbefangenen Lächeln feine Fältchen, und sie kam näher und streckte Carol die Hand hin. »Sergeant Jan Shields. Ich arbeite im Revier von Temple Fields.«
»DCI Jordan«, sagte Carol und erwiderte den warmen, angenehmen Händedruck. Sie setzte ein sarkastisches Lächeln auf. »Sie sind also vom Sittendezernat?«
Jan seufzte. »Ach bitte. Wegen der blöden Fernsehserie bekommen wir jetzt wieder das Etikett, das wir in der schlechten alten Zeit hatten. Ja, ich gehöre zum Sittendezernat. Deshalb kriegen wir auch nur ein schäbiges Büro, und Sie bekommen die Chefetage. Wie haben Sie sich eingelebt?«
Carol zuckte mit den Schultern, sie fand die Vertraulichkeit einer Kollegin untergeordneten Ranges, auch wenn sie ungefähr so alt wie sie selbst war, etwas unangemessen. »Wir tasten uns so langsam vor. Also, Sergeant Shields, geht es hier um einen netten Besuch, oder kann ich Ihnen irgendwie helfen?«
»Ich glaube, vielleicht kann eher ich Ihnen helfen.« Jan hielt einen dünnen braunen Umschlag hoch und lächelte spöttisch.
Carol hob die Augenbrauen und zog sich hinter ihren Schreibtisch zurück. »Ach, wirklich?«
»Ihr Team befasst sich doch mit ungelösten Fällen, bis Sie einen neuen Treffer landen, oder?«
»Wir sehen uns die Dinge an, ja.«
»Und einer dieser Fälle ist wohl Tim Golding?«
»Sie sind gut informiert, Sergeant.«
Jan zuckte mit den Achseln. »Sie wissen ja, wie das so geht. Klatsch und Tratsch verbreiten sich mit Lichtgeschwindigkeit.«
»Und heute sind wir wohl die brisanteste Neuigkeit?« Carol setzte sich. Sie wollte ruhig und selbstbewusst wirken. »Was haben Sie mir also mitzuteilen?«

»Es ist eine ziemlich lange Geschichte.« Jan zeigte auf den Stuhl, der Carol gegenüberstand. »Darf ich?« Sie setzte sich und schlug ganz unbefangen die Beine übereinander.

Carol beugte sich vor. »Also, worum geht es?«

»Als Sie früher hier waren, war ich einem Team des Innenministeriums zugeteilt, das mit dem FBI zusammen eine langfristig angelegte Ermittlung im Internet zu Pädophilen durchführte. Sie haben wahrscheinlich von Operation Ore gehört?«

Carol nickte. Die Medien hatten sich mit der Gier eines halb verhungerten Steppenwolfs, den man in einem Schlachthaus loslässt, auf Operation Ore gestürzt. Durch die Ermittlung hatte man zwischen Tausenden von Verdächtigen auf beiden Seiten des Atlantiks eine Verbindung hergestellt. Männer, die im Internet surften und sich mit ihren Kreditkarten Zugriff auf Seiten verschafften, von denen sie Bilder mit Kinderpornografie herunterladen konnten. Aber schon allein durch die Fülle der Ergebnisse wurde Operation Ore ein Opfer seines eigenen Erfolgs. In den überforderten Behörden sah man auf den Berg von Beweisen und raufte sich vor Verzweiflung die Haare. Carol hatte von einem Kollegen gehört, dass die Mitarbeiter, die ihm zur Verfügung standen, neuneinhalb Jahre brauchen würden, um alle in ihrem Einzugsbereich Genannten auch nur zu verhören, ohne ihre Festplatten einzuziehen und zu analysieren. »Sie hatten damit zu tun?«

»Im Anfangsstadium, ja. Seit zwei Jahren bin ich jetzt wieder zurück und habe mich neben den üblichen Dingen, die sonst auf den Straßen passieren, hauptsächlich um die Herausarbeitung von Schwerpunkten auf unserer Liste gekümmert. Während der letzten sechs Monate haben wir uns unsere wichtigsten Kandidaten vorgenommen. Wir treten ihre Türen ein und nehmen ihre Computer mit. Nach einer ersten Befragung lassen wir sie gewöhnlich gegen Kaution frei, bis die Analyse durchgeführt ist.«

»Und das kann Wochen dauern, nehme ich an?«

Jans Mund verzog sich zu einem Lächeln. »Wenn wir Glück haben. Jedenfalls habe ich gestern von den Spezialisten einen ganzen Stoß Sachen bekommen. Sie haben eine ziemlich aufschlussreiche Festplatte von einem Typ auseinandergenommen, den wir vor zwei Monaten verhaftet haben.« Sie schüttelte den Kopf. »Man würde ja meinen, ich wäre inzwischen an so was gewöhnt. Der Typ hat eine gehobene Stellung im Gesundheitswesen. Wenn man ein künstliches Hüftgelenk braucht oder ein Kniegelenk, dann ist er schuld an der langen Warteliste in Bradfield Cross. Hat ein ansehnliches Haus in einer schönen Wohngegend, seine Frau ist Lehrerin, und er hat zwei halbwüchsige Kinder. Und sein Computer ist eine verdammte Kloake. Ich war also dabei, diesen Unrat durchzugehen, und fand dies hier …« Sie schlug dramatisch ihren Aktenordner auf und zog den Ausdruck eines digitalen Fotos in der Größe eines DIN-A4-Blatts heraus, das sie an Carol weitergab. »Ich habe das Kind von der Berichterstattung in den Medien erkannt.«
Carol betrachtete das Foto genau. Im Hintergrund war eine malerische Felsengruppe zu sehen. Auf der einen Seite hingen dünne Birkenzweige. Ein mageres Kind stand nackt und vornübergebeugt mitten im Bild. Es trug eine Harry-Potter-Brille, hatte hellbraune Haare und die Gesichtszüge, die sich Carol während der Lektüre eines ganzen Tages eingeprägt hatten. Es konnte kein Zweifel bestehen: Dies war Tim Golding. Sie spürte die vertraute Erregung, die eine frische Spur mit sich brachte, und hasste sich dafür. Über so etwas sollte man sich nicht freuen. Carol konnte das jetzt besser als jemals zuvor verstehen. »Gibt es noch mehr von diesen Bildern?«, fragte sie.
Jan schüttelte den Kopf. »Ich habe das ganze Archiv durchsucht. Nichts.«
»Was ist mit dem andern vermissten Jungen – Guy Lefevre?«
»Das ist leider das einzige Bild. Und das heißt nicht, dass dieser hier der ist, den Sie suchen. Die kranken Kerle tau-

schen ja dauernd Bilder untereinander aus. Die Tatsache, dass es das einzige Bild von Tim Golding ist, bedeutet eigentlich eher, dass der, der das Foto aufgenommen hat, nicht die von mir gesuchte Person ist.«

»Ich würde Ihnen eigentlich recht geben. Aber ich möchte trotzdem mit ihm reden.«

Carol hielt Jans langem, taxierendem Blick stand. »Ich hätte jetzt gern die Akte und möchte gleich morgen früh im Vernehmungsbüro mit ihm sprechen. Wollen Sie das mit Ihrem Vorgesetzten abklären?«

»Schon erledigt. Mein Chef sagt, es geht in Ordnung, dass Sie zuerst die Chance bekommen sollen, etwas herauszukriegen. Fullhouse schlägt Flush.«

»Danke. Ich weiß das zu schätzen.« Carol schob das Foto wieder zu Jan hinüber. »Dieser Hintergrund – haben Sie irgendeine Idee, wo das sein könnte?« Sie zeigte auf die ungewöhnlichen Felsformationen.

Jan schüttelte den Kopf. »Keine Ahnung. Ich bin aus der Stadt. Ich krieg schon das Zittern, wenn ich weiter als fünf Meilen von Starbucks entfernt bin.«

»Sieht ziemlich unverwechselbar aus, finde ich. Aber ich habe keine Ahnung, solche Steine könnte es von Land's End bis John O'Groats geben.«

»Ja. Aber es gibt nur einen Tim Golding.«

Carol seufzte. »Das ist die falsche Zeit, glaube ich.«

»Wie?«

»Wenn ich mir das ansehe, glaube ich, wir sollten sagen, es *gab* nur einen Tim Golding.«

Seine Hände sind feucht. Trotz der dünnen Talkumschicht in den Latexhandschuhen rutschen sie und verlieren den Halt. Dadurch ist die Vorbereitung schwierig. Eigentlich ist er nicht an Dinge gewöhnt, die eine feinere Motorik verlangen als das Rollen eines Joints. Als seine Finger danebengreifen

und er sich mit einer Klinge durch den Handschuh hindurch einen Schnitt beibringt, flucht er laut über die Blutstropfen, die aus der Wunde austreten.
Er ist froh, dass die Stimme nicht da ist und seine Pfuscherei mitbekommt. Und das erinnert ihn an etwas. Er hat Anweisungen für den Fall, dass irgendwo Blut draufkommt. »Leg alles weg, was auch nur die kleinste Blutspur aufweist. Ersetze alles und fang von vorne an. Wir wollen nur eine Sorte Blut. Nur ein Blut.« Die Worte gehen ihm durch den Sinn, und er tut wie geheißen. Er nimmt eine Seite der Abendzeitung und legt die blutige Klinge darauf. Dann zieht er die Handschuhe aus und legt sie dazu. Er hat kein Heftpflaster und reißt stattdessen eine Ecke der Zeitung ab und drückt sie auf die blutende Stelle. Dann nimmt er ein neues Paar Handschuhe aus der Schachtel und beginnt von vorn.
Er will es unbedingt richtig machen. Wenn er es gut hinkriegt, wird dies das Beste sein, was er je getan hat. Das weiß er, weil die Stimme es ihm gesagt hat. Und alles andere, was die Stimme ihm gesagt hat, war immer richtig.
Den ganzen Tag hat er schon gegrübelt, was auf ihn zukommen wird. Den ganzen Tag schon hat sich ihm alles im Kopf gedreht. Obwohl er versuchte, dies zu verbergen, haben es die Leute bemerkt. Aber sie erwarten selbst unter den günstigsten Umständen nicht viel von ihm und registrieren es deshalb nicht so, dass sie sich später noch daran erinnern werden. Meistens verspotten sie ihn nur, und einer oder zwei nehmen seine Schwerfälligkeit als Vorwand, um ihn zu quälen. Aber auch daran ist er ja gewöhnt. So ist es immer gewesen, bis die Stimme kam und ihm sagte, er hätte Besseres verdient. Er war der Baum, den jeder Hund anpisste. Derjenige, der ein solcher Trottel war, dass alle anderen neben ihm toll aussahen.
Heute Abend wird er's ihnen zeigen. Heute Abend wird er etwas tun, was sich keiner von ihnen trauen würde. Und er wird es richtig machen.
Jawoll.

Der Parkplatz lag im Schatten der hohen, mit Stacheldraht besetzten Backsteinmauern, mit denen er eingezäunt war. Als er gebaut wurde, konnte sich noch niemand vorstellen, wie rasant die Anzahl der Autobesitzer ansteigen würde. Deshalb war er immer viel zu voll, mit zwei Wagen auf jedem Stellplatz, ein ständiges Ärgernis für die, die ihn benutzen mussten.
Außerdem war er angeblich sicher. Eine stabile Eisenstange musste angehoben werden, bevor man ein- oder ausfahren konnte. Und der Diensthabende hatte die Aufgabe, jedes einzelne hereinkommende Auto sorgfältig zu kontrollieren. Aber der Mann, der an einen der Wagen gelehnt stand, wusste, wie man das Überwachungssystem umgehen konnte. Als er bei anderen Gelegenheiten hier gewesen war, hatte er sich mit den Wachleuten angefreundet, weil er meinte, das werde er später einmal nutzen können, um ohne die nötige Genehmigung wieder hier hereinzukommen.
Und heute war es so weit. Er hatte schon fast eine ganze Stunde gewartet und las, an die Motorhaube einer silberfarbenen Limousine gelehnt, ruhig die Unterlagen, die er in seine Aktentasche gestopft hatte, doch dabei beobachtete er aus den Augenwinkeln die ganze Zeit das große Gebäude vor dem Parkplatz. Aber das Tageslicht schwand bald, und die Luft erinnerte an die beißende Winterkälte. Das Warten wurde immer unangenehmer. Er sah auf seine Uhr. Kurz nach sechs. Er würde noch eine halbe Stunde investieren und sich dann in die Nacht davonmachen. Aus verschiedenen Gründen wollte er nicht im Dunkeln herumstehen.
Ein paar Minuten danach sah er die Person, auf die er gewartet hatte. Als an der Hintertür im Licht der Sicherheitsbeleuchtung blonde Haare aufleuchteten, setzte er sich in Bewegung. Er stopfte die Mappe in die Aktentasche zurück, richtete sich auf und ging auf das Heck des Wagens zu, um der Frau den Weg abzuschneiden, bevor sie die Wagentür erreichte.
Sie schaute gerade noch über die Schulter zurück und rief

einem Kollegen etwas zu, von dem sie sich verabschiedet hatte, als er kaum zwei Meter entfernt vor ihr stand. Schock und Erstaunen malten sich auf ihrem Gesicht, und sie blieb abrupt stehen. Wie zum Schreien öffnete sie den Mund, blieb aber still.

»Hi, Carol«, sagte Tony. »Hättest du Lust, indisch essen zu gehen?«

»Herrgott noch mal«, stieß sie hervor und ließ die Schultern sinken. »Fast hätte ich 'nen Herzschlag bekommen. Was machst du denn hier?«

Er breitete die Arme aus und spielte den Unschuldigen. »Wie ich schon sagte, ich würde dich gern zum Essen einladen.«

»Bringst mich eher dazu, dass ich vor Schreck durchdrehe. Was treibst du denn in Bradfield? Du solltest doch in St. Andrews sein.«

Er hob beschwörend einen Finger. »Später. Also, schließt du den Wagen auf? Ich erfriere fast.«

Etwas verwirrt ließ Carol gehorsam die Schlösser aufspringen und sah ihm nach, als er um den Wagen herum zur Beifahrertür ging. Sie musste unwillkürlich lächeln. So jemanden wie Tony Hill gibt's wirklich nur einmal auf der Welt, dachte sie.

Zwanzig Minuten später hatten sie am Rand von Temple Fields, dem Teil der Stadtmitte, wo sich das Schwulenviertel in nicht gerade behaglicher Nachbarschaft zum Rotlichtdistrikt ausgebreitet hatte, eine ruhige Ecke in einem preiswerten und freundlichen bengalischen Lokal gefunden. Die anderen Gäste waren Studenten und Leute, die – am völlig falschen Ort – auf erotische Abenteuer aus waren. Carol und Tony hatten das Lokal entdeckt, als sie zum ersten Mal an einem Fall zusammenarbeiteten, der sich in Temple Fields ereignet hatte, und das Lokal schien sich für dieses Treffen anzubieten.

»Ich kann gar nicht glauben, dass du hier bist«, sagte Carol, als der Kellner ihnen zwei Flaschen Lagerbier holen ging.

Er hielt ihr den Arm hin. »Hier, du kannst mich ruhig kneifen, ich bin echt.«
Sie beugte sich vor und knuffte leicht gegen seine Schulter. »Also gut, echt bist du. Aber warum bist du hier?«
»Ich hab meinen Job hingeschmissen. Ich hab mich dort wie ein Fisch auf dem Trockenen gefühlt, Carol. Ich musste wieder zu einer Arbeit zurück, von der ich sicher weiß, dass ich sie gut mache. Ich hatte schon das Angebot bekommen, als Berater auf dem Kontinent zu arbeiten. Und als John Brandon sagte, du würdest nach Bradfield zurückkommen, hab ich mich bei Bradfield Moor um eine Halbtagsstelle in der Klinik beworben.« Er grinste. »Und hier bin ich nun.«
»Du bist meinetwegen nach Bradfield gekommen?«, fragte Carol reserviert. »Ich will dein Mitleid nicht, Tony.«
»Mit Mitleid hat es nichts zu tun. Mit dir verbindet mich eine Freundschaft wie mit sonst niemandem. Ich kann mir vorstellen, wie schwer diese Sache für dich ist, Carol. Und ich will da sein, wenn du mich brauchst.«
Carol wartete, bis der Kellner die beiden Flaschen Bier abgestellt hatte, dann sagte sie: »Ich komme schon klar, weißt du. Ich bin schon lange bei der Polizei und kann die Strolche ohne deine Hilfe fangen.«
Tony nahm einen langen Zug von dem indischen Bier, während er überlegte, wie er ihr absichtliches Missverstehen aufklären sollte. »Ich bin nicht hier, um dir bei deiner Arbeit zu helfen. Ich bin hier, weil das unter Freunden so üblich ist.« Er setzte ein mokantes Lächeln auf. »Und außerdem passt es mir gut in den Kram, hier zu sein. Du solltest die Irren sehen, die in Bradfield Moor eingesperrt sind. Traumhaft für einen Sonderling wie mich.«
Carol prustete los, wobei ein paar Tropfen Bier aufs Tischtuch fielen. »Du Gauner! Hast gewartet, bis ich den Mund voll Bier habe, und mich dann zum Lachen gebracht.«
»Was erwartest du? Ich bin doch geschult im Hervorrufen von Reaktionen. Also, wo wohnst du?«

»Ich hab vorläufig, solange ich eine Wohnung suche, meine Zelte in Michaels Gästezimmer aufgeschlagen.« Carol betrachtete die Speisekarte.

Tony tat so, als sei auch er damit beschäftigt, obwohl er schon wusste, dass er Fisch-Pakora und danach Hühnchen Biryani nehmen würde. Es war verständlich, dass Carol sich nicht festlegen wollte und deshalb beschlossen hatte, etwas zu mieten, statt ihre Wohnung in London zu verkaufen und eine in Bradfield zu erwerben. Sie wollte sich einen Fluchtweg offen halten. Aber trotzdem gefiel es ihm nicht. »Das muss komisch sein«, sagte er. »Wo es doch früher deine Wohnung war.«

»Es ist nicht ideal. Ich glaube, Lucy ist nicht gerade versessen darauf, mich dazuhaben. Sie ist Rechtsanwältin, erinnerst du dich? Häufig ist sie als Strafverteidigerin tätig und neigt deshalb dazu, mich so zu sehen wie der Besitzer eines Geflügelhofs den Fuchs.« Der Kellner kam zurück, und sie bestellten. Als er wieder ging, sah Carol Tony in die Augen. »Und du? Wo wohnst du?«

»Ich hatte Glück. Mein Häuschen in Cellardyke hab ich praktisch von heute auf morgen verkauft und hier etwas gefunden. In der Nähe der Gegend, wo ich früher wohnte. Eine viktorianische Doppelhaushälfte. Fünf Zimmer, schön groß und sehr hell.«

»Hört sich gut an.«

Der Kellner stellte ihnen einen Teller mit Pappadams und ein Schälchen mit eingelegtem Gemüse hin. Tony nutzte diese Gelegenheit, sich mit etwas anderem zu beschäftigen als Carol. »Die Sache ist die, dass es auch noch eine Souterrainwohnung gibt. Ziemlich abgetrennt von der oberen Wohnung. Zwei große Zimmer, Tageslicht, Toilette und Dusche. Und ein kleiner Abstellraum, aus dem du leicht eine Küche machen könntest.« Er hob den Blick und schaute sie fragend an.

Carol starrte ihn an, offensichtlich war sie nicht sicher, ob er das meinte, was sie dachte. Sie lachte etwas unsicher. »Was sollte ich mit einer Küche anfangen?«

»Gutes Argument. Aber immerhin könntest du deine Waschmaschine reinstellen.«

»Bietest du mir im Ernst deinen Keller an?«

»Warum nicht? Es würde dein Wohnungsproblem lösen. Und ich würde mich mit einer Polizistin im Haus sicherer fühlen.« Er grinste. »Aber wichtiger ist, dass Nelson die Mäuse fangen würde.«

Carol machte sich mit einem Gürkchen zu schaffen. »Ich weiß nicht. Hat die Wohnung einen separaten Eingang?«

»Na klar. Ich würde doch deinen Ruf nicht schädigen wollen. Eine Tür führt auf die Treppe zum Garten hinterm Haus. Natürlich gibt es eine innere Verbindung zum Erdgeschoss. Aber es wäre ziemlich einfach, da ein Schloss anzubringen.« Er lächelte. »Du könntest die Tür auch fest mit Schrauben verschließen lassen, wenn du möchtest.«

»Das hast du dir ja alles schon genau überlegt, was?«

Tony zuckte mit der Schulter. »Als ich mir das Haus angesehen habe, dachte ich, es wäre eine ganz gute Möglichkeit, es so einzurichten, dass es als Wohnung funktioniert. Ich kannte deine Pläne damals nicht. Aber die Handwerker haben gestern damit angefangen. Und mir wäre es lieber, wenn du dort wohnen würdest als ein fremder Mensch. Aber triff jetzt keine Entscheidung. Lass es dir durch den Kopf gehen. Schlaf erst mal drüber. Es eilt nicht.« Beide überlegten in der folgenden peinlichen Stille, worüber sie als Nächstes sprechen könnten. »Also, wie war dein erster Tag in der Tretmühle? Woran arbeitest du?«, fragte Tony und lenkte so die Unterhaltung von allen tückischen Untiefen weg.

»Bis wir eine neue große Ermittlung bekommen, kümmern wir uns um ein paar ungelöste Fälle.« Carol sah auf, als der Kellner die Vorspeise brachte.

»Das muss ja ziemlich geisttötend sein.«

»Normalerweise ja.« Sie zog ihr Gemüsecurry zu sich heran.

»Aber erstaunlicherweise haben wir heute Nachmittag tatsächlich Glück gehabt. Ganz zufällig ist jemand von einer anderen Ermittlergruppe auf eine neue Spur gestoßen. Ich kann das nur als positives Vorzeichen sehen.«
»Das ist ja ein großartiger Auftakt.«
Carols Gesichtsausdruck war trübsinnig. »Ja und nein. Erinnerst du dich an Don Merrick? Er ist der Inspector meines Teams. Und das Problem ist, dass die Spur einen seiner alten Fälle betrifft. Deshalb fühlt er sich ziemlich mies.«
»Nicht Tim Golding?«
Carol nickte bestätigend. »Genau der Fall, zu dem er dich hinzugezogen hat. Danke übrigens, dass du mir wegen deiner Stelle hier gleich Bescheid gesagt hast, Tony«, fügte sie mit ironischem Unterton hinzu.
Er schien verlegen. »Ehrlich gesagt, ich wollte keine Unruhe stiften, während du dir überlegtest, ob du nach Bradfield zurückkommen wolltest. Ich wollte deine Entscheidung in keiner Hinsicht beeinflussen.«
Carol lächelte. »Oh, du meinst, deine Gegenwart in Bradfield hätte eine solche Anziehungskraft gehabt?«
Er legte den Bissen Pakora, den er schon halb im Mund hatte, wieder zurück. »Willst du die Wahrheit hören, Carol? Ich befürchtete, du würdest gar nicht herkommen, wenn du wüsstest, dass ich hier bin.«

Don Merrick starrte niedergeschlagen in sein Glas Newcastle Brown Ale, seine Augen, die an die eines Neufundländers erinnerten, schauten traurig und grüblerisch. »Hör auf, immer nur die verdammte positive Seite zu sehen, Paula«, brummte er. »Es gibt nämlich keine verdammte positive Seite, klar?«
Paula fuhr mit dem Finger an der beschlagenen Flasche ihres Smirnoff Ice herunter. Sie waren als Letzte von einem gemeinsamen Kollegenabend übrig geblieben, zu dem sich das Team entschlossen hatte, nachdem DCI Jordan ihnen

erlaubt hatte, Feierabend zu machen. Allerdings war keine sehr freudige Stimmung aufgekommen. Stacey und Sam hatten sich schon nach der ersten Runde entschuldigt, und Kevin ließ sich auf ein langes Billardspiel im heruntergekommenen Hinterzimmer des Lokals ein. Paula und Merrick war das egal. Sie hatten lange genug zusammengearbeitet, dass sie den Dienstgrad beiseite lassen konnten, sobald sie privat beisammen saßen. »Wie du meinst, Don.«

»Dieses Foto ... ich muss einfach immer daran denken, was der Junge durchgemacht hat, bevor er gestorben ist. Und versuch nicht, mir zu widersprechen«, fuhr er fort und hielt abwehrend die eine Hand hoch. »Wir wissen doch beide, dass dieses Gesindel, das einem Kind so was antut, keine Zeugen hinterlässt. Tim Golding ist tot. Aber er lebte so lange, dass er irgendwo in die Pampa verschleppt und ihm Gott weiß was angetan werden konnte. Das Bild ist bei Tageslicht aufgenommen. Das bedeutet, dass er am nächsten Morgen noch lebte. Und damit hab ich meine Probleme. Hätte ich meine Arbeit richtig erledigt, dann hätten wir ihn gefunden.«

Paula griff über den Tisch und nahm sich eine von Merricks Zigaretten. »Wenn du rührselig wirst, brauche ich was zu rauchen.«

»Ich dachte, du hättest es aufgegeben.«

»Hab ich auch.« Sie inhalierte tief. »Was du gerade gesagt hast, ist Blödsinn. Wir haben den Fall bis zum letzten Detail durchgearbeitet. Du musst aufhören, dir solche Vorwürfe zu machen, Don. Von allem anderen abgesehen ist es wichtig für uns, dass du einen klaren Kopf behältst. Wir haben schon eine Chefin mit Komplexen. Das Letzte, was wir jetzt brauchen, ist auch noch ein Inspector mit einem Tick.«

Merrick sah sie überrascht an. »Du meinst, dass Carol Jordan einen Komplex hat?«

»Natürlich. Sie ist vergewaltigt worden, Don. Und es ist passiert, weil ein paar Bürohengste sie so wenig respektierten, dass sie sie als Lockvogel platzierten. Wie man es auch betrachten mag, sie arbeitet zurzeit nicht mit dem vollen Einsatz ihrer Fähigkeiten. Ihr Urteilsvermögen ist eingeschränkt.«

Merrick schüttelte den Kopf. »Ich weiß nicht, Paula. Sie schien mir ganz gut in Form zu sein.«

»Es ist leicht, Reden zu halten, wenn wir nicht unter Druck stehen. Aber ich bin nicht sicher, dass sie eine Aktion noch erfolgreich durchführen kann.«

Merrick sah skeptisch aus. »Es ist zu früh, so etwas zu sagen. Carol Jordan hat von allen Chefs, die ich hatte, ihre Sache am besten gemacht.«

»Das hab ich früher auch gedacht. Aber jetzt ...?« Paula trank aus. »Lass uns mal sehen, was du in sechs Monaten sagst. Und was hältst du von den Neuen?«

»Zu früh.« Merrick zuckte mit den Schultern. »Diese Stacey kennt sich mit Computern aus, das steht fest.«

»Ich frag mich öfters, ob sie selbst eine Maschine ist«, kicherte Paula. »Sie gehört nicht zum Club der Mädels, das steht fest. Ich hab schon verschiedentlich versucht, mich mit ihr zu unterhalten, aber sie steht nicht auf albernen Klatsch.«

Merrick grinste. »Ja, irgendwie kann ich sie mir nicht beim Tratsch über Männer und beim Make-up-Auftragen in der Toilette vorstellen. Aber sie ist immer gleich da, wenn jemand mal Hilfe am Computer braucht.«

»Und was ist mit Sam? Wie siehst du den?«, fragte Paula.

»Scheint mir in Ordnung. Aber er ist ziemlich still.«

»Ich bin mir bei ihm nicht sicher. Er hat irgendetwas Unheimliches an sich«, vertraute ihm Paula an. »Eine meiner Kolleginnen hat mit ihm drüben in Downton zusammengearbeitet und hat gesagt, er sei gemein. Er hätte nie viel gesagt, sich aber auch keine Gelegenheit entgehen lassen, alle anderen abzuhängen. Und er sei immer unglaublich gut über das informiert gewesen, was die anderen vorhatten. Offenbar will er den Chefs gefallen, unser Sam.«

»Na ja, wir wollen alle einen guten Eindruck machen«, sagte Merrick.
»Ja, aber nicht unbedingt auf Kosten unserer Kollegen. Ach ja, und sie sagte, er hätte sich nie mit ihr oder den anderen Frauen der Gruppe gut gestanden. Sie meinte, insgeheim sei er ein Sexist.«
Merrick lachte. »Paula, heutzutage können wir ja nur heimlich Sexisten sein, sonst fallen du und deine Schwestern wie eine wilde Meute über uns her.«
Sie boxte freundschaftlich gegen seinen Arm. »Du weißt schon, was ich meine.« Sie betrachtete ihre leere Flasche. »Willst du noch eine?«
»Ich sollte nach Hause gehen«, sagte Merrick zögernd.
Paula stand auf und grinste. »Noch ein Ale, also?«

Er kennt diese Straßen wie seine Westentasche. Seit seiner Kindheit ist er hier viel herumgekommen. Er kennt die Gesichter, die Plätze und weiß, wo bestimmte Leute zu jeder Tages- oder Nachtzeit zu finden sind. Noch nie hat er darüber nachgedacht, es war einfach so. Aber die Stimme hat ihm klargemacht, dass Wissen Macht ist und dass sein Wissen ihn zum König der Straßen macht.
Er streift umher wie sonst und bemüht sich, so auszusehen wie an jedem beliebigen Abend zuvor. Hie und da schließt er ein kleines Geschäft ab, um sich abzusichern, damit nur alles so wie an jedem anderen Abend aussieht. Die Stimme hat ihm das geraten. Denn wenn es mit den Fragen losgeht, sollen die Leute sich erinnern, ihn an den gewohnten Stellen gesehen zu haben, wo er sich genauso benahm wie immer.
Aber bald ist es so weit. Er weiß, wo er sie finden kann. Da, wo sie sich zwischen den Kundenbesuchen immer aufhält. Er räuspert sich und geht auf sie zu, sagt ihr, was er will. Es scheint sie zu belustigen, als könne sie kaum glauben, dass gerade er das verlangt. »Aber Rabatt gibt's nicht, Kumpel«,

sagt sie. Er wird rot und windet sich verlegen. Es ist ihm peinlich, dass sie ihn Kumpel nennt. Denn was er mit ihr vorhat, ist nicht das, was Kumpel miteinander machen, wirklich nicht. Aber sie weiß nicht, was in ihm vorgeht. Sie sieht, was sie zu sehen erwartet: einen verlegenen Freier, der sich wie ein Fisch auf dem Trockenen fühlt.

Er sagt ihr, er wolle mit in ihr Zimmer kommen. Schon vor der Stimme wusste er über das Zimmer Bescheid. Er weiß viel mehr über die Dinge, die sich hier abspielen, als irgendjemand ihm zutrauen würde. Nach einem kurzen Blick über die Schulter folgt er ihr um die Ecke in den schmalen Durchgang, der zu ihrem Zimmer führt. Niemand beachtet ihn. Selbst wenn sie ihn sehen wollten, ist es hier zu dunkel dazu. Die Dealer machen so oft die Birnen der Straßenlaternen kaputt, dass die Stadtverwaltung es aufgegeben hat, sie zu ersetzen. Und selbst wenn man Katzenaugen hätte, würde man annehmen, dass er seiner Arbeit nachgeht, und nicht, dass sie für ihn arbeiten soll.

Mit ihrem knackigen Arsch in dem kurzen Rock geht sie die Treppe hoch. Es ist erstaunlich, aber er spürt, wie er schon bei dem bloßen Anblick hart wird. Diese Mädchen hat er schon millionenmal gesehen, sie gehören einfach zur Umgebung, und normalerweise nimmt er sie gar nicht mehr wahr. Aber heute Abend bringen ihn Sandies schwingende Hüften in Fahrt. Er erinnert sich vage an das, was er jetzt tun soll, nimmt die Digitalkamera heraus und macht einen Schnappschuss von ihr. Als sie den Blitz bemerkt, bleibt sie stehen und fährt herum. »Was hast du vor, verdammt noch mal?«, fragt sie.

Er hält die Kamera hoch. »Ich wollte nur ein Andenken an dich«, sagt er und bekommt diesen eingeübten Satz fast perfekt heraus.

Sie runzelt kurz die Stirn, aber dann lacht sie. »Das wird dich was kosten.«

Er macht noch einen Schnappschuss. »Kann ich mir leisten«,

sagt er. Sie geht weiter die Treppe hoch, und er folgt ihr. An der Tür bleibt sie stehen. »Lass mal die Kohle sehen«, sagt sie. »Vorkasse, wenn du mich fesseln willst.«
Er nimmt das Geldbündel heraus, das die Stimme zusammen mit ihren Anweisungen hinterlegt hat, und zieht ein paar Scheine davon heraus. Sandie schnappt sie sich und steckt sie in ihre kleine Handtasche. »Deine Geschäfte müssen besser laufen als meine«, sagt sie mit einer Stimme, die so bitter ist wie der Kaffee in Stan's Café. Sie schließt die Tür auf. »Also los, bringen wir's hinter uns.«
Er lächelt. Das würde sie nicht sagen, wenn sie wüsste, was er für sie hat. Aber wenn er das tut, was er tun soll, wird sie sowieso nichts mehr sagen. Nie mehr.

Temple Fields hat sich in den letzten zwei Jahren nicht sehr verändert, dachte Carol, als sie zu ihrem Wagen zurückging. Der gleiche Unrat trieb die Gossen entlang, die gleiche Mischung gehemmter Menschen, die auf der Suche nach dem waren, was sie für Vergnügen hielten, und von denen, die es schon gefunden und dabei alle Hemmungen verloren hatten. Ihr Polizistengehirn registrierte alle, die an ihr vorbeikamen: die schwächlich aussehenden Strichjungen, die gelangweilten Nutten, die gerissenen Anbieter von Substanzen, die das Glück versprachen, und ihre zwischen ihnen hin und her wandernden Opfer, die mit ihrem vorgetäuschten Selbstbewusstsein so leicht zu erkennen waren. Aber der Frau mit der Dienstmarke schauderte bei dem Gedanken an den Leichtsinn und den Handel mit menschlichen Körpern. Sie wollte sich die Dinge, die sich bis zum Tagesanbruch in dieser Quadratmeile abspielen würden, gar nicht vorstellen. Carol fühlte sich, als sei ihr irgendwie das dicke Fell abhanden gekommen, und fragte sich, wie lange es dauern würde, bis es wieder nachgewachsen war.
»Dieselbe alte Geschichte«, sagte sie müde. »Guck sie dir an –

sie meinen, sie hätten einen Pakt mit der Welt geschlossen und jetzt könne ihnen nichts mehr passieren. Dabei haben sie nicht den blassesten Schimmer, wie verwundbar sie sind.«

»Sie können es sich nicht leisten, darüber nachzudenken«, sagte Tony, während er die Straßen, alle im gleißenden Neonlicht der Bars, an sich vorbeiziehen ließ.

Schweigend gingen sie weiter. »Ich fahr dich nach Haus«, sagte Carol, als sie sich ihrem Wagen näherten.

»Nein danke, ist schon gut. Ich geh ganz gerne noch 'n Stück.«

Carol zog die Augenbrauen hoch. »Musst du über etwas nachdenken?«

Tony nickte. »Ich habe heute mit einem Patienten gesprochen und muss mir überlegen, wie ich das Versprechen einlösen kann, das ich ihm gegeben habe.«

»Dein neuester Kreuzzug?«, lächelte Carol.

Tony war überrascht. »So siehst du meine Tätigkeit?«

»Ich glaube, du siehst sie selbst so. Als Ein-Mann-Kreuzzug, um den Schaden zu beheben.«

Er zuckte mit den Schultern. »Ich wollte, es wäre so einfach. Du kommst also morgen Abend vorbei und siehst dir das Haus an?«

»Ja. Dann kann ich vielleicht entscheiden, ob ich die Verrückte im Keller sein will. Soll ich Pizza mitbringen?«

Er überlegte. »Lieber chinesisch«, sagte er schließlich.

»Alles klar.« Sie streckte die Hand aus, um die Autotür aufzuschließen. »Tony – danke für heute Abend. Und dass du hier in Bradfield bist.«

Er schien überrascht. *Warum sollte ich irgendwo anders sein? Alles, was ich brauche, ist hier.* Statt seine Gedanken auszusprechen, klopfte er ihr verlegen auf die Schulter. »Wir sehen uns dann morgen.«

Sie stieg in den Wagen und fuhr los, dabei sah sie im Rückspiegel, dass er auf dem Gehweg stand und ihr nachblickte. Sie wusste, dass ihn seine Schuldgefühle hatten herkommen lassen. Früher hätte sie das verlegen und ärgerlich gemacht. Aber jetzt war sie eine andere Frau, die gelernt hatte, für gute Dinge dankbar zu sein, wie kompliziert das Drum und Dran auch sein mochte.

Sam Evans schob vorsichtig die Bürotür auf. Kein Licht brannte. Er schlüpfte durch die schmale Öffnung, machte die Tür hinter sich zu und schloss ab. Dann schaltete er das Licht an. Die Neonröhren flimmerten, und schließlich erhellte ihr hartes Licht das Einsatzzentrum. Sam ließ den Blick über die Schreibtischreihen schweifen und ging dann schnurstracks auf Paula McIntyres Platz zu.
Er setzte sich auf ihren Stuhl und merkte sich genau, wie die Papierstapel auf ihrem Tisch verteilt waren. Er würde demnächst den Fall bekommen, an dem sie jetzt arbeitete. Vorsichtig blätterte er jeden Stapel durch und versuchte herauszufinden, warum sie sich für diese Anordnung entschieden hatte. Er schlug den Notizblock auf und las die Liste von Paulas Beobachtungen. Manche waren recht scharfsinnig, dachte er und merkte sie sich, damit er sie noch im Gedächtnis hatte, wenn er den Fall überprüfen musste.
Langsam zog er Paulas Schreibtischschubladen auf, eine nach der anderen, und schubste die Dinge darin mit einem Bleistift herum, damit er keine Fingerabdrücke hinterließ, die ihn verraten könnten. Es war immer ganz gut, zu sehen, was die Leute wegräumten, aber doch zur Hand haben wollten. Ganz unten in der Schublade fand er ein Foto, auf dem Don Merrick wohl in einem Pub oder einem Club den Arm um eine Frau gelegt hatte. Bei genauerem Hinsehen machte er plötzlich die überraschende Entdeckung, dass es sich bei der Frau um Carol Jordan handelte. Ihr Haar war länger, das Gesicht voller, aber ohne Zweifel war sie es. Sie tranken – wohl mit einem Glas Sekt – beide demjenigen zu, der das Foto machte. Sehr interessant, dachte er. Und es war fast sicher, dass sich diese Information nutzen ließ.

Er machte Paulas Schublade zu und ging weiter zu Kevin Matthews' Schreibtisch, wo er genauso vorging. Man sagt, es sei gut, seine Feinde zu kennen. Aber Sam Evans legte genauso viel Wert darauf, dass er auch die Leute kannte, die eigentlich auf seiner Seite sein sollten. Er war ehrgeizig, wie John Brandon schon bemerkt hatte. Aber er wollte sich nicht nur hervortun, sondern auch sichergehen, dass ihn niemals jemand übertraf.

Wissen war Macht. Und Evans wusste, dass man Macht niemals geschenkt bekam. Man musste sie an sich reißen, wann und wo immer man es konnte. Wenn das hieß, dass man sie jemandem wegnehmen musste, war das nicht zu ändern. Wenn der Betreffende zu schwach war, sich seine Macht zu erhalten, dann verdiente er es nicht besser.

Er dagegen verdiente Besseres.

Er vergleicht das Bild, das er vor sich sieht, mit dem Bild, das die Stimme und die Videos ihm eingeprägt haben. Sandie liegt mit gespreizten Gliedmaßen auf dem Bett, ihre Handgelenke sind mit Handschellen an dem billigen Kiefernholzrahmen festgemacht. Ihre Füße sind an den Beinen des Bettgestells festgebunden. Er musste einen Strick nehmen, denn die Fesseln für die Fußgelenke waren zu kurz. Es ist nicht richtig, aber besser bekommt er es nicht hin. Er ist der Stimme dankbar dafür, dass sie ihn erinnert hat, auch den Strick mitzunehmen, falls mit dem Bett etwas nicht klappen sollte. Er wünschte, das Zimmer wäre schöner, aber daran kann er nichts ändern. Wenigstens ist das Licht nicht zu hell. So kann man leicht die Einstichnarben an ihren Armen und ihre Magerkeit übersehen. Fast könnte sie die Traumfrau aus einem der Videos sein, deren zurechtgestutztes Dreieck aus Schamhaar die Geheimnisse verbirgt, die er bald besitzen wird.

Er wendet sich ab und zieht sich die Gummihandschuhe

über. »Na los«, sagt sie. »Worauf wartest du? Ich hab nicht den ganzen Abend Zeit.«

Nur er weiß, wie wahr das ist. Er greift in seinen Rucksack, zieht einen wattierten Lederknebel heraus, dreht sich zu ihr um, und da fängt sie an besorgt auszusehen. »He, warte mal, verdammt! Davon hast du nichts gesagt …« Aber ihre Worte gehen unter, als er ihr den Knebel in den Mund steckt und den Kopf nach vorn reißt, um die Lederschnüre hinten zuzubinden. Ihre Augen quellen hervor, als sie mit aller Macht zu schreien versucht. Aber es ist nur ein schwaches Grunzen zu hören.

Er vergisst nicht, die Handschellen wegen der Fingerabdrücke abzuwischen, dann nimmt er die Videokamera, steckt sie auf das kleine Stativ und überprüft, ob er das ganze Bett sehen kann. Als Nächstes kommen der Laptop und die Webcam. Sandie reißt an ihren Fesseln, aber es nützt ihr nichts.

Er nimmt etwas heraus, das in eine dicke Schicht Küchenkrepp gewickelt ist, tritt ins Bild und packt es langsam aus. Als Sandie sieht, was er in der Hand hält, treten die Venen an ihrem Hals hervor. Der Geruch von Urin liegt in der Luft. Er lächelt glückselig. Er ist jetzt hart, härter, als die Videos ihn je werden ließen. Aber er darf die Kontrolle nicht verlieren. Er muss sich so verhalten, dass die Stimme stolz auf ihn ist, und das heißt, er darf keine Spuren hinterlassen.

Er holt tief Luft und versucht, sein laut pochendes Herz zu beruhigen. Er schwitzt und fühlt, wie der Schweiß an seinem Nacken hinunterrinnt und sein T-Shirt durchnässt. Er packt seine Waffe mit festem Griff. Die Rasierklingen glänzen scharf und grausam im Lampenlicht. »Ich hoffe, du bist bereit für mich, Sandie«, sagt er leise, genauso wie die Stimme ihm befohlen hat.

Dann fängt er an.

Carol starrte durch den durchsichtigen Spiegel auf den Mann im Vernehmungsbüro. Ronald Edmund Alexander entsprach der landläufigen Vorstellung eines Pädophilen zunächst überhaupt nicht. Er wirkte weder unruhig oder verschwitzt, noch schmutzig oder schäbig. Er sah genauso aus wie ein Angestellter des mittleren Managements, der mit seiner Frau und zwei Kindern in einem sauberen Vorort wohnte. Er hatte keinen speckigen Regenmantel, sondern nur einen anthrazitfarbenen bescheidenen Anzug von der Stange an, dazu trug er ein hellblaues Hemd und eine dunkelrote Krawatte mit dünnen grauen Streifen. Er hatte einen ordentlichen Haarschnitt, mit dem er nicht den eitlen Versuch unternahm, die dünnen Stellen am Scheitel zu verdecken. Als zwei uniformierte Polizisten ihn auf die Wache brachten, hatte er sich bitter beklagt. Sie hätten dazu kein Recht, beharrte er. Sie hätten keinerlei Recht, in sein Büro in Bradfield Cross einzudringen, als sei er ein gemeiner Verbrecher. Er hätte sich doch kooperativ gezeigt, oder etwa nicht? Sie hätten nur anzurufen brauchen, und er wäre sofort hergekommen. Es sei doch keineswegs nötig, ihn an seinem Arbeitsplatz unmöglich zu machen.

Carol hatte ihn von der anderen Seite des Flurs aus in der Haftzelle beobachtet und wusste nicht recht, ob sie ihn mehr wegen der Dinge auf seinem Computer unsympathisch fand oder weil er der Inbegriff jenes kleinlichen Bürokraten war, der sie immer zur Weißglut gebracht hatte. Sie hatte sich ihn gleich vorknöpfen wollen, wurde aber daran gehindert, weil sein Anwalt lange auf sich warten ließ.

Also hatten sie ihn, solange sie auf die Ankunft des Anwalts warteten, in eine Zelle stecken lassen. Er war bemerkenswert ruhig, fand sie, und sie überlegte, wie Tony wohl Alexanders Benehmen beurteilt hätte. Er hatte sich umgesehen, dann mit gespreizten Beinen ruhig auf das Bett gesetzt, die Arme vor der Brust verschränkt und den Blick in die Ferne gerichtet. Zen und die Kunst, Haltung zu bewahren, dachte sie sarkastisch.

Endlich ging die Tür zum Beobachtungsraum auf. Paula

steckte den Kopf herein. »Die Show geht los, Chefin. Seine Anwältin ist da.«

»Wer ist es denn?«, fragte Carol und wandte den Blick von Alexander ab.

»Bronwen Scott.«

Carol erinnerte sich an die Verteidigerin aus ihrer früheren Zeit in Bradfield. Anders als die meisten Anwälte, die für die Prozesskostenhilfe arbeiteten, schien Scott das nötige Kleingeld zu haben, um sich mit Dolce & Gabbana und passenden Schuhen und Handtaschen von Prada ausstatten zu können. Ihr perfekt gepflegtes schulterlanges schwarzes Haar und die makellos lackierten Nägel gaben Carol immer das Gefühl, als sei sie selbst direkt aus dem Bett zu ihren Befragungen gezerrt worden. Hätte die Anwältin neben ihrer tadellosen Eleganz nicht auch noch Verstand und Kampfgeist besessen, wäre es gerade noch erträglich gewesen. Man war allgemein der Meinung, dass jemand, der sich eine Vertretung durch Bronwen Scott leisten konnte, wahrscheinlich die Tat begangen hatte. »Na gut«, sagte Carol und ging auf die Tür zu. Als sie auf den Korridor trat, stand sie Scott bereits gegenüber. »Oh, Inspector Jordan. Was für eine Überraschung. Ich dachte, Sie hätten uns verlassen und seien in glanzvollere Gefilde gezogen«, sagte Scott kühl mit einem amüsierten Unterton.

»Eigentlich Chief Inspector. Und Sie sollten doch wissen, dass unsere Arbeit nichts Glanzvolles hat. Sollen wir gehen?«

Scott schüttelte den Kopf. »Ich weiß nicht, wo Sie waren, Chief Inspector, aber hier in Bradfield haben Anwälte immer noch das Recht, mit ihren Klienten unter vier Augen zu sprechen. Und bevor ich das tue, hätte ich gern Auskunft über die Sachlage.«

Ganz wie erwartet, dachte Carol. »Bei der Verhaftung Ihres Mandanten wurde sein Computer beschlagnahmt. Anschließend wurden die Daten analysiert. Dazu wird er ausführlich zu einem späteren Zeitpunkt befragt werden, aber auf seiner Festplatte ist ein Bild, das in einem direkten Zusammenhang mit einer von mir durchgeführten Ermittlung steht. Ich möchte mit ihm über dieses eine Bild sprechen.«

»Dabei handelt es sich …?«

»Ich werde gerne in der Befragung darauf kommen und Ihnen und Ihrem Mandanten eine Kopie des Bildes zeigen.«

Scott schüttelte den Kopf. »Sie haben wohl wirklich vergessen, welche Vorschriften Gültigkeit haben, Chief Inspector? Bevor ich eine sinnvolle Unterhaltung mit meinem Mandanten führen kann, muss ich wissen, worum es hier geht.«

Ein langes Schweigen folgte. Carol spürte Paulas prüfenden Blick auf ihrem Rücken. Es brachte wirklich nichts, die Information jetzt zurückzuhalten. Es gab ja keine fundierte Grundlage für einen Verdacht gegen Ron Alexander, was Tim Goldings Verschwinden anging. Wenn sie Scott überhaupt nicht entgegenkam, würde sie in der Befragung nichts weiter als »Kein Kommentar« zu hören bekommen, das stand fest. Wenn sie versuchte, das Bild zurückzuhalten, um es plötzlich während der Befragung vorzulegen, würde Scott ganz einfach um eine Pause bitten, damit sie mit ihrem Mandanten sprechen konnte. Carol überlegte. Sie wollte, dass Ron Alexander mit ihr zusammenarbeitete. Es war ihr gleichgültig, was für eine umfassendere Anklage gegen ihn sich daraus ergab. »Wir können die Sache ja ein bisschen beschleunigen«, sagte sie. »Auf dem Computer Ihres Mandanten war ein Bild von Tim Golding, dem achtjährigen …«

»Ja, ich weiß, wer Tim Golding ist«, sagte Scott ungeduldig. »Aber da die Polizei die Bilder von dem Kind im ganzen Land verbreitet hat, ist es ja wohl nichts Besonderes, dass mein Mandant ein Foto von dem Jungen auf seinem Computer hat.«

»Es ist schon etwas Besonderes, wenn auf dem betreffenden Bild ein erschrockenes, nacktes Kind zu sehen ist.« Carol drehte sich auf dem Absatz um. »Lassen Sie mich wissen,

wenn Sie so weit sind«, warf sie Scott über die Schulter zu und ging, gefolgt von Paula, um die Ecke. »Ich sehe, Bronwen Scott ist zwar älter, aber nicht zurückhaltender geworden«, äußerte Carol.
»Es ist schade, dass Sie schon so viel preisgeben mussten«, meinte Paula dann, während sie ihre Chefin einholte.
»Sie kennen ja die Regeln, Paula. Wenn sie um Aufklärung bitten, müssen wir sie ihnen geben.«
»Hätten Sie nicht verschweigen können, wer auf dem Bild ist, Chefin? Damit es ihn dann im Verhör umgehauen hätte?«
Carol blieb stehen und warf Paula einen abwägenden Blick zu. »Sie meinen, ich war zu schwach?«
Paula schien entsetzt. »Ich habe doch nicht ...«
»Nachgeben ist nicht immer ein Zeichen von Schwäche, Paula. Es hätte nichts gebracht, es zurückzuhalten. Ich weiß, wie Scott vorgeht. Alexander hätte einfach von Anfang an nur ›Kein Kommentar‹ gesagt. Jetzt kann sie die Informationen vielleicht als einen Bestandteil der Verhandlungen betrachten.« Als Carol vorausging, fühlte sie die Spannung in ihrer Schultermuskulatur. Vielleicht trauten sie ihr doch nicht ganz so viel zu, wie sie gedacht hatte.

Er schläft lange. Es ist schon fast Mittag, als er wach wird, und selbst dann muss er sich zwingen, die Augen aufzumachen. Er fühlt sich wie jemand, der sein Gehirn mit Valium traktiert hat. Sein Kopf ist dumpf, und es dauert einen Moment, bis er weiß, wo er ist. Zu Hause in seinem eigenen Bett, zusammengekuschelt wie ein Baby. Aber an diesem Morgen steckt ein anderer Mensch in seinem Körper.
Er ist kein Schwächling mehr, den alle auslachen. Er hat es getan. Er hat genau das getan, was er tun sollte. Genau wie die Stimme es ihm befohlen hat. Und er hat seine Belohnung bekommen – das Geld, obwohl er ihr versichert hat, dafür würde er es nicht tun. Sondern weil er es begriffen hat. Nicht

das Geld gibt ihm das Gefühl, es endlich geschafft zu haben, sondern die Stimme, die ihn lobt. Und weil er weiß, dass er etwas getan hat, das sonst kaum jemand schaffen würde. Etwas Besonderes.
Gott sei Dank ist es ihm gelungen, seine wahren Gefühle für sich zu behalten, als er den entscheidenden Moment erreichte. Er ist aufgewühlt gewesen, erregt und wäre fast wie ein Teenager einfach zu früh gekommen. Aber als es dann so weit war, als er immer wieder das Ding in sie hineinstecken musste, war er schlaff geworden. Es war nicht sexy. Es war eine blutige, schreckliche, grausige Angelegenheit. Er weiß, es war richtig, es zu tun, aber ganz am Ende war es gar nicht aufregend. Bloß scheußlich und traurig.
Aber die Stimme hat das nicht so gesehen. Die Stimme hat nur gesehen, dass er getan hatte, was er tun sollte, und dass er es richtig gemacht hatte.
Als er vollends wach wird, spürt er einen Kraftstrom in seinen Adern. Es ist Stolz, aber auch Angst. Sie werden ihn suchen. Die Stimme hat versprochen, dass ihm nichts passieren werde. Aber vielleicht irrt sie sich.
Vielleicht ist er doch nicht so schlau gewesen, wie er gedacht hat.

Tom Storey sah durchs Fenster den Blättern nach, die von den Bäumen fielen und von der frischen Brise, die gegen Mittag aufgekommen war, herumgewirbelt wurden. Er saß bewegungslos da, mit dem verbundenen Stumpf in seiner gesunden Hand. Tony beobachtete ihn gut zehn Minuten, aber Storey zeigte keine Regung.
Schließlich ging er zum Tagesraum hinüber und setzte sich auf einen Stuhl neben Tom Storey. Er bemerkte den blauen Fleck unter seinem Wangenknochen. Der Pfleger, der Tony hereinführte, hatte so nebenbei gesagt, einer der anderen Patienten hätte während der Gruppentherapie auf Storey

eingeschlagen. »Sogar für die verrückten Kerle hier ist bei Kindermördern Schluss«, sagte der Mann beiläufig.

»Wir haben alle zwei Persönlichkeiten, wissen Sie«, sagte Tony im Plauderton. »Eine in jeder Gehirnhälfte. Eine hat das Sagen und hält die schwächere in Schach. Aber wenn man die diplomatischen Verbindungen unterbricht, kann man nie wissen, was die untergeordnete Hälfte tun wird, wenn sie erst mal auf den Geschmack der Macht gekommen ist.«

Storey saß immer noch reglos da. »Ich kann sie immer noch spüren«, sagte er. »Es ist wie ein böser Geist. Sie lässt mich nicht in Ruhe. Nehmen wir an, Sie finden heraus, dass ich einen Gehirntumor habe. Und nehmen wir an, ich überlebe es. Dann wird dieser Streit in meinem Kopf trotzdem weitergehen, oder?«

»Ich werde Sie nicht anlügen, Tom«, sagte Tony. »Eine schnelle Heilung ist nicht möglich. Also, die linke Seite Ihres Gehirns ist die dominante Hälfte. Sie ist verantwortlich für Fertigkeiten wie Lesen, Schreiben und Rechnen. Und dann haben Sie die rechte Hälfte. Sie kann nicht lesen, versteht aber Formen, Stereometrie und Musik. Ich könnte mir denken, dass sie enttäuscht ist, sich nicht direkt auf die Art und Weise ausdrücken zu können, die Menschen im Allgemeinen zur Verständigung brauchen. Deshalb rastet sie aus, wenn die linke Seite nicht mehr die Kontrolle über sie hat. Aber das ist ja noch nicht das Ende.«

»Nur mit mir ist es zu Ende«, sagte Tom bitter.

»Das muss nicht unbedingt so laufen. Das Gehirn ist wirklich ein erstaunliches Organ. Wenn es beschädigt wird, bringt es anderen Segmenten bei, die Aufgaben zu übernehmen, die vorher von der jetzt passiven Hälfte ausgeführt wurden. Und man kann einiges tun, um den widerspenstigen Teil Ihres Gehirns zu trainieren. Ich kann Ihnen helfen, Tom.«

Storey holte tief Atem und zog die Schultern hoch. »Meine Kinder können Sie aber nicht zurückholen, oder?«

Tony schaute aus dem Fenster auf die herumwirbelnden gelben und roten Blätter. »Nein, das kann ich nicht. Aber ich kann Ihnen helfen, mit diesem Verlust zu leben.«
Aus Storeys Augen und über seine Wangen rannen Tränen, ohne dass er es beachtete. »Warum wollen Sie das tun?«
Weil das meine einzige Stärke ist, dachte Tony, sagte aber: »Weil Sie es verdient haben, Tom. Weil Sie es verdient haben.«

Das Selbstbewusstsein, mit dem Carol das Vernehmungsbüro betrat, war nicht echt, sondern vorgetäuscht. Es war Monate her, dass sie jemanden – ob nun einen Zeugen oder einen Tatverdächtigen – befragt hatte, und sie hatte Angst davor, dass ihre Gefühle ihre Arbeit stören könnten. Auch dass sie sich Paulas Gegenwart bewusst war, die sich ein Urteil über sie bildete, half nicht gerade. Wenigstens schien Ron Alexanders Gelassenheit etwas angeschlagen. Er sah sie nicht mehr an und spielte ständig an seinem Ehering herum.
»Also«, sagte Carol und setzte sich zurecht. »Ich bin Chief Inspector Jordan und das ist Constable McIntyre. Wie Ihre Anwältin Ihnen sicher erklärt hat, Mr. Alexander, brauchen wir Hilfe bei einer anderen Ermittlung, die nichts mit den Gründen zu tun hat, aus denen Sie ursprünglich festgenommen wurden. Wir wären Ihnen dankbar, wenn Sie mit uns zusammenarbeiten würden.«
»Warum sollte ich mit Ihnen sprechen?«, stieß Alexander hervor. »Sie werden doch alles, was ich sage, verdrehen und gegen mich verwenden.«
Bronwen Scott legte ihm eine Hand auf den Arm. »Sie brauchen nichts zu sagen, Ron.« Dann sah sie Carol direkt an. »Mein Mandant befürchtet, dass jedes Entgegenkommen, das er zeigt, in einem etwaigen späteren Verfahren gegen ihn verwendet wird.«
Carol schüttelte den Kopf. »Sie wissen, dass das nicht von uns abhängt, Ms. Scott. Es ist Sache der Staatsanwaltschaft,

wie sie verfahren will. Aber ich bin durchaus bereit, mit ihnen darüber zu reden, wenn die Zeit dafür gekommen ist.«

»Das genügt nicht.«

Carol zuckte die Schultern. »Mehr kann ich nicht bieten. Ihr Mandant sollte sich aber vielleicht mal die andere Variante vorstellen. Wenn er uns in einem so heiklen Fall nicht weiterhilft, wird ihm später niemand mehr Nachsicht entgegenbringen.«

»Soll das eine Drohung sein, Chief Inspector?«

»Nur eine Feststellung, Ms. Scott. Sie wissen ja genauso gut wie ich, dass in einem Fall von Kindesentführung die Emotionen hochkochen. Sexualtäter haben es im Gefängnis schon ohne zusätzliche Probleme schwer genug. Sie müssen selbst entscheiden, Mr. Alexander.«

Carol betrachtete den Mann eingehend, der verlegen auf seinem Stuhl herumrutschte. Sie schlug die Mappe auf, nahm das Foto heraus, das Jan Shields ihr gegeben hatte, und legte es ihm vor.

»Das haben wir auf Ihrem Computer gefunden. Erkennen Sie dieses Kind, Mr. Alexander?«

Er schaute auf das Bild hinunter, wandte dann den Blick ab und ließ ihn über die Wand schweifen, als könnte sie ihm helfen, die Antwort zu finden. »Ja«, sagte er mit kaum hörbarer Stimme.

»Können Sie mir sagen, wer es ist?«

»Er heißt Tim Golding.« Er nahm Scotts Kugelschreiber in beide Hände, als wolle er ihn in der Mitte durchbrechen. »Das Bild war in den Zeitungen. Und im Fernsehen.«

»Wann haben Sie das Foto bekommen?« Leicht vorgebeugt versuchte Carol, nett und herzlich zu klingen.

Er warf Scott einen fragenden Blick zu, die ihm zunickte.

»Ich weiß nicht genau. Vor ein paar Wochen, glaube ich. Es war in einem E-Mail-Anhang. Ich erschrak, als ich ihn öffnete.«

»Weil Sie Tim Golding erkannten?«

Er nickte. »Ja. Und weil … weil er so aussah.«
»Wieso? Sind Sie nicht an Bilder von nackten, verängstigten Kindern gewöhnt?«
»Antworten Sie nicht darauf, Ron«, sagte Scott schnell. »Chief Inspector, wenn Sie weiterkommen wollen, muss ich darauf bestehen, dass Sie Fragen unterlassen, die meinen Mandanten dazu verleiten könnten, belastende Aussagen zu machen.«
Ach, tatsächlich. Carol holte tief Luft und zog ein weiteres Foto aus der Mappe. »Erkennen Sie diesen Jungen?«
Alexander runzelte die Stirn. »Ist das nicht der, der letztes Jahr verschwunden ist? Guy oder so was?«
»Guy Lefevre?«, sagte Carol. »Ist Ihnen jemals ein Foto von Guy Lefevre zugeschickt worden?«
»Nein.« Alexander wandte den Blick zur Seite. Carol war nicht sicher, ob das eine panische Reaktion war oder ob er log. Aber da Bronwen Scott jede einzelne Frage so aufmerksam verfolgte, würde es nichts bringen, weiter darauf herumzureiten.
»Was taten Sie, als Sie Tim Golding erkannten?«, fragte sie.
»Ich habe das Bild sofort gelöscht«, sagte er. »Ich wollte es nicht auf meinem Computer haben.«
Carol vermied alles Provozierende und versuchte, mitfühlend zu klingen. »Sie dachten nicht daran, sich an die Polizei zu wenden? Sie hätten es ausdrucken und uns anonym schicken können. Sie haben doch selbst Kinder, Ron, oder? Wie, glauben Sie, würden Sie sich fühlen, wenn eins davon verschwinden würde? Wäre es Ihnen nicht lieb, glauben zu können, dass jemand, der etwas von dem Kind wüsste, sofort die Polizei informieren würde?«
Feine Schweißperlen erschienen auf seiner Stirn. »Ja, schon«, sagte er.
»Es ist nicht zu spät, das wieder gutzumachen«, sagte Carol. »Wer hat Ihnen das Foto geschickt, Ron?«
Er tat einen tiefen Atemzug. »Ich weiß es nicht. Die Leute setzen ja nie ihre richtigen Namen auf eine E-Mail, wissen Sie?«

Carol wusste das. Sie nahmen Spitznamen und Kombinationen aus Buchstaben und Zahlen, selbst wenn sie nichts zu verbergen hatten. Ihre eigene private E-Mail-Adresse setzte sich aus ihrem Zunamen und den letzten vier Ziffern ihrer früheren Telefonnummer zusammen, weil »caroljordan« schon vergeben war, als sie sich angemeldet hatte. »Gut. Sie kannten also den Absender nicht? Was war also seine E-Mail-Adresse?«
Ratlos breitete er die Arme aus. »Ich weiß es nicht. Ich habe nicht darauf geachtet. Hab einfach alles gelöscht. Die E-Mail und den Anhang.«
»Wahrscheinlich war es doch jemand, der Ihnen schon öfter etwas geschickt hatte?«
»Ich würde Ihnen raten, diese Frage nicht zu beantworten, Ron.« Scott legte ihm wieder die Hand auf den Arm.
Carol starrte die Anwältin wütend an. »Sie scheinen ganz aus den Augen zu verlieren, was hier auf dem Spiel steht, Ms. Scott. Ein Kind wird vermisst. Wir wissen beide, es ist gut möglich, dass es schon tot ist. Ich versuche herauszufinden, was mit dem Jungen geschehen ist, und nur das ist mir wichtig.«
»Sehr lobenswert, Inspector. Aber meine Sorge ist, dass das Interesse meines Mandanten gewahrt bleibt. Und ich werde nicht ruhig zusehen, wenn Sie ihn möglicherweise in Aussagen verwickeln, mit denen er sich belastet.«
Carol fasste sich und konzentrierte sich wieder auf Alexander. »Ron, erinnern Sie sich an irgendetwas, das uns zu der Person führen könnte, die Ihnen dieses Bild geschickt hat?«
Er schüttelte den Kopf. »Ehrlich, wenn ich etwas wüsste, das Sie weiterbringt, würde ich es Ihnen sagen. Ich möchte wirklich helfen.«
»Gut. Probieren wir mal was anderes. Was glauben Sie, warum hat er es Ihnen geschickt? Warum könnte er gedacht haben, dass Sie so etwas sehen möchten?«
»Ich glaube nicht …«, warf Scott ein.

»Geht schon in Ordnung«, sagte Alexander. »Ich weiß darauf auch keine Antwort. Jeder bekommt doch E-Mails, die er nicht angefordert hat. Spamblocker halten ja nicht alles ab.« Er lehnte sich auf seinem Stuhl zurück, da er jetzt begriffen hatte, wie dieses Spielchen lief, und war wesentlich entspannter.
In Carol kam Ärger auf. »Alles klar. Wenn Sie die Sache so angehen wollen, Mr. Alexander, dann machen wir's eben so.« Sie stieß ihren Stuhl zurück. »Diese Befragung ist abgeschlossen. Aber ich sollte Ihnen wohl mitteilen, dass wir alle Daten auf Ihrer Festplatte eingehend untersuchen werden. Wir werden jeden Ihrer Schritte im Internet verfolgen. Sie denken wohl, Sie hätten alles in Ihrem Computer gelöscht, aber unsere Techniker werden Ihnen zeigen, wie gründlich Sie sich da geirrt haben. Sie hatten Ihre Chance, Mr. Alexander, und haben sie gerade vertan.«
Carol marschierte aus dem Vernehmungsbüro und ging in ihr eigenes Büro zurück, ohne sich auch nur umzusehen, ob Paula ihr folgte. »Stacey? In mein Büro, bitte«, sagte sie, als sie durch das Einsatzzentrum ging. Paula und Stacey traten gleichzeitig ein. »Was haben die Techniker auf Ron Alexanders Computer gefunden?«, fragte sie Stacey und machte ihnen ein Zeichen, dass sie sich setzen sollten.
»Nicht so viel, wie wir gehofft hatten«, sagte Stacey. »Die Leute sind so dämlich, was diese Dinge betrifft. Alexander dachte, er hätte alles von seiner Festplatte gelöscht. Wahrscheinlich bekam er Panik, als er die ersten Zeitungsberichte über Operation Ore sah. Aber wie die meisten dachte er, wenn er nur alles löschte und dann den Papierkorb leerte, wäre es endgültig verschwunden. Und wie die meisten hat er sich nicht die Mühe gemacht, neu zu formatieren oder auch nur zu defragmentieren.«
»Defragmentieren?«, fragte Paula schwach.
Stacey verdrehte die Augen. »Wenn man ...«
»Schon gut«, sagte Carol. »Es war also noch einiges da?«

»Na ja, natürlich. Fragmente von Dateien, auch noch ein paar vollständige. Wie das Foto von Tim Golding.«
»Und können wir herausfinden, woher das kam?«
Stacey schüttelte den Kopf. »Es gibt keine Spur, und es lässt sich nicht zurückverfolgen.«
Paula öffnete den Mund, aber bevor sie anfing zu sprechen, sagte Carol hastig: »Schon gut, Paula, wir können es uns schon vorstellen. Das ist natürlich schade, Stacey.« Sie rieb sich mit zwei Fingern den Nasenrücken. Die Spur, die am Tag zuvor noch so vielversprechend ausgesehen hatte, entwickelte sich zu einer weiteren Sackgasse. »Und sein Provider? Könnte man uns dort vielleicht helfen?«
Stacey zuckte mit den Schultern. »Kommt darauf an, wann er die E-Mail bekam. Die Angestellten bei den Providern sind technisch nicht versiert, sie sind eigentlich nur Erbsenzähler«, sagte sie verächtlich. »Für sie sind nur die Rechnungen von Interesse, es kommt ihnen nicht darauf an, die Mails zurückverfolgen zu können. Die meisten behalten die Daten nur eine Woche lang. Manche einen Monat. Wenn er diesen Anhang schon länger als einen Monat hatte, ist für uns nichts drin. Und wir würden sowieso einen Gerichtsbeschluss brauchen, um die Information von ihnen zu bekommen.«
»Das heißt also, wir sind aufgeschmissen«, bemerkte Carol kurz und bündig.
Stacey strich sich die Haare hinters Ohr. Mit ihrem zufriedenen Lächeln und den mandelförmigen Augen ähnelte sie einer Katze. »Nicht unbedingt. Auf solchen Bildern ist mehr zu sehen als das, was man auf den ersten Blick erkennt. Im wahrsten Sinn des Wortes. Manchmal gibt es zusätzliche Hinweise, die dahinter stecken.«
Carol merkte auf. »Zum Beispiel Daten zum Absender?«
Stacey seufzte, schon deutlich genervt. »So einfach ist es auch wieder nicht. Man kann zum Beispiel die Seriennummer der Kamera finden, mit der das Foto aufgenommen wur-

de. Oder die Registriernummer der Software, mit der die Bilder bearbeitet wurden. Dann geht es darum, mit dem Hersteller oder dem Lizenzinhaber Kontakt aufzunehmen und zu ermitteln, welche Informationen sie einem geben können.«
»Das ist ja beängstigend«, sagte Paula.
»Es ist eine verdammt gute Neuigkeit«, korrigierte sie Carol. »Also – worauf warten wir noch?«
Stacey stand auf. »Es ist zeitaufwendig«, warnte sie.
»Ist ja bei allem so, oder?« Carol lehnte sich auf ihrem Stuhl zurück. »Wenn Sie irgendetwas brauchen, Stacey, sagen Sie Bescheid. Paula, finden Sie heraus, wer Ron Alexanders Provider ist und was man uns dort mitteilen kann. Es ist an der Zeit, Tim Golding nach Hause zu bringen.«

Das Klingeln an der Tür kam Tony gerade recht. Er schob den philosophischen Text zum Problem Geist und Körper, mit dem er sich intensiv befasst hatte, zur Seite und eilte den Flur entlang. Als er die Tür öffnete, stand Carol an seine Veranda gelehnt und hielt eine volle Plastiktüte in der einen Hand. »Sie hatten ein Essen bestellt?«, sagte sie.
»Du hast dir aber viel Zeit gelassen. Es ist mindestens vierundzwanzig Stunden her, seit ich die Bestellung aufgegeben habe«, sagte er, trat zurück und folgte ihr in den Flur. »Geradeaus zur Küche.«
Carol sah sich um und betrachtete die Holzschränke und die gekachelte Frühstücksbar. »Achtzigerjahre«, sagte sie.
»Ja? Meinst du, das ist einer der Gründe, weshalb ich es so billig gekriegt habe?«
Sie lächelte. »Möglich. Aber es scheint in gutem Zustand zu sein.«
»Alle Schubladen laufen tadellos, und das ist auf jeden Fall ein Fortschritt im Vergleich zu allen anderen Wohnungen, die ich je hatte. Also, möchtest du essen oder lieber gleich eine Führung durch den Keller?«

»Wirklich gern hätte ich ein Glas Wein. Der Tag war sehr frustrierend.«
»Alles klar. Wein haben wir da.«
Er nahm eine schon offene Flasche australischen Shiraz-Cabernet und goss zwei Gläser ein. »Auf ... ich weiß nicht, worauf sollen wir trinken?«
»Dass bald Schluss ist mit dem ganzen Ärger? Für dich und mich?«
Tony hob das Glas und stieß mit ihr an. »Gut. Dass der Ärger bald vorbei ist.« Er beobachtete sie beim Trinken und bemerkte die dunklen Ringe unter ihren Augen und ihre zaghaften Bewegungen. Sie ist wirklich nicht im Einklang mit sich selbst, dachte er. »Also, möchtest du den Keller – pardon, die Souterrainwohnung sehen?«
Carol lächelte. »Warum nicht?«
Sie folgte ihm zurück in den Flur. Er öffnete eine Tür, die aussah wie ein unter der Treppe eingebauter Schrank. Aber sie führte auf eine schmale, steile Stiege, die nur von einer nackten Glühbirne beleuchtet wurde. Dann ging Tony ihr voran in einen überraschend großen, hohen Raum mit zwei flachen, aber breiten Fenstern. »Das wäre das Wohnzimmer«, sagte er. »Es kommt ziemlich viel Tageslicht rein. Und wir könnten in die äußere Tür Glasscheiben einsetzen, wobei am Fuß der Treppe ein kleiner Vorbau trotzdem genug Sicherheit bieten würde«, fügte er eifrig hinzu. »Das habe ich den Handwerkern schon vorgeschlagen. Ich weiß, man kann es sich jetzt mit den rohen Backsteinwänden nicht richtig vorstellen, aber das wird alles mit Gipsplatten verkleidet. Und Holzböden. Es wird wirklich gut aussehen.«
Die Größe war in Ordnung. Es wäre genug Platz da für alles, was sie brauchte, dachte Carol. Das Schlafzimmer war fast genauso groß wie das Wohnzimmer und hatte ein erstaunlich großes Erkerfenster. Carol sah sich um und konnte ein Lächeln nicht unterdrücken. »Es ist nicht schlecht. Ich kann mir vorstellen, hier aufzuwachen.«

Tony sah plötzlich verlegen zu Boden. »Gut«, sagte er. »Überleg's dir.«
Auf dem Weg nach oben zeigte er ihr die vor kurzem eingebaute Toilette und Dusche. *Sauber, frisch, tadellos. Neu*, dachte sie und wurde schon ganz aufgeregt. *Eine Wohnung ohne die Geister der Vergangenheit.* »Ich brauche es mir nicht zu überlegen«, sagte Carol. »Wann wird es fertig?«
Tony grinste wie ein kleiner Junge. »Der Bauleiter schätzt, in drei Wochen. Kannst du es noch so lange in Michaels Wohnung aushalten?«
Carol stand an die Frühstücksbar gelehnt. »Ich kann alles aushalten, wenn ich weiß, dass es ein Ende haben wird. Meinst du, du wirst mich hier unten als deine Nachbarin aushalten können?«
»Nur wenn du versprichst, immer Milch dazuhaben.« Er zog eine Grimasse. »Mir geht sie dauernd aus.«
Carol lächelte. »Ich werde immer H-Milch auf Lager haben.«

Warten fällt ihm immer schwer. Besonders wenn er genau weiß, worauf er wartet. Als er heute schließlich auf die Straße hinauskam, hatte er erwartet, überall Polizei anzutreffen, die die Gasse absperrte, wo Sandie arbeitete. Er meinte, die Leute würden in Grüppchen an den Straßenecken stehen und leise über Mord und Verstümmelung reden. Und er hatte mit uniformierten Polizeibeamten gerechnet, die mit ihren Klemmbrettern herumgingen und die Passanten fragten, wo sie gewesen waren und was sie gestern Abend getan hätten.
Er erinnert sich, wie es letztes Mal war. Ganz Temple Fields war einem vorgekommen, als hätte es eine Überdosis Amphetamine genommen. Alle quatschten wie ein Wasserfall, wie Speedfreaks, selbst die elenden Blödmänner, die normalerweise weder ihn noch sonst jemanden grüß-

ten. So war es, bis die Bullen kamen. Dann wurde es still, als hätte jemand allen eine Decke über den Kopf geworfen.

Das hatte er auch diesmal erwartet. Aber als er in Stan's Café ging und wie immer sein Speckbrötchen mit einer Tasse Tee bestellte, war alles wie an jedem normalen Tag. Ein paar von den Mädchen saßen an runden, schmierigen Tischchen und ruhten eine halbe Stunde ihre Beine aus. Zwei Jungs vom Strich saßen über ihre Kaffeetassen gebeugt. Mehrere Augenpaare richteten sich fragend auf ihn, ob er wohl etwas bei sich hätte. Enttäuscht wandten sie sich ab, als er mit einem leichten Kopfschütteln verneinte. Er würde Probleme mit Big Jimmy kriegen, wenn er zu ihm ging, um die Ration für heute abzuholen. Weil er so spät dran war, würde er ihn ausschimpfen. Er hatte gehofft, die Aufregung auf den Straßen als Ausrede benutzen zu können, aber es war nichts los.

So verdrückte er sein Frühstück und latschte zu Big Jimmys Wohnung rüber, um sich Stoff zum Verkaufen abzuholen. Glücklicherweise war der große Chef selbst nicht da, und er hatte nur mit dem durchgeknallten Junkie Drum zu tun, der zu weit über der Welt schwebte, als dass ihn interessieren würde, was andere machten. Innerhalb einer halben Stunde war er wieder an seinem Standplatz, ging seinen Geschäften nach und hoffte, dass niemand sich gefragt hatte, wo er den ganzen Morgen über gewesen war. Aber wieso hätten sie das tun sollen, die meisten lagen wahrscheinlich selbst noch flach. Doch jetzt ist es Abend, und immer noch regt sich nichts auf den Straßen. Ihm wird langsam mulmig. Einesteils fängt er an sich zu fragen, ob er die ganze Sache nur geträumt hat. Am liebsten würde er zu Sandies Standort gehen, um nachzusehen, ob sie wie immer an der Ecke steht und so tut, als sei nichts Außergewöhnliches geschehen.

Er wünscht, die Stimme wäre da und könnte ihm sagen, was los ist. Aber seit er den Befehl ausgeführt hat, hat er

nichts gehört. Er fragt sich, ob er verlassen worden ist, ob alle Versprechungen auch nur ein Traum waren.
Es wäre ja nicht das erste Mal.

Tony erhob sein Glas und blickte auf die Überreste des chinesischen Essens. »Auf eine unserer seltenen nicht-katholischen Mahlzeiten.« Sie stießen an.
»Nicht-katholische Mahlzeiten?«, sagte Carol stirnrunzelnd.
»Wenn wir zusammen essen, sind wir meistens gerade mitten in den Ermittlungen zu einem Fall.« Er nahm ein Stück Pfannkuchen. »Das ist mein Leib, den ich für euch geopfert habe.« Er aß das Stück Pfannkuchen und führte die Scheinkommunion fort, indem er noch einmal sein Glas hob. »Das ist mein Blut, das ich für euch vergossen habe.«
Carol nickte, sie verstand. »Nur kommt in unserem Fall die Beichte nach der Kommunion.«
»Nur wenn wir recht behalten.«
Sie machte ein betrübtes Gesicht. »Wenn wir recht und Glück haben.« Sie nahm das Glas entgegen und trank von der anderen Seite. Dabei spürte sie eine gewisse Erregung in diesem merkwürdig spannungsgeladenen Moment. Aber bevor sie das Glas zurückgeben konnte, machte das durchdringende Klingeln ihres Mobiltelefons die Stimmung kaputt. »Verdammt«, sagte sie und wühlte in ihrer Tasche.
»Apropos Glück haben ...«, murmelte Tony.
»DCI Jordan«, meldete sich Carol.
Don Merricks vertraute Stimme war zu hören. »Wir haben eine Leiche. Ich glaube, Sie werden sie sehen wollen.«
Carol unterdrückte einen Seufzer. »Alles klar. Sie werden mir einen Wagen schicken müssen, ich habe zwei Gläser Wein getrunken.« Tony stand auf und fing an, die Alubehälter in die Plastiktüte zu stecken.
»Kein Problem. Sind Sie zu Hause?«

»Nein, Don. Ich bin bei Dr. Hill.« Sie fing Tonys Blick auf und verdrehte die Augen, während sie Merrick die Adresse durchgab. Am anderen Ende nahm sie einen undeutlichen Wortwechsel wahr, dann war Merrick wieder dran.
»Ich habe jemanden geschickt, der Sie dort abholt.«
»Bis gleich, Don«, sagte Carol und legte auf. Sie leerte ihr Glas. »Offenbar ist eine Leiche gefunden worden.« Sie stand auf. »Ich hatte eigentlich nicht beabsichtigt, dass der Abend so enden sollte.«
Tony deckte die schmutzigen Teller ab. »Na ja, es ist wahrscheinlich von Vorteil, wenn wir bei unseren Leisten bleiben und das tun, was wir am besten können.«

Temple Fields' billige Straßenlampen flimmerten schwach im schräg fallenden Herbstregen. Die Reifen glitten zischend über die Betonplatten der Fußgängerzone im Zentrum. Der Fahrer bog in eine schmale Seitenstraße ein. Heruntergekommene rote Backsteinhäuser mit Schaufenstern ohne viel Glanz und kleinen Geschäften, dazu in den oberen Stockwerken Einzimmerwohnungen. Auf halber Länge der Straße war der Zugang durch zwei parkende Streifenwagen versperrt. Hinter den Autos sah man undeutliche Gestalten geduckt im Regen vorbeieilen. Als der Wagen hielt, senkte Carol den Kopf, holte tief Luft und stieg aus.
Sie ging auf die Streifenwagen zu und sah, dass der Eingang zu einer kleineren Gasse von der Polizei mit Absperrband abgeriegelt war. Ihr Magen rumorte bei der Vorahnung der Dinge, mit denen sie gleich konfrontiert werden würde. Bitte, lieber Gott, lass es kein Sexualverbrechen sein. Sie schlüpfte unter dem Band durch, nannte dem den Schauplatz bewachenden Beamten ihren Namen und Dienstgrad und entdeckte Paula, die an einer schmuddeligen, zu einer Treppe führenden Tür stand. Als sie Carol sah, unterbrach sie ihr Gespräch mit einem uniformierten Kollegen und wandte sich ihr zu.

»Es ist oben, Chefin. Sieht nicht besonders schön aus.«
»Danke, Paula.« Carol blieb auf der Schwelle stehen und zog sich ein Paar Latexhandschuhe über. »Wer hat die Leiche gefunden?«
»Eines der Straßenmädchen. Dee. Sie und die Tote teilten sich das Zimmer. Sie konnten dort mit Kunden hingehen.«
»War Dee also mit einem Freier zusammen?«
Paula setzte ein sarkastisches Lächeln auf. »Dee sagt, sobald ihm klar wurde, dass etwas nicht stimmte, verschwand er wie eine Ratte von einem sinkenden Schiff.«
»Wo ist Dee jetzt?«
»Auf dem Weg zur Wache, um eine Aussage zu machen. Zusammen mit Sam.«
Carol nickte zufrieden. »Danke, Paula.« Sie schob sich an einem Kollegen vorbei, der auf dem schmalen Geländer Fingerabdrücke abnahm, und ging weiter nach oben. Am Ende der steilen Treppe ohne Läufer fiel aus einer offenen Tür ein langer Lichtschein auf den Treppenabsatz davor. Die Luft war geschwängert mit kupfrigem Blutgeruch und der strengeren Ausdünstung menschlicher Ausscheidungen. Obwohl Carol sich darauf vorbereitet hatte, spürte sie die Erinnerung in sich hochkommen und hätte fast das Gleichgewicht verloren. Aber der Anblick der Kollegen von der Spurensicherung, die ganz nüchtern ihrer Arbeit nachgingen, holte sie aus dem Kaleidoskop von Bildern, das sie zu überwältigen drohte, in die Gegenwart zurück. *Weiter hinauf und weiter hinein.*
Als sie die Tür erreichte, merkte sie, dass Merrick und Kevin sich umdrehten und sie anschauten. Zuerst konzentrierte sie sich auf die Einzelheiten drum herum und näherte sich nach und nach dem, was in der Mitte des Zimmers lag. Es war ein einfaches Zimmer, kitschig und billig eingerichtet mit alter, fleckiger Raufasertapete in einer Farbe, die früher einmal zartrosa gewesen war. Ein Bettgestell aus Kiefer, zwei Sessel, anscheinend vom Sperrmüll, ein Waschbecken, ein Karten-

tisch und sonst kaum etwas. Nichts, was sie von der Leiche auf dem Bett hätte ablenken können.

Die Frau war gefesselt, ihre Beine und Arme waren gespreizt wie in einer grässlichen Parodie sexueller Ekstase. Ihre blauen Augen, die noch entsetzliche Panik und Schmerz verrieten, starrten blind an die Decke. Ihr kurzes blondiertes Haar klebte am Kopf vom Angstschweiß durchnässt, war es zu einem steifen Helm getrocknet. Sie war noch angezogen, ihr Rock, ein blutdurchtränktes Faltenbündel, bedeckte ihre Hüften. Ihr Unterleib lag in einer riesigen Lache geronnenen Blutes, das in die dünne, durchhängende Matratze gesickert war. Carol räusperte sich und ging näher heran. »Das ist ja verdammt viel Blut«, sagte sie.

»Der Arzt meinte, sie sei verblutet«, sagte Merrick. »Er schätzt, dass es eine Weile gedauert hat, bis sie starb.«

Carol kämpfte mit ihren quälenden Gefühlen und bemühte sich das zu tun, was hier ihre Aufgabe war. »Er war da und ist schon wieder weg?«

»Ja, er war zufällig im Queensbury beim Abendessen. Wir waren gerade selbst erst hier eingetroffen.«

»Also, was liegt vor?«, fragte sie.

Merrick schaute in sein Notizbuch. »Sandie Foster, fünfundzwanzig, Prostituierte, vorbestraft wegen öffentlichen Sichanbietens und Drogenbesitzes. Aber bevor wir uns damit befassen ... Ma'am, das Vorgehen stimmt genau mit den vier Morden überein, die vor zwei Jahren passierten, nicht lange nachdem Sie von hier weggingen.«

»Waren alle Opfer angezogen, wie hier?«

»Wie ich sagte, alles ist genau gleich.«

»Na ja, vielleicht können wir die Fälle jetzt lösen.«

Merrick und Kevin warfen sich Blicke zu. Kevin sah leicht betreten aus: »Die Sache ist die, Chefin. Wir haben sie schon gelöst.«

»Was?«, fragte Carol.

Merrick steckte seine Hände mit den Handschuhen in die

Taschen. »Kevin und ich haben den Fall bearbeitet. Derek Tyler – er hat sich schuldig bekannt. Er ist in einer geschlossenen Anstalt.«

»Haben wir etwa den Falschen erwischt?«

Merrick schüttelte den Kopf und schob trotzig die Unterlippe vor. »Es bestand kein Zweifel. Die Spurensicherung hat ihn überführt. DNA, Fingerabdrücke, alles da. Derek Tyler. Er hat sich für schuldig erklärt. Hat sogar eine Art Geständnis abgelegt und behauptet, die Stimmen in seinem Kopf hätten ihm gesagt, er solle es tun. Sobald Tyler verhaftet war, hörten die Morde auf. Also ein schlagender Beweis, wenn wir noch einen gebraucht hätten. Sie haben ihn in Bradfield Moor weggesperrt, allerdings weigerte er sich, irgendetwas über die Morde zu sagen.«

»Können wir überprüfen, ob Derek Tyler entlassen worden ist?«, fragte Carol.

»Hab ich schon getan. Ich habe gerade dort angerufen. Tyler liegt im Bett und schläft viel besser, als er es verdient hätte. Er kann es also nicht sein.«

»Vielleicht wurde letztes Mal etwas übersehen.«

»Die Spurensicherung hat ihn überführt«, beharrte Merrick.

»Vielleicht sollten wir mit Dr. Hill reden«, sagte Kevin. »Zusammenhänge zu finden ist schließlich seine Spezialität, oder?«

»Gute Idee, Kevin«, sagte Carol. Tony beklagte sich immer, dass er bei schwierigen Ermittlungen nicht früh genug hinzugezogen wurde. Sie verließ den Raum und wählte Brandons Mobiltelefon an. Als er abnahm, fasste sie die Sachlage kurz zusammen. »Oberflächlich betrachtet, scheint es unmöglich zu sein. Ich würde gerne Dr. Hills Rat einholen.«

»Ist es dafür nicht ein bisschen früh?«, fragte Brandon.

»Normalerweise würde ich das auch so sehen, Sir, aber ich glaube, falls wir es mit einer Nachahmungstat zu tun haben sollten, könnte er uns schnell Aufschluss geben. Wie da-

mals, als wir alle zum ersten Mal zusammengearbeitet haben.« Carol hielt die Luft an, während Brandon überlegte. »Ja gut, ziehen Sie Dr. Hill hinzu. Wir werden uns morgen früh ausführlicher darüber unterhalten.«
Als Carol aufgelegt hatte, trat sie zur Seite, um den Leuten vom Leichenschauhaus Platz zu machen, die die Treppe heraufkamen. »Weiß Dr. Vernon Bescheid?«, fragte sie.
Der Mann, der als Letzter vorbeiging, nickte. »Ja, er will morgen früher Schluss machen, weil er zu einer Konferenz muss oder so was. Er sagte, wir sollten Ihnen ausrichten, er werde morgens gleich um sieben loslegen.«
Merrick und Kevin traten zu ihr auf den Treppenabsatz, um Platz zu machen, als die Tote in den Leichensack geschoben wurde. »Kevin, Sam befragt die Frau, die die Leiche gefunden hat. Kommen Sie mit mir zur Wache und setzen Sie sich dazu. Sie haben ja damals die Fälle bearbeitet, vielleicht fällt Ihnen etwas auf, über das Sam nicht Bescheid weiß. Don, Sie und Paula fangen mit den Befragungen von Tür zu Tür an. Wir müssen mit allen Straßenmädchen und Strichjungen reden, an die wir rankommen, und außerdem mit dem Personal in den Bars, mit Kunden und so weiter. Wir müssen herausfinden, wo Sandie Foster gearbeitet hat. Irgendjemand muss sie mit dem Mörder gesehen haben.« Sie streifte die Handschuhe ab, steckte die Hände in die Taschen und zog unwillkürlich die Schultern hoch. »Und im Moment sollten wir alle Möglichkeiten in Betracht ziehen.«

Kevin fand Sam Evans vor den Vernehmungsbüros, wo er an die Wand gelehnt stand. »Wie läuft's?«, fragte er.
»Ich bin froh, dass du kommst«, seufzte Evans. »Die Frau da drin hat eindeutig was gegen Farbige. Wie kommt es, dass wir wegen Rassismus gemaßregelt werden, wenn wir auch nur ein falsches Wort sagen, aber sie mich einfach Bimbo nennen darf?«
Kevin stöhnte. »Soll ich's mal mit ihr versuchen?«

»Bitte.« Evans wies auf die Tür. »Ich kann kein einziges Wort aus ihr herauskriegen. Ich geh mal eine rauchen.«
Er gab Kevin eine Mappe und ging. Kevin schlug sie auf und sah ein einzelnes Blatt Papier, auf dem nicht mehr stand als Name, Alter und Adresse.
»Das war wohl kein Witz, Sam?«, sagte er leise.
Kevin blickte durch das Guckloch an der Tür und sah eine blondierte Frau in einem kurzen, engen schwarzen Kleid. Auf dem Zettel stand, sie sei neunundzwanzig, aber aus der Entfernung schien sie eher neunzehn zu sein. Sie hielt ihre knappe Jacke eng an sich gezogen, als sei es kalt im Raum. Sie rauchte, und aus der verqualmten Luft ließ sich schließen, dass es nicht ihre erste Zigarette war. So viel zu Brandons Plänen, das Rauchen zu unterbinden. Kevin erinnerte sich an den ersten Tag, an dem er versucht hatte, die Vorschrift durchzusetzen. Der Verdächtige, den er vernahm, hatte gedroht, sich wegen außergewöhnlich grausamer Behandlung und Verstoßes gegen die Menschenrechte zu beklagen. Er würde von Dee Smart nicht verlangen, dass sie ihre Zigarette ausdrücken solle. Sie war bis jetzt die einzige Person, von der sie sich eine brauchbare Zeugenaussage erwarten konnten, und dieser Fall war viel zu wichtig, als dass er ein Risiko eingehen wollte.
Er ging hinein und schenkte ihr sein teilnahmsvollstes Lächeln.
»Verdammt noch mal«, sagte sie. »Gott sei Dank, ein menschliches Wesen.«
»Haben Sie ein Problem mit meinem Kollegen?«, fragte Kevin und lächelte mitfühlend.
»Der ist mir nicht ganz geheuer«, murmelte sie. »So selbstgefällig wie Ali G. ›Hängt es damit zusammen, dass ich schwarz bin?‹ Nee, Kumpel, bloß damit, dass du 'n Arschloch bist. Jemand sollte ihm mal sagen, dass Huren mehr wert sind als der Dreck an seinen Schuhen. Wieso meint er, dass er auf mich runtergucken kann?«

»In der Rubrik soziale Kompetenz ist er 'n bisschen schwach.«
»Das können Sie zweimal sagen.« Sie stieß eine Rauchwolke aus und blickte finster vor sich hin. »Und – werden Sie mich besser behandeln?«
Zwanzig Minuten später hatten die beiden es sich fast gemütlich gemacht. Die Becher mit Tee, die er gebracht hatte, um die Situation zu entspannen, waren leer, und sie hatten den schwierigsten Teil, das Auffinden der Leiche, schon hinter sich.
»Wie lange genau hattet ihr diese Vereinbarung schon?«, fragte Kevin beiläufig.
Dee zuckte die Schultern. »Ungefähr drei Monate, glaube ich. Sandie hat vorher das Zimmer mit einem anderen Mädchen geteilt, mit Mo, aber die ist nach Leeds zurückgegangen, und deshalb hat mich Sandie gefragt, ob ich mich mit ihr zusammentun wollte.«
»Wie ist das in der Praxis gelaufen?«
Dee ließ mit einer schnellen Handbewegung den Deckel ihrer Zigarettenschachtel aufklappen und betrachtete verärgert die letzten drei Zigaretten. »Sie werden zum Automaten gehen müssen, wenn es noch viel länger dauert.«
»Da machen Sie sich mal keine Sorgen. Erzählen Sie mir, wie es lief.« Kevin lächelte wieder, so nett und einfühlsam er konnte.
Dee blickte missmutig vor sich hin. Die feinen Fältchen in ihrem Gesicht gruben sich dadurch tiefer ein und ließen sie so alt aussehen, wie sie war. »Sandie hat die frühere Schicht. An den meisten Abenden hört sie ganz gern gegen zehn auf. Sie hat ein Kind. Einen kleinen Jungen, Sean. Ihre Mutter kümmert sich um ihn. Sandie geht gern früh nach Hause, damit sie noch einigermaßen schlafen kann, bevor sie morgens mit ihm aufsteht und ihn für die Schule fertig macht. Nach halb elf hatte ich dann das Zimmer für mich.«
Kevin versuchte, nicht daran zu denken, wie Sean sich füh-

len würde, wenn er morgens aufwachte und hören müsste, dass seine Mutter ermordet worden war. Stattdessen konzentrierte er sich auf das, was Dee sagte. »Wieso haben Sie sie dann nicht gestern Abend schon gefunden?«, fragte er.

»Ich habe gestern Abend nicht gearbeitet.« Sie registrierte die Überraschung auf seinem Gesicht. »Wenn Sie es unbedingt wissen müssen, ich hatte den Dünnpfiff. Ich muss was gegessen haben, das nicht in Ordnung war. In dem Zustand konnte ich unmöglich rausgehen und Nummern schieben.«

Das war plausibel. Selbst Huren sind mal krank, dachte Kevin. »Alles war also normal, soweit Sie wussten? Als Sie mit Ihrem Freier raufgingen, erwarteten Sie, dass das Zimmer leer sein würde?«

Dee schloss die Augen und schauderte beim Gedanken daran. »Ja.«

»Hatten Sie Sandie an dem Abend schon gesehen?«

Dee schüttelte den Kopf. »Ich hätte sie vielleicht getroffen, wenn ich gearbeitet hätte, aber das tat ich ja nicht. Bevor ich anfing, hab ich im Nag's Head was getrunken, aber Sandie hab ich nicht gesehen.«

»Wo stand sie normalerweise bei der Arbeit?«

»Unten am Ende von Campion Boulevard. Gleich nach dem kleinen Kreisverkehr.«

Kevin rief sich die Stelle ins Gedächtnis. Sandie hätte also nur auf der Seitenstraße fünfzig Meter weitergehen müssen, um dann vor der Gasse zu stehen, in der das gemeinsam genutzte Zimmer war. »Hatte sie Stammkunden?«

Dee verlor plötzlich die Fassung. Ihre Augen füllten sich mit Tränen, und sie versuchte ein leises Wimmern zu unterdrücken. »Ich weiß nicht. Hören Sie, wir haben uns nur das Zimmer und die Miete geteilt, aber wir sind nicht dauernd zusammen gewesen. Ich weiß nicht, was sie mit wem gemacht hat.«

Kevin beugte sich über den Tisch und nahm Dees Hand. Vor lauter Erstaunen legte sich ihr Gefühlsausbruch, und ihr

Mund blieb offen stehen. »Tut mir leid. Wir müssen einfach alle Möglichkeiten ausschöpfen, damit wir auch nur eine Chance haben, ihn zu fassen.«
Dee lachte spöttisch und zog ihre Hand weg. »Wenn man Sie hört, könnte man ja geradezu denken, eine anständige Mutter von drei Kindern sei ermordet worden und nicht eine billige Nutte.«
Kevin schüttelte traurig den Kopf. »Ich weiß nicht, wo Sie das herhaben, Dee, aber wir behandeln hier niemanden als minderwertiges Opfer. Meine Chefin würde das nicht zulassen.«
Dee schien einen Moment unsicher. »Meinen Sie das ernst?«
»Ja. Niemand gibt sich bei diesen Ermittlungen weniger als hundert Prozent Mühe. Jetzt hätte ich gern, dass Sie mit mir nach oben gehen und sich ein paar Fotos betrachten. Würden Sie das für mich tun, Dee?«
»Alles klar«, sagte sie. Schwierig zu sagen, wer von beiden überraschter war.

Es war schon nach Mitternacht, und das unangenehm grelle Neonlicht in Carols Büro ließ die Haut grau erscheinen. Carol war dabei, die dürftigen Computerdateien zu Derek Tylers Morden zu lesen, als die Tür aufging und Tony eintrat. »Es ist einfach Unsinn«, sagte er ohne weitere Einleitung.
Carol war an die seltsamen Sprünge in seiner Redeweise gewöhnt und nahm es hin. »Danke, dass du gekommen bist. Was ist Unsinn?«
»Nachahmungstäter. So was passiert einfach nicht. Es gibt sie nicht – nicht bei sexuell motivierten Morden.« Er ließ sich auf den Stuhl gegenüber ihrem Schreibtisch fallen und seufzte.
»Was meinst du damit, Tony? Dass Derek Tyler es geschafft hat, an zwei Orten gleichzeitig zu sein?«
»Ich weiß nichts über Derek Tyler, bis ich die Unterlagen

gelesen habe. Aber ich weiß bestimmt, dass wir es hier nicht mit dem Verbrechen eines Nachahmungstäters zu tun haben.«

Carol versuchte, sich auf das, was sie da hörte, einen Reim zu machen. »Aber der Modus Operandi ist doch gleich …?«

»Dann hat man den gleichen Mörder vor sich.« Er lächelte bedauernd und zuckte mit den Schultern.

»Das ist unmöglich. Aus dem, was Don sagt, und auch aus dem, was ich gelesen habe, geht hervor, dass es keinen Zweifel an den Ergebnissen der Gerichtsmedizin gibt. Und Derek Tyler sitzt hinter Gittern.«

Tony rutschte mit dem Stuhl nach vorn und beugte sich über den Schreibtisch. Ihre Gesichter waren nur ein paar Zentimeter voneinander entfernt. »Worum geht es bei sexuell motiviertem Mord?«, fragte er.

Carol kannte die Antwort. »Um perverse Lustbefriedigung.«

»Gut, gut«, sagte er und kam noch näher. »Wie viele Geliebte hast du gehabt?«

Nervös wandte Carol den Blick ab. »Was hat denn das damit zu tun?«

»Mehr als einen, stimmt's?«, beharrte er.

Carol gab nach. Es war leichter, als sich auf die Alternative zu versteifen. »Mehr als einen«, stimmte sie zu.

»Und hat sich jemals einer im Bett genauso benommen wie einer der andern?«, fragte Tony, als könne die Antwort ein wichtiges Argument bestätigen.

Carol ahnte langsam, worauf er hinauswollte. »Nein.« Tonys blaue Augen mit dem durchdringenden Blick ließen sie nicht los. Durch seine körperliche Nähe kam unwillkürlich Spannung in ihr auf. Ob er es spürte oder nicht, ließ er sich nicht anmerken.

Seine Stimme wurde leise, vertraulich und weich. »Meine besonderen Bedürfnisse können nur durch einen bestimmten rituellen Ablauf befriedigt werden. Du musst angezogen, ans Bett gefesselt und durch einen Lederknebel am Reden gehindert sein. Ich muss dich in meiner Gewalt haben und die Merkmale deiner Sexualität zerstören.« Er holte tief Luft und wich etwas zurück. »Wie groß ist die Chance, dass es da draußen zwei gibt, die genau das Gleiche wollen?«

Carol begann zu ahnen, was er meinte. Sie entspannte sich jetzt, wo die direkte Nähe und Intimität nicht mehr gegeben waren. »Ich verstehe. Aber wir haben trotzdem noch den gleichen Modus Operandi vor uns. Und das ist ein Problem für mich.«

Tony lehnte sich zurück, seine Stimme hatte jetzt einen anderen Tonfall. Carol kannte diesen Umschwung. Er begann jetzt laut zu denken, wobei Gedanken und unklare, zunächst widersprüchliche Folgerungen aufeinandertrafen. Es hatte eine Weile gedauert, bis er sich in ihrer Gegenwart locker genug fühlte, dass er so vor sich hin improvisieren konnte, aber jetzt war es fast schon so, als sähe er sie in diesen Momenten des Fantasierens als einen Teil seiner selbst an. »Es sei denn, jemand hätte gerade Sandie beseitigen wollen und es für schlau gehalten, es auf diese Art und Weise zu tun, damit wir kopflos herumrennen und einen nicht existenten Mörder suchen.«

»Das ist vorstellbar, nehme ich an«, sagte Carol zögernd.

»Ich meine, wenn es nicht diese Vorgeschichte, den Zusammenhang mit den alten Fällen gäbe, wäre es nicht so besonders außergewöhnlich. Extrem schon, aber nicht außergewöhnlich.«

»Herrgott noch mal, Tony«, protestierte Carol. »Du findest das nicht außergewöhnlich, was er mit ihr gemacht hat?«

»Du musst deine persönliche Reaktion und deine berufliche Betrachtungsweise trennen, Carol«, sagte er leise. »Du hast schon Schlimmeres gesehen. Viel Schlimmeres. Wer immer das getan hat, muss in Bezug auf sexuellen Sadismus noch eine Menge dazulernen.«

»Ich hatte vergessen, wie weit du von der Normalität entfernt bist«, sagte sie matt.
»Deshalb brauchst du mich«, sagte er schlicht. »Der einzig wirklich interessante Aspekt ist wahrscheinlich, dass sie angezogen war. Wenn man sich die Mühe macht und den Aufwand nicht scheut, mit einer Prostituierten auf ein Zimmer zu gehen, dann hätte ich erwartet, dass man sie ausziehen würde. Ich weiß, dass ich das gern tun würde. Andernfalls könnte man es doch geradeso gut auf dem Rücksitz im Auto oder an einer Wand tun.«
»Was schließt du also daraus?«
»Vergewaltigung.« Das Wort stand zwischen ihnen. Seit Monaten war es nicht ausgesprochen worden und unaussprechlich gewesen. Aber jetzt stand es klar und deutlich vor ihnen. Tony zuckte entschuldigend mit den Schultern.
Carol hatte Mühe, ihre professionelle Nüchternheit beizubehalten. »Warum sagst du das? Es gibt keine Anzeichen für einen Kampf in dem Zimmer. Vermutlich wurde Sandie mit ihrer Zustimmung gefesselt. Wahrscheinlich hatte er ihr zugesagt, sie dafür zu bezahlen.«
»Klar. Aber er will, dass es ihm wie eine Vergewaltigung erscheint. Deshalb will er sein Opfer nicht ausziehen. So kann er sich einreden, er sei ein Vergewaltiger.«
Jetzt war Carol verwirrt. »Er will vorgeben, ein Vergewaltiger zu sein? Und bringt dann die Mädchen um? Warum kann er sich nicht einfach als Mörder ausgeben?«
Tony seufzte. »Das weiß ich noch nicht, Carol.«

Zwar ist das ziemlich absurd, aber wenn es auf den Straßen von Polizisten wimmelt, fühlt er sich ruhiger. Denn er hatte das erwartet, und es ist immer tröstlich, wenn das passiert, was er erwartet, selbst wenn es schlimm ist. Dann weiß er wenigstens, dass es nicht etwas noch Schlimmeres ist.
Er hatte auf der Toilette in Stan's Café ein paar Geschäfte

gemacht, da sah er Blaulicht durch die Milchglasscheiben des Fensters. Ein einziges Blaulicht hätte ja alles Mögliche sein können, aber drei auf einmal, da musste es um Sandie gehen. Und er hat keine Panik bekommen. Darauf ist er stolz. In der Zeit vor der Stimme wäre er wahrscheinlich weggelaufen – einfach aus Prinzip. Aber jetzt machte er weiter, verkaufte dem nervösen schwarzen Jungen Crack und tat ganz überrascht, als der wegen der Bullen draußen die Sache beschleunigen wollte.

Der Junge war gerade verschwunden, als ihr Gespräch losging. »Sie haben sie gefunden«, sagte die Stimme warm und liebevoll. »Heute Abend werden sie überall in Temple Fields sein. Sie werden mit allen reden wollen. Auch mit dir. Aber das ist in Ordnung. Das geht klar. Du weißt ja, was du sagen wirst, oder?«

Er warf ein nervöses Lächeln in Richtung Tür. »Ja, weiß ich.«

»Tu mir den Gefallen, sag's noch mal«, lockte die Stimme.

»Ich war hier und da, genau wie immer. Hab mal kurz bei Stan's reingeschaut und im Queen of Hearts zwei Bier getrunken. Sandie ist mir den ganzen Abend nicht übern Weg gelaufen. Sonst hab ich sie manchmal unten am Ende von Campion Boulevard gesehen, aber heute Abend nicht.«

»Und wenn sie dich nach Namen von Personen fragen, die dir ein Alibi geben könnten?«

»Stell ich mich einfach blöd. Als könnte ich einen Abend nicht vom anderen unterscheiden. Alle wissen ja, dass ich 'n bisschen langsam bin, deshalb werden sie sich nichts dabei denken.«

»Stimmt. Vage bleiben ist gut. Das erwarten sie von dir. Hast's echt gut gemacht gestern Abend. Wunderschönes Material. Wenn du heute Abend nach Hause kommst, wirst du eine kleine Belohnung vorfinden.«

»Das brauchst du nicht zu tun«, widersprach er und meinte es ehrlich. »Ich bin so auch schon zufrieden.«

»Du hast es verdient. Du bist ein ganz besonderer junger Mann.«

Er fühlte eine Wärme im Innern, die jetzt immer noch vorhält. Niemand außer der Stimme hat jemals etwas an ihm besonders gefunden außer seiner Unwissenheit.

Jetzt treibt er sich also wie immer draußen herum. Er sieht sich die Polizisten an, manche in Uniform, andere offensichtlich Kripo. Sie kämmen langsam die Straßen durch, gehen auf beiden Seiten entlang. Er könnte zu Stan's zurückkehren und warten, bis sie zu ihm kommen, oder er könnte wie ein Dummkopf, der nichts zu verbergen hat, auf sie zugehen.

Er erkennt einen der Kripobeamten, hatte ihn bei einer anderen Gelegenheit gesehen, als sie zwei Jahre zuvor überall in Temple Fields waren. So ein großer Dicker aus Tyneside, ein Geordie. Der Geordie behandelte einen nicht wie Dreck. Er wechselt die Richtung, indem er auf den Geordie und seine Kollegin zugeht. Sie sprechen mit einem Freier, der aber nichts weiß und es kaum erwarten kann, wegzukommen. Wahrscheinlich hat er ihnen einen falschen Namen und eine erlogene Adresse gegeben und will verschwinden, bevor sie ihn ertappen.

Sie treten zurück, und der Freier macht sich wie eine Krabbe seitwärts davon. Der Bulle schaut auf und sieht ihn. Er betrachtet ihn mit einem Blick, der sagt ›irgendwoher kenne ich dich, aber ich kann dich nicht einordnen‹. Er grinst den Dicken blöde an und sagt ›Hi‹. Geordie stellt sich als Detective Inspector Merrick vor.

Er wiederholt den Namen noch zweimal, damit er sich ihn gut einprägt, denn er weiß, die Stimme wird alles genau wissen wollen. Fast bevor er gefragt wird, gibt er Geordie seinen Namen und seine Adresse an, und die Frau schreibt sie auf. Sie sieht nicht schlecht aus. Bisschen dünn, aber langsam fängt er an, so dünne Weiber zu mögen. Der Polizist fragt, ob er die Sache mit Sandie gehört hätte, und er sagt, ja, alle redeten ja darüber. Und dann spuckt er die Sprüche aus,

die die Stimme fest in seinem Hirn verankert hat. Es läuft perfekt.
Sie fragen, ob er jemanden gesehen hätte, der sich merkwürdig benahm. Er lacht laut und unterstreicht damit sein Dorftrottel-Image. »Hier benehmen sich alle komisch«, sagt er.
»Tatsächlich«, murmelt die Polizistin halblaut. »Kann irgendjemand bezeugen, wo Sie gestern Abend waren?«
Er scheint verwirrt. Mr. Merrick sagt: »Hat jemand Sie gesehen? Wer kann bestätigen, wo Sie gestern Abend waren?«
Er reißt die Augen auf. »Weiß nicht«, sagt er. »Gestern Abend war es genauso wie immer, wissen Sie? Ich kann mich nicht so gut erinnern, wissen Sie, Mr. Merrick.«
»Sie haben sich aber daran erinnert, dass Sie Sandie nicht gesehen haben«, warf die Frau ein. Klugscheißerin, blöde Kuh.
»Nur weil ja alle davon reden«, sagte er und spürte am Kreuz, wie ihm kitzelnd der Schweiß herunterrann. »Das ist eine große Sache, keine kleine, wie zum Beispiel wer im Café oder im Pub war.«
Mr. Merrick klopft ihm auf die Schulter, nimmt eine Karte aus seiner Tasche und gibt sie ihm in die Hand. »Wenn Sie etwas hören, rufen Sie mich an, ja?« Und schon gehen sie weiter, um sich mit dem Nächsten zu unterhalten.
Von Zweifel keine Spur. Keinerlei Verdacht. Er hat sie reingelegt. Sie haben sich mit einem Mörder unterhalten und hatten keine Ahnung davon. Wer ist denn jetzt hier der Dumme?

Carol machte leise die Tür zu, denn sie wollte Michael und Lucy nicht stören. Sie wusste ja, wie hellhörig diese Dachwohnung mit den hohen Decken war. Sie streifte die Schuhe ab und ging zur Küche am einen Ende des offenen Wohnraums. Ihr Kater Nelson lag behaglich auf der Seite ausgestreckt im Schein der verdeckt angebrachten Neonröhren, die Licht auf die Arbeitsfläche warfen, und genoss die Wärme. Als sie näher kam, zuckte ein Ohr, und er stieß ein tiefes Brummen aus, das man mit gutem Willen als Willkommensgruß interpretieren mochte. Carol kraulte ihn am Kopf und bemerkte dann den Zettel, den er halb verdeckte. Sie zog ihn unter dem Kater hervor, ohne sein widerstrebendes Zappeln zu beachten. *»Hallo, Schwesterchen. Lucy ist morgen und Donnerstag wegen eines Falls von schwerem Raub in Leeds. Wir haben noch in letzter Minute Karten für die Oper bekommen, deshalb übernachte ich heute dort mit ihr. Bis Donnerstagabend. Tschüss, Michael«*

Carol zerknüllte den Zettel und warf ihn in den Papierkorb, wobei sie einen Augenblick wehmütig an die Vorstellung eines Opernabends in netter Gesellschaft dachte. Es gab nichts, was nicht besser gewesen wäre als ein Abend allein in der Wohnung. Sie machte den Kühlschrank auf, um eine halb leere Dose Katzenfutter herauszunehmen, fühlte sich aber unwiderstehlich von einer Flasche Pinot Grigio angezogen, die im Türfach stand. Sie nahm beides heraus, fütterte den Kater und betrachtete die Flasche Wein.

Bei dem Kampf um ihren Frieden hatte Carol dem einfachen Trost aus der Flasche widerstanden, denn sie betrachtete diese simple Art des Vergessens mit Skepsis. Sie hatte sich vorgenommen, die Zeit nach der Vergewaltigung nicht wie eine Schlafwandlerin über sich ergehen zu lassen. Sie musste die Sache verarbeiten, die Nachwirkungen verstehen und ihre Psyche wieder einigermaßen in Ordnung bringen. Heute Abend allerdings wollte sie tatsächlich alles vergessen. Sie konnte die Bilder nicht ertragen, die sie aus der Pathologie mit nach Hause gebracht hatte und vor sich sah, sobald sie die Augen schloss. Ohne Hilfsmittel war an Schlaf nicht zu denken. Doch ohne Schlaf konnte sie die Verfolgung von Sandie Fosters Mörder nicht effizient durchführen. Carol wühlte in der Besteckschublade, fand den Korkenzieher und öffnete schnell die Flasche. Mit dem vollen Glas in der Hand

lehnte sie am Tisch, vergrub die Finger in Nelsons Fell und war dankbar dafür, seinen Herzschlag an ihrem Körper zu spüren.
Vor dem gestrigen Abend hatte sie nichts mit Sandie gemein gehabt, außer dass sie eine Frau war. Aber das Verbrechen hatte der Prostituierten eine Art Verwandtschaft mit ihr verliehen, die ihr nun die Verantwortung dafür auflud, ihren Mörder zu finden. Beide waren in einer Welt, wo sie von manchen Männern, die es für selbstverständlich hielten, sich nie machtlos zu fühlen, in eine Opferrolle gedrängt worden, nur weil sie Frauen waren. Sandie hatte das, was ihr zugestoßen war, genauso wenig verdient wie Carol.
Diese trank langsam ein Glas nach dem anderen und goss immer schon nach, wenn das Glas erst halb leer war. Sie wusste genau, welche schreckliche Angst Sandie gehabt haben musste, als ihr klar wurde, dass sie ihrem Peiniger nicht entkommen konnte. Denn sie kannte dieses Gefühl äußerster Hilflosigkeit, kannte die Furcht des Opfers, das sich gegen den Angreifer nicht verteidigen kann. Aber in einem wichtigen Aspekt hatte Sandie mehr Glück gehabt als Carol. Sie hatte keine Möglichkeit finden müssen, irgendwie mit dem weiterzuleben, was ihr angetan worden war.

Tony stand neben Carol und blickte auf das Gesicht der toten Sandie Foster. Bei Obduktionen dabei zu sein machte ihm nichts aus. Wenn er ehrlich war, faszinierte es ihn, den Pathologen dabei zu beobachten, wie er die Botschaften aufdeckte, die von den Toten ausgingen. Tony selbst konnte auch vieles von den Leichen ablesen, aber da handelte es sich um einen anderen Text. Beide hatten jedoch gemeinsam, dass sie über das Opfer zum Mörder Kontakt bekamen.
Die Leiche lag unter dem Lichtkegel einer Halogenlampe, um den herum sich ein Schattengewirr im Raum ausbreitete. Der Pathologe Dr. Vernon beugte sich über die Leiche, die ein grausiges Beispiel für Kontrastwirkung bot. Sandies

Körper war unterhalb der Taille immer noch blutverkrustet, eine Studie in Rot. Oberhalb der Körpermitte war sie offenbar völlig unverletzt. Die Plastiktüten, die über ihre Hände gezogen waren, verdeckten teilweise die blauen Flecken an ihren Handgelenken und hielten so die Illusion der Unversehrtheit aufrecht. »Unterernährt«, sagte Vernon. »Zu leicht für ihre Größe. Zeichen von Drogenmissbrauch durch Spritzen ...« Er zeigte auf die Nadeleinstiche an ihren Armen.

Dann beugte er sich vor und öffnete vorsichtig ihren Mund. »Leichte Prellung an der Innenseite des Mundes. Sehr wahrscheinlich verursacht durch den Knebel, den wir entfernt haben. Einige Hinweise auf langjährigen gewohnheitsmäßigen Missbrauch von Amphetaminen.«

»Ich weiß, Sie haben es gar nicht gern, gedrängt zu werden«, sagte Carol. »Aber können Sie mir schon irgendetwas zur Todesursache sagen?«

Vernon wandte sich ihr zu und lächelte kühl. »Ich sehe, Sie sind in der Zeit, die Sie nicht bei uns waren, kaum geduldiger geworden, Carol. Bis jetzt sehe ich nichts, was den offensichtlichen Fakten widerspricht. Sie ist infolge von Verletzungen der Vagina verblutet. Das Gewebe ist an der Stelle bis zur Unkenntlichkeit zerfetzt. Kein angenehmer Tod.«

»Sie ist nicht schnell gestorben?«, fragte Carol. Tony spürte die Angst, die von ihr ausging. Außerdem roch er ihre Fahne. Er hatte selbst nur vier Stunden geschlafen und konnte nur mutmaßen, wie viel weniger Schlaf Carol zwischen das Leeren der Flasche und die Obduktion hatte quetschen können. Dass es nicht genug war, sah man jedenfalls an den dunklen Ringen unter ihren Augen.

Vernon schüttelte den Kopf. »Nein. Keine arterielle Blutung. Es war ein langsames Verbluten. Sie hat wahrscheinlich noch eine Stunde oder länger gelebt, hatte schreckliche Schmerzen und stand unter Schock.«

Nach dieser Mitteilung entstand ein langes Schweigen. Tony

hoffte, dass Carol sich Sandies Qualen nicht allzu detailliert vorstellte.
Dann rief er sich selbst zur Ordnung. Er musste aufhören, sich die ganze Zeit auf Carol zu konzentrieren. Schließlich hatte er eine Aufgabe, und obwohl diese leichter zu lösen sein mochte, wenn er Carol damit persönlich helfen konnte, musste er doch genug Abstand wahren, um das tun zu können, wofür er bezahlt wurde. Es war niemals leicht, die Psyche eines Mörders auszuloten, und er konnte es sich nicht leisten, sich eine so gute Gelegenheit für einen Ansatz entgehen zu lassen.
Ein langsamer, qualvoller Tod. »Er hat ihr beim Sterben zugesehen«, sagte er leise.
Carols Kopf fuhr herum. »Was?«
»Das ist der einzige Sinn, den ein hinausgezögerter Tod haben kann. Der Mörder will das genießen, was er vollbracht hat. Bestimmt hat er es auch aufgezeichnet. Wahrscheinlich auf Video. Aber du solltest das Zimmer vielleicht auch auf Glasfaserkameras untersuchen lassen. Es ist möglich, dass er bei der Entdeckung der Leiche zusehen wollte.«
»Er blieb da, bis sie tot war?«
Tony nickte. »Ein großes Risiko. Der Mörder war sich seiner Sache recht sicher. Er kannte Sandies Angewohnheiten so gut, dass er überzeugt war, nicht gestört zu werden. Er hat sie wahrscheinlich für die Nummer bezahlt, bevor sie die Lage der Dinge einschätzen konnte. Wahrscheinlich war er zum Geschlechtsverkehr nicht in der Lage, wollte aber reden und etwas über ihre Angewohnheiten herausfinden. Ihr solltet herumfragen, ob sie vielleicht zu ihren Kolleginnen irgendetwas darüber gesagt hat.«
Carol merkte sich dies, um später entsprechende Maßnahmen zu treffen. Vernon nahm die Plastiktüten von Sandies Händen ab und fing an, unter den Fingernägeln Proben herauszukratzen. »Was meinen Sie, wann ist der Tod eingetreten?«, fragte Carol.

»Selbst unter günstigsten Umständen kann es nur eine ungenaue Prognose geben«, sagte Vernon trocken. »Irgendwann zwischen Mitternacht und acht Uhr gestern früh, genauer kann ich's nicht sagen.«

»Ich nehme an, es ist nicht möglich festzustellen, ob sie Sex hatte, bevor sie angegriffen wurde?«, fragte Carol.

»Das ist aussichtslos. Die Verletzungen des umgebenden Gewebes sind so schwer, dass man unmöglich sagen kann, ob es schon vorher Prellungen gab. Anzeichen für ein grobes Eindringen in den Anus gibt es keine, wenn Sie das tröstet.«

Bevor Carol antworten konnte, ging die Tür hinter ihnen auf. Tony schaute sich um. Dieser kurze Blick sagte ihm bereits, dass die Frau, die gerade den Raum betreten hatte, Polizistin war. Irgendwie ließ ihre lässige Autorität in dieser Situation unmissverständlich darauf schließen. Sie trug einen langen schwarzen Ledermantel, dessen Kragen wegen des stürmischen Wetters draußen hochgeschlagen war, wodurch sie aussah, als wolle sie für eine feministische Variante von *Matrix* vorsprechen. Während sie auf Carol zuging, warf sie kaum einen Blick auf die Leiche auf dem Tisch.

»Morgen, DCI Jordan,« sagte sie. »Mr. Brandon sagte mir, ich würde Sie hier finden.«

Carol verbarg ihre Überraschung, allerdings nicht vor Tony. Er kannte Carol gut genug, um ihre hochgezogenen Augenbrauen und die leicht aufgerissenen Augen deuten zu können. »Sergeant Shields«, sagte sie. »Was führt Sie hierher?«

»Mr. Brandon hat Sie nicht angerufen?« Jan war konsterniert.

»Nein.«

»Aha. Ich nehme an, er hat eine Nachricht auf Ihrer Mailbox hinterlassen. Ich habe selbst versucht, Sie anzurufen und konnte Sie nicht erreichen. Jedenfalls hat er mich für diese Ermittlung Ihrem Team zugeteilt. Er sagte, Ihnen fehle ein Sergeant und er hätte gedacht, es sei zweckmäßig,

jemanden in der Gruppe zu haben, der das Straßenleben hier kennt.«
»Das klingt logisch.« Carols Stimme war eisig. Brandon schien schon jetzt sein Versprechen zu brechen, er werde ihr freie Hand lassen, und was das über sie selbst aussagte, passte ihr nicht.
»Das fand er wohl auch«, sagte Jan und wandte sich Tony zu. »Und dies muss wohl der Mann sein, der unsere Gedanken lesen kann.«
Tony gab sich den Anschein, so etwas schon öfter gehört zu haben. »Nur wenn Sie ein Serientäter mit sexuellen Motiven wären.«
Jan lachte. »Meine Geheimnisse sind also sicher vor Ihnen.« Sie streckte ihm die Hand hin. »Ich bin Jan Shields.«
Tony erwiderte ihren Händedruck. Eine starke, warme Hand. Genau das, was er von einer Person erwartete, die gerade ihre Selbstsicherheit demonstriert hatte.
Jan wandte sich wieder Carol zu. »Schon wieder eine abgekratzt, hm?«
»Auf eine besonders unangenehme Weise«, antwortete Carol streng.
Jan zuckte mit der Schulter und trat näher, um besser sehen zu können, was Vernon tat. »Ist eben ein hohes Berufsrisiko.«
»Genau wie bei der Polizei«, erwiderte Carol. »Aber wenn jemand von uns stirbt, wird uns doch etwas mehr Respekt entgegengebracht.«
Jan lächelte entschuldigend. »Tut mir leid, ich will nicht abgebrüht klingen. Aber wenn man schon so lange wie ich im Sittendezernat ist, sehen sie alle nur wie Fleisch aus, auch wenn sie noch zum Lebendvieh gehören.«
Tony überraschte Jans Haltung nicht. Er hatte bereits zu viele Polizisten und auch forensische Psychologen am Rande absoluter Erschöpfung kennengelernt, als dass er kein Verständnis für die Abwehrhaltung gehabt hätte, die sie sich zulegten. Er trat einen Schritt zurück und näherte sich dem Tisch.

»Haben Sie auch die Obduktionen vor zwei Jahren gemacht?«, fragte er.

Vernon nickte. »Ja.«

»Was meinen Sie?«, fragte Tony.

»Wenn ich nicht wüsste, dass es nicht sein kann, würde ich sagen, diese Frau war ein Opfer des gleichen Mörders. Die Verwundungen sind ganz unverwechselbar, eigentlich einzigartig. Ich habe so etwas nur einmal gesehen, bei den Morden, die Derek Tyler nachgewiesen wurden.«

»Womit hat er das gemacht? Mit einer Art Messer?«

»Soweit ich mich erinnere, hat Tyler niemals preisgegeben, was er als Waffe benutzte. Damals vermutete ich, dass es etwas Selbstgebasteltes war«, sagte Vernon. »Die Verletzungen passen jedenfalls zu keinem Objekt, das mir jemals untergekommen ist. Und ich habe die Meinung eines Kollegen eingeholt, der Gutachter für die bei Verletzungen wahrscheinlich benutzten Geräte ist.«

»Was für ein selbst gebasteltes Objekt also?«, warf Carol ein.

Vernon betrachtete die Schneide seines Skalpells. »Es ist schwierig, dazu etwas Verlässliches zu sagen. Die Verletzungen passen zu einer schmalen flexiblen Klinge. Eher zu einer Rasierklinge als zu einem Messer. Aber es sind Dutzende, ja Hunderte von Schnittverletzungen. Das Genaueste, was mein Kollege und ich uns vorstellen konnten, ist eine Art Dildo aus Latex, in den eine Reihe von Rasierklingen ziemlich tief eingesetzt waren.«

Carol zog hörbar die Luft ein. »Mein Gott«, sagte sie.

»Gefahr im Verzug. Das sind Verrückte«, sagte Jan sarkastisch. »Stimmt's, Dr. Hill?«

Tony runzelte die Stirn. Es war nicht logisch. Das alles passte nicht zusammen. Wenn die Polizei den falschen Mann festgesetzt hatte, hätte der wirkliche Mörder bestimmt so reagiert, dass er gleich damals ein anderes Opfer überfallen hätte. Sexuell motivierte Mörder mochten es nicht, dass andere die Anerkennung für ihre Taten bekamen. Zwei Jahre zu warten bis zum nächsten Mord, das passte nicht ins Muster. Er musste diese Sache durchsprechen.

»Carol?«, sagte er leise.

Aber sie war in Gedanken ganz woanders. Mit einer Kopfbewegung wies sie auf Tony, ohne ihn direkt anzusehen. »Jan, Dr. Hill glaubt, dass unser Mann öfter bei Sandie gewesen ist. Können Sie herausfinden, mit wem sie oft zusammen war und ob sie einen Freier erwähnt hat, der mit ihr über sich selbst sprechen wollte? Es ist möglich, dass er Schwierigkeiten hatte, eine Erektion zustande zu kriegen.«

Jan lachte schnaubend. »Das grenzt es ja wohl kaum ein. Sie würden sich wundern, wie viele Freier keinen hochkriegen, wenn's drauf ankommt. Deshalb werden die Mädchen dann oft geschlagen. Aber ja, ich werde sehen, was ich rauskriegen kann.« Sie zog ihren Mantelkragen enger um den Hals. »Ich mach mich dann vom Acker. Bis später.«

Tony sah zu, wie sie im dunklen Teil des Raums verschwand, und horchte, wie sich hinter ihr die Tür schloss, bevor er sich wieder an Carol wandte. Im Raum war nichts zu hören außer dem Klirren der Metallinstrumente, wenn Vernon ein Instrument der Zerlegung gegen das nächste austauschte. »Carol, ich komme einfach immer wieder zu dem Ergebnis, das ich schon erwähnt habe. Bei dieser ganzen Sache liegt eine unmögliche Konstellation vor. Wenn Derek Tyler wirklich die Morde begangen hat, für die er verurteilt wurde, entbehrt es jeder Wahrscheinlichkeit, dass ein anderer Befriedigung durch eine so genaue Nachahmung seiner Taten finden würde. Es widerspricht jeder psychologischen Grundtatsache, die ich kenne. Jemand inszeniert die Situation und lässt das entstehen, was wir sehen sollen.«

»Aber die Gerichtsmedizin …«

»Ich weiß, was du gesagt hast«, unterbrach sie Tony. »Aber dein Team muss sich diese Akten noch mal auf einen etwaigen Fehler hin ansehen. Und wenn es einen gab, dann musst du dir Männer vornehmen, die in letzter Zeit nach zweijäh-

rigem Gewahrsam aus dem Gefängnis oder aus Bradfield Moor entlassen wurden. Das ist die einzige Erklärung für den zeitlichen Abstand. Denn ich würde um meine Berufsehre wetten, dass wer immer die Frauen vor zwei Jahren umgebracht hat, auch Sandie Foster ermordet hat.«
Carol starrte ihn an, aus ihrem Unterbewusstsein tauchte leise ein Gedanke auf. »Tony? Was wäre, wenn unser Mörder genau darauf gesetzt hätte?«
»Wie bitte?« Er war ratlos.
Carol verhedderte sich fast vor Aufregung. »Was wäre, wenn Sandie Fosters Mörder darauf aus ist, dass wir genau diesen Schluss ziehen müssen? Wenn Sandies Ermordung ein Nebenprodukt wäre? Wenn es das Ziel des wahren Mörders wäre, dass Derek Tylers Verurteilung aufgehoben wird?«
Tony neigte den Kopf zur Seite und überlegte. »Das würde funktionieren? Man könnte eine Berufung darauf aufbauen? Trotz der überwältigenden Beweise gegen Tyler?«
»Man könnte jedenfalls einen verdammt Erfolg versprechenden Versuch machen. Besonders wenn jemand wie du im Zeugenstand steht und seine nicht unbeträchtliche Berufsehre dafür riskiert.«
»Aha«, sagte er. »Ich verstehe, du willst also nicht, dass ich es an die große Glocke hänge?«
»Besonders nicht, wenn Anwälte oder Journalisten in der Nähe sind«, sagte Carol. »Aber was meinst du? Würde das als Motivation ausreichen?«
»Schwer zu sagen. Es müsste jemand sein, der sich leidenschaftlich für Derek Tyler einsetzen würde und schlau genug wäre, uns zu manipulieren. Es ist kein sehr wahrscheinliches Szenario, aber es ist möglich.« Er lächelte. »Du denkst wie ein Detektiv und ich wie ein Geistesgestörter, deshalb arbeiten wir so erfolgreich zusammen.«

Nach dem Aufenthalt in der Gerichtsmedizin war er geradezu erleichtert, wieder in Bradfield Moor in der Anstalt zu sein. In der Anmeldung erfuhr er, wo Derek Tyler zu finden sei. Weil er als nicht gewalttätig eingestuft war, durfte er mit anderen der gleichen Kategorie im Speisesaal essen. Der niedrige Raum war fast so groß wie eine Scheune, und es roch nach Pommesfett und verkochtem Kohl. Die Wände waren nach den Richtlinien der Farbtherapie, die Tony insgeheim für wissenschaftlichen Humbug hielt, blau und gelb gestrichen. Jede wohltuende Wirkung, die diese Gestaltung eventuell hätte haben können, wäre sowieso durch die Kratzer und Flecken wieder aufgehoben worden, die die Wände vom Fußboden bis hinauf zur Decke aufwiesen. Durch das Sicherheitsglas der Fensterscheiben hatte man einen Blick auf Büsche, hauptsächlich gefleckten Kirschlorbeer und Rhododendron. Wenn sie nicht schon deprimiert hier reinkommen, dachte Tony, dann werden sie es bestimmt bald.

Er bat einen der Pfleger, ihm Tyler zu zeigen, dann holte er sich ein Tablett mit einem Teller Nudelauflauf und Erbsen und wählte einen Tisch, der etwas abseits stand. Von dort aus konnte er den Mann gut beobachten, der über einen Zeitraum von mehr als sechs Monaten der Morde an vier Prostituierten überführt worden war und seinen Drang zu morden auf die Stimme in seinem Kopf zurückgeführt hatte. Ein paar der anderen Insassen blickten zu Tony hinüber, einige starrten ihn ungeniert an. Aber niemand machte Annäherungsversuche.

Tyler war ein schlaksiger, dürrer Typ Mitte zwanzig. Er saß über seine Würstchen mit Eiern und Pommes gebeugt wie ein Geizkragen über seinem gehorteten Gold, den Kopf gesenkt, sodass Tony kaum mehr von ihm sehen konnte als den rasierten Schädel und die Tätowierungen auf seinen mageren Unterarmen.

Tony verzehrte geistesabwesend seine Mittagsmahlzeit und spülte das fade Essen mit starkem Tee hinunter. Tyler hatte keinen der äußerlich auffälligen Tickmerkmale eines Zwangsneurotikers. Er aß unnatürlich langsam, als wolle er das Essen so weit wie möglich in die Länge ziehen. Das erschien Tony als eine recht gute Strategie, um die Zeit herumzubekommen.

Als Aidan Hart leise auf dem Stuhl neben Tony Platz nahm, war Tyler gerade bei den letzten paar Bissen. »Ich hatte nicht erwartet, dass Sie heute kommen«, sagte er.

»Geht schon in Ordnung, ich werde es nicht als Überstunden verrechnen«, sagte Tony.

»Es gibt besseres Essen im Restaurant fürs Personal, wie Sie ja wissen.«

»Ich weiß. Aber ich wollte mir einen Patienten anschauen.«

Hart nickte. »Derek Tyler.« Als er Tonys Überraschung bemerkte, sagte er: »Die Wärter haben es mir gesagt, als ich reinkam. Was interessiert Sie an ihm?«

»Die Polizei von Bradfield hat gestern Abend ein Mordopfer entdeckt. Man hat mich gebeten, in dem Fall als Berater mitzuwirken.« Als er die Polizei erwähnte, spitzte Hart die Ohren, und seine Augen leuchteten vor Wissbegierde. Tony nahm an, dass er mit seiner ersten instinktiven Einordnung Aidan Harts als definitivem Karrieremacher richtig gelegen hatte. Das fehlte ihm gerade noch. Wieder mal waren diplomatische Winkelzüge im Berufsleben erforderlich, die ihm so gar nicht lagen. Er würde sehr vorsichtig vorgehen müssen. »Oberflächlich betrachtet sieht es aus, als handele es sich um eine Nachahmung von Derek Tylers Morden.«

Hart fuhr sich über sein glatt rasiertes Kinn. »Interessant.«

»O ja, das kann man wohl sagen.« Tony trank seinen Tee aus. »Er sieht ein bisschen jung aus für diese Art von Delikten.«

»Ich nehme an, das Profil wird hin und wieder abweichen«, sagte Hart routiniert. »Da wir ja mit Durchschnittswerten arbeiten.«

»Ich gebe der Polizei auch immer zu bedenken, dass es nicht um eine exakte Wissenschaft geht. Also, was können Sie mir über ihn sagen?«

Hart sah zu Tyler hinüber, der mit seinem Essen fertig war und auf seinen leeren Teller hinunterstarrte. »Sehr wenig. Er arbeitet so wenig mit, wie ich es bei kaum einem anderen Patienten je erlebt habe. Aber verstehen Sie mich nicht falsch. Er schießt nicht quer – eher im Gegenteil. Er ist total passiv. In gewissem Sinn macht er überhaupt keine Schwierigkeiten. Aber in anderer Hinsicht ist er vollkommen halsstarrig. Er beteiligt sich überhaupt nicht am therapeutischen Prozess und spricht nicht. Aber katatonisch ist er nicht. Er will einfach nicht.«
»Hatten Sie mal Probleme mit ihm?«
»Nur einmal. Sie haben in ihren Zimmern eingebaute Radios und ein halbes Dutzend eingestellter Sender zur Auswahl, und wir können die Radios für Durchsagen nutzen. Derek hat seinen Apparat nie an, aber einmal stimmte irgendetwas nicht damit. Das Radio schaltete sich ein und ließ sich nicht mehr abstellen. Da drehte Derek durch. Er zerschlug alles im Zimmer und stürzte sich auf die Pfleger. Wir mussten ihn sedieren, und er weigerte sich, in sein Zimmer zurückzugehen, bis wir den Radioapparat entfernt hatten.«
Tony lächelte kurz. »Interessant«, sagte er. Sollte Hart das als Echo auf seinen eigenen Kommentar betrachtet haben, so reagierte er jedenfalls nicht darauf.
»Aber nicht sehr aufschlussreich.«
Tony ließ das unkommentiert. Er war nicht bereit, irgendjemandem seine Gedanken mitzuteilen, schon gar nicht jemandem, dem er instinktiv Misstrauen entgegenbrachte. »Was wissen wir über ihn aus der Zeit vor den Morden?«
Tony beobachtete, wie Hart die Augen bewegte, was ihm anzeigte, dass er sich tatsächlich an etwas erinnerte und ihm keine Lügen auftischte. »Nicht viel«, sagte Hart nach kurzem Schweigen. »Borderline-Syndrom mit besonderen Bedürfnissen. In dem Bericht seines Hausarztes stand, er sei sehr beeinflussbar, bemüht zu gefallen, leicht zwanghaft. Aber nichts, was behandelt werden müsste. Und nichts, was

auf eine künftige Entwicklung zum Serienmörder hinwies. Andererseits – Hausärzte, was wissen die schon?« Er lächelte ihm komplizenhaft zu, wir Experten unter uns, womit er ein wohlüberlegtes Bündnis schmiedete. Tony verstand es auch so, lehnte es aber unwillkürlich ab. Hart schob seinen Stuhl zurück. »Wollen Sie Derek kennenlernen?«

»Ich wäre dankbar, wenn Sie es einrichten könnten. Es wäre gut, wenn ich mit ihm in seinem Zimmer sprechen könnte.«

Hart war überrascht. »Normalerweise gehen wir nicht so vor. Wir unterhalten uns mit den Patienten gewöhnlich in einem der Besprechungszimmer.«

»Ich weiß. Aber ich würde gern in seinem eigenen Bereich mit ihm sprechen. Ich möchte, dass er das Gefühl hat, ein gewisses Maß an Kontrolle zu haben. Und Sie sagten ja selbst, dass er nicht gewalttätig ist.«

Tony sah, dass Hart seine Argumente überdachte, und beschloss, vorerst abzuwarten. »Also gut. Ich piepse Sie an, wenn wir so weit sind. Aber Sie werden Ihre Zeit verschwenden, das sollten Sie wissen. Seit dem Tag seiner Ankunft hat er mit keinem einzigen der ärztlichen Mitarbeiter gesprochen.«

Tony wandte den Blick nicht von Derek Tyler ab, während Hart sich geschäftig entfernte. Er sagte leise vor sich hin: »Du magst die Stimme, nicht wahr, Derek? Du hörst ihr gern zu. Du willst nicht, dass sie durch irgendetwas gestört wird. Was muss ich also tun, damit du meine hören möchtest?«

Als Carol drei Stunden, nachdem sie erschöpft ins Bett gefallen war, schon wieder aufstehen musste, hatte sie den Schlafmangel als Ursache für ihr Befinden angesehen. Aber im Lauf des Morgens wurde ihr klar, dass sie eigentlich einen Kater hatte. Sie fühlte sich, als zerteile jemand, der auch die Glühbirnen mehrere hundert Watt greller eingestellt hatte, ihr Gehirn mit einem feinen Draht. Trotzdem hatte der tiefe, traumlose Schlaf, der die albtraumhaften Bilder von Sandie Fosters Tod gebannt hatte, sie fast dafür entschädigt. Sie nahm einen Schluck Wasser aus ihrer Flasche und ließ den Blick über ihr Team schweifen. Alle sahen frischer aus, als sie selbst sich fühlte. Sie verließ ihr Büro und stellte sich vor die Tafel, an der schon Fotos von der lebenden und der toten Sandie hingen.

»Guten Morgen«, sagte Carol und versuchte die ihr fehlende Energie wenigstens vorzutäuschen. »Sandie Foster ist irgendwann zwischen Mitternacht und acht Uhr morgens gestorben. Das heißt, sie wurde wahrscheinlich zwischen zehn Uhr Montagnacht und vier Uhr Dienstag früh angegriffen. Da sie normalerweise um zweiundzwanzig Uhr Feierabend machte, können wir annehmen, dass sie schon davor in Gesellschaft des Mörders war. Nach Dr. Vernons Erkenntnissen ist sie verblutet, und es dürfte mindestens eine Stunde gedauert haben, bis sie tot war. Dr. Tony Hill, der mit uns an diesem Fall arbeiten wird, glaubt, dass der Mörder wahrscheinlich bei ihr war, während sie verblutete. Wir suchen also jemanden, der nicht nachweisen kann, wo er in diesen zwei oder drei Stunden war.« Sie wandte sich der Tafel zu und schrieb die entsprechende Zeit auf.

»Vorläufige gerichtsmedizinische Untersuchungen deuten darauf hin, dass wir von dieser Seite nicht viel zu erwarten haben. Viele Fingerabdrücke, aber keine auf den Handschellen oder dem Bettgestell. Sie sind abgewischt worden. Der Tisch war mit grünem Filz bezogen, da gibt es also keine Spuren für uns. Es ist gut möglich, dass die verbleibenden Abdrücke von Freiern stammen, die mit dieser Sache nichts zu tun hatten. Trotzdem müssen wir Übereinstimmungen überprüfen, falls wir welche finden. Spermaspuren haben wir bisher nicht entdeckt. Die Blutspezialisten suchen nach Blut, das nicht von Sandie stammt, aber die Chancen stehen nicht gut.« Carol stützte sich auf den Schreibtisch und zwang sich, ihre Gedanken zu ordnen.

»Ich weiß, dass ihr alle die Ähnlichkeiten zwischen diesem

Fall und einer Serie von Morden kennt, die sich vor zwei Jahren ereignete. Es weist jedoch nichts darauf hin, dass Derek Tylers Verurteilung inkorrekt war. Ich habe die Akten gelesen, und auch ohne Schuldbekenntnis wäre dieser Fall dermaßen sonnenklar gewesen, wie es selten vorkommt. Selbst wenn wir dies als einzelnen Fall behandeln, sollten wir uns doch der Möglichkeit bewusst sein, dass Derek Tyler vor zwei Jahren einen Sympathisanten gehabt haben könnte. Einen kranken Kerl, der es als seine Aufgabe ansieht, Dereks Taten zu imitieren. Eventuell versucht jemand sogar zu bewirken, dass Derek Tyler aus Bradfield Moor entlassen wird, und sieht hierin eine Möglichkeit, dies zu erreichen. Einen Zusammenhang zwischen den Morden herzustellen heißt aber auch, dass man einen Justizirrtum nicht ausschließt.«

»Finden Sie das nicht ein bisschen sehr weit hergeholt, Ma'am?«, warf Don Merrick ein.

»Zu diesem Zeitpunkt will ich es nicht ausschließen, Don, wie abwegig es auch erscheinen mag.« Carol bemerkte, dass Paula mit Merrick einen Blick tauschte und leicht den Kopf schüttelte. Wollte sie damit sagen, ihre Chefin sei ausgerastet? Oder war Carol nur paranoid? Tat Paula dies aus Solidarität mit dem Team, um auszudrücken, es sei nicht angebracht, dass Don in Anwesenheit der anderen das Urteil der Chefin infrage stellte? Carol räusperte sich und fuhr fort: »Wir alle wissen, dass dies wegen der Ähnlichkeiten mit der früheren Mordserie kein einfacher Mordfall ist. Aber ich möchte nicht, dass diese Ansicht nach draußen dringt. Niemand spricht mit der Presse. Überlassen Sie das mir und Mr. Brandon. Also, was haben wir bis jetzt?«

Nicht viel, dachte Carol deprimiert, als sie sich die wichtigsten Teilergebnisse anhörte, die ihr Team gesammelt hatte. Niemand hatte ausgesagt, Sandie nach neun Uhr mit einem Freier gesehen zu haben. Sandies verwirrte Mutter wusste nichts über konkrete Einzelheiten des Doppellebens ihrer

Tochter. Es war ein stillschweigendes Übereinkommen in der Familie gewesen, dass man nicht darüber sprach, wie Sandie ihrer aller Unterhalt verdiente. Der einzige Hinweis, den sie hatten, war, dass Sandie gesehen wurde, als sie gegen halb neun in einen schwarzen Freelander-Geländewagen stieg. Eine aussagewillige Prostituierte hatte die letzten drei Ziffern des Kennzeichens im Gedächtnis behalten und ihnen mitgeteilt.

»Okay«, seufzte Carol. »Kevin, überprüfen Sie die Autonummer. Möglicherweise ist es gar nicht unser Mann, aber wenigstens können wir den Zeitrahmen für unseren Mörder etwas eingrenzen. Don, Paula – bitte vergleichen Sie alle Straßenbefragungen von gestern Abend. Stellen Sie mit Stacey einen Plan zusammen, wer wann wo war. Dann werden wir wissen, wen es sich vielleicht noch einmal zu vernehmen lohnt. Stacey, ich möchte, dass Sie auch die Arbeit an Ron Alexanders Computerdateien fortsetzen. Wir dürfen unsere Prioritäten nicht aus den Augen verlieren. Jan, Sie bleiben bei mir. Sam, Sie können damit anfangen, die Leute aufzuspüren, mit denen Derek Tyler, soweit wir das wissen, damals Umgang hatte. Die anderen sollen die Straßen in Temple Fields bearbeiten – bringen Sie absolut alles in Erfahrung. Jeder, der am Montagabend unterwegs war, soll befragt werden.«

Als die Mitarbeiter sich bereit machten, war der Raum von Stimmengewirr erfüllt. Jan Shields schlängelte sich zwischen ihren Kollegen durch und erreichte Carol, als diese gerade in ihr Büro gehen wollte. »Was haben Sie für uns geplant?«, fragte Jan beiläufig und folgte Carol.

»Kevin hat seine Sache bei der Vernehmung von Dee Smart gut gemacht, aber ich glaube, sie kann uns noch mehr sagen. Ein Versuch mit einem anderen Ansatz lohnt sich meist. Und ich dachte, Sie wüssten vielleicht einige Ansatzpunkte, von denen Sie ausgehen könnten.«

Jan stand an den Türrahmen gelehnt. »Klar. Es ist wahrscheinlich Zeitverschwendung, aber man weiß ja nie.«

»Es ist besser, als immer nur auf den gleichen Dingen herumzureiten.« Auf der Suche nach Aspirin machte Carol ihre Schubladen auf und zu und war sicher, sie da irgendwo vergraben zu haben. Aber keine Spur davon. Sie würde ohne auskommen müssen.
»Sie glauben wirklich, dass jemand Derek Tyler aus der Klemme helfen will?«, fragte Jan.
Carol sah auf. »Ich weiß es nicht. Aber ehrlich gesagt, es ist eine angenehmere Vorstellung als alle anderen Möglichkeiten.«

Tony klopfte an die angelehnte Tür und wartete. Stille. Ist doch einen Versuch wert, dachte er, war aber nicht überrascht, dass diese Taktik ihn nicht weiterbrachte. Also steckte er den Kopf ins Zimmer. Derek Tyler saß auf seinem Bett, die Knie angezogen, die Arme um die Beine gelegt. »Darf ich reinkommen?«, fragte Tony.
Tyler verharrte regungslos. »Ich nehme an, das heißt Ja.« Tony trat in das kleine Zimmer, den Blick auf Tyler gerichtet. Er würde später Zeit genug haben, das Zimmer genauer zu betrachten, ohne dem Mann jetzt das Gefühl zu geben, dass seine Umgebung aufs Korn genommen wurde. »Ich setze mich, ja?«, fuhr Tony fort und ging auf den einzelnen Holzstuhl zu, der unter einen leeren Tisch geschoben war.
Er zog den Stuhl heraus und drehte ihn um, damit er schräg zu Tyler stand. Bewusst nahm er eine entspannte Haltung ein, offen und ohne jede Bedrohung. Tyler wandte den Kopf ab, damit Tony außerhalb seines Gesichtsfeldes saß. Tony erhaschte einen kurzen Blick auf ein grobknochiges Gesicht mit tiefliegenden hellen Augen. Er hatte das Gefühl, dass Tyler sehr wohl in der Lage wäre zu kommunizieren, dies aber absichtlich vermied. »Mein Name ist Tony Hill«, sagte er. »Ich bin in der Anstalt hier angestellt. Aber ich arbeite auch mit der Polizei zusammen. Und deshalb wollte ich mit Ihnen sprechen.« Er wartete und betrachtete das karge Zim-

mer, das einer Mönchszelle glich. Keine Bücher, keine Familienfotos an der Wand, keine barbusigen Mädchen aus der Zeitung. Der einzige persönliche Gegenstand war ein großes gerahmtes Schwarzweißfoto von Temple Fields, ein Blick auf die Fußgängerzone und den Kanal auf der einen Seite.
Nach einigen langen Minuten fand Tony, es sei an der Zeit, mit der Arbeit zu beginnen. Seine Strategie war einfach, das war ihm bewusst. Aber es war das Beste, was ihm ohne längere Vorbereitung für einen Patienten einfiel, mit dem er als Therapeut keine früheren Kontakte gehabt hatte. »Ich kann verstehen, weshalb Sie vielleicht nicht darüber sprechen möchten. Wer könnte wohl nachvollziehen, wie es war, die Dinge zu tun, die Sie getan haben?«
Tyler machte eine leichte Bewegung, aber sein knochiges Gesicht blieb weiter entschieden abgewandt. Tony sprach leise mit warmer, einfühlsamer Stimme weiter. »Aber das ist nicht das Hauptproblem, oder? Die Sache ist doch, wenn Sie etwas sagen, wollen alle nur auf Sie einreden. Und dann können Sie die Stimme nicht hören, nicht wahr, Derek?«
Tylers Kopf drehte sich einen Moment mit erstauntem Gesichtsausdruck zu ihm herum. Es war so schnell vorbei, dass es Tony fast so vorkam, als hätte er sich diese Reaktion eingebildet. »Sie ist immer noch da, oder?«, sagte er. Dann wartete er gut zwei Minuten, bevor er weitersprach. »Wenn ich den Mund halte, können Sie sie hören, oder?«
Keine weitere Reaktion von Tyler. Aber dieser eine Blick hatte Tony gezeigt, dass er auf der richtigen Fährte war. »Die Stimme kann Ihnen aber nur etwas über Dinge von früher sagen. Sie kann Ihnen nicht erzählen, was jetzt da draußen passiert. Dazu müssen Sie sich auf mich verlassen. Wissen Sie, warum das so ist? Wissen Sie, warum sie so wenig zu sagen hat? Es ist deshalb, weil Ihre Stimme jetzt mit jemand anderem spricht.«
Tylers ganzer Körper fuhr herum und wandte sich Tony zu. Er war jetzt ganz aufmerksam, seine graublauen Augen lagen

halb verdeckt unter den dicken Augenbrauen. Tony breitete versöhnlich die Arme aus. »Es tut mir leid, Derek, aber so ist es nun mal. Sie sind hier eingesperrt und können nichts mehr machen. Ich sagte Ihnen ja, dass ich mit der Polizei zusammenarbeite. Der Grund, weshalb ich gekommen bin, ist, dass jetzt ein anderer genau das tut, was Sie getan haben, Derek. Und das muss so sein, weil die Stimme nicht mehr mit Ihnen spricht. Sie spricht jetzt mit ihm.«

Zorn flackerte in Tylers Augen auf. Seine Hände verkrampften sich, und auf seinen dünnen Armen zeichneten sich die Venen wie Schnüre ab. Tony fragte sich, ob Aidan Harts Mitarbeiter bei Tyler jemals eine derart gespannte, unterdrückte Gewalttätigkeit geweckt hatten. Er bezweifelte es. Denn wenn sie das gesehen hätten, was er jetzt vor sich sah, konnte er nicht glauben, dass man Tyler erlaubt hätte, sich bei den anderen Patienten aufzuhalten. »Das ist keine Erfindung von mir, Derek«, sagte Tony überlegt und sachlich. »Die Stimme hat Sie wegen eines anderen verlassen. Sie haben nur noch die Erinnerungen.«

Plötzlich sprang Tyler auf und ging an Tony vorbei auf die Tür zu. Er drückte auf den Signalknopf an der Wand und schlug obendrein mit der Faust an die Tür.

Tony sprach weiter, als sei nichts geschehen. »Ich habe recht, nicht wahr? Die Stimme ist nicht mehr Ihre Stimme. Sie können also ruhig reden.«

Ein Pfleger in weißer Uniform erschien im Flur. Tony sah, dass Aidan Hart hinter ihm stand. Tyler wartete demütig an der Tür.

»Was ist passiert?«, fragte der Pfleger.

Tony lächelte. »Ich glaube, Derek möchte gehen und über das nachdenken, was ich ihm gesagt habe, stimmt's Derek?«

»Mit Ihnen ist alles in Ordnung, Doc, oder?«

»Ja, alles klar. Gut in Form und gut bei Stimme.«

Der Pfleger blickte von Tony zu Tyler und wieder zurück und begriff nicht, was da vor sich ging. »Also, dann kommen

Sie, Derek, wir bringen Sie in den Tagesraum runter.« Der Pfleger fasste Tyler leicht am Arm.
An der Tür drehte sich Tyler um und klang ganz heiser, weil er schon so lange nicht mehr gesprochen hatte: »Sie sind nicht die Stimme. Sie könnten nie die Stimme sein.«
Aidan Hart fiel die Kinnlade herunter. Sprachlos verfolgte er, wie Tyler mit hoch erhobenem Kopf, die schmalen Schultern gestrafft, den Flur entlangging. Tony erhob sich und stellte den Stuhl zurück. »Na ja, das ist ein Anfang«, sagte er gut gelaunt und schritt in flottem Tempo an seinem neuen Chef vorbei.

Stan's Café stand in keinem von Bradfields Touristenführern. Selbst auf den Indie-Seiten im Internet, die sich damit brüsteten, ihren Lesern einen authentischen Eindruck zu vermitteln, der sonst nur Einheimischen zuteil wurde, schreckte man vor einer Kneipe zurück, die hauptsächlich von Nutten, Strichjungen, Obdachlosen und Drogendealern frequentiert wurde. Anders als bei manchen schäbigen Spelunken, die es schafften, in die alternativen Stadtführer aufgenommen zu werden, ging auch niemand wegen des Essens zu Stan's. Der Kundenstamm kam zu Stan's, weil man dort vor Kälte und Regen geschützt war. Als sich Temple Fields in den Neunzigerjahren in das glitzernde Gay Village verwandelte, waren die Besitzer der Bars wählerischer geworden und ließen nicht jeden in ihre Etablissements, besonders wenn es Kunden waren, die es schafften, sich stundenlang an einem kleinen Glas Bier festzuhalten. Der einzige Nutznießer dieser strengeren Sitten war Stan's. Fat Bobby, dem Besitzer, war es egal, wer auf den aufgeplatzten, klebrigen Plastikpolstern saß, wenn sie nur Essen, Getränke und Zigaretten von ihm kauften.
An diesem Morgen war ein halbes Dutzend Tische besetzt. Zwei junge Männer asiatischer Herkunft saßen vor ihren Eiern mit Toast, eine samtbezogene Leiste mit geklauten Uhren lag halb verdeckt zwischen ihnen. Offensichtlich

waren sie Brüder, denn sie hatten die gleichen angespannten, scharfen Gesichtszüge, die gleichen schlaffen, mit Tomatensoße beschmierten Münder. Zwischen den einzelnen Bissen stritten sie über Preise und mit welcher Masche sie die Ware losschlagen wollten. Ein schlaksiger Junge hing am Spielautomaten herum und starrte stirnrunzelnd auf die sich drehenden und stoppenden Räder, die ein klobiger Typ mit dem typischen Aussehen der dunkelhaarigen Iren mit seinen Münzen in Bewegung setzte. »Warum machst du's immer wieder, wenn du doch nicht gewinnst?«, fragte der Junge.
»Wenn ich's nicht mache, gewinne ich erst recht nicht, oder?«, knurrte der Spieler. »Verpiss dich. Du bringst mir Unglück.«
Dee Smart saß zusammengesunken, den Rücken zur Tür, mit einer Zigarette in der Hand an einem Ecktisch in der Nähe der Toiletten. Ihre Augenlider waren geschwollen und schwer, die Mundwinkel herabgezogen und angespannt. Sie starrte in eine Tasse mit grauem Kaffee und sah elend aus. Ein trottelhafter Bursche mit halb offenem Mund kam aus den Toiletten und sah sie. Er ließ sich auf dem Platz ihr gegenüber nieder. »Bist du traurig wegen Sandie, Dee?«, fragte er. Er hatte einen Sprachfehler, sodass alles, was er sagte, langsam und schleppend klang.
Dee zog an ihrer Zigarette und seufzte. Jason Duffy war nicht gerade das, was sie jetzt brauchte. »Ja, Jason, ich bin traurig wegen Sandie.«
Er tätschelte ihr ungeschickt die Hand. »Brauchst du was, damit's nicht so wehtut? Ich hab gutes Supergras da.«
»Das ist jetzt im Moment keine gute Idee, Jason. Ich warte auf die Bullen«, sagte Dee müde. »Außerdem weißt du doch, dass ich nicht von dir kaufe.«
Jasons Gesicht zuckte vor Nervosität und Angst, er rutschte schnell von seinem Platz und fiel vor Hast fast über seine eigenen Füße. »Bis bald dann.« Ohne einen Blick zurück strebte er zur Tür.

Der Junge beim Spielautomaten gab seinen Platz auf und latschte zur Theke hinüber, um sich einen Tee zu bestellen. Die Tür wurde von außen aufgestoßen, und Jason Duffy wäre vor lauter Hast, sich davonzumachen, fast mit Carol Jordan zusammengestoßen. Aber Carol wich ihm aus und kam herein, wobei ihr Magen gegen die miefige, verrauchte Luft rebellierte. Altes Fett von gebratenem Speck und Essig taten sich zu einem üblen Gemisch zusammen, das sie ihre Unmäßigkeit am gestrigen Abend erneut bereuen ließ. Jan folgte ihr und suchte mit den Augen sogleich den Raum nach Dee Smart ab. »Da drüben«, sie wies mit dem Kopf auf Dee. »Möchten Sie 'n Kaffee?«
Carol rümpfte die Nase. »Soll das 'n Witz sein?«
»Sie haben keinen Sprudel hier«, sagte Jan spitz. »Aber 'ne Cola würde Ihrem Magen vielleicht gut tun.«
Carol versuchte ihre Überraschung zu verbergen. »Bitte?«
»Sie sehen schon den ganzen Morgen blass aus. Nach einer Obduktion kommt so was vor.« Jan wand sich zwischen den Tischen zum Tresen durch.
Carol folgte ihr und betrachtete das Lokal. Selbst wenn sie unsichtbar gewesen wäre, hätte sie kaum weniger Blicke auf sich gezogen. Jedes Mal, wenn sie jemanden anschaute, rutschten die Blicke weg wie Wassertropfen auf Wachs. »Wer ist wer?«, fragte sie.
Jan überblickte den Raum. »Der Bursche am Automaten ist Tyrone Donelan. Er klaut Autos.« Als hätte er sie gehört, warf Donelan einen Blick über die Schulter und ging direkt auf die Toilettentüren zu.
»Die beiden Asiaten sind Tariq und Samir Iqbal. Schneid-Uhren, Raubkopien von DVDs – solche Sachen. Ihr Alter mischt mächtig in der Falschgeldszene mit. Ich glaube, vor einem Jahr oder so ist er festgenommen worden und hat drei Monate abgesessen.« Die Iqbal-Brüder verloren plötzlich jedes Interesse an ihren Eiern auf Toast, packten ihren Uhrenbestand zusammen und verschwanden schleunigst.

»Was ist mit dem Jungen, der mich fast umgerannt hätte, als wir reinkamen?«
»Jason Duffy. Dealer, kleine Mengen Heroin und Amphetamine. Bisschen unterbelichtet, der Jason. Er ist berühmt dafür, dass seine Mutter die erste Person war, die verhaftet wurde, weil sie mit Crack dealte.« Sie wies auf den schlaksigen Jungen hin, dessen Kopf immer wieder zur Seite zuckte. »Das ist auch einer von der Sorte: Carl Mackenzie. Er verkauft hauptsächlich an die Straßenmädchen. Bietet 'ne größere Palette an als Jason, ist aber nicht viel cleverer. Was die Person betrifft, die wir suchen, gibt's hier keinen, der uns irgendwas bringt.«
Carol nickte. »Danke.« Sie ging gemächlich auf Dee zu und setzte sich ihr gegenüber. Dee hob den Kopf und warf ihr einen berechnenden Blick zu. Carol betrachtete ihr mit Henna gefärbtes, strähniges Haar und die müden, misstrauischen Augen.
»Wer sind Sie?«, fragte sie.
»Hi, Dee«, sagte sie. »Tut mir leid, dass ich gestern keine Gelegenheit hatte, Sie kennenzulernen. Ich bin Detective Chief Inspector Jordan. Carol Jordan.« Carol lächelte und streckte ihr die Hand hin.
Offensichtlich verblüfft nahm Dee ihre Zigarette in die andere Hand und begrüßte sie mit einem Händeschütteln. »Na gut«, sagte sie. »Sie wissen also offenbar, wer ich bin.«
»Es tut mir leid wegen Sandie«, sagte Carol.
»Aber bestimmt nicht halb so leid wie mir.«
»Natürlich. Sie war nicht meine Freundin. Aber ich möchte, dass Sie wissen, ich werde denjenigen, der sie umgebracht hat, genauso unnachgiebig verfolgen, als wenn sie es gewesen wäre.«
Carols aufrichtiger Tonfall schien Dees Panzer von Abgebrühtheit zu durchdringen. »Das hat der andere Typ auch gesagt. Dass Sie die Sache ernst nehmen würden.« Sie klang überrascht.

Jan kam mit einer Dose Cola in jeder Hand an den Tisch, stellte die Getränke ab und ließ sich auf einen Stuhl fallen, der im rechten Winkel zu den beiden Frauen stand. »Dee, das ist …«, fing Carol an.
»Ich weiß, wer das ist«, sagte Dee. Ihre Haltung war jetzt wieder so aufmüpfig wie zuvor.
»Hi, Dee. Wie geht's?«, fragte Jan.
»Na, was meinen Sie wohl?« Sie rückte von Jan ab.
Carol riss die Lasche an ihrer Coladose auf und nahm einen Schluck. Zucker, Koffein und die Kohlesäurebläschen taten ihr gut und erfrischten sie sofort. »Mir ist klar, dass Sie es jetzt nicht einfach haben, aber wir brauchen wirklich Ihre Hilfe.«
Dee seufzte. »Hören Sie, wie ich schon gesagt habe, als Sie anriefen. Ich habe dem Typ gestern Abend alles gesagt, was ich weiß.«
Jan schüttelte den Kopf. »Es gibt immer noch was, Dee. Das wissen wir doch alle. Dinge, die Sie für unwichtig halten, oder solche, die Sie für zu wichtig halten. Von wem hat sie ihren Stoff gekauft?«
Dee schien von Panik ergriffen. Ihr Blick schweifte zum Tresen, an den Carl Mackenzie, mit einem Becher in der Hand, gelehnt stand und mit dem Mädchen an der Bar sprach. »Weiß ich nicht«, murmelte sie.
»Natürlich wissen Sie das.« Jan folgte Dees Blick so schnell, dass sie bemerkte, wie Carl auf die Tür zuging und nervös in ihre Richtung schaute.
»War das Carl Mackenzie, der gerade rausging?«, fragte Jan.
»Ich hab hinten keine Augen. Und wenn er es war, was ist damit? Wir sind immer noch in einem freien Land, oder? Man kann einen Kaffee trinken, wo immer man will, oder?«
Dee redete verdächtig viel, fand Carol.
Jan meinte das offenbar auch. »Sandie hat sich bei Carl eingedeckt. Stimmt's?«
Dee lachte verächtlich. »Sandie war doch nicht asozial. Ich

weiß nicht, von wem sie kaufte, aber jedenfalls nicht von Carl, okay? Lasst ihn in Ruhe, er ist harmlos.«

»Weil er Sie bedient, was?«, bemerkte Jan missmutig.

»Sie können mich mal. Also, vielleicht hat sie hier und da etwas von Jason Duffy genommen, aber mehr weiß ich nicht.«

»Hatte sie einen Zuhälter?«, fragte Carol.

Dee schüttelte den Kopf. »Es gibt weniger Schlepper in Temple Fields, als man annehmen würde. Dafür hat ihre Truppe gesorgt«, sagte sie und wies mit dem Daumen auf Jan.

»Wir haben vor einiger Zeit 'ne Menge Zuhälter von hier vertrieben«, sagte Jan zu Carol. »Wir haben ihnen klargemacht, dass wir ihre Gelder nach dem Gesetz gegen illegale Einkünfte kassieren würden.« Sie wandte sich an Dee. »Ich hätte eher gedacht, dass ihr uns dankbar dafür wärt, dass wir sie euch vom Hals geschafft haben.«

»Wir wären verdammt dankbar gewesen, wenn ihr nicht auch gleich noch die Kunden von den Straßen vergrault hättet«, beklagte sich Dee bitter. »Ihr habt uns doch von den großen Straßen weg in die Seitengassen gedrängt. Und jetzt fängt alles von vorne an.«

Carol spürte, dass die Verbindung abriss, die sie zu Dee hatte aufbauen können. »Wir wollen es unterbinden«, beharrte sie.

»Ja, aber ich hab euch alles gesagt, was ich konnte.« Dee schob ihren Stuhl zurück.

Carol versuchte es noch ein letztes Mal. »Wenn Sie sich noch an irgendetwas erinnern, egal, wie nebensächlich es Ihnen vorkommt, es könnte trotzdem wichtig für unsere Ermittlungen sein, Dee. Wir sind doch da, um zu helfen.«

Dee lachte laut. »Ja, aber im Café sitzen und mit den Bullen gesehen werden, das hilft mir nicht, mein Geld zu verdienen. Ich geh jetzt.«

Sie nahm ihre knappe Jeansjacke von der Stuhllehne und

stelzte davon. Carol sah ihr frustriert und verwirrt nach. »Gestern Abend bei Kevin war sie viel entgegenkommender«, sagte sie.

Jan zuckte mit der Schulter. »Vielleicht redet sie lieber mit Männern.«

»Sie kam mir nervös vor – wegen Carl Mackenzie.«

Jan schien sich zu langweilen. »Sie kauft von ihm. Sie will nicht, dass wir ihn von der Straße nehmen. Er ist harmlos. Psychisch etwa auf dem Stand eines Zehnjährigen. Die Mädchen behandeln ihn wie ihr Schoßhündchen.«

»Glauben Sie, dass Dee die Wahrheit sagt? Dass sich Sandie nicht von ihm beliefern ließ?«

Jan überlegte und drehte dabei ihr Glas zwischen den Händen. »Wahrscheinlich. Wenn Sandie von Jason gekauft hätte, hätte sie nicht gleichzeitig von Carl bezogen. Sie arbeiten beide als Straßendealer für den gleichen Zwischenhändler. Außerdem, welchen Vorteil hätte Dee davon, dass sie uns belügt?«

»Wie Sie schon sagten, so bleibt ihr der Dealer erhalten, und sie kann von ihm beziehen«, erklärte Carol.

Jan verzog das Gesicht zu einer skeptischen Grimasse, was sie aussehen ließ wie ein schmollendes, nicht mehr ganz taufrisches Engelchen. »Ich kann's mir nicht vorstellen. Wenn Sie möchten, werd ich mal bei den Kollegen nachfragen, die in der Nacht Dienst hatten, ob jemand mit ihm gesprochen hat.«

»Das wäre ganz gut. Und wenn das nicht der Fall war, könnten Sie vielleicht mal mit ihm reden.« Sie hatte am frühen Morgen selbst flüchtig die Berichte durchgelesen, konnte sich aber nicht an Einzelheiten erinnern. »Und genauso mit Jason Duffy.«

Carol wusste, dass sie sich an einen Strohhalm klammerte. Wenn man bei den Ermittlungen nicht frühzeitig auf deutliche Spuren traf, war man immer versucht, das zu tun. Sie fing bereits an, in Bezug auf Sandie Fosters Ermordung kein gutes Gefühl zu haben. Alle Merkmale eines Falles, der nicht recht vorankam, waren bereits sichtbar. Wenn sie nicht bald auf einen glücklichen Zufall stießen, würden die Hoffnungsträger in Carols Gruppe sich in Sündenböcke verwandeln. Und mit so etwas, glaubte sie, konnte sie im Moment nicht fertig werden.

Er ist das Stadtgespräch. Vorne auf der Abendzeitung. Er kann nicht gut lesen, aber die Schlagzeilen schafft er. Er hatte nicht erwartet, dass es so sein würde, nicht bei einer Hure wie Sandie. Die Bullen müssen sich totärgern, denkt er. Große Schlagzeilen über einen Mord – da stehen sie schlecht da. Daran, wie sie überall auf den Straßen herumlaufen und mit jedem reden, den sie erwischen können, merkt er, dass sie nicht wissen, wo sie suchen sollen. Sie versuchen verzweifelt das zu finden, was, wie er weiß, nicht auffindbar ist. Er weiß, dass es nicht zu finden ist, weil er alles genau so gemacht hat, wie ihm befohlen wurde.
Er ist stolz darauf und kann sich nicht erinnern, sich je so gut gefühlt zu haben. Irgendwann muss es mal etwas gegeben haben, was er richtig gemacht hat, wo er den Kopf hoch tragen konnte. Aber wenn er in seinem wirren Gedächtnis sucht, findet er nichts.
Die Stimme versteht das. Die Stimme ist auch stolz auf ihn. Er weiß das, denn als er gestern Abend in sein Zimmer zurückkam, war die Belohnung da. Ein kleines Päckchen lag auf seinem Fernseher mit Videogerät, es war in schönes glänzendes Papier mit Holographiemotiven eingeschlagen und mit einem breiten goldenen Band verschnürt. Es war so schön, dass er sich fast scheute, es aufzumachen. Er wäre gern damit herumgelaufen, damit die Leute sahen, dass er jemand war, der besondere Geschenke bekam. Aber er tat es dann doch nicht. Denn er wusste, dass das dumm wäre. Und er strengte sich sehr an, jetzt nicht dumm zu sein.

Stattdessen saß er lange auf dem Bett, betastete das Geschenk und drehte es hin und her. Schließlich beschloss er, es zu öffnen, um zu sehen, was drin war. Er hatte eine bestimmte Ahnung, aber er wollte sicher sein. Zuerst löste er das Band, zwang seine schwerfälligen Finger, langsam den Knoten aufzumachen, statt es mit den Zähnen aufzureißen oder mit dem Schweizer Messer aufzuschneiden. Dann legte er das Papier und das Band sorgfältig zusammen und beides in eine Schublade.

Es enthielt tatsächlich die Belohnung, die er erwartet hatte. Eine Videokassette. Mit feuchten Händen schob er sie ins Videogerät und nahm die Fernbedienung in die Hand, um den Fernseher anzuschalten. Und da war er, in seiner ganzen Herrlichkeit, sein erster Auftrag, seine erste Läuterung.

Diesmal blieb ihm seine Erektion erhalten.

Dritter Teil

Drei Wochen später

Als Kind hatte er oft Albträume gehabt. Seit Jahren hat er nicht mehr daran gedacht, denn sie hörten auf, als er anfing zu kiffen. Er kann sich nicht erinnern, wann er zum letzten Mal ohne das angenehm schwebende Gefühl nach mindestens einem Joint zu Bett ging. Und deshalb kann er sich auch nicht erinnern, wann er zum letzten Mal schreiend und zitternd aus einem bösen Traum erwachte. Aber er weiß noch gut, wie im Traum immer jemand über ihm aufragte, den Mund auf- und zumachte und ihn grausam beschimpfte. Und dass er unter diesem Angriff zusammenzuschrumpfen schien und die Gestalt immer größer wurde, wie ein Monster aus einem Manga-Comic. Er konnte nie verstehen, was die Gestalt sagte, aber die Worte schienen ihm förmlich die Haut abzuziehen, bis er das Gefühl hatte, wund und blutig zu sein. Und dass es nichts Tröstendes gab, wenn er aufwachte, machte es noch schlimmer. Er hatte keine Erinnerungen an Sanftheit oder Freundlichkeit, die er den Schrecken und der Wut seines Albtraums hätte entgegensetzen können.

Es ist kaum zu glauben, wie sich alles geändert hat. Jetzt schläfert ihn der sanft wiegende Rhythmus der Stimme ein. Er würde glatt eine Wette eingehen, dass er heutzutage wie ein Baby schlafen könnte, selbst wenn er das Gras aufgäbe. Versuchen wird er es allerdings nicht. Das Leben ohne Albträume ist ihm zu lieb, als dass er dieses Risiko eingehen möchte.

Heute Abend schmiedet er Pläne. Die Stimme in seinem Kopf

sagt ihm, es sei Zeit, den nächsten Schritt zu tun. Zeit, um das nächste Kapitel der Lektion zu lernen, wie die Stimme meint. Zeit für eine neuerliche Läuterung.

Morgen Abend wird er nach Hause kommen und alle seine Gerätschaften ordentlich auf dem Bett ausgebreitet vorfinden. Morgen Abend wird er sich vorbereiten, genau wie das letzte Mal. Er versucht, sich die Zielperson nicht als Mensch vorzustellen. So wird sein Kopf nicht durcheinandergebracht wie letztes Mal bei Sandie, als er am Ende plötzlich meinte, er solle sie vielleicht doch nicht umbringen, als alles durcheinandergeriet und nur der Gedanke an die Stimme ihn weitermachen ließ.

Diesmal wird er an sie nicht als Person mit einem Namen denken. Er wird sie nur als Schrott ansehen, den man loswerden muss, damit er nicht die Welt vergiftet, in der er leben muss. Dann wird er auf dem Drachen den Weg zum Ruhm reiten. Er wird ein Held sein genau wie im Film. Blut und Ehre. Blut und Ehre und die Stimme.

Es gab einmal eine Zeit, da konnten sich anständige Leute die Dinge für ihre Sexspielchen nur kaufen, indem sie sich das, was in den Katalogen mit bizarrer Prüderie als »schnurloses Nacken-Massagegerät« beschrieben wurde, schicken ließen. Aber im ersten Jahrzehnt des 21. Jahrhunderts gibt es in jeder größeren Stadt des britischen Königreichs bereits mindestens *ein* gut ausgestattetes Geschäft, das für die Erfüllung der meisten sexuellen Wünsche sorgt, die man sich nur vorstellen kann. Schäbige kleine Läden mit verhängten Fenstern hatten den Anfang gemacht, gegen die immer wieder Protestierende aus verschiedenen Lagern antraten, von frommen Christen bis zu Frauen, die fanden, die Nacht solle allein ihnen gewidmet werden. Aber die Läden waren schnell zu gut beleuchteten, einladenden Konsumpalästen aufgestiegen, deren Regale mit allem Erdenklichen gefüllt waren, von seltsamen, mit Kunstpelz bezogenen Handfesseln bis hin zu Gerätschaften, deren Zweck den meisten Kunden, die nur einen netten Abend zu Hause verbringen wollten, glücklicherweise verborgen blieb.

In den meisten dieser Geschäfte herrschte eine zwanghafte Heiterkeit. Der Pink Flaming-O war typisch dafür. Das Geschäft lag am weniger schicken Ende der Haupteinkaufsstraße von Firnham, einer der sechs Trabantenstädte um Bradfield herum, hatte zwei Schaufenster und war früher ironischerweise ein Spielzeugladen gewesen. Die Fenster waren undurchsichtig grellrosa gestrichen, damit jene Bürger von Firnham, die nach wie vor unerschütterlich ihr Desinteresse an den Auslagen bekundeten, sich nicht beleidigt fühlten. Da die meisten Geschäfte an diesem Ende der

Deansgate eine Lebenserwartung von sechs bis achtzehn Monaten hatten und der Pink Flaming-O sich schon seit vier Jahren hielt, musste man annehmen, dass viele Bewohner der Stadt ein lebhaftes Interesse an den abenteuerlicheren Seiten des Geschlechtslebens hatten und die Fraktion der Ehrbaren überflügelten.

Jedenfalls war das Geschäft an diesem Sonntagnachmittag im Spätherbst recht gut besucht. Zwei junge Mädchen kicherten ungläubig beim Anblick zweier überdimensionaler Dildos, aber die übrigen sechs Kunden widmeten verschiedenen anderen Artikeln wie z. B. Cockringen, Hilfsmitteln für Analsex, Hand- und Fußfesseln, aufblasbaren Sexpuppen und Penispumpen ein weit ernsthafteres Interesse.

Als die Teenager weitergingen, um sich eine Reihe Liebeskugeln zu betrachten, nahm jemand anders ihren Platz bei den Dildos ein. Eine Hand im schwarzen Lederhandschuh griff nach einem der ausgestellten Muster, einem grässlichen, knallroten Latex-Penis. Starke Finger testeten die Biegsamkeit und legten ihn zufrieden wieder an seinen Platz. Die Hand nahm den gleichen, noch verpackten Artikel, brachte ihn zum Ladentisch und nahm dazu im Vorbeigehen noch ein Paar Fuß- und Handfesseln mit.

Das an der Kasse abgewickelte Geschäft war keineswegs fragwürdig und hätte bei dem Verkäufer keinen Verdacht erregt. Allerdings war dieser auch mehr an den Aussichten für Bradfield Victoria im ersten Spiel der Saison, das am Abend stattfinden sollte, interessiert als an dem mutmaßlichen Sexleben seiner Kunden. Für seinen Seelenfrieden war es wohl auch besser, keine Ahnung davon zu haben, dass innerhalb der nächsten achtundvierzig Stunden seine Waren zum Handwerkszeug eines Mörders werden sollten.

Die restlichen Besorgungen wurden in einem vollen Supermarkt zwei Straßen weiter getätigt. Fünfzehn Minuten später gab eine geistesabwesende Kassiererin mit leerem Blick

die Preise der Waren aus dem Einkaufswagen ein. Ein Laib dunkles Brot. Ein halbes Dutzend bester Schweinswürstchen. Vier Rollen Toilettenpapier. Eine Flasche Wodka. Und drei Päckchen Rasierklingen.
Die Stimme war bereit.

Carol betrachtete die aufgestapelten Kartons, und aller Mut wollte sie verlassen. Damals hatte sie es für eine gute Idee gehalten, für ihre neue Wohnung Möbel von einem großen Anbieter übers Internet zu bestellen. Aber jetzt sah sie sich zwei Dutzend flacher Kartons gegenüber und ahnte, dass ein langer Abend mit abgebrochenen Fingernägeln und leisen Flüchen bevorstand. Trotzdem würde sich die Mühe lohnen, sagte sie sich. Die Handwerker hatten gute Arbeit geleistet und aus den Kellerräumen eine schöne Wohnung gemacht. Der beißende Geruch frischer Farbe hing noch in der Luft, aber das war ein kleiner Preis dafür, jetzt wieder ein eigenes Heim zu haben.
Carol zog den Korken aus einer Flasche Viognier, schüttete etwas in ein Glas und ließ den kühlen, frischen Wein genüsslich durch die Kehle rinnen. Sie hatte sich dieses vertraute Ritual nach der Arbeit angewöhnt. Sobald Michael und Lucy zu Bett gegangen waren, hatte sie sich ans Fenster gesetzt, wo Nelson sich an ihre Beine schmiegte. Mit der Flasche und ihrem Glas als stille Begleiter ging sie dann die fruchtlosen Aktivitäten des Tages durch und bemühte sich, nicht an ihre persönlichen Abgründe zu denken. Sie wusste, dass sie sich zu sehr auf Trost durch den Wein verließ. Aber als einzige Alternative hätte sich Heilung durch eine Gesprächstherapie angeboten, und sie hatte wenig Zuversicht, einen Therapeuten zu finden, dem sie so viel Respekt und Vertrauen entgegenbringen konnte.
Natürlich hätte sie mit Tony sprechen können. Aber sie brauchte seine Freundschaft zu sehr, als dass sie ihn zu ihrem Therapeuten machen wollte.

Sie leerte das Glas, füllte nach und machte sich an die Arbeit. Zuerst das Bett. Dann würde sie wenigstens etwas haben, auf dem sie zusammenbrechen konnte, wenn der Frust sie überwältigte, weil immer eine Schraube fehlte oder ein Stück Holz übrig war.

Carol mühte sich ab, die Latten des Bettrosts einzupassen, als es an ihrer Tür klingelte. Sie lächelte. Es war wichtig, gleich zu Anfang die grundlegenden Regeln abzuklären. Sie ging durchs Wohnzimmer und öffnete ihre Tür nach draußen. Tony stand am Fuß der Treppe und hielt eine Flasche Sekt in der Hand. »Ich hätte Blumen gebracht, aber ich wusste nicht, ob du eine Vase hast«, sagte er.

Sie trat zurück und ließ ihn herein. »Zwei sogar. Sie sind in der Küche – voll mit so viel Lilien, dass man fast nichts mehr vom Farbgeruch merkt.«

Er reichte ihr die Flasche. »Willkommen in deinem neuen Zuhause.«

Carol legte ihm eine Hand auf die Schulter und küsste ihn auf die Wange. Seit Monaten waren sie sich nicht näher gekommen als in diesem Moment, und der vertraute Duft seiner Haut löste bei ihr eine Kettenreaktion verwirrter Gefühle aus. »Danke«, sagte sie leise. »Du kannst dir nicht vorstellen, wie viel mir das bedeutet.«

Tony klopfte ihr unbeholfen auf den Rücken. »Du tust *mir* einen Gefallen. Wenn du hier in unmittelbarer Nähe bist, wird mich das vielleicht davor bewahren, ein exzentrischer Einsiedler zu werden.«

Carol lachte und wich etwas zurück, denn seine Nähe machte sie unsicher. »Da würde ich aber keine Wette eingehen.«

Er sah sich um und betrachtete die Kartons, die an der Wand lehnten. »Also, fangen wir an«, sagte er und krempelte die Ärmel seines Sweatshirts hoch. »Aber ich warne dich, ich verstehe vom Heimwerken so viel wie George Bush von Sprachphilosophie.«

»Tatsächlich so viel? Tony, ich weiß, dass es gegen deine

instinktive Neigung verstößt, aber man muss nur der Anleitung folgen.«
Zwei Stunden später hatten sie die Schlafzimmermöbel, zwei Bücherregale und drei der Esszimmerstühle zusammengebaut. Sie saßen vor Erschöpfung zusammengesunken und völlig benommen da und hielten je ein Glas Sekt in den steifen, lädierten Händen. »Ach Gott, mir tun Muskeln weh, von denen ich vergessen hatte, dass ich sie überhaupt habe«, stöhnte Carol. »Ich sage mir nur, dass es das alles wert sein wird, wenn ich nur wieder eine eigene Wohnung habe. Michael ist ja sehr lieb, aber es ist zermürbend, nach der Arbeit nach Hause zu kommen und Small Talk machen zu müssen.«
Tony wand sich vor Mitgefühl. »Du musstest Small Talk machen? Das fällt eindeutig unter die Rubrik außergewöhnlich grausame Behandlung.«
»Entweder das, oder ich musste mir Lucys Meinung über die Inkompetenz, Dummheit und Sturheit der Polizei anhören.«
»Im Moment nicht gerade das Richtige für dich«, stimmte Tony zu.
»Schon gar nicht, wenn man das Gefühl hat, sie könnte recht haben. Mein sogenanntes Meisterteam arbeitet an zwei Fällen zugleich, und bei beiden kommen wir nicht weiter. Mit Tim Golding tut sich gar nichts mehr. Stacey hat die Seriennummer der Kamera finden können, mit der das Foto gemacht wurde, aber der Käufer hat in einem riesigen Geschäft in Birmingham bar gezahlt und die Garantiekarte nicht ausgefüllt. Auch zu Guy Lefevre gibt es nichts Neues. Die Techniker von Operation Ore durchkämmen alles, um herauszufinden, ob sie zusätzliche Bilder von einem der Jungen ausfindig machen können, aber sie sagen, es ist wie die Suche nach einer Stecknadel auf einer ganzen Wiese voll Heuhaufen. Ich mache morgen früh, drei Wochen nach der Ermordung Sandie Fosters, eine Bestandsaufnahme, und die

ist ein Albtraum. Was haben wir nach all der Plackerei und den horrenden Kosten vorzuweisen? Verdammt noch mal! Ein paar Spuren, die nicht weiterführen, und absolut keine einzige neue Idee. Dass wir ganz Temple Fields durchgekämmt haben, hat uns nicht weitergebracht. Die Ermittlung von Tylers Partnern war umsonst. Die Gerichtsmedizin hat uns nicht weitergeholfen.« Carol schlug die Beine übereinander und verschränkte die Arme vor der Brust. »Wir haben Jason Duffy befragt, den Jungen, von dem sie ihren Stoff kaufte. Er behauptet, er hätte sie schon zwei Tage lang nicht gesehen gehabt, und es gibt nichts, was darauf hinweist, dass er an dem Abend mit ihr Kontakt hatte. Auch das also eine Sackgasse. Wir hatten die Marke eines Geländewagens, in den Sandie früher an dem Abend einstieg, aber der Freier hat von neun an ein unwiderlegbares Alibi.« Carol hätte Tony gern gesagt, dass der besagte Freier sein neuer Chef Aidan Hart war, der blitzsaubere junge Mann, ein Aushängeschild für die Psychiatrie. Da er einer der wenigen Menschen war, dem alle Einzelheiten von Tylers Taten zur Verfügung standen, hatte Carol einen Moment lang, in dem ihr fast das Herz stehen blieb, geglaubt, sie hätte den Mörder im Visier. Aber sein Alibi wurde bestätigt. Während Sandie Foster den teuflischen Angriff erleiden musste, der sie umbrachte, saß Aidan Hart mit einem höheren Beamten und einem Parlamentsabgeordneten in einem teuren Restaurant bei einem späten Abendessen. Laut Sam Evans, der den Klinikchef von Bradfield Moor vernommen hatte, machte dieser sich vor Schreck fast in die Hose, als ihm klar wurde, dass die Frau, von der er sich einen hatte blasen lassen, das Opfer war, für dessen Mörder Tony Hill ein Profil erstellte. Aber Carol wusste, dass diese Sache absolut vertraulich war und nicht weitergegeben werden durfte.

»Es tut mir leid, dass ich kein ganz genaues Profil liefern konnte«, sagte Tony und störte damit auf beklemmende Weise ihren Gedankengang.

»Es ist nicht deine Schuld. Deine Arbeit bringt das mit sich, ich weiß es. Du brauchst Daten, die du verwenden kannst, und ein einzelner Fall liefert eben nicht genug Fakten.«

Tony stand auf und ging im Zimmer auf und ab. »Ja, das stimmt. Es ist einer der größten Nachteile dieser Arbeit. Je öfter ein Täter sich auf das Drahtseil hinauswagt und seine Tat preisgibt, desto leichter lässt sich herausbekommen, aus welchen wichtigen Elementen sich seine Verbrechen zusammensetzen. Bei einem einzigen Vorkommnis kann man die Hintergrundgeräusche nicht von der eigentlichen Botschaft unterscheiden. Und das versetzt mich in die Lage eines Außenseiters – ich bin der Einzige, dem es zugute kommt, wenn er wieder zuschlägt. Kein Wunder, dass mich einige deiner Kollegen wie einen Aussätzigen behandeln.«

»Vielleicht schlägt er nicht mehr zu«, sagte Carol, aber sie klang alles andere als überzeugend.

»Carol, das hat er doch schon. Obwohl ich beim Erstellen des Profils von einem Einzelfall ausgegangen bin, geht es doch eigentlich um Nummer fünf.«

Sie schüttelte den Kopf. »Ich habe die Originalfälle studiert, Tony. Es kann keinen Zweifel an Derek Tylers Schuld geben. Und es gibt keine Hinweise darauf, dass er mit jemandem zusammenarbeitete. Du selbst hast es mir ja gesagt: Bei allen Fällen, in die zwei Mörder als Partner verwickelt sind, gibt es einen hohen Grad gegenseitiger Abhängigkeit und Vertrautheit. Sie sind unzertrennlich. Aber in Derek Tylers Leben gab es keine solche Person. Sam Evans hat es auf die feinsten Details hin untersucht. Tyler war als Kind bei Pflegeeltern. Er lebte allein. Er hatte keine Freundin. Oder einen Lebensgefährten, je nachdem. Er hatte nicht einmal gute Freunde. Was auch bedeutet, es gibt niemanden, dem es wichtig genug wäre, seine Taten nachzuahmen und damit zu versuchen, ihn durch eine Berufungsverhandlung aus dem Knast zu befreien.«

Tony lehnte sich an die Wand. »Ich höre, was du sagst, Carol.

Und ich kann dir keinen Trost anbieten. Ich verstehe nicht, was hier los ist. Es gibt keine praktikable Theorie, die nicht alldem vollkommen widerspricht, was ich über die Psychologie von Sexualmorden weiß.«

»Sind dir keine neuen Ideen gekommen?«

Er schüttelte den Kopf. »Mein bester Vorschlag ist das, was ich gleich zu Anfang sagte. Für euren Mörder bedeutet der Gedanke an Vergewaltigung einen Lustgewinn. Und er will die Vergewaltigung weit über die Ausführung selbst hinaus ausweiten. Er ist der absolute Vergewaltiger, er setzt die Zielmarke, an der sich jeder, der nach ihm kommt, messen lassen muss. So sieht er sich. Es geht um Macht und Wut, nicht um einfache sexuelle Befriedigung.«

Carol stieß ein gepresstes Lachen aus. »Als ob Mord aus sexuellen Motiven je einfach wäre.«

Tony machte eine weit ausholende Armbewegung und verschüttete dabei den Sekt, der an seinem Arm herunterrann. Ungeduldig wischte er die Flüssigkeit ab. »Es ist tatsächlich einfach, Carol. Es ist im Grunde immer die Ausführung einer Fantasievorstellung. Wenn man sie entschlüsselt, hat man den Hauptgrund für das Verbrechen. In neunundneunzig von hundert Fällen geht es bei der Fantasievorstellung darum, sein Vergnügen zu haben. Aber hier geht es noch um etwas anderes. Es geht um die Demonstration von absoluter Macht. Und ein Teil davon besteht darin, uns zu manipulieren, unsere Reaktionen und den ganzen Ablauf, den er sich ausgedacht hat, zu steuern.« Plötzlich versank er in Gedanken und hörte auf zu reden. Carol war klar, dass sie ihn jetzt nicht unterbrechen sollte, deshalb trank sie langsam von ihrem Sekt und wartete ab.

»An diesem Profil hat mich die ganze Zeit schon etwas gestört«, sagte er schließlich, stieß sich von der Wand ab und fing wieder an, im Zimmer auf und ab zu gehen. »Die Typologie der Vergewaltigung wurde vor längerer Zeit, in den Siebzigerjahren, von Nicholas Groth aufgestellt und ist im

Grunde immer noch die gleiche, obwohl sie natürlich verfeinert wurde. Wenn Sandie Fosters Vergewaltiger sie also nicht ermordet hätte, wäre er ein typisches Beispiel für Machtdemonstration. Er plant alles und benutzt Fesseln, weil das seine Sicherheit erhöht. Von Anfang an will er es mit einem unterwürfigen Opfer zu tun haben. Statt sich irgendeine Person von der Straße zu holen, nahm sich unser Mann eine Prostituierte und bezahlte sie dafür, dass sie sich fesseln ließ. Für diesen Typ von Vergewaltiger gibt es kein Streicheln, kein Küssen, kein Vorspiel – und ich wette, genau das trifft hier zu. Er schnitt nur so viel von ihrer Kleidung weg, dass er das tun konnte, was er wollte. Das ist seine Art des Vorspiels. Es gibt keine Anzeichen, dass er sich etwas als Andenken mitgenommen hat, obwohl ich den Verdacht habe, dass er seine Aktionen auf Video aufgenommen hat. So weit ist alles typisch. Aber dann bringt er sie um. Und das fällt bei Vergewaltigern, die ihre Macht bestätigt sehen wollen, völlig aus dem Rahmen. Alles, was wir über diesen Tätertyp wissen, weist darauf hin, dass sie nur so viel Gewalt anwenden, wie sie für ihr Ziel brauchen. Sie sind im Großen und Ganzen keine Sadisten. Das ist das erste Problem.

Das zweite ist viel wesentlicher für uns.« Er hielt bei seinem rastlosen Hin- und Hergehen inne und füllte sein Glas. »Der Vergewaltiger, der seine Macht demonstriert, hat ein starkes Ego. Er ist sich seiner Männlichkeit sicher. Er bewegt sich in einer Zone, in der er sich wohl fühlt und sich zutraut, das Opfer in eine Lage zu bringen, in der er seine Macht demonstrieren kann. Das ist keine Frage der Wahrscheinlichkeit, es steht praktisch fest.« Er sah Carol mit seinen blauen Augen durchdringend an. »Findest du, dass sich das nach Derek Tyler anhört?«

Carol strich ihr kurzes blondes Haar aus der Stirn. »Du weißt ja, dass es nicht so klingt. Aber das ist kein Argument für die Gerichtsmediziner. Meinst du, es würde etwas bringen, es noch mal bei Derek Tyler zu versuchen?«

Tony ließ sich auf seinen Stuhl fallen. »Ich hab's schon versucht. Aber außer dem, was er schon letztes Mal sagte, hat er kein Wort geäußert. Es ist, als hätte er gelernt, mich auszuschalten. Wenn du willst, dass ich's noch mal probiere, tu ich es. Aber du solltest dir nichts davon versprechen.«
»Im Moment, Tony, kann ich nur noch auf dich hoffen.«

DC Paula McIntyre fuhr auf der Suche nach dem Penny Whistle Pub langsam eine Straße entlang, die sie nicht kannte. Die Reihen eng nebeneinander stehender Häuser aus den Sechzigerjahren wiesen unverkennbare Merkmale dafür auf, dass sie aus dem Besitz der früheren städtischen Gesellschaft für Sozialwohnungen in Privatbesitz übergegangen waren: hässliche, schlampig gebaute Veranden, scheußliche billige Türen, unpassende Fenster mit rautenförmigen Scheiben. Noch zwei Jahre zuvor wäre Paula höchstens in Kenton gewesen, weil wieder mal eine Auseinandersetzung im Drogenkrieg tobte und jemand durch die zentralen Straßen des Stadtteils gefahren war und herumgeballert hatte. Dieser Tage hatte Kenton nicht mehr den Ruf einer Gegend, in die man einfach nicht gehen konnte. Dies aber nicht dank effektiver Polizeiarbeit, sondern wegen seiner Lage in der Nähe des Bradfield Cross Krankenhauses und der Universität, die dazu führte, dass sich dort scheinbar fast über Nacht junge Mediziner und besorgte Eltern ansiedelten, die sicherstellen wollten, dass ihre privilegierten Sprösslinge sich nicht der anstrengenden Suche nach einer erschwinglichen Mietwohnung unterziehen mussten.
Trotzdem war es keine Gegend, die Paula aus privaten Gründen hätte besuchen müssen. Zwar kannte sie zwei Frauen, die hier ein Häuschen gekauft hatten, aber nicht so gut, dass sie zu ihnen nach Hause eingeladen worden wäre. Es war auch kein Viertel, in dem sich Don Merrick gewöhnlich aufhielt. Deshalb überraschte sie dieser Treffpunkt mehr als sein Anruf und seine Einladung, dass sie ihn auf einen Drink treffen solle.

Obwohl sich zwischen den beiden eine Freundschaft entwickelt hatte, die sich außerhalb des Arbeitsplatzes über ihre Dienstgrade hinwegsetzte, trafen sie sich selten privat und erzählten sich auch kaum vertrauliche Einzelheiten aus ihrem Leben. Oft tranken sie nach der Arbeit noch kurz etwas miteinander, aber beide hatten anderes zu tun, das den größten Teil ihrer freien Zeit in Anspruch nahm. Als er anrief und sie zu einem Drink einlud, wollte sie zunächst ablehnen. Sie hatte Freunde in einem Pub auf dem Land treffen wollen. Aber in Merricks Stimme war etwas angeklungen, das sie aufmerken ließ, deshalb sagte sie zu. Als sie jetzt vor einem hässlichen Pub anhielt, das so groß wie eine Scheune war, bedauerte sie es.

An der Tür kam ihr ein Schwall verbrauchter Luft von Rauch, altem Bier und Männerschweiß entgegen. Die einzigen anderen Frauen im Pub hatten eine Nische für sich. Obwohl sie sich mächtig ins Zeug gelegt hatten, war es ihnen nicht gelungen zu verbergen, wie stark Armut und Kinder sie aufgerieben hatten. Einige der Männer am Tresen wandten sich nach Paula um und stießen ihre Freunde in die Rippen. »Komm mal hier rüber, Süße«, rief einer.

»Träum weiter, alter Trottel«, murmelte Paula. Sie sah Merrick in einer Ecknische sitzen, wo er düster in ein halb leeres Glas Bier starrte. Seine Schultern hingen herab, und er hielt den Kopf gesenkt. Die Countrymusic im Hintergrund und den Lärm des Spielautomaten schien er überhaupt nicht wahrzunehmen. Paula ging zum Tresen hinüber, wobei sie die jämmerlichen Versuche der Gäste, ihre Aufmerksamkeit zu erregen, ignorierte, und holte für beide etwas zu trinken.

Als ihr Schatten über den Tisch fiel, sah Merrick nicht einmal auf. Sie stellte die volle Flasche Newcastle Brown Ale neben sein Glas. »Hier«, sagte Paula und setzte sich auf die Bank neben ihn.

»Danke«, seufzte er.

Paula trank ihren Smirnoff Ice und fragte sich, was zum Teufel los war. »Also, da wären wir. Was liegt an, Don?«
Merrick verschränkte die Arme vor der Brust. Er sah aus wie jemand, der nicht weiß, wo anfangen. »Warum sollte etwas Besonderes anliegen? Können wir uns nicht einfach auf 'n Drink treffen, wenn wir freihaben?«
»Natürlich. Aber das hier ist ja in keinerlei Hinsicht unser normaler Treffpunkt. Und du sitzt da mit 'nem Gesicht wie 'n verregnetes Wochenende. Und weil ich bei der Kripo bin, schließe ich aus diesen beiden Tatsachen, dass etwas los ist. Du kannst mir entweder sagen, was es ist, oder wir können in diesem wunderschönen Lokal herumsitzen wie zwei Ölgötzen. Jetzt bist du dran.« Sie beugte sich vor und nahm seine Zigaretten. Die Flamme spiegelte sich in ihrem blondierten Haar, das sich von dem dunklen Holz der Nische leuchtend abhob.
»Lindy hat mich rausgeworfen«, sagte er ohne Einleitung.
Paula erstarrte und saß still, die Zigarette halb zum Mund geführt. *Oh Mist*, dachte sie. *Jetzt wird's schwierig*.
»Was?«
»Ich war heute Nachmittag mit den Kindern schwimmen, und als ich zurückkam, hatte sie zwei Koffer gepackt. Sie sagte, ich solle verschwinden.«
»Herrgott, Don«, erklärte Paula. »Das ist wirklich herzlos.«
»Ohne Scheiß. Ich konnte nicht mal Krach schlagen, weil die Kinder da waren. Sie stand im Flur und sagte ihnen: Daddy muss wegen der Arbeit ein paar Tage wegfahren. Und das Gesicht, das sie dabei machte – als wollte sie mich zum Widerspruch herausfordern.«
Paula schüttelte den Kopf und versuchte sich vorzustellen, wie das wohl für ihn gewesen war, aber sie schaffte es nicht.
»Was hast du gemacht?«
»Ich nahm meine Koffer und ging los. Hab mich in den Wagen gesetzt und bin 'n bisschen rumgefahren. Ich konnte es einfach nicht begreifen, weißt du? Ich habe versucht, Lin-

dy anzurufen, aber sie nahm nicht ab. Ich hab irgendwo geparkt und bin einfach im Stadtzentrum herumgeirrt. Dann hab ich dich angerufen.« Er nahm sein Glas und trank den Rest in einem Zug aus.

»Das tut mir echt leid, Don.«

»Mir auch, Paula.« Er nahm die volle Flasche, goss sie vorsichtig in sein Glas und beobachtete gespannt, wie das Bier sich klärte und eine Schaumkrone bildete.

»Weißt du, wieso es passiert ist?«

Ohne Worte kam zunächst nur ein dumpfes Geräusch aus seiner Kehle. »Wieso kommt so was immer bei uns von der Polizei vor?«

»Wegen der Arbeit«, sagte Paula bedeutungsschwer.

»Wegen der Arbeit«, stimmte Merrick zu. »Du weißt ja, wie es in den letzten paar Wochen gewesen ist. Wir arbeiten Tag und Nacht, und dann geht man noch 'n Bier trinken, um sich zu entspannen, weil man Abstand gewinnen muss. Man kann nicht nach Hause fahren, bevor man eine gewisse Distanz zwischen sich und den Tag gebracht hat, sonst nimmt man einfach den ganzen Mist mit. Und wenn man dann endlich nach Hause kommt, wird einem die kalte Schulter gezeigt. Entweder das oder: ›Du bist nie da, du siehst nie die Kinder, du hast keine Ahnung, wie es ist, wenn man mit allem fertig werden muss, da könnte ich geradeso gut alleinerziehende Mutter sein.‹ Seit ich befördert worden bin, geht es die ganze Zeit so, gnadenlos.«

»Habt ihr versucht, darüber zu sprechen?«

Merricks Mund zuckte traurig. »Ich kann nicht gut über Gefühle reden, Paula. Ich bin ein Kerl. Ich hab zu erklären versucht, wie es ist, und dass das, was ich tue, wichtig ist, aber sie verdreht einfach alles, und dann klingt es, als meinte ich, die Arbeit sei wichtiger als sie und die Kinder. Das hat sich schon seit einer Weile zusammengebraut, aber dieser Fall hat das Fass zum Überlaufen gebracht. Sie wirft mir vor, ich würde meine Zeit lieber mit Nutten verbringen als mit ihr.«

Paula legte ihm die Hand auf den Arm. »Nach dem, was du erzählst, würde ich dir keinen Vorwurf machen, wenn es so wäre. Und Eheberatung? Hast du daran mal gedacht?«

Merrick legte den Kopf zurück und starrte an die Decke. »Die Sache ist die, Paula, ich bin nicht einmal sicher, ob ich zurück möchte. Ich bin nicht mehr der Mann, den Lindy geheiratet hat. Ich habe mich in die eine Richtung entwickelt und sie in eine andere. Wir haben nichts mehr gemeinsam. Wusstest du, dass sie wieder aufs College geht? Abendkurse, sie möchte Kinder- und Jugendpsychologin werden. Stell dir das vor. Kommt mir so vor, als wäre die einzige Psychologie, die sie gelernt hat, wie sie mich herunterputzen kann.«

»Du bist also in letzter Zeit vielleicht eher ein bisschen länger im Pub sitzen geblieben, als du es sonst getan hättest?« Paula war nicht sicher, wie dieses Gespräch laufen würde, und auch nicht, wie sie es handhaben sollte.

»Vielleicht. Aber was immer sich zwischen mir und Lindy tut, ich will auf jeden Fall meine Kinder nicht verlieren. Ich hab meine Jungs gern, das weißt du ja.«

»Das weiß ich, Don. Aber wenn du Lindy verlässt, heißt das nicht, dass du deine Kinder verlierst. Du kannst weiter ihr Dad sein, selbst wenn du nicht mit ihrer Mutter zusammenlebst. Du kannst trotzdem mit ihnen zum Fußball und zum Schwimmen gehen, kannst sogar mit ihnen in Ferien fahren.«

Merrick lachte. »Und wie machbar ist das bei dieser Arbeit? Wie oft können wir denn schon pünktlich Feierabend machen?«

»Du bist ja jetzt Inspector. Du arbeitest nicht mehr Schicht und musst keine Überstunden mehr machen wie früher. Du kannst in deinem Leben Raum schaffen für deine Jungs. Wenn du es wirklich ernsthaft willst, wirst du das tun.«

Er warf ihr einen flehentlichen Blick zu. »Meinst du?«

»Ja, das meine ich.«

Paula blickte zum Tresen hinüber, wo ein paar Männer Mit-

te zwanzig laut über Fußball stritten. Sie traf eine spontane Entscheidung, von der sie hoffte, dass sie sie nicht bereuen würde. »Das ist ja ein derartiges Loch hier, Don. Hast du was, wo du übernachten kannst?«
Er wandte den Blick ab. »Ich hab gedacht, ich werde ins Hotel gehen.«
»Ach Quatsch. Wenn ihr euch trennt, wirst du dein Geld brauchen. Du kannst mein Gästezimmer haben«, sagte Paula kurz angebunden.
»Ist das dein Ernst?« Er schien wirklich überrascht.
»Wenn es dir nichts ausmacht, es mit der Welt größtem Haufen Bügelwäsche zu teilen.«
Ein schwaches Lächeln erschien auf Merricks Gesicht. »Weißt du nicht, dass ich ein tolles Talent zum Bügeln habe?«
»Prima. Aber nimm nicht meinen Rasierapparat, ja?«

Sam Evans drehte das Fenster seines Wagens einen Spalt herunter, um den Rauch abziehen zu lassen. Eins war gut bei Überwachungen im Rotlichtbezirk: Niemand beachtete einen Mann, der allein im Auto saß. Niemand außer den Mädchen, aber sie gingen ihm aus dem Weg, nachdem er der Ersten, die sich ihm näherte, seinen Ausweis gezeigt hatte. Er hatte betont, er habe kein Interesse an ihnen, und danach ließen sie ihn in Ruhe.
Aidan Harts Alibi mochte Carol Jordan genügen, aber bei der Befragung des Psychologen hatte Sam Evans gespürt, dass der Mann etwas zu verbergen hatte. Er fragte sich, was es war und ob es zu seinem Vorteil verwendet werden konnte. Wenn es eine Möglichkeit gab, Hart einen Mordverdacht anzuhängen, dann würde es in jeder Hinsicht zu Evans' Vorteil sein.
Also hatte er Hart beobachtet, wann immer es ging. Eins wurde bald klar: Hart und seine Frau führten praktisch getrennte Leben. Er wusste nicht, ob beide es sich so wünsch-

ten oder ob es sich so entwickelt hatte, weil Hart nur zum Schlafen nach Hause zu gehen schien. Seine Abende verbrachte er gewöhnlich in Bars und Restaurants, wo er mit Männern trank und tafelte, die wie er aussahen – wohlhabend, gepflegt und selbstzufrieden.

Aber Aidan Harts Leben hatte noch eine andere Seite, die, so hätte Evans wetten können, seinen Trinkgenossen nicht bekannt war. An den Abenden, an denen er nicht mit der Förderung seiner Karriere und mit Männerfreundschaften beschäftigt war, gabelte er Frauen auf, mit denen er Sex hatte. Der Schock, der ihn ergriff, als Evans ihn vernahm, war offenbar nicht groß genug gewesen, um seinen Appetit zum Versiegen zu bringen. Er hatte lediglich dazu geführt, dass er ihn woanders stillte.

Statt in Temple Fields auf Jagd zu gehen, hatte Hart sein Revier etwas weiter weg nach Manningham Lane in Bradford, Whalley Range in Manchester und jetzt Chapeltown in Leeds verlegt. Soweit Sam herausbekommen hatte, nahm er sich Frauen, die eine Wohnung hatten, statt sie zu einer Nummer in seinem glänzenden schwarzen Geländewagen einzuladen. Bei zwei Gelegenheiten hatte er sich, nachdem er in einem Restaurant ein indisches Essen eingenommen hatte, noch ein zweites Mal verwöhnen lassen.

Dass Hart anscheinend süchtig nach Sex mit Prostituierten war, störte Evans nicht in moralischer Hinsicht. Er hatte im Lauf der Jahre selbst mit einigen geschlafen. Doch er fragte sich, was wohl in Harts Kopf vorging, und konnte jedenfalls Munition sammeln, die er vielleicht einmal gut gebrauchen konnte. Es war allgemein bekannt, dass Sexualtäter, die auch Morde begingen, sich oft mit Prostituierten abgaben, und auch, dass es die Menschen abstumpfte, wenn sie ständig extremem Verhalten ausgesetzt waren. Hart entwickelte sich langsam und vielversprechend zu einem Verdächtigen, selbst wenn Carol Jordan ihn schon abgeschrieben hatte.

Evans war entschlossen, seine Zuteilung zum Major Incident

Team, der Elitetruppe, als den nächsten Schritt auf seiner Karriereleiter zu nutzen. Und wenn es, um dies zu erreichen, nötig würde, Carol Jordan als pflichtvergessen hinzustellen, dann war es eben so.
Er war schließlich derjenige, der das Wissen hatte. Und Wissen war Macht.

Das Klopfen an der Tür war das gewöhnliche, flüchtige Pochen des Anstaltspersonals. »Herein«, rief Tony.
Einer der Pfleger steckte den Kopf durch die Tür. »Sie wollten hier einen Patienten sprechen, stimmt das? Nicht in einem Besprechungszimmer?«
»Das ist richtig.«
Der Pfleger zog skeptisch die Augenbrauen hoch, als wolle er sich von jeder Verantwortung für das, was geschehen könnte, lossagen. »Dann gehe ich und hole ihn.«
Während Tony wartete, überlegte er, welche Strategie er anwenden wollte. Das Denken in ungewohnten Bahnen war seine Spezialität, aber normalerweise behelligte er schwache, verletzliche Menschen nicht mit seinen ausgefallenen Ideen. Er brauchte sich die Gegenargumente kaum vor Augen zu führen, so stark waren sie: Es war unprofessionell, es konnte den Patienten gefährden, und es verstieß gegen alle Therapieprinzipien, von einem Patienten etwas zu verlangen, das keinen direkten Bezug zu seiner Behandlung hatte. Auf der anderen Seite hatte er dagegen seine eigene Argumentation aufgestellt. Die Möglichkeit, Leben zu retten, sollte schwerer wiegen als alle anderen Überlegungen. Dem Patienten würde keine Gefahr für Leib und Leben drohen, weil er unter Aufsicht war. Das Beste, was er für diesen speziellen Patienten tun konnte, wäre, sein Selbstwertgefühl zu stärken. Und ihm eine Aufgabe zu übertragen, die er bewältigen konnte, wäre eine gute Methode, dies zu erreichen. Natürlich konnte man darüber streiten, ob diese Aufgabe lösbar war, also würde Tony es so darstellen müssen, dass er es für

fast unmöglich hielt und es um die allerletzte Chance ging. Und natürlich stimmte das auch.
Es blieb keine Zeit für weitere Überlegungen. Der Pfleger stieß die Tür auf und trat zurück, damit Tom Storey eintreten konnte. Er machte zwei unsichere Schritte über die Schwelle und blieb dann stehen. Seine gebückte Haltung war noch ausgeprägter, fiel Tony auf. Storey sah sich mit leichter Verwirrung auf seinen ruhigen Gesichtszügen um. Der Blick seiner grauen Augen schweifte über die Regale, die zum Bersten mit Büchern, Boxen mit Akten und gepolsterten Umschlägen mit abgestoßenen Ecken gefüllt waren. Schließlich ruhte er auf Tony, der sich mit seinem Stuhl herumgedreht hatte, sodass er mit dem Rücken zu dem mit Unterlagen übersäten Schreibtisch und dem Raum zugewandt saß.
»Kommen Sie herein, Tom«, sagte Tony und stand auf. »Nehmen Sie Platz.« Er wies auf zwei niedrige Sessel, die in einer Ecke standen.
Storey runzelte die Stirn. »Wir treffen uns normalerweise nicht hier«, sagte er unsicher.
»Nein, das tun wir nicht«, sagte Tony.
»Heißt das, dass Sie schlechte Nachrichten für mich haben?«
Tony fragte sich flüchtig, ob ein Gehirntumor, den man operieren konnte, eine gute oder schlechte Nachricht für einen Mann in Tom Storeys Lage war. »Ich habe eine Nachricht für Sie, das stimmt. Aber wir sind heute auch hier, weil ich Ihre Hilfe brauche. Kommen Sie, setzen Sie sich.« Er nahm den älteren Mann am Ellbogen, steuerte ihn auf einen der Sessel zu und setzte sich ihm dann gegenüber.
»Wie geht es Ihnen, Tom?«, fragte er.
Storey wandte den Blick ab und starrte auf die Stelle, wo früher seine Hand war. Die dicken Verbände waren jetzt durch einen leichteren ersetzt, der wie eine besonders langweilige, aus einer Socke gefertigte Puppe am Ende seines Arms hing. »Sie hatten recht. Sie sagen, ich hätte einen Gehirntumor.« Er ließ seinen Kopf kreisen, als sei sein

Nacken verspannt. »Komisch, vor nicht allzu langer Zeit wäre mir das als das Schlimmste auf der Welt erschienen.«

»Gut ist das nie. Was würden Sie davon halten, wenn ich Ihnen sagte, dass man den Tumor operieren kann?«

Auf Tom Storeys Glatze zeigte sich eine dünne Schweißschicht. Er sah Tony düster an. »Es ist schrecklich, das zu sagen, aber ich würde mir wünschen, dass es operiert wird. Ich würde leben wollen. Ich weiß, dass ich mich oft fühle, als hätte ich nichts mehr, für das es sich zu leben lohnt, aber wenn Sie mich fragen, ob ich lieber das Risiko eingehen wolle weiterzuleben, würde ich Ja sagen.«

Tony konnte sein wachsendes Mitgefühl mit Tom Storeys zerstörtem Leben nicht unterdrücken. Es war so unnötig und so endgültig. So viel schlimmer, weil Storey offenbar ein intelligenter Mann war, der jetzt einen vernichtenden Einblick in seine Lage bekommen hatte. »Sie fühlen sich deshalb schuldig, nicht wahr, Tom? Zusätzlich zu all den anderen Dingen, die Ihnen Schuldgefühle verursachen, fühlen Sie sich auch noch schuldig, weil Sie leben wollen.«

Storey nickte, und die Tränen ließen seine Augen glänzen. »Ich bin ein Feigling«, stammelte er. »Ich … ich kann mir nicht mehr in die Augen sehen, weil ich sie dorthin geschickt habe.«

»Sie sind kein Feigling, Tom. Zu sterben, das wäre die Ausflucht des Feigen. Mit sich selbst zu leben, dafür braucht man Mut. Sie können das nicht zurückgeben, was Sie weggenommen haben, aber Sie können den Rest, der von Ihrem Leben noch bleibt, mit gutem Willen verbringen.«

»Kann man also operieren? Kann man diesen Tumor entfernen?«

Tony nickte. »So hat man es mir mitgeteilt. Wie ich schon sagte, dadurch wird nicht das heilen, was in Ihrer Psyche in Unordnung ist, aber wir können helfen, dass Sie es damit leichter haben. Sie haben bestimmt schon einen Unterschied bemerkt, seit wir Ihnen andere Medikamente geben?«

Storey nickte. »Ich bin viel ruhiger. Habe mich besser unter Kontrolle.«

Das war eine gute Neuigkeit in Hinblick auf Tonys Plan. »Und es dürfte sich weiter verbessern«, sagte er. »Die Operation wird Ihnen eine Zukunft geben. Und ich glaube, Sie werden sie nutzen, Tom. Ich glaube das wirklich.«

Storey rieb sich mit dem Rücken seiner gesunden Hand die Augen. »Sie werden mich aber nie hier rauslassen, oder?«

»Unmöglich ist es nicht, Tom. Es hängt sehr von Ihnen selbst ab, und auch von uns.«

»Ich nehme also an, Sie möchten über mich schreiben? Wollen sich einen Namen mit meiner Behandlung machen? Soll ich Ihnen dabei helfen?« Er klang etwas verstimmt.

Tony war wirklich bestürzt und verwünschte sich dafür, dass er angenommen hatte, er hätte Tom Storeys Vertrauen gewonnen, was offensichtlich nicht zutraf. »Es tut mir leid, wenn Sie denken, wir sind nur dazu da, aus Ihrem Schmerz Vorteil zu ziehen, Tom«, sagte er und versuchte das Terrain zurückzugewinnen, dessen Verlust ihm nicht einmal klar gewesen war.

»Aber so kommen Sie und Ihre Kollegen doch weiter, oder? Man legt solche Menschen wie mich unters Mikroskop, dann macht man Artikel und Bücher daraus.«

Tony schüttelte den Kopf. »Ich arbeite nicht so, Tom. Ja, manchmal schreibe ich über Fälle, aber nicht aus Ehrgeiz.« Er breitete die Hände aus und wies mit dieser Geste auf das Zimmer hin.

»Finden Sie, das hier sieht nach der Behausung eines ehrgeizigen Mannes aus?«

Storey sah sich noch einmal um und zeigte diesmal offener, dass er sich ein Urteil bildete. An den Wänden hingen keine Diplome oder Urkunden zur Promotion, keine Bücher waren zu sehen, auf deren Umschlag sein Name zur Schau gestellt wurde, nichts, was darauf hinwies, dass Tony jemanden mit seiner Stellung oder seinen Erfolgen beeindrucken wollte. »Nein, sieht nicht danach aus«, sagte er. »Warum tun Sie es also, wenn nicht dafür, dass Sie gut dastehen?«

»Ich tue es, weil das, was ich von jemandem wie Ihnen gelernt habe, bedeuten könnte, dass meine Kollegen den Menschen, die ihre Hilfe brauchen, eine bessere Behandlung zukommen lassen könnten. Das ist ganz bestimmt der einzige Grund, warum ich mir die Mühe machen würde, das zu lesen, was andere Ärzte zu sagen haben. Wenn ich jemals über Sie schreiben würde – und im Moment habe ich das nicht vor, weil ich nicht weiß, wie das Endergebnis für Sie sein wird –, dann würde ich schreiben, um das Bewusstsein für Ihren Zustand zu schärfen, damit der nächste Tom Storey früher als Sie die Unterstützung bekommt, die er braucht.« Tony sprach mit leidenschaftlicher Anteilnahme und Aufrichtigkeit, und Storey entspannte sich sichtlich, als er den Sinn seiner Worte erfasste.

»Wenn Sie sagen, Sie wollen, dass ich Ihnen helfe, was meinen Sie damit?«

»Ich habe die Art und Weise beobachtet, wie Sie mit den anderen Leuten, die hier sind, umgehen. Sie machen das sehr gut. Sie scheinen ein Talent dafür zu haben, mit den Menschen Kontakt zu bekommen, die nicht immer gut auf das Personal reagieren.«

Storey zuckte mit der Schulter. »Ich konnte immer gut mit Leuten umgehen, bevor …«

»Bevor Sie krank wurden?«

»Bevor ich verrückt wurde, meinen Sie. Warum sagen Sie es nicht einfach? Niemand hier drin sagt dieses Wort. Niemand nennt uns Irre Spinner, oder auch nur Patienten. Ihr schleicht alle um den heißen Brei herum, als ob wir nicht wüssten, warum wir hier sind.«

Tony lächelte und versuchte Storeys Ärger zu zerstreuen. »Wäre es Ihnen lieber, wenn wir das täten?«

»Es wäre ehrlicher. Sie erwarten immer in der Therapie, dass wir ehrlich sind, aber Sie reden unsere Welt schön.«

Tony überlegte, wie er diesen Moment einschätzen sollte. Wenn er sich über die Regeln hinwegsetzen wollte, dann war dies seine Gelegenheit. »Okay, ich werde versuchen, direkter zu sein. Sie haben Talent im Umgang mit Verrückten. Sie vertrauen Ihnen. Sie mögen Sie. Sie sehen Sie als einen der ihren, deshalb fühlen sie sich nicht bedroht.«

»Weil ich zu ihnen gehöre«, sagte Storey.

»Aber meistens sind Sie immer noch der Mensch, der Sie waren, bevor Ihr Körper Sie verraten hat. Und ich baue darauf, dass Sie mir dadurch helfen können.«

Tony holte tief Luft und lehnte sich auf dem Stuhl zurück. »Ich habe noch eine andere Arbeit. Wenn ich nicht hier bin, helfe ich der Polizei. Ich analysiere das Verhalten von Verbrechern und versuche der Polizei Hinweise zu geben, die helfen, die Kriminellen zu fassen, bevor sie weitere Verbrechen begehen.«

»Sie sind also Profiler, meinen Sie? Wie Cracker?«

Tony zuckte zusammen. »Nicht unbedingt wie Cracker. Und noch weniger wie Jodie Foster. Was ich tue, ist überhaupt nicht großartig. Aber ja, ich bin Profiler. Im Moment arbeite ich mit der Polizei von Bradfield. Es gibt da einen Mörder, der erwischt werden muss, bevor er weitere Leben zerstört.«

Storey schien verwirrt. »Was hat das denn mit mir zu tun?«

»Ein Patient von hier wurde vor zwei Jahren wegen der Ermordung von vier Frauen verurteilt. Es gab keinen Zweifel an seiner Schuld. Die gerichtsmedizinischen Beweise waren unwiderlegbar, und er gab zu, dass er es getan hatte. Aber jetzt ist eine andere Frau auf genau die gleiche Art und Weise gestorben. Wer immer das tut, weiß alles über die Verbrechen von damals, einschließlich der Einzelheiten, die in der Öffentlichkeit niemals bekannt wurden.«

»Und Sie glauben, dass der Mann hier drin unschuldig ist? Und Sie wollen, dass ich dabei helfe, es zu beweisen?« Storey klang begeistert, sein Gesicht hatte sich belebt.

»Ich weiß nicht, ob er unschuldig ist, Tom. Ich weiß nur, dass er irgendwo in seinem Kopf das Wissen versteckt hält, das uns helfen könnte zu verhindern, dass noch mehr Frauen sterben. Und mit mir spricht er nicht. Er spricht mit niemandem. Er hat kaum ein Wort gesagt, seit er hier ist. Ich möchte, dass Sie ihn überreden, mit mir zu sprechen.«
Storey sah jetzt wieder unsicher aus. »Ich? Sie meinen, er wird mit mir reden?«
»Ich weiß es nicht. Aber ich habe mit all meinem Wissen versucht, ihn dazu zu bringen, dass er sich mir öffnet – ohne Erfolg. Deshalb will ich alles versuchen, wie verrückt es auch klingen mag.«
»Verrückt ist das richtige Wort.« Storey stieß ein kurzes amüsiertes Lachen aus. »Die Irren haben das Irrenhaus übernommen.«
Tony zuckte mit den Achseln. »Nur einen Teil davon. Also, was meinen Sie? Wollen Sie es versuchen?«

Carol hielt ihre Handgelenke unter den kalten Wasserstrahl und versuchte, sich nach der Bestandsaufnahme mit Brandon im wahrsten Sinn des Wortes abzukühlen. Sie hatte Brandon für einen vernünftigen Vorgesetzten gehalten, für jemanden, der nicht vergessen hatte, wie die Arbeit draußen vor Ort ablief. Aber heute hatte sie sich demoralisiert und energielos gefühlt, und sie wusste, er war von ihrer Leistung enttäuscht. Sie konnte ihm daraus keinen Vorwurf machen, sie war ja selbst unzufrieden.
Immerhin war es ihr gelungen, Brandon zu überreden, die Gelder nicht zu kürzen und die Sandie-Foster-Ermittlung nicht ausschließlich von ihrem eigenen kleinen Team weiterführen zu lassen. Sie konnte also auf andere Kollegen zurückgreifen, falls sie etwas für sie zu tun hatte. Aber es war bitter, seine Frustration zu sehen, die ihre eigene widerspiegelte, und keine Schritte vorschlagen zu können, die Abhilfe schaffen würden. Sie wusste, dass einer der Gründe für

ihren Erfolg als Kripobeamtin ihre Fähigkeit war, unorthodox zu denken, einen Ansatz zu finden, der sonst niemandem eingefallen war. Aber bei diesen beiden Fällen hatte sie das Gefühl, in den Bahnen konventioneller Überlegungen festzustecken und nicht über den Tellerrand sehen zu können.

Und die Begabung, die der Grund ihres früheren Erfolgs gewesen war, hatte sich für sie in einen Fluch verwandelt. Carol besaß die perfekte Fähigkeit, Gespräche wörtlich zu erinnern. Damit hatte sie in Vernehmungen Spitzenergebnisse erzielt, denn sie konnte ihre Opfer in den Schlingen ihrer eigenen Worte zu Fall bringen. Aber heutzutage hatte das Band, das ständig in ihrem Kopf ablief, oft nichts mit der gerade vorliegenden Arbeit zu tun. Sie musste sich so anstrengen, die Teile des Dialogs zu verdrängen, die gegen ihren Willen immer wieder hochkamen, dass sie keinen Raum für die Eingebungen ihres Unterbewusstseins hatte, die sie vielleicht tatsächlich hätten weiterbringen können.

Carol legte die Stirn gegen den kühlen Spiegel und schloss die Augen. Was würde sie jetzt für ein Glas Wein geben.

Die Tür der Damentoilette flog geräuschvoll auf, und Paula stürmte herein. Carol richtete sich blitzschnell auf und sah die bestürzte Miene ihrer Mitarbeiterin im Spiegel. »Hi, Paula«, sagte sie müde. Paula war bei der Besprechung an diesem Morgen noch zurückhaltender gewesen als sonst. Carol versuchte es nicht persönlich zu nehmen und wollte sich einreden, dass Paula zu allen kratzbürstig gewesen sei. Aber es gelang ihr nicht.

»Chefin«, sagte Paula und zögerte auf dem Weg zur Kabine, »wie ist die Bestandsaufnahme gelaufen?«

Carol nahm sich zusammen und gab sich den Anschein gelassener Autorität. Dies war, wie sie wusste, gegenüber einer Mitarbeiterin nötig, die schon nahe daran war, sie abzuschreiben. »Wie erwartet. Niemand ist besonders glücklich mit dem deutlichen Mangel an Fortschritt in zwei kostspie-

ligen Ermittlungen. Aber wenigstens reduzieren sie noch nicht unsere Mittel.« Carol wollte Paula vorbeilassen und ging auf die Tür zu. Aber Paula war noch nicht fertig.
»Ich habe die Tim-Golding-Akte noch einmal durchgesehen«, sagte sie, und schon ihre Körpersprache zeigte an, dass sie in der Defensive war.
»Ist Ihnen etwas aufgefallen?« Carol versuchte so neutral wie möglich zu klingen.
»Dieses Foto, Chefin. Ich weiß nicht viel über Felsen und solche Sachen, aber der Hintergrund scheint mir ziemlich charakteristisch. Ich habe mich gefragt, ob es etwas bringen würde, das Bild des Jungen herauszunehmen und Zeitschriften für Bergsteiger und Wanderer zu bitten, es zu drucken, damit man sieht, ob jemand die Gegend auf dem Bild wiedererkennt.«
Carol nickte. Früher wäre ihr das eingefallen. Jetzt waren ihre Gedanken durch zu viele schlechte Erinnerungen vernebelt. *Und durch zu viel Wein,* murmelte eine leise Stimme in ihrem Hinterkopf. »Gute Idee, Paula. Bitten Sie Stacey, etwas auszuarbeiten, und die Presseabteilung soll es dann so bald wie möglich rausschicken.« Carol war schon zwei Schritte auf die Tür zugegangen, als etwas in Paulas Worten eine schwache Erinnerung wachrief. Sie drehte sich halb zu Paula um, als diese schon die Klotür aufstieß. »Paula? Was wissen Sie über forensische Geologie?«
Paula schien verwirrt. »Forensische Geologie? Davon hab ich noch nie etwas gehört, Chefin.«
»Vor ein paar Monaten kam etwas im Radio darüber. Ich habe nicht richtig aufgepasst, aber es war auf jeden Fall von forensischer Geologie die Rede. Ich frage mich, ob so jemand uns vielleicht helfen könnte, die Gegend einzugrenzen?« Carol dachte jetzt laut vor sich hin und sprach eigentlich gar nicht mehr mit Paula, sah aber plötzlich mit Erstaunen, wie im Gesicht ihrer Mitarbeiterin Anerkennung aufleuchtete. Es war, als sei dies der Moment, auf den sie seit

Wochen gehofft hatte. Carol hätte sich freuen sollen, dass sie endlich den Zweifel zerstreuen konnte, den sie bei Paula spürte. Stattdessen machte es sie betrübt, zu denken, dass sie so weit von ihrem früheren Ich entfernt gewesen war.

»Das ist eine glänzende Idee, Chefin«, sagte Paula und machte das Okay-Zeichen mit dem Daumen.

»Vielleicht«, sagte Carol. »Soweit ich weiß, kümmern sich diese Typen nur in Sherlock-Holmes-Manier um Dreckspritzer an Hosen und können dann sagen, aus welchem Feld der Dreck hochgespritzt ist. Aber es ist einen Versuch wert.«

Sie ging zum Einsatzzentrum zurück und wies die leise kritische Stimme zurecht, der Weißwein habe also doch ihre Gehirnzellen noch nicht ganz zerstört. »Sam«, rief sie, als sie näher kam. »Gehen Sie mal auf die BBC-Website und sehen Sie nach, was Sie unter ›forensische Geologie‹ finden können.«

Erstaunt über die ungewohnte Energie in Carols Stimme sah Sam von seinem Schreibtisch auf. »Bitte?«

»BBC-Website, forensische Geologie. Drucken Sie aus, was Sie dazu finden, dann suchen Sie mir jemanden hier in der Gegend, mit dem ich reden kann«, rief Carol ihm über die Schulter zu. »Es gibt wahrscheinlich jemanden an der Uni, Abteilung Geowissenschaften, der Ihnen einen Tipp geben kann, wohin wir uns wenden könnten.« Sie schloss die Tür hinter sich, und der große Raum verschwand hinter den kürzlich angebrachten Rollos. Sie ließ sich auf ihren Stuhl fallen, legte den Kopf in die Hände und fühlte Schweiß durch ihre Finger rinnen. Herrgott noch mal, hatte das lange gedauert bis zu dieser kleinen beglückenden Inspiration. Sie würde nicht genügen, um irgendein Problem zu lösen. Aber wenigstens war es ein Anfang. Und sie hatte eine kleine Atempause, die Untersuchung in Gang zu setzen.

Er betrachtet die vor ihm ausgebreiteten Gerätschaften für das, was sein Handwerk geworden ist. Die Handfesseln, die Fußfesseln. Den Lederknebel. Den biegsamen Gummidildo. Die Rasierklingen. Die Latexhandschuhe. Die Kameras. Den Laptop. Das Mobiltelefon. Jetzt muss er nur noch die Rasierklingen am Dildo anbringen und ihn dann in Küchenkrepp einschlagen, damit er sich nicht die Finger zerschneidet.
Er drückt »PLAY« auf seinem Minidisc-Player, und die Stimme hüllt ihn ein und lässt alles noch einmal Revue passieren. Er braucht keine Erinnerung an das, was getan werden muss, er weiß es auswendig. Aber er hört gern zu. Niemand hat ihm jemals ein so gutes Gefühl gegeben, und seine Gegenleistung scheint ein sehr kleiner Preis für etwas, das er so richtig findet.
Die Stimme sagt ihm, wen er auswählen soll, macht es ihm leicht. Nichts ist dem Zufall überlassen. Heute Abend wird er die Nächste in der Nähe des beschissenen Hotels finden, um die Ecke, gleich bei der Bellwether Street, wo es für solche Frauen wie sie stundenweise Zimmer zu mieten gibt. Sie wird sehr wahrscheinlich an den großen eisernen Müllcontainer gelehnt stehen. Es wird sie sehr wahrscheinlich amüsieren, wenn er ihr sagt, was er von ihr will. Die Frauen erwarten nichts von ihm, außer dass er immer guten Stoff hat. Er ist einfach da. Gehört zur Umgebung. Ist es gar nicht wert, dass man ihm Aufmerksamkeit schenkt.
Aber heute Abend wird sie aufmerksam sein. Es wird das letzte bisschen Aufmerksamkeit sein, das sie überhaupt für jemanden haben kann. Aber das wird sie ihm entgegenbringen, und das will schon was heißen.

Die Straßenlampen hingen wie leuchtende Bonbons im dünnen Nebel des frühen Abends. Bradfields Rushhour war selbst in den paar Jahren, die Tony weg gewesen war, nach und nach angeschwollen wie der Bauch eines Rentners. Aber an diesem Abend fuhr er ohne auf seine Umgebung zu achten wie mit Autopilot von Bradfield Moor zu seinem neuen Haus. Musik kam aus dem Kassettenrecorder, aber er hatte keine Ahnung, was es war. Etwas Beruhigendes, Minimalistisches, das sich immer wiederholte. Einer der Studenten in St. Andrews hatte ihm die Kassette geschenkt. Er konnte sich im Moment nicht erinnern, warum, es hatte etwas mit der Funktion der Gehirnwellen zu tun. Er mochte sie, weil sie die Hintergrundgeräusche, den Straßenlärm der Motoren und das tiefe, gedämpfte Brausen des Stadtlebens übertönte. Er dachte über die Aufgabe nach, die er Tom Storey gestellt hatte. Verlangte er zu viel von dem schwer geschädigten Mann? Würde Storey sich so bedrängt fühlen, dass er wieder durchknallte? Tony glaubte es nicht, aber genau wusste er es nicht. Er hatte diesmal deutlich die Grenzen überschritten und wusste, wie schlecht er sich fühlen würde, wenn dies irgendeine ungünstige Auswirkung auf Storey hätte.

Aber er ahnte, dass sich schlecht zu fühlen sein geringstes Problem sein würde. Aidan Hart würde explodieren, wenn er herausfand, was Tony getan hatte. Es stand völlig im Widerspruch zu jedem therapeutischen Prinzip der reinen Lehre, aber nach Tonys Ansicht war diese Lehre von Menschen aufgestellt worden, die mindestens genauso viele Probleme hatten wie die, die sie zu behandeln behaupteten. Er wusste das genau, denn auch er gehörte zu ihnen. Seine eigenen Schwierigkeiten mit privaten Beziehungen jeder Art, die Impotenz, die ihn fast sein ganzes Erwachsenenleben geplagt hatte, die Unfähigkeit, seine Gefühle für Carol in irgendeine praktikable Form zu bringen, all diese Dinge waren Zeichen für seine Nähe zu den gestörten Persönlichkeiten, um die er sich in seiner Rolle als behandelnder Arzt kümmerte.

Wenigstens wusste er, dass er das mit einiger Kompetenz zu tun in der Lage war. Sein Einfühlungsvermögen für ihre Störungen ermöglichte es ihm, brauchbare Programme für ihre Behandlung auszutüfteln. Wenn ihn manchmal ein unangenehmes Gefühl der Komplizenschaft mit ihnen beschlich, war das ein erträglicher Nebeneffekt.

Aber mit seinen Schuldgefühlen gegenüber Carol konnte er sich nicht aussöhnen. Im Moment schien ihm, die beste Art, sie bei der Genesung zu unterstützen, sei, ihr bei der Arbeit zu helfen. Der Schlüssel dazu war Derek Tyler. Und das half ihm sehr dabei, vor sich selbst den Prozess zu rechtfertigen, den er in Bewegung gesetzt hatte.

»Oh, Derek, Derek, Derek. Du sehnst dich so nach Stille, weil du dann immer noch die Stimme hörst«, sagte er laut und setzte damit eine Unterhaltung mit sich selbst fort, die er führte, seit er die Anstalt verlassen hatte. »Was tut die Stimme?« Er wartete, dachte nach und horchte auf sein Gefühl, bevor er antwortete. »Sie beruhigt dich. Sie sagt dir, dass das, was du getan hast, gut war. Wenn du die Stimme nicht hören könntest, müsstest du vielleicht in Betracht ziehen, dass das, was du getan hast, schlecht war. Also musst du die Stimme hören. Du sprichst nicht, weil auf diese Weise niemand mit dir spricht. Wer ist sie also, die Stimme?«

Er bog von der größeren Straße in eine Seitenstraße ab. Erst als er keinen Parkplatz finden konnte, merkte er, dass er zu dem falschen Haus gekommen war. Er war in der Straße, wo er gewohnt hatte, als er zuvor in Bradfield gearbeitet hatte. Sein Autopilot hatte ihn zu einem ganz anderen Stadtteil fahren lassen.

Jackie Mayall kam in die Hotelhalle. Es war keine besonders schöne Rezeption, kaum mehr als ein großes Zimmer mit einer Nische, die durch einen brusthohen Tresen abgetrennt wurde. Der Teppichboden ließ die Gäste sofort ahnen, dass ihre Schuhe daran kleben bleiben würden. Sie beugte sich über den Tresen und streckte sich nach einem Schlüssel. »Ich bin's, Jackie«, rief sie, um die gedämpften hektischen Geräusche von Sky Sport zu übertönen, die aus einem Zimmer

links von dem schmutzigen Resopaltisch kamen. »Ich hab die Vierundzwanzig genommen.«
»Alles klar. Das wär dann zehn nach sechs«, antwortete eine Stimme. »Ich schreib's auf, also versuch mich nicht zu verarschen.«
»Sonst noch was«, murmelte sie und ging auf die schmale Treppe mit dem abgewetzten Teppich zu, die zu dem Zimmer im zweiten Stock hinaufführte, das sie nur allzu gut kannte. Sie schloss auf und versuchte ihre Umgebung nicht wahrzunehmen. Das Zimmer war so wenig einladend für Sex, wie man sich nur vorstellen konnte. Es hätte zur Definition der Wörter schmuddelig, dreckig und heruntergekommen herhalten können. Eine abgenutzte Decke aus blauem Frottierplüsch lag auf dem durchhängenden Bett. Das billige Furnier der Frisierkommode war zerkratzt und blätterte ab. Ein Stuhl mit hoher Lehne stand neben einem schmutzigen Waschbecken.
Jackie betrachtete sich in dem fleckigen Spiegel. Es war an der Zeit, dass sie ihr Haar färbte. Dass man einen Zentimeter der dunklen Haarwurzeln sah, war ihr persönlich eigentlich egal, aber sie begriff, wie wichtig die Aufmachung war. Ihr knapper Rock, ihr rückenfreies Oberteil und ihre kniehohen Stiefel, alles war schicker als die Klamotten der meisten Mädchen auf der Straße. Sie schätzte, sie konnte es sich deshalb leisten, so viel zu verlangen und die meisten ihrer Freier hierher zu bringen, statt sich mit ihnen in Ladeneingängen abzugeben und beim Blasen auf dem Rücksitz von Autos auf und ab zu hoppeln. Ungeduldig wandte sie sich ab und warf ihre Tasche aufs Bett. Sie setzte sich auf den Bettrand und fragte sich, ob sie die Stiefel ausziehen solle oder ob er sich selbst darum kümmern wollte. Er bezahlte schließlich gut. Er verdiente es, das Beste zu bekommen, was sie für ihn tun konnte.
Ein zögerndes Klopfen ließ sie wieder aufstehen. Sie riss heftig an der Tür, die immer klemmte, und musterte ihn von

oben bis unten mit hämischem und amüsiertem Blick. »Na, dann komm, die Uhr läuft schon«, sagte sie, drehte ihm den Rücken zu und ging schnurstracks aufs Bett zu. »Ich geb mich nicht mit Männern ab, die den ganzen Abend brauchen.«

Sobald Tony eingetreten war, wählte er Carols Nummer. »Wer ist die Stimme, Derek?«, fragte er geistesabwesend, während er auf das Klingeln horchte.

»Carol Jordan«, sagte sie unvermittelt.

»Wer ist die Stimme, Carol«, fragte er ohne Einleitung. »Es macht keinen Sinn. Keine der gewöhnlichen Stimmen passt.«

»Nett, mit dir zu reden, Tony«, sagte sie müde und etwas sarkastisch.

»Die Sache mit den Stimmen ist so ähnlich wie die Rückkehr in ein früheres Leben.«

»Wie bitte?«

»Wenn Leute in ein früheres Leben zurückkehren, sind sie nie Stalljunge oder Müllersbursche gewesen. Sie waren immer Kleopatra oder Heinrich VIII. oder Emma Hamilton. Mit Menschen, die Stimmen hören, ist es genauso. Sie hören nicht den Milchmann oder die Frau, die jeden Morgen hinter ihnen im Bus sitzt. Sie hören die Jungfrau Maria oder John Lennon oder Jack the Ripper.«

»Na ja, man kann sich schwer vorstellen, dass der durchschnittliche Milchmann detaillierte Anweisungen für Sexualmorde gibt«, sagte Carol trocken.

Tony schwieg einen Moment. Er grinste. »Du meinst also, es ist wahrscheinlicher, dass die Jungfrau Maria hinter so was steckt?« Carol kicherte. Tony durchfuhr ein Gefühl von Stolz. Er hatte etwas sehr Normales, Menschliches getan. Er hatte sie zum Lachen gebracht. Fast hatte er schon vergessen, wie gern er ihr Lachen hörte, so lange war es her. »Aber trotzdem«, fuhr er fort und überspielte damit seinen kurzen Ausfall aus dem professionellen Rahmen, »was ich sagen wollte, ist, dass es um grandiose Stimmen geht. Sie sind lebendig im Kopf der Person, die sie hört, und sie sind dynamisch. Abhängig von den Umständen, ändert sich das, was sie sagen. Man braucht nicht für Ruhe zu sorgen. Ruhe ist nicht nötig, Geräusche stören die Stimme nicht. Sie lässt sich einfach hören, wenn sie will, wann immer es passt. Na ja, wenn es der Person passt, die die Stimme hört; normalerweise ist es für die anderen Menschen nicht passend«, fügte er hastig hinzu.

»Und du behauptest, Derek Tylers Stimme sei nicht so?«

»Genau das will ich sagen. Es ist, als hätte er Angst, dass sie ihm abhanden kommt. Angst, dass sie sich in anderen Geräuschen verliert. Noch nie habe ich so etwas angetroffen, weder im Leben, noch in der Fachliteratur. Es ist, als ob ...« Er schüttelte den Kopf. »Ich muss noch mal recherchieren. Es muss doch etwas dazu geben in der Literatur ... Es sei denn, wir hätten es hier mit einem total neuen Gebiet zu tun.« Er verstummte.

»Tony?«

»Ich rufe dich an. Jetzt muss ich darüber nachdenken. Danke, dass du mir zugehört hast.« Ihre Antwort kam nicht mehr an, weil er schon aufgelegt hatte. So etwas wie Derek Tylers Stimme war ihm noch nie begegnet. Wenn sie alle Regeln brach, war es vielleicht an der Zeit für ihn, das auch zu tun. Statt mit Wahrscheinlichkeiten zu arbeiten, sollte er vielleicht das völlig Unwahrscheinliche in Betracht ziehen. Er lief nach oben in sein Arbeitszimmer und murmelte: »Sechs unmögliche Dinge schon vor dem Frühstück.«

DS Kevin Matthews stand hinter dem Empfangstisch des Woolpack Hotels mit dem Notizbuch in der Hand. Hinter dem Tisch war nicht viel Platz, und das bedeutete, dass er dem heruntergekommenen Individuum, das sich als Jimmy de Souza vorstellte und am Empfang Nachtdienst hatte, unangenehm nahe kam. Trotz des Gestanks von Schweiß,

Zigarettenrauch und alter Pizza, der an de Souza hing, war Kevin der Anblick hier lieber als der oben in Zimmer 24. Ein schneller Blick hatte ihm genügt, um zu wissen, dass er mit der Befragung des Mannes, der die Leiche gefunden hatte, auf jeden Fall nicht den Schwarzen Peter gezogen hatte. Es war viel besser, hier unten zu sein, wo ihn nichts Schlimmeres störte als ein schäbiger Mann am Empfang und ein stetiger Strom ein und aus gehender Kollegen von der Spurensicherung und der Polizei.

De Souza war stämmig, mit einem runden Bauch, der sich unter seinem schmutzigen weißen T-Shirt und über dem Bund der Freizeithose wölbte. Er hatte einen spitz zulaufenden Haaransatz, sein öliges schwarzes Haar war glatt zurückgekämmt, und sein Mündchen über einem pummeligen, runden Kinn gab ihm ein gereiztes Aussehen. »Hören Sie, ich habe es Ihnen doch gesagt«, rief er – sein Dialekt aus der Bradfielder Gegend hatte einen leichten Anflug irgendeines fremden Akzents. »Ich komme nur raus, wenn jemand klingelt. Die Leute werden gern vertraulich behandelt. Dafür zahlen sie schließlich.«

»Pro Stunde«, sagte Kevin säuerlich.

»Na und? Es ist nicht verboten, Zimmer pro Stunde zu vermieten. Die Leute haben ihre Bedürfnisse.« De Souza fing an, in der Nase zu bohren, aber ließ es wieder, als er bemerkte, dass Kevin angeekelt den Mund verzog.

»Sie haben also wann genau das Zimmer 24 vermietet?«

De Souza zeigte auf ein dickes Terminbuch, das offen auf dem Fach unter dem Tisch lag. »Da. Zehn nach sechs.«

Kevin warf einen Blick darauf. Der Zeitpunkt und daneben ein Name waren in ungeschickter Schrift hingekritzelt. »Und an wen haben Sie es vermietet? Ich nehme an – korrigieren Sie mich, wenn ich falsch liege – an Margaret Thatcher.«

»Die Schlampe nennt sich Jackie. Dürres Klappergestell mit blondierten Haaren. Sie ist in den meisten Nächten ein paarmal reingekommen.«

»Sie kennen ihren Zunamen nicht?«
De Souza grinste anzüglich. »Machen Sie Witze? Wen interessiert der?«
»Wer war dabei?«
»Weiß ich nich. Ich war hinten, hab Fußball geguckt. Sie hat reingerufen, dass sie den Schlüssel nimmt, und ich hab nur die Zeit aufgeschrieben. Sie wollte dann beim Rausgehen bezahlen. Bei den Stammkundinnen seh ich das nicht so eng.«
»Sie haben also nicht bemerkt, in wessen Begleitung sie war?«, fragte Kevin noch einmal.
»Ich weiß nicht mal, ob er überhaupt dabei war. Oft kommen die Kerle 'n paar Minuten später, damit sie nicht gesehen werden. Die Mädchen sagen ihnen einfach, in welches Zimmer sie kommen sollen.«
»Sehr praktisch«, sagte Kevin bitter. »Wieso sind Sie dann also raufgegangen?«
»Ihre Zeit war doch schon lange zu Ende, oder? Normalerweise ist sie in einer halben Stunde oder so wieder draußen. Wie ich sagte, sie hat dann immer bezahlt, und ich ging hoch und hab die Bettwäsche gewechselt. Als das Spiel nach acht vorbei war, hing der Schlüssel am Haken. Ich war wütend, dachte, sie ist abgehauen. Also bin ich hoch, ob sie dort das Geld für mich hingelegt hat. Ich ging zu vierundzwanzig und habe aufgeschlossen ...« Zum ersten Mal schien de Souza nicht ganz wohl zu sein. »Mensch, das Zimmer kann ich nicht so bald wieder vermieten.«
Kevin sah de Souza an, als hätte er Lust, ihm eine runterzuhauen. »Mir kommen gleich die Tränen.« Er nahm seinen Kuli, angelte sich damit den Schlüssel von Zimmer Nummer 24 vom Haken, ließ ihn in eine Papiertüte für Beweise fallen und steckte ihn in die Tasche. »Wir werden den erst mal behalten müssen«, sagte er. »Aber, wie Sie ja schon sagten, werden Sie ihn sowieso nicht so bald brauchen.«
Seine Worte weckten de Souzas Geschäftssinn. »Für wie lange werdet ihr uns schließen?«

Kevin lächelte freundlich. »Solange es nötig ist. Das ist jetzt ein Tatort, mein Freund.«
Während er noch sprach, ging die Tür wieder auf, und Carol Jordan kam herein. »Wohin, Kevin?«, sagte sie.
»Zweiter Stock, Chefin. Zimmer vierundzwanzig. Don ist oben mit Jan und Paula. Und die Spurensicherung.«
»Ich geh rauf.«

Tom Storey hatte nicht gelogen, als er sagte, er könne gut mit Menschen umgehen. Bei seiner Arbeit für eine Bewilligungsstelle für Wohngeld drohte immer unterschwellig verbale und auch physische Gewalt. Bevor er einige Zeit zuvor wegen seines sprunghaften Verhaltens nach Hause geschickt und krankgeschrieben worden war, war er bei den Chefs immer als der bekannt gewesen, auf den man sich verlassen konnte, wenn es galt, einen schwierigen Kunden davon abzuhalten, dass er gefährlich wurde und ausrastete. Deshalb schien die Aufgabe, die Tony Hill ihm gegeben hatte, weniger eine Bürde als vielmehr eine Herausforderung, der er gewachsen zu sein glaubte.
In Bradfield Moor eingesperrt, niedergedrückt von der Last seiner Schuld und der Angst vor dem unbekannten Fremdkörper, der sein Gehirn zerstörte, hatte er sich zu zerstreuen versucht, indem er die anderen Insassen beobachtete. Es half ihm, seine Psyche unter Kontrolle zu halten, wenn er außer seiner selbst etwas hatte, auf das er sich konzentrieren konnte. Natürlich waren die, denen man eine gewisse Bewegungsfreiheit ließ, zugleich die, die man in dem Sinne als ungefährlich betrachtete, dass sie nicht mit einer spitzen Gabel Amok laufen würden: die Zwangsneurotiker, die hauptsächlich eine Gefahr für sich selbst darstellten, die Schizophrenen, die man medikamentös besänftigt hatte, und die Manisch-Depressiven, die man mithilfe von Lithium eingestellt hatte. In gewisser Hinsicht waren sie für ihn interessanter als die Gewalttätigen. Tom fand es leichter zu verstehen, dass sie als

kleine Rädchen im Getriebe der Normalität funktioniert hatten. An die mit gestörter Persönlichkeit mochte er nicht denken. Im Laufe seines Berufslebens hatte er so viele Psychopathen mit gestörtem sozialem Verhalten gesehen, dass es ihm für den Rest seiner Tage reichte.
Als Tony Derek Tyler beschrieb, hatte Storey sofort gewusst, wen er meinte. Seine Lethargie und sein Schweigen hatte er hauptsächlich deshalb bemerkt, weil es sonst so wenig Stille in der Anstalt gab. Selbst die, die man bis obenhin mit Medikamenten abgefüllt hatte, waren meistens ruhelos. Aber Tylers Existenz schien sich in einer kleinen Oase der Ruhe abzuspielen. Allerdings war er alles andere als gelassen, sondern strahlte so viel Spannung aus, dass er andere unsicher machte.
Außerdem beteiligte er sich an gar nichts. Das war auch etwas, das ihn heraushob: Er zeigte kein Interesse an geselligen Veranstaltungen, und seine passive Abwehrhaltung gegenüber allem, was auch nur annähernd gemeinsamer Gruppenarbeit glich, war eindrucksvoll, umso mehr deshalb, als Storey vermutete, er sei nicht übermäßig intelligent.
All dies machte ihn leicht erkennbar, aber es war schwierig, zu ihm durchzudringen. Es war kein einfaches Unternehmen, das Tony Hill ihm da aufgetragen hatte. Storey hatte den größten Teil des Tages damit zugebracht, Tyler insgeheim zu beobachten, wann immer er die Gelegenheit dazu hatte, und er versuchte dabei eine Möglichkeit auszuhecken, wie er den Panzer knacken könnte. Aber ihm fiel nichts ein.
Am frühen Abend, als die meisten derjenigen, die bei klarem Verstand waren und ihre Zimmer verlassen durften, im Fernsehen Seifenopern sahen, entdeckte er Tyler, der allein am Tisch in der Ecke des Tagesraums saß. Spontan holte sich Storey eines der Puzzles, die auf den Bücherregalen aufgestapelt waren, und ging zu Tylers Tisch hinüber. Ohne zu fragen setzte er sich und versuchte mühsam, die Schachtel mit einer Hand aufzubekommen, schaffte es aber schließ-

lich. Er kippte die Puzzlestücke aus und überlegte, wie viele von den 550 noch vorhanden und in Ordnung sein mochten. Keine Reaktion. Tyler schien sich immer mehr in sich selbst zurückzuziehen. Aber Storey sah, dass seine Blicke unwillkürlich zu dem Haufen ausgestanzter Pappstücke hingezogen wurden. Storey fing an, die Stücke unbeholfen zu sortieren, indem er zunächst die vom Rand und vom Himmel zusammensuchte. »Den leichtesten Teil und dann den schwersten«, sagte er. »Wenn man den Himmel beisammen hat, kommt es einem vor, als könnte man den Rest auch.«
Tyler blieb stumm. Die Stille hielt weiter an, während Storey den Rand des Bildes zusammensetzte. Es war eine Alpenansicht, eine Seilbahn fuhr auf einen Berg, wo sich Wiesen bis zum schneebedeckten Gipfel hinaufzogen. Er machte ein paar absichtliche Fehler, aber Tyler reagierte nicht. Also korrigierte er sich und machte weiter.
»Ich bin ziemlich gut aufgelegt heute Abend«, sagte er und achtete darauf, auf nichts anderes als das Puzzle zu sehen. »Ich muss operiert werden, aber ich glaube, dass ich danach entlassen werde.« Er sah zu Tyler hinüber. »Sie wissen, was ich gemacht habe, oder?« Höchstwahrscheinlich wusste er es. Obwohl das Anstaltspersonal sich sehr bemühte, die Patienten davon abzuhalten, dass sie über die früheren Vergehen der anderen tratschten, verbreiteten sich Neuigkeiten so schnell wie Ratten, die sich ihr nächtliches Quartier suchen. »Ich habe meine Kinder umgebracht.« Er konnte nichts dafür, Tränen traten ihm in die Augen, und er wischte sie ungeduldig ab. »Ich dachte, das wäre es gewesen, und ich würde die Welt da draußen nie mehr sehen. Ehrlich gesagt, hätte ich nichts dagegen einzuwenden gehabt. Ich meine, wie soll man mir vertrauen können? Wie soll ich mir selbst vertrauen? Wenn ich den Menschen, die ich auf der ganzen Welt am meisten liebe, das Leben nehmen konnte, wie kann da irgendjemand vor mir sicher sein?«
Tyler zeigte keine Anzeichen, dass er auch nur ein Wort

gehört hatte. Aber Storey fuhr fort. Er hatte ja nichts anderes zu tun. »Und daran, wie die Leute mich hier behandeln, kann ich trotz ihrer Professionalität sehen, dass sie mich für einen hoffnungslosen Fall halten. Sie sind daran gewöhnt, es mit Kranken zu tun zu haben. Aber sie geben mir das Gefühl, dass ich etwas Besonderes bin, als würde mich das, was ich getan habe, noch stärker von allen anderen absondern. Das ist das Einzige, was einem nie verziehen wird, seine Kinder zu töten. So habe ich jedenfalls gedacht, bis ich diesen neuen Arzt hier kennengelernt habe.« Er lächelte. »Dr. Hill. Er ist nicht wie die anderen. Er ist groß darin, Leute hier rauszukriegen. Er hat es fertiggebracht, dass ich begriffen habe: Besserung ist nicht unmöglich. Damit man draußen vielleicht noch mal von vorn anfangen kann. Ich sag Ihnen, wenn Sie aus dem Loch hier raus wollen, dann müssen Sie sich an ihn halten.«
Tyler streckte zögernd einen Finger aus und schob ein Puzzlestück zu Storey hin. Es war das nächste in einer Reihe von zerklüftetem Grau, das sich schließlich als Gletscher gleich oben an der linken Ecke herausstellen sollte. Storey zeigte nicht, wie sehr ihn das freute. »Danke, Kumpel«, sagte er lässig und machte schweigend ein paar Minuten weiter.
»Ich wünschte bei Gott, ich hätte Dr. Hill schon vor ein paar Monaten getroffen«, sagte Storey schließlich aus tiefstem Herzen und voll Verdruss. »Er wusste gleich, was mit mir nicht stimmte. Wenn mein Hausarzt mich nicht mit Pillen abgefertigt und mich stattdessen zu jemandem geschickt hätte, der Bescheid wusste, wäre ich jetzt gar nicht hier. Meine Kinder würden noch leben, und ich wäre nicht hier.«
Tyler rutschte auf seinem Stuhl herum und wandte sich vom Tisch ab. Storey spürte irgendwie, dass er zu dem schweigenden Mann nicht mehr durchdrang. »Aber die Sache mit Dr. Hill ist … er hat mir klargemacht, dass das nicht das Ende meines Lebens ist. Dass ich in die Welt zurück und noch einmal von vorn anfangen kann. Und das nächste Mal kann

ich es besser machen. Vielleicht kann ich es richtig machen. Wenn mir jemand hilft, kann ich es schaffen.«
Storey war sich nicht sicher, welches seiner Worte der Auslöser war, aber plötzlich hatte es geklickt. Tyler drehte sich zum Tisch zurück, betrachtete die Puzzlestücke genau, nahm eins und legte es an die richtige Stelle. Er blickte Storey direkt an, und in seinen Augen leuchtete ein unergründliches Gefühl auf. Tyler nickte langsam und stand dann auf. Er ging an Storey vorbei, blieb einen Moment stehen und klopfte ihm auf die Schulter. Dann war er fort, ein schweigender Schatten, der aus dem Raum in den Flur hinausglitt.
Storey lehnte sich mit einem schwachen Lächeln auf seinem Stuhl zurück. Er war nicht sicher, ob seine Taktik funktioniert hatte, aber er hatte das Gefühl, dass er sich vielleicht Pluspunkte bei dem Mann verdient hatte, der ihn sowohl aus Bradfield Moor als auch aus dem Gefängnis seiner Gedanken befreien konnte.

Carol hatte nur einen einzigen Blick auf den Tatort geworfen und dann sofort Tony angerufen. Jetzt stand er am Bett, den Kopf respektvoll gesenkt. Carol kam es fast so vor, als sehe er die Woge von Rot gar nicht, die das Leben der toten Frau weggeschwemmt hatte, weil er sich so intensiv auf ihr Gesicht mit dem Knebel konzentrierte. Sie hatte diesen Vorteil nicht. Die Leiche auf dem Bett war für sie eine persönliche Beleidigung, wie ein wohlüberlegter Wink, dass sie und ihr Team versagt und der Herausforderung durch diesen letzten Ausfall des Mörders nichts entgegengesetzt hatten. Verstandesmäßig wusste sie, dass es um nichts dergleichen ging. Männer, die so etwas taten, waren viel weniger an ihrem Publikum als vielmehr daran interessiert, was in ihren eigenen kranken Köpfen vorging. Aber auf der emotionalen Ebene war es wie eine Ohrfeige.
»Es gibt keinen Zweifel, oder?«, sagte sie leise zu Tony.
Er sah zu ihr hoch, aber im schwachen Licht der Sechzig-

Watt-Birne unter dem staubigen Papierschirm konnte sie den Ausdruck seiner Augen nicht lesen. »Nicht der geringste Zweifel. Wer immer Sandies Mörder war, hat auch sie getötet.«
Carol wandte sich an Jan und Paula, die auf der Schwelle standen und auf Anweisungen warteten. »Wissen wir, wer sie ist?«
Jan nickte. »Jackie Mayall. Sie ist relativ neu in der Szene. Junkie, kam aber eher gut klar damit.«
»Hatte sie einen Zuhälter?«
»Zuletzt nicht mehr. Als sie anfing, arbeitete sie für Lee Myerson. Aber er sitzt fünf Jahre ab, weil er Heroin gedealt hat. Als wir ihn hochgenommen hatten, haben wir allen klargemacht, dass seine Leute die Mädchen in Ruhe lassen sollen, es sei denn, sie wünschten sich, dass es ihnen wie ihrem Chef ergeht. Seit wir angefangen haben, mit dem Gesetz gegen illegale Einkünfte zu drohen, haben viele von den beschissenen kleinen Zuhältern ihre aufwendigen Schlitten abgeben müssen.«
»Okay. Jackie arbeitete also allein. Aber sie muss doch Bekannte gehabt haben. Jan, ich möchte, dass Sie und Paula sich aufmachen. Gehen Sie und reden Sie mit den Frauen. Finden Sie heraus, wer diese Absteige hier nutzt. Wer heute Abend hier war. Wer Jackie vorher noch gesehen hat. Ob sie Stammkunden hatte. Sie wissen ja, wie's läuft.«
Die beiden Frauen waren schon am Weggehen. »Paula, wo ist Don?«, rief Carol ihr nach.
Paula drehte sich bestürzt um. Sie sagte: »Ich weiß nicht, Chefin«, aber ihr argwöhnischer Gesichtsausdruck schien zu sagen: *Warum fragen Sie mich?*
»Er war heute schon hier«, sagte Jan. »Er hat Kevin gesagt, er solle den Mann am Empfang vernehmen. Er hat mich und Paula geschickt, damit wir die anderen Zimmer überprüfen. Natürlich hat niemand etwas gehört oder gesehen, nicht einmal, als wir damit drohten, es ihren Frauen zu sagen.

Nachdem der Polizeiarzt dann die erste flüchtige Untersuchung gemacht hatte, ging Don mit Sam, glaube ich, weg, um zu sehen, was sie auf der Straße in Erfahrung bringen konnten.«

Carol verbarg ihren Ärger. Wenn Don Merrick als Detective Inspector ernst genommen werden wollte, musste er anfangen, sich wie einer zu benehmen. Die Straßen zu bearbeiten war eine Aufgabe für untergeordnete Beamte. Er hätte hier den Rest des Teams koordinieren sollen, zumindest bis zu ihrer Ankunft, und hätte nicht in die Nacht hinausrennen sollen. »Ich will, dass er bei der Obduktion dabei ist«, sagte sie. »Sagen Sie ihm, er soll sich mit Dr. Vernons Team in Verbindung setzen.«

Tony war vom Bett zurückgetreten, damit die Spurensicherung Platz hatte, ihre geheimnisvollen Rituale abzuwickeln. Carol kam zu ihm herüber, dicht heran, aber ohne ihn zu berühren. »Es sieht aus, als sei das Blut bis auf den letzten Tropfen aus ihrem Körper herausgeflossen«, sagte sie. »Er ist völlig außer Kontrolle.«

»Es ist keine Frage mangelnder Kontrolle. Es ist zwar übertrieben. Aber auf eine ganz bestimmte Weise. Es hat mit Macht zu tun. Der Missbrauch von Macht in ihrer extremsten Form.«

»Und er wird es wieder tun«, sagte sie mit schwerer Stimme. »Daran kann kein Zweifel bestehen. Er genießt es zu sehr, um jetzt damit aufzuhören. Und ich glaube, er wird selbstbewusster.«

Carol verzog angewidert das Gesicht. »Was meinst du damit?«

»Erinnerst du dich, dass es mindestens eine Stunde dauerte, bis Sandie starb? Und trotzdem hat er die Frau hier in ein Zimmer gebracht, das stundenweise vermietet wird. Er ist das Risiko eingegangen, dass ihm eventuell die Zeit nicht reichen würde. Er muss ganz sicher gewesen sein, dass er damit klarkommen würde, wenn etwas passiert wäre.«

Carol schüttelte den Kopf. »Das wäre ja ein unheimlich großes Risiko. Es hätte für ihn doch bestimmt die Möglichkeit, gesehen zu werden, um ein Vielfaches erhöht?«
»Das auch«, stimmte Tony zu. »Aber er scheint eigentlich nicht risikofreudig zu sein. Es geht um die Demonstration von Macht, erinnerst du dich? Die Gefahren auf ein Minimum zu beschränken. Vielleicht hat es mehr mit seinem Selbstvertrauen zu tun. Vielleicht fühlt er sich jetzt so bestätigt, dass er weiß, er könnte sich durch einen weiteren Mord aus dem Problem herauswinden.«
Carol zog scharf die Luft ein. »Es gefällt mir nicht, wie das klingt.«
»Nein, mir auch nicht. Aber wir müssen es trotzdem in Betracht ziehen.«
»Wen suche ich, Tony? Was kannst du mir sagen?«
Er runzelte die Stirn. »Er ist weiß, männlich, Mitte zwanzig bis Mitte dreißig. Er kann nicht gut mit Autorität umgehen – er glaubt, er werde von allen unterschätzt. Wenn er eine Arbeit hat, ist er nur unregelmäßig beschäftigt. Aber ich glaube eher, dass er selbstständig ist, von der Ausbildung her nichts Besonderes. Macht hier und da Gelegenheitsarbeiten, wie es sich bietet, aber er ist nie lange beim gleichen Arbeitgeber, weil er alles besser zu wissen glaubt. Nur stimmt das nicht. Gesellschaftlich gesehen kommt er einigermaßen zurecht. Er hat keine richtig guten Freunde, aber eine Gruppe von Bekannten. Es ist sehr unwahrscheinlich, dass er eine Beziehung mit einer Frau hat.« Tony zog ein gequältes Gesicht. »Und er ist impotent, außer wenn er so etwas wie hier macht.« Er zuckte mit den Schultern. »Nicht viel, mit dem sich etwas anfangen lässt, leider.«
»Es ist ein Anfang«, sagte Carol, denn sie wusste, dass bei Tony die eher wenig versprechenden Anfänge oft zu einem Ergebnis führten. »Und weiß Gott, im Moment ist jeder Anfang so viel wert, dass ich ihn nicht mit Naserümpfen quittieren werde.«

Heute Abend fühlt er sich gut. Er hat sein Versprechen an sich selbst gehalten. Diesmal hat es funktioniert. Er war stark, und er war ein Mann. Jetzt sitzt er in der Bar, trinkt Lager und benimmt sich, als wäre es jeder beliebige andere Abend, an dem er sein wohlverdientes Glas Bier trinkt, er hütet sein Geheimnis und weiß, dass die Geschäftigkeit auf den Straßen auf sein Konto geht.

Diesmal haben sie sie schneller gefunden, genau wie die Stimme es geplant hatte. Zugegeben, dass Sandie später entdeckt wurde, hatte sich zu seinem Vorteil ausgewirkt. Zeit war vergangen, eventuelle Zeugen hatten sich in alle vier Winde verlaufen, was nur die übrig ließ, die sich immer in der Gegend aufhielten und ihn nicht einmal bemerken würden. Aber es war nervenaufreibend gewesen, das Warten und die Anspannung. Diesmal jedoch gab es das nicht. Er wusste, Jimmy de Souza würde diese Treppe hochkommen wie eine Ratte ein Regenrohr, sobald ihm klar wurde, dass der Schlüssel wieder am Haken hing und er kein Geld bekommen hatte. Gieriger Scheißkerl. Geschah ihm recht, dass er mit etwas konfrontiert wurde, das ihm für mehrere Tage den Appetit verderben würde. Er erinnert sich, dass de Souza ihn einmal vor Jahren verarscht hat. Es tut gut, sich zu rächen. Zwei Fliegen mit einer Klappe.

Aber es war beklemmend, mit ihr in dem Hotelzimmer zu sein, während sie verblutete. Es kam ihm vor, als dauere es ewig, und obwohl es ihn wirklich erregte, fühlte er sich in diesem Zimmer schutzlos auf eine Art und Weise, wie es bei Sandie nicht gewesen war. Andere Leute waren im Haus. Diesen gierigen Jimmy nicht zu vergessen.

Aber die Stimme hatte ihm gesagt, was er tun solle, wenn er gesehen würde. Der Gedanke, sein Messer aus dem Futteral zu ziehen und es jemandem in den Bauch zu rammen, war ihm nicht gerade angenehm gewesen. Es kam ihm unkontrolliert vor, nicht Teil der sorgfältig gemeinsam in Szene gesetzten Läuterung. Aber die Stimme hatte erklärt, es könne eines

Tages nötig sein, und er hatte sich gesagt, er sei bereit und könne es schaffen.
Er schaut aus dem großen Panoramafenster der Bar auf die Straße hinaus. Da sind sie, die Bullen mit ihren Notizbüchern, und schreiben Namen und Adressen auf, von denen die meisten bestimmt erfunden sind. Sie fragen die Leute, was sie gesehen haben, wo sie waren. Sie suchen Alibis, Zeugen und einen Mörder, der direkt vor ihrer Nase sitzt. Aber sie können ihn nicht riechen. Er ist außer Reichweite, gesund und wohlauf mit seinem Glas Bier. Er lächelt und erinnert sich an einen Vers aus seiner Kindheit. ›Lauf, lauf, so schnell du kannst, du kriegst mich nicht, ich bin der Pfefferkuchenmann.‹ Ja, das ist er, der Pfefferkuchenmann.

Jan und Paula beschlossen, in der Nähe des Hotels anzufangen. Es gab zwei Bars in der Bellwether Street dicht neben dem schmalen Eingang zum Woolpack Hotel. Als sie die Straße entlanggingen, fröstelte Jan in der nebligen Nachtluft und zog ihre Handschuhe über. »Es ist bitterkalt heute Nacht«, sagte sie. »Die Mädchen, die im Freien arbeiten, werden keine guten Geschäfte machen.«
»Verdammt hartes Leben«, sagte Paula mitfühlend und stellte ihren Kragen wegen des dichten Nebels hoch, der wie eine kalte Hand nach ihnen griff.
»Und wie ist es, mit Don Merrick zu leben?«, sagte Jan beiläufig.
Paula warf ihr einen überraschten Blick zu. »Die Neuigkeiten sprechen sich ja schnell herum«, sagte sie.
»Auf 'ner Wache gibt's keine Geheimnisse«, erwiderte Jan.
»Dann wirst du ja auch wissen, dass ich nicht im biblischen Sinn mit ihm zusammenlebe«, sagte Paula scharf. »Er schläft in meinem Gästezimmer. Nur, bis er sich berappelt hat.«
Jan lachte. »Das kann dauern. Schon gut, Paula, ich weiß, dass du nicht mit Don schläfst.«

Irgendetwas an ihrem Tonfall störte Paula. »Gut. Dann wird es dir ja nichts ausmachen, die andern in dieser Hinsicht aufzuklären.«
»Willst du das? Willst du wirklich, dass ich allen sage, wieso ich sicher bin, dass du die Mikrowelle mit Don teilst, aber nicht das Bett?« Sie hatte jetzt einen neckenden, spöttischen Tonfall angeschlagen.
Paula blieb abrupt stehen. »Was soll das eigentlich heißen?«, fragte sie mit einem unguten Gefühl im Bauch.
Jan drehte sich blitzschnell zu ihr um, und ein Lächeln ließ ihr engelgleiches Gesicht als den Inbegriff der Unschuld erscheinen. »Rainbow Flesh, in Leeds. Beim Tanzen. Ich glaube, es waren Stücke von Beth Ortons ›Central Reservation‹. Deine Tanzpartnerin war sehr hübsch. Mischblut. Hatte 'ne Schlange auf die Schulter tätowiert.«
Paula versuchte den Schock zu verbergen, der ihren ganzen Körper zu ergreifen schien. »Das war ich nicht«, sagte sie automatisch und dachte gar nicht daran, dass Jan allein schon durch ihre Frage auch ein Geständnis abgelegt hatte. Sie ging weiter. »Du hast offensichtlich mehr freie Zeit als ich, wenn du in Clubs gehen kannst«, fügte sie hinzu und versuchte den Augenblick herunterzuspielen, in dem ihre schlimmsten Befürchtungen Wirklichkeit geworden waren. Ihr wurde fast übel.
»Geht schon in Ordnung, Paula, ich verrate nichts«, sagte Jan und ging neben ihr her. »Denk doch mal drüber nach. Ich hab genauso viel zu verlieren wie du. Wir wissen doch beide, dass die Streifenpolizisten uns nicht freundlich behandeln, wenn wir es erst mal zugegeben haben, egal, was die Vorgesetzten sagen.«
»Es gibt nichts zuzugeben«, sagte Paula scharf. Sie brauchte Zeit, darüber nachzudenken, statt mit einer Kollegin, die sie nicht genug kannte, um ihr vertrauen zu können, eine falsche Kameradschaft zu schmieden. Ohne sich umzusehen, ob Jan ihr folgte, überquerte sie die Straße. »Da drüben steht eine

Frau, die aussieht, als sei sie bei der Arbeit. Gehen wir doch hin und überprüfen sie.«
Jan folgte, immer noch das Engelslächeln auf dem Gesicht.

Am nächsten Morgen war der Nebel zu einem düsteren grauen Schleier mit einem Anflug von Schwefelgelb geworden. Die Fahrzeuge krochen durch die Straßen der Stadt, und der Discjockey von Bradfield Sound konnte seine Wut wegen der langen Verkehrsmeldungen kaum noch unterdrücken. Normalerweise hätte dies keine Auswirkung auf Tony gehabt, der sich der Situation entzogen hätte, indem er die Zeit nutzte und seinen Gedanken nachhing. Aber an diesem Morgen war er voller Ungeduld, schnell zur Arbeit zu kommen.
Als er nach dem hässlichen Anblick in Zimmer 24 im Woolpack Hotel nach Hause gekommen war, hatte er eine Nachricht von Aidan Hart auf seinem Anrufbeantworter vorgefunden. Als er seinen Chef zurückrief, klang dieser verwirrt und leicht ärgerlich. »Derek Tyler möchte Sie sprechen«, sagte er.
»Hat er darum gebeten?« Tony fragte sich, was in aller Welt Tom Storey getan hatte, um den Bann von Tylers Schweigen zu brechen.
»Er hat nicht seine Stimme benutzt, wenn Sie das meinen. Er schrieb auf einen Zettel ›Ich möchte Dr. Hill sprechen‹ und gab ihn einem Pfleger. Sonst stand nichts drauf. Aber der Pfleger dachte, das sei schon ein solcher Durchbruch, dass er mich auf meinem Mobiltelefon anrief«, fuhr Hart gereizt fort.
»Es tut mir leid, dass Sie am Abend gestört wurden«, sagte Tony, strengte sich aber nicht besonders an, bedauernd zu klingen. »Das ist eine tolle Nachricht. Danke, dass Sie mir Bescheid gesagt haben.«
»Ich habe ein Gespräch für morgen früh um neun angesetzt«, fuhr Hart fort.

Tut mir leid, Carol, dachte er. »Geht in Ordnung. Ich werde da sein.«
»Im Besprechungszimmer mit dem Beobachtungsfenster«, fügte Hart hinzu. »Ich möchte das selbst sehen.«

Tony fluchte über das Wetter und den Verkehr und wünschte, er wäre mit den Nebenstraßen in Bradfield so vertraut, dass er die Hauptstraße verlassen und auf schmalen Seitengassen ans Ziel kommen konnte. Wenn es so weiterging, würde er sich verspäten, und er hatte das Gefühl, Aidan Hart würde das großes Vergnügen bereiten.
Plötzlich steigerten die Autos vor ihm aber ohne ersichtlichen Grund ihr Tempo bis nahe an die Geschwindigkeitsbegrenzung. Tony machte einen Satz nach vorn und stieß ein Dankgebet an den Gott aus, der Bradfields unberechenbaren Verkehrsfluss lenkte. *Muss ein bösartiger Kerl sein,* dachte er respektlos.
Tony kam sieben Minuten vor dem Termin in der Klinik an. Er ging gar nicht erst in sein Büro, sondern direkt zur Beobachtungskabine hinter dem Besprechungszimmer. Als er in den Flur trat, stieß er mit einem der Pfleger zusammen.
»Entschuldigung«, sagte er und taumelte ein bisschen.
Der Pfleger fasste ihn leicht am Ellbogen und half ihm, die Balance zu halten. »Schon gut, Doc. Sie sind hier, um Tyler zu sehen, ja?«
»Stimmt. Er hat sich doch nicht anders besonnen, oder?«, fragte er, plötzlich besorgt.
Der Pfleger zuckte mit der Schulter. »Wer weiß? Tyler sagt ja nichts. Ihr Chef hat sich gestern Abend an ihm versucht und nichts erreicht.«
»Dr. Hart hat gestern Abend mit ihm gesprochen?«
Der Pfleger nickte. »Sobald er die Nachricht bekam, war er hier und sagte Tyler, er könne uns allen doch Zeit sparen und einfach mit ihm reden statt mit Ihnen.«
Taktik, dachte Tony erbittert. *Er will die Anerkennung da-*

für, Tyler zum Sprechen gebracht zu haben. Er breitete die Hände aus, eine Geste, mit der er seine Unschuld beteuerte, und machte die Tür zum Beobachtungsraum auf. Hart war schon da und saß gemütlich auf einem Sessel, ein Bein auf das andere Knie gelegt. »Schön, dass Sie kommen konnten«, sagte er.

»Der Verkehr«, sagte Tony. »Nebel.«

»Ja, ich bin froh, dass ich eine Viertelstunde früher losgefahren bin als normal«, sagte Hart selbstzufrieden. »Na ja, das ist ja 'ne Überraschung, die man in den Kalender schreiben kann. Ich dachte, Tyler hätte Sie in die Schranken gewiesen, als Sie letztes Mal mit ihm sprachen. Und jetzt sieht es so aus, als wolle er noch mehr sagen. Wie haben Sie das geschafft?« Er richtete sich auf und beugte sich vor. Er hätte es wirklich gern gewusst. Aber da Tony jetzt erfahren hatte, dass Hart am Abend vorher versucht hatte, sich vorzudrängen, beschloss er, es ihm nicht zu sagen.

»Nur mein Charme, Aidan. Einfach mein Charme.« Tony lächelte und ging. Er wartete kurze Zeit im Besprechungszimmer, als sich die Tür öffnete und Derek Tyler hereinkam. Er ging verkrampft und vornübergebeugt, was ihn älter erscheinen ließ, als er war. Der knubbelige kahle Schädel glänzte, als er sich Tony gegenübersetzte, der ihm einen ermutigenden Blick zuwarf. »Hallo, Derek«, sagte er. »Nett, Sie wiederzusehen.«

Nichts. Aber wenigstens starrte ihn Tyler diesmal an und tat nicht so, als sei überhaupt niemand außer ihm selbst im Raum. Tony streckte die Beine aus, legte sie übereinander und verschränkte die Arme hinter dem Kopf. Es war eine Stellung, die so offen und entspannt war, wie ein harter Plastikstuhl es erlaubte. »Also, worüber wollten Sie sprechen?«

Nichts. »Gut«, sagte Tony. »Dann fange ich an. Ich glaube, Sie sind fast so weit, dass Sie aufgeben. Sie haben Wort gehalten. Sie sind der Stimme in Ihrem Kopf treu geblieben. Aber jetzt fragen Sie sich, ob das einen Sinn hatte. Wie ich Ihnen sagte, als wir uns schon einmal unterhalten haben, jetzt hat jemand anders Ihre Aufgabe übernommen. Er ist da draußen und tut das, was Sie getan haben. Und er ist schlauer als Sie, weil er noch nicht erwischt worden ist.«

Tyler blinzelte mehrmals und klimperte mit den Augendeckeln wie ein Leinwandheld. Seine Lippen öffneten sich, und die Zungenspitze fuhr vom einen Mundwinkel zum anderen. Aber er sagte nichts.

»Ich glaube, die Stimme hat Sie aufgegeben.«

Tylers Augen wurden schmal, und er rieb seine Daumen gegen die Spitze der Zeigefinger.

»Weil Sie ihre Befehle nicht mehr ausführen können, oder, Derek? Sie können diese Schlampen nicht mehr von der Straße holen.«

Tyler schüttelte den Kopf. Er schien frustriert. Dann machte er den Mund auf und stieß mit seiner trockenen, heiseren Stimme die Worte hervor: »Ich weiß, was Sie vorhaben. Sie wollen mir nicht helfen, Sie wollen, dass ich Ihnen helfe. Aber Sie können mir die Stimme nicht nehmen. Sie gehört mir. Ich tue nur das, was sie mir befiehlt. Und solange die Stimme mir nicht sagt, ich soll mit Ihnen reden, kann ich es nicht tun.« Er schob seinen Stuhl nach hinten und stand plötzlich auf, ging zur Tür und klopfte, damit man ihn rausließ.

Er schaute nicht zurück. Hätte er es getan, dann hätte er gesehen, wie langsam ein Grinsen auf Tonys Gesicht erschien.

Carol stand an die Wand des Leichenkellers gelehnt und sah zu, wie Dr. Vernon die Überreste von Jackie Mayall einer ersten Untersuchung unterzog. Die Spuren scharf riechender Chemikalien zusammen mit dem starken Verwesungsgeruch in der Luft lösten bei ihr Kopfweh aus. Zumindest erklärte sie damit ihre Kopfschmerzen. Vernon kratzte Proben unter den Fingernägeln des Opfers heraus, als Don Merrick besorgt und etwas zerzaust hereingestürmt kam. »Tut mir leid, Ma'am«, sagte er mit Armesündermiene. »Der Verkehr war furchtbar. Der Nebel ...«

»Wir hatten alle den gleichen Nebel, Don«, sagte Carol.

»Ich weiß, aber ...« Er verstummte. Er konnte nicht sagen, er hätte nicht genug Zeit dafür eingerechnet, dass er die Straßen und den Verkehr von Paulas Wohnung aus nicht kannte, ohne auch alles andere erklären zu müssen.

»Und gestern Abend«, sagte Carol so leise, dass die anderen im Raum den Anschiss nicht mitbekamen, den sie Merrick verpasste. »Was war da los? Sie waren der ranghöchste Beamte am Tatort und gingen weg, um eine Arbeit zu machen, die man den Constables und Uniformierten hätte überlassen sollen. Als ich kam, standen Paula und Jan herum wie bestellt und nicht abgeholt und wussten nicht, ob sie auf den Straßen arbeiten oder auf mich warten sollten.«

»Ich habe ihnen gesagt, sie sollten alle anderen im Hotel vernehmen«, brachte Merrick zu seiner Verteidigung vor.

»Das hat nicht sehr lange gedauert, da nur zwei andere Zimmer belegt waren, und zwar von Leuten, die mehr an dem interessiert waren, was sie selbst dort taten, als an dem, was sich sonst tat. Don, Sie sind kein Sergeant mehr. Ich muss sicher sein können, dass Sie alles im Griff haben, wenn ich nicht da bin. Sie können nicht einfach vom Tatort eines Mordfalls weglaufen und erwarten, dass die anderen schon alles richtig machen werden.«

Merrick ließ den Kopf hängen. »Tut mir leid, Ma'am. Es wird nicht wieder vorkommen.«

»Das hoffe ich. Ich hab genug am Hals, ohne mir auch noch dazu Gedanken machen zu müssen, wie ich Sie die ganze Zeit nach allen Seiten absichern kann.«

Merrick zog bei Carols scharfem Ton den Kopf ein. Er hoffte, dass die Information, die er vorzuweisen hatte, wenigstens etwas dazu beitragen würde, ihn in ihren Augen ein wenig zu rehabilitieren. »Wenigstens haben wir eine Adres-

se des Opfers«, sagte er. »Es hat eine Weile gedauert, aber wir haben sie in einer Einzimmerwohnung in Comb Moss ausfindig gemacht. Wir haben den Vermieter um drei Uhr morgens herausgeklingelt und die ganze Wohnung durchsucht.«
Carols strenger Gesichtsausdruck wurde etwas entspannter. »Was wissen wir also?«
»Jackie Mayall ist vor ungefähr achtzehn Monaten nach Bradfield gezogen. Ursprünglich kam sie aus Hayfield. Ich habe auf dem Weg mit einem der Polizisten vor Ort gesprochen. Die übliche Geschichte. Eins von vier Kindern, die Eltern Langzeitarbeitslose. Hat die Schule mit sechzehn verlassen, Jobs kaum erwähnenswert. Sie hat in einer der Fabriken gelegentlich Schicht gearbeitet, hat es aber nie geschafft, eine feste Stelle zu bekommen. Pünktlichkeit war nicht ihre starke Seite, offenbar. Sie fing dann mit Heroin an, danach mit Prostitution, um den Stoff zahlen zu können. In 'nem kleinen Ort wie Hayfield war es schwer, nicht erwischt zu werden, also zog sie in die große Stadt. Der Vermieter sagt, er wusste, dass sie Heroin nimmt, aber es war ihm egal, weil sie als Mieterin keine Probleme machte. Ich sage Ihnen, ihr möbliertes Zimmer war die sauberste, ordentlichste Wohnung, in der ich je einen Junkie habe wohnen sehen.« Merrick sah sie noch vor sich: ein ordentlich gemachtes Doppelbett, zwei billige Sessel mit bunt bedruckten Überwürfen, die die abgenutzten Polster verhüllten. Eine tadellos saubere Kochecke, Kocher kombiniert mit einem Backofen, der nur so glänzte. Die Kleider hingen ordentlich an einer Stange, kein Staub auf Fernseher und Video und ein halbes Dutzend Taschenbücher von einem Internetversand auf dem Kaminsims. Es war wirklich herzzerreißend. Ein trauriges Scheinbild eines normalen Lebens, das sich hinter der angeschlagenen Tür in einem der ärmsten Stadtteile verbarg. »Kein schönes Leben«, sagte er.
Carol seufzte. »Trotzdem war es ihr Leben. Und dann muss so ein Scheißkerl kommen und es ihr wegnehmen.« Sie räus-

perte sich und trat vor. »Was meinen Sie, Doc? Der gleiche Mörder?«
Vernon schaute zu ihr hoch. »Sie ist auf die gleiche Art und Weise umgebracht worden. Höchstens, dass ihre Wunden noch schwerer sind. Ich würde vermuten, dass der Mörder diesmal ein längeres Instrument benutzt hat. Die inneren Verletzungen sind tiefer. Es kann sein, dass sie nicht mehr so lange lebte wie Sandie Foster. Der Schmerz muss unerträglich gewesen sein. Der Schockzustand hat wahrscheinlich schon ziemlich bald nach dem Angriff eingesetzt.«
Carol schauderte. »Was für ein Mensch tut so was?«
»Das ist eine Frage für Dr. Hill, nicht für mich. Ich kann Ihnen nur sagen, was er tut, nicht warum. Außer dass es ihm auf jeden Fall irgendeinen sexuellen Kick bringt.«
»Das ist ja nichts Neues«, murmelte Merrick.
Vernon warf ihm einen scharfen Blick zu. »Ich hab's mit Fakten zu tun, Inspector, nicht mit Theorien. Ich weiß, dass er eine Art sexuelle Befriedigung daraus zieht, weil ich auf Jackie Mayalls Leib Spermaspuren gefunden habe.«

Wegen der Feuchtigkeit an den Fenstern von Stan's Café sah es immer so aus, als sei der ganze Kanal in Temple Fields in Dunst gehüllt. DS Kevin Matthews stieß die Tür auf und wechselte vom kalten Nebel in den warmen Mief, war aber nicht sicher, ob er das als Verbesserung ansehen sollte. Er zog ein gefaltetes DIN-A4-Blatt aus der Tasche und setzte sich an den ersten Tisch neben der Tür. Der vor sich hin starrende junge Mann im Kapuzen-Sweatshirt, der schon dort saß, schien überrascht, als hätte Kevin ein ungeschriebenes Gesetz gebrochen. Kevin faltete den Computerausdruck eines Schnappschusses auseinander, den Merrick in Jackie Mayalls Wohnung gefunden hatte. Darauf war Jackie zu sehen, die ein Glas in die Kamera hielt und deren blondiertes Haar im Blitzlicht weiß glänzte. Merrick hatte an dem Foto herumgebastelt, um das rote Auge wegzubekommen.

Jetzt sah es nur so aus, als seien ihre Pupillen unnatürlich erweitert. »Wahrscheinlich fast normal«, brummte Sam, als er seinen Abzug geholt hatte und sich mit Kevin auf den Weg durch die Straßen machte. Sie hatten sich getrennt, Sam übernahm den kleinen Laden und den Schnellimbiss um die Ecke.

»Alles in Ordnung, Kumpel?«, fragte Kevin.

Der junge Mann nickte eifrig. »Ja. Alles in Ordnung. Ich bin Jason.«

Und nicht besonders helle, dachte Kevin und passte seinen Ton an, ohne herablassend zu wirken. »Hi, Jason, ich bin Kevin. Ich bin von der Polizei.«

Er hielt ihm das Bild von Jackie hin. Jason schaute es an und sah zu Kevin auf. »Wieso haben Sie ein Bild von Jackie? Ist sie Ihre Freundin? Haben Sie sie verloren?«

»Kannten Sie Jackie?«

»Jackie. Ich kenne Jackie. Jackie kommt hier rein und trinkt heiße Schokolade.«

»Tut mir leid, dass ich Ihnen sagen muss, Jackie ist tot. Sie wurde letzte Nacht ermordet.«

Jason blieb der Mund offen stehen. »Nein. Doch nicht Jackie, das kann nicht stimmen. Jackie ist eine nette Frau. Sie müssen etwas verwechselt haben.«

Kevin schüttelte den Kopf. »Keine Verwechslung, leider. Tut mir leid.«

»Es stimmt. Jackie war nett«, wiederholte Jason.

»Haben Sie je mit ihr geredet?«

Jason sah verlegen aus. »Eigentlich nicht. Nicht so richtig geredet. Nur: ›Hallo, wie geht's?‹«

Bevor Kevin weiterfragen konnte, lösten sich zwei Jugendliche vom Spielautomaten und ließen sich auf den anderen beiden Stühlen am Tisch nieder. »Sind Sie von der Polizei?«, fragte der eine.

Kevin nickte. »Und Sie sind …?«

Der untersetztere der beiden Jungen straffte in einer kläglichen Parodie von Männlichkeit die Schultern. »Ich bin Tyrone Donelan.«

»Und was ist bei Ihnen los, Tyrone?«, fragte Kevin und bemühte sich, nicht sarkastisch zu klingen.

»Alles, was nich fest iss.« Er lachte laut über seinen eigenen Witz. »Ich bin Mechaniker«, sagte er. »Alles, was mit Autos zu tun hat, da bin ich Ihr Mann.«

Alles, was mit Autoknacken zu tun hat, dachte Kevin zynisch. »Und wer ist Ihr Kumpel?«

Donelan zeigte mit einer Kopfbewegung auf den anderen Burschen. »Das ist Carl. Carl Mackenzie. Sag hallo zu dem netten Polizisten, Carl.«

Mackenzie brummte etwas, schaute weg und zog Linien in dem verschütteten Zucker auf der Tischfläche. »Und was machst du so, Carl?«, fragte Kevin.

Mackenzies Mund zuckte, als sei er nicht sicher, was man von ihm erwartete. »Nix Besonderes«, sagte er.

Kevin schob das Foto von Jackie zu ihnen hinüber. »Kennt einer von euch Jackie Mayall?« Bevor sie antworten konnten, ging die Tür auf und Dee Smart kam herein. Sie sah sich um, und als sie Kevin erblickte, kam sie direkt auf den Tisch zu, blieb stehen und starrte ihn an. Die Jungen schienen bei ihrem Anblick munter zu werden. »Das ist Dee. Und das hier Kevin«, plapperte Jason wie ein Kind, das auf seine kürzlich erworbenen guten Umgangsformen stolz ist.

»Ich kenne Kevin«, sagte Dee verstimmt und fixierte ihn. »Ich dachte, Sie hätten gesagt, dass wir euch allen so am Herzen liegen? Dass wir nicht nur Pack wären?« Sie sprach so laut, dass sie an den Nachbartischen Aufmerksamkeit erregte.

Kevins Gesicht wurde tiefrot, sogar seine Sommersprossen schienen einen dunkleren Ton anzunehmen. »Das seid ihr auch nicht«, sagte er leise.

»Und wieso liegt dann wieder eine von uns in der Leichenhalle? Und wieso haben Sie nichts Besseres zu tun,

als ’n unschuldigen Jungen zu belästigen? Warum bewegen Sie nicht Ihren Arsch und finden raus, wer meine Kolleginnen umbringt?« Dee drehte sich auf dem Absatz um und stakte zum Tresen.
Jason lächelte gequält, während Carl kicherte. »Ich glaube, Dee mag Sie nicht, Kevin«, spottete Tyrone.
Kevin sah sich nach den feindlichen Blicken um, die auf ihn gerichtet waren. »Ich glaube, sie ist nicht die Einzige, Tyrone.«
Er stand müde auf, denn er wusste, dass er in dem Café nichts erreichen konnte, solange Dee in dieser Stimmung war.

An diesem Morgen konnte man die Gegenwart der Polizei in Temple Fields unmöglich übersehen. Tony erkannte mehrere Polizisten, die durch die Straßen und Gassen gingen. Der Nebel löste sich langsam auf und hinterließ hier und da noch ein paar Schwaden, in denen die Menschen zu verschwinden schienen, wenn sie hindurchgingen. Man konnte das Gefühl kaum loswerden, dass das Wetter sich den drohenden Vorahnungen im dunklen Herzen der Stadt anpasste.
Tony blieb vor seinem Ziel stehen. Das Fenster war hell erleuchtet, die Auslagen waren zum größten Teil harmlos, womit zum Ausdruck gebracht wurde, Sex sei immer nur ein Vergnügen und nichts anderes. Er stieß die Tür auf und ging hinein. Früher war er schon in Sexshops gewesen, aber jetzt seit längerer Zeit nicht mehr. Es überraschte ihn, wie selbstverständlich ihm alles schien. Beschwingte Technomusik spielte im Hintergrund. Die Art, wie die Waren hier auslagen, hatte nichts Heimliches oder Verlegenes. Alles wurde den Kunden offen präsentiert. Die Botschaft war deutlich: Was immer Erwachsene in gegenseitigem Einverständnis in ihren vier Wänden trieben, war völlig in Ordnung.
Er sah sich um und ließ alles auf sich einwirken. Es gab Dinge hier, deren Zweck er nur erraten konnte, was ihn ange-

sichts seiner Fachkenntnisse schon etwas beunruhigte. Tony hielt bei einem Regal an, auf dem Bondage-Artikel lagen. Ketten, Handschellen, Knebel, Brustwarzenklammern und andere geheimnisvolle Dinge, die zusammengedrängt dastanden wie Konservensorten in einem Supermarkt. Tony nahm ein Paar Lederfesseln für Fußgelenke, die ähnlich aussahen wie die bei Jackie gefundenen. Er sah nach dem Preisschild und hob die Augenbrauen. »Was immer du sonst auch sein magst, knauserig bist du nicht. Macht hat ihren Preis, und du bist bereit, ihn zu zahlen.« Er sprach leise vor sich hin, aber nicht so leise, dass es dem Mann hinter dem Ladentisch nicht auffiel. Er kam hinter seinem Tisch hervor und zu Tony herüber.

»Kann ich Ihnen helfen, Sir?«, fragte er.

Tony hob den Blick und sah eine große, schlanke Gestalt, die eine Lederweste auf der gebräunten und tätowierten Haut trug. Der Verkäufer hatte eine Reihe glänzender kleiner Diamanten im Ohrläppchen. »Verkaufen Sie die hier oft?«, fragte er.

»Mehr, als man vermuten würde. Die Leute peppen eben ihr Liebesleben auf.« Der Blick, den er Tony zuwarf, schien zu sagen, er könne sich gut vorstellen, dass das seinem Liebesleben auch gut tun würde.

Tony befingerte geistesabwesend die Fußfesseln. »Vielleicht liegt da mein Fehler. Was für Leute kaufen so was?«

»Alle möglichen Leute.« Der Verkäufer schien argwöhnisch. Tony versuchte es mit der harmlosen Tour. »Mein Interesse ist rein beruflich. Ich bin Psychologe«, sagte er entschuldigend.

Der Verkäufer verdrehte die Augen, als hätte er das schon öfter gehört. »Wie ich schon sagte, alle möglichen Leute. Es gibt die offensichtlichen S&M-Typen mit ’ner Menge Piercings und in schwarzem Leder, aber man hat auch mal gelangweilte Hausfrauen.«

»Sex, der große Schmelztiegel. Danke. Ich nehm die hier.« Er

reichte ihm die Fußfesseln und nahm noch ein paar metallene Handschellen dazu. »Alles im Interesse der Recherche.«
Auf dem Weg von der Kasse zur Tür schaute er noch mal zu dem Verkäufer, der ihn ansah, als meine er, es sei am besten, ihn gar nicht allein auf die Straße zu lassen. Nicht zum ersten Mal wurde sich Tony bewusst, dass er mit solchen Blicken bedacht wurde. Aber er fand es nicht beleidigend, sondern war eher von ihrem Scharfblick beeindruckt. *Als Mensch durchgehen*, dachte er. *Leider gelingt es mir nicht immer.*
Als er den Laden verließ, stellte er sich die müßige Frage, ob er die Kosten als zulässige Aufwendung von der Bradfielder Polizei zurückfordern könnte. Bei näherer Betrachtung beschloss er jedoch, es lieber gar nicht erst zu versuchen. Carol würde zwar verstehen, warum er sie brauchte, aber er hatte den Verdacht, dass man in der Abrechnungsstelle der Verwaltung zu einer negativeren Sicht der Dinge kommen würde. Besonders wenn man herausfand, dass Carol jetzt bei ihm wohnte, und das würde sicher passieren.
Er ging zu seinem Wagen zurück. Als er um die Ecke kam, erblickte er DS Jan Shields, die mit einer spärlich bekleideten Prostituierten sprach. An der Körpersprache der Frau ließ sich ablesen, dass ihr dieses Gespräch nicht angenehm war. Jan sah ihn herankommen, kürzte das Gespräch ab und schaute der davoneilenden Frau nach. Als er neben ihr stand, zeigte sie auf seine Tasche. »Wer ist die Glückliche?«
Tony sah verwirrt auf die Tasche hinunter, auf der groß und breit das Logo des Sexshops aufgedruckt war. Er zuckte mit den Schultern. »Theoretische Spielchen. Ich muss die Regeln des Mörders begreifen lernen. Es hilft manchmal, wenn man sich mit dem gleichen Spielzeug beschäftigt.«
»Sie meinen, es geht um ein Spiel? Frauen werden abgestochen wie Schweine, und Sie nennen das ein Spiel?« Aber sie klang eher amüsiert als empört.
»Er jedenfalls findet das. Sie dürfen nicht vergessen, dass

manche Menschen ihre Spiele sehr ernst nehmen. Da geht's um Leben und Tod, wie Bill Shankly sagte.«
Jan nickte, sie verstand. »Und Ihre Aufgabe ist es, ihn in seinem eigenen Spiel zu schlagen?«
Tony dachte über ihre Worte nach. »Nein. Es ist meine Aufgabe, die Spielregeln herauszubekommen. Ihr seid dann diejenigen, die ins Endspiel dürfen. Wie läuft's?«
Sie schüttelte den Kopf. »Langsam. Ehrlich gesagt, wir brauchen jetzt Glück. Jemand muss etwas gesehen haben. Es ist eine Frage der Zeit, die Nächste zu finden, bevor er das wieder tut.«
Tony sah sie überrascht an. Es war eine Einsicht, die er nicht erwartet hatte. »Ich glaube, Sie haben recht«, sagte er langsam. »Ich glaube, er ist bereit, wieder zuzuschlagen.«

Oscar's war eine dieser Bars, dachte Paula, die nie etwas anderes als eine elende Spelunke sein würden. Sie kannte die Anzeichen dafür. Selbst am Eröffnungstag nach einer Renovierung hatte sie bestimmt genau nach dem ausgesehen, was sie war – eine billige Version von etwas, was auch nicht annähernd an eine Bar mit Stil herankam. Alles roch nach billiger Imitation. Die Glühbirnen waren zu schwach, ließen aber trotzdem die Streifen schlecht aufgetragenen Lacks auf dem Fichtenholz erkennen, mit dem man vergeblich teures Hartholz vorzutäuschen versuchte. Die grellen Schilder an der Wand priesen Sonderangebote von Bier, Schnaps und doppelten Happy-Hour-Cocktails an.
Paula sah sich nach ihrer Zielperson um. Ihre Suche auf den Straßen hatte bis jetzt nur ein einziges Ergebnis gebracht. Eine der Frauen, die in einer Sauna im Randgebiet von Temple Fields arbeitete, hatte ihr gesagt, Jackie Mayall habe manchmal eine Doppelnummer mit einer jungen Prostituierten geboten, die sich für die Arbeit auf der Straße den Namen Honey zugelegt hatte. »Um diese Tageszeit finden Sie sie wahrscheinlich bei Oscar's. Sie können sie gar nicht

übersehen. Es ist die im roten Latexkleid mit dem Bacardi Breezer«, hatte die Frau gesagt und besorgt über die Schulter gesehen, ob etwa jemand gehört hatte, dass sie Informationen an eine Polizistin weitergab.
Die Beschreibung passte haargenau auf ein Mädchen, das am Ecktisch saß und aus der Flasche trank. Ihr dunkles Haar hatte magentarote Strähnen, ein Farbton, den Paulas Freundinnen einmal, als das Haarefärben gründlich schief gegangen war, als »Nuttenrot« bezeichnet hatten. Paula gab es einen Stich ins Herz, als sie sah, wie jung Honey offensichtlich noch war. Sie schien kaum alt genug, um legalerweise das kaufen zu dürfen, was sie trank, das stand fest. Paula ging zur Bar, wo ein halbes Dutzend frühe Mittagsgäste verdrießlich vor ihrem Bier hockten. Sie bestellte ein Mineralwasser und einen Bacardi Breezer, ging zu dem Tisch hinüber, stellte die Gläser ab und setzte sich. Honeys erstaunter Blick wurde sofort feindselig und misstrauisch. »Bulle«, sagte sie höhnisch.
»Bulle mit 'm Drink für dich«, sagte Paula.
»Denken Sie, ich bin so leicht zu haben?«, grinste Honey.
Paula seufzte. »Ich bin nicht hergekommen, um Krach anzufangen, Honey. Ich bin hier, weil eine deiner Freundinnen nicht mehr lebt.«
Honey warf ihr einen hasserfüllten Blick zu. »Euch sind wir doch scheißegal. Wir sind doch nur Asoziale in euren Augen. Jackie wäre nicht tot, wenn ihr Nieten tun würdet, wofür ihr bezahlt werdet, nämlich uns zu schützen wie die anständigen Leute in ihren anständigen Häusern.«
»Das versuchen wir ja. Aber wenn wir nur auf Lügen und Schweigen stoßen, ist es nicht gerade leicht. Ich hab dich doch nicht auf dem Kieker, Honey. Ich versuche, dich und deine Kolleginnen zu schützen. Deshalb brauch ich deine Hilfe.«
Honey lachte. »Kolleginnen? Verdammt noch mal, 'n ganz neues Wort für Huren.«
Paula beugte sich vor, ihr Gesichtsausdruck war ernst und

leidenschaftlich, ihr Blick bohrte sich in Honeys Augen. »Du kannst nicht beides haben, Honey. Du kannst uns nicht beschimpfen, weil wir euch verachten, und uns dann weiter beschimpfen, wenn wir euch etwas Respekt zeigen wollen. Ich halte euch zufällig nicht für Asoziale. Das heb ich mir für die Dreckskerle auf, die euch ausnutzen und missbrauchen. Und ich glaube, meistens habt ihr das nicht verdient, was ihr bekommt. Der Scheißkerl, der Jackie umgebracht hat – den will ich für den Rest seines Lebens hinter Gitter bringen. Also, red mit mir.«

Die Eindringlichkeit, mit der Paula sprach, hatte in Honey etwas berührt. Sie wandte den Blick ab und murmelte: »Was willst du also wissen, Bulle?«

»Ich heiße Paula. Wann hast du angefangen, mit Jackie zusammenzuarbeiten?«

»Wer hat gesagt, dass ich das getan hab?« Das war der letzte Widerstand. Paula sah, dass sie nicht so recht dahinterstand.

»Es ist nicht gerade ein Staatsgeheimnis.«

Honey kratzte an dem Etikett ihrer Flasche herum. »Als ich anfing, auf die Straße zu gehen, ungefähr vor sechs Monaten, da hat sie sich so 'n bisschen um mich gekümmert, du weißt, was ich meine. Zum Beispiel, ich hab ja nix gewusst. Ich bin einfach rausgegangen, an mich konnten sie leicht rankommen. Und sie hat mir die schlimmsten Sachen vom Leib gehalten.«

»Ihr seid also zusammen auf der Straße gewesen? Und nach der Arbeit, Honey? Hat sie sich da auch um dich gekümmert?«

»Was meinst'n damit? Sie war doch keine verdammte Lesbe.«

Paula schüttelte den Kopf. »Das hab ich auch nicht gemeint.«

Honey sah sie scharf an. »Und ich bin auch keine.«

»Das ist mir doch völlig egal«, seufzte Paula. »Hat Jackie dir geholfen, zurechtzukommen?«

Honey verschränkte die Arme und legte die Hände um ihren schmalen Oberkörper. »Sie hat mir ein möbliertes Zimmer im gleichen Haus besorgt, wo sie wohnte. Sie war wie eine große Schwester, das ist alles. Wir haben oft miteinander gelacht, weißt du?«
»Und wenn ihr zusammengearbeitet habt, wie lief das?«
Honey sah sie schief an, als überlege sie, wie viel sie verschweigen konnte. »Du erinnerst mich an sie, weißt du das?«
Als Ablenkungsmanöver funktionierte es. Paula war so verblüfft, dass sie fast ihr Glas umstieß. »Was? Ich sehe ihr ähnlich?«
»Bisschen schon. Aber es ist mehr – ich weiß nicht, so wie du zuhörst, du behandelst mich nicht einfach wie 'n Kind.«
Paula war nicht sicher, ob Honey die Wahrheit sagte, aber wenn sie selbst aufrichtig war, konnte sie die junge Prostituierte vielleicht dazu bringen, offen zu ihr zu sein. »Also, erzähl mir, wie ihr zusammengearbeitet habt.«
Honey zog ihr Päckchen Zigaretten zu sich heran und zündete sich eine an. »Manchmal, also, wenn ein Kunde für 'n Dreier zahlen wollte, sind wir mit ihm ins Hotel gegangen. Du weißt ja – ins Woolpack, wo sie … gestorben ist.«
Paula war ganz aufgeregt, dass sie endlich vorwärts kamen, versuchte aber, es nicht zu zeigen. »Waren Stammkunden dabei?«
Honey lächelte. Dabei trat ihre zynische Gewitztheit in den Hintergrund, und sie sah wie der Teenager aus, der sie gewesen sein musste, bevor die Straße sie um Jahre älter aussehen ließ. »Manche davon kamen wieder und wollten noch mal, ja. Wir waren einfach verdammt gut, weißt du?«
»Ging's auch manchmal derb dabei zu?«
»Das kann man nicht vermeiden«, sagte Honey, und ihr Gesicht verdüsterte sich. »Das ist immer drin.«
»Irgendjemand Bestimmtes?«
Honey zuckte mit den Schultern. »Jackie ließ sie nicht wiederkommen, wenn sie zu brutal wurden.«

»Wir meinen, der Mann, der Jackie umgebracht hat, war vorher schon mal bei ihr.«
»Meint ihr, das schränkt es wirklich ein?« Honey lachte spöttisch. »Sie war gut, musst du wissen. Die Männer, die mit ihr gegangen sind, sind oft wiedergekommen.«
»Und einer davon hat sie vielleicht umgebracht. Wir müssen versuchen, sie zu identifizieren. Müssen sehen, ob sie früher schon mal gewalttätig gegen Frauen waren. Würdest du mit mir zur Wache kommen und dir 'n paar Fotos ansehen?«
»Ich? Zur Polizei mitkommen? Soll das 'n Witz sein? Du willst, dass ich mit dir hier rausgehe und aufs Revier komme. Willst du mein Leben total kaputtmachen? Es ist schon schlimm genug, dass ich überhaupt mit dir rede. Wenn ich mit dir die Straße langgeh, bin ich erledigt.«
Drogen, dachte Paula. *Sie sorgt sich, dass ihr Dealer sie mit einer Polizistin sieht und ihr den Hahn abdreht*. Sie überlegte blitzschnell und sagte: »Okay. Du kennst doch das Parkhaus im Campion Centre?«
Honey nickte misstrauisch.
»Triff mich dort in einer halben Stunde im obersten Stock. Ich fahre dich zum Revier und bringe dich hinterher wieder zurück. Niemand wird dich ankommen oder weggehen sehen. Wie hört sich das an?«
Honey überlegte. »Okay«, sagte sie zögernd. »Aber ich hoffe, du hältst dein Wort, Paula.« Sie sprach den Namen wie eine Beleidigung aus.
Paula lächelte freundlich. »Ich halte immer mein Wort, Honey. Ich bin bekannt dafür.«
Honey musterte sie mit einem Blick, als würde sie ihr die Kleider ausziehen. »Ich wette, das ist nicht das Einzige, wofür du bekannt bist. Wie gesagt, du erinnerst mich an Jackie.«
Paula blinzelte. Es war eine versteckte Anspielung zu viel. Sie stand auf und sagte barsch: »Oberstes Stockwerk im Campion Centre Parkhaus. In 'ner halben Stunde.«

Sie spürte Honeys Blick auf sich ruhen, als sie zur Tür ging, kein sehr angenehmes Gefühl.

Als Carol zurückkam, war nur Stacey Chen im Einsatzzentrum. Sie blickte von ihren Bildschirmen auf. »Der Chef war vor einer Weile hier und hat Sie gesucht. Er sagte, Sie sollten bei ihm im Büro anrufen, wenn Sie zurückkommen.«

»Danke. Sagen Sie ihm Bescheid, dass ich da bin«, antwortete Carol. Das kam ja gerade recht, um sie Jackie Mayalls Obduktion vergessen zu lassen. »Ist Dr. Hill heute schon da gewesen?«

»Ich hab ihn nicht gesehen. Und ich war den ganzen Morgen hier.«

»Sehen Sie zu, ob Sie ihn finden, wenn Sie zwischendurch Zeit haben«, sagte Carol.

»Mach ich gleich. Ach, und Sam hat 'ne Notiz hinterlassen wegen des forensischen Geologen«, fügte Stacey hinzu.

Als hätte ich nicht schon genug zu tun, dachte Carol müde. Sie schloss die Tür hinter sich, setzte sich an ihren Schreibtisch und wühlte in ihrer obersten Schublade, bis sie eine Flasche Paco Rabane fand. Sie sprühte sich etwas auf Hals und Handgelenke, um den Geruch loszuwerden, der noch an ihr haftete. Wenn Brandon jetzt hereinkäme, wollte sie nicht nach Obduktionstisch und Weinbar riechen.

Carol griff nach der Notiz auf ihrem Tisch. In Sams eng gedrängter Handschrift stand darauf:

> *Ich habe mit der Abteilung für Geowissenschaften an der Universität gesprochen. Es gibt da einen Typ, der früher schon mal mit der Polizei zusammengearbeitet hat, allerdings ist er Spezialist für Bodenproben, wird uns also nicht viel nützen. Aber er hat mir die Nummer von Dr. Jonathan France gegeben, der offenbar d e r Mann ist, wenn es um Kalkstein geht. Und das haben wir hier vor uns. Sein Büro ist in Sheffield, aber heute Nachmittag ist*

er sowieso in Bradfield, also habe ich ihn gebeten, hier vorbeizukommen. Soll ich mit ihm sprechen, oder wollen Sie das machen?

Carol dachte einen Moment nach. Es war nie ein Fehler, Experten zu schmeicheln, indem man ihnen den Eindruck vermittelte, sie seien wichtig. Außerdem würde es ihr gut tun, in wenigstens einem ihrer Fälle das Gefühl zu haben, dass es voranging. Sie fuhr ihren Computer hoch und schickte Stacey eine Nachricht. »Sagen Sie Sam, ich werde mich um Dr. France kümmern, wenn er kommt.«

Kaum hatte sie die Nachricht abgeschickt, als die Tür aufging und Brandon ohne Einladung hereinkam. Carol sah erstaunt auf. In all den Jahren, in denen sie mit John Brandon zusammengearbeitet hatte, war es nie vorgekommen, dass er sich schlecht benommen hatte. Dass er so hereinstürmte, sagte ihr klarer als alle Worte, dass er von irgendeiner Seite, sie konnte nur vermuten, von welcher, unter Druck stand. Er schleuderte eine frühe Ausgabe der Abendzeitung auf ihren Tisch. ZWEITE PROSTITUIERTE ABGESCHLACHTET, lautete die reißerische Schlagzeile. In kleineren Buchstaben stand darunter: ›Hat die Polizei vor zwei Jahren den wahren Mörder festgenommen?‹

»Er macht sich über uns lustig, Carol. Zwei Morde in drei Wochen, und wir kommen nicht voran.«

»So würde ich das nicht sagen, Sir.«

»Ach nein? Haben Sie einen Verdächtigen? Haben Sie auch nur eine Ahnung, wo nach dem Verdächtigen zu suchen ist?« Sein langes Gesicht war angespannt vor Frust.

»Dr. Vernon hat Sperma an dem zweiten Opfer gefunden. Es ist mit ihrem Blut vermischt, aber er ist recht zuversichtlich, dass im Labor DNA herausgeholt werden kann.« Carol versuchte, ruhig zu bleiben, aber ihr Herz raste und sie spürte den Schweiß in ihrem Nacken kribbeln.

Brandon gab seiner Ungeduld hörbar Ausdruck: »Bis wir

einen richtigen Verdächtigen haben, bringt uns das wenig, es sei denn, er wäre schon in der Datenbank. Welche Fortschritte machen Sie in dieser Sache?«

Carol stand auf, um den Abstand zwischen ihnen zu verringern. »Wir versuchen, so viele Kontakte der ermordeten Frauen wie möglich zu finden, aber es ist nicht leicht. Männer geben nicht gern zu, dass sie zu Prostituierten gehen.«

Brandon nahm die Zeitung und wedelte damit vor ihr herum. »Wir bekommen Prügel von der Presse. Sie stellen ganz offen die Frage, ob wir vor zwei Jahren Derek Tyler die Sache angehängt haben. Das Fernsehen hat mich schon um eine Stellungnahme in den Abendnachrichten gebeten. Wir müssen handfeste Fortschritte machen, Carol.«

»Ich lasse von Dr. Hill ein Profil erstellen«, sagte sie, denn sie suchte verzweifelt nach etwas, das sie Brandon als Rettungsanker anbieten konnte.

Er schüttelte den Kopf. »Das genügt nicht. Wir müssen aktiv werden. Ich glaube, wir sollten ihn ausräuchern. Ich glaube, wir sollten eine verdeckte Operation einleiten.«

Carol traute kaum ihren Ohren. Nach allem, was sie erlebt hatte, und John Brandon wusste darüber Bescheid, konnte sie nicht fassen, dass er vorschlug, sie solle allen Ernstes in Betracht ziehen, eine ihrer Mitarbeiterinnen der Gefahr einer riskanten Lockvogelaktion auszusetzen. Sie hätte ihm am liebsten entgegengeschrien, er selbst sei auch nicht besser als die Männer, vor denen sie retten zu wollen er behauptet hatte. Am liebsten hätte sie ihm eine Ohrfeige verpasst, um ihn zu Verstand zu bringen und ihn daran zu erinnern, wie sie genau wegen einer solchen Operation beinahe alles verloren hätte. Irgendwie gelang es ihr, sich zu beherrschen, und sie sagte einfach: »Es ist doch wohl zu früh, um an so etwas zu denken?«

»Zu früh? Er hat sich bereits zwei Opfer geschnappt, Carol. Und das nur, weil wir das nicht mit den vier Morden in Verbindung bringen, für die Derek Tyler weggesperrt ist. Wir können nicht untätig herumsitzen und warten, bis er wieder zuschlägt, in der Hoffnung, dass er leichtsinnig wird und uns eindeutige Beweise liefert, die wir verwerten können.«

»Wir können die Sicherheitsmaßnahmen in Temple Fields verstärken, Sir. Mehr Kollegen auf Streife schicken. Mehr Überwachungskameras.«

Brandon schüttelte genervt den Kopf. »Carol, Sie wissen doch gerade so gut wie ich, dass diese Art von Polizeiarbeit nur das Problem in eine andere Gegend verlagert. Wenn Temple Fields ein zu heißes Pflaster für ihn wird, holt er sich das nächste Opfer aus einem anderen Stadtteil. Deshalb fing der Yorkshire Ripper an, sich auf sogenannte ›unschuldige‹ Opfer zu stürzen – die Polizei machte es für ihn zu schwierig, im Bordellviertel zu operieren. Das will ich nicht auf dem Gewissen haben.« Er schlug eine Mappe auf, die er dabeihatte, und breitete die darin enthaltenen Unterlagen aus. Sechs Frauen schauten Carol von vergrößerten Schnappschüssen an, auf denen sie wesentlich glücklicher aussahen, als es ihrem Lebensweg entsprach.

»Da sind sie«, sagte Brandon. »Sehen Sie sich die Fotos an. Es ist ganz klar ein bestimmter Typ, auf den er steht. Der gleiche Typ, den Derek Tyler sich holte.«

Carol wandte den Blick von den Fotos ab; der Gedanke an die brutal zerstörten Leben, die sie und ihre Kollegen nicht hatten retten können, quälte sie. Und einen Augenblick fühlte sie sich an den Punkt zurückversetzt, als sie nicht sicher war, wie lange sie noch an ihrem eigenen Leben würde festhalten können. »Ich bestreite das nicht. Aber ...«

Brandon schnitt ihr das Wort ab. »Und wir haben eine Polizistin, die genau diesem Typ entspricht.«

Paula, dachte Carol sofort. *Schlank, kurzes blondiertes Haar, blaue Augen.* »DC McIntyre.«

»Genau. Sie wäre perfekt dafür.«

Carol spürte, wie sich ihr der Magen umdrehte. Das Gefühl, all dies schon einmal erlebt zu haben, überwältigte sie. »Ich habe Erfahrung mit solchen Dingen, Sir«, sagte sie so distanziert und eindringlich sie konnte. »Wir würden sie einem ungeheuren Risiko aussetzen.«

Brandon schien sich zusammenzunehmen, als falle ihm plötzlich ein, mit wem er da sprach. »Gerade Ihre Erfahrung ist es, die mich umso zuversichtlicher macht, dass dies kompetent durchgeführt werden kann. Ich meine, Sie werden in der Lage sein, das Risiko einzugrenzen. Und ich glaube, wenn wir DC McIntyre damit betrauen, wird sie sich auf die Chance stürzen, uns dabei zu helfen, diesen Bastard hinter Gitter zu bringen.«

Genau wie bei mir. »Ich bin sicher, das würde sie tun. Sie setzt sich sehr für ihre Arbeit ein. Aber ich bin nicht sicher, dass wir sie einer solchen Gefahr aussetzen sollten. Gerade weil sie in ihrem Beruf so engagiert ist, könnte das ihr Urteilsvermögen trüben.«

Brandon sammelte ungeduldig die Fotos wieder ein. »Was schlagen Sie sonst vor?«

Sie hatte nichts vorzuschlagen, was sie beide wussten. Also schob sie die Entscheidung so gut sie konnte hinaus. »Wir müssen sicher sein, dass unsere Strategie funktionieren wird. Ich glaube, wir werden Dr. Hill einbinden müssen.«

»Bei der Planung. Natürlich«, gestand ihr Brandon zu.

»Ich glaube, wir sollten mit ihm sprechen, bevor wir damit anfangen, Sir. Ich glaube, bevor wir das Leben einer Beamtin aufs Spiel setzen, müssen wir verdammt sicher sein, dass wir das Ergebnis bekommen, das wir uns wünschen.«

Einfühlsamkeit war für Tony immer die beste Antwort. Jeder Mörder handelte nach seiner eigenen inneren Logik. Wenn man diese Logik fand, konnte man den Mörder aufspüren. Das einzige Problem war, die konkreten Symbole zu analysieren und ihre Bedeutung zu verstehen. Alles hatte sich aus den Fantasien des Mörders entwickelt, und jede Wahnvorstellung hatte ihre Wurzeln in einer verzerrten

Sicht der Wirklichkeit. Manchmal konnte Tony mithilfe von Worten den Weg durch das Labyrinth finden; manchmal brauchte er etwas Konkreteres dazu.

Er hatte seine Einkäufe mit nach Hause genommen und erstellte sich daraus seine eigene Version des mörderischen Spiels. Nachdem er seine Fußgelenke mit Lederfesseln am Küchenstuhl festgebunden hatte, lagen noch die Handschellen auf seinem Schoß. Er legte eine Schelle um ein Handgelenk und testete, wie stabil sie war. »Oben und unten festgebunden. So musst du tun, was ich will. Kontrolle ohne Einwilligung. Das ist es, was ich von dir will.«

Er fummelte an der anderen Handschelle herum und legte sie sich ums Handgelenk, ohne sie zuschnappen zu lassen. Aber beim Klingeln des Telefons fuhr er zusammen, seine Finger zuckten, hatten blitzschnell die Schelle zugedrückt, und die Sperrklinke rastete ein. »Scheiße«, rief er, als sein Anrufbeantworter ansprang.

Er hörte seine eigene Stimme: ›Ich kann leider im Moment nicht mit Ihnen sprechen, hinterlassen Sie eine Nachricht nach dem Signalton.‹

Ein langes Piepsen, dann kam Carols Stimme. »Tony, ruf mich zurück, sobald du dies hörst. Ich muss unbedingt mit dir sprechen. Wenn ich nicht selbst rangeh, weil ich mich nicht losmachen kann, sag ihnen, sie sollen mich unterbrechen.«

Er sah den Apparat verwundert an und lachte auf. »Wenn *du* dich nicht losmachen kannst?« Düster starrte er auf den Schlüssel, der einen knappen Meter entfernt auf dem Tisch lag. Seine Zehen reichten nicht ganz bis zum Boden. Er schaukelte mit dem Stuhl vor und zurück und versuchte, auf den Fliesen vorwärtszukommen. Nach ein paar Minuten gelang es ihm, schwitzend und voller Wut, nahe genug an den Tisch heranzukommen, um den Schlüssel der Handschelle mit der rechten Hand greifen zu können. Er musste es fünf- bis sechsmal versuchen, aber schließlich gelang es

ihm, ihn ins Loch zu stecken. Er drehte ihn um und spürte etwas aufschnappen, zog an der Handschelle und wie durch ein Wunder war seine linke Hand wieder frei.
Leider auch der Schlüssel. Denn er schoss durchs Zimmer und landete in der Spüle. Ein Klirren von Metall, dann ein hohles Rasseln. »O nein«, stöhnte er. »Nicht ins Abflussrohr.«
Hastig löste er die Lederriemen der Fußfesseln und rannte zur Spüle. Der Schlüssel war nirgendwo in Sicht, und der offene Rachen des Abflussrohrs schien ihm mit seiner Gier zu trotzen. »Hätte ich's darauf angelegt, wäre mir das nie gelungen«, murmelte er.
Er starrte aufs Telefon. »Frauen«, sagte er, hob ab und wählte Carols Nummer. »Du wolltest mich sprechen?«, sagte er, als sie verbunden waren.
»Ja. Aber nicht hier.«
»Passt mir. Wie wär's mit dem Park in Temple Fields?«
»Warum dort?«
»Ich muss zum Sexshop«, sagte er. »Ich erklär dir's, wenn wir uns sehen. In einer halben Stunde?«

Als Brandon Carols Büro verließ, beschloss er, eine Runde durchs Einsatzzentrum zu machen. Es konnte nie schaden, der Gruppe zu zeigen, dass er sich um ihre Arbeit kümmerte. Während er von Schreibtisch zu Schreibtisch ging, hatte er für jeden ein ermutigendes Wort und zeigte Interesse an den Aufgaben, mit denen sie gerade beschäftigt waren. Dass Sam Evans' Blick auf ihm ruhte, merkte er nicht.
Als er sich zu Evans' Tisch umwandte, gab der Constable gerade Notizen in seinen Computer ein. »Wie läuft's, Sam?«, fragte er.
»Es geht nur langsam voran, Sir«, sagte Evans.
»Woran arbeiten Sie gerade?«
Evans rutschte auf seinem Stuhl herum und sah verlegen aus. »Ich … äh …«

Brandon trat hinter ihn, damit er den Bildschirm im Blick hatte. »Sie haben Dr. Aidan Hart überwacht?« Er klang bestürzt.
Evans räusperte sich. »Nicht offiziell, Sir.«
»Erklären Sie mir das mal«, sagte Brandon mit einem leicht strengen Unterton.
»Na ja, wir haben festgestellt, dass Dr. Hart an dem Abend, als Sandie Foster starb, bei ihr gewesen war. Aber für die Zeit nach neun Uhr hat er ein Alibi, und Dr. Vernon schätzte, dass der Überfall erst später war. Deshalb hat DCI Jordan gemeint, damit wäre er aus der Klemme.«
»Und Sie fanden das nicht?«
»Ich mache das alles in meiner Privatzeit, Sir«, verteidigte sich Evans. »Ich hatte bei ihm einfach das Gefühl, dass er nicht ganz koscher war.«
Brandon runzelte die Stirn. »Und?«
»Er trifft sich mit Prostituierten, Sir. Mindestens zweimal die Woche. Aber nicht mehr in Bradfield. Er geht in die anderen großen Städte.«
Einesteils hätte Brandon Evans für seine Beharrlichkeit gerne gelobt. Aber er war zu besorgt darüber, dass er die Überwachung ausdrücklich gegen Carols Befehl durchgeführt hatte und was das bedeutete. Was dachte sie sich dabei, einen mutmaßlichen Verdächtigen so leicht davonkommen zu lassen? »Berichten Sie DCI Jordan bei nächster Gelegenheit darüber«, sagte er grimmig. »Gut gemacht, Evans. Es kann nie schaden, seinem instinktiven Gespür zu folgen.« Selbst wenn daraus für Brandon ein weiteres Problem entstand.

Als Carol bei der struppigen Grünfläche ankam, die sich Stadtpark nannte, war Tony dabei, die Tauben mit Schokolade zu füttern, und rieb sein Handgelenk. Sie sah ihm einen Moment zu, kam dann von hinten heran und berührte seine Schulter. Er fuhr erschrocken herum.
»Ich weiß, die Antwort wird mir nicht gefallen, aber warum

musstest du zum Sexshop?«, fragte sie und ging um die Bank herum, um sich neben ihn zu setzen.
Er hatte sein Erlebnis für sie schon zu einer Anekdote umgeformt, und als er zur Begründung seines neuerlichen Besuchs im Sexshop kam, kicherte sie hemmungslos.
»Ich bin also reingegangen, und der Typ hinter dem Ladentisch sah mich komisch an, als wolle er sagen: *Ich hatte doch gehofft, Sie nie wiederzusehen.* Und ich merkte, dass er mir die Geschichte gar nicht abnahm. Aber endlich erklärte er sich bereit, eine andere Packung Handschellen aufzumachen und mich zu befreien.« Er zog die bedrohlichen Handschellen heraus und ließ sie vor ihr herumbaumeln.
»Ich glaube, du treibst es mit der emotionalen Einfühlung für deine Profile ein bisschen zu weit.«
»Meinst du wirklich? Also, du wolltest mit mir sprechen.«
Plötzlich ernüchtert, stand Carol auf. »Gehen wir doch ein Stück.«
Tony folgte ihr den Weg entlang, der zur Straße zurückführte. Als Carol nichts sagte, brach er das Schweigen. »Funksprüche überall um uns herum. Die Luft ist voller Stimmen, die wir nicht hören. Warum wird vom Mörder gerade die eine gehört, die anderen hört er aber nicht? Warum lassen ihn die Verbindungen in seinem Gehirn die Welt akustisch anders wahrnehmen, als wir das tun? Es ist wie bei den Typen, die sexuelle Übergriffe planen; was wir hier als einen Ort zum Spazierengehen ansehen, ist für sie eine Gelegenheit, an Sex zu kommen. Wie entstehen diese Entscheidungen?«
Carol fröstelte. »In diesem Moment treffe ich die Entscheidungen. Und ich wähle ein Café – ich erfriere nämlich hier draußen. Aber nicht in Temple Fields. Hier wimmelt es ja von meinen Leuten. Komm, wir gehen ins Starbucks auf dem Woolmarket.«
Zehn Minuten später saßen sie in einer stillen Ecke des Cafés und hatten exotische Kaffeegetränke vor sich stehen. »Weißt

du noch, als Kaffee einfach nur Kaffee war?«, fragte Tony nachdenklich. »Ich sag dir, wenn ich manche meiner Patienten hierher mitnehmen würde, bekämen sie nur wegen der Qual der Wahl, was sie trinken sollen, einen Nervenzusammenbruch.«

»Brandon will ihn mit einem Köder aus der Deckung locken«, sagte Carol abrupt.

Tonys Mund blieb offen stehen. Er kannte John Brandon schon lange, hätte aber nie gedacht, dass er einer solchen Gefühllosigkeit fähig sein könnte. »Er will jemanden als verdeckte Agentin rausschicken?«, sagte er ungläubig.

Carol atmete tief ein und wieder aus. »Ja. Er meint, Paula sei genau der Typ des Mörders.«

»Gott verschone uns mit den genialen Ideen unserer Chefs.«

»Du findest also auch, dass es keine gute Idee ist.« Carol sah ihn flehentlich und um Hilfe bittend an.

»Rein psychologisch könnte es funktionieren. Aber wir wissen doch beide, welch hohes Risiko eine solche Strategie birgt. Und wir kennen den Preis für ein Misslingen – du erinnerst dich an das Fiasko im Fall von Wimbledon Common? Das hat die Sache der Profilerstellung in Großbritannien um zehn Jahre zurückgeworfen. Rachel Nickells Mörder läuft immer noch frei herum. Abgesehen von meinen persönlichen Bedenken bin ich einfach sehr skeptisch gegenüber allem, was nach Fallenstellen aussieht.«

Carol schüttelte den Kopf. »Ein Richter würde es nicht zurückweisen. Es geht nicht um eine systematische Verfolgung eines bestimmten Verdächtigen.«

»So etwas würde also nicht als Verleitung zu einer Straftat gelten?«

»Du hast zu viele amerikanische Gerichtsfilme gesehen. Juristisch gibt es kein Problem. Es ist die moralische Seite, die mich stört. Habe ich das Recht, Paula dieser Gefahr auszusetzen, wo ich doch weiß, was ich erlebt habe?«

Tony empfand tiefes Mitleid mit ihr. Er hatte nichts gegen

ihre Sicht der Dinge vorzubringen. Aber er sah auch die Realität. »Carol, wenn Brandon das wirklich tun will, wird er sich nicht durch die Erfahrung, die du gemacht hast, oder durch deine Ansichten beeinflussen lassen. Es wird durchgeführt werden.«

»Und wenn du ihm sagst, es würde nicht funktionieren?« Sie spielte mit ihrer Tasse und wich seinem Blick aus.

»Er wird mir nicht glauben«, sagte Tony schlicht. »Du weißt genauso gut wie ich, wie wenig die Meinung von Profilern berücksichtigt wird, wenn es um Kontroversen über die Einsatzmittel geht.«

Carol fuhr sich durch die Haare. »Mist!«, rief sie wütend. »Man sollte doch denken, dass sie aus dem gelernt haben, was mir passiert ist. Und sie müssten wissen, dass man keine Kontrolle mehr hat, wenn ein Krieg in Feindesland verlegt wird.«

»Sie glauben immer, gerade bei ihrer Operation werde nichts passieren«, sagte Tony. »Ich nehme an, es besteht keine Chance, dass Paula sich weigert.«

»Was meinst du?« Carols Gesichtsausdruck war deprimiert, ihre Stimme klang bedrückt.

Tony nahm Carols Hände in seine. »Dann sollten wir uns wirklich Mühe geben, nichts falsch zu machen.«

Bevor sie antworten konnte, klingelte Carols Mobiltelefon. »Carol Jordan«, meldete sie sich ungeduldig.

»Hier DC Chen«, sagte Stacey. »Dr. France ist hier. Der Geologe.«

Carol verdrehte die Augen. »Ich bin in zehn Minuten dort, Stacey. Entschuldigen Sie mich, ja?« Sie sprang auf, ihren Kaffee hatte sie kaum angerührt. »Ich muss zurück. Ein Geologe aus Sheffield wartet auf mich.«

Tony sah verwirrt aus. »Ich akzeptiere das als Teil deiner geheimnisvollen weiblichen Taktik«, sagte er und folgte ihr. »Kannst du mich mit zurücknehmen? Ich möchte mit Brandon über seine Idee einer verdeckten Aktion sprechen.«

Über die Schulter warf sie ihm schnell einen dankbaren Blick zu. »Danke. Aber kein Mitleid, das weißt du ja.«
»Kein Mitleid«, stimmte er zu.

Was immer Carols Erwartungen waren, Dr. Jonathan France entsprach ihnen überhaupt nicht. Groß, schlank und etwas über dreißig, in dunkelblauer Motorradkluft aus Leder. Der Reißverschluss der Jacke war offen und ließ ein weißes T-Shirt über einem bewundernswert muskulösen Brustkorb sehen. Er saß lässig auf dem Besuchersessel in Carols Büro, so entspannt wie in seinem eigenen Wohnzimmer. Er hatte dickes, glattes dunkles Haar, das so kurz geschnitten war, dass es wie eine Bürste hochstand, und seine dunkelblauen Augen waren von Lachfältchen umgeben. Zum ersten Mal seit Monaten reagierte Carol mit Interesse auf einen attraktiven Mann statt mit Vorsicht. Sie war so überrascht, dass sie das sofort hinter Formalitäten versteckte. »Ich bin Detective Chief Inspector Jordan«, sagte sie und streckte ihm zur Begrüßung die Hand entgegen.
Die Hand, die ihre eigene umschloss, war warm und groß, mit langen, kräftigen Fingern und gerade abgeschnittenen Nägeln. »Ich freue mich, Sie kennenzulernen. Ich bin Jonathan France«, sagte er. *Auch eine schöne Stimme,* dachte sie und glaubte in seiner Aussprache einen leichten West-Country-Akzent wahrzunehmen. Er sah sich um und verbarg nicht, dass er den Raum auf sich wirken ließ. »Nicht ganz das, was ich erwartet hatte«, sagte er.
»Ich oder der Raum?«, fragte Carol. *Du lieber Himmel, ich flirte ja,* dachte sie erschrocken.
»Beides«, sagte er. »Ich wusste nicht, dass Sie …«
»Eine Frau sind?«, unterbrach sie ihn und zwang sich kühl zu klingen.
Er lächelte. »Eigentlich wollte ich sagen, dass Sie so jung sind. Ist das nicht ein schreckliches Klischee?«
Überlistet und entwaffnet nahm Carol hinter ihrem Schreib-

tisch Zuflucht. »Ich weiß nicht, wie viel man Ihnen erklärt hat«, sagte sie.

»Fast nichts«, erwiderte er. »Nur, dass Sie ein Foto hätten, das ich ansehen und überlegen solle, wo es wohl aufgenommen worden sein könnte.«

Carol schlug die Tim-Golding-Akte auf und zog eine vergrößerte Fotografie heraus. Bevor sie sie ihm reichte, sagte sie: »Haben Sie jemals zuvor mit der Polizei zusammengearbeitet?«

Er schüttelte den Kopf. »Nein, noch nie.«

»Kein Problem. Aber ich muss betonen, dass alles, worüber wir sprechen, vertraulich ist. Selbst die Tatsache, dass Sie mit uns arbeiten. Diese Ermittlung ist noch im Gang, und wir wollen dem Täter nicht den leisesten Wink über die Richtung unserer Untersuchungen geben. Was immer Sie an Erkenntnissen haben, bleibt unter uns. Macht Ihnen das etwas aus?«

Er runzelte die Stirn. »Es ist möglich, dass ich einen meiner Kollegen um Rat bitten muss. Aber ich kann das tun, ohne in allen Einzelheiten den Grund zu erwähnen, warum ich ihn frage.«

»Das wäre sinnvoll. Natürlich kann es aber sein, dass Sie als Gutachter vor Gericht erscheinen müssen und der entsprechenden Publicity ausgesetzt werden, sollte es zu einer Verhaftung und zu einem Verfahren kommen. Wäre Ihnen das recht?«

»Klar.« Er zeigte auf seine Ledermontur. »Ich würde dann was anderes anziehen. Und ich würde mich freuen, der Öffentlichkeit zeigen zu können, dass Geologie nichts Langweiliges ist.«

Herzlich wenig Aussichten, dass sie dich für langweilig halten werden. »Nur der Form halber, können wir Ihre Qualifikationen durchgehen?«

»Ich habe als Hauptfach Geowissenschaften in Manchester studiert und arbeitete dann ein zusätzliches Jahr in den

Karlsbader Höhlen. Meinen Doktor habe ich in München gemacht und kam dann nach Sheffield zurück, wo ich Dozent für Geologie bin. Mein Spezialgebiet sind Kalzitformationen in Kalkgestein. Reicht das?«

Carol sah von ihren Notizen auf. »Klingt eindrucksvoll.« Sie nahm das Foto wieder in die Hand. »Der Junge auf diesem Bild heißt Tim Golding. Er wurde vor fast vier Monaten entführt. Jede erdenkliche Spur, die wir hatten, hat außer dieser hier zu nichts geführt. Wenn Sie uns bei der Eingrenzung helfen können, wo das Bild aufgenommen wurde, kommen wir vielleicht weiter und finden heraus, was mit ihm geschehen ist.«

Er nahm das Blatt Papier, hielt es schräg gegen das Licht und studierte es. »Das ist ein Computerausdruck, richtig?«

»Es wurde als Anhang einer E-Mail geschickt.«

»Und Sie haben es gespeichert?«, fragte er und hielt das Bild beim Sprechen gedankenverloren dicht vor die Augen und dann wieder weiter weg.

»Ja.«

Er sah auf und lächelte. »Gut. Können Sie jemanden bitten, es an mich zu schicken? Ich habe großartige Software, die extra dafür geschrieben wurde, Fotos geologischer Strukturen besser zur Geltung zu bringen. So müsste sich daraus etwas machen lassen, womit ich arbeiten kann.«

»Glauben Sie, dass Sie uns helfen können?«

Carol hatte schon fast vergessen, wie es ist, wenn man Hoffnung hat.

Er neigte den Kopf zur Seite und überlegte. »Möglich ist es schon«, sagte er schließlich. Er richtete sich im Sessel auf. »Ja, es ist möglich. Kann ich heute Abend mit Ihnen essen gehen?«

Carol war überrascht. »So schnell werden Sie schon etwas für uns haben?«

Er lachte mit tiefer, warmer Stimme. »Leider nicht. Aber trotzdem müssen auch Detective Chief Inspectors irgend-

wann mal essen. Was meinen Sie? Pizza, ein Curry oder chinesisch? Suchen Sie sich's aus.«
»Sie wollen mich zum Abendessen einladen?« Carol konnte den ungläubigen Ton in ihrer Stimme nicht ganz unterdrücken.
Er breitete die Arme aus. »Warum nicht? Ich bin jung, frei und unverheiratet, und wenn Sie das nicht sind, sagen Sie einfach Nein.«
Sie hätte nicht erklären können warum, aber Jonathan France wirkte absolut nicht bedrohlich, sondern sanft und friedfertig. Der Gedanke, ihm in einem Restaurant gegenüberzusitzen, versetzte sie nicht in Schrecken. Zum ersten Mal seit der Vergewaltigung glaubte sie fast daran, wieder ein nahezu normales Leben führen zu können. »Ich weiß nicht, wann ich hier fertig sein werde«, wich sie aus, denn sie traute sich selbst immer noch nicht ganz.
Er zog eine Karte aus der Innentasche seiner Ledermontur. »Kein Problem. Ich habe später am Nachmittag noch zwei Termine, dann schließe ich einfach meinen Laptop an und arbeite, bis Sie so weit sind.« Er legte die Karte auf ihren Schreibtisch. »Lassen Sie mich wissen, wann Sie frei sind.« Er stand auf, locker und gelassen.
Carol folgte ihm ins Einsatzzentrum hinaus. »Danke für Ihre Hilfe«, sagte sie.
»War mir ein Vergnügen.«
Stacey sah von ihrem Bildschirm auf. »Der Boss will Sie in seinem Büro sprechen. Dr. Hill ist bei ihm.«
Carol kam krachend wieder auf die Erde zurück. Paula. Sie mussten entscheiden, was mit Paula geschehen sollte. Und wie, um Himmels willen, sollte sie Tony Jonathan France erklären?

Tony war schnurstracks in Brandons Büro marschiert und hatte die Versuche seiner Sekretärin, ihn zurückzuhalten, ignoriert. Der Chief Constable saß an seinem Schreibtisch und sprach gerade einen Rundbrief ins Diktiergerät. Erstaunt unterbrach er sich mitten im Satz. »Tony«, rief er. »Ich hatte Sie nicht erwartet …«

»Ich weiß«, fuhr Tony ihn an. Er war während der Fahrt, als Carol ihn zum Präsidium mitnahm, immer wütender geworden, versuchte allerdings, es sich nicht anmerken zu lassen. In seinem Berufsleben hatte er sich schon immer sehr bemüht, seine persönlichen Reaktionen zu unterdrücken. Aber je mehr er über John Brandons Vorschlag nachdachte, desto empörter wurde er. Er durchquerte den Raum und stützte sich auf den Rand von Brandons Schreibtisch, die Hände zu Fäusten geballt. »John, was zum Teufel haben Sie sich dabei gedacht, Carol vorzuschlagen, sie solle eine ihrer Beamtinnen zu einer verdeckten Operation verpflichten?«

Brandon stand auf. »Sie überschreiten entschieden Ihre Kompetenz, Tony. Meine Entscheidungen über Einsätze gehen Sie nichts an.«

»Verstecken Sie sich nicht hinter der Dienstordnung, John. Sie bezahlen mich, damit ich Ihnen meine psychologischen Erkenntnisse zur Verfügung stelle. Und das tue ich gerade. Carol Jordan wurde den Wölfen vorgeworfen, von Leuten, welche die gleichen Vorgesetzten haben wie Sie. Ich verstehe, dass Sie unter politischem Druck stehen, diese Fälle zu lösen, aber es war auch politische Notwendigkeit, die diese elenden Kerle dazu gebracht hat, Carol in Berlin völlig im Stich zu lassen. Sehen Sie nicht, dass Sie in ihren Augen dadurch diesen Leuten gleichkommen? Sie haben ihr diese Stelle als Rettungsanker hingeworfen, verlangen aber jetzt von ihr, eine jüngere, ihr unterstellte Kollegin in die gleiche Lage zu bringen, die sie selbst fast vernichtet hätte.« Tonys Worte sprudelten wie ein wütender Sturzbach aus ihm heraus.

Eine dunkle Röte stieg von Brandons makellosem weißem Hemdkragen an Hals und Gesicht hoch. »Das ist völlig daneben, Tony.«

»Nein, das ist es nicht. Ich sage Ihnen, Sie richten bei einer Ihrer besten Mitarbeiterinnen ernsten psychologischen Schaden an, wenn Sie sie zwingen, diese Operation zu leiten.«
Brandon stürzte sich sofort darauf. »Gegen die Operation selbst haben Sie also nichts einzuwenden? Nur dass ich von Carol verlange, die Leitung zu übernehmen?«
Tony hob genervt die Hände. »Die Operation ist fragwürdig. Es wird nur funktionieren, wenn Sie über die Presse die richtigen Meldungen streuen können. Aber, ja, mein Haupteinwand ist die mögliche Gefährdung von DCI Jordan.«
»Meinen Sie, das hätte ich nicht bedacht?«, sagte Brandon und hob die Stimme. »Ehrlich gesagt, ich habe sowieso schon Zweifel, was ihr Selbstvertrauen angeht. Ich glaube, ihr Urteilsvermögen ist getrübt.«
Tony erschrak. »Was meinen Sie damit?«
Brandon überging seine Frage. »Nichts, das ich mit Ihnen besprechen möchte. Aber was glauben Sie, wie gut es für ihr Selbstwertgefühl wäre, wenn ich die Operation jemand anderem übertragen würde? Es ist ihr Fall, Tony, und sie will unbedingt beweisen, dass sie es noch bringen kann. Sie ist die ranghöchste Kripobeamtin für diese Mordfälle. Wenn ich die verdeckte Aktion an jemand anderen vergebe, wird sie denken, ich traue ihr diese Aufgabe nicht zu. Und was noch schlimmer ist, auch ihr Team wird das denken. Wenn wir diesen Weg einschlagen, muss Carol die Führung übernehmen. Mir gefällt es auch nicht, aber ich sehe keine Alternative.«
Tony schlug mit der flachen Hand auf den Schreibtisch. »Dann warten Sie doch noch etwas ab. Geben Sie ihnen die Chance, zu sehen, ob sie mit konventionellen Methoden etwas erreichen können. Lassen Sie mich noch einmal versuchen, etwas mehr aus Derek Tyler herauszukriegen. Er ist fast so weit, mir einiges anzuvertrauen, da bin ich sicher.«
Brandon schüttelte den Kopf. »Tyler hat seit zwei Jahren

kein Wort gesagt. Warum sollte er jetzt plötzlich anfangen zu reden?«

»Er hat heute Vormittag mit mir gesprochen«, sagte Tony.

Brandons Kopf fuhr hoch. »Er hat was?«

»Er hat mit mir gesprochen.«

»Was hat er gesagt?«

Tony fühlte sich in die Enge getrieben. Er wusste, dass Brandon die Aussicht, aus Tyler Informationen herauszubekommen, in Zweifel ziehen würde, wenn er die Wahrheit sagte. Aber eine Lüge würde auf lange Sicht nur weitere Probleme mit sich bringen. »Er sagte, er könnte nicht mit mir reden, bis die Stimme ihm die Erlaubnis gegeben hätte«, seufzte er.

»Na ja«, sagte Brandon triumphierend. »Das ist ja wohl kaum ein Fortschritt, oder?«

»Natürlich ist das ein Fortschritt«, sagte Tony, dem Brandons Gesichtsausdruck und Körpersprache sagte, dass er schon verloren hatte. »Aber es wird noch eine Weile dauern.«

»Den Luxus können wir uns nicht leisten. Mehr Zeit heißt, dass mehr Frauen sterben werden. Gerade Sie sollten das besser wissen als irgendjemand sonst«, sagte Brandon. »Also, welchen Köder soll ich für die Medien auslegen?«

Tony fuhr sich mit den Händen übers Gesicht, als wolle er den Ärger und die Angst fortwischen und durch Professionalität und Können ersetzen. Als er sprach, war seine Stimme kalt und distanziert. »Er ist ein Vergewaltiger, dem es um die Demonstration seiner Macht geht. Er ist stolz auf die Kontrolle, mit der er den ganzen Ablauf beherrscht. Er glaubt, er hätte sich allseits abgesichert. Sie müssen also der Presse sagen, dass sich aus seinem zweiten Mord einige gute Ansätze für die Ermittlungen ergeben haben und dass der Mörder nicht so vorsichtig vorgeht, wie er selbst zu sein vorgibt. Dass Sie glauben, ihn fassen zu können, bevor ihm eine weitere Frau zum Opfer fallen wird. So werden Sie seine Eitelkeit anstacheln und ihn zu dem Beweis herausfordern, dass Sie sich irren. Und dann könnte Ihr Lockvogel-Plan auf kurze Sicht tatsächlich funktionieren.« Er richtete sich auf und sah Brandon in die Augen. »Und das wollen Sie doch, John, nicht wahr? Ein gutes, schnelles, sauberes Ergebnis.«

Brandon wandte sich ab und drückte den Knopf an seiner Rufanlage. »Lassen Sie DCI Jordan heraufkommen, ja?« Mit dem Rücken zu Tony sagte er: »Ja, Tony. Das möchte ich. Ein gutes, schnelles, sauberes Ergebnis. Und ich meine, Carol kann das mit einer verdeckten Aktion erreichen.«

»Um ihretwillen hoffe ich, dass Sie recht haben.«

Merrick kam ins Büro und balancierte ein Sandwich auf einem Styroporbecher mit Tee. Es war spät am Nachmittag und nicht viel los. Außer Stacey war niemand da. Als er ihr einen Gruß zurief, bekam er ein Brummen zur Antwort und ging zu seinem Schreibtisch hinüber.

Er war froh, dass es so still war. Als er den Kopf durch die Tür des Einsatzzentrums gesteckt und gesehen hatte, dass es voll war, beschloss er, die Notizen zu der Vernehmung an seinem eigenen Schreibtisch zusammenzustellen. Er nippte an dem Tee und rieb sich die Augen. Er schlief nicht gut dieser Tage. Es hatte nichts mit Paulas Gästebett zu tun, aber sehr viel mit dem tiefen Leid, das an seinem Herzen nagte. Seine Söhne fehlten ihm so sehr, dass er dabei körperlichen Schmerz empfand. Obwohl es schon oft vorgekommen war, dass er sie einige Tage nicht gesehen hatte, war der Gedanke, nicht mit ihnen zusammen sein zu *dürfen*, eine ganz neue Erfahrung.

Lindy vermisste er in keinerlei Hinsicht, und das war fast genauso beunruhigend. Wie war es möglich, dass er nicht bemerkt hatte, wie ihre Liebe verkümmert und verdorrt war? Es gab ja keine andere Frau in seinem Leben. Er war nicht einmal in Versuchung gewesen, Paulas Angebot einer Unterkunft als zweideutig zu verstehen. Außerdem deutete ihr Benehmen nicht auf ein Interesse hin, das in ihm mehr als einen befreundeten Kollegen sah, selbst wenn er die Möglichkeit sich zu trösten in Betracht gezogen hätte. Jetzt aber den Tod der Liebe zwischen ihm und seiner Frau konstatieren zu müssen, versetzte ihn in einen seltsam desolaten Zustand.

Seufzend fuhr Merrick seinen Computer aus dem Standby-Modus hoch. Er hatte gerade angefangen, die größtenteils nutzlosen Ergebnisse seiner Vernehmung einzugeben, als Paula hereinkam. »Hi, Stacey. Hi, Don«, sagte sie gut gelaunt, kam zu seinem Schreibtisch herüber, setzte sich auf die Ecke und fragte: »Wie geht's?«

Er zog eine Grimasse. »Eigentlich ziemlich beschissen. Heute früh war ich eine Weile auf den Straßen unterwegs, nachdem ich die Teams rausgeschickt hatte. Aber bei dem Fortschritt, den ich da machte, hätte ich geradeso gut hier bleiben und die Zeitung lesen können. Ich gebe gerade ein, was ich gesammelt habe, dann geh ich und ackere den Rest der Berichte im Einsatzzentrum durch.« Er blätterte in seinem Notizbuch. »Ach, eine Sache war doch ganz witzig. Ich hab mit einem Jungen geredet. Vom Strich, du weißt schon. Er sagte: ›Ich hab gehört, die Mädchen schlagen ihren Kunden jetzt die Bondage-Spielchen ab. Meinen Sie, ich sollte das vielleicht auch tun?‹ Ich konnte kaum ernst bleiben. ›Ich glaub kaum, dass du sein Typ bist, Kleiner‹, sagte ich.«

»Na ja, wenigstens gab's bei dir was zu lachen«, sagte Paula. »Ich bin gerade eine ganze Stunde mit einem Mädchen, das sich Honey nennt, die Steckbriefbilder durchgegangen. Sie hat manchmal Duos mit Jackie abgezogen. Ich dachte, sie könnte vielleicht ein paar von ihren Freiern wiedererkennen, hatte aber kein Glück. Es ist eine so verborgene Welt, Don, das ist das Problem. Sie leben alle vom Versteckspiel. Jan sagt, sie sind so daran gewöhnt, wegzugucken, dass sie schließlich einfach nichts mehr bemerken.«

»Und die sollte es ja wissen, die Sitte-Queen«, sagte Don leicht sauer.

»Du magst sie wohl nicht?«, meinte Paula.
»Sie ist 'ne Klugscheißerin«, sagte er. »Und du kennst ja unsere Meinung dazu.«
»Klugscheißer mag keiner«, sagten sie im Chor.
Paula stand auf. »Ich sollte weitermachen.« Aber bevor sie an ihrem Schreibtisch war, ging die Tür auf, und Carol kam mit Tony herein. Als sie Paula sah, wandte sie sich um und warf Tony einen kurzen Blick zu.
»Paula«, sagte Carol. »Können Sie mit in mein Büro kommen? Ich hätte etwas zu besprechen.«
Paula drehte sich zu Merrick um, zog hinter Carols Rücken die Augenbrauen hoch und folgte dann den beiden. Tony lehnte mit verschränkten Armen an der Wand. Carol nahm Platz und lud auch Paula mit einer Handbewegung ein, sich zu setzen. Paula spürte die Spannung im Raum und fragte sich, was kommen würde. Sie war nicht nervös, schließlich hatte sie nichts getan, weswegen sie sich Sorgen machen sollte. Das einzige Geheimnis in ihrem Leben war etwas, das für Carol Jordan kein Anlass wäre, sie ins Büro zu rufen und mit ihr darüber zu sprechen. Besonders nicht vor Tony Hill.
Carol spielte mit einem Kuli herum und vermied es, Paula anzusehen. »Paula, der Chief Constable hatte eine Idee, die ich Ihnen erklären soll.«
Plötzlich fiel der Groschen. Was Honey gesagt hatte. Carols Verlegenheit. Tonys Anwesenheit. »Sie möchten, dass ich verdeckt auf die Straßen gehe. Als Lockvogel«, platzte Paula heraus.
Carol hob erstaunt den Kopf. Aus den Augenwinkeln registrierte Paula einen Ausdruck leichter Belustigung auf Tonys Gesicht.
»Wieso wussten Sie das? Wer hat es Ihnen gesagt?«, fragte Carol.
Paula zuckte mit den Achseln. »Niemand hat mir etwas gesagt. Ich hab es selbst ausgeknobelt. Eines der Mädchen, das ich vernommen habe, sagte, ich erinnerte sie an Jackie,

und mir wurde plötzlich klar, dass ich gut zurechtgemacht genau sein Typ wäre. Mit den üblichen Maßnahmen erreichen wir nichts, und als Sie da sagten, Mr. Brandon hätte eine Idee gehabt ... es schien einfach logisch, das ist alles.«

»Und was halten Sie von der Idee?«, fragte Carol. »Es hängt von Ihnen ab, Paula. Es ist eine gefährliche, riskante Operation. Sie müssen nicht zustimmen, wenn Sie sich dabei nicht wohl fühlen.«

Paula konnte ein breites Grinsen nicht unterdrücken. »Ich finde es genial, Chefin.« Es war ihre Gelegenheit zu glänzen, zu zeigen, was sie konnte. Nicht einmal der besorgte Blick auf Tony Hills Gesicht konnte ihre Begeisterung dämpfen. »Also, wann geht's los?«

Er beobachtet heute Abend die Straßen. Er hatte einen harten Tag. Es ist nicht leicht, seinem Lebensunterhalt nachzugehen, wenn man das tut, was er macht, und wenn es überall nur so von Bullen wimmelt. Aber seine Kunden brauchen das, was er anzubieten hat, und irgendwie läuft es. Er schlägt den Stoff los und verlässt sich auf seinen sechsten Sinn, um Schwierigkeiten zu vermeiden, von denen er bis jetzt immer verschont blieb.

Es hat etwas Beruhigendes, in seinem vertrauten Gebiet umherzustreifen, das jetzt durch seine Handlungen verändert ist. Nie hätte er geglaubt, dass er die Welt um sich herum verändern könne, aber das hat er getan. Die Leute bewegen sich anders. Er bemerkt die nervösen Blicke, die jeder Fußgänger den anderen Passanten nachwirft. Sie wissen nicht, ob der Mörder unter ihnen ist, und sie haben Angst.

Fast wünschte er sich, dass er mitten auf der Straße stehen bleiben und rufen könnte: ›Ich bin's. Ich bin der, vor dem ihr alle Angst habt.‹ Nur um ihre ungläubigen Blicke zu sehen. Denn er weiß, er ist nicht das, was sie erwarten. Er ist kein Monster. Er ist nicht einmal unheimlich. Er sieht ganz alltäglich aus.

Aber nur das, was im Inneren ist, zählt. Und sie haben keine Ahnung, was in ihm steckt. Sie haben nie die Stimme gehört. Sie sind die Alltäglichen. Aber er ist etwas Besonderes geworden. Und das ist erst der Anfang.

Das tiefe Brummen des Motorradmotors störte die Stille der Vorortstraße. Jonathan fuhr die große Maschine selbst bei niedriger Geschwindigkeit, ohne zu schwanken. Als sie vor Tonys Haus ankamen, löste Carol den Arm, mit dem sie sich an Jonathan festgehalten hatte, und tippte ihm auf die Schulter. Das Motorrad hielt an, der Motor erstarb und hallte in ihrem Kopf nach. Carol stieg mit noch heftig klopfendem Herzen ab und nahm den Helm herunter, den Jonathan ihr vor dem italienischen Restaurant gegeben hatte.

Jonathan stand neben ihr und legte seinen eigenen Helm auf den gepolsterten Ledersattel. »Ich hoffe, es war nicht zu schlimm«, sagte er.

»Es ist Jahre her, seit ich auf einem Motorrad gesessen habe«, sagte sie und gab ihm ihren Helm. »Ich hatte vergessen, wie toll das ist.«

Jonathan öffnete die Gepäckbox über dem Hinterrad und verstaute den zweiten Helm. »Es ist einzigartig«, sagte er. Er trat näher an sie heran. Instinktiv legte sie eine Hand auf seine Brust und spürte unter ihren Fingern den rauen Tweed seines Jacketts. Es war, als seien alle ihre Sinne hellwach, in Alarmbereitschaft. Ein Hauch scharfer winterlicher Kälte lag in der Luft, und sie roch den warmen männlichen Duft von Jonathans Haut. Er legte seine Hände auf ihre Hüften, deren Wärme sie durch die Kleider auf ihrem Körper spürte.

»Danke für den schönen Abend«, sagte sie munter. »Es hat mir gefallen.«

»Mir auch«, sagte er und beugte sich zum Kuss zu ihr hinunter.

Carol drehte den Kopf leicht zur Seite, sodass seine Lippen nur ihre Wange streiften. Das Herz schlug ihr bis zum Hals, und ihre trockene Zunge klebte am Gaumen. Die Bilder, die in ihrem Kopf abliefen, waren nicht die von Jonathan France, und egal, wie krampfhaft sie sich auch sagte, die Situation sei nicht bedrohlich, konnte sie sich doch nicht von ihrer Vergangenheit befreien. Sie wusste, dass das nicht fair war, sie hatten sich nett unterhalten und geflirtet, allerdings in einer sicheren Umgebung, einem hell beleuchteten Restaurant mit anderen Gästen. Hier und jetzt gelang es ihr aber nicht mehr so zu tun, als empfinde sie normal, wie jede andere Frau.

Er spürte ihre Anspannung, wich zurück und sah sie verwirrt an. »Hab ich irgendetwas Falsches gesagt?«, fragte er in leicht neckendem Tonfall.

Carol atmete tief aus und hatte nicht einmal bemerkt, dass sie den Atem angehalten hatte. »Es ist nicht Ihretwegen«, murmelte sie und richtete den Blick auf seinen Jackenärmel. Sie war überrascht gewesen, dass er nicht in seiner Lederkluft erschienen war, aber er hatte erklärt, er habe bei beruflichen Reisen immer noch etwas anderes zum Anziehen dabei. Der jugendliche Motorradfahrer-Look war durch ein leicht altmodisches Jackett, verschossene Jeans und einen Baumwollpullover mit eng anliegendem rundem Halsausschnitt ersetzt worden.

»Was ist los, Carol?«, fragte er mit sanfter Stimme und ohne jeden Vorwurf.

»Es tut mir leid, ich ...« Außer der Wahrheit wusste sie nicht, was sie sagen sollte, und wie sie die rüberbringen sollte, wusste sie schon gar nicht. Er hielt sie noch umfasst, und sie brauchte alle Kraft, sich nicht dem zu entziehen, was ihr wie ein Angriff vorkam.

Als spüre er ihr Unbehagen, ließ er sie los. Ihre Hand lag noch auf seiner Brust, und er legte behutsam seine Finger darauf. »Ist schon gut«, sagte er. »Ich gehe.« Er trat zurück, hielt aber immer noch ihre Hand.

Carol schloss die Augen. »Ich bin vergewaltigt worden«, sagte sie. Die Worte hingen zwischen ihnen in der Luft, aber er ließ sie nicht los. Sie öffnete die Augen und erwartete Schock, Ärger, Mitleid oder Begierde.
Aber sie konnte auf seinem Gesicht nur Besorgnis entdecken. Ihre Blicke trafen sich ohne Worte. Dann sagte er zögernd: »Dann war es ziemlich tapfer, dass du heute Abend mit mir ausgegangen bist. Danke, dass du mir vertraut hast.«
Sie war sprachlos. Seine Reaktion war so ganz anders als alles, was sie bisher erlebt hatte. »Tapfer – na ja, ich weiß nicht«, sagte sie. »Aber ich meine, fair war es nicht.«
Er schüttelte den Kopf, wobei das Licht der Straßenlaternen auf seinen Haaren funkelte. »Sei doch nicht so streng zu dir selbst. Ist es das erste Mal, dass du ausgegangen bist, seit es passiert ist?«
Carol nickte. »Mit jemandem, den ich vorher nicht kannte? Ja.« Sie holte tief und zitternd Luft. »Es war vor sieben Monaten und scheint mir immer noch lebendiger als alles zu sein, was ich heute getan habe.«
»Dann solltest du stolz sein. Ich hätte niemals gedacht, dass dich etwas anderes beschäftigt als deine Arbeit.« Er lächelte ihr zu. »Also, wahrscheinlich wäre es am besten, wenn wir uns für heute Abend verabschiedeten.« Er ließ ihre Hand los und trat einen Schritt zurück. »Kann ich dich anrufen?«
»Bitte«, sagte sie. Plötzlich gab sie einem Impuls nach und reckte sich hoch, um ihn zu küssen. Seine Lippen waren trocken und kühl, und er machte keinen Versuch, sie an sich zu ziehen. Sie standen ein wenig unbeholfen da und lächelten sich an. »Gute Nacht«, sagte sie leise. Sie hatte heute Abend Glück gehabt, dass sie einen Mann getroffen hatte, der sie weder als beschädigte Ware abtat noch sich zu dem Wunsch aufschwang, sie zu rächen, oder gar mit kaum verstecktem Ekel vor ihr zurückwich. Er war nicht in Mitleid oder Empörung versunken und hatte auch nicht gefragt, wie einer solchen Frau wie ihr so etwas habe passieren können. Eine

Reihe von Unterlassungen, die zusammengenommen das erste Positive ergaben, das ihr seit der Vergewaltigung begegnet war. So, glaubte sie, hätte Tony reagiert, wenn er nicht so sehr von Schuldgefühlen erfüllt wäre.

»Gute Nacht, Carol.« Jonathan nahm seinen Helm. »Ich warte hier, bis du drin bist«, sagte er und schwang sich auf die schwere Maschine.

Sie machte das Tor auf, ging den Weg entlang und bemerkte erst jetzt das Licht im oberen Zimmer, das andere Leute als Schlafzimmer genutzt hätten, das Tony aber zum Arbeitszimmer gemacht hatte. Ihr Herzschlag stockte, und sie hoffte, dass er nicht Zeuge der Szene geworden war, die sich gerade abgespielt hatte.

Tony saß an seinem Schreibtisch, starrte ins Leere und dachte über das nach, was er gerade gesehen hatte. Die Wahrscheinlichkeit, dass er es verpasst hätte, lag bei neunundneunzig Prozent. Obwohl seine Beobachtungsgabe für seinen Beruf von zentraler Bedeutung war, saß er niemals am Fenster und spionierte die Welt anderer Leute aus. Und wenn er arbeitete und in die Lektüre, das Schreiben oder eine Analyse vertieft war, hätte es mehr bedurft als eines ungewohnten Motorradgeräuschs, um ihn aus seiner Konzentration zu reißen.

Aber als Jonathan France in die Straße einbog, stand Tony gerade neben dem Erkerfenster und ließ den Blick über eine Bücherreihe schweifen, auf der Suche nach etwas, das irgendwo sein musste. Das war das Problem mit dem Umziehen. Egal, wie sorgfältig man seine Bücher packte, sie standen auf den neuen Regalen doch nie genau am richtigen Platz.

Als das Motorrad vor dem Tor anhielt, befand er sich nicht wie gewöhnlich in einem Zustand von Selbstvergessenheit gegenüber der äußeren Welt. Neugierig warf er einen Blick aus dem Fenster, gerade als Carol den Helm abgenommen hatte und ihr blondes Haar schüttelte. Sein erster Impuls war, vom Fenster wegzutreten, um sie nicht zu stören. Aber als sie die Hand nach dem großen Mann ausstreckte, der abgestiegen war, konnte er sich nicht mehr von der Stelle rühren. Er sagte sich, er sehe ja nur zu, um sicherzugehen, dass ihr nichts passiere. Natürlich wusste er, dass das eine Lüge war, wollte aber die wirren Emotionen in seinem Inneren nicht akzeptieren. Er sah zu, wie sie dem ersten Kuss auswich, sah zu, wie der Mann zurücktrat, und sah auch, dass sie miteinander sprachen und Carol dann plötzlich die Initiative ergriff.

Beschämt trat er mit einem schroffen, abweisenden Laut in den Schatten zurück, als Carol sich dem Haus zuwandte. Er warf sich auf einen Sessel und sackte dort, das Gesicht in die Hände gestützt, zusammen. Schließlich hob er den Kopf und blinzelte, um die Tränen zurückzudrängen.

Eifersüchtig. Er war so eifersüchtig, dass er es wie Galle im Hals schmecken konnte. Er liebte sie und wusste es schon lange. Aber es sah aus, als sei die Kluft zwischen ihnen zu tief geworden, als dass sie noch zu überwinden war. Trotz all seiner Anstrengungen schien es, dass Carol einen eigenen Weg zu ihrer Rettung gewählt hatte. Und er selbst hatte damit nichts zu tun.

Die Stimmung im Einsatzzentrum war voll euphorischer Erwartung. Ein leises Gemurmel, Vermutungen und Spekulationen lagen in der Luft, und die Kripobeamten fragten sich, warum DCI Jordan sie zusammengerufen hatte.

»Es ist mir egal, was es ist, wenn wir nur nicht mehr im Regen stehen und mit Nutten reden müssen«, vertraute Sam Evans Kevin Matthews an. »Da draußen reagieren sie wie die drei Äffchen – nichts Böses sehen, hören oder sagen.«

»Man weiß ja bei Jordan nie«, sagte Kevin. »Wenn jemand ungewöhnliche Einfälle hat, dann sie.«

»Aber funktionieren die denn?«, fragte Evans, »ihre komischen Ideen?«

Kevin wischte einen kleinen Klecks von getrocknetem Essen weg, den er auf seiner Hose entdeckt hatte. »Sie hat eine unheimliche Tendenz, das Richtige zu treffen«, sagte er. »Ich hab sie Ideen lancieren sehen, die sogar Tony Hill für bescheuert hielt. Und dann hat sich gezeigt, dass sie goldrichtig lag.«

»Ja, aber nach dem, was ihr passiert ist ... vielleicht hat sie nicht mehr die Nerven, sich der Gefahr auszusetzen«, betonte Evans. Seine Fischzüge in den Schreibtischen seiner Kollegen am späten Abend hatten bei Carol Jordan nichts ergeben. Sie schien dem Papier sehr wenig anzuvertrauen und ihrem Computer noch weniger. Er musste herausbekommen, was sie dachte, wenn er sein Ziel erreichen wollte, aber es dauerte bei ihr so lange, einen Ansatzpunkt zu finden. Bis jetzt hatte er es geschafft, jede Gelegenheit, sie über Harts Überwachung zu unterrichten, verstreichen zu lassen. Er hoffte, Brandon würde zuerst mit ihr sprechen, ihr das Gefühl geben, verletzbar zu sein, und sie in die Enge treiben. Aber es sah nicht so aus, als sei das schon geschehen.

»Da wäre ich mal nicht so sicher«, murmelte Kevin, dann wurde es still im Raum. Er drehte sich um und sah Carol, dicht gefolgt von Don Merrick, durch die Reihen der an ihren Schreibtischen sitzenden Beamten gehen. Kevin meinte, sie habe seit Wochen nicht mehr so gut ausgesehen. Ihre Haut war frisch, und die Augen glänzten.

Carol blieb beim Schwarzen Brett mit der Information zu den Morden und Fotos von Sandie Foster und Jackie Mayall stehen. Sie sah in die Gesichter, gab sich selbst ein stummes Versprechen und wandte sich ihren Mitarbeitern zu. Sie war schon seit sieben im Büro, hatte an der Planung der verdeckten Aktion gearbeitet und ihre persönlichen Ängste in Bezug auf die Operation unterdrückt, und trotzdem fühlte sie sich noch frisch und auf Draht.

Nachdem sie sich von Jonathan verabschiedet hatte, war sie sofort zu Bett gegangen, hatte nicht einmal einen Schlummertrunk gebraucht. Und sie hatte durchgeschlafen, bis um sechs der Wecker klingelte, ohne Albträume und ohne sich schlaflos hin und her zu wälzen. Und fast ohne Alkohol. Drei Gläser Wein beim Abendessen zählten kaum bei den Mengen, die sie in letzter Zeit regelmäßig trank. Sie glaubte nicht, einen Berg erklommen zu haben, hatte aber das Gefühl, dass sie eine Wendung vollzogen hatte, nach der sie eine neue Richtung einschlagen konnte.

»Guten Morgen zusammen«, sagte sie mit klarer, energischer Stimme. »Zuerst möchte ich euch allen für die harte Arbeit danken, die ihr in den letzten Wochen geleistet habt. Niemand hier ist schuld daran, dass wir so wenig Fortschritte gemacht haben. Wir haben es mit einem intelligenten Mörder zu tun, der planvoll vorgeht, und in diesem Fall hat uns noch kein glücklicher Zufall weitergeholfen wie sonst oft. Es ist also an der Zeit, eine andere Strategie anzuwenden.«

Ein zustimmendes Murmeln ging durch den Raum. Sie sah bestätigendes Nicken bei ihren eigenen Leuten, unterdrückte ihre Zweifel und Ängste und machte weiter. »Es geht um eine sehr riskante Operation. Das bedeutet, jedem von Ihnen wird voller Einsatz abverlangt werden. Aber ich glaube, es kann uns Ergebnisse bringen, die wir auf keine andere Art und Weise erreichen können.«

Carol schlug die Mappe auf, die sie bei sich hatte, nahm die Fotos von Derek Tylers vier Opfern heraus und heftete sie an das Brett hinter ihr. Dann drehte sie sich um und blickte wieder in den Raum. »Ich weiß, dass es in den Medien einiges an Spekulationen gegeben hat, ob es zwischen den zwei neuen Morden und der Mordserie vor zwei Jahren Verbindungen geben könnte. Zu diesem Zeitpunkt gibt es keinen fundierten Zweifel an Derek Tylers Schuld. Aber eines ist klar: Wer immer für diese Morde verantwortlich ist, nimmt Derek Tylers Taten als Vorlage. Es hat keinen Sinn, sich zu

fragen, warum das so ist. Denn im Moment hilft es uns nicht weiter. Wir müssen einfach akzeptieren, dass es so ist.
Aber dadurch haben wir eine sehr klare Vorstellung davon, auf welchen Typ Frau der Mörder steht. Die Frauen haben alle kurzes, blondes Haar. Alle sind schlank. Sie sind alle ungefähr gleich groß und haben den gleichen Körperbau. Diese Opfer hat er für sich ausgewählt.« Carol straffte die Schultern. »Aufgrund dieser Tatsachen haben wir beschlossen, eine verdeckte Aktion durchzuführen, mit der wir versuchen wollen, den Mörder zu uns heranzulocken.« Das Gemurmel, mit dem reagiert wurde, drohte plötzlich Carols Worte zu übertönen, und sie hob die Stimme. »Der erste Teil der Strategie war gestern Abend die Pressemitteilung des Chief Constable. Seine Kommentare stützen sich auf den Rat von Dr. Hill und sollen unseren Mörder zum Handeln antreiben.«
Sie blickte zu Paula hinüber und nickte. Paula stand auf. »Für die, die sie nicht kennen, dies ist DC Paula McIntyre. Sie wird als unser Lockvogel auf den Straßen agieren.«
Paula lächelte den Kollegen im Raum zu. Carols Herzschlag stockte einen Moment. Sie kannte dieses Gefühl wilder Entschlossenheit und wusste, wohin es sie gebracht hatte. Es war unerträglich zu denken, dass eine andere Person sich auf den gleichen Weg begab. Aber zumindest konnte sie dafür sorgen, dass Paula jederzeit Schutz von allen Seiten bekam, etwas, auf das sie hatte verzichten müssen.
Als sie die Aufregung im Raum spürte, unternahm sie sofort etwas, den natürlichen Nervenkitzel abzuschwächen, der von der Erwartung ausgelöst wurde, dass die festgefahrene Ermittlung wieder in Gang kommen würde. »Ich wiederhole, dies ist ein sehr riskantes Unternehmen. Wir werden die ganze Gegend mit getarnter Polizei schützen, damit wir sicher sein können, dass Paula nichts passiert. Dies steht für uns im Vordergrund. Wenn Paula in Gefahr ist, brechen wir ab. Ich will, dass das allen vollkommen klar ist.« Sie blickte

Paula an. »Das Erste ist, dass Paula sich für die Rolle zurechtmachen muss.«
»Hey, Paula, übertreib's nicht«, rief Kevin.
»Sparen Sie sich den pubertären Humor fürs Herrenklo, Sergeant Matthews«, sagte Carol müde. »DS Shields, fahren Sie bitte mit Paula zu einem der Sexshops in Manchester und lassen Sie sie mit der richtigen Aufmachung ausstatten. Wir gehen nicht in die Läden hier vor Ort, sonst könnten Sie vielleicht erkannt werden. Dann soll Paula heute Abend mit voller Rückendeckung auf die Straße gehen. Don, können Sie uns die technischen Details erklären?«
Merrick trat vor. »Paula wird natürlich ein Funkgerät tragen. Wir werden auch zusätzliche Überwachungskameras an beiden Enden der Hauptstraße von Temple Fields und am Ende von Campion Boulevard montieren, wo sie nicht so leicht bemerkt werden können. Wir werden ein Team im Überwachungswagen haben, und überall werden sich Kollegen in Zivil aufhalten. Wir werden ständig Funkkontakt mit ihr halten. Und wir versuchen es so einzurichten, dass der Empfang auch in den einzelnen Wagen gehört werden kann, damit ihr alle wisst, was los ist.«
Dann sprach wieder Carol. »Wie ich schon sagte, die höchste Priorität ist Paulas Sicherheit. Bitte, vergessen Sie das nicht. Sie trägt das volle Risiko. Sie verdient es, sicher sein zu können, dass wir auf sie aufpassen und keine Anstrengung scheuen. Es gibt hier um sechs eine kurze Lagebesprechung. Manche von euch – hauptsächlich diejenigen, die die Zeugenaussagen gelesen haben, und das HOLMES-Team – werden mit dem weitermachen, was sie bisher getan haben. Andere können sich den Rest des Tages freinehmen. DI Merrick wird die Aufgaben zuteilen.« Carol ließ einen kühlen Blick durch den Raum schweifen. »Dies könnte unsere beste Chance sein, den Bastard aus dem Verkehr zu ziehen, bevor er wieder zuschlägt. Ich zähle auf euch.«
Sie wartete nicht ab, bis Fragen oder Kommentare kamen.

Alles, was sie wissen musste, würde ihr von Merrick berichtet werden, der für sie als das Auge und Ohr in der Gruppe von etwa dreißig Kripobeamten fungierte. Sie konzentrierte sich auf ihren Abgang aus dem Raum, bevor ihre selbstbewusste Fassade bröckelte.
Kaum hatte sie es in ihr eigenes sicheres Büro geschafft, wo sie durch die Rollos gegen die Welt abgeschottet war, als es klopfte. *Wenn das der verdammte Brandon ist, krieg ich einen Schreikrampf.*
»Herein«, sagte sie resigniert.
Die Tür öffnete sich einen Spalt, und Jonathan Frances' Kopf erschien. »Hast du einen Moment Zeit?«
Nervös und überrascht sagte Carol: »Ja, komm rein.« Er schlüpfte durch den Spalt und schloss die Tür hinter sich.
»Ich hatte nicht erwartet, dich so bald zu sehen«, stammelte Carol. »Hast du schon etwas für uns?«
»Nichts Berufliches«, sagte er. »Das wird ein bisschen länger dauern.« Er zog eine Plastiktüte aus seiner Jackentasche. Carol erkannte das Logo einer Buchhandlung am Ort. Er hielt ihr die Tüte hin. »Ich dachte, das könnte dich interessieren«, sagte er.
Neugierig nahm Carol das Buch aus der Tüte. *Glück gehabt* von Alice Sebold. Ratlos sah sie ihn an.
»Sie schreibt über die Erinnerung an ihre eigene Erfahrung mit Vergewaltigung«, sagte Jonathan. »Ich möchte nicht anmaßend sein, aber der Gedanke kam mir, dass es dir vielleicht etwas bringen könnte.« Er schien etwas unbeholfen, als sei er sich seiner Sache nicht sicher. »Es ist kein reißerischer Ramsch und auch nicht sentimental. Und gut geschrieben.«
»Hast du es gelesen?«, fragte Carol. Eigentlich war es nicht die Frage, die sie stellen wollte, aber etwas anderes fiel ihr nicht ein.
Er sah etwas belämmert aus. »Sag das bloß nicht meinen beinharten Kollegen.« Er steckte die Hände in die Taschen

seiner Jeans. »Meine Schwester arbeitet in der Verwaltung der philosophischen Fakultät. Sie versorgt mich immer mit Lesestoff. Ich mag Dinge, die mich zum Denken anregen.«
Carol drehte das Buch um und las den Text auf der Rückseite, schaute auf und sagte: »Danke. Vielen Dank.«
»Bitte.« Er ging zur Tür zurück. »Also, ich geh jetzt. Wir müssen beide arbeiten. Ruf mich an, ja?«
Carol war gerührter, als sie sagen konnte. Sie nickte: »Mach ich.«
»Ich melde mich dann wegen der anderen Sache – wegen des Fotos.« Er warf ihr noch ein Lächeln zu, dann war er weg.
Carol starrte lange auf die Tür und versuchte ihre Empfindungen zu verstehen. Seine Warmherzigkeit war bemerkenswert, nicht zuletzt deshalb, weil sie mit einem Taktgefühl verbunden war, das nichts Gönnerhaftes an sich hatte. Seine Gesellschaft war ihr angenehm, und sie fand ihn attraktiv. Aber irgendwie war ihr Herz gleichgültig geblieben. Vielleicht war sie einfach noch nicht so weit. Vielleicht war es noch zu früh.
Oder vielleicht war er einfach nicht derjenige, den sie haben wollte.
Bevor sie weiter überlegen konnte, störte sie schon wieder ein Klopfen. »Herein«, seufzte sie.
Sam Evans stand in der Tür, sein Gesichtsausdruck verriet nichts. »Kann ich Sie kurz sprechen?«, fragte er.
Sie wies auf den Stuhl: »Setzen Sie sich.«
Er nahm umständlich in einer Haltung selbstbewusster Gelassenheit Platz. »Ich dachte, ich sollte wohl selbst kommen, bevor Mr. Brandon mit Ihnen redet«, sagte er ohne Umschweife.
Carol runzelte die Stirn. »Worum geht es denn, Sam?«
»Um Aidan Hart.«
»Hab ich da was verpasst? Ich versteh nur Bahnhof.«
»Ich weiß, dass Sie zu dem Ergebnis kamen, Aidan Hart gehöre nicht auf die Liste der Verdächtigen, weil er ein Ali-

bi hat, aber mich hat das nicht überzeugt. Deshalb habe ich ihn überwacht.« Evans sah ihr in die Augen, sein Mund zuckte fast entschuldigend. »In meiner Freizeit.«
»Wie bitte?«, sagte Carol ungläubig.
»Als ich ihn vernahm, bekam ich das Gefühl, dass etwas mit Hart nicht stimmte. Und ich hatte recht«, fügte er hinzu. »Er ist süchtig nach Prostituierten. Zwei- oder dreimal die Woche bezahlt er Straßenmädchen für Sex.«
Carol starrte ihn erstaunt an. Sie wusste nicht, wo sie anfangen sollte. Sie war wütend, weil er so eigenmächtig gehandelt hatte. Aber außerdem hatte sich bei ihr ein nagender Zweifel festgesetzt. Hatte sie Hart zu vorschnell ausgeschlossen? War sie dabei, ihre oft bewiesene Treffsicherheit zu verlieren? Ungeduldig verwarf sie diese Überlegungen. »Und was hat Mr. Brandon damit zu tun?«
Evans zuckte mit den Schultern. »Er hat mich dabei erwischt, als ich die Einzelheiten in meinen Computer eingegeben habe. Er wollte wissen, wieso ich Dr. Hart überwache. Deshalb musste ich es erklären.«
Carol spürte, wie sich in ihrem Inneren ein Abgrund auftat. »Sie haben dem Chief Constable gesagt, dass Sie eine Ermittlungsrichtung verfolgen, die ich aufgegeben hatte?«, sagte sie knapp und schneidend scharf.
Er hob die Augenbrauen. »So hab ich es nicht gesagt. Nicht genau so.«
Du Scheißkerl. Sie traute sich kaum, den Mund aufzumachen, weil sie befürchtete, sie würde ihn anschreien. Ihr kam der Gedanke an Verrat. »Ich möchte einen vollständigen Bericht über Ihre Arbeit«, sagte sie. »Innerhalb von einer Stunde will ich ihn auf meinem Tisch haben. Und nie wieder will ich so was von Ihnen hören. Wir sind hier nicht im Wilden Westen. Entweder wir sind ein Team, oder wir können es vergessen. Sie haben mir gegenüber keine Zweifel an Hart geäußert. Hätten Sie das getan, hätte ich ihn vielleicht nicht so schnell gehen lassen. Ich werde diese Art von hinterhälti-

gem Verhalten in meinem Team nicht dulden. Es macht uns alle kaputt. Lassen Sie sich dies eine Warnung sein, DC Evans. Jetzt verschwinden Sie.«

Er stand auf und ging aufrecht und mit erhobenem Kopf hinaus. Das Lächeln in seinen Mundwinkeln sah Carol nicht.

Die wässrige Sonne hatte den grauen Dunst durchbrochen und die Straßen von Temple Fields in ein blasses Licht getaucht. In den anderen Stadtteilen ging es geschäftig zu, aber diese Gegend wirkte an einem Wochentag um zehn Uhr morgens verschlafen und wie ausgestorben. Die Leute, die hier wohnten, waren schon zur Arbeit gegangen, und diejenigen, die hier arbeiteten, versuchten vor allem, sich noch von der Nacht zu erholen. Ein Mann in einem Straßenanzug führte mit flatterndem Regenmantel zügig seinen Bullterrier auf dem Treidelpfad am Kanal spazieren. Zwei Frauen in Jeans und Lederjacke gingen gemütlich Arm in Arm vorbei, eingehüllt in eine Wolke der Selbstzufriedenheit. Und Tony Hill stand an einer Straßenecke und machte sich mit dem Verzeichnis des Bradfielder Stadtplans und einem Zettel zu schaffen.

Ich hätte das machen sollen, bevor ich hierher komme, dachte er, während er festzulegen versuchte, wie er in logischer Abfolge die sechs Adressen besuchen würde. Er hatte sie notiert, als das Schreckgespenst eines Täters, der die Morde eines anderen imitierte, zum ersten Mal sein Haupt erhob. Er blätterte in den Seiten des alphabetischen Verzeichnisses, in dem er die Adressen der Tatorte suchte und sich merkte. So könnte er erst einmal ein Gefühl dafür bekommen, wie der Mörder selbst seine eigene Welt sah. Er hatte die Wahl seiner Opfer nicht dem Zufall überlassen, also kannte er wahrscheinlich die Gegend, in der er sie sich gesucht hatte, so gut, dass er sie als Plan vor seinem inneren Auge sah. Jeder Mensch hat seine eigene Vorstellung von dem Ort, dem er sich zugehörig fühlt, durch den seine privaten Wege führen und der durch seine persönlichen Bedürfnisse definiert ist. Ganze Partien einer Umgebung können ihm vollkommen unbekannt sein und für sein eigenes Leben unerheblich erscheinen. Das Temple Fields des Mörders war bestimmt sein einzigartiges individuelles Terrain, und wenn Tony entdecken konnte, woraus es bestand, konnte ihm das eventuell helfen, besser zu verstehen, wer der Mörder war. Oder zumindest, wer er nicht war.

Er brauchte an diesem Vormittag eine Beschäftigung. Obwohl er wusste, dass Carol ihre Leute über die vorgeschlagene verdeckte Aktion informieren würde, wollte er sie noch nicht treffen. Die ganze Nacht war er immer wieder aufgewacht, und die Bilder von ihr und dem Motorradfahrer standen in immer wieder anderen Variationen vor seinem inneren Auge. Er schämte sich wegen seiner heftigen Reaktion und wollte nicht, dass sie sein nächstes Zusammentreffen mit Carol belastete.

Schließlich ging er nach einer systematischen Route in seinem Kopf in das Labyrinth von Passagen und Gässchen hinein, die sich durch den abgelegeneren Teil von Temple Fields zogen, bog in eine Gasse ein und hielt vor einem Torweg an. Er sah an dem schmutzigen Gebäude aus rotem Backstein hinauf und fragte sich, hinter welchem Fenster das Bett stand, auf dem Derek Tylers erstes Opfer verblutet war. In den Notizen stand, dass Lauren Cafferty oft Freier mit in ihr möbliertes Zimmer genommen hatte. Sie hatte geglaubt, dort sei sie sicherer als in einem Auto und sie hätte dadurch mehr Kontrolle, da es von anderen möblierten Zimmern umgeben war, deren Bewohner es hören würden, wenn es zu schlimm wurde und sie um Hilfe rufen musste. Sie hatte sich nie vorgestellt, dass sie einem Mörder begegnen könnte, der ihr, was die Kontrolle betraf, unendlich überlegen war.

Tony stand kurz still, ließ den Assoziationen in seinem Kopf freien Lauf und machte sich dann zur nächsten Adresse seiner Liste auf. Nach einer halben Stunde und vier Adressen

weiter stand er vor dem Woolpack Hotel. »Was haben sie nur gemeinsam, deine Orte?«, fragte er sich leise. »Sie gehören zu einem Netzwerk, das für die meisten Leute, die in die Bars von Temple Fields kommen oder hier Sexpartner suchen, unsichtbar ist. Aber du kennst dich hier aus. Wohnst du oder arbeitest du eventuell sogar hier? Lieferst du vielleicht etwas aus? Bist Kurier? Briefträger? Alle Adressen liegen in der Nähe belebter Straßen, aber nicht direkt dort. Du hältst dich gern an etwas entlegenen Orten auf, aber du willst, dass die Opfer entdeckt werden, bevor allzu viel Zeit vergeht. Du bleibst bei ihnen, bis sie tot sind, und gehst dann weg, weil du weißt, sie werden nicht lange allein bleiben. Kannst du es nicht ertragen, dass sie einsam sind?«
Er ging langsam eine Gasse entlang auf die Bellwether Street zu, die zu dieser Tageszeit voll von einkaufenden Menschen war und wo sich Leute aus der Unterschicht drängten, für die überdachte Einkaufsflächen eine bessere Lösung darstellten, als sich im Freien aufzuhalten. »Nein, das ist es nicht«, murmelte er. »Du machst dir nicht genug aus ihnen. Sie sind für dich keine Frauen, sondern nur Wegwerfgegenstände. Du willst, dass wir deine Morde sehen, wenn sie noch frisch sind, damit wir dein Können bewundern. Es war nur Pech, dass Dee den Abend frei hatte und wir so lange brauchten, bis wir Sandie fanden.« Er schaute mit einem strahlenden Lächeln hoch. »Also angeben willst du, das ist es. Du kannst es nicht ertragen, dein Licht unter den Scheffel zu stellen. Du stößt uns mit aller Gewalt darauf. Du willst Anerkennung dafür, Genugtuung – und du willst nicht darauf warten.«
Tony ging die Bellwether Street hinunter zum Woolmarket, wo er sich auf eine der Bänke setzte, von denen man den belebten Platz übersehen konnte. Die unterschwellige Botschaft aus den Aktionen des Mörders herauszulesen war nur der erste Schritt, aber ein notwendiger. Er musste sich vom Ende her bis zu den Details durcharbeiten, bevor er ein-

schätzen konnte, auf welche Weise die tiefen Gefühle des Mannes, der diese scheußlichen Taten verübte, sein Verhalten in der Öffentlichkeit prägten. Bis ihm das gelang, würde er für Carol nicht von großem Nutzen sein. Und auch für die zukünftigen Opfer des Mörders nicht.

»Du warst immer auf Lob aus.« Er sprach leise, seine Lippen bewegten sich kaum. »Aber sie haben dir nie genug davon gegeben, oder? Sie haben dich nie für das geschätzt, wofür du geschätzt werden wolltest. Du wolltest die Macht, welche die Bewunderung der Menschen mit sich bringt, aber so weit ist es nie gekommen. Was tust du also, um deinen Unterhalt zu verdienen? Du hast bestimmt etwas gewählt, das dir Autorität über andere gibt. Die Armee oder die Polizei hätte dir gefallen oder eine Tätigkeit im Gefängnis, aber ich vermute, du bist nicht diszipliniert genug, um damit klarzukommen. Also bist du vielleicht bei einem Wachdienst? Oder Rausschmeißer in einem Nachtclub? In Temple Fields gibt es ja jede Menge davon. Jedenfalls etwas, wo du dich aufspielen kannst.« Er hob den Blick und ließ ihn über die bunte Menge schweifen, die ihren Geschäften nachging. Auf der entgegengesetzten Seite des Platzes tippte eine Frau in einer dunkelblauen Uniform mit dem Stift Daten in einen kleinen Computer ein. »Oder Verkehrspolizist«, murmelte Tony. »Die kennen die Straßen.«

Ungeduldig stand er auf. Er hatte nicht das Gefühl, voranzukommen. Irgendwie schien ihm die Psyche des Mörders so schwer zu fassen wie verrottete Herbstblätter, die in der Hand zerfielen, bevor er Gelegenheit hatte, sie genauer zu betrachten. Er konnte die wichtigen Fäden nicht verfolgen, die ihn durch das Labyrinth führen würden. Nie zuvor hatte er so etwas erlebt und verstand nicht, warum es jetzt bei diesem Fall so lief. Konzentrierte er sich zu sehr auf seine eigene Schuld und auf sein Bedürfnis, Carol zu schützen? Oder war etwas an diesem Mörder anders, etwas, das ihn von

den kranken Gehirnen unterschied, denen Tony bislang begegnet war?
Er hatte zu viele Jahre mit Serientätern gearbeitet – Vergewaltigern, Mördern, Brandstiftern und Pädophilen –, um sie als eine homogene Gruppe sehen zu können. Manche waren hochintelligent. Andere – wie Derek Tyler – schienen für ihre Verbrechen kaum helle genug. Manche hatten oberflächliche Fähigkeiten, mit denen sie sich in der Gesellschaft bewegen konnten. Andere würden bei jedem normalen Menschen aus hundert Meter Entfernung die Alarmglocken schrillen lassen, die sie als Irre oder Gestörte auswiesen. Manche waren fast dankbar, erwischt zu werden, damit sie sich von der Bürde ihres zwanghaften Verhaltens befreien lassen konnten. Andere sonnten sich im Ruhm einer perversen Medienkultur. Eines stand fest: Ihre Taten trugen den einzigartigen Stempel ihrer jeweiligen ganz besonderen psychischen Verfassung, und das war immer der Weg gewesen, den Tony mit ihnen zusammen hatte beschreiten können.
Aber diesmal war es anders. Diesmal hatte er das Gefühl, es sei unmöglich.

Das Peccadilloes lag in einer Seitenstraße in Manchesters Northern Quarter, einem aufpolierten Teil der Stadtmitte, wo die Modebranche allmählich von der sich verändernden Wirtschaftslage verdrängt und durch Kunstgewerbe, Wohnungen und hippe Boutiquen ersetzt wurde. Eine unglückliche Mischung aus Straßen mit roten Backsteinhäusern, renovierten viktorianischen Großbauten und moderner bodenständiger Architektur, die so aussehen sollte, als passe sie da hinein, drängte sich an den schmalen Gehwegen. Jan Shields lotste sie wie eine Einheimische durch die vielen Einbahnstraßen und zeigte ihr das Ziel, als sie daran vorbeifuhren.
»Du kennst dich wohl hier aus«, war Paulas Kommentar, als sie nach Jans Anweisung über eine schwierige Kreuzung fuhren.

»Ich mache seit Jahren hier im Craft Village meine Weihnachtseinkäufe«, sagte Jan. »Es ist schön, den Leuten etwas Individuelles zu schenken, das sie in Bradfield nicht schon gesehen haben. Und es gibt zwei ganz gute Restaurants, in denen man sich danach erholen kann.« Sie wies Paula an, auf einen kleinen parkscheinpflichtigen Parkplatz zu fahren, wo sie den Wagen stehen lassen konnten.
Sie hatten eine ruhige Fahrt über die Pennines gehabt. Jan hatte den größten Teil der Fahrt mit einer Unterhaltung per SMS verbracht, die sie ziemlich amüsant fand. Aber sie hatte Paula nicht mitgeteilt, was so lustig war. Sie hatten fast nur ein Thema besprochen: ob Carol Jordan der Aufgabe gewachsen war. Paula hatte ihre Chefin verteidigt, obwohl auch sie Zweifel hatte. Man konnte vielleicht Carols Beurteilung von Don infrage stellen, aber andererseits gehörte ja Jan Shields eigentlich gar nicht zu ihrer Gruppe. Also verlangte es die Loyalität, dass Paula voll hinter Carol stand. Da Jan sah, dass sie nichts erreichte, gab sie auf und beschäftigte sich mit ihrem Mobiltelefon.
Als sie auf das Peccadilloes zugingen, wurde Jan munter. »Das wird 'n Spaß« verkündete sie. »Es gibt doch nichts Besseres, als sich mal 'n bisschen zu kostümieren, um in Fahrt zu kommen.«
»Du hast leicht reden«, murmelte Paula. »Du musst ja nicht an der Straßenecke stehen, dir den Arsch abfrieren und dich mit den bescheuerten schmierigen Freiern abgeben.«
Jan gluckste: »Nee, ich darf mich am Anblick erfreuen.« Sie stieß die Tür auf. Im Inneren war das Peccadilloes nicht so prächtig ausgestattet wie sein Gegenstück in Bradfield. Die Beleuchtung war nicht so gut und das Warenangebot weniger reichhaltig. Hinter dem Ladentisch stand eine Frau und betrachtete sie. Sie war wohl Ende dreißig und hatte ihr vielfarbig getöntes Haar mit Gel zu Löckchen und Spitzen geformt. Absurderweise trug sie eine braune Strickjacke, die besser zur Besitzerin eines Handarbeitsgeschäfts gepasst

hätte. Paula vermutete, dass die bizarre Frisur von dem roten Muttermal ablenken sollte, das sich über die eine Seite ihres Gesichts zog und aussah, als hätte jemand einen Pinsel in Brombeereis getaucht und ihn ihr über die Wange gezogen.
Jan sah sich um und führte Paula dann zu einem Kleiderständer im hinteren Teil des Ladens. Jan ging die Sachen durch und zog ein knappes schwarzes Latexkleid heraus. »He, Mädel, damit würdest du die im Rainbow Flesh fertigmachen.«
»Ich weiß nicht«, log Paula und versuchte ihre Intimsphäre zu retten, obwohl sie wusste, dass Jan Shields im Bilde war. »Das geht sowieso nicht, für heute Abend ist das nicht praktikabel. Darunter könnte ich kein Kabel für das Mikro tragen.«
Jan grinste, ihr Engelsgesicht sah dabei ganz unangemessen bösartig aus. »Meine Gute, darunter könntest du überhaupt nichts tragen.«
Sie hängte das Kleid an seinen Platz zurück und ging am Ständer entlang. Als Nächstes wählte sie einen roten Minirock aus Kunststoff. »Also, das ist genau das Richtige. Perfekt für Temple Fields. Don Merrick wird in seinen Tee sabbern, wenn er dich darin sieht.«
Paula kicherte. »Was für ein durchschlagendes Argument, ihn zu kaufen.« Aber sie nahm den Rock trotzdem und hielt ihn an sich, um abzuschätzen, ob er passen könnte.
Jan deutete auf den Rock. »Du wirst ihn anprobieren müssen«, sagte sie. »Und du brauchst jemand, der dich berät.«
Paula warf ihr einen kühlen Blick zu. »Ich glaube, das wird nicht nötig sein«, reagierte sie auf das, was sie als pure Anmache empfand. Sie griff an Jan vorbei und zog ein enges, weit ausgeschnittenes silberfarbenes Lurexoberteil heraus. »Das dürfte es doch sein.«
Jan zog die Augenbrauen hoch. »Ich könnte schwören, du fängst an, dich bei der Sache viel zu sehr zu amüsieren.«
Diesmal brachte der kokette Tonfall Paula richtig durchei-

nander. Es schien ein Anflug echter Bewunderung darin zu liegen, sie fragte sich flüchtig, wie es wohl wäre, privat mit Jan zusammen zu sein. Aber sie unterdrückte den Gedanken und sagte: »Ich leiste gern gute Arbeit.« Beziehungen mit Kollegen waren immer eine ganz schlechte Idee. Und außerdem war Jan Shields nicht ihr Typ. Wenn dagegen Carol Jordan sie anmachen würde … Paula wandte sich ab und tadelte sich, das aus den Augen zu verlieren, weswegen sie hier waren.

»Natürlich. Aber wenn das alles vorbei ist, würdest du dann mal eine kleine Modenschau nur für mich machen?« Jans Stimme war leise, und ihr warmer Atem hauchte auf Paulas Nacken.

»Jan, ich schwöre, du bist genauso schlimm wie die Kerle«, sagte sie entnervt.

»Du kannst dich drauf verlassen, Paula, ich bin besser als die alle zusammen«, sagte Jan, legte ihr eine Hand auf die Schulter und lächelte, als Paula zusammenzuckte. »Die Umkleidekabinen sind da drüben«, sagte sie und zeigte auf eine Kabine mit Vorhang hinter den Kleiderständern. Sie trat zurück und ließ Paula vorbei, ohne ihr nahe zu kommen.

Fünf Minuten später betrachtete sich Paula im Spiegel der Kabine. Sie war sicher, sogar ihre besten Freunde würden sie – selbst ohne Make-up und die richtigen Schuhe – kaum erkennen. Sie erkannte sich ja selbst kaum. Es brachte sie ganz aus der Fassung, wie eine so oberflächliche Veränderung sie eindeutig zu einer ganz anderen Person machte. Eine Vorahnung ließ sie schaudern und Gänsehaut bekommen, hastig zog sie alles wieder aus und nahm dankbar ihre eigene Persönlichkeit mitsamt ihren schwarzen Jeans und der weißen Bluse wieder an. Dann riss sie den Vorhang zurück und reichte die Sachen mit ausgestrecktem Arm hinaus. »Die sind in Ordnung«, sagte sie.

Jan hielt ihr eine Bomberjacke aus Kunstseide hin, die fast zu dem Rock passte. »Wie wär's damit, dann hast du alles«, sag-

te sie. »Es wird heute Nacht verdammt kalt sein da draußen.«
Paula schüttelte den Kopf. »Jackie und Sandie hatten keine Jacken an. Und ich soll ihnen so ähnlich wie möglich sehen. Aber ich brauche noch ein Paar flotte sexy Schuhe.«
»Du brauchst die Jacke«, beharrte Jan. »Du musst doch etwas haben, um das Kabel zu verstecken, das am Rücken runterläuft, und das Funkgerät.«
»Daran hatte ich nicht gedacht. Du hast recht.« Paula nahm die Sachen mit zur Kasse und hielt ihre Kreditkarte hin. Gott sei Dank würde niemand, der ihr wichtig war, ihren Kontoauszug sehen.
»Mein Gott, hier gibt's ja alles mögliche komische Zeug«, sagte Jan und spähte neugierig in eine Vitrine mit Bondage-Artikeln.
»Es gibt eben solche und solche«, sagte die Frau hinter dem Tisch gereizt.
Jan warf ihr einen kühlen Blick zu. »Ja, scheint so.« Sie wandte sich ab. »Ich seh dich dann draußen, Paula.«
Als Paula zu ihr stieß, stand Jan an die Wand gelehnt und drehte sich eine Zigarette. »Ich wusste nicht, dass du rauchst«, sagte Paula.
»Nur wenn ich 'n schlechten Geschmack im Mund hab«, sagte Jan.
»Ich dachte, du hättest dich da drin amüsiert.«
Jan befeuchtete das Papier mit der Zunge und rollte die Zigarette geschickt zusammen. »Ja, hast du das gedacht? Pfeifen im Walde, Paula. Das war's.« Ihr Gesichtsausdruck verriet nichts, aber Paula hatte sie noch nie so leise sprechen hören. »Du riskierst alles heute Abend. Es ist wahrscheinlich die bedrohlichste Aufgabe, die ein Polizist je haben kann.«
Paula seufzte. »Danke, Coach. Und dabei hab ich mir eingeredet, ihr würdet mich alle beschützen.«
Jans Lächeln wirkte gezwungen. »Das tun wir auch. Daran brauchst du nicht zu zweifeln. Aber es gibt Gelegen-

heiten, Paula, wo es vernünftig ist, Angst zu haben. Und heute Abend ist so eine Gelegenheit.«

Der Tag nahm erbarmungslos seinen Lauf. Im Einsatzzentrum gab es einen Berg von Papieren und Unterlagen, die Carol hätte durchsehen können, aber ihre Mitarbeiter konnten das ebenso gut tun. Teams lasen Zeugenaussagen und Berichte, füllten Formulare für Maßnahmen aus, die durchgeführt werden mussten, einzelne Beamte arbeiteten sich durch die Aufgaben auf ihren Schreibtischen, und andere produzierten noch mehr Papierkram für die, die sich durch die Zeugenaussagen kämpfen mussten. Und Don Merrick sortierte alles Wesentliche aus, über das sie informiert werden musste. Die überwältigende Flut von Material bei einem solchen Fall war erschreckend, und das umso mehr, als sie dadurch keinen Schritt weiterzukommen schienen.
Die verdeckte Aktion machte sie so zerfahren wie die Angst vor dem Fuchs die Hühner. Jede kleinste Vorahnung, dass etwas schief gehen könnte, verstärkte sich in Carols Gedanken um ein Vielfaches und rührte wieder halb vergessene Erinnerungen an ihre eigene misslungene Operation auf. Und dann Sam Evans. Sie war sich nicht im Klaren, ob er einfach Eindruck schinden wollte oder ob er absichtlich ihre Stellung zu untergraben versuchte. So oder so musste er jedenfalls zu einem Zeitpunkt, an dem sie sich das am wenigsten leisten konnte, bei Brandon Zweifel an ihr geäußert haben. Sie wollte nicht, dass dieser sich fragte, ob ihre eigene Erfahrung Paulas verdeckte Aktion beeinträchtigen würde. Carol versuchte, diese zornigen Gedanken zu verscheuchen, aber sie ließen sich nicht verdrängen. Schließlich gab sie nach. Wenn sie der Vergangenheit nicht entkommen konnte, sollte sie vielleicht versuchen, sich ihr zu stellen. Sie nahm das Buch vom Tisch, das Jonathan ihr gebracht hatte, und schlug es behutsam auf. Sie war außerhalb ihrer speziellen Interessengebiete nie eine große Leserin gewesen, und

seit der Vergewaltigung hatte sie sich absichtlich von allem ferngehalten, das nach Selbsthilfe roch. Aber dies hier schien etwas anderes zu sein. Trotz ihrer Vorbehalte wurde sie von der Schilderung so mitgerissen, dass sie sich, obwohl es wenig Parallelen zu ihrer eigenen Erfahrung gab, derart angesprochen fühlte wie durch nichts und niemanden zuvor. Nach vierzig Seiten musste sie das Buch weglegen. Ihre Hände zitterten, und sie war den Tränen nah. Sie brauchte unbedingt einen Drink, war aber entschlossen, nicht nachzugeben. Zum ersten Mal seit Monaten begriff sie: Sie war schon so weit über den Berg, dass sich die Frage nach dem Überleben nicht mehr stellte, sondern es stand fest, dass sie es schaffen würde. Die Carol Jordan, die sie nach dieser Entwicklung sein würde, wäre zwar ein anderer Mensch, aber trotzdem wieder sie selbst. Sie hatte Schaden genommen, war aber nicht vernichtet, war angeschlagen, aber nicht gebrochen. Sie wünschte, Tony wäre da, nicht weil sie darüber sprechen wollte, sondern weil sie wusste, dass er die Veränderung an ihr wahrnehmen und vielleicht schon die bevorstehende Befreiung spüren würde.

Als solle ihr Wunsch sofort in Erfüllung gehen, klopfte es an der Tür. »Herein«, sagte sie hastig und schob das Buch unter die Unterlagen auf ihrem Tisch. Aber es war nicht Tony, sondern noch einmal Jonathan France, der eine Mappe unter den Arm geklemmt hielt. »Zweimal an einem Tag, da werden die Leute ja anfangen zu reden.« Sie war so froh, ihn zu sehen, dass es eigentlich schon albern war, sie freute sich viel mehr, als sie erwartet hatte.

Er nahm Platz, lehnte sich auf dem Stuhl zurück und streckte seine langen Beine von sich. »Ich mag ja deine Gesellschaft sehr, aber dies ist jetzt ein Besuch aus rein beruflichen Gründen«, sagte er. »Ich habe Neuigkeiten für dich.« Er schien so stolz wie ein Golden Retriever, der die angesabberte Zeitung in dem Bewusstsein bringt, jemanden damit glücklich zu machen.

Carols Interesse war erwacht. Wie gerne sie Jonathan auch aus privaten Gründen sah, würde dieser Wunsch doch immer hinter ihren beruflichen Zielen zurückstehen müssen. »Du hast die Stelle genau bestimmen können?«

Er nickte. »Gleich als ich das Foto sah, glaubte ich zu wissen, wo das ist. Nicht ganz genau, nicht im Detail. Aber als ich die Einzelheiten auf meinem Computer vergrößerte, wurde mir klar, dass ich die Gegend wiedererkannte.« Er öffnete die Mappe, holte zwei vergrößerte Aufnahmen von Felsformationen heraus und reichte sie Carol.

Sie starrte die Fotos ratlos an. In ihren Augen sahen die Felsen einfach wie zwei Gesteinsbrocken aus, grau mit leicht rötlichem Ton und offenbar von hellgrauen Flecken und Klümpchen durchsetzt. »Was habe ich da vor mir?«, fragte sie und bedauerte die Frage gleich danach. Sie wusste nur zu gut, wie riskant es war, Experten aufzufordern, sich über ihre Spezialgebiete auszulassen.

»Man nennt das Stromatactis-Strukturen«, sagte Jonathan eifrig. »Eines der immer noch ungelösten Rätsel der Devon-Zeit. Einfach ausgedrückt: Es ist eine flache Höhlung mit unregelmäßigem Rand, die mit schichtweise ausgebildetem Faserkalzit gefüllt ist. Geologisch ist das eine autochthone Formation, die durch das teilweise Ausscheiden der nicht versteinerten Sedimente entstanden ist. Die Meinungen darüber, wie so etwas entsteht und was es zu bedeuten hat, gehen auseinander. Siehst du, dass es der Struktur eines Korallenriffs gleicht? Manche Geologen meinen, dass wir hier etwas haben, das aus einem Riff entstanden ist, Stromatoporen, die sich übereinander geschoben haben. Wasser hat die Zwischenräume ausgefüllt, und unter dessen Druck wurden die Stromatactis-Strukturen gebildet. Andere glauben, dass es hauptsächlich aus Fossilien von Weichtieren wie Schwämmen besteht. Wieder andere meinen, es sei aus Meeresalgen und Cyanobakterien entstanden.« Er grinste. »Und die Anhänger des Kreationismus meinen, sie seien während der Sintflut aus den Tiefen des Ozeans heraufgespült worden.«

»Das ist alles sehr interessant, aber …« Carol versuchte einen amüsierten, aber spöttischen Gesichtsausdruck aufzusetzen.

»Ich weiß. Ich weiß – kommen wir zur Sache, das meinst du doch, stimmt's?«, sagte Jonathan reumütig. »Okay. Es gibt diese Formationen im Kalkstein. Im Peak District findet man einige bemerkenswerte Beispiele dafür. Sie kommen oft in Gruppen vor. Und es gibt ein paar Stellen im White Peak, bei denen solchen traurigen Felsfanatikern wie mir das Wasser im Mund zusammenläuft. Als ich die Vergrößerungen sah, dachte ich gleich, ich könnte sie mit einer ganz bestimmten Stelle in Verbindung bringen. Aber ich wollte es zuerst überprüfen. Nachdem ich heute früh hier war, bin ich dort hinaufgefahren. Und ich hatte recht. Das hier ist ein Stück des Kalksteinriffs in einem Gebirgsvorsprung in der Nähe des Chee Dale.«

Carol konnte ihre Aufregung nicht verbergen. »Du hast es identifiziert? Zweifelsfrei?«

Jonathan nickte. »Es ist ziemlich ausgeprägt …«

Was immer er als Nächstes sagen wollte, er wurde unterbrochen, denn die Tür ging auf. Tony fing gleich, als er hereinkam, an zu sprechen, denn er merkte offenbar nicht, dass Carol nicht allein war. »Carol, ich glaube, er arbeitet in Temple Fields. Vielleicht jemand von einem Wachdienst oder ein Rausschmeißer in einer der Bars oder einem Club.«

»Tony«, sagte Carol mit warnender Stimme und wies mit einer Kopfbewegung auf Jonathan, der halb von der offenen Tür verdeckt war.

Tony reckte den Hals. Seine Stimme klang freundlich, aber aus seinem Gesicht schien alles Leben zu weichen. »Oh, tut mir leid, ich wusste nicht … Ich komme später wieder.«

Sie erriet aus seiner Reaktion, dass er am Abend zuvor etwas gesehen hatte. Und sie kannte ihn gut genug, dass sie wusste, er würde nicht darauf anspielen. Nicht hier und jetzt.

Wahrscheinlich nie, bei Tonys Fähigkeit, emotionalen Regungen aus dem Weg zu gehen.
»Ist schon gut«, sagte sie. »Komm nur rein. Das ist Dr. Jonathan France. Er ist Geologe. Jonathan, das ist Dr. Tony Hill.«
Jonathan stand auf und drückte ihm die Hand, er war ein ganzes Stück größer als Tony. »Tony ist klinischer Psychologe. Wir arbeiten oft zusammen.«
»Ein Geologe«, sagte Tony und entfernte sich langsam von Jonathan. Er lehnte sich an Carols Schreibtisch. Sie vermutete, dass dies mit voller Absicht geschah, damit er in ihrer Nähe stand und so seine Bindung an sie deutlich und Jonathan zum Außenseiter machen konnte. »Es muss entspannend sein, mit etwas zu arbeiten, das sich so langsam bewegt wie eine tektonische Platte.«
Jonathan ließ sich wieder auf seinem Sessel nieder. »Aber man kommt dabei herum.«
Tony lächelte. »Das sagen manche von meinen Patienten über ihren psychischen Zustand auch.«
Jonathan sah leicht verwirrt aus, als sei er nicht sicher, ob man sich über ihn lustig mache. »Aber die mit einer Agoraphobie nicht«, sagte er.
Tony gab das zu. Bevor er die nächste verbale Herausforderung abschießen konnte, griff Carol ein. »Jonathan hat herausgefunden, wo die Stelle ist, an der Tim Golding fotografiert wurde.«
Tonys berufliches Interesse erwachte. »Wirklich?«, sagte er. »Erzählen Sie mir davon.«
»Wie ich gerade sagte, als Sie hereinkamen, die geologischen Gegebenheiten im Hintergrund des Bildes sind recht ausgeprägt. Ich habe die Stelle mehr als einmal bei Exkursionen besucht. Es ist ein besonders auffälliges Beispiel von Stromatactis-Strukturen.«
»Was für ein Ort ist es?«, fragte Tony. »Einsam gelegen? Kommen Wanderer dorthin?«
Jonathan zog ein weiteres Blatt Papier aus seiner Mappe.

»Ich habe den entsprechenden Teil der Landkarte kopiert.« Er legte es auf den Schreibtisch und beugte sich vor, um seine Bemerkungen zu illustrieren. »Das hier ist Chee Dale, das vom Wye aus dem Kalkstein herausgegraben wurde.« Er fuhr die gewundene Linie auf der Landkarte entlang. »Wie man sieht, geht ein öffentlich zugänglicher Weg durch das Tal. Es ist eine beliebte Wanderroute. So beliebt, dass die Nationalpark-Verwaltung Trittsteine legen ließ, wo der Fluss über die Ufer tritt und manchmal den Weg überschwemmt.« Er deutete mit seinem langen Finger auf die Karte. »Und dieses kleine Seitental hier oben heißt Swindale. Der Durchgang ist sehr schmal – leicht zu übersehen. Aber wenn man durch diesen schmalen Engpass gegangen ist, wird das Tal breiter, und es geht dann etwa eine Viertelmeile bergauf. Es gibt keinen richtigen Fußweg, und ich wette, dass neunundneunzig von hundert Leuten den Durchgang nicht einmal bemerken.«

»Und da ist die Stroma-so-und-so?«, fragte Tony und starrte wie gebannt auf die Landkarte.

»Ja. Ungefähr auf halber Höhe links«, sagte Jonathan.

»Es ist also ziemlich abgelegen? Keine Stelle, wo Leute zum Picknick hingehen?«

Jonathan schüttelte den Kopf. »Höchstens, wenn man Schlamm und Brombeeren mag und sich nichts aus einer schönen Aussicht macht. Das ist ja die Sache im Peak District, es gibt so viele versteckte Stellen. An den langen Wochenenden im Sommer sind dort eine Viertelmillion Leute unterwegs, und trotzdem kann man sich verirren.«

»Wer würde da also hingehen?«, fragte Carol.

»Geologen, professionelle und Amateure, und ich habe dort mal drei Typen klettern sehen, aber es ist keine tolle Wand, und es gibt viele Bergpfade in der Nähe, die besser sind. Und das war's auch schon. Wie ich bereits sagte, was den Blick auf die Landschaft betrifft, bietet sich hier nicht viel an.«

»Wer immer Tim Golding hingebracht hat, konnte also

ziemlich sicher sein, dass ihn niemand stören würde«, überlegte Tony. »Und das heißt, dass er das Gebiet kannte.« Er blickte auf. »Wie nahe kann ein Wagen heranfahren?«
»Es gibt einen Parkplatz in etwa einer Meile Entfernung bei der alten Haltestelle Miller's Dale.«
»Das wäre ganz schön schwierig mit einem Opfer, das sich wehrt«, sagte Tony leise. »Ich nehme an, man kann nicht sagen, zu welcher Tageszeit das Bild aufgenommen wurde?«
Jonathan nahm das ursprüngliche Bild aus seiner Mappe. »Das kommt auf die Jahreszeit an. Wann ist der Junge verschwunden?«
»In der zweiten Augustwoche«, sagte Carol, ohne dass sie nachzusehen brauchte.
Jonathan betrachtete die Fotografie. »Dieser Teil des Tals ist auf der Ostseite. Es dauert eine Weile, bis die Sonne so hoch steht, dass sie über die gegenüberliegenden Felsen scheint. Ich vermute, gegen neun oder zehn vormittags.«
Tony stand unvermittelt auf, wandte sich ab und hielt die Hände an die Schläfen, als hätte er Kopfschmerzen. »Nimm eine komplette Gruppe von der Spurensicherung mit, wenn du gehst, Carol. Ihr müsst ein Grab suchen. Vielleicht sogar zwei Gräber.«
»Du meinst, Guy könnte auch dort sein?«
Tony ließ die Hände sinken. »Ob es wahrscheinlich ist? Ja. Die Chance ist sehr groß, dass beide, Tim und Guy, von dem gleichen Mann entführt wurden. Wir wissen das beide. Wenn er genug Selbstvertrauen hat, das Bild da rauszuschicken, dann würde ich sagen, er hat an der Stelle dort mindestens schon einmal gemordet.«
Carol bemerkte Jonathans bestürzten Ausdruck. Man vergaß allzu leicht, dass die schrecklichen Dinge, die Polizisten so nebenbei bewältigten, das Herz anderer Menschen zerreißen konnten. Mit der nackten Wirklichkeit konfrontiert, mit der sie und Tony schon unzählige Male hatten fertig werden müssen, fehlten denen, die nicht am Kampf gegen das

Chaos beteiligt waren, die Abwehrkräfte. »Das weiß man noch nicht«, sagte sie, obwohl sie im Grunde ihres Herzens sicher war, dass Tony recht hatte.
Mit blassem und verzerrtem Gesicht fuhr Tony herum. Ohne Jonathan weiter zu beachten, stützte er die Fäuste auf Carols Schreibtisch und sah ihr starr in die Augen. »Er war bestimmt bald, nachdem es hell wurde, am Parkplatz. Tim war fast mit Sicherheit leicht sediert. Genug, dass er benommen und fügsam war und sich nicht wehrte. Es wird eine Weile gedauert haben, ihn in diesem Zustand ins Swindale zu bringen. Dann hat der Mörder sich seinen Wunsch erfüllt. Dabei hat er sich Zeit genommen und seine Bilder von der Beute gemacht. Und was tut er dann? Er wird nicht das Risiko eingehen, einen viel genutzten Fußweg mit einem verletzten Kind hinunterzugehen. Er hat ihn getötet, Carol. Er hat ihn dort getötet und sich am Tatort seiner entledigt. Ein flaches Grab unter Jonathans Brombeerbüschen.« Er schloss die Augen und murmelte etwas, das sie nicht verstand.
»Was?«
»Ich sagte, wenigstens kannst du ihn jetzt nach Hause bringen.«
Lange war es still. Jonathans Gesicht war hohlwangig, die Augen waren halb zugekniffen, als wolle er das Bild, das Tonys Worte heraufbeschworen hatten, nicht an sich heranlassen. *Zu viel Information auf einmal für ihn,* dachte Carol. Sie räusperte sich. »Wir wissen das nicht genau, bis wir dort sind.« Sie schob ihren Stuhl zurück und stand auf.
»Jonathan, heute können wir nichts mehr tun. Es wird schon dunkel. Aber wir müssen aufgrund deiner Information so bald wie möglich aufbrechen. Ich weiß, dass wir viel von deiner Zeit in Anspruch nehmen, aber könntest du morgen einige meiner Leute ins Swindale führen und ihnen zeigen, wo das Foto aufgenommen wurde?«
Er riss die Augen auf, die Bedeutung dessen, was er gerade

gehört hatte, ging ihm noch im Kopf herum. »Ich ... ich weiß nicht«, sagte er.
»Du müsstest nicht dabeibleiben«, sagte Carol leise. Sie trat zur Seite und legte ihm die Hand auf die Schulter. »Es ginge nur darum, uns dorthin zu führen und uns die Formation zu zeigen, die mit der auf dem Bild übereinstimmt. Dann könntest du gehen. Das verspreche ich dir.«
»Wirst du dabei sein?« Er klang sachlich, aber sie spürte, wie wichtig ihm das war. Nach dem, was er für sie getan hatte, war das nicht zu viel verlangt.
»Versprechen kann ich es nicht«, sagte sie. »Ich bin mitten in einer anderen wichtigen Ermittlung. Es kommt darauf an, was heute Abend passiert. Wenn wir eine Verhaftung vornehmen können, werde ich hier gebraucht werden. Aber sonst ... ja, ich werde dabei sein. Wenn du um acht morgen früh wieder hier sein könntest, werden wir dann alles regeln.«
Er nickte und hatte an ihrem Tonfall gehört, dass für sie die Sache erledigt war. »Danke, Carol.« Er stand auf.
»Wir müssen uns bei dir bedanken, Jonathan. Das ist die erste glückliche Wendung, die sich seit Tims Verschwinden ergeben hat. Wenn wir ihn tatsächlich zu seiner Familie zurückbringen, wird sie es dir zu verdanken haben.« Sie klopfte ihm auf den Arm. »Bis morgen dann.«
Jonathan blieb an der Tür stehen und schaffte es, schwach zu lächeln. »Es hat mich gefreut, Sie kennenzulernen, Dr. Hill.«
Tony nickte. Als sich die Tür hinter Jonathan geschlossen hatte, sagte er: »Die Lüge hab ich schon so oft gehört, dass ich's nicht mehr zählen kann.«
Carol schüttelte genervt, aber liebevoll den Kopf über ihn. »Du musst wirklich lernen, nicht immer gleich die Pferde scheu zu machen«, sagte sie.
»So eine wilde Flucht Hals über Kopf – das hat mir schon immer Spaß gemacht«, sagte er.
»Kannst du hinkommen und es dir ansehen, wenn wir das vorfinden, was wir erwarten?«, fragte Carol.

»Wenn du meinst, dass das hilft.«
»Danke.« Sie zögerte einen Moment und fragte sich, ob und wie sie das Thema Aidan Hart ansprechen könnte.
»Wie läuft es also?«, fragte er und kehrte zu seinem Platz an der Ecke von Carols Schreibtisch zurück. Als er sich zurücklehnte, stieß er versehentlich an einen Stoß Papiere, und das Buch von Alice Sebold kam zum Vorschein. Er runzelte die Stirn und nahm es in die Hand. »Liest du das?«, fragte er.
»Nein, ich nehme es nur als Briefbeschwerer«, sagte sie schnippisch. »Was glaubst du denn?«
Er zog die Augenbrauen hoch. »Ich meine, es könnte dir vielleicht helfen.«
»Hast du es gelesen?«
»Carol, ich glaube, ich habe jedes ernst zu nehmende Buch über Vergewaltigung gelesen.« Als sie den Mund aufmachen wollte, hob er den Finger, um sie zurückzuhalten. »Nein, nicht deinetwegen, sondern aus beruflichen Gründen.«
»Wenn du also dachtest, das hier könnte mir helfen, warum hast du nicht vorgeschlagen, dass ich es lese?« Carol wusste, dass sie aggressiv klang, aber es war ihr egal.
»Hättest du auf mich gehört?«, sagte Tony gutmütig. »Du hättest nicht gesagt, ich solle mich raushalten und dich auf deine Weise damit umgehen lassen?«
»Jonathan hat es mir gegeben«, sagte sie trocken. »Er hatte keine Angst davor, gesagt zu bekommen, er solle sich da raushalten.«
Tony wandte den Kopf ab, als wolle er mit dieser langsamen Bewegung einem Schlag ausweichen. »Du hast es Jonathan gesagt.«
Er muss es natürlich gleich von der falschen Seite angehen, dachte Carol bitter. »Ja, ich hab es Jonathan gesagt.«
Tony nickte. »Ist wahrscheinlich leichter. Weil er fremd ist. Unbelastet. Tut mir leid, Carol. Wenn ich gedacht hätte, es wäre dir recht, hätte ich es vorgeschlagen. Ich habe es mit der falschen Perspektive gelesen.«

Plötzlich stand er auf.
»Schön. Ich geh dann.«
»Du kommst nicht zu der Besprechung?« Er schüttelte den Kopf. »Und du wirst nicht mit Paula die Operation durchgehen?«
»Was sollte das bringen?«, sagte er. »Es ist nicht mein Ding, sondern deins.«
»Du kannst uns Anregungen geben«, sagte Carol.
»Du hast meine Anregung für heute schon bekommen. Ich glaube, der Mörder arbeitet in Temple Fields. Ich glaube, er ist bei der Security oder Rausschmeißer oder sogar Verkehrspolizist. Darüber hinaus habe ich dir im Moment nichts zu bieten.« Er streckte den Arm aus und legte seine flache Hand auf ihre Schulter.
Sie spürte, wie Panik sie überkam und eine Faust alle Luft aus ihrer Lunge herauszupressen schien. »Du könntest Paula helfen.«
»Ich glaube nicht, Carol. Du brauchst mich dafür nicht. Hier geht es um einen Polizeieinsatz, nicht um psychische Dinge. Es gibt nichts Überzeugenderes als Erfahrung. Und niemand hat konkretere Erfahrung mit einer verdeckten Aktion als du. Du brauchst mich wirklich nicht.«

Paula fand Don Merrick in der Kantine, wo er vor einer Tasse Tee saß. Sie ließ sich auf dem Stuhl ihm gegenüber nieder und betrachtete seine verdrossene Miene. »Du siehst ja wie ein richtiger Jammerlappen aus«, sagte sie.
»Ich habe hier ein Einschreiben von Lindys Anwalt bekommen. Sie will sich scheiden lassen.«
»Mein Gott, die hat's aber eilig, was?«
Merrick seufzte. »Aber sie hat recht, oder? Wir wissen doch im Grunde beide, dass es vorbei ist. Angeblich sind ja wir Kerle die Robusteren, aber wenn es darum geht, sich abzusetzen, seid ihr Frauen verdammt skrupellos.«
»Nicht alle«, sagte Paula und dachte an ihre eigene fatale Ver-

gangenheit zurück. Zwei Beziehungen in den letzten sechs Jahren, und sie hatte sich an beide noch geklammert, als sie sich eigentlich schon längst überlebt hatten. Das ließ sie daran denken, dass sie einmal ein Gedicht gelesen hatte, in dem die Liebe mit einem Papierdrachen verglichen wurde: Man kann die Schnur nicht loslassen, bis einem jemand etwas Besseres zu tun gibt. Obwohl sie es nicht gern sah, wie Lindys Halsstarrigkeit sich auf Merrick auswirkte, beneidete sie seine Frau wegen ihrer Fähigkeit, sich so leicht frei zu machen.

Aber Merrick war zu sehr mit seinem eigenen Elend beschäftigt, um Paulas kummervollen Tonfall wahrzunehmen. »Wenn wir die Dinge klären, werde ich wenigstens wissen, wie oft ich die Jungs sehen kann«, sagte er. »Sollte ich in diesem Leben irgendwann mal freikriegen.«

»Wenn wir heute Abend Glück haben, werden wir's danach ein bisschen leichter nehmen können«, sagte Paula und versuchte nicht daran zu denken, was es für sie bedeutete, wenn sie Glück hatten.

Das kam bei ihm an. Merrick sah auf, in seinen traurigen Augen blitzte Interesse auf. »Kommst du mit heute Abend klar?«, fragte er.

Paula drehte eine Haarsträhne um ihren Finger. »Ich bin ein bisschen nervös«, gab sie zu.

»Es wird dir nichts Schlimmes passieren«, beruhigte sie Merrick.

»Was? Nichts Derartiges wie damals, als du hinter dem Schwulenkiller her warst?«, sagte Paula sarkastisch. Sie war zu der Zeit erst Polizeikomissaranwärterin gewesen und hatte nur am Rande mit der Ermittlung zu tun gehabt, aber sie erinnerte sich noch deutlich an den Verband, der wie ein Turban um Merricks Kopf gewickelt war, nachdem er bei einer verdeckten Operation Pech gehabt hatte.

Merrick war verlegen. »Das war meine eigene Schuld«, sagte er. »Ich habe mich in Gefahr gebracht. Ich dachte, ich könnte mit der Situation fertig werden, aber da irrte ich mich. Du solltest aus meinen Fehlern lernen: Geh kein Risiko ein, überlasse nichts dem Zufall. Wenn dir Zweifel kommen, brich lieber ab. Es ist besser, sich eine Gelegenheit zur Erfassung des Mörders entgehen zu lassen, als dass dir etwas passiert.«

Wegen seiner ernsten Sorge etwas beklommen, sagte Paula: »Ich mache mir eigentlich keine Sorgen, dass mir etwas passieren könnte. Ich vertraue auf die Rückendeckung. Sieh mal, nach dem, was Jordan durchgemacht hat, wird sie mich nicht ungeschützt lassen. Höchstens wird sie es übertreiben und ihn verjagen.«

»Was macht dich dann so nervös? Ich seh doch, dass dich etwas umtreibt.«

»Es hört sich bestimmt blöd an«, sagte Paula. »Aber ich weiß nicht, ob ich es durchziehen kann. Ich bin nicht sicher, dass ich die Rolle gut genug spielen kann. Mir fehlt dazu, glaube ich, die richtige Fantasie.«

Merrick runzelte die Stirn. »Ich weiß nicht genau, was du meinst.«

»Ich bin durch und durch Polizistin, Don. Ich sehe die ganze Welt in Schwarzweiß. Diese ganze Einfühlungsstrategie, auf der Tony Hill immer herumreitet, das bringe ich nicht. Ich fass die Schufte nicht dadurch, dass ich so wie sie denke. Ich krieg sie, weil sie dumm sind, und ich bin clever. Weil ich auf der Seite des Rechts stehe und sie nicht. Wie kann so jemand wie ich an der Straßenecke stehen und einen Scheißpsychopathen davon überzeugen, dass ich 'ne Nutte bin?«, sagte Paula bissig

Merrick suchte nach einer Antwort. »Na ja, du hast doch die Sachen an, oder?«

»Ja, die Sachen hab ich«, sagte sie müde. »Shields weiß alles darüber, wie man die richtig knalligen Klamotten auswählt. Aber ich fühle mich wie ein Kind, das Theater spielt. Weißt du, wie man sich manchmal zum Ausgehen

feinmacht, etwas anzieht, das ein bisschen außergewöhnlich ist, und dann denkt: ›Oh, wow, das kann ich heute Abend sein‹?«
Merrick sah sie an, als seien das alles böhmische Dörfer für ihn. »Eigentlich nicht.«
»Glaub mir, so ist es. Aber wenn ich dieses Zeug anziehe, denke ich nur: ›Diese Person möchte ich absolut nicht sein.‹ Ich befürchte nicht, dass ihr mich im Stich lasst, ich habe vielmehr Angst, dass *ich* es nicht schaffe.«

Carol suchte John Brandon, der im Presseraum und ganz in eine Diskussion mit einem der Kollegen von der Pressestelle vertieft war.
Er sah auf, als sie eintrat, und nickte ihr zu. »Carol, wir sprechen gerade über Tim Golding und Guy Lefevre. Shaheed hat mit einer der Sonntags-Boulevardzeitungen gesprochen. Sie haben offenbar vor, an diesem Wochenende die Fälle noch einmal aufzunehmen.« Er seufzte. »So wie sie sich aufführen, könnte man denken, wir hätten die letzten vier Monate nur Däumchen gedreht.«
Carol zwang sich zu einem Lächeln. »Ich habe vielleicht gerade dazu was Neues, Sir.« Sie fasste kurz die Information zusammen, die Jonathan ihr gegeben hatte.
Brandons kummervolles Gesicht hellte sich auf. »Aber das sind ja ausgezeichnete Nachrichten, Carol. Wessen Idee war es, diesen Geologen einzuspannen?«
»Meine, Sir.« Sie war doch nicht blöd und ließ sich die Anerkennung für das Einzige entgehen, was sie seit einiger Zeit hingekriegt hatte.
»Schön. Gut gemacht. Halten Sie mich auf jeden Fall auf dem Laufenden. Und Shaheed auch.« Er stand auf.
»Könnte ich Sie kurz sprechen, Sir?«, sagte Carol und trat zur Seite.
Brandon zog eine Augenbraue hoch. »Schießen Sie los.«
»Ich habe gehört, DC Evans sagte Ihnen, dass er ohne Auf-

trag eine Ermittlungsrichtung bezüglich Dr. Aidan Hart verfolgt hat.«

Brandon straffte die Schultern. »Ja. Und ich muss sagen, ich war sehr überrascht, dass Sie diese Möglichkeit abgetan hatten. Es ist ja nicht so, als wimmelte es nur so von Verdächtigen bei diesen Prostituiertenmorden. Ich weiß, dass Hart mit Tony zusammenarbeitet, aber …«

»Das hatte nichts mit meiner Entscheidung zu tun, Sir«, unterbrach ihn Carol. »Ich habe Dr. Hart ausgeschlossen, weil er ein Alibi für die Tatzeit hat, die sich aus dem forensischen Beweismaterial ergibt.«

Brandon schüttelte den Kopf. »Das reicht nicht, Carol. Wir alle wissen, dass die Zeit des Todeseintritts sich nicht sehr genau festlegen lässt.«

»Aber die zeitlichen Zusammenhänge widersprechen sich. Er hat sie um halb neun angesprochen. Dann muss er sie festbinden und sie wiederholt misshandeln. Danach fährt er irgendwie quer durch die ganze Stadt, findet einen Parkplatz und ist um neun schon ohne einen Tropfen Blut an den Kleidern im Restaurant. Es ist einfach nicht möglich, Sir, welche verrückte Idee Sam auch immer haben mag.«

Brandon blickte finster drein. »In diesem Fall, DCI Jordan, müssen Sie Ihre Leute strenger an die Zügel nehmen. Und jetzt haben Sie sicher zu tun, um alles für heute Abend vorzubereiten.« Er ging an ihr vorbei aus der Tür und ließ sie mit dem Ärger über seine abschließende ungerechte Bemerkung zurück. Hatte sie sich in Brandon getäuscht? Wenn der Druck, zu Ergebnissen zu kommen, am höchsten war, unterschied er sich da vielleicht nicht so sehr von denen, die sie damals im Stich gelassen hatten? Eines stand fest: Wenn dies alles vorbei war, würde es ein paar Korrekturen in der Besetzung der Ermittlergruppe geben. Aber jetzt musste sie ihren Stolz runterschlucken und sich wieder an die Arbeit machen.

Carol verstand die Enttäuschung, die sie auf den Gesichtern von Kevin Matthews und Sam Evans las. Heute Abend würde die Gruppe die erste konkrete Berührung mit wirklicher Action haben, seit ihre sogenannte Elitegruppe eingesetzt wurde, und gerade da zog sie die beiden ab, damit sie sich richtig ausschlafen konnten. Aber wenn Tony mit dem recht hatte, was er im Swindale vermutete, wollte sie Männer für die Leitung haben, die sich jeder Möglichkeit klar bewusst waren. Sie wollte auch nicht, dass wichtige Beweise verloren gingen, weil die Einsatzleiter vor Müdigkeit ganz benommen und verwirrt oder umgekehrt in Ekstase waren, weil sie in einem anderen Fall den entscheidenden Schritt hatten tun können.
Als sie die beiden zu sich bestellt hatte, wusste sie, dass sie eine besondere Aufgabe innerhalb der verdeckten Aktion erwarteten. Sie waren voller Eifer und Vorfreude gewesen, wie junge Kerle, die für einen Samstagabend in der Stadt grünes Licht bekommen haben. Sie hatte versucht, sie vorsichtig vorzubereiten, aber es war nicht möglich, ihnen die bittere Pille zu ersparen. Sie wollten zusammen mit ihren Kollegen von der Arbeitsgruppe da draußen sein und nicht als Vorbereitung auf die Arbeit des nächsten Tages im Bett liegen, ganz egal, als wie wichtig sich ihre Nachtruhe später erweisen mochte. Es war ihnen im Moment nicht wichtig, dass alle verzweifelt herausfinden wollten, was mit Tim Golding und Guy Lefevre passiert war. Wenn es darauf ankam, wollten Polizisten immer da sein, wo die Sache abging. Und heute Abend ging sie in Temple Fields ab.
»Ich dachte, wir würden bei dieser Operation unbedingt alle vor Ort brauchen«, widersprach Evans, bevor sie eine Chance hatte, die beiden detailliert zu informieren.
»Ich stelle ja Ihren guten Willen nicht infrage, Sam«, sagte sie und versuchte, ihre eigene Stimmung in der Antwort auf das, was sie schon fast als Rebellion sah, nicht zu zeigen. »Aber ich treffe hier die Entscheidungen über Prioritäten. Und meines Erachtens ist es genauso vordringlich herauszufin-

den, was mit Tim Golding geschehen ist, wie den Mann zu fassen, der Sandie Foster und Jackie Mayall umgebracht hat, bevor er sich weitere Opfer holt.«

»Selbst wenn es bedeutet, eine Kollegin einem größeren Risiko auszusetzen?« Dass Evans sie bei Brandon angeschwärzt hatte, schien ihn auf den Geschmack gebracht zu haben, sodass er jetzt ihre Autorität untergraben wollte. Sie musste dem hier und jetzt ein Ende setzen, bevor es zu Problemen mit den anderen führte.

»Glauben Sie mir, Detective Constable, Ihre Abwesenheit wird das Risiko für DC McIntyre um keinen Deut erhöhen. Sie sind nichts so Besonderes, dass Sie nicht ersetzt werden könnten. Das Team ist heute Abend vollzählig. Ich muss mich darauf verlassen können, dass die Operation am Morgen genauso gut abgesichert ist.« Carols Stimme war scharf und kalt wie ein Eiszapfen. Evans sah auf seine Schuhe hinab und murmelte etwas, das sie bereit war, als Entschuldigung zu verstehen.

»Was steht an für morgen, Chefin?«, fragte Kevin, dem sein Kollege leid tat und der Carols Ärger zerstreuen wollte.

»Dr. France, der forensische Geologe, meint, dass er die Stelle lokalisiert hat, wo das Foto von Tim aufgenommen wurde. Es ist ein einsames, aber nicht besonders abgelegenes Tal in Derbyshire. Dr. Hill hält es für durchaus möglich, dass Tim dort ermordet und seine Leiche am Tatort vergraben wurde. Ich schicke Sie also nicht nur zu einem Ausflug aufs Land. Dies könnte die bisher wichtigste Entwicklung in diesen Fällen sein. Sie werden mit einem vollständigen Spurensicherungstrupp dorthin gehen, und Sie sollen die Stelle als Tatort betrachten. Ich brauche Leute von Ihrem Kaliber, weil es unbedingt notwendig ist, dass wir nichts übersehen, was sich da unten finden und uns vielleicht dem näher bringen mag, was mit Tim passiert ist und wer es getan hat.«

»Wissen die Kollegen vor Ort, dass wir uns in ihrem Revier umtun?«, fragte Kevin.

»Ja, ich habe mit ihnen gesprochen. Stacey hat die Details,

mit wem Sie sich in Verbindung setzen sollen, falls Sie etwas gefunden haben.« Sie stand auf. »Ich weiß, dass Sie beide wegen heute Abend enttäuscht sind, aber ich habe Sie ausgewählt, weil ich Ihnen die Fähigkeit zutraue, das aufzuspüren, was da draußen im Swindale zu finden ist. Schlafen Sie sich also aus und ziehen Sie dann morgen los, um mir zu beweisen, dass ich recht habe.«

Sie gingen hintereinander hinaus, und Carol sah ihnen bedrückt nach. *Du verlierst sie,* dachte sie und bemühte sich, nicht in Panik zu verfallen. *Du verlierst sie, und sie wissen, warum.*

Die Regeln haben sich geändert. Diesmal wird es anders laufen, weil die Stimme dies sagt. Er macht die Regeln nicht, er befolgt sie nur. Und wenn sie sich ändern, muss es dafür einen Grund geben. Es bekümmert ihn nicht, dass er nicht weiß, was der Grund ist. Er weiß, dass er es wahrscheinlich sowieso nicht begreifen würde, selbst wenn er ihn wüsste. Aber die Stimme versteht alles. Obwohl die Dinge also diesmal anders sein werden, geht das in Ordnung.

Die Stimme gibt ihm mehr Zeit für die Vorbereitung, weil es anders sein wird, weil es neue Dinge für ihn zu lernen gibt. Er hat einen neuen Text, den er lernen, neue Anweisungen, die er kennen muss. Er hat sogar einen neuen Mantel bekommen, damit er anders aussieht.

Er hat ein dunkles Gefühl, dass diese Veränderungen Gefahr bedeuten. Er wird mehr Risiken eingehen, und das wäre erschreckend, gäbe ihm nicht die Stimme Selbstvertrauen. Also bleibt er heute Abend zu Hause und sorgt dafür, dass er weiß, was er zu tun hat, ohne darüber nachdenken zu müssen. Er sitzt in seinem Zimmer und horcht auf die verführerische Stimme auf der Minidisc, die noch einmal den ganzen Ablauf wiederholt. Er raucht einen Joint dabei, guten Stoff, den er sich schon lange für eine besondere Gelegenheit aufgehoben hat.

Während die Worte sich seinem Gehirn einprägen und ihre Wärme und ihren Trost verbreiten, weiß er, dass er recht hatte, sich einen Joint aus diesem Gras zu drehen. Denn eigentlich gibt es keine Gelegenheit, die bedeutender sein könnte als diese.

Tony saß im Lichtkegel der Tischlampe in seinem Büro in Bradfield Moor. Wie so viele Dinge in der Anstalt war auch die Lampe nie von besonders guter Qualität gewesen und hatte jetzt ihre besten Tage hinter sich. Die einzigen zwei Positionen, auf die man sie noch über längere Zeit einstellen konnte, waren entweder zu niedrig oder zu hoch, um sie richtig gebrauchen zu können. Aber seine Umgebung war Tony in diesem Moment völlig gleichgültig.

Der Mörder entzog sich ihm noch immer. Eine geisterhafte Stimme, die er nicht hören konnte, die aber trotzdem in der Lage zu sein schien, ihn zu lenken. Er hatte jetzt keine genauere Vorstellung davon, wer der Mörder war, als an dem Morgen nach Sandie Fosters Ermordung, als er mit Carol über Vergewaltigung, Mord und Macht gesprochen hatte.

Er hatte wieder versucht, mit Derek Tyler zu reden, aber der hatte sich geweigert, sein Zimmer zu verlassen. Als Tony versucht hatte, ihn dort zu besuchen, hatte sich Tyler auf seinem Bett zusammengerollt und das Gesicht zur Wand gedreht. Und diese Geste war nun wirklich eindeutig. Also war er in sein Büro zurückgegangen und hatte Tylers Akte durchgelesen, die Carol ihm endlich herübergeschickt hatte. Sie hatte recht. Es gab keinen Spielraum, was Derek Tylers Verurteilung betraf. Es sei denn, er hätte einen Zwillingsbruder mit der gleichen DNA. Und es gab keinen Hinweis in den Akten, dass Tyler Geschwister hatte, und schon gar keinen Zwillingsbruder.

»Was bringt es dir?«, sagte er, lehnte sich zurück und starrte an die Decke. »Was ist der springende Punkt, der dich dazu bringt, das Verbrechen eines anderen Menschen auf dich zu nehmen?« Er war schon so weit, dass er anfing, etwas in Zweifel zu ziehen, das er immer als eine der wenigen felsenfesten Wahrheiten seines Berufs betrachtet hatte: dass auf dem Gebiet der Sexualmorde keine zwei Menschen auf einen Anreiz genau gleich reagierten. Und wenn dieser Fall die Ausnahme wäre, die die Regel bestätigte?

Er hatte einmal an einer Konferenz von Gerichtsmedizinern teilgenommen, bei der ein bekannter Autor nach dem Mittagessen eine Rede hielt. Er erinnerte sich, dass der Mann sich lässig auf das Pult stützte und sein weicher walisischer Akzent alles, was er sagte, beruhigend und harmlos klingen ließ. Tony hatte nicht Carols Talent für die absolut präzise Wiedergabe von Gesprächen, aber trotzdem erinnerte er sich an die Hauptgedanken, weil er seine eigenen Ideen darin widergespiegelt fand. Der Autor sprach über eine Frage, die ihm oft von Lesern gestellt wurde: Ob er sich nicht sorge, dass jemand seine fiktiven Verbrechen stehlen und sie in wirkliche Taten umsetzen könnte? Der Autor sagte, er lasse sich deswegen aus zweierlei Gründen keine grauen Haare wachsen. Erstens seien die Chancen, dass ein Individuum genau die gleichen Motive für seine Tat haben könnte wie die Figuren in seinen Büchern, verschwindend gering. Und selbst wenn dieser unwahrscheinliche Fall eintreten sollte, sei trotzdem nicht der Autor verantwortlich. Der Mensch, der das Verbrechen begehe, müsse eine Neigung haben, die in diese Richtung gehe. Dem Autor die Schuld am Verbrechen des Mörders zu geben, wäre so, als gebe man dem Brotmesser die Schuld daran, dass eine Frau bei einem häuslichen Streit erstochen wurde.

Aber wenn beide unrecht gehabt hätten, der Autor und Tony? Wenn die Übereinstimmung mörderischer Vorstellungen nicht so unwahrscheinlich war, wie er und seine Kollegen immer gedacht hatten? Wenn es da draußen jemanden gäbe, der von Derek Tylers Verbrechen so beeindruckt war, dass er glaubte, er habe nur eine einzige Möglichkeit, seinen eigenen Traum der Vollkommenheit wahr zu machen, indem er das ausführte, was er gleichermaßen als seine eigene Wunschvorstellung erkannt hatte?

Es war weit hergeholt. Es würde ihn bei seinen Kollegen lächerlich machen. Er sah bereits das Grinsen auf Aidan Harts Gesicht bei der Gewissheit, dass Tony Hill endlich völlig durchgedreht sei.

Und außerdem war es einfach nicht logisch. Die vollständigen Fakten von Tylers Verbrechen waren nie öffentlich vor Gericht gehört worden, weil Tyler ein Geständnis abgelegt hatte, weil man die forensischen Beweise für unwiderlegbar hielt und weil man ihn für verrückt, aber nicht bösartig gehalten hatte. Manche Details dieser Verbrechen waren nicht allgemein zugänglich, sondern nur Tyler, die Polizei, die Anwälte beider Seiten und diejenigen, die wie Tony selbst mit der psychiatrischen Verwahrung Tylers betraut waren, kannten sie. Obwohl es nicht unmöglich war, dass irgendjemand von dieser Gruppe auf die schiefe Bahn geraten war, würden Carol oder Brandon wahrscheinlich doch einem solchen Gedanken kein Vertrauen entgegenbringen.

Was das betraf, glaubte er es ja selbst nicht. Schon wenn er es nur oberflächlich durchdachte, passte es nicht.

Er kippte seinen Stuhl zurück, bis er aus dem Lichtkegel war und sein Kopf die Bücherregale hinter ihm berührte. Hatte er tatsächlich seine besondere Fähigkeit verloren? War er zu lange aus der praktischen Arbeit weg gewesen? War er nicht besser als diese selbstsüchtigen Idioten, die das Erstellen von Täterprofilen ins Gerede brachten?

Es war ein erschreckender Gedanke. Wenn er diese einzige Fähigkeit, die er wirklich meisterhaft beherrschte, verloren hatte, was war dann noch übrig? Er konnte sich jedenfalls nicht damit trösten, dass er seinen beruflichen Scharfsinn hatte nutzen können, um Carol zu helfen. Ein Mann, der seine Tage damit zubrachte, dass er Steine betrachtete, hatte

kommen müssen, um wenigstens etwas von dem zu sehen, was sie brauchte, und danach zu handeln.
Er gab sich noch eine Weile diesen Gedanken hin, dann richtete er sich plötzlich auf. »Rührseliges Selbstmitleid«, sagte er laut. »Unschön.« Und es brachte auch kein Verhalten hervor, auf das er stolz sein konnte. Er hatte sich auch nicht von der verdeckten Aktion heute Abend ferngehalten, weil er wirklich glaubte, er werde nichts beitragen können, was nützlich sein könnte, sondern aus einer Mischung von Gekränktsein und dem Gefühl, entschieden versagt zu haben. Er hatte sich selbst enttäuscht. Und was noch wichtiger war, er hatte vielleicht Paula McIntyre im Stich gelassen. Und das war etwas, was Carol viel schwerer vergeben könnte als die Rolle, die er bei ihrer eigenen Niederlage gespielt hatte.
»Ach Scheiße«, sagte Tony, erhob sich vom Stuhl und griff nach seinem Mantel. Es war an der Zeit, sich nicht weiter gehen zu lassen. Vielleicht war es schon zu spät, um etwas sehr Schlimmes zu verhindern, das Paula McIntyre zustoßen könnte.

Nach der Besprechung sah Carol den Mitarbeitern nach, die hintereinander den Raum verließen und deren leises Gemurmel zu einem Hintergrundgeräusch verschmolz. Sie hatte über dreißig Männer und Frauen zusammengezogen, um Paulas Ausflug in die Welt des Mörders zu unterstützen. Die meisten würden in Zivil auf den Straßen sein und sich unter die normalen Passanten von Temple Fields mischen. Manche würden in der Nähe der Einkaufsstraße parken, ohne Paula sehen zu können, aber Kontakt mit dem Überwachungswagen haben. Andere würden an strategischen Punkten im Labyrinth der kleinen Gassen stehen, bereit, jeden Fluchtversuch zu verhindern. Carol selbst würde mit Don Merrick, Stacey Chen, Jan Shields und zwei Technikern im Überwachungswagen sein, wo sie gespannt abwarten, auf

die Monitore mit der Übertragung von den Überwachungskameras starren und angestrengt auf das horchen würden, was über den Sender kam, den Paula trug.
Carol versuchte sich einzureden, dass sie zuversichtlich einem guten Ende entgegensehe. Sie dachte, sie hätten so viele Schutzmaßnahmen wie überhaupt möglich getroffen. Ein noch größeres Polizeiaufgebot hätte zu viel Auswirkung auf die Umgebung gehabt. Sie wusste, dass Mörder wie dieser oft ein feines Gespür für den Ort ihrer Verbrechen hatten, und es war wichtig, die Verhältnisse nicht so sehr zu ändern, dass ihre Zielperson es als eine Störung der Atmosphäre empfinden würde. Dies hatte sie im Lauf der Jahre von Tony gelernt. Seine Meinung wäre ihr heute Nachmittag willkommen gewesen. Zwar traute sie sich schon die Organisation einer größeren Operation zu; es war eher so, dass sie sich einen Blick aus einer anderen Perspektive auf ihre Pläne gewünscht hätte. Sie hätte Tony gern hier gehabt, weil er die Sache mit den Augen des Gejagten statt mit denen des Jägers betrachten konnte. Paula würde als Beute dargeboten werden. Carol wollte nicht, dass sie als Opferlamm endete, aber genauso wenig wollte sie, dass der Wolf Lunte roch und sich davonmachte.
Tony benahm sich seltsam, fand sie. Seit ihrer Rückkehr nach Bradfield war er ja äußerst besorgt gewesen, deshalb hatte sie erwartet, er würde heute Abend nicht von ihrer Seite weichen. Man konnte seine Abwesenheit wohl kaum anders als einen Vorwurf verstehen.
Die Letzten ihrer Ermittlergruppe hatten den Raum verlassen, und Carol warf einen abschließenden Blick auf die Tafeln, auf denen die Strategie skizziert war. Es war Zeit, zu Paula zu gehen und sie zu beruhigen.
Sie fand die junge Polizistin mit Jan Shields in ihrem Büro. Paula war schon umgezogen und fertig zum Einsatz. Sie sah in ihrem geschmacklosen Aufzug merkwürdig mitleiderregend aus. Schon jetzt hatten ihre nackten Beine in den Stöckelschuhen mit Riemchen, die Jan an einem billigen Stand

gefunden hatte, Gänsehaut. Paulas Gesicht war übertrieben und maskenhaft geschminkt wie das eines Straßenmädchens, die Augen waren schwarz umrandet und die Lippen ein roter Strich. Ihr schien so wohl zu sein wie einer Maus in der Schlangengrube.

Carol musterte sie von oben bis unten. »Ich weiß, man fühlt sich furchtbar, aber Sie wirken überzeugend. Aus der Ferne jedenfalls. Hier aus der Nähe sehen Sie viel zu aufgeweckt und gesund aus.«

»Danke, Chefin«, sagte Paula sarkastisch.

Carol legte ihr die Hand auf die Schulter und spürte das kalte Kunststoff-Material unter den Fingern. »Wir werden in der Nähe sein, die ganze Zeit. Wir werden Sie immer im Auge behalten. Wir haben unsere Männer auf den Straßen und in den Autos. Tragen Sie den Sender schon?«

Paula nickte, drehte sich mit dem Stuhl herum und hob hinten ihre Jacke hoch. Obwohl das glänzende Silbertop ihre Taille freigab, reichte die Jacke bis an die Hüften und verbarg das Kabel, das vom Mikrofon zwischen ihren Brüsten an ihrem BH entlang und am Rücken hinunter zu dem knapp unter dem Rockbund befestigten Sendegerät lief. Das Kabel war nicht an ihrer Haut festgeklebt und hatte so viel Spielraum, dass sie sicher sein konnte, es würde nicht aus Versehen beim Vorbeugen oder Sprechen mit einem Fahrer in einem Wagen herausgezogen.

»Man kann nichts sehen, wenn sie steht oder geht«, sagte Jan. »Wir haben das ausprobiert.«

»Gut«, sagte Carol. »Wie wär's mit einem Knopf im Ohr?«

Paula schüttelte den Kopf. »Die Techniker haben gesagt, es wäre zu auffällig bei meinem kurzen Haar.«

»Und das geht in Ordnung? Es stört Sie nicht, dass wir nicht mit Ihnen reden können?«

Paula zuckte mit den Schultern. »Das ist schon okay.«

»Wenn wir abbrechen müssen, wird einer von uns vorbeigehen. Alles klar, wie es sonst laufen soll?«, fragte Carol.

Paula nickte bedrückt. »Wenn ich einen Freier habe, gehe ich mit ihm um die Ecke und frage ihn, was er will. Wenn es nur ein normaler Freier ist, zeige ich ihm meinen Ausweis und sage ihm, er solle verschwinden, bevor wir ihn verhaften.«
»Alles klar. Wir haben heute Abend kein Interesse an depressiven Handelsvertretern. Die heben wir für Jans Kollegen an einem anderen Tag auf.«
»Danke, das ist ja nett«, sagte Jan bissig.
»Und wenn mich jemand anspricht, der Bondage haben will, nehme ich dann in jedem Fall an?«
Carol sah, wie Paula versuchte, mutig zu sein. Aber sie wusste genau, dass die Angst an ihr nagte. Sie wusste es so gut, weil sie selbst lange genug damit gelebt hatte, und sie wollte es auf keinen Fall noch einmal erleben.
»Genau«, sagte sie. »Dann fragen Sie ihn, was er vorhat. Ob er eine Wohnung hat oder ob er mit zu Ihnen gehen will. Egal, ob wir ihn für den Mörder halten oder nicht, greifen wir an diesem Punkt ein. Wir werden direkt hinter Ihnen sein. Wir müssen ihm ein bisschen Spielraum geben, aber wir beobachten ihn genau, um sicherzugehen, dass nichts schief läuft.«
Man sah Paula an, dass sie sich wappnete. »Aber es wird nichts schief gehen, oder?«
»Bestimmt nicht«, sagte eine Männerstimme hinter ihnen. Die drei Frauen wandten sich zum Chief Constable an der Tür um. »Ich habe volles Vertrauen zu Ihnen und Ihrer Gruppe, DCI Jordan. Sie sind in den besten Händen, DC McIntyre. Ich bin sicher, wir werden unseren Zweck erreichen, wenn nicht heute Abend, dann sehr bald.«
Carol spürte, dass Paula unter ihrer Hand erstarrte, und sie begriff, dass DC McIntyre nicht darüber nachgedacht hatte, dass dies möglicherweise keine einmalige Übung war.
»Danke, Sir«, sagte sie.
»Könnte ich Sie kurz sprechen, DCI Jordan?«, sagte Brandon.

Jan und Paula gingen hinaus. »Wir warten im Besprechungszimmer«, sagte Jan und schloss die Tür hinter ihnen.
»Wie fühlen Sie sich, Carol?«, fragte Brandon mit sorgenvoll gerunzelter Stirn.
»Gut, Sir«, sagte sie knapp, mit einem Tonfall, der weder Mitgefühl noch Nachsicht forderte. Nach ihrem vorigen Gespräch konnte sie kaum glauben, dass seine Sorge echt sei. »*Ich* gehe heute Abend nicht das Risiko ein.«
»Nein, aber es ist bestimmt nicht leicht für Sie, eine Ihrer Ermittlerinnen auf eine solche Operation zu schicken. Nach dem, was Sie ...«
»Ich mache einfach meine Arbeit, Sir«, unterbrach ihn Carol. »Wenn ich der Meinung wäre, dass meine eigenen Gefühle die Operation gefährden, hätte ich gebeten, mir die Leitung zu entziehen.«
Brandon schien verlegen. »Daran habe ich wirklich keine Sekunde gedacht, Carol. Und auch als wir uns neulich unterhielten, habe ich das nicht gemeint. Ich wollte nur sagen, ich verstehe, dass dies unangenehme Erinnerungen zurückbringt.«
Carol musste sich anstrengen, über die aufkommende Welle von Frustration und Wut die Kontrolle zu behalten. »Bei allem Respekt, Sir, das geht nur mich etwas an.«
Nach diesem Verweis wandte sich Brandon ab. »Sie sagen es. Ist Tony im Haus?«
»Nein, Sir. Dr. Hill meinte, er hätte nichts weiter zu dieser verdeckten Aktion beizutragen. Er deutete an, er sei der Meinung, dass die von mir geplanten Vorkehrungen genügen.« *Ganz anders als Sie,* dachte sie bitter. Plötzlich kam ihr der Gedanke, dass Tonys Abwesenheit vielleicht gar kein Vorwurf war. Er könnte damit auf seine Weise zum Ausdruck bringen, dass er meinte, sie habe sich im Griff und sei ihrer Aufgabe wieder voll gewachsen.
Er könnte gar nicht weiter danebenliegen, wenn er das meint. Sie war so unruhig wie seit langem nicht mehr. Aber

es würde ihr nicht im Traum einfallen, Brandon das merken zu lassen. Sie setzte ein starres Lächeln auf und sagte: »Wenn Sie mich entschuldigen würden, Sir, ich muss DC McIntyre zeigen, dass ich hinter ihr stehe. Es ist Zeit, dass wir uns an die Arbeit machen.«

Brandon trat zur Seite und ließ sie vorbei. »Viel Glück, Carol«, sagte er.

Sie drehte sich schnell noch einmal um. »Wenn wir ihn fassen, wird es nichts mit Glück zu tun haben, sondern mit guter Polizeiarbeit.«

Temple Fields am Abend eines normalen Wochentags.

Die herbe Nachtluft war erfüllt von der beißenden Schärfe der verschmutzten Stadt und reizte die Atemwege. Vor zwei Generationen wäre sie hauptsächlich aus dem Rauch von zigtausend Kohlefeuern entstanden. Jetzt waren es die Abgase der Automobile und der schale Geruch aus Hunderten von gastronomischen Betrieben, von Schnellimbissen bis zu Bistros. Die grelle Neonbeleuchtung sah durch die Linsen der Überwachungskameras verschwommen aus. Die vier Kameras übertrugen alle Bilder in den Überwachungswagen und waren aus verschiedenen Winkeln und Abständen auf Paula gerichtet. Sie war vor dem Hintergrund einer belebten Straße zu sehen, wo alle Gelüste befriedigt werden konnten. Die Leute kauften in dem kleinen Supermarkt an der Ecke ein und gingen in den Pubs, Cafés und Restaurants ein und aus. Alle möglichen Individuen jeglicher Geschlechterkombination, die ihr Geld mit Sex verdienten, trödelten umher und betäubten sich, während sie ungeduldig auf Kunden warteten, mit Alkohol oder Drogen. Autos fuhren langsam vorbei, manche Fahrer suchten einen Parkplatz, andere eine Gelegenheit zum Sex. Allerdings wussten die Fahrer nicht, dass jedes Kennzeichen von noch weiteren, strategisch an den wichtigsten Zufahrtsstraßen postierten Kameras festgehalten wurde. Sollte der Mörder nicht auftauchen, würde jeder dieser so erfassten Fahrer aufgesucht und in einem ermüdenden, zeitaufwendigen Verfahren befragt werden, wobei von jedem angenommen wurde, dass er etwas zu verbergen habe, außer wenn er das Gegenteil beweisen konnte. Die Konsequenzen der Operation von heute Abend konnten sogar Ehen zugrunde richten.

Carol Jordan kümmerte das nicht. Sie wusste, welchen Preis der Leichtsinn manchmal kostete, und hatte wenig Verständnis für die, die sich dieser Gefahr um einer käuflichen Gegenleistung willen aussetzten. Sie starrte auf die Monitore und beobachtete Paula genau. Die junge Beamtin hatte an der Ecke eines kleinen Kreisverkehrs ihr Revier bezogen. Sie hatte durch die Beobachtung von Haltung und Stil der anderen Frauen auf der Straße schnell gelernt und stolzierte jetzt genauso auf und ab wie die anderen. Ein paar Schritte in die eine Richtung, ein Hüftschwung, ein frecher Blick hinüber zum Verkehr. Und wieder zurück zum Anfang.

An ihrem ersten Standort hatte eine andere Frau, deren Platz sie unbeabsichtigt eingenommen hatte, sie zur Rede gestellt. Ein Vorweisen ihres Ausweises hätte die Gegnerin vertrieben, aber damit hätte sie vielleicht auch das ganze Unternehmen gefährdet. Also hatte Paula verhandelt. Für eine Zwanzig-Pfund-Note zog sich die andere Frau zurück. Es war zwar keine große Erpressungssumme, aber Paula klang so bedrohlich, dass die andere Frau sich ohne weitere Einwände ein paar Meter weiter in einer Seitengasse aufstellte. Carol war beeindruckt. Wenn man bedachte, wie nervös Paula gewesen war, dann hatte sie damit ein Bravourstück geliefert.

»Hat sie gut gemacht«, hatte Jan gesagt. »Das ist einer der Vorteile, dass wir die Zuhälter rausgeschmissen haben. Vor nicht allzu langer Zeit hätte sie innerhalb von fünf Minuten ein Messer an der Kehle gehabt, wenn sie so 'n Trick abgezogen hätte. Aber die Frauen allein kommen einem nicht mit solchen Reaktionen.«

»Passen sie nicht aufeinander auf?«, fragte Stacey und sah vom Bildschirm hoch, wo sie die Autokennzeichen mit der nationalen Datenbank der Polizei abglich.

»Bis zu einem gewissen Grad schon. Aber sie sind ja nicht gerade 'ne Gewerkschaft«, sagte Jan sarkastisch.

Was die Geschäfte der Prostituierten betraf, tat sich an diesem Abend nicht sehr viel auf der Straße. Aber es war noch früh. Wie Jan meinte, würde nach zehn mehr los sein und zwischen Mitternacht und ein Uhr dann der Höhepunkt erreicht werden. Aber Carol hatte schon beschlossen, die Operation um Mitternacht zu beenden. Alle Opfer des Mörders, ob man nun nur die zwei oder alle sechs rechnete, waren zwischen sechs und zehn von der Straße gelockt worden. Dieser Täter mochte offenbar keine Nachtarbeit.

Bis halb neun hatte bei Paula noch keiner richtig angebissen. Die Gruppe im Überwachungswagen hatte ungefähr ein Dutzend Geschäftsabschlüsse auf der Straße beobachtet, aber keine der Frauen hatte auch nur im Entferntesten wie der bevorzugte Typ des Mörders ausgesehen, also ließ man sie ohne Einmischung weitermachen.

Plötzlich zeigte Jan auf einen der Bildschirme. »Na, na, na«, sagte sie. »Seht mal, wer da ist.«

Mit gesenktem Kopf und hochgestelltem Kragen kam unverkennbar die Gestalt Tony Hills die Straße entlang auf Paula zu. Carol beugte sich zum Monitor vor und sah ganz genau hin, als er, ohne auch nur aufzuschauen, an Paula vorbeiging. Dann trat er in das erste Pub, an dem er vorbeikam. Was zum Teufel hatte er nur vor? Einerseits wäre Carol am liebsten aus dem Wagen gesprungen und ihm nachgerannt. Aber andererseits war sie klug genug, da zu bleiben und sich ruhig zu verhalten. Wenn sich etwas tat, war ihr Platz hier, im Mittelpunkt der Operation, und nicht irgendwo auf den Straßen, um sich zu erkundigen, was Tony jetzt vorhatte. Außerdem war es gegen jede Überwachungsregel, dass man

aus dem Wagen aus- und wieder einstieg und dadurch die Aufmerksamkeit auf sich lenkte.
Die Entscheidung wurde ihr abgenommen, als ein Wagen neben Paula bremste und anhielt. »Freieralarm«, rief Merrick. Die Spannung im Van stieg spürbar an.
Paula beugte sich hinunter, um durch das heruntergedrehte Fenster mit dem Fahrer zu sprechen. Das Auto verdeckte ihr Gesicht, aber die Kamera hinter ihr zeigte, dass sie frei und ungehindert war, und über das Mikrofon hörte man knisternd, aber verständlich die Unterhaltung.
»Machen wir 'n Geschäft?«, fragte der Fahrer.
»Was willste haben?«, sagte Paula, und ihre raue Stimme war trotz der schlechten Übertragungsqualität zu hören.
»Lässt du dir's von hinten machen?«, fragte der Fahrer.
»Wenn du das willst, wird's dich mehr kosten, als du dir leisten kannst. Verpiss dich, perverser Kerl«, fauchte Paula.
»Verdammte Fotze«, schimpfte der Fahrer, legte den Gang ein und fuhr weiter.
Paula zog sich vom Rand des Gehwegs zurück. »Ich nehme an, der Preis hat nicht gestimmt.«
»Gut gemacht, Paula. Nur weiter Courage zeigen«, sagte Carol leise. Alle saßen auf ihren Stühlen und erlaubten sich ein wenig Entspannung.
»Er sitzt am Fenster«, sagte Jan.
»Was?« Carol war in Gedanken noch mit Paulas Begegnung beschäftigt.
»Dr. Hill.« Jan zeigte auf einen der Bildschirme. Undeutlich ließ sich ein Gesicht ausmachen, das möglicherweise Tony hätte sein können. »Hat sich gerade mit einem Glas vor sich hingesetzt, seht mal. Er hat sich einen Platz gesucht, von dem aus er die Straße beobachten kann.«
»Alles klar, solange er nur da sitzen bleibt«, murmelte Carol.
Fünfzehn Minuten vergingen, ohne dass etwas passierte, dann sagte Merrick: »Der Typ da. Der ist schon dreimal vorbeigekommen.« Er zeigte mit seinem Stift auf einen unter-

setzten Mann mittleren Alters mit leichter Glatze, der leicht vornübergebeugt ging. »Er guckt sich Paula ganz genau an. Schaut!«

Er hatte recht. Als der Mann näher an Paula herankam, ging er langsamer, hob den Kopf und begutachtete sie von der Seite und von hinten. Er ging an ihr vorbei und überquerte dann die Straße. An der Ecke kehrte er um, schlenderte zurück, und als er fast auf gleicher Höhe mit Paula war, überquerte er die Fahrbahn und ging schneller.

»Oho«, sagte Jan, als er auf den Gehsteig trat und Paula fast anrempelte, sodass sie einen Schritt zurückweichen musste.

»Machen wir 'n Geschäft, du und ich?« Die Stimme des Mannes klang wie lautes Brummen in ihren Kopfhörern.

»Was willst'n haben?«, sagte Paula, die versuchte, sich an ihrem Platz zu behaupten, dann aber doch zurückweichen musste, als er auf sie zukam.

»Blas mir einen«, verlangte er, bedrängte sie weiter und schob sie auf eine Lücke zwischen den Häusern zu, wo eine schmale Gasse zu den Hinterhöfen führte.

»Team A, geht in Stellung«, rief Carol. Sofort begannen vier der scheinbar ziellos herumlaufenden Passanten sich auf Paulas Standort zuzubewegen.

Jetzt waren sie in der Gasse. Es war schwierig zu sehen, was sich da abspielte, aber sie hörten einen dumpfen Aufschlag und dann Paulas Protestschrei. »Hey, Mistkerl, sei nicht so grob«, rief sie.

»Halt deine verdammte Klappe«, brummte der Mann.

»Team A, haltet euch bereit«, sagte Carol. Die vier Gestalten standen seitlich an der Ecke der Gasse. Carol hörte eine Bewegung, darauf einen Schmerzensschrei. Dann war Paulas Stimme zu vernehmen. »Das ist ein Polizeiausweis, du Arschloch.«

»Was zum …«

»Ja, ich bin bei der Polizei.« Carol hörte Paula schnell und heftig schnaufen. »Jetzt verpiss dich schleunigst, Scheißkerl,

bevor ich in Versuchung komm, dich wegen tätlicher Bedrohung festzunehmen.«
Carol lachte laut. »Team A, abbrechen.«
Der Mann kam aus der Gasse herausgeschossen, fing unbeholfen an zu laufen, und als er über die Schulter zurücksah, wäre er mit angstverzerrtem Gesicht fast gestolpert. Hinter ihm kam Paula aus der Gasse und zog ihren Rock glatt.
»Sie ist gut«, sagte Jan.
Carol wischte sich die Schweißperlen von der Oberlippe. »Sie ist sehr gut. Hoffen wir, dass der Mörder das auch findet.«

Tony war gerade dabei, sein Glas zum Mund zu führen, als sich eine Hand auf seine Schulter legte. Er fuhr zusammen und verschüttete Bier auf sein Hemd. »Mist!«, sagte er, wich zurück und versuchte vergeblich, den Fleck abzuwischen. Er sah auf. »Wo kommst du her?«, fragte er.
Carol machte eine Kopfbewegung nach hinten zur Bar. »Durch die Hintertür.« Sie stellte zwei Flaschen Bier auf den Tisch.
»Du hast mich zu Tode erschreckt«, beschwerte sich Tony, nahm eine der Flaschen und füllte sein fast leeres Glas nach.
»Ich soll den Leuten einen Schrecken einjagen. Schließlich bin ich Polizistin.« Carol setzte sich und nahm einen Schluck Bier. »Wie du ja bestimmt gemerkt hast, haben wir für heute Abend Schluss gemacht. Ich hab mich hier an der Ecke absetzen lassen.«
»Hab ich bemerkt. Ich wollte nur noch austrinken, dann hätte ich den Bus genommen.«
Carol grinste. »Dein Raffinement erstaunt mich immer wieder. Was hast du gegen ein Taxi?«
»Im Nachtbus hat man ’ne bessere Auswahl von Irren. Dazu passe ich prima.«
Das konnte sie nicht abstreiten. »Also, warum bist du hier? Ich dachte, du hättest dich aus der Undercover-Aktion heraushalten wollen.«

Er schüttelte den Kopf. »Das hab ich nie gesagt. Nur dass ich nichts Nützliches beizutragen hätte.« Er warf ihr einen vielsagenden Blick zu. »Aber jetzt schon.«

Sie hob fragend die Augenbrauen.

»So wird es nicht funktionieren, Carol«, sagte Tony entschieden.

Hätte irgendjemand anders so etwas gesagt, wäre es ein Grund gewesen, beleidigt zu sein. Aber sie kannte ihn zu gut. »Was ist das Problem? Du glaubst nicht, dass Brandons Trick ihn zum Handeln zwingen wird?«

Tony verzog das Gesicht. »Die Herausforderung ist in Ordnung. Der Köder ist das Problem.«

»Du meinst, Paula sieht nicht wie 'ne Nutte aus? Ich fand, dass Jan ihre Sache gut gemacht hat, so wie sie sie eingekleidet hat. Oder meinst du, sie ist seinem Typ nicht ähnlich genug?«

Er schüttelte den Kopf. »Sie sieht wie 'ne Nutte aus. Und sie ist sein Typ. Das ist es nicht. Carol, dieser Mann kennt Temple Fields. Es ist sein Revier. Wie ich schon sagte, ich glaube, es ist gut möglich, dass er hier arbeitet. Und das heißt, er kennt die Straßen, er kennt die Frauen, die hier arbeiten. Wenn er also Paula heute Abend da draußen gesehen hat, weiß er, dass sie Frischfleisch ist. Und was hat sie heute Abend getan?«

Carol dachte einen Moment nach. »Sie hat sich wie 'ne Prostituierte benommen.«

Tony stellte sorgfältig sein Glas ab. »Nein. Hat sie nicht. Carol, sie ist mit keinem einzigen Freier mitgegangen. Als Hure war sie eine totale Versagerin. Wenn unser Mann sie also beobachtet hat, wird er eins von zwei Dingen angenommen haben. Entweder dass sie ein Köder ist, in dem Fall seid ihr aufgeflogen. Oder dass sie neu im Geschäft und zu wählerisch ist. In dem Fall wird er das Risiko nicht eingehen, sie anzusprechen.«

Carol schloss einen Moment die Augen. Sie hatte doch so

viel von Tony darüber gelernt, wie man sich in den Feind hineindenkt, wieso war sie nicht selbst darauf gekommen? Sie war zu sehr mit ihren eigenen Reaktionen beschäftigt, daran lag es. Ihre Priorität war der Schutz für Paula gewesen und nicht die Frage, ob der Honigtopf verlockend genug war. »Was mach ich also jetzt?«, fragte sie matt.

»Geh morgen Abend wieder mit Paula auf die Straße hinaus und stell ein paar falsche Freier auf. Zwei Typen in Autos, zwei zu Fuß. Sieh zu, dass es so aussieht, als hätte sie gelernt, nicht so pingelig zu sein, sondern zu arbeiten und nicht herumzustehen wie bestellt und nicht abgeholt.« Er lächelte. »Das ist alles, was ich noch sagen wollte. Kann ich jetzt also mit dir nach Hause fahren, oder soll ich den Nachtbus nehmen?«

Regen tröpfelte trostlos vom Himmel, der von einem so düsteren Grau wie ein Schlachtschiff war und der Landschaft in Derbyshire alle Farbe nahm. Ihr kleiner Trupp war dem Strom des morgendlichen Rush-Hour-Verkehrs entgegen aus Bradfield hinausgefahren, und sie kamen kurz nach neun am Parkplatz des stillgelegten Bahnhofs von Miller's Dale an. Vom braunen Sandstein der Wände schien die Feuchtigkeit wie Tränen herabzurinnen. Carol wandte sich an Jonathan, der mit blassem Gesicht neben ihr auf dem Rücksitz saß. »Alles klar?«, fragte sie.

Sie hatten im Auto auf dem Weg von Bradfield hierher wenig gesprochen, denn sie war in die Pläne für den nächsten Abschnitt ihrer verdeckten Aktion vertieft. Doch selbst wenn sie es nicht gewesen wäre, hätte die Anwesenheit von Sam Evans, der das Zivilfahrzeug fuhr, das Gespräch in engen Grenzen gehalten. Aber Jonathan war sowieso kaum zum Sprechen aufgelegt. Meistens starrte er nur geradeaus, als fasziniere ihn das Hin und Her der Scheibenwischer.

»Ich bin bereit, wenn du das meinst«, sagte er mit einem tiefen Atemzug und hob die Schultern. Er nahm die Wachsjacke, die er auf den Mittelsitz gelegt hatte, öffnete die Tür und stieg aus.

Carol trat zu ihm. »Ich bin wirklich dankbar, dass du uns dabei hilfst«, sagte sie. »Sobald du die Stelle genau bestimmt hast, lasse ich dich nach Bradfield zurückbringen.«

Er nickte. »Ich weiß nicht, wie du täglich von morgens bis abends mit diesen Dingen fertig wirst«, gestand er. »Mir kommt schon das kalte Grauen, wenn ich nur daran denke.«

»Den Toten gegenüber Wort halten. So nennt es Tony.« Carol sah sich um. Die Gruppe sammelte sich, die Spurensicherung in den vertrauten weißen Anzügen, die die Verunreinigung von Beweismaterial verhindern sollten. Kevin und Sam kämpften sich in ihre Anzüge hinein und übten leise Kritik an der im Allgemeinen recht unbehaglichen Situation.

»Wir sollten auch Anzüge anziehen«, sagte Carol. Sie holte zwei aus dem Van der Spurensicherung und nutzte die Gelegenheit, um mit Kevin und Sam zu sprechen. »Ich hatte eigentlich nicht vor, hier dabei zu sein«, sagte sie. »Aber Dr. France hatte kalte Füße bekommen. Es ist eure Aktion, ich bin nur als Zuschauerin hier und werde nicht lange bleiben.«

Kevin schenkte ihr ein knappes Lächeln. »Danke, Chefin.«

Als alle bereit waren, begannen sie, der ehemaligen Bahnlinie zu folgen. Es war jetzt ein öffentlicher Fußweg, dessen spitze Schottersteine das Gehen mühsam machten. Als die Dampfloks hier noch regelmäßig verkehrten, muss es eine atemberaubende Fahrt gewesen sein, dachte Carol. Selbst an einem tristen Wintermorgen mit wenig Licht und schlechter Sicht offenbarte sich die dramatische Schönheit der Landschaft. Gestreifte Kalksteinklippen und Felsenriffe ragten um sie herum auf, in deren Ritzen hier und da genügsame Pflanzen wuchsen. Die riesigen Felsen reckten sich in unzähligen Nuancen von Grau dem Himmel entgegen und schienen über ihrem Kopf zusammenzuwachsen. Sie wagte sich gar nicht vorzustellen, wie bedrohlich dies alles auf Tim Golding gewirkt haben musste.

Nach einer Weile verließen sie den Weg und gingen über einen steilen Hang abwärts auf eine Wiese zu. Ein paar nasse Schafe kauten verdrossen auf dem blassen Gras herum, während andere sich unter den kahlen Ästen einer Baumgruppe zusammenkauerten. Das Erdreich war klebrig und fest, und Carol spürte, wie ihre Wanderstiefel schwerer wurden, als der Matsch anfing daran hängen zu bleiben. Es dauerte vierzig lange, ermüdende Minuten, bis sie an den Anfang des Seitentals kamen. Sie versammelten sich bei einem Durchgang, der wie eine kaum anderthalb Meter breite Felsspalte aussah. Carol schwitzte in ihrem Anzug, aber ihre Füße waren eiskalt. Selbst gute Stiefel konnten das Wasser nicht abhalten, wenn man durch den über die Ufer getretenen Fluss waten musste. Sie wandte sich zu Jonathan um. »Die Spurensicherung geht zuerst rein und markiert dabei eine schmale Route. Das ist dann der Pfad, an den wir uns beim Rein- und Rausgehen halten werden. Könntest du also bitte direkt hinter ihnen gehen und sie zu der Stelle führen, die wir suchen?«

Er nickte, machte den Reißverschluss seines Anzugs auf und nahm das vergrößerte Foto der Felsenformation heraus. Er hatte es laminiert, eine vernünftige Vorsichtsmaßnahme wegen des Wetters. Carol blieb dicht hinter ihm, als er den Kollegen von der Spurensicherung durch die schmale Öffnung in das Tal folgte. Zu ihrem Erstaunen weiteten sich die Felswände nur ein paar Meter nach dem Durchgang dramatisch zu einem etwa 15 Meter breiten Tal. Seine struppige Vegetation war stellenweise sehr spärlich und ließ undeutlich einen Pfad erkennen. Sie drangen weiter ins Tal vor, und Jonathan lotste sie gelegentlich mit ein paar Worten weiter. »Gleich da rechts«, sagte er schließlich. Carol sah auf ihre Uhr. Acht Minuten seit der Pforte, die ins Tal führte. Sie ging zu Jonathan hin und verglich das Bild in seiner Hand mit dem Felsen vor ihr. Selbst für ihr ungeübtes Auge konnte es kaum Zweifel geben. Aber Jonathan erklärte ihr die gemeinsamen Merkmale und zeigte die Punkte, an denen sich die Übereinstimmung feststellen ließ. »Ich kann mir nicht vorstellen, dass es zwei solche Stromatactis-Formationen mit genau den gleichen Strukturen gibt«, schloss er dann.

Carol bat den Kollegen mit der Kamera, eine Serie von Bildern zu machen, und schnappte sich einen uniformierten Polizisten, den sie sich für die Suche gesichert hatte.

»Bryant? Bitte fahren Sie Dr. France nach Bradfield zurück. Und holen Sie mich bitte später ab. Ich treffe Sie um eins am Parkplatz.« Sie wandte sich an Jonathan. »Ich halte dich auf dem Laufenden«, sagte sie und legte ihm eine Hand auf den Arm. »Du solltest nicht darüber nachgrübeln.«

Er lächelte trübsinnig. »Ich werd's versuchen.«

Sie wandte sich um und beobachtete, wie Kevin sich an die Arbeit machte. »Also gut«, sagte er zu dem wartenden Team. »Wir verteilen uns hier. Drei Meter Abstand. Geht jedem Anzeichen nach, dass der Boden aufgegraben wurde, herausgerissene Pflanzen ... Ihr wisst ja, was wir suchen. Fangen wir an.«

Carol blieb zurück und versuchte, sich im Windschatten des Felsens ein paar Meter entfernt von der auf dem Foto abgebildeten Stelle unterzustellen. Von dem Brombeergestrüpp behindert, das sich durch das dichte Unterholz wand, kam die Gruppe nur langsam voran. Während sie wartete, nahm sie ihr Mobiltelefon heraus und fing an, ihre Anrufe zu machen, um die verdeckte Aktion für den Abend weiter zu organisieren. Sie hatte gerade mit Paula gesprochen, als einer der Polizisten am rechten Rand rief: »Hier drüben.«

Sofort standen alle still. Zwei der Kollegen von der Spurensicherung, die zurückgeblieben waren, gingen auf den Mann zu, der gerufen hatte, und rollten das Absperrband hinter sich ab, um einen weiteren schmalen Zugangsbereich zu markieren. Es dauerte eine Weile, bis sie bei dem Mann angelangt waren, dann noch zwei spannende Minuten, in denen sie das betrachteten, was ihn dazu veranlasst hatte, stehen zu bleiben. Endlich wandte sich einer zu Carol um und hielt den Daumen hoch.

Sie erreichte die Stelle fast im gleichen Moment wie Kevin. Beide gingen in die Hocke, um besser sehen zu können, worauf er zeigte. Unter dem Brombeergebüsch war dürres Farnkraut ausgebreitet, ein vergeblicher Versuch, damit die unverkennbare Wölbung eines flachen Grabes zu verbergen. Auf der einen Seite war die Erde aufgewühlt, wahrscheinlich von einem Fuchs oder Dachs. Auf den ersten Blick sah es aus, als habe jemand eine Handvoll kurze, weißlich graue Stöckchen auf den Boden geworfen. Aber Carol war klar, dass das nicht stimmte, sie wusste, wie das Häufchen Knochen einer menschlichen Hand aussah.

Mit gesenktem Kopf stand sie auf, der Regen streifte ihr Gesicht. Sie hatten also tatsächlich Tim Golding gefunden. Oder Guy Lefevre.

Oder beide.

Es war Mitternacht. Carol rieb sich die Augen, die vom stundenlangen Starren auf die Monitore mit den Bildern der Überwachungskameras ermüdet waren, und seufzte. Sie hatten alles getan, was Tony vorgeschlagen hatte. Aber noch immer waren sie nicht weiter als am Anfang, seit Brandon zuerst darauf bestanden hatte, es mit einer verdeckten Aktion zu versuchen. Carol fragte sich, wie lange er diesen Kostenaufwand und die Anzahl von Mitarbeitern für eine solche arbeitsaufwendige Operation noch bewilligen werde. Nach ihrer Entdeckung im Tal hatten sie jetzt zwei große Ermittlungen in Mordfällen zu bewältigen. Wenn die Presse davon Wind bekam, wie viele Beteiligte für die Ermittlungen an den Prostituiertenmorden eingesetzt wurden, würde es einen Aufschrei und hysterische Forderungen geben, doch lieber mehr Beamte den Kindermorden zuzuteilen. Und Äußerungen, es sei wichtiger, Kinder zu retten als Nutten, würden folgen. Zu diesem Zeitpunkt war es jedoch einfach logisch,

den Morden in Temple Fields mehr Aufmerksamkeit zu widmen, weil der Mörder offenbar aktiv war, während der Pädophile seit einiger Zeit untätig zu sein schien. Aber die Logik war immer das erste Opfer, wenn die Presse eine Kampagne betrieb. Sie brauchten ein schnelles Ergebnis, sowohl für die Stimmung als auch damit die Öffentlichkeit den Eindruck bekam, sie konzentrierten alle Mittel auf die Entdeckung von Tim Goldings Mörder. Wenn sie das nicht schafften, würde Carol in den Augen ihrer Kollegen und untergebenen Mitarbeiter das Stigma des Versagens anhängen. Und einen solchen Start konnte eine sogenannte Eliteeinheit nicht brauchen, obwohl Carol den Verdacht hatte, dass es genug Leute gab, die sich über ihren Mangel an Erfolg freuen würden.
Sie drückte auf den Knopf an ihrem Funkgerät und sagte: »Alle Einheiten abbrechen. Tango Charlie zwei drei, holt DC McIntyre ab. Ausführliche Besprechung morgen um vier.« Ein Mann kam hinter dem Van aus dem Café, stieg ein und fuhr sie zur Wache zurück. Niemand sagte etwas. Sie waren alle müde und entmutigt. Als sie bei der Polizeistation ankamen, stiegen alle aus, nur Carol und Merrick saßen noch zusammengesunken auf ihren Sitzen.
Merrick sah zu ihr hinüber. »Wir kommen so nicht weiter, oder?«
Carol zuckte die Schultern. »Wenigstens regnet es nicht mehr. Was können wir sonst versuchen?«
»Wir sollten uns darauf konzentrieren, Tims Mörder zu finden. Wir wissen beide, dass er wieder zuschlagen wird, wenn wir ihn nicht finden. Und ich will nicht, dass das Blut eines weiteren Kindes an meinen Händen klebt.«
»Der Mann, der Sandie Foster und Jackie Mayall umgebracht hat, wird auch wieder töten, Don. Und bei ihm ist der Abstand zwischen den Taten viel kürzer. Die Frauen auf der Straße verdienen es genauso, von uns geschützt zu werden wie die Kinder. Wir haben kein Recht, eine Hierarchie der

Opfer aufzustellen, nach der ihnen mehr oder weniger Beistand zusteht. Das überlassen wir der Presse. Wir behandeln sie alle gleich und setzen unsere Mittel da ein, wo wir uns am ehesten Ergebnisse versprechen können.«
An seinem Gesichtsausdruck konnte Carol ablesen, dass Merrick sich ihrer Beurteilung nicht anschloss. »Wir können nicht ewig so weitermachen«, sagte er.
»Und wenn Tony recht hat, wird das auch nicht nötig sein. Wenn unser Mann Paula als festen Bestandteil der Straße akzeptiert, wird er anbeißen.« Carol klang zuversichtlicher, als ihr tatsächlich zumute war.
Merrick presste die Lippen aufeinander. »Und bis dahin überlassen wir Paula dem Risiko?«
Carol nahm ihre Jacke und stand auf. »Es liegt in ihrem Ermessen. Wenn sie aussteigen will, braucht sie es nur zu sagen.«
»Aber das wird sie nicht tun, oder?«, forderte Merrick sie heraus. »Sie ist ehrgeizig, sie will ihre Sache gut machen. Sie will, dass Sie viel von ihr halten. Sie sieht einen Rückzug als Feigheit an.«
»Sie scheinen ja Paulas Gedanken ganz genau zu kennen«, sagte Carol. »Hat sie Ihnen gesagt, dass sie gern aussteigen würde?«
Merrick schien verlegen. »Nicht so deutlich, nein. Aber ich sehe es ihr doch an.«
Carol seufzte. Manchmal konnte sie das Gefühl nicht unterdrücken, dass Merrick eine Sprosse zu weit auf der Stufenleiter des Erfolgs aufgestiegen war. Er wäre ein toller Wachtmeister, aber als Inspector brachte er es einfach nicht. »Don, Sie liegen wahrscheinlich nicht ganz falsch. Aber wir haben nicht das Recht, Paula den Boden unter den Füßen wegzuziehen. Sie ist gebeten worden, etwas zu tun – gebeten, es wurde ihr nicht befohlen –, und bis sie sagt, dass sie an ihre Grenzen gestoßen ist, hat sie es nicht verdient, dass wir ihren Mut untergraben, indem wir spekulieren, was sie tun wird.

Also, wenn Sie nicht denken, dass sie sich selbst oder jemand anderen gefährdet, wird sie weitermachen.«
Merricks dunkle Augen nahmen einen mürrischen Ausdruck an. »Wenn Sie meinen, Ma'am.«
»Ja, Don, das tue ich. Und jetzt geh ich nach Haus und leg mich hin. Es ist ein furchtbarer Tag gewesen, und ich muss dem Tim-Golding-Team gleich morgen früh seine Anweisungen geben.« Sobald sie es gesagt hatte, verfluchte sie sich dafür.
»In der Sache wollte ich Sie etwas fragen«, sagte Merrick. »Ich möchte, dass Sie mich wieder der Ermittlergruppe des Tim-Golding-Falls zuteilen.«
Carol schüttelte den Kopf. »Nein, Don. Ich brauche Sie für diesen Fall. Ein Inspector muss sich um die Leute kümmern, die Zeugenaussagen lesen und die Einsätze koordinieren. Jemand muss den Überblick haben.«
»Dann nehmen Sie doch jemand anderen«, sagte er ungeduldig. »Tim Golding war *mein* Fall. Und ich habe auch das Verschwinden von Guy Lefevre untersucht. Niemand hat mehr Arbeit in die Suche nach diesen Jungen gesteckt als ich. Ich hatte ihretwegen schlaflose Nächte, ich hab mir für sie den Arsch aufgerissen. Ich kenne diese Fälle in- und auswendig, und auch die Familien. Und sie kennen mich. Jeder andere müsste wieder von vorne anfangen. Und für ihn wäre es einfach ein Fall wie jeder andere.«
Carol überlegte, ob sie diplomatisch sein sollte, verwarf aber den Gedanken. Sie war zu müde, sie mochte nicht um den heißen Brei herumreden. Und außerdem würde es bei Merrick sowieso nichts bringen. »Das ist größtenteils der Grund, warum ich Sie der anderen Gruppe zugeteilt habe. Wir haben jetzt eine neue Situation, und ich will, dass jemand die Leitung hat, der keine vorgefasste Meinung mitbringt.«
Merrick wich zurück, als hätte sie ihn geschlagen. Aber Carol fuhr fort: »Der andere Grund ist, dass die Fälle Foster und Mayall akut und noch am Laufen sind. Jemand anderen

als Ersatz für Sie einzubeziehen würde bedeuten, dass er die unmögliche Aufgabe hätte, alles, was bis jetzt schon getan ist, noch einmal durchzusehen und trotzdem die neuen Aussagen und Einsätze voll im Griff zu haben.«

Verspätet versuchte sie, ihre Antwort herunterzuspielen. »Don, ich weiß, dass Ihnen das Verschwinden der Kinder sehr nahe gegangen ist. Und das ist ja nichts Schlimmes. Es bedeutet, dass Sie sich ganz besonders für Tim und Guy ins Zeug gelegt haben. Aber jetzt heißt es den Weg frei machen. Sandie und Jackie hatten auch Familien. Sie verdienen es genauso wie die Goldings und die Lefevres, dass wir ihnen eine Antwort geben. Und ich brauche Sie in dieser Ermittlung an meiner Seite.«

Merrick sah einen Moment so aus, als wolle er sich mit ihr streiten. Stattdessen ließ er aber die Schultern hängen, stand auf und duckte sich, damit er nicht mit dem Kopf ans Dach des Vans stieß. »Ich sehe Sie dann morgen früh, Ma'am«, sagte er verbittert. Dann war er verschwunden, und sie konnte über ein weiteres Beispiel ihres verpfuschten Führungsstils nachdenken.

»Was für ein beschissener Tag«, sagte sie halblaut, als sie aus dem Van stieg und auf ihren Wagen zuging. Sie hatte am Grab eines Kindes gestanden und war dann zu den Goldings nach Haus gefahren, um ihnen zu sagen, dass es aller Wahrscheinlichkeit nach das ihres Sohnes sei. Danach hatte sie die Nachricht an Jonathan weitergeben müssen, bevor er sie im Radio oder Fernsehen hören würde. Worauf sie vier Stunden lang in einer Atmosphäre äußerster Anspannung im Van gesessen hatte. Und jetzt hatte sie gerade den zweiten Mann ihres Teams verärgert. Sie war fertig mit den Nerven und brauchte einen großen Drink – und zwar schnell.

Was sie aber überhaupt nicht erwartet hatte, als sie vor ihrer Wohnung anhielt, war Jonathan, der auf seinem Motorrad hockte. Sie warf einen Blick zu Tonys Fenstern hinauf und war beruhigt, als sie sah, dass alles dunkel war. Sie unter-

drückte einen Seufzer und stieg aus. Als sie näher kam, stieg er ab, streckte die langen, steif gewordenen Glieder und richtete sich auf. Sie konnte nicht umhin, ihn zu bewundern. »Das ist aber eine Überraschung«, sagte sie.
»Tut mir leid«, sagte er. »Ich wusste nicht, dass du so lange arbeiten würdest. Aber als ich schon mal 'ne Stunde gewartet hatte ...« Er zuckte mit den Achseln und breitete die Arme aus.
»Ich kann dir keine weiteren Neuigkeiten mitteilen, Jonathan. Wir haben ihn noch nicht definitiv identifiziert und kennen auch die Todesursache nicht ...«
»Ich bin nicht gekommen, weil ich mehr Informationen möchte«, sagte er. »Ich bin gekommen ... na ja, ich konnte einfach keine Ruhe finden. Die ganze Sache ging mir ständig im Kopf herum, und ich dachte, wie viel schlimmer es für dich sein muss und dass es uns vielleicht beiden helfen könnte, wenn ...«
Er sah ihren Gesichtsausdruck und wollte sich schon abwenden. »Aber offensichtlich hab ich mich getäuscht.«
»Nein, nein«, sagte sie hastig. »Ich war nur bestürzt, sonst nichts. Ich bin nicht daran gewöhnt ...« Sie verstummte.
»Dass man dich als Mensch betrachtet?«
Sie seufzte. »So etwas in der Art. Jetzt, da du schon mal da bist, willst du auf'n Drink reinkommen?«
Er schien unentschieden. »Es ist spät, du willst wahrscheinlich schlafen.«
»Beides stimmt, aber was ich vorher tun wollte, war, mir ein sehr großes Glas Wein einzuschenken. Du kannst mir gerne Gesellschaft leisten.«
»Wenn du sicher bist?«
Carol schüttelte mit gespieltem Ärger den Kopf. »Müssen wir die kostbare Zeit, in der wir etwas trinken könnten, damit verschwenden, dass wir hier herumstehen und darüber reden?«
Sie hatte gemeint, die Decken in ihrer Wohnung seien relativ

hoch, aber Jonathan hatte kaum ein paar Zentimeter Spielraum. Er setzte sich hastig, sah sich im Wohnzimmer um und lächelte. »Du wohnst noch nicht lange hier, was?«
Carol verzog das Gesicht. »Sieht es so ungemütlich aus?«
»Das nicht, aber es liegt nichts herum. Ich kann eine Wohnung in drei Tagen so zurichten, dass sie wie das Wrack der *Hesperus* aussieht.«
»Ich bin nicht besonders unordentlich«, sagte Carol. »Aber davon abgesehen, hab ich mein Durcheinander in der Londoner Wohnung.« Sie ging zum Kühlschrank und fragte dabei über die Schulter. »Weißwein oder Bier?«
»Wein, bitte. Hast du denn vor, deine Londoner Wohnung zu verkaufen?«, rief er ihr nach.
Carol kam mit der Flasche und zwei Gläsern zurück. »Ich bin noch nicht sicher. Im Moment habe ich das Gefühl, sie legt mich zu sehr fest.« Sie reichte Jonathan ein Glas und goss den Wein ein. Dann schaltete sie den CD-Player an, legte Arvo Pärts *Alina* ein und setzte sich neben ihn. Da sie genügend Abstand zu ihm hielt, fiel das nicht als bedeutungsvoll ins Gewicht. Die sanften Töne von Klavier und Geige machten es leicht, eine Unterhaltung zu beginnen.
»Wie kannst du das alles nur verarbeiten?«, fragte er.
»Ich mache einfach den Mund auf und schlucke es runter«, scherzte Carol. »Das ist doch nicht so schlimm, oder?«
»Du weißt ja, dass ich das nicht meine. Na gut, reden wir über was anderes.«
»Tut mir leid. Ich bin so an Schnoddrigkeit und schwarzen Humor gewöhnt, dass es manchmal schwer ist, mich davon loszumachen. Du hast stundenlang in der Kälte gewartet, da hast du eine Antwort verdient. Nur hab ich eigentlich keine. Manche Polizisten trinken zu viel. Manche konzentrieren sich so darauf, den Täter zu fangen, dass sie absichtlich das Opfer aus dem Blick verlieren. Manche gehen nach Haus und nehmen ihre Kinder in den Arm. Manche gehen nach Haus und prügeln ihre Frau. Und manche drehen durch.«

»Und du? Was tust du?«
Carol starrte in ihr Glas. »Ich versuche, die Wut in positive Energie umzuwandeln. Ich versuche, davon zu zehren, sie zu nutzen, um mich bis zur Erschöpfung und darüber hinaus anzutreiben.«
»Funktioniert das?«
Carol spürte am Prickeln der Augen, dass ihr gleich die Tränen kommen würden. »Ich weiß es nicht mehr. Ich weiß vieles nicht mehr. Dinge, von denen ich dachte, sie seien mir in Fleisch und Blut übergegangen. Jetzt erscheinen sie mir manchmal wie Märchen, die ich mir erzählt habe, um mir im Dunkeln Mut zu machen.«
Er legte ihr den Arm um die Schultern. Ohne zu zögern rückte sie näher an ihn heran. »Du bist nicht gescheitert. Du bist immer noch ein guter Mensch und eine gute Polizistin.«
»Woher willst du das wissen?«
»Ich hab dich heute da draußen gesehen. Wie du die ganze Sache geleitet hast, ohne dass es auch nur jemand gemerkt hat. Und während all das lief, hast du noch die Zeit gefunden, freundlich zu mir zu sein. Und jetzt bist du wieder nett zu mir.«
Carol stieß einen Seufzer aus, der aus tiefstem Herzen zu kommen schien. »Hast du schon mal daran gedacht, dass ich eigentlich nur zu mir selbst nett bin? Jonathan, ich möchte heute Nacht nicht alleine sein.«
Sie spürte, wie seine Muskeln sich spannten. »Du meinst …?«
Noch ein tiefer, rückhaltloser Seufzer. »Ja, das meine ich. Aber, Jonathan …« Sie wich etwas zurück, damit sie sein Gesicht sehen konnte. »Nur wenn du absolut sicher bist, dass du nicht in mich verliebt bist.«

Kurz nach fünf gab Tony den ungleichen Kampf gegen die Schlaflosigkeit auf. Eine Zeit lang war er eingedöst und wieder aufgewacht, weil die Gedanken an Tim Golding und die an Guy Lefevre, das Kind, das man in all der Aufregung fast vergessen hatte, ihn umtrieben. Als Carol ihm die Nachricht über die Entdeckung im Swindale hinterließ, hatte sie ihn nicht ausdrücklich um Hilfe gebeten, aber er hatte ihr versprochen, sich den Tatort anzusehen, auch weil er meinte, die Polizei von Bradfield hätte, was diesen Fall betraf, noch einiges bei ihm gut. Am Anfang der Ermittlungen hatte Don Merrick ihn um ein Täterprofil gebeten, und es war ihm schmerzlich bewusst, dass er nur eine sehr ungenaue Skizze hatte liefern können. Es war nicht seine Schuld gewesen, denn er hatte gleich zu Anfang gesagt, er brauche mehr Daten, um wirklich helfen zu können. Aber jetzt hatte er mehr Information, und ein Besuch in Derbyshire konnte noch einiges bringen, sodass es dann möglich sein dürfte, ein etwas detaillierteres Profil zu erstellen.

Er lag auf dem Rücken und hatte die Hände hinter dem Kopf verschränkt. Das Zimmer war dunkel, aber das war gut so. Er brauchte nichts zu sehen, um zu denken. Noch einmal führte er sich vor Augen, was er über den Mann zu wissen glaubte, der Tim Golding entführt und getötet hatte und wahrscheinlich vorher mit Guy Lefevre genauso verfahren war. Auf jeden Fall war es ein Mann. Der Zweifel an dieser Tatsache war verschwindend gering. Es ging immer um Wahrscheinlichkeiten. Aber gleichzeitig musste man offen sein, weil gerade die Natur der Sexualmorde ihre ganz eigenen Gesetze hatte. Es ging um Bedürfnisse, die nicht oft genug vorkamen, um eine solide statistische Grundlage zu bieten.

Also ein Mann. Alter irgendwo zwischen Ende zwanzig und Anfang vierzig. Es brauchte Zeit, bis diese Art Mörder heranreifte. Teenager und Männer Anfang zwanzig gingen oft auf sexuelle Raubzüge, trieben es aber selten so weit, dass ein Leben ausgelöscht wurde. Manchmal wurden sie eher zufällig zu Mördern, wenn sie ihre Opfer zu etwas zwingen wollten, zu weit gingen und die Sache mit dem Tod endete. Wenn ihnen gefiel, was sie dabei fühlten, war es beim nächsten Mal kein Unfall, und ein weiterer Serienmörder war unterwegs. Aber meistens war das erste Mal kein absichtlicher Mord. Und es dauerte lange, bis die Fantasievorstellungen eines Mannes zu einer so starken Antriebskraft wurden, dass sie ihn dazu brachten, ein Leben zu zerstören. Man konnte also mit einiger Sicherheit ein höheres Einstiegsalter als bei Vergewaltigung oder Sittlichkeitsdelikten annehmen. Auch die Obergrenze war nicht beliebig. Mitte vierzig hatte sich die drängende Wut der Jugend gelegt oder war von Alkohol eingelullt. Wenn sie bis zu diesem Zeitpunkt noch nicht zu morden angefangen hatten, bestand die Möglichkeit, dass sie diesen Schritt nie tun würden.

Auch die schwierige Kindheit war mehr oder weniger eine Konstante. Natürlich war es möglich, all diese Merkmale zu haben, ohne sich zu einem Menschen zu entwickeln, der sich den dunklen Trieben hingab. Tony wusste dies nur allzu gut. Jeder, der seine eigene Vergangenheit untersuchte, fand eine Reihe von Indikatoren, die bei einem anderen Menschen als erste Trittsteine für die verschlungene Route einer psychopathologischen Entwicklung gedient hätten. In seinem Fall hatten sie den Grundstein gelegt für seine Einfühlsamkeit gegenüber denen, die einen anderen Weg gegangen waren. Er war sich nie sicher, wo die entscheidende Wende auf seinem Weg stattgefunden hatte, aber er war schließlich eine andere Art Jäger geworden. Und genauso wie der Serienmörder einen sicheren Instinkt für seine Opfer hatte, schien Tony einen sechsten Sinn für das Aufspüren seiner Beute zu haben. Trotz seiner vielen öffentlichen Erklärungen, es gehe um eine wissenschaftliche Methode, war ihm durchaus bewusst, dass er seine wichtigsten Einsichten direkt aus dem Quell der Intuition schöpfte. Er hatte Übung darin, diese Seite seiner Arbeit zu kaschieren. Carol war wahrscheinlich der einzige Mensch, der dies verstand und es ihm verzieh.

Was konnte er also über den Entführer von Guy Lefevre und Tim Golding mit Sicherheit sagen? Geschlecht, Alter. Wahrscheinlich war er ein Einzelgänger, hatte oberflächliche Fähigkeiten im Umgang mit anderen Menschen, war aber nicht in der Lage, tiefere Beziehungen einzugehen. Er war auf dem Land zu Hause. Er hatte die Gegend so gut gekannt, dass er es ungefährlich fand, das Auto auf einem öffentlichen Parkplatz abzustellen und den Jungen eine Meile durchs Gelände bis zum Zielort zu transportieren. Er musste gewusst haben, dass morgens um diese Zeit wenig Leute unterwegs sein würden. Aber er fühlte sich auch in der Stadt wohl, da man annehmen musste, dass er Tim am helllichten Tag von der Straße weg entführt hatte.

An diesem Punkt kamen Tonys Gedanken ins Stocken. Vermutungen waren keine Fakten. Es hatte keine Zeugen gegeben. Die Polizisten hatten Mühe zu glauben, dass es passiert sein konnte, ohne dass jemand etwas sah, obwohl es Präzedenzfälle für so etwas gab. Der bekannte Kindesentführer Robert Black hatte mindestens zwei seiner Opfer auf der Straße mitgenommen, ohne dass jemand etwas bemerkte. Aber wenn es nicht so gewesen war?

Tony ging die Beweise noch einmal durch. Guy war auf der Suche nach Vogelnestern in den Wald gegangen. Er wurde nie wieder gesehen, obwohl man seine Karte, auf der die Nester eingetragen waren, in der Nähe des Kanals fand. Tim hatte seinen Freunden gesagt, er werde zum Bahndamm runtergehen, um die Güterzüge zu beobachten. Die Frauen an der Bushaltestelle meinten, sein gelbes Fußballhemd zwischen den Bäumen gesehen zu haben. Und wenn der Mörder nicht mit einem Fahrzeug auf den Straßen unterwegs gewesen wäre? Wenn er auf dem Bahndamm oder im Wald gewartet und eine Geschichte parat gehabt hätte, mit der er einen kleinen Jungen so beeindrucken konnte, dass er freiwillig mitkam? Vielleicht ein besonders seltenes Nest oder ein Detail an einem Zug? Interessanterweise bestanden von beiden Orten aus Verkehrsverbindungen zu den Bergen in Derbyshire, nur ein Dutzend Meilen oder so vom Swindale entfernt, allerdings waren es Verbindungen, die der Mörder nicht hätte nutzen können. Vom Kanal gab es einen Gleisanschluss zu einer direkten Bahnlinie in die Täler hinunter. Und genau diese Seitenlinie der Bahn führte zu einem Steinbruch am Rand des Peak Districts.

Ganz fasziniert von dem Gedanken sprang Tony aus dem Bett, griff sich seinen Morgenmantel und eilte in sein Arbeitszimmer.

Er wollte seine Ideen auf dem Bildschirm vor sich haben und konkretisieren, damit er sie Carol noch vor der morgendlichen Besprechung zeigen konnte. Beim Kaffee konnten sie alles besprechen, bevor sie zur Arbeit aufbrach.

Während der Computer hochfuhr, lief er hinunter und machte Kaffee. Mit dem Becher in der Hand ging er wieder hinauf und trat ans Fenster, um zum Himmel hinaufzusehen, während er sich überlegte, wie er seine Erkenntnisse formulieren wollte.

Aber es war nicht der Himmel, der seinen Blick wie ein Magnet anzog, sondern Jonathan Frances' Motorrad, das einzige Detail, das nicht auf die Tony schon vertraute Straße passte. Es stand zwischen Carols Wagen und dem Kombi des Nachbarn und schien ihm seine Präsenz mit der Böswilligkeit eines Panzers in Bagdad aufzudrängen. Tony kam es vor, als wäre aller Atem aus ihm gewichen, als sei er hohl.

Dann stiegen die Gefühle in ihm hoch, pur und schonungslos. Es war mehr als Eifersucht, es war ein stechender Schmerz, der ihn in seinen Klauen hatte. *Es ist deine eigene Schuld. Weil du ihr nicht geben konntest, was sie brauchte. Weil du nur ein dürftiger Ersatz für einen richtigen Mann bist. Weil du sie in die Höhle des Löwen geführt hast und dann nicht retten konntest. Weil Liebe nur etwas wert ist, wenn den Worten auch Taten folgen.*

Tony schleuderte seinen Becher gegen die Tür, und der Kaffee bespritzte die frisch gestrichene Tapete und die Bücher daneben. Dann warf er sich auf den Stuhl und zog die Tastatur zu sich heran.

Don Merrick rauchte schon die zweite Zigarette an diesem Morgen, als Paula die Küchentür aufstieß. Ihre Haare waren auf der einen Seite hochgesteckt, ihre Augen vom Schlaf verquollen, und auf dem Revers ihres dunkelblauen Morgenmantels war ein langer Zahnpastaklecks. »Wie zum Teufel kannst du so früh schon so ordentlich aussehen?«, knurrte sie auf dem Weg zum Wasserkocher.

»Es hat mit dem Rasieren zu tun«, sagte er. »Selbst wenn man sich beschissen fühlt, sieht man besser aus, sobald man sich rasiert hat.«

»Ich werd's mal versuchen«, murmelte Paula.

»Schläfst du schlecht?«, fragte Merrick.

Paula hustete und goss kochendes Wasser auf den Nescafé. »Wenn ich erst mal von der Arbeit weg bin, ist es in Ordnung. Aber es dauert eine Weile.« Sie schniefte, goss sich Milch dazu und ließ sich ihm gegenüber auf einen Stuhl fallen. Sie streckte die Hand nach seinen Zigaretten aus, aber er schubste die Packung geschickt aus ihrer Reichweite.

»Das ist gefährlich, Paula. Wenn du anfängst, so früh am Morgen Zigaretten zu klauen, bist du bald wieder bei zwei Päckchen am Tag.« Er drohte ihr mit dem Finger.

»Grrr«, fauchte sie und zeigte ihm die Zähne. »Ich wusste nicht, dass ich meine Mutter eingeladen habe, hier zu wohnen.«

»Deine Mutter hätte keine Zigaretten zum Klauen für dich. Was hast du also heute vor?«

Sie zuckte mit den Schultern. »Weiß nicht. Vielleicht geh ich in den Fitnessclub oder schwimmen und sehe zu, ob ich eine Massage kriegen kann. Ich muss etwas tun, damit ich mich nach den zwei Abenden, an denen ich mich als Frischfleisch zur Schau gestellt habe, körperlich besser fühle.«

»Du weißt, dass du das nicht tun musst.«

Paula sah ihn schief an. »Was meinst du damit?«
»Ich meine, du könntest sagen, dass es dir reicht. Es macht dich ja ganz verrückt.«
Paula lachte. »Ja, sicher. Was für 'n idealer Schritt, um meine Karriere voranzubringen.«
In Merricks Gesichtsausdruck mischten sich Besorgnis und Mitgefühl. »Jordan hätte Verständnis dafür. Sie weiß ja, wie es ist, sie war da draußen vor Ort, als die Fetzen flogen. Sie wird es dir nicht verübeln.«
»Selbst wenn du recht hättest, wovon ich übrigens nicht überzeugt bin, wäre das nicht mal in Ordnung, wenn Jordan der einzige höhere Polizeibeamte auf der Welt wäre. Wenn ich aufgebe, werde ich immer die Frau sein, die nicht genug Courage hatte.«
»Besser, als wenn du so gestört wie Jordan wirst.« Merrick studierte die Tischplatte. »Ich könnte es mir nie verzeihen, wenn dir dabei etwas passieren würde, Paula.«
Paula straffte die Schultern. »Du wirst es schon überleben, Don. Es ist nicht deine Sache, sondern meine. Ich behalt die Nerven. Ich pack das schon.«
Sie schob ihren Stuhl zurück, dass die Stuhlbeine auf dem gefliesten Boden quietschten. »Du musst aufhören, immer den weißen Ritter spielen zu wollen. Du kannst die Welt nicht retten, Don. Konzentrier dich darauf, dich selbst zu retten.« Sie stand auf und sah auf die Uhr. »Ist es nicht an der Zeit, dass du losfährst? Ist nicht um neun eine Besprechung über Tim Golding?«
Merrick knurrte: »Zu der Party bin ich nicht eingeladen. Jordan will, dass ich weiter an den Prostituiertenmorden arbeite. Sie will einen frischen Blickwinkel auf Tim Golding.«
Paula fühlte mit ihm. Sie wusste, mit wie viel Engagement und Energie er die Suche nach dem Jungen betrieben hatte. »Das tut mir leid, Don. Aber vielleicht ist es besser so. Der Fall hat dich wirklich mitgenommen.«

Er sah mit gekränkter Miene zu ihr hoch. »Du glaubst also auch, dass ich versagt habe?«
»Natürlich nicht. Wenn sie den Fall jetzt tatsächlich lösen, kann das nur auf der Grundlage deiner Vorarbeit geschehen. Vielleicht hat Jordan recht, vielleicht auch nicht. Aber ich bin mit dir befreundet und bin froh, dass du dich nicht wieder darauf einlassen musst.« Sie beugte sich vor, legte die Arme um ihn, und ihre Brüste berührten seinen Oberkörper. Hastig und verlegen wegen des plötzlichen Aufleuchtens überraschter Begierde in seinem Gesicht wich sie zurück. »Ich seh dich dann bei der Nachmittagsbesprechung.«
Als sie ging, beobachtete Merrick wohlgefällig, wie ihr Hinterteil unter dem Morgenmantel vibrierte. Er hatte sich zusammengenommen und sich nicht erlaubt, ihren Körper und ihre Haltung beherrschter Sexualität reizvoll zu finden. Aber jetzt fragte er sich doch, ob er Chancen hätte und ob ihr Angebot, er könne im Gästezimmer schlafen, wirklich nur auf der selbstlosen Güte einer befreundeten Kollegin beruhte oder mehr bedeutete. Es war ein erfreulicher Gedanke, mit dem er sich jetzt der grausamen Kälte des Einsatzzentrums stellen konnte.

Carol schwebte in die Polizeistation und war sich bewusst, dass ihre Stimmung so gar nicht zu dem passte, was der Tag für sie bereithielt. Aber im Augenblick war ihr das egal. Sie hatte in der Nacht Berge versetzt, hatte ihre Welt aus den Angeln gehoben und würde dieses Gefühl auskosten, solange sie konnte. Zwar war Jonathan nicht der feurigste Liebhaber gewesen, den sie je hatte. Er war beim rituellen Tanz der Gefühle zu vorsichtig, zu eifrig bemüht, zu verdammt ängstlich gewesen. Ihr zynischer Kommentar als Polizistin lautete: Vielleicht stammten seine überlegt wirkenden Praktiken aus dem gleichen Buch, das er ihr geschenkt hatte. Aber selbst wenn es so wäre, war das eigentlich nicht wichtig. Wesentlich war nur, dass sie das unsichtbare Tabu gebrochen hatte, durch das sie von einem wichtigen Teil ihres Ichs getrennt gewesen war. Sie hatte die Vergewaltigung noch nicht überwunden. Aber sie war einen Schritt weitergekommen. Ihr Körper gehörte wieder ihr selbst.

Jonathan war kurz nach sechs gegangen, und es tat ihr nicht leid, dass er ging. Er hatte versucht, sie auf eine weitere Verabredung festzulegen, aber sie war ihm geschickt ausgewichen und hatte die Arbeit vorgeschoben, um eine Begegnung zu vermeiden, die sie nicht wollte. Sie mochte ihn schon, wollte aber nicht planlos in eine Beziehung mit ihm hineinschlittern.

Er war nicht derjenige, mit dem sie zusammen sein wollte. Sie hatte schon immer gewusst, dass sie nicht erwarten konnte, von Tony zum Sex zurückgebracht zu werden. Das war ein Weg, den sie ohne ihn gehen musste. Aber da sie nun einmal so weit war, eröffnete dies Möglichkeiten, die seit Berlin für sie beide blockiert gewesen waren.

Sie nahm zwei Treppenstufen auf einmal und trat strahlend vor Selbstvertrauen und guter Laune ins Einsatzzentrum. Stacey sah beiläufig von ihrem Computer auf, als sie hereinkam, und war so verdutzt, dass es fast komisch wirkte.

»Guten Morgen, Stacey«, sagte Carol fröhlich.

»Morgen, Ma'am«, sagte Stacey automatisch.

»Ich hab heute ein gutes Gefühl«, sagte Carol. »Wissen Sie, manchmal spürt man doch, das könnte der Tag sein, an dem etwas Entscheidendes passiert und an dem wir endlich das bekommen, was wir brauchen, um voranzukommen, oder?« Stacey nickte. »Also, genau dieses Gefühl habe ich heute früh.«

»Dr. Hill hat eine Datei für Sie geschickt«, sagte Stacey, die nicht sicher war, wie sie sonst auf den in ihren Augen unbegründeten Optimismus reagieren sollte. Mit Technik konnte sie umgehen, aber Menschen fand sie verwirrend, und sie strebte ständig nach der gleichen Meisterschaft im Umgang mit ihnen, die ihr in der Cyberwelt so mühelos zur Verfügung stand.

Carol war plötzlich ernüchtert. »Worum geht es denn?«, fragte sie.

»Er hat ein Profil für den Tim-Golding-Fall erstellt. Ich habe es ausgedruckt. Es liegt auf Ihrem Tisch.«

»Danke.« Carol ging schon auf ihr Büro zu. Sie griff sich den Ausdruck, streifte den Mantel ab und fing an zu lesen. Sofort erkannte sie die vertraute Vorbehaltsklausel am Anfang:

Betr: Tim Golding

Das folgende Täterprofil ist nur zur Orientierung gedacht und sollte nicht als präzises Porträt betrachtet werden. Es ist unwahrscheinlich, dass der Täter in allen Einzelheiten dem Profil entspricht, obwohl ich eine hohe Übereinstimmung zwischen den unten aufgeführten Charakteristika und der Realität erwarte. Alle Aussagen dieser Profilanalyse sind Wahrscheinlichkeiten und Möglichkeiten, nicht erhärtete Tatsachen.

Ein Sexualmörder hinterlässt Signale und Indizien, wenn er seine Verbrechen begeht. Bewusst oder unbewusst ist alles, was er tut, als Teil eines Musters angelegt. Kann man die zugrunde liegenden Muster aufdecken, entschlüsselt man die Logik des Mörders. Uns mögen diese Muster nicht logisch erscheinen, aber für ihn sind sie zwingend. Weil seine Logik so eigenwillig ist, kann man ihn nicht mit einfachen Fallen fangen. Und da er so einzigartig ist, müssen die Mittel, ihn zu fassen, zu verhören und seine Taten nachzuvollziehen, genauso außergewöhnlich sein.

Dies ist ein Nachtrag zu dem Profil, das ich vor einiger Zeit auf Anfrage von DI Merrick entworfen habe. Wie ich schon dargelegt habe, ist der Täter wahrscheinlich männlich und zwischen 27 und 42 Jahre alt. Vermutlich lebt er allein. Wahrscheinlich hat er oberflächliche soziale Fähigkeiten, kann aber mit Menschen beiderlei Geschlechts keine engen Freundschaften schließen. In diesem Fall und bei dem Alter des Opfers halte ich es für unwahrscheinlich, dass er je eine funktionierende sexuelle Beziehung mit einem erwachsenen Menschen hatte. Er neigt wohl zu zwanghaftem Verhalten und hat vielleicht Interesse an einer Art von Hobby, das ihm die Gelegenheit gibt, zwanghaft Listen zu führen wie beim Beobachten von Zügen und Vögeln oder Briefmarkensammeln. Er ist wahrscheinlich intelligent und tüchtig genug, um über längere Zeit eine Arbeitsstelle zu halten, aber wohl nicht in einem Team. Er wünscht sich eine Rolle, die ihm zumindest eine Illusion von Selbstständigkeit gibt, und verbringt wohl, wenn irgend möglich, einen großen Teil des Tages allein.

Ich glaube, dass für die Entführung und den mutmaßlichen Mord an Guy Lefevre der gleiche Täter verantwortlich ist. Da jedoch bis jetzt nur Tim Goldings Leiche gefunden wurde, werde ich mich zunächst auf die Besonderheiten seines Falls beschränken.

Offensichtlich ist der Mörder sehr vertraut mit dem Tatort. Er wusste, dass der Parkplatz zu der Tageszeit, die er für seine Ankunft wählte, leer sein würde. Er wusste, dass er Tim Golding ungestört ins Swindale würde bringen können. Er wusste, dass er Swindale für seine Zwecke nutzen könnte, ohne gestört zu werden. Er muss also mit der Gegend sehr vertraut sein. Dass der Mörder Tim Golding gerade an diese bestimmte Stelle brachte, lässt erkennen, dass dies ein Ort ist, der ihm etwas Besonderes bedeutet. Wenn wir uns Tatverdächtige näher betrachten, wird eine Durchsuchung von Wohnung/Arbeitsplatz/Computer fast mit Gewissheit Fotos oder sogar gemalte Bilder des Tales ans Licht bringen. Ich würde vorschlagen, bei Universitäten zu überprüfen, ob Exkursionen auch ins Swindale unternommen werden, ebenso bei kleinen geologischen Gesellschaften in der Umgebung, bei Kletter- und Wandervereinen, Liebhaberclubs alter Eisenbahnen und natürlich beim Peak National Ranger Service, dessen Mitglieder neben der Vertrautheit mit dem Gelände wahrscheinlich auch Kenntnis davon haben, welche sonstigen Gruppen oft ins Chee Dale und Swindale kommen. Ebenso würde ich die vorliegende Literatur untersuchen, Führer und Publikationen für Wanderer. Sollte diese Suche kein Ergebnis bringen, stützt das die

Annahme, dass es sich um einen mutmaßlichen Tatverdächtigen handelt, der mit dem Gelände sehr vertraut ist. Es ist wahrscheinlich, dass der Mörder schon früher versucht hat, andere Opfer ins Swindale zu locken. Ich würde empfehlen, sich bei der Polizei vor Ort zu erkundigen, ob es Berichte über Fremde gibt, die sich in dieser Gegend Kindern nähern wollten. Der Mörder könnte die natürliche kindliche Wissbegierde für ihre Umgebung ausgenutzt haben, um sie anzulocken (s. unten).
Ich habe weiter über die Art und Weise von Tim Goldings Entführung nachgedacht. Da es keine Zeugen gibt, die die Theorie bestätigen, dass er von der Straße weg verschleppt wurde, und da wir jetzt wissen, dass wir es mit einem Täter zu tun haben, der sich in einem eher ländlichen Raum wohl fühlt, würde ich meinen, dass der Mörder den Kontakt mit dem Opfer aufnahm, **nachdem** er die Straße verlassen hatte und zum Bahndamm hinunterging. Da der Täter sich in der Gegend auskennt, hätte er wohl einen plausiblen Grund finden können, den Jungen anzusprechen und vorzugeben, er wolle ihm etwas zeigen: einen Fuchsbau, die Höhle eines Dachses oder ein Vogelnest. (Dies ist sogar im Fall von Guy Lefevre noch wahrscheinlicher, da er unterwegs war, um Vogelnester zu suchen, als er verschwand.) Oder er hätte das Interesse des Jungen für Züge nutzen, sich als Eisenbahnliebhaber oder als Angestellter der Bahn ausgeben und ihm versprechen können, er werde ihm etwas ganz Besonderes zeigen. Es gibt mehrere Stellen entlang der Linie, an denen es leicht wäre, ein Kind von der Gleisstrecke zu einem geparkten Wagen zu bringen, ohne viel Aufsehen zu erregen. Als Bestätigung dieser Behauptung sehe ich die Tatsache, dass die Güterbahnlinie von Bradfield kommend auf den Peak District zuläuft. Der Endpunkt ist nur zwölf Meilen Luftlinie vom Swindale entfernt. Die Linie verläuft von dem Gebiet, das wir jetzt als den Aktionsbereich des Mörders kennen, bis in die Gegend, in der Tim Golding zu Hause war. Dieser Zusammenhang sollte nicht unbeachtet bleiben. Deshalb sollten wir auch die Möglichkeit berücksichtigen, dass der Täter Bahnangestellter oder ein

Liebhaber von Eisenbahnen sein könnte, besonders da er mit Tim Golding einen Teil des Weges an einer früheren Eisenbahnlinie entlanggegangen sein muss.

Es ist wahrscheinlicher, dass er in der Nähe des Leichenfundorts wohnt, als dort, wo er Tim Golding aufgegriffen hat. Er fühlt sich in ländlicher Umgebung wohler als in der Stadt.

Der Täter hat privat einen Computer zu Verfügung. Da Tim Goldings Bild schließlich im Computer eines als pädophil bekannten Mannes landete, würde es sich lohnen, die Kollegen anzusprechen, die sich mit der Untersuchung von Kinderpornografie im Internet befassen. Es könnte gut sein, dass ihnen schon anhängige Klagen gegen andere Personen vorliegen, die Bilder von Tim Golding gesehen haben. Diese Täter könnten bereit sein, ihre Quellen preiszugeben, wenn man ihnen eine Art Deal anbietet. Es kann auch sein, dass sich der Name unseres Mörders in dem Teil der umfangreichen Materialsammlung von Operation Ore befindet, weshalb noch keine konkreten Maßnahmen ergriffen wurden. Es würde sich vielleicht lohnen, die Datenbanken von Operation Ore auf alle Namen hin zu durchsuchen, die in den Ermittlungen zum Fall Tim Golding auftauchten.

Schließlich komme ich auf das Verschwinden von Guy Lefevre zurück. Wie ich schon dargelegt habe, glaube ich, dass die Person, die für die Entführung von Tim Golding verantwortlich ist, mit großer Wahrscheinlichkeit auch Guy Lefevre entführt hat. Wenn das der Fall ist, halte ich es für äußerst wahrscheinlich, dass Guys Leiche auch im Swindale zu finden sein wird. Der Mörder ist offenbar mit der Wahl des Ortes für die Beseitigung der Leiche und auch damit zufrieden, wie gut er seine Opfer dorthin bringen kann. Es ist wahrscheinlich, dass er es mit Guy schon ausprobiert hatte. Wenn Tims Überreste aus dem Grab geborgen sind, schlage ich vor, das Erdreich unmittelbar darunter zu untersuchen. Wenn das kein Ergebnis bringt, würde ich vorschlagen, die Suche auf den Rest des Tals auszudehnen.

Carol las das Profil noch einmal durch. »Danke, Tony«, sagte sie leise. Wie immer hatten seine Prägnanz und sein Durchblick die Ermittlungen weitergebracht. Sie konnte am heutigen Morgen mit einer Reihe konkreter Vorschläge in die Besprechung gehen. Wenn man der Gruppe eine klare Richtung für die Ermittlungen gab, spornte sie das immer zu vorzüglicher Arbeit an.
Eine Sache ging ihr aber doch im Kopf herum, nämlich warum er das Profil per E-Mail geschickt hatte, statt es ihr selbst zu bringen und mit ihr durchzugehen. Sie hatten immer gefunden, dass es viel brachte, seine Hypothesen im Gespräch und in der Diskussion auszutesten. Und es war keine Rede davon, dass er den Tatort besuchen wollte, was ihre gute Laune dämpfte und sie beklommen machte.
Aber Carol tat den Gedanken ab und nahm das Telefon. »Stacey, können Sie herausfinden, wer die Spurensicherungsgruppe leitet, mit der wir in Derbyshire zusammenarbeiten? Sie müssen noch mal ins Swindale und nach einer weiteren Leiche suchen.«

Evans schien zufrieden mit sich. »Es ist ein Anfang, das zumindest«, sagte er. Sie saßen in einem Café in Tideswell mit einem Stoß heißen, mit Butter bestrichenen Gebäcks und zwei Stücken Zitronenbaisertorte vor sich. Kevin hatte die neuerlichen Grabungen an der Fundstelle von Tim Goldings Leiche abgeschlossen und war noch vor Evans hier eingetroffen. Nur 40 Zentimeter unter dem ersten Skelett hatten sie weitere menschliche Überreste gefunden. Carol Jordan hat ins Schwarze getroffen, dachte Kevin und war erfreut, dass seine Chefin offenbar wieder gut in Form war.
Jetzt wurde eine besonders gründliche Suche im Swindale durchgeführt. Zwei Dutzend Beamte in weißen Schutzanzügen krochen auf Händen und Knien durch die Büsche. Kevin fand, er hatte es verdient, sich etwas zu gönnen, nachdem er

zwei Stunden im Regen gestanden und den Hass der Kollegen aus Derbyshire gespürt hatte, die für die Suche ausgeliehen worden waren. Evans dagegen waren die Leckereien auf dem Tisch offenbar gleichgültig.

»Lass mal hören«, sagte Kevin.

»Also, ich habe einen der drei Ranger gefunden, die hier in diesem Gebiet tätig sind. Nick Sanders heißt er. Er sagte mir, dass ihnen Wanderer am Sommeranfang von einem Exhibitionisten unten am Ende von Chee Dale, in der Nähe des Eingangs zum Swindale, berichtet hätten. Sie hätten ihn entdeckt, als er sich vor einer Gruppe von Kindern entblößte, und ihn verfolgt, dann aber seine Spur verloren. Sie sagten, er hätte sich einfach in Luft aufgelöst, was natürlich zum Eingang ins Swindale passt. Später am gleichen Nachmittag traf Sanders die Wanderer, als er einen Routinerundgang machte, und sie lieferten ihm eine Beschreibung.« Evans schlug sein Notizbuch auf und las vor. »Anfang dreißig, etwa 1,72 bis 1,75 groß, schlank, dunkles, am Scheitel schütteres Haar. Er trug ein Leeds-Rhinos-Hemd, Bluejeans und Turnschuhe.«

»Es ist immerhin ein Anfang, denke ich«, sagte Kevin und nahm sich ein Stück Gebäck.

»Aber aufgrund dieser Beschreibung kriegen wir ihn nicht.«

»Wir könnten sie aber veröffentlichen. Vielleicht würde ihn jemand wiedererkennen.«

Kevin schien skeptisch. »Hat Sanders es der Polizei vor Ort gemeldet?«

Evans verzog verächtlich die Lippen. »Nein. Er sagte, er hätte es melden wollen, es dann aber vergessen.«

»Super. Bescheuerte Holzköpfe hier draußen.«

»Aber er hat es in seinen Tagesbericht aufgenommen. Er wird mir den Eintrag mailen, wenn er in sein Büro zurückkommt. Er schickt mir dann auch eine E-Mail mit ein paar Fotos, die die Ranger im Juli von Swindale und Chee Dale gemacht haben.«

»Wieso haben die da unten Bilder gemacht?«
»Nicht nur von dort. Sie haben eine Fotodokumentation von diesem ganzen Teil des Wye-Tals gemacht. Er und die zwei anderen Typen, die diese Gegend hier betreuen, haben eine Reihe von Verbesserungen für die Wanderwege vorgeschlagen und wollten das mit Fotos untermauern, um ihre effiziente Arbeit in der Vergangenheit zu zeigen. Und auch, was jetzt noch getan werden müsste. Er hat mir außerdem gesagt, dass im Mai eine Gruppe von Umweltschützern ehrenamtlich in diesem Teil des Tals gearbeitet hat. Er hat mir keine Namen genannt, aber gesagt, die Peak-Park-Zentrale könnte uns die geben.«
»Tüchtiger Bursche, dieser Nick Sanders«, sagte Kevin. »Ich wünschte, die Hinterwäldler aus Derbyshire, die man uns überstellt hat, wären genauso eifrig bei der Arbeit. Da hat man uns ja ein paar Clowns geschickt ...«
»Er schien wirklich erschüttert über Tim und Guy zu sein«, sagte Evans. »Fast so bestürzt wie bei dem Gedanken, dass sich jemand in seinem kostbaren Naturschutzgebiet zu schaffen gemacht hat.«
»Gute Arbeit, Sam. Also, hast du mit den beiden anderen Rangern ein Gespräch vereinbart?«
Evans sah auf die Uhr. »Alles unter Dach und Fach. Ich muss den einen in einer halben Stunde treffen. In einem Ort, der sich Wormhill nennt – hört sich ja appetitlich an. Der andere hat heute frei, den treff ich gleich morgen früh.«
»Dann solltest du zugreifen. Man kann nicht erwarten, dass du mit leerem Magen arbeitest.«
Evans nahm sich etwas von dem Gebäck. »Es wäre schön, ihn zu erwischen. Als Entschädigung dafür, dass wir bei der Action in Temple Fields nicht dabei sind.«
Kevin lachte. »Welche Action? Das entwickelt sich doch zur größten Zeit- und Geldverschwendung seit den Ermittlungen zum Yorkshire Ripper. Ein Karrieregrab wird das werden, du wirst schon sehen. Ein Karrieregrab.«

»Es ist arschkalt hier draußen.« Paulas Worte kamen knackend in Carols Hörer an. Die junge Polizistin tat ihr leid. Man konnte sich kaum eine schlimmere Nacht für den Einsatz auf der Straße vorstellen. Eiskalter Nebel hing über dem Kanal, dessen Ausläufer als kalter Dunst in die Gassen von Temple Fields zogen. Von Regen konnte man eigentlich kaum sprechen, aber die Feuchtigkeit durchnässte trotzdem Paulas Kleider und ließ ihr Haar am Kopf kleben. Die paar Fußgänger, die unterwegs waren, hetzten mit gesenktem Kopf und aufgespanntem Schirm die Straße entlang. Und Carol wusste, sie konnte wirklich nicht verlangen, dass Paula länger als vier Stunden da draußen bliebe. Sie beschloss, dass sie um zehn Schluss machen würden.

»Ich wär nicht gern an ihrer Stelle«, murmelte Jan Shields.

»Sie sieht besser in einem Minirock aus als du«, kommentierte Merrick.

»Und tausendmal besser als Sie, Don«, betonte Carol und lachte plötzlich glucksend. »Hey, erinnern Sie sich, als der Schwulenclub im Fall Thorpe überwacht werden musste? Sie haben richtig süß ausgesehen als Lederschwulie, Don.«

»Ist gut, ist schon gut, hab verstanden«, brummte er.

»Wartet mal, sieht nach Action aus«, sagte Jan aufgeregt.

Ein Mann war die Straße heruntergekommen, die Kapuze seines Parkas, die sein Gesicht verdeckte, weit über den Kopf gezogen. An einem solchen Abend war das an sich nicht verdächtig. Aber als er auf Paula zuging, verlangsamte er den Schritt. Er näherte sich ihr von der Seite und ging offenbar so leise, dass sie ihn nicht gehört hatte. Ein Finger seiner behandschuhten Hand berührte sie am Arm.

»Herrgott noch mal, soll ich 'ne Herzattacke kriegen?«, war Paulas Stimme laut und klar zu hören. Sie drehte sich zu ihm um.

»Bist du frei?« Die Stimme des Mannes war kaum zu hören, sie klang gedämpft, als spreche er durch einen Schal.

»Nach was sieht's denn aus?«

»Ich möchte was, das ist 'n bisschen ausgefallen. Bist du dabei?«
»Kommt drauf an, was du meinst.«
»Ich zahle. Im Voraus.« Er nahm die Hand aus der Tasche. Man konnte vom Blickwinkel der Kameras aus nicht erkennen, was er ihr hinhielt.
»Dafür kriegst du 'ne Menge Ausgefallenes. Aber du hast immer noch nicht gesagt, was du willst. Du musst 'n Kondom nehmen, ist das klar?«
»Kein Problem. Hör zu, ich hab 'n Zimmer. Wenn du dich von mir fesseln lässt, zahl ich dir zweihundert. Sofort.«
Carols Mund wurde trocken. Sie drückte auf den Knopf am Mikrofon und sagte mit heiserer Stimme: »Alle Einheiten in Bereitschaft. Der Adler fliegt. Ich wiederhole, alle Einheiten in Bereitschaft.«
Paula sprach weiter. »Zweihundert? Im Voraus? Jetzt?«
Selbst auf dem von der Kamera übertragenen Bild war klar erkennbar, was sich tat. Er zählte die Geldscheine und hielt sie ihr hin.
Carol drückte ihre Nase praktisch am Bildschirm platt, konnte aber immer noch keine Merkmale des Mannes erkennen. »Scheiße. Wir können sein Gesicht nicht sehen.«
»Hört sich echt an«, sagte Jan aufgeregt.
»Alle Einheiten in Position für die Festnahme, in Position für Festnahme! Riegelt das Gebiet ab. Wiederhole, Gebiet abriegeln.« Carols Puls raste, das Blut pochte laut in ihren Ohren. Auf dem Bildschirm ging Paula um die Ecke, der Mann hielt sie am Ellbogen. Auf der Straße kamen andere Personen auf sie zu. Es würde funktionieren. Gott sei Dank, es würde funktionieren.

Das Adrenalin feuerte Paula an. Ihr Atem ging flach, das Herz schlug wie eine Trommel. Als sie um die Ecke bogen, spürte sie, dass sie in einen schmalen Durchgang zwischen den Häusern geschoben wurde. »Wo gehen wir hin?«, sagte sie.

Als Antwort zog er sie zu sich heran, eine Hand grabschte grob nach ihrer Brust, mit der anderen umfasste er ihren Rücken. Paula war so auf ihre schmerzende Brustwarze konzentriert, dass sie gar nicht merkte, wie er mit dem scharfen Seitenschneider das Kabel von ihrem Mikro zum Sendegerät glatt durchschnitt.

Sie stieß ihn von sich und rief: »Hey, ich dachte, du hast ein Zimmer?«

Er fasste sie am Arm und riss sie herum. »Es ist gleich hier.« Er griff an ihr vorbei und schloss ein Tor an der Wand auf, das so schmutzig war, dass es zwischen den dunklen Backsteinen fast gar nicht zu erkennen war. Er führte sie hinein, legte den Riegel vor das Schloss und machte das Tor schnell hinter ihr zu. Dann führte er Paula auf die Hintertür eines Gebäudes zu.

Nervös, aber in dem sicheren, wenn auch irrigen Glauben, dass sie immer noch auf Sender sei, sagte Paula sarkastisch: »Mm, reizender Hinterhof. Wer hätte hinter so einem nichtssagenden Tor ein so schönes Plätzchen vermutet? Gehen wir in dieses Haus rein? Ist das deine Wohnung?«

»Ja«, sagte der Mann. »Los, mach voran. Wir haben nicht die ganze Nacht Zeit.«

Carol sprang auf. »Paula ist nicht mehr zu hören. Es kommt nichts mehr durch.« Sie wandte sich an die zwei Kollegen von der Technik. »Liegt das an unserer oder an ihrer Leitung?«

Dreißig Sekunden unerträglicher Spannung. Mit angehaltenem Atem. Die Daumen haltend. Dann schüttelte einer der Techniker den Kopf. »Es ist nicht bei uns. Es wird nichts mehr übertragen.«

Sofort brach Chaos aus. Carol rief: »Fasst ihn. Ich wiederhole, fassen. Der Adler ist gelandet. Alle Einheiten, ihm nach, ihm nach.«

»Scheiße, verdammte Scheiße«, wiederholte Merrick immer

wieder wie ein Mantra, während er die Seitentür des Vans aufriss. Er sprang auf die Straße hinaus, Carol riss sich die Kopfhörer herunter und rannte ihm nach, Jan folgte ihr. Stacey sah ihnen starr nach, mit offenem Mund und unsicher, ob sie bleiben und die Stellung halten oder ihnen auch folgen sollte. Sie beschloss, die Tür des Vans zuzumachen und Carols hingeworfene Funkausrüstung an sich zu nehmen. Irgendjemand musste sich über die Ereignisse auf dem Laufenden halten. Ihr machte es nichts aus. Wer die Technik beherrscht, beherrscht die Welt, sagte sie sich. Es war um vieles interessanter, als auf der Straße herumzurennen. Nichts würde hier geschehen, ohne dass sie davon erfuhr.

Carol raste den Gehweg entlang, albtraumhafte Fantasiebilder schossen ihr durch den Kopf. »Nein, nein, nein«, keuchte sie beim Ausatmen, während sie die zwanzig Meter zur Ecke rannte, wo sie Paula zuletzt gesehen hatte. Als sie um die Ecke kam, stieß sie mit einem Kollegen zusammen, beide waren außer Atem. Carol strauchelte, fand aber dann das Gleichgewicht wieder. Sie drängte sich vorbei und traf auf weitere Polizisten, die an der Stelle in dem schmalen Durchgang herumstanden, wo Paula mit dem Mann verschwunden war. Sie drängelte sich durch und folgte dem Durchgang bis ans Ende. Er führte auf eine andere Straße, an die sich Gassen, Passagen und Hintereingänge anschlossen. Es war ein wahres Labyrinth.

»Verteilt euch«, rief Carol. »Kontrolliert den ganzen Bereich. Sie können nicht weit gegangen sein. Scheiße!«

»Das ist ja ein Irrgarten hier, sie könnten überall sein«, sagte Merrick mit verstörtem Gesicht und versagender Stimme.

»Dann steht doch nicht herum und quatscht, fangt an zu suchen. Und jemand soll zusehen, dass er das Tor hier aufkriegt«, fügte sie hinzu und schlug mit der Faust gegen die Tür in der Mauer des Durchgangs. »Findet heraus, wo sie hinführt, und untersucht alles haargenau.« Carol fuhr sich mit der Hand durchs Haar. Von ihrer Schädelbasis

ging ein stechender Schmerz aus. Wie hatte das geschehen können?
Merrick sprach aufgeregt in sein Sendegerät. »Alle Einheiten. Sucht die unmittelbare Nachbarschaft ab. Eine Kollegin vermisst. Ich wiederhole, Kollegin vermisst.« Er sah zu Carol hinüber. »Sollen wir mit der Tür-zu-Tür-Befragung anfangen?«
Sie nickte. »Jan, Sie können das in die Hand nehmen. Und fangen Sie mit denen an, die hinter diesem Tor wohnen.«
Carol wandte sich ab und erstickte fast an ihrem Zorn. Als die Beamten um sie herum sich zerstreuten, fragte sie sich, was sie anders hätte machen können. Das Schlimmste war, dass ihr dazu nichts einfiel.

Diesmal ist es eine Ordnungshüterin. Er weiß nicht, warum, er weiß nur, dass es so sein muss. Die Stimme trifft die Entscheidungen, die Stimme weiß alles am besten, die Stimme lässt ihn nie im Stich.
Sie sieht wie all die anderen aus, wie eine Hure, aber sie ist Polizistin. Dieses Wissen macht ihm Angst, aber trotzdem kann er noch das tun, was er erledigen soll. Er kann's kaum fassen, wie leicht es ist, sie einzufangen. Genau wie die Stimme vorausgesagt hat. Die Stimme sagte, sie würde lammfromm und kreuzbrav mitkommen, und das hat sie getan.
Er schnappte sie sich von der Straße, es war kinderleicht. Eher leichter als bei den anderen, weil er sie nicht vorher kannte. Es ist nicht schwer, sie sich als dreckiges Stück Fleisch vorzustellen, weil sie nie etwas getan hat, das ihn anders von ihr denken ließe. Er führt sie in den Durchgang, schneidet dann das Kabel durch, genauso wie er es den ganzen Nachmittag geübt hat. Schnipp, schnapp, so einfach. Sie merkt es überhaupt nicht.
In den Hof, durch die Tür, die Treppe hoch. Sie zögert nicht einmal, plappert weiter, denn sie meint, dass jemand zuhört,

dem sie die Wegbeschreibung zu dem Zimmer gibt, das für sie vorbereitet ist. An der Doppeltür, die wie ein Schrank aussieht, wenn man die äußere Tür auf dem Treppenabsatz aufmacht, zögert sie nicht einmal. Allerdings erwähnt sie sie und glaubt, damit einen Hinweis weiterzugeben. Als er ihr sagt, sie solle sich aufs Bett legen und Beine und Arme spreizen, tut sie wie geheißen. Er riecht ihre Nervosität, aber richtig Angst hat sie nicht, noch hat sie nicht genug Angst. Die Fesseln werden angelegt, und ihm ist klar, dass sie immer noch auf die Kavallerie wartet, die als Retter durch die Tür gestürmt kommt. Sie versucht nicht einmal, mit den Füßen zu treten, als er die Fußfesseln anlegt.

Aber als er den Knebel reinschiebt, ändert sich die Sache. Er merkt, dass ihr das überhaupt nicht gefällt. Ihre Augen weiten sich, und von ihren saftigen runden Titten steigt die Röte bis zu den Haarwurzeln auf. Ganz plötzlich dämmert es ihr, dass es vielleicht nicht so laufen wird wie geplant. Dass er die Kontrolle hat und nicht sie und die jämmerlichen Trottel auf ihrer Seite. Er lächelt ihr zu, das entspannte, triumphierende Lächeln des Siegers.

»Sie kommen nicht«, sagt er. »Du bist allein.« Er beugt sich vor, fasst ihr unter den Rücken und zieht den Sender unter ihrem Rock hervor. Dann fasst er ihr in den Ausschnitt und reißt das Mikro mit dem Kabel heraus. Er schwenkt die losen Enden vor ihren Augen hin und her. »Du hast mit dir selbst geredet«, spottet er. »Sie haben keine verdammte Ahnung, wo du bist. Du könntest inzwischen überall in Temple Fields sein. Du hast gedacht, du könntest uns schlagen, aber da hast du dich geirrt: Jetzt sitzt du in der Scheiße, Bullenkuh.«

Er wendet sich ab, beachtet die wimmernden Laute nicht, die aus dem geknebelten Mund kommen. Er nimmt den Dildo heraus, den er vorbereitet hat. Das helle Licht glänzt auf den scharfen Rasierklingen. Sie ist wirklich übel, diese Todesmaschine. Er wiegt sich auf den Fußballen und dreht sich ihrem Gesicht zu. Als sie den Dildo sieht, weicht alle Farbe aus

ihrem Gesicht, ihre Brust sieht fleckig und hässlich aus. Er tritt vor, schiebt ihren Rock hoch, reißt den Slip weg, schwingt den Dildo vor ihrem Gesicht hin und her und grinst.
Da macht sie sich nass. Das ärgert ihn, weil das Zimmer danach stinken wird, und das ist nicht sehr schön. Denn sie ist doch eine Ordnungshüterin.

Vierter Teil

Es ist eine bekannte Tatsache, dass es Bücher gibt, die das Leben von Menschen verändern. Würde mich jemand fragen, ob es in meinem Leben jemals ein solches Buch gegeben hat, dann würde er, glaube ich, die Antwort erstaunlich finden. Aber ich erinnere mich noch genau an den Eindruck, den The Three Hostages *von John Buchan auf mich machte, als ich es zum ersten Mal las.*
Wir waren mit der Familie in den Norfolk Broads in Urlaub. Es war, als hätten meine Eltern zwar irgendwie die theoretische Notwendigkeit des Ausspannens begriffen, aber keine Ahnung gehabt, wie man so etwas macht. Andere Leute verbringen eine Woche damit, auf Booten herumzuspielen, sie ergründen die Wasserläufe und machen die Erfahrung eines Lebens, das ganz anders als ihr normaler Tagesablauf ist – Stauwehre, das weite, flache Land, Wasservögel, das merkwürdig unwirkliche Gefühl, wenn ihre Füße nach mehreren Tagen auf dem Wasser wieder festen Grund unter sich haben. Aber bei uns war es nicht so. Meine Eltern hatten einen feststehenden Wohnwagen auf einem Platz gemietet, wo Hunderte dieser Metallkästen in dicht gedrängten Reihen an einem niedrigen Steilufer standen, von wo man auf die blaugrauen Wasser der Nordsee hinaussah. Der Wagen, den wir schließlich bekamen, bot allerdings nicht einmal einen Blick aufs Meer. Wir konnten von den Fenstern aus nur andere Wohnwagen sehen. Es war keine Verbesserung im Vergleich zu daheim. Selbst eine Sozialwohnung mit zwei Schlafzimmern bot mehr Geräumigkeit und Intimsphäre als diese neun Meter lange Blechkiste. Ich fand es schrecklich, beneidete die anderen Kinder, deren Eltern mit ihnen einen richtigen

Urlaub verlebten, und zählte die Stunden, bis wir uns wieder auf den Heimweg machten.

Und auch das Wetter half nicht gerade. Eine typisch englische Sommerwoche, grauer Nieselregen, der mit Tagen wässrigen Sonnenscheins abwechselte, an denen sich alle vom Platz zum Kiesstrand aufmachten, sich bis auf die Badeanzüge auszogen und dann fröstelnd und von einem Fuß auf den anderen hüpfend über die scharfkantigen Steine zum Wasser liefen. Dann schrien alle auf wegen der Wassertemperatur, machten kehrt und hüpften fröstelnd wieder über den Strand zu den Thermosflaschen mit dünnem Kaffee und den Eiersandwiches zurück.

Eines Nachmittags, als der Regen sich wirklich nicht übersehen ließ, beschlossen meine Eltern, im Gemeinschaftsraum mit Snackbar, der als niedriger Betonkasten zwischen den Wohnwagen stand, Bingo spielen zu gehen. Ich musste auch mitkommen, weil eine gesetzliche Vorschrift verlangte, dass ich mit meinen zwölf Jahren nicht unbeaufsichtigt bleiben durfte. Und meine Eltern nahmen es mit solchen Vorschriften immer schrecklich genau. Diese unwürdige Situation kränkte mich, widerwillig und gereizt trödelte ich hinterher. Ich wollte bei Amanda bleiben, einem wunderschönen blonden Mädchen aus der übernächsten Wohnwagenreihe, statt alten Knackern beim Bingo zuzusehen.

Dad kaufte mir eine Cola und eine Tüte Chips, zeigte auf die Tischtennisplatte und sagte, ich solle mich zwei Stunden amüsieren und nicht weggehen. Als wäre ich ein kleines Kind. Kochend vor Wut stapfte ich davon. Im Raum mit der Tischtennisplatte war es laut, und die vielen Kinder betrachteten mich, als wäre ich von einem anderen Planeten. Ich latschte in die hinterste Ecke, und da sah ich ein Regal mit ramponierten gebundenen Büchern. Zwei nahm ich herunter, fand sie aber nicht besonders interessant. Dann schnappte ich mir The Three Hostages, *und von der ersten Seite an nahm mich dieses Buch mit den Schilderungen eines Milieus gefangen, dessen Lebensumstände sich radikal von meinen unterschieden.*

Bis zu diesem Moment hatte ich mir nie vorstellen können, dass es möglich ist, vollständige Kontrolle über den bewussten Willen eines anderen Menschen zu erreichen. The Three Hostages *handelte von zwei Dingen, die ich mir mehr als alles andere wünschte: absolute Überlegenheit und den Zugang zu einer Welt von Macht und Erfolg. Von Geburt an war ich von Letzterem ausgeschlossen, aber wenn ich die Überlegenheit für mich gewinnen konnte, würde ich dafür etwas fast genauso Schönes erwerben.*

The Three Hostages *war der erste Schritt auf einer langen Reise zum innersten Kern der Psyche anderer Menschen. Eine Kontrolle darüber war möglich, daran zweifelte ich nie. Und ich hatte auch keine Zweifel, dass ich sie erreichen konnte. Ob ich sie nutzen konnte, um die Welt um mich herum zu verändern, musste sich noch herausstellen. Aber alles in allem dachte ich, ich würde es wahrscheinlich schaffen.*

Zuerst war mein Weg alles andere als klar. Als Strategie schien mir geeignet, möglichst viel Information zu sammeln, und ich suchte alles zusammen, was ich über Hypnose, Bewusstseinserweiterung, Gehirnwäsche und Steuerung der Psyche finden konnte. Je mehr ich lernte, desto mehr versuchte ich meine Fähigkeiten unter Beweis zu stellen. Ich übte an Schulfreundinnen, versuchte unbemerkt den Geheimnissen meiner Lover auf die Spur zu kommen und versuchte mich sogar an Kollegen. Bald fand ich heraus, dass meine Fähigkeiten geringer waren, als ich gehofft hatte. Obwohl ich hin und wieder bemerkenswerte Erfolge hatte, scheiterte ich auch oft. Die Psyche der meisten Menschen entzog sich entschieden meinem Zugriff. Und egal, wie intensiv ich meine Versuche betrieb, ich erzielte einfach keinen Durchbruch.

Dann entdeckte ich, dass es eine Kategorie schwächerer Gemüter gab, die weniger Abwehrkräfte gegen meine Technik hatten. Leute, die von den anderen als langsam und dumm abgelehnt wurden, konnte ich meinem Willen unterwerfen. Vielleicht war das nicht gerade der welterschütternde Effekt, von dem ich geträumt hatte, aber doch etwas, das ganz klare Möglichkeiten bot.

Die Frage war dann: Was würde ich mit der Macht anstellen, die ich mir verschafft hatte? Wie konnte ich das verstärken, was jetzt in meiner Gewalt war?

Die Antwort kam aus dem Nichts. Macht hoch zwei.

Wenn Wissen Macht war, dann war die Art und Weise, wie man es weitergab, angewandte Macht. Also war Sam Evans immer bereit, ein bisschen davon herzugeben, um eine Menge dafür zurückzubekommen. Es war überraschend, wie viel die Leute von sich gaben, wenn sie dachten, man rede offen mit ihnen. So war es auch mit Kevin. Als Gegenleistung für ein paar Brocken Wissen über Stacey Chens Werdegang hatte Evans eine Fülle von Informationen über Don, Paula und Kevin selbst bekommen. Gerade solche Dinge konnten als subtile kleine Druckmittel nützlich sein, sollte er jemals so etwas brauchen, um sie aus dem Gleichgewicht zu bringen.

Sie saßen in einem Pub auf dem Land, ein paar Meilen vom Swindale entfernt, und stärkten sich mit einem wohlverdienten Bier nach einem langen und frustrierenden Tag, an dem sie mit einem kleinlichen Revierkrieg gegen Kollegen beschäftigt gewesen waren und sorgfältige Vernehmungen durchgeführt hatten. Eigentlich sollten sie für morgen früh einen Aktionsplan aufstellen, aber insgeheim waren sie sich einig, dass sie genug von der Schinderei und dieser deprimierenden Arbeit hatten, die sich mit toten Kindern befasste. Der Klatsch über die Kollegen vom Revier war doch viel interessanter.

Als Kevins Mobiltelefon klingelte und eine SMS ankündigte, unterbrach er die Geschichte, die er gerade erzählte. Er sah ungläubig auf das Display. »Will sie uns vollends auf die Palme bringen, oder was?«, rief er aus und drehte das Telefon so, dass Evans den Text lesen konnte.

Unter der Überschrift STACEY MOBY stand: ›Mördr hat Paula gefsst. Sie wrd vermisst.‹

Evans schüttelte den Kopf. »Das ist doch nicht von Stacey. Gar nicht ihr Stil.«
Kevin wählte schon die Nummer. Sobald die Verbindung hergestellt war, sagte er: »Was meinst du damit, der Mörder hat Paula gefasst? Soll das ein makabrer Witz sein?«
»Über so was würde ich keine Witze machen«, sagte Stacey, offenbar beleidigt von dieser Unterstellung. »Ich meine, was ich sagte. Er hat Paula in seiner Gewalt. Hat sie in eine Gasse mitgenommen, und plötzlich war sie nicht mehr zu hören. Bis wir hinkamen, waren sie weg. Es war vor einer halben Stunde, und wir haben absolut nichts mehr von den beiden gesehen.«
»Scheiße«, fluchte Kevin. »Wir kommen. Innerhalb von 'ner Stunde sind wir da.« Er legte auf und wandte sich an Evans. »Sie hat es ernst gemeint. Während wir hier bei einem Bier saßen, haben unsere Scheißkollegen Däumchen gedreht und sich Paula vor der Nase wegschnappen lassen.« Er sprang auf. »Komm, wir fahren nach Bradfield zurück.«
Evans ließ sein halb ausgetrunkenes Bier stehen und ging voran zur Tür. »Wie ist denn das bloß passiert?«, sagte er.
»Ich weiß nicht«, antwortete Kevin. »Carol Jordan war so überzeugt, dass sie alles abgesichert hatte.«
Evans zog die Augenbrauen hoch, als er hinter Kevin zum Auto ging. Wenn Paula etwas passierte, na Gute Nacht, das wär's dann wohl für Carol Jordan. Er war froh, dass er nichts mit dem Desaster von heute Abend zu tun hatte und an einem Fall arbeitete, bei dem die Aussicht auf eine Lösung besser war. Jeder stand allein da draußen. Und jeder, dem das nicht klar war, wurde zur Beute. Und Beute wurde gefressen.
Er hatte jedoch nicht die Absicht, sich fressen zu lassen.

Es war kurz nach drei Uhr morgens, als Carol endlich nach Hause kam. Paula McIntyre war seit etwas mehr als sechs Stunden verschwunden. Jede Tür in Temple Fields, hinter der auf lautes Klopfen jemand reagierte, wurde geöffnet, jeder,

der reagiert hatte, wurde befragt. Sie hatten Massagesalons und Bordelle durchsucht, hatten Nutten und Strichjungen angesprochen, waren in Bars und Clubs eingedrungen. Sie hatten alles getan, um Paula zu finden, außer die restlichen Türen von Geschäften, Büros, Wohnungen und möblierten Zimmern in Temple Fields mit einem Rammbock einzurennen. Aber es war, als hätten sie und ihr Angreifer sich in Luft aufgelöst. Das Labyrinth von Zufahrtswegen, Gärten und Gassen hatte ihnen keinen einzigen Hinweis geliefert. Jan Shields war mit einem Team durch das Tor in der Wand in ein Gebäude dahinter gelangt, das hauptsächlich als Lager für eine kleine Druckerei zu dienen schien. Sie waren bei ihrer Suche auf nichts gestoßen, was darauf hingedeutet hätte, dass seit Tagen irgendjemand hier durchgekommen war.

Schließlich hatte Carol die Suche abbrechen lassen. Mehrere hatten protestiert und sich angeboten weiterzumachen, aber Carol hatte ihren Wunsch abgelehnt. Sie sagte entschlossen, vor Tagesanbruch könne nichts getan werden, das ihnen etwas bringe. Der beste Dienst, den sie Paula erweisen könnten, sei, jetzt etwas zu schlafen. Niemand wagte die gemeinsame Befürchtung auszusprechen, dass es schon zu spät sein könnte.

Carol war in bangem Schweigen mit Jan Shields und Don Merrick zum Überwachungswagen zurückgegangen. Als sie dort ankamen, hatte Jan den Kopf geschüttelt. »Ich komm noch nicht mit. Ich hab da draußen noch Kontakte. Leute, mit denen ich reden muss. Ihr werdet euch wundern, wer alles zu uns hält, wenn sie merken, dass eine Polizistin vermisst wird. Sie werden die Sache fast genauso entschieden geklärt haben wollen wie wir.«

»Schlecht für's Geschäft, was?«, sagte Merrick bissig.

»Ja, das könnte man sagen.« Jan zog den Kragen ihrer weichen Lederjacke näher ans Gesicht heran. »Ich seh euch dann bei der Besprechung.«

Carol versuchte nicht, sie zurückzuhalten.

Sie sahen ihr nach, bis sie im Nebel verschwunden war. »Ich habe ihr heute früh gesagt, dass sie es nicht durchziehen müsse«, sagte Merrick.

Carol spürte seine kritische Haltung, aber sie war zu müde, um sich mit ihm zu streiten. »Sie wusste das sowieso, Don. Es war ihre eigene Entscheidung«, sagte sie bedrückt, riss die Tür des Transporters auf und stieg ein. »Ich fahr nach Hause, um zu schlafen. Und ich schlage vor, dass Sie das auch tun, statt den Rest der Nacht in Temple Fields herumzurennen.« Sie wartete nicht auf seine Antwort. Als er ihr nach zwanzig Sekunden nicht gefolgt war, schlug sie die Tür zu und sagte dem Fahrer, er solle sie zur Polizeistation zurückfahren.

Sie dankte Stacey dafür, dass sie die Stellung gehalten hatte, und bat dann einen der Techniker, ihnen die Aufnahmen der Überwachungskamera, auf denen Paula zuletzt gesehen wurde, vorzuspielen. Sie betrachteten sie ein halbes Dutzend Mal, aber niemand entdeckte etwas Neues. Als sie auf der Wache ankamen, wies sie die Techniker an, alles zu tun, um Bild und Ton so weit wie möglich zu verbessern. Dann ging sie zu ihrem Wagen und fühlte sich dabei so alt und müde, dass sie kaum noch einen Fuß vor den anderen setzen konnte.

Als sie an der Tür ankam, zitterte sie vor Verzweiflung und Erschöpfung. Es war kläglich, wie dankbar sie war, in Tonys Arbeitszimmer Licht zu sehen, und sie drückte lange auf die Klingel. In Jogginghose und T-Shirt machte er auf und sah sie verblüfft an.

»Er hat Paula in seiner Gewalt«, sagte Carol. Jedes Wort klang, als sei es aus ihr herausgepresst worden. Sie schloss fest die Augen und legte den Kopf zurück. Tony trat in die Kälte hinaus und schloss sie in die Arme. Ein paar Sekunden blieb ihr Körper wie erstarrt. Dann legte sie den Kopf an seine Schulter, und Tränen rannen ihr übers Gesicht. Tony schwieg. Er stützte sie, hielt sie fest und spürte, wie der Schmerz aus ihrem bebenden Körper herausbrach.

Schließlich legte sich der Sturm. Carol trat etwas zurück und hielt seinem besorgten Blick stand. »Ist schon gut«, sagte sie zitterig.

»Nein, ist es nicht.« Tony führte sie hinein und ließ sie sich hinsetzen. »Willst du etwas zu trinken?«

Carol nickte und wischte sich die Tränen von den Wangen. »Bitte.«

Er nickte und ging in die Küche. Eine Minute später kam er mit zwei Gläsern Weißwein wieder, gab Carol eines und setzte sich neben sie. »Willst du darüber sprechen?«

Carol nahm einen Schluck Wein. Er schmeckte fremd, als hätte sich in der Chemie ihrer Geschmacksnerven irgendetwas verändert. »Nenne es von mir aus eine Verschiebung, aber ich kann nicht über Paula reden, bis ich weiß, wie wir zueinander stehen.«

»Dann musst du mir sagen, was ich wissen muss.«

Carol trank noch einen Schluck Wein. Diesmal schmeckte er schon weniger fremd.

»Seit der Vergewaltigung habe ich das Gefühl, dass mein Körper nicht mehr mir gehört. Ich brauchte eine Weile, bis ich merkte, dass eine sexuelle Erfahrung nötig sein würde, um mir zu zeigen, dass ich meine Reaktionen noch unter Kontrolle habe. Es musste eine Erfahrung sein, die mich selbst betraf und die unkompliziert war.«

Sie legte die Hand auf seinen Rücken und fühlte die Wärme seiner Haut unter dem T-Shirt.

Er schnaubte. »Und das schloss mich in beiderlei Hinsicht aus.«

Ihr schwaches Lächeln signalisierte Zustimmung. »Und plötzlich war da Jonathan. Verständnisvoll, großzügig, attraktiv und auf jeden Fall niemand, in den ich mich verlieben würde. Also hab ich ihn benutzt. Ich bin nicht besonders stolz darauf, aber für dich gibt es keinen Grund zur Eifersucht. Du bekommst jeden Tag mehr von mir, als ich ihm gegeben habe.«

»Aber ich bin eifersüchtig. Ich bin eifersüchtig, weil es für ihn so leicht und für mich so schwer ist.«
»Ich habe versucht, es für uns beide leichter zu machen.«
»Ich weiß. Aber das wird nicht so bald wahr werden, oder? Dass wir – du und ich – unbefangen miteinander umgehen können?«
Seine Stimme hatte noch nie so traurig geklungen.
»Ich weiß nicht«, sagte sie trostlos. »Ich weiß nur, dass ich ...«
»Sag's nicht.« Er unterbrach sie brüsk. »Ich habe das gleiche Gefühl. Aber irgendwie kommt nie der richtige Moment, oder? Es gibt immer etwas Größeres, das uns in Anspruch nimmt und uns auseinander drängt. Und im Moment ist es Paula. Also sag mir, was heute Abend geschehen ist.«
Carol fasste die Geschehnisse des Abends zusammen. »Sie ist tot. Und ich habe es geschehen lassen. Ich wusste alles über diese Dinge, wie schief es gehen kann, und hab es trotzdem geschehen lassen.«
Tony sprang auf und begann auf und ab zu gehen. »Ich glaube nicht, dass sie tot ist. Dieser Mörder will, dass seine Opfer gefunden werden, wenn sie noch frisch sind. Er richtet alles so ein, dass sie gefunden werden. Paula wurde nicht gefunden, also sagt uns die Logik, dass sie wahrscheinlich noch lebt.«
Carol schüttelte den Kopf. »Aber warum sollte er seinen Modus Operandi ändern?«
»Das ist eine gute Frage. Vielleicht weil er gemerkt hat, dass Paula Polizistin ist. Wenn du dich erinnerst, nach der ersten Nacht sagte ich zu dir, er könnte eventuell entdeckt haben, dass sie ein Lockvogel war.«
»Und wenn ja, warum sollte das einen solchen Unterschied machen?«
»Er liebt die Macht. Es kann sein, dass er sie am Leben erhält, weil eine Polizistin in seiner Gewalt zu haben ihm noch größere Macht gibt, die er genießt. Es gibt ihm Macht über uns und über sie. Er dirigiert alles wie ein Orchester. Wir müs-

sen nach seiner Pfeife tanzen, wenn wir Paula lebend zurückhaben wollen.«

Carol runzelte die Stirn. »Was meinst du damit, ›nach seiner Pfeife tanzen‹?«

Tony fuhr ungeduldig mit der Hand durch die Luft. »Ich weiß es noch nicht. Entweder macht er es uns klar, oder wir werden es selbst austüfteln müssen.« Er ging wieder auf und ab, blieb plötzlich stehen, wirbelte herum und sah sie an. »Carol, woher wusste er, dass sie ein Funkgerät trug?«

»Du hast das selbst beantwortet. Er muss herausgefunden haben, dass sie ein Köder war, und dann wurde ihm klar, dass sie verkabelt sein würde. Wahrscheinlich hat er deshalb sofort nach ihr gegrabscht, sobald sie in die Gasse kamen.«

»Für Derek Tyler ist das viel zu kompliziert«, murmelte er.

»Aber es war ja gestern Abend nicht Derek Tyler. Derek Tyler ist oben in Bradfield Moor eingesperrt.«

»Ich weiß, ich weiß. Aber es sind die gleichen Verbrechen, das gleiche Gehirn, das dahinter steht. Und es ist nicht Derek Tylers Gehirn. So schlau ist er nicht, und auch nicht beherrscht genug.« Er sah Carol an, sein Blick voll neuer Energie. »Das Individuum hinter dieser Sache zieht nicht nur die Strippen für uns. Es manipuliert auch den Killer.«

Carol schüttelte eigensinnig den Kopf. »Das nehm ich dir nicht ab. Leute morden nicht, weil jemand sie beauftragt hat. Nur Auftragskiller tun das. Und wenn es ein Auftragskiller ist, dann tut er es auf Anordnung von jemandem, der Derek Tyler um jeden Preis aus dem Gefängnis freibekommen will. Wir müssen noch einmal sein ganzes Leben durchgehen und herausfinden, wer ihn draußen sehen will und warum.«

»Du irrst dich, Carol«, seufzte Tony. »Aber wenn du entschlossen bist, diesen Weg zu gehen, solltest du vielleicht auch das Leben seiner Opfer betrachten und nicht nur Tyler selbst.«

Carol leerte ihr Glas und stand auf. »Seine Opfer?«
»Wenn ich jemanden geliebt habe, der ermordet wurde, und der Mörder bekäme nicht einmal ›lebenslänglich‹, sondern würde nur in eine Anstalt geschickt, aus der er theoretisch jederzeit entlassen werden könnte, hätte ich wahrscheinlich nicht das Gefühl, dass der Gerechtigkeit Genüge getan wurde. Ich würde den Killer in meiner Gewalt haben wollen. In den Kreisen, wo seine Opfer sich bewegten, ist es nicht ausgeschlossen, dass es jemanden gibt, der eines seiner Opfer geliebt hat, jetzt einen Auftragskiller anheuern konnte und in der Erwartung, dass ihr Tyler gehen lassen müsstet, diese Verbrechen nachstellen lässt.« Er zuckte mit den Schultern. »Das hat eine Art Logik.«
Carol starrte ihn mit offenem Mund an. »Logik?«, stammelte sie.
»Nein, Carol. Es ist Bockmist. Wenn etwas an dem dran wäre, was ich gerade vorgeschlagen habe, hätte die Person, die den Auftragskiller beauftragt hat, auch einen Anwalt zu Tyler reingeschickt und ihn auf eine Berufung drängen lassen. Aber das ist nicht geschehen.«
»Es ist noch Zeit«, sagte sie. »Vielleicht versucht er, Paula als ein Faustpfand für sich zu nutzen.«
»Carol, wenn du eine Anfrage von einem Killer bekommst, der dir im Austausch für das Zugeständnis, dass Derek Tyler zu Unrecht verurteilt wurde, Paula anbietet, dann lade ich dich ein Jahr lang jeden Abend zum Abendessen ein.«
»Abgemacht!«, sagte sie.
Er trank den letzten Schluck Wein. »Und jetzt ist es, glaube ich, Zeit schlafen zu gehen. Wir haben beide wichtige Arbeit vor uns ...« Er sah auf seine Uhr und stöhnte. »In ein paar Stunden.«
»Ich habe dir noch nicht für das Profil im Fall Tim Golding gedankt«, sagte Carol und folgte ihm zur Haustür. »Es hat mir wirklich geholfen.«

»Keine Ursache. Ich fand, ihr hattet vorher nicht den Gegenwert für euer Geld bekommen.«
»Fährst du raus und siehst dir den Tatort an?«
Er breitete ratlos die Arme aus. »Eigentlich wollte ich morgen rausfahren. Aber jetzt, wo Paula verschwunden ist ...«
»Es kann wahrscheinlich warten.«
»Wer arbeitet daran?«, fragte er.
»Kevin und Sam. Und Stacey wird die Verbindung zu der Einheit halten, die sich mit den Pädophilen beschäftigt. Don hätte den Fall gern wieder übernommen, aber ehrlich gesagt glaube ich nicht, dass er dem gewachsen ist. Wenn all dieser Mist vorbei ist, werde ich, glaube ich, Brandon bitten, ihn doch zum normalen Kripodienst zurückzuschicken. Vielleicht kann Chris Devine dann in den Norden ziehen. Sie würde eine gute Inspectorin abgeben.« Ihr Gesicht verdüsterte sich. »Ach Gott, wenn ich überlege, wie sehr ich mich auf diese Aufgabe gefreut hatte. Ich dachte, sie würde meine Rettung sein. Aber jetzt kommt sie mir wie mein letzter Sargnagel vor.«

Stacey Chen liebte ihre Arbeit. Ihre Eltern hatten die Computertechnologie begeistert begrüßt, als sie in den späten Achtzigerjahren zum ersten Mal allgemein zur Verfügung stand. Sie besaßen eine Kette chinesischer Supermärkte, und es entzückte sie, dass man mit den Rechnern so einfach den Lagerbestand und die Umsätze erfassen konnte. Stacey konnte sich kaum an eine Zeit erinnern, als es in ihrem Leben keine Computer gegeben hatte. Als Einzelkind hatte sie sich an den Rechner gewöhnt wie andere Kinder an Barbiepuppen oder Bücher. Da sie von den Unzulänglichkeiten dieser frühen Heimcomputer frustriert war, hatte sie Programmiersprachen gelernt, damit sie ihre eigenen Spiele für Computer schreiben konnte, die eigentlich nur für Textverarbeitung und einfache Buchhaltung gedacht waren. Als sie dann Informatik studierte, hatte sie schon so viel gelernt, dass sie sich dank eines netten kleinen Programms, das sie an einen amerikanischen Softwaregiganten verkauft hatte und das dessen Betriebssystem gegen eventuelle Rivalen schützte, eine Penthousewohnung mitten in der Stadt kaufen konnte. Ihre Dozenten sahen für sie einen raketenhaften Aufstieg in der New Economy voraus. Keiner konnte es richtig glauben, als sie verkündete, sie habe vor, zur Polizei zu gehen.

Aber in Staceys Augen machte es durchaus Sinn. Sie beschäftigte sich gern mit der Lösung von Problemen. Wenn sie in den Computern anderer Leute herumsuchen konnte, war sie in ihrem Element, und es bot ihr die Möglichkeit, ihre Bedürfnisse zu befriedigen, ohne etwas Illegales zu tun. Außerdem hatte sie noch genug freie Zeit, um ihre eigenen kommerziellen Interessen zu verfolgen, ohne dass die Konflikte entstanden, die sich vielleicht ergeben hätten, wenn sie für eine Softwarefirma gearbeitet hätte. Was schadete es also, dass ihr Polizistengehalt im Vergleich zu dem, was sie in ihrer Freizeit verdiente, lächerlich war? Ihre Arbeit gab ihr die legitime Möglichkeit, in die Geheimnisse anderer Leute einzudringen, und das war ihr Befriedigung genug.

Sie brauchte nicht einmal im Büro zu sein, um in den Daten anderer herumzuschnüffeln. Sie hatte ihre eigenen Computer zu Hause so eingerichtet, dass sie auf alle Systeme Zugriff hatte, die von der Einsatzgruppe genutzt wurden. Und weil sie sich zur Systemadministratorin ernannt hatte, brauchte sie sich nicht einmal damit abzumühen, an die Passwörter der Kollegen heranzukommen. Sie konnte einfach in ihren Dateien herumspionieren, wie es ihr passte. Und so kannte sie Kevins Vorliebe für Softpornoseiten, die er sich gratis anschauen konnte, ohne Angaben zu seiner Person machen zu müssen.

Sie kannte Don Merricks Interesse für amerikanischen Baseball, Paulas Schwäche für Nachrichtenseiten und Jans Angewohnheit, sich Bücher von einem feministischen Bücherversand in York schicken zu lassen. Sie fand Carol Jordans Vorsicht, überhaupt nichts dem Computer anzuvertrauen, sehr interessant, bis sie herausfand, dass ihr Bruder bei einer Softwarefirma arbeitete. Carol war sich offensichtlich der Spuren nur allzu bewusst, die man mit allem, was man tat, dort hinterließ.

Sie wusste auch über Sam Evans' Raubzüge am späten Abend Bescheid. Denn sie hatte in ihrer Wohnung gesessen und beobachtet, welche Tasten er drückte und wie er versuchte, in die Dateien seiner Kollegen einzudringen, aber immer wieder an der Passworthürde scheiterte. Sie hätte wohl Sam als einen ihr verwandten Geist ansehen können, aber stattdessen verachtete sie ihn wegen seines mangelnden Geschicks. Er sollte lieber dabei bleiben, sich diese derben Obduktionsseiten anzusehen, die er so sehr mochte. Das war ungefähr sein Kaliber. Mein Gott, was waren Polizisten doch für merkwürdige Typen.

Heute Abend war sie jedoch allein in den Dateien unterwegs. Wo Sam auch stecken mochte, er saß jedenfalls nicht im Büro, um seine Kollegen auszuspionieren. Und es war nichts Neues auf der Festplatte, das sie interessierte. Sie fragte sich, was sich wohl in Temple Fields drüben tat. Nach ein paar Befehlen über Tastatur und Maus konnte sie sehen, was die Kameras an die Computer sandten.

Stacey goss sich eine weitere Tasse Kaffee aus ihrer Thermoskanne auf dem Schreibtisch ein und stellte sich auf besonders sorgfältiges Hinschauen ein.

Paula hatte keine Ahnung, wie lange sie schon in dem kahlen, engen Raum mit der nackten Glühbirne lag, die alles so brutal deutlich machte. Zuerst war sie einfach überwältigt vor Erleichterung und Dankbarkeit, dass sie noch am Leben war. Sie hatte nicht die geringste Ahnung, warum. Die früheren Opfer hatte er, wie sie wusste, fast sofort gequält, nachdem er sie von der Straße gelockt hatte. Und als er dieses scheußliche, erschreckende Gerät hervorholte, war sie sicher, dass sie auf die gleiche Art und Weise umkommen würde. Aber nein. Er hatte nur ihre Genitalien mit der Kamera erfasst und kichernd den todbringenden Dildo vor ihr hin und her geschwungen. Er hatte die Fesseln kontrolliert, dann trat er zurück und fingerte an seinem Schwanz unter den weiten verblassten Jeans herum. Sie glaubte, er werde sie vergewaltigen, aber auch diese Befürchtung war nicht eingetroffen. Gierig hatte er sie ein paar Minuten angestarrt und seinen steifen Penis wie eine zahme Ratte gestreichelt. Dann hatte er die Videokamera und die Webcam überprüft und war gegangen.

Seitdem war sie allein. Sie hatte versucht, sich zu befreien, gab aber bald auf, denn sie begriff, dass sie nur ihre Energie umsonst verschwenden würde, die sie vielleicht später noch brauchte. Sie versuchte um Hilfe zu rufen, aber der Knebel, der gegen ihren Gaumen drückte, ließ höchstens ein Stöhnen zu. Sie konnte nichts tun, als vor Kälte und Angst zitternd dazuliegen. Die Urinlache unter ihr war in die dünne Matratze gesickert und hatte sich verteilt, sodass ihr noch kälter wurde.

Paula versuchte sich einzureden, dass sie bald kommen würden, um sie zu holen. Carol Jordan würde sie niemals im Stich lassen. Da er sie am Leben gelassen hatte, vermutete sie, dass er glaubte, sie seien ihm dicht auf den Fersen. Er war weggegangen, weil er nicht erwartete, genug Zeit zu haben, um nur dazusitzen und ihr beim Sterben zuzusehen, nachdem er sie verletzt hatte. Aber als die Zeit verstrich, begann sie den Glauben daran zu verlieren. Einmal meinte sie, leise Schritte und eine gedämpfte Unterhaltung zu hören. Aber als sie angestrengt lauschte, wurde es gleich still, und sie fragte sich, ob sie es sich nur eingebildet hatte.

Alles war ihre eigene Schuld. Wie hatte es passieren können, dass sie nichts gemerkt hatte, als er das Kabel durchschnitt? Hätte sie sich auf ihren Auftrag konzentriert, statt sich aufzuregen, weil er sie schmerzhaft in die Brustwarze gekniffen hatte, hätte sie gewusst, dass sie auf sich gestellt war. Dann hätte sie ihn überraschen können, sobald sie im Zimmer waren und sie die Gerätschaften auf dem Tisch sah, mit denen sich ihr Verdacht bestätigte, und sie hätte ihn festnehmen können. Aber sie war nicht auf Draht gewesen. Sie hatte mehr auf ihre eigenen Reaktionen als auf ihre Arbeit geachtet und zahlte jetzt den Preis dafür.

Aber sie war ja noch am Leben. Solange sie noch lebte, konnte sie an Rettung glauben. Carol Jordan würde jede Tür in Temple Fields sprengen, wenn es nötig wäre. Sie wusste, wie es war, wenn man von seinen Vorgesetzten schutzlos preisgegeben wurde, und sie würde niemals erlauben, dass das mit Paula geschah. Was immer dazu unternommen werden musste, Carol würde sie finden.

Die Minuten verstrichen unaufhaltsam. Paula war so erschöpft, dass sie immer wieder in einen schlafähnlichen Bewusstseinszustand verfiel, aber den Übergang zum Schlaf schaffte sie nie. Als die Tür aufging, wusste sie zunächst nicht, ob sie träumte. Ihr Herz sprang fast aus der Brust. Sie hatten sie gefunden!

Aber die Hoffnung wurde in Sekundenschnelle zunichte, als die grausam vertraute Gestalt des Entführers erschien. Er hatte den Parka ausgezogen und trug stattdessen eine Jacke mit Kapuze, wahrscheinlich um nicht erkannt zu werden. Aber sie wusste nur allzu gut, wer es war.

»Nur ich«, sagte er. »Ich muss die Kassette wechseln. Die Webcam ist nicht besonders gut, deshalb brauchen wir auch das Video. Damit wir zuschauen und genießen können, wie du leidest.«

Wenn sie den Hals streckte, konnte sie ihn hinter der Videokamera sehen, wie er die Kassette herausnahm. Er steckte sie in die Tasche, beugte sich dann vor und machte irgendetwas an der Webcam. Er grinste anzüglich. »Ich soll dich nicht anrühren. Die Stimme sagt, ich muss warten, bis die Zeit reif ist. Aber die Stimme sieht ja nicht alles.«

Er kam auf sie zu und rieb mit einer Hand an seiner Hose her-

um. Ungeschickt kroch er auf das Bett. Paula roch alten Cannabisrauch und saures, halb verdautes Bier, als er sich auf sie legte. Er war schwer und unbeholfen, der Reißverschluss an seiner Jacke zerkratzte die zarte Haut an ihrem Bauch. Plötzlich spürte sie zwischen den Schamlippen weiches Latex, das sich in ihre Vagina drängte. Sie wurde ganz steif, und er ächzte. »Mach's nicht schwerer für dich, dumme Pute«, knurrte er ihr ins Ohr. Sie versuchte sich wegzudrehen, aber ihre Fesseln waren zu stramm, und er war zu schwer.
Dann hatte er die Finger in sie hineingestoßen, während er sich auf ihrem Schenkel abstützte. Sie fühlte seinen steifen Penis durch seine Kleider. Paula biss auf den Knebel und hielt die Tränen zurück. Sie wollte nicht, dass er sah, wie nahe es ihr ging. Sie versuchte, sich von allem abzuschotten, was mit ihrem Körper geschah, aber es funktionierte nicht.
Gott sei Dank war es bald vorbei. Er stieß immer wieder seine Hand in sie hinein, während seine Hüften ihren Oberschenkel tief in die Matratze hineindrückten, als er schneller wurde. Sein Kopf bog sich nach hinten, und er schrie auf wie ein kleiner Hund, dem ein Tritt versetzt wird. Dann ließ er sich auf sie fallen und seine Finger glitten aus ihrer verwundeten Vagina. Er rollte zur Seite und grinste. »Eng bist du, du Miststück. Gefällt mir. Mit dir wird es mehr Spaß machen, wenn es so weit ist.«
Er kletterte vom Bett und zog seine Jacke zurecht, damit sie den feuchten Fleck an seiner Hose verdeckte. Dann steckte er eine neue Kassette in die Videokamera, machte die Webcam wieder an und ging auf die Tür zu. »See you later, alligator«, sagte er und winkte ihr beim Weggehen zu.
Die Tür wurde zugeschlagen.
Erst da fing Paula an zu weinen.

Carol war in ihrem Büro und machte sich Notizen für die Besprechung, als Kevin und Sam ankamen. »Chefin, können wir Sie mal kurz sprechen?«, fragte Kevin.

Sie forderte sie mit einer Handbewegung und einem resignierten Nicken auf, sich zu setzen. Eigentlich hatte sie dies schon erwartet. Noch eine schwierige Unterhaltung, die damit enden würde, dass sie sich so hilfreich vorkam wie ein Blinder beim Bogenschießen. »Lassen Sie mich raten. Sie wollen helfen, Paula zu finden?«

»Sie gehört zu uns, Chefin. Sie sagten doch am Anfang, dass wir ein Team sein müssten. Es ist kein gutes Gefühl, dass Sie mir und DC Evans eine andere Aufgabe geben, wenn das Team in Gefahr ist«, sagte Kevin.

»Ich verstehe, dass Sie das so empfinden«, sagte Carol. »Aber ich muss sicher sein, dass die besten Leute, die ich habe, die Golding- und Lefevre-Ermittlungen leiten. Sie haben doch bestimmt die Zeitungen heute früh gesehen – die wissen, dass zwei Leichen gefunden wurden. Jetzt denken sie sich alles Mögliche aus. Die Fanatiker gegen Pädophilie schüren die Wut, und wir stehen direkt in ihrer Schusslinie. Vor allem muss die Öffentlichkeit wahrnehmen, dass wir alle unsere Mittel einsetzen, um den Mörder dieser Jungen zu finden.«

»Aber sie sind tot, und Paula lebt vielleicht noch«, widersprach Evans.

»Sie mögen tot sein, aber sie sind trotzdem wichtig. Und wer immer sie umgebracht hat, ist irgendwo da draußen und plant vielleicht sein nächstes Verbrechen.«

»Wir sagen nicht, dass sie unwichtig sind, Chefin«, argumentierte Kevin. »Sam meint nur, dass es weniger dringend ist.«

»Ja, es würde nichts ausmachen, wenn wir einen Tag oder zwei aussetzten, nur solange die Suche nach Paula noch andauert«, warf Evans ein.

»Wir können nicht aussetzen, wie gerne Sie das auch tun würden.« Carol tippte mit dem Finger an eine Akte auf ihrem Schreibtisch. »Zwei Leichen sind eindeutig als Tim Golding und Guy Lefevre identifiziert worden. Todesursache in beiden Fällen wahrscheinlich manuelle Strangulierung. Das können wir vor der Presse nicht geheim halten. Sie haben schon angefangen, beim Parkservice und bei anderen Gruppen, die das Swindale besucht haben könnten, nachzufragen. Unser Mann wird wissen, dass wir ihn suchen, es sei denn, er ist blind und taub. Ich will ihm keinen Spielraum lassen, damit er uns nicht womöglich entschlüpft. Wir müssen den Druck aufrechterhalten. Tut mir leid, Jungs. Ihr kümmert euch weiter um Tim und Guy.«

Beide Männer sahen immer noch aufmüpfig aus. »Aber, Chefin …«, fing Kevin an.

»Kevin, das Beste, was Sie für Paula tun können, ist, in Ihrem Fall bald Erkenntnisse zu liefern. Ihr wisst, das wird die Moral heben und allen zu glauben helfen, dass wir Paula sicher nach Hause holen und den fassen können, der sie entführt hat. Man braucht keine besonders großartigen Fähigkeiten, um an Türen zu klopfen, und das ist es mehr oder weniger, was wir heute Vormittag tun müssen. Bitte nutzt eure Talente, um an eindeutige Beweise zu kommen.« Carol war leicht überrascht über sich selbst. Dies war die Art von Argumentation, die sie früher ohne nachzudenken einfach gebracht hätte. Dass sie ihr jetzt so leicht über die Lippen kam, stellte etwas von dem Selbstvertrauen wieder her, das sie über Nacht verloren hatte.

Kevin zumindest fiel darauf herein. Er blies sich förmlich auf vor Stolz und erglühte bei Carols Lob. »Wir werden unser Bestes tun«, sagte er und stand auf.

Evans sah ihn an, dann wieder zu Carol, schüttelte ungläubig den Kopf und folgte Kevin aus der Tür. Als sie gingen, hörte sie ihn sagen: »Ich kann kaum glauben, dass du auf den Mist reingefallen bist …«

Carol sprang auf und war sofort an der Tür. »Evans«, schrie sie. »Kommen Sie zurück. Sofort.« Bestürzt wandte er sich ihr zu. »Kevin, ich gebe Evans eine andere Aufgabe. Lassen Sie mich nicht im Stich.« Sie sah Evans scharf an. »In mein Büro. Sofort.«

Carol schloss die Tür. »Wir stehen hier alle unter Stress, aber das ist kein Grund für Gehorsamsverweigerung. Ich will, dass meine Leute mit vollem Einsatz hinter der Arbeit stehen, und es ist mir klar, dass Sie nicht bereit sind, alles zu geben, damit der Schmerz zweier Elternpaare gemildert wird, deren Söhne ermordet wurden.«

»Das ist nicht fair«, sagte Evans aufsässig.

»Widersprechen Sie mir nicht, Constable«, sagte Carol und sprach jedes Wort mit eisiger Deutlichkeit aus. »Wenn Sie weiter dieser Gruppe angehören wollen, dann sollten Sie begreifen, dass es mir nicht darauf ankommt, welche Aufgaben Sie persönlich bevorzugen. Ich dachte, ich hätte das schon geklärt? Ich wähle bestimmte Personen für bestimmte Aufgaben aus, weil ich der Meinung bin, dass sie dazu passen. Sie sind ein talentierter Kriminalbeamter, Evans, aber das heißt nicht, dass Sie berechtigt sind, meine Entscheidungen infrage zu stellen, besonders nicht in meiner Hörweite. Ich teile Sie jetzt den Ermittlungen in Temple Fields zu. Aber glauben Sie nicht, dass Sie gewonnen haben. Von jetzt an stehen Sie ganz oben auf meiner Abschussliste und müssen schon etwas ganz Besonderes leisten, um aus dieser Position wieder herauszukommen.«

Ein Anflug von Arroganz huschte über Evans' Gesicht. »Sie werden nicht lange darauf warten müssen, Ma'am«, sagte er.

Carol schüttelte genervt den Kopf. »Es ist an der Zeit, dass Sie aufhören, ein solcher Kindskopf zu sein, Evans. Verschwinden Sie, bevor ich Sie zur Verkehrspolizei versetzen lasse.« Sie sah ihm seufzend nach, als er wegging. Einen Schritt voran und zwei zurück. Es war Zeit, das Tempo zu ändern, die Sache in Fahrt zu bringen und den Fall zu lösen.

Auf dem riesigen Bildschirm stand Paula wieder an einer nebligen Straßenecke. Der Mann im Parka näherte sich ihr und berührte ihren Arm. Der Dialog kam dröhnend über die Lautsprecher, immer noch mit Rauschen verbunden, aber klarer als am Abend vorher in Carols Kopfhörer. Paula und der Mann gingen um die Ecke, und dann war auf der Bildfläche nur noch Schnee zu sehen. Der Ton lief weiter, bis er abrupt mit einem Schlag abbrach. Als das Licht wieder anging, herrschte im Raum absolute Stille. Die meisten Mitglieder der Gruppe sahen genauso miserabel aus, wie Carol sich fühlte.

Zeit, mal 'ne Schau abzuziehen, dachte sie, straffte die Schultern und dehnte die Finger wie ein Klavierspieler. »Okay«, sagte sie. »Das haben wir als Letztes von Paula gesehen. Sie ist immer noch verschwunden. Unsere Aufgabe ist es, sie zu finden. Dr. Hill hält die Chancen für gut, dass sie noch am Leben ist. Dieser Killer will, dass seine Opfer gefunden werden, wenn sie noch frisch sind. Die Tatsache, dass wir Paula noch nicht gefunden haben, weist darauf hin, dass sie noch kein Opfer ist. Lasst uns also losgehen, bevor sich das ändert. Erkennt irgendjemand diese Stimme? Ist dieser Mann bekannt? Solche Fragen müssen wir stellen.

Hinten im Raum haben wir Fotos von Paula. Es gibt auch ein paar Standfotos von dem Video, die Sie benutzen können. Und wir haben eine beschränkte Anzahl von Mikrokassettenrecordern mit der Aufnahme von der Stimme des Mannes, die Sie den Leuten in Temple Fields vorspielen können, um zu sehen, ob wir ihn dadurch identifizieren können. Im Verlauf des Tages dürften weitere Recorder zur Verfügung stehen.

Ich teile Sie in Dreiergruppen auf. DI Merrick wird hierbleiben und die Informationen sammeln, die von den Kollegen, welche die Aussagen lesen, und vom HOLMES-Team hereinkommen. Sergeant MacLeod von der Schutzpolizei wird das Team anführen, das zu jedem einzelnen Haus in Temple Fields Einzelheiten aus den städtischen Steuerunterlagen herausfiltert. DS Shields wird das Team anführen, das jeden Mieter und jeden Einwohner dieser Gegend befragen wird, unterstützt durch die Informationen von Sergeant MacLeods Team. Setzt Himmel und Hölle in Bewegung,

Leute! Es gibt da draußen eine Kollegin, die sich auf uns verlässt. Und wir werden sie nicht im Stich lassen.« Carols Stimme verkündete dies mit einer Zuversicht, die ihrer eigenen Stimmung nicht ganz entsprach. Aber es war ihre Aufgabe, ihnen Mut zu machen, und sie hatte den festen Willen, dies zu schaffen. Als sie hinausgingen, rief sie: »DI Merrick, DS Shields and DC Chen, noch einen Moment, bitte.«
Die von ihrer Gruppe übrig gebliebenen Mitarbeiter versammelten sich um sie. »Sie alle haben eng mit Paula zusammengearbeitet. Gibt es jemanden, den wir über das informieren sollten, was geschehen ist? Eltern? Einen Partner?«
»Ihre Mutter und ihr Vater wohnen in Manchester«, sagte Merrick. »Ich kann eine Adresse besorgen. Soll ich hinfahren und mit ihnen sprechen?«
»Nein, schon gut, Don. Besorgen Sie mir die Adresse, dann kümmere ich mich selbst darum.« *Wenn jemand eine Abfuhr bekommt, dann sollte ich das sein.* »Das war's also? Eltern, kein Partner?«
»Im Moment hat sie keine Freundin«, sagte Jan geistesabwesend.
Merrick drehte sich ärgerlich zu ihr um. »Was meinen Sie damit, ›keine Freundin‹?«
Jan warf Merrick einen mitleidigen Blick zu. »Eine Partnerin, eine wichtige Bezugsperson, was auch immer. Und in Paulas Fall ist das zufällig ein weibliches Wesen.«
»Ach Blödsinn«, explodierte Merrick. »Paula ist doch keine Lesbe.«
Jan lachte laut. »Sie wohnen in einer Wohnung mit ihr und haben nicht bemerkt, dass sie lesbisch ist? Und Sie nennen sich Kriminalbeamter?«
Carol stutzte. Ihr DI lebte mit einer ihrer DCs zusammen, die zufällig Lesbe war? Und sie hatte nichts davon gewusst? Die Buschtrommeln in dieser Gruppe funktionierten ganz und gar nicht, und sie würde das in Ordnung bringen müssen, wenn sie Paula gefunden hatten und die Dinge wieder

annähernd normal liefen. Sie wollte nicht, dass ordinärer Tratsch kursierte, aber sie musste die Gruppendynamik der Kollegen untereinander verstehen können, wenn sie optimal zusammenarbeiten sollten.

»Davon können Sie höchstens träumen, Shields. Was Sie da reden, ist Mist«, äußerte Merrick verächtlich.

Jan schüttelte den Kopf, auf ihrem Engelsgesicht zeigte sich Belustigung. »Wenn Sie meinen, Inspector.« Merrick starrte sie frustriert an.

Stacey, die den Wortwechsel mit der Aufmerksamkeit eines Zuschauers in Wimbledon beobachtet hatte, meldete sich plötzlich zu Wort. »Was macht das schon aus, mit wem sie lieber schläft? Sie ist nicht entführt worden, weil sie lesbisch, sondern weil sie Polizistin ist und wir sie da rausgeschickt haben, um für uns die Drecksarbeit zu machen. Und ich gehe zu meinen Computern zurück, um alles zu tun, was ich kann, um das in Ordnung zu bringen. Ma'am?« Sie sah zu Carol hin.

»Besser hätte ich es auch nicht sagen können, Stacey. Um Gottes willen, ihr beiden, macht euch an die Erledigung eurer Aufgaben. Wir haben jede Menge Arbeit. Lasst uns anfangen, ja?«

Tony starrte den Mann an, der mit dem Rücken zum Zimmer zusammengekauert auf dem Bett lag. Wieder hatte sich Tyler geweigert, in Tonys Büro oder ein Besprechungszimmer zu kommen. Aber diesmal ließ sich Tony nicht abweisen. Er würde dem Mann etwas abtrotzen. Wenn Paula McIntyre nicht lebend aus dieser Sache herauskam, wusste er, dass Carol nie wieder als Polizeibeamtin arbeiten würde, und wie reizvoll ihm persönlich das auch erscheinen mochte, war ihm doch klar, dass er nicht untätig herumsitzen konnte, während sie das Einzige verlor, das ihr Selbstverständnis als Erwachsene geformt hatte.

Einen Stuhl nahe ans Bett heranziehend, setzte er sich, stützte die Ellbogen auf die Knie und beugte sich nach vorn. Er sammelte Gedanken und Energie und sagte im Plauderton: »Es ist nicht schön, was? Zu wissen, dass du wegen eines anderen Menschen fallen gelassen wurdest?« Tyler regte sich nicht.

»Ich meine, wenn du Stimmen hörst, würdest du doch zumindest vermuten, dass sie dir treu bleiben. Und dich nicht wegschmeißen wie ein altes Paar Schuhe, weil du nicht mehr funktionierst.« Tylers Bein zuckte.

»Ich sehe, dass dieser Gedanke dich aufregt. Und das ist ja auch kein Wunder. Ich würde mich an deiner Stelle auch aufregen. Du bist einfach vor die Tür gesetzt worden, Derek. Ich wette, du dachtest, dass deine Stimme dir helfen würde, hier rauszukommen, stimmt's? Ich wette, deshalb hast du das Spielchen ›verrückt, aber nicht bösartig‹ gespielt, weil die Stimme dir sagte, du solltest den Mund halten. Damit du eines Tages anfangen könntest, wieder zu sprechen, und wir dich für geheilt halten würden.« Da bewegt sich definitiv etwas, dachte Tony. Tylers Schultern spannten sich, und er zog die Beine höher hinauf.

»Es ist komisch, aber ich habe im Lauf der Jahre bemerkt, dass die meisten Leute, die Stimmen hören, sie irgendwie als Ausrede benutzen. Also ich persönlich, wenn die Jungfrau Maria mir sagen würde, dass ich Prostituierte umbringen solle, ich würde es nicht tun, weil ich in mir nicht den tiefen Wunsch habe, Prostituierte zu ermorden. Aber ein Mann, der insgeheim glaubt, dass Prostituierte böse sind, würde die Stimme als Rechtfertigung nutzen, um das zu tun, was er für richtig hält. Wie Peter Sutcliffe behauptete, als er das Spiel ›verrückt, aber nicht bösartig‹ spielte.«

Tony sprach in einem tieferen Tonfall, mit dem er Wärme und Mitgefühl vermitteln wollte. »Aber ich glaube nicht, dass es bei dir so ist, Derek. Ich glaube nicht, dass du die Stimme für dich genutzt hast. Ich glaube, die Stimme hat dich ausgenutzt. Und jetzt bedient sie sich eines anderen.

Gib's zu, Derek, du bist nicht so besonders, wie du dachtest.«
Plötzlich streckte sich Tyler und rollte sich auf den Rücken. Er setzte sich mit einem Ruck auf dem Bettrand auf, sein Gesicht war nur ein paar Zentimeter von Tonys Gesicht entfernt. Tony hielt seinen Ausdruck von Mitgefühl und Besorgnis aufrecht. Zeit, seine Trumpfkarte auszuspielen. »Du bist so loyal gegenüber der Stimme, aber sie hat sich von dir abgekehrt. Sie lässt dich hier sitzen, bis du schwarz wirst. Sie hat einen anderen gefunden, der tut, was sie will. Sie hat dich verraten, Derek. Du kannst es ruhig genauso machen.«
Das Schweigen zog sich eine ganze Minute hin. Dann beugte sich Tyler näher zu ihm heran. Tony spürte den warmen Atem des anderen Mannes an seiner Haut. »Ich hab auf Sie gewartet«, krächzte er.
Tony nickte sanft. »Ich weiß, Derek.«
Tyler riss die Augen so weit auf, dass Tony die kreisrunde Iris im Weiß des Augapfels sah. »Ich bin angeblich beschränkt. All diese Ärzte, die sollen zwar schlau sein, aber sie haben es nie kapiert.«
»Ich weiß.«
»Sie dachten alle, es sei die Stimme Gottes oder so was. Aber ich bin doch nicht blöd, wissen Sie. Ich bin vielleicht langsam, aber nicht blöd.«
»Das weiß ich auch. Wessen Stimme war es also?«
Tylers Lippen verzogen sich zu einem triumphierenden Grinsen. »Die von der Viper.«
»Der Viper?« Tony versuchte, seine Enttäuschung nicht zu zeigen. »Wer ist die Viper?«
Tyler wich ein paar Zentimeter zurück und tippte sich an die Nase. »Wenn du so verdammt schlau bist, dann knoble es doch selbst aus.«
Dann drehte er sich zur Wand und rollte sich mit einer einzigen geschmeidigen Bewegung wieder wie ein Fötus zusammen.

Hätten sie es nur früh genug gewusst, dann hätte es für Bradfields Gelegenheitskriminelle ein Freudentag sein können. Jeder irgendwie abkömmliche Polizist war draußen auf den Straßen, irgendwo in das Kaleidoskop von Gesprächen verwickelt.
An einer Ecke in der Nähe des Sexshops stand PC Danny Wells und fiel potenziellen Kunden auf die Nerven. »Haben Sie in den letzten vierundzwanzig Stunden diese Frau gesehen?« Das Foto von Paula, als sie einen Abend mit ihren Kolleginnen verbrachte und in die Kamera lächelte. »Erkennen Sie diesen Mann?« Das Standbild aus dem Video. *Es könnte eigentlich jede beliebige Person sein*, dachte Danny. »Hören Sie sich diese Stimme an. Erkennen Sie sie wieder?« PLAY, STOP, zurückspulen.
DS Jan Shields war bei den Zeitungsverkäufern weiter unten in der Straße an Paulas Standort. Der Asiate hinter dem Ladentisch war vor rechtschaffener Empörung ganz außer sich. »Haben Sie diese Frau gesehen?« Paulas Foto lag auf einem Stoß Morgenzeitungen. Ein Kopfschütteln. »Kennen Sie diesen Mann?« Das Videobild daneben. Ein Achselzucken.
»Wie soll ich das wissen? Das könnte ja jeder sein. Sie könnten es selbst sein«, sagte er unverschämt.
»Sind Sie der Besitzer dieses Hauses?«
»Nein, ich habe nur den Laden gemietet.«
»Nur den Laden? Was ist mit den oberen Stockwerken?«
»Wohnungen. Hab nichts damit zu tun.«
»Okay. Ich brauche Namen, Adresse usw. Ihres Vermieters.«
Der Ladenbesitzer machte ein finsteres Gesicht. »Was geht Sie das an? Gibt es ein Problem?«
»Ja, es gibt ein Problem, aber wahrscheinlich ist es nicht Ihres. Kann ich Ihr Hinterzimmer sehen?«
Plötzlich mischte sich Ängstlichkeit in seine großen Töne. »Warum wollen Sie das sehen? Es ist doch nur ein Lagerraum.«
Jan hatte keine Lust, sich herumzustreiten, und lehnte sich

an den Ladentisch. »Hören Sie, es ist mir völlig wurscht, ob Sie da hinten von einer Wand bis zur anderen alles voll mit geschmuggelten Zigaretten haben, danach suche ich nicht. Lassen Sie mich nur mal reinschauen, okay? Dann gehe ich. Andernfalls rufe ich das Zollamt an, jetzt gleich, mein Freund.«

Er starrte sie an, hob dann aber die Klappe des Ladentischs an und ließ sie durch. »Ich kann das erklären ...«

Und in den Büros der Bradfielder Stadtverwaltung ermittelte Sergeant Phil MacLeod. Er stand als Leiter einer Gruppe von fünf Beamten an der Anmeldung des hiesigen Finanzamts. Die Frau hinter dem Schreibtisch sah skeptisch drein.

»Es ist Samstag«, sagte sie. »Wir schließen heute um zwölf.«

»Nein, heute nicht. Es geht hier um Ermittlungen in einem Mordfall.«

Sie sah verwirrt und erschrocken aus. »Ich weiß nicht, wie man da vorgeht«, sagte sie.

»Es geht um die offiziellen Akten. Sie brauchen mir nur die städtischen Steuerlisten für diese Straßen zu zeigen.« Sergeant MacLeod legte ihr eine Liste der Straßen von Temple Fields vor.

»Da muss ich meinen Chef holen.«

»Was immer. Tun Sie es einfach«, schnauzte MacLeod.

Und in einem Haus, aus dessen ehemaligem viktorianischen Prunk man ein Sammelsurium möblierter Zimmer gemacht hatte, stand DC Laura Blythe. Sie klopfte an eine Tür. Keine Antwort. Sie ging einen Korridor hinunter, in dem es nach Curry und Kohl roch, und klopfte an die nächste Tür. Ein verschlafener junger Mann in Boxershorts und einem T-Shirt machte auf.

Blythe zeigte ihren Ausweis. »DC Blythe, Polizei Bradfield. Wir suchen eine Frau, die entführt worden ist. Ich würde mir gern kurz Ihre Wohnung ansehen.«

»Was?« Er war völlig entgeistert.

»Ich muss mich nur vergewissern, dass sie nicht hier ist.«

»Sie glauben, dass ich jemanden entführt habe?« Argwohn und Verwirrung.
»Nein, aber sie ist hier ganz in der Nähe verschwunden, und es ist meine Aufgabe, die Anwohner aus unseren Ermittlungen auszuschließen. Kann ich also kurz nachsehen?«
»Haben Sie einen Durchsuchungsbefehl?«
Blythe sprach jetzt leiser und verlegte sich aufs Drohen. »Verlangen Sie nicht, dass ich einen besorge. Ich habe einen total schlechten Tag.« Sie zog Paulas Foto heraus. »Ich bin an nichts anderem interessiert. Nur an ihr.«
Er schüttelte verwirrt den Kopf und stieß die Tür auf, hinter der das schäbige Chaos in der Wohnung zum Vorschein kam. »Sie ist nicht mein Typ, Süße«, sagte er ironisch.

Carol stand an der Tür von Tonys Büro in Bradfield Moor. Es sah genauso aus wie überall, wo er je gearbeitet hatte – so vollgestopft mit Büchern und Unterlagen, dass es unmöglich war, irgendwelche architektonischen Grundstrukturen zu erkennen. Er war wie ein Eichhörnchen, das jedes Jahr wieder das gleiche Nest baute. »Du hast eine Nachricht auf meinem Anrufbeantworter hinterlassen? Es klang dringend.«
Er sah von seinem Computer auf und lächelte. »Danke, dass du gekommen bist. Ich dachte, du würdest nur anrufen.«
»Ich war sowieso schon auf dem Weg aus der Stadt raus. Ich suche Paulas Eltern auf.« Sie trat ein und setzte sich.
»Aha.«
»Ja. Also, was hast du für mich?«
»Tyler hat gesprochen«, sagte Tony.
»Das kann ja nicht wahr sein«, rief sie aus.
»Reg dich nicht zu sehr auf.« Er wiederholte die Unterhaltung und sah Carol dann erwartungsvoll an.
Sie fuhr sich mit der Hand durchs Haar. »Die Viper? Das war's?«
Er nickte eifrig. »Ich hab dir ja gesagt, Derek Tyler hat nicht genug Grips, um selbst solche gut organisierten Verbrechen

wie dieses zu begehen. Diese Morde waren nicht Tylers Idee. Sie sind niemals auf seinem Mist gewachsen.«
»Wir sind also wieder bei deiner Theorie eines Strippenziehers, der Derek Tyler wie eine Marionette manipuliert? Und jetzt ist er zu seinen alten Tricks zurückgekehrt?«
»Das ist eine Möglichkeit. Es würde bedeuten, dass er jemanden gefunden hat, der genauso leicht beeinflussbar ist wie Tyler, was bestimmt nicht einfach war. Oder vielleicht hat er in den letzten beiden Jahren den Mut gefasst, es selbst zu tun.«
»Oh Gott«, stöhnte sie. »Weißt du, wie verrückt sich das anhört?«
»Ja, weiß ich. Aber es ist das Einzige, das all den Informationen, die wir haben, einen Sinn gibt. Entweder hat der Zirkusdirektor ein neues Individuum unter Kontrolle, oder er tut es selbst.«
Carol kam allmählich ein besorgniserregender Gedanke. »Was für ein Mensch könnte eine andere Person in solchem Maße beherrschen?«, fragte sie, beinahe zögernd.
Tony runzelte die Stirn. »Man hätte es mit einer starken Persönlichkeit zu tun. Jemand mit der Fähigkeit, die Leute zu bezaubern, an sie heranzukommen. Er müsste einiges über Gehirnwäsche und die entsprechenden Methoden wissen. Wahrscheinlich hat er Fähigkeiten auf dem Feld der Hypnose entwickelt.«
»Jemand wie du also?« Carol versuchte, es wie einen Scherz klingen zu lassen, aber es gelang ihr nicht.
Tony warf ihr einen merkwürdigen Blick zu. »Er müsste besser mit Menschen umgehen können als ich«, sagte er sarkastisch. »Aber ja, ein praktizierender klinischer Psychologe könnte es wahrscheinlich tun.« Er neigte den Kopf zur Seite. »Carol, was verschweigst du mir?«
»Nichts«, sagte sie mit einem nervösen Lachen. Dies war wohl kaum der richtige Moment, um Evans' Wissensdurst in Bezug auf Aidan Hart zu erwähnen. Vorher wollte sie sich darüber klar werden, was sie selbst davon hielt. »Ich muss

den Zusammenhang mit Tyler finden. Wer immer diese Viper ist, er spielte jedenfalls schon früher in Tylers Leben eine Rolle. Und ich muss die Teams auf den Straßen herumfragen lassen, ob jemand von der Viper gehört hat.«
Tony sah sie lange an und dachte über ihre Worte nach. Dann stand er auf und nahm seinen Mantel. »Und ich muss mir Gedanken machen. Ich gehe an die Stelle zurück, wo Paula verschwunden ist.« Auf dem Weg zur Tür blieb er stehen. »Sie lebt noch, Carol. Ich bin sicher.«

Und das Kaleidoskop drehte sich weiter. DC Evans war in einem extravaganten Pub mit Zimmervermietung im oberen Stockwerk. Der Besitzer war in den Dreißigern, hatte den Kopf glatt rasiert, trug eine Lederweste über dem nackten Oberkörper, dazu eine Lederhose und polierte mit einem Lappen Gläser. Die Fragen, die Fotos und die Aufnahme vom Band. Der Wirt zuckte mit der Schulter. »Sagt mir nix, Kumpel.«
»Wie viele Zimmer haben Sie also?«
»Acht Doppel- und zwei Einzelzimmer.«
»Ich würde sie mir gerne ansehen.«
»Vier davon sind belegt.« Der Gastwirt legte seinen Lappen hin.
»Die würde ich besonders gern sehen.«
Der Wirt grinste anzüglich. »Sie sind wohl Voyeurist, mein Kleiner?«
Evans stützte sich auf den Tresen und musterte den Gastwirt mit drohendem Blick. »Wann muss Ihre Ausschanklizenz erneuert werden, Sir?«
Und in einem Zimmer kaum fünfzig Meter von dem Pub entfernt lag Paula mit glasigen Augen auf dem Bett, die Fliege im Netz der Spinne. Ihr Mund war so trocken, dass ihre Lippen an dem Knebel festklebten. Ihr Peiniger war noch einmal gekommen, um die Kassette zu wechseln, aber diesmal hatte er sie in Ruhe gelassen und sich damit begnügt, mit

dem Dildo vor ihrem Gesicht herumzufuchteln. Sie hatte noch nie im Leben solche Angst gehabt. In ihrem Gehirn begann alles durcheinander zu geraten, merkwürdige Ideen schossen ihr durch den Kopf. Ob dies die Strafe dafür war, dass sie an Carol Jordan gezweifelt hatte? Ob es die Strafe dafür war, dass sie lesbisch war? Nichts machte mehr Sinn. Sie lebte nur noch in der Hoffnung, dass die Tür aufging und nicht er es war, der draußen stand.

Und auf den Straßen, die sich wie ein Spinnennetz um die Beute zogen, lief das Leben nach den Mustern weiter, die so tief verwurzelt waren, dass sie sich auch bei der starken Polizeipräsenz nicht änderten. Die Leute waren vorsichtiger als sonst, aber die gewohnten Geschäfte gingen weiter. Dee hatte schon eine andere Absteige für ihre Kunden gefunden, und am Nachmittag hopste sie mechanisch auf einem Büromöbel-Vertreter herum, dessen Frau zur gleichen Zeit ihre beiden Kinder von der Schule abholte, als er unter Dee stöhnte. Honey holte sich von Carl Mackenzie ein Briefchen Heroin, und beide waren sich vollkommen im Klaren, dass es die Bullen, die auf den Straßen herumwuselten, nicht kümmerte, selbst wenn es ein Kilo bester Spitzenstoff gewesen wäre.

Und ein Mörder schlenderte im Gefühl menschenverachtender Unverletzbarkeit durch die Straßen von Temple Fields.

Stacey Chen war allein im Einsatzraum der Elitegruppe und bemerkte, dass eine neue E-Mail eingetroffen war. Sie sah, dass sie einen Anhang hatte, ließ sie durch ihren Virenchecker überprüfen und öffnete sie erst, als sie sich überzeugt hatte, dass sie in Ordnung war. Sie war von Nick Sanders, einem Ranger des Peak National Parks, und enthielt neben seinem Eintrag vom Juli auch ein Dutzend Fotos von Chee Dale und Swindale. Während sie sie flüchtig betrachtete, aktivierte sich ein anderes Programm. Stacey hatte ein System eingerichtet, das jede JPEG-Datei abfing und analysierte und sie nach der Seriennummer der Kamera sortierte, wenn eine gefunden wurde. Sie hatte vor, diese Software der Ermittlergruppe für Kinderpornografie anzubieten, um die Einordnung der Dateien aus verschiedenen Quellen zu erleichtern und eventuelle Zusammenhänge zwischen verschiedenen Individuen zu finden. Aber vorher musste sie sicher sein, dass sie alle Fehlerquellen ausgemerzt hatte.

Als sie sich wieder den Dateien zuwandte, an denen sie vorher gearbeitet hatte, kam jemand von der Spurensicherung herein. »Ist DCI Jordan in der Nähe?«, fragte er.

»Sie ist nach Manchester gefahren. Kann ich etwas tun?«

Er legte einen Hefter auf ihren Schreibtisch. »Wir haben DNA aus der Probe von Jackie Mayall isolieren können. Es ist ein bisschen verunreinigt, nicht gut genug, um es mit der nationalen Datenbank zwecks einer genauen Übereinstimmung zu vergleichen, aber sicher so weit in Ordnung, dass Sie Verdächtige ausscheiden können. Man wird den Typ damit nicht absolut dingfest machen können, aber es wird ein guter Hinweis sein, ob ihr den Richtigen erwischt habt.«

»Danke. Ich werde dafür sorgen, dass sie es sofort bekommt, wenn sie zurück ist«, sagte Stacey zerstreut, denn ihre Gedanken waren schon wieder bei der Aufgabe, die sie vor sich hatte.

Sie war überrascht, als sie wieder auf den Bildschirm sah und in der Mitte ein Fenster blinkte, in dem ›Camera match‹ stand. Sie seufzte. Wahrscheinlich wieder die gleiche blöde Störung, die sie schon seit einer oder zwei Wochen auszubügeln versuchte. Statt eine Gruppe von Bildern der gleichen Quelle als einen Satz zu erfassen, verzeichnete das Programm sie einzeln und teilte ihr mit, dass sie tatsächlich zu etwas anderem, bereits im System Erfasstem passten. Sie hatte gedacht, sie hätte das endlich behoben, sich aber offenbar getäuscht. Es würde ihr nur mitteilen, dass eines der Fotos in Sanders' Anhang mit der gleichen Kamera wie alle anderen aufgenommen worden waren. Das war ja wohl kaum sensa-

tionell, und sie würde noch einige Arbeit reinstecken müssen, um das auszubügeln, bevor sie irgendjemandem das Programm zur Nutzung überlassen konnte. Ohne große Erwartung klickte sie das Fenster an, saß dann jedoch da und starrte und konnte ihren Augen kaum trauen.
»Ach du Scheiße«, murmelte sie und griff zum Telefon.

Tony hatte länger gebraucht, als ihm recht war, bis er in Temple Fields ankam. Als er gerade Bradfield Moor verlassen wollte, hatte Aidan Hart versucht, ihn sich zu angeln, indem er eine Fallkonferenz zu einem von Tonys Patienten verlangte. »Nicht jetzt, Aidan«, hatte er ungeduldig geantwortet.
»Doch Tony, jetzt. Schließlich ist heute einer der Vormittage, an denen Sie laut Vertrag verpflichtet sind, hier zu arbeiten«, hatte Hart unerbittlich beharrt.
»Sie wissen, dass das nur eine Formalität ist. Ich habe meine Stunden absolviert, Herrgott, mehr als meine Stunden – und zwar dann, wenn es mir und meinen Patienten passte.«
Hart hatte es mit einem versöhnlichen Lächeln versucht. »Was ist so wichtig, dass es nicht zwei Stunden warten kann?«
Tony fuhr sich mit der Hand durchs Haar. »Es geht um den Prostituiertenmörder. Er hat eine Polizeibeamtin entführt. Ich glaube, sie ist noch am Leben.«
»Aber bestimmt ist das doch eine Angelegenheit für die Polizei? Dort wird man doch nicht erwarten, dass Sie nach ihr suchen, oder?«, fragte Hart mit scherzhafter Ironie.
»Nein. Aber ich habe etwas aus Tyler herausbekommen und muss ergründen, auf welche Weise uns das helfen kann.«
Hart war bestürzt. »Tyler hat mit Ihnen gesprochen?«
»Ganz kurz. Wir haben den Spitznamen des Killers. Oder zumindest der Person, die hinter dem Mörder steht.«
Hart riss die Augen auf. »Ein Spitzname?«
»Den kann ich Ihnen nicht nennen, Aidan. Es ist noch vertraulich.«

Hart fuhr sich mit der Zunge vom einen Mundwinkel zum anderen. »Ich glaube, ich weiß, was Vertraulichkeit bedeutet, Tony.«
»Aber trotzdem ...«
»Okay, okay. Aber was meinen Sie mit der ›Person, die hinter dem Mörder steht‹?«
Tony runzelte die Stirn. »Ich habe jetzt keine Zeit dafür, Aidan. Ich muss in die Stadt.«
Hart hielt ihn mit einer Hand an der Schulter fest. »Tut mir leid, Tony. Ich brauche Sie für diese Fallkonferenz.« Er führte ihn den Korridor entlang zurück. »Was heißt das also, eine Person hinter dem Mörder?«
»Es ist nur eine Theorie. Ich bin eigentlich noch nicht so weit, dass ich darüber sprechen kann«, wich Tony aus, dem es unangenehm war, dass sein Chef sich offenbar in den anderen Teil seines Berufslebens einmischen wollte. Also schwieg er sich aus und ließ die Fallkonferenz über sich ergehen. Zwar wurde seine Stimmung dabei immer mieser, aber sein Pflichtgefühl verlangte von ihm, seinen Patienten so gut es ging zu unterstützen.
Schließlich war er jedoch entkommen und folgte auf den Straßen von Temple Fields dem Weg von Paulas Entführer, um herauszukriegen, woher er gekommen sein mochte. Beim Gehen bewegte er die Lippen und bemerkte nicht, dass die anderen Fußgänger ihn anstarrten. Zweimal wurde er von Polizisten angehalten, die ihm Fotos von Paula unter die Nase hielten und leicht verlegen wurden, als er erklärte, wer er war und was er tat.
»Wo ist sie? Warum hast du sie uns nicht zurückgegeben? Du hast uns doch alle anderen zurückgegeben. Warum Paula nicht? Wir wissen, dass du die Macht dazu hast. Was willst du damit beweisen?«, sagte er halblaut, als er weiterging, aber die Fragen drehten sich schließlich in einem kleinen Kreis, fast wie seine Füße auf den Gehwegen und Gassen.
Er ging um eine weitere Ecke und geradewegs auf Jan Shields

und Sam Evans zu, die unter der schützenden Markise eines Wettbüros ins Gespräch vertieft waren. Ohne sich mit einer Einleitung aufzuhalten, sagte er: »Viper – was bedeutet das für euch?«

Evans zuckte mit der Achsel. »Giftig wie eine Viper? Eine Viper am Busen nähren … oder war das die Natter?«

Jan schüttelte den Kopf. »Keine Ahnung. Hört sich wie 'n Spitzname an, aber keiner, den ich schon mal gehört hätte.«

Tony nickte. »Zuhälter haben Spitznamen, oder?«

»Manche, ja. Aber wie ich schon die ganze Zeit sagte, wir haben hier kaum noch Zuhälter«, antwortete Jan.

»Könnt ihr herumfragen, ob irgendjemand den Namen schon mal gehört hat?«, bat Tony.

»Klar. Aber was soll das bringen?«, fragte Evans.

Tony sah sich um, als lauere die Antwort in einem der benachbarten Gebäude.

»Tony?«, forderte Jan ihn auf.

»Ich glaube, es ist jemand, den Derek Tyler kannte«, sagte Tony und fasste sich. »Jemand, der in der Lage sein könnte, Licht auf diese Morde zu werfen.«

»Ich kann mich nicht erinnern, das in seiner Akte gesehen zu haben«, sagte Evans.

»Es steht nicht in seiner Akte. Er hat es mir selbst gesagt.«

Tony sah sich immer noch um, seine Gedanken waren schon bei etwas anderem.

»Sie haben Tyler zum Reden gebracht?«, fragte Evans skeptisch.

Zerstreut ging Tony einen halben Schritt voraus. »Nicht genug«, murmelte er. »Und ich glaube nicht, dass er mir mehr sagen wird, bis ich beweisen kann, dass ich es verdiene.«

Ohne ihre erstaunten Blicke zu bemerken, ging er weiter bis ans Ende der Straße und verfolgte dann einen Weg durch die Gassen und Durchgänge bis zu der Stelle, wo Paula zuletzt gehört worden war. »Dachte ich mir's doch«, sagte er. »Es musste ein Kreis sein.«

Er lehnte sich gegen das Tor und war sich überhaupt nicht bewusst, welche Bedeutung es hatte. »Es gefällt dir, uns Botschaften zu schicken. Warum schickst du uns nichts mehr? Du bist die Viper. Du magst den Klang deiner eigenen Stimme. Warum sprichst du also nicht mehr mit uns? Wegen irgendetwas, was wir getan oder gesagt haben? Oder gerade im Gegenteil?« Er stöhnte und stützte den Kopf in die Hände. »Ich wünschte, ich könnte herauskriegen, was hier läuft, verdammt noch mal.«

Als Carol ins Büro zurückkam, wartete Kevin dort schon auf sie. Sie war mit sehr gemischten Gefühlen von Manchester zurückgefahren. Ihre Begegnung mit Paulas Eltern war schrecklich gewesen. Paulas Vater, ein Elektriker mit einem eigenen Betrieb, war schon nach ihrer Anfrage, ob sie mit beiden Eltern sprechen könne, in Panik gewesen. Er war überzeugt, dass sie mit der Nachricht gekommen war, seine Tochter sei tot. Mrs. McIntyre war völlig erstarrt, als wolle sie die Zeit anhalten, damit sie das nicht aufzunehmen brauchte, was Carol ihr erzählte.

Als Carol die Situation erklärt hatte, verwandelte sich die Angst des Vaters, wie nicht anders zu erwarten, in Wut. Er verlangte Antworten, die Carol nicht liefern konnte, und er wollte jemandem die Schuld geben.

Carol überstand seinen tobenden Zorn, tat, was sie konnte, um die beiden zu beruhigen, und entfernte sich vorsichtig aus der gelbgrauen Doppelhaushälfte, wobei sie versprach, die Eltern über jede neue Wendung auf dem Laufenden zu halten.

Aber nach dem Gespräch fühlte sie sich kraftlos und schuldig. Die Aufregung über Staceys Neuigkeiten verstärkte ihre Schuldgefühle noch. Wie konnte sie sich über irgendetwas freuen, wenn Paula in den Händen eines skrupellosen Mörders war, der das Töten so sehr genoss, dass er ihr nicht erlauben würde, noch viel länger am Leben zu bleiben?

Als sei das noch nicht genug, beunruhigte sie die Sorge, was sie in Bezug auf Aidan Hart unternehmen sollte. Wenn Tonys bizarre Hypothese zutraf und ein meisterhafter Drahtzieher jemand anderen dazu veranlasst hatte, seine Verbrechen für ihn zu begehen, konnte sie das, was Sam Evans über den Klinikleiter von Bradfield Moor herausgefunden hatte, nicht unbeachtet lassen. Niemand war in einer besseren Position, über jedes Detail von Derek Tylers Verbrechen Bescheid zu wissen. Unbestreitbar war er unmittelbar vor Sandie Fosters Ermordung in Temple Fields gewesen. Und er hatte genau die Fähigkeiten, die Tony als Voraussetzung für diese Art von Beherrschung eines anderen Menschen beschrieben hatte.

Sie wusste, sie sollte dies mit Brandon besprechen, aber solange sie ihm nichts Greifbareres vorlegen konnte, zögerte sie, das Risiko einzugehen, möglicherweise eindeutig unrecht zu haben. Sie hätte es gern mit Tony besprochen, sorgte sich aber wegen des möglichen Interessenkonflikts. Sie hatte Hart nie persönlich kennengelernt und wusste wenig über Tonys Beziehung zu seinem Chef. Es war ihr bekannt, dass sie nicht gut befreundet waren, wenn auch nur, weil niemand mit Tony eng befreundet war. Außer vielleicht sie selbst. Aber sie wollte ihn nicht in eine schwierige Situation bringen, wenn Hart jemand war, den er mochte und respektierte.

Deshalb war sie froh, dass Kevin da war, denn es bedeutete, dass sie etwas Konkretes zu tun hatte, etwas, das ihr keine Zeit zum Grübeln ließ. »Gute Nachricht, oder?«, sagte sie und warf ihren Mantel auf den Aktenschrank.

»Diese Stacey ist ja einfach erstaunlich«, stimmte ihr Kevin zu. »Es wäre mir nie eingefallen, das zu tun, was sie gemacht hat.«

»Mir auch nicht. Wo ist sie übrigens?«

»Eine Vase kaufen gegangen. Offenbar haben wir keine.«

Carol stutzte. »Eine Vase?«

»So ’n großes Ding, wissen Sie, da tut man Blumen rein.« Er grinste frech.
»Danke, Kevin. Und warum brauche ich ein großes Ding, in das man Blumen reintut?«
»Weil Sie einen Strauß bekommen haben«, sagte er, offensichtlich entzückt, dass er seiner Chefin eins auswischen konnte.
»Ich habe einen Strauß Blumen bekommen?«, wiederholte sie und kam sich ziemlich blöd vor. »Wo?«
Er zeigte mit dem Daumen in die Richtung des großen Büroraums. »Stacey hat sie in ihren Papierkorb gestellt, solange sie unterwegs ist, um eine Vase zu besorgen.«
Carol war schon unterwegs. Sie ging um Staceys Schreibtisch herum und stand plötzlich vor einem riesigen Strauß Rosen und Lilien, der gegen den Schreibtisch lehnte. »Ach du Scheiße«, murmelte sie und griff nach der Karte in der Zellophanhülle.
Sie riss den Umschlag auf, und ihr wurde bang ums Herz, als sie las: *Ein Willkommensgruß zur Rückkehr in die Welt. Du bist eine ganz besondere Frau. In Liebe, J.* »Scheiße, Scheiße, Scheiße«, sagte sie, zerknüllte die Karte und dachte noch im letzten Moment daran, sie in ihre Tasche zu stopfen statt sie in den Papierkorb zu werfen. Sie ging mit großen Schritten in ihr Büro und warf Kevin ein genervtes Lächeln zu. »Also, was haben wir?«
»Na ja, Sie haben Blumen«, sagte er und bemerkte nicht, dass ihre Stimmung gekippt und überhaupt nicht freundlich war.
»Genug jetzt mit den Blumen. Zeigen Sie mir, was wir vorliegen haben«, schnauzte Carol ihn an.
Kevin breitete die Ausdrucke, die Stacey ihm gegeben hatte, in vier Gruppen auf dem Schreibtisch aus. »Das sind die Fotos, die Nick Sanders uns gemailt hat. Sie sind mit vier verschiedenen Kameras aufgenommen worden. Die, an denen wir Interesse haben, sind diese hier …« Er zeigte auf drei Fotos, die Carol sofort als Bilder aus dem Swindale erkann-

te. »Staceys Programm sagt, sie seien mit der gleichen Kamera aufgenommen worden, von der auch das Bild von Tim Golding stammt, das auf Ron Alexanders Computer aufgetaucht ist.«

Langsam breitete sich ein zufriedenes Lächeln auf Carols Gesicht aus. »Es ist also angebracht zu vermuten, dass einer dieser drei Parkranger das Foto von Tim gemacht hat?«

»Sieht so aus.«

»Wie wollen Sie vorgehen?«, fragte Carol.

»Also, da wir wissen, dass die betreffende Kamera in Birmingham gekauft und bar bezahlt wurde, ist es nicht wahrscheinlich, dass es eine ist, die dem National Park Service gehört. Ich dachte also, ich könnte die Kollegen in Derbyshire bitten, eine gleichzeitige Durchsuchung ihrer Wohnungen und Büros durchzuführen, und sollten sie Kameras finden, sie mitzunehmen, damit wir sehen, ob wir eine Übereinstimmung finden.«

Carol dachte über die Idee nach. »Das gibt ihm zu viel Spielraum«, sagte sie. »Wenn wir zu suchen anfangen, machen wir den Mörder darauf aufmerksam, dass wir ihn verdächtigen. Es gibt ihm Zeit, sich ein Alibi auszudenken oder sogar zu verschwinden. Nein. Besorgen Sie sich ihre Privatadressen vom National Park Service. Nehmen Sie drei Teams mit nach Derbyshire, rücken Sie ihnen auf die Pelle, und wenn Sie bereit sind, nehmen Sie alle gleichzeitig mit. Verhaften Sie sie wegen Mordverdachts. Dann werden wir die Kollegen in Derbyshire bitten, die Durchsuchungen vorzunehmen, während wir sie hier verhören. Ich will, dass dieser Typ Angst hat, dass er aus seinem vertrauten Revier herausgerissen ist und dass er schwitzt.«

»Woher kriege ich drei Teams?«, fragte Kevin.

»Gehen Sie und sprechen Sie mit DI Merrick. Sagen Sie ihm, dass ich gesagt hätte, Sie könnten fünf Leute haben.« Sie hob warnend den Zeigefinger. »Aber nicht Sam Evans.«

Kevin runzelte die Stirn. »Aber er hat doch Sanders veranlasst, uns überhaupt die Bilder zu schicken.«

»Genau«, sagte Carol. »Aber es war ihm nicht wichtig genug, die Sache weiterzuverfolgen. Halten Sie ihn fern, wenn es am Ende zur Sache geht, Kevin. Vielleicht lernt er etwas daraus.«
Sie wusste, dass sie streng war, aber sie wollte Sam Evans' einzelgängerische Neigungen zügeln, damit sie sich zu seinen Gunsten und nicht gegen ihn auswirkten. Es war eine Lehre, die Carol verstand, es war die Lehre, mit der sie selbst in den frühen Tagen ihrer Karriere die größten Probleme gehabt hatte. Sich auf einen Ast hinauswagen war ja schön und gut, aber man musste lernen, das gute von dem verfaulten Holz zu unterscheiden. Und sie hatte den Verdacht, dass Evans noch sehr weit von dieser Erkenntnis entfernt war.

Ich gebe es zu, ich genieße jede Minute: dass die Bullen wie verrückt hier herumrennen, weil ich eine der ihren habe verschwinden lassen, die Schlagzeilen in der Abendzeitung und ein Leitartikel, der über die obere Etage der Polizei herzieht, weil sie eine Polizistin in Gefahr gebracht haben, ohne sie hinreichend abzusichern. Natürlich haben sie Paula McIntyre nicht wegen ihrer Unfähigkeit, sondern wegen meiner Überlegenheit verloren. Aber ich verzeihe den Medien diesen mangelnden Durchblick, denn er dient dazu, die Polizei noch machtloser zu machen. Und Macht ist genau wie Energie – begrenzt. Wenn eine Seite sie verliert, profitiert jemand anders davon. Und in diesem Fall bin das ich. Ich habe die Macht, sie zu manipulieren, zu frustrieren und als Dummköpfe dastehen zu lassen.
Meine Macht ist überall um mich herum sichtbar. Selbst wenn ich allein zu Hause bin, erlaubt mir die wunderbare moderne Technik den unmittelbaren Genuss des Anblicks von Paulas Angst und Schrecken. Und mein angelernter Affe bringt mir in regelmäßigen Abständen die Videokassetten. Während ich herrlich nackt auf dem Sofa liege, kann ich auf

meinem Fernseher oder Bildschirm beobachten, wie erniedrigt und hilflos sie daliegt. Ich kann anordnen, was immer mit ihr gemacht werden soll. Ich liebkose meinen Körper und stelle mir ihren Mund an meiner Haut vor, der tut, was ich befehle, ihre Augen, die nur mir gefallen wollen, sind angstvoll auf mich gerichtet. Die Fantasie kann so viel besser sein als die Realität, die einen so oft enttäuscht. Nicht dass ich etwas dagegen hätte, mir mein Vergnügen zu nehmen, wenn es sich mir bietet. Ich hatte schon immer eine Vorliebe und ein Talent dafür, Frauen dazu zu bringen, dass sie das tun, was ich möchte. Aber im Vergleich zu dieser Übung in vollkommener Beherrschung waren das nur Appetithäppchen. Bald werden die Klingen in ihre Scheide schneiden, das Blut wird in einer Lache zwischen ihren Beinen stehen, und ihr Körper wird sich in rasendem Schmerz winden und drehen …

Manchmal spiele ich eines der anderen Videos ab, eines von denen, wo die Sache ganz bis zum Ende durchgespielt wird. Aber die lassen mich zu schnell kommen, und ich muss dann wieder von vorne beginnen und mich an Paula erfreuen.

Meine einzige Sorge ist, wie ich danach noch eine Steigerung erreichen kann.

Nachdem Kevin gegangen war, fand Carol einfach keine Ruhe. Sie hatte versucht, Tony anzurufen, erreichte aber nur die Voicemail und den Anrufbeantworter. Sie trank eine Tasse Kaffee mit Stacey, gratulierte ihr zu ihrer einfallsreichen Arbeit und bestand darauf, dass sie Jonathans Blumen mitnahm. Eine halbe Stunde hatte sie im Einsatzzentrum bei Don Merrick gesessen und war ganz niedergeschlagen, als sie hörte, dass die vielen Gespräche auf den Straßen den unbekannten Mann, der Paula entführt hatte, mit Dutzenden Namen in Verbindung gebracht hatten. Schließlich hatte sie beschlossen, das zu tun, wofür sie Merrick vorher kritisiert hatte. Sie musste selbst hinaus, um das Gefühl zu haben, dass

sie etwas Konstruktiveres tat, als nur die Arbeit der anderen zu überwachen.
Zuerst war sie nur in Temple Fields herumgelaufen und hatte mit den Polizisten gesprochen, die noch immer von Tür zu Tür gingen und Passanten befragten. Es konnte nie schaden, die eigenen Leute vor Ort zu ermutigen und ihnen zu zeigen, dass auch sie selbst genauso viel Zeit wie sie investierte. Als sie mit einem der jungen Mitarbeiter in Uniform sprach, bemerkte sie, dass Dee Smart in einen hell erleuchteten Torweg auf der anderen Straßenseite trat. Carol beendete ihre Unterhaltung mit einem Schulterklopfen und ging über die Straße in Stan's Café.
Dee saß schon mit einem Becher Tee und einer Zigarette alleine an einem Tisch. Carol setzte sich ihr gegenüber und lächelte. »Hi, Dee.«
Dee verdrehte die Augen. »Hören Sie, ich habe alles gesagt – Sie wissen mehr über mich als mein Ex. Sie verderben mir das Geschäft, wissen Sie das?«
»Und ich danke Ihnen für Ihre Hilfe, Dee. Aber etwas Neues hat sich ergeben, das wollte ich kurz mit Ihnen besprechen. Hat Sandie jemals jemanden erwähnt, der Viper hieß?«
Dee starrte sie an, der offene Mund ließ eine Reihe unappetitlicher fleckiger Zähne mit Füllungen sehen. »Viper?«
Carol zuckte entschuldigend mit der Schulter. »Ich weiß, es hört sich lächerlich an. Aber hat Sandie jemals von jemandem mit diesem Namen gesprochen?«
Dee schüttelte ungläubig den Kopf. »Ausgerechnet *Sie* fragen *mich* nach der Viper?«
Carol wurde aufmerksam. Diese Reaktion hatte sie nicht erwartet. Dees Skepsis war nicht durch den Spitznamen ausgelöst worden, sondern durch die Tatsache, dass gerade Carol diese Frage stellte. »Sie wissen, von wem ich spreche«, sagte Carol, denn ihr war klar, dass sie recht hatte.
Dee höhnte: »Meinen Sie, ich sage das Ihnen, ausgerechnet Ihnen?«

Das machte keinen Sinn. »Was soll das heißen, ausgerechnet mir?«
Dee antwortete nicht. Sie setzte sich auf dem Stuhl zurück, als wolle sie einen deutlichen Abstand zwischen sich und Carol schaffen.
Aber Carol ließ nicht locker. Es wäre ihr unmöglich gewesen, etwas anderes zu tun. »Dee, wenn Sie irgendetwas wissen, sollten Sie es mir sagen. Das Leben einer Frau steht auf dem Spiel, und ich meine es wirklich ernst. Wenn ich Sie wegen Behinderung der Polizeiarbeit verhaften lassen muss, werde ich es tun.«
Dee drückte ihre Zigarette aus und stand auf. »Sie glauben, Sie können mir mit Ihren Drohungen Angst machen? Hör zu, du Bullenweib, es gibt Leute da draußen, vor denen hab ich viel mehr Angst als vor allem, was du mit mir machen könntest. Ich weiß nicht, was du da faselst, verdammt noch mal, okay?«
Carol sprang auf und versuchte sich zwischen Dee und die Tür zu drängen, aber Dee stieß sie zur Seite und raste los. »Dee!«, rief Carol. Im Café wurde es still, und alle Augenpaare richteten sich auf sie.
»Lass mich in Ruhe! Ich habe dir nichts zu sagen«, rief Dee verzweifelt über die Schulter zurück und stürzte aus der Tür.
Carol wurde tiefrot, denn sie war sich bewusst, jetzt allein im Mittelpunkt der Aufmerksamkeit zu stehen. Sie spürte eine Berührung am Arm und fuhr herum, bereit, auf jeden loszugehen, der es mit ihr aufnehmen wollte. »Tony?«, sagte sie verblüfft. »Ich hab dich nicht gesehen. Verfolgst du mich?« Sie fragte sich einen verrückten Moment lang, ob er es sich zur Aufgabe gemacht hatte, sie zu beschützen.
»Nein, Carol. Ich bin nur unterwegs gewesen und denke dabei nach.« Er führte sie an einen Ecktisch im hinteren Teil, wo er bei einem Kaffee gesessen und die Stimmung auf sich hatte wirken lassen, als Carol kam.

»Du hast nichts wahrgenommen außer der Frau, mit der du geredet hast«, sagte er.
»Das war Dee Smart.«
»Die sich mit Sandie das Zimmer geteilt hat?«
Carol verschränkte die Arme vor der Brust. »Ich hab das so schrecklich verkorkst.« Wütend auf sich selbst presste sie die Lippen aufeinander. »Sie weiß etwas über die Viper. Sobald ich den Namen erwähnte, wurde sie ganz nervös. Sie weiß etwas, und jetzt wird sie es mir verdammt noch mal ganz bestimmt nicht sagen.«
»Was genau hat sie denn gesagt?«
Carol schloss die Augen und rief sich mithilfe ihres perfekten Erinnerungsvermögens an Gespräche alles ins Gedächtnis. »Sie sagte: ›Meinen Sie, ich sage das Ihnen, ausgerechnet Ihnen?‹ Und dann sagte sie: ›Sie glauben, Sie können mir mit Ihren Drohungen Angst machen? Hör zu, du Bullenweib, es gibt Leute da draußen, vor denen hab ich viel mehr Angst als vor allem, was du mit mir machen könntest.‹«
»Interessant«, sagte Tony.
»In welcher Hinsicht?«
»Bin noch nicht sicher. Es gibt da etwas, dem ich auf der Spur bin, aber ich bin noch nicht ganz so weit«, sagte er langsam.
Carol wusste, dass es nichts bringen würde, ihn jetzt zu drängen. Seine Hypothesen klangen manchmal, als seien sie dem Gehirn eines Irren entsprungen, aber nie gab er sie preis, bevor sie eine endgültige Form angenommen hatten. Sie würde eben warten müssen, so frustrierend das auch sein mochte, wenn ein Leben auf dem Spiel stand.
»Es wäre schön, wenn es bald so weit wäre«, murmelte sie.
»Soll ich mal mit Dee reden?«
Carol überlegte. Das war wahrscheinlich keine schlechte Idee. »Meinst du, du kannst damit etwas erreichen?«
Er hob abwehrend die Hände. »Na ja, ich bin nicht bei der Polizei. Und ich bin keine Frau.«
Sie konnte sich nicht verkneifen zu sagen: »Hab ich bemerkt.«

Er verzog das Gesicht. »Vielleicht wird Dee es auch bemerken.« Er schob seinen Stuhl zurück.
»Tony …«, begann Carol.
Er sah sie fragend an. »Ja?«
Sie seufzte. »Nichts. Kann warten. Das ist hier nicht der rechte Ort dafür.«
Er sah sich um. »Ich weiß, was du meinst. Dann später.«
Sie schaute ihm nach und fragte sich, wann genau der richtige Moment kommen würde, um Tony zu sagen, dass sie meinte, sein Chef sei vielleicht ein Serienmörder.

Sam Evans glaubte nicht daran, dass man durch Glück weiterkam. Nur Trottel glaubten das. Er vertraute auf harte Arbeit und darauf, Vorbereitungen zu treffen und dann den rechten Augenblick zu nutzen. Das war der Unterschied zwischen großem Erfolg und ewigem Herumhängen, mit dem man es nie zu etwas brachte. Man musste sich eben etwas suchen, was einem einen Vorsprung verschaffte. Und das hatte Evans den ganzen Tag getan. Er wollte unbedingt, dass Carol Jordan ihn von ihrer Abschussliste strich. Er fand es in Ordnung, insgeheim gegen sie zu arbeiten, aber er wollte nicht, dass sie dasselbe mit ihm machte. Obwohl er sich Beachtung von seinen Vorgesetzten wünschte, war dies definitiv die falsche Art von Aufmerksamkeit, und er musste sie möglichst schnell aus der Welt schaffen. Trotz der Monotonie seiner Aufgabe hatte er also seine Fühler ausgestreckt, um wenigstens irgendetwas Außergewöhnliches aufzuspüren. Tony Hills Bericht über Tyler und die Viper schien ihm den gesuchten Durchbruch zu ermöglichen. Es wäre toll, wenn er jemanden finden könnte, auf den diese Beschreibung passte.
Es war dunkel und kalt in den Straßen von Temple Fields geworden, und er hatte immer noch keinen Ansatzpunkt gefunden. Aber gerade als er schon fast die Hoffnung aufgegeben hatte, spürte er an dem Prickeln auf seiner Stirn, dass

sich da etwas tat. Er hatte eine junge Prostituierte mit verschleiertem Blick angehalten und ihr Paulas Bild unter die Nase gehalten. Sie guckte zu hastig weg und zitterte. Und Evans hätte wetten können, dass das nicht an der kalten Nachtluft lag.

»Gehen wir doch was trinken, du und ich«, sagte er, nahm sie am Ellbogen und führte sie in den nächstliegenden Pub. Glücklicherweise war es dort schäbig genug, dass sich niemand um die Wahl seiner Begleiterin kümmerte. Er fand einen Tisch in der Nähe des Hinterzimmers und fragte sie, was sie trinken wolle.

Als er mit dem Bacardi Breezer und dem Guinness für sich selbst zurückkam, war sie noch da. »Woher kennst du Paula denn?«, fragte er.

Sie nahm einen Schluck aus der Flasche und wischte sich den Mund mit dem Handrücken ab. Dabei sah sie aus wie zwölf. »Sie war nett zu mir, nachdem Jackie gestorben ist. Sie erinnerte mich an Jackie, weißt du? Also, sie war lieb. Aber trotzdem hat sie Klartext geredet.«

»Das stimmt, so ist Paula. Also, wie heißt du denn?« Er legte eine Hand flach auf seine Brust und sagte: »Ich bin Sam.«

»Hi, Sammy. Ich bin Honey. Hat er sich also Paula geschnappt, der komische Kerl, der Jackie erledigt hat?« Sie zog ein Päckchen Zigaretten heraus und bot ihm eine an.

»Sieht so aus.«

»Ihr seid also wirklich darauf aus, ihn jetzt zu kriegen?«

»Wir haben immer versucht, ihn zu kriegen. Ich vermute, Paula hat dir das gesagt.«

Honey zuckte mit einer Schulter. »Das hat sie gesagt. Aber ich wusste, sie würde sich nicht ins Hemd machen wegen zwei toten Nutten.«

»Du kanntest Jackie?«

Honey seufzte und stieß eine dünne Rauchwolke aus. »Deshalb wollte Paula mit mir sprechen. Um zu sehen, ob ich etwas darüber wüsste, wer sie um die Ecke gebracht hat. Sie hat mir sogar Fotos von ein paar Kerlen gezeigt. Aber es war niemand dabei, den ich kannte.«

Evans wollte nicht lockerlassen. »Aber du hast seit damals Zeit gehabt, darüber nachzudenken. Ist dir eingefallen, ob Jackie vor irgendjemandem Angst hatte?«

Honey sah ihn spöttisch an. »In diesem Gewerbe müsste man ja blöd sein, wenn man nicht die halbe Zeit vor Angst schlottern würde.«

»Aber gab es jemand, der Jackie besonders belästigte?« Evans schwenkte lässig das Bier in seinem Glas, bis der cremige Schaum am Rand hängen blieb.

»Nachdem ich mit Paula gesprochen hatte, erinnerte ich mich, dass Jackie mich einmal vor einem Freier gewarnt hat. Ich wollte in sein Auto steigen, und sie hat mich praktisch wieder herausgezogen. Sie sagte, er hätte sie einmal geschlagen und rausgeschmissen, ohne zu bezahlen.«

Die Tür des Pubs ging auf, und Jan Shields kam herein. Evans sah sie gleich aus dem Augenwinkel und schüttelte leicht den Kopf. Aber entweder sah sie es nicht, oder sie wollte ihm etwas sagen, das sich nicht aufschieben ließ. Sie ging auf die beiden zu. »Was für ein Wagen war es?«, fragte Evans schnell.

»So ein großer Geländewagen. Ein schwarzer.«

Bei Evans klickte es. *Der Mistkerl Aidan Hart*. Er hatte recht gehabt, und Jordan hatte sich geirrt. Wenn diese Viper, von der Tony Hill glaubte, sie sei an den Morden beteiligt gewesen, so aussah, dass die Beschreibung auf Hart passte, dann wurde er durch dieses Alibi nicht unbedingt entlastet. »Du weißt nicht, welche Marke?«, fragte er eindringlich. »Welches Modell?«

Honey verdrehte die Augen. »Seh ich etwa wie jemand aus, der sich mit Autos auskennt, Sammy?«

Jan kam an den Tisch und setzte sich. Honey schrak zusammen, als hätte man sie mit einer Peitsche geschlagen. Sie griff nach ihren Zigaretten und fing an, von der Bank zu rutschen.

Jan hob die Hand, um sie zurückzuhalten. »Ist schon in Ordnung, Honey, ich bin nicht mit meiner Mütze von der Sitte hier. Es geht nicht um so was Triviales.«
Honey schlüpfte unter der Hand durch. »Ja, na ja, ich muss los, meine Miete verdienen. Bis dann, Sammy.«
»Scheiße«, sagte er, als Honey verschwand und wieder auf die Straße hinausging. »Ich dachte, ich käme weiter mit ihr.«
Jan sagte bedauernd: »Tut mir leid, Kumpel. Dass ich bei der Sitte arbeite, hat eben Vor- und Nachteile. Wie geht's?«
Evans schob das halb volle Glas von sich. Er würde seine Gedanken niemandem mitteilen. »Langsam geht's voran und führt zu nichts. Und bei dir?«
»Genauso. Niemand hat je von Tony Hills Viper gehört. Keine Prostituierte, kein Zuhälter und auch kein Freier. Zeitverschwendung, wenn du mich fragst.«
Evans stand auf. »Also nichts Neues. Gehen wir und verderben noch mehr Leuten die Laune.«
Jan ging neben ihm her. »Ich sehe immer wieder Paulas Gesicht vor mir. Es verfolgt mich. Als hätte ich sie hängen lassen.«
»Wie, glaubst du, stehen die Chancen, dass wir sie lebend finden?«
Jan schloss einen Moment die Augen, als durchführe sie ein stechender Schmerz. »Meine ehrliche Meinung?«
»Ja.«
»Ich halte das, was Tony Hill redet, für Quatsch. Ich glaube, sie ist bereits tot.«

Kevin schloss die Tür des Vernehmungsbüros hinter sich. Er hatte mit dem letzten der drei Parkranger, die sie wegen Mordverdachts verhaftet hatten, vierzig Minuten verbracht. Trotz der Beschwerden der Pflichtverteidiger hatte er sich vorgenommen, sie so lange warten zu lassen, bis er alle drei selbst vernommen hatte. Aber er hatte keinen einzigen Widerspruch in ihren Aussagen gefunden, der ihm als An-

satzpunkt hätte dienen können. Nick Sanders, Callum Donaldson und Peter Siveright stritten alle ab, die Fotos im Swindale gemacht zu haben.
Sie sagten bereitwillig aus, dass sie die anderen Bilder gemacht hätten, aber alle leugneten hartnäckig, das versteckte Tal fotografiert zu haben. Alle bestritten auch, jemals Tim Golding oder Guy Lefevre gesehen zu haben, außer in den Medien. Und sie behaupteten, ihre Arbeitsblätter würden zeigen, dass sie an dem Tag der Entführung überhaupt nicht in der Nähe von Bradfield waren. Was eigentlich sowieso nichts brachte, da sie alle um sechs Feierabend hatten und keiner der Jungs vor sieben Uhr entführt worden war. Das hätte ihnen genug Zeit gegeben, um vom Peak Park nach Bradfield zu kommen.
Bronwen Scott verließ mit ihm zusammen das Büro. Die Rechtsanwältin sah deprimierend frisch und munter aus. »Sie haben nichts gegen meinen Klienten in der Hand«, sagte sie. »Ich werde bei dem Vollzugsbeamten vorstellig werden, damit Callum Donaldson freigelassen wird.«
Kevin lehnte sich gegen die Wand. Wie immer, wenn er müde wurde, war seine Haut milchweiß, und seine Sommersprossen hoben sich als winzige Flecken deutlich ab.
»Niemand geht hier raus, bis wir die Ergebnisse der Durchsuchungen haben, die die Polizei von Derbyshire für uns durchführt.«
»Aber das könnte ja Stunden dauern«, protestierte sie.
»Dann gehen Sie doch nach Hause. Wir rufen Sie an, wenn wir wissen, was die Durchsuchungen gebracht haben, und wir zu neuen Vernehmungen bereit sind«, sagte er und versuchte erst gar nicht, seine Feindseligkeit zu verbergen. »Einer dieser drei Männer hat zwei Jungen entführt und getötet. Ihre Bequemlichkeit steht für uns nicht im Vordergrund, Ms. Scott.«
Sie zog die Augenbrauen hoch. »Ich hatte gehofft, dass DCI Jordan hier die Regeln der Höflichkeit einführen würde.

Aber da habe ich mich offenbar getäuscht.« Sie rauschte an ihm vorbei auf die Haftzellen zu. Als sie die Tür erreichte, riss der Vollzugsbeamte sie auf.

»Kevin«, rief er, »ich hab einen DC aus Buxton für Sie am Apparat.«

Bronwen Scott drehte sich um, als er den Korridor entlangeilte. Ihr Mund sah aus, als hätte sie gerade auf eine saure Gurke gebissen. Kevin freute sich, dass er strahlend an ihr vorbeieilen konnte. »Sieht aus, als müssten Sie doch nicht so lange warten.« Er schnappte sich den Hörer und meldete sich. Ein paar Minuten hörte er zu und sagte immer nur: »Ja …, ja …« Endlich bat er: »Geben Sie mir noch einmal die Marke, das Modell und die Seriennummer.« Er nahm Bleistift und Papier und kritzelte die Angaben darauf. Dann sagte er: »Ich danke Ihnen. Sie haben bei mir einen Gefallen gut. Geben Sie mir das alles so bald wie möglich schriftlich.«

Er legte den Hörer auf, drehte sich zu Bronwen Scott um und strahlte sie an. »Die Polizei von Derbyshire hat mich gerade informiert, dass eine Kamera gefunden wurde, deren Seriennummer mit der der Kamera übereinstimmt, mit der die Aufnahmen von Swindale und das Foto von Tim Golding gemacht wurden. Raten Sie, wo man sie gefunden hat?«

Scott verzog verächtlich die Lippen. »Sagen Sie's schon, Sergeant.«

»Im Schlafzimmer Ihres Klienten.« Er lehnte sich gegen den Schalter vor den Haftzellen und verschränkte die Arme. »Ich nehme an, Sie haben es jetzt nicht so eilig, oder, Ms. Scott?«

Während der Nacht durch Temple Fields zu fahren war ganz anders, als dort zu Fuß zu gehen, dachte Tony. Man sah die ganze Gegend aus einer anderen Perspektive. Wenn man zu Fuß ging, machte sich die Prostitution zwar bemerkbar, aber es war nicht schwer, sie zu ignorieren. Am Steuer kam der käufliche Sex viel direkter auf ihn zu. Das Angebot zielte auf das Geschäft mit den Vorbeifahrenden ab, nicht auf die Laufkundschaft.

Als er das erste Mal vorbeifuhr, war Tony so in die Atmosphäre der nächtlichen Straßen vertieft, dass er Dee übersah. Beim zweiten Mal entdeckte er sie an einer Ecke, ein Bein auf die Bordsteinkante vorgeschoben und sich auf die Straße hinausbeugend. Er bremste und hielt neben ihr an. Als er sein Fenster herunterkurbelte, trat sie vor, bückte sich und bot ihm einen Blick in ihr Dekolleté. »Was soll's denn sein?«

»Sind Sie Dee?«

»Stimmt. Hat mich jemand empfohlen, Süßer? Na ja, da bist du gerade richtig. Was willst du denn?«

Tony war leicht durcheinander. In der Wirklichkeit war alles viel komplizierter. »Ich bin kein Freier, Dee. Ich will nur mit Ihnen reden.«

Sie trat einen Schritt zurück, stellte aber weiter das Dekolleté zur Schau. »Sind Sie 'n Cop?«, fragte sie misstrauisch.

Er zeigte auf das Auto und sich selbst. »Sieht das nach Cop aus? Nein, ich bin nicht von der Polizei.«

»In dem Fall, wenn Sie reden wollen, dann kostet's was.«

Tony nickte, denn das schien ihm vernünftig. Manche Leute bezahlten schließlich auch dafür, um mit ihm zu reden. »Alles klar. Ich zahle. Wollen Sie einsteigen?«

Zehn Minuten später hielt er vor einer schicken Café-Bar am Rand des Bankenviertels. Dee hatte schon im Wagen reden wollen, aber er bat sie zu warten. »Ich mache das nicht besonders gut, mich orientieren und gleichzeitig dabei unterhalten«, sagte er. »Wir werden uns sonst hoffnungslos verfahren.«

Sie gingen zusammen zum Eingang, wo Tony zu Dees offensichtlichem Erstaunen die Tür für sie aufhielt. Als sie hineingingen, näherte sich ein Schrank von einem Kerl, unverkennbar der Rausschmeißer. »Moment mal, wo wollen Sie denn hin?«, verlangte er kampflustig und nassforsch zu wissen.

»Was geht dich das an, Döskopp?«, sagte Dee schnippisch.

»Solche Typen wie Sie wollen wir hier drin nicht haben«, sagte der Rausschmeißer.
Tony mischte sich mit aller Verbindlichkeit ein, die ihm nur zur Verfügung stand, wenn es nicht um etwas Persönliches ging. »Und was für einen Typ genau meinen Sie?«
»Mischen Sie sich da nicht ein, mein Freund«, riet ihm der Rausschmeißer.
»Diese Dame begleitet mich. Wir sind hergekommen, weil wir in Ruhe etwas trinken wollen«, sagt Tony höflich.
»Aber nicht hier drin.«
Dee legte ihm die Hand auf den Arm. »Lassen Sie es, Tony, wir gehen woandershin.«
Er tätschelte ihre Hand. »Nein, Dee. Das tun wir nicht.« Er wandte sich an den Rausschmeißer, eiskalt und hart wie Stahl. »Sie haben keinen Grund, uns den Zutritt zu verwehren. Sie ist nicht weniger diskret gekleidet als mindestens drei andere Frauen hier drin. Sie ist nicht darauf aus, Kunden zu werben, im Gegensatz zu den Mackern aus dem Finanzgewerbe an der Bar, und im Gegensatz zu Ihren anderen Kunden wird sie auch die Toilette nicht dazu benutzen, um Drogen zu konsumieren. Wir werden uns also an einen Ihrer Tische setzen, etwas trinken und uns unterhalten, es sei denn, Sie könnten uns einen überzeugenden Grund nennen, wieso wir das nicht tun sollten.« Er nickte dem Rausschmeißer höflich zu und führte Dee an ihm vorbei.
Der verblüffte Kerl starrte ihm nach wie ein Stier, der den Matador verfehlt hat.
Tony wählte einen Tisch, zog einen Stuhl für Dee heraus und setzte sich ihr gegenüber. Sie lächelte ihm zu. »Wie sind Sie bloß damit durchgekommen?«
Tony sah etwas gequält aus. »Natürliches Charisma vielleicht?«
Dee lachte tief und heiser, was nach zu viel Embassy Regal und zu vielen langen Nächten klang. »Eisenharte Unverschämtheit wohl eher.«

»Ach so, das war's, was die ganzen Jahre falsch gelaufen ist …« Tony sah auf, als die Bedienung kam und eine Schale mit japanischen Reiscrackern auf den Tisch stellte. Er hatte den Verdacht, dass sie aus Neugier so schnell gekommen war, um den Mann zu sehen, der dem Rausschmeißer eins ausgewischt hatte. Tony strahlte sie an. »Guten Abend. Meine Freundin hätte gern …?« Er sah Dee fragend an.
»Rum and Black«, sagte Dee.
»Und ich nehme ein Glas von Ihrem Shiraz Cabernet. Danke.« Die Bedienung ging mit einem letzten neugierigen Blick.
Dee ließ sich in den Ledersessel sinken und genoss den Luxus. »Also, worüber wollten Sie mit mir sprechen?«
»Ich glaube, das wissen Sie.«
Dee legte den Kopf zurück und seufzte, als wolle sie sagen, sie hätte ja gewusst, es sei zu gut, um wahr zu sein. »Hat es mit der Sache zu tun, nach der die Polizistin mich gefragt hat?«
Tony schwieg und sah sie nur erwartungsvoll an.
Dee beugte sich schnell nach vorn über den Tisch. »Was hat sie mit Ihnen zu tun? Warum machen Sie die Drecksarbeit für sie, wenn Sie kein Cop sind?«, sagte sie wütend.
»Ich bin Psychologe.«
»Ein Seelenklempner? Wollen Sie, dass ich mich auf eine Couch lege und Ihnen von meiner Kindheit erzähle?«, sagte sie verächtlich.
»Ich habe keine Couch.«
Dee warf ihm ein anzügliches Lächeln zu. »Schade. Ich hätte nichts dagegen, mich für Sie auf eine Couch zu legen.«
»Das Leben ist voller Enttäuschungen, Dee. Warum haben Sie solche Angst vor der Viper?«
»Wer hat gesagt, ich hätte Angst?« Der Trotz in ihrer Frage klang so falsch, dass es fast lächerlich war.
»Warum würden Sie es sonst ablehnen, uns zu sagen, was Sie wissen, wo doch das Leben einer Frau auf dem Spiel steht? Ich glaube nicht, dass Sie aus Loyalität den Mund halten.«

Dee wandte den Blick ab. »Warum sollte ich den Kopf hinhalten für irgendeine von den Bullen?« Sie rutschte unbehaglich auf ihrem Sessel herum. »Sie haben keine Ahnung, mit wem Sie es hier zu tun haben, oder?«
»Wer immer es ist, wir können Sie schützen. Wer ist die Viper, Dee?«
Jetzt war sie wütend und versteckte ihre Angst hinter fauchendem Ärger. »Sie kapieren es nicht, was? Sie sind vielleicht kein Cop, aber Sie arbeiten doch mit denen zusammen. Die Einzigen, um die ihr euch kümmert, sind eure eigenen Leute. Ja, ich hab Angst. Und mit Recht. Nichts, was Sie mir versprechen können, ändert daran etwas.« Plötzlich war sie aufgestanden und griff ihre Tasche.
»Warten Sie, Dee!«, rief Tony flehentlich. Aber sie ging ohne einen Blick zurück weiter. »Sie haben ja nicht einmal Ihren ...«, die Bedienung kam mit ihrem Tablett, das sie in Schulterhöhe balancierte, »... Rum and Black getrunken«, seufzte er.
Lange Zeit saß er allein da, starrte in seinen Rotwein und hin und wieder auf das Glas mit Rum und schwarzem Johannisbeersaft, das ihm gegenüber stand. Gedanken schossen ihm durch den Kopf, während er sich bemühte, eine logische Folge zu bilden aus dem, was er wusste, und dem, was er vermutete. Die Gäste vom frühen Abend verschwanden, und an der Bar wurde es ruhig, bevor sie nach neun wieder zu neuem Leben erwachen würde. Als er fast als letzter Gast übrig war, nahm er sein Telefon heraus und wählte.
»Carol Jordan«, meldete sie sich.
»Ich bin's. Können wir reden?«
»Ich bin im Büro. Willst du vorbeikommen?«
Das war ungefähr der letzte Ort, an dem er diese ganz bestimmte Unterhaltung führen wollte. »Eigentlich nicht«, sagte er. »Kannst du in meins kommen?«
»Ich bin jetzt gerade mit etwas beschäftigt«, sagte sie. »Wir sind anscheinend kurz davor, die Fälle Golding und Lefevre zu lösen.«

»Das ist ja eine tolle Neuigkeit. Aber ich muss wirklich mit dir reden – und nicht im Büro.«
Er hörte sie seufzen. »Gib mir eine Stunde. Ich treff dich bei dir zu Haus. Und, Tony …?«
»Ja?«
»Es sollte aber schon was Gutes sein.«

Da die Anwälte von Nick Sanders und Peter Siveright ihn bedrängten, hatte Kevin die beiden Männer gehen lassen. Eigentlich hatte er kaum eine andere Wahl, nachdem man ihnen die Informationen gegeben hatte, die ihnen gesetzlich zustanden, dass nämlich die Durchsuchungen keine Beweise zutage gefördert hatten, die gegen ihre Klienten sprachen. Als Bronwen Scott wissen ließ, sie hätte nun ausreichend Zeit zur Besprechung mit Callum Donaldson gehabt, nahm er sich noch ein paar Minuten zur Vorbereitung. Er sah voraus, dass Scott Donaldson raten würde, keinen Kommentar abzugeben, aber er wollte kein Risiko eingehen.
Kevin spürte das leise Pochen der Erregung in seinen Adern, das sich immer einstellte, wenn er einem Erfolg so nahe war, dass er ihn fast berühren konnte. Dieser Tage war für ihn jede gute Festnahme, jede Verurteilung wie ein weiterer Schritt, mit dem er sich seiner Rehabilitation näherte. Es war, als wäre sein damaliger katastrophaler Fehler ein Fleck, das Geschmiere von jemandem, der seine Graffiti hinterlassen hatte. Und alles, was gut lief, war ein weiterer Pinselstrich, der den Makel überdeckte. Eines Tages würde es nur noch eine frisch gestrichene Wand geben, und er würde endlich wieder Tritt fassen.
Mit Callum Donaldson glaubte er den richtigen Mann zu haben. Er passte zum Profil und lebte allein in einem entlegenen kleinen Haus zwischen Chapel-en-le-Frith und Castleton. Eifrig beobachtete er die Vogelwelt und führte oft Schulklassen im Peak Park, um sie ihnen zu zeigen. Er war technisch geschickt, hatte einen Computer auf dem neuesten

Stand der Technik und einen Piepser, der ihm automatisch das eventuelle Auftauchen einer seltenen Spezies auf den britischen Inseln meldete.
Kevin fand ihn beim vorbereitenden Gespräch unbeholfen und verlegen, und wenn er von den dreien einen als mutmaßlichen Mörder hätte benennen sollen, dann wäre es Donaldson gewesen.
Er sammelte seine Unterlagen zusammen und ging in das Vernehmungsbüro. Kaum hatte er den Recorder mit den beiden Laufwerken angeschaltet, als Bronwen Scott sagte: »Mein Klient möchte eine Aussage machen.«
Kevin konnte seine Überraschung nicht verbergen. Er lächelte und fragte sich, ob es tatsächlich so leicht sein werde. »Gut. Also, lassen Sie mal hören.«
Scott setzte sich eine randlose Brille auf die Nase und räusperte sich. »Mein Name ist Callum Donaldson, und ich arbeite als Ranger für den Peak National Park Service. Ich möchte eine Aussage bezüglich einer Canon Elph-Digitalkamera machen, die sich zurzeit in meinem Besitz befindet. Ich erwarb diese Kamera um den fünfzehnten September dieses Jahres herum von meinem Kollegen Nick Sanders.«
Scott machte eine Pause und sah auf. Kevin war klar, dass sie es genoss, zu beobachten, wie ihm der Teppich unter den Füßen weggezogen wurde und er sich bemühte, dabei gelassen zu bleiben. Sie erlaubte sich ein knappes leichtes Lächeln und fuhr dann fort: »Ich habe ihm einhundertfünfzig Pfund für die Kamera gezahlt. Per Scheck. Das Geschäft wurde im Red Lion Pub in Litton abgewickelt. Unter denen, die dabei waren, befanden sich David Adams aus Litton Mill und Maria Tomlinson, auch aus Litton Mill. Ich erkläre mich bereit, Einsicht in meine Bankunterlagen zu gewähren, und bin zuversichtlich, dass David Adams und Maria Tomlinson sich an die Angelegenheit erinnern werden, da wir alle an dem Abend im Pub Bilder mit der Kamera machten.«
Scott übergab ihm die Aussage, die sie in ihrer sauberen, flie-

ßenden Handschrift zu Papier gebracht hatte. »Ordnungsgemäß und unter Zeugen unterschrieben«, sagte sie. »Wie lange wird es dauern, bis Sie meinen Klienten entlassen?«
Kevin starrte benommen auf das Blatt Papier und sah seinen schönen Abend entschwinden. Er wusste, dass er trotzdem seine vorbereiteten Fragen noch stellen sollte, aber plötzlich drängte die Zeit. »Ich werde mit DCI Jordan sprechen müssen«, sagte er, um die Entscheidung aufzuschieben. »Vernehmung um neunzehn Uhr dreiundvierzig beendet«, fügte er hinzu, stand auf und verließ eilends den Raum.

Er rannte zu den Haftzellen. »Wann haben Sie Sanders gehen lassen?«, fragte er den Sergeant.

»Als Sie es mir sagten, vor etwa vierzig Minuten«, antwortete der Sergeant.

»Wer bringt ihn zurück?«

»Sie haben beide abgelehnt, zurückgefahren zu werden. Sie sagten, sie hätten für heute genug von uns, sie würden lieber selbst zusehen, wie sie zurückkommen.«

»Scheiße«, explodierte Kevin.

»Haben wir ein Problem?«

»Da haben Sie verdammt recht. Wir haben den Falschen gehen lassen«, knurrte Kevin. Er nahm den Telefonhörer. »Ich muss mit der Kripo in Buxton sprechen«, sagte er der Zentrale. Als endlich jemand dranging, meldete er sich und sagte: »Ich muss mit DC Thom … Was soll das heißen, er ist nach Haus gegangen?« Nach einem ziemlich langen Gespräch, bei dem Kevin mit drei verschiedenen Polizeibeamten sprach, konnte er endlich eine widerwillige Zusage erreichen, man werde zu Nick Sanders' Haus in Chelmorton fahren und ihn von neuem festnehmen, sobald er zu Hause eintraf. Vorausgesetzt, Kevin ließ die Anfrage von einem Vorgesetzten bestätigen.

Er nahm immer zwei Stufen auf einmal und fand Carol in ihrem Büro, wo sie einen Stoß von Papieren abzeichnete. Sie sah erwartungsvoll auf, da sie wusste, wie zuversichtlich Kevin gewesen war, zu einem Ergebnis zu kommen. Schnell fasste er zusammen, was passiert war. »O Gott«, sagte Carol und versuchte nicht, ihre Bestürzung zu verbergen. »Nicht Ihre Schuld, Kevin, aber … O Gott, überlassen Sie es mir, ich werde mit Derbyshire reden. Und Sie sollten wohl Donaldson auf Kaution freilassen, bevor Bronwen Scott uns mit den Scheiß-Menschenrechten droht.«

Als sie Kevin nachsah, der den Raum verließ, dachte sie: *Eigentlich war es meine Schuld.* Sie hätten warten sollen, bis sie die kompletten Durchsuchungsergebnisse aus Derbyshire hatten, bevor sie die drei Männer vernahmen. Aber Kevin war so darauf aus gewesen, die Sache in Gang zu bringen, und außerdem besorgt, dass die Kollegen in Derbyshire sich aus purer Sturheit bei den Durchsuchungen Zeit lassen würden. Und wegen der gesetzlichen Vorschriften konnten sie die Männer nur sechsunddreißig Stunden festhalten, danach mussten sie einem Richter vorgeführt werden, der wahrscheinlich die komplexe Beweislage und den Zusammenhang mit der Kamera nicht verstehen und deshalb den Antrag auf Haftverlängerung ablehnen würde. Kevin hatte ihr gesagt, dass die Kollegen in Derbyshire zunehmend widerspenstig wurden, weil sie meinten, die Drecksarbeit für die Angeber aus der Stadt machen zu müssen. Deshalb hatte sie trotz ihrer Bedenken eine Reihe von vorbereitenden Vernehmungen genehmigt.

Carol drückte ihren Nasenrücken zwischen Daumen und Zeigefinger zusammen. Sie machte zu viele Fehler. Das war gar nicht ihre Art. Es machte ihr Angst, jetzt, wo Paulas Leben auf dem Spiel stand. Patzer waren an sich schon schlimm genug, aber wegen der Furcht, etwas zu vermasseln, zögerte sie einfach zu lange. Die Unfähigkeit, eine Entscheidung zu treffen, konnte bei einem Fall von dieser Brisanz genauso schädlich sein wie eine falsche Entscheidung. Sie seufzte und rief in Derbyshire an. Dann nahm sie ihren Mantel. Es war Zeit zu gehen und herauszufinden, womit Tony so geheimnistuerisch umging. Und vielleicht konnte sie dabei zugleich wenigstens noch eine ihrer Sorgen loswerden.

Sie machte im Einsatzzentrum Halt, wo Merrick immer noch mit müden Augen und gebeugten Schultern Aussagen durchackerte. Er sah auf, als sie eintrat, und schüttelte langsam den Kopf. Carol ging mit einem beruhigenden Wort für jeden im Raum umher. Schließlich stand sie neben ihm, eine Hand auf seiner Schulter. »Wir werden sie finden, Don«, sagte sie. »Gehen Sie doch nach Hause und ruhen Sie sich aus.«

Sein Gesicht verzog sich schmerzlich. »Nach Hause? Ma'am, ich wohne bei ihr. Nach Hause gehen macht es nur noch schlimmer. Es kommt mir wie ein Vorwurf vor.«

Carol verfluchte sich wegen ihrer mangelnden Sensibilität. »Können Sie nicht zu Lindy und den Kindern zurückgehen? Nur für ein paar Nächte?«

»Dafür ist es zu spät. Sie spricht nicht mal mehr mit mir.«

Carol drückte seine Schulter. »Gehen Sie in ein Hotel, Don. Rechnen Sie es zu den Spesen für die Ermittlungen dazu. Aber ruhen Sie sich aus, bitte.«

Er warf ihr ein ironisches Lächeln zu. »Wenn Sie es tun, Ma'am, tu ich es auch.«

»Treffer! Aber ich verlasse jetzt wenigstens das Gebäude, Don. Und das sollten Sie auch tun.«

Sie war in Gedanken vertieft schon halb im Korridor, als Jonathan Frances' vertraute Gestalt in der Lederkluft auf sie zugeschlendert kam und sie auf den Boden der Tatsachen zurückholte. Er grinste und beschleunigte den Schritt, ohne Carols starren Gesichtsausdruck wahrzunehmen.

»Was machst du hier? Wie bist du reingekommen?«, wollte sie wissen.

Er blieb stehen, sein Lächeln verschwand. »Ich wollte dich sehen. Der Typ am Schalter vorne erinnerte sich, dass ich schon einmal hier war, und ließ mich raufkommen.« Er schien gekränkt. »Ich dachte, du würdest dich freuen, mich zu sehen«, fügte er traurig hinzu.

Als Antwort riss Carol die nächstbeste Tür auf und führte ihn in ein leeres Besprechungszimmer. »Hier rein«, wies sie ihn mit einer Kopfbewegung an. Er folgte ihr und wurde trotz der ungünstigen Aussichten für die erwartete vertrauliche Unterredung wieder munter. Carol schloss die Tür hinter ihm und starrte ihn an. »Was hast du dir dabei gedacht, mir diese Blumen zu schicken?«

Vor Schreck machte er ein langes Gesicht. »Ich dachte, sie würden dir gefallen.«

»Warum hast du sie nicht zu mir nach Hause geschickt?«

Er zuckte mit den Schultern. »Dort bist du ja nie.«

»Sie wären bei einem Nachbarn abgegeben worden. Aber nein, du hast sie hierher geschickt. Bist du nicht mal auf den Gedanken gekommen, dass eine Polizeiwache die reinste Brutstätte für Tratsch ist? Dass mein Privatleben jetzt von der Kantine bis zum Polizeipräsidenten Gegenstand von Spekulationen ist?«

»Ich habe nicht gedacht…«

»Stimmt, das hast du nicht. Ich leite zwei wichtige Ermittlungsverfahren hier, und das Letzte, was ich brauchen kann, ist eine Ablenkung dieser Art.«

Gekränkt und wütend ging er auf sie los. »Ablenkung? Als Ablenkung siehst du mich also?« Carol zuckte die Achseln. Zwei rote Flecken brannten auf seinen Wangen. »Du hast mich benutzt«, sagte er, denn langsam dämmerte es ihm. »Du hast mich benutzt, um dir selbst zu beweisen, dass du über die Vergewaltigung wegkommen kannst.«

Sie zog die Augenbrauen hoch. »Du hast auch bekommen, was du wolltest, ein Bild von dir als starker, sensibler Retter aus der Not. Aber das war dir nicht genug, oder? Es sollte für mich bedeutungsvoll sein, du wolltest der Mann sein, der mein Herz heilt. Also, Jonathan, ich muss dir mal was sagen. Du bist nie auch nur in die Nähe meines Her-

zens gekommen, weil vor dir ein anderer darauf Anspruch hat.«
Wie es mitten in einem emotionalen Streit oft vorkommt, versteifte er sich auf den am wenigsten relevanten Punkt. »Du hast mir gesagt, dass du mit niemand anderem ausgehst. An dem Abend, als wir zum Essen aus waren, hast du es mir gesagt.«
Carol ballte die Fäuste. »Ich gehe mit niemandem aus. Nicht in dem Sinn, wie du das meinst. Aber man kann Beziehungen nicht auf die simple Ebene von Sport- und Spielregeln reduzieren.«
»Du warst unaufrichtig«, sagte er verbittert. »Du warst emotional niemals frei.«
Sie schüttelte heftig den Kopf. »Ich habe das niemals behauptet. Du hast es angenommen. Du hast gesehen, was du sehen wolltest, und hast dir den Rest zusammengereimt.«
»Ich habe das nicht verdient«, sagte er mit zitternder Stimme.
Carols Ärger war plötzlich verpufft, und sie fühlte sich nur noch leer und müde.
»Nein«, sagte sie. »Wahrscheinlich nicht.« Sie machte die Tür auf. »Ich bin nicht undankbar, Jonathan. Und ich hätte es schön gefunden, wenn wir Freunde hätten bleiben können. Aber das geht jetzt nicht mehr.«
Er trat durch die offene Tür. »Ich beneide ihn nicht, diesen Mann, den du liebst«, sagte er bitter.
»Das ist der erste vernünftige Satz, den du heute Abend gesagt hast«, war Carols traurige Antwort. »Wiedersehen, Jonathan.«
Sie sah ihm nach und spürte, wie die letzten Reste des Adrenalins schwanden. Herrgott noch mal, wie viel schlimmer konnte es heute Abend noch kommen?

Tony saß an seinem Schreibtisch und starrte auf die Stadt hinaus, die sich über den Hügel zum Zentrum von Bradfield hinunter erstreckte. In der Ferne nahmen sich die Bürogebäude des Bankenviertels mit ihren unregelmäßigen Lichtervierecken wie halb fertige Bingospiele aus. »Du bist irgendwo da draußen«, sagte er leise. »Machst deine Pläne, denkst dir aus, wie du uns dazu bringen kannst, dein Spiel mitzumachen, und triffst die Entscheidung, was du mit Paula tun wirst.« Ein Bild von dem Menschen, der hinter diesen Verbrechen stand, begann sich in seinem Kopf zu formen. Es war anstrengend gewesen, die schemenhafte Psyche des Marionettenspielers zu erfassen. Aber schließlich fügte sich aus dem Durcheinander der unzähligen Informationen in seinem Kopf allmählich ein sinnvolles Bild zusammen. Carol davon zu überzeugen würde allerdings um einiges schwieriger sein, dachte er.

Er sah ihren Wagen anhalten und rannte hinunter, um ihr aufzumachen. Es schockierte ihn, wie mitgenommen sie aussah. Ihre Augen lagen tief in den Höhlen, ihre Haut war schlaff und blass. »Du siehst kaputt aus«, sagte er, trat zur Seite und ließ sie hereinkommen.

»Ich hab die Tim-Golding-Verhöre vermasselt. Wir haben anscheinend den richtigen Mann gehen lassen und einen falschen behalten. Kevin denkt zwar, der Tatverdächtige sei so selbstsicher, dass er nach Hause gehen wird und wir ihn noch einmal verhaften können. Aber ich bin mir nicht sicher. Bei der Suche nach Paula kommen wir nicht weiter. Don und Jan streiten sich, weil Jan sagt, Paula sei eine Lesbe, und Don behauptet, das stimme nicht. Und Sam Evans glaubt, dass er einen wundervollen Erfolg einfahren wird. Die Einzige, die mich nicht zum Wahnsinn treibt, ist Stacey – allerdings nur deshalb, weil sie ausschließlich mit Computern spricht.« Sie zog ihren Mantel aus und warf ihn über den Endpfosten des Treppengeländers. »Wie weit sind wir?«

»Willst du was trinken? Oder bist du noch im Dienst?«

»Ja zu beidem. Ich warte darauf, von Kevin zu hören, aber ich geh heute Abend nicht mehr ins Büro zurück, außer es tut sich etwas mit Paula.«

»Gehen wir also in die Küche. Ich mach eine Flasche auf.«
Während Tony die Gläser holte und füllte, machte Carol es sich am Küchentisch bequem. »Ich habe Jonathan gerade den Laufpass gegeben«, sagte sie.
Tony stand mit dem Rücken zu ihr, wofür er sehr dankbar war. Denn das hieß, dass sie das freudige Aufblitzen in seinen Augen und das Lächeln nicht sah, das sein Gesicht aufleuchten ließ. »Und wie geht es dir damit?«
Carol lachte. »Ach, Tony, du bist so ein verdammter Seelenklempner.«
Er sah über die Schulter zu ihr hin. »Tut mir leid. Aber es war keine Psychofrage. Es war nur als freundliche Nachfrage gemeint.«
»Ich bin wütend auf ihn, weil er mich in die Enge getrieben hat. Er hat einen absolut lächerlichen Blumenstrauß im Büro abgeben lassen, und dann ist er heute Abend dort aufgekreuzt. Wenn er es einfach auf sich hätte beruhen lassen, hätten wir Freunde sein können. Aber diese Anmaßung, verstehst du?«
Tony kam mit den Gläsern an den Tisch. »Ich weiß. ›Du hast mit mir geschlafen, wie schaffst du es also, mich nicht zu lieben?‹«
»Genau. Und du weißt ja, wie ich bin, wenn man mich bedrängt.«
Er duckte sich. »Gar nicht gnädig.«
»Ich habe ihn furchtbar behandelt«, gab sie zu. »Aber ich wollte keine Unklarheit bestehen lassen. Dafür habe ich im Moment weder Zeit noch die Energie.« Sie nahm dankbar einen Schluck. »Ich hoffe nur, es mir mit ihm nicht so verdorben zu haben, dass er uns als Gutachter verloren geht.«
»Ich glaube nicht. Sein bisheriges Verhalten lässt mich eher vermuten, er wird dich mit seiner Großzügigkeit beeindrucken wollen. Und natürlich wird er, wenn erst etwas Zeit vergangen ist, sich wünschen, dass dir klar wird, welch gute Chance du verpasst hast, indem du ihn hast gehen lassen.

Mach dir keine Gedanken, Carol, er wird wiederkommen.« Tony hob sein Glas, um ihr zuzutrinken.
Sie stöhnte. »Manchmal hasse ich dich«, sagte sie.
»Du wirst mich noch mehr hassen, wenn du hörst, was ich dir zu sagen habe.«
»Ach ja«, sagte sie. »Da gab es doch irgendeinen Grund, weshalb ich hier bin, oder? Also, spuck's aus.«
Im geschickten Verpacken von Neuigkeiten war er noch nie gut gewesen. Seine Vortragsweise war immer direkt, schonungslos und schlicht. Selbst Carol zuliebe konnte er nicht diplomatisch sein.
»Irgendwo wirst du als Kernpunkt dieses Falls entweder auf einen Polizisten stoßen oder auf jemanden, der eng mit der Polizei zusammenhängt. Einen von der Spurensicherung, so etwas in der Richtung.«
Carol hielt ihre Hand auf dem Weg zum Mund plötzlich an. Vorsichtig stellte sie ihr Glas ab. »Das ist ja allerhand, so eine Behauptung.«
»Es macht Sinn. Ich glaube nicht, dass Derek Tyler sich diese Verbrechen ausgedacht haben kann. Tyler ist nicht sehr intelligent. Er ist eigensinnig, aber auch sehr leicht zu beeinflussen. Wenn er eine Prostituierte aus freien Stücken hätte töten wollen, hätte er es nicht so angestellt. Es wäre auf der Straße passiert, mit einem Messer oder einem zerbrochenen Backstein. Es hätte jede Menge Spuren gegeben. Er ist kein so raffinierter Spieler wie unser Mörder. Aber Derek Tyler wurde auch nicht angeschwärzt. Und so kommen wir zur Viper. Denn eine psychologische Tatsache lässt sich nicht von der Hand weisen: Derek Tyler hätte sich diese Verbrechen nicht ausdenken können. Hier geht es um die Vorstellungswelt eines anderen Menschen. Irgendjemand anders hat die Strippen gezogen.«
»Und wenn jetzt Tyler der Drahtzieher ist? Wenn er jemanden veranlasst, die Verbrechen zu begehen, damit er den Rest der Zeit nicht absitzen muss?« Sie wusste, dass sie ihm von

Hart erzählen sollte. Aber sie wollte sehen, wo er ohne Beeinflussung durch ihren Verdacht hinsteuerte.

Tony schüttelte den Kopf. »Glaub mir, Carol. Ich habe einige Zeit mit ihm verbracht. Er hat einfach nicht den Grips dazu.«

»Wenn also die Viper hinter alldem steckt, warum sollte die dann zwei Jahre bis zum nächsten Mord warten?«

Tony schloss die Augen und legte die Handflächen auf den Tisch. »Weil ich vorsichtig bin. Weil ich will, dass sich die Lage beruhigt. Weil es seine Zeit dauert, bis sich ein weiterer Derek Tyler findet. Weil ich mir nicht selbst die Hände schmutzig machen will. Weil das Vergnügen darin besteht, zweierlei Macht auszuüben. Nicht nur die Macht über das Opfer, sondern auch die Macht über den Killer. Und dieses Mal auch die Macht über die Polizei.« Er machte die Augen auf. »Aber hauptsächlich, weil ich nicht erwischt werden will und es einige Zeit dauert, die Dinge so einzurichten, dass ich mich schützen kann.«

»Okay. Das macht alles einigermaßen Sinn«, sagte Carol widerwillig. »Aber ich verstehe nicht, wieso das auf einen Polizisten hinweisen soll.«

»Ich habe heute Abend mit Dee gesprochen.«

»Und?«

»Sie will uns nicht verraten, was wir über die Viper wissen wollen. Und sie sagt es uns nicht, weil sie uns nicht zutraut, dass wir sie schützen können. Das deutet entweder auf jemanden bei der Polizei oder auf jemanden, dem die Polizei Beistand schuldet. Jemanden im Team. Oder vielleicht auf einen Informanten ...?«

Carol schüttelte den Kopf. »Nein, tut mir leid, das nehm ich dir nicht ab. Es ist genauso wahrscheinlich, dass die Viper jemand da draußen ist, den sie für so mächtig hält, dass er den Schutz durchbrechen kann, mit dem wir sie umgeben. Das hört sich für mich nicht wie jemand von der Polizei an. Es könnte genauso gut ein Zuhälter oder ein Dealer sein.«

»Sie hat keinen Zuhälter. Jan sagt, sie haben die meisten knallharten Typen vertrieben. Und warum sollte Dee meinen, dass ein Dealer gegen den Zeugenschutz ankommt?«
Carol warf ihm einen zynischen, wissenden Blick zu. »Weil es immer die Annahme gibt, dass Drogenfahnder korrupt sind und dass man als Dealer nicht aufsteigen kann, wenn man nicht einen Polizisten für sich arbeiten lässt.«
Tony sank auf seinem Stuhl zusammen. Er hatte sich wirklich angestrengt, allerdings hatte er eigentlich nicht erwartet, dass Carol sich darauf einlassen würde. »Tu mir einen Gefallen: Lass es dir durch den Kopf gehen.«
Sie trank ihr Glas aus und nahm die Flasche. »Ich danke dir, dass du dich so engagierst, wirklich. Aber ich glaube, du liegst weit daneben«, sagte sie.
»In Ordnung«, sagte er.
»Nicht die Theorie, Tony. Die ist sehr klug. Aber wen du in Verdacht hast, da liegst du daneben«, sagte sie.
Ratlos hielt er plötzlich inne, als er das Glas halb zum Mund geführt hatte. »Was habe ich übersehen?«
»Es ist jemand, der die Fertigkeit hat, einen anderen Menschen durch Gehirnwäsche zu lenken. Jemand, der Kontakt zu Derek Tyler hat und sicherstellen kann, dass der niemals verrät, was er weiß. Jemand, der in der Nacht, als Sandie Foster umgebracht wurde, in Temple Fields war.«
Tony riss die Augen auf. »Was soll das heißen, Carol?«
»Ich meine, dass Aidan Hart besser zu dem Profil passt als irgendein Polizist.«
Tony lachte. »Aidan Hart? Du willst mich wohl verkohlen.«
»Aidan Hart hatte an dem Abend, an dem Sandie Foster starb, Sex mit ihr. Wir haben seinen Wagen aufgespürt, und er hat es zugegeben. Er hatte ein Alibi für die Zeit, in der der Mord geschah, deshalb habe ich es nicht weiter verfolgt. Aber Sam Evans blieb dran. Und er hat entdeckt, dass Hart zwei- bis dreimal die Woche mit Prostituierten zusammen ist. Ich meinte, auch das sei kein Grund für einen Verdacht.

Aber wenn du recht hast und dieselbe Person beide Mordserien inszeniert hat, ist das Alibi wertlos, und alles andere bekommt mehr Bedeutung.«

Tony schüttelte den Kopf, er bemühte sich, das aufzunehmen, was Carol sagte. »Nein, das kann nicht stimmen. Der Mann ist ein Hanswurst. Ein Karrieremacher und Hanswurst.«

»Oder vielleicht hat er einfach die Fähigkeit, eine falsche Fassade vorzutäuschen?«, sagte Carol.

Mit gedankenvoll gerunzelter Stirn nahm Tony einen großen Schluck. »Das haut nicht hin, Carol. Es passt nicht zu dem, was Dee gesagt hat. Es gibt keinen Grund, dass sie wissen sollte, wer Hart ist, und schon gar nicht, dass sie eine solche Scheißangst vor ihm haben sollte.«

»Nein? Was wissen wir über die Vorgeschichte ihrer psychischen Verfassung? Ein Mann mit Harts Macht könnte doch bei ihr bestimmt Wahnvorstellungen diagnostizieren und sie einliefern lassen? Für immer wegsperren?«

Tony sah skeptisch drein. »Ich weiß nicht …« Er sprang auf und ging auf und ab. »Warte mal«, sagte er triumphierend. »Vor zwei Jahren, als Derek Tyler aktiv war, da war Hart nicht hier. Er war noch in Rampton. Er hat die Stelle noch nicht einmal ein Jahr. Er kann nicht der Mann hinter Derek Tylers Verbrechen gewesen sein. Und wenn du zugestehst, dass Derek nicht selbst auf diese Morde gekommen sein kann, musst du auch einräumen, dass dieselbe Person hinter beiden Mordserien stecken muss. Und das schließt Aidan Hart aus.«

Carol starrte ihn an. »Bist du sicher? Kann es nicht sein, dass er zwischendurch hierher geschickt wurde, um am Bradfield Moor auszuhelfen?«

»Ich bin so sicher, wie ich nur sein kann. Aber es wird für dich nicht schwierig sein, das zu überprüfen.« Tony setzte eine bedauernde Miene auf. »Tut mir leid, dir einen Tatverdächtigen zu nehmen. Aber abgesehen von den praktischen Voraussetzungen kann ich mir Hart einfach nicht in Verbindung mit dieser Sache vorstellen. Ich glaube einfach nicht, dass er dazu imstande wäre.«

Sie seufzte, weil sie nicht ganz überzeugt war, aber auch kein Gegenargument hatte. »Mist. Na ja, wenigstens werde ich mich nicht bei Brandon lächerlich machen.« Sie trank aus. »Ich muss schlafen. Es war ein elender Tag.«

»Halt mich auf dem Laufenden, ja?« Er ging mit ihr zur Haustür.

Auf der Schwelle drehte sie sich um, legte ihm die Hand auf die Schulter und küsste ihn auf die Wange. »Danke«, sagte sie.

»Wofür?« Er war überrascht.

Sie grinste. »Du bist doch der Psychologe, sieh mal zu, dass du selbst daraufkommst.«

Dann war sie fort und ließ ihn bei seiner Reise ins labyrinthische Innenleben eines anderen Menschen allein.

Zur Abwechslung zieht einmal ein sonniger Morgen herauf, und ich stelle mir vor, dass all die doofen Bullen das als gutes Omen betrachten. So ist das mit dem Aberglauben. Die Idioten, dic an so was glauben, scheinen nie zu bedenken, dass es für ein Omen seiner Natur nach keine Unterschiede geben kann. Sie schauen aus ihrem Schlafzimmerfenster, sehen, dass sich ein perfekter Regenbogen über ihrem Landstrich wölbt, und sind überzeugt, er werde ihnen Glück bringen. Dabei ist ihnen nicht klar, dass es für ihren Nachbarn, ihren Erzfeind, genau das Gleiche bedeutet. Wenn also der sonnige Morgen ein gutes Vorzeichen für meine Feinde ist, muss er es auch für mich sein.

Ich sehe noch mal nach der Webcam. Der Bildaufbau ist nicht besonders schnell, selbst mit Breitband, aber wenigstens kann ich ein Auge auf Paula in Echtzeit haben. Außer als der Döskopf aus Versehen auf die Pausentaste drückte, während er zum ersten Mal die Videokassette wechselte. Wenigstens hat er bemerkt, was ihm passiert war, und es wieder in Ordnung gebracht, bevor er ging. Das wird ihm nicht so schnell wieder passieren. Ich habe meine Unzufriedenheit deutlich geäußert, was ihn praktisch zu einem Häufchen Elend werden ließ. Danach versucht er jetzt verzweifelt, meine Gunst zurückzugewinnen.

Da liegt sie also, ausgestreckt, wie ich es mag. Der Anblick erregt mich, aber ich habe keine Zeit, ihn zu genießen, und zwinge mich, an praktischere Dinge zu denken. Ich habe noch keine so lange behalten, und das bringt gewisse Probleme mit sich. Ich weiß, sie kann lange ohne Nahrung durchhalten, aber ich bin nicht sicher, wie lange sie ohne Wasser auskommt. Es macht mir nichts aus, wenn sie fantasiert, aber ich will nicht, dass sie stirbt. Nicht bevor ich finde, dass die Zeit dafür reif ist. Und wenn es so weit ist, wird sie auf die Art und Weise sterben, die ich festlege, nicht aufgrund irgendwelcher physiologischer Bedingungen. Zwischendurch werde ich mal im Internet nachsehen.

Es wird schwierig sein, sie trinken zu lassen. Wenn er den Knebel herausnimmt, wird sie versuchen zu schreien. Es sollte möglich sein, ihr durch die Zähne Wasser in den Mund zu träufeln, aber ich bin nicht sicher, dass der angelernte Affe etwas so Schwieriges schafft. Ich werde es vielleicht selbst tun müssen. Ganz und gar nicht ideal.

Nicht weil die Gefahr besteht, dass sie überleben und es dann erzählen würde, sondern weil das Geheimnis zerstört würde, wenn sie mich sähe.

Während ich sie beobachte, schiebt sich meine Zungenspitze zwischen die Zähne. Sie ist wirklich zum Anbeißen.

Aber auch das ist eine Vorstellung, die ich mir für später aufhebe. Denn jetzt gibt es Arbeit.

Paula merkte nichts von der Dämmerung. In ihrem hell erleuchteten Gefängnis gab es weder Tag noch Nacht, sondern nur eine unendliche, stumme Helligkeit. Als sie die Augen schloss, schien das Licht rot durch die Augenlider und erinnerte sie an das Meer von Blut, in dem Sandie Foster und Jackie Mayall wie Inseln lagen. Ihr Kopf tat weh, ein stumpfer Schmerz, der am Schädelansatz begann und wie die Vorhut einer feindlichen Armee nach oben kroch, bis ihr Gehirn sich anfühlte, als müsse es platzen.

Sie hatte auf ihre Gedanken keinen Einfluss mehr. Etwas kam ihr in den Sinn, doch bevor sie es genauer überdenken konnte, entglitt es ihr wieder oder verwandelte sich in etwas anderes. Erinnerungen brachen ab und verschmolzen ineinander, Leute tauchten an Orten auf, wo sie ganz sicher nie gewesen waren, und sie gaben Dinge von sich, die sie nie gesagt hätten. Geliebte verwandelten sich in Kolleginnen, die Umrisse alter Schulfreundinnen verwischten sich und nahmen die Form fremder Personen an. Es war zermürbend.

Manchmal konnte sie sich kaum erinnern, wer sie war und wie sie an diesen Ort gekommen war. Ihre Gliedmaßen kamen ihr so schwer vor, als gehörten sie zu einem viel größeren, weicheren Wesen. Aber das war leichter zu ertragen als die quälenden Krämpfe, die ihr in unberechenbaren Abständen durch Arme und Beine schossen.

Der einzige klare Gedanke, an dem Paula noch festhalten konnte, war die Gewissheit, dass jemand kommen würde. Sie wusste nicht mehr, wer es sein würde, aber sie wusste, dass es früher oder später so oder so zu Ende gehen würde.

Tony schloss die Haustür hinter sich, stand einen Moment lang still und genoss den Sonnenschein auf seinem Gesicht. Er hatte besser geschlafen, als er erwartet hatte, wollte aber nicht darüber nachdenken, warum das wohl so war. Plötzlich stand Paula McIntyres Gesicht vor seinem inneren Auge, und sofort war die Freude an diesem Morgen dahin.

Er hoffte inständig, dass er mit seiner Vermutung recht gehabt hatte und sie noch lebte.
Er stieg in den Wagen und ließ ihn an. Der Motor stotterte und hustete wie ein lungenkranker alter Mann und verstummte. Er runzelte die Stirn und probierte es erneut. Ein Klicken, danach nichts. Er sah sich im Auto nach einer Erklärung dafür um. Und natürlich gab es eine. Nachdem Carol ins Büro zurückgekehrt war, hatte er sich etwas in einem Chinaimbiss geholt. Und hatte das Licht angelassen. »Mist«, seufzte er. Selbst wenn er seine Mitgliedskarte vom Automobilclub zur Hand gehabt hätte, hatte er keine Zeit, auf den Straßenwachtfahrer zu warten, damit er sein Auto mit dem Starthilfekabel anließ. Und Carol war schon weg. Er hätte wetten können, dass sie irgendwo in ihrem Kofferraum ein Starthilfekabel hatte.
Missmutig stieg er aus und machte sich zur Bushaltestelle auf. Er wusste, dass es einen Bus gab, der in der Nähe von Bradfield Moor vorbeikam, aber aus sehr vielen Besucherbeschwerden hatte er auch erfahren, dass die Haltestelle eine Meile vom Tor der Anstalt entfernt war.
Vierzig Minuten später hielt ein Bus mitten in der Pampa und ließ Tony aussteigen. Er stand einen Moment da und versuchte sich zu orientieren, wo er eigentlich war, und ging dann einen Weg hoch. Endlich vom feuchtkalten Mief im Bus und der störenden Schar von Fahrgästen befreit, ließ er seinen Gedanken freien Lauf und begann sich nun des Problems anzunehmen.
»Zwei Menschentypen werden von der Macht angezogen: die welche haben und die keine haben«, sinnierte er, während er dahinstapfte. »Da müssen wir ansetzen.
Bei denen, die keine haben, ist es gewöhnlich aus gutem Grund so. Vielleicht sind sie weder besonders intelligent noch sehr motiviert, oder sie können nicht gut organisieren. Das hört sich nicht nach dir an, oder?«

Er schwieg eine Weile und grübelte. »Wir sollten also wahrscheinlich annehmen, dass du Zugriff auf eine gewisse Macht hast. Das würde passen, wenn du Polizist bist – nur denkt Carol, dass ich mit dieser Annahme völlig falsch liege. Die Sache mit der Macht ist jedoch, dass diejenigen, die welche haben, immer mehr davon wollen. Absolute Macht verdirbt einen Menschen total. Und du magst Verdorbenheit, nicht wahr? Du magst ihren Geruch und Geschmack. Wenn du Polizeibeamter bist, dann ein korrupter.« Er hielt einen Moment inne und verarbeitete die Konsequenzen dieses Gedankens.
»Und deshalb hat Dee solche Angst vor dir. Weil sie schon weiß, dass du dich nicht an die Regeln hältst.« Aus diesen Überlegungen wurde er von einem großen Geländewagen aufgeschreckt, der neben ihm anhielt. Die getönte Fensterscheibe der Beifahrerseite senkte sich herab, und Tony sah sich plötzlich Aidan Harts selbstgefälligem Gesicht gegenüber. Nach dem, was er von Carol über Harts sexuelle Neigungen erfahren hatte, fiel es ihm schwer, eine Anspielung zu unterdrücken, die ihm dieses Lächeln gründlich verdorben hätte.
»Gehen Sie zu Ihrem Vergnügen zu Fuß, oder soll ich Sie mitnehmen?«, fragte ihn sein Chef.
Tony grinste. »Wenn ich es mir so überlege«, sagte er, »würde ich, glaube ich, lieber zu Fuß gehen.«

»Das wird ja schon fast zur Angewohnheit«, sagte Carol, als sie mit Kevin im Schlepptau in ihr Büro trat. »Die Leute werden anfangen über uns zu reden.«
Kevin lächelte müde. »Ich glaube kaum. Sie wissen alle, dass ich zu geizig bin, um so einen teuren Blumenstrauß zu schicken.«
»Kevin«, warnte sie mit drohender Stimme.
»Tut mir leid, Chefin«, sagte er reumütig.
»Also, wie ist der Stand der Dinge?«

»Sanders ist gestern Abend nicht nach Hause zurückgekehrt. Nachdem er hier wegging, hat er sich in Luft aufgelöst. Siveright sagt, Sanders hätte ihm erzählt, er würde Freunde in Bradfield besuchen, und sei dann zu Fuß losgegangen. Wir wissen, dass Sanders zehn Minuten später von einem Bankautomaten am Woolmarket Geld abhob. Wir haben mit seinen Kollegen vom Park gesprochen, und ich habe die Häfen und Flughäfen unterrichtet, aber es hat nichts gebracht.«

»So ein Mist«, sagte Carol. »Wir müssen sofort eine Presseverlautbarung mit einem Foto rausgeben. Wir müssen ihn kriegen, Kevin. Ich will nicht, dass er in irgendwelchen Kanälen verschwindet und im Netzwerk der Pädos Unterstützung findet. Er hat bestimmt Kontakt zu Leuten, die ihn verstecken und ihn mit Transportmöglichkeiten, Geld und Unterkunft versorgen.«

Bevor Kevin antworten konnte, klopfte es an der Tür. »Herein«, sagte Carol ungeduldig.

Stacey stand auf der Schwelle. »Tut mir leid, dass ich störe, aber ich habe gerade etwas über Sanders herausgefunden, das Sie beide, glaube ich, gern erfahren würden.«

Carol winkte sie herein. »Sagen Sie bloß, Sie wissen, wo er ist«, meinte sie mit einem schwachen Lächeln.

Stacey runzelte die Stirn, als sei sie nicht sicher, ob Carol es ernst meinte. »Nein. Aber ich habe etwas, das unsere Position gegen ihn stärkt. Sie erinnern sich an sein Arbeitsbuch vom Juli mit dem Bericht über den mutmaßlichen Exhibitionisten?«

»Als er uns so nett ›weitergeholfen‹ hat«, sagte Kevin und machte dabei mit den Fingern die Geste für Anführungszeichen.

»Ich habe also noch etwas weiter nachgeforscht. Und raten Sie mal. Dieser Eintrag in seinem Arbeitsbuch wurde geändert, und zwar innerhalb einer Stunde nach den ersten Nachrichtenmeldungen über das Auffinden einer Leiche im Swin-

dale.« Stacey war offensichtlich sehr zufrieden mit sich selbst.
»Danke, Stacey, das ist wirklich brauchbar. Gut gemacht«, sagte Carol. Noch während sie sprach, steckte Don Merrick den Kopf ins Zimmer.
»Kann ich reinkommen?«, fragte er. Carol nickte. »Eigentlich suche ich Kevin«, sagte er und sah auf ein Blatt Papier hinunter. »Wir haben einen anonymen Anruf von einem Typ, der behauptet, ein ehemaliger Freund von Nick Sanders zu sein. Die Freundschaft fand ein Ende, weil er Sanders dabei erwischte, dass er Bilder von seinem kleinen Sohn in der Badewanne machte. Er unternahm damals nichts, weil er seinen Jungen nicht der Strapaze einer Ermittlung aussetzen wollte, aber als ein Kollege, der für den Peak Park arbeitet, ihm erzählte, Sanders werde der Tat verdächtigt und habe sich davongemacht, beschloss er, sich zu melden. Jedenfalls vermutete er, Sanders würde sich irgendwo ins freie Gelände begeben. Er ist geübt darin, in der freien Natur klarzukommen. Offenbar hat er eine Unterkunft in Sutherland im Nordwesten Schottlands – Achmelvich Bay«, sagte er und verhaspelte sich bei dem unbekannten Namen etwas. »Vor Jahren war Sanders dort Herbergsvater der Jugendherberge. Wir haben das übrigens überprüft. Es steht in dem Lebenslauf, den er dem Ranger Service vorgelegt hat. Jedenfalls sagt unser Anrufer, Sanders hätte von einem sogenannten Hermit's Castle, der Unterkunft eines Einsiedlers, gesprochen. An Einzelheiten konnte er sich nicht erinnern, er wusste nur, dass ein Typ aus London es weit draußen auf der Landzunge gebaut hätte, etwa wie einen Betonbunker, nur kleiner. Er wohnte dort ein Jahr lang und sprach mit keiner Menschenseele. Der Anrufer sagte, Sanders hätte sich vielleicht dorthin aufgemacht. Ich glaube, wir sollten das überprüfen«, schloss Merrick eifrig.
»Scheint mir nicht allzu vielversprechend«, sagte Carol.
Kevin machte eine unverbindliche Handbewegung. »Wir

könnten die Kollegen vor Ort bitten, die Augen offen zu halten.«
»Wenn er da oben gearbeitet hat, kennt er wahrscheinlich die Jungs vor Ort«, stellte Merrick fest. »Ich meine, Kevin sollte hinfahren. Um zwölf mittags gibt es einen Flug nach Inverness.«
Carol überlegte einen Moment, dann schüttelte sie den Kopf. »Es ist zu vage, Kevin, sprechen Sie mit den Kollegen dort, bitten Sie sie, sich diesen Bunker anzusehen, aber sie sollen diskret sein, klar? Sollte es irgendeine Spur von Sanders geben, verfolgen wir sie weiter. In der Zwischenzeit konzentrieren wir uns darauf, einen landesweiten Aufruf rauszuschicken. Also, wenn Sie mich entschuldigen, ich habe jetzt eine Einsatzbesprechung vorzubereiten.«

Es gab bei der morgendlichen Besprechung jämmerlich wenig mitzuteilen. Und das wussten alle. Die Entschlossenheit vom Morgen des Vortags hatte jetzt einen Anflug von Verzweiflung. Alle wussten, dass mit jeder Stunde, die verging, die Chancen, Paula noch lebend zu finden, sich dramatisch verringerten.
»Wir werden anhand der Daten von der Steuerbehörde weitersuchen«, sagte Carol und versuchte so energisch wie möglich zu klingen. »Ich möchte, dass wir mit jedem Vermieter und jedem Mieter innerhalb des zu durchsuchenden Gebietes auf dieser Karte sprechen. Ich weiß, es ist wie beim Schuss mit einer Schrotflinte, aber bis wir etwas gefunden haben, das es näher eingrenzt, werden wir tun, was immer notwendig ist, um Paula zu finden. Inspector Merrick hat die komplette Liste der Dinge, die heute zu erledigen sind. Außerdem fragen Sie bitte in jedem Gespräch, das Sie führen, ob der Befragte schon einmal von jemandem gehört hat, der Viper genannt wird.« Sie war sich der skeptischen Reaktionen im Raum durchaus bewusst.
»Es ist mir klar, dass sich das merkwürdig anhört. Aber es ist

ein wertvoller Hinweis. Derek Tyler schweigt seit zwei Jahren. Obwohl es möglich ist, dass er eine bösartige Absicht verfolgt, meint Dr. Hill, dass er nicht genug Grips hat, um uns in dieser Sache zu täuschen. Behalten Sie das also im Hinterkopf.

Die gute Nachricht von der Gerichtsmedizin ist, dass wir DNA haben. Leider ist die Probe nicht rein genug, um sie für einen Vergleich mit der nationalen Datenbank zugrunde legen zu können.« Allgemeines Stöhnen. »Aber«, sagte sie und hob die Stimme, »wir können sie nutzen, um entsprechende Personen auszuschließen. Und man hat mir gesagt, wenn wir den Richtigen erwischen, wird es genug Übereinstimmungen geben, dass man das Ergebnis als Beweis geltend machen kann.«

Sie drehte sich um und zeigte auf einen detaillierten Plan von Temple Fields. »Da irgendwo ist sie. Lasst uns losgehen und Paula finden.«

Als die Einsatzbesprechung zu Ende war, gingen die Mitarbeiter in kleinen Gruppen auf Don Merrick zu, der aussah, als hätte er in seinem ganzen Leben nicht geschlafen. »Sam«, rief Carol in dem allgemeinen Durcheinander. Er wandte sich ihr mit einem fragenden Blick zu. »Einen Moment, bitte.«

Er bahnte sich gegen den Strom einen Weg zu ihr. »Ja, Ma'am?«, sagte er eifrig.

»Bitte holen Sie die Akten der Fälle von vor zwei Jahren heraus.«

»Die Morde von Derek Tyler?«

»Genau. Als wir Tyler verhaftet hatten, kam alles andere zum Stillstand. Sie und ich, wir werden einen sehr langweiligen Vormittag verbringen, diese Akten durchgehen und nach Maßnahmen fahnden, die geplant waren, aber dann nie durchgeführt wurden.«

Evans versuchte Begeisterung zu heucheln, sehr überzeugend wirkte er aber nicht. Bevor Carol Gelegenheit hatte, etwas zu sagen, sah sie John Brandons vertraute Gestalt, die sich durch das Gedränge vorwärts bewegte und sich einen direkten Weg zu ihr bahnte. »Gehen Sie, Sam«, sagte sie entschlossen.

Brandon war bei ihr und führte sie auf die Seite. »Carol, ist Tony über die Ermittlungen voll informiert?«

»Ja, Sir.«

»Ich glaube, wir brauchen ein offizielles Profil von ihm. Ich habe um zwölf eine Pressekonferenz und würde gerne etwas vorlegen, das so aussieht, als machten wir gewisse Fortschritte. Besonders da uns Nick Sanders entwischt ist«, sagte er bissig.

Sie versuchte, sich die angedeutete Kritik nicht zu Herzen zu nehmen. »Können wir Videomaterial herausgeben, um zu sehen, ob jemand den Mann erkennt?«

»Ich finde, es spricht nichts dagegen. Ob sie es nutzen werden, steht auf einem anderen Blatt. Den Medien ist eine Polizeibeamtin in Gefahr beiWeitem nicht so wichtig wie uns. Dass ein Serienmörder frei herumläuft, findet man aufregender, als dass DC McIntyre gerettet werden muss.«

Brandon entfernte sich und nahm sich die Zeit, einige ermutigende Worte zu verteilen, bevor er sich wieder auf den Weg zu seinem relativ friedlichen Büro machte.

Carol sah sich um, welcher ihrer Mitarbeiter gerade in ihrer Nähe war, und rief: »Jan?«

Jan sah von den Unterlagen auf, die sie las, schaute zu Carol herüber und kam dann zu ihr. »Gibt's etwas zu tun für mich?«

»Können Sie Dr. Hill finden und ihn bitten herzukommen?«

»Klar. Haben Sie seine Handynummer?«

Carol kritzelte sie auf einen Zettel und sagte beim Schreiben: »Er hat es aber bestimmt ausgestellt, oder er nimmt nicht ab. Ich gebe Ihnen auch seine Privatadresse. Ich glaube, er sagte, er würde heute Vormittag zu Hause sein.«

»Und wenn er nicht dort ist?«

Carol zuckte mit den Schultern. »Dann versuchen Sie es in Bradfield Moor.«
Jan lächelte. »Da scheint er sich ja äußerst wohl zu fühlen, was?«
Carol wurde ärgerlich. Genau so etwas hätte sie selbst zu Tony gesagt. Aber das war ein Vorrecht unter Freunden, von ihren jüngeren Mitarbeitern wollte sie das nicht hören. »Wir brauchen ihn mehr als er uns, Sergeant. Vergessen wir das nicht, ja?«
Jan zuckte entschuldigend mit den Schultern und ging. Merrick kam auf Carol zu und fuhr sich dabei durch seine ungewaschenen fettigen Haare. Er starrte sie hohläugig und freudlos über den Rand seiner Tasse an, wobei er mit einem Bein vor nervöser Energie wippte. »Ich habe immer das Gefühl, es muss doch noch etwas geben, das wir tun sollten«, sagte er mit vor Erschöpfung ganz heiserer Stimme.
»Ich weiß. Aber es ist schwer darauf zu kommen, was das sein könnte. Und es hilft niemandem, wenn Sie sich vollkommen aufreiben, Don«, sagte sie ruhig.
Sie sah den Zorn in seinen Augen aufblitzen. »Paula ist nicht einfach eine von meinen Leuten«, sagte er gereizt. »Ich bin mit ihr befreundet. Ich weiß, das hört sich vielleicht komisch an. Die meisten Leute können mit der Vorstellung, dass eine Frau und ein Mann Freunde sein können, nichts anfangen. Aber bei uns ist es so.«
Und trotzdem hast du nicht gewusst, dass sie lesbisch ist, dachte Carol. Das sagte wahrscheinlich genauso viel über Paulas instinktive Vorsicht aus wie über Merricks Mangel an Durchblick. »Das glaube ich Ihnen, Don«, sagte sie. »Und ich verstehe durchaus, dass das die ganze Sache für Sie noch schwieriger macht.«
»Wirklich?« Er schüttelte den Kopf. »Sie hat sich wahnsinnig gefreut, als sie der Gruppe zugeteilt wurde, wissen Sie das? Sie war ganz aufgeregt, mit Ihnen zusammenarbeiten zu

dürfen. Seit dem Fall Thorpe sind Sie ihre Heldin. Deshalb hat sie zugestimmt, die verdeckte Aktion zu machen, obwohl sie vor Angst fast ausflippte. Sie wollte, dass Sie viel von ihr halten. Und sie war entschlossen, dass sie alles, was Sie können, auch fertig kriegen müsse.«

Seine Worte machten Carol tief betroffen, obwohl ihr klar war, dass er nur so wild austeilte, weil er seine eigenen Schuldgefühle besänftigen wollte. »Ich glaube, sie hat es für sich selbst getan, Don. Nicht um mich zu beeindrucken, sondern um ihrer eigenen Vorstellung davon, was eine Kripobeamtin sein sollte, treu zu bleiben«, sagte sie. »Aber was immer Paulas Motive waren, es hat keinen Sinn, einander die Schuld zuzuschieben. Wir müssen uns darauf konzentrieren, sie zu finden.«

»Meinen Sie etwa, das weiß ich nicht? Aber worauf soll man sich konzentrieren? Es gibt Hunderte von Unterlagen und Schriftstücken, und aus allen geht der gleiche Mist hervor. Es ist, als hätte sie sich in Luft aufgelöst.«

»Wir kommen voran. Wir grenzen die Möglichkeiten immer weiter ein. In Temple Fields haben wir schon ein riesiges Gebiet untersucht. Nach unseren eigenen Aufstellungen sind wir tatsächlich in mehr als fünfundsiebzig Prozent aller Gebäude dieser Gegend gewesen. Es kommt auf Zeitaufwand und sorgfältige Methodik an.«

Er seufzte. »Ich weiß. Ich kann gar nicht mehr richtig denken. Schauen Sie, Ma'am, wenn Sie nichts dagegen haben, würde ich mich gern für eine Weile abmelden und mich hinlegen. Ich gehe in ein Motel, um meinen Kopf ein paar Stunden auszuruhen.«

»Gute Idee, Don. Alles wird nicht mehr so düster aussehen, wenn Sie eine Weile geschlafen haben.«

Er wandte sich wortlos ab und stapfte davon. Es war erst halb zehn, aber Carol fühlte sich, als hätte sie schon einen ganzen Arbeitstag hinter sich. Als sie die Herausforderung angenommen hatte, eine Elitegruppe zu führen, hatte sie nicht bedacht, wie anstrengend es sein würde, eine Schar von

Polizisten zusammenzuhalten, die aufgrund ihrer natürlichen Veranlagung so schwierig und aufmüpfig waren wie sie selbst in früheren Jahren. Manchmal sehnte sie sich fast nach der Verkehrspolizei.

Die Anlagen in Bradfield waren ausschließlich im Hinblick auf eine pflegeleichte Unterhaltung entworfen worden. Aber an einem Wintermorgen mit kahlen Bäumen boten sie durch den hohen Maschendrahtzaun eine Aussicht weit über die Moorlandschaft im Norden. Man konnte die Stadt unten aus den Augen verlieren und seine Verbindungen zum Leben jenseits des Zauns lösen. Normalerweise wurde es nicht besonders gern gesehen, wenn das Personal dort mit einem Patienten spazieren ging, aber Tony hatte beschlossen, dass eine kurze Atempause außerhalb der bedrückenden Umgebung des Anstaltsgebäudes Tom Storey nur gut tun konnte. Sie waren schon fast eine ganze Stunde im Freien und hatten über das gesprochen, was Tom im Moment die größten Sorgen machte.

Bei einer Gruppe von Birken waren sie nahe am Zaun stehen geblieben und schauten über das Tal auf ein Wasserreservoir mit glänzender Oberfläche hinüber. Tony sah auf seine Uhr.

»Wir sollten jetzt wohl zurückgehen. Ich habe in einer Viertelstunde noch einen Termin.«

Mit einem letzten Blick auf die Landschaft wandten sie sich wieder dem unansehnlichen viktorianisch-neugotischen Gebäudekomplex zu. »Ich bin froh, dass Sie heute gekommen sind«, sagte Storey.

»Wir hatten ja einen Termin vereinbart. Wo sollte ich sonst sein?«

»Ich dachte, Ihre Arbeit für die Polizei würde Sie vielleicht abhalten.«

»Meine Patienten gehen vor. Ich arbeite mit der Polizei zusammen, aber das heißt nicht, dass man dort die Macht hat, mir vorzuschreiben, wann ich wo hingehe.«

Storey warf ihm einen seltsamen Blick zu. »Das ist 'ne merkwürdige Art, es auszudrücken.«
»Ja, nicht wahr? Ich nehme an, es kommt daher, dass ich heute Vormittag viel über Macht nachgedacht habe.«
Schweigend gingen sie ein paar Minuten weiter, dann sagte Tony: »Was ist Ihre Einstellung zur Macht, Tom?«
Zwischen Storeys Augenbrauen erschienen zwei parallele Falten, während er auszudrücken versuchte, was er empfand. Es fiel ihm jetzt schwerer, seine Gedanken mitzuteilen.
»Man nimmt sie sich, wo man sie findet«, sagte er. »Es hängt immer von den Umständen ab. Die Macht des einen bedeutet Leiden für den anderen.«
Tony blieb abrupt stehen. Er wusste nicht genau wie, aber etwas an Tom Storeys Worten hatte einen Gedanken in seinem Kopf angestoßen. Er sprach so leise, dass sich sein Patient anstrengen musste, ihn zu hören. »Wenn man sich die betrachtet, die überwältigt wurden, gibt es da eine direkte Verbindung zurück zu dem Unterdrücker …« Tony hob den Blick zum Himmel. »Wenn man diesen Faden findet, findet man den Mörder.«
Er wandte sich an Storey und lächelte glücklich. »Danke, Tom. Danke für diesen wunderbaren Gedanken. Ich glaube, mir geht langsam ein Licht auf.«
Aber das Licht musste warten. Wie Tony schon gesagt hatte, musste er sich noch mit einem anderen Patienten beschäftigen, dessen Psychose seine ganze Konzentration und Aufmerksamkeit erforderte. Eine Stunde später verließ er endlich mit gesenktem Kopf und ohne auf seine Umgebung zu achten sein Büro. Vage nahm er wahr, dass irgendwelche Gestalten an ihm vorbeikamen, aber er war schon fast am Ende des Korridors, als endlich etwas davon in sein Bewusstsein drang. Er hielt an, runzelte die Stirn und sah sich ungeduldig um, als er eine Stimme hörte.
Jan Shields stand vor seinem Büro an die Wand gelehnt und

grinste. »Ich habe gesagt: ›Was gibt's, Doc?‹«, sagte sie, perfekt Bugs Bunny imitierend.
Ein ungutes Gefühl ergriff ihn plötzlich, aber er verdrängte es. Wenn etwas Schlimmes geschehen wäre, würde sie nicht herumalbern. »Aber Ihren regulären Job geben Sie doch nicht auf?«, sagte er und ging zu ihr zurück.
»Fällt mir gar nicht ein. Dafür macht er mir zu großen Spaß.«
Er war bei ihr angekommen. »Ist etwas passiert?«
Sie stieß sich von der Wand ab. »Nein. Das ist unser Problem. Mr. Brandon möchte ein Profil haben. Damit er etwas hat, was er den Raubtieren vorwerfen kann. Ich soll Sie zurückfahren. Gehen wir?« Sie zeigte auf den Hauptkorridor und ging neben ihm her.
»Woher wussten Sie, wo ich bin? Und dass ich meinen Wagen nicht dabeihabe?«
Sie zwinkerte ihm zu. »Ich bin eben Kriminalbeamtin.«
»Was ich so mache, ist ja nicht gerade ein Geheimnis. Sie haben Carol gefragt.«
Jan lächelte. »Als Ihr Wagen vor Ihrer Wohnung stand und Sie nicht da waren, rief ich Carol an. Sie sagte, Sie hätten wahrscheinlich vergessen, das Licht abzuschalten. Oder das Benzin sei Ihnen ausgegangen. Da habe ich hier angerufen.«
Als sie auf dem Parkplatz ankamen, war Tony überrascht, dass sie nicht auf ein stinknormales Auto zusteuerten, sondern auf einen niedrig auf der Straße liegenden japanischen Sportwagen, einen Zweisitzer. »Ist ja schön zu sehen, dass die Kripo von Bradfield sich so gut um ihre Beamten kümmert«, sagte er und musste sich bücken, um sich auf den Beifahrersitz zu setzen.
»Sie haben wirklich einen merkwürdigen Humor, Dr. Hill«, sagte Jan.
»Sagen Sie doch Tony, bitte.« Er stöhnte, als sie auf das Gaspedal trat und auf den schmalen Weg hinausflitzte.
»Was bringt es Ihnen?«, fragte Jan, während sie knirschend die Gänge wechselte.

»Was bringt mir was?«, fragte er verwirrt.
»Warum geben Sie sich mit den Irren in Bradfield Moor ab? Sie könnten Ihr Leben mit dem Erstellen von Profilen und einer Lehrtätigkeit verbringen. Warum geben Sie sich für einen Hungerlohn mit dem Abschaum ab?«
Er dachte einen Moment nach. »Hoffnung«, sagte er schließlich.
»Was heißt das? Hoffnung?«
»Unterschätzen Sie die Macht der Hoffnung nicht. Und außerdem«, fügte er hinzu, »mache ich das gut. Wenn man weiß, dass man etwas besser kann als die meisten in diesem Fach, gibt einem das eine gewisse Befriedigung. Finden Sie nicht auch?«
Sie nahm eine scharfe Kurve so schwungvoll, dass er gegen die Tür fiel. »Danke für das versteckte Kompliment«, sagte sie. »Und Ihre Irren, helfen sie Ihnen bei Ihren aktuellen Fällen, für die Sie Profile erstellen?«
Er grinste. »Es ist vielleicht seltsam, aber ich verlasse mich lieber auf mein eigenes Urteil. Das heißt allerdings nicht, dass sie mir nicht hier und da zu einer zufälligen Einsicht verhelfen.«
»Und heute, hatten Sie da schon eine Einsicht?«
Tony schüttelte den Kopf. »Nur eine rechtzeitige Erinnerung daran, dass ich mir die Opfer näher anschauen sollte. Und das, was sie verbindet.«
»Das ist nicht schwer. Alle waren Huren.«
»Außer Paula.«
Jan hielt an der Kreuzung der Hauptstraße an und warf ihm bei der Gelegenheit einen verwirrten Blick zu. »Aber sie sah wie eine aus.«
»Wenn Blicke töten könnten, würden sie es wahrscheinlich tun.« Er lächelte über ihre Verwirrung. »Es gibt etwas anderes, was sie gemeinsam haben.«
»Was denn?«
»Wenn Ihre Mission als Mörder wäre, auf den Straßen aufzu-

räumen, würden Sie vielleicht denken, Polizisten wegzuschaffen sei für die Gesellschaft genauso nützlich, wie Prostituierte aus dem Weg zu räumen. Aber das würde natürlich nur Sinn machen, wenn Paula eine korrupte Polizistin wäre ...«
»Man kann auf mehr als eine Art korrumpierbar sein.«
»Ah ja, ich habe gehört, dass Sie diese Entdeckung zum Besten gaben. Don Merrick war wohl bei dem Gedanken etwas verstimmt.«
Diesmal war Jans Lächeln ohne Wärme. »Das ist so typisch, oder? So ein hübsches Mädchen, wie kann sie nur 'ne Lesbe sein?«
»Aber trotzdem – Sie haben es gemerkt«, sagte Tony. »Andererseits nehme ich an, das sollten Sie auch.«
»Was soll das heißen?«
»Man muss eine sein, um eine zu erkennen. So sagt man doch, oder?«
Sie warf ihm einen kurzen Blick zu. »Was bringt Sie darauf, dass ich Lesbe bin?«
»Soll es ein Geheimnis sein?«
Jan schnaubte verächtlich. »Das ist doch nur so 'n Psychotrick. Beantworten Sie meine Frage: Was bringt Sie darauf, dass ich Lesbe bin?«
Wegen der Art und Weise, wie du dich Carol gegenüber benimmst, dachte er, war aber nicht bereit, es zu sagen, weil er damit zugleich etwas über sich selbst preisgegeben hätte. Er schwieg einen Moment und versuchte, den gleichen Gedanken in anderen Worten auszudrücken. »Wegen der Art und Weise, wie Sie sich Männern gegenüber verhalten.«
»Sie meinen, ich hasse Männer? Was für ein Klischee.«
»Das habe ich nicht gesagt. Sie behandeln uns alle mit genau der gleichen Mischung aus Belustigung, Charme und Verächtlichkeit. Es spielt keine Rolle, ob wir attraktiv oder hässlich, klug oder einfältig sind, Sie machen keinen Unterschied. Über unsere beruflichen Kontakte hinaus sind Sie nicht an uns interessiert. Es könnte sein, dass Sie einer jener Men-

schen sind, die sich einfach nicht für Sex interessieren, egal, welchen Geschlechts, aber das glaube ich nicht. Ich spüre ein gewisses sexuelles Charisma. Beantwortet das Ihre Frage?«
Sie bremste leicht und sah zu ihm hinüber. »Danke, dass Sie sie ernst genommen haben. Zufällig haben Sie recht. Und ich habe recht in Bezug auf Paula.«
»Und Sie fanden es fair, mit anderen darüber zu sprechen?«, fragte Tony eher neugierig als kampflustig.
»Na hören Sie, Sie sind doch derjenige, der sagt, wir sollten auf jeden Aspekt der Opfer achten. Meinen Sie, dass es eine Rolle spielt, dass sie eine Lesbe ist?«
»Daran habe ich keinen Augenblick gedacht. Es schien mir einfach nicht relevant«, sagte er ohne großes Interesse.
»Es kann einen auf der Straße angreifbar machen. Außer man tut etwas, um es zu seinem Vorteil zu nutzen. Man kann sich auf niemanden verlassen, das für einen zu tun. Jede Art von Abweichung kann die gleiche Auswirkung haben: Rasse, Behinderung … Das sind alles Dinge, die die Menschen irgendwie ausgleichen müssen.«
Bei jeder Expedition in die menschliche Psyche, die er unternommen hatte, kam für Tony ein Augenblick, in dem sich etwas von entscheidender Bedeutung zusammenfügte und allem einen Sinn verlieh. Das Gesagte hätte nichts in ihm ausgelöst, wenn er an diesem Morgen nicht so intensiv über Macht und Verletzlichkeit nachgedacht hätte, aber weil seine Gedanken sich schon in diesen Bahnen bewegten, bekam es den richtigen Stellenwert. Endlich glaubte er zu verstehen. Und er wusste auch, es war vollkommen aussichtslos, Carol oder sonst jemanden zu überzeugen. Da er nicht wollte, dass Jan seine Reaktion bemerkte, sah er aus dem Beifahrerfenster. »Ja, wahrscheinlich. Für Evans und Chen muss es genauso schwierig sein«, sagte er beiläufig.
»Ich weiß nicht, ich habe sie nie gefragt.«
»Was? Keine Solidarität unter Minderheiten?«, fragte Tony.
»Ich habe nichts gegen sie. Aber ich habe auch nichts mit

ihnen gemeinsam. Warum sollte ich erwarten, dass sie für mich eintreten?«

»Alles klar. Ich nehme also an, Brandon braucht sein Profil schon gestern? Deshalb hat er jemanden geschickt, um mich holen zu lassen?«

»Ich nehme an, ja. Wir kommen mit nichts anderem voran. Carol kämmt mit Sam sogar alte Derek-Tyler-Fälle durch, um zu sehen, ob sich jetzt nicht noch irgendwelche ungeklärten Einzelheiten finden lassen.« Sie schaltete den CD-Player an, und Bonnie Raitt sang, Liebe kenne keinen Stolz.

»Glauben Sie, dass man Paula noch lebend finden wird?«, fragte Tony.

»Ehrliche Antwort?«

»Ehrliche Antwort.«

»Ich glaube, sie ist schon tot. Ich glaube, er macht sich einen Spaß mit uns.«

Mehr als alles andere, was er an diesem Tag gehört hatte, trieben diese Worte die Angst wie ein Messer in Tonys Herz.

Evans legte den Finger auf die Stelle, die er gerade gelesen hatte, und sah auf. »DCI Jordan? Ich kann keine Erwähnung von Paula auf der Originalliste zur alten Ermittlung finden.«

Carol dachte einen Moment nach. »Sie war wahrscheinlich gar nicht dabei, Sam. Sie hat im Fall Thorpe als Aushilfe bei der Kripo mitgearbeitet, aber das war nur für sechs Monate. Sie ist damals wahrscheinlich schon wieder bei der Schutz polizei gewesen. Meinen Sie, dass das von Bedeutung ist?«

»Wenn ja, wüsste ich nicht, worin sie bestehen könnte«, sagte er. »Ich klammere mich an Strohhalme.« Sie machten sich mit gesenkten Köpfen und höchster Wachsamkeit wieder an die Arbeit, den Papierberg abzutragen.

Eine halbe Stunde später wurden sie von einem Mann von der Spurensicherung unterbrochen. »Sind Sie DCI Jordan?«, fragte er.

»Ja.« Carol versuchte jedes aufkommende Interesse bei sich zu unterdrücken. Sie konnte keine falschen Hoffnungen mehr ertragen.
»Wir haben die Papierkörbe im Zielgebiet der Fahndung durchsucht und das Mikrofon und das Funkgerät gefunden, die DC McIntyre trug«, sagte er und klang äußerst zufrieden mit sich.
Carol fuhr hoch und war ganz Aufmerksamkeit. »Und?« Sie nahm nebenbei wahr, dass Jan und Tony hereinkamen, aber ihre ganze Konzentration war auf den Kollegen von der Spurensicherung gerichtet.
»Das Kabel zwischen Mikrofon und Funkgerät ist durchgeschnitten. Auf dem Funkgerät sind zwei unvollständige Fingerabdrücke. Wir arbeiten noch daran, sollten aber bald sagen können, ob sie zu irgendetwas in der AFIS-Datenbank passen.«
Tony blieb diskret im Hintergrund, aber Jan legte Mantel und Tasche bei ihrem Schreibtisch ab und ging näher heran.
»Warum hat es so lange gedauert, sie zu finden?«, fragte Carol. »Was habt ihr denn die letzten zwei Tage gemacht?«
Er schien gekränkt. »Wir sind zweihundert Meter von der Stelle, wo sie zuletzt gesehen wurde, darauf gestoßen. Wir müssen eine Menge Zeug durchgehen.«
»Wenn man nur von neun bis fünf arbeitet, ja. Jan, sehen Sie zu, ob Sie jemanden auftreiben, mit dem Sie wieder nach Temple Fields gehen können. Dann erweitern Sie den Suchbereich um die Stelle herum, wo das Mikrofon gefunden wurde. Sam, gehen Sie auch mit.«
Jan hielt nicht inne, um die Anordnung zu besprechen, sondern verließ sofort das Büro und ging auf das Einsatzzentrum zu. Evans schraubte seinen Markenfüller zusammen, schob ihn in seine Innentasche und folgte ihr. Inzwischen nahm Tony zwanglos an Jans Schreibtisch Platz und wartete anscheinend, bis Carol mit ihm sprechen konnte.

»Wie lange wird es dauern, bis Sie ein Ergebnis von AFIS bekommen?«, fragte sie.
Von niemandem bemerkt, beugte sich Tony hinunter und machte Jans Handtasche auf. Er schob die Hand hinein und tastete darin herum, bis er ihr Schlüsselbund fand. Dann schloss er die Hand um die Schlüssel, zog sie geräuschlos heraus und steckte sie in seine Hosentasche.
»Schwer zu sagen«, antwortete der Mann von der Spurensicherung. »Es kommt darauf an, wie intensiv das System durch Anfragen beansprucht ist.«
Tony stand auf. »Ich geh mir nur 'n Kaffee holen.«
Carol nahm seine Worte kaum wahr. »Können Sie es extra dringend machen?«
»Hab ich schon«, hörte Tony den Mann sagen, als er das Büro verließ. Tony eilte ins Erdgeschoss in den vorderen Aufnahmebereich der Polizeistation. Am Schalter blieb er einen Augenblick stehen.
»Wissen Sie, wo der nächste Schlüsseldienst ist?«, fragte er.
Der Mann in Zivil hinter dem Tisch überlegte einen Moment. »Wenn Sie ins Einkaufszentrum um die Ecke gehen, ist einer ganz hinten im Untergeschoss.«
Tony lief eilends los. Als er den Schlüsseldienst erreichte, war er außer Atem. Der Geruch von Lösungsmitteln und Kleber löste einen Hustenreiz aus und trieb ihm das Wasser in die Augen. Glücklicherweise wartete niemand vor ihm. Er legte das Schlüsselbund auf den Ladentisch. Außer den Autoschlüsseln bestand er aus einem Steckschlüssel, zwei BKS-Schlüsseln und noch zwei kleinen Schlüsseln. »Ich brauche Zweitschlüssel von allen außer den Autoschlüsseln«, sagte er. »Und leider hab ich's eilig.«
Der junge Mann hinter dem Tisch besah sich die Schlüssel kurz. »Kein Problem. Zehn Minuten, geht das?«
»Prima. Bin gleich wieder zurück.« Er eilte aus dem Laden und rannte die Passage mit kleinen Läden entlang zum Kaffeestand bei der Rolltreppe. Wieder ging es ohne den Stress

einer Warteschlange ab. »Großer Kaffee Macchiato zum Mitnehmen, bitte.« Er trommelte mit den Fingern auf den Tisch, während er wartete, bis der schrecklich lahme Typ am Tresen endlich mit der Technik klarkam und sein Getränk zusammenmischte. Er schnappte sich den Pappbecher und kehrte eilig wieder zum Schlüsseldienst zurück.
Fünf Minuten später ging er unbekümmert auf Jans Sportwagen zu. Er setzte seinen Kaffee auf dem Boden ab, schloss den Wagen auf und steckte die Schlüssel ins Zündschloss. Dann machte er sich auf den Weg zurück zum Einsatzzentrum und bemühte sich auszusehen wie einer, der an nichts Anstrengenderes als an Kaffee und das Profil eines Serienmörders zu denken hat.
Er betrat gerade den Raum, als Jan ihre Tasche auf ihrem Schreibtisch ausleerte. Sie sah frustriert aus. »Sie haben nicht gesehen, was ich mit meinen Schlüsseln gemacht habe, oder?«
Tony kratzte sich am Kopf und runzelte die Stirn, als versuche er angestrengt nachzudenken. »Also, ich kann mich gar nicht erinnern, dass Sie den Wagen wirklich abgeschlossen haben«, sagte er.
»Scheiße.« Jan schaufelte alles in ihre Tasche zurück, griff sich ihre Jacke und rannte los. Evans sah Tony an und hob die Augenbrauen, während er ihr in gemütlicherem Tempo folgte.
Tony zuckte mit den Schultern. »Was soll ich dazu sagen? Ich wirke eben so auf Frauen.«

Honey – die in Wirklichkeit Emma Thwaite hieß – hatte gemeint, sie wisse nun so langsam, wo es langgeht. Ihr Wissen hatte sich innerhalb von Monaten entwickelt, seit damals, als sie die beschissene Sozialwohnung in Blackburn verlassen hatte, um der Verantwortung zu entgehen, drei jüngere Brüder großziehen zu müssen, während ihre Mutter ihre Zeit im Pub verbrachte und sich Drinks von Männern bezahlen ließ, die sie dann mit nach Hause brachte und auf der Wohnzimmercouch bediente. Aber diese Monate in Temple Fields schienen ihr so lang wie ein ganzes Leben. Sie konnte sich kaum daran erinnern, wer sie vorher gewesen war.

Sie wusste, sie hatte Glück gehabt, dass Jackie sie unter ihre Fittiche nahm, und sie war so naiv gewesen zu glauben, sie hätte in dieser relativ sicheren Situation so viel gelernt, dass sie alleine klarkommen würde. Aber die letzten paar Tage hatten ihr die Erkenntnis gebracht, dass sie bei Weitem nicht so fähig war, mit der Welt zurechtzukommen, wie sie gedacht hatte. Sie wünschte, jemand würde an Jackies Stelle treten, jemand, der ihr helfen konnte, der Angst und Einsamkeit die Härte zu nehmen.

Als sie also an diesem Nachmittag in Stan's Café trat, steuerte sie direkt auf den Tisch zu, wo Dee Smart alleine saß, rauchte und aus dem Fenster starrte. »Hi, Dee«, sagte sie, »willst du noch 'ne Tasse Tee?«

Dee musterte sie von oben bis unten, als schätze sie ihren Preis. »Ja, in Ordnung«, antwortete sie mit einem leichten Seufzer.

Honey klapperte mit ihren hohen Absätzen davon und kam mit zwei Tassen und zwei Schokokeksen zurück. »Hier«, sagte sie, machte es sich Dee gegenüber bequem und wickelte ihren Keks aus.

Dee starrte weiter auf die Straße hinaus. »Scheißbullen überall. Sie schrecken die Kunden ab.«

»Je eher sie den kriegen, der das macht, desto besser für uns«, sagte Honey.

Dee warf ihr einen verächtlichen Blick zu. »Das wird nicht so bald passieren.«

»Meinst du?« Honey versuchte ihre Sorge zu verbergen.

»Ich weiß es. Meinst du etwa, die Viper hat die Fäden nicht in der Hand?«

Der Name überraschte Honey. Es war ihr nie eingefallen, die Viper mit diesen Verbrechen, die ihre Welt so schwierig und

bitter gemacht hatten, in Verbindung zu bringen. »Das hat etwas mit der Viper zu tun?«, fragte sie.
»Natürlich«, sagte Dee ungeduldig. »Sie sind mir alle auf die Pelle gerückt mit ihren Fragen. Ob ich die Viper kenne. Ob ich jemanden kenne, der Sandie auf dem Kieker hatte. Blah blah blah.«
»Und du hast es ihnen nicht gesagt?« Honey verstand nicht, warum Dee etwas so Wichtiges verschwiegen hatte.
Dees Augen wurden zu schmalen Schlitzen. »Bist du verrückt? Du meinst wohl, ich will die Nächste auf der schwarzen Liste sein?«
Honey runzelte die Stirn. Sie wusste, dass sie nicht gerade den Preis als Superhirn Britanniens gewonnen hätte, aber sie fand das, was Dee sagte, widersinnig. »Wenn die Viper weggesperrt ist, wird es doch keine Liste mehr geben«, erklärte sie.
Dee schnippte mit einer frustrierten Geste die Asche von ihrer Zigarette. »Sei doch kein Kindskopf, Honey. Sie werden die Viper nie kriegen.«
»Aber trotzdem ...«
Dee schüttelte energisch den Kopf. »Du darfst nicht mal dran denken. Dann wäre es aus mit dir, Mädchen.« Sie schob den Tee von sich weg, als meine sie plötzlich, ihn zu trinken, würde sie zu sehr verpflichten. »Ich hätte doch gedacht, dass das, was mit Jackie passiert ist, eine Lektion für dich war. Wenn du nicht willst, dass es dir genauso geht, dann steck deine Nase nicht in das, was die Viper macht.«
Als Dee hinausging, sah Honey ihr nach. Es schmerzte sie, dass ihre Annäherung abgewiesen worden war, aber der Grund dafür beunruhigte sie eigentlich mehr als die Tatsache selbst. Vielleicht hatte Dee ja recht, und das Beste war, den Kopf in den Sand zu stecken und lieber kein Aufsehen zu erregen. Aber wenn Dee nicht recht hatte?

Don Merrick stellte fest, dass er die schottischen Highlands nicht mochte. Er war noch nie irgendwo gewesen, wo eine solche Leere herrschte. Er erinnerte sich an eine Reise, die er und Lindy unternommen hatten, bevor die Kinder da waren, eine Fahrt im Geländewagen in die Sahara. Im Vergleich zu der finsteren Leere hier war die Wüste direkt belebt gewesen. Nachdem er den Flughafen von Inverness in einem Mietwagen verlassen hatte, war es auf den ersten Meilen noch nicht so schlimm gewesen, aber als er die größeren Straßen verließ und gen Westen fuhr, befand er sich schnell mitten in der hinterletzten Pampa. Laut Karte sollte dies hier eine große, gute Fernstraße sein, dabei glich sie eher einer der kleinen Landstraßen im Peak District.

Hier kann man ja verrückt werden, dachte er. Nichts als graue Felsen und grünbrauner Bewuchs. Halt, falsch. Nichts als graue Felsen, grünbraune Pflanzen und hier und da ein grünbrauner Teich. Manchmal stellte sich der graue Fels als der verfallene Giebel von etwas heraus, das einmal ein Haus oder eine Scheune gewesen sein mochte. Aber Anzeichen menschlichen Lebens waren selten. Die einzigen Lebewesen, die er sah, waren Schafe. In einer Stunde war er nur zwei Fahrzeugen begegnet, die beide in die entgegengesetzte Richtung fuhren: ein Landrover und ein roter Minibus mit einem Post-Logo auf der Seite. Don nahm an, dass es Leute gab, die diese Erhabenheit und Einsamkeit liebten, aber er sehnte sich nach dem geschäftigen Treiben und Gedränge der Stadt.

Beim Betrachten der Karte hatte er geglaubt, Nick Sanders' mutmaßlichen Fuchsbau in ein paar Stunden finden zu können. Bevor irgendjemand sein Fehlen bemerkte, würde er schon wieder zurück sein. Er würde den Flüchtigen festnehmen und damit zugleich seine Selbstachtung zurückgewinnen. Dann würde ihm seine Eigenwilligkeit wegen des glanzvollen Erfolgs vergeben werden. Carol würde sich gezwungen sehen, seine Fähigkeiten anzuerkennen, wenn er Nick Sanders noch vor dem Abend brachte.

Aber es wurde hier oben auch früher dunkel. Es war noch

mitten am Nachmittag, und schon spürte er, wie das Zwielicht ihn umschloss. Er hätte Glück, wenn er es vor Einbruch der Dunkelheit nach Achmelvich schaffte, aber auf gar keinen Fall zurück nach Bradfield. Er wünschte, er hätte eine Taschenlampe mitgenommen. Denn ihm schwante, dass Achmelvich nicht gut mit Straßenbeleuchtung ausgestattet sein würde. Wenn er überhaupt noch einmal auf etwas wie Zivilisation stoßen sollte, würde er anhalten und sich mit dem Nötigsten versorgen.
Er fragte sich, ob es hier oben Schokolade gab.

Tony hatte aus gutem Grund den Schreibtisch von Kevin Matthews gewählt, denn Carol konnte von ihrem Platz aus nicht sehen, was er dort tat. Sie war immer noch am Telefon, was ihm die Gelegenheit gab, die Seiten des Telefonbuchs durchzublättern. Mit einem Ohr lauschend fuhr er mit dem Finger an einer Reihe von Namen entlang. Mein Gott, es wird immer schwerer, den kleinen Druck zu lesen, dachte er. Es wäre an der Zeit, zum Augenarzt zu gehen.
Carol schien mit ihrem Anruf zu Ende zu kommen. »Ja, mir ist klar, dass jeder denkt, seine Anfrage sollte Vorrang haben. Aber ich habe hier eine Mitarbeiterin, die von einem Mörder entführt worden ist …« Eine Pause. »Gut, ich danke Ihnen.«
Gerade noch rechtzeitig fand er, was er gesucht hatte. Er kritzelte es auf einen Zettel und steckte ihn in dem Moment in die Tasche, als Carol aus ihrem Büro trat und auf ihn zukam. »Hat Jan dich informiert?«, fragte sie.
»Jan? Mich informiert?«, sagte er.
»Brandon will ein Profil haben. Er hat in der Pressekonferenz um zwölf schon gesagt, er werde auf die Hilfe eines psychologischen Profilers zurückgreifen. Und die Zeitungen in der Region werden natürlich annehmen, dass du gemeint bist.«
»Ach so, das. Stimmt. Ja, davon hat sie etwas gesagt«, ant-

wortete er und merkte, dass er verwirrt klang, hoffte aber, dass Carol das seiner üblichen Zerstreutheit zuschreiben würde. »Ich nehme also an, du willst nicht, dass ich auf das zurückkomme, was wir gestern Abend besprochen haben?«, fragte er in der Hoffnung, sie von allem abzulenken, was an seinem Verhalten ungewöhnlich sein mochte.
Carol zog die Augenbrauen hoch. »Nicht, wenn du möchtest, dass Brandon deine anderen Vorschläge ernst nimmt.«
»Und du? Hast du darüber nachgedacht?«
Carol fuhr sich mit der Hand durchs Haar. Sie sah kaputt und unzufrieden aus. »Ja, aber es scheint mich nicht weiterzubringen. Es tut mir leid, Tony, aber wenn du nichts Konkretes hast, kann ich mich jetzt nicht damit befassen.«
Er stand auf. »Das geht in Ordnung. Ich verstehe. Ich fahre nach Hause. Da kann ich besser arbeiten.«
»Gut, wir reden dann später«, sagte sie geistesabwesend. In Gedanken war sie schon bei der nächsten Sache, hatte den Telefonhörer am Ohr und die Finger auf den Tasten.
Auf der Straße draußen nahm sich Tony ein Taxi. Er zog den Zettel aus der Tasche und gab dem Fahrer eine Adresse an. Dann ließ er sich in den Sitz zurücksinken und starrte in die Ferne.
Er war so in seine Gedanken vertieft, dass er es nicht einmal bemerkte, als er laut vor sich hin zu sprechen begann. Auch der nervöse Blick des Fahrers in den Rückspiegel entging ihm. Es interessierte ihn einzig und allein, wie die Psyche des Mörders tickte.
»Du hast nicht bekommen, was du wolltest«, murmelte er. »Die böse Fee hat dir bei der Taufe ein beschissenes Schicksal und dazu den Verstand mitgegeben, zu sehen, dass es beschissen war. Also hast du gelernt, wie man Macht an sich reißt und die eigene Schwäche versteckt. Du willst erst mal Vergeltung üben. Und deine Schwäche hinter einer vorgetäuschten Stärke verbergen. Aber früher oder später zeigen sich Risse. Du fängst an, selbst nicht mehr an deine

Wirkung zu glauben. Du musst einen Weg finden, um dich wieder aufzubauen. Einen Weg, mit dem du mehr Macht an dich reißen kannst. Du wirst die Stimme.« Er nickte zufrieden. Das machte Sinn. Es beruhte auf einem logischen Zusammenhang. Auf einer wirren Logik allerdings, aber immerhin.

»Zuerst holst du dir die Macht von den Schwachen. In Derek findest du einen Zuhörer. Du bringst ihn dazu, dass er deinen Befehlen gehorcht. Du lässt ihn deine Beute holen und bestimmst jede Bewegung in diesem Marionettenspiel. Aber Derek verpfuscht die Sache, und du bist wieder am Punkt null angelangt. Und es dauert lange, den Willen eines anderen nach deinem eigenen zu formen.

Aber schließlich hast du es erreicht. Du findest eine andere Psyche, die du dominieren, einen anderen Kopf, den du beherrschen kannst. Und es fängt wieder von vorne an. Dann bekommst du die Chance, auf Gegner deines eigenen Kalibers zu treffen. Und da kannst du nicht widerstehen, was?«

Seine Überlegungen wurden durch die besorgte Stimme des Taxifahrers unterbrochen. »Ist alles in Ordnung?«, fragte er.

Tom beugte sich vor. »Eigentlich nicht«, sagte er. »Aber bald, hoffe ich.«

Einer der Gründe für meinen Erfolg ist meine Fähigkeit, schnell und spontan zu denken, meine Pläne anzupassen, damit sie geänderten Umständen Rechnung tragen. Nach all der Zeit, die ich gebraucht habe, um ihn zu trainieren, hatte ich gehofft, diesen Affen mehr nutzen zu können, aber es zeigt sich, dass man eher früher als später auf ihn aufmerksam wird, und das bedeutet ein Risiko, das ich nicht einzugehen bereit bin. Bei Tyler war ich sicher, er würde sein Wort halten, weil er so persönlich an der Aufgabe beteiligt war, die

ich ihm gegeben hatte. Aber dieser hier ist schwächer. Er wird mich verraten, ohne es überhaupt zu merken.
Ich halte um die Ecke von dem Dreckloch an, wo er wohnt. Es wird jetzt dunkel, und alle haben es zu eilig, ins Warme zu kommen, als dass sie auf andere achten würden. Ich sehe in die Spiegel, nur für den Fall, dass mich jemand beobachtet, dann nehme ich die Pistole aus dem Handschuhfach und genieße es, wie sie in der Hand liegt.
Die Luft ist rein. Ich steige aus, halte den Kopf gesenkt und gehe zügig auf mein Ziel zu. Ich habe einen Schlüssel für die Tür an der Straße und laufe die Treppe hinauf zum ersten Treppenabsatz mit den zwei schmuddeligen grünen Türen. Ich klopfe mit der behandschuhten Hand an die Tür mit der aufgemalten Zahl Vier.
Ich fühle, wie mein Herz schneller zu klopfen beginnt. Denn ich habe dies noch nie Auge in Auge getan und bin neugierig, wie ich mich dabei fühlen werde. Sekunden vergehen, dann wird die Tür langsam geöffnet. Carl späht durch den Spalt, er trägt nur graue schlabberige Unterhosen und ein krumpeliges T-Shirt. Es sieht aus, als sei er gerade aufgewacht. Sein Gesichtsausdruck ist misstrauisch, aber als er sieht, dass ich es bin, hellt sich seine Miene auf.
»Hi«, sagt er mit doofem Lächeln auf seinem schmierigen Gesicht. »Ich hatte Sie nicht erwartet.«
Er tritt zurück, um mich hineinzulassen. Es ist ein feuchtes, unordentliches Zimmer. Das Bett ist nicht gemacht, die Kleider liegen in Haufen aufeinander, Britney-Poster an der Wand. Es riecht nach Masturbation und Schweiß. Jedes Mal, wenn ich hier war, hat es mich deprimiert, dass ich keinen Besseren auftreiben konnte.
Carl quatscht irgendwas, aber an diesem Nachmittag habe ich keine Zeit zum Plaudern. Ich sollte eigentlich woanders sein. Ich ziehe die Waffe heraus und freue mich über die panische Angst, die auf seinem Gesicht erscheint. Er ist nicht besonders helle, aber selbst er weiß, was eine Pistole bedeu-

tet, wenn sie an seinen Kopf gesetzt wird. Ich dränge ihn rückwärts auf sein Bett zu.
»Ich hab gemacht, was Sie gesagt haben. Ich hab es niemand gesagt«, wimmert er. Seine Beine stoßen an das Bettgestell, und er taumelt rückwärts. Er kriecht ans Kopfende des Betts. Jetzt weint er. »Ich verspreche es Ihnen, ich verrate Sie nicht.«
Ich hole die Stimme aus mir heraus, die, auf die er, wie ich weiß, programmiert ist und der er gehorcht. »Leg dich hin, Carl. Leg dich hin, und alles geht in Ordnung. Ich bin die Stimme. Ich bin deine Stimme. Was immer ich dir befehle, ist das Beste für dich. Ich bin deine Stimme, Carl. Leg dich hin.«
Und es funktioniert. Sein Unterbewusstsein besiegt die Panik, und er tut, was ihm befohlen wird. Er zittert und schwitzt, aber er tut, was ihm befohlen wird.
Ich nehme das Kissen, lege es neben seinen Kopf und drücke den Lauf der Waffe hinein. Seine Augen sind weit offen und voll Vertrauen. »Ich bin die Stimme«, erinnere ich ihn noch einmal. »Ich bin deine Stimme.« Und ich drücke ab.

Carol sah von der Akte auf, die sie las, und erkannte in dem Mann, der gerade ins Einsatzzentrum trat, einen der Spezialisten für Fingerabdrücke. »Wir haben ein Resultat von AFIS«, sagte er.
»Wer ist es?«, fragte sie, stand auf und nahm dem Kriminaltechniker das Blatt aus der Hand. »Carl Mackenzie. Sechsundzwanzig. Besitz von Cannabis, Ecstasy, unsittliche Entblößung ...«
»Ich kenne ihn, ein kleiner Straßendealer«, sagte Kevin. »Er ist oft in Stan's Café.«
»Letzte bekannte Adresse: Wohnung Nr. 4, Grove Terrace 7, Bradfield«, sagte Carol. »Kommen Sie, Kevin, wir fahren los.« Sie drängte sich an dem Spezialisten vorbei und rief nach Merrick.

»Er ist weggegangen, um etwas zu schlafen«, erinnerte sie Kevin. »Ich könnte ihn auf dem Handy anrufen.«
Carol schüttelte den Kopf. »Schon gut. Stacey, holen Sie Ihren Mantel«, rief sie durch den Raum.
Der Kriminaltechniker stand auf der Schwelle von Carols Büro und sah sie weggehen. »Nett, dass ihr euch für die harte Arbeit bedankt, die die Kollegen reingesteckt haben«, bemerkte er sarkastisch.
Carol, Kevin und Stacey rannten polternd Hals über Kopf den Korridor entlang.
»Wir nehmen meinen Wagen«, rief Kevin. »Ich habe Blaulicht.«
Carol nickte zustimmend, als sie die Treppe hinunter- und auf den Parkplatz hinausrannten. Sie stürzten sich in Kevins Wagen, Carol riss das Handschuhfach auf und zog das Blaulicht heraus. Nachdem sie mit dem Stecker herumgefummelt hatte, schaffte sie es endlich, ihn in die Buchse für den Zigarettenanzünder zu stecken, machte das Fenster auf und brachte es auf dem Dach an.
Und schon steckten sie mitten in der Rushhour. Kevin drückte auf die Hupe, das Blaulicht blinkte, und die anderen Fahrer begriffen, dass sie zur Seite fahren mussten. Aber trotzdem kam es ihnen vor, als kämen sie nur entsetzlich langsam voran.
Carol kaute auf der Haut ihres Daumennagels herum. *Bitte, lieber Gott. Lass uns Carl Mackenzie finden. Und bitte, lieber Gott, mach, dass er uns zu Paula führt.*

Tony zahlte das Taxi und stand eine Weile vor dem Haus, um es auf sich wirken zu lassen. Es war ein modernes, allein stehendes Backsteinhaus, das zu einem deprimierend fantasielosen neuen Baugebiet am Rande der Innenstadt gehörte. Es nahm den mittleren Teil am Ende einer Sackgasse ein und bot so freie Sicht auf alle eventuell die Straße befahrenden Fahrzeuge. Das überraschte ihn keineswegs. Die Viper wür-

de in jeder Hinsicht volle Kontrolle über ihre Umgebung haben müssen.
Jan Shields Haus war noch unpersönlicher als die Nachbarhäuser, wenn das überhaupt möglich war. Weiß gestrichen, weiße Haustür und Garagentür. Langweilige Steinplatten in der Einfahrt und auf dem Gartenweg. An den Rändern ein ordentlicher Rasen mit Büschen und Koniferen in regelmäßigen Abständen, alle übertrieben akkurat geschnitten. Alles war so, dass es Tony kein bisschen überraschte.
Er ging den Weg hinauf und probierte den Schlüssel für das Steckschloss. Zuerst ließ er sich nicht drehen, aber Tony wackelte ein bisschen daran herum, und der Riegel schnappte zurück. Der erste Sicherheitsschlüssel passte nicht, aber der zweite ließ sich leicht herumdrehen. Als er die Tür aufmachte, hörte er das schrille Geräusch einer Alarmanlage. Er sah sich nach dem Kasten mit dem Schalter um und entdeckte ihn schließlich hinter sich. Seine Glückssträhne war noch nicht zu Ende: Es war ein System, das sich mit einem Schlüssel abstellen ließ, bei dem keine Zahlenkombination eingegeben werden musste. Er fummelte mit feuchten Händen mit den beiden kleinen Schlüsseln herum, steckte den ersten ins Schloss und drehte ihn.
Sofort war wieder Stille. Tony wischte sich mit beiden Händen den Schweiß vom Gesicht und wandte sich um, damit er das Haus untersuchen konnte, das er für das Versteck der Viper hielt. Denn die bisherigen Beweise für seine Überzeugung waren nicht ausreichend, um einem Polizisten Eindruck zu machen. Er konnte sich Carols Gesicht vorstellen, wenn er sagen würde: »Es war die Art und Weise, wie sie über Macht und Schwäche sprach. Ihre Verachtung der Wehrlosen.« Und dann würde er auf Carols Gesicht sehen, wie sie zwischen dem Wunsch, ihm zu glauben, und dem Beharren auf greifbaren Beweisen schwankte. Eigentlich gab es noch etwas, aber das war genauso vage. Gleich von Anfang an hatte ihn das Durchschneiden des Kabels arg-

wöhnisch gemacht. Wenn Paula es bemerkt hätte, hätte sie sofort alles in Bewegung gesetzt. Da sie es nicht bemerkt hatte, musste es ohne langes Herumtasten erfolgt sein. Der Entführer hatte sich offenbar nicht auf bloßes Experimentieren und Glück verlassen müssen. Er hatte Bescheid gewusst. Und das grenzte den Verdacht auf Carol und ihr Team ein. Zuerst hatte er eher an Chen oder Evans gedacht. Wegen ihrer Zugehörigkeit zu anderen Rassen schienen sie die offensichtlichsten Außenseiter. Es war nicht schwer, sich vorzustellen, wie sich im Lauf der Jahre ihre Ressentiments ansammelten, wenn sie sich einer Organisation gegenüber als machtlos betrachteten, die unerbittlich darauf ausgerichtet war, anderen die Kontrolle zu übergeben. Bei Chen schien ihm der Ansatz wegen ihrer Manie für Computer besonders vielversprechend. Mit Menschen umzugehen und zu kommunizieren fiel ihr nicht leicht, was sie, sollte sie die Mörderin sein, dazu verleitet haben könnte, sich einer ausführenden Person zu bedienen. Auch Evans hatte etwas Kaltes an sich, eine Distanz, die vermuten ließ, dass es ihm vielleicht Spaß machte, andere für seine Zwecke auszunutzen. Und dann war ihm aufgegangen, dass Jan nicht nur eine weitere Außenseiterin war, sondern auch eine einzigartige Verbindung zu Paula hatte. Deshalb hatte er am Vormittag die Unterhaltung in eine Richtung gelenkt, von der er hoffte, sie würde ihm mehr über sie sagen. Und das war auch geschehen. Dann hatte er sich erinnert, dass Carol erwähnt hatte, Jan sei dabei gewesen, als Paula ihre Verkleidung auswählte. Niemand war also in einer besseren Position, sich zu vergewissern, dass das Kabel da war, wo es sein sollte. Daher war er hier und vertraute ganz allein auf seinen instinktiven Verdacht.
Er knipste das Licht im Flur an. Es war ein Risiko, aber es brachte nichts, sich hier im Dunkeln aufzuhalten. Der Boden war überall mit dickem cremefarbenem Teppich bedeckt. Auch das Wohnzimmer und die Treppe waren damit ausgelegt, und er war makellos sauber. Also keine Kinder oder

Haustiere in diesem Haushalt. Er sah auf seine Füße hinunter und erblickte ein Paar Pantoffeln an der Haustür. Nichts aus der Welt da draußen sollte diesen Ort beflecken.

Er ging durch das Wohnzimmer, stand auf der Schwelle, nahm alles in sich auf und vertiefte dann den ersten Eindruck durch eine genauere Betrachtung. Es war ein großes Zimmer, aus dem ein Bogengang von der Sitzecke zu einem Esstisch führte. Zwei große cremefarbene Couchen dominierten den ersten Teil des Raums, jede mit vier exakt platzierten dunkelroten Samtkissen versehen. Vor der einen stand ein Couchtisch aus Holz und Glas. Darauf lagen eine *Radio Times* und die Morgenzeitung, beide perfekt gerade ausgerichtet. Die Wände waren in einem etwas dunkleren Ton als der Teppich cremefarben gestrichen. Über einem Kamin mit künstlichem Feuer hing die Reproduktion eines Mondrian-Bildes mit einem geometrischen Motiv. Ein Flachbildfernseher beherrschte eine Ecke des Zimmers, darunter DVD-Player und Videogerät.

Auf der anderen Seite des Kamins waren Bücherregale eingebaut. Tony ging hinüber, um sie anzusehen, wurde aber von dem Laptop auf dem Esstisch abgelenkt. Er ging unter dem Bogengang durch, öffnete den Laptop und schaltete ihn an. Während er wartete, bis er hochgefahren war, ging er zu den Bücherregalen zurück. »Es muss doch eine Aufzeichnung geben«, murmelte er.

Die unteren Borde enthielten Videos, die oberen Bücher. Die meisten Bücher waren Lesben-Romane, von billigen, kitschigen Groschenheftchen bis zu ernsterer Literatur wie Sarah Waters, Ali Smith und Jeanette Winterson. Gar nicht dazu passend gab es ein Dutzend zerlesener gebundener Krimis von John Buchan. Auf dem obersten Bord standen juristische Lehrbücher und Polizeihandbücher. Er bückte sich, um die Videos zu studieren. Amerikanische Copshows wie *CSI, NYPD Blue* und *Law & Order* nahmen den größten Platz ein, obwohl es auch ein paar Klassiker für Lesbierinnen wie *Bound* und *Show Me Love* gab. Er

nahm ein paar Kassetten heraus, alle waren in den dazugehörigen Hüllen.
»Es muss doch eine Aufzeichnung geben«, sagte er noch einmal, ging zum Computer zurück und betrachtete ihn. Das Problem war, dass er von Technik nicht viel verstand. Er wusste genug, um mit den Programmen umgehen zu können, die er nutzen wollte, aber das war's auch schon. Er brauchte Stacey Chen. Aber die war im Moment so unerreichbar wie der Mond. »Die Datei ist bestimmt nicht hier drauf. Dafür bist du zu schlau. Du weißt ja, was Leute wie Stacey fertig kriegen. Nein, du wirst etwas Greifbares wollen, etwas, auf das du Zugriff hast, ohne Spuren zu hinterlassen.« Er sah sich im Raum um. Aber man konnte hier unten nichts verstecken. Wo immer die Marionettenspielerin die Aufzeichnungen ihrer Machtspiele aufbewahrte, hier waren sie jedenfalls nicht.
Resolut ging Tony auf die Treppe zu. Er hatte keine Angst, gestört zu werden. Carols Leute arbeiteten alle gleich lang und praktisch rund um die Uhr. Jan würde erst in einigen Stunden zurückkommen. Jede Menge Zeit, um sich gründlich umzusehen.

Die drei Polizisten polterten die matt beleuchtete Treppe des Hauses Terrace Grove 7 hinauf und beachteten den Studenten nicht, der sie hereingelassen hatte, dem dann vor Erstaunen der Mund offen stehen blieb und der ihnen jetzt nachrief: »He, was zum Geier …«
Sie rempelten sich auf dem Treppenabsatz vor der Wohnung Nummer 4 gegenseitig an. Carol schlug mit der Seite der Faust an die Tür. »Polizei, machen Sie auf«, rief sie und ließ all ihren Ärger und die Angst und Frustration der letzten paar Tage heraus.
Keine Antwort. Kevin drängte sich zur Tür vor und hämmerte so heftig dagegen, dass die Türfüllung einen Riss bekam. »Mach auf, Carl. Die Party ist vorbei.«
»Treten Sie die Tür ein«, sagte Carol.

Kevin nahm Anlauf und warf sich gegen die Tür. Sie bebte, war aber noch intakt. Als er zu einem weiteren Versuch ansetzte, mischte sich Stacey ein. »Lass mich mal«, sagte sie. Kevin wäre fast in Lachen ausgebrochen. »Was?«
Aber Stacey hatte sich schon aufgestellt. Sie stand seitlich zur Tür und atmete tief ein. Sie schien sich fast zusammenzurollen, dann kam ein plötzlicher Ausbruch schnell fließender Bewegungen, die man nicht unterscheiden konnte, ein Bein schoss heraus und trat direkt neben dem Schloss gegen die Tür. Man hörte das Holz splittern, und die schief in den Angeln hängende Tür sprang auf.
»Donnerwetter«, sagte Kevin.
Carol warf Stacey einen verblüfften Blick zu. »Sie überraschen einen immer wieder«, sagte sie und stieß die Tür vollends auf. Aber was sie da erwartete, ließ Erstaunen und Leichtigkeit dahinschwinden. Carl Mackenzie lag ausgestreckt auf dem Bett, Blut und Gehirnmasse waren auf das Bettzeug und die Wand hinter ihm verspritzt. Die Luft war vom schweren, salzig-metallischen Blutgeruch erfüllt. Seine rechte Hand hielt eine Pistole in den lose um den Griff gekrümmten Fingern.
»Einschuss an der rechten Schläfe. Waffe in der Hand«, sagte Carol automatisch.
»O Gott, nein«, rief Kevin. »Scheißkerl, warum konntest du uns Paula nicht vorher zurückgeben? Elender egoistischer Dreckskerl.«
»Sieht nach Selbstmord aus«, sagte Stacey.
Carol beugte sich vor, um die Leiche auf dem Bett genau zu betrachten. »Ich sehe nur keine Schmauchspur um die Wunde herum.« Sie legte ihren Handrücken auf seinen Arm. »Er ist noch warm. Sehr praktisch, verdammt noch mal.«
Stacey runzelte die Stirn. »Praktisch – für wen?«
»Für den, wer immer das sein mag, der uns glauben machen will, dass Carl Mackenzie clever genug war, eine Mordserie zu planen und eine Polizistin zu entführen.«

»Das verstehe ich nicht. Seine Fingerabdrücke waren doch auf Paulas Funkgerät? Meinen Sie, er hat mit jemandem zusammengearbeitet?«
Carol seufzte. »Nicht *mit* jemandem, Stacey. *Für* jemanden.«

Es war eigentlich gar nicht schlecht. Lange nicht so aufregend, wie andere die Arbeit tun zu lassen, aber doch ein Nervenkitzel. Die Macht zu haben, einem Menschen das Leben zu rauben, und zu wagen, diese Macht einzusetzen. Das musste dem Optimum doch ziemlich nahe kommen.
Ich frage mich, wie lange sich das Selbstmordszenario aufrechterhalten lässt. Es kommt darauf an, ob sie ihn finden, weil sie wissen, dass sie ihn wegen der Morde suchen müssen, oder ob sie ihn einfach so finden. Wenn das blonde Gift und ihr Team von Jasagern sich darum kümmern, werden sie nicht lange brauchen, um zu merken, dass Carl nicht allein war, als er starb. Es ist schade, dass ich das Kissen nehmen musste, aber ich hatte keinen Schalldämpfer, und es war wichtiger wegzukommen, als den Tatort absolut lupenrein zu verlassen, weil mich nach dem Schuss eventuell ein Nachbar hätte sehen können.
Vielleicht hätte ich es mit der Ausrede versuchen sollen, ich hätte ihn befragt, und da hätte er plötzlich zur Waffe gegriffen und sich erschossen. Ich hätte die Heldin des Tages sein können. Aber das wäre eine sehr riskante Strategie gewesen, und schließlich hab ich es ja nicht so weit gebracht, um jetzt unnötige Risiken einzugehen. Ich habe die Umstände immer zu meinen Gunsten beeinflusst. Wie mit den trainierten Affen: Ich habe immer dafür gesorgt, dass sie mir einiges schuldeten, bevor ich anfing, mich ihrer zu bedienen und sie für mich arbeiten zu lassen. Bei Derek lag der Beweis einer Vergewaltigung vor, den ich netterweise verschwinden ließ. Bei Carl waren es die Drogen.
Jetzt ist es an der Zeit aufzuräumen. Ich sehe mich nach etwas

um, was geeignet wäre, fahre ein paar Meilen von Carls Wohnung entfernt in einige Seitenstraßen. Und da ist es, in einem Zufahrtsweg versteckt. Ein Baucontainer voller Holz, kaputter Möbel und Schutt. Ich halte am Eingang des Zufahrtswegs und nehme das zerrissene Kissen, stopfe es unter eine zersplitterte Spanplatte und bin innerhalb von einer Minute wieder im Auto.
Ich muss wieder in Erscheinung treten, aber vorher will ich sie sehen. Ich sehne mich nach ihr. Es ist schon so lange her seit heute früh, und Carl bringt mir jetzt ja keine Videos mehr. Ich werde selbst hingehen müssen, um die Kassette zu wechseln und nach ihr zu sehen. Wenn ich einer Frau einen mit Rasierklingen besetzten Dildo selbst in die Vagina stoßen muss, wird mir das weniger Befriedigung bringen. Wenn ich das einen anderen tun lasse, da lohnt sich die Mühe. Aber mir selbst die Hände schmutzig zu machen gehörte nie zu meinem Plan.
Allerdings gibt es keinen anderen Ausweg. Wenn ich sie einfach sich selbst überlasse, wird es zu lange dauern, bis sie stirbt. Bevor das geschieht, werden sie herausfinden, wo ich sie versteckt halte. Und obwohl es nichts gibt, was den Verdacht auf mich lenkt, wäre es mir doch lieber, dass sie tot wäre, wenn sie sie finden.
Natürlich wäre es vielleicht amüsanter, sie am Leben zu lassen … Wenn ich beobachten könnte, wie sie gegen die Qual ankämpft, die meine Macht ihr zugefügt hat, könnte ich daraus vielleicht einen ganz besonderen Genuss ziehen. Das würde mir womöglich Spaß machen, während ich mir einen neuen Affen zum Abrichten suche.
Ja. Wenn ich dieses eine Mal Gnade walten ließe, wäre das wohl eine unterhaltendere Möglichkeit.
Aber vorher will ich sie weiter leiden sehen.

Der untadelige, cremefarbene Teppichboden bedeckte auch die Böden im oberen Stockwerk des Hauses. Das Zimmer direkt vor ihm war offenbar das größere Schlafzimmer. Obwohl es genau wie das Wohnzimmer perfekt aufgeräumt war – keine auf Stühle geworfenen Kleider, das Bett ordentlich gemacht und auf der Frisierkommode alles so tadellos geordnet wie Dr. Vernons Instrumentensatz in der Pathologie –, entsprach es trotzdem nicht dem, was er erwartet hatte. Irgendwie sollte dies zweifellos eine Art Boudoir sein, obwohl es insgesamt doch so steril wirkte. Die Einrichtung war in pfirsich- und cremefarbenen Tönen gehalten, die Vorhänge passten zum Bettzeug, das Zimmer war mit mehr Volants und Rüschen ausgestattet, als Tony irgendwo außerhalb der Wäscheabteilung von John Lewis jemals gesehen hatte.

»Wer willst du hier sein?«, fragte er laut. »Wen bringst du hierher? Willst du sie mit einem falschen Gefühl der Sicherheit beruhigen? Versuchst du ihnen vorzutäuschen, dass du in Wirklichkeit kein Raubtier bist?« Er ging zu der Kommode und zog die oberste Schublade heraus, wobei ihn das unangenehme Gefühl beschlich, selbst mit der gleichen sexuellen Perversion behaftet zu sein wie seine Patienten. Sie war voll gestopft mit äußerst femininer Damenunterwäsche, die Tony sonst nur in teuren Läden bei einem gelegentlichen Blick aufgefallen war. Aber selbst hier herrschte Ordnung. Büstenhalter auf der einen Seite der Schublade, Schlüpfer, die diesen Namen verdienten, auf der anderen. Vorsichtig tastete er zwischen der Spitze und Seide herum, aber seine Finger stießen auf nichts Ungewöhnliches.

Die nächste Schublade enthielt sorgfältig zusammengefaltete T-Shirts, viele aus Seide, und eine Auswahl von Strumpfwaren. Die unterste Schublade war voller Pullover. Er machte sie zu und hatte also nichts außer Kleidung gefunden.

Dann sah er zu dem französischen Bett hinüber. Traditioneller Eisenrahmen, der cremefarben gestrichen war. Dass er ein solches Bett nie betrachten konnte, ohne an Bondage und Fesseln zu denken, ließ ihm bewusst werden, wie viel seiner intellektuellen Energie er auf die Beschäftigung mit Perversionen verwendet hatte. Zu beiden Seiten des Betts stand je ein Tischchen mit einer Lampe. Es war nicht möglich zu erraten, auf welcher Seite Jan schlief.

Er durchsuchte die Schublade des Nachttischs neben der Tür. Sie war leer. In der anderen waren zwei Bücher über lesbische Erotikthemen, eines davon über S&M-Praktiken, sowie ein Dildo und ein kleiner Analdildo. Nichts sonderlich Bemerkenswertes, fand er. »Natürlich könnte ich mich in Bezug auf dich auch irren. Ist aber eher unwahrscheinlich«, murmelte er. »Wenn es allerdings so wäre, könnte das sehr peinlich werden.« Er schob die Schublade wieder zu und sah sich suchend um.

Eine Wand des Zimmers schien fast nur aus Türen zu bestehen. Tony probierte die erste und stand in einer kleinen, ans Zimmer anschließenden Dusche. Aber nirgends war ein Versteck zu sehen.

Die nächste Tür führte in einen begehbaren Kleiderschrank, der sich über die ganze Länge des Raums erstreckte. Langsam durchschritt er ihn und ging dabei flüchtig die Kleider durch. Kostüme, Hosen, Jacken, Blusen, zwei elegante Abendkleider. Alles sauber und gebügelt, manche Sachen waren noch in den Schutzhüllen der Reinigung. Er kniete nieder, um hinter den Schuhen nachzusehen. Carol würde wohl finden, sie habe einen deprimierenden Hang zu Cowboystiefeln, dachte er.

Als er zwischen den Stiefeln herumtastete, kamen seine Finger mit kaltem Metall in Berührung, und er entdeckte einen Aktencontainer, der in eine Nische der Wand zurückgeschoben war. »Da haben wir's ja«, keuchte er, zog ihn ans Licht und versuchte den letzten Schlüssel, den er hatte machen lassen.

Das Schloss drehte sich so leicht, dass man auf häufigen

Gebrauch schließen konnte. Tony öffnete den Deckel und erhoffte sich mehr als nur einen Stoß Pornozeitschriften.

Carol stand auf dem Treppenabsatz in Terrace Grove und sah der Spurensicherung bei ihrem mühsamen Hokuspokus zu. Sie hörte Staceys Stimme vom oberen Stockwerk.
»Wie gut kannten Sie Carl Mackenzie?«
Eine Frau antwortete: »Ich würde nicht sagen, dass ich ihn kannte. Wir redeten manchmal miteinander auf der Treppe, oder so. Aber sonst nichts. Er hatte sie nicht alle, der arme Junge.«
»Haben Sie jemals andere Leute kommen oder aus seiner Wohnung weggehen sehen?«
»Ich kann nicht sagen, dass ich jemanden bemerkt hätte. Er war ein richtiger Eigenbrötler, der Carl. Er war immer nett, aber so einer, den man nicht dauernd um sich haben möchte.«
»Und haben Sie heute Nachmittag etwas gehört?«
»Nein. Ich habe ferngesehen.«
Kevin kam vom unteren Stockwerk herauf. Er schüttelte den Kopf. »Niemand hat etwas gehört.«
Carol seufzte. »Haben sie wirklich nichts gehört, oder passt es ihnen nur besser in den Kram?«
»Ich glaube, sie haben die Wahrheit gesagt«, meinte er resigniert. »Da unten wohnt eine nette alte Dame, die hätte so gerne etwas gehört oder gesehen. Seit dem Burenkrieg hat sie nichts so Aufregendes erlebt.«
»Wissen Sie, Kevin, wenn Carl Mackenzie sich umgebracht hat, werde ich mich zur Verkehrspolizei versetzen lassen. Lassen Sie die Schutzpolizei die Papierkörbe in der Gegend durchsuchen.«
»Die Papierkörbe? Was suchen wir?«
»Sehen Sie sich das Bett an. Was stimmt nicht bei diesem Bild?«
Kevin schaute hin, aber er sah nichts außer der Leiche, die

auf dem schmutzigen Bettzeug weiter auskühlte. Er zuckte die Schultern.
»Da ist kein Kissen. Können Sie ohne Kissen schlafen, Kevin?«
Da fiel der Groschen. »Ein Kissen mit einem Loch in der Mitte.«

Sam Evans hatte es satt. Er war nicht einmal sicher, was er eigentlich tun sollte. Jan Shields hatte ein halbes Dutzend Leute zurück nach Temple Fields geschickt, um noch einmal ein Gebiet zu durchkämmen, das sie seiner Meinung nach schon untersucht hatten. Sie sollten in der Gegend um den Papierkorb herum, wo das Funkgerät gefunden worden war, weitere Befragungen durchführen. Sie hatten sich bei ihren Rundgängen getrennt, und er hatte Shields seit diesem Zeitpunkt nicht mehr gesehen. Er hatte an die Türen geklopft, die ihm zugeteilt waren, die gleichen Fragen gestellt und die gleichen abschlägigen Antworten notiert.
Er beschloss, eine kurze Pause zum Auftanken in Stan's Café zu machen. Der Kaffee war schrecklich, aber wenigstens war die Stimmung dort nicht ganz so deprimiert wie auf der Polizeistation. Als er die Straße entlang- und auf die Kneipe zuging, sah er Honey auf dem Gehsteig stehen und auf Kunden warten. »Hallo, Mädel, wie geht's«, sagte er lässig.
»Hi, Sammy«, sagte sie. »Eigentlich beschissen. Ihr macht einem ja das Geschäft kaputt.«
»Willst 'n Kaffee?« Er hatte das letzte Mal im Pub ja gedacht, sie würde ihm etwas anvertrauen, aber als Jan Shields aufgekreuzt war, war bei ihr der Rollladen runtergegangen. Vielleicht konnte er sie jetzt dazu bringen, ihre Hemmungen abzulegen.
»Lädst du mich ein?«
»Mach ich.«
»In dem Fall kannst du mir ein spätes Frühstück spendieren.«

Er grinste. Schon immer hatte er es bewundert, wenn jemand Mumm hatte. »Dann komm.«
Ein paar Minuten später stürzte sich Honey mit der Begeisterung eines halb verhungerten Hundes auf eine riesige Portion Gebratenes. Mit dem Mund voller Wurst und Ei murmelte sie: »Toll, Sammy.«
»Dieses Zeug bringt dich um«, sagte er streng. »Es verstopft die Arterien und macht dich dick.«
Sie schüttelte den Kopf. »Ich nehm doch nie zu.«
Evans warf ihr einen zynischen Blick zu. »Kann mir nicht vorstellen, warum.«
Sie zwinkerte. »Bei all der Bewegung.«
»Gar nicht zu reden von all den Freizeitdrogen …«
Sie schien enttäuscht. »Ach, Sammy, jetzt verdirb doch nicht alles.«
»Ich bin doch ’n Polizist, Honey, ich kann nichts dafür.« Sie quittierte seine Antwort mit einem traurigen Zucken des Mundes. »Weißt du noch neulich, als wir uns unterhalten haben?«, fuhr er fort. Sie nickte. »Ich hatte das Gefühl, dass du mir etwas sagen wolltest. Und dann ist DS Shields aufgetaucht, und du bist verschwunden.«
Honey schluckte und versuchte so, Zeit zum Überlegen zu gewinnen. Dann sagte sie: »Die widert mich an.«
Er zuckte die Schultern. »Sie tut doch nur ihre Arbeit. Genau wie ich.«
Honey sah ihn ungläubig an. »So nennt man das?«
Die Unterhaltung entwickelte sich nicht ganz so, wie Evans erwartet hatte, aber seine Stärke war ja, ein guter Zuhörer zu sein, besonders wenn es sein angehäuftes Wissen erweiterte.
»Und was heißt das?«, warf er ein.
Honey richtete den Blick zum Himmel. »Na komm, Sammy. Erzähl mir doch nicht, dass du keine Ahnung von der Sitte und allem hast, was die so nebenbei mitnehmen.«
Zuerst begriff er nicht. »Meinst du, dass Jan Shields käuflich ist?«

Sie nahm ein Stück Speckschwarte zwischen ihre kleinen spitzen Zähne. »Nicht so, wie du denkst. Sie lässt sich nicht in Geld bezahlen.«
Sie verstand, warum er schwieg. Sie wusste, dass sie es aussprechen musste, als wäre es dann irgendwie leichter zu glauben.
»Sie nimmt es sich in Form von Sex. Sie bringt manche der Mädchen dazu, mit ihr Sex zu haben.«
Evans mochte Jan nicht besonders, aber er hielt sie für eine gute Polizistin. Sie war diejenige gewesen, die das Foto von Tim Golding entdeckt hatte. Und sie hatte sich wirklich reingehängt, um Paula zu finden. Er wollte sie nicht in dem Licht sehen, in dem Honey sie schilderte. »Na, jetzt hör aber auf, Honey«, widersprach er. »Das ist doch, als wenn sich Leute auf eine Polizistin einschießen, einfach weil sie ein leichtes Ziel ist.«
Honey legte Gabel und Messer hin und sah zugleich ernst und elend aus. »Mich hat sie auch genommen. Mit dem Gesicht nach unten auf einem Tisch, total derb und rücksichtslos. Mit der Faust ist sie rangegangen. Ich konnte tagelang nur ganz krumm gehen. Ein anderes Mal hat sie mir eine Colaflasche in den Hintern gesteckt. Hast du eine Ahnung, wie verdammt gruselig das ist, wenn eine Glasflasche in einen reingesteckt wird? Solche Dinge mag deine nette Kollegin.«
Er merkte es, wenn er die Wahrheit hörte, wollte es aber immer noch nicht akzeptieren. »Ich finde, das ist alles ziemlich unglaubhaft, Honey.«
Ihr Mund zuckte und wurde bitter und verkniffen. »Genau deshalb kommt sie ja schon so lange damit durch. Ihr wollt diesen Mist nicht hören, wenn es um jemand von euch geht.«
»Du hättest dich beschweren sollen.«
»Ja, super. Als ob irgendjemand glauben würde, dass eine nette Polizistin sich an 'ne Schlampe wie mich ranmachen würde.« Sie nahm ihr Besteck und machte sich über eine Scheibe geröstetes Brot her, tunkte sie in das Eigelb und kaute zornig darauf herum, dass es krachte.

»Ist das anderen Frauen auch passiert?«
»Soweit ich weiß, waren es nur ein paar. Sie ist wählerisch. Und wir sind uns im Klaren, dass wir am besten die Klappe halten, wenn wir nicht verhaftet und in 'ne Zelle gesteckt werden wollen. Wir alle hassen sie. Sie besabbert uns und zwingt uns, sie zu küssen. Und das ist ja gerade das, was wir mit Freiern nicht machen. Es ist krank. Und man weiß nie, wann sie kommt und wieder was will. Aus heiterem Himmel kommt sie angeschlängelt und verspritzt ihr Gift.« Jetzt kam der Hammer, das wusste sie und warf ihm einen kurzen Seitenblick zu. »Deshalb nennen wir sie ›Viper‹.«
Er starrte sie mit offenem Mund entgeistert an.
»Siehst du, ich wusste, dass du mir nicht glaubst«, sagte Honey traurig, aber zugleich triumphierend.
»Wie hast du sie genannt?« Evans fiel es schwer, die Worte herauszukriegen.
»Viper. So nennen sie die Mädchen, die sie vögelt.«
Er sah sie mit dem typischen strengen Polizistenblick an. »Wenn das man bloß stimmt, Honey«, sagte er und schob seinen Stuhl zurück.
»Ich habe keinen Grund, bei so was zu lügen, Sammy«, sagte sie gereizt.
Evans sprang auf und warf etwas Geld auf den Tisch. »Also gut, Honey. Steh auf. Du kommst mit.« Er führte die Widerwillige zur Tür und zog im Gehen sein Mobiltelefon heraus.

Das Erste, was er aus dem Aktencontainer zog, war ein dünner Stoß Fotos. Tony sah sofort, was auf dem obersten Bild war: Jackie Mayall, die mit ausgestreckten Gliedmaßen auf dem Bett lag, wo sie gestorben war. Aber es war nicht so viel Blut zu sehen, wie er in Erinnerung hatte. Auf den folgenden beiden Bildern war die Blutlache größer. Die zwei letzten Schnappschüsse zeigten ein Absperrband am Rand; auf einem Bild stand jemand von der Spurensicherung mit einem

Lineal in der Hand am Bett. »Offizielle Tatortfotos … und ganz und gar inoffizielle.«
Mit einer Geste des Ekels legte er sie beiseite und suchte weiter. Es gab noch mehr Fotos, diesmal von Sandie Foster. Und darunter fand er eine Handvoll DVDs. Er setzte sich in die Hocke und starrte sie an. »Erinnerungen«, sagte er leise vor sich hin.
Er hatte recht gehabt. Es hatte zu lange gedauert, bis er es geschafft hatte, aber er hatte recht behalten. Er dachte daran, Carol anzurufen, aber das Bedürfnis, alles genau zu wissen, sicher zu sein, war stärker. Er sammelte alle Fotos zusammen und ging zum Esstisch hinunter.
Dort setzte er sich vor den Laptop und öffnete das CD/DVD-Laufwerk. Leer. Er wollte gerade eine der DVDs einlegen, als ihm einfiel, dass es sich lohnen könnte nachzusehen, welche Websites Jan als Favoriten gespeichert hatte. Er klickte auf ihren Internet-Browser, dann auf das Piktogramm für ihre Favoriten. Ihre Bank. Die Seite der BBC. Amazon. Etwas, das sich lesbiout.co.uk nannte. Und eine Adresse, die einfach »webcam« hieß. »Oh, Scheiße«, sagte er. Schnell vergewisserte er sich, dass ein Kabel den Laptop mit dem Telefonanschluss verband, und ging dann online.
Vor dem Hintergrundgeräusch des piepsenden Modems breitete er die Fotos um sich herum auf dem Tisch aus. Eine freundliche Stimme sagte: »Willkommen. Sie haben Post.«
Tony befolgte die Aufforderung, die Mailbox zu öffnen, nicht, sondern klickte auf »Webcam«. Der Bildschirm wurde schwarz. Dann erschien ein verwischtes Bild. Sekunden später wurden die Pixel zu einem scharfen Bild, und Paula McIntyre war klar auf der Bildfläche zu sehen. »Ach du Scheiße«, sagte Tony.
Zuerst war ihm nicht klar, ob sie tot oder lebendig war. Kein Blut zu sehen, was eine Wohltat war. Er sah stirnrunzelnd den Bildschirm an und versuchte herauszufinden, wie er das Bild vergrößern und ob er irgendwie ausmachen konnte,

woher das Bild kam. Er war so vertieft, dass er überhaupt nicht bemerkte, dass sich die Sackgasse herauf Scheinwerfer näherten und das Geräusch eines Automotors zu hören war, das nur einige Meter vom Haus entfernt abbrach.

Sobald sie in ihre Straße einbog, wusste sie, dass etwas ganz und gar nicht in Ordnung war. Überall in ihrem Haus brannte Licht, oben und unten. Aber es waren keine Autos zu sehen, außer dem einen, von dem sie wusste, dass es ihren Nachbarn gehörte. Einen Augenblick überlegte sie, ob sie fliehen sollte. Sie hätte einen Vorsprung, und für genau diesen Fall hielt sie Pläne bereit. Hätten ihre Kollegen etwas über sie spitzgekriegt, dann hätte sie im Polizeifunk etwas Ungewöhnliches gehört. Aber den ganzen Nachmittag hatte der Polizeifunk in ihrem Wagen den üblichen Mist verzapft. Absolut nichts Außergewöhnliches. Sie hatte den Aufruf zur Unterstützung gehört, als Carls Leiche gefunden wurde, und war froh, dass sie ihn in weiser Voraussicht aus dem Weg geräumt hatte, bevor das Ergebnis zu den Fingerabdrücken hereinkam. Wenn es ihre Gruppe gewesen wäre, hätte außerdem Jordan, die Eiskönigin, schon dafür gesorgt, dass sie während der Durchsuchung auf jeden Fall aus dem Weg wäre und am anderen Ende der Stadt irgendeine unsinnige Aufgabe erledigen musste.
Wenn das dort im Haus also nicht die Kollegen waren, dann musste es Tony Hill sein. Heute Vormittag im Auto hatte sie irgendetwas gespürt, aber geglaubt, sie sei paranoid. Jetzt erwies sich im Nachhinein ihre instinktive Nervosität als berechtigt. Plötzlich kam ihr die Erkenntnis, dass er die Schlüssel an sich genommen und sie hatte nachmachen lassen. Sie fluchte leise. Das war es also gewesen. Sie war durchaus nicht zerstreut gewesen. Sondern er hatte sie reingelegt. Empörung kam in ihr hoch, und sie wusste, dass sie jetzt auf keinen Fall weglaufen würde. Niemand sollte sie zum Narren halten. Niemand.

Wenn es Hill war und er allein dort war, konnte sie das ganze Problem mit Raffinesse aus der Welt schaffen. Konnte ihn loswerden, ihre Souvenirs an einen anderen Ort bringen, wo niemand sie finden würde, und tiefe Reue über den Tod des Psychologen zeigen, den sie im Dunkeln für einen Einbrecher gehalten hatte. Sie würde höchstens zwei Jahre bekommen.

Wenn das klappen sollte, musste sie es jedoch so aussehen lassen, als sei sie wie immer nach Hause gekommen. Etwa dreißig Meter vom Haus entfernt schaltete sie das Licht aus, stellte den Motor ab und rollte wie auch sonst mit dem letzten Schwung in die Einfahrt. Sie stieg aus und schloss die Tür mit einem sehr leisen Klicken. Von der dunklen Einfahrt aus konnte sie die ganze Länge ihres Wohnzimmers überblicken. Da war er, der dreiste Bastard. Saß an ihrem Esstisch und hatte den Laptop vor sich, als sei er Goldilocks und sie die drei Bären. Na ja, jetzt gab es keinen Zweifel mehr. Sie würde vor nichts zurückschrecken.

Sie schlich hinten um das Haus herum, ging geduckt unter dem Esszimmerfenster vorbei und wühlte in ihrer Tasche nach dem Schlüssel für die Hintertür, den sie immer gesondert bei sich trug, für den Fall, dass sie die anderen Schlüssel verlor. Sie plante ja immer alles sorgfältig und hätte deshalb auch früher merken müssen, dass Carl nicht ihr einziges Problem war.

Sie steckte den Schlüssel ins Schloss und drehte ihn mit unendlicher Vorsicht. Kaum hörbar sprang das Schloss auf. Sie streifte ihre Schuhe ab, drückte den Griff herunter und machte ganz langsam die Tür auf. Behutsam schlüpfte sie durch den Spalt, blieb stehen und horchte. Sie fühlte sich wunderbar lebendig und erregt in der Gewissheit, dass sie die totale Kontrolle und er nicht den blassesten Schimmer hatte. Durch die halb offene Tür zwischen Küche und Essecke hörte sie das Klappern der Tasten und das Klicken der Maus.

Sie war so angespannt, dass sie zusammenzuckte, als seine Stimme die Stille unterbrach. »Wo bist du? Komm, sag's mir. Wo bist du, Paula?« Ihr Herzschlag beruhigte sich wieder, als sie merkte, dass er zu dem Bild auf dem Monitor und nicht mit ihr sprach.
Sie holte tief, aber lautlos Luft. In dem matten Lichtschimmer, der von der Stadt her durch das Küchenfenster hereindrang, sah sie ihre gepflegte, sterile, moderne Küche. Eine der wenigen Frauen, die sie zum Sex mit nach Hause gebracht hatte, hatte gesagt, die Küche sehe aus, als würde hier fachkundig die Mikrowelle eingesetzt. Sie wurde kein zweites Mal eingeladen. Beim Herd stand ein Block mit selten benutzten Messern, die deshalb noch so gut wie neu und sehr scharf waren. Sie zog behutsam ein Tranchiermesser mit langer Klinge heraus und ging lautlos auf die Wohnzimmertür zu.

Carol stützte sich mit der freien Hand gegen die Wand, als wolle sie sich unbewusst gegen die Informationsflut schützen, die aus dem Hörer auf sie einstürzte. »Sind Sie sicher, Sam?«, sagte sie und wusste doch rein gefühlsmäßig, dass er recht hatte, dass Tony recht gehabt hatte und dass dies die schlimmste aller denkbaren Möglichkeiten für Paula McIntyre war. Diese Gewissheit setzte sich langsam in ihren Gedanken fest und stellte einen sinnvollen Zusammenhang zwischen all den losen Fäden her, die sie seit Tagen beunruhigt hatten.
»Ich bin so sicher, wie ich nur sein kann«, sagte Evans ernst.
»Wo ist sie jetzt?«, fragte Carol. Kevin hielt auf dem Weg ins untere Stockwerk an, bestürzt über den kummervollen Ausdruck ihres Gesichts und die deprimierte Hoffnungslosigkeit in ihrer Stimme.
»Ich weiß nicht, ich hab sie seit Stunden nicht mehr gesehen.«
»Wir müssen sie finden. Geht raus und seht zu, ob ihr sie auf-

spüren könnt. Fragt, wer sie gesehen hat. Aber gebt es nicht über Funk weiter, ist das klar?«

»Ja.«

»Gute Arbeit, Sam«, sagte Carol und wusste, dass ihm sonst niemand für das danken würde, was er erreicht hatte. Sie legte auf und hätte sich am liebsten ganz klein zusammengerollt und geheult, aber das würde bis später warten müssen.

»Chefin?«, sagte Kevin besorgt. Carol wusste, dass seine Besorgnis in Wirklichkeit nicht ihr galt, aber das verzieh sie ihm.

»Die Viper«, sagte sie. »Ein Straßenmädchen hat Sam den Namen genannt.«

Kevin strahlte. »Aber das ist doch eine tolle Nachricht.«

»Nein, gar nicht«, sagte Carol tonlos. Es war, als brächte sie es nicht über sich, es ihm zu sagen. Sie wandte sich ab und begann die Treppe hinunterzulaufen. »Stacey«, rief sie. »Und Sie auch, Kevin. Kommt mit.«

Kevin holte sie am Wagen ein, Stacey folgte ihm. »Wer ist es?«, drängte er. »Wer ist es?«

Carols Gesicht zuckte vor Schmerz. »Jan Shields«, sagte sie. Kevin fuhr zurück, als hätte man ihm ins Gesicht geschlagen. Er lachte ungläubig kurz auf. »Das ist doch ein schlechter Scherz. Da hat jemand mit ihr 'ne Rechnung offen.«

»Sam behauptet, dass es stimmt«, sagte sie mit schwerer Stimme. »Ich hätte auf Tony hören sollen«, fügte sie hinzu und fuhr sich durchs Haar. »Können wir losfahren, Kevin, bitte?«

Ganz benommen schloss er den Wagen auf, und sie stiegen ein. »Stacey, rufen Sie die Station an und lassen Sie sich Jan Shields' Adresse geben«, sagte Carol über die Schulter. »Mist, ich hätte auf Tony hören sollen.«

»Was? Hat *er* gesagt, es sei Jan Shields?« Kevin klang, als finde er das unvorstellbar.

»Er sagte, es stecke jemand von der Polizei dahinter. Ich wollte ihm nicht glauben.«

»Wo soll ich hinfahren?«, sagte Kevin, während Carol das Blaulicht wieder auf dem Dach fixierte.
Stacey rief vom Rücksitz die Adresse nach vorn. »Es ist in der Micklefield-Siedlung.«
»Wir haben noch immer lediglich die Behauptung einer Prostituierten«, sagte Kevin, während er sich einen Weg durch den Verkehr bahnte. »Und es macht keinen Sinn.«
Carol seufzte, als trüge sie alle Last der Welt auf ihren Schultern.
»O doch, es macht Sinn. Es ist das Erste, was Sinn macht, seit diese ganze verdammte Sache angefangen hat.«

Tony klickte eine weitere Schaltfläche an und hoffte, dass er so einen Hinweis bekommen würde, wo das Material der Webcam herkam. Er hatte sich vom Bildschirm abgewandt, weil er den Anblick von Paulas Zustand nicht ertragen konnte. Wenigstens war sie noch am Leben. Er wusste, dass es höchste Zeit war, Carol anzurufen. Stacey Chen war für diese Aufgabe viel geeigneter als er.
Er wollte sein Mobiltelefon herausnehmen, hatte aber kaum die Hand wieder aus der Tasche gezogen, als er hinter sich eine leise Stimme hörte, die sein Blut in den Adern gerinnen ließ.
»Sie sind hier eingebrochen. Ich habe das Recht auf meiner Seite.«
Er erstarrte und drehte sich langsam um. Jan Shields stand kerzengerade nur einige Zentimeter von ihm entfernt und hielt fast lässig ein glänzendes Messer in der Hand. Ihr Blick war kalt und entschlossen, ihre ganze Haltung drückte planvoll beherrschte Gewaltbereitschaft aus. »Lassen Sie das Telefon fallen«, fügte sie hinzu.
Er tat, was sie befahl. Keinen Moment bezweifelte er, dass sie nicht zögern würde zuzustechen, wenn er sich weigerte.
»Wird 'n bisschen schwierig sein, mit Notwehr zu argumentieren, alle wissen doch, dass ich ein Schwächling bin.«

Sie verzog verächtlich die Lippen. »Ich glaube, das Argument werde ich nicht zu bringen brauchen, weil niemand weiß, dass Sie hier sind, oder?«

»Carol weiß es«, sagte er beiläufig, damit es überzeugender klang.

Sie schüttelte den Kopf. »Das glaube ich nicht. Sie würde Sie nie hier so allein herumgurken lassen. Sie geht doch immer sehr korrekt vor, die liebe Carol. Ich glaube eher, dass Sie ganz in meiner Gewalt sind, Dr. Hill.«

Sie war so daran gewöhnt zu dominieren, dachte er. Die einzige Möglichkeit, ihr zu entkommen, war, ihr die Macht zu nehmen. In der Theorie ganz schön. Aber sein Problem war, dass er jämmerlich wenig Spielraum dafür hatte. »Das ist doch nicht Ihr Stil, Jan«, versuchte er es zunächst einmal.

Aus irgendeinem Grund fand sie das amüsant. »Meinen Sie?«

»Es ist doch viel zu hautnah. Sie mögen es doch, wenn jemand anders die Drecksarbeit macht.«

Sie zog eine Augenbraue hoch. »Wollen Sie damit sagen, ich hätte etwas mit diesen Morden zu tun?«, fragte sie, und ihr Engelsgesicht nahm einen Ausdruck gekränkter Unschuld an.

»Es sind Ihre Morde, Jan. Sie sollten stolz darauf sein. Interessante Arbeit.«

»Das mag ja sein. Aber ich habe nichts damit zu schaffen, Dr. Hill. Derek Tyler hat vier Frauen umgebracht. Und ein Kretin, der Carl Mackenzie heißt, hat drei weitere Nachahmungsmorde begangen, bevor er aus Reue heute Nachmittag Selbstmord beging. So sieht die Beweislage aus.«

O Gott, sie hat ihn selbst umgebracht. Diese Erkenntnis traf Tony mit der Gewalt eines Blitzschlags, er sah seine eigenen Chancen dahinschwinden. Aber er musste es trotzdem versuchen. »Kommen Sie, Jan, es bringt nichts, jetzt zu lügen. Carl Mackenzie hat keine drei Morde verübt. Paula McIntyre ist auf jeden Fall noch am Leben.«

»Sie wissen offensichtlich mehr als ich. Vielleicht sind Sie derjenige, der hinter alldem steckt. Vielleicht haben Sie mir das angehängt. Vielleicht sind Sie derjenige, der mir all das kranke Zeug geschickt hat.«
Er schüttelte den Kopf und versuchte enttäuscht auszusehen. »Die Masche läuft nicht. Carol Jordan kennt mich zu gut, um darauf hereinzufallen.«
»Ich kann es einrichten, dass es so aussieht. Wenn Sie tot sind und alles andere stimmt, wer wird da noch auf Ihren blonden Liebling hören? Alle wissen, dass sie am Durchdrehen ist. Sie werden sich schon damit abfinden müssen, Dr. Hill, das Spiel ist aus.«

Kevin bog in die Micklefield-Siedlung ein und hielt am Ende der Straße an, in der Jan Shields wohnte. »Und jetzt?«, sagte er. »Es ist eine Sackgasse. Sollte sie nach uns Ausschau halten, wird sie uns sofort sehen.«
»Ihr Wagen ist ziemlich unauffällig. Wir könnten die Straße entlangfahren und einfach in eine Einfahrt in der Nähe ihres Hauses einbiegen. Es ist ziemlich dunkel, und wir tun ja nichts Verdächtiges.«
Kevin fuhr langsam die Sackgasse hoch. Fast sofort fiel ihm Jans ausgefallener Wagen ins Auge. »Scheint zu Hause zu sein«, sagte er.
»Halten Sie sich einfach an den Plan«, antwortete Carol rasch. »Sehen Sie das Haus dort rechts, das zweite neben ihrem? Wenn wir die Einfahrt ganz hochfahren, gibt uns das Haus uns Deckung.«
»Und jetzt?«, fragte Kevin. »Wir könnten sie einfach stellen. Sie wegen Mordverdacht verhaften und eine Durchsuchung machen.«
Ein Gedanke ließ Carol nicht los. »Weiß jemand, wo Tony ist?«
»Er hat doch gesagt, er würde nach Hause fahren und sein Profil schreiben«, erinnerte sie Stacey.

Carol nahm ihr Telefon heraus und wählte Tonys einprogrammierte Privatnummer. Es klingelte ein paarmal, dann schaltete sich der Anrufbeantworter ein. Sie wartete auf den Piepston und sagte dann: »Tony, hier ist Carol. Wenn du da bist, nimm ab. Es ist dringend.« Sie wartete eine halbe Minute und legte dann auf. Auch als sie sein Mobiltelefon anwählte, klingelte es nur endlos, ohne dass er abnahm. »Scheiße«, sagte sie, denn eine schreckliche Ahnung überkam sie.

»Es gibt keinen Grund anzunehmen, dass er da drin ist«, sagte Kevin unruhig.

»Außer der kleinen Nummer mit Jans verlorenen Schlüsseln vorhin.« Carol wurde klar, wie alle Einzelheiten nun zusammenpassten, und hatte jetzt das richtige Bild der Situation vor Augen.

»Was für eine Nummer?«

»Jan hatte ihre Schlüssel verlegt. Und Tony ließ seine Rolle als zerstreuter Professor kurz fallen und redete ihr ein, sie hätte ihren Wagen gar nicht abgeschlossen. Ist das etwa wahrscheinlich, auf beiden Seiten? Aber in dem Moment dachte ich mir nichts dabei.« Sie schluckte. »Er ist da drin, Kevin. Mit ihr.«

»Aber wir wissen es doch noch nicht«, sagte er.

»Wir müssen es herausfinden. Bleiben Sie hier«, befahl Carol, öffnete die Wagentür und ignorierte die bestürzten Gesichter ihrer Kollegen. Sie ging bis zur Ecke des Hauses und riskierte einen Blick. Sie war nicht weit von Jans Haus entfernt und konnte einen Teil des Wohnzimmers sehen, das leer war. Das obere Fenster vorn war hell erleuchtet. Wenn jemand von drinnen die Situation beobachtete, wäre er von dort, wo Carol stand, zu sehen. Es war an der Zeit, es zu versuchen.

Sie rannte an der Vorderseite des Hauses entlang, sprang über eine niedrige Hecke und lief quer durch den Garten des nächsten Hauses. Damit war sie an Jans neben der Einfahrt geparktem Wagen angekommen. Aus einem großen Fenster

am hinteren Ende der Seitenwand fiel Licht auf die Steinplatten der Einfahrt und auf die Garagenwand. Sie schätzte, dass sie es unentdeckt bis zu dem Fenster schaffen und im Schutz der Garage auch aus relativ großer Entfernung in das Fenster hineinsehen konnte, ohne dass jemand sie von drinnen sah.
Sie kauerte sich zusammen, kroch hinten um das Auto herum, schaffte es bis zur Giebelseite und drückte sich flach gegen die Wand. Langsam rückte sie fast bis zur Höhe des Fensters vor, dann bückte sie sich und schlich eine kurze Strecke unter dem Fenstersims entlang, bevor sie sich wieder aufrichtete. Sie war gerade noch außerhalb des Lichtscheins aus dem Fensterrechteck. Nachdem sie tief Luft geholt hatte, schaffte sie die Strecke bis zum Ende der Garage in Sekunden.
Dann verließ sie sich darauf, dass der Schatten sie verbergen würde, drehte sich um und richtete sich auf. Sie sah schräg ins Zimmer hinein, wo sich ihr ein klares Bild bot. Sie konnte Jan von der Taille aufwärts und gleich neben ihr Tonys Hinterkopf sehen. Ihr ganzer Oberkörper verkrampfte sich. *Warum, verdammt noch mal, hast du mich nicht angerufen?* Dann konnte sie sehen, wie Jans rechte Hand in Sicht kam, was sich aus der Entfernung wie eine harmlose Geste ausnahm.
Aber es war absolut nichts Harmloses an dem Messer, als es im Licht wie ein glänzender Strahl aufblitzte, der Carol direkt ins Herz traf.

Das beharrliche Klingeln von Tonys Mobiltelefon verstummte so plötzlich, wie es begonnen hatte. Jan nickte. »Das war brav. Sie haben nicht mal versucht abzunehmen.«
»Das gefällt Ihnen doch, oder? Der Augenblick der Macht. Absolute Kontrolle. Die Welt unterwirft sich Ihrem Willen.«
Sie legte den Kopf schief. »Wenn Sie meinen.«
»Ich weiß es. Es war eine tolle Idee. Auf psychisch leicht lenkbare Männer einzuwirken und sie zu Ihren Werkzeugen zu machen. Eine doppelter Machtgenuss. Sie beherrschen

die Männer und lassen sie die Opfer nach Ihrem Befehl dirigieren. Hut ab! Es war sicher nicht leicht, sie auf so wortgetreuen Gehorsam zu trimmen.«

Sie lächelte. »Ich weiß, was Sie vorhaben. Und es wird nicht funktionieren. Es bringt nichts, Zeit zu schinden, wenn die Truppe nicht weiß, wo Sie sind.«

Er stand auf. »Ich versuche nicht, Zeit zu gewinnen.«

»Hinsetzen«, befahl sie.

»Nein«, sagte er. »Sie wissen doch, es gibt für Sie keinen Ausweg.«

Ihre Augen wurden zu schmalen Schlitzen. »Ich hab es Ihnen ja gesagt. Ich kann es so drehen, dass es aussieht, als hätten Sie mir eine Falle gestellt. Ich habe Sie dabei erwischt, wir haben uns handgreiflich auseinander gesetzt, und Sie sind dabei draufgegangen.«

»Sie unterschätzen den Gegner. Das ist ein Fehler, der mehr Leute zu Fall bringt als jeder andere.«

Sie schnaubte verächtlich. »Was gibt es da zu unterschätzen? Wir wissen beide, auf wessen Seite die Macht ist. Ich bin Polizistin. Und Sie? Sie sind ein ziemlich komischer kleiner Typ, der den Leuten unheimlich ist.«

»Nein, nein, Sie missverstehen mich. Ich bin nicht Ihr Problem. Es macht mir eigentlich gar nichts aus zu sterben, verstehen Sie. Nein, Ihr Problem ist Carol Jordan. Ich habe mit ihr über meinen Verdacht gesprochen. Gut, sie hat mich ausgelacht. Aber wenn mir etwas passiert, wird sie hinter Ihnen her sein.«

Sie sagte spöttisch: »Vor Carol Jordan habe ich keine Angst.«

»Das meine ich ja damit, dass Sie den Gegner unterschätzen. Sie sollten Angst vor ihr haben. Denn – ganz anders als Sie meinen – hat sie keine Angst, sich die Hände schmutzig zu machen. Sie wird sich nicht hinter einem armen unfähigen Trottel wie Derek Tyler oder Carl Mackenzie verstecken. Sie wird Sie stellen, und zwar auf die schlimmste Art und Weise.«

»Das Risiko geh ich ein.«

Er wandte sich ab. »Sollten Sie nicht. Sie sind zu sehr daran gewöhnt, dass Sie andere dazu bringen, etwas für Sie zu riskieren.«
»Wo wollen Sie hin?«, schrie sie, plötzlich die Beherrschung verlierend.
Er sah zu ihr zurück. »Ich hab keine Lust weiterzureden. Sie sind schon Geschichte, und ich geh nach Haus.«
Schlagartig schoss sie vorwärts, packte ihn am Arm und drehte ihn zu sich herum. Dann fuhr das glänzende Messer zwischen ihnen durch die Luft und suchte sein Ziel.

Sobald Carol das Messer sah, wusste sie, es blieb für nichts anderes mehr Zeit, sie musste handeln. Sie rannte zur Hintertür des Hauses und packte den Türgriff. Zu ihrer Überraschung gab er unter ihrer Hand nach, und sie stürzte halb laufend, halb fallend in die Küche. Sie sah, wie Jan auf Tony einstieß, wobei die Waffe aber von den beiden Kämpfenden verdeckt wurde. Sein Mund öffnete sich zu einem qualvollen Schrei. »Lassen Sie das Messer fallen«, schrie Carol verzweifelt, so laut sie konnte, während sie mit ein paar Schritten die Küche durchquerte.
Beim Klang ihrer Stimme zögerte Jan so lange, dass Tony aus der Reichweite des Messers wegtaumeln konnte. Sie sah sich nach Carol um und warf ihm, bevor Carol das letzte kurze Stück zwischen ihnen überwand, einen hasserfüllten Blick zu. Carol schoss vorwärts und prallte mit Jan zusammen, sodass beide als wirres Knäuel um sich schlagender Gliedmaßen krachend zu Boden gingen. Zuerst hatte Carol keine Ahnung, wo das Messer war, und suchte einen Halt, um Jans Handgelenk auf den Boden pressen zu können.
»Lassen Sie mich los«, schrie Jan. »Sie tun mir weh.«
»Geben Sie das Messer her«, schrie Carol zurück, und ihr Gesicht war nur noch ein paar Zentimeter von dem der anderen Frau entfernt.
»Ich hab's schon fallen lassen.« Die Worte kamen fast wie ein

Schrei heraus. »Lassen Sie mich los.« Sie bäumte sich unter Carol auf. Dann war plötzlich Tony neben ihr auf dem Boden und drückte mit den Knien Jans Schultern herunter. Aus einer Hand, die er gegen die Brust presste, floss Blut.

»Das Messer liegt auf dem Boden, Carol«, sagte er.

Keuchend lockerte Carol etwas den Druck, hielt aber Jan mit ihrem Gewicht weiter regungslos auf dem Boden fest. »Sie machen einen großen Fehler«, ächzte Jan.

»Das glaube ich nicht«, sagte Carol. »Jan Shields, ich verhafte Sie wegen Verdachts auf Verabredung zum Mord ...«

»Sie kapieren wohl überhaupt nichts?«, brüllte Jan.

»Sparen Sie sich das für die Vernehmung auf. Sie müssen nichts sagen ...«

»Carol, hören Sie«, sagte Jan und nahm alle Kraft zusammen, um ihrer Stimme einen Ton sicherer Selbstbeherrschung zu verleihen. »Ich bin das Opfer. Sie müssen mich anhören.«

Don Merrick konnte sich nicht erinnern, je im Leben so gefroren zu haben. Er zitterte nicht einmal mehr, sondern sein Körper war so starr und schwer wie in einer Art physischer Trance. Und immer noch keine Spur von Nick Sanders.

Am frühen Abend hatte er am Ende einer einspurigen Straße, die sich hoch oben am Rande einer schmalen Bucht entlangwand, Achmelvich erreicht. Die wenigen Bäume, die er gesehen hatte, bogen sich tief zur Seite, woran sich Stärke und Richtung des Windes ablesen ließen.

Man konnte es kaum einen Ort nennen, dachte er. Es gab eine Jugendherberge, die schon für den Winter geschlossen war, und eine Handvoll niedriger Häuschen, die geduckt hinter einem auf die See zulaufenden Felsengrat standen. Nur in einem der Häuser war noch Licht. Er überlegte, ob er sich nach dem Weg erkundigen sollte, fand dann aber, es könnte nicht schwer sein, diese Einsiedlerherberge, das Hermit's Castle, zu finden.

Natürlich hatte er sich da getäuscht. Mit seinem ungeeigneten Schuhwerk kletterte er fast eine Stunde über die Felsen, stolperte über lose Steine und wäre einmal beinahe kopfüber ins Meer gestürzt. Als er es endlich gefunden hatte, wäre er fast daran vorbeigegangen.

Erschöpft, frierend und zerschunden leuchtete er mit seiner Taschenlampe den winzigen Betonbau ab. Der graue Kasten, kaum mehr als zwei Meter hoch, stand in einer Felsspalte und hatte einen kleinen Schornstein, der wie ein gekrümmter Schwanz über das Dach ragte. Es gab einen Eingang, aber keine Tür. Ein schmaler gewundener Gang führte hinein, der offenbar Wind und Regen abhalten sollte. Er führte zu einer winzigen Zelle, gerade mal zwei Meter breit. An einer Seite war eine Art Betonbank, die die Größe und Form eines Bettes hatte. Gegenüber gab es eine offene Feuerstelle. Und das war's. Nirgendwo konnte man sich hier verstecken oder sonst etwas tun. Er konnte sich kaum vorstellen, einen einzigen Tag hier zu verbringen, geschweige denn ein ganzes Jahr. Merrick ging wieder hinaus und leuchtete alles mit der Taschenlampe ab. Er konnte nichts tun, außer zu warten, und beschloss, bis zehn Uhr zu bleiben. Sollte Nick Sanders danach noch kommen, würde er sich vor morgen früh nicht mehr fortbewegen. Wenn er überhaupt kam.

Nicht weit von dem Versteck entfernt fand Merrick eine geschützte Stelle zwischen den Felsen und kauerte sich dort zusammen. Er hatte eine Tankstelle gefunden und sich eine schwere Gummitaschenlampe, ein paar Dosen Cola, zwei Packungen Kekse und ein paar Chips kaufen können. Außerdem hatte er einen abscheulichen handgestrickten Pullover erstanden, der ihn hoffentlich gegen die Kälte schützen würde. Aber viel schien er nicht zu helfen.

Das Tosen der Wellen, die gegen die Felsen schlugen, wirkte einschläfernd. Es gab Momente, in denen er merkte, dass er fast einnickte und dann mit einem Ruck nur wieder erwachte, weil sein Körper sich bewegt und er irgendwo eine andere Stelle der Felsen berührt hatte. Gedanken an Lindy und seine Söhne gingen ihm wirr durch den Kopf. Ihretwegen war er hier. Irgendwo in der Tiefe seiner Psyche wusste er, dass er hauptsächlich deshalb so entschlossen war, persönlich Tims und Guys Mörder seiner Strafe zuzuführen, weil er es als gutes Zeichen und als eine Tat ansah, die ihn davor bewahren würde, seine eigenen Jungen zu verlieren. Das beschwichtigte fast seine Schuldgefühle darüber, dass er Paula aufgegeben hatte. Aber es gab Dutzende von Leuten da draußen, die daran arbeiteten, Paula zurückzubringen, und niemanden außer ihm, der sich so für Tim und Guy einzusetzen bereit war, dass er es riskieren wollte, diese äußerst dürftige Spur zu verfolgen.

Es war kurz nach sieben, als er ein Geräusch in der Ferne vernahm, das sich von der Brandung der See unterschied. Es konnte kein Zweifel bestehen. Es war ein Auto. Er setzte sich anders hin und versuchte, seine erstarrten Glieder durch Reiben wieder zu aktivieren. Entweder war es ein Bewohner der kleinen Häuser, der nach einem Tag von wer weiß welcher Arbeit in diese gottverlassene Gegend zurückkam. Oder es war Nick Sanders, der sich in seinen Bau zurückziehen wollte, wo er sich sicher wähnte.

Die Minuten vergingen so langsam wie Stunden. Dann war ein Lichtschimmer hinter den Felsen zu sehen. Er wurde heller und deutlicher, kam um eine Felsnase herum und war dann klar als der gleichmäßige Strahl einer großen Taschenlampe zu erkennen. Merrick duckte sich tiefer hinunter, obwohl er es für ziemlich unwahrscheinlich hielt, dass er zwischen den schwarzen Felsmassen zu sehen war.

Der Strahl schwang hin und her und fiel auf Hermit's Castle. Merrick sah zuerst nichts von dem Menschen mit der Lampe. Aber als das Licht in dem schmalen Gang verschwand, konnte er die Umrisse eines Mannes mit einem großen Rucksack auf dem Rücken erkennen. Höhe und Umfang der Gestalt entsprach, soweit er das sehen konnte, weitgehend der Beschreibung von Nick Sanders.

Merrick zählte bis sechzig, dann stand er auf. Es dauerte ein paar Minuten, bis seine Beine wieder in der Lage waren, ihn zu tragen. Er nutzte die Zeit, um sich zu vergewissern, dass seine Handschellen geöffnet und einsatzbereit waren und er die Lampe mit sicherem Griff hielt. Dann suchte er sich in der Dunkelheit den Weg über die Felsen und trat in den Eingang. Er ging so leise er konnte und hörte schon die Geräusche von jemandem, der sich da drinnen zu schaffen machte. Das Klirren von Dosen, das Rascheln von Plastiktüten. Dann war er in der Kammer und blickte auf den Mann hinunter, der beim Licht einer Taschenlampe, die wie eine Laterne geformt war, neben der Betonbank kauerte. Es konnte kein Zweifel bestehen. Dies war der Mann, dessen Foto an der Tafel im Dezernat hing.

Langsam erschien ein Lächeln auf Merricks Gesicht.

»Nick Sanders, ich verhafte Sie wegen Mordverdachts«, sagte er und genoss jedes Wort.

Aber er hatte sich zu schnell sicher gefühlt. Sanders richtete sich so ungestüm auf, dass er gegen Merrick stieß und dieser die Balance verlor. Sanders versuchte, über ihn weg in den Tunnel zu kriechen, aber der war zu eng. Merrick stürzte sich auf sein Bein und riss ihn um. Sanders taumelte gegen die Wand, ging zu Boden, fiel rückwärts und schlug mit dem Kopf auf dem Betonbett auf.

Er brummte noch einmal und erschlaffte dann. Merrick richtete sich mit Mühe auf und stolperte zu Sanders hinüber. Zu seinem Bedauern atmete dieser noch. Ohne sich Gedanken über die wichtigste Regel bei Kopfverletzungen zu machen, rollte er ihn auf die Seite und sah voller Zufriedenheit, dass auf der Stirn des Mannes eine Beule anzuschwellen begann. Als er die Handschellen nehmen wollte, passte er einen Moment nicht auf. Plötzlich streckte sich Sanders und sprang hoch, packte die schwere Taschenlampe und schwang sie wild gegen Merricks Kopf. Sie erwischte ihn an der Schläfe, und alles wurde für ihn rot und dann schwarz.

Carol starrte Jan Shields ungläubig an. »Sie sind das Opfer? Quatsch. Wo ist Paula?«
Jans Stimme nahm einen warmen, leiseren Ton an. »Ich habe keine Ahnung, Carol. Warum fragen Sie nicht Dr. Hill? Wie ich schon sagte, ich bin hier das Opfer. Ich kam nach Hause und stellte fest, dass er in meine Wohnung eingebrochen war. Er tippte auf meinem Laptop herum. Ich nahm ein Küchenmesser, um mich gegen den Eindringling zu verteidigen. Ich habe keine Ahnung, wie lange er schon hier ist und was er vielleicht plante.«
»Netter Versuch, Jan«, sagte Tony angestrengt. »Carol, es gibt da eine Übertragung von einer Webcam. Sie hat es unter ihren Favoriten gespeichert. Es ist Paula. Sie ist noch am Leben.«
»Steht dabei, wo sie ist?«
Er schüttelte den Kopf. »Vielleicht kann Stacey etwas finden?«
Jan fuhr fort, als hätten die beiden gar nicht gesprochen. »Wie gesagt, Carol, ich habe ihn hier in meiner Wohnung überrascht. Ich habe keine Ahnung, wovon er spricht.«
»Halt die Klappe«, sagte Carol wütend. Sie wandte sich dem Telefon zu und wählte Kevins Nummer. »Kevin, kommen Sie sofort herauf. An die Hintertür. Bringen Sie Stacey mit. Verlangen Sie einen Krankenwagen, die Spurensicherung und Unterstützung von der Schutzpolizei.«
»Sie werden sich ganz schön blamieren, Carol«, sagte Jan mit einem mitleidigen Lächeln auf den Lippen. »Eine anerkannte Polizistin, die für Tapferkeit ausgezeichnet wurde und Erfahrung in der Zusammenarbeit mit dem FBI gesammelt hat, verteidigt sich in ihrer Wohnung gegen einen Einbrecher, einen Eindringling, der ihr eine Verwicklung in einen Mord anhängen will, nur um den fast schon ruinierten Ruf der Frau zu retten, die er liebt … Das wird sich vor Gericht sehr eindrucksvoll ausnehmen, meinen Sie nicht?«
Carol wünschte, sie könnte ihre Ohren verschließen und das

hinterhältige, giftige Gefasel aus Jan Shields' Mund von sich fernhalten. »Wie ich schon sagte, heben Sie sich das für die Vernehmung auf. Ich hoffe, Sie haben sich etwas für schlechte Zeiten zurückgelegt. Bronwen Scott kommt ganz schön teuer.«

Jan lachte in sich hinein. »Oh, ich glaube, ich kann mir ein paar Stunden ihrer Zeit leisten. Und mehr wird nicht nötig sein, damit Mr. Brandon klar wird, was für ein aufgebauschtes Lügengebäude hier gegen mich aufgebaut wurde. Und wer dahintersteckt.«

Carol musste nicht weiter zuhören, weil Kevin und Stacey kamen. Sie rief sie mit einer Kopfbewegung zu sich. »Legen Sie ihr Handschellen an und informieren Sie sie über ihre Rechte, Kevin. Ich bin nur bis ›Mordverdacht‹ gekommen. Sie können ja noch tätlichen Angriff dazunehmen. Tony, du kannst sie jetzt loslassen«, sagte sie. Sie wartete, bis er weggetreten war und ihre beiden Kollegen Jan in die Mitte genommen hatten, bevor sie sich von Jans Beinen herunterrollte und aufstand.

»Es tut mir leid, dass ihr an dieser Farce teilnehmen müsst«, sagte Jan bedauernd. »Ich habe Carol mehrmals gesagt, dass ich hier das Opfer bin, aber sie hat wohl ihre eigenen Gründe, weshalb sie lieber Tony Glauben schenkt, was?«

Sie grinste Carol an, während sie dies sagte.

»Sorgt dafür, dass sie verschwindet«, sagte Carol und ging zu Tony hinüber. »Sobald wir die Schupos hier haben, soll sie zum Präsidium gebracht und in eine Zelle gesteckt werden. Bis ich so weit bin, dass ich mit ihr sprechen kann.« Sie bemerkte, wie blass Tony war, und zog einen Stuhl für ihn heran. Er ließ sich darauf plumpsen und hielt die Hand gegen seinen blutdurchtränkten Pullover gepresst. »Ist es schlimm?«, fragte sie.

»Es tut höllisch weh. Und hört nicht auf zu bluten.« Schweißtropfen erschienen auf seiner Stirn. Carol eilte in die Küche und schnappte sich zwei Handtücher von den Haken.

Sie faltete sie mehrfach und sagte ihm, er solle sie auf den langen Schnitt drücken, der quer über seine Hand lief.
Nach ein paar Minuten, die ihnen viel länger vorkamen, blitzte Blaulicht am vorderen Fenster auf. »Das ist der Krankenwagen«, sagte Carol. »Komm, steh auf.«
Bis die Sanitäter Tony in den Krankenwagen brachten, hatte Kevin Jan zu einem Polizeiauto geführt, wo er sie auf den Rücksitz verfrachtete. Stacey wollte gerade mit ihm einsteigen, als Carol rief: »Ich brauche Sie noch hier.« Stacey folgte ihr ins Haus. »Da steht ein Laptop, der Bilder mit Paula live von einer Webcam empfängt. Sie müssen unbedingt alles herausfinden, was Sie können, Stacey.«
Die jüngere Frau nickte. »Ich sollte ihn wohl zum Revier mitnehmen«, sagte sie. »Dort habe ich Zugriff auf meine diagnostischen Hilfsmittel.«
»Gut. Aber tun Sie es so schnell wie möglich. Paula lebt noch. Es ist klar, dass Jan nicht verraten wird, wo sie ist, und wir müssen alles tun, um sie zu finden, bevor sich das ändert«, sagte Carol bedrückt. Sie sah zu, wie Stacey den Laptop zusammenpackte, und die Gedanken in ihrem Kopf jagten einander. Sie konnte sich nicht erinnern, wann sie das letzte Mal eine so schwierige Situation am Ende einer Verbrecherjagd gehabt hatte. Es hätte ihr Angst einjagen sollen, aber stattdessen erfüllte es sie mit Energie und Leben. Zweifellos war sie endlich wieder sie selbst. »Oh, und Stacey, wenn Sie auf dem Revier sind, rufen Sie bitte Don Merrick auf seinem Handy an und sagen Sie ihm, dass ich ihn hier brauche. Ich fahre in die Klinik, damit Tony seine Aussage zu Protokoll geben kann. Don soll hier die Hausdurchsuchung übernehmen.«
Fünfzehn Minuten später wandte sie sich an eine gemischte Gruppe von Kriminaltechnikern und Ermittlern. »Wir müssen herausfinden, wo Paula ist. Es muss etwas geben – einen Mietvertrag, eine Rechnung von den Stadtwerken, irgendwas. Sie müssen schnell sein, aber auch keinen Spielraum las-

sen, das Ergebnis muss hieb- und stichfest sein. Ich brauche Ihnen nicht zu sagen, wie wichtig diese Durchsuchung ist. Tun Sie, was nötig ist. Nehmen Sie den Teppichboden hoch, schneiden Sie die Kissen auf, wenn es erforderlich ist. Es ist mir egal, wenn Sie die Wohnung wie einen Kriegsschauplatz hinterlassen, aber finden Sie Paula.«

Sie wandte sich ab und sprach mit dem ranghöchsten Beamten: »Ich fahre ins Krankenhaus, um eine Aussage von Dr. Hill zu Protokoll zu nehmen, bevor ich Shields verneh-me. Rufen Sie mich an, sobald Sie etwas haben. Ich lasse mein Handy angeschaltet. Zum Teufel mit den blöden Herzschrittmachern.« Sie blieb auf der Schwelle stehen und warf der Gruppe einen letzten gefassten Blick zu. »Ich weiß, dass ich mich auf euch verlassen kann. Und Paula weiß das auch.«

Tony saß auf der Bettkante und hielt einen Styroporbecher mit einem undefinierbaren braunen Gebräu in der linken Hand. Er hatte weniger als zehn Minuten warten müssen, bis er im Bradfield Cross medizinisch versorgt wurde, was er vermutlich dem vielen Blut auf seinem Pullover zu verdanken hatte. Dann hatte man die Hand lokal betäubt, sie mit acht Stichen genäht und die vorsichtige Diagnose geäußert, dass wohl kein permanenter Schaden zurückbleiben werde.

Die Vorhänge vor seiner abgeteilten Kabine bewegten sich, und Carols vertrautes Gesicht erschien in dem Spalt. »Hi«, sagte sie, schlüpfte hinein und schloss den Vorhang hinter sich. »Wie geht's?«

»Ich werd's überleben«, sagte er.

Carol setzte sich neben ihn auf das Bett. »Ich brauche eine Aussage von dir.«

Er lächelte müde und traurig. »Was möchtest du wissen?«

»Ich muss in Erfahrung bringen, was zwischen dir und Jan vorgefallen ist. Die Sachen vorher – wie du hingekommen bist, was du dir verdammt noch mal dabei gedacht hast –, das kann warten bis später. Aber ich will wissen, wie es sich abgespielt hat.«

»Ich wusste nicht, wie ich dich dazu bringen könnte, mir zu glauben, außer durch knallharte Beweise«, sagte er. »Das war mein Fehler.« Er nahm einen Schluck aus der Tasse. Ist wohl Tee, dachte er, hätte aber kaum sein letztes Hemd darauf verwettet. »In einem Aktenschränkchen, das in ihrem Kleiderschrank versteckt war, habe ich Fotos und DVDs gefunden. Bilder von den Opfern, bevor sie von der Polizei gefunden wurden. Fotos, die wahrscheinlich von Carl Mackenzie aufgenommen wurden.«

»Du weißt über Carl Bescheid?«

Er nickte. »Jan hat mich in großen Zügen informiert.« Er erzählte weiter bis zu dem Zeitpunkt, als er sich umdrehte und weggehen wollte.

»Sie folgte mir«, sagte er. »Und das hatte ich mir gedacht. Ich musste erreichen, dass sie sich machtlos fühlen und die Beherrschung verlieren würde. Es war meine einzige Chance, eine Schwachstelle in ihrer Verteidigung zu finden und vielleicht lebend davonzukommen.« Er lächelte. »Und da bist du gekommen.«

»Sie hat also nicht gestanden?«

Er schüttelte den Kopf. »Nein, leider nicht. Sie hatte schon die Version parat, die sie auch dir aufgetischt hat.«

»Macht nichts«, sagte Carol. »Wir werden sie überführen.«

»Und Paula?«, fragte Tony.

»Wir suchen sie. Wir werden sie finden.«

Er erkannte ihr wiedergewonnenes Selbstbewusstsein an Carols Gesichtsausdruck und ihrer Stimme.

Trotz seiner Sorge um Paula freute Tony sich auch darüber sehr.

Nick Sanders trat gegen den leblosen Körper zu seinen Füßen. Der Scheißbulle hatte alles kaputtgemacht. Wo er doch alles perfekt geplant hatte. Er hatte sich eine Woche oder zwei ruhig verhalten wollen, bis das größte Geschrei verebbt war und er sich einen Bart hatte wachsen lassen. Dann wollte er die Fähre nach Larne hinüber nehmen, nach Eire hinunterfahren und verschwinden. All das war schief gegangen wegen dieses Bullen, der glaubte, sich unbedingt einmischen zu müssen. Jetzt musste er sich in irgendeiner Schutzhütte in den Bergen an der Schneegrenze verkriechen und durfte sich nicht in bewohntes Gebiet vorwagen. Ein Kindermörder würde innerhalb einer Woche von den Titelseiten verschwunden sein, schätzte Sanders, aber einer, der einen Polizisten umgebracht hatte, würde Staatsfeind Nummer eins bleiben, bis er erwischt wurde. Aber Sanders hatte nicht vor, dies geschehen zu lassen.

Er packte alles wieder in seinen Rucksack, schmierte das Blut von der Taschenlampe auf Don Merricks Pullover und machte sich dann über einen Felsvorsprung zu der Stelle auf, wo er das Auto hatte stehen lassen. Es war kurz vor dem Ende der geteerten Straße, die in den Weiler Achmelvich hineinführte. Es stand versteckt zwischen dem letzten Haus und der felsigen Landzunge. Durch die niedrig hängenden Wolken gab es nur wenig Licht, und Sanders musste seine Taschenlampe zu Hilfe nehmen, damit er sich auf den zerklüfteten Felsen, die zwischen ihm und der Sicherheit lagen, kein Bein brach.

Schließlich kam er auf einem schmalen Pfad zwischen den Geröllblöcken heraus, sein Atem schwebte wie weißer Dunst in der kalten Luft, und sein Rücken war mit einer dünnen Schweißschicht bedeckt. Schwerfällig fing er an zu laufen. Er war nur noch ein paar Meter von seinem Wagen entfernt, als zwei Scheinwerfer aufleuchteten, ihn mit dem grellen Licht blendeten, sodass seine große Gestalt sich klar vor dem gebirgigen Horizont abzeichnete.

Eine laute Stimme mit Highlands-Akzent rief ihn aus kurzer Entfernung an. »Polizei. Wir möchten Sie sprechen, Sir.«

Sanders hielt nicht einmal inne, sondern rannte sofort den

Pfad zurück in Richtung Meer. Er hörte schwere Schritte hinter sich, bekam Panik, wich vom Pfad ab und fing an, auf die Felsen zu klettern. Er war kaum zwölf Meter weit gekommen, als die grellen Lichtkegel von zwei Taschenlampen die Felswände um ihn herum absuchten und ihn nach ein paar Sekunden im Visier hatten. Er lief unverzagt weiter, aber seine Verfolger hatten den Vorteil, dass sie nicht müde waren und den Weg vor sich sehen konnten.

Innerhalb von ein paar Minuten war es vorbei. Zwei stämmige Polizisten zerrten Sanders hoch, legten ihm Handschellen an und brachten ihn halb schleifend und halb tragend zu ihrem Wagen. »Was soll das bedeuten?«, schimpfte Sanders.

»Erklären Sie es uns bitte, Sir. Unschuldige laufen normalerweise nicht vor der Polizei weg«, sagte der ältere Polizist.

»Ich habe Angst bekommen«, sagte er. »Ich konnte nicht sehen, ob Sie wirklich von der Polizei sind. Sie hätten mich ja ausrauben können, das wusste ich doch nicht.«

»Ja, alles klar.« Am Wagen angekommen schubsten sie ihn auf den Rücksitz und schalteten das Licht im Wageninneren an.

»'ne mächtige Beule haben Sie sich da geholt«, bemerkte der Polizist. »Das ist aber keine brauchbare Tarnung, Mr. Sanders. Wir hatten Sie ja schon erwartet. Allerdings dachten wir, Sie würden sich auf Hermit's Castle zubewegen, nicht aber in die entgegengesetzte Richtung davonlaufen.«

Sanders sagte nichts, hauptsächlich deshalb, weil ihm nichts einfiel. Eine einzelne Träne rann aus seinem Augenwinkel und lief langsam über die Wange herunter.

Der ältere der beiden Beamten sagte: »Also gut. Constable Mackie wird hier bleiben, während ich mal kurz aufs Meer runterschaue. Ich werde nicht lange weg sein.«

Das Krankenhaus hatte Tony in der irrigen Annahme entlassen, dass er direkt nach Hause und zu Bett gehen würde.

Stattdessen bat er den Taxifahrer, ihn auf die Polizeistation zu bringen. Er war müde und hatte Schmerzen, musste aber trotzdem noch einige Arbeit erledigen. Er wusste, das Einzige, was er konkret tun konnte, um Paula zu helfen, war Carol zu beraten, wie sie vielleicht Jan Shields' Abwehrmechanismen mit ihrer Vernehmungstaktik durchbrechen konnte. Nach Hause zu gehen kam also nicht infrage.

Als er ankam, fand er Carol ins Gespräch mit John Brandon vertieft. Jan Shields lehnte jeglichen Rechtsbeistand ab. Sie weigerte sich ebenfalls, in einer offiziellen Vernehmung irgendetwas zu sagen. Brandon schien überraschend erfreut, Tony zu sehen. »Wie geht es Ihnen?«, fragte er mit besorgtem und zugleich wohlwollendem Gesichtsausdruck.

»Sir«, sagte Carol mit warnender Stimme.

»Ich weiß, Carol, ich weiß. Aber ich will es ihm einfach kurz mitteilen.«

»Sir, Dr. Hill hat heute Abend eine traumatische Erfahrung hinter sich. Er ist angegriffen und verletzt worden, er ist erschöpft und wahrscheinlich mit schmerzstillenden Mitteln voll gepumpt«, sagte sie bedrückt.

»Nur örtliche Betäubung«, sagte Tony. »Die Schmerzmittel habe ich abgelehnt. Ich dachte mir, dass ich meinen Verstand noch brauchen würde, wenn ich wegen vorgetäuschter Beweise und Hausfriedensbruch vernommen werden soll.«

Carol warf einen Blick zur Decke. »Das ist jetzt nicht der richtige Zeitpunkt und nicht der richtige Ort«, murmelte sie.

»Tony, wir haben hier cinc sehr ungewöhnliche Situation«, sagte Brandon. »Wie Sie wissen, haben wir Jan Shields in Gewahrsam. Sie weigert sich, mit irgendjemandem außer Ihnen zu sprechen. Sie sagt, sie werde einer auf Tonband aufgezeichneten Befragung zustimmen, aber nur, wenn sie von Ihnen durchgeführt wird. Bei jedem anderen wird sie keinen Kommentar abgeben.«

»Könnte dieses Material vor Gericht verwendet werden?«, fragte Tony.

Brandon zuckte mit den Achseln. »Ich weiß nicht. Diese Sorge werde ich den Rechtsanwälten überlassen. Was mir am Herzen liegt, ist, Paula McIntyre noch lebend vorzufinden. Wenn Carol recht hat, weiß Shields, wo sie ist. Ich bin bereit, das Risiko einzugehen, dass Ihr Gespräch mit ihr ergebnislos verläuft, wenn es uns nur hilft, Paula zu finden. Was sagen Sie dazu?«
»Ich glaube, sie will nur ihr Spiel mit dir treiben, Tony«, warf Carol ein.
»Du hast wahrscheinlich recht«, räumte er ein. »Aber John genauso. Wenn es eine Möglichkeit gibt, Paula zu retten, dann muss ich sie ergreifen.«

Tony warf einen letzten Blick auf Sam Evans' Notizen über sein Gespräch mit Honey, holte noch einmal tief Luft und betrat das Vernehmungsbüro. Jan Shields saß am Tisch und sah so entspannt aus, als würde sie die Vernehmung leiten. Als er den Raum durchquerte, wandte sie den Blick nicht von ihm ab. »Nett, dass Sie kommen konnten, Dr. Hill«, sagte sie. »Ich denke mir, wir werden bald die Positionen gewechselt haben, sobald wir einen Kripobeamten, der nicht DCI Jordan ist, überzeugen können, sich die Beweislage anzusehen. Ich behaupte nicht, dass Sie beide unter einer Decke stecken. Nein, ich glaube sogar, Sie haben ganz auf eigene Faust gehandelt. Aber Sie haben es für sie getan, und ich bin sicher, dass sie sich verpflichtet fühlt, jetzt zu Ihnen zu halten.«
»Sie sollten sich das für die Bandaufnahme aufsparen«, sagte er freundlich und drückte die zwei Knöpfe, wie ihm gesagt worden war. Er gab Datum, Uhrzeit und die Namen der Anwesenden an. »Nur für das Band«, sagte er, »können Sie die Umstände darlegen, unter denen diese Befragung stattfindet?«
»Gern. Ich habe gerade auf mein Recht auf einen Rechtsbeistand verzichtet, habe eine Unterredung mit der Polizei ab-

gelehnt und gebeten, mit Ihnen sprechen zu dürfen, Dr. Hill. Der Grund dafür ist, dass ich dem Mann persönlich gegenübertreten wollte, der in mein Haus eingebrochen ist und dort Beweise deponiert hat, die mich belasten würden.«

»Ich glaube, ich bin noch nie jemandem begegnet, der so machtbesessen war«, sagte Tony beiläufig. »Wann hat das angefangen? Wann kamen Sie an den Punkt, an dem Sie begriffen, dass Ihnen vom Leben eine beschissene Ausgangsposition zugeteilt worden war? Wie haben Sie erkannt, dass einem Macht nicht geschenkt wird, sondern dass man sie sich nehmen muss? Wie haben Sie herausgefunden, dass man anderen Menschen alle Macht wegnehmen kann? Wie lernten Sie die Hypnosetechniken, die Sie bei Carl und Derek angewendet haben? Ich sage Ihnen, es wird von jetzt an recht schwierig für Sie werden, Jan. Weil es für Sie wie eine Droge ist, nicht wahr? Sie können es einfach nicht aufgeben, was? Selbst jetzt, wo Sie doch im Grunde wissen, dass alles vorbei ist, versuchen Sie immer noch Ihre Machtspielchen zu treiben.«

»Sie sind derjenige, dessen Karriere zu Ende ist, Dr. Hill. Sie sind in mein Haus eingebrochen.«

Tony schüttelte den Kopf. »Ich hatte ja die Schlüssel, die Sie mir geliehen hatten.«

»Warum sollte ich Ihnen meine Schlüssel leihen?«

»Ich wollte mir Ihre *NYPD Blue*-Videos borgen, und Sie wussten nicht, wann Sie Feierabend haben würden.« Er setzte sich auf seinem Stuhl zurück. »Jeder Erfindung, die Sie auftischen, kann ich etwas entgegensetzen. Aber ich habe eine Waffe, die Sie nicht übertrumpfen können, und das ist die Wahrheit.«

»Das glaube ich nicht«, sagte sie lächelnd.

»Wir werden ja sehen. Fangen wir doch mal mit Ihrem sexuellen Missbrauch von Prostituierten an.«

Er glaubte, ein kurzes Unbehagen über ihr Gesicht huschen zu sehen, aber es war verschwunden, bevor er sicher sein

konnte. »Sie müssen mich mit jemand anderem verwechseln. Ich zahle nicht für Sex.«
»Ich habe nicht behauptet, dass Sie für Sex zahlen. Wir haben die Aussage einer jungen Frau, Sie hätten sie zu gewalttätigem Sex genötigt, indem Sie sie mit der Festnahme bedrohten, falls sie nicht mitmachte.«
Jan lachte, ein entzücktes glucksendes Kichern. »Heute Abend kommen sie alle aus ihren Löchern gekrochen, was? Dr. Hill, eines der permanenten Risiken, wenn man für das Sittendezernat arbeitet, sind böswillige Beschuldigungen. Ich kann Ihnen jede Menge Frauen nennen, die mit mir freiwillig und ohne Gewalt Sex hatten. Ich habe es nicht nötig, auf Nutten Druck auszuüben, um an Sex zu kommen. Ich glaube, alles in allem wird jedes Gericht der Aussage einer Karrierepolizistin mit Auszeichnungen eher glauben als dem Wort irgendeiner drogensüchtigen Hure.«
»Das Risiko würde ich persönlich lieber nicht eingehen«, sagte Tony gutmütig und ungezwungen. »Kommen wir doch zu den konkreten Beweisen, die ich in Ihrem Haus gefunden habe. Nicht nur der Computer, Jan. Ich habe Ihre Sammlung gefunden. Die Fotos, die CD-ROMs. Da sind doch bestimmt überall Ihre Fingerabdrücke drauf.«
Sie seufzte und sah auf den Tisch hinunter. »Da haben Sie mich kalt erwischt, Dr. Hill. Vielleicht ist es besser für mich, wenn ich jetzt einfach alles gestehe. Ja, ich habe das Material, von dem Sie sprechen. Aber ich habe mir nur vorzuwerfen, dass ich Beweise zurückgehalten habe. Das Material ist mir anonym nach Hause zugeschickt worden. Vielleicht haben Sie eine Idee, wie das geschehen konnte? Ich weiß, ich hätte die Beweise weitergeben müssen, aber ...« Sie breitete entwaffnend die Arme aus. »Was soll ich sagen? Stolz bin ich nicht darauf. Ich wollte mir einen Namen machen und diese Fälle selbst lösen. Ja, ich hätte die Beweise an DCI Jordan weitergeben sollen. Aber ich wollte die Anerkennung für mich allein.« Sie hob den Blick und zwinkerte ihm mit ihrem

engelsgleichen Lächeln zu. »Ich kann nur sagen, dass es mir sehr leid tut.«
Tony konnte sich einer leisen Bewunderung für sie nicht erwehren. Er hatte noch nie jemanden erlebt, der in einer solchen Situation nach außen so gelassen geblieben wäre. Er hatte viele eiskalte Psychopathen vernommen, aber nie eine solche absolute Selbstbeherrschung erlebt. »Ich muss sagen, ich weiß nicht, wie Sie das geschafft haben. Es muss eine kolossale Herausforderung gewesen sein, Derek und Carl dazu zu bringen, Ihre Anweisungen so genau auszuführen. Ich habe in meiner Berufserfahrung geschickte Therapeuten gekannt, die mit Hypnose arbeiteten, aber ich weiß nicht, ob einer von denen eine so intensive Kontrolle der Psyche und der Impulse bei anderen hätte erreichen können.«
Sie schüttelte mitleidig den Kopf. »Ich habe keine Ahnung, wovon Sie sprechen«, sagte sie.
»Nicht? Ich hätte eher vermutet, dass Sie die Geheimnisse Ihres Erfolgs gern demonstrieren würden. Sie könnten eine Menge Geld damit verdienen, wenn Sie die Fähigkeit vermitteln könnten, die totale Kontrolle über ein anderes menschliches Wesen auszuüben. Selbst wenn es sich um so jämmerliche Exemplare wie Carl und Derek handelt.«
Nichts. Keine Regung. Er schlug einen anderen Kurs ein. »Es ist schade, dass Carl Mackenzie tot ist. Ich bin sicher, er hätte viel Interessantes erzählen können.«
»Das glaube ich auch. Und ich vermute, dass es mir noch mehr leid tut als Ihnen, weil er mich entlasten könnte. Wenn diese Morde von irgendjemandem inszeniert wurden – übrigens bin ich nicht sicher, dass dies zutrifft –, hätte Carl Ihnen versichern können, dass ich es nicht war.«
»Ein interessanter Gedanke, Jan. Aber es gibt noch eine Person, die uns in Bezug auf diese Einzelheit beruhigen könnte. Wenn ihm erst einmal klar ist, dass seine Stimme nicht dieses allmächtige Wesen ist, für das sie sich ausgibt, wenn er weiß, dass wir Sie in Gewahrsam haben, wird Derek Tyler reden.

Derek ist gesund und munter, und er wird reden, das kann ich Ihnen versichern.«
Diesmal war ihr Lächeln grausam, in ihrem finsteren Blick lag ein bösartiger Humor. »Da wäre ich mal nicht so sicher. Und zwar bei all diesen Dingen.«
Plötzlich durchfuhr Tony ein eisiger Schreck. Er sah das Bild von Jan, in Bradfield Moor gegen die Wand gelehnt, vor sich. Wie lange hatte sie da schon auf ihn gewartet? War sie in der Nähe von Derek Tyler gewesen? Hatte sie die Chance gehabt, etwas in ihm zu aktivieren, das sie ihm vor langer Zeit suggeriert hatte?
»Was gibt's, Doc?«, fragte Jan und freute sich offen über die Verwirrung, die sie auf seinem Gesicht sah. »Ist Ihnen etwas eingefallen?«
Tony sprang auf und rannte zur Tür. Carol kam im gleichen Moment aus dem Beobachtungsraum. Sie trafen sich im Flur. »Sie ist in die Anstalt gekommen, um mich zu holen«, sagte er aufgeregt. Er holte sein Telefon heraus und wählte mit einer Hand die Nummer von Bradfield Moor. »Hier Dr. Hill, ich muss mit dem Leiter des Nachtdienstes sprechen.« Während er auf die Verbindung wartete, sah er Carol an. »Du musst hinfahren. Hol Derek Tyler her, lass jemanden rund um die Uhr bei ihm bleiben, bis ich ihn überredet habe, eine Aussage zu machen. Er darf nicht allein gelassen werden. Sie hat ihn bestimmt so programmiert, dass er sich selbst zerstört.« Er sprach in den Hörer. »Vincent? Hier Tony Hill. Diese Sache ist wirklich wichtig. Wie ging es Derek Tyler heute?«
»Komisch, dass Sie danach fragen, Doc. Er schien ziemlich gut gelaunt, fast aufgekratzt. Wie immer sagte er nichts, aber er war irgendwie ein bisschen lebhafter als sonst.«
»Wann habt ihr das letzte Mal nach ihm gesehen?«
»Als das Licht ausgemacht wurde, nehme ich an. Es gibt ja keinen Grund, noch mal nach ihm zu sehen.«
Verdammt. »Vincent, können Sie mir einen Gefallen tun?

Können Sie mal gehen und selbst nach ihm sehen? Jetzt sofort?«

Der Pfleger klang verwirrt. »Klar, aber …«

»Und Vincent? Rufen Sie mich zurück, sobald Sie das getan haben.« Er legte auf. »Warum bist du noch hier, Carol? Wir müssen Tyler holen, bevor es zu spät ist. Ich muss mit ihm sprechen.«

»Wäre es nicht besser, wenn du hinfahren und dort mit ihm sprechen würdest?«

Er schüttelte den Kopf. »Sonderüberwachung wegen Selbstmordgefahr bedeutet dort, dass man alle fünfzehn Minuten nach ihm sieht. Aber du kannst jemanden rund um die Uhr zu ihm reinschicken. Und das brauchen wir, wenn wir ihn am Leben halten wollen. Carol, du musst mir in dieser Sache vertrauen.«

Sie zögerte eine Sekunde und sagte dann: »Gut, alles klar.« Sie eilte den Korridor entlang, und Tony ging in den Beobachtungsraum. Er starrte Jan Shields, die anscheinend gar nicht beunruhigt war, durch den nur in einer Richtung durchsichtigen Spiegel an. Ihre Arroganz war umwerfend. Selbst als sie wusste, dass ihr Spitzname bei den Ermittlungen erwähnt wurde, hatte sie nicht Reißaus genommen, sondern einfach vergnügt weitergemacht und jedes auftauchende Problem bereinigt, bevor es für sie zur Schwierigkeit wurde. Es war wirklich unheimlich, denn sie hatte ihn fast so weit, dass er an ihre Unbesiegbarkeit glaubte. Sie schien eine beinahe überzeugende Antwort auf alles und jedes zu haben. Sie konnte, so fürchtete er, wahrscheinlich die Geschworenen so für sich einnehmen, dass sie ihr glaubten oder zumindest verziehen.

Die Minuten verstrichen, und Tony wurde immer nervöser. Je länger er warten musste, desto schlimmer wurden seine Befürchtungen. Vier, fünf Minuten waren es höchstens vom Raum der Pfleger zu Tylers Zimmer. Eine Minute, um nachzusehen, dann wieder der Weg zurück. Zehn Minuten, nicht

länger. So lange dürfte es dauern, bis Vincent sich bei ihm meldete, wenn alles in Ordnung war.
Zehn Minuten vergingen und dann fünfzehn, aus den fünfzehn wurden zwanzig. Als sein Telefon endlich klingelte, ließ Tony es vor lauter Hast fast fallen, als er es mit der linken Hand aufnahm. »Hallo? Vincent?«
»Ich bin's«, sagte Carol. Schon diese Worte sagten ihm alles, was er wissen musste.
»Verdammt«, sagte er.
»Ich bin vor fünf Minuten hier angekommen«, sagte sie. »Hier ist alles in Aufruhr. Sie haben Tyler gerade tot in seinem Zimmer aufgefunden. Offenbar hat er seine Zunge verschluckt.«
»Ich kann's nicht glauben«, stöhnte Tony.
»Glaub es«, sagte Carol grimmig. »Dieser Fall ist ein solches Fiasko, und wir sind immer noch weit davon entfernt, Paula zu finden. Ich könnte heulen.«
»Das könnten wir beide.«
»Ich seh dich auf dem Revier. Tony, geh nicht zu Jan rein, bis ich wieder zurück bin, ja?«
»Ja. Wir müssen uns klar werden, wie wir in der Sache weiter verfahren.« Wenn sie überhaupt noch eine Wahl hatten.

Die Polizeistation, zu der Stacey vor ein paar Stunden zurückgekehrt war, hatte wenig mit dem Revier gemein, das sie zuvor verlassen hatte. Nichts verbreitet sich schneller als eine schlechte Nachricht in einer Organisation, in der Information einen solchen Stellenwert hat wie bei der Polizei. Seit Tagen hatte Paula McIntyres Entführung dazu geführt, dass die Gespräche und die Stimmung von einer Mischung aus Empörung, später Einsicht und Kritik bestimmt wurden. Jeder hatte irgendeine Meinung dazu. Aber die Nachricht von Jan Shields' mutmaßlichem Verrat breitete sich wie eine Schockwelle bei der Polizei von Bradfield aus, ebenso wie im Augenblick nach einer Explosion, wenn der Sog die Luft und jedes Geräusch aus dem Zentrum herausgezogen hat. Auf den Korridoren war es ruhig, die Bewegungen waren verhalten und die Gesichter zornig und verwirrt. Als Stacey ins Einsatzzentrum kam, hatte sie die feindlichen Blicke gespürt, als sei sie durch ihre Anwesenheit bei diesem Vorfall für den brutalen Schlag gegen die Selbstachtung der Polizei verantwortlich. Schon jetzt wusste sie, dass die Leute die Geschichte neu schreiben würden, weil einige nach Möglichkeiten suchen würden, Shields freizusprechen. Andere, die ihr bisher als Kollegen nahe standen, würden sich von ihr absetzen, und wieder andere würden behaupten, sie hätten ja schon immer gewusst, dass sie irgendwie verdächtig sei. Der Schaden würde schlimm und schmerzlich sein.

Als Stacey wieder an ihrem eigenen Schreibtisch war, schluckte sie erst einmal zwei Paracetamol ohne Flüssigkeit, dann nahm ihr Gesicht einen konzentrierten Ausdruck an. Sie brauchte nicht lange, um herauszufinden, dass es nicht leicht sein würde, nur anhand eines Bildes auf dem Monitor die Stelle ausfindig zu machen, wo die Webcam war. Es zog ihr den Magen zusammen, ihre Kollegin so ausgestreckt und gefesselt liegen zu sehen, und sie gelobte Paula, dafür zu sorgen, dass die Bilder für immer von jedem Computer verschwinden würden, den sie je besudelt hatten, sobald sie erst mal gerettet war. Es kam gar nicht infrage, dass die Drecksäcke das Material in die Hände bekamen. Paula sollte nicht als Unterhaltungsobjekt für die fiesen Kerle von der Sitte oder für sonst irgendjemanden herhalten.

Einer der Kollegen vom HOLMES-Computerteam hatte die Aufgabe übernommen, alle leicht zugänglichen Dateien auf der Festplatte des Laptops zu durchkämmen. Bis jetzt hatte er nichts gefunden außer einer deprimierenden Zahl von Hardcoreporno-Bildern.

Aber für Stacey war nicht so sehr das interessant, was sichtbar war. Sie wusste, dass eine so systematisch vorgehende

Kriminelle wie Jan Shields bestimmt keine wichtigen Informationen als Beweise hinterlassen hätte. Bestimmt hätte sie alles gelöscht, was sie irgendwie belastete, und da sie an den Ermittlungen zur Kinderpornografie beteiligt gewesen war, beherrschte sie wahrscheinlich alle grundlegenden Fähigkeiten, um ihre Festplatte regelmäßig zu reinigen.

Trotzdem hieß das nicht, dass es nichts zu finden gab, und Stacey war entschlossen, es aufzuspüren. Nach einer Stunde intensiver Suche hatte sie nur drei Dateifragmente herausgefiltert, die nirgendwo hingehörten. Auf den ersten Blick sahen sie nach sinnlosen Wortfragmenten aus. Aber Stacey standen noch mehr Hilfsmittel zur Verfügung, und es dauerte nicht lange, bis die durcheinander gewürfelten Symbole sich zu Bruchstücken von Worten und Ausdrücken zusammenfügten.

Das erste Bruchstück brachte nichts Interessantes. Es sah wie die Überreste eines E-Mail-Anhangs aus, offenbar einer der Tausende von Witzen, die auf dem Globus herumschwirren.

Das zweite Bruchstück elektrisierte sie wie ein Schuss Wodka. »… Miete im Vorra… …tion in bar … Einzim… im !% …tron Lane, Temp… …rl Macke…« Während sich der Drucker in Bewegung setzte, rannte sie den Flur entlang zum Einsatzzentrum, wo eine detaillierte Karte von Temple Fields an der Wand hing. Sie fuhr die Straßennamen mit dem Finger nach. Da war es. Citron Lane. Die Gasse hinter der Straße, wo Paula verschwunden war.

Aufgeregt eilte sie zu ihrem Schreibtisch zurück. Die Symbole ! und % waren die Umschalt-Version von 1 und 5. Sie hatte es gefunden.

Carol legte den Kopf aufs Steuerrad und spürte, wie sich der Schmerz ihrer verkrampften Muskeln über die Schultern ausbreitete. Sie begriff Jan Shields nicht. Gegen wie viele Beweise versuchte diese Frau noch anzukommen? Sie hatte ganz klar all ihre Berufserfahrung genutzt, um die perfekte Serie von Ausreden und Erklärungen für jeden Aspekt ihrer kriminellen Aktivität zu finden. Carol war an große Töne bei festgenommenen Kriminellen gewöhnt, aber sie wusste, dass dies weit über Angeberei hinausging – fast bis an die Grenze einer Art pervertierten Glaubwürdigkeit.

Mit alldem hätte sie vielleicht noch leben können, wenn sie nur Paula nach Hause bekäme. Aber diese Aussicht schien jetzt nicht wahrscheinlicher als zu jedem anderen Zeitpunkt seit der Entführung.

Müde richtete sie sich auf und ließ den Motor an, als ihr Telefon klingelte. »Carol Jordan«, sagte sie teilnahmslos.

»Stacey«, sagte die Stimme. »Ich hab's, glaube ich.«

»Was haben Sie?« Carol wagte kaum, es zu glauben.

»Wo Paula ist – eine Einzimmerwohnung in der Citron Lane, Temple Fields. Unter Carl Mackenzies Namen angemietet. Wir haben sie an dem Abend damals durchsucht, aber Sergeant Shields hat den Suchtrupp angeführt und erklärt, alles sei in Ordnung.«

Carol spürte, wie die Aufregung ihr die Kehle zuschnürte. »Danke, Stacey«, brachte sie gerade noch heraus, bevor es ihr fast die Sprache verschlug. »Ich übernehme.« Sie legte auf und wählte Merricks Nummer. Keine Antwort. Wo war er nur, verdammt? Sie hatte jetzt keine Zeit, nach ihm zu suchen, aber sie würde ihn zur Schnecke machen, wenn er auftauchte. Noch leise wegen Merrick vor sich hin schimpfend versuchte sie es mit Kevins Nummer. Er nahm beim zweiten Klingeln ab. »Kevin – treffen Sie mich in Citron Lane 15, Temple Fields. Bringen Sie ein Team mit. Geht nicht rein, bis ich dort bin, ich wiederhole, nicht reingehen. Ist das klar?« Sie legte auf und griff mit der anderen Hand nach dem Funkgerät.

»DCI Jordan. Einen Krankenwagen zur Citron Lane 15, Temple Fields. Ende.«

Das Funkgerät rauschte, und ihre Anfrage wurde bestätigt.

»Und ich brauche jemanden, der mit einem Bolzenschneider dort hinkommt«, fügte sie nachträglich hinzu.
»Sagten Sie Bolzenschneider?«, fragte der Funker in der Zentrale.
»Ja. So einen, mit dem man Handschellen durchschneiden kann.«

Das Zimmer war im dritten Stock. Wie Stacey gesagt hatte, war Jan Shields dafür verantwortlich gewesen, dass das Haus hinter dem Tor in der Mauer als durchsucht und unverdächtig abgehakt wurde. Doch auch wenn es ihr nicht gelungen wäre, die Suche dort selbst durchzuführen, hätten ihre Kollegen die Wohnung in der Eile leicht übersehen können. Irgendwann hatte einmal jemand eine Doppeltür eingebaut. Wenn die Tür auf dem Treppenabsatz geöffnet wurde, sah man einen flachen Schrank mit staubigen Fächern. Erst wenn man genauer hinsah, entdeckte man ein Schlüsselloch und einen versenkten Türgriff in einem der Fächer. Das Haus stand auf der Liste von Immobilien, deren Mieter noch von den Hausbesitzern erfragt werden mussten. Noch einen Tag später, und sie hätten gewusst, dass Carl Mackenzie etwas mit dieser Wohnung zu tun hatte.
Kevin Matthews und Sam Evans warfen sich gegen die innere Tür. Sie zerbarst, und Splitter und Staub flogen nach allen Seiten. Carol drängte sich vorbei und trat vor ihnen ein, das Herz schlug ihr bis zum Hals. Auf den ersten Blick dachte Carol, sie seien zu spät gekommen. Paula lag reglos mit geschlossenen Augen auf dem Bett. Das Zimmer stank nach Schweiß und Urin. »Nehmt ihr die Handschellen ab«, befahl Carol und riss die Ecke des Betttuchs hoch, damit sie Paulas Blöße damit bedecken konnte. Evans eilte mit dem Bolzenschneider in der Hand an ihr vorbei.
»O Gott, Paula«, stöhnte er, als er den Bolzenschneider unter die Kette der Handschelle zwängte.

Die Sanitäter drängten herein. Carol beugte sich über Paula und strich ihr über die Stirn. Ihre Haut war warm und fiebrig, und Carol frohlockte innerlich. Sie trat zurück, um die Sanitäter an ihre Arbeit gehen zu lassen, als das zweite Paar Handschellen unter Sam Evans' kräftigen Händen aufsprang.

»Wie geht es ihr?«, fragte sie die Sanitäter besorgt, die mit der Untersuchung angefangen hatten.

»Sie lebt. Aber sie ist sehr schwach«, sagte einer, ohne den Blick von Paula abzuwenden.

»Sehen Sie zu, dass da ja nichts schiefgeht«, sagte Carol und entfernte sich in Richtung Treppenabsatz. Sie holte ihr Telefon heraus und rief Tony an. Er nahm nach dem ersten Klingeln ab. »Tony, wir haben sie gefunden. Wir haben Paula gefunden.«

»Lebt sie?«

»Ja, sie lebt.«

»Gott sei Dank«, seufzte er.

Nach dem Gespräch war Carol von freudestrahlenden Mitarbeitern umringt, die sich selbst und einander gratulierten. Der Jubel war so groß, dass niemand, nicht einmal Carol, bemerkte, dass ein Gesicht fehlte. Sie machten einen solchen Lärm, dass sie fast ihr Telefon nicht klingeln hörte. Damit sie besser verstehen konnte, ging sie in den Raum zurück, wo Paula gerade auf eine Trage gelegt wurde.

Die Stimme am anderen Ende kannte sie nicht. »Ist dort DCI Jordan?«

»Ja, am Apparat. Wer spricht dort?«

»Hier ist Inspector Macgregor. Ich bin hier oben in Achmelvich«, sagte er mit schroffer, ernster Stimme.

»Haben Sie Nick Sanders gefunden?« Carol wagte kaum zu hoffen. Aber sie konnte sich nicht vorstellen, dass jemand von Macgregors Rang zu nachtschlafender Zeit in diesem winzigen Ort sein sollte, außer wenn eine wichtige Festnahme vorgenommen worden war. Es war ja fast zu gut, um wahr

zu sein. Sie hatten Paula gefunden, sie hatten Jan Shields in Gewahrsam, und jetzt war der Mann gefasst worden, der Tim Golding und Guy Lefevre missbraucht und ermordet hatte.
Es folgte eine Pause. Dann sprach Macgregor, klang aber sehr zurückhaltend. »Ja. Wir haben Sanders in Gewahrsam.«
»Gibt es ein Problem?«, fragte sie und trat dabei zur Seite, damit die Sanitäter mit ihrer Last Platz hatten. Sie streckte die Hand aus und fuhr Paula über den Arm, als sie vorbeikamen.
»DCI Jordan«, sagte er, »gehört ein Inspector Merrick zu Ihrem Team?«
Eine schreckliche Ahnung stieg in Carol auf. »Was ist passiert?«, fragte sie.
»Hören Sie, es tut mir sehr leid. Es ist nicht leicht, das zu sagen. Inspector Merrick ist tot, Ma'am.«
Carols Beine gaben unter ihr nach, sie glitt an der Wand hinunter und saß zusammengesunken da. Es war zu viel, auch das nach all dem anderen, was in den letzten paar Stunden geschehen war, noch zu ertragen.
»Nein«, flüsterte sie. »Das kann doch nicht stimmen. Er sollte eigentlich hier sein. Er sollte schlafen. In einem Motel. Es kann nicht stimmen.«
»Ich glaube, es kann kein Zweifel bestehen, Ma'am. Er sieht genau aus wie das Bild auf dem Ausweis, den er bei sich trug. Er scheint die Stelle hier überwacht und auf Sanders gewartet zu haben. Sie hatten eine Auseinandersetzung, und er bekam einen starken Schlag auf den Kopf. Wir dürften morgen früh mehr darüber wissen. Es tut mir wirklich sehr, sehr leid, Ma'am.«
Carol legte auf und ließ das Telefon in ihre Tasche fallen. Sie vergrub das Gesicht in den Händen. Dann zwang sie sich aufzustehen. Für die Trauer würde später noch Zeit sein. Jetzt trug sie die Verantwortung.
Langsam ging sie zur Tür und setzte vorsichtig einen Fuß vor den anderen wie eine Betrunkene. Sie holte lange und

zitternd Atem und sprach so klar und laut sie konnte. »Ich habe eine schlechte Nachricht«, begann sie.

Tony stand noch immer vor dem Spiegel im Beobachtungsraum. Er wusste, dass er hocherfreut über Paulas Befreiung sein sollte, aber er hatte nur das Gefühl einer bitteren Niederlage. Zu guter Letzt hatte er einen ebenbürtigen Gegner gefunden: eine Kriminelle, die anscheinend mühelos seinen bohrenden Fragen standhalten konnte. Die Techniken, die sie entwickelt hatte, um die Psyche anderer zu beherrschen, hatten ihr die Fähigkeit verliehen, auch ihre eigenen Reaktionen weitgehend zu kontrollieren. Vielleicht konnte er nach einer gewissen Zeit ihren Widerstand überwinden. Aber er hatte den Verdacht, dass ihm in ihrem Fall nicht viel Zeit vergönnt sein würde. Wenn es in dieser Sache je zu einer Verhandlung kam, würde sie charmant und glaubhaft sein, und man würde sie wahrscheinlich für nicht schuldig erklären. Wenn sie verlor, konnte sie sehr wohl in eine geschlossene Anstalt kommen, aber er würde dafür sorgen, dass es eine war, die von seinem Arbeitsplatz sehr weit entfernt sein würde.

Dass Paula überlebt hatte, war natürlich ein großer Trost. Was die menschliche Seite anging, hätte es gar nicht besser ausgehen können. Aber das wog nicht seine Niedergeschlagenheit auf, die er beim Anblick von Jan Shields' Selbstzufriedenheit empfand.

Er hatte keine Ahnung, wie viel Zeit vergangen war, als er hörte, dass jemand anklopfte. Er ging zur Tür und machte auf. Ein uniformierter Polizist stand unsicher auf der Schwelle. »Leider muss ich Sie stören, Dr. Hill. Aber das ist gerade für Sie gekommen.« Er hielt Tony ein kleines braunes Kuvert hin. »Einer der Pfleger von Bradfield Moor hat es gebracht.«

»Danke«, sagte Tony, schloss die Tür und betrachtete den Umschlag.

Sein Name stand in unregelmäßigen Großbuchstaben auf

der Vorderseite. Er erkannte die Handschrift nicht, riss den Umschlag auf und zog ein dünnes Blatt billiges Schreibpapier heraus. Eine halbe Seite war mit den gleichen unregelmäßigen Großbuchstaben beschrieben. Darunter war die unbeholfene Unterschrift DEREK TYLER zu lesen.

Tony wagte seinen Augen kaum zu trauen.

> LIEBER DR. HILL, DETECTIVE SERGEANT JAN SHIELDS IST DIE VIPER. JAN SHIELDS HAT MICH DAZU GEBRACHT, ES ZU TUN. SIE HAT BANDAUFNAHMEN FÜR MICH GEMACHT. SIE SIND HINTER DEM WASSERTANK AUF DEM DACHBODEN IN ROMNEY WALK 7, WO ICH FRÜHER EINE EINZIMMERWOHNUNG HATTE. WAS ICH GETAN HABE, TUT MIR NICHT LEID, ABER ICH WILL NICHT ALLEINE ALLE SCHULD DAFÜR BEKOMMEN.

Bei wenigen Gelegenheiten geht es bewegender zu als bei einem Polizeibegräbnis in seiner ganzen Feierlichkeit. Dutzende von Polizeibeamten in ihrer besten Uniform sowie Familie und Freunde waren tief ergriffen von der Festlichkeit des hochoffiziellen Abschieds und dem würdevollen Ernst, den die Church of England aufbot. Carol stand von ihrem Team umgeben, die Augen geradeaus gerichtet, das Kinn gesenkt und die Mütze unterm Arm. John Brandon verlas die Grabrede, die sie geschrieben hatte, um Don Merrick zu ehren, während seine Jungs sich an ihre Mutter klammerten, denn bei diesem ungewöhnlichen Ereignis war sie ihnen als Einzige vertraut.

Tony stand abseits, sein Blick war fast immer auf Carol und die nervöse Paula neben ihr mit den tief in den Höhlen liegenden Augen gerichtet. Als er Carol die Nachricht gezeigt hatte, war sie wie eine Furie in das Haus gestürmt, das Tyler bis zu seiner Festnahme bewohnt hatte. All ihr Kummer und ihre Wut über Merricks Tod hatten in ihr den unverrückbaren Entschluss geweckt, Jan Shields endgültig zu überführen.

Die Bänder waren noch da, drei Stockwerke über Tylers ehemaliger Wohnung, eingeklemmt zwischen dem Wasserbehälter und der Dachschräge. Ihre grausige Aussage war unwiderlegbar und unausweichlich. Der einzige Mensch, der diese Tatsache nicht anerkannte, war Jan. Aber das spielte keine Rolle mehr. Wer immer die Geschworenen sein mochten, jetzt würde sie keiner mehr freisprechen. Tony empfand ein schauderndes Mitgefühl für die Anstalt, die das Pech haben würde, sie aufnehmen zu müssen.

Die ersten paar Wochen Arbeit waren für Carol eine Feuertaufe gewesen, fand er. Es hatte mehrere Gelegenheiten gegeben, die ihn befürchten ließen, dass sie es nicht schaffen würde. Aber sie hatte bewiesen, dass er sich geirrt hatte, und dieses eine Mal war er froh darüber.

Brandon war am Ende der Lobrede angekommen und senkte den Kopf. Einundzwanzig Salutschüsse hallten über den Friedhof. Carol wandte sich um und sah Tony in die Augen. Sie verständigten sich mit einem schwachen, fast nicht wahrnehmbaren Nicken. Er fand es erstaunlich, wie wenig wir brauchen, um zu überleben.